PARIS

DEPUIS SES ORIGINES JUSQU'A NOS JOURS

849

Typographie Firmin-Didot et Cᵗᵉ. — Mesnil (Eure). — 6301

E. DE MÉNORVAL

PARIS

DEPUIS SES ORIGINES JUSQU'A NOS JOURS

TROISIÈME PARTIE

DEPUIS L'AVÈNEMENT DE HENRI IV, LE 2 AOUT 1589
JUSQU'A LA MORT DE LOUIS XIV, EN 1715

OUVRAGE ILLUSTRÉ D'UN PLAN EN COULEURS

MAISON DIDOT

FIRMIN-DIDOT ET Cᴵᴱ ÉDITEURS

IMPRIMEURS DE L'INSTITUT

RUE JACOB, 56, PARIS

AU LECTEUR

« Qui vult rerum cognoscere causas. »

L'Historien propose; l'accumulation prodigieuse des événements parisiens dispose.

J'avais cru, j'avais même annoncé, que ce troisième volume « finirait, avec la caduque prévôté des marchands, à la prise de la Bastille ».

Vaine promesse! J'avais compté sans les drames multiples des sièges de Paris, pendant la Ligue; sans les incidents quotidiens de la Fronde; sans l'importance des embellissements de Paris sous Richelieu, Mazarin et Colbert; mais surtout sans les douze lustres du règne de Louis XIV. Les pages s'accumulaient et la place me manquait pour continuer.

Fort heureusement j'ai des éditeurs soucieux de laisser à mon récit toute l'ampleur que le sujet comporte, et ils m'ont accordé de très bonne grâce un volume de plus.

Donc celui-ci, — le troisième, — se termine à la mort de Louis XIV, et le quatrième s'arrêtera au lendemain du 14 juillet 1789.

E. DE MÉNORVAL.

HISTOIRE
DE PARIS

CHAPITRE QUATORZIÈME

LA FIN DE LA LIGUE

(De l'avènement de Henri IV, le 2 août 1589, à son entrée
dans Paris, le 22 mars 1594.)

I. — **Le Roi des braves.** — État des esprits après la mort de Henri III
— A qui la couronne? — Le cardinal de Bourbon, roi de la Ligue. — L'esprit de la Ligue. — A Saint-Cloud. — Levée du siège de Paris. — Joie des
Ligueurs. — La bataille d'Arques. — Fortifications de Paris. — Henri IV pille
les faubourgs, le jour de la Toussaint de 1589. — Excès des Seize. — II. —
1590, l'Année terrible. — Le siège de Paris. — Entrée du cardinal Caëtan, légat du pape. — Adresses parisiennes. — La mort du roi Charles X. —
La grande procession de la Ligue. — La famine. — Bombardement de Paris. —
Les Royalistes occupent Saint-Denis. — A la recherche des vivres. — Discordes intérieures; supplices. — Exaspération des prédicateurs. — Les Ligueurs
n'osent faire les élections municipales. — Inutiles négociations. — Paris meurt
de faim. — L'attendrissement de Henri IV. — Le duc de Parme approche de
Meaux. — *Te Deum* de délivrance. — Lettre de Henri IV à Mme de La Ro-
cheguyon. — Le duc de Parme prend Lagny. — Responsabilité de Mayenne. —
Vaine tentative des Royalistes contre la porte Saint-Jacques. — Licenciement
de l'armée royale. — Le duc de Parme visite Paris. — Mort du pape Sixte-Quint.
— Départ du légat Caëtan. — Le duc de Parme prend Corbeil. — Le duc de
Nemours quitte Paris. — Mort de Bernard Palissy. — Courage d'Ambroise
Paré. — III. — **L'Assassinat du président Brisson.** — Mort du che-
valier d'Aumale. — Le Roi prend Chartres. — L'évasion du jeune duc de Guise.
— Brigard, accusé par les Seize est acquitté par le Parlement. — Fureur des
Seize. — Conciliabules. — Arrestation du président Brisson et des conseillers
Larcher et Tardif. — Jean Rozeau appelé au Petit-Châtelet. — Les trois pri-

I. — LE ROI DES BRAVES.

Que gagnait la Ligue au crime de Jacques Clément? Elle se débarras-
sait de Henri III, qui, malgré ses mœurs dépravées, son incapacité no-
toire, n'en professait pas moins bruyamment la religion catholique et
avait été sacré à Reims. Ce roi légitime supprimé par un coup de couteau, elle n'avait plus devant elle qu'un prince excommunié; vaillant il
est vrai, mais sans le sou; hérétique opiniâtre, relaps, avec lequel
triompheraient les huguenots détestés. C'était le protestantisme sur le
trône. « Plutôt mourir de mille morts, criaient déjà, dans Saint-Cloud,
les chefs catholiques, d'O, Antragues, Châteauvieux, d'Épernon, Vitry,
ralliés autour du duc de Longueville, et enfonçant leurs chapeaux ou
les jetant par terre, fermant les poings et complotant comme gens
forcenés. »

Cependant d'autres, mieux inspirés et comprenant les dangers que la
patrie courait, s'unirent aux huguenots : « Vous êtes le roi des braves,
dit Givri à Henri IV, et ne serez abandonné que des poltrons! » Biron
lui amena les colonels et les capitaines des Suisses, leur fit prêter serment par écrit et promit de le servir « sans *si* et sans *car* ». François
du Plessis, grand prévôt de France (1), fit le procès du cadavre de

---

(1) Vaillant combattant de Moncontour, d'Arques, d'Ivry, originaire du Poitou et
mort à Gonesse, le 10 juillet 1590, pendant le siège de Paris. Il fut le père du cardinal de Richelieu. C'est en sa faveur que, le dernier février 1578, Henri III réunit
les prévôtés de l'hôtel et de la connétablie à la charge de grand prévôt de
France. Il demeurait en 1585, rue du Bouloi, et c'est là que naquit le 9 septembre
1585, de lui et de son épouse Suzanne de La Porte, Armand-Jean, qui devait être
le cardinal de Richelieu, et qui eut pour parrains les maréchaux de Biron et d'Aumont, et pour marraine sa grand-mère Françoise de Rochechouart. Suzanne de
La Porte de La Meilleraye, mère du cardinal de Richelieu, possédait auprès de
Pléneuf le château de *Nantois*, qui a passé, au dix-septième siècle, à la branche
aînée de la famille de la Goublaye, et lui appartient encore aujourd'hui.

Jacques Clément (1), et le Roi, de l'avis de son conseil, condamna le corps « de ce petit gueux de moine à estre écartelé, puis bruslé en la place qui est devant l'église du bourg ».

La nouvelle de l'assassinat de Henri III fut connue à Paris dans la matinée du 2 août et divulguée au peuple dans l'après-dînée. La duchesse de Montpensier, folle de joie, prit le deuil en vert, « la livrée des fous, » monta en carrosse avec sa mère la duchesse de Nemours, et se fit promener par la ville, distribuant des écharpes vertes et criant : « Bonne nouvelle, mes amis! Bonne nouvelle! Le tyran est mort. Il n'y a plus de Henri de Valois en France; je ne suis marrie que d'une chose, c'est qu'il n'a pas su, devant que de mourir, que c'estoit moi qui l'avois fait faire. » Aux Cordeliers, M\ᵐᵉ de Nemours monta sur les degrés du maître-autel et harangua « ce sot peuple, monstrant ainsi une grande immodestie et impuissance de femme, de mordre encore sur un mort ». La nuit venue, elles firent allumer des feux dans les carrefours, devant l'hôtel de Montpensier, rue de Tournon; place Maubert, à la Grève, aux Innocents, au parvis Notre-Dame et à la Croix-du-Trahoir. On dansa et l'on but autour des tables dressées dans les rues.

Toute la semaine, les prédicateurs répétèrent en chaire « à quelques coquefredouilles et oisons embéguinés, que ce bon religieux était un vrai martyr qui avait enduré la mort pour délivrer la France de ce chien de Valois (2) ». Ils firent venir de son village de Sorbon, près Rhétel, la mère de Jacques Clément, une pauvre vieille femme, bien étonnée d'être logée chez une duchesse et d'être devenue tout à coup « la bienheureuse mère d'un saint martyr ». Au bout de quelques jours, on la renvoya chez elle, comblée de dons et d'argent, et escortée honorablement jusqu'à une lieue de Paris par quarante moines.

Les escarmouches continuaient entre les deux partis; les galants se mettaient sur les rangs et ne demandaient que pistolades. Le 2 août, Mesdames de Nemours, de Belin, de Rosne, d'Aumale, de la Rue, de Bussy le Clerc (3) et autres *ejusdem farinæ*, se rendirent sur la tranchée nouvellement creusée pour la défense du faubourg Saint-Germain, et assistèrent du haut d'un bastion au combat singulier que se livrèrent Claude de Marolles, ligueur (4), et Marivault, royaliste, à quelques cen-

(1) J. Clément n'avait pu être interrogé sur les auteurs de son crime. Aussitôt qu'il se sentit frappé, Henri III « retira le cousteau à grand'force, en donna un coup de la pointe sur le sourcil gauche du moine, en s'escriant : *Ah! le meschant, il m'a tué : qu'on le tue!* Auquel cri, estant vistement accourus ses gardes et aultres, ceux qui se trouvèrent les plus près massacrèrent ce petit assassin de Jacobin aux pieds du Roy. » (P. de l'Estoile.)

(2) P. de l'Estoile.

(3) Mᵐᵉ de Belin, femme de François de Faudoas d'Averton, comte de Belin, qui fut gouverneur de Paris pour la Ligue en 1591. — Mˡˡᵉ de la Rue, « fille de noble et discrète personne, M. de la Rue, ci-devant tailleur d'habits sur le pont Saint-Michel, et maintenant un des cent gentilshommes et conseillers d'État de l'Union ». — Mᵐᵉ de Bussy le Clerc, femme de l'ancien procureur le Clerc, alors gouverneur de la Bastille.

(4) Claude de Marolles, gentilhomme tourangeau, capitaine des Cent-Suisses sous Henri III, né vers 1566, mort en 1633, après avoir guerroyé en Italie et jus-

taines de pas derrière le jardin des Chartreux. L'attente ne fut pas longue. Marolles avait remarqué que Marivault portait un casque dont la visière était fort ouverte : d'un coup de sa lance il atteignit si violemment son ennemi entre les yeux que le fer pénétra profondément dans la tête : il n'exigea d'autre marque de sa victoire que le cheval et l'épée de sa victime, et rentra en triomphe dans la ville au son des trompettes et des acclamations d'une multitude qui criait : *Venez voir David vainqueur de Goliath !*

La protection de Dieu sur Paris et la Ligue éclatait donc, visible à tous les yeux. Le *Béarnais* ne pouvait songer à succéder à Henri III, et ceux qui le soutenaient étaient d'ores et déjà excommuniés. Mais alors à qui le trône ? « A mon frère de Mayenne, » dit Mme de Montpensier. — « A moi, dit le duc Henri II de Lorraine ; je suis le neveu des trois derniers Valois (1). » — « A moi, dit le duc Charles-Emmanuel Ier de Savoie, je suis leur cousin germain (2). » — « A ma fille, Isabelle-Claire-Eugénie, qui est leur nièce (3), » dit le terrible Philippe II, confiant dans ses vieilles bandes wallonnes et dans les doublons et les ducats d'Espagne. Il y avait encore le duc Charles de Guise, fils du Balafré, mais il était bien jeune ; il n'avait que dix-sept ans et il était prisonnier au château de Tours ; enfin le cardinal de Bourbon (4), qui n'était pas trop jeune, puisqu'il comptait soixante-six hivers, mais qui, lui aussi, était prisonnier au château de Fontenay-le-Comte.

Mayenne manqua de décision, laissa passer l'heure favorable, n'osa mettre la couronne sur sa tête. Par sa déclaration du 5 août, il fit proclamer roi le cardinal de Bourbon, celui des prétendants qui le gênerait le moins, et prit pour lui l'autorité réelle avec le titre de « pair et lieutenant général de l'État royal de France ». Le 7, le prévôt des marchands, Michel Marteau, et les échevins écrivirent au pape Sixte-Quint pour l'informer de cette bonne nouvelle et lui exposer que Paris, « de ville opulente qu'il était, s'était réduit pour subvenir à une guerre si

qu'en Hongrie. C'est le père de l'infatigable traducteur Michel de Marolles, abbé de Villeloin.

(1) Sa mère était Claude de France, fille de Henri II et de Catherine de Médicis, mariée à Charles II duc de Lorraine.

(2) Sa mère était Marguerite de France, fille de François Ier, mariée à Emmanuel-Philibert, duc de Savoie.

(3) Sa mère était Élisabeth de France, fille de Henri II et de Catherine de Médicis, mariée à Philippe II, roi d'Espagne. Elle avait alors vingt-trois ans, et les Ligueurs auraient voulu l'unir au fils du Balafré. En 1599, elle eut, sous la suzeraineté de son père, le gouvernement des Pays-Bas, épousa le cardinal-archiduc Albert VI qui venait de quitter l'état ecclésiastique, et mourut à Bruxelles, en 1633.

(4) Nous avons déjà rencontré ce « bonhomme » au chap. XIV (p. 543), comme fondateur du *Palais abbatial* de Saint-Germain des Prés, et (page 547) comme acquéreur de l'hôtel de Montmorency de la Rochepot, rue Saint-Antoine, et fondateur, en 1580, de la *Maison professe* des Jésuites.

Depuis, il se laissa persuader qu'il devait revendiquer ses droits au trône, et crut bonnement que le pape l'autoriserait à épouser Anne d'Este, veuve de François de Guise et du duc de Nemours. Il aurait ravagé toute la chrétienté pour soutenir ces beaux rêves, sans un grain de sable qui l'arrêta net, le 9 mai 1590, à Fontenay-le-Comte.

juste, à une pauvreté déplorable; résolu néanmoins de souffrir encore
le feu et la famine plutôt que la domination hérétique... » Ils lui demandaient donc « quelques secours de troupes, sous l'administration
d'un légat ou d'un nonce, et même quelque somme d'argent pour payer
un quartier de l'armée catholique ».

Ainsi Paris, par cette honteuse missive de ses prétendus magistrats
municipaux, foulait aux pieds toutes les traditions de l'Église gallicane,
si bien défendues dans les conseils royaux par saint Louis, Philippe
le Bel, Charles VII et Louis XII; dans les conciles et les parlements par
tous nos grands théologiens et jurisconsultes : saint Bernard, Gerson,
Clémangis, l'Hôpital, Pithou, Dupuy. La Ligue dévoilait enfin au grand
jour le fanatisme aveugle qui faisait sa force passagère et sa faiblesse
irrémédiable. Elle sacrifie, selon la forte expression de la *Satyre Ménippée*, « aux idoles et aux démons méridionaux ». Elle n'a d'autre
idéal que de découvrir un roi qui accepte la suzeraineté du Pape, recommence, en plus grand, la Saint-Barthélemy, et établisse l'inquisition en France. Nous sommes bien loin, on le voit, des mâles projets
de Marcel et des Parisiens de la bourgeoisie et du clergé de son temps,
qui succombèrent avec lui, pour avoir voulu, — beaucoup trop tôt, —
donner à la France une véritable monarchie constitutionnelle sous le
contrôle des États généraux. Sans imaginer, plus qu'il ne convient,
des analogies entre des époques très différentes, Catherine de Médicis,
comme Isabeau de Bavière, chercha à faire passer la couronne dans la
famille étrangère d'une de ses filles; et de même que le duc de Bourgogne avait été obligé de livrer au bourreau ses vieux amis Caboche (1)
et Capeluche, le duc de Mayenne, après s'être servi de vils agents,
comme les Ameline, les Louschart, les Aimonnot, les Auroux, en fut
bientôt réduit à les faire pendre par les bons offices de maître Jean
Roseau.

Au camp de Saint-Cloud, quelques défections se manifestèrent dès les
premiers jours autour de Henri IV. Plusieurs chefs catholiques redoutaient qu'il ne se résignât jamais à abandonner la religion huguenote, et
plusieurs chefs huguenots se demandaient déjà avec inquiétude s'il n'é-
tait pas prêt à sauter le pas périlleux, pour en finir avec la guerre civile.
Bien malin qui l'aurait su certainement. Sa merveilleuse souplesse d'é-
loquence ne convainquit que peu ses auditeurs dans une réunion tenue à
Poissy, le 4 août. Ce qu'il voulait surtout, c'était de ne leur paraître à
aucun prix céder aux considérations d'une âme basse et intéressée, et il
exhalait cette pensée avec une vive indignation : « Me prendre à la gorge
sur le premier pas de mon avènement, à une heure si dangereuse;
me cuider traîner à ce qu'on n'a pu forcer tant de simples personnes,
pour ce qu'ils ont su mourir!... Suivrez-vous avec assurance, aux jours
des batailles, les auspices d'un roi parjure et apostat... Tout ce que je
puis vous **promettre**, comme je l'ai déjà promis au feu roi, et n'ayant

(1) Capeluche eut le poing coupé et fut mis au gibet des Halles. On ne sait ce
que devint Caboche.

rien de plus cher que mon salut, c'est « que je suis prêt à me faire instruire par un bon et légitime concile national, dans six mois ou plus tôt
s'il est possible, jurant en attendant de maintenir exclusivement dans le
royaume l'exercice de la religion catholique, réserve faite des libertés
accordées par l'édit de Bergerac (1) ».

Les nouvelles devenaient inquiétantes. L'armée royale, qui comptait
quarante mille hommes la veille de la mort de Henri III, n'en comptait
plus que quinze mille, et l'on parlait d'une attaque des Ligueurs et des
troupes qu'amenaient, à marches forcées, au duc de Mayenne les ducs
de Nemours et de Lorraine. La levée du siège de Paris fut décidée
le 8 août.

On discuta longtemps pour savoir sur quel point l'armée royale se
retirerait; quelques-uns conseillaient de retourner au delà de la Loire :
« Qui vous croira roi de France, dit d'Aubigné, en voyant vos lettres
datées de Limoges en Limousin? » et cette boutade suffit pour faire
abandonner ce qui eût paru à tous une reculade.

L'armée du roi se divisa donc en trois corps : le duc de Longueville
se dirigea vers la Picardie (2); le maréchal duc d'Aumont, vers la Champagne (3); Henri IV, vers la Normandie, en faisant un long détour par
Compiègne, pour y mettre à l'abri des anthropophages de la Ligue le
corps du défunt roi (4). Délivré de ce pénible devoir, il gagna rapidement

(1) Édit rendu à Bergerac par Henri III, le 17 septembre 1577, et qui accordait
aux réformés l'exercice public de leur culte dans des places de sûreté ; des chambres mi-parties dans chaque parlement, etc. Cet édit ne fut jamais exécuté.

(2) Avec son lieutenant général La Noue, son mestre de camp de cavalerie légère Guitry. MM. d'Humières, de Chaulnes, le vicomte d'Auchy, de Palaiseau, et
autres de moindre condition.

(3) Avec les principaux seigneurs de la Champagne, commandés par le sieur
d'Inteville; treize enseignes de Suisses, deux régiments français, deux compagnies de cavalerie légère et trois de dragons.

Quelques chefs reprirent le chemin de leurs maisons, après le conseil de Poissy,
comme La Trémoille, attendant prudemment les événements. L'Hôpital-Vitry revint à Paris offrir ses services à Mayenne, et combattit énergiquement pour la
Ligue... jusqu'à ce que le triomphe final du roi fût devenu certain. Ne le perdez
pas de vue, nous le retrouverons souvent.

(4) Une bien curieuse gravure sur bois, avec inscriptions, représente : *Le Départ du Roy de Navarre du bourg Saint-Clou*, et la *conduite du corps de Henri
de Vallois à Poissy*. Le cortège funéraire défile de gauche à droite; en tête du
convoi : *Avan-Garde du Roy de Navare*. Ensuite : *le corps de Henry de Vallois*
sur un char couvert d'un drap semé de larmes d'argent avec l'initiale couronnée
du défunt. Auprès du char trois pleureurs à cheval : *Epernon, Du Gastz, Larchant;* derrière : *le Roy de Navarre*, et sa suite, tous à cheval. — *A Paris, par
Roland Guérard et Nicolas Prévost, demeurant rue Montorgueil, au Bon-
Pasteur.*

J'ai déjà indiqué (chap. xi, page 313) les principaux imagiers de la rue Montorgueil. Roland Guérard et Nicolas Prévost étaient les successeurs de Olivier Trus-
chet et Germain Hoyau, éditeurs du Plan de Paris de 1552.

Ce commerce était toujours florissant dans cette rue, en 1589, et beaucoup de
placards de la Ligue s'y vendaient chez : *François Gence, à l'Image saint Pierre;*
chez *Jacques Lalouette*, etc.

Si le corps de Henri III avait été inhumé à Saint-Cloud, les forcenés de la Ligue l'auraient déterré, coupé par quartiers qu'ils auraient dévorés, cuits ou crus.
A Compiègne, dans la vieille abbaye de Saint-Corneille, respectée de toutes les

Dieppe, dont le gouverneur, Aymar de Chaste, lui ouvrit les portes (1).

Les Ligueurs, en apprenant la levée du siège, le 8 août, pensèrent naïvement que leur contenance martiale avait suffi pour dissiper les vieilles bandes du Béarnais. Les rues retentissaient des glapissements des crieurs d'images, de libelles, de portraits et de médailles du roi Charles X. Ce n'étaient que risées et chansons. Les Politiques étaient obligés de cacher leurs vrais sentiments et de faire l'exercice avec la racaille. « Nous sommes maintenant devenus des guerriers désespérés, écrivait Étienne Pasquier, avocat général à la Chambre des Comptes : le jour, nous gardons les portes; la nuit, nous faisons le guet, patrouilles et sentinelles. Bon Dieu! que c'est un mestier plaisant à ceux qui en sont apprentifs! » Les plus peureux n'osaient plus sortir et attendaient qu'on vînt les égorger dans leurs caves. On arrêtait pour rançonner, puis on remettait en liberté, à second prix de rançon.

Un vieux coquin, héros des barricades des 12 et 13 mai 1588, le tavernier Perrichon, capitaine du quartier de l'Escole de Saint-Germain l'Auxerrois, « l'un des plus meschans, séditieux, et ligués larrons de Paris, » devenu l'une des lumières des Seize, ayant tué le ligueur Muteau, fut condamné à être pendu et étranglé au carrefour devant le Châtelet (2).

Le 24 août, pour fêter dignement l'anniversaire de la Saint-Barthélemy, huit ligueurs et ligueuses s'embarquèrent sur la galiote, à Passy;

populations d'alentour, il n'eut à subir aucun outrage, jusqu'au jour où, le 22 juin 1610, il put prendre rang à Saint-Denis, avant les obsèques de Henri IV, qui eurent lieu le 30.

(1) Après ces dislocations, la petite armée royale ne comptait guère que quinze cents bons chevaux; six mille hommes de pied français; deux régiments suisses; deux compagnies de lansquenets; une de reîtres, et très peu d'artillerie. — Parmi les plus fidèles compagnons du Roi : François du Plessis de Richelieu, Chémerault, d'Aubigné, les princes de Conti et de Montpensier, Haraucourt, le duc de Bellegarde et le jeune comte d'Auvergne.

Roger de Saint-Lary et de Termes, duc de Bellegarde, né vers 1563, ne mourut qu'en 1646. Nous aurons donc fréquemment l'occasion de le retrouver. Il avait fidèlement servi Henri III et n'hésita pas à s'attacher à Henri IV. Il avait le titre de grand écuyer et il était chargé de l'éducation du jeune comte d'Auvergne.

Charles, bâtard de Valois, comte d'Auvergne, puis duc d'Angoulême, fils naturel de Charles IX et de Marie Touchet, né le 28 avril 1573, mourut le 24 septembre 1650. Il avait un an quand il perdit son père, mais il fut élevé avec les plus tendres soins par Henri III. Il n'avait pas seize ans quand il perdit si cruellement son protecteur. Lui-même nous raconte dans ses *Mémoires* avec quelle bonne grâce Henri IV vint le consoler et le recommander de nouveau à la vigilance du duc de Bellegarde.

Tous les historiens le disent fils de Marie Touchet. C'est un petit faux destiné à voiler l'adultère de la mère. Marie Touchet, lors de la naissance du bâtard de Charles IX, était mariée depuis quatre ans avec François de Balzac d'Entragues, gouverneur d'Orléans. Quant à Charles IX, il était marié depuis plus de deux ans avec Élisabeth d'Autriche.

Théodore-Agrippa d'Aubigné, huguenot intraitable, toujours aux côtés de Henri IV, qu'il avait contribué à sauver des mains de Henri III, le 2 février 1576, dans une chasse à Senlis.

(2) Son inventaire montra qu'il était devenu très riche en neuf mois. Sa maison était bondée de vaisselle d'argent dorée et burinée, ainsi que de tapisseries de haute lice, fruit trop évident de ses pillages.

on les vit débarquer au bas de Saint-Cloud, gravir la côte, et, arrivés devant l'église, s'étendre à terre, afin de racler le sol de leur langue sur le lieu du supplice, et de rapporter avec eux quelques parcelles des cendres du saint martyr. A leur retour, la Seine, subitement agitée, se souleva, engloutit la barque « et tous furent navés près du Couvent des Bons-hommes », sans que les reliques qu'ils rapportaient de leur saint aient eu la vertu de sauver un seul d'eux du naufrage.

Le 27 août, Mayenne, qui avait reçu des renforts de Lorraine et d'Espagne, et dont l'armée s'élevait à une trentaine de mille hommes (1), partit de Paris, triomphant avant d'avoir combattu, et disant à tous ceux qui voulaient l'entendre, qu'il allait jeter le roi de Navarre à la mer, ou le ramener prisonnier. Les Parisiens le croyaient également et les grandes dames, selon la Ligue, avaient retenu leurs places, dix jours auparavant, sur les boutiques de la rue Saint-Denis et de la rue Saint-Antoine pour voir conduire le *Béarnais* (2) « lié et bagué » dans le cachot que lui tenait tout préparé M. de Bussy le Clerc, grand pénitencier du Parlement et gouverneur de la Bastille.

On sait ce qui advint des rodomontades de M. de Mayenne ; il s'épuisa pendant onze jours en vaines tentatives pour surprendre Dieppe et ne put dépasser Arques. Le 21 septembre, dans la matinée, pendant un combat désespéré au fond de la vallée, le ciel s'éclaircit subitement, et « le canon du château d'Arques, distinguant enfin la position des ennemis, tira une volée de quatre pièces qui fit quatre belles *rues* dans leurs escadrons et leurs bataillons. Cela les arrêta tout court, et l'artillerie continuant ses merveilleux effets, ils se retirèrent dans le plus grand désordre (3). »

Cette victoire, la première du règne, où Henri IV courut les plus grands dangers, et où il se battit tout le jour, une pique à la main, lui permit de rendre peu après aux Parisiens une visite aussi matinale qu'inattendue.

S'acheminant tout à coup sur la capitale, il passa la Seine à Meulan, et, le mardi 31 octobre, il était à Bagneux avec toute son armée, à la grande stupéfaction des badauds, que la duchesse de Montpensier abusait chaque jour par ses faux courriers ; il distribua aussitôt ses troupes dans les villages de Montrouge, Gentilly, Vaugirard, Issy. Lui-même, sans perdre un instant, vint inspecter la *Tranchée* (4), récemment creusée pour aider à la défense du faubourg Saint-Germain.

En réalité, — et l'événement le démontra, — les assiégés ne pouvaient compter sur cette ébauche de fortification, construite hâtivement et inachevée.

(1) Le triple de ce qu'avait pu réunir Henri IV.
(2) A partir de la mort de Henri III, les vrais amis de la royauté appellent son successeur Henri IV ; — les hésitants, cherchant un moyen terme, disent : le roi de Navarre, comme s'ils craignaient de se compromettre ; — les Ligueurs ne manquent jamais de l'appeler : *le Béarnais*, ce qui pour eux est au moins une raillerie, comme de nos jours : Savoyard ou Auvergnat.
(3) *Mémoires de Sully.*
(4) Voir le *plan* à la fin du second volume.

Il n'en était pas de même des vieux quartiers de l'UNIVERSITÉ, clos, par la muraille de Philippe-Auguste, garnie d'artillerie sur quelques points, pourvue de fossés profonds. Quelques portes étaient remparées intérieurement par des talus de terre. C'étaient, en partant de la Seine : la porte de *Nesle;* — la porte de *Bucy,* fermant la rue Saint-André-des-Arts; — la porte *Saint-Germain*, fermant la rue des Cordeliers; — la porte *Saint-Michel,* fermant la rue de la Harpe; — la porte *Saint-Jacques*, fermant la rue de ce nom; — puis au delà de l'abbaye Sainte-Geneviève : la porte *Saint-Marceau*, fermant la rue Bordet; — la porte *Saint-Victor* et la porte *Saint-Bernard,* sur l'eau. Derrière cette solide enceinte, les Ligueurs pouvaient en toute sûreté exhaler leurs imprécations contre le Béarnais et ses suppôts.

Les faubourgs du Sud offraient la proie la plus tentante aux agresseurs : riches hôtels, édifices religieux, rues nouvelles qui commençaient à se border de belles maisons. Regardez sur le plan : l'Abbaye Saint-Victor; les grandes teintureries des Canayes et des Gobelins: le logis de Valois, rue Saint-Jacques, appartenant à Jérôme Chapelain (1); Saint-Jacques-du-Haut-Pas, Saint-Magloire, les Chartreux, l'hôtel de Luxembourg; celui de Mme de Montpensier, rue de Tournon; un autre hôtel de Montpensier, rue de Mézière; la maison de Gondy, rue de Vaugirard; Saint-Sulpice, les Petites-Maisons, la foire Saint-Germain et l'abbaye de Saint-Germain des Prés, entourée de murs et de fossés pleins d'eau.

Le Roi se rendit compte de tout, et donna l'ordre d'attaquer le lendemain au point du jour, en trois endroits différents : le maréchal de Biron, les faubourgs Saint-Marcel et Saint-Victor (2); — le maréchal d'Aumont, les faubourgs Saint-Jacques et Saint-Michel (3); La Noue, les portes de Saint-Germain, de Bucy et de Nesle (4).

Donc le mercredi, 1er novembre, jour de la Toussaint, à six heures du matin, après la prière faite au Pré-aux-Clercs, toutes les troupes s'approchèrent des retranchements à la faveur d'un épais brouillard, et leur attaque fut si vigoureuse et conduite avec un tel ensemble, qu'elle réussit en moins d'une heure sur les trois points : « Dans une rue, près la foire Saint-Germain, quatre cents Parisiens furent tués en un monceau, en moins de deux cents pas d'espace. Je suis las de frapper, dit

---

(1) Le *Logis de Valois*, ou le *Petit-Bourbon* (voir chap. VII, p. 227), rue Saint-Jacques, sur l'emplacement actuel du Val-de-Grâce. Confisqué, en 1527, avec les autres biens du connétable de Bourbon, et donné par la reine Louise de Savoie à son médecin Jean Chapelain, grand-père de Jérôme.

(2) Le maréchal de Biron avait sous ses ordres : son fils, Guitry, quatre mille Anglais ou Écossais, deux régiments français et un régiment de Suisses.

(3) Le maréchal d'Aumont avait sous ses ordres : le duc de Bellegarde, grand écuyer; Rieux, maréchal de camp; quatre régiments français; deux de Suisses, conduits par d'Anville, leur colonel général, et quatre compagnies de volontaires.

(4) Avec La Noue, Châtillon, dix régiments français, un de Suisses, un autre commandé par Schomberg.

Ces trois corps d'armée étaient reliés par trois corps de cavalerie commandés par le Roi, le comte de Soissons et le duc de Longueville. Chacun d'eux était suivi par quatre pièces de canon.

Sully, et ne saurois plus tuer des gens qui ne se défendent point. Alors on commença à piller, en ne faisant qu'entrer et sortir dans six ou sept maisons, où chacun gagna quelque chose, et Sully eut pour sa part deux ou trois mille écus. »

La Noue et Châtillon pénétrèrent un instant dans l'Université, en s'aventurant sur l'étroite berge au pied de la tour de Nesle et s'avancèrent ainsi jusqu'au Pont-Neuf, passant tout au fil de l'épée et criant : *Saint-Barthélemy!* mais ils ne purent aller plus loin et furent obligés de rebrousser chemin en grand danger.

Henri IV entra dans le faubourg Saint-Jacques, très heureux de remarquer que le peuple ne manifestait nulle aversion pour lui, et ne s'enfuyait pas sur son passage; que même quelques bourgeois restaient à leurs fenêtres et criaient : *Vive le Roi!* Il se reposa quelques heures chez Hiérôme Chapelain, et s'endormit profondément sur quelques bottes de paille fraîche au pied de la table.

Vers neuf heures, il se rendit à Saint-Germain des Prés, et fit sommer les religieux par un trompette (1) d'avoir à se rendre immédiatement. Ils commençaient dans l'instant même la messe solennelle du jour, mais ils furent si troublés qu'ils purent à peine dire une basse messe. Le Conseil de l'Union leur avait envoyé la veille une garnison de cent cinquante arquebusiers qui capitulèrent, à la condition qu'ils rentreraient dans la ville avec leurs armes et que l'Abbaye ne souffrirait aucun dommage.

Le Roi y pénétra immédiatement, et ayant envie « de voir à découvert sa bonne ville, monta tout au haut du clocher où un moine le conduisit ». Il aperçut la terre promise, au delà de cette enceinte qu'il ne devait pas encore franchir ce jour-là : l'immense Paris; les flèches de Saint-André, de Saint-Séverin, de Sainte-Geneviève, des Bernardins, de Saint-Victor, émergeant au-dessus du fouillis des rues, des pignons et des toits de toutes formes; au fond la massive Bastille, le donjon du Temple, et, en face de lui, presque sous sa main, les tours de Notre-Dame, la Sainte-Chapelle; l'Hôtel de Ville inachevé ainsi que le Pont-Neuf... Tout à coup, il remarqua qu'il était tout seul avec ce moine, descendit en hâte et avoua au maréchal de Biron qu'une appréhension venait de le saisir en pensant au couteau de frère Jacques Clément.

Malheureusement l'artillerie des assiégeants ne fut pas prête à temps; un pétard attaché à la porte Saint-Germain ne produisit aucun effet. Le duc de Nemours (2) entra dans la ville vers le soir avec sa cava-

---

(1) Déjà, vers minuit, un trompette était venu les interrompre pendant qu'ils chantaient matines, les menaçant s'ils n'ouvraient leurs portes dès l'aube de mettre tout à feu et à sang et de raser le monastère de fond en comble. Les moines étaient fort inquiets du sort qui les attendait; on voyait les plus hardis monter sur les murailles et exciter les soldats à résister jusqu'à la dernière extrémité; le plus grand nombre, au contraire, restaient dans l'église ou dans leurs cellules, se préparant par la prière à la mort qui les menaçait.

(2) Charles-Emmanuel de Savoie, duc de Nemours, fils du duc Jacques et de Anne d'Este, veuve en premières noces du duc François de Guise; il fut arrêté

lerie (1), et Mayenne le lendemain jeudi. Le Roi, désespérant alors d'emporter sa capitale d'assaut, chercha à attirer ses ennemis en rase campagne et demeura en bataille toute la matinée du vendredi, dans la plaine de Montrouge. Voyant son attente inutile, il se retira du côté de la Beauce; prit par lui-même, ou par ses lieutenants, Étampes, Vendôme, le Mans, Alençon, et fit une entrée triomphale, aux flambeaux, dans sa ville de Tours, le 20 novembre.

Dans sa rapide expédition sur Paris, il avait tué aux Ligueurs près d'un millier d'hommes, fait un butin considérable, seul moyen qu'il eût de payer ses soldats. Il ramenait avec lui quatre cents prisonniers, et, parmi eux, l'exécrable Edmond Bourgoin, prieur des Jacobins, l'instigateur du crime de Jacques Clément, pris les armes à la main, au plus fort de la mêlée, revêtu d'une cuirasse sur sa robe de moine. Le Parlement de Tours en fit bonne et prompte justice, et le condamna à être écartelé le 23 février 1590 (2).

Les débuts militaires de la Ligue avaient été désastreux : la défaite d'Arques et les faubourgs de Paris pillés pendant trois jours impunément. Mayenne, qui avait des instincts d'ordre et de gouvernement, gémissait surtout de l'état d'anarchie dans lequel la capitale était tombée sous la singulière administration des agités du Conseil de l'Union. Ils violentaient ce qui restait du Parlement (3), si respecté jadis, et ils l'obligeaient à remettre en liberté des condamnés de droit commun (4); ils envoyaient un cartel aux membres du Parlement de Tours pour les

aux États de Blois, s'évada et vint rejoindre les Ligueurs à Paris. Nous le retrouverons dans tous les combats de la Ligue, jusqu'à sa mort en juillet 1595.

(1) Les Ligueurs les reçurent comme des libérateurs; c'était à qui leur offrirait à boire et à manger sur des tables dressées au milieu des rues par où ils passaient.

(2) La reine douairière, veuve de Henri III, Louise de Vaudemont, survécut douze ans à son mari et chercha toujours à venger sa mort et sa mémoire. Elle se refusa à recevoir tous ceux dont elle soupçonnait, même parmi sa famille lorraine, la complicité dans la catastrophe de Saint-Cloud.

Aussitôt qu'elle eut appris la capture de Bourgoing, elle envoya l'un de ses gentilshommes à Henri IV qui était alors à Étampes « pour le prier de lui vouloir faire justice de l'assassinat commis en la personne de Henry III, son mari ». Je lis dans sa requête : « ... Et pour ce, d'autant que vous tenez, Sire, le prieur des Jacobins de Paris, principal autheur et instigateur d'un meurtre si détestable, qui a esté pris aux faubourgs de cette ville armée contre Vostre Majesté, je la supplie de me faire justice au chastiment des coupables, principalement de cettuy icy, afin que, vostre règne commençant par un tel debvoir de piété, Dieu donne si bon succès à vos entreprises que vous ayez victoire sur vos ennemis et l'accroissement de sa gloire. »

(3) Henri III avait transféré à Tours le Parlement, la Chambre des Comptes, la Table de Marbre, la Cour des Aides, la Chambre des Monnaies, mais un petit nombre de magistrats avait pu s'échapper et lui obéir. Une autre partie du Parlement royaliste siégeait à Châlons.

(4) « Le samedi 21 octobre, Michel Marteau, Prévôt des marchands à Paris, alla au Palais, en armes, accompagné de Bussy et ses satellites, et contraignit les présidens et conseillers de la cour de Parlement d'absoudre et remettre en leurs mains un sergent des Seize, nommé Le Gay, apelant d'une sentence de Chastelet, par laquelle avoit esté condamné à estre pendu et estranglé, pour les excès dont il avoit usé à l'endroit de M. Favier, conseiller en la Cour. » (P. de l'Estoile.)

menacer de confisquer leurs biens, à eux, leurs femmes et leurs parents : ils mettaient en vente les biens des hérétiques, sous prétexte de rembourser du pillage du 1ᵉʳ novembre les pauvres veuves et les pauvres orphelins de l'Union (1). On assassinait en pleine rue, sous ombre de conspiration, des bourgeois paisibles : Raphelin, Blanchet, Sérouze, Grévin, Minterne, Cabri; des vieilles femmes, la veuve de l'horloger Gréban (2), « à qui l'on fit accroire qu'elle était huguenote »; la vieille La Roche. Le président de Blancmesnil n'échappa à la potence que par miracle, s'évada, et put aller reprendre sa place au Parlement de Châlons. Enfin le 21 novembre, Mayenne fit proclamer le cardinal de Bourbon roi de France, par le Parlement de Paris (3), eut bien soin de se faire confirmer dans ses fonctions de lieutenant général du royaume, et cassa le Conseil de l'Union, alléguant que puisqu'il y avait désormais un roi dont il était lieutenant, tout Conseil autre que le sien devenait inutile (4).

Les bourgeois ruinés criaient famine : « Nostre vaisselle d'argent estant mangée et nos provisions consommées, les garnisons ne trouveront plus à faire bonne chère en nos maisons, comme au commencement. On veut faire vendre nos lits et le peu de meubles qui nous reste, afin d'adjouster l'ignominie avec la pauvreté. Nous ne recevons rien de nos rentes, rien de nos héritages. Tout trafic a cessé et par eau et par terre. Le Palais, la Chambre des Comptes ne nous apportent plus un seul teston, et l'on veut encore nous contraindre à trouver cinquante mil escuz pour des impôts nouveaux, nous qui n'avons plus moyen de vivre (5) ! »

Et, comme contraste avec ce tableau de l'affreux état de Paris, quel incomparable commencement du règne de Henri IV ! « Livré seul entre deux partis dont chacun voulut lui faire la loi, il sut les amuser tous, souffrir leur insolence avec accortise sans toutefois mettre sa dignité en compromis; les tirer de Saint-Cloud sans s'expliquer avec pas un, sous prétexte de la nécessité de faire la guerre; puis faire tellement admirer sa valeur et sa capacité, qu'il se donna le temps de vaincre, de se mettre en état de n'être plus rançonné par les principaux de son parti, et d'en demeurer l'admiration et à peu près le maître. »

(1) Arrêt lu et publié « à son de trompe et cry public par les carrefours de ceste ville et faulxbourgs de Paris, par moy Thomas Lauvergnat crieur juré et ordinaire du roy nostre sire en la ville, prévosté et vicomté de Paris, accompagné de Philippe Noirot, trompette ordinaire esdicts lieux, et d'un autre trompette, le jeudy XXIIIᵉ jour de novembre, l'an M. D. LXXXIX. Signé : LAUVERGNAT. »

(2) Elle fut tuée par « un tonnelier des Seize, demeurant en la rue de l'Arondelle, duquel meurtre tant s'en faut qu'aucune poursuite fust faite, qu'au contraire le curé de Saint-André disoit de ce tonnelier que c'estoit le meilleur catholique de sa paroisse et le plus homme de bien. » (P. de l'Estoile.)

(3) De ce jour, tous les actes publics portèrent son nom, les monnaies son effigie, dans les villes soumises à la Ligue.

(4) « Aussitôt que les grandes familles virent que le duc de Mayenne avait cassé le Conseil de l'Union, elles commencèrent à se retirer de la faction des Seize, et voulurent dépendre de la volonté dudit sieur duc et du Conseil qu'il avait établi près de lui, où ils eurent tous des charges. » (Palma Cayet, *Chronologie novennaire*.)

(5) P. de l'Estoile.

II. — 1590 L'année terrible

« Facta est quasi vidua domina gentium. »

La victoire d'Ivry, la plus glorieuse de toutes celles que remporta Henri IV, remplit l'année 1590 avec l'inoubliable siège, dont la plupart de mes lecteurs ne comprendront, hélas! que trop toutes les souffrances, *passi graviora!*

La défaite complète de Mayenne (1) ouvrait au roi la route de sa capitale : le 25 avril, ses troupes s'emparèrent du pont de Charenton. Cette journée peut être considérée comme la première du blocus de la ville, qui dura quatre mois et cinq jours, jusqu'au 29 août suivant.

Déjà l'armée royale s'était saisie de Lagny, Montereau, Melun, Corbeil, dans le but d'empêcher les vivres d'arriver en amont par la Marne et la Seine; l'occupation des ponts de Saint-Cloud et de Poissy compléta l'investissement de la capitale, du côté d'aval, en arrêtant tous les bateaux qui auraient pu venir de la Normandie et de la Picardie par la Seine et par l'Oise.

Dès le premier renchérissement des vivres, les Parisiens, étonnés, commencèrent à sortir de leur quiétude et à prendre des mesures énergiques de défense. Ils nommèrent pour gouverneur un jeune prince de vingt-deux ans, valeureux, prévoyant, infatigable, opiniâtre, Charles de Savoie, duc de Nemours, frère utérin de Mayenne. Tout manquait, soldats, artillerie, munitions, approvisionnements. On fit entrer en toute hâte du froment, du seigle, de l'avoine, de l'orge; dix mille tonnes de vin. Dans leur trouble, les Ligueurs n'eurent pas honte de demander à Mayenne une garnison étrangère. Paris n'avait pas souffert pareille ignominie depuis la domination anglaise. Trois mille lansquenets gardèrent la rive droite, de la porte Neuve à l'Arsenal, et la rive gauche, de la porte de Nesle à la porte Saint-Bernard. Cinq cents Suisses furent logés au Temple.

Le duc de Nemours s'occupa d'abord de l'enceinte, dégradée sur bien des points, et fit abattre beaucoup de maisons contiguës aux fossés, où l'ennemi aurait pu se loger; il fit fondre et monter jusqu'à soixante-cinq pièces de canon. Les bras manquaient pour exécuter de tels travaux; il décida que chaque maison enverrait un homme à l'ouvrage et enrôla des pauvres moyennant salaire. Les uns curaient les fossés; les artisans habiles fondaient les pièces d'artillerie; d'autres les montaient sur leurs affûts; d'autres encore relevaient les parapets, ou tendaient sur la Seine de doubles chaînes solidement fixées sur chaque rive.

---

(1) Ce fut pour les Ligueurs une vraie déroute : ils perdirent 4,500 cavaliers, 5,000 fantassins, leurs bagages, leur artillerie; plus de quatre-vingts enseignes d'infanterie et vingt cornettes de cavalerie, parmi lesquelles celles de Mayenne et du comte d'Egmont. Les Suisses furent forcés de se rendre.

Au nombre des morts, le peu intéressant comte Philippe d'Egmont, serviteur de Philippe II, meurtrier de son père.

La population formait des compagnies de 3,000 hommes, et quelquefois plus, dans chacun des seize quartiers. C'était donc un effectif de 48,000 fantassins, tous habitants ou bourgeois de Paris, belle troupe bien armée de piques, de hallebardes, d'arquebuses, d'épées: couverte de casques, de cuirasses, de cottes de mailles. Toutes les portes étaient aux mains des Parisiens; jamais ils n'auraient souffert qu'elles fussent gardées par d'autres qu'eux, et chaque nuit les clefs en étaient portées aux quartiniers (1).

(1) L'auteur anonyme d'une relation du siège (*Mémoire de la Société de l'Histoire de Paris*. t. VII, p. 186) nous donne un curieux tableau de l'organisation défensive des seize quartiers de Paris. On verra que le duc de Nemours, peu rassuré sur la compétence militaire des quartiniers bourgeois et de leurs « colonnels, mégissiers, drappiers ou marchans de soye », avait eu soin de leur adjoindre pour commandants effectifs « des gentilshommes auxquels il avoit fiance ».

C'est assçavoir :

1° Au quartier de Parfaict, quartinier, rue Sainct-Anthoine, où estoit colonel Santeuil, potier d'estain, fut commis le sieur du Saulsay Pellevé. commandant à la porte Sainct-Anthoine, à costé de laquelle, à main droicte et à gauche, sur les boulevards, y avoit plusieurs canons et harquebuses à croc.

2° Au quartier de Chouaillier, quartinier, rue de Jouy, colonnel Anthoine, marchant maistre maçon. commandoit le sieur de Cothenen, au boulevart des Célestins, le long de l'eau.

3° Au quartier du greffier Danès, quartinier en la Grève. colonnel Fueillet. marchant de vins, commandoit le sieur de Javerey, ainsi qu'à la porte Sainct-Michel.

4° Au quartier de Le Goix, quartinier, rue de la Tixeranderie. colonnel le sieur de Neully, premier président en la Cour des Aydes, commandoit le sieur de Bazoches, à la place du cimetière Sainct-Jean et aux environs.

5° Au quartier de Charpentier. quartinier, rue du Temple, colonnel le sieur l'Huillier, maistre des Comptes, commandoit le sieur du Peschié l'aisné, au rempart de la porte du Temple qui estoit fermée, et y avoit huict pièces de canon.

6° Au quartier de Le Vasseur, quartinier, rue Sainct-Martin, colonnel le sieur Michon, conseiller au Parlement. commandoit le sieur de la Chevallerie l'aisné. à la porte Sainct-Martin et au rempart proche sur lequel y avoit six pièces de canon.

7° Au quartier de Lambert, quartinier, rue Sainct-Denis, colonnel Villebichot. marchant de soye, commandoit le sieur de La Fontaine.

8° Au quartier de Bourbon, quartinier, vers Sainct-Jacques de l'Hospital, colonnel le sieur du Four, conseiller au Parlement, commandoit le sieur de Vieupont, le long de la porte Montmartre, fermée, et sur le rempart du moullin des Petits-Champs, où y avoit deux pièces de canon et autres pièces légères.

9° Au quartier de Bonnard, quartinier, vers les Halles, à l'hostel de Bourgongne. colonnel Cotteblanche, drappier, lors eschevin, et depuis Perdrier, marchant de vins, commandoit le sieur de Glandat, à la place des Halles et au carrefour Sainct-Eustache.

10° Au quartier de Canaye, quartinier, rue Sainct-Honoré, colonnel du Fresnoy. apothiquaire, commandoit le sieur de Grandmont, à la porte Sainct-Honoré et sur le rempart, où y avoit deux pièces de canon.

11° Au quartier de Bourgeois, quartinier, vers Saint-Germain de Lauxerrois, colonnel le sieur de Grandrüe, conseiller au Parlement, commandoit le sieur de Bourg, à la butte des Moulins et à la porte Neufve, où il y avoit sur le quai des pièces de canon tirant sur le Pré-aux-Clercs et vers le fauxbourg Sainct-Germain.

12° Au quartier de Perlan, quartinier, vallée de Misère et Mégisserie, colonnel Passart, mégissier, commandoit le sieur du Peschié le jeune, au grand Chastelet.

13° Au quartier de Durantel, quartinier, près Saint-Jacques de la Boucherie, colonnel Turquet, jouaillier sur le pont aux Changeurs, commandoit le sieur de Marolles, et aussi à la porte Saint-Jacques.

14° Au quartier de Guerrier, quartinier, en la Cité, colonnel Compans, drappier,

Mais ce qui devait rendre Paris invincible à ce moment, c'était l'exaspération d'une population profondément ignorante qui se croyait menacée dans sa foi, et dont les prédicateurs, les princes et les princesses, les étrangers enfermés dans la ville, les Seize gorgés des dépouilles de leurs victimes, chauffaient à blanc le fanatisme: pauvre peuple amené à cet enthousiasme extatique des martyrs qui fait accepter comme des épreuves méritoires les maux les plus cruels.

Le dimanche 21 janvier, le cardinal Caëtan, légat du pape Sixte-Quint, avait fait son entrée solennelle dans Paris par la porte Saint-Jacques. Au-devant de lui s'étaient rendus les six corps marchands (1), les seize colonels de la milice et un nombreux cortège de gentilshommes et de magistrats qui l'accompagnèrent jusqu'à Notre-Dame où fut chanté le *Te Deum*. Pendant tout son séjour, il logea à l'évêché. Son action ne tarda pas à se faire sentir. Le 10 février, la Sorbonne déclara, avec son assentiment, que Henri de Navarre était exclu du trône, « lors même qu'il se ferait catholique ». Le dimanche 11 mars, les chefs de l'Union firent une procession générale au couvent des Augustins où se trouvaient (2) l'archevêque de Lyon, les évêques de Senlis, de Rennes, de

---

eschevin, commandoit le sieur de Lignerac, au Palais, au Marché-Neuf et au terrain Nostre-Dame sur la rivière.

15° Au quartier de Huot, quartinier, rue Saint-Jacques, rue de la Harpe, rue Saint-André, colonnel le sieur Daubray, secrétaire du Roy, commandoit le sieur de Gessent, à la place Sainct-Michel et aux portes de Nesle, de Bussy et de Sainct-Germain, où y avoit sur chacun boulevart deux pièces de canon.

16° Au quartier de Carrel, quartinier, carrefour Sainct-Séverin et place Maubert, colonnel Pigueron, cy-devant drappier, commandoit le sieur de Betz, ainsi qu'aux portes Sainct-Marceau et Sainct-Victor.

Les noms des quartiniers de 1590 sont à peu près les mêmes que ceux de 1588. (Voir chap. XIII, page 532, note 1.)

(1) Félibien dit pourtant : « à la réserve des pelletiers ».

(2)   ADRESSES

DES PRINCIPAUX PERSONNAGES RÉSIDANT A PARIS SOUS LA DOMINATION DE LA LIGUE
DU 2 AOUT 1589 AU 22 MARS 1594.

La duchesse douairière de Nemours,	à l'hôtel de Nemours, rue Pavée Saint-André-des-Arts.
Le duc de Nemours, fils de la précédente, gouverneur de Paris,	*Ibid.*
La duchesse de Montpensier,	installée chez les Montmorency, à l'hôtel de Montmorency, rue Sainte-Avoye.
Charles de Lorraine, duc d'Aumale, gouverneur de Paris,	rue d'Autriche, à gauche, près la Porte Saint-Honoré.
Claude de Lorraine, chevalier d'Aumale,	*Ibid.*
Le duc de Mayenne, lieutenant général de l'État et couronne de France,	au Louvre, ou à l'hôtel de Nevers, ou à l'hôtel de la Reine, rue de Grenelle.
Bussy-le-Clerc, gouverneur de la Bastille,	rue des Juifs près le Petit-Saint-Antoine, et à la Bastille.
Bernard Palissy, potier,	mort prisonnier à la Bastille.
Du Bourg de l'Espinasse, gouverneur de la Bastille, après Bussy,	à la Bastille.
Pierre de Gondy, évêque de Paris,	à l'évêché.
Le cardinal Caëtan, légat du pape jusqu'en 1591,	à l'évêché.

Fréjus; les prédicateurs Panigarole, évêque d'Asti, Pierre Cristin, Marc
Antoine Mocenigo, évêque de Céneda; l'ambassadeur d'Espagne, don
Bernardin Mendozze; le protonotaire Bianchetti; l'archevêque de Glas-

Bernardin de Mendoza, ambassadeur d'Espagne,	vers Saint-Paul?
Pierre d'Epinac, archevêque de Lyon,	rue Saint-André-des-Arts, au coin de l'*Allée des murs*, dite aujourd'hui rue Mazet.
Panigarole, évêque d'Asti, prédicateur,	au couvent des Cordeliers.
Guillaume Rode, évêque de Senlis,	au collège de Navarre, rue de la Montagne-Sainte-Geneviève.
Jacques de Béthune, évêque de Glascow,	à la Commanderie de Saint-Jean-de-Latran.
Marcelin Landriano, légat du Pape en 1591,	à l'évêché.
Nicolas de Pellevé, archevêque de Sens,	à l'hôtel de Sens.
Robert Bellarmin, théologien, adjoint au cardinal Caëtan,	à l'évêché.
Don Diégo d'Ibarra, ambassadeur d'Espagne,	rue Poupée.
Le duc de Féria, ambassadeur d'Espagne,	demeure d'abord chez Ribault; puis à l'hôtel de Longueville, rue des Poulies.
Ligoretto, colonel des Espagnols,	hôtel Marigny, rue Coquillière, joignant la chapelle de la Reine.
Hervy, curé de Saint-Jean-en-Grève,	à Saint-Jean-en-Grève.
Jean Boucher, curé de Saint-Benoît,	à Saint-Benoît, rue Saint-Jacques.
Julien le Pelletier, curé de Saint-Jacques-la-Boucherie,	à Saint-Jacques-la-Boucherie.
Jacques Cueilly, curé de Saint-Germain-l'Auxerrois,	au Cloître Saint-Germain-l'Auxerrois.
Jean Guincestre, curé de Saint-Gervais,	à Saint-Gervais.
François Pigenat, curé de Saint-Nicolas-des-Champs,	à Saint-Nicolas.
Christophe Aubry, curé de Saint-André-des-Arts,	à Saint-André-des-Arts.
Jean Prévost, curé de Saint-Séverin,	à Saint-Séverin.
Jean Hamilton, curé de Saint-Cosme,	à Saint-Cosme, rue de la Harpe.
Chavagnac, curé de Saint-Sulpice,	à Saint-Sulpice.
René Benoît, curé de Saint-Eustache,	à Saint-Eustache.
Claude Moraine, curé de Saint-Merry,	à Saint-Merry.
Faber, curé de Saint-Paul,	à Saint-Paul, rue Saint-Paul.
Edmond Bourgoing, prieur des Jacobins,	aux Jacobins, rue Saint-Jacques.
Feu-Ardent, prédicateur,	au couvent des Cordeliers.
Joseph Foulon, abbé de Sainte-Geneviève,	à l'abbaye Sainte-Geneviève.
Bernard de Montgaillard (le Petit-Feuillant), prédicateur,	aux Feuillants, rue Saint-Honoré.
Ambroise Varade, jésuite,	à la Maison professe, rue Saint-Antoine.
Claude Mathieu, jésuite,	à la Maison professe, —
Edmond Auger, provincial des jésuites,	à la Maison professe, —
Tyrius, recteur,	au collège de Clermont, rue Saint-Jacques.
Mme la douairière de Guise, veuve du Balafré,	à l'hôtel de Guise, rue du Chaume.
Charles de Cossé-Brissac, gouverneur de Paris,	rue Saint-Antoine, à l'hôtel de Brissac, ancien hôtel de Boissy.
Pierre de l'Estoile, chroniqueur,	rue des Augustins, hôtel Saint-Clair.
Sébastien Zamet, financier,	rue de la Cerisaie.
Jacques de Montholon, avocat,	rue Saint-André-des-Arts, au coin de la rue Git-le-Cœur.

cow, ambassadeur de la feue reine d'Écosse ; le duc de Nemours, le duc d'Aumale, le chevalier d'Aumale ; Mme de Mayenne avec ses en-

Dr de Launoy, ligueur,	rue Saint-André-des-Arts, en face la maison de Mme de l'Estoile, mère.
Jean Tronson. maître des requêtes,	rue de l'Arbre-Sec.
Raphaël Gaillandon, avocat,	rue Tirechape (chez qui un boulet tomba).
Henri de Mesmes, sieur de Boissy, conseiller d'État,	à l'hôtel de Mesmes, rue Sainte-Avoie.
Jacques Gillot. conseiller au Parlement,	cour de la Sainte-Chapelle.
Passerat, poète,	à l'hôtel de Mesmes, rue Sainte-Avoie.
François Gence. libraire.	rue Montorgueil, à l'*Image Saint-Pierre*.
Jacques Lalouette, libraire,	rue Montorgueil.
Roland Guérard et Nicolas Prévost. libraires,	rue Montorgueil, au *Bon Pasteur*.
Robin Thierry, libraire,	rue Saint-Jacques, au *Lys Blanc*.
Jean le Clerc, libraire,	rue Saint-Jean-de-Latran, à *la Salamandre*.
Jean Dallier, libraire,	sur le pont Saint-Michel, à la *Rose Blanche*.
Jehan Corbon, libraire.	devant Saint-Hilaire, au *Cœur bon*.
Jean Leblanc, libraire.	rue du Paon, près Saint-Nicolas du Chardonneret, au *Soleil d'Or*.
Ambroise Paré, chirurgien,	rue de l'Hirondelle.
Guillaume Baledens, avocat,	près la porte Saint-Jacques.
Santeul, ligueur,	en face l'Orme Saint-Gervais.
Costeblanche, drapier, échevin,	sous la Tonnellerie, près les Halles.
Compans, mercier, échevin,	rue de Grenelle Saint-Honoré.
Brigard, épicier,	rue Aubry-le-Boucher.
Brigard, procureur du Roi et de la ville,	à Hôtel de Ville.
La Rue, tailleur, ligueur,	sur le Pont-Saint-Michel.
Violle, Conseiller au Parlement,	à l'hôtel d'Andrezel, rue de la Montagne-Sainte-Geneviève.
Boursier, ligueur,	rue de la Vieille-Monnaie.
Mathias de la Bruyère (le fils), lieutenant civil,	Paroisse Saint-Merry.
Barnabé Brisson, premier président au Parlement,	rue de la Serpente.
Tardif, Conseiller au Châtelet,	sur la paroisse Saint-André-des-Arts.
Dantan, geôlier,	au Petit-Châtelet.
Maître Jean Roseau, exécuteur des hautes-œuvres,	sous les Piliers des Halles, près du Pilori.
Roy, passementier, ligueur,	au bout du pont Saint-Michel.
Roy, capitaine de la milice, politique,	rue de la Harpe.
Haschette, bonnetier,	pont Saint-Michel.
Le Maistre, président au Parlement,	à l'hôtel d'Harcourt, rue Coupe-Gueule.
Hennequin, président au parlement,	rue Piquet (passage Pecquay).
Hennequin de Boinville,	rue Sainte-Avoie, où y a réservoir public.
Marc Orry,	rue des Lombards, au *Soleil d'Or*.
Forget, président,	rue du Four, près Saint-Eustache.
Dominique de Vic, homme de guerre,	rue Saint-Martin, à l'ancien hôtel de Guillaume Budé.
Mérigot, graveur,	au bas des degrés du Palais.
Pierre Biard, sculpteur et architecte,	rue de la Cerisaie.
Le sire Gamin, marchand,	rue Saint-Denis, aux *Trois-Poissons*.
Diane de France, fille de Henri II, duchesse d'Angoulême,	à l'hôtel d'Angoulême, rue Pavée-au-Marais.

fants; Mmes de Nemours, de Guise, de Montpensier; le référendaire comte Porcia; les capitaines Filippo Crivello, Agostino de Lugano, Tolomei de Ferrare, Giacomo Poiana; le Parlement et les autres cours souveraines; le Prévôt des marchands et ses Échevins; les Quartiniers, Colonels, Capitaines, Lieutenants et Enseignes de tous les quartiers et dizaines de la ville. Après que la messe eut été dite par l'abbé de Sainte-Geneviève, Joseph Foulon; que le sermon eut été prononcé par dom Bernard, *le petit Feuillant,* ils allèrent les uns après les autres « jurer, sur le livre des Évangiles qui était ouvert devant le Légat, d'employer leurs vies pour la conservation de la religion catholique, apostolique et romaine; de ne prêter jamais obéissance à un roi hérétique; de révéler tout ce qui viendrait à leur connaissance au préjudice de la Sainte Union, et de braver la mort pour délivrer leur roi Charles X (1). »

Ces imprécations, ces serments éternels, ces fureurs de l'immense fourmilière, pouvaient bien retarder le succès de Henri IV, mais ne le faisaient pas dévier un instant de son but. C'était lui maintenant qui battait à plate couture et qui affamait ceux qui l'excommuniaient. Les Parisiens n'eurent pas même le souci de « délivrer leur roi Charles X » ; la mort s'en chargea : le 9 du mois de mai, il succomba à l'âge et aux infirmités dans sa prison de Fontenay-le-Comte (2).

Il fallait affecter de faire bonne mine à cette mauvaise nouvelle (3).

Robert des Prés, teinturier, échevin,	rue de la Pelleterie, en la Cité.
La famille de Thou,	hôtel de Thou, rue des Poitevins.
La famille de Nicolaï,	rue Bourgtibourg, 33.
La famille Séguier,	rue Git-le-Cœur.
Jean du Tillet, greffier du Parlement.	rue Saint-André-des-Arts.
Barthélemy Prieur, sculpteur,	rue des Boucheries Saint-Germain et rue Mazarine.
Marc Miron, médecin du Roi.	Rue de l'Égoût Sainte-Catherine (aujourd'hui rue de Turenne).
Scipion Sardini, financier,	rue du Fer-à-Moulin.
La famille d'Estrées,	rue des Bons-Enfants, en face le collège des Bons-Enfants.
Marquis d'Escoubleau de Sourdis,	rue des Fossés Saint-Germain-l'Auxerrois et rue de l'Arbre-Sec.
Le P. Jacques du Breul, historien bénédictin,	à Saint-Germain-des-Prés.
Brizard, conseiller au Parlement,	rue Saint-Jacques.
Nicolas Potier de Blancmesnil, président au Parlement,	rue Neuve-Saint-Merri (N° 9 actuel).
Bertrand de Soly, conseiller au Parlement, Martin Langlois, échevin et maître des requêtes,	rue de Soly. rue Barre-du-Becq.

(1) « Les quartiniers, colonels et capitaines dressèrent ensuite par écrit la formule de ce serment et la firent signer au peuple, chacun en leurs quartiers. » (P. de l'Estoile.)

(2) Sur la fin de ses jours, il avait écrit à Henri IV une lettre dans laquelle il le reconnaissait pour son souverain. « Son corps fut mis en un cercueil, et, passant par Tours, fut mené à Gaillon, à la Chartreuse, où il avoit ordonné d'estre ensépulturé. MM. les Princes du sang, ses neveux, chargèrent tous le deuil de sa mort et lui firent faire les services et honneurs dus à sa qualité. » (Palma Cayet.)

(3) En apprenant que le cardinal de Bourbon était à l'extrémité, le légat et

Les moines imaginèrent une manifestation « si bizarre et si ridicule, dit Félibien, que la postérité peut à peine la croire véritable, sur la foi des historiens contemporains. » Le lundi, 14 mai, le « tout Paris » d'alors se pressait dans les rues, sur les toits et aux fenêtres, pour admirer la procession, ou plutôt « la monstre ou revue » des troupes que les couvents pouvaient mettre sous les armes, environ treize cents apprentis guerriers, ecclésiatiques séculiers ou réguliers, de toute robe, de tout âge, de toute taille, de toute corpulence, escortés par la foule qui applaudissait à un si beau zèle. Ce singulier cortège se rendit de Saint-Jean-en-Grève aux Grands-Augustins, en passant par l'arcade Saint-Jean, la place de Grève (1), les planches de Mibrai, le pont Notre-Dame; les rues de la Lanterne et de la Juiverie; la cathédrale où le légat attendait le défilé et traita tous ces héros de *vrais Machabées;* l'Hôtel-Dieu, le Petit-Pont, le petit Châtelet, la rue de la Huchette, la rue de Hurepoix et enfin le quai des Augustins.

« A la tête de cette fougueuse milice, marchait, au bruit assourdissant des cloches de toutes les églises, l'évêque de Senlis, recteur de l'Université, Guillaume Rose, plus qu'aux trois quarts fou, et le prieur des Chartreux, dom Bernard, tenant chacun un crucifix d'une main, une pertuisane de l'autre; puis les Ordres mendiants chantant des hymnes, sur quatre de front : Carmes, Jacobins, Cordeliers, Augustins; des Feuillants, des Minimes, des Capucins, tous le casque en tête, avec plume de coq; la cuirasse sur le froc, la robe troussée, une dague à la ceinture, une arquebuse sur l'épaule. Le *petit Feuillant,* quoique boi-

l'ambassadeur d'Espagne furent fort inquiets et engagèrent le Prévôt des marchands, les Échevins et les principaux bourgeois de la ville à proposer à la Faculté de théologie un cas de conscience, savoir : « si, en cas de mort du cardinal, on pourroit en sûreté reconnoître pour roy Henri de Bourbon, son neveu, à quelque condition que ce pust estre. » La réponse étoit connue d'avance, puisque la Faculté était dominée par une troupe de Ligueurs. Aussi, dans la troisième assemblée tenue sur ce sujet, salle des actes de la Sorbonne, le 7 mai 1590, il fut conclu à l'unanimité que « Henri de Bourbon estant hérétique, fauteur d'hérétique, relaps, et nommément excommunié, ne pouvoit estre reconnu pour roy, *même s'il obtenoit son absolution du Saint-Siège,* veu que la perfidie et la dissimulation estoient également à craindre de sa part. » A quoi l'on ajoutait que ceux qui le favorisaient étaient des amis de Satan, en état de péché mortel. Tout au contraire, ceux qui le combattaient, étaient agréables à Dieu, et dignes de la palme du martyre, s'ils venaient à verser leur sang pour une cause si juste.

Cette résolution de la Sorbonne fut aussitôt imprimée, publiée et envoyée dans toutes les villes du parti de la Ligue, avec une lettre au nom des bourgeois de Paris.

(1) Un tableau, appartenant à M. le duc de Valençay, représente la procession au moment même où sortant de l'arcade Saint-Jean, elle s'engage sur la place de Grève. L'Hôtel de Ville n'a de terminé que le pavillon de l'arcade Saint-Jean avec sa tourelle en échauguette. Le bâtiment central et le pavillon septentrional ne sont élevés que jusqu'au premier étage... La croix de la Grève est fort distincte. Il en est de même du port Saint-Landry et de l'hôtel des Ursins dans la Cité. Sur la place même sont deux cabarets en plein air, où des gens attablés regardent passer le cortège, les curieux, les porteurs et les porteuses d'eau, les gens qui s'injurient ou se battent.

La *Société de l'Histoire de Paris* a donné dans ses *Annexes* une gravure de ce curieux tableau.

teux, suait, poussait et haletait sur les flancs, comme un sergent de bataille, « pour mettre chacun en rang et ordonnance. » O honte ! quatre
curés de Paris figuraient dans cette mascarade : celui de Saint-Jacques-
la-Boucherie, Julien le Pelletier ; celui de Saint-Benoît, Jean Boucher ;
celui de Saint-Côme, Jean Hamilton ; celui de Saint-Gervais, Jean Guincestre, et de nombreux prêtres suivaient dans un accoutrement moitié
militaire et moitié religieux. Au-dessus d'eux voltigeaient pour enseignes
des images de la Vierge. Le Prévôt des marchands et ses Échevins,
« bigarrés de diverses couleurs ; le Parlement, tel quel ; les gardes italiennes, espagnoles et walonnes de M. le lieutenant général de l'État et
couronne de France, » fermaient la marche. Quand le Légat leur eut
donné sa bénédiction, quelques moinillons et novices s'avisèrent de le
saluer d'une salve de mousqueterie, et, « par mégarde, » tuèrent raide
son aumônier et l'un des serviteurs de l'ambassadeur d'Espagne : « Bienheureux sont-ils, disait le peuple, d'avoir perdu la vie dans une si
sainte action (1) ! »

Les « semonneux, » les entrepreneurs de processions, mangeaient à
leur appétit, grâce aux abondantes provisions entassées dans les couvents ; mais ceux qui avaient la simplicité de les écouter commençaient
à souffrir les tourments de la faim. Le Gouverneur fit faire le recense-
ment des bouches et des vivres. De quatre cent mille habitants que
comptait Paris avant le siège, il n'en était resté que deux cent mille,
sur lesquels trente mille mendiants ou paysans de la banlieue, réfugiés
dans les murs, étaient absolument sans ressources. Il n'y avait de blé
que pour un mois. L'honnête bourgeois qui ne touchait plus ses rentes
à l'Hôtel de Ville était obligé de rompre avec ses plus chères habitudes
et de renoncer à ses quatre repas : plus de collations, plus de soupers,
plus de bon vin, plus d'excellent pain blanc de Gonesse ! Au coin des
rues, on voyait une foule affamée se presser autour des « chaudières
d'Hespaigne » où l'on fabriquait la fameuse bouillie de farine d'avoine,
cuite dans l'eau pendant trois heures avec un peu de sel, « vendue publiquement, et autant chèrement que si ce fust esté du laict, dont les
pauvres, et la plus part du peuple et soldatz qui ne pouvoient recouvrer
du pain se nourrissoient ». Il y avait aussi des « marmitées de chair de
cheval, asne et mulet, et l'on se battait à qui en auroit ». Les sermons
seuls étaient à bon marché.

Les Parisiens, qui disposaient d'une milice de cinquante mille hommes (2), demandaient à grands cris que leurs chefs missent fin à tant de
maux en organisant de grandes sorties et en les conduisant à l'ennemi ;
mais le Gouverneur semblait se méfier de leur discipline, et se refusa tou-

---

(1) La *Satire Ménippée* commence par le récit burlesque d'une prétendue procession de janvier 1593, « pareille à celle qui fut jouée (en 1590), en présence de
M. le cardinal Caëtan ». Il faut lire en entier ce morceau exquis, l'un des meilleurs du livre.

(2) Tout habitant de Paris était tenu au service de guerre dans la capitale. Chacun des seize quartiers devait fournir journellement douze cents hommes armés,
pour la garde des murs et des portes, dans l'intérieur de la ville.

jours à mettre leur courage à l'épreuve, bien qu'ils répétassent sans cesse qu'ils préféreraient mourir les armes à la main, plutôt que par la famine.

Henri, de son côté, craignait d'exposer sa petite armée dans un assaut, puis dans les luttes meurtrières d'un combat de rue en rue, de barricade en barricade. Il plaçait tout son espoir dans la détresse des assiégés, dans leur découragement, et dans les séditions qui pouvaient naître entre eux, grâce aux intelligences qu'il entretenait dans la place avec les Politiques. Néanmoins il voulut essayer de la frayeur que leur causerait un bombardement, chose toute nouvelle pour eux : le 8 mai, il fit placer sur la hauteur de Montmartre deux pièces de canon; quatre sur la butte de Montfaucon, et ouvrit le feu contre la ville.

Les historiens de la Ligue prétendent que tout le monde fut bien vite rassuré sur cet inutile fracas d'artillerie, et que chacun raillait la folie du Navarrais « qui brûlait ainsi sa poudre sans profit, car sur quatre cents coups qu'il tira, il n'y eut pas pour cent écus de dommage ». Nous avons vu de nos jours combien la population s'aguerrit facilement contre le danger des obus. Il est intéressant de rechercher où parvinrent en 1590 les boulets lancés de Montmartre et de Montfaucon.

L'un d'eux tomba à Saint-Jacques de l'Hopital (1), rue Saint-Denis, sur un lit dans lequel il n'y avait personne, tandis que tous les autres étaient occupés par des malades. Le président Rebours eut les jambes brisées dans une visite qu'il faisait, le 16 juin, à M. de Mesmes, en son hôtel de la rue Sainte-Avoie (2). Un boulet entra rue Tirechappe, dans la chambre « où gisoit en son lict, malade, maistre Raphaël Gaillandon, avocat en la cour de Parlement, avec six enfans et sa famille; rompit une quenouille du lict et s'admortit sans offenser personne (3) ».

---

(1) En face Saint-Leu, entre les rues du Cygne et Mauconseil.

(2) Henri de Mesmes, sieur de Roissy, possédait rue Sainte-Avoie un grand hôtel, qui fut reconstruit au dix-septième siècle par Le Muet, et qui existe encore aujourd'hui rue du Temple, à gauche, sous le nom d'hôtel de Saint-Aignan. C'est là que fut blessé Rebours. « Comme il estoit tenu pour Roial et Politique, les prédicateurs, dit l'Estoile, en faisoient une gosserie et disoient que les coups des Roiaux alloient tous *à rebours*. »
En face de l'Hôtel de Mesmes, à droite, étoit l'hôtel du connétable de Montmorency, qui, au dix-septième siècle, passa dans la famille de Mesmes. Cela fait donc deux hôtels de Mesmes, qu'il ne faut pas confondre, situés dans la même rue et en face l'un de l'autre.

(3) « Dont le dict Gaillandon rendit grâces à Dieu, et, pour mémoire, dressa une inscription latine et élégante, à la forme ancienne, représentant l'estat et extrémité où estoit réduicte la dicte ville. » (*Mémoires de la Société de l'Histoire de Paris*, VII, 205.)
La rue Tirechappe s'étendait de la rue Béthisy à la rue Saint-Honoré, sur l'emplacement actuel de la rue du Pont-Neuf.
Un autre boulet tomba, rue Saint-Martin, dans la petite église de Saint-Julien des Ménétriers.
On trouva qu'il pesait trente-deux livres. On a exposé à Chicago un canon Krupp qui peut lancer un projectile à une distance de vingt kilomètres, parcourus en soixante-dix secondes. Dans sa trajectoire, le projectile s'élève à une altitude de 6.500 mètres.
Lancé du Pré-Saint-Didier, il atteindrait Chamonix, en passant par-dessus le Mont-Blanc qui n'a guère que 4.810 mètres de haut.

Enfin, le beau-frère de Pierre de l'Estoile, M. de Gland, fut atteint et blessé à la jambe, le 27 juillet, pendant qu'il causait dans la boutique de l'apothicaire, maître Jean de Saint-Germain, et quelques-uns des boulets du jeune duc Henri de Longueville tombèrent dans les halles, près des Innocents.

Ce mois de juillet fut terrible pour les malheureux Parisiens. Le 9, Henri IV parvint à s'emparer de Saint-Denis, qu'il appelait « la citadelle de Paris »; le 17, les troupes de Châtillon (1) occupèrent le faubourg Saint-Marcel, pillèrent le couvent des Cordelières (2) et y firent le plus riche butin; le 26, l'abbaye Saint-Germain-des-Prés fut obligée de se rendre (3); enfin, dans la nuit du vendredi 27, tous les faubourgs des deux rives, violemment attaqués (4), tombèrent aux mains de l'armée royale dont les canons n'étaient plus qu'à un jet de pierre des portes de la ville (5). Les moulins à vent qui étaient en dehors de l'enceinte furent complètement ruinés (6).

Les vivres étaient épuisés et l'on était obligé de recourir aux expédients les plus étranges. On avait mangé les chiens, puis les chats, puis les les rats, les souris; puis l'oing qui sert à faire la chandelle; on rongea les feuilles de vigne et les herbes des jardins. Quand La Noue (7), blessé dans une escarmouche, fut emporté par les siens, des malheureux, à jeun depuis longtemps, s'arrachèrent son cheval, le coupèrent en morceaux et le dévorèrent sur place. Pour payer les soldats qui se muti-

(1) C'est le fils de l'amiral. Il n'avait que quinze ans lors de l'assassinat de son père, après lequel il se réfugia à Genève, et, de retour en France, servit d'abord le duc d'Alençon, puis Henri IV. Il fut récompensé de sa fidélité par le gouvernement du Rouergue et la charge de colonel général de l'infanterie et d'amiral de Guyenne. Il n'avait que trente-quatre ans quand il mourut en 1591, « dans sa maison de Chastillon, d'une fièvre d'ennui et de mélancolie, » dit l'Estoile.

(2) *Aujourd'hui hôpital*, rue de Lourcine.

(3) Le capitaine qui y commandait pour la Ligue se nommait Marc Antoine, de Modène. On laissa pour garder l'abbaye deux gentilshommes de la suite du nouvel abbé, Charles, cardinal de Bourbon, né en 1562, † 30 juillet 1594, qu'il ne faut pas confondre avec son oncle, le Charles X de la Ligue.

(4) « A trois heures du matin, le baron de Biron emporta le faubourg Saint-Martin; Fervaques, celui de Saint-Denis; Saint-Luc, celui de Montmartre; le maréchal de Biron, celui de Saint-Honoré; d'Aumont, celui de Saint-Germain; Lavardin, ceux de Bussy et de Nesle; Châtillon ceux de Saint-Michel et de Saint-Jacques; Conti, celui de Saint-Marcel, et la Trémouille, celui de Saint-Victor. » (Davila).

(5) Il n'y avait plus aucune sécurité rue Saint-André-des-Arts; plusieurs passants y furent tués de coups d'arquebuses tirés par les assiégeants, postés dans les maisons les plus proches du faubourg. Pour protéger tant mal que bien les habitants, on tendit des draps au travers de la rue.

(6) Les Ligueurs ne se laissèrent pas décourager pour si peu. Avec beaucoup d'ingéniosité, ils en construisirent d'autres dans l'intérieur des murs, les uns à bras, les autres tournés par des chevaux.

(7) François de La Noue, gentilhomme breton, s'attacha de bonne heure au parti calviniste et se distingua, dès 1567, par un hardi coup de main qui le rendit maître d'Orléans. Il perdit un bras au siège de Fontenay en Poitou, et porta depuis un *bras de fer*, avec lequel il pouvait manier la bride de son cheval. De là son glorieux surnom. Il se distingua aux batailles d'Arques et d'Ivry, reçut une blessure mortelle au siège de Lamballe, et mourut quinze jours après, le 4 août 1591, à Moncontour.

naient, on vendit l'argenterie, les vases sacrés des églises et les joyaux de Saint-Denis et de la Sainte-Chapelle. L'ambassadeur d'Espagne, Bernardin de Mendosse, fit jeter au peuple, chaque jour, des poignées de demi-sous aux armes de Philippe II ; mais il arriva un moment où cette menue monnaie perdit toute valeur, et ces pauvres gens, ne se donnant plus la peine de la ramasser, lui criaient : « Las! Monsieur l'ambassadeur, c'est du pain qu'il faut nous faire jeter: nous mourons de faim. »

C'est alors que l'on pensa à visiter les communautés, malgré leur résistance et les bruyantes protestations de Tyrius, recteur du collège de Clermont. On trouva chez les Jésuites, chez les Capucins, et dans tous les couvents, quantité de blé, de biscuit, de chair salée, de légumes, bien au delà de ce qui leur était nécessaire. Cette découverte prolongea de quinze jours l'agonie des assiégés.

Autres remèdes : le 1er juillet, on fit vœu d'offrir à Notre-Dame de Lorette une lampe et un vaisseau d'argent, aussitôt que Paris serait délivré (1); le 17 juillet, eut lieu une procession de dix mille enfants, au-dessous de douze ans, qui se rendirent, pieds nus, des Saints-Innocents à Sainte-Geneviève, où, après avoir entendu la messe, ils se prosternèrent à terre « et crièrent par trois fois : *Miséricorde! Miséricorde! Miséricorde!* avec grande clameur, pitié et commisération des assistans ».

Cependant la famine avait eu raison des plus fiers courages, et l'excès des maux fit que beaucoup de citoyens crurent plus efficace de tourner leurs regards vers Henri IV. La fureur des Seize redoubla de violence et les exécutions se multiplièrent contre ceux qui étaient seulement soupçonnés d'être des « Politiques, des Maheutres, des Frélus, des Bigarrés, des Guillebedoins ». Le trompette et crieur-juré, Noiret, fut étranglé et pendu pour avoir porté des lettres au Roi; le procureur Regnard fut pendu comme conspirateur. Le 8 août, une multitude de gens « que la faim chassait du bois comme des loups (2) », excitèrent un grand tumulte au Palais, en demandant aux magistrats la paix ou du pain; quelques-uns même crièrent : *Vive le Roi.* Dans la bagarre, un Ligueur zélé, le capitaine Robert Le Goix, fut tué. Le duc de Nemours, le chevalier d'Aumale, Vitry, accoururent avec leurs gentilshommes et firent un grand nombre de prisonniers. Le lendemain matin, un joaillier, nommé Le Prestre, fut pendu dans la cour du Palais, comme meurtrier de Le Goix (3), ainsi que le clerc du conseiller Favier. Quelques personnages

---

(1) *Passato il pericolo, gabbato il santo.* Quand la ville fut délivrée, elle oublia complètement d'accomplir son vœu à Notre-Dame de Lorette.

(2) Pierre de l'Estoile.

(3) Le Prestre soutint jusqu'à la fin que ce n'était pas lui qui avait frappé Le Goix, et prétendit qu'il était victime de l'inimitié de l'échevin Compans. Au moment de monter au gibet, il ajourna Compans à comparaître bientôt devant le grand Juge, pour rendre raison du tort qu'il lui faisait. Le peuple fut très impressionné quand il vit Compans mourir justement un mois après, le dimanche 9 septembre, à deux heures après minuit, « pour comparoistre à l'assignation que Le Prestre lui avoit donnée, le neufviesme du mois passé. Compans fut regretté de ceux de la Ligue, qui seuls le tenoient pour homme de bien ».(P. de l'Estoile.)

importants, plus ou moins compromis dans cette échauffourée, purent
sortir de la ville moyennant rançon : l'avocat Talon ; les conseillers Allégrain et Jumeauville; le président de Thou. Peu de temps auparavant, le receveur du domaine de la ville, François de Vigny (1), avait
été jeté à la Bastille, mais il n'y resta que peu de jours et put quitter
Paris, en donnant au duc de Nemours une somme de douze mille écus.

Les prédicateurs prêchaient jusqu'à deux fois par jour, et ne cessaient
d'abuser de la crédulité de leurs ouailles pour les exaspérer et les empêcher de céder au découragement : « Je voudrais pouvoir étrangler de
mes deux mains ce chien de Béarnais, disait Rose, à Saint-Germain-
l'Auxerrois; une saignée de Saint-Barthélemy est nécessaire; ce n'est
que par là qu'on coupera la gorge à la maladie ». — Et Boucher : « Il faut
tout tuer; il est grandement temps de mettre la main à la serpe et d'exterminer ceux du Parlement ». — Aubry : « Je marcherai le premier pour
aller les égorger ». — Cueilly : « Je voudrais que l'on se saisît de tous ceux
que l'on verrait rire ! » — Guincestre : « Jetez à l'eau tous les demandeurs
de nouvelles ! » — Jean Hamilton : « Quand vous aurez perdu tout espoir
de vaincre le Béarnais, bruslez tous les registres du Parlement, du
Chastelet, de la Chambre des Comptes et de l'Hôtel-de-Ville; puis met-
tez le feu chacun chez vous, et égorgez ceux qui s'efforceroient de l'es-
teindre. » L'avocat général Louis Dorléans, dans un de ses nombreux
libelles (2), à la seule idée que l'on pourrait jamais recevoir un roi
maudit de Rome, s'écrie : « Le peuple alors bondiroit de furie, et.
comme une mer écumante, pourroit bien engloutir le patron, les

(1) Ces magistrats se perpétuaient dans leurs offices. Philippe Macé fut receveur
de la ville cinquante et un ans (de 1506 à 1557). Il eut pour successeur, le 22 avril
1556, François Ier de Vigny, attaché depuis longtemps à ses bureaux.

François Ier de Vigny obtint pour son fils, François II, la survivance de sa charge
le 27 juillet 1564.

En 1582 (chap. XIII, page 481), il vit sa caisse forcée par Henri III, qui lui emporta deux cent mille livres. Le pauvre receveur ne put payer les quartiers échus
des rentiers.

Vêtu de velours cramoisi, marchant immédiatement après le prévôt des marchands et les échevins « montés sur beaux chevaux et coursiers de prix, lesquels
ils piquoient de leurs éperons et saultoient triomphaument ». François II de Vigny
assista aux obsèques du duc d'Anjou, aux entrées de Henri III et de Henri IV. Ce
dernier le réintégra dans ses fonctions que lui avait enlevées la Ligue, et il les
conserva jusqu'en 1599. Il avait été en exercice trente-cinq ans. François II de
Vigny était le beau-frère du président Brisson.

(2) Second Avertissement des Catholiques anglais aux Français catholiques et à
la Noblesse qui suit à présent le roi de Navarre; Paris, Bichon, 1590, in-8°. Ce
pamphlet fut brûlé par la main du bourreau, à la croix du Trahoir et à la place
Maubert, aussitôt que Henri IV fut maître de Paris, c'est-à-dire le 2 avril 1594.
L'imprimeur Bichon fut exilé.

Louis Dorléans avait été député du Tiers État de la ville de Paris aux États
généraux de Blois, en 1588. Les Ligueurs, pour le récompenser de son zèle catholique, le nommèrent avocat général le 21 octobre 1589, après que Bussy le Clerc
eut arrêté plusieurs des membres du Parlement fidèles à la royauté. Il ne fut
pourtant pas un serviteur aveugle des Seize, et il condamna énergiquement l'assassinat du président Brisson et des conseillers Tardif et Larcher, le 15 novembre
1591.

Nous le rencontrerons encore plusieurs fois dans le cours de cette histoire.

matelots et le navire tout ensemble. On nous accuse d'estre Hespagnols. Oui! plustot que d'avoir un prince huguenot, nous irions chercher non seulement un Hespagnol, mais un Tartare, un Moscove, un Scythe qui soit catholique! » La duchesse de Guise répond à une mère qui se désolait de ne plus pouvoir nourrir son enfant : « Et quand vous en seriez là réduite, que pour vostre religion il vous faudrait tuer vos enfans, pensez-vous que ce soit si grand cas que cela? De quoi sont faits vos enfans, non plus que ceux de tous les autres? de boue et de crachat! Voilà, ma foi, une belle matière pour tant en plaindre la façon! »

Ce cynisme révoltait une partie de plus en plus nombreuse de la population, et les Ligueurs ne dominaient plus la situation que par la ruse, les mensonges, les fausses nouvelles et la terreur qu'ils inspiraient. Le 16 août, ils n'osèrent procéder aux élections du prévôt des marchands et des échevins, et préférèrent les ajourner. Des placards furent affichés aux Augustins contre « ceste âme damnée d'ambassadeur d'Hespagne, qui se moque de nous en nous faisant manger tant de boulie, qu'il voudroit que nous en fussions jà tous crevés... Que tardons-nous à le jeter dans un sac à vau-l'eau, pour qu'il s'en retourne plus tost chez lui. » On lisait sur les murs de Saint-Séverin cette inscription au charbon : *Pereat Societas Judaica, cum gente Ibera!* Bussy le Clerc, furibond, accourut chez le président Brisson et lui dit : « Je sçais qu'on parle icy d'une *Paix* ou d'un *Accord*, sous couverture de *Nécessité*. Eh bien, je vous déclare que je n'ai qu'un enfant, mais je le mangerois plutôt à belles dents que de me rendre jamais! J'ai une espée bien tranchante, avec laquelle je mettrai en quatre quartiers le premier que je sçauray ou oirrai dire seulement qui parlera de la paix. »

Pendant la durée du siège, des négociations avaient été entamées avec le Roi, toutes ayant pour but apparent de l'amener à se convertir, et, en réalité, de l'amuser et de l'attarder jusqu'à l'arrivée des secours toujours promis par Mayenne. Dès le 27 mars, le légat Caëtan avait cherché inutilement à gagner le maréchal de Biron dans une entrevue qu'il eut avec lui à Noisy-le-Grand (1), chez le cardinal Pierre de Gondi. Le 7 juillet, jour de trève, le Légat et ses prélats se rendirent à l'hôtel de Jérôme de Gondi, au faubourg Saint-Germain, où ils conférèrent avec le marquis de Pisani (2) et d'autres gentilshommes du camp navarrais, mais sans plus de résultats, les délégués de Paris ayant déclaré hautement que le peuple se ferait exterminer mille fois les armes à la main, plutôt que d'ouvrir ses portes à un souverain hérétique. Le 6 août,

---

(1) Noisy-le-Grand, village entre Saint-Germain et Versailles, dont la seigneurie appartenait au maréchal Albert de Retz, frère de l'évêque de Paris.

(2) Jean de Vivonne, marquis de Pisani, ambassadeur de Charles IX en Espagne; de Henri III, à Rome, en 1585 et de Henri IV, en 1592. Le Roi, qui l'estimait beaucoup, le nomma, en 1595, gouverneur du jeune prince Henri de Condé, alors âgé de sept ans, et héritier présomptif de la couronne, le roi n'ayant pas encore d'enfants. Il épousa Julie Savelli, dont il eut Catherine de Vivonne, marquise de Rambouillet.

Pisani est très bien traité dans l'*Historiette* que lui a consacrée Tallemant des Réaux.

alors que la fermeté de beaucoup chancelait, des délégués sortirent munis de la bénédiction du Légat, et allèrent trouver Henri IV qui les attendait dans le cloître de l'abbaye Saint-Antoine, entouré d'un millier de gentilshommes parmi lesquels le prince de Conti (1), le duc de Montpensier, le comte de Soissons (2), les maréchaux de Biron et d'Aumont, la Noue, Chiverny (3), etc. Mais il reçut les ambassadeurs plus froidement qu'ils ne pensaient, et quand ils se permirent d'insister sur sa conversion, il leur répondit « rondement et sans feintise ce qu'il avoit sur le cœur; qu'il savoit bien qu'ils avoient le couteau sur la gorge, et que s'ils venoient à lui, c'estoit l'extrême besoin qui les y poussait; que ce n'estoit pas aux vassaux de faire des conditions à leur roi, mais bien au roi de leur pardonner; qu'ils n'avoient point à aller consulter le duc de Mayenne et qu'il ne le souffriroit pas; que s'ils attendoient à capituler qu'ils n'eussent de vivres que pour un jour, il les laisseroit disner et souper ce jour-là; mais que le lendemain, lorsqu'ils se trouveroient contraints de se rendre à lui la corde au cou, il en feroit pendre une centaine »; et il les congédia ainsi sans qu'ils eussent rien de consolant à rapporter aux infortunés qui les avaient envoyés (4).

L'aspect de Paris était lugubre. On y comptait les morts par milliers; des cadavres gisaient abandonnés sur le sol, et l'on ne pouvait suffire à les charrier jour et nuit pour les enterrer. Des êtres ayant à peine figure humaine mangeaient des chiens morts tout crus par les rues, ou des tripes ramassées dans les ruisseaux (5). L'hydropisie enflait leurs jambes; leurs torses amaigris laissaient voir les os qui perçaient la peau. « Les petits enfants mouraient à la mamelle de leurs mères alangouries, tirant pour néant, et ne trouvant que sucer, sinon le pur sang; les meilleurs habitants marchaient par la ville, appuyés d'un bâton, plus faibles et plus blancs qu'images de pierre, ressemblans plus des fantômes que des hommes. »

(1) François de Bourbon, prince de Conti, fils de Louis Iᵉʳ de Condé, tué à Jarnac. « C'était un stupide, dit Tallemant, seul capable d'épouser la trop fameuse Mademoiselle de Guise. » Il n'en eut pas d'héritiers et mourut en 1614.

(2) Charles de Bourbon, comte de Soissons, frère du précédent, serviteur douteux de Henri IV qui ne voulut jamais lui donner sa sœur Catherine en mariage. Le comte de Soissons mourut en 1612.

(3) Philippe Hurault, comte de Chiverny, né au château de Chiverny, près de Blois, le 25 mars 1528; mort au même lieu le 30 juillet 1599. Il fut garde des sceaux en 1578 et chancelier de France en 1581, après la mort du cardinal de Birague. Il accompagna Henri III à Chartres après la journée des Barricades, lui ménagea une bonne réception dans cette ville dont il était gouverneur, et n'en fut pas moins disgracié peu après. En 1590, Henri IV l'envoya chercher dans sa retraite et lui confia de nouveau les sceaux.

Il était beau-frère de l'historien de Thou.

(4) Le roi ou ses officiers recevaient journellement des lettres du président Brisson, des Hennequin, des Bragelonne, de Villeroy, Chauvelin, Courtin, Séguier, l'abbé de Sainte-Geneviève et bien d'autres qui ne souhaitaient que la paix.

(5) Les plus grands seigneurs étaient réduits à six onces de pain par jour. Le beurre, qui valait d'ordinaire quatre ou cinq sous la livre, monta à trente sous, à un écu, deux écus, trois écus; le pain blanc, à un écu la livre; une pinte de lait, quarante sous; une vache, cent écus; deux œufs, le 14 août, vingt sous.

Un souvenir d'horreur pesa longtemps sur cette dernière semaine d'août, et pendant plusieurs générations les Parisiens s'en transmirent avec effroi les récits légendaires : « le pain de Madame de Montpensier, affreuse mouture des ossements des charniers broyés et réduits en farine... la mère, qui sale et mange ses enfants... les lansquenets, gens de soi barbares et inhumains, mourans de male rage de faim, faisant la chasse aux enfans comme aux chiens et en dévorant trois à belles dents, deux à l'hostel Saint-Denis et un à l'hostel de Palaiseau (1)... les bêtes puantes et venimeuses engendrées dans tous les quartiers, et cette rue où les plus hardis n'osent plus passer, car on y entrevoit une femme demi-morte, couchée sur le pavé, ayant à son cou un serpent entortillé ! »

La lassitude et la misère étaient grandes également dans l'armée royale, dont les soldats quasi nus, sans chemises, sans souliers, n'étaient pas payés et s'impatientaient d'attendre en vain le pillage de la capitale. Ceci explique la bonté trop vantée du Roi qui se serait attendri bien naïvement sur le sort de ses sujets rebelles et leur aurait fait passer des vivres, alors qu'il fut tout simplement forcé de fermer les yeux sur le trafic que firent les siens dans les derniers jours d'août, en vendant aux Parisiens des vivres et des passeports (2).

On ne voyait que femmes qui descendaient des remparts dans des baquets maintenus par des cordes, et baquets qui remontaient pleins de provisions. Le 16 août, on sortit librement, et encore le 17 et le 20. Il est certain qu'en cet instant Henri IV céda à sa nature généreuse, laissa passer les femmes, les filles, les écoliers, les enfants, et eut même la faiblesse d'envoyer des « rafraîchissements » à Mesdames de Guise, de Mayenne, de Nemours et de Montpensier.

Le réveil fut dur. Un bruit commença à circuler, auquel personne ne voulut croire d'abord : les Ligueurs, parce qu'il les avait trop de fois déçus ; les Royalistes, parce qu'il renversait toutes leurs espérances. On annonçait que le duc de Parme (3), en personne, approchait de Meaux

(1) Nous connaissons déjà l'hôtel, dit des Abbés de Saint-Denis, au sud du couvent des Augustins (Voyez chap. VII, page 229). Quant à l'hôtel de Palaiseau, il était certainement dans la même région; sans doute près du cimetière Saint-André-des-Arts.

(2) P. de l'Estoile rapporte que le mardi 14 août il fit sortir de cette ville de Paris « sa femme, grosse, preste d'accoucher, et avec elle Anne de l'Estoile et son petit Matthieu, avec sa nourrice et sa germaine, et se retira avec sa mère à Corbeil; ce qui lui fust une chère sortie ». Il ajoute un peu plus loin : « Le mercredi 29 août, j'obtins un passeport, car j'étais à la fin de mon pain, et avois jà composé avec le capitaine Saint-Laurens, à cinquante escus, pour me rendre en sécurité là où je voudrois aller. Mais le siège fust levé le lendemain, et mon voiage rompu. »
En échange des vivres et des passeports, les officiers de l'armée royale recevaient, outre les écus, tout ce que des marchands parisiens peuvent donner : « écharpes, plumes, étoffes, bas de soie, gants, ceintures, chapeaux et autres belles galantises ».

(3) Alexandre Farnèse, fils d'Octave Farnèse, duc de Parme, et d'une fille naturelle de Charles-Quint, Marguerite d'Autriche, naquit à Rome en 1546, s'attacha au service de Philippe II et maintint les Pays-Bas dans l'obéissance, notamment par

à la tête de son armée, suivi de Mayenne et accompagné de tous les princes et seigneurs de la cour de son maître Philippe II, Espagnols et Italiens (1). Il ne fut plus permis d'en douter quand, le 21, Gondi, Prévôt, d'Espinac (2), vinrent trouver le roi, qui dînait à Chaillot, et lui déclarèrent que Mayenne ne traiterait plus désormais avec lui, sans en conférer avec le duc de Parme (3).

Désespéré, Henri IV perdit quelques jours à discuter les conditions d'une trêve (4), à chercher à renouer encore une fois des négociations avec Mayenne; à se demander s'il laisserait quelques troupes bloquer Paris, pendant qu'avec le gros de son armée il irait au-devant des Espagnols. Après bien des débats, et sur l'insistance du maréchal de Biron, cette division de ses forces lui parut dangereuse, et, dans la nuit du mercredi 29 août au jeudi 30, il se décida enfin à lever le siège et à marcher vers Meaux (5).

*
* *

Dès l'aube du 30 août, les gardiens des portes s'aperçurent que la campagne était libre. Un capitaine italien, Philippo Crivello, courut au

la victoire de Gembloux, remportée sur les *Gueux*, en 1578. Il était dans la force de l'âge et dans tout l'éclat de sa réputation militaire, quand Philippe II lui imposa la tâche ingrate de venir en France combattre Henri IV. S'il força celui-ci à lever le siège de Paris, il ne put profiter de son succès et fut bientôt forcé de regagner la Flandre, après avoir perdu une grande partie de son armée. Il revint en France en 1592, et mourut à Arras, le 2 décembre 1592, des suites d'une blessure qu'il avait reçue à Caudebec.

(1) Son armée était composée de troupes espagnoles, italiennes, allemandes, wallonnes, flamandes et irlandaises, commandées par les princes d'Ascoli, de Chimay; Don Sanche de Leyva, Don Alonzo Idiaquez, Don Antonio de Zuniga, Don Pietro Caëtano, neveu du légat; Camille Capisucchi, Vicenzo Capra; le marquis de Renty, le comte de Barleimont, le comte d'Arenberg, etc., etc.

(2) Gondi, évêque de Paris; — Jean Prévost, curé de Saint-Séverin; — Pierre d'Espinac, archevêque de Lyon.

(3) Il était arrivé à Meaux le 23 août. Le duc de Mayenne, le clergé et la ville, allèrent au-devant de lui, avec la croix devant laquelle le duc de Parme s'agenouilla, puis il alla loger à l'évêché. Il déclara publiquement à Gondi et à d'Espinac : « qu'il estoit venu par le commandement du roi d'Espagne, son maître, afin de délivrer Paris, d'assurer la religion catholique, apostolique et romaine persécutée, et que c'estoit perdre temps de luy parler de traicter aucun accord avec l'hérétique; qu'il estoit résolu pour cette saincte cause d'employer tout, jusqu'à sa propre vie, sans pour cela aspirer à conquérir aucunes forteresses, ni villes, ni châteaux, comme l'ennemi vouloit le faire croire ».

(4) Il devait fournir « par chacun jour pendant la dicte trefve, vingt-cinq muids de bled, trente-cinq bœufs, et quantité de vin pour la provision et munition de la dicte ville ».

(5) « Les Royaux commencèrent sur les deux heures après minuict de remuer bagages, et desloger secrettement des faubourgs. Ceux qui estoient aux faubourgs Sainct-Victor, Sainct-Marceau et Sainct-Jacques tirèrent vers Charenton et Conflans, où ils passèrent la rivière sur le pont de bateaux. Le reste qui estoit au faubourg Sainct-Germain alla passer sur le pont de Sainct-Cloud, et tous cheminèrent vers la *France*, pour donner bataille au duc de Parme. »

J'ai déjà dit que le siège avait duré quatre mois et cinq jours.

cloître Notre-Dame, où logeaient le légat et les prélats, et là, appelant ses amis par leur nom : « Allons, allons, cria-t-il, courage, l'ennemi est parti ! » Aussitôt les habitants, hommes et femmes, se précipitèrent au dehors par toutes les issues, les berges, les poternes, les planchettes, et se répandirent dans les faubourgs et dans les champs, cherchant à cueillir quelques fruits, quelques légumes, mangeant les raisins des vignes; d'autant plus joyeux de se sentir libres qu'ils savaient bien que si le siège eût duré deux jours de plus, ils auraient été contraints de se rendre. Ils se montraient avec curiosité les logements de Biron, d'Aumont, de la Guiche, de Châtillon, de La Noue, du duc de Montpensier et du Roi, à Chaillot, aux Tuileries, à Montmartre; les traces des batteries dressées contre eux à Montfaucon; dans le jardin du « Riche Laboureur » (1), et derrière la maison de Gondy; les mines, les tranchées près la porte de Bucy, l'une des plus menacées; la ruine complète de leurs faubourgs et la dévastation par ces « Huguenots maudits de leurs églises avec reliques, vitraux, autels et images des saints ».

Les routes, les chemins, étaient encombrés de familles se hâtant de quitter Paris, dans la crainte d'un retour offensif de l'ennemi; d'autres, au contraire, après une si longue absence, venaient revoir leurs foyers.

A trois heures, pour remercier Dieu du miracle de la délivrance, il y eut à Notre-Dame un salut solennel où assistèrent « Monsieur le cardinal Caëtan, légat; plusieurs évesques et prélats, le duc de Nemours, l'archevêque de Lyon, les princes, les princesses, le prévost des marchands, les eschevins et affluence de peuple, avec grand joye, resjouissance et consolation ». Le cordelier Panigarole, évêque d'Asti, monta en chaire et donna de grandes louanges au Légat et au duc de Nemours; il dit au peuple que Dieu, en lui accordant la liberté, le récompensait de sa patience et de sa persévérance dans les misères et afflictions (2).

Le lendemain et les jours suivants, les vivres affluèrent. Le capitaine Giacomo, Ferrarais, amena de Dourdan, par la porte Saint-Jacques, un premier convoi de blé, farines, bœufs, moutons, porcs, pain cuit, volailles, lard, beurre, fromages (3); puis ce fut l'interminable défilé

---

(1) Cette maison s'étendait de la rue Monsieur-le-Prince à la rue de Condé, vers leur extrémité septentrionale. En 1793, il y avait encore, rue de l'Odéon, un passage du *Riche-Laboureur*, où demeurait le conventionnel Dulaure.

(2) Ce Panigarole était déjà venu à Paris, en 1571, pour y terminer ses études de théologie (chap. xii, page 441). Prêchant à Saint-Thomas-du-Louvre, après la Saint-Barthélemy, devant Catherine de Médicis, Charles IX et le duc d'Anjou, il loua le Roi « d'avoir en une matinée purgé la France de l'hérésie ». Il passa à Paris les années 1589 et 1590, soutenant la Ligue de son éloquence trop vantée, et retourna en Italie avec le Légat. Il mourut d'une indigestion, dans son diocèse d'Asti, le 31 mai 1594, n'ayant encore que quarante-huit ans. Il avait eu, dans sa jeunesse, une existence de débauché qu'il semble avoir continuée sous la robe de Cordelier.

(3) Pour éviter tout désordre, on fut obligé de défendre de vendre ces vivres ailleurs que dans les marchés. Un troisième convoi qui venait de Dreux fut intercepté par les troupes royales. Quant aux maraudeurs parisiens qui s'aventuraient dans la banlieue pour en rapporter des provisions, ils couraient de grands risques, et beaucoup furent tués ou faits prisonniers par les cavaliers du roi.

des mille charrettes envoyées de Chartres par le gouverneur Babou de
la Bourdaisière, qui entra par les portes Saint-Jacques et de Bucy,
et dura de l'après-midi jusqu'à deux heures après minuit. Le peuple entier était en liesse, en voyant enfin l'abondance revenue. Le besoin de
se nourrir était si impérieux qu'on arrêtait les vaches dans les rues pour
les traire.

La plupart des marchands rouvrirent leurs boutiques; le mardi 4 septembre, on recommença à plaider au Parlement et au Châtelet.

*
* *

A Madame de La Rocheguyon :

« Ma maîtresse, je vous escris ce mot, le jour de la veille d'une ba-
« taille. L'yssue en est en la main de Dieu, qui en a desja ordonné ce
« qui en doit advenir, et ce qu'il congnoist estre expédient pour sa gloire
« et pour le salut de mon peuple. Si je la perds vous ne me verrez
« jamais : car je ne suis pas homme qui fuie ou qui recule. Bien vous
« puis-je asseurer que, si j'y meurs, ma pénultiesme pensée sera à
« vous, et ma dernière sera à Dieu. Auquel je vous recommande, et
« moi aussi.

« Ce dernier aoust 1590.

« De la main qui baise les vostres, et qui est votre serviteur,

                                        « HENRY (1). »

Cette bataille sur laquelle Henri IV comptait, cette bataille qu'il désirait impatiemment, il ne l'obtint pas du tacticien consommé qu'était
son adversaire. En vain il campa dans la plaine de Bondy, occupa
Chelles, puis Claye; en vain il lui envoya un hérant chargé de le provo-
quer; le duc de Parme, fortement retranché, près de Pomponne, entre un
marais et la Marne, répondit : « Je suis venu en France, de par l'ordre du roi Philippe II, mon seigneur, pour extirper l'hérésie, ce que
j'espère, avec la grâce de Dieu, mener à bien devant que d'en sortir.
Si je trouve que le chemin le plus court d'y parvenir soit de livrer bataille, je le ferai et forcerai bien votre maistre à l'accepter, sinon je
ferai ce qui me semblera le plus convenable. »

Du haut d'un monticule, à l'orient du bois et du château de Brou, le
duc de Parme vit avec étonnement la belle ordonnance de l'armée de
Henri IV et la nombreuse noblesse qui, en apprenant l'invasion étrangère,

(1) Antoinette de Pons, marquise de Guercheville, comtesse de la Rocheguyon.
Le ton de la lettre de Henri IV est bien étrange, si, comme le disent la plupart
des biographes, la marquise sut toujours résister à la passion du Roi. Les gens
du pays ont montré longtemps, près du bac sur la Seine, la maison du péager,
où elle se réfugia lorsque Henri IV vint coucher au château de la Rocheguyon après
la bataille d'Ivry.

était venue se grouper autour de lui (1). Le duc se plaignit à Mayenne
qu'on l'eût trompé, en lui disant que le Roi disposait à peine de dix
mille hommes mal armés et sans discipline. Les Français ne voulaient
pas quitter leur position avantageuse pour descendre dans la plaine et
combattre dans le marais; de leur côté les Espagnols ne se décidaient
pas à les aller chercher dans la situation élevée et forte qu'ils avaient
choisie. Trois ou quatre jours se passèrent ainsi, mais le vendredi 7 septembre, profitant d'un épais brouillard, le duc de Parme ouvrit tout à
coup le feu contre Lagny (2) et fit en même temps passer la Marne sur
un pont de bateaux à deux de ses régiments. L'artillerie eut bientôt
ouvert une large brèche; la petite ville fut prise d'assaut, malgré quelque secours que le Roi envoya tardivement, et la garnison composée
de huit cents hommes fut passée au fil de l'épée. Le gouverneur, La
Fin, fut grièvement blessé et mis à rançon (3). Le cours de la Marne
redevenu libre, le duc de Parme put envoyer toute une flottille de bateaux
ravitailler Paris.

Les mêmes historiens qui, sans l'ombre d'une preuve, ont accusé
bravamment Marcel de connivence avec les Anglais, se sont montrés
pleins d'indulgence pour Mayenne, « le plus honnête homme de son
parti! » C'est lui pourtant, le traître avéré, responsable du sang français versé à Lagny, qui avait guidé au cœur même de la patrie toute
cette horde d'Espagnols, d'Italiens et d'Allemands : « Par luy des milliers de saints martyrs sont morts de glaive, de faim, de feu, de rage,
et d'autres violences; par luy ce royaume, qui n'estoit qu'un volup-
tueux jardin de plaisir et abondance, est devenu un grand et ample
cimetière universel, plein de belles croix peintes, de bières, de potences et de gibets (4). »

(1) Pigafetta lui-même le reconnaît inconsciemment : « C'est l'habitude, dit-il,
en France; le bruit de la guerre qui se faisait, avec l'aide des étrangers, pour la
possession du royaume, avait fait accourir quatre mille gentilshommes au camp
du Roi ». Son aile gauche et son aile droite occupaient deux collines avec de
l'artillerie, et sa cavalerie, formant le corps de bataille, était entre les deux ailes,
dans la vallée. Ses forces s'élevaient à vingt-quatre mille hommes, dont dix-huit
mille fantassins et six mille cavaliers. Il avait avec lui cinq princes du sang : le
prince de Conti et le comte de Soissons, son frère; le duc de Montpensier, et les
deux frères de Longueville, Henri et François; puis des seigneurs d'importance :
le vicomte de Turenne, les maréchaux d'Aumont et de Biron; des gentilshommes :
La Noue, la Guiche, Châtillon, la Boulaye, etc.
(2) Chef-lieu de canton sur la rive gauche de la Marne, comptant aujourd'hui
4,490 habitants. Il était important, au temps de Henri IV, par son abbaye de Bénédictins, ses quatre églises, ses foires, ses fabriques de drap, ses marchés, son
commerce de céréales. Lagny était dans la Brie et faisait face à la « France ».
(3) Davila dit qu'il succomba à ses blessures. L'auteur anonyme des *Mémoires*
que j'ai souvent cités, dit qu'il fut blessé au bras et mis à rançon. Il vivait certainement encore vers la fin d'octobre 1590, époque où Henri IV écrit à M. de
Beauvoyr, son ambassadeur auprès de la reine Élisabeth : « Le voyage du sieur
de La Fin, vostre frère, n'a peu estre sy prompt que je pensois. Pendant qu'il se
guarit, dont il a desjà bon commencement, j'adviseray à ce qui sera nécessaire, etc. »
Un autre La Fin fut, en 1602, l'un des dénonciateurs de Biron.
(4) *Satire Ménippée.*

Le duc de Parme s'était vanté de prendre Lagny à la barbe du Roi, sans que celui-ci pût tirer une pistolade, et, comme il l'avait promis, il l'avait fait (1). C'était pour Henri IV un terrible échec *mora* qu'aggravait encore la levée du siège. Il sentit la nécessité de remonter le courage de ses soldats et risqua un de ces coups de désespoir qui réussissent quelquefois par l'excès même de l'audace et de l'imprévu.

Les Parisiens exténués par les fatigues et les privations, croyant l'armée royale fort loin, occupée à tenir tête au duc de Parme, dormaient tranquilles dans la nuit du lundi 10 septembre, lorsque, vers deux heures du matin, ils furent réveillés en sursaut par une tempête effroyable de cris d'alarme, dominés par le bruit des tambours, des trompettes et des cloches de toutes les paroisses et communautés de la rive gauche, sonnant à toute volée (2). Avec une rapidité qui faisait honneur à leur vigilance, les ducs de Nemours et d'Aumale accoururent sur le point des remparts qui paraissait le plus menacé, de la porte Saint-Jacques à la porte Saint-Marceau; mais au bout d'une heure d'attente, comme l'ennemi ne paraissait pas et que le plus grand silence régnait dans le faubourg Saint-Jacques, on crut à une fausse alerte, et chacun se retira chez soi. Cependant une dizaine de jésuites du collège de *Clermont* (3), « soit pour rendre meilleur compte de ce qui se passeroit ceste nuit, soit par inspiration divine (4), » ne voulurent pas quitter leur poste. « Ces bons Pères » firent sentinelle jusqu'à quatre heures, et ils allaient enfin s'aller coucher, quand ils entendirent des voix au fond du fossé et comprirent qu'il y avait là une multitude de gens que l'obscurité et le brouillard épais empêchaient de distinguer. C'étaient en effet les soldats d'élite de Henri IV, son infanterie gasconne commandée par d'Andelot, qui appliquaient leurs longues échelles aux murailles et tentaient l'escalade. Les Jésuites firent bonne contenance. A leur appel accoururent des bourgeois du quartier; un avocat anglais, Guillaume Balesdens (5); le fameux libraire de la Ligue, Nicolas Nivelle (6). Le

---

(1) « Quand le duc de Parme eut reconnu Lagny et l'assiette des forces du Roy, il dit au duc de Mayenne, avec une garbe et bravade hespagnoles, que la ville estoit à eux, et que maugré tout le monde il l'enlèveroit et la prendroit, fust-elle sur la moustache du Roy de Navarre. »

(2) Dans l'après-midi du dimanche, le duc de Nemours avait été averti que des troupes du roi de Navarre, tant de pied que de cheval, avaient été vues du côté de Charenton et de Conflans. Il envoya le capitaine Bonenfant en éclaireur reconnaître quel chemin ces troupes prenaient. Le capitaine revint à onze heures du soir et annonça qu'en effet un détachement de l'armée royale, avec des charrettes chargées d'échelles, s'approchait de l'enceinte du Sud. C'est à cette nouvelle que le duc de Nemours fit sonner le tocsin.

(3) Aujourd'hui *Louis-le-Grand*, situé à quelques pas de la porte Saint-Jacques et des remparts.

(4) *Mémoires* de Pierre Cornejo, prêtre espagnol, publiés à Bruxelles, en 1591.

(5) Guillaume Balesdens, sans doute le père de Jean Balesdens, éditeur, médiocre auteur et académicien, mort le 27 octobre 1675.

(6) Nicolas Nivelle, fils aîné de Sébastien Nivelle. Nicolas fut, comme son père, un libraire instruit et habile; mais son zèle pour la Sainte Ligue le perdit. Il fut tué, sous les yeux de Pigafetta, d'un coup d'arquebuse, au siège de Corbeil, le 25 septembre 1590.

premier soldat qui parvint sur la courtine eut la tête brisée d'un coup de hallebarde. Balesdens trancha la main d'un autre et rejeta en arrière son échelle avec ceux qui y montaient. En quelques minutes, de nombreux renforts accoururent; on lança tant de paille allumée dans le fossé que les assaillants, qui étaient bien deux mille, se voyant découverts, sonnèrent la retraite et abandonnèrent leurs échelles qui furent portées au collège de Clermont et à l'hôtel d'Andrezel (1) où tous les badauds coururent les regarder. Au petit jour, les Parisiens purent voir leurs ennemis s'en retourner dans la direction de Corbeil ou de Bourg-la-Reine (2).

*
* *

Après de si poignantes émotions, les Ligueurs éprouvèrent un grand soulagement en apprenant que le Roi, n'ayant pu faire sortir les ducs de leurs retranchements, venait enfin de licencier son armée et qu'il se retirait vers Senlis et Compiègne (3), ce qui permit à Mayenne de rentrer à Paris sans courir de danger. Personne n'alla au-devant de lui, et ce pauvre peuple, encore combattu de la faim, le regarda passer d'un œil plus triste que joyeux. Le duc de Parme, désireux de voir cette ville dont on lui avait tant parlé, vint aussi, le 22 septembre, mais *incognito*, accompagné seulement de sept ou huit cavaliers. Il parut plus frappé de l'état misérable où elle était tombée que de sa grandeur et de la beauté de ses édifices.

On reçut en même temps la nouvelle de la mort du pape Sixte-Quint, déjà vieille d'un mois (4); elle ne causa aucune affliction parce que, di-

---

(1) L'hôtel d'Andrezel, situé du côté gauche de la rue de la Montagne-Sainte-Geneviève, à l'angle, ou près de l'angle, de la rue Saint-Victor, appartenait au sieur Violle, conseiller au Parlement. Selon l'Estoile, les échelles auraient eu trente-six pieds de long, ce qui donnerait à la muraille une hauteur de 12 mètres du fond du fossé à la plate-forme. Il parle aussi d'échelles de 15 pieds « pour descendre du rempart en bas ». Ce qui donne au rempart, du côté du chemin de ronde, une hauteur de 5 mètres.

(2) Henri IV explique les motifs de cette tentative dans une lettre au duc de Montmorency, en date du 11 septembre : « Je me résolus à faire un effort sur Paris
« et leur donner, ce matin à la pointe du jour, une escalade, avec desseing, si le
« faict ne réussissoit pour la ville, que pour le moins ce seroit une occasion de
« faire venir l'ennemy au combat, les ayant faict attendre par le reste de mon
« armée. Mais ceulx de dedans ayant été advertys de l'entreprise de l'escalade,
« elle n'a point eu d'effect; aussy peu a eu l'aultre, car l'ennemy n'a aucunement
« voulu comparoistre, encores qu'il sentist mes forces divisées. »

(3) Il quitta Chelles et se dirigea vers Gonesse, Beaumont-sur-Oise, Senlis, Compiègne; envoya le gros de ses troupes prendre leurs quartiers d'hiver en Touraine, en Champagne, en Normandie, et ne garda avec lui que Biron, Châtillon, Turenne, la Trémoille, Rosny, les Suisses, quatre mille fantassins, et environ deux mille cavaliers, ce qu'il appelait « son camp volant ».

(4) Il mourut à Rome le 17 août, et eut pour successeur « un Génevois, surnommé Urbain VII, lequel on fist bien vite déloger de ce monde (car il ne fust pape que treize jours) pour faire place à Sfondrate, surnommé Grégoire XIV, vrai patron de la Ligue et du tout Hespagnol. » (*Mémoires de la Ligue.*)

sait-on, son avarice l'avait empêché d'aider la Ligue comme il l'aurait dû. Le curé de Saint-André-des-Arts, Christophe Aubry, lui fit cette oraison funèbre : *Mes frères, Dieu nous a délivrés d'un meschant Pape et Politique. S'il eust vécu plus longtemps, vous auriez esté bien estonnés de m'ouïr prescher contre luy, mais il l'eust fallu!*

Le légat Caëtan, qui avait appris à connaître tous ces énergumènes et qui redoutait peut-être un second siège en leur compagnie, prit prétexte de la mort du Pape pour se hâter de regagner l'Italie, laissant à Paris, « pour bonne odeur de sa légation, une fumée de bénédictions, dont il avait repu ce sot peuple durant la famine (1) ».

Cependant le duc de Parme employait près d'un mois et perdait un grand nombre d'hommes pour prendre la petite ville de Corbeil dont la garnison lui opposa la plus vive résistance (2). Le commandant Rigaut, fut tué pendant l'assaut ; la ville saccagée et ses habitants et ses défenseurs, passés au fil de l'épée ; mais c'étaient des conquêtes bien éphémères. Peu de jours après, Givry reprenait Corbeil (3), et le duc de Parme, alors en pleine retraite, entendait ces vers vengeurs retentir à ses oreilles :

> « Va tost, duc triomphant, va trouver tes Parmois,
> « Conte-leur ta conqueste, et dis-leur qu'en trois mois
> « Tu as pris et perdu deux villages en France! »

Il était parti en effet vers la fin de novembre, mécontent des Seize qui, le siège une fois levé, l'avaient invité courtoisement à s'en aller prendre du repos à Bruxelles ; escorté par Mayenne qui le reconduisit humblement jusqu'à la frontière ; harcelé, convoyé et harassé dans sa marche par le Roi qui, chaque jour « dîmait » son armée et lui donnait « force bourrades (4). »

---

(1) P. de l'Estoile. — Le cardinal Caëtan laissait pour le remplacer Philippe de Séga, évêque de Plaisance, avec la qualité de vice-légat ; mais le Parlement et les Seize ne voulurent lui reconnaître que le titre d'Agent de la Cour de Rome, jusqu'à ce que le nouveau Pape y eût pourvu.

(2) Le duc de Parme se plaignait que la Ligue l'eût laissé manquer de munitions, et il dit à l'échevin Rolland, qui s'en excusait : « Si vous estiez à moi, aussi bien que vous estes à M. du Maine, devant qu'il fust demie heure vous seriez pendu, pour vous aprendre à me faire perdre ma réputation devant une bicoque. »

Pendant le siège de Corbeil, le docteur Boucher, curé de Saint-Benoît, le petit Feuillant, Crucé, Le Gresle, Borderel et quelques autres boute-feu de la Ligue, arrivèrent au camp et prétendirent saluer le duc de Parme, comme auraient pu le faire des ambassadeurs envoyés par quelque République ou quelque ville Hanséatique ; mais le duc de Mayenne le leur défendit. Néanmoins Boucher, — qui était borgne, — s'étant glissé chez le duc de Parme, sous prétexte de saluer l'évêque de Plaisance, reçut une verte réprimande du duc de Mayenne qui le menaça de lui crever son autre œil, s'il le fâchait. Ce qui n'empêcha pas Boucher et les siens de trouver d'autres moyens de lier des intrigues secrètes avec les Espagnols.

(3) La garnison espagnole fut, par représailles, passée au fil de l'épée, ainsi que le gouverneur, Don Toraque. Les Français reprirent également Lagny.

(4) Le duc de Parme laissa à Paris une garnison de trois mille Napolitains et

Le 18 décembre, le duc de Nemours, en désaccord complet avec son frère de Mayenne, sortit de Paris et se retira dans son gouvernement du Lyonnais, où il rêvait de se tailler une souveraineté indépendante. Ce prince, habile à cacher ses projets ambitieux sous le masque de la religion, grand liseur de Machiavel, toujours prêt à flatter la plus basse populace, a été bien jugé en deux mots par l'Estoile : « Sa Majesté n'a pas eu dans tous ses subjects un plus cruel félon et plus obstiné ennemi que luy (1). »

M. de Bussy-le-Clerc trônait toujours dans son château de la Bastille, où il laissait volontiers mourir de faim ses hôtes forcés, et parmi eux l'un des hommes les plus méconnus de ses contemporains, Bernard Palissy, renfermé là dans un cachot comme huguenot opiniâtre (2). A une parente qui venait visiter ce vieillard de quatre-vingts ans, Bussy répondit : « Vous trouverez son corps avec les chiens sur le rempart, où je l'ai fait jeter comme un chien ».

Une affreuse mortalité, conséquence des privations du siège, fit, en l'automne, plus de ravages que la peste de 1580. Selon l'Estoile, « les fièvres chaudes emportaient principalement les trop zélés Catholiques, » comme Sainctyon qui mourut enragé; le P. Christin, un de ces bons apôtres « qui preschent le jeusne quand ils sont saouls »; Pigenat, curé de Saint-Nicolas-des-Champs et son compagnon Hervy, curé de Saint-Jean; le notaire Boreau, qu'on nommait « le Bourreau »; le procureur Cocquin, auquel son nom convenait parfaitement, et tout plein d'autres « garnements » qui avaient emprisonné les membres du Parlement (3).

Espagnols qui devaient être payés aux frais de la ville. Plus d'une fois, ils réclamèrent leur solde avec d'horribles menaces qu'ils eussent mises à exécution, si l'on n'avait pas avisé aux moyens de les satisfaire. Il n'y avait aucun lien d'affection entre eux et le peuple, qui les regardait avec défiance et mépris.

(1) A Paris, il avait envoyé au supplice, les 9 et 10 août, les malheureux qui osaient demander la paix; à Lyon, il traita de même les principaux magistrats et refusa d'envoyer des députés aux États généraux de 1593. Mayenne, auquel depuis longtemps il portait ombrage, le fit enfermer au château de Pierre-Encise. Nemours s'en évada le 26 juillet 1594, erra quelque temps en Franche-Comté et mourut l'année suivante sans avoir eu le temps d'assouvir ses projets de vengeance contre son frère.

(2) Mathieu de Launoy, qui de catholique s'était fait protestant, puis de protestant catholique, et l'un des plus furieux Ligueurs, voulait en 1588 faire brûler le pauvre Palissy. Mayenne s'y opposa, retarda l'instruction du procès, et c'est ainsi qu'après deux années de captivité, le grand artiste s'éteignit *naturellement* dans sa prison. Il avait pris pour devise : *Povreté empesche bons esprits de parvenir.*

(3) Autre mort du 23 novembre 1590 : André Thévet, âgé de quatre-vingt-huit ans; Cordelier dans sa jeunesse; puis voyageur en Italie, à Constantinople, en Grèce, en Asie Mineure, Terre Sainte, Égypte; se rend ensuite au Brésil. A son retour, en 1556, il obtient sa sécularisation et les titres d'aumônier de Catherine de Médicis, d'historiographe et cosmographe du roi. Ses quelques ouvrages sont sans autorité; il passait auprès de ses contemporains pour le plus crédule des hommes. Il dit dans la préface de son *Histoire des plus illustres et sçavans hommes de leurs siècles avec leurs portraicts :* « J'ai attiré de Flandre les meilleurs graveurs, et, par la grâce de Dieu, je me puis vanter estre le premier qui ay mis en vogue à Paris l'imprimerie en taille-douce, tout ainsi qu'elle estoit à Lyon, Anvers et ailleurs. »

Ces innocentes railleries étaient à peu près la seule vengeance que les « Politiques » osassent tirer de leurs terribles tyrans. Quand les Seize se décidèrent, le 18 octobre, à faire procéder aux élections municipales, et que Charles Boucher d'Orsay fut élu prévôt, avec Langlois, Després, Poncher et Brette, pour échevins (1), les plaisants répétèrent partout que si « un Marteau » avait assommé le peuple, « un Boucher » l'écorcherait. Maître Hugues Lemasson, que l'on appelait « le père des Seize », et son gendre, maître Pierre Senault, ayant érigé aux charniers des Innocents une tombe de famille, où, selon la coutume, ils avaient fait graver d'avance : CY GISENT N et N, on y écrivit au charbon : S'ILS NE SONT PENDUS, et autant de fois ils firent effacer cette insolence, autant de fois on la récrivit. Le vieil Ambroise Paré (2), eut le courage, bien rare alors, de parler librement au brouillon et intrigant Pierre d'Espinac, archevêque de Lyon, qu'il rencontra au bout du pont Saint-Michel, entouré d'une foule d'hommes, de femmes et d'enfants lui réclamant du pain : « Monseigneur, lui dit Paré, ce pauvre peuple ici meurt de male rage de faim et vous demande miséricorde. Faites-la-lui, Monsieur, si vous voulez que Dieu vous la fasse. Les cris de ces pauvres gens montent jusques au ciel et sont autant d'adjournemens que Dieu vous envoie... Procurez-nous la paix, ou nous donnez de quoi vivre, car le pauvre monde n'en peult plus! Voiez-vous pas que Paris périst? Opposez-vous-y fermement, Monsieur, prenant en main la cause de ces pauvres affligés, et Dieu vous bénira et vous le rendra ».

(1) En remplacement de Michel Marteau, Rolland, Compans, Cotte-Blanche et Desprez. Brigard fut continué comme procureur du Roi et de la ville; il avait remplacé Pierre Perrot. (Voir chap. XIII, p. 504, note 1.)

Charles Boucher était fils de Boucher d'Orsay, président du Grand Conseil et frère du trop célèbre curé de Saint-Benoît. Il était seigneur d'Orsay, aujourd'hui commune du canton de Palaiseau en Seine-et-Oise. La famille Boucher avait de belles alliances, entre autres avec les de Thou.

(2) Ce grand chirurgien est né à Laval, dans l'année 1510, si, comme le dit l'Estoile, son voisin, il avait réellement quatre-vingts ans lorsqu'il mourut le jeudi 20 décembre 1590. Simple barbier, ne sachant pas le latin, il lut quelques ouvrages et s'instruisit surtout au lit de ses malades de l'Hôtel-Dieu, où il passa trois années bien fructueuses « aïant le moïen de veoir et connoistre tout ce qui peut estre d'altération et maladie au corps humain, et ensemble y apprendre sur une infinité de corps morts, tout ce qui se peut dire et considérer sur l'anatomie ». Il fut ensuite chirurgien militaire, et eut ainsi de nombreuses occasions de réformer le traitement des plaies d'armes à feu que l'on cautérisait avec de l'huile bouillante. C'est lui qui soigna la blessure dont le duc Henri de Guise conserva la balafre. L'un des premiers, sinon le premier, il substitua la ligature des artères à la cautérisation au fer rouge, après l'amputation des membres. A l'époque de la Saint-Barthélemy, il était premier chirurgien de Charles IX, qui, selon Brantôme et Sully, le protégea et l'empêcha d'être massacré. Était-il donc protestant? Lui-même a écrit qu'au siège de Rouen, en 1562, il faillit être empoisonné par les catholiques « pour la religion »; mais il n'en est pas moins vrai que si, de cœur, il était huguenot, extérieurement il a toujours professé la foi catholique, faisant baptiser ses enfants à Saint-André-des-Arts, où il fut enterré « au bas de la nef, proche le clocher ».

Ambroise Paré mourut dans sa maison de la rue de l'Hirondelle, où sa femme, Jacqueline Rousselet, continua de demeurer et mourut dix ans plus tard, le lundi 26 juin 1600.

Leur fille Catherine y mourut en 1616, le 21 septembre.

Et, pour que cette lugubre année 1590 eût une fin digne de son commencement, le dimanche 30 décembre, on fut obligé de rouvrir les boucheries de cheval, fermées après le siège, « ce qui monstre bien la dure misère et la nécessité du petit peuple (1) ».

III. — L'ASSASSINAT DU PRÉSIDENT BRISSON.

L'agonie de la Ligue dura trois ans et quelques mois. L'événement mémorable de l'année 1591 fut l'assassinat, par les Seize, du président Brisson et des conseillers Larcher et Tardif. Toute l'année 92 se passa, du côté du Roi, à guerroyer contre le duc de Parme, et, du côté de la Ligue, à préparer la réunion des États généraux. Elle ne put avoir lieu qu'en janvier 93, et elle eut pour résultat immédiat (2) de décider Henri IV à accepter les conférences de Suresnes et à abjurer dans l'église de Saint-Denis. Dès le commencement de 94, il se fit sacrer à Chartres et, le 22 mars, à trois heures du matin, il entrait dans Paris.

* *
*

L'année 1591 débuta bien mal pour les « Ligueux ». Le jeudi 3 janvier, jour de la fête de la patronne de Paris, les princesses et nombre de dévots personnages passèrent la nuit à prier sur le tombeau de sainte Geneviève pour le succès du chevalier d'Aumale, qui, à l'heure même, tentait de surprendre Saint-Denis. Il se saisit d'une porte, gagna la grande place, mais ne put s'y maintenir, et fut vigoureusement repoussé par le gouverneur, Dominique de Vic (3). Au matin, on trouva le corps du chevalier parmi les morts étendus sur le pavé (4).

« Ce chien d'hérétique, de tyran et meschant Biarnois » ne laissait même pas les bons bourgeois dormir en repos! Dans la nuit du 20 au 21 janvier, le tocsin ne cessa de sonner de onze heures du soir à cinq

(1) P. de l'Estoile.

(2) La clôture des États eut lieu le lundi 5 juillet; les conférences de Suresnes avaient commencé le 29 avril, et l'abjuration du Roi à Saint-Denis est du 25 juillet.

(3) Dominique de Vic eut le gras de la jambe droite emporté d'un coup de fauconneau, en 1586. Après trois années d'un repos forcé, il se fit amputer, et, avec une jambe de bois, alla combattre glorieusement à Ivry. En 1594, après avoir contribué à la prise de Paris, il fut nommé gouverneur de la Bastille, où il remplaça le Ligueur du Bourg; puis, en 1602, gouverneur de Calais, avec le titre de vice-amiral. Il mourut peu après Henri IV, en 1610. Le Roi avait érigé pour lui la belle terre d'Ermenonville en baronnie. L'ancien hôtel de Guillaume Budé, rue Saint-Martin, à l'angle de la rue Bourg-l'Abbé, a appartenu à la famille de Vic, sinon à Dominique, certainement à son frère Méry de Vic, mort en 1622, garde des sceaux.

(4) « A la joie et contentement de tous les gens de bien, selon l'Estoile, car il est assez vérifié que si son entreprise eust réussi, il eust fait, au retour, une Saint-Barthélemy de tous les plus apparans Politiques, comme il l'avait promis et juré aux Seize, avec lesquels il avait souppé le jour de devant, en une certaine maison de Paris. » Les parents du Chevalier envoyèrent à Saint-Denis un cercueil de plomb pour y mettre le corps; il fut porté à Paris et inhumé à Saint-Jean-en-Grève.

heures du matin, parce que des gens de guerre, déguisés en paysans chargés de sacs de farine, avaient cherché à entrer par la porte Saint-Honoré (1). Il serrait de près la ville de Chartres, « la mère nourricière, le grenier de Paris, » et, malgré les processions (2), les prières, les saluts, les messes, les sermons, les vœux de pèlerinage à pied, il s'en rendit maître et y fit son entrée le vendredi 19 avril (3).

La fureur des prédicateurs fut telle qu'ils s'en prirent à la « Belle Dame de Chartres (4) » elle-même, l'accusant d'avoir changé de parti et « d'être devenue Politique » ; lui reprochant les offrandes qu'ils lui avaient faites; inventant de nouvelles injures contre le Roi : Bâtard, Fils de louve, Dragon roux, Bouc puant, Athée!... Mayenne n'était plus pour eux qu'un « gros pourceau, content dès qu'il avait ventre à table, escuelle bien profonde, et qui ne sçavoit faire la guerre qu'aux bouteilles (5) ».

Les Seize s'agitaient, s'exaspéraient, tenaient, eux aussi, Mayenne en suspicion, et tournaient tout leur espoir vers le pape et le roi d'Espagne. Ils avaient obtenu, au mois de février, l'entrée d'une garnison espagnole et napolitaine (6) ; huit d'entre eux (7) écrivirent à Grégoire XIV pour

(1) C'est la *Journée des farines* pour laquelle on célébra un *Te Deum* le lendemain à Notre-Dame. Il y eut ainsi cinq fêtes chômées jusqu'à la réduction de la ville : *les farines*, *les barricades*, *la Saint-Jacques-Clément*, *la levée du siège* et *l'Escalade*.

(2) Le 18 avril, P. de l'Estoile, étant chez Marc Orri, au *Soleil d'Or*, rue des Lombards, vit passer une procession de tous les petits enfants de Paris, tant garçons que filles, et en compta 5.074.

(3) Le gouverneur de Chartres, pour la Ligue, était François d'Escoubleau de Sourdis, marquis d'Alluye, mari d'Isabelle Babou de la Bourdaisière. Celle-ci, qui était publiquement la maîtresse du chancelier Hurault de Chiverny, lui fit rendre le gouvernement de Chartres qu'il avait déjà eu du temps de Henri III. Voir chap. XIII, p. 515.

La nouvelle de la prise de Chartres arriva à Paris le samedi 20 avril.

(4) La *Vierge noire*, statuette antique, peut-être d'origine druidique, honorée dans la cathédrale de Chartres.

(5) De ce délire général, il faut excepter le curé de Saint-Sulpice, Chavagnac, qui préchant le 15 avril, lendemain de Pâques, «°parla plus librement qu'il n'avoit encore fait, combien qu'il fust fort menacé ; et, entre autres choses, dit que celui n'estoit hérétique qui demandoit d'estre instruict, ains plustost ceux-là l'estoient qui lui refusoient l'instruction ».

(6) Quatre mille hommes commandés : les Espagnols par le colonel Ligorette; les Napolitains par le colonel Don Alexandre. On les logea dans les maisons des absents et dans les Collèges « la plupart vides et déserts à cause des temps ; » les Napolitains aux quartiers Saint-Séverin, Saint-Côme, Saint-André-des-Arts, et les Espagnols aux quartiers Saint-Germain-l'Auxerrois et Saint-Eustache, près l'hôtel des Princesses. Ils scandalisaient les Parisiens par leurs mascarades dans les églises, mais les égayaient par leurs exercices militaires. Le dimanche 23 juin, veille de la Saint-Jean, « ils dressèrent, par plaisir et pour donner récréation aux dames et damoiselles, une forme d'escarmouche sur le quai des Augustins ». Quelques jours auparavant, ils avaient demandé leur paie au gouverneur de Paris, M. de Faudoas de Belin, « qui ne sçut comment s'en dépestrer honnestement, leur argent estant mangé il y avoit longtemps ».

Le 9 mai, M. de Belin avait prêté serment à la Cour en remplacement du Gouverneur Chrestien de Savigny, sieur de Rosne, qui lui-même avait succédé au duc de Nemours.

(7) Leur lettre, en date du 24 février, est signée de Génebrard, Boucher, Aubry de Launoy, de Bussy-le-Clerc, de la Bruïère, Crucé, Senault.

implorer sa protection; ils en reçurent de nouvelles bulles d'excommunication contre Henri IV, qui furent affichées aux portes de Notre-Dame, le lundi de la Pentecôte (1). Quand ils apprirent que le jeune duc de Guise (2) s'était évadé du château de Tours, où il était retenu prisonnier depuis les assassinats de Blois, ils firent sonner les cloches de toutes les églises (3); ils crièrent que puisqu'ils n'avaient pu avoir le père pour roi, ils auraient le fils, et ils envoyèrent à Madrid le Père Claude Mathieu (4), jésuite, demander à Philippe II la main de l'infante Isabelle-Claire-Eugénie pour « le fils du Martyr (5) ».

Les supplices, les proscriptions, les meurtres les plus cruels, faisaient trembler chaque jour ceux des Parisiens qui aspiraient à la paix : le 19 janvier, le soldat Éloy Bertrand est pendu pour avoir tiré la barbe du Maître des Comptes L'Huillier; le 10 mars, Sélincourt, gouverneur de l'Arsenal, est assassiné par le marchand de vin Le Vasseur; le 1er avril, plusieurs membres du Parlement et de la Chambre des Comptes sont proscrits, et se montrent aussi pressés de s'en aller que leurs ennemis sont prompts à les chasser (6); le 24 avril, sept soldats *maheustres*, c'est-à-dire royalistes, sont pendus et étranglés dans le Clos des

(1) Ces bulles furent apportées à Paris par le nonce Marcelin Landriano. Le pape Grégoire XIV mourut le 15 octobre; il eut pour successeurs Innocent IX, dont le pontificat ne dura que deux mois, et Clément VII, de 1592 à 1605. Le Parlement de Châlons, le 10 juin, ordonna de lacérer et brûler la bulle du pape dans toutes les villes de l'obéissance du Roi, et le 18 juillet le Parlement de Paris fit lacérer et brûler sur la table de marbre, au pied des grands degrés du Palais, l'arrêt du Parlement de Châlons.

(2) Charles de Lorraine, fils du Balafré et de Catherine de Clèves. Il n'avait que vingt ans lors de son évasion que le duc de Mayenne, son oncle, ne vit pas sans dépit, car les Seize et le « commun peuple » voulurent aussitôt faire un roi de ce « morveux », ainsi que l'appelait sa tante de Mayenne, Henriette de Savoie.

(3) « Les Néapolitains et Hespagnols dressèrent au soir, en signe de resjouissance de ceste bonne nouvelle, une forme de combat et bataille sur le quay des Augustins, après laquelle se retirans tous en bon ordre, ils donnèrent la salvade à l'hostel de Nemoux, où Madame estoit malade au lit, mais resjouie par dessus tous les autres de la délivrance de son petit-fils. » (P. de l'Estoile.)

(4) Le P. Claude Mathieu avait été confesseur de Henri III et provincial de son Ordre. Je trouve sa signature, en cette dernière qualité, au bas de l'acte de fondation de la *Maison professe* de la rue Saint-Antoine par le cardinal Charles de Bourbon, le 12 janvier 1580.

(5) « Le Révérend père en Dieu, Claude Mathieu, présent porteur, est bien instruit de nos affaires, et suppléera au défault de nos lettres envers Votre Catholique Majesté, laquelle nous supplions vouloir ajouster foy à ce qu'il lui rapportera.

« Vos humbles serviteurs, les gens tenans le Conseil des seize Quartiers :

« MARTIN, Docteur théologien; GÉNÉBRARD, Professeur royal; SANGUIN, Chanoine de l'Église de Paris; SOLI, l'un des Capitaines de la ville; TURQUET, Colonel du quartier Saint-Jacques de la Boucherie; MESNAGER, Capitaine du quartier de l'Université; REBUSSEAU, Colonel du quartier de la Cité; AMELINE, Conseiller; LOUSCHART, Commissaire; CROMÉ, Conseiller au Grand Conseil; YSOARD CAPEL; HAMILTON, Curé de Saint-Cosme; CRUCÉ, Capitaine en l'Université; ACARIE, Conseiller en la Chambre des Comptes; DE LAUNOY, l'un des Présidens au Conseil; DE LA BRUYÈRE.

(6) Messieurs Brisart, Pastoureau, Clin, Amelot, de Mesmes, Baron, de Pleurs, Chermois, La Martinière, Le Comte, etc.

Jacobins, par sentence du Grand Prévôt Oudineau (1) ; le 10 juillet, la damoiselle de La Plante, « femme vertueuse et d'esprit, mais Politique et Roïale jusques au bout, crime inexpiable à Paris, » est décapitée en place de Grève ; le 1er août, les Seize font célébrer aux Jacobins un service pour feu frère Jacques Clément, de bonne mémoire, et, au sortir de là, vont tous ensemble dîner à trois écus par tête ; le 5 octobre, Trimel, ancien secrétaire du Roi, est pendu pour avoir écrit imprudemment : « Paris s'en va à la besace, si Dieu ne nous aide ; » enfin, le mardi 17 décembre, le mathématicien François Libérati est pendu, étranglé, puis brûlé, pour avoir « composé libelles diffamatoires contre l'honneur de Dieu, de son Église, des Princes et des Princesses. »

*
* *

Nous connaissons déjà Brigard, cet avocat sans causes attaché au duc de Guise, qui lui confia l'office de procureur du roi à l'Hôtel de Ville, au lendemain de la journée des Barricades (2). Le 6 avril 1590, il fut accusé d'entretenir des intelligences avec les royalistes de Saint-Denis et aussitôt arrêté par Bussy le Clerc, « nonobstant la grande amitié et le cousinage ». Le curé Boucher demanda qu'il fût pendu, mais la Cour jugea l'affaire sans grande importance et le renvoya absous (3). Toute la faction des Seize frémit d'une jalouse rage et jura de tirer vengeance d'un acquittement qu'elle considérait comme un défi des membres du Parlement à son autorité.

« C'est par trop endurer, s'écria Pelletier, curé de Saint-Jacques ; il ne faut plus espérer d'avoir raison des magistrats, il faut jouer des couteaux ! S'il y a parmi nous des traîtres qui hésitent, chassez-les et jetez-les à la rivière. » — « Jamais, dit le docteur de Launoi, il ne fut fait une plus grande injustice ni plus scélérate que celle-là ! Mais par Dieu, ils en mourront ! » Les assemblées se succédèrent alors, pendant toute la première quinzaine de novembre, chez Bourcier, rue de la Vieille-Monnaie ; chez la Bruyère, le père ; chez le chanoine Sanguin, au cloître Notre-Dame ; chez le docteur de Launoi, rue Saint-André-des-Arts ; ils élurent un Conseil secret de dix bourgeois « bien assurés,

---

(1) Il avait été nommé grand Prévôt de l'Hôtel, par lettres du duc de Mayenne, datées de 1589, en remplacement d'un autre larron nommé La Morlière qui, lui-même, avait « dépouillé de son estat le fidèle serviteur du Roy, Nicolas Rapin », après la journée des Barricades.

Il fut envoyé avec trois autres, par les Seize, vers le mois de mai 1591, pour demander à Mayenne : un autre évêque que Gondi, toujours absent de son siège ; la « purgation » du Parlement ; la résidence du Grand Conseil à Paris ; la paie régulière des soldats et la poursuite à outrance du roi de Navarre, relaps et excommunié.

(2) En remplacement de Pierre Perrot. — Brigard à son tour, quand il eut été emprisonné, fut remplacé par un nommé Morin.

(3) Ses juges furent les Conseillers : Michon, Anroux, Fleury, Courtin, Fouchier, Brissonnet, Bouin, du Four, de Hère, des Landes, Gaudard, Pinon, Faiette et Poesle ; rapporteur, de Monthelon ; président, Brisson.

bien affidés, desquels on avoueroit les actions et déportemens, après
les avoir toutefois communiqués à la compagnie si besoin en estoit (1) » ;
et firent couvrir de signatures le renouvellement du serment de l'édit
d'Union de juillet 1585 (2), « attendu la nécessité des affaires et le nombre effréné des traîtres ».

Ces allées et venues ne pouvaient manquer d'attirer l'attention et les
soupçons des Politiques. Un grand nombre d'amis connus ou inconnus,
et entre autres Jean Prévost, curé de Saint-Séverin, prévinrent le Président Brisson que sa vie était en danger ; il se refusa à le croire, disant :
« On ne meine pas ainsi tous les ans une Cour prisonnière ; ils ne sont
pas tous tant unis que vous le pensez ; quelque faux frère esventera la
mine ; » ou bien, se résignant d'avance à son sort, quel qu'il fût : « Dieu
me gardera, s'il lui plaist, et disposera de moi comme il le voudra ».

Les conjurés veillèrent toute la nuit du jeudi 14 au vendredi 15 novembre, dans un dernier conciliabule chez le curé de Saint-Jacques. A
cinq heures du matin, Bussy, Louschard, Anroux, Le Normand, et leurs
satellites, attendirent en embuscade au bout du pont Saint-Michel le
Président Brisson, qui y passait habituellement pour se rendre au Palais,
en venant de son logis de la rue Serpente. Ils le saisirent au collet dès
qu'ils le virent, et, sans le laisser s'engager dans la rue de la Barillerie,
ils le firent tourner à droite par le Marché-Neuf et le conduisirent au
Petit-Châtelet. Le geôlier Dantan était gagné (3) ; un peintre nommé
Claude du Bois (4), lieutenant du Grand Prévôt Oudineau, et Crucé
commandaient aux guichetiers et gardes de la prison.

Aussitôt que le malheureux eut franchi le seuil, François Cromé,
Conseiller au Grand-Conseil, assisté d'Adrien Cochery qui jouait le rôle
de greffier, simula un rapide interrogatoire et lui demanda s'il n'avait
pas écrit au roi de Navarre ; s'il ne lui avait pas baillé sa vaisselle d'argent ; pourquoi il n'avait pas fait mourir Brigard. Avant que Brisson eût
pu balbutier une réponse, Ameline, revêtu, comme plusieurs de ses
complices ce jour-là, d'un rochet de toile noire brodé d'une croix rouge,
lui frappa sur l'épaule et lui dit : « Le Seigneur t'a aujourd'hui touché

(1) Lochon servit de greffier, contrôla les billets et trouva que Acarie, du Bois,
Ameline, Louschard, Sainctyon, Tuant, Bourderel-Rosny, Du Rideau, Rinssant et
Bezançon avaient eu le plus de voix.

(2) « Tous bons catholiques, disaient les Seize, ne doivent traiter, conférer, ni
avoir aucune fréquentation à ceux qui se sont opposés à la Ligue, mais les poursuivre et travailler comme ennemis de Dieu et de son Église, *fussent-ils leurs
propres frères et leurs propres enfants.* » Ils faisaient allusion à quelques-uns
des abominables articles de l'*Acte constitutif de la Ligue*, que j'ai cités, chap. xiii,
p. 486. Ainsi : *Article VI :* « S'il advient qu'aucun des associés se veuille retirer,
tels réfractaires *seront offensés en leurs corps et biens*, comme ennemis de Dieu,
rebelles, perturbateurs, etc. »

(3) Ils lui avaient promis la Conciergerie du Palais.

(4) Ce Claude du Bois fut condamné par défaut, le 23 juillet 1595, avec ses complices « à avoir les bras, cuisses et les reins rompus sur un eschaffault en la place
de Grève ; leurs corps mis sur des roues plantées proches ledict eschaffault, pour
y demeurer le visage tourné vers le ciel, tant qu'il plaira à Dieu les y laisser
vivre. »

de lui rendre l'âme ; mais tu as une grande faveur, c'est que tu ne mourras point en public comme traître à la ville. »

Pendant ce temps Arnould Choulier (1), suivi d'une troupe de factieux armés de « pistoles » sous leurs manteaux, arrêtait. dans la cour du Palais, Claude Larcher, Conseiller au Parlement, tandis que le curé de Saint-Cosme, Jean Hamilton, à la tête de prêtres, de moines et d'étudiants, arrachait de son lit le Conseiller au Châtelet Jean Tardif, fort malade en ce moment. Les deux prisonniers furent amenés auprès de Brisson.

Crucé avait mis aux portes des hallebardiers de sa compagnie et avait fait appeler le bourreau Jean Rozeau. Celui-ci, introduit dans la chambre du Conseil, où se trouvaient Cromé, Cochery, Ameline, Le Normand, Du Bois, Sainctyon, Auroux et quelques autres, s'inquiéta et demanda « qui on voulait exécuter là dedans, attendu que ce n'estoit pas la forme de justice de faire des exécutions dans une prison ». Crucé lui répondit : « Tu le verras ; regarde seulement si ceste place est commode pour y pendre trois hommes, et va chercher dans ceste pièce à costé le président Brisson. — Je ne le saurais faire, si vous ne me montrez un jugement. — Si tu ne le fais promptement, on te pendra toi-même. — Je n'ai point de cordes, il faut que j'en aille quérir. — Tu ne sortiras pas de céans. je te fournirai de cordes. » Un guichetier en alla acheter. et Brisson fut amené dans la salle. Il les harangua, les supplia de le confiner quelque part, au pain et à l'eau, entre quatre murailles, jusqu'à ce qu'il eût achevé d'écrire un ouvrage commencé. et voyant qu'il ne pouvait fléchir ces tigres, il s'écria à plusieurs reprises : *Justus es, justus es, Domine, et rectum judicium tuum !* Il baisa ardemment une petite croix qu'il portait sous ses vêtements, se livra au bourreau, et fut pendu à une poutre (2).

Quand Larcher entra à son tour, frappé d'un tel spectacle, il ne dit que ces mots : « Dépêchez, je n'ai point regret de mourir. puisque je vois devant moi le plus grand homme du monde, mort innocent ». Tardif, perdant tout son sang d'une saignée qui s'était rouverte, était privé de tout sentiment quand on le traîna au supplice.

Le peuple, qui avait vu jeter les trois magistrats au Petit-Châtelet,

---

(1) Clerc du greffe de la Cour des Aides, qui se prétendait lieutenant du Grand-Prévôt Oudineau.

(2) J'ai raconté plus haut (chap. XIII, page 529) la conduite pusillanime de Brisson, qui, en janvier 1589, ne rougit pas d'accepter la charge de premier président à la place d'Achille de Harlay. enfermé à la Bastille pour sa noble résistance aux brutalités de Bussy le Clerc, et crut qu'il suffisait pour sauver son honneur de protester bien secrètement, par devant les deux notaires Lusson et Le Noir, contre la douce violence qu'on lui faisait. D'autres, il est vrai, cédèrent un peu plus tard. comme Édouard Molé.

P. de l'Estoile témoigne peu de pitié pour Brisson et se contente de dire : *Qui maxime mundo servit, a mundo decipitur maxime. Testis est ejus præsidis Brissonis acerba et violenta mors.* De Thou dit que beaucoup pensèrent que « la République des lettres avait plus perdu que l'État à la mort de Brisson », et Mézeray : « Il voulut toujours nager entre deux eaux. » C'est en effet ce qui, sans excuser les Seize, l'a rendu peu intéressant aux yeux de la postérité.

resta toute la journée attroupé sous la voûte (1) et sur le Petit-Pont, avide d'assister à leur sortie quand on les mènerait à la Conciergerie pour y être jugés. La plupart les croyant coupables de quelque insigne trahison, pensaient qu'on allait faire leur procès et ignoraient absolument l'odieux guet-apens dont ils venaient d'être victimes. Très peu connaissaient déjà l'affreuse vérité et n'osaient pas la révéler (2). Dans l'intérieur de la prison, les hallebardiers vendirent la robe de Brisson à l'un d'eux, le fripier Poteau, et firent bonne chère le soir avec le prix. L'épicier Charles du Sur, dit *Jambe-de-Bois*, vaillant soldat de la compagnie de Crucé, prépara dans la nuit de grands écriteaux où, de sa plus belle main, il traça, en gros caractères, les noms des trois morts.

Le lendemain matin, bien avant le jour, une lugubre procession défila du Petit-Châtelet à la Grève. Premièrement marchaient quelques centaines d'hommes, les uns armés de hallebardes ou d'arquebuses, les autres portant des lanternes sourdes. A quinze pas de cette troupe, suivaient trois crocheteurs, chargés sur leurs crochets des morts, tout debout, nus, en chemise, « spectacle merveilleusement piteux et espouvantable » ; quinze pas après, une centaine d'hommes armés, puis une foule tumultueuse, de femmes, d'enfants réveillés par le bruit, cortège habituel des cadavres. Arrivés devant l'Hôtel-de-Ville, l'exécuteur et ses valets attachèrent les trois corps à la potence. Les écriteaux que Jambe-de-Bois avait rédigés, portaient :

BARNABÉ BRISSON, L'UN DES CHEFS DES TRAISTRES ET HÉRÉTIQUES.
CLAUDE LARCHER, L'UN DES FAUTEURS DES TRAISTRES ET POLITIQUES.
JEAN TARDIF, L'UN DES ENNEMIS DE DIEU ET DES PRINCES CATHOLIQUES.

Tout Paris accourut à la Grève contempler cet étonnant spectacle de si hauts magistrats suspendus au gibet d'infamie. Au milieu des groupes pérorait Bussy, escorté « des plus mutins, meschans et vaunéans de la ville. Suivez-moi, disait-il, et, avant ce soir, Paris sera net des traistres ; j'en ai la liste et je cognois les maisons où vous aurez du bien à bon marché. Si vous n'agissez pas, ce sont eux qui vous couperont la gorge ; les pendus que vous voyez là nous ont décelé l'entreprise et nous estions tous morts, si nous ne les avions prévenus dès aujourd'hui. » Mais le peuple, cette fois, resta sourd à ce langage, et osa même manifester son indignation (3).

---

(1) Il fallait passer sous cette voûte, longue, étroite, basse, sombre, vrai coupe-gorge, pour aller du Petit-Pont à la rue du Petit-Pont, aux rues de la Bûcherie et de la Huchette, à Saint-Julien-le-Pauvre, à Saint-Séverin, à tout le quartier de l'Université. Il n'y avait pas de quai sur cette partie de la rive gauche de la Seine.

(2) « Le sieur Picart, maître des comptes ; Béchu, audiencier du Châtelet, et autres, furent amenés dans la chambre où étaient les corps morts, par quelques-uns des Seize qui disaient à chacun d'eux en particulier : « Regarde, on ne t'en fera pas moins qu'à ceux-là ; pense à toi, car tu vas mourir ; combien veux-tu nous donner ? Ils en tirèrent quelque argent et les laissèrent aller. »

(3) Dans la nuit du 17 novembre, Jean Roseau ôta les corps et les rendit aux

Alors les Seize demandèrent à Mayenne d'autoriser l'établissement
d'une Chambre ardente « pour cognoistre du fait des conspirateurs contre la Religion, l'Estat et la Ville »; ils insistèrent auprès des membres
du Parlement pour les obliger à retourner au Palais (1), et ils dressèrent une longue liste des Politiques, sur laquelle chaque nom était suivi
des lettres P. (pendu) — D. (dagué) — C. (chassé); mais les deux colonels de la garnison espagnole et napolitaine refusèrent de leur prêter
main-forte (2); le président Le Maistre leur déclara qu'il ne rentrerait
au Palais que pour faire le procès des assassins (3), et Mme de Nemours
écrivit à son fils, le duc de Mayenne, qui était alors à Laon, pour le
supplier de revenir en toute hâte s'opposer aux menées des factieux, le
gouverneur de Paris, M. de Belin, n'ayant plus aucune autorité (4).

Il arriva le 28 novembre, très sombre, très menaçant, évitant de répondre aux justifications que les Seize cherchaient à lui présenter sur
son chemin, et alla aussitôt s'enfermer au palais des Princesses (5). Il
écouta les jours suivants ceux qui vinrent l'entretenir (6); obligea Bussy

veuves et aux enfants, qui les firent enterrer secrètement. L'Estoile dit que le
bourreau les vendit chèrement, et que Claude Tardif fut enterré dans l'église des
Augustins.

(1) Après l'assassinat de Brisson, Larcher et Tardif, la plupart des magistrats
n'avaient plus osé retourner au Palais, « craignans d'estre pendus comme leurs
compaignons ». Le cours de la justice se trouvait donc suspendu. Quelques jours
plus tard, quand le duc de Mayenne, de retour à Paris, les excita à faire le procès des assassins, ils refusèrent, tant ils redoutaient encore la vengeance des Seize.

(2) Don Alexandre, colonel des Napolitains, dit à Pelletier, curé de Saint-Jacques-
la-Boucherie, que « de courir sus aux *Politiques*, désarmés et hors d'état de pouvoir nuire, serait chose aussi indigne de sa profession de soldat, comme il était
ridicule à lui, prestre, de quitter sa robe et son bréviaire pour prendre le cou-
telas et la hallebarde ».

(3) « L'advocat Louis Dorléans leur dit pouilles quand ils allèrent le trouver, et
encore qu'il fust de la Ligue des plus avant, il les appela meschans et exécrables
meurtriers. »

(4) Au point que le 13 novembre, l'orfèvre Turquet, demeurant sur le pont au
Change et colonel de son quartier, ne lui laissa pas dépasser le pont et l'empêcha
ainsi d'aller délivrer le président Brisson.

(5) C'est l'hôtel que Catherine de Médicis avait fait construire sur l'emplacement
de l'hôtel de Bohême, et c'est là qu'est aujourd'hui la Bourse du Commerce. Mayenne
arriva par le faubourg Saint-Antoine. A Boucher qui voulait le haranguer, il dit :
« Monsieur notre maistre, ce sera pour une autre fois; adieu. » A Senault, qui
s'approchait un peu bien près de son cheval : « Vous vous ferez blesser; je vous
prie, retirez-vous. »

(6) « On a raconté que les quatre frères de la maison des Hennequins, ainsi que
le président d'Orsay, le conseiller d'Amours, le colonel d'Aubray, et plusieurs autres, lui dirent qu'il fallait exterminer trois sortes de gens dans Paris, savoir : les
prédicateurs qui ne preschoient que la guerre; les principaux des Seize qui estoient des voleurs et des sanguinaires; les garnisons d'Espagnols, qui ne venoient
en France que pour piller et ravager; ce qui seroit aisé audit sieur duc s'il vouloit
y interposer son autorité, et qu'il seroit assisté de toutes les cours souveraines et
de toutes les bonnes familles. » (Palma Cayet.)

D'origine artésienne, les Hennequins étaient devenus une famille parisienne,
s'il en fut. On les appelait dans la capitale la *grande maignée*. A l'époque où
nous sommes arrivés, on comptait parmi eux : *Nicolas* HENNEQUIN, sieur DU PERRAY,
président au grand conseil; *Oudard* HENNEQUIN, DE BOINVILLE, maître des requêtes; *Oudard* HENNEQUIN DE CHANTERAINE, maître des comptes; *Aimard* HENNEQUIN,

de déguerpir de la Bastille (1) et fit procéder à l'élection de quatre présidents au Parlement (2). A d'Aubray qui lui révélait les intrigues des Seize et de l'ambassadeur d'Espagne don Diégo d'Ybarra, il ne dit que ces mots : « Mon père, je vous assure que dans vingt-quatre heures, je vous en ferai la raison. »

En effet, le mercredi 4 décembre, avant le jour, Vitry (3) alla, par son ordre, enlever de leurs maisons Nicolas Ameline, Jean Emonot, Louschart, Barthélemy Auroux (4), et les fit pendre par Jean Roseau à l'une des poutres de la salle basse du Louvre (5). Parmi les rares témoins de cette scène se trouvait la veuve du malheureux Minterne, « bon catholique » qu'Emonot avait, deux ans auparavant, poignardé et jeté à l'eau, pour lui voler quatre cents écus. Aussitôt qu'il eut aperçu cette femme, Emonot « qui faisait le mauvais et tempestatif, et qui ne se vouloit laisser pendre », resta consterné et se laissa conduire au supplice « ainsi qu'un agneau ».

Comme toujours, l'opinion se partagea sur la conduite que Mayenne s'était cru obligé de tenir. Brissac criait que le feu roi n'avait pas fait pis et que tous les catholiques de France trouvaient l'exécution de ces quatre Seize bien cruelle. L'avocat Louis Dorléans jurait que leur crime avait été si barbare que le duc aurait dû châtier un plus grand nombre des coupables. Par surcroît d'infortune, les Seize perdirent l'estime de leur bon ami le tailleur La Rue : en pleine rue Saint-André-des-Arts, il traita le chanoine Launoy d'apostat (6); celui-ci l'appela ivrogne. Tous deux se disaient leurs vérités, conclut L'Estoile, qu'un heureux hasard rendit témoin de la querelle.

La Sorbonne parut fort scandalisée. Pour apaiser « ces gros bonnets », qui avaient une si grande influence sur le peuple, Mayenne se rendit à l'une des séances de la Faculté de théologie et chercha à démontrer aux

évêque de Rennes; *Nicolas* HENNEQUIN DU FAY; *Jérôme* HENNEQUIN, évêque de Soissons, tous attachés à la Ligue; puis *Antoine* HENNEQUIN D'ASSY, président aux requêtes, et *René* HENNEQUIN DES SERMOISES, maître des requêtes, qui se rapprochèrent de Henri IV avant la réduction de Paris.

(1) Il fut remplacé dans le gouvernement du château par le capitaine Du Bourg d'Espinasse.

(2) Furent élus : Chartier, Hacqueville, Neuilly et Le Maistre.

(3) Voir chap. XIII, note 1, page 505.

(4) Pour leur ôter toute méfiance, Mayenne les avait invités la veille à souper avec lui, « et l'on n'avoit tenu dans le repas que devis et paroles joyeuses ». Nicolas Ameline, était avocat au Châtelet; — Jean Emonot, procureur au Parlement; Auroux, conseiller au Parlement, et Louschart, un commissaire au Châtelet, dont maître Jean Roseau vendit le beau manteau de peluche dix écus. Les corbeaux eurent sa peau pour rien.

(5) C'est la salle des Caryatides. J'ai dit (chap. XI, page 325), que cette magnifique salle avait primitivement un plafond en poutres de chêne, remplacé plus tard par les voûtes en pierre que l'on voit actuellement. Longtemps encore après la Ligue, le peuple appelait cette salle la *chapelle Saint-Louschart*.

(6) C'est qu'en effet, Mathieu de Launoy aimait le changement. Prêtre de la Ferté-Alais, il se convertit au protestantisme en 1560, et devint ministre à Sedan, où il se maria. Il retourna ensuite au catholicisme et fut pourvu d'un canonicat à Soissons. Il avait été protestant fanatique, il fut un des plus dangereux Ligueurs.

moins fanatiques qu'une répression rigoureuse avait été indispensable.

Néanmoins il sentit la nécessité d'un prompt apaisement, et, le lendemain, mardi 10 décembre, il fit publier dans tous les carrefours l'amnistie des complices du meurtre des trois magistrats (1), en exceptant seulement Cromé, Cochery et Choullier (2). Défense expresse était faite « à ceux qui se sont cy-devant voulu nommer le Conseil des Seize de faire désormais aulcunes assemblées pour délibérer d'affaires quelconques, sous peine de la vie et de rasement des maisons où auroient eu lieu lesdites assemblées ».

Ces mesures prises, Mayenne recommanda au Parlement d'en assurer l'exécution, de réprimer l'insolence des prédicateurs, des Seize et des partisans des Espagnols, puis il se hâta de sortir de Paris, sous le beau prétexte d'aller secourir la ville de Rouen assiégée par le Béarnais. Confiants dans l'appui du Parlement, du Gouverneur, du Prévôt des marchands, les Politiques, parmi lesquels on comptait les avocats Baussan, Des Prez, le colonel d'Aubray, le médecin Monanteuil, le quartenier Huot, le drapier Boivin, relevèrent la tête ; ils ne craignirent pas de se réunir fréquemment chez Louis Séguier, doyen de Notre-Dame ; chez Joseph Foulon, abbé de Sainte-Geneviève, et chez le conseiller Pierre d'Amours, pour y conspirer à leur tour contre les Seize.

IV. — ESTRILLE-BADAUDS ET AMUSEFOUS.

Rien de bien saillant dans Paris en 1592. Les Seize s'efforcent vainement de reconquérir leur autorité, maudissent Mayenne, pleurent leurs saints martyrs, bâtissent des intrigues en Espagne, et, de concert avec les prédicateurs, repoussent furieusement toute parole de paix. Que

(1) « Comme ayant esté leur simplicité circumvenue par les indictions et artifices des autres. »

(2) « Lesquels nous n'entendons jouir de la présente abolition, afin que la justice en soit faite. »

Cromé, Cochery et Choullier parvinrent à s'échapper.

Les recherches contre les coupables ne paraissent pas avoir été bien sérieuses : les poursuites exercées du 4 au 10 décembre n'aboutirent pas. Crucé fut sauvé par l'intervention en sa faveur du docteur Boucher ; Lannoy gagna la Flandre ; le fripier Poteau, le chanoine Sanguin ; d'obscurs comparses comme Thiérée, La Mothe, Régis, Renault, sortirent de prison au bout de deux ou trois jours, grâce à l'amnistie.

Quant à Bussy le Clerc, qui avait juré de s'ensevelir sous les ruines de la Bastille, il en sortit à la première sommation, à la condition d'avoir la vie sauve, et fit transporter tout ce qu'il avait de précieux, le fruit de trois années de brigandage, dans son logis voisin de la rue des Juifs. Comme on ne le craignait plus, tous les pillards se précipitèrent chez lui et se partagèrent les richesses qu'ils y trouvèrent, cinq à six cent mille francs, dit-on. Il se réfugia à Bruxelles, « où depuis il a vécu fort misérablement, gagnant sa vie à estre prévost de salle, se nourrissant des bienvenues qu'il pouvoit attraper des escoliers qui vouloient apprendre à tirer des armes. Il vivait encore en 1634, âgé au moins de quatre-vingts ans, se promenant devant Sainte-Gudule, un gros chapelet au cou, et parlant magnifiquement des hauts emplois qu'il avait jadis occupés.

le Béarnais fasse ce qu'il voudra, qu'il aille à tous les diables; qu'il aille
au prêche; qu'il aille à la messe ou qu'il n'y aille pas, c'est tout un; ils
le recevront pour capucin, mais pour roi, jamais! Les Politiques, au
contraire, acquièrent chaque jour une influence plus grande; ils restent, il est vrai, fermement attachés à la religion de leurs pères, mais
ils ne cessent de *semondre* Henri de Bourbon de se faire catholique,
lui promettant de le reconnaître alors immédiatement pour roi. Sa conversion est tout leur espoir. Quelques-uns même en viennent par lassitude à demander seulement que dans sa clémence, il leur accorde de
vivre enfin tranquilles dans le libre exercice de leur culte (1). Les commerçants, les artisans, épuisent leurs dernières ressources; leurs privations sont presque aussi dures que pendant le grand siège. Le « commun » écoute avec une crédulité que rien n'ébranle toutes les bourdes
qu'il plaît aux curés de raconter du haut de la chaire. Ces « amusefous
entretiennent ainsi les pauvres patients en quelque espérance de gua-
rison ».

Le 20 février : grande procession, depuis la Sainte-Chapelle jusqu'à
Sainte-Croix de la Bretonnerie, puis à Notre-Dame; il ne s'agit que de
demander à Dieu de favoriser l'armée de la Ligue qui va certainement
faire lever le siège de Rouen (2). — Commencement de mars : bonne
nouvelle, le Béarnais est mort! — 22 mars : Il est encore en vie, mais
il n'en vaut guère mieux : « Sa charogne a été entamée, » dit Boucher,
au prône de Saint-Benoît (3). — On pend et on étrangle, en Grève,
Michelet et Du Gué, deux sergents de la Sainte Confrérie des Seize,
convaincus de nombreux vols, et « de tout plain d'autres petits péchés
véniels ». — 14 avril : les garnisons espagnoles et napolitaines sortent
de Paris pour aller à la guerre. — Fin avril : On apprend que le siège
de Rouen est levé (4); mais la joie est de courte durée. — En mai , on

(1) Les royalistes se réunissaient dans quatre quartiers différents : chez d'Aubray, au quartier de la Cité et de l'Université; chez Passard, au quartier du Louvre; chez Marchand, au quartier de la Grève, et chez Ville-Bichot, au quartier des
Halles.
(2) Elle s'était avancée à sept lieues de Rouen, en ordre de bataille, dont l'avant-
garde était conduite par le duc de Guise, la Chastre et Vitry; le corps de bataille,
par le duc de Mayenne et le duc de Monte-Marciano; l'arrière-garde, par le duc de
Parme, le duc d'Aumale, le comte de Chaligny, accompagnés des sieurs de Bois-
Dauilin, Balagni, Saint-Paul; les Suisses et l'artillerie, par Bassompierre et La
Motte.
(3) Le 5 février, le Roi, dans une affaire d'avant-garde, auprès d'Aumale, fut
blessé aux reins d'un coup de pistolet. « Je croyais, dit le duc de Parme, trouver
devant moi un général, et je n'ai vu qu'un capitaine de chevau-légers. » Le maréchal de Biron dit à Henri IV : « Ce n'est point aux rois de France de faire les
mareschaux d'armée. » Mais ce roi de France avait sa couronne à gagner, et sa
folle bravoure enlevait les cœurs.
(4) A la fin de janvier, l'armée ligueuse, commandée par le duc de Parme et le
duc de Mayenne, forte d'une trentaine de mille hommes, arriva en Normandie
par l'Amiénois. Le Roi laissa Biron devant Rouen, marcha à l'ennemi et fut blessé,
près d'Aumale, le 5 février. Il ne put empêcher les ducs d'atteindre Rouen et fut
obligé de lever le siège le 21 avril. Le duc de Parme ravitaille Rouen, prend Caudebec, marche sur Yvetot; mais alors la scène change. Le Roi reçoit des renforts,

voit revenir les débris de l'armée ligueuse, lasse, harassée, après une retraite de soixante lieues effectuée en quatre jours, « ce qui estonna plus la ville qu'il ne la resjouist, et acheva de ruiner les faubourgs et les environs de Paris, où furent commis impunément une infinité de meurtres, brigandages et extorsions » (1). — Le mardi, 26 mai, grand nombre de Ligueurs, les duchesses de Nemours, de Montpensier, de Guise, et autres gens de qualité, vont à Charenton complimenter et remercier le duc de Parme, blessé et malade (2), des grands services qu'il leur avait rendus. Avant de partir, il fait entrer dans Paris quinze cents soldats wallons pour renforcer la garnison (3).

Août : Ce qui reste à Paris de gais rieurs se délecte à la lecture de la jolie lettre attribuée « aux crocheteux », en réponse au curé de Saint-Germain-l'Auxerrois, qui, dans un de ses sermons, les avait engagés à mettre à sac les maisons des Politiques (4). — Fin septembre : Les Parisiens craignent de mourir de faim. Le roi de Navarre s'est avisé de construire dans l'île de Gournay un fort, que ses courtisans appellent insolemment *Estrille-Badauds*, et qui empêche les vivres d'arriver par

et le duc de Parme se replie sur Caudebec, dans la nuit du 26 avril. Jusqu'au milieu de mai les Ligueurs sont battus dans toutes les rencontres. Acculé à la Seine, cerné par des forces supérieures, le duc de Parme semble perdu. C'est dans cette détresse qu'il se montra plus grand capitaine que jamais. Pendant la nuit du 20 au 21 mai, il fait passer à son armée, sur des pontons, le fleuve, large, en cet endroit, d'un quart de lieue, sauve ses hommes, sa cavalerie, son artillerie, ses bagages, et se retire d'un endroit où il devait périr ou par la faim ou par l'épée. Au soleil levant, le Roi, qui s'apprêtait à combattre, fut bien ébahi en voyant qu'il n'avait plus d'hôte.

Le duc de Parme remonta la rive gauche de la Seine, par les plaines de Neufbourg, se dirigea à marches forcées vers Paris et ne se crut en sûreté que lorsqu'il eut repassé la Seine, puis la Marne, au pont de Charenton, et qu'il se trouva dans la Brie.

(1) Le 17 mai, M. de Guise et le fils du duc de Parme, Ranuce Farnèse, entrés à Paris depuis la veille, vont dîner chez la duchesse de Nemours.

(2) Il avait été blessé au bras « d'une mousquetade, au-dessus du coude et près du moignon de l'épaule ».

(3) Il traversa la Brie, la Champagne, en s'arrêtant quelques jours à Château-Thierry pour y solder ses troupes, et repassa une dernière fois la frontière. Désespérant de l'atteindre, Henri IV continua la campagne un peu au hasard, « se promenant par ses places autour de Paris pour y entretenir des intelligences et croistre les hardiesses à ceux qui parloient pour luy ». (D'Aubigné.)

(4) « MONSIEUR DE CUEILLY, Nous trouvons fort estrange de ce que vous voulez vous
« aider de nous pour assassiner et voler tant de gens de bien et d'honneur. En-
« cores que soions pauvres gens et simples, si est-ce que nous sçavons fort bien
« que les commandements de Dieu, dont vous ne parlez point en vos prédications,
« sont contraires. Qui vous croiroit, ce seroit prendre le chemin de gaigner Para-
« dis par escalade, comme vos quatre martyrs du Louvre, qui font la cuisine en
« Enfer, en vous attendant vous et vos confrères. Voilà les fruits et récompenses
« de vos pensions d'Hespagne, pour trahir votre patrie. Partant, ne faites estat
« de nous en vos assemblées de sabbats et meschantes factions. Nous vous es-
« trennerons, au premier jour de l'an, d'un chapperon vert.
    « Vos bons amis, en faisant mieux.
                                                            « LES CROCHETEUX. »

Cette lettre fut répandue partout, et affichée aux portes de l'église Saint-Germain.

la Marne. Comme il possède déjà Corbeil, Saint-Denis, Saint-Cloud, Chevreuse, rien ne peut plus entrer dans la capitale, ni par terre ni par eau. L'Estoile s'inquiète, et, comme tout fils de bonne mère, fait ses provisions : « du bled, du lard, des pruneaux, du ris, et de tout un petit, » selon l'argent de sa bourse. — Dimanche, 1ᵉʳ novembre : Les fidèles ont l'honneur d'entendre, dans l'église Saint-André-des-Arts, la grand'messe chantée par le nouveau légat, Philippe de Séga, évêque de Plaisance, qui leur donne à baiser deux doigts de sa main, « selon la mode d'Italie (1) ». — Le 9 novembre, Jean Luillier, maître des comptes, est élu prévôt des marchands à la place de Charles Boucher d'Orsay; le duc de Mayenne ne craint pas de violer les antiques privilèges de la ville, et, à la place des deux échevins élus, Le Besle et Carrel, il impose Pichennat, agréable aux Seize, et, par compensation, Néret, agréable aux Politiques (2).

27 novembre : On crie dans les rues et les carrefours la réunion des États généraux pour le 29 décembre (3). — 7 décembre : On annonce, à la grande consternation des Ligueurs, que le duc de Parme vient de mourir à Arras des suites de la blessure qu'il avait reçue à Caudebec (4), et, le 10 décembre, on lui fait, dans l'église Saint-Merry, un service solennel auquel assistent le légat et les officiers espagnols et napolitains. — A partir du 13 décembre, commencent à arriver de tous les points de la France les députés aux États : l'archevêque de Lyon, le cardinal de Pellevé, M. de Guise, le duc d'Aumale; Oudet Soret, laboureur, député du bailliage de Caux; Jacques Cordier, député de Marseille; Génebrard, archevêque d'Aix; François de Rabutin, député d'Autun, et autres. On voit, nuit et jour dans les rues, les agents des prétendants à la couronne qui les vont visiter et briguent leurs suffrages; agents du duc de Guise, du duc de Mayenne; du duc de Nemours, qui espère épouser l'infante Isabelle-Claire-Eugénie (5); du marquis de Pons, fils aîné du duc de Lorraine; du duc de Savoie (6); enfin du roi d'Espagne Philippe II. — Mardi, 22 décembre : l'arrêt que le Parlement

---

(1) « C'était, dit l'Estoile, le fils d'un vendeur de saucissons; peu ou point de sçavoir, mais d'esprit et de jugement beaucoup; au surplus, grand homme d'Estat et bon serviteur de son maistre. Ne disnoit point, mais souppoit bien, et, après avoir souppé vers quatre heures, se faisoit sangler comme les mulets pour aider à la digestion. Huit heures estant sonnées, on le venoit dessangler et mettre au lict où il s'essgayoit et baudouinoit tout à son aise, jusques à ce que le sommeil le prist. Toujours esveillé fort matin, il se mettoit à la besongne, escrivant force lettres et faisant dépesches de tous les costés. »

(2) Le Besle avait eu vingt-six voix, et Carrel vingt-huit.

(3) L'ouverture des États généraux fut remise au 17 janvier 1593.

(4) Il mourut le 3 décembre 1592, âgé de quarante-cinq ans, au moment où il se préparait à rentrer en France pour la troisième fois. Il ordonna par son testament qu'on l'enterrât sans aucune pompe, en habit de Capucin, dans l'église des Capucins de Plaisance, et que l'on gravât sur sa tombe : *Hic jacet frater Alexander Farnesius, Capucinus.*

(5) Fille du roi d'Espagne Philippe II, et, par sa mère Élisabeth, petite-fille du roi de France Henri II.

(6) Charles-Emmanuel Iᵉʳ, petit-fils de François Iᵉʳ par sa mère Marguerite.

royaliste de Châlons avait rendu contre la réunion des États, est cassé par le Parlement de Paris, puis lacéré et brûlé, à 2 heures de l'après-midi, sur la table de marbre, au bas des degrés du Palais, par les mains de l'exécuteur de haute justice, Jean Roseau, en présence du duc de Mayenne et d'un concours considérable de peuple.

Cette marque d'infamie attestait la force dont Mayenne disposait encore; mais elle toucha peu les Politiques. Leur nombre, leur influence, grandissaient chaque jour. Sur cinquante et un conseillers du Parlement qui étaient restés à Paris, quarante-six étaient à eux plus ou moins ouvertement. Il en était de même de treize colonels de quartiers sur seize. La paix seule pouvait apporter un remède aux misères que Paris supportait depuis quatre ans, « la ville estant sans commerce pour les marchands, sans travail pour les ouvriers, sans revenus de leurs loyers pour les propriétaires (1). A la pauvreté et à la faim, ajoutez les ennemis au dehors et les cruels Espagnols au dedans (2). »

V. — LES ÉTATS DE LA LIGUE AU LOUVRE.

Henri IV entra dans une violente colère en apprenant que Mayenne osait convoquer les États généraux, prérogative royale s'il en fut, et le Parlement de Châlons déclara que la ville où se ferait un roi de la Ligue serait rasée de fond en comble. Les députés des provinces ne pouvaient donc se rendre à Paris qu'en courant de grands risques, augmentés encore par la saison « mal saine, neigeuse et mal plaisante ». Beaucoup ne voulurent pas tenter l'aventure et restèrent chez eux; les

(1) Le 8 janvier et le 10 avril 1592, le Parlement de Paris avait rendu des arrêts pour la diminution des loyers et la surséance de toutes sortes de dettes, « veu la calamité du temps qui continue de mal en pis, et pour empescher les contraintes et exécutions vigoureuses, de si peu de meubles qui restent aux marchands et bourgeois, après avoir consommé ce qu'ils avoient de plus précieux en frais de justice, les propriétaires non payez, les locataires non acquittez, ainz réduits jusques à la paille et leur famille ». Qui s'oppose à une mesure si nécessaire et si humaine? 1º les Doyens, chanoines, chapitre et communauté de Saint-Germain-l'Auxerrois; — 2º le Chantre, les chanoines, le Chapitre de Saint-Honoré; — 3º le Chevecier, les chanoines, Chapitre et Communauté de Saint-Merry; — 4º les Prévôt, chanoines et Chapitre de Saint-Nicolas-du-Louvre; — 5º les marguilliers de l'Œuvre et Fabrique de Saint-Jacques-la-Boucherie.

(2) Nécrologe de 1592 :

22 janvier : ÉLISABETH D'AUTRICHE, reine de France, veuve de Charles IX, morte à Vienne. — Mars : NICOLAS DE GRIMONVILLE, sieur de Larchant, blessé mortellement au siège de Rouen; inhumé le 20 juillet, aux Augustins, où sa veuve Catherine de Vivonne, lui éleva un magnifique tombeau. — Avril : CHICOT, fou du roi, tué au siège de Rouen d'un coup d'épée que lui donna son prisonnier, M. de Chaligny, — 30 mai : DU JARDIN, un des piliers de la foi des Seize, pendu en Grève pour meurtres et brigandages. — 4 juin : mort du duc de MONTPENSIER, à Lisieux. — 23 juin : mort de JEAN PRÉVOST, curé de Saint-Séverin. — 26 juillet : le maréchal de BIRON a la tête emportée d'un coup de canon au siège d'Épernay. — 21 septembre : ANNE-SCIPION DE JOYEUSE, frère de l'amiral Anne, du cardinal François, du Capucin Ange, se noie en passant le Tarn, à la suite du combat de Villemur où il commandait les Ligueurs, et où il fut défait.

plus hardis vinrent bien escortés, tambours battant et enseignes déployées; d'autres, furtivement, sans porter aucun indice de leur mission. Le dimanche 17 janvier 1593, un certain nombre se rencontrèrent une première fois à la procession qui se rendit à Notre-Dame pour demander à Dieu de protéger les travaux des États. Mayenne marchait à leur tête entre les présidents de Nully et de Hacqueville; le légat leur donna à tous la communion et l'archevêque d'Aix, Génebrard (1), prêcha que la loi salique pouvait être changée et corrigée par la nation.

On attendit encore quelques jours les retardataires, et la séance d'ouverture, plusieurs fois remise, eut enfin lieu le mardi 25.

J'ai déjà décrit l'aspect qu'offrait alors le Louvre (2). Quel est d'ailleurs le Parisien qui n'a gravi l'escalier Henri II pour visiter la salle *La Caze?* C'est cette salle (3), ainsi que les appartements royaux où elle conduisait, que l'on avait magnifiquement aménagée pour recevoir les États.

Le guichet du Louvre (4), sur la rue d'Autriche, était gardé par les archers du grand prévôt Oudineau, revêtus de casaques bleues, brodées de couronnes argent et or, sans fleurs de lis.

On traversait la cour carrée (5); on montait les grands degrés, et l'on arrivait dans la grand salle entièrement tendue de riches tapisseries. Au fond s'élevait un dais de drap d'or au-dessus de deux chaires de velours cramoisi. Contre la muraille, à main droite, était dressée une tribune où avaient pris place Mesdames de Nemours et de Montpensier; l'évêque de Viterbe; l'ambassadeur don Diego d'Ybarra (4), et autres seigneurs, dames et demoiselles.

Le sieur de Rinaulde, capitaine du château du Louvre, un bonnet de velours sur la tête, l'épée au côté, un bâton en main, faisait l'office de maître des cérémonies. Près de lui, le hérault Alençon, en cotte d'armes de velours violet, manteau de taffetas noir, tête nue, tenant un caducée, appelait les députés à la grande porte de la haute salle (7).

(1) Gilbert Génebrard, Bénédictin, professeur d'hébreu au Collège royal. Il embrassa le parti de la Ligue et obtint du pape Grégoire XIV, en 1592, l'archevêché d'Aix. En 1596, le parlement d'Aix le bannit et condamna au feu son livre *De sacrarum Electionum jure* où il soutenait que les évêques doivent être élus par le clergé et le peuple, au lieu d'être nommés par le roi. Il se retira dans son prieuré de Semur et y mourut le 24 mars 1597.

(2) Chapitre XI, pages 321 à 327 et chapitre XIII, page 540 et 541.

(3) Complètement modifiée pour les besoins du Musée. On a masqué les fenêtres et réuni le premier étage au second étage, éclairé maintenant par un plafond vitré.

(4) Porte datant de Philippe-Auguste, défendue par deux tours et un fossé que l'on franchissait sur un pont-levis quand on venait de la rue d'Autriche. Le tracé de cette porte est indiqué sur le sol actuel de la cour du Louvre.

(5) Qui n'était alors que le quart de la cour actuelle.

(6) Ambassadeur ordinaire d'Espagne. Il demeurait rue *Poupée*, voie supprimée, qui commençait rue de la Harpe et finissait rue Hautefeuille.

(7) C'est la scène si joliment parodiée au début de la *Ménippée* :
« Après que l'assemblée fut entrée bien avant dans la grand salle, approchant
« les degrés où le dais était élevé, le hérant d'armes intitulé *Courte-joye Saint-*
« *Denis*, appela tout haut par trois fois ainsi :
« Monsieur le lieutenant, Monsieur le lieutenant, Monsieur le lieutenant de

A son appel, entrèrent les archevêques de Lyon, d'Aix et de Glascow (1); les évêques de Rennes, de Senlis, de Digne; les abbés de Saint-Vincent de Laon et d'Orbais, d'autres ecclésiastiques; les députés, membres du Parlement et de la Chambre des comptes; le prévôt des marchands Jean Lhuillier, ses échevins, Langlois et Néret, le procureur de la ville, Morin; les députés des bailliages d'Alençon et de Vermandois, du duché de Bretagne, du comté de Provence, de la sénéchaussée de Lyon; le sieur de Viarmes, vêtu d'une robe fourrée de peau de loup; Messieurs de Nully, de Masparault, du Vair (2), d'Aubray, Thielement (3), etc.

Et quand la salle fut comble, apparut le duc de Mayenne, entouré de ses gardes, gentilshommes et officiers; assisté de son fils Emmanuel;

« l'Estat et couronne de France, montez là haut, en ce trône royal, en la place de « votre maître.

« Monsieur le Légat, mettez-vous *a latere*.

« Madame la représentante la reine-mère ou grand-mère, mettez-vous de l'autre « côté.

« Monsieur le duc de Guise, pair de la lieutenance de l'État et couronne de « France, mettez-vous tout le fin premier pour ce coup, sans préjudice de vos « droits à venir.

« Monsieur le révérendissime cardinal de Pellevé, pair *ad tempus* de la lieute-« nance, mettez-vous vis-à-vis, et n'oubliez votre calepin.

« Madame la douairière de Montpensier, comme princesse de votre chef, mettez-« vous sous votre neveu.

« Monsieur d'Aumale, mettez-vous à côté du révérendissime, et gardez de dé-« chirer sa chape avec vos grands éperons.

« Haut et puissant comte de Chaligny, prenez votre place et ne craignez plus « Chicot qui est mort.

« Monsieur le primat de Lyon, infaillible futur cardinal de l'Union, laissez là « votre sœur, et venez ici prendre votre rang.

« Messieurs les Secrétaires d'État, Marteau, Richard, des Portes et Nicolas, cette « forme d'en bas est pour vous quatre, si les fesses de M. Nicolas y peuvent tenir.

« Au demeurant, que tous les députés prennent place, à raison de leurs pen-« sions. »

(1) Jacques de Béthune, archevêque de Glascow, ambassadeur d'Écosse en France, où il resta après la mort de Marie Stuart. Il fut l'un des bienfaiteurs du collège des Écossais et « décéda à Paris, — ainsi que nous l'apprend le P. du Breul, — en la commanderie Saint-Jean-de-Latran, le 25 jour d'avril, l'an de grâce 1603, agé de quatre-vingt-six ans, ou environ. » Il y avait son tombeau, et l'on y voyait son épitaphe en latin et en français.

(2) Guillaume du Vair, né à Paris en 1556, fils d'un avocat général à la cour des aides, et lui-même conseiller au Parlement dès l'âge de vingt-huit ans, en 1584. Il fut l'un des membres les plus courageux du parti des Politiques, et l'un des principaux auteurs de l'arrêt du 28 juin 1593 pour le maintien de la loi salique. Nous le retrouverons garde des sceaux, sous la régence de Marie de Médicis.

(3) Séraphin Thielement, seigneur de Guyencourt, né à Paris, et l'un des douze députés parisiens du Tiers aux États de 1593. Il avait été greffier du Grand Conseil sous Henri III et continua d'exercer cette charge auprès de Mayenne. Le 16 février, il fut élu secrétaire et greffier de la Chambre du Tiers État et accepta ces fonctions, « sans préjudice de son état de noblesse ». Il tint une conduite très sage aux États, refusa de toucher à l'argent d'Espagne et abandonna sa part, ainsi que quelques autres membres de la députation de Paris, à l'Hôtel-Dieu. Le 18 décembre 1594, il résigna sa charge de secrétaire du roi en faveur de l'un de ses deux fils, Jérôme. L'aîné, Séraphin, sieur de Guyencourt, fut conseiller au Grand Conseil et secrétaire du Roi en 1605.

du cardinal de Pellevé, archevêque de Sens et de Reims; des ducs de
Guise, d'Aumale, d'Elbeuf; de l'ambassadeur de Lorraine; de M. de Belin, gouverneur de Paris; des présidents Jeannin, Le Maistre, Hennequin; du secrétaire d'État Péricard; des sieurs de Villeroy, de Vuide-
ville, de Chanisy, du Laurens, de Sénecey, de la Chastre, de Villars,
d'Urfé, de Rosne, etc. Il s'assit dans la chaire du milieu, ayant à sa
gauche son fils Emmanuel; à sa droite, le cardinal de Pellevé; devant
lui, le héraut Alençon, à genoux sur le bord du tapis, et commença sa
harangue d'un ton si bas que les deux tiers de l'Assemblée ne l'entendirent pas: il changea de couleur plusieurs fois et se troubla si fort
que Mme de Mayenne crut qu'il allait se trouver mal. Il rappela tout ce
qui s'était passé depuis les États de Blois; s'embarrassa davantage à mesure qu'il approchait de son but; demanda aux députés d'aviser au plus
tôt « à l'élection d'un Roy catholique pour mettre un terme aux malheurs du royaume », et protesta qu'il emploierait « sa propre vie au
maintien de la sainte religion catholique, apostolique et romaine ».
Après lui, le cardinal de Pellevé parla pour le roi d'Espagne et le légat. Son discours « parut fort long et fort ennuyeux: celui du baron de
Sénecey, — pour la noblesse, — court et hardy; celui d'Honoré du Laurens, — pour le Tiers, — très éloquent (1). »

*
* *

Trois mois entiers, février, mars et avril, furent perdus en réceptions,
dîners, cérémonies religieuses, questions de préséance et vaines for-
malités.

Vitry, en sa maison du bailliage du Palais, offre un grand dîner au
duc de Mayenne; un brochet de dix-huit écus paraît sur la table. Le
prévôt des marchands prie à dîner « tous les sieurs du tiers Estat au
logis de Monsieur d'O, assis rue Vieille du Temple (2) ». Zamet, en sa
maison de la rue de la Cerisaie, invite à souper Messieurs de Mayenne,
de Guise, de Brienne, avec force capitaines, seigneurs, gentilshommes
et dames de leur compagnie. Il fallut rapporter chez lui le duc de
Mayenne, tant il avait bu (3).

Le 4 février, le légat vient dans la salle des États donner sa bénédiction aux députés.

---

(1) Le triomphe de la Ligue eût été le démembrement de la France; chaque
prétendant comptait bien, à défaut du tout, obtenir une part. Le Parlement de
Provence envoya une députation au-devant du duc de Savoie Philibert-Emma-
nuel; il vint à Aix le 14 novembre 1591, et y fut reçu en souverain; tous les membres de la Cour lui baisèrent la main; ce fut Honoré du Laurens qui le harangua
au nom de la compagnie; on le reconnut pour protecteur de la province et on
lui prêta serment de fidélité.

(2) On voit que, sans plus de façon, le prévôt des marchands s'était installé
dans l'hôtel de François d'O, ancien gouverneur de Paris, qui, après la journée
des Barricades, avait suivi Henri III et ensuite Henri IV.

(3) Ce souper coûta deux cents écus, de marché fait avec un cuisinier traiteur,
le Grand Guillaume.

Le dimanche 21 février, Messieurs des trois États se réunissent à Notre-Dame pour entendre la messe du Saint-Esprit; l'illustrissime et révérendissime cardinal légat entonne le *Veni Creator* et donne la communion aux quatre-vingt-neuf députés présents (1), six par six; deux prêtres, deux nobles, deux du tiers. L'archevêque d'Aix Génebrard, dans son sermon, couvre d'invectives le Béarnais et les Politiques. Le légat dit les litanies; « tous messieurs des États répondant les genoux en terre. De là, un chacun se retira ».

Le mercredi 3 mars, dans la chapelle de la reine, rue de Grenelle, M. le Légat donna les cendres aux députés « qui les reçoivent fort révéremment et en toute humilité, à genoux sur les degrés, chacun y allant l'un après l'autre. »

Le dimanche 14 mars, messe des colonels et capitaines de la milice parisienne aux Augustins, « où furent lues publiquement des lettres du duc de Mayenne par lesquelles il faisait offre aux colonels et capitaines de la ville d'une bonne somme de deniers pour récompense de leurs services et pour subvenir aux fatigues et frais qu'il leur convenoit soustenir pour la guerre (2). »

De très grosses difficultés absorbèrent des séances entières ? Devait-on écrire à Mayenne *Monseigneur* ou *Monsieur?*

> *Réponse :* « En considération de la déférence qu'il montroit à l'As-
> « semblée, on juge à propos de lui donner du *Monseigneur.* »

Quand le Légat viendra visiter l'Assemblée pour lui bailler sa sainte bénédiction, portera-t-il avec lui sa croix et sa masse ?

> *Réponse :* « Messieurs du Clergé, de la Cour, de la Chambre des
> « Comptes, du Conseil d'État, de la Noblesse et du Tiers ayant
> « esté entendus, a esté ordonné que Le légat entreroit, mais que sa
> « croix resteroit au bas de la salle. »

Quand il y aura des séances solennelles, Messieurs des Cours souveraines y seront-ils invités par Messieurs des États, ou seulement par M. de Mayenne?

> *Réponse :* « Est ordonné et résolu qu'ils ne seront invités que
> « par M. de Mayenne, et seulement si bon semble. »

Quand le duc de Féria se présentera devant l'Assemblée, lui répondra-t-on en français ou en latin ?

> *Réponse :* « A esté décidé que le cardinal de Pellevé le remercie-
> « roit en françois, au nom des Estats; ce à quoi le dit Cardinal

---

(1) Les États de la Ligue ne comptèrent jamais plus de cent et quelques députés, la plupart du tiers.

(2) Du Fresnoi, colonel de la rue Saint-Honoré; Le Roy, capitaine de la rue Saint-Denis; un de la rue Saint-Antoine, furent seuls à accepter. Les autres refusèrent « fort vertueusement », comprenant à la forme des quittances que cet argent venait du roi d'Espagne. « Le duc de Féria ne laissa pas, par les prédicateurs, ses agens, et les Seize, d'en gaingner après quelques-uns, mais peu. »

« trouva moïen de désobéir en se hastant de commenter et de tra-
« duire en latin ce qu'il avoit d'abord débité en françois (1). »

Ce duc de Féria (2), ambassadeur extraordinaire du roi d'Espagne
Philippe II, arriva à Paris le 9 mars, sur les huit heures du soir, par
la porte Saint-Antoine et fut conduit aux flambeaux jusqu'au logis du
trésorier Ribault (3), où l'attendaient le prévôt des marchands Luillier
et ses échevins. Le gouverneur de Paris, M. de Belin, et le jeune Emmanuel, fils de Mayenne, avaient été au-devant de lui. Le vendredi
22 avril, il fut reçu « fort humainement » aux États, précédé de plus de
cinquante de ses estaffiers et serviteurs domestiques, et suivi d'une
quinzaine de colonels et capitaines des Napolitains, Espagnols et Vallons de la garnison.

A trois reprises, l'ambassadeur soumit aux États les propositions de
son maître, les modifiant chaque fois, après l'échec qu'elles subirent.

Le vendredi 28 mai, il expose « qu'il a plu à Dieu de ne conserver
aucun légitime héritier mâle de Henri II; que par ainsi il est tout clair
que, selon les droits de nature, le droit divin et le droit commun, Madame l'infante dona Isabelle-Claire-Eugénie est légitime reine de ce
roïaume de France; Sa Majesté catholique demande donc que l'on déclare sa fille reine, et il la pourvoira d'armes et d'argent pour surmon-
ter l'effort de ses ennemis. » Les États ne répondent que par une question : « Sa Majesté est-elle dans l'intention de marier la sérénissime
infante à un prince françois, bon catholique? »

Le lundi 14 juin, deuxième proposition : « Élisez, s'il vous plaît, pour
roi, l'archiduc Ernest (4), frère de l'empereur; il est zéleux de la religion;
mûr, rassis, doux et fort traitable, et — à ce que j'ai ouï — il parle
français ou pour le moins l'entend; *s'il ne l'entend pas bien, il l'apprendra* et sera autant français comme vous (5). » Mayenne répondit

---

(1) « Il fit dans sa harangue latine, dit L'Estoile, autant d'incongruités que de
mots, dont fust apelé par les députés de Bourgongne, *l'Asne rouge.* » Il avait
pourtant derrière lui, pour secourir sa mémoire troublée, « un qui lui servoit de
protocole »; c'est-à-dire un souffleur. Les auteurs de la *Ménippée*, qui le connaissaient bien, lui conseillent de ne jamais oublier son calepin.

(2) Don Lorenzo Suarez de Figueroa, deuxième duc de Féria. Il n'avait alors que
trente-quatre ans. Il mourut, en février 1607, vice-roi de Naples. Son fils fut ambassadeur en France après la mort de Henri IV.

(3) Il resta chez Ribault, jusqu'à ce que l'hôtel de Longueville, rue des Poulies,
eût été aménagé pour lui. Il y demeura jusqu'à son départ forcé et précipité de
Paris, le 22 mars 1594, jour de l'entrée de Henri IV dans Paris.

(4) Ernest, quatrième fils de Maximilien II et frère de l'empereur Rodolphe; il
avait alors quarante ans. Ce zéleux que personne n'avait jamais vu rire et qui,
selon ses biographes « n'était bon ni pour la paix ni pour la guerre », mourut
moins de deux ans après à Bruxelles, gouverneur des Pays-Bas.

(5) Ces paroles sont de Jean-Baptiste de Taxis, l'un des assistants du duc de
Féria. Il ajouta : « L'archiduc Ernest vous peut apporter des commodités non
petites de son propre cru, et il est apparent que quelque jour, il pourroit joindre à son estat présent une grandeur très remarquable. L'empereur son frère
n'est point marié. Si Dieu l'appelle sans qu'il délaisse enfants mâles légitimes,
l'archiduc Ernest est son héritier. Tout cela pourroit, avec le temps, tomber sur
lui, qui n'est pas peu de chose. » L'abolition de la loi salique, au quinzième

au nom des États : « Nous vous supplions de prendre de bonne part que
nos lois, nos mœurs, notre inclination résistent à votre demande; elle
ne vient pas à propos, d'autant que l'archiduc n'est pas Français et
n'entend pas la langue française. » Au sortir du Louvre, le duc de
Féria et son cortège furent hués et sifflés, dans la rue d'Autriche et la
rue des Poulies, par la foule amassée en cet endroit qui leur jeta des
pierres.

Le lundi 21 juin, troisième proposition : « Illustrissimes seigneurs, je
vous ai fait par cy devant deux offres, lesquelles ne vous ont esté
agréables; mais celle-cy est la dernière. Afin que vous ne perdiez votre religion de par le roy de Biarn, mon maistre donnera son infante à
l'un de vos princes français, ceux de la maison de Lorraine compris, *à
son choix*, lequel sera nommé de par vous, messeigneurs des États,
roy de France solidairement avec sa femme. Et si vous refusez ceste
offre, je nous en déchargeons devant Dieu et les hommes; et nous donner response en brief (1). »

C'était par trop d'audace et le rouge monta au front de plus d'un
député. On se demanda de quels moyens les Espagnols disposaient pour
oser ainsi parler en maîtres; on leur reprocha d'avoir refusé de faire
marcher leur armée au secours de la ville de Dreux, si vivement pressée
à l'heure même par Henri IV (2). « Voilà où nous en sommes réduits,
s'écria Guillaume du Vair : Seize coquins ont vendu la couronne de
France au roi d'Espagne. Non, jamais peut-estre il ne s'ouït dire que
si licencieusement, si effrontément, on se joua de la fortune d'un si
grand et si puissant royaume; que si publiquement on trafiqua d'une
telle couronne; que si impudemment on mit vos vies, vos biens, votre
honneur, votre liberté à l'enchère, comme l'on fait aujourd'hui! Et en
quel lieu? au cœur même de la France. » Entraîné par le premier
président Jean Le Maistre (3), par Du Vair, et par le procureur général
Molé, le Parlement, toutes les Chambres assemblées (4), rendit le fameux arrêt qui défendait de transférer la couronne à une princesse ou
à un prince étrangers, et déclara nuls et sans valeur tous actes faits ou

siècle, avait failli réunir la France et l'Angleterre. Au seizième siècle, c'était la
réunion de la France et de l'Empire; mais ces énormes États, sans cohésion, auraient-ils duré?

(1) Jean-Baptiste de Taxis.

(2) Dreux succomba à la fin de juin. La ruine de son château, dont on distingue
très bien l'ancien pourtour, date de cette époque.

(3) Jean Le Maistre était fils, petit-fils et arrière-petit-fils de magistrats parisiens.
Il fut, pendant la Ligue, avocat général, puis premier président après la mort de
Brisson. Par l'arrêt du lundi 28 juin, qui a rendu le nom de Le Maistre célèbre,
le Parlement annulait la décision des États sur l'élection d'un roi, écartait du
trône l'infante, l'archiduc Ernest, les Guise (princes lorrains), et sauvegardait les
droits de la maison de Bourbon; c'était un empêchement légal à ce que l'ordre
de la succession au trône fût troublé, le Parlement ayant le droit, alors bien
reconnu, d'accorder ou de refuser au pouvoir législatif sa sanction définitive.

(4) Le Parlement de Paris ne comptait alors que cinquante-cinq membres. Les
autres, plus fermes et affichant hautement leur attachement à la cause royaliste,
avaient quitté Paris et siégeaient à Tours ou à Châlons.

à faire au préjudice de la loi salique et des autres lois fondamentales du royaume (1).

Le lendemain, mardi 29 juin, vingt Conseillers allèrent signifier cet arrêt à Mayenne qui parut fort courroucé. Dans les entretiens qui eurent lieu devant lui, ce jour-là et le lendemain, des propos très vifs furent échangés : Molé s'écria qu'il était né Français, qu'il mourrait Français, et que « devant d'estre jamais autre, il y perdroit et la vie et les biens! » L'archevêque de Lyon reprocha à M. Le Maistre d'avoir fait au duc de Mayenne « un vilain *affront* ». — La cour n'est point affronteuse, répondit le Premier Président. — Ne faites pas attention à ce mot, dit M. de Lyon, c'est un mot italien. — Eh bien. répliqua M. Le Maistre, sçachez que nous ne sommes ni Hespagnols ni Italiens! » Quant à l'indignation de Mayenne, n'était-elle pas simulée? L'élection de l'infante et le mariage de cette princesse avec le petit duc de Guise précipitaient Mayenne de sa haute dignité de lieutenant général à l'humble état de sujet de son jeune neveu, *un morveux*, disait Mᵐᵉ de Mayenne *auquel il fallait encore bailler des verges* (2).

L'arrêt du Parlement fut en réalité l'arrêt de mort des États (3).

(1) En voici le texte :
« Sur la remontrance cy-devant faicte à la Cour par le Procureur général du « Roy. la Cour, n'ayant d'autre intention que de maintenir la religion catholique, « apostolique et romaine, en l'Estat et Couronne de France, sous la protection « d'un bon Roy très chrétien, catholique et François. a ordonné et ordonne que « remontrances seront faictes, ceste après-dinée, par M. le président Le Maistre, « assisté d'un bon nombre de conseillers en ladicte Cour, à M. le duc de Mayenne. « lieutenant général de l'Estat et Couronne de France, en présence des princes et « officiers de la Couronne estant en ceste ville, à ce que aucun traité ne se fasse « pour transférer la Couronne en la main de princes ou princesse estrangers; « que les loix fondamentales de ce royaume soient gardées, et les arrests donnés « par ladicte Cour pour la déclaration d'un Roy catholique et François exécutez; et « qu'il ait à employer l'autorité qui lui a esté commise, pour empescher que, sous « prétexte de la religion, la Couronne ne soit transférée en main estrangère, con- « tre les loix du royaume, et pourvoir le plus promptement que faire se pourra « au repos et soulagement du peuple, pour l'extrème nécessité en laquelle il « est réduit. Et néantmoins dez-à-présent a ladicte Cour déclaré tous traités faicts « et à faire cy-après pour l'establissement d'un prince ou princesse estrangers, « nuls et de nul effect et valeur, comme faicts au préjudice de la loy salique et « autres loix fondamentales de l'Estat. »

(2) Ce « morveux » avait vingt-deux-ans; mais que voulez-vous, il était *camus!* crime que des Parisiennes ne pardonnent pas. Une femme de Paris qui était à Saint-Denis, voyant passer Henri IV, dit à sa compagne : « Ma commère, est-ce là le Roy dont on parle tant, qu'on nous veult bailler? — Oui, dit l'autre, c'est le roi. — Il est bien plus beau que le nostre de Paris, respondit-elle : il a le nez bien plus grand. »

(3) Sentant son impuissance, l'assemblée se prorogea jusqu'à la fin d'octobre, attendant la décision du pape sur la validité de l'abjuration de Henri IV. La plupart des députés demandèrent un congé et retournèrent dans leurs provinces, en prêtant serment de revenir à l'époque indiquée. Un député de chaque Ordre et de chaque bailliage resta à Paris pour y représenter les États en cas de quelque affaire urgente. On accorda à ceux-là un traitement mensuel, mais beaucoup le refusèrent quand ils surent que l'argent venait d'Espagne. Les États s'éteignirent d'eux-mêmes, sans clôture officielle. Les procès-verbaux du Clergé s'arrêtent au 13 juillet; ceux de la noblesse au 8 août, et ceux du Tiers, au 22 décembre.

Pour s'attirer la faveur du Pape et des catholiques, l'Assemblée consentit le

*
* *

Vous connaissez maintenant les intrigues des Seize, des « porteurs de rogatons, des agents et ambassadeurs d'Espagne, de la hardelle des princes, Lorrains ou Allemands, sangsues du sang des princes de France, » pendant la première moitié de l'année 1593. De leur côté les Royalistes n'étaient pas restés inactifs.

En effet, à peine les États étaient-ils réunis qu'un trompette du Roi, nommé Thomas Lhomme, arriva à Paris, porteur de lettres des « Princes, Prélats, Officiers de la Couronne et Seigneurs catholiques, en ce moment auprès du Roi, à Chartres, qui offraient d'entrer en conférence par Députés d'entre eux avec ceux des États, en tel lieu qu'on jugera le plus commode, entre Paris et Saint-Denis, se promettant qu'avec l'aide de Dieu, conservateur de ceste Monarchie, ils trouveront le remède aux maux du Royaume et le repos pour tous les gens de bien (1). »

Après un mois de délibérations, malgré l'opposition et les fureurs du cardinal de Pellevé, du Légat, du cardinal de Plaisance, du duc de Féria, de la Sorbonne, des prédicateurs; malgré les placards, affichés aux portes du Louvre et dans les carrefours, contre les traîtres et les fauteurs de l'Hérétique, les États acceptèrent la conférence demandée « pourveu qu'elle fust entre Catholiques seulement et pour adviser aux moyens de conserver notre Religion et l'Estat, en y apportant tous une affection sincère et exempte de toute mauvaise passion (2). »

L'échevin Langlois et le gouverneur de Saint-Denis, Dominique de Vic, chargés de rechercher autour de Paris l'endroit le plus propice à la Conférence, choisirent le bourg de Suresnes » pour la biauté et grandeur d'icelluy et le nombre des maisons logeables et bien meublées qui y

---

8 août à recevoir en France le concile de Trente; mais cette décision des États de la Ligue, prise *in extremis*, fut annulée comme toutes les autres après l'entrée de Henri IV à Paris.

(1) « Fait à Chartres, le 27 janvier 1593. » Le trompette de Henri IV entra dans Paris le jeudi 28, le surlendemain de l'ouverture des États. Quand le cardinal de Pellevé eut entendu la lecture des lettres, il dit tout haut « qu'il estoit d'advis qu'on donnast le fouet au trompette, pour lui apprendre à ne plus se charger de telles bagatelles... Advis, dit quelcun, digne d'une grosse teste comme la sienne, où il y a peu de sens. » Le cardinal de Plaisance et don Diégo d'Ibarra furent du même sentiment: mais le président Jeannin et Villeroy, sans même leur adresser la parole, firent observer au Conseil que la lettre n'avait pas été adressée au duc de Mayenne seul, mais aussi aux États, et qu'on ne pouvait se dispenser de la leur communiquer. »

(2) « Fait en l'*Assemblée*, à Paris, le 4 de mars 1593. *Signé* : MARTEAU, DE PILLES, CORDIER, THIELEMENT.

Comme les royalistes refusaient de donner à l'Assemblée le nom d'*États généraux*, les députés par esprit de concorde évitèrent toute contestation à ce sujet, et convinrent que les pièces relatives aux conférences seraient souscrites : *De notre Assemblée tenue au Louvre*, etc. Le président Le Maistre avait soutenu à plusieurs reprises que l'on pouvait conférer avec les hérétiques, même avec les excommuniés, quand il s'agit de leur conversion : « Est-ce pas une chose sainte et une œuvre chrétienne, que nous devons tous pourchasser et embrasser, au lieu de la rejetter et l'empescher? »

sont (1). » La première réunion s'y tint le jeudi 29 avril. Quand les députés de Paris sortirent par la Porte-Neuve, il n'y eut qu'un cri dans la foule amassée sur ce point pour les voir partir : *La paix! La paix! Bénis soient ceux qui la procurent et la demandent! Maudits et à tous les diables soient les autres!* Les paysans des villages par où ils passaient se mettaient à genoux et leur demandaient la paix à mains jointes. Les conférences se continuèrent à Suresnes les jours suivants (2); puis le 5 juin à La Roquette (3); le 11 juin à la Villette. Elles eurent pour résultat immédiat des trêves d'une semaine, puis de trois mois, qui se prolongèrent jusqu'à la fin de l'année, et permirent à Paris de respirer (4); en outre, de la déclaration faite, le 17 mai, par l'archevêque de Bourges que le Roi se montrait enfin disposé à se convertir. Les Li-

---

(1) « Le logis de la Reine à Chaliot avoit esté trouvé fort incommode et dégarni de tout, sans fenestres et meubles. En l'abbaye de Longchamp, y avoit plusieurs ménages de ceste ville logés: on n'y pouvoit séjourner que peu de temps... Le dit village de Suresnes a esté parti en deux. Ils ont appelé un paysan qui passoit, à qui ils ont donné une pièce de quinze sols pour jetter le sort à croix ou pille, sur le département des logis. La croix est écheu au parti des catholiques, c'est-à-dire le plus beau quartier du village, où est l'église assise.

Noms des catholiques députés aux conférences : Pierre d'Espinac, *archevêque de Lyon;* François Péricard, *évêque d'Avranches;* Geoffroy de Bissy, *abbé de Saint-Vincent de Laon;* André de Brancas de Villars, *amiral de France;* François d'Averton de Belin, *gouverneur de Paris;* Pierre Jeannin, *président au Parlement de Dijon;* de Pontailler, *pour la noblesse de Bourgogne;* de Montigny, *pour la noblesse de Bretagne;* Nicolas de Pradel, *pour la noblesse de Champagne;* Jean Le Maistre, *premier président au Parlement de Paris;* Étienne Bernard, *pour Dijon;* Honoré du Laurens, *conseiller au Parlement de Provence.*

Noms des royalistes : Renaud de Beaune, *archevêque de Bourges;* François de Chavigny; Pomponne de Bellièvre; Nicolas d'Angennes de Rambouillet; Gaspard de Schomberg; Godefroy Le Camus de Pontcarré; Jacques-Auguste de Thou; d'Emery; Louis de Revol; Dominique de Vic.

(2) À la seconde séance, quand on sut que le Roi paraissait disposé à se convertir, le gouverneur de Paris, M. de Belin, dit tout haut : « Si le roi de Navarre se fait catholique, la noblesse est en bonne disposition de le reconnaître. — Oui, s'écrièrent quelques gentilshommes, dussent tous les mutins, avec les Seize de Paris, en crever de rage. » Le 27 mai et le 15 juin, les Politiques, au nombre de plusieurs centaines, firent de grandes manifestations auprès du duc de Mayenne pour lui demander la continuation de la trêve et la paix.

(3) Maison de campagne du chancelier de Chiverny.

(4) Après la publication de la trêve à Paris et à Saint-Denis, le Roi permit le commerce entre les deux partis, à la condition de lui payer aux entrées des taxes égales à celles déjà établies par le Conseil de l'Union. Les receveurs royaux établirent donc leur bureaux de recettes aux villages de la banlieue. Un muid de vin payait pour le double droit cinq écus et demi; — un muid de vinaigre, 4; — un muid de vin, 11; — un septier de froment, 3; — un septier de pois, 4; — un bœuf gras, 10; un mouton, 2; — un porc gras, 4; — etc. Les Parisiens trouvèrent d'abord le rétablissement du commerce si avantageux, que « tel sortoit de la ville bon ligueur et y rentroit royaliste, » charmé de la manière dont le Roi traitait les villes soumises à son obéissance.

Écoutez les plaintes qu'un bourgeois adresse à Mayenne :

« Ah! monsieur le lieutenant, que nous eussions esté heureux, si nous eussions « esté pris dès le lendemain que nous fûmes assiégés! Nos faubourgs seroient « habités au lieu qu'ils sont ruinés, déserts et abattus. Notre ville seroit riche, « opulente et peuplée, au lieu que vous en tirez la mouëlle et le plus clair de-

gueurs que l'idée seule de cette conversion faisait frémir de rage, cherchèrent à gagner du temps et crièrent qu'ils ne s'en rapporteraient
qu'au jugement du Pape, lui reconnaissant ainsi le droit de disposer
des trônes. C'était renier piteusement les doctrines de l'Église gallicane
si bien défendues depuis des siècles par nos plus grands magistrats et
par l'élite même du Clergé.

VI. — L'Abjuration et le Sacre.

Henri IV était cruellement déçu. Il ne pouvait plus conserver la noble illusion de parvenir jamais à établir un régime de mutuelle tolérance entre les deux partis qui déchiraient la France. Malgré le scepti-
cisme des classes supérieures et le joli mot de Montaigne : « Les Guises
ne sont guère catholiques et le Roi n'est guère protestant, » la Ligue
représentait toujours puissamment le fanatisme et les haines aveugles
des classes inférieures, qui se refusaient à transiger avec leurs croyances.
Elle était assez forte pour empêcher Henri de régner tant qu'il resterait
huguenot. Les États ne l'avaient-ils pas mis hors la loi en refusant
absolument toute communication directe entre eux et lui! Le héros victorieux sur tant de champs de bataille se voyait traité en lépreux par
une poignée d'hidalgos, de cuistres et de safraniers catholicissimes! Il
crut avoir atteint la limite de résistance que l'honneur lui imposait. Lui-
même a raconté éloquemment les combats intérieurs qui ne cessaient de
l'agiter : « Moy, et tous ceulx de la religion, nous rangerons tousjours
à ce que décernera un concile libre. Soubz celuy-là, nous passerons
condamnation. Mais de croire qu'à coups d'espée, cela se puisse obtenir
de nous, j'estime devant Dieu que c'est chose impossible. On m'a sou-

« nier. Nos fermes des champs seroient labourées et nous en recevrions le revenu.
« au lieu qu'elles sont abandonnées et en friche. Nous n'aurions pas vu cent
« mille personnes mourir de faim en trois mois dans les rues, sans miséricorde et
« sans secours. Nous verrions encore notre Université florissante et fréquentée,
« au lieu qu'elle est du tout solitaire, ne servant plus qu'aux paysans et aux va-
« ches des villages voisins; nous n'avons plus qu'un amer souvenir de ces mes-
« sagers académiques, qui descendoient à l'Arbalète, et aultres fameuses hôtel-
« leries de la rue de la Harpe, à jour et point nommés, au grand contentement
« des escoliers et de leurs régents; Le Mans et Laval ne nous envoient plus ces
« infaillibles voitures d'Angers pleines de chapons de haulte graisse et gelinotes!
« Le vin d'Orléans ne vient plus, encore moins celui de Gascogne. Nous verrions
« le Palais rempli de gens d'honneur, et la grande salle et la galerie des Merciers
« encombrées de peuple à toute heure, au lieu que nous n'y voyons plus que gens
« de loisir se promener en large, et l'herbe verte qui croit là où les hommes
« avoient à peine espace de se remuer. Nos boutiques seroient garnies d'artisans,
« au lieu qu'elles sont vuides et fermées; la presse des charrettes et des coches
« seroit sur nos ponts, au lieu qu'en huit jours on n'en voit passer qu'une
« seule, que celle du Légat. Nos ports de Grève et de l'École seroient couverts de
« bateaux pleins de bleds, de vins, de foins et de bois; nos halles et nos mar-
« chés seroient foulés de la presse des marchands et des vivres, au lieu que
« tout est vague et désolé. Nous n'avons plus rien qu'à la merci des soldats de
« Saint-Denis, de Gournay, de Chevreuse et de Corbeil! »

vent sommé de changer de religion, mais comment? la dague à la gorge.
Que diroient de moy les plus affectionnez à la religion catholique, si,
après avoir vécu jusqu'à trente ans d'une sorte, ils me voyoient subitement changer ma religion, soubz l'espérance d'ung royaume? Avoir esté
nourri, instruict et eslevé en une profession de foy, et, sans ouïr et
sans parler, tout d'un coup se jeter de l'aultre costé! Non, Messieurs,
ce ne sera jamais le roi de Navarre, y eust-il trente couronnes à gagner;
tant s'en fault qu'il luy en prenne envie pour l'espérance d'une seule (1). »

La nouvelle annoncée dans la conférence du 17 mai par l'archevêque
de Bourges était vraie. Le lendemain même, le Roi écrivait à plusieurs
évêques et savants ecclésiastiques de se rendre auprès de lui pour l'é-
clairer sur différents articles de la religion catholique. Les docteurs,
parmi lesquels on remarquait : du Perron, évêque d'Evreux, le jacobin
Olivier Béranger; Chauveau, ancien curé de Saint-Gervais; l'archevêque de Bourges, les évêques du Mans, de Chartres, d'Angers et de
Nantes, se réunirent à Saint-Denis. Trois curés de Paris : René Benoît,
de Saint-Eustache; Claude Moraine, de Saint-Merry; Chavagnac, de
Saint-Sulpice, vinrent les y rejoindre au grand scandale des *ultras*, —
il y en avait dès lors, — qui prétendaient que « quand Dieu descendroit
du ciel pour leur dire : le Roy est converti; ils ne le croiroient pas (2) ».
Et d'ailleurs, ajoutaient les plus modérés, Dieu n'a pas le droit de
l'absoudre !

Le dimanche 25 juillet, le Roi, tout vêtu de satin blanc, au milieu
d'un brillant cortège de princes et de seigneurs, assisté des officiers de
la prévôté de l'hôtel; des Suisses, de ses gardes du corps Écossais et
Français, tambours battant, clairons sonnant, drapeaux flottant, se
rendit à huit heures du matin à la porte de l'église abbatiale, qui, sur
sa demande, lui fut ouverte par l'archevêque Renaud (3). Quand après
son abjuration, il sortit de l'église, l'artillerie tonna sur les murailles
de la petite ville, et un peuple immense le reconduisit à son logis, par
les rues tendues de tapisseries et jonchées de fleurs, aux cris mille fois
répétés de *Vive le Roi! Vive le Roi!* Dans l'après-midi, il se rendit à
Montmartre, au milieu de l'allégresse générale, et, dans la soirée, les
paysans allumèrent des feux de joie sur les hauteurs et dans tous les
villages d'alentour.

---

(1) Cette lettre est de 1389.

(2) Le Légat fit publier une exhortation où il assurait à tous les catholiques de
France que « tout ce qui seroit faict sur ceste conversion seroit nul... il défen-
« doit aux ecclésiastiques du parti de l'Union de se transporter à Saint-Denys,
« sur peine d'encourir sentence d'excommunication, avec privation de bénéfices
« et dignitez ecclésiastiques qu'ils pourroient obtenir; » et Guarinus dit dans son
sermon que « ceulx qui alloient à Saint-Denis voir ceste idole, il les falloit tres-
« tous pendre à Montfaucon ».

(3) « A l'entrée de l'église, estoient l'archevêque de Bourges assis en une chaire
couverte de damas blanc, aux armes de France et de Navarre, le cardinal de Bourbon, plusieurs évêques et tous les religieux qui l'attendoient avec la croix, le livre
des Évangiles et l'eau bénite. L'archevêque luy a demandé *quel il estoit;* le Roy
lui a répondu : *Je suis le Roy. — Que demandez-vous? — A estre reçu au gyron*

A Paris, les trompettes avaient crié par les carrefours défense « que personne, de quelque qualité qu'il pust estre, n'eust à aller à Saint-Denis, sur peine de la hart, sans passeport du Prévost des marchands ou Eschevins: » les prédicateurs en chaire avaient jeté leurs excommunications contre ceux et celles « qui iroient ouïr la messe de l'hérétique » : mais la curiosité était plus forte que la peur de l'enfer, et nombre de Parisiens et Parisiennes trouvèrent moyen de se rendre à Saint-Denis ce jour-là (1).

*
* *

Il ne manquait plus au Roi que d'être sacré, et, comme il ne voulait pas s'attarder à faire le siège de Reims, alors au pouvoir de la Ligue, des légistes se trouvèrent tout à point pour lui expliquer qu'il lui était loisible de recevoir la sainte onction ailleurs, « non sans exemple de quelques-uns de ses prédécesseurs, et entre autres, le roi Louis le Gros. en 1108 (2). » Il choisit donc la cathédrale de Chartres, dont l'évêque. Nicolas de Thou, lui avait toujours montré le plus grand dévouement. et il y fut sacré avec toutes les formes du cérémonial ordinaire, le dimanche 27 février 1594 (3). Le lendemain, il alla entendre les vêpres, et, au chant de *Magnificat*, il reçut le collier du Saint-Esprit, en présence des Prélats, Commandeurs, Officiers et Chevaliers de l'Ordre.

La nouvelle s'en répandit bientôt dans Paris où elle fit tressaillir de joie les Royalistes. Chaque jour, ils apprenaient quelque succès de leurs armes ou de leurs négociations. Pour leurs étrennes, ceux de Saint-Denis avaient pris Charenton le 1er janvier 1594 ; toutes les villes occu-

___

de l'Église catholique, apostolique et romaine. — *Le demandez-vous sincèrement ?* — *Oui, je le veux et le désire...* etc., etc.

« Ung évesque, qui avoit tousjours tenu le parti royaliste dist sur ceste conversion : Je, Catholique de vie et de profession, très fidèle subject du Roy, vivrai et mourrai tel. Mais j'eusse trouvé meilleur, ou au moins aussy bon, que le Roy fust demeuré en sa religion au lieu de la changer comme il a fait ; car, en matière de conscience, il y a un Dieu là-haut qui nous juge : le respect duquel seul doit forcer les cœurs des Rois, non le respect des Roiaumes et Couronnes, et les forces des hommes. »

(1) René Benoit, curé de Saint-Eustache, et cinq ou six autres docteurs, invités par le Roi à assister à sa conversion, en demandèrent l'autorisation au Légat, qui, après plusieurs remontrances, menaça de les censurer s'ils alloient à Saint-Denis. Benoit répondit « que les Décrets et Canons commandaient à ceux de sa profession de se trouver en semblables événements pour juger et discerner si la conversion seroit feinte ou simulée, et ajouta que M. le Légat luy-même y debvoit estre. Après quoy ledit curé, nonobstant ces défenses, est allé avec ses compagnons à Saint-Denis, et, en pleine rue, ont dit où ils alloient. »

(2) Louis le Gros fut sacré à Orléans, le 3 août 1108, par l'archevêque de Sens, Daimbert. Il ne put l'être à Reims, ce diocèse, divisé par un schisme, ayant alors deux prétendants.

(3) A défaut de la Sainte-Ampoule de Reims, on se contenta de celle conservée tout aussi miraculeusement dans l'abbaye de Marmoutier près de Tours. Elle fut apportée par le frère Mathieu Giron, monté sur une haquenée blanche, sous un poêle de damas blanc à fleurs d'or, soutenu par quatre religieux et accompagné par quatre barons.

pées par la Ligue capitulaient, Meaux, Péronne, Aix, Pontoise, Lyon, Bourges, Orléans. Le duc de Mayenne prit peur, et, le dimanche 6 mars, à cinq heures du matin, sous l'excellent prétexte de hâter l'armée de secours de Mansfeld (1), il s'enfuit de Paris avec sa femme et ses enfants et se hâta de gagner Soissons (2).

Il laissait ses pleins pouvoirs à un nouveau gouverneur de Paris, Brissac, que l'on disait le fidèle serviteur des Seize, des Espagnols et des Minotiers (3). Or, le 14 mars, Brissac sortit de Paris, de trois heures à sept heures de l'après-midi, pour traiter, assurait-il, avec son beau-frère, le royaliste Saint-Luc, « d'affaires de famille dont despendoit presque tout son bien. » A son retour, il alla trouver le légat, se jeta à ses pieds, et, invoquant l'excuse de l'intérêt pressant, lui demanda humblement l'absolution du péché qu'il avait commis en s'approchant d'un hérétique comme Saint-Luc. L'Italien fut complètement dupe, pardonna, et dit au duc de Féria : « C'est un bon homme que M. de Brissac; il ne faut qu'employer les Jésuites pour lui faire faire tout ce qu'on veut. » La vérité est que ce « bonhomme » se moquait d'eux et

(1) Charles, prince de Mansfeld, lieutenant du duc de Parme. Il s'avançait alors sur les frontières de la Picardie avec une armée de secours de quelques milliers d'hommes et occupa la ville de Laon, mais sans pouvoir marcher jusqu'à Paris.

(2) Mayenne, plus indécis que jamais, ne cherchait qu'à gagner du temps et à conserver sa lieutenance générale; il se rapprocha des Seize et essaya de jeter la terreur chez les Politiques, mais sans esprit de suite, s'aliénant tour à tour les deux partis par ses incertitudes. A la fin de décembre 93, sur les instances du légat, il bannit de Paris le colonel d'Aubray, vieillard estimé, et avec lui Marchand, Passart et l'abbé de Sainte-Geneviève, Joseph Foulon. A la porte du logis de d'Aubray, les femmes amassées pleuraient et disaient tout haut « que c'estoit son meschant curé qui estoit cause de le faire en aller, et qu'il le faloit traisner à la rivière ».

10, 14, 17 janvier 1594. — Le Parlement fait des remontrances à Mayenne sur le renvoi du gouverneur M. de Belin et ordonne le renvoi de la garnison espagnole. M. de Belin n'en est pas moins obligé de sortir de Paris, par la porte Saint-Jacques. Il est remplacé par le comte de Brissac qui passe pour l'agent des Espagnols et des Seize.

25 janvier. — Placards affichés au logis de Mayenne, contenant ordonnance de le faire sortir de Paris avec tous les Espagnols.

16 février 1594. — Un an auparavant, le 9 février 1593, Dantan, geôlier du Petit-Châtelet et l'un des meurtriers du président Brisson, de Claude Larcher et de Jean Tardif, ayant eu l'imprudence « de s'aller esbattre dans les prés du costé de Gentilly », fust pris par ceulx du Roy. Mademoiselle Despinoy, fille de M. Larcher, en étant avertie, fit envoyer Dantan devant le Parlement de Tours pour y être jugé, et le jeudi 17 février 1594 « vinrent nouvelles à Paris que, le jour précédent, 8 à Melun, ledict Dantan après avoir été traisné sur une claye, avoit esté pendu et son corps réduict en cendre ».

• Pendant ce mois de février, fut grand bruit d'un Esprit qui revenoit à Saint-Innocent, où le monde alloit en procession depuis la nuict jusqu'à onze heures du soir. On l'oïoit se plaindre en forme d'un tonnerre grondant... Il disoit qu'il faloit tuer les Politiques et ne recevoir le Béarnois. Cest Esprit fut enfin trouvé, avec sa teste qu'il avoit en un chaudron, en une tombe, et reconnu pour le valet d'un coustelier. On l'emprisonna à petit bruit, crainte d'émotion et de scandale.

(3) Pauvres gens aux gages des Espagnols qui leur distribuaient un *minot* de blé et une pièce de quarante-cinq sous par semaine. « Il y en avoit bien quatre mil, dit l'Estoile, enrôlés en chaque rue, qui tenoient résolument et opiniastrement le parti de l'Hespagne. »

que, dès ce moment, il était vendu au Roi et se disposait à lui livrer Paris de concert avec le Prévôt des marchands Lhuillier et les Echevins. Beaurepaire, Néret, Langlois (1), et quelques colonels et capitaines.

Ils prévinrent le Roi que la nuit de l'exécution ils se saisiraient de la Porte-Neuve (2) et des portes Saint-Honoré et Saint-Denis; que les premiers des Royaux qui entreraient par la porte Saint-Denis, délogeraient aussitôt les Espagnols du poste de la Pointe Saint-Eustache et les Wallons du poste du Temple; que le capitaine Jean Gromier, avec nombre de bourgeois et de bateliers se tiendrait au boulevard des Célestins et faciliterait l'entrée des garnisons de Melun et de Corbeil qui descendraient de ce côté-là en bateau et seraient bien accueillies par le sieur de la Chevalerie, commandant de l'artillerie à l'Arsenal.

VII. — ENTRÉE DE HENRI IV DANS PARIS.

Le mardi 22 mars 1594, vers quatre heures du matin, à la faveur d'une nuit noire et pluvieuse, les conjurés introduisirent les troupes royales par les quatre points désignés. Jean Gromier, capitaine du quartier Saint-Paul, baissa la chaîne qui traversait la rivière près des Célestins et fit passer les bateaux de Corbeil. L'échevin Langlois ouvrit la porte Saint-Denis à Vitry; celui-ci descendit rapidement la rue Saint-Denis et occupa le Grand-Châtelet, la Croix-Saint-Eustache et la Grève. L'échevin Néret, avec ses enfants, livra la porte Saint-Honoré à Biron, Salignac, Matignon et Montmorency, qui gagnèrent aussitôt la Croix-du-Trahoir. Cependant Brissac et le prévôt des marchands, à la Porte-Neuve, attendaient impatiemment le Roi qui s'était arrêté aux Tuileries. Au moment où la cloche des Capucins sonnait sept heures, il se décida enfin à pénétrer dans sa capitale par cette même porte que, six ans auparavant, Henri III avait franchie en fugitif.

(1) On se méfiait du quatrième échevin, l'avocat Jean Pichonnat, dévoué aux Seize.

(2) Elle était située sur la rive droite, à l'extrémité de l'enceinte d'Étienne Marcel, et ouvrait ou fermait le quai en aval de l'emplacement actuel du Pont du Carrousel.

Ils firent enlever les terres qui bouchaient la Porte-Neuve, et feignirent de vouloir la clore d'une muraille pour n'être plus en crainte d'une surprise de ce côté-là. Le lundi soir, Brissac trouva moyen d'éloigner un Ferrarais aux gages de l'Espagne, le capitaine Jacques, homme dangereux qui eût pu éventer ses projets. Il lui persuada qu'un convoi d'argent, destiné au Roi, devait passer par Palaiseau, Ruel et Saint-Denis; qu'il était aisé de le surprendre. Le capitaine Jacques monta à cheval, sortit sur le soir avec tous les siens par la porte Saint-Jacques qui se referma sur lui, et courut inutilement toute la nuit à la poursuite de son trésor imaginaire.

Dans la nuit du lundi au mardi, des capitaines espagnols, rendus soupçonneux par les bruits d'une surprise, accompagnèrent Brissac dans sa ronde aux remparts; il les fatigua et les reconduisit à la demeure de M. de Féria, vers deux heures du matin, et, en prenant congé d'eux, leur dit en espagnol : *son palabras de mugeres*, « propos de femmes ».

A cheval, « vraiement martial », armé de toutes pièces, l'écharpe blanche en sautoir, entouré de sa noblesse et de cinq à six cents hommes d'armes, il s'achemina dans la direction de l'École Saint-Germain-l'Auxerrois; Brissac l'arrêta un instant pour lui offrir une belle écharpe de broderie. « Sa Majesté, en l'accolant, l'honora du titre de maréchal de France, et lui donna l'écharpe qu'il portait; puis le prévôt Lhuillier lui présenta les clefs de la ville, qu'il reçut avec beaucoup de contentement ». Les pièces de canon des remparts avaient été retournées du côté des grandes rues, pour saluer ceux qui s'aviseraient de remuer, mais nulle part il n'y eut de combat: seuls, quelques lansquenets d'un corps-de-garde près de l'hôtel de Bourbon, ayant fait mine de résister, furent taillés en pièces et jetés à l'eau. Au centre de la ville, une cinquantaine de capitaines et un grand nombre de bourgeois, tenaient le Petit-Châtelet, le Palais, et surveillaient les ponts.

Quand le jour parut, Henri IV était installé au Louvre. Les Parisiens, à peine réveillés, apprirent leur délivrance. Les Espagnols, les Vallons, les Napolitains, stupéfaits, cernés dans leurs postes de la rue du Temple, de la rue Saint-André-des-Arts et de la rue de Grenelle, près Saint-Eustache, ne pouvaient plus communiquer entre eux: le duc de Féria était gardé à vue à l'hôtel de Longueville. Le Roi lui fit proposer une capitulation honorable (1) pour lui et les siens, à la condition de sortir de Paris le jour même; et l'ambassadeur, réduit à l'impuissance, fut trop heureux d'accepter un traitement plus doux qu'il n'osait l'espérer.

Assuré de la soumission des troupes étrangères sans coup férir, le Roi se rendit à la cathédrale, par les rues Saint-Honoré, de la Ferronnerie, Saint-Denis, et le pont Notre-Dame. Les cloches sonnant à toutes volées, le bruit des trompettes et des clairons, avaient attiré sur son passage une multitude pleine de joie, « aulcuns même approchoient de lui jusqu'à l'étrier », au point que ses capitaines des gardes avaient peine à lui frayer la voie et voulaient les refouler; mais il les en empêchait en disant : « Laissez venir ce peuple à moi; il est affamé de voir son roi ». Quand il eut mis pied à terre à la porte de l'église, il fut reçu, en l'absence de l'évêque, par un archidiacre nommé Dreux (2), qui s'agenouilla devant lui et le félicita; puis il entendit la messe et un *Te Deum* d'actions de grâces chanté en musique.

« Pendant le retour de Sa Majesté en son chasteau du Louvre, les Parisiens estoient venus en telle affluence que ny le Parvis, ny les ponts, ny les places n'estoient assez grands pour les contenir tous. On n'oyoit partout retentir que les cris de *Vive le Roy* et les chants de réjouissance; les rues, les boutiques et fenestres estans remplies de personnes de tout sexe, de tout aage et de toutes qualitez. L'amertume du dédaigneux et farouche commandement de l'estranger faisoit savourer aux Parisiens

_____

(1) Le Roi leur permit de sortir « tambour battant, les drapeaux au vent, les armes sur l'épaule, et la mèche éteinte, et même d'emporter tout leur bagage qui estoit grand et précieux ».

(2) « Le sous-chantre archidiacre, sieur de Dreux, mourut la nuit suivante en moins de deux heures, ce que les factieux imputèrent à punition divine. » (Félibien.)

la douceur de la paternelle seigneurie de ses Roys. En moins de deux heures toute la ville fut paisible; chacun reprit son service ordinaire; les boutiques furent ouvertes et le peuple se mesla, sans crainte et avec toute privauté, parmy les gens de guerre, sans recevoir d'eux aucune perte, dommage ny déplaisir. »

A midi le Roi trouva son dîner préparé au Louvre, comme s'il y avait toujours demeuré, et causa gaîment avec ceux qui assistèrent à son repas. Pendant ce temps Brissac, Lhuillier, Langlois, accompagnés de quelques gentilshommes à cheval, de hérauts, de trompettes et « d'une milliasse d'hommes, de femmes et de petits enfants », parcourait les divers quartiers annonçant au peuple grâce et pardon, commandant à tous de prendre des écharpes blanches et semant des billets d'amnistie que l'on se passait de main en main (1). Il n'y eut de tentative de rebellion que dans l'Université, où le curé de Saint-Côme, Hamilton, armé d'une pertuisane, escorté de Senault et de Crucé, entreprit de soulever les Minotiers; le conseiller du Vair les arrêta net, auprès de l'hôtel Cluny, en les menaçant de les livrer à Jean Rozeau. Ils cherchèrent alors à s'emparer de la porte Saint-Jacques, mais ils furent prévenus par Brissac et Lhuillier, qui arrivèrent subitement de Sainte-Geneviève par la rue Saint-Étienne-des-Grés et jetèrent la terreur parmi eux. En fuyant, le fameux épicier du Sur, « le faiseur d'écriteaux, » tomba misérablement tout à plat devant les Jésuites, cassa son mousquet et rompit sa jambe de bois. L'effrayante domination de ces coquins finit dans un éclat de rire de la foule.

Après avoir disposé ses troupes en bataille sur tous les points importants de la ville, Saint-Luc « alla, de la part de Sa Majesté, donner le bon jour à Mesdames de Nemoux et de Montpensier, les asseurant qu'il ne seroit fait tort aucun à leurs personnes et qu'elles pouvoient demeurer en leur hôtel de Savoie, pour la conservation duquel il leur bailla des archers, non pour besoin qu'il en fût, mais pour leur contentement : car les capitaines de chaque compaignie avoient presté le serment de ne faire chose quelconque, sinon à ceux qui se raidiroient à quelque opiniastre résistance. Bien que très desconfortées, les deux princesses remercièrent bien humblement Sa Majesté et en dirent un grand mercy bien bas. »

_____

(1) Ces billets jetés à profusion, imprimés la veille à Saint-Denis et datés de Senlis. « le vingtiesme jour de mars de l'an de grâce 1594, et de notre règne le cinquiesme. » étaient ainsi conçus :

« De par le Roy; Sa Majesté, désirant de réunir tous ses subjects, et les faire « vivre en bonne amitié et concorde, notamment les bourgeois et habitans de sa « bonne ville de Paris, veult et entend que toutes choses passées et advenues « depuis les troubles soient oubliées, défend à tous ses procureurs généraux. « leurs substituts et aultres officiers, d'en faire aucune recherche à l'encontre de « quelque personne que ce soit, même de ceulx que l'on appelle vulgairement « les Seize, selon que plus à plain est déclaré par les articles accordés à la dicte « ville; promettant Sadicte Majesté, en foy et parole de roy, vivre et mourir en « la religion catholique, apostolique et romaine, et de conserver tous sesdicts « bourgeois et subjects de ladicte ville en leurs biens, privilèges, états, dignités. « offices et bénéfices. »

Son dîner achevé, le Roi monta à cheval, vers trois heures, et se rendit à la porte Saint-Denis pour voir sortir la garnison espagnole qui arrivait de front par la grand'rue. Les soldats, au nombre de près de trois mille, défilaient quatre par quatre, et, lorsqu'ils passaient devant la fenêtre où était Sa Majesté, ils levaient les yeux en haut et se découvraient en s'inclinant. Le Roi rendait courtoisement le salut de tous les chefs des compagnies, et, quand ce fut le tour du duc de Féria, de don Diégo d'Ibarra, de Taxis, montés sur leurs doubles genets, il leur dit : *Adieu, Messieurs; recommandez-moi bien à votre maître, mais n'y revenez plus!* ce qui fit sourire les gentilshommes et les archers des gardes. « La pluye qui tombait avec violence sembloit envoyée du ciel pour monstrer son courroux contre les estrangers, et pour empescher qu'aucun d'eux, quand il eust voulu, ne peust malfaire au Roy (1). »

Il ne restait plus qu'un point noir. Le gouverneur de la Bastille, Du Bourg de l'Espinasse, tenait encore la forteresse, où il avait, dès le matin, réuni des provisions de farines et de vin pris dans les maisons du faubourg et les moulins des remparts. Il avait même fait tirer au long de la rue Saint-Antoine quelques coups de canon qui blessèrent plusieurs personnes; mais que pouvait-il après la capitulation des Espagnols? Sa soumission n'était désormais qu'une question d'heures.

Chacun s'émerveillait que la garnison étrangère et les Seize n'eussent pas ensanglanté les rues de Paris par un combat désespéré de barricade en barricade. Le Roi avait pu rentrer dans sa capitale non pas comme un vainqueur irrité, mais comme un père chéri de ses enfants. Jusqu'à

---

(1) Saint-Luc et le baron de Salvignac conduisirent les Espagnols jusqu'au Bourget, et de là ils furent escortés jusqu'à la frontière de Picardie, après avoir promis de ne plus porter les armes contre la France. Ils emmenèrent avec eux le borgne Boucher, curé de Saint-Benoît, le petit Feuillant et une cinquantaine des plus furieux Ligueurs qui se sentaient indignes de la clémence du Roi.

Le capitaine Saint-Quentin, colonel des Vallons, dut son salut à l'entrée du Roi, car le duc de Féria voulait le faire pendre le matin même à la porte de l'hôtel de Longueville. Le Roi le retint à son service avec quelques soldats vallons et napolitains et en forma une compagnie.

Le Légat se retira en Italie et le Roi le laissa emmener avec lui Christophe Aubry, curé de Saint-André-des-Arts, et le jésuite Ambroise Varade, quoiqu'ils fussent fort compromis l'un et l'autre dans la tentative de régicide de Pierre Barrière, exécuté à Melun, le 31 août 1593.

L'heureuse issue de cet événement fut due à Dominique de Vic, gouverneur de Saint-Denis, qui, pendant la trêve, avoit gagné bon nombre des principaux bourgeois: au sieur de Belin qui s'étoit attiré l'affection des Parisiens; au comte de Brissac qui, par son adresse, avait fait sortir de Paris le capitaine Jacques avec une partie de la garnison espagnole; au président de Maistre, aux conseillers Molé, du Vair, d'Amours et autres membres du Parlement; au prévôt des marchands Lhuillier, à ses échevins Beaurepaire, Langlois, Néret et aux colonels et capitaines des quartiers; enfin aux membres fidèles de la Noblesse qui se tinrent dans cette mémorable journée aux côtés du Roi : les maréchaux de Matignon et de Retz; l'ancien gouverneur de Paris, François d'O; le grand écuyer de Humières; Saint-Luc, Bellegarde, Sancy, Thorigny, Cœuvre, Vitry, Salignac, Marsilly, des Acres, Haraucourt, Boudeville, Mouchy, d'Estouteville, Saint-Angel, Bellangreville, du Rollet, Trigny, Favas, Chambaret, Manican, Marin; de Heild, colonel des Suisses, etc., etc.

une heure avancée de la nuit, le peuple en témoigna son ravissement par des feux de joie, des danses et des réjouissances, aux cris redoublés de *Vive le Roy, la paix et la liberté*, « pour la grande aise qu'ils ressentaient de ne plus être esclaves et d'avoir recouvré leurs droits, leurs privilèges, leurs honneurs et leurs magistrats ».

CHAPITRE QUINZIÈME.

LA FIN DU RÈGNE DE HENRI IV ET LE RÈGNE DE LOUIS XIII.

(De l'entrée de Henri IV dans Paris, le 22 mars 1594, à la mort de Louis XIII, le 14 mai 1643.)

I. — **La fin du règne de Henri IV.** — La Restauration. — L'attentat de *Jean Châtel*. — Colère du peuple contre les Jésuites. — J. Châtel écartelé et brûlé en Grève. — Pyramide commémorative du crime. — Expulsion des Jésuites. — Le P. Guignard pendu. — Amiens surpris. — Panique dans Paris. — Amiens repris. — La paix de Vervins fêtée à Paris. — Mort subite de Gabrielle d'Estrées. — Mariage de Henri IV et de Marie de Médicis. — Arrivée à Paris de Marie de Médicis. — Intrigues du maréchal de Biron et du duc de Savoie. — Biron décapité dans la cour de la Bastille. — Le retour à Paris de Marguerite de Valois. — Préparatifs du sacre de Marie de Médicis. — Promenade du Roi. — La rue de la *Ferronnerie*. — Ravaillac assassine Henri IV, le 14 mai 1610. — Le corps de Henri IV est rapporté au Louvre. — Le Roi est mort; vive le Roi. — Le président de Blancmesnil porte à la Reine-mère, le soir même, l'arrêt du Parlement qui lui confère la régence. — D'Épernon assure la tranquillité de la ville. — Le 15 mai 1610, le jeune Roi Louis XIII se rend au Parlement. — Procès de Ravaillac. — Il est tenaillé, écartelé par le bourreau, et mis en pièces par la foule. — II. **Sous Louis XIII.** — Les peurs du petit roi. — *Adresses parisiennes*. — Disgrâce de Sully. — Mort de Mayenne. — Majorité de Louis XIII proclamée le 2 octobre 1614. — Réunion des États généraux. — Longs préliminaires de leurs travaux. — Dissentiments des trois Ordres. — Récriminations de la Noblesse. — Robert Miron expose la misère publique. — Discours de Savaron. — Violences contre les membres du Tiers. — Les États sont congédiés. — Le Parlement essaie de se substituer aux États généraux. — Les mariages espagnols. — Louis XIII amène à Paris la jeune reine Anne d'Autriche. — Concini et Léonora Galigaï, favoris de la Reine mère. — Arrestation du prince de Condé, le 1er septembre 1616. — Tyrannie de Concini. — Charles d'Albert de Luynes apparaît. — L'art d'élever les pies-grièches et de se faire nommer connétable. — Luynes prépare la perte du maréchal d'Ancre. — *Vitry* assassine le *maréchal d'Ancre* sur le pont du Louvre. — « Le curé de la paroisse. » — Le cadavre du maréchal d'Ancre traîné par les rues. — Procès et exécution de Léonora Galigaï. — Marie de Médicis se retire à Blois. — Luynes est fait connétable; il meurt en 1621. — Le ministère de Richelieu. — Exécutions de 1594 à 1643. — *Nécrologe* des règnes de Henri IV et de Louis XIII. — Mariage, sous le porche de Notre-Dame, d'Henriette de France, catholique, avec Charles Ier, protestant, roi d'Angleterre. — Les Duels. — Bouteville, des Chapelles et la Berthe, contre Beuvron, Buquet et Bussy d'Amboise, à la Place Royale, le 12 mai 1627. — *Exécution de Bouteville et de des*

I. — LA FIN DU RÈGNE DE HENRI IV (22 mars 1594 au 14 mai 1610).

C'était dans une ville meurtrie et ruinée que Henri IV rentrait triomphant, au milieu des vaincus de la Ligue, encore nombreux, toujours farouches et mal résignés à sa victoire; mais il était de taille à faire sentir partout la puissance du maître et du père de famille, auquel nul souci ne reste étranger. La Bastille et Vincennes capitulèrent; le cardinal de Pellevé en mourut de malerage en son hôtel de Sens (1). Le prévôt des marchands, Jean Lhuillier, et ses Échevins vêtus de leurs robes mi-parties, les Conseillers de Ville, les Quarteniers, les Cinquanteniers, les Dizeniers, et un grand nombre de bourgeois (2) allèrent trouver le

---

(1) Le Roi avait envoyé Saint-Luc pour l'assurer qu'il ne lui serait fait aucun mal; mais le cardinal, déjà malade, avait reçu une telle commotion qu'il mourut quatre jours après, le 26 mars, âgé de soixante-dix-sept ans.

(2) Les Échevins : Martin Langlois, Beaurepaire, Denis Neret et Jean Pichonat;

Roi au Louvre et lui offrirent des confitures. des dragées, de l'hypocras et des flambeaux de cire. François d'O fut rétabli dans son gouvernement de Paris (1). Le monarque, habilement débonnaire, alla rendre visite à la duchesse de Nemours et à la duchesse de Montpensier, son ennemie mortelle (2). Les Cours souveraines furent rétablies, les fidèles magistrats des Parlements de Châlons et de Tours rappelés (3), et six-vingts Ligueurs chassés (4).

le Procureur de la Ville, Guillaume Morin, en robe écarlate; — le Fermier de la ville, Nicolas Courtin; — les Conseillers de ville : La Place, Viole, le Lièvre, le Comte, d'Aubray, le Prestre, Sanguin, des Prez et Rochefort; — les Quarteniers : Guerrier, Huot, de Cholly, Bourbon, Bouvart, Parfait, Canaye, du Tertre, Nicolas Carrel, Lambert. le Roux, etc.

(1) Voir chapitre XIII, page 503. note 2. — Il mourut sept mois après, et fut inhumé dans l'église des Blancs-Manteaux, voisine de son hôtel de la rue Vieille-du-Temple. Aussitôt qu'il fut mort, le Roi fit déclarer à l'Hôtel de Ville qu'il ne le remplacerait pas; et qu'il voulait faire à sa bonne ville l'honneur d'en être lui-même le gouverneur. Il nomma, pour son lieutenant général, Antoine d'Estrée.

(2) Il lui demanda si elle n'était pas bien étonnée de le voir à Paris, et de ce qu'aucun de ses soldats n'avait pillé ni maltraité personne : « Que dites-vous de cela, ma cousine ? — Sire, lui répondit-elle, je n'en puis dire autre chose sinon que vous estes un grand roy. » Il repartit en souriant : « Je ne sçai si je dois croire que vous parlez comme vous pensez; mais une chose sçai-je bien, c'est que vous voulez bien du mal à Brissac. — Non, Sire, dit-elle; mais une chose eussé-je seulement désirée en la réduction de la ville, c'est que monsieur de Mayenne. mon frère, vous eust abaissé le pont pour y entrer. — Il m'eust possible, dit le Roy, fait attendre longtemps, et je n'y fusse pas arrivé si matin. »

(3) Il y eut le 29 mars, jour de l'octave de la réduction de Paris, une procession générale de la Sainte-Chapelle à Notre-Dame. Le Roy y assista avec tous les officiers de la couronne et de sa maison, les cours souveraines. le Châtelet, le Corps de Ville, et une grande foule de peuple. Miron, évêque d'Angers. exhorta le Roi à ne plus se souvenir du passé et le peuple à ne plus se départir de l'obéissance. Cette procession pour l'anniversaire du 22 mars 1594 se continua tous les ans et ne cessa qu'à la Révolution. Le Parlement s'y rendait en robes rouges.

Le 30 mars, le Parlement déclara tous les arrêts, décrets, ordonnances et serments. donnés, faits et prêtés depuis le 29 décembre 1688. au préjudice de l'autorité royale et des lois du royaume. révoqués, cassés et supprimés... Le pouvoir ci-devant donné au duc de Mayenne, sous la qualité de lieutenant général de l'État et couronne de France, révoqué... Casse et révoque tout ce qui a été ordonné par les députés de la dernière assemblée à Paris, sous le nom d'*États généraux*, etc.

Le 2 avril, le recteur Jacques d'Amboise, à la tête des procureurs des Nations. des Docteurs et suppôts de l'Université. alla trouver le Roi à la chapelle du Petit-Bourbon; tous se prosternèrent à ses pieds et le supplièrent de les tenir pour serviteurs très obéissants et sujets fidèles.

Le jeudi 14 avril, le gouverneur de Paris, François d'O, alla à cheval jusqu'à Bourg-la-Reine au-devant des membres du Parlement de Tours : le premier président de Harlay, les présidents Séguier, Potier de Blancmesnil, de Thou et Forget, suivis d'un bon nombre de Conseillers. Après eux le premier président des Comptes. Nicolaï, avec les présidents Tambonneau, des Charmeaux, Danès. Ensuite M. de Sève, premier président de la Cour des aides; plusieurs autres présidents et officiers de la Cour des monnaies, ce qui faisait un cortège de plus de deux cents, tous à cheval mais assez mal montés. Leur arrivée causa une grande joie au peuple, qui leur donna mille bénédictions par toutes les rues où ils passèrent. Ceux de Châlons n'arrivèrent à Paris que le 15 du mois suivant.

(4) Parmi lesquels je remarque : les *curés* de la Madeleine, de Saint-Barthélemy, de Saint-Pierre-aux-Bœufs, de Saint-Cosme, de Saint-André-des-Arts, de

La conquête de sa capitale n'avait donné à Henri IV qu'un repos bien court. Il lui avait fallu presque aussitôt recommencer à guerroyer en Picardie et en Champagne : il avait racheté Rouen, repris Laon, obligé le duc de Lorraine et le duc de Guise à faire leur soumission; le mardi 27 décembre, il était de retour, et, sur les six heures du soir, il entrait, tout botté, chez Gabrielle d'Estrées, à l'hôtel du Bouchage, rue Saint-Honoré, entre la rue d'Autriche et la rue du Coq (1).

Autour de lui se pressaient pour le saluer, le prince de Conti, les comtes de Soissons, de Saint-Paul, les seigneurs de Ragny, de Montigny, et quelques autres, quand un jeune garçon, nommé Jean Châtel, fils d'un drapier demeurant devant le Palais, rue de la Barillerie (2), chercha à le frapper d'un coup de couteau dans la poitrine et le blessa seulement à la lèvre supérieure. L'assassin paraissait si jeune, — dix-neuf ans à peine, — que dans un premier mouvement, Henri voulut lui faire grâce; mais quelqu'un cria dans la salle : « C'est un disciple des Jésuites! » On l'interrogea, il répondit qu'il avait commencé ses études dans l'Université; qu'il avait fait sa philosophie au collège de Clermont, sous le P. Guéret, et que depuis sept mois, il « oyoit ses *Instituts* sous M. Marcilius (3). »

On ne retint que ces mots : « disciple des Jésuites ». Crillon et Montigny crièrent qu'il fallait les jeter à la rivière avec les Ligueux et les Séguier. Le Roi, plein de courroux, interpella vivement le procureur général Jacques de la Guesle, qui, comme le lieutenant civil Antoine Séguier (4), passait pour fauteur des Jésuites : « Ce n'était donc pas assez, dit-il, que par la bouche de tant de gens de bien, ceux de ceste société fussent réputés ne m'aimer pas, il falloit encore qu'ils en fussent convaincus par ma propre bouche et mon sang épandu! »

Au premier bruit de l'attentat contre le Roi, la ville entière s'émut et

Saint-Benoît, de Saint-Germain-l'Auxerrois; — *l'évêque* de Senlis, Guillaume Roze; le *bedeau* de Saint-Gervais, Noël; le *prévôt* Oudineau, le *recteur* Antoine de Vincy. le *président* Hennequin du Perray, le *jésuite* Bernard, le *prieur* des Carmes; — les *boute-feu* de la Ligue : La Bruyère père et fils, Crucé, Senault, Acarie. de Nully; — les *avocats* : Louis d'Orléans. la Gresle, du Couloix; — les *commissaires* : Basin, Gruant, Cassebras; — un *médecin*, Borant; un *chirurgien*, Lanoue; — des *marchands* : du Sur, l'épicier à la jambe de bois; le *fripier* Poteau; Boue, *drapier;* — des *artisans* : Godon, *gantier;* Passart, *teinturier;* des Granges, *serrurier;* Renouart, *couvreur;* — le *notaire* Tablier, le *peintre* Daugère, etc.

(1) Et non pas *au Louvre*. comme le disent les *Mémoires* de Sully; ni, comme le dit Félibien, à l'hôtel de Schomberg, rue Fromenteau, que Gabrielle n'habita qu'en 1591.

(2) Entre l'église Saint-Éloy et l'angle des rues de la Barillerie et de la Vieille-Draperie.

(3) Théodore Marcile, érudit né à Arnheim en 1548, et, depuis 1578, professeur dans divers collèges de Paris. En 1602, il remplaça Passerat dans la chaire de langue latine au Collège royal.

(4) Jacques de la Guesle, fort troublé, répondit que *sans y penser* il avait été d'avis de laisser les Jésuites à Paris, ne *pensant* pas que leur séjour y dût causer un tel inconvénient. « Voilà que c'est, Monsieur le procureur, dit le Roi. Vous fustes cause de la mort du roy, mon frère, *sans y penser;* vous l'avez cuidé estre de la mienne, tout de même. » C'était en effet la Guesle qui avait introduit Jacques Clément auprès de Henri III.

l'alarme fut grande dans tous les quartiers. Lorsque l'on sut que la blessure n'était pas dangereuse, la foule courut à Notre-Dame et un *Te Deum* d'action de grâces fut chanté à huit heures du soir. Châtel avait été immédiatement conduit au For-l'Évêque. Il avoua dans ses interrogatoires qu'il avait souvent ouï dire à ses maîtres que « loisible estoit de tuer le Roy tant qu'il n'auroit pas esté absous par le pape ». Le 29. à la nuit, il fut conduit au parvis Notre-Dame, « devant le grand portail, nu, en chemise, portant une torche ardente du poids de deux livres, et y fit amende honorable à genoux; puis il eut le poing coupé, la main tenant l'homicide couteau, et fut tenaillé aux bras et aux cuisses, écartelé et brûlé en Grève. »

D'après l'horrible pénalité d'alors, la famille et jusqu'à la maison du jeune régicide furent enveloppées dans le châtiment : « Le 7 janvier 1595, le sire Chastel, père du parricide, fut banni pour neuf ans du Royaume de France, et à toujours de la prévosté et vicomté de Paris; condamné à quatre mil escus d'amende (1), et sortist de la ville deux heures après. Sa maison fut rasée, et au lieu d'icelle une Pyramide eslevée, contenant le discours de tout le fait (2). » Quant à sa femme, Denise Hazard, à ses deux filles, à son gendre, à leurs serviteurs, ils furent absous et « mis dehors à pur et à plain (3) ».

La conséquence la plus grave du crime de Jean Châtel fut l'expulsion des Jésuites, « bafoués, blasmés, criés et deschiquetés par les carrefours de Paris plus vilainement que n'avoient jamais été les Huguenots ». Dès le soir même, le maître des requêtes Guillaume du Vair, et le lieutenant criminel Lugoly coururent au collège de Clermont, rue Saint-Jacques, et à la Maison professe de la rue Saint-Antoine pour y mettre garnison et s'assurer des Pères (4). Le même arrêt de la Cour qui, le 29 décembre 1594, avait condamné Châtel, ordonna que les Jésuites, « comme corrupteurs de la jeunesse, perturbateurs du repos public, et ennemis du Roy et de l'Estat, vuideroient dans trois jours hors de Paris, et quinze jours après hors du royaume. » On avait trouvé dans la chambre du P. Guignard, professeur en théologie, les pamphlets les plus injurieux contre le Roi (5). En vain il allégua qu'il avait omis de les

---

(1) Modérés à deux mille qu'il paya comptant, et applicables à la nourriture des prisonniers de la Conciergerie.

(2) Ce singulier édifice fut démoli dix ans plus tard lors du retour des Jésuites. C'était un portique à quatre faces, orné aux quatre angles de statues et surmonté d'une petite pyramide terminée par une croix. Sur le soubassement, des inscriptions en latin et en français rappelaient le crime et le châtiment. Le tout avait été exécuté aux frais de Châtel père.

(3) Pierre de l'Estoile.

(4) Il y avait quarante et un Jésuites au Collège de Clermont et un nombre inférieur à la Maison professe de Saint-Louis, rue Saint-Antoine.

(5) « Jacques Clément a fait un acte héroïque, inspiré par le Saint-Esprit : si l'on peut guerroyer le Béarnais, qu'on le guerroie; si on ne peut le guerroyer, qu'on l'assassine. » Et ailleurs : « Le Béarnois, encore qu'il fût converti à la foi catholique, seroit traité plus doucement qu'il ne le mérite, si on lui donnoit la couronne monacale en quelque couvent bien fermé, pour y faire pénitence de tant de maux qu'il a faits à la France. »

détruire et qu'il les avait composés avant la conversion de Henri; il n'en fut pas moins pendu et brûlé à la Grève, le 7 janvier (1).

Le lendemain qui était un dimanche, sur les deux heures après midi. les Jésuites des deux Maisons, obéissant à leur arrêt qu'on voyait affiché partout, s'assemblèrent à la Maison professe et sortirent de Paris, à la vue de tout le monde, par la porte Saint-Antoine. Chacun d'eux avait reçu huit écus. Ils étaient trente-sept, les plus vieux dans trois charrettes; leur procureur monté sur un petit bidet; le reste à pied. Le duc de Nevers leur envoya quelques archers pour leur servir d'escorte jusqu'à Saint-Dizier, d'où ils passèrent en Lorraine (2).

Cette mesure rigoureuse n'empêcha pas Clément VIII d'accorder enfin à Henri IV l'absolution qu'il attendait impatiemment. Les deux ambassadeurs Duperron et d'Ossat (3), agenouillés devant le portail de Saint-Pierre, abjurèrent en son nom l'hérésie, le 16 septembre 1595; le grand pénitencier leur toucha la tête de sa baguette et le pape prononça

---

(1) Le P. Guéret, régent du parricide, fut mis à la torture, mais n'avoua pas sa complicité. Je trouve dans l'Estoile une note bien curieuse à ce sujet : « Pierre Chastel, le père, mis à la torture en même temps que Guéret, cria fort, combien que la géhenne que l'on donna à l'un et à l'autre ne fust des plus rudes, car ils marchoient droit, après l'avoir eue comme auparavant; au lieu que ceux qui ont esté bien tirés ne se peuvent soustenir. Mais elle avoit esté adoucie par les moïens que sçavent ceux du mestier, et la constance du Jésuite en partie fortifiée de là. »

Le P. Varade, recteur du collège de Clermont; le curé de Saint-André-des-Arts, Christophe Aubry; l'un de ses vicaires, Pierre Ethorel, qui avaient eu le bonheur de trouver un refuge chez le légat, Pierre de Séga, purent sortir de France avec lui, et furent seulement brûlés en effigie, sur la place de Grève, le 25 janvier.

Le P. Claude Varade était fils de Jérôme Varade, médecin et échevin de Paris en 1568, qui légua sa bibliothèque au collège de Clermont.

(2) La maison professe de la rue Saint-Antoine fut donnée quelque temps aux Jéronymites, ordre qui n'eut pas de durée. Les bibliothèques de leurs deux maisons devaient être vendues aux enchères; mais, dit l'Estoile, « elles furent exposées au pillage, jusques aux revendeux et plus piestres frippiers de l'Université. On disoit qu'on y avoit trouvé plusieurs papiers escrits contre le Roy, desquels Messieurs les revisiteurs ne firent si bien leur proufit que des bons livres grecqs et latins. qui furent jugés de bonne prise, à la requeste de Messieurs les gens du Roy qui s'en accommodèrent les premiers. »

(3) Jacques Davy Duperron; il n'avait alors que trente-neuf ans. Secrétaire du cardinal de Bourbon, il livrait les secrets de son maître à Henri IV, ce qui lui valut, en 1591, l'évêché d'Évreux.

Arnaud d'Ossat, âgé alors de cinquante-neuf ans. Il avait étudié la philosophie à Paris, sous Ramus; le droit à Bourges, sous Cujas; il suivit à Rome, comme secrétaire, Paul de Foix, ambassadeur de France en 1574, y séjourna de longues années, et fit usage de sa grande influence pour négocier habilement la réconciliation de Henri IV avec l'Église.

Lui et Duperron se refusèrent à déposer la couronne du Roi au pied du trône pontifical, comme l'exigeait d'abord le pape. En frappant les envoyés français de sa baguette blanche, à chaque verset du Miserere, le grand pénitencier imitait l'affranchissement des esclaves par les anciens Romains, et déliait ainsi les suppliants de toute censure. De quelque explication archéologique que l'on se paie, il est évident que le Roi accepta l'humiliation en vue du bénéfice qu'il espérait retirer de son rapprochement avec le pape. Les relations entre les deux cours furent rétablies et le cardinal Alexandre de Médicis, archevêque de Florence, apporta la bulle d'absolution à Paris, où il fit son entrée solennelle le dimanche 21 juillet. On le logea à l'hôtel de Montmorency, rue Saint-Avoye.

la formule de réconciliation. Mayenne n'avait plus aucun prétexte pour combattre un prince reconnu par l'Église; il fit sa soumission et en reçut le prix par l'édit de Folembray rendu le 31 janvier 1596 (1).

*
* *

Le Roi goûtait quelque repos à Paris, au commencement de 1597; il avait prolongé la foire Saint-Germain, et « continué le carnaval en carême (2) » quand il apprit, « pendant qu'il s'amusoit à rire et à baller, » que, le 11 mars, Amiens avait été surpris par les Espagnols (3). Cette nouvelle jeta une grande panique dans Paris, menacé de devenir ville frontière. Les vieux Ligueurs se réjouissaient déjà. Il fallut en bannir et en pendre quelques-uns pour contenir les autres (4); mais Amiens fut repris le 25 septembre et ce succès ainsi qu'une heureuse expédition en Bretagne contre le duc de Mercœur (5), contribua à mettre fin aux

___

(1) 3,580,000 livres, et en outre ce qu'il devait aux Suisses; trois places de sûreté, Soissons, Châlon-sur-Saône, Seurre; l'amnistie du passé, etc.

(2) « Le dimanche 23 février, le Roy fist une masquarade de sorciers, et alla voir les compagnies de Paris. Il fust sur la présidente Saint-André; sur Zamet, rue de la Cerisaie, et en tout plein d'autres lieux, ayant toujours la marquise (Gabrielle d'Estrées) à son côté, qui le démasquait et le baisait partout où il entrait. Et ainsi se passa la nuit, étant huit heures du matin quand Sa Majesté revint au Louvre. » (P. de l'Estoile.)

(3) A deux heures après minuit, le roi envoya chercher Rosny. Il était dans sa petite chambre au delà de son cabinet aux oiseaux, ayant sa robe, son bonnet et ses bottines de nuit, se promenant à grands pas, tout pensif, la tête baissée, les mains derrière le dos. Aussitôt qu'il l'aperçut : « Ha! mon ami, quel malheur! Amiens est pris! Les Espagnols s'en sont saisis par la porte, en plein jour, pendant que ces malheureux habitants qui ne se sont pu garder et n'ont pas voulu que je les gardasse, s'amusoient à se chauffer, à boire et ramasser des noix que des soldats, déguisés en paysans, épandoient exprès près du corps-de-garde. » (Mémoires de Sully.)

(4) « Les Ligueux se réjouissent, mais à petit bruit, dit l'Estoile, pour ce qu'on parle d'en chasser. Les pasquils courent, entre autres un très vilain et scandaleux, intitulé Tableau, en platte peinture, de la vie et mœurs de Henri IV. » Le 10 avril, on pend Charpentier, fils de l'assassin de Ramus; en mai, le vicomte de Tavannes est enfermé à la Bastille; la commissaire Bazin fut aussi arrêtée, etc.

(5) Philippe-Emmanuel de Lorraine, frère de la reine Louise de Vaudémont, duc de Mercœur en Auvergne. Son beau-frère Henri III lui fit épouser le 15 juillet 1576, la plus riche héritière de la Bretagne, Marie de Luxembourg, la dernière descendante des maisons de Blois et de Penthièvre, et eut l'imprudence de lui donner le gouvernement de la Bretagne. Cette province, depuis l'extinction des Valois, issus de la duchesse Anne, rêvait de recouvrer son indépendance, et considérait la duchesse de Mercœur comme représentant seule « le sang des vrais et légitimes ducs de Bretagne. » La majorité catholique appartenait à la Ligue, et tenait Nantes, Saint-Brieuc, Lamballe, Morlaix, Quimper, Vannes. Il ne restait guère aux royalistes que Rennes, Brest et Vitré. Mercœur fit de Nantes sa capitale, y réunit les États et un parlement rival de celui de Rennes. Il reçut des secours de Philippe II, mais n'osa jamais prendre le titre de duc de Bretagne. Henri IV, après avoir repris Amiens, marcha contre lui. Mercœur comprit qu'il ne pouvait résister par les armes. Sa femme s'aboucha avec Gabrielle d'Estrées et grâce aux « cajoleries de ces deux femelles », le roi consentit au mariage de son bâtard, César, duc de Vendôme, âgé de quatre ans, avec la fille de Mercœur

guerres civiles et aux guerres étrangères. L'édit de Nantes, rendu le 16 avril 1598, obligea les catholiques et les protestants à se tolérer mutuellement. (1) Le traité de Vervins, signé le 2 mai, nous mit en paix avec l'Espagne et la Savoie. Le duc d'Arcos, le comte d'Arenberg, l'amiral d'Aragon, don Louis Velasco, Jean Richardot, président du Conseil privé de Bruxelles, ambassadeurs de Philippe II, arrivèrent à Paris le 18 juin, avec une suite de quatre cents gentilshommes Espagnols, Italiens et Flamands (2), et leur présence fut l'occasion de fêtes splendides pendant lesquelles Henri IV alluma lui-même le feu de la Saint-Jean (3), où fut brûlée l'effigie de la Guerre, avec tous ses instruments : trompettes, lances, hallebardes, canons et épée.

*\
* *

Parvenu à sa quarante-cinquième année, le Roi n'avait pas d'héritier

Françoise, âgée de six ans. Le duc de Mercœur reçut en outre plus de quatre millions pour prix de sa soumission, et abandonna Nantes, où le Roi entra le 13 avril 1598 et rendit presque aussitôt le fameux édit daté de cette ville.

(1) Cet édit accordait la liberté de conscience, — qu'aucune force humaine ne peut violer, — mais il mettait encore bien des entraves à la liberté du culte. Les protestants purent professer leur religion dans toutes les villes désignées en 1577 et dans une ville par bailliage ou sénéchaussée, — les résidences royales exceptées, — et dans les châteaux des 3,500 seigneurs hauts justiciers. Ils jouirent de tous les droits civils et civiques et devinrent par conséquent admissibles à tous les emplois; ils eurent des chambres mi-parties pour juger les procès entre eux et les catholiques; le droit de tenir tous les trois ans des synodes; l'abandon pendant huit ans de deux cents places de sûreté : La Rochelle, Cognac, Montauban, Montpellier, etc.; le droit de lever des taxes pour l'entretien de leurs temples. Leurs enfants durent être admis dans les Universités et leurs malades dans les hôpitaux.

La religion réformée étant interdite à Paris et cinq lieues alentour, les protestants se réunirent d'abord au château de Grigny, près Juvisy, chez Josias Mercier des Bordes, seigneur de Grigny. Ils obtinrent ensuite un lieu un peu plus proche, la maison de Sully à Ablon, près Villeneuve-Saint-Georges, et enfin, en 1606, Charenton.

(2) Sans compter les pages, valets, etc. « Sept cents bouches, dit l'Estoile; leur despense revenant par jour à deux mille écus; aussi Sa Majesté prenoit-elle plus de plaisir à les exercer à la chasse qu'à les nourrir; ce qui fut cause de haster les cérémonies, Sa Majesté ne se plaisant beaucoup à de telles despenses.

(3) « Le duc d'Arcos descendit au logis de du Mortier, près la Couture Sainte-Katherine, où il fut visité par Courtin, greffier de la Ville, qui lui présenta force dragées et confitures. »

Dès le 12 juin, la paix avait été publiée à la Table de marbre du Palais, au son de neuf trompettes. « L'orloge du Palais souna tout le long du jour en carillon; largesses aux pauvres de dix mil pains et dix pièces de vin desfoncées à tous venans devant l'Hôtel de Ville. »

Le 19 juin, les ambassadeurs allèrent au Louvre saluer le Roi. Ce fut le président Richardot qui porta la parole en leur nom.

Le dimanche 21 juin, sur les onze heures, le Roi partit du Louvre pour aller à Notre-Dame jurer la paix. Il était accompagné de sept à huit cents princes, chevaliers, comtes, barons, ou gentilshommes, magnifiquement vêtus, tous avec la toque de velours et la cape à l'antique enrichie de pierreries. Après la messe, le roi offrit à dîner dans la grand salle de l'évêché au légat et aux ambassadeurs. Les trompettes sonnaient à chaque changement de service. Le soir, il y eut au Louvre un bal où les Espagnols admirèrent la beauté, l'artifice et la parure des dames et, entre autres, de la duchesse de Beaufort.

direct légitime. De sa femme, Marguerite de Valois, dont il vivait séparé depuis quinze ans (1), aucun enfant. De Gabrielle d'Estrées (2), une fille, Catherine-Henriette, et deux fils César et Alexandre (3). Gabrielle, malgré l'opposition opiniâtre de Sully, allait peut-être devenir reine de France, quand, le jeudi saint, 8 avril 1599, elle fut brusquement atteinte par un mal mystérieux, dans la maison de l'Italien Zamet, rue de la Cerisaie, où elle était descendue pour faire ses pâques; le surlendemain elle était morte (4). Trois mois ne s'étaient pas écoulés que le

(1) Chassée de Paris par Henri III, accusée par lui de tous les crimes, Marguerite chercha vainement à se rapprocher de son époux, qui, en 1587, la fit enfermer au château d'Usson, près d'Issoire, sous la garde du marquis de Canillac. Elle séduisit son geôlier, et se rendit maîtresse de ce château, où elle établit sa cour jusqu'à son retour à Paris en 1605.

(2) Fille d'Antoine, marquis d'Estrées, valeureux capitaine qui se distingua en 1593 par sa belle défense de Noyon contre le duc de Mayenne, et de Françoise Babou de la Bourdaisière. Elle avait un frère et cinq sœurs, célèbres par leur galanterie; on les appelait « les sept péchés mortels ». Henri IV eut sa première entrevue avec elle au château de Cœuvres, près Soissons, à la fin de 1590. Pour donner à sa maîtresse une situation à la cour, il lui fit épouser un sieur de Liancourt, mari pour la forme, dont elle fut séparée aussitôt qu'unie. A l'entrée solennelle du Roi dans Paris, le 15 septembre 1594, elle marchait un peu devant lui, dans une litière découverte, chargée de tant de pierreries qu'elles offusquaient la lueur des flambeaux. Il la fit marquise de Monceaux, puis duchesse de Beaufort; il n'avait plus que le trône à lui offrir.

Gabrielle d'Estrées a laissé un souvenir si vivace dans Paris, qu'il n'y a guère de maison ancienne dont les concierges ne disent : « C'était la maison de la Belle Gabrielle. » En réalité, elle a habité, dans son enfance, chez son père, rue des Bons-Enfants; chez sa tante, Mme de Sourdis, rue des Fossés-Saint-Germain-l'Auxerrois; puis en 1594, à l'hôtel du Bouchage, rue Saint-Honoré; de 1596 à 1599, à l'hôtel de Schomberg, rue Fromenteau, sur l'emplacement de la place du Carrousel. Elle mourut à l'hôtel de Sourdis.

(3) Catherine-Henriette épousa, en 1619, Charles II de Lorraine, duc d'Elbeuf; — Alexandre, grand prieur de Malte, mourut sans postérité en 1629; — César épousa, comme je l'ai dit plus haut, la fille du duc de Mercœur, Françoise, qui lui apporta le duché de Penthièvre, le château d'Anet, etc. Henri IV le nomma, en 1598, gouverneur de Bretagne et lui donna le duché de Vendôme. Il eut pour fils Louis, mort en 1669, et pour petit-fils, Louis-Joseph, le vainqueur de Villa-Viciosa, mort sans postérité, en 1712. Le duché de Penthièvre passa par acquit, en 1697, au comte de Toulouse, fils naturel de Louis XIV et de Mme de Montespan, puis à son fils, le duc de Penthièvre, gouverneur de Bretagne, mort à Vernon, sans postérité mâle le 4 mars 1793.

(4) Aux approches de la semaine sainte, comme Gabrielle était « fort grosse et fort incommodée de sa grossesse, le Roi craignant que s'il la retenoit près de lui en ces jours de dévotion, cela pourroit apporter du scandale aux plus scrupuleux, lui commanda de s'en aller faire ses pâques à Paris, pendant qu'il feroit les siennes à Fontainebleau. Il la quitta près de Melun, avec plus de démonstration de passion amoureuse et de regrets l'un pour l'autre que jamais, et la confia à la Varenne et à Montbazon, son capitaine des gardes. »

Elle descendit chez Zamet le lundi 5 avril, se confessa le mercredi, communia le jeudi absolu, et, satisfaite d'avoir accompli ce devoir, « elle dîna de fort bon appétit, car son hôte l'avoit traitée de viandes les plus friandes et délicates, qu'il savoit estre le plus selon son goût; puis elle sortit en litière pour aller ouïr ténèbres au Petit Saint-Antoine, où il se fait tous les ans, ce jour-là, un des plus excellents concerts. Elle y eut quelques éblouissements, revint au logis, se promena dans le jardin et fut surprise d'une grande apoplexie qui pensa la suffoquer. Un peu remise, elle n'eut d'autre parole, sinon qu'on la portât chez sa tante,

volage Henri se consolait auprès de Henriette de Balzac d'Entragues (1),
et se laissait aller à lui signer une promesse de mariage (2), d'autant plus
imprudente qu'il était sur le point d'obtenir du pape son divorce avec
Marguerite de Valois (3); mais Sully veillait et faisait demander pour le
Roi la main de la nièce du grand-duc de Toscane, Marie de Médicis,
beauté un peu mûre, qui apportait avec elle une dot de six cent mille
écus et l'espoir d'alliances en Italie.

Elle arriva à Paris le 7 février 1601, et tout d'abord ne plut guère
aux Parisiens railleurs qui la trouvèrent grosse, mal habillée, revêche,
les yeux à fleur de tête, ronds et fixes; trop entourée de Florentins,
sigisbées suspects, ses deux cousins Virginio et Paolo Orsini, son confident Concini, puis Delbène et un bâtard de Médicis, et Vinti, et Joua-
nini, et autres. Elle logea chez Jérôme de Gondy, au faubourg Saint-
Germain; ensuite chez Zamet, en attendant que ses appartements du
Louvre fussent prêts : « Quand elle y fut, les meubles lui parurent trop
vieux; le palais, une grande solitude obscure où l'on gelait. Elle en
estoit tout estonnée et effrayée, et répétoit que ce n'estoit pas le Louvre,
ou que l'on faisoit cela pour se moquer d'elle (4). »

*
* *

En 1599, le duc de Savoie Charles-Emmanuel, dit le Grand, était

Mme de Sourdis, rue des Fossés-Saint-Germain-l'Auxerrois. » Elle y expira le samedi
10, à six heures du matin, « après des grands syncopes si violents que sa bouche
fut tournée sur la nuque du col et est devenue si hideuse qu'on ne peut la regarder qu'avec peine. Son corps a esté ouvert et son enfant trouvé mort. Les uns
attribuent cette mort à la crainte de n'estre jamais la femme légitime du Roy; les
autres, à des potions suspectes. » Mézeray croit à un empoisonnement : « Je ne
sais quelle main, dit-il, certes très méchante, — quoique les suites de ce coup
fussent salutaires à l'Estat, — trancha le nœud de ces difficultés. » Le peuple crut
que « c'estoit le diable qui l'avoit mise en cet estat; qu'elle s'estoit donnée à luy,
afin de posséder seule les bonnes grâces du Roy, et qu'il lui avoit rompu le col. »

« La duchesse estant morte fut mise deux jours en son lit de parade, où chacun estoit bien aise de l'aller voir. Les princesses y furent lui donner de l'eau
béniste, de bon cœur, puis fut portée à Saint-Denis et de là à l'abbaye de Mau-
buisson, où elle est enterrée. »

(1) Fille de François de Balzac d'Entragues et de Marie Touchet, ancienne maîtresse de Charles IX. Le roi la fit marquise de Verneuil.

(2) Datée du *Bois-Malesherbes*, le 1er octobre 1599.

(3) « Le mercredi 22 décembre 1599, la dissolution (ou plutôt la nullité) du mariage du Roy, omologuée par la cour de Parlement, fust publiée solennellement,
à huis ouverts, dans l'église Saint-Germain-de-l'Auxerrois. Ceste pauvre Royne,
qu'on commença à appeler la Royne Marguerite, escrivit sur ce subject une lettre au Roy, qui lui tira les larmes des yeux, si que Sa Majesté, après l'avoir leue,
dist tout haut : « Elle se plaint que je suis cause de son malheur; mais il n'y en
a point d'autre qu'elle-mesme, Dieu m'en est tesmoing. »

Sully prétend que Marguerite refusa son consentement tant que vécut « ceste
bagasse de Gabrielle »; mais son témoignage est suspect. Il semble au contraire
que Marguerite se prêta très volontiers au projet de divorce, à la condition que
le Roi paierait ses dettes; lui laisserait le titre de reine; l'autoriserait à demeurer
à Paris et lui accorderait une large dotation.

(4) *Mémoires* du chancelier de Chiverny, continués par son fils, l'abbé de Pont-
Levoy.

venu à Paris (1), pour chercher à garder le marquisat de Saluces, et il avait gagné secrètement le maréchal de Biron (2), toujours à court d'argent et déjà compromis dans des menées coupables avec l'Espagne. Il lui avait promis sa troisième fille, avec une dot de trois cent mille écus, et avait ainsi « déraciné le peu de fleurs de lys que le maréchal conservait encore dans le cœur ». Le Roi n'eut longtemps que des soupçons, mais au commencement de 1602, un agent subalterne, le sieur de la Fin. « bon apôtre, courratier et entremetteur, crocheta les lettres du maréchal et les livra ». Biron fut arrêté à Fontainebleau, avec son complice le comte d'Auvergne (3), dans la nuit du 12 au 13 juin 1605.

Ils arrivèrent à Paris, par eau, le surlendemain entre six et sept heures du soir, sous la conduite d'une compagnie du régiment des gardes, et furent aussitôt « serrés » à la Bastille. Le maréchal ne comparut qu'une seule fois devant le Parlement, le 27 juillet, et fut conduit au Palais, entre cinq et six heures du matin, dans un bateau soigneusement couvert de tapisserie, « de peur d'émotion et de trop grande foule à le voir passer ». Le 29, il fut condamné par cent vingt-sept juges, — les pairs de France s'étant récusés, — à être décapité en Grève (4); mais, sur les instances de la famille, le Roi décida que l'exécution aurait lieu dans l'intérieur de la forteresse (5), et le mercredi

---

(1) Il demeura successivement chez Zamet, rue de la Cerisaie; à l'hôtel de Gondi, près la rue de Tournon ; à l'hôtel de Nemours, rue Pavée-Saint-André-des-Arts; au Louvre, et enfin à l'hôtel de Sicile, rue du Roi de Sicile.

(2) Charles de Gontaut-Biron, fils d'Armand tué d'un boulet de canon, au siège d'Épernay, en 1592. Le roi, pour le récompenser de sa bravoure, l'avait fait amiral et maréchal de France, et avait érigé sa baronnie de Biron, près Bergerac, en duché-pairie. Plus brave qu'intelligent, présomptueux et crédule, « Biron, dit L'Estoile, se fiait plus au Diable qu'à Dieu, invoquant le mauvais Esprit par le moyen des nécromanciens, qui enfin le trompèrent et le réduisirent au pauvre estat où chacun l'a vu mourir. »

(3) Charles, bâtard de Valois, né le 28 avril 1573, mort le 24 septembre 1650. Il était fils de Charles IX et de Marie Touchet. Celle-ci épousa, vers 1579, François de Balzac d'Entragues, gouverneur d'Orléans, dont elle eut Catherine-Henriette, marquise de Verneuil, maîtresse de Henri IV et mi-sœur de Charles de Valois.

Charles porta d'abord le nom de comte d'Auvergne, puis de duc d'Angoulême, en 1519, à la mort de Diane d'Angoulême, fille naturelle et légitimée de Henri II, qui le fit son légataire universel. C'est ainsi qu'il hérita du magnifique hôtel, existant encore aujourd'hui, à l'angle des rues Pavée et des Francs-Bourgeois. Il épousa en premières noces Charlotte de Montmorency, fille du second connétable de ce nom, et, en secondes noces, le 25 février 1644, Françoise de Narbonne. Cette dame mourut âgée de quatre-vingt-douze ans, en 1715, par conséquent cent quarante et un ans après son beau-père Charles IX.

Le comte d'Auvergne fut élevé avec soin par Henri III; favorisé d'abord par Henri IV, qui lui fit grâce après la conspiration de Biron et le laissa sortir de la Bastille le 2 octobre 1602; mais en 1605, le comte d'Auvergne, compromis dans les intrigues de sa mi-sœur Henriette d'Entragues, fut incarcéré une seconde fois à la Bastille, dont il ne sortit que onze ans après, en 1616.

(4) « Comme attaint et convaincu d'avoir attenté à la personne du Roy et entrepris contre son Estat, tous ses biens confisqués, sa pairie réunie à la Couronne, et dégradé de tous honneurs et dignités. » (L'Estoile.)

(5) Biron fut enfermé dans une salle de la tour de la Chapelle, dite « la chambre du Roi ». L'échafaud, haut de cinq pieds, fut dressé « au coing de la court

31 juillet, à midi, Jehan Guillaume, successeur de Jean Rozeau, en présence d'une soixante d'assistants (1), trancha la tête du maréchal, « un peu par ruse, au moment même où il allait dire son *in manus* (2).

En août 1605, Paris vit une revenante : la reine Marguerite, qui n'y avait pas reparu depuis vingt-deux ans. Il sembla qu'elle voulût ainsi montrer par sa présence son acquiescement au second mariage du Roi et aux raisons d'État qui avaient rendu son divorce nécessaire : « Au lieu que les moindres femmes brûlent tellement d'envie et de haine contre celles qui tiennent leur place, qu'elles ne les peuvent voir, et moins encore le fruit dont Dieu bénit leurs mariages, elle, au contraire, fit donation de tout son bien au Dauphin et l'institua son héritier comme si c'était son fils propre, vint à la Cour, se logea vis-à-vis du Louvre, et non seulement alla voir souvent la reine Marie de Médicis, mais lui rendit jusqu'à la fin de ses jours tous les honneurs et devoirs d'amitié qu'elle aurait pu attendre de la moindre princesse (3). »

Tout souriait donc à l'épouse que Henri IV avait choisie. Elle était presque aussi féconde que l'avoit été sa cousine Catherine (4), et mal-

vers la porte par où on va au jardin, » c'est-à-dire entre les tours de la Comté et du Trésor.

(1) « Comme il fut près de l'eschaffaut, ceux qui estoient là pour voir ce spectacle, environ soixante-dix, aians fait quelque bruit à son arrivée, il dit : Que font là tant de maraux et de gueux ? » Il peut paraître intéressant de donner les noms de la société choisie qui assista à l'exécution : le chancelier Pomponne de Bellièvre ; — le premier président, Achille de Harlai ; — le lieutenant civil, François Miron ; — le lieutenant criminel, Gabriel Lallemant ; — le prévôt des marchands, Antoine Guyot de Charmeaux ; — ses quatre échevins ; — le Prévôt, Rapin, — le Chevalier du guet, Testu ; — le Greffier du Parlement, Voisin ; — des huissiers, des sergents ; — le curé de Saint-Nicolas-des-Champs, Magnan ; — un confesseur, Dom Garnier ; — un secrétaire de M. de Rosny, gouverneur de la Bastille ; — un capitaine de la Bastille, lieutenant du gouverneur, etc., etc.

(2) Biron injuria toutes les personnes présentes et particulièrement le chancelier, l'appela « homme sans foi, image plâtrée, grand nez, etc. » Il menaça le bourreau, s'il l'irritait, de l'étrangler avec plus de la moitié de ceux qui étaient là, « desquels plusieurs entendans cela eussent voulu être hors. » Deux fois il ôta son bandeau et il allait l'enlever une troisième fois, quand le bourreau le surprit. Le corps, selon la tradition, fut inhumé dans la nef de Saint-Paul, devant la chaire du prédicateur. Tout le clergé assista à la cérémonie.

Le roi pardonna à plusieurs des complices de Biron, mais il fit exécuter Guy Eder de la Fontenelle, gentilhomme breton qui avait terrifié sa province par tous les brigandages imaginables, et qui avait promis de livrer plusieurs places fortes à l'Espagne. Il fut traîné sur la claie et roué vif en Grève, le 27 septembre 1602.

(3) *Mémoires de Richelieu*. Le cardinal dit que la reine Marguerite « se logea vis-à-vis du Louvre ». Je parlerai plus loin du palais qu'elle fit élever en effet sur la rive droite de la Seine à l'endroit où est aujourd'hui la rue de Seine et l'École des Beaux-Arts ; mais lors de son arrivée elle demeura d'abord à l'hôtel de Sens, où elle étonna Paris par une aventure scandaleuse. Le 5 avril 1606, elle revenait d'entendre la messe aux Célestins et descendait de carrosse, quand un de ses gentilshommes, Vermond, tua d'un coup de pistolet l'un des pages de la reine. « Le meurtrier se nommait Saint-Julien, lequel ladite Roine aimoit passionnément et, pour ce, jura de ne boire ne manger qu'elle n'en eust vêu faire la justice ; comme aussi dès le lendemain il eust la tête tranchée devant l'hostel, où d'une fenestre elle assista au supplice. Dès la nuit mesme, toute effraiée, elle en deslogea, et le quitta avec protestation de jamais n'y rentrer. »

(4) Catherine de Médicis avait eu dix enfants ; Marie de Médicis en eut six, en

gré son humeur difficile, malgré ses trop fréquentes querelles conju-
gales, elle avait obtenu le titre de régente pendant la campagne que le
Roi projetait; enfin, quoique le Roi cherchât à éviter les grosses dépenses de vaines cérémonies, elle était parvenue à se faire sacrer à
Saint-Denis, le jeudi 13 mai 1610, et tout se préparait dans Paris pour
son entrée triomphale le dimanche suivant (1), quand éclata la catastrophe que tant de passions mal comprimées faisaient depuis longtemps
prévoir (2), et dont l'instrument fut un pauvre visionnaire d'Angoulême,
François Ravaillac, descendu quelques jours auparavant à l'auberge
des *Trois-Pigeons*, rue Saint-Honoré, en face de la chapelle *Sainte-
Suzanne de Gaillon* (3).

*
* *

Le vendredi 14 mai, le Roi, après une nuit d'insomnie, alla entendre
la messe aux Feuillants (4), dîna moins gaîment que de coutume, se

neuf ans : trois garçons : Louis XIII, Gaston d'Orléans, et un, mort, en bas âge; —
trois filles : Élisabeth, mariée à Philippe IV, roi d'Espagne; Christine, mariée à
Victor-Amédée Ier, duc de Savoie, et Henriette-Marie, mariée le 11 mai 1625 à Charles Ier, roi d'Angleterre,

(1) « Ce jourd'hui, samedy et 8 de may 1610, dit L'Estoile, j'ay esté promener par
la ville, pour voir, comme les autres, les préparatifs pour l'entrée de notre Royne.
Dans toutes les rues où elle doit passer pour aller au Palais, on ne voit que des
arcs triomphans, des rochers artificiels, des portaux, des théâtres, des devises et
des inscriptions d'honneur, des figures et fictions tirées de la sainte Bible et des
Fables; brief, un million d'inventions et de richesses, dignes de la capacité des
habitans de Paris seulement. »

(2) Tous les mémoires du temps l'attestent. Une dame d'Escoman, confidente de
la marquise de Verneuil, l'accusa de machiner la mort du Roi, prévint la reine,
qui ne l'écouta pas; le P. Cotton, qui la reçut très mal; le P. procureur des Jésuites de la Maison professe, qui lui dit : « Mêlez-vous de vos affaires! » Elle
envoya enfin une personne respectable entre toutes, Mlle de Gournay, auprès de
Sully qui temporisa. Pour prix de ses peines, la dame d'Escoman fut jetée en
prison jusqu'à sa mort.

(3) Je trouve un Antoine de Gaillon, seigneur de Macy, parmi les commissaires
chargés, en 1513, de rédiger la *Coutume* de Paris, et un *hôtel de Gaillon*, situé au
pied de la butte des Moulins, sur la rue Saint-Honoré et sur la rue appelée alors
rue Gaillon et aujourd'hui rue Saint-Roch. Au lieu dit : *Hostel et jardin du Grand-
Gaillon*, s'élevaient deux petites chapelles, l'une de *Sainte-Suzanne*; l'autre des
Cinq-Plaies.

En 1578, une chapelle, sous l'invocation de Saint-Roch, succursale de Saint-Germain-l'Auxerrois, fut bâtie sur l'emplacement des chapelles primitives, et elle
fut érigée en paroisse en 1633. En 1653, l'hôtel de Gaillon fut acheté pour l'agrandissement de cette nouvelle église.

(4) Ravaillac l'y avait suivi, et, selon l'Estoile, « il confessa depuis que sans la
survenue de M. de Vendosme qui l'en empescha, il eust fait son coup là dedans. »
C'était un homme grand, robuste, la barbe rouge, les cheveux noirs et crépus,
les yeux enfoncés, la physionomie sinistre, âgé de trente-deux ans; successivement clerc, valet, maître d'école, frère convers chez les Feuillants, détenu pour
dettes, visionnaire, sans ressources pour vivre. Il vint d'Angoulême, sa ville na-
tale, à pied, et, faute d'argent pour acheter un couteau, en vola un dans une auberge. Quand on le fouilla, on ne trouva sur lui que « trois demi quarts d'escu,
avec deux ou trois sols de monnoie; quelques charactères de sorcellerie, entre
autres un cœur navré de trois coups, comme aussi on tient que l'intention de ce
gros maraud estoit d'en donner autant dans le cœur du Roy. »

coucha un peu après son repas, puis se releva et se promena çà et là dans sa chambre, paraissant toujours très agité. « Sire, lui dit l'Exempt des Gardes, je voy Votre Majesté triste et toute pensive. Il vaudroit mieux prendre l'air, cela la réjouiroit. — Eh bien, répondit le Roi. fais apprester mon carrosse, j'irai à l'Arsenal voir le duc de Sully, qui est indisposé et qui se baigne aujourd'huy. » Il chargea Vitry d'aller au Palais (1) veiller aux préparatifs de l'entrée de la Reine et monta dans son carrosse à huit places (2) avec MM. d'Épernon, de Montbazon, de Lavardin, de Roquelaure, de la Force, de Mirebeau et de Liancourt. suivi seulement de quelques gentilshommes à cheval et de quelques valets de pied. Les rideaux de cuir des portières étaient relevés à cause de la chaleur, et parce qu'il voulait voir l'aspect que prenait la ville pour les fêtes du lendemain A quelques pas en arrière marchait ce « meschant et désespéré garnement », François Ravaillac, épiant depuis le matin tout ce qui pouvait favoriser l'accomplissement de son crime. Quatre heures sonnaient à Saint-Germain-l'Auxerrois.

Le petit cortège, cheminant assez lentement au milieu de la foule, suivit la rue Saint-Honoré, passa devant la Croix-du-Trahoir et atteignit la Ferronnerie. Cette rue n'était alors bordée de maisons que du côté de Sainte-Opportune; elle était fort rétrécie de l'autre côté par les échoppes adossées au mur du cimetière des Innocents (3). A cet étran-

(1) « Ce mardi 6 avril, le Palais commença à desloger. pour l'entrer de la Royne. qui se devoit faire au mois de may prochain, et aller aux *Augustins*, où on voioit desjà attachés et escrits contre les murailles du cloistre, les noms de ces diables et larrons de procureurs, que beaucoup de gens de bien désireroient ne jamais voir, sinon en peinture. » — « Le vendredi 21° du présent mois de may, le Parlement, qui se tenoit dans les Augustins avec toutes les incommodités du monde, retourna au Palais, mais par une plus incommode occasion et triste accident qui tiroit les larmes des yeux de la pluspart de ceux qui y rentroient. » (L'Estoile.)

Voir pour le couvent des Grands-Augustins, chap. vii, p. 190, note 1. — Les bâtiments étaient considérables et magnifiques; on y remarquait l'église, le cloistre. les salles du clergé; la salle et le réfectoire des chevaliers: la salle des portraits; les Archives; les jardins. Le Parlement y tenait ses audiences quand le palais était en réparation: les assemblées du Clergé de France s'y tenaient depuis 1605; les États généraux s'y réunirent en 1614, et depuis Henri III, les chapitres de l'Ordre du Saint-Esprit.

(2) On commença à user de voitures suspendues, à Paris, pour l'entrée de la reine Isabeau de Bavière en 1405. Juvénal des Ursins les appelle des *chariots branlants*. On imita au seizième siècle le luxe des *carrosses* italiens. Brantôme cite ceux de Marguerite de Valois : « Ses litières tant dorées, tant superbement couvertes et peintes de tant de belles devises, et ses coches de même. » Le carrosse où Henri IV fut tué était fort simple; les mantelets des portières étaient encore de cuir: c'est peu de temps après que Bassompierre introduisit l'usage de remplacer par des glaces ces rideaux trop primitifs.

(3) Ces échoppes, louées à de pauvres artisans, avaient été autorisées par Louis XI, à la condition qu'elles n'empiéteraient pas sur la voie publique, condition aussitôt enfreinte. Une ordonnance de Henri II en ordonna la démolition le 14 mai 1554; elle ne fut point exécutée; et cinquante-six ans après, jour pour jour, arrivait la mort de Henri IV, en cet endroit même. La leçon ne fut pas encore entendue, et ce n'est que cinquante-neuf ans plus tard, le 18 octobre 1669, que les échoppes. appartenant au chapitre de Saint-Germain-l'Auxerrois, furent enfin démolies et remplacées par l'immense construction encore existante, remarquable par la régularité de sa disposition, qui s'étend de la rue Saint-Denis à la rue de la Lingerie.

glement, la voiture fut complètement arrêtée par l'embarras d'une charrette de vin et d'une charrette de foin survenant en sens contraire, en face de la maison du notaire Poutrain et de la boutique à l'enseigne du *Cœur couronné, percé d'une flèche;* la plupart des valets de pied passèrent par le cimetière et coururent jusqu'à la *Salamandre*, rue Saint-Denis, pour devancer le Roi.

Le malheureux prince, la main gauche sur l'épaule du duc de Montbazon, la droite, sur l'épaule du duc d'Épernon, écoutait attentivement une lettre que celui-ci lisait. C'est alors que l'assassin s'étant frayé passage à travers tous les obstacles, arc-bouté, un pied sur une borne, l'autre sur le moyeu de la roue, lui plongea par deux fois son couteau dans la poitrine (1); un troisième coup effleura la manche du duc de Montbazon. Sans perdre un instant, d'Épernon couvrit de son manteau le corps ensanglanté du Roi, ferma les portières et fit tourner bride droit au Louvre.

Cependant Ravaillac restait debout, comme pour se faire bien voir et se glorifier (2). Baugé, archer des Gardes du Corps, s'élança sur lui, le saisit et le conduisit à l'hôtel de Retz, « proche de là (3) ».

sur une longueur de cent quatorze mètres. C'est la plus grande maison de Paris, encore a-t-elle été un peu diminuée, en 1881, à l'angle de la rue de la Lingerie. Le bâtiment est double en profondeur, et, du côté du square, sur la rue des Innocents, les boutiques ne sont autres que les anciens charniers, encore très reconnaissables pour les curieux qui viendront y regarder de près.

(1) « Un poignard à deux tranchants et à manche de corne de cerf que l'on croit être celui dont se servit Ravaillac pour commettre son régicide, appartient à M. le duc Auguste de Caumont la Force. » (Jal.)

Le premier coup porta entre la seconde et la troisième côte, un peu au-dessus du cœur, et le roi s'écria : « Je suis blessé. » Le second coup, selon l'Estoile, frappa au cœur, « dont le Roy est mort, sans avoir pu jeter qu'un grand soupir. » Il est probable qu'il expira avant d'arriver au Louvre. Selon Malherbe, MM. de Montbazon et de Curson, le portèrent sur le lit et M. de Cerisy, lieutenant de la compagnie de Praslin, lui ayant soulevé la tête, « il fit quelques mouvements des yeux, puis les referma aussitôt sans plus les rouvrir. »

(2) « Chose surprenante, nul des seigneurs qui estoient dans le carrosse n'a vu frapper le Roy, et si ce monstre d'enfer eût jetté son couteau, on n'eust sçu à qui s'en prendre. » (L'Estoile, Supplément de 1736.)

(3) M. Édouard Fournier dit, dans sa *Monographie du Palais de Justice* : « A l'hôtel de Retz, qui devint l'hôtel de Vendôme. » C'est-à-dire l'hôtel situé rue Saint-Honoré, en face des Capucins, et qui appartint à Antoine de Gondy, sieur du Péron, mort en 1560, puis à son fils aîné, Albert de Gondi, duc de Retz, maréchal de France, qui y mourut le 12 avril 1602.

Or cet hôtel fut acheté à cette époque par Françoise de Lorraine, duchesse de Mercœur, qui le convertit en un couvent de Capucines, dont elle posa la première pierre, le 29 juin 1604. L'église fut dédiée en 1606. En outre, cet hôtel, transformé en couvent, n'était pas « proche » de la rue de la Ferronnerie.

L'Estoile, en disant : « à l'hostel de Retz, proche de là, » me semble avoir voulu indiquer l'autre hôtel de Retz situé à quelques pas de la Ferronnerie, dans la rue des Poulies et la rue d'Autriche.

Michelet s'exprime ainsi : « On avait mis d'abord Ravaillac à l'hôtel de Retz, D'Épernon eut peur qu'il ne jasât trop, *et le mit chez lui, à l'hôtel d'Épernon.* C'est de là qu'on le tira pour le mener à la Conciergerie.

L'hôtel d'Épernon s'étendait de la rue Plâtrière à la rue Coq'héron, sur l'emplacement de l'hôtel de Flandre. C'est aujourd'hui l'hôtel des Postes. Voir chapitre XI, page 310, et chapitre XIII, page 544.

La Reine, un peu fatiguée par la cérémonie de la veille, causait dans son cabinet avec Mme de Montpensier, quand elle entendit au dehors une rumeur grandissante. Pleine d'inquiétude, elle ouvrit elle-même la porte, et vit venir « plus de deux cents épées nues et M. de Praslin, l'un des quatre capitaines de la garde, qui lui dit : Madame, nous sommes perdus! » Dans la pièce voisine, elle aperçut le corps qu'on venait d'étendre sur le lit, et Miron et ses chirurgiens pleurant et cherchant à donner des soins inutiles. En ce moment, le Chancelier entra, tenant par la main le petit prince qui n'était déjà plus le Dauphin : « Monsieur, s'écria la Reine, le Roi est-il donc mort? — Madame, répondit Sillery assez durement, les rois ne meurent point en France; puis lui montrant l'enfant, il ajouta plus doucement : Voilà le Roy, Madame; vous n'en pouvez plus avoir d'autre que cestui-là, et c'est à vous maintenant d'être homme. »

Il était cinq heures, lorsque le Parlement, terminant aux Augustins son audience ordinaire, apprit l'affreuse nouvelle. Le président de Blancmesnil fit aussitôt prévenir le premier président Achille de Harlay, un peu malade, qui s'y fit porter en litière. Les troupes occupaient tous les abords, les quais, le Pont-Neuf, la rue Dauphine. Le procureur général, Jacques de la Guesle, exposa à la Cour « que le Roi étant présentement décédé par un détestable parricide commis sur sa personne sacrée, il requérait qu'il fût promptement donné ordre au bien de l'État et que la Reine fût déclarée régente pendant le bas âge de son fils, pour qu'elle pût pourvoir aux affaires du Royaume. » Frappant sur son épée, d'Épernon osa dire : « Elle est encore au fourreau; mais si la Reine n'est pas déclarée régente à l'instant, il y aura carnage ce soir! » Menace bien inutile : le Parlement n'avait garde de délibérer longtemps, et était trop pressé de saisir le droit que des circonstances si étranges lui donnaient pour la première fois (1). Dès sept heures,

---

(1) En l'absence de toute constitution écrite, aucune règle n'indiquait d'une manière précise à qui la régence devait être confiée pendant les minorités. Il semble qu'en pareil cas les États généraux auraient dû être immédiatement réunis.

Saint-Simon a montré admirablement comment le Parlement avait peu à peu hardiment usurpé une nouvelle puissance, et mis les rois en brassière, en accoutumant les plus grands à recourir à lui quand ils se croyaient lésés.

Je ne puis faire mieux que de citer :

« Jamais le Parlement n'avoit osé lever les yeux jusqu'à s'arroger rien sur les régences. Le duc d'Orléans, depuis roi sous le nom de Louis XII, piqué d'en être exclu quoique le plus prochain mâle du sang royal, et d'en voir, par la volonté de Louis XI mourant, une femme revêtue, la dame de Beaujeu, sœur fort aînée de Charles VIII, mineur, adressa ses plaintes au Parlement. Il lui répondit par la bouche du premier président de la Vacquerie, ces célèbres paroles si connues et si exactement transcrites dans toutes les histoires : « Le Parlement est une cour de justice établie seulement pour administrer la justice au nom du Roi à ses sujets, non pour se mêler des affaires d'État et des grandes sanctions du royaume, si ce n'est par très exprès commandement du Roi. » Par quoi le duc d'Orléans ne put pas seulement se faire écouter, et de là prit les armes avec le triste succès pour lui que chacun sait.

« Ce témoignage si authentique d'un premier président, en plein Parlement, est

Blancmesnil allait au Louvre avec dix Conseillers porter à la mère du jeune roi l'arrêt qui lui conférait, comme régente, le pouvoir que la prétendue loi salique lui eût refusé comme reine.

D'Épernon avait agi en maître, et par sa présence d'esprit avait paré à tous les dangers; grâce à lui, deux heures après la mort du Roi, toutes les mesures étaient prises pour que le nouveau règne commençât sans secousse. Dans la première stupeur, les boutiques s'étaient fermées; chacun criait, pleurait, se lamentait, redoutait déjà les fureurs d'une seconde Ligue et courait prier dans les églises. Au Louvre, beaucoup composaient leur visage et affectaient une tristesse qui n'était pas dans leur cœur (1). Le P. Cotton faisait l'ignorant et demandait à chaque courtisan « si ce n'était pas un Huguenot qui avait fait le coup ». Mayenne et le duc de Guise « parlèrent fort vertueusement » à la Reine mère, lui recommandèrent de respecter les Édits de pacification et de ne souffrir aucune violence contre ceux de la Religion. Dans la soirée, tout ce qu'on put rassembler de noblesse parcourut les rues à cheval en criant : « Le Roi se porte bien, Dieu merci! » et la population rassurée cria : *Vive le Roi!* On donna des gardes aux ambassadeurs étrangers (2); on fit partir les Gouverneurs des provinces par les portes

---

une vérité dont l'évidence a paru trop pesante à ses successeurs; mais les anciennes usurpations convioient à de nouvelles. La régence de Marie de Médicis est le premier exemple que le Parlement puisse alléguer d'être entré dans les matières d'État et de gouvernement. C'est donc à l'époque de la mort funeste de Henri IV, qu'il faut fixer la première connaissance qu'il ait prise de ces affaires.

« Cet exécrable événement remplit toute la Cour d'horreur, et d'effroi toute la ville. Le prince de Condé premier prince du sang, était hors du royaume; Monsieur, plus jeune que le Roi mineur, et nul autre fils de France : les autres princes du sang, Conti et Soissons, à craindre pour la Reine, par plus d'une circonstance; peu de grands à Paris, tellement que le duc d'Épernon, comptant de jouer un grand rôle si la Reine lui avoit l'obligation de toute son autorité, ne pensa qu'à la lui procurer, et à associer le plus de gens qu'il pourroit en un acte public et solennel que leur intérêt les engageroit après à soutenir.

« Il se servit donc sur-le-champ de son titre de colonel-général de l'infanterie, fit assembler le Parlement, investit les Augustins en les remplissant de milice en un tournemain, et y fit aller tout ce peu qu'il y avoit de pairs et d'officiers de la couronne avec la reine, laquelle fut à l'instant, du consentement de tous, déclarée régente et revêtue seule du pouvoir souverain.

« De là le Parlement voulut profiter des troubles qui survinrent, et c'est l'époque de leur chimère de se dire *les tuteurs des Rois*... Louis XIII, en quantité d'occasions, leur a bien su dire « qu'ils ne sont qu'une simple Cour de justice « pour juger les procès des particuliers, en son nom, sans droit aucun par delà « leur juridiction contentieuse, » et pendant son règne a bien su les contenir dans les bornes. » (Saint-Simon, édition Chéruel, t. VII, pages 195, 196, 197.)

(1) En apprenant l'assassinat, Sully s'écria : « La France va tomber en d'étranges mains! » puis il monta à cheval avec deux à trois cents hommes et se dirigea vers le Louvre, mais sur quelques avis contraires qui lui furent donnés, il prit méfiance, rebroussa chemin et s'enferma dans l'Arsenal et la Bastille. Il ne se décida à aller voir la Reine que le lendemain. Ce jour-là on trouva écrit en grosses lettres, sur sa porte et sur celle de Maupeou : *Maison à louer pour le terme de la Saint-Jean.*

(2) « Et principalement à celui d'Espagne, qui n'estoit bien agréable au peuple. » L'ambassadeur d'Espagne logeait rue du Roi de Sicile, à l'ancien Hôtel de Biragne, devenu Hôtel de Roquelaure. Voir chapitre XIII, pages 473 et 545.

Saint-Jacques et Saint-Martin. Le gouverneur de Paris, M. de Lian-
court, le lieutenant civil, Nicolas le Jay, et le prévôt des marchands,
Jacques Sanguin, gardèrent soigneusement les clés des autres portes (1).
Le corps de Ville resta toute la nuit sur pied.

Le lendemain matin, samedi 15, le roi Louis XIII, en habit violet,
monté sur une petite haquenée blanche, se rendit aux Augustins, avec
sa mère, voilée d'un crêpe noir (2), et prononça devant le Parlement,
où étaient les sept Présidents à mortier (3) et six-vingt-six Conseillers
en robes rouges, le petit discours qu'on venait de lui apprendre :
« Messieurs, il a plu à Dieu appeler à soi notre bon roi, mon seigneur
et père. Je suis demeuré votre roi, comme son fils, par les lois du
Royaume. J'espère que Dieu me fera la grâce d'imiter ses vertus et
suivre les bons conseils de mes bons serviteurs. Je déclare conformément à votre arrêt d'hier, la Reine ma mère Régente en France, pour
avoir soin de mon éducation et nourriture, et de l'administration des
affaires de mondit Royaume pendant mon bas âge. » Ce qui releva le
plus les cœurs des pauvres Français désolés et abattus, ce fut le nombre
des seigneurs « auxquels on vit à tous, en cette cérémonie porter le
cœur sur le front, et s'unir pour le bien de l'Estat » : le prince de Conti,
le comte d'Enghien, fils du comte de Soissons absent; les ducs de
Guise, de Montmorency, d'Épernon, de Sully; les maréchaux de Brissac,
de Lavardin, de Boisdauphin; les cardinaux de Joyeuse, de Gondy,
de Sourdis, du Perron; l'archevêque de Reims; les évêques de Beauvais,
de Noyon, de Paris; le sieur de Souvré, gouverneur du Roi; le duc
d'Elbœuf, grand chambellan; le baron de Chappes, prévôt de Paris;
le duc de Mayenne, le chancelier de Sillery, etc (4).

Il ne restait plus qu'à en finir avec Ravaillac. De l'hôtel d'Épernon,

(1) « A la porte de Bussy, des deux advocats qui y commandaient, Bossau et
Gallant, l'un estoit catholique et l'autre huguenot. » (P. de l'Estoile.)

(2) Louis XI porta le deuil de son père en rouge, « pour ce que sitôt que le Roi
est mort, son fils plus prochain se revêt de pourpre et se nomme roi ». Cette
coutume ne dura pas. Louis XII porta le deuil d'Anne de Bretagne en noir, « contre
l'usage de nos rois qui le portent de violet ». Anne de Bretagne fut la première de
nos reines qui prit le deuil de drap noir à la mort de Charles VIII; son premier
mari. Les autres reines le portaient en blanc, et de là l'appellation si fréquente
de *reine blanche*. On voit que Marie de Médicis revint au noir. La dernière *reine*
blanche dut être Louise de Vaudemont, veuve de Henri III, morte le 29 janvier
1601.

(3) Le premier président Achille de Harlay et M.M. Potier de Blancmesnil, Forget,
de Thou, Séguier, Molé, Camus, allèrent au-devant de Leurs Majestés à la porte du
cloître : les Présidents Potier et Forget et les Conseillers Jean Le Voix, Jean Courtin, Prosper Bovin et Jean Scarron, « qui conduisirent le Roy et la Royne sa mère
avec prou de peine, à cause de la multitude du peuple, jusques à la Grand Chambre. »

(4) Ce que l'Estoile oublie de dire, c'est que Condé, le premier prince du sang,
était en exil; le comte de Soissons, absent volontairement, et que Conti, son frère,
était « un stupide ».

« Après la levée de la Cour, la Royne, très affligée, se retira au Louvre, et le
Roy, assisté des princes seigneurs et gentilshommes, et fort entouré de ses Gardes,
fut conduit à Notre-Dame, où tout le peuple, comme en reconfort de son malheur, cria à pleine voix, hautement mais tristement : *Vive le Roy !* »

il fut amené à la Conciergerie et enfermé dans « la tour Quarrée (1), où on a de coustume de loger les grands seigneurs, et non guères les gueux et marauds comme cestuy-ci qui se moquoit de tout le monde, mesme des interrogatoires... et, en icelle tour, il fut assis et lié en une chaire, ayant les fers aux pieds et les mains liées derrière le dos, gardé et observé jour et nuit où plusieurs furent le voir, par curiosité ou autres motifs ; ce que bon nombre de personnes graves et judicieuses trouvèrent fort mauvais. » Comme bien d'autres, l'ambassadeur de Florence, Matteo Botti, s'y fit conduire, et Ravaillac, l'entendant parler en italien, lui dit : « Si tous les Français étaient catholiques comme le sont les Italiens, je n'aurais pas été contraint de tuer le Roi. » En vain (2) les juges, pour lui arracher des aveux, usèrent-ils de tous les stratagèmes et de toutes les tortures ; en vain, le Premier Président le menaça-t-il de faire mourir, en sa présence, son père et sa mère, rien ne put lui faire nommer des complices : « Je n'ai été mû que par ma volonté seule, ne cessait-il de répéter : je ne l'avais déclarée à personne. »

Le jeudi 27 mai, sur les trois heures, on le fit sortir à grand'peine de la Conciergerie pour le faire monter au tombereau, malgré la foule qui criait : Au traître ! Au chien ! et cherchait à se ruer sur lui, chacun voulant y mettre la main, hommes, femmes, filles, et jusqu'aux petits enfants, au milieu de cris, de hurlements, d'imprécations et de malédictions, « à faire croire que le ciel et la terre se deussent mesler ensemble ». Après avoir fait amende honorable devant le grand portail de Notre-Dame, nu, en chemise, tenant à la main une torche ardente du poids de dix livres, il se dirigea vers la Grève. Les archers, bien qu'en grand nombre et armés jusqu'aux dents, ne purent le sauver des horions, et empêcher de vraies furies de le marquer de leurs dents et de leurs ongles.

A l'Hôtel de Ville, Jéhan Guillaume s'empara de lui, le tenailla aux mamelles, aux bras, aux cuisses, au gras des jambes ; lui brûla de feu de soufre la main qui avait tenu le couteau ; jeta sur ses plaies du plomb fondu, de l'huile bouillante, de la cire fondue avec du soufre, de la poix résine brûlante ; puis le fit tirer à quatre membres par quatre forts chevaux sur lesquels des gentilshommes, ivres de vengeance, n'avaient

---

(1) Dans un autre passage, L'Estoile dit dans la tour Montgomery. Celle-ci, qui fut rasée après l'incendie de 1776, était ronde. Il ne peut être question de la tour de l'Horloge, mais d'une tour carrée, placée au bout de la Galerie des Prisonniers. Elle existait encore il y a trente ans, et ses murs conservaient à l'intérieur toute une curieuse série de marques d'appareil.

(2) « La première fois qu'il parut devant Messieurs de la Cour, devant de sortir de la Tour on lui avait voilé la teste, en sorte qu'il ne voyoit où on le menoit. Estant arrivé au milieu du Parquet, on le fit seoir sur la sellette, la face vers le Premier Président, et il fut dévoilé : on avoit cru que le premier aspect de ces juges vénérables le rempliroit de terreur, et le porteroit à repentance et à révéler ses complices ; mais on fut trompé ; il regarda froidement les magistrats, se mit à genoux, baisa la terre et répondit hardiment aux interrogations, qu'il avoit commis seul le parricide, etc. » (L'Estoile.)

Le 24 mai, le Parlement avait quitté les Augustins pour retourner au Palais.

pas eu honte de monter. Le misérable expira à la deuxième ou troisième tirade, « pour ce qu'il n'en pouvoit presque plus quand on l'y appliqua ».

L'arrêt portait que le corps démembré serait réduit en cendre et jeté au vent; mais le bourreau ne put aller jusqu'au bout de sa tâche. Le peuple renversa les barrières, se précipita sur ces chairs sanglantes, les trépigna avec rage, et il n'y eut fils de bonne mère qui n'en voulût avoir sa part, jusqu'aux enfants qui en firent du feu aux quatre coins de la ville. Des manants trouvèrent moyen d'emporter quelques débris des entrailles et de les brûler dans leurs villages. C'était à qui donnerait de l'argent et du vin à ceux qui les réjouissaient de ce spectacle, digne de sauvages. La tête du criminel, à force d'être traînée et foulée aux pieds, était devenue, dit un témoin, « aussi plate que la main (1) ».

Du haut des fenêtres de l'Hôtel-de-Ville et des maisons voisines, beaucoup de princes et seigneurs assistèrent à l'exécution : « aucuns desquels, selon le dire et opinion de beaucoup, la regardèrent d'yeux fort secqs, estans seulement marris que ce peuple passionné se monstrast trop affectionné, à leur gré, à la mémoire de leur bon Roy et Prince (2) ».

---

(1) L'arrêt déclarait et déclare tous les biens de Ravaillac, « acquis et confisqués au Roy; ordonne que la maison où il a esté né sera démolie. — celui à qui elle appartient préalablement indemnisé, — sans que sur le fonds puisse à l'avenir estre fait autre bastiment, et que, dans quinzaine après la publication du présent arrest, à son de trompe et cri publiq, son père et sa mère videront le Royaume: avec défenses d'y venir jamais, à peine d'estre pendus et estranglés, sans autre forme ni figure de procès. Ce fait, il fait défense à ses frères, sœurs, oncles et autres, porter cy après le nom de Ravaillac, leur enjoint le changer en autre, sur les mêmes peines, etc. »

Au pied de l'échafaud, il fit demander au peuple un *Salve Regina*, mais la foule cria tout haut qu'il ne lui en falloit point, « pour ce qu'il estoit plus damné que Judas ». Il pria ensuite ses confesseurs, les docteurs Filesac et Gamache de lui donner l'absolution. « Nous ne pouvons, lui répondirent-ils, que si vous voulez révéler vos fauteurs et complices. — Je n'en ai point, répliqua Ravaillac; mais donnez-la moy, au moins à condition, c'est-à-dire au cas que ce que je dis soit vray; c'est chose que vous ni autre de vostre profession ne me peut refuser. — Je le veux, dit Filesac, mais à ceste condition qu'au cas qu'il ne soit ainsi, vostre âme, au sortir de ceste vie que vous allez perdre, s'en va droit en enfer et à tous les diables. Ce que je vous dénonce de la part de Dieu, comme bien certain et infaillible. »

(2) Les contemporains et la postérité ont eu peine à admettre que Ravaillac fût seul coupable. L'odieux caractère de la Reine, le manque complet de sens moral chez d'Épernon, les ont fait accuser; mais l'Histoire ne se contente pas de soupçons; elle exige des preuves, elle n'en a pas trouvé. La nature même du crime s'y opposait. Le Parlement n'osa point pousser trop loin ses recherches; il se contenta de faire condamner au feu par la Sorbonne le traité de Mariana sur la *Royauté*, où ce Jésuite approuve le régicide. Nous sommes réduits à de vaines conjectures. L'interrogatoire de Ravaillac n'accuse personne, mais est-il complet? Est-ce bien l'original que nous avons? Quelques pièces ont-elles été détruites dans l'incendie du palais, le 7 mars 1618. quand « Dame Justice, pour avoir mangé trop d'épices, se mit le palais tout en feu »? Et si Ravaillac avait cité des noms, quelle valeur auraient des aveux arrachés dans d'épouvantables tortures?

II. — Sous Louis XIII (14 mai 1610 au 14 mai 1643).

Le soir même du néfaste vendredi 14 mai, le jeune Roi vit avec étonnement, à l'heure du souper, son gouverneur, M. de Souvré (1), le servir à genoux. « Oh! que je voudrois, dit-il, que ce fust mon frère qui fust roy; j'ay peur qu'on me tue, comme on a fait le Roy mon père. — J'aimerois mieux, ajoutait-il quelques jours après, qu'on ne me fist point tant de révérences, et qu'on ne me fist point fouetter (2). »

Je passe rapidement les obsèques tardives de Henri III (3); celles de Henri IV; le sacre de Louis XIII; la disgrâce de Sully; la mort de Mayenne, pour arriver à la majorité de Louis XIII, proclamée dans un lit de justice au Parlement, le 2 octobre 1614, à la veille du plus grand événement qui pût alors émouvoir Paris, la réunion des États généraux.

Après quinze jours employés en cérémonies préliminaires, invocations du Saint-Esprit, jeûnes, processions, messes et sermons, la séance royale d'ouverture eut lieu le 27 octobre, dans la grand'salle de l'Hôtel de Bourbon, en face du Louvre. Le jeune Roi déclara en peu de mots qu'il avait convoqué les États pour écouter leurs plaintes et y pourvoir. Le chancelier, Bruslart de Sillery, exposa les difficultés de la situation présente; l'archevêque de Lyon, M. de Marquemont, parla au nom des cent quarante membres du Clergé; le baron de Saint-Pierre pour les cent trente-deux membres de la Noblesse; le prévôt des marchands, Robert Miron (4), pour les cent quatre-vingt-douze membres du Tiers. Tous

(1) Gilles de Souvré, marquis de Courtenvaux, mort en 1626, âgé de quatre-vingt-quatre ans, dans son hôtel, rue Fromenteau, près le Louvre. Il avait servi les rois Henri II, François II, Charles IX, Henri III, Henri IV et Louis XIII, dont il fut le gouverneur. Il eut le bâton de maréchal de France en 1613. Son fils aîné, Jean, fut gouverneur de Touraine; son second fils, Jacques, est le fameux commandeur de Malte, grand-prieur du Temple, amateur des vins dont Villandry « prisait la sève et la verdeur ». L'une de ses filles, Françoise, dame de Lansac, fut gouvernante de Louis XIV, et la seconde, Madeleine, est la marquise de Sablé que nous retrouverons plus loin.

(2) Voir en appendice, à la fin du chapitre, les adresses parisiennes sous Henri IV et Louis XIII.

(3) J'ai dit (chap. XIV, p. 6) que Henri IV, après avoir été forcé de quitter Saint-Cloud, en 1589, déposa le corps de Henri III dans l'abbaye de Saint-Cormeille de Compiègne. Il y resta, à peu près oublié, malgré les fréquentes réclamations de la reine Louise de Vaudemont, sa veuve, jusqu'en juin 1610. C'est alors que la duchesse d'Angoulême, Diane, remontra que le corps de Henri III devait être porté à Saint-Denis avant celui de Henri IV. Il y avait urgence. Le duc d'Épernon, les comtes de Saint-Pol et de Lauraguais, fils du comte d'Auvergne, prisonnier; le duc de Bellegarde, le gouverneur de Paris, M. de Liancourt; le premier Président Achille de Harlay, et quelques autres assistèrent seuls à la cérémonie, à laquelle les moines de l'abbaye se prêtèrent de mauvaise grâce. Les valets laissèrent tomber le cercueil au milieu de l'église; il n'y eut pas d'oraison funèbre.

(4) Illustre famille de la bourgeoisie parisienne, originaire de la Catalogne, puis de la Provence. Les premiers connus sont des médecins appelés à la Cour du temps de Charles VIII. Gabriel, médecin de Louis XII et de la reine Anne. — François, premier médecin de Henri II, de François II et de Charles IX. — Marc,

ces députés, au nombre de quatre cent soixante-quatre, reçurent ensemble la communion, le jour de la Toussaint, de la main du cardinal de Sourdis, puis ils commencèrent leurs travaux à l'Hôtel-de-Ville, aux Grands-Augustins, aux Cordeliers. Ces lieux, pleins des souvenirs d'Étienne Marcel, retentirent de revendications et de cris de colère qui rappelaient les grands États de 1357 et faisaient présager ceux de 1789 (1).

Les princes et les mécontents, qui avaient réclamé les États, n'en voulaient déjà plus, et les trois Ordres ne semblaient s'être réunis que pour se combattre. Leurs vaines contestations n'eurent guère d'autre résultat immédiat que de fournir une ample matière aux nouvellistes des galeries du Palais, et d'innombrables pamphlets aux libraires de la rue Saint-Jacques et du Mont Saint-Hilaire. J'ai sous les yeux une gravure représentant la salle de Bourbon : les membres du Tiers, presque tous magistrats, avec leurs robes noires et leurs bonnets carrés, paraissent venus là pour juger à mort la Noblesse et le Clergé. Ils supplièrent le Roi d'ordonner que les seigneurs seraient tenus d'affranchir leurs serfs, puis ils demandèrent la suppression des énormes pensions, — près de six millions, — que la Cour faisait aux Grands. Ceux-ci ripostèrent en demandant l'abolition de la vénalité des charges et du droit annuel ou *paulette*, qui, par l'hérédité des offices, savonnait les bourgeois du Tiers, et en faisait des nobles de robe (2). Le Clergé, soutenu par la Noblesse, voulait obtenir la publication, toujours refusée, des articles du Concile

médecin de Henri III, qu'il suivit en Pologne, député de la Faculté de Paris aux États de Blois, en 1576 et 1579, auteur d'une *relation* de la mort du duc et du cardinal de Guise. — Gabriel, seigneur de Beauvoir, conseiller au Parlement en 1516, puis lieutenant civil. — François Miron, né à Paris en 1560, rue des Marmousets, en la Cité, mort à Paris, le 4 juin 1609, et inhumé le 12 dans la petite église Sainte-Marine, où son cercueil fut retrouvé le 27 avril 1866. On le transporta à Notre-Dame. François Miron demeurait rue des Mauvaises-Paroles; il a été lieutenant civil de 1596 à 1609 et prévôt des marchands, de 1604 à 1606. Dans ces deux charges, il se montra le plus habile des administrateurs, dota Paris de fontaines, construisit la Samaritaine, perça la rue Dauphine et fit achever, ou à peu près, à ses frais, la façade de l'Hôtel de Ville. — Son frère, Robert, fut prévôt des marchands de 1614 à 1616, et président du Tiers aux États de 1614; il mourut en 1641. — L'oncle de ces deux derniers, Charles Miron, né en 1569, mort le 6 août 1628, fut nommé évêque d'Angers, n'ayant encore que dix-huit ans. — Enfin nous trouverons plus loin Robert II, maître des comptes, massacré à la porte de l'Hôtel de Ville le 4 juillet 1652.

(1) Députés de la Prévôté, Vicomté et ville de Paris :

Pour le CLERGÉ : Henri de Gondi, *évêque de Paris;* Louis Dreux, *grand archidiacre;* Claude Faye, *chancelier de Notre-Dame;* Denis Colona, *vicaire de Saint-Victor;* Adam Oger, *prieur des Chartreux;* Antoine Fayet, *curé de Saint-Paul;* Rolland Hébert; *curé de Saint-Cosme.*

Pour la NOBLESSE : Henri de Vaudetar, baron de Persan;

Pour le TIERS : Robert Miron, *prévôt des marchands;* Israël Desnœux, *échevin;* Pierre Clapisson, *échevin;* Pierre Sainclot, *conseiller de Ville;* Jean Perrot, *conseiller de Ville;* Nicolas de Paris, *bourgeois;* Henri de Mesmes, *lieutenant civil.*

(2) La *paulette*, impôt ainsi nommé du traitant Charles Paulet, qui en donna l'idée à Henri IV, et l'afferma, en 1604, pour neuf ans, au prix de 2.263.000 livres. Ce tribut consistait en une redevance d'un soixantième que payaient chaque

de Trente (1). Le Tiers proclama comme loi fondamentale du royaume que « le Roi tient sa couronne de Dieu seul, et qu'il n'y a puissance en terre, spirituelle ou temporelle, qui puisse dispenser les sujets de leurs devoirs de fidélité et d'obéissance ». Singulier spectacle! C'était alors le Tiers qui se montrait plus dévoué aux droits de la monarchie que les deux Ordres privilégiés (2).

Le troisième Ordre qui sentait son importance grandir chaque jour, s'indigna d'anciens usages que jadis il supportait patiemment (3). De part et d'autre, furent prononcées des paroles inoubliables, germes des révoltes futures : le lieutenant civil de Mesmes compara les trois Ordres à trois frères, enfants de la France leur mère commune ; le Clergé était l'aîné ; la Noblesse, le puîné ; le Tiers, le cadet. Malheureusement il ajouta : « Il se trouve souvent dans les familles que les aînés ruinent les maisons, et que les cadets les relèvent ! » — « En quelle misérable condition, serions-nous donc tombés, dit le baron de Sénecey (4), au Roi, si ce qu'ils avancent était véritable !... Eux, nos cadets ! ils ne sont que nos hommageables et nos justiciables ; hommes des champs, marchands ou artisans, oublieux de leur condition ! Sire, faites-les mettre en leur devoir, et leur montrez quelle différence il y a d'eux à nous ! » Autour de lui, les députés nobles disaient hautement : « Nous ne vou-

années les officiers de justice ou de finance, afin, en cas de mort, de conserver à leurs héritiers le droit de disposer de leurs charges.

(1) Le cardinal Duperron, archevêque de Sens, grand-aumônier et commandeur de l'Ordre du Saint-Esprit, fut l'un des plus zélés défenseurs des doctrines ultramontaines. C'est lui qui, aux États de 1614, intrigua, harangua, et entraîna les deux Ordres du Clergé et de la Noblesse à défendre les canons du Concile de Trente. Grâce à l'opposition du Tiers la question fut réservée. Nous la verrons résolue, en 1682, avec l'appui de Bossuet, au profit des libertés de l'Église gallicane et de nos plus précieuses traditions nationales.

(2) Ce quatrain courait partout :

> O Noblesse, ô Clergé, les aînés de la France,
> Puisque l'honneur du Roi si mal vous maintenez,
> Puisque le Tiers État en ce point vous devance,
> Il faut que vos cadets deviennent vos aînés.

(3) L'orateur du Tiers devait parler à genoux, et pendant qu'il parlait, le Tiers se tenait debout, tête nue, tandis que les deux Ordres privilégiés restaient assis et couverts. Quand le chancelier parlait à messieurs du Clergé et de la Noblesse, il tenait à la main son bonnet carré, ce qu'il ne faisait point lorsqu'il parlait au Tiers.

(4) Henri de Bauffremont, baron de Sénecey, gouverneur d'Auxonne, président de la Noblesse aux États de 1614. Il fut tué huit ans plus tard au siège de Montpellier. Son père, Claude, gouverneur d'Auxonne, avait été député aux États de Blois de 1588 ; ce fut un ligueur ardent. Son grand-père Nicolas, gouverneur d'Auxonne, grand-prévôt de France sous Charles IX, fut un des *massacreux* de la Saint-Barthélemy. (Voir chapitre XII, page 441, la note.) Il fut l'orateur de la Noblesse aux États de Blois de 1576 : sa harangue au roi Henri III est fort sage et a été imprimée. On a de lui une traduction du *Traité de la Providence*, de Salvien, et il est cité honorablement par les écrivains de son temps : Davila, Dupleix, de Thou, Belleforêt, de Rubis, etc.

La branche des Bauffremont de Sénecey s'est éteinte peu après 1641, mais la branche des Bauffremont de Listenais est encore existante.

lons pas que des fils de cordonniers et de savetiers nous appellent frères ; il y a autant de distance de nous à eux que du maître au valet. »
Robert Miron exposa la misère publique : « Si Votre Majesté n'y pour-
voit, osa-t-il dire, il est à craindre que le désespoir ne fasse connaître
au peuple que le soldat n'est autre chose qu'un paysan portant les armes, et que, quand le vigneron aura pris l'arquebuse, d'enclume il ne
devienne marteau. » Et Savaron (1) : « Que diriez-vous, Sire, si vous
aviez vu dans vos pays de Guyenne et d'Auvergne les hommes paître
l'herbe à la manière des bêtes ? Cela est tellement véritable que je con-
fisque à Votre Majesté mon bien et mes offices, si je suis convaincu de
mensonge. Quelle pitié qu'il faille que vous fournissiez, par chacun an,
cinq millions six cent soixante mille livres, à quoi se monte l'état des
pensions qui sortent de vos coffres (2) ! Si cette somme était employée
au soulagement de vos peuples, n'auraient-ils pas de quoi bénir vos
royales vertus ; mais vous ne trouvez plus de serviteurs qu'en faisant
des pensionnaires ! »

Savaron fut menacé ; des gentilshommes dirent qu'il fallait l'abandon-
donner aux laquais ; le Roi fut obligé de lui donner des gardes pour sa
sûreté personnelle. Des rixes éclatèrent aux portes des Augustins. Un
membre du Tiers, Chavailles, fut bâtonné par le comte de Bonneval,
que le Parlement condamna à mort par contumace. Ces dissensions
avaient duré quatre mois, quand la clôture des États se fit en grande
cérémonie, le 23 février 1615, à l'Hôtel de Bourbon, comme l'ouverture. Les cahiers des doléances du Tiers furent présentés au Roi par
Robert Miron ; ceux de la noblesse, par Sénecey ; ceux du Clergé, par
le titulaire de l'évêché de Luçon, « le diocèse le plus crotté de France »,
un jeune homme de vingt-neuf ans, « pauvre et bien fâché de l'être »,
Armand du Plessis de Richelieu (3).

Les députés croyaient naïvement continuer leurs réunions. Ils trouvèrent le lendemain la salle des séances (4) démeublée de ses bancs et

(1) Jean Savaron, né en 1550, à Clermont, où il est mort en 1622 ; lieutenant général de la sénéchaussée d'Auvergne, l'un des plus fermes soutiens des revendications du Tiers aux États. On a de lui : *Chronologie des États généraux ; Traité
contre les duels ; Traité de la Souveraineté du Roi et de son Royaume*, etc.

(2) On avait alors de singulières doctrines sur la discrétion qui convient en matière de finances. Un député du Clergé s'exprima ainsi : « Les finances sont le nerf
de l'État. Or, de même que les nerfs sont cachés sous la peau, de même il faut
tenir secrète la force ou la faiblesse des finances. Il n'y avait que le grand-prêtre
qui entrât dans le sanctuaire du Temple ; les autres restoient dehors. Les finances
sont la manne enfermée dans le coffre doré. »

(3) J'ai indiqué, chapitre xiv, page 2, sa naissance rue du Bouloi ; son baptême
à Saint-Eustache ; ses deux parrains, sa marraine. Élevé d'abord pour les armes,
il fit ses études aux collèges de Navarre et de Lisieux, puis se fit recevoir docteur
en théologie ; succéda à son frère, — qui se fit Chartreux, — dans l'évêché de Luçon,
et alla chercher ses bulles à Rome. Son rôle aux États, la harangue qu'il prononça,
le rendirent agréable à Marie de Médicis. Il devint aumônier de la jeune reine
Anne d'Autriche et entra au Conseil en 1616. Nous le rencontrerons maintenant
à chaque page de ce chapitre.

(4) Plusieurs historiens ont parlé d'un ballet qu'on devait donner dans la salle.
Le rapprochement est piquant, mais la salle ordinaire des séances était aux
Grands-Augustins, où je ne vois pas place pour un ballet.

de ses tapisseries. Défense leur était faite de s'y assembler désormais. On les vit alors se répandre en plaintes et en invectives contre la Cour ; battre le pavé devant les Augustins, errer par les rues et les ponts, chercher des nouvelles aux abords du Louvre et du Palais ; se frapper la poitrine, accuser leur lâcheté et se reprocher d'être restés si long-temps assoupis, au lieu de tenir tête au pouvoir : « *Sommes-nous donc autres*, disaient quelques-uns, *que ceux qui entrèrent hier dans la salle de Bourbon ?* » Personne parmi eux ne sut trouver un jeu de Paume et dire, comme leurs descendants de 1789 : « Nous sommes aujourd'hui ce que nous étions hier, délibérons ! »

Le 24 mars, le Chancelier fit mander les présidents des trois Ordres au Louvre, leur signifia que l'examen des cahiers n'était pas achevé (1) ; que le Roi consentait à supprimer la vénalité des charges, à diminuer les pensions, et qu'il les invitait à s'en retourner au plus vite dans leurs provinces.

*
 * *

La disparition des États amena immédiatement le Parlement à une tentative d'intervention dans la direction des affaires publiques. Ne sou-tenait-il pas qu'il était « les États généraux au petit pied » ? Ne préten-dait-il pas représenter le *Conseil des princes et barons, qui, de toute ancienneté, étaient près de la personne des rois ?* Ne lui avait-on pas conféré tout récemment le droit exorbitant de décerner la régence ? Il n'en fallait pas plus pour qu'il se crût un corps politique. Quatre jours après le départ des derniers députés (2), il rendit un arrêt qui invitait

---

(1) Demandes des cahiers. *Le Clergé :* Restitution des biens de l'Église possédés par les Huguenots. — Bénéfices réservés exclusivement aux ecclésiastiques. — Admission des ecclésiastiques dans les grandes charges de l'État et dans les Conseils du Roi. — Introduction des canons du Concile de Trente.

La Noblesse : Suppression de la paulette. — Abolition des anoblissements faits depuis Henri II. — Usage exclusif des armoiries. — Défense aux roturiers de porter arquebuses ou pistolets ; d'avoir des chiens de chasse, sinon les jarrets coupés. — Places réservées dans les Parlements, les grandes char-ges, les fonctions municipales. — Exercice du grand trafic sans déroger. — Les vêtements de velours et de satin permis aux seuls gentilshommes. — Défense aux femmes du Tiers de porter des vêtements de damoiselles, à peine de mille écus d'amende.

Le Tiers : Convocation des États tous les dix ans. — Que les crimes des ec-clésiastiques soient jugés par les tribunaux ordinaires. — Que les curés déposent chaque année aux greffes leurs registres d'état civil. — Affran-chissement des mainmortables, moyennant indemnité. — Que les évêques soient tenus de résider. — Interdiction aux communautés d'acquérir des immeubles non contigus à leur maison principale. — Refus de l'intro-duction des canons du Concile de Trente. — Répression des duels. — Liberté des élections municipales. — Suppression des pensions de la no-blesse. — Suppression des douanes intérieures, des maîtrises, des ju-randes, du servage, des offices inutiles, des moulins, des fours, des pressoirs banaux. — Démolition des châteaux fortifiés. — Égalité des trois Ordres devant l'impôt.

(2) C'est-à-dire le 28 mars. La veille, Marguerite de Valois mourut dans son

les princes, ducs, pairs et officiers de la couronne, ayant séance et voix délibérative à la Cour, à s'y rendre pour le service du Roi, ainsi que pour le soulagement du peuple, et ce peuple crut un instant que le Parlement allait faire pour lui ce que les États n'avaient pu accomplir « par foiblesse et pusillanimité (1) ». Tout se borna à des remontrances aussi éloquentes qu'inutiles, dans une audience difficilement accordée par le Roi, le 22 mai : « Nous osons dire à Votre Majesté que ceux qui s'efforcent de l'empêcher de nous entendre, lui donnent un mauvais conseil pour commencer l'année de sa majorité... Nous vous supplions de reprendre, à l'intérieur et à l'extérieur, les errements politiques de votre père, d'*entretenir les mêmes alliances;* de garantir votre souveraineté contre les doctrines ultramontaines; de rétablir vos finances ruinées par les prodigalités, les dons excessifs, les pensions de faveur, la connivence de vos officiers avec les traitants et l'avidité insatiable de vos ministres. » Un arrêt du Conseil ordonna de biffer ces remontrances des registres, et défendit à la Compagnie de s'entremettre davantage dans ce qui regardait les intérêts de la Couronne. Le Parlement se tut : Condé (2), Vendôme, Bouillon, Longueville, Mayenne (3), le duc de Rohan (4) et ses huguenots, prirent les armes, mais se hâtè-

---

hôtel du faubourg Saint-Germain, en face le Louvre. Son corps fut inhumé à Saint-Denis; son cœur, dans la chapelle du couvent des Petits-Augustins, qu'elle avait fondé. Aimée de tous pour sa générosité, elle avait le poëte Maynard pour secrétaire, Vincent de Paul pour aumônier; elle entretenait près d'elle des savants, des hommes de lettres et même des musiciens pour la distraire pendant les offices : elle donnait à tous. dotait des communautés et ne pouvait payer ses dettes. Louis XIII envoya le prévôt des marchands, les échevins et les officiers de Ville jeter l'eau bénite dans la salle parée d'une excellente tapisserie d'or et d'argent où elle était exposée sur un lit de parade. Chacun d'eux reçut la somme de deux cents livres « pour l'achapt des robbes et habits dont il leur convient se vestir pour porter le deuil de la feuë royne que Dieu absolve ».

(1) *Relation des États généraux de 1614*, par Florimond de Rapine, député du Tiers. (Dans l'ouvrage de Mayer : *Des États généraux et autres Assemblées nationales.* in-8°, 1789, t. XVI.)

(2) Henri II de Condé, né en 1588, mort en 1646. C'est le fils du Condé mort à Coutras, et son plus grand titre de gloire, a dit Voltaire, fut d'avoir donné le jour au grand Condé. Au moment de la mort de Henri IV, il s'était réfugié à Bruxelles avec sa femme, Charlotte de Montmorency, à laquelle le vieux roi montrait une amitié trop vive. Il revint sous la régence de Marie de Médicis, et après plusieurs révoltes avortées devint le courtisan de Richelieu et maria son fils, le duc d'Enghien, avec une nièce du cardinal, Claire-Clémence de Maillé-Brézé.

(3) Henri de Lorraine, second duc de Mayenne, fils du lieutenant général de la Ligue, né le 20 décembre 1578, mort le 17 septembre 1621. Nous le verrons deux ans plus tard concourir à la perte du maréchal d'Ancre. Il fut tué au siège de Montauban, le 17 septembre 1621. A Paris, la nouvelle de sa mort réveilla le fanatisme de la Ligue; la populace tua des Huguenots dans les rues et brûla le temple de Charenton. Il ne laissa pas de postérité de son mariage avec Henriette de Clèves, fille de Louis de Gonzague, duc de Nevers.

(4) Henri de Rohan, créé duc et pair par Henri IV en 1603. Il n'avait alors que vingt-quatre ans. Il épousa, en 1605, la fille de Sully, Marguerite, et, à la mort de Henri IV, fut considéré par tous comme le chef des protestants; mais s'il rêva dès lors de les constituer en république dans la Saintonge, il ne prit guère part aux intrigues contre la Cour, et montra toujours le plus grand désintéressement. En 1615, ses coreligionnaires l'engagèrent à se joindre à la révolte de Condé; la

rent de les déposer moyennant de nouveaux honneurs, des places de sûreté et quelque six millions d'indemnité (1).

La Reine-mère n'en était pas moins arrivée à la réalisation de son plus cher désir, la conclusion des mariages espagnols. Depuis trois ans, son fils Louis XIII était fiancé à l'infante Anne d'Autriche, et sa fille Élisabeth au prince des Asturies (2). Le 17 août 1615, délivrée des revendications des États et des avis importuns du Parlement, elle confia la ville de Paris au gouverneur, M. de Liancourt; son fils Gaston, au nouveau prévôt des marchands, Nicolas de Bailleul (3), aux échevins, au premier Président Nicolas de Verdun (4), et se mit en marche vers le midi de la France avec le Roi, la princesse Élisabeth, et une suite nombreuse escortée par une véritable armée et de l'artillerie; singulier cortège nuptial menacé tout le long de la route par les soldats de Condé et de Rohan. Fort heureusement, les deux partis avaient l'air de se chercher sans cesse, mais ne se rencontraient pas souvent. Le Roi s'arrêta à Bordeaux. Le duc de Guise conduisit jusqu'à la frontière d'Espagne la petite princesse Élisabeth, et ramena l'infante Anne (5), dont le mariage avec Louis XIII fut célébré à Bordeaux le 25 novembre par l'évêque de Saintes (6). Le retour, en plein cœur de l'hiver, fut lent : cinq semaines pour franchir la distance de Bordeaux à Tours; affreusement pénible : du seul régiment des gardes qui était de trois mille hommes, il

guerre fut courte et il se soumit en même temps que le prince (paix de Loudun, 25 juin 1615.)

(1) Condé, à lui seul, reçut 1.500.000 livres, Chinon et le gouvernement du Berry.

(2) Qui fut le roi Philippe IV, en 1621.

(3) Il avait été élu la veille, en remplacement de Henri de Mesmes.

(4) Il avait succédé, en 1611, à Achille de Harlai, qui mourut octogénaire le 21 octobre 1616.

(5) Louis XIII, né le 27 septembre 1601, entrait à peine dans sa quinzième année; Anne avait cinq jours de plus que lui; la princesse Élisabeth avait treize ans et son mari Philippe, dix ans.

MARIAGES PRINCIERS DANS CETTE PÉRIODE.

1599	10 décembre	Henri IV. Marie de Médicis.
1600	29 janvier	Henri de Lorraine, duc de Bar, Catherine de Bourbon, sœur de Henri IV.
1615	25 novembre	Louis XIII, Anne d'Autriche.
1615	25 novembre	Philippe, prince des Asturies, Élisabeth de Bourbon, sœur de Louis XIII.
1620	10 février	Victor-Amédée Ier, duc de Savoie, Christine de Bourbon, sœur de Louis XIII.
1625	11 mai	Charles Ier roi d'Angleterre, Henriette-Marie, sœur de Louis XIII.
1626	6 août	Gaston d'Orléans, frère de Louis XIII, Marie de Montpensier, morte le 4 juin 1627.
1632	31 janvier	Gaston d'Orléans, Marguerite de Lorraine.

(6) Pourquoi pas par le cardinal archevêque de Bordeaux, François d'Escoubleau de Sourdis? C'est que Monseigneur avait alors une très mauvaise affaire sur les bras, et l'anecdote est trop caractéristique des mœurs du temps pour que

en périt plus de mille, de faim, de froid et de fatigue par les chemins (1). Le Roi et la Reine n'arrivèrent à Paris qu'en mai 1616.

Parmi la séquelle d'Italiens que Marie de Médicis avait amenée avec elle de Florence, celui dont la rapide fortune excita le plus de convoitises fut Concini. Il avait épousé Léonora Galigaï, sœur de lait de la reine, et ce mariage, source première de sa faveur, devint bientôt l'une des principales causes de sa perte, la pauvre Léonora ayant réussi à se faire détester de tous, par son humeur insolente et par son ascendant étrange sur la reine asservie à ses caprices. Cet homme, de l'aveu de quelques-uns de ses contemporains, n'était pourtant pas sans mérite : « généreux, libéral jusqu'à la profusion, d'accès facile, beau cavalier, jouant beaucoup, mais noblement ». Il devina, l'un des premiers, la valeur de Richelieu qu'il trouvait « plus fort que tous les barbons ». Tout en aimant le pouvoir, il en redoutait les terribles responsabilités, et, si sa femme l'eût écouté, peut-être serait-il alors retourné en Italie (2). Il avait, disait-il, dans ses coffres « de quoi acheter le duché de Ferrare au pape! » Il hésita et ne put se décider à quitter les honneurs dont il était comblé chez nous : la seigneurie d'Ancre auprès de Péronne, deux hôtels à Paris, l'intendance de la Maison de la Reine, le gouvernement de Picardie, le bâton de maréchal de France! Tout lui réussissait. Condé le bravait; il le fit arrêter en plein Louvre (3). La mère du prince parcourut les rues en carrosse, excitant le peuple à délivrer son fils; un cordonnier nommé Picart (4), à la tête de la po-

j'omette de la raconter. Certain seigneur gascon, Antoine de Castaignet de Haut-Castel, avait été condamné à mort par le Parlement de Bordeaux pour quelques menus crimes. L'archevêque et une cinquantaine de gentilshommes allèrent forcer la porte de la prison où Castaignet était détenu, le délivrèrent et tuèrent le concierge qui avait refusé de donner les clés. Le Parlement se plaignit; Louis XIII. présent à Bordeaux, renvoya au pape la connaissance de l'affaire. C'était sauver le prélat, qui en fut quitte pour quelques mois d'exil, mais ne put avoir l'honneur de célébrer le mariage de son roi.

(1) Départ de Bordeaux, 16 décembre 1615; — arrivée à Orléans, 8 mai 1616. — A la pointe du jour du 16 mai, les tambours et les trompettes annoncèrent dans Paris l'arrivée du Roi et de la Reine Anne. Les compagnies des seize quartiers, au nombre de plus de douze mille hommes bien équipés, s'acheminèrent aussitôt vers Bourg-la-Reine et se rangèrent en haie le long de la route. Le cortège royal, le roi à cheval, la reine en litière, n'arrivèrent que vers cinq heures à la porte Saint-Jacques où le Corps de ville les attendait. Plus de cinquante mille personnes avaient été au-devant d'eux et les accompagnèrent au Louvre en faisant retentir les rues des cris de *Vive le roi, vive la reine!*

(2) Il venait de perdre une fille âgée de treize ans. « Dieu sait si les avertissements nous ont manqué, s'écrie-t-il, depuis la déclaration des princes, qui m'ont mis au nombre des cinq tyrans, jusqu'au pillage de notre maison. La mort de notre fille est le dernier, et, si nous ne l'écoutons, la nôtre est prochaine. » Il disait à Bassompierre : « Signor, je souis perdu! Signor, je souis rouiné! Signor, je souis misérable! »

(3) Le 1er septembre 1616, sans coup férir. Le prince sortait du Conseil, quand Thémines, ses deux fils, d'Elbène et quelques gardes, l'entourèrent et l'arrêtèrent dans le petit passage qui menait au cabinet de la reine. Condé se crut mort, mais Thémines l'assura « qu'ils n'avoient nul commandement de lui mesfaire et qu'ils estoient gentilshommes. » Pons de Lauzières, marquis de Thémines, fut fait le même jour maréchal de France et reçut une gratification de cent mille écus.

(4) Il faut dire que ce Picart, maître cordonnier, bourgeois de Paris, gardien

pulace, pilla l'hôtel du maréchal dans la rue de Tournon, ainsi que la maison de son secrétaire, Corbinelli (1), et ce fut tout. Condé fut conduit au donjon de Vincennes et y resta trois ans.

Il paraît certain que Concini usa sans ménagements de son triomphe. Il introduisit ses créatures dans le Conseil (2); se vengea des railleries des Parisiens en plantant des potences dans les carrefours; un gentil-homme écossais, nommé Stuart, eut la tête coupée devant le Louvre, aux flambeaux; un gentilhomme normand, nommé Hurtevent, subit le même sort à la croix du Trahoir. Tous deux, accusés du crime vague de conspiration, comparurent devant des commissaires particuliers, quoiqu'ils eussent demandé instamment à être jugés par le Parlement. Tout cela, en ce temps, n'était que véniel, mais le maréchal d'Ancre fit bien pis : il déplut au Roi.

Sa Majesté, arrivée dans sa seizième année, étonnait le monde par de nombreux talents inconnus à Henri IV. Le jeune monarque, colère, fri-vole, dissimulé, « malaisé à desmouvoir de ce qu'il vouloit, » excellait à danser, à chanter, à sonner du cor, à battre du tambour, à faire des confitures, à larder des viandes; à raser ses officiers, à exercer de petits oiseaux de proie à prendre des moineaux, à imiter les artifices des eaux de Saint-Germain par de petits canaux de plume; enfin à contrefaire les mourants par d'horribles grimaces. Près de lui, s'était insinué un gentilhomme frisant déjà la quarantaine et cherchant encore fortune, Charles d'Albert de Luynes (3), expert entre tous à dresser des pies-grièches. Bel homme, « malgré son nez de barbet; » n'inspirant de jalousie à personne par sa médiocrité apparente et « son peu de nais-

des clefs de la porte Bucy, avait été bâtonné quelques jours auparavant, en pleine rue, par ordre du maréchal.

(1) Le premier Corbinelli, Raphaël, vint en France à la suite de Catherine de Médicis dont il était l'allié. Le second, Jacques, fut placé par Catherine, comme précepteur, auprès du duc d'Anjou, plus tard Henri III. C'était un lettré, « un homme de bon conseil et de rare doctrine, » très estimé du chancelier de l'Hô-pital. Jacques eut pour fils Raphaël II, secrétaire du maréchal d'Ancre, puis de Marie de Médicis, compromis dans la disgrâce de son maître et de la reine-mère. Le quatrième, le plus connu, est Jean, né vers 1622; en tout cas, il fut baptisé à Saint-Paul, le 3 février de cette année et eut pour parrain Jean Zamet, maréchal de camp, demeurant rue de la Cerisaie. Il mourut rue Royale (aujourd'hui des Vosges), le 28 juin 1716, âgé de quatre-vingt-quatorze ans, si, comme je le crois, sa naissance et son baptême ne diffèrent que de quelques jours. Il fut l'un des beaux esprits de son temps, l'ami de Mme de Sévigné, de Mme de Grignan, du P. Bouhours, de La Rochefoucauld, du cardinal de Retz, du président de Lamoignon, de Bussy-Rabutin, etc.

(2) Richelieu, encore peu connu, remplaça Villeroy; Claude Mangot eut les sceaux à la place de Guillaume du Vair; un nommé Barbin succéda au président Jeannin.

(3) Fils aîné du capitaine de Luynes, mort en 1592, compromis dans la conspi-ration de la Mole et Coconas, gouverneur du Pont-Saint-Esprit, rallié à Henri IV pendant le siège de Paris. Charles de Luynes naquit au Pont-Saint-Esprit, le 5 août 1578, et mourut après le siège inutile de Montauban, le 15 décembre 1621. Le meurtre de Concini lui valut les biens de sa victime, un brillant mariage avec une cadette des Rohan, Marie de Montbazon, le gouvernement de l'Ile-de-France en 1618, et l'épée de connétable en 1621.

sance (1), » Luynes sut bien vite se rendre indispensable à Louis XIII
qui le bombarda, coup sur coup, maître de la volerie du cabinet, capitaine du Louvre, conseiller d'État; capitaine de la compagnie des gentilshommes ordinaires, et grand fauconnier de France. Bientôt le nouveau
favori du Roi conçut le projet de supplanter le vieux favori de la Reine-
mère, et d'envoyer la Reine-mère elle-même en exil. Il représenta au
prince qu'on le tenait dans une tutelle humiliante; qu'on lui permettait
pour toute récréation d'élever de petites forteresses dans le jardin des
Tuileries, qu'on l'écartait de toute affaire sérieuse... Peut-être même lui
murmura-t-il à l'oreille le secret de la mort de son père et de la liaison
de sa mère avec Concini... Le Roi donna à Luynes l'ordre d'agir.

Sans perdre un instant, celui-ci fait venir près de lui ses deux frères,
Brantes et Cadenet (2), et s'abouche avec Vitry (3), capitaine des gardes,
qui se chargea de l'exécution et réunit quelques aventureux, le baron
Henri de Persan (4), du Hallier, l'exempt des gardes Guichaumont,
Galebeau, et autres.

Le lundi 24 avril 1617, vers dix heures du matin, le maréchal d'Ancre sortit de son petit logis de la rue d'Autriche (5) pour se rendre
comme d'habitude au lever du Roi. Il allait à pied, bien escorté, marchant assez lentement, préoccupé par la lecture d'une lettre, et arriva
ainsi sur le pont dormant qui donnait accès à la principale entrée du

(1) Origine obscure, malgré les efforts des généalogistes pour le rattacher aux
Alberti de Florence.

(2) Tallemant dit qu'à eux trois, ils n'avaient qu'un bidet et un bel habit qu'ils
prenaient tour à tour pour aller au Louvre. Leur union fit leur force.

Honoré d'Albert, dit d'abord Cadenet, maréchal de France en 1619; duc de
Chaulnes et pair de France en 1621, mort le 30 octobre 1649.

Léon d'Albert, dit d'abord de Brantes, eut pour sa part six cent mille écus dans
les dépouilles de Concini. Il épousa, en 1620, la fille unique du duc de Luxembourg, à la condition de prendre les noms et armes de cette maison.

(3) Nicolas de l'Hospital, marquis de Vitry, fils de celui qui arrêta Biron. Pour
son salaire du meurtre de Concini, il fut fait maréchal de France le même jour.
Craignant pour l'avenir les conséquences de son crime, il se fit donner par le
Roi des lettres d'abolition, puis une charge de conseiller de robe courte, afin que,
si l'on venait jamais à le poursuivre, il ne pût être jugé que par les Chambres
assemblées. Vitry mourut duc et pair, le 28 septembre 1644.

Le duc de Bouillon disait qu'il rougissait d'être maréchal de France depuis que
cette dignité était la récompense du métier de sergent et d'assassin.

(4) Henri de Vaudetar de Persan, député de la noblesse de la vicomté de Paris
aux États de 1614.

(5) En 1612, le Roi avait cédé au maréchal d'Ancre un terrain d'environ deux
cents toises de superficie, situé d'une part entre l'angle sud-est du Louvre et le
quai; d'autre part, entre la rue d'Autriche et le jardin que nous appelons aujour-
d'hui jardin de l'*Infante*, avec permission d'y bâtir, à charge de démolir quand
on continuerait le Louvre. Concini y construisit une petite maison dont la porte
principale ouvrait sur la rue d'Autriche près l'abreuvoir. Une issue donnait accès
sur le jardin, séparé de la *petite galerie* et de la façade méridionale du Louvre
par le fossé. Un petit pont de bois jeté sur ce fossé faisait communiquer les appartements de Marie de Médicis avec le jardin. On appelait ce pont le Pont-d'Amour,
parce qu'il servait, disait-on, au maréchal pour aller secrètement chez la Reine-
mère. Placez le petit hôtel d'Ancre dans le jardin, vers l'endroit où l'on vient d'é-
riger un monument à Raffet.

Louvre, celle de l'orient, en face de l'hôtel de Bourbon, entrée « meilleure pour une prison que pour la maison d'un grand prince (1) ». A ce moment, Vitry, qui l'attendait dans la salle des Suisses (2), traversa rapidement la cour carrée, courut au-devant de lui et lui tira à bout portant un premier coup de pistolet; un second, tiré par Guichaumont; un troisième, par Persan, retentirent. Le maréchal tomba à terre: les gardes, rangés en haie des deux côtés du pont, l'achevèrent de leurs hallebardes. Des trente gentilshommes qui l'accompagnaient, un seul, nommé Saint-Georges, fit mine de le défendre (3).

Enfermé dans son cabinet, Louis XIII, tout tremblant, attendait des nouvelles, prêt à fuir si le complot eût échoué (4). Des cris de *Vive le Roi!* poussés sous ses fenêtres, lui en annoncèrent le succès; il se montra aux meurtriers : « Grand merci à vous, mes amis, leur dit-il; maintenant je suis roi! » Il se croyait déjà « le curé de la paroisse », raconte Bassompierre. En réalité, il n'avait fait que changer de maître.

Le corps du maréchal, dépouillé de ce qu'il portait de plus précieux (5), fut jeté dans la petite salle des portiers, et, la nuit venue, inhumé, aussi secrètement que possible, à l'entrée de Saint-Germain-l'Auxerrois, sous les orgues, pendant qu'on faisait des feux de joie dans tous les quartiers de la ville. Mais le lendemain, de grand matin, la populace et la dangereuse engeance des laquais déterrèrent le cadavre et le traînèrent par les ruisseaux jusqu'au Pont-Neuf, où ils le pendirent par les pieds à l'une des potences qu'il y avait fait dresser (6). Après l'avoir accablé de mille outrages, ils le décrochèrent et le tirèrent au bout d'une corde à la Grève et à la Bastille, obligeant les passants à leur payer à

---

(1) Paroles d'un ambassadeur rapportées dans le *Journal d'un voyageur à Paris en* 1657. C'était l'entrée peu modifiée du Louvre de Charles V, obscure et enserrée par les bâtiments des deux jeux de paume. La voûte était fort sombre et c'était là d'abord qu'on devait attaquer Concini, mais on ne le laissa pas même arriver jusque-là; il fut tué sur le pont dormant qui précédait le pont-levis et la voûte. Les traces des fossés des deux ponts, de l'étroite entrée, de l'enceinte, sont soigneusement indiquées sur le sol actuel de la cour du Louvre.

(2) La salle des Caryatides.

(3) Dans la langue italienne qui brave l'honnêteté. Concini appelait plaisamment ses gentilshommes suivants : *Coglioni di mila franchi.* C'étaient les appointements qu'il leur donnait.

(4) Sous prétexte d'une partie de chasse, son carrosse et une trentaine de chevaux sellés et bridés l'attendaient au bout de la grande galerie qui, depuis Henri IV, faisait communiquer le Louvre avec les Tuileries.

(5) On trouva sur lui deux millions de livres en papier, et dans la petite maison près le Louvre deux millions deux cent mille livres de mandats.

(6) Plusieurs historiens disent *devant la statue de Henri IV*, oubliant qu'il n'y avait encore en cet endroit que le cheval de bronze, commencé par Jean de Bologne avant 1608, terminé par son élève Pietro Tacca, offert à la reine par le grand-duc Cosme II, et transporté avec mille difficultés, par mer, de Livourne au Havre, où il n'arriva qu'en mai 1614. Le Roi et la Reine-mère étant absents de Paris, *le cheval* fut inauguré le 23 août par le gouverneur de Paris, M. de Liancourt; le prévôt de Paris, Louis Séguier; le lieutenant civil, Henri de Mesmes; le prévôt des marchands, Robert Miron; les quatre échevins, Jacques Huot, Guy Pasquier, Jacques le Bret, François Frézon. La statue du Roi Henri, attribuée à Guillaume Dupré, ainsi que les quatre esclaves des angles, par Pierre de Francqueville, ne furent posés qu'en 1635.

boire. De là, ils allèrent à sa maison de la rue de Tournon (1) où ils commencèrent à le brûler avec de la paille; puis ils exhibèrent ces misérables restes devant le balcon du Louvre (2), d'où le Roi leur fit signe de la main de continuer. Ce fut alors une scène de cannibales : un homme grilla le cœur sur des charbons et le mangea publiquement; un autre arracha les oreilles et les vendit au plus offrant; les derniers morceaux furent coupés, brûlés, et jetés à la rivière, on se disputa les cendres, à un quart d'écu l'once.

Léonora Galigaï, abandonnée durement par la Reine-mère, s'était cachée dans son lit avec son or et ses pierreries; c'est là que l'on vint la chercher au bout de dix jours pour la conduire à la Bastille. Elle fut ensuite transférée à la Conciergerie et jugée par une Commission choisie dans le Parlement. On glissa rapidement sur les crimes de concussion, de correspondance avec l'étranger; sur la complicité problématique dans l'assassinat de Henri IV, et, comme il fallait à tout prix la perdre, on l'accusa de sorcellerie. Quelques-uns de ses juges se révoltèrent : Antoine Séguier, Courtin, obéirent aux ordres de Luynes; mais le rapporteur, Deslandes-Payen, refusa de conclure à la mort; l'avocat général Le Bret ne la vota que sur l'assurance formelle qu'il avait reçue de la propre bouche de Luynes, que la grâce suivrait le jugement; cinq s'abstinrent; d'autres votèrent pour le bannissement. La famille du conseiller Perrot fut obligée de l'enfermer pour l'empêcher d'aller au Palais manifester son indignation. L'arrêt la déclara coupable de lèse-majesté divine et humaine, ordonna qu'elle aurait la tête tranchée, puis serait brûlée en Grève; que les biens féodaux d'elle et de son mari seraient réunis au domaine royal; que sa maison près le Louvre serait rasée (3); que le fils, né de son mariage (4), était *ignoble* et incapable

---

(1) C'est aujourd'hui la caserne de la garde municipale. C'était, en 1543, la maison de Louis de L'Estoile, grand rapporteur de la Chancellerie (peut-être le père du chroniqueur); — en 1580, l'hôtel de Mme de Picquigny; — en 1595, de Charles du Plessis-Liancourt, gouverneur de Paris de 1607 à 1617. — Celui-ci vendit au maréchal d'Ancre, l'hôtel qui fut pillé le mardi 25 avril 1617 et confisqué le 8 juillet suivant au profit du nouveau favori, Charles de Luynes. Il le revendit au Roi le 27 août 1621, au prix de 185,625 livres. Il fut alors destiné jusqu'en 1748 à la réception des ambassadeurs, d'où son nom d'*Hôtel des ambassadeurs*. Les jardins s'étendaient jusqu'à la rue Garancière. Il avait été pillé une première fois, le 1er septembre 1616, par les partisans du prince de Condé, « quelque diligence que pussent faire M. de Liancourt et le Chevalier du guet, pour empêcher la fureur de la canaille acharnée au butin. » Les mutins avaient pris des pièces de bois au Luxembourg, que l'on bâtissait alors, et s'en servirent pour rompre les portes du logis. Les serviteurs se sauvèrent par la rue Garancière et les écuries qui donnaient sur la rue de Vaugirard. Concini dit à Bassompierre qu'il estimait à plus de deux cent mille écus les pertes qu'il avait faites dans le pillage de sa maison.

(2) C'est l'un des deux balcons de la Petite Galerie, soit celui du rez-de-chaussée, soit celui du premier étage. De là, le roi Louis XIII, digne successeur du roi Charles IX, voyait tout à son aise les massacreurs accomplir leur horrible besogne sur le chemin du bord de l'eau.

(3) Cette partie de l'arrêt ne fut pas exécutée; la petite maison dont j'ai parlé plus haut devint la proie de Luynes et fut affectée à la *Capitainerie* du Louvre jusqu'au commencement du dix-huitième siècle.

(4) Il y eut un épilogue à ces horreurs. Henri Concini, garçonnet de quatorze

de tenir offices et dignités dans le royaume. La maréchale d'Ancre montra un grand courage quand Jéhan Guillaume la fit monter, le 26 juillet, dans le tombereau qui la conduisit au supplice : « Que de peuple, dit-elle, pour voir une pauvre affligée (1)! » Ce n'était pas la première fois que la Monarchie donnait à ce peuple le hideux spectacle d'une femme frappée par le bourreau.

Marie de Médicis se sentit atteinte par les balles qui frappaient le compagnon de sa jeunesse. Privée de ses gardes, humiliée, prisonnière dans ses appartements dont son fils faisait murer les portes, elle demanda et obtint sans peine la permission de se retirer à Blois.

Luynes était tout-puissant. Il mit la main sur tout ce qui avait appartenu à Concini : la petite maison de la rue d'Autriche, le grand hôtel de la rue de Tournon; la seigneurie d'Ancre, près de Péronne, à laquelle il donna son nom d'*Albert*, qu'elle conserve encore aujourd'hui (2). Il devint premier gentilhomme de la Chambre, capitaine de la Bastille, lieutenant général de Normandie; gouverneur de l'Ile-de-France, puis de Picardie; et enfin connétable de France, le 2 avril 1621. Il acquit la seigneurie de Maillé, en Touraine, et lui donna son nom de Luynes (3). Quand il épousa Marie de Rohan-Montbazon, il la couvrit effrontément des pierreries de la malheureuse Galigaï (4), et quand

ans, était resté abandonné dans le Louvre, après l'assassinat de son père et l'emprisonnement de sa mère, exposé à toutes les insultes. M. de Fiesque en eut pitié et le recueillit dans sa chambre. La jeune reine Anne d'Autriche le sut, lui envoya des confitures et le fit venir près d'elle. Comme il avait la réputation d'être déjà un danseur accompli, elle eut la cruauté ou l'inconscience de l'obliger à danser une sarabande; l'enfant tout en larmes fut obligé d'obéir...

Il quitta Paris peu après et alla vivre à Florence, sous le nom de marquis della Penna. Il y fut rejoint par son oncle maternel, Sébastien Galigaï, abbé de Marmoutiers et archevêque de Pons, qui, après la mort des siens, se démit de ses dignités ecclésiastiques en France.

(1) On a habillé d'une phrase pompeuse la réponse qu'elle osa adresser très crûment à ses juges : « De quels sortilèges usiez-vous pour gagner l'esprit de la Reine? — Du pouvoir qu'a une habile femme sur une balourde. »

(2) Albert, ville du département de la Somme, sur l'Ancre qui y forme une belle cascade. Près de cinq mille habitants.

(3) Luynes, érigé en duché-pairie enregistré le 14 novembre 1620. C'est un village à trois lieues de Tours, sur la rive droite de la Loire. Beaucoup d'habitations sont creusées dans le rocher, dominé par le château appartenant encore à la famille de Luynes. Hospice fondé par le duc de Luynes en 1662.

(4) Marie, fille d'Hercule de Rohan-Montbazon et de Madeleine de Lenoncour, naquit en 1600 et mourut en 1679. Elle épousa, en 1617, Charles-Albert de Luynes, dont elle devint veuve en 1621. Elle épousa, en secondes noces, Claude de Lorraine, duc de Chevreuse. Sa beauté, son esprit aventureux, son attachement pour Anne d'Autriche; ses luttes terribles contre Richelieu puis contre Mazarin, en ont fait l'un des personnages les plus intéressants de cette époque. Elle n'eut point d'enfants de ce second mariage, hérita du duché de Chevreuse et en fit don à son fils du premier lit, Charles-Honoré d'Albert, déjà duc de Luynes, en avancement d'hoirie, le 2 mai 1663. Les deux duchés-pairies, ainsi réunis, l'usage s'est établi, et subsiste de nos jours dans cette famille, de porter alternativement de mâle en mâle, le titre de duc de Chevreuse et de duc de Luynes.

Savary, dans ses *Mémoires*, raconte que Napoléon, pour effrayer celle des duchesses de Chevreuse qui vivait de son temps, la menaça de faire reviser le procès de Concini, si elle continuait à lui montrer la même hostilité.

il fut devenu pour tous un objet d'envie, le point de mire de tous les pamphlets, de tous les brocards, il expira misérablement, abandonné des siens, jouet de ses serviteurs, dans un pauvre village de l'Agénois, le 15 décembre 1621.

Richelieu était entré au Conseil dès l'an 1616, grâce à la protection de Concini et de la Reine-mère qui avaient compris sa valeur. Enveloppé un instant dans leur chute, il sut se faire employer par Louis XIII comme médiateur auprès de Marie de Médicis, et parvint à rétablir une paix momentanée entre la mère et le fils. Il en fut récompensé après la mort de Luynes par le chapeau de cardinal (1), et par son retour au Conseil, le 19 avril 1624. C'est de là que date sa royauté de dix-huit années consacrées au dehors à l'abaissement de la Maison d'Autriche; au dedans à l'affaiblissement des protestants et à l'écrasement de l'aristocratie devant le pouvoir central exercé au nom du Roi, seul maître de la France; souverain désormais respecté, de par la volonté de fer du ministre. « Lorsque Votre Majesté se résolut de me donner entrée en ses conseils et grande part en sa confiance, je puis dire, avec vérité, que les huguenots partageoient l'État avec Elle; que les grands se conduisoient comme s'ils n'eussent pas été ses sujets, et les gouverneurs des provinces comme s'ils en eussent été les maîtres héréditaires. Je puis dire encore que les alliances étrangères étoient méprisées, les intérêts particuliers préférés aux intérêts publics; en un mot, la majesté royale tellement ravalée qu'il était impossible de la reconnaître (2)... Je vous promis d'employer toute mon industrie et

---

(1) La même année (1622), le cardinal de Retz, Henri de Gondy, *évêque de Paris*, mourut le 13 août d'une fièvre maligne, au camp devant Béziers. Le siège de Sens était vacant par la mort de l'archevêque, Jean Davy du Perron, décédé le 24 octobre 1621. Le moment parut favorable pour exécuter le projet formé depuis longtemps d'ériger Paris en *archevêché*. Le pape Grégoire XV y consentit, et, par sa bulle du 20 octobre 1622, donna pour suffragants au nouvel archevêché de Paris, les évêchés de Chartres, Meaux et Orléans, démembrés, comme celui de Paris, de l'archevêché de Sens. (Voir nos cartes du 1er volume, pages 102 et 348). Les motifs invoqués dans la bulle sont la dignité de la ville, choisie par Clovis, premier roi chrétien, pour capitale du royaume, et sa distinction au-dessus de toutes les autres villes, par le siège ordinaire des rois, par son Université si fameuse, par son auguste Parlement, et par la multitude de ses églises, monastères, hôpitaux ou autres lieux sacrés. Sens et Paris restèrent suffragants de l'archevêque de Lyon, proclamé en 1079, par Grégoire VII, — malgré des prétentions contraires, — *primat des Gaules*, avec suprématie sur les anciennes *Lyonnaises*. Le premier archevêque de Paris fut Jean-François de Gondy, doyen de Notre-Dame, frère et coadjuteur du dernier évêque Henri. Il fut sacré le dimanche de la Sexagésime, 19 février 1623, dans son église, par François d'Escoubleau de Sourdis, cardinal et archevêque de Bordeaux; par François de Harlay, archevêque de Rouen; et par Léonor d'Étampes, évêque de Chartres. Par divers actes postérieurs, et moyennant diverses indemnités, les archevêques de Sens renoncèrent à leurs droits utiles et honorifiques sur l'Église de Paris et sur l'*Hôtel de Sens* sis à Paris, rue du Figuier (13,19,26 mai 1664). On voit pourtant encore, en 1650, l'archevêque de Sens, Louis-Henri de Gondrin, convoquer à un synode « l'évêque » de Paris. Le 14 mai, le Parlement rendit un arrêt contraire qui fut signifié à l'hôtel de Sens ce même jour.

(2) Magnifique langage, ainsi traduit en vers burlesques du temps :
Le Roi, trop simple, donne tout;   Monsieur de Luynes ruine tout,

toute l'autorité qu'il vous plaisoit me donner, à ruiner le parti huguenot, à rabaisser l'orgueil des grands, à réduire tous vos sujets en leur
devoir, et à relever votre nom chez les nations étrangères au point où

Et ses deux frères raflent tout.	Le Parlement vérifie tout :
Le Chancelier excuse tout ;	Le Père Arnoux déguise tout (A).
Les Intendants retranchent tout ;	Les pauvres Français souffrent tout ;
Le garde des sceaux scelle tout ;	Mais à la fin ils perdront tout,
Rochefoucauld justifie tout,	Et si Dieu ne pourvoit à tout,
Et la Reine se plaint de tout.	Le grand Diable emportera tout.
Monsieur le Prince c... partout ;	

(A) Confesseur que Luynes avait imposé au Roi à la place du P. Cotton.

EXÉCUTIONS A PARIS DE 1594 A 1643.

27 août	1594	Jean Rozeau, bourreau de Paris, pendu pour avoir **pendu** le président Brisson.
29 décembre	—	Jean Châtel, supplice des parricides en Grève pour tentative d'assassinat du roi.
7 janvier	1595	Le P. Guignard, pendu et brûlé en Grève, comme complice du crime de Châtel.
8 mars	1596	La Ramée, pendu en Grève, pour s'être dit fils de Charles IX et avoir voulu se faire sacrer à Reims.
10 avril	1597	Charpentier, fils de l'assassin de Ramus, pendu comme séditieux.
9 juillet	1598	Lestrille, pendu à la Croix du Trahoir, pour crime de faux.
31 juillet	1601	Le maréchal de Biron, décapité à la Bastille.
27 septembre	1602	Guy de Fontenelles, roué en Grève pour brigandages.
6 avril	1606	Vermond, page de la reine Marguerite, décapité devant l'hôtel de Sens.
22 novembre	1608	Bartholoméo Bourguèse, pendu et brûlé en Grève, pour s'être dit fils du pape.
27 mai	1610	Ravaillac, écartelé et brûlé en Grève.
27 février	1617	Stuart, gentilhomme écossais, décapité devant le Louvre, aux flambeaux.
2 mars	—	Hurtevent, gentilhomme normand, décapité à la Croix du Trahoir.
17 juillet	—	Éléonore Galigaï, décapitée, puis brûlée en Grève.
19 juillet	1618	Étienne Durand, rompu vif pour un libelle.
	1621	Jean Fontanier, « jeune folastre, d'esprit fort vagabond, » brûlé en Grève.
19 août	1626	Henri de Talleyrand, comte de Chalais, décapité à Nantes.
22 juillet	1627	Bouteville et des Chapelles, décapités en Grève, crime de duel.
10 mai	1632	Le maréchal de Marillac, décapité en Grève.
30 octobre	—	Le duc de Montmorency, décapité à Toulouse.
8 mars	1640	Laurent Bouchard, sieur de Fontenelle, exécuté au coin de la rue Saint-Antoine et de la rue Saint-Paul, « inhumé dans la nef de Saint-Paul, soubz la tombe où est le feu maréchal de Biron ».
23 février	1642	Trois Égyptiennes, pendues place du pont Saint-Michel, pour avoir jeté à la Seine une de leurs compagnes.
12 septembre	—	Cinq-Mars et de Thou, décapités à Lyon.

NÉCROLOGE DES RÈGNES DE HENRI IV ET DE LOUIS XIII.

26 mars	1594	Le cardinal de Pellevé, à l'hôtel de Sens.
24 octobre	—	François d'O, gouverneur de Paris, dans son hôtel de la rue Vieille-du-Temple.
26 août	1595	Don Antoine, roi de Portugal, inhumé aux Cordeliers.

il devoit être. » Richelieu tint sa parole, malgré toutes les difficultés, les déboires, les trahisons de chaque heure. L'un de nos plus grands

6 mai	1596	La duchesse de Montpensier, en sa maison de la rue des Bour-donnais.
10 avril	1599	Gabrielle d'Estrée, à l'hôtel de Sourdis, rue des Fossés-Saint-Germain-l'Auxerrois.
?	—	Thibaud Métezeau, architecte du Pont-Neuf, du Louvre, de la Porte Saint-Antoine.
29 janvier	1601	Louise de Vaudémont, veuve de Henri III.
?	—	Baptiste du Cerceau, architecte du Pont-Neuf, des chapelles des Feuillants, des Capucins, etc.
13 février	1604	Catherine, duchesse de Bar, sœur de Henri IV.
5 avril	1606	Saint-Julien, page de la reine Marguerite, assassiné par Vermond.
20 —	—	Laffin, assassiné sur le pont Notre-Dame.
17 mai	1607	Anne d'Este, veuve de François de Guise, en secondes noces, duchesse de Nemours.
10 mars	1608	René Benoît, âgé de quatre-vingt-trois ans; depuis quarante ans curé de Saint-Eustache.
	1609	François Miron, lieutenant civil, en sa maison, rue des Mauvaises-Paroles.
14 mai	1610	Henri IV.
3 octobre	—	Le duc de Mayenne, à Soissons.
?	—	Le maréchal d'Ornano.
22 octobre	1611	Barthélemy Prieur, sculpteur, huguenot, inhumé au cimetière de la rue des Saints-Pères.
?	—	Pierre de l'Estoile, en sa maison de la rue des Grands-Augustins.
1er novembre	1612	Charles, comte de Soissons, en son hôtel de Soissons, rue des Deux-Écus.
14 juillet	1614	Zamet, financier, en son hôtel rue de la Cerisaie.
?	—	Le P. Jacques du Breul, historien de Paris, à l'abbaye Saint-Germain-des-Prés.
27 mars	1615	Marguerite de Valois, en son hôtel de la rue de Seine.
21 octobre	1616	Achille de Harlay, en sa maison, rue Pavée-au-Marais.
24 avril	1617	Le maréchal d'Ancre, assassiné sur le pont du Louvre.
16 mai	—	Jacques, Auguste de Thou, historien, en son hôtel de Thou rue des Poitevins.
11 janvier	1619	Diane, duchesse d'Angoulême, bâtarde de Henri II, en son hôtel d'Angoulême, rue Pavée.
24 août	1620	Antoine de Pluvinel, écuyer, en son Académie de la rue Saint-Honoré.
21 septembre	1621	Henri, duc de Mayenne, tué au siège de Montauban.
15 décembre	—	Le connétable de Luynes, à Longueville, village de Guyenne.
13 août	1622	Henri de Gondy, dernier évêque de Paris.
19 février	—	Franz Porbus, le jeune, peintre, inhumé aux Petits-Augustins.
	1623	Du Plessis-Mornay, à la Forêt-sur-Sèvre.
19 mars	1626	Louis Servin, avocat général, frappé d'apoplexie en parlant au roi.
16 septembre	—	J.-B. d'Ornano, prisonnier au donjon de Vincennes.
25 —	—	Théophile Viau, à l'hôtel de Montmorency, rue Sainte-Avoye.
?	—	Gilles de Souvré, gouverneur de Louis XIII, en son hôtel rue Fromenteau.
8 décembre	—	Salomon de Brosse, « architeq de la Royne-mère, » huguenot, inhumé au cimetière de la rue des Saints-Pères.
12 mai	1627	Bussy d'Amboise, tué en duel par des Chapelles.
4 juin	—	Marie de Montpensier, duchesse d'Orléans.
22 juillet	—	Le baron de Chantal, tué par les Anglais dans l'île de Ré.

historiens (1) a dit de lui : « A la vue des choses qu'il a faites, on l'admire avec gratitude, on voudrait, on ne saurait l'aimer ». Pourquoi pas? mais lui rendre justice suffit. Je crois qu'il a plutôt recherché l'estime de la postérité que l'amour de ses contemporains. Les écrivains ont été durs pour lui. Ceux qui se piquent de penser le plus librement se scandalisent presque de ce qu'il fut si peu prêtre! C'est ce dont il conviendrait de le louer; c'est sa grandeur d'homme politique. Ce n'est que par occasion, pour ainsi dire, qu'il est évêque et cardinal; ces dignités ne sont pour lui qu'un précieux moyen de gouvernement et une sauvegarde pour sa vie constamment menacée. Au fond, c'est un cavalier, *natus ad arma*; il se souvient d'avoir fréquenté l'École militaire de Pluvinel (2) dans sa prime jeunesse, et quand il faut faire le siège de la

28 août	1628	Charlotte de la Trémouille, princesse de Condé, inhumée à l'*Ave Maria*.
7 octobre	—	Malherbe, rue des Fossés-Saint-Germain-l'Auxerrois, devant l'hôtel de Longueville.
2 octobre	1629	Le cardinal de Bérulle, frappé d'apoplexie en disant la messe.
29 avril	1630	Agrippa d'Aubigné, à Genève.
?	1631	Charles, duc d'Aumale, mort en exil à Bruxelles.
7 août	1632	Le chancelier Michel de Marillac, mort prisonnier à Châteaudun.
9 février	1633	Henriette d'Entragues, marquise de Verneuil.
11 mai	—	Catherine de Clèves, veuve du Balafré, en son hôtel de Clèves, rue d'Autriche.
11 décembre	1635	Le chancelier Étienne d'Aligre, en l'un des deux hôtels d'Aligre, rues Saint-Honoré, d'Orléans, des Deux-Écus et de Grenelle.
28 janvier	1636	Chrétien de Lamoignon.
28 mars	1638	Marie Touchet, à l'hôtel d'Angoulême, rue Pavée, au Marais.
3 juin	—	Don Christophe, roi de Portugal, inhumé aux Cordeliers, auprès de son père Don Antoine.
?	—	Zaga-Christ, prétendu roi d'Éthiopie, à Rueil, au château du Cardinal.
30 septembre	1640	Le duc Charles de Guise, fils du Balafré, à Florence.
6 juillet	1641	Louis de Bourbon, comte de Soissons, à la bataille de la Marfée.
22 décembre	—	Sully, au château de Villebon.
13 janvier	1642	Le duc d'Épernon, à Loches, près d'Angoulême, âgé de quatre-vingt-huit ans.
3 juillet	—	Marie de Médicis, à Cologne.
4 décembre	—	Le cardinal de Richelieu, au Palais-Cardinal.
14 mai	1643	Louis XIII, à Saint-Germain.

(1) Augustin Thierry, *Histoire du Tiers-État*, chap. VIII.

(2) Quand un jeune gentilhomme a étudié jusqu'à quinze ou seize ans le rudiment, la philosophie, l'histoire, « on le doit mettre à l'*Académie* pour apprendre à se bien servir d'un cheval, à tirer des armes, et à danser. Ces exercices le fortifieront, le feront marcher de bonne grâce, la tête haute, la vue ferme, le visage toujours gai et civil. Là, il apprendra assez de mathématiques pour savoir bien fortifier les places, les attaquer et les défendre. » De ces *Académies*, la plus ancienne que je connaisse, est celle de Jean Chéradame, professeur de grec au Collège royal, du temps de François Iᵉʳ. Il habitait, en 1536, rue du Vieux-Colombier, au coin de la rue du Cherche-Midi, une petite maison « pour servir à se aler racréer aux escoliers, dite le *Collège de l'Académie Chéradame*, avec galeries, estudes, cour et jardin, sur un petit mont environné de arbres. » L'une des plus célèbres fut ensuite celle de Pluvinel, rue Saint-Honoré, à l'enseigne de la *Corne-*

Rochelle, il endosse la cuirasse avec aisance. Il n'a pas plus de préjugés religieux que de préjugés de caste; la raison d'État guide seule son droit jugement. Il maintient rudement les huguenots de France dans le devoir, mais il s'entend avec ceux de l'étranger; il ménage les Rochellois vaincus et ne « met de différence entre les Français que par la fidélité (1) ». Il est de l'avis du savant Pierre Dupuy (2) : « L'Église ne doit pas posséder », et il oblige le clergé à contribuer aux charges publiques.

L'importance de son ministère m'oblige à omettre bien des faits qui ne se rapportent qu'indirectement à l'histoire de Paris : la guerre avec l'Autriche; l'alliance avec les ennemis du pape, Hollandais, Danois, Vénitiens, Cantons protestants; la paix d'Alais, l'édit de Nantes confirmé; les conspirations de Gaston, d'Anne d'Autriche, de la duchesse de Chevreuse déjouées; la journée des Dupes; la fuite de la Reine-mère à Bruxelles; les exécutions de Chalais à Nantes, de Montmorency à Toulouse, de Cinq-Mars et de Thou à Lyon. Il me reste à parler d'événements parisiens : mariages, duels, supplices, panique de la capitale menacée par l'ennemi, etc.

*
* *

Louis XIII n'avait plus qu'une sœur à marier, Henriette-Marie. Le roi d'Angleterre, Jacques Ier, la demanda pour son fils le prince de Galles. La mort de Jacques Ier, survenue subitement le 27 mars 1625, pendant les pourparlers, ne retarda en rien la conclusion du mariage. Le jeune prince, devenu Charles Ier, réclama l'exécution des promesses faites à son père, et chargea le duc de Chevreuse (3), d'épouser la princesse par procuration. Charles était protestant et Henriette catholique;

de-Cerf (Passage Delorme.) Antoine de Pluvinel, né dans le Dauphiné en 1555, mort à Paris, le 24 août 1620, passa pour le premier écuyer de France et d'Italie, à une époque où l'on attachait une si haute importance à l'art de l'équitation. Le manège de son école s'étendait sur l'emplacement même de la rue de Rivoli. Il fut directeur de la Grande-Écurie du Roi, chambellan de Henri IV, second gouverneur du Dauphin, gouverneur de César de Vendôme, ambassadeur en Hollande. A sa mort, son Académie fut transférée rue Vieille-du-Temple à l'hôtel d'O. Il y eut aussi celle de Benjamin, rue des Bons-Enfants, détruite pour la construction du Palais Cardinal.

(1) Guiton, le terrible maire de la Rochelle, eut la vie sauve et reçut seulement l'avis « de changer d'air pour quelque temps ». Richelieu ne le laissa pas de côté, et, en 1636, l'employa dans les opérations navales contre l'Espagne.

(2) Pierre Dupuy, historien, mort en 1651, auteur d'un Traité des Droits et des Libertés de l'Église gallicane, avec les Preuves. Paris, 1639, 3 vol. in-fol. Pierre appartient à une famille d'érudits : son grand-père, Clément; son père, Claude, jurisconsulte, élève de Turnèbe et de Cujas; ses frères, Christophe, procureur général des Chartreux; Jacques, historien, garde de la Bibliothèque du Roi.

(3) Claude de Lorraine, troisième fils du Balafré, duc de Chevreuse, né le 5 juin 1578, mort le 24 janvier 1657. Le roi d'Angleterre le choisit, comme son parent, Marie Stuart étant fille d'une princesse lorraine. C'est ce Claude, duc de Chevreuse, qui épousa la veuve du duc de Luynes et lui laissa le duché de Chevreuse. Voir page 101, note 4.

la cérémonie nuptiale, célébrée par le grand-aumônier, cardinal de La Rochefoucauld, eut lieu, le 11 mai 1625, sur un échafaud élevé devant le grand portail de Notre-Dame, comme cela avait déjà été fait dans le même endroit, cinquante-trois ans auparavant, pour le mariage de Henri IV et de Marguerite de Valois. Le plus étrange des ambassadeurs, Georges de Villiers, duc de Buckingham (1), escorté de la fleur de la noblesse anglaise, vint chercher la nouvelle reine que Marie de Médicis et Anne d'Autriche, après une semaine de festins, de ballets, de réjouissances publiques, accompagnèrent jusqu'à Amiens. Nous la verrons revenir à Paris en 1644, fuyant ses sujets révoltés.

*
* *

Jean Savaron, dans son *Traité contre les Duels*, publié en 1610, assure que, dans les vingt années précédentes, il avait été délivré huit mille lettres de grâce à des gentilshommes qui avaient tué leurs adversaires en champ clos. Beaucoup de ces rencontres étaient de purs assassinats; le duc de Guise, fils du Balafré, tua le maréchal de Saint-Paul, sans lui laisser le temps de mettre l'épée à la main; le chevalier de Guise, tua « un peu en prince, et à la manière de son frère aîné (2), » un vieillard, le baron de Luz, sans lui laisser le temps de descendre de son carrosse; le baron de Chabans (3) fut tué par Lenclos, père de Ninon,

---

(1) Il avait alors trente-trois ans, et tous les contemporains se plaisent à le représenter comme le cavalier le mieux doué de tous les avantages extérieurs. Vers la fin du règne de Henri IV, sa mère l'avait envoyé à Paris parfaire son éducation de gentilhomme. A son retour, il devint le favori du roi Jacques, en 1615, et le dangereux compagnon de plaisirs du prince de Galles, plus jeune que lui de huit ans. En 1623, il traversa Paris pendant vingt-quatre heures, et assista à un bal, au Louvre, avec le jeune prince qu'il conduisait en Espagne pour lui faire épouser l'infante Dona Maria. Ils voyageaient en France incognito, Charles, sous le nom de *Jean Smith*; Buckingham, sous celui de *Thomas Smith*. A Madrid, le singulier Mentor de Charles se montra si indiscret auprès de la duchesse d'Olivarès, femme du premier ministre, qu'il indigna la sévère cour d'Espagne et fit manquer le mariage de son maître. On sait qu'il faillit obtenir un résultat semblable en France, en 1625, et à quel point il compromit Anne d'Autriche. Je renvoie le lecteur au récit très cru de la scène qui se serait passée pendant une soirée de juin, dans un jardin d'Amiens, entre lui et la Reine. (Tallemant, *historiette* de Richelieu, tome II, page 159, édition Monmerqué.) La dame du Vernet, femme d'atours de la Reine, fut chassée pour s'être tenue éloignée et n'être revenue qu'après des appels répétés... Ce qui est certain, c'est que, l'année suivante, Louis XIII, averti par Richelieu, refusa de recevoir Buckingham comme ambassadeur, et que, dans la comédie de *Mirame*, beaucoup, comme l'abbé Arnauld, virent de méchantes allusions à l'aventure d'Amiens, « injure que la Reine dut souffrir et qu'elle s'était attirée par le mépris qu'elle avait fait des recherches du Cardinal ».

(2) L'expression est de Tallemant. — Les duels étaient si communs au commencement du règne de Louis XIII qu'on se demandait le matin : « Qui s'est battu hier? » et le soir : « Qui s'est battu ce matin? »

(3) Le baron de Chabans avait-il le pressentiment de sa fin quand il publiait son livre intitulé : *Advis et moyen pour empêcher les désordres des duels;* Paris, Langlois, 1615, in-8°? Toujours est-il que Lenclos, peu d'années après, le perça traîtreuse-

avant que d'avoir eu le loisir de se défendre. Les duels devinrent encore plus meurtriers quand la mode s'établit que les seconds prendraient part à ces combats, vraies batailles de trois contre trois, de six contre six. Les édits de Henri IV restèrent impuissants comme ceux de Louis XIII, malgré les terribles exemples que voulut faire Richelieu (1).

Tout auprès de Saint-Eustache, rue du Jour, dans l'hôtel de Royaumont (2), le comte de Montmorency-Bouteville bravait audacieusement toutes les défenses du Roi. Chez lui, dans une salle basse où l'on était toujours certain de trouver sur une table du pain, du vin et des fleurets, se réunissaient les raffinés d'honneur, Bussy, Des Chapelles, Louvigny, Thémines, le commandeur de Valençay, le baron de Chantal (3), le comte de Chalais, le chevalier d'Andrieux, qui, à trente ans, se vantait d'avoir déjà tué soixante-douze hommes (4).

Il ne suffisait pas à Bouteville de s'être distingué contre les Espagnols à Bréda; contre les Protestants, aux sièges de Saint-Jean-d'Angély, de Montauban, de La Rochelle; la paix ne pouvait lui convenir; une folie héroïque le poussait aux plus périlleuses aventures, et c'était assez qu'un seigneur eût une grande réputation de valeur pour qu'il voulût se me-

---

ment de son épée, aux Minimes de la Place Royale, et fut obligé de s'enfuir à l'étranger.

(1) Le frère aîné de Richelieu, Henri, maréchal de camp, l'un des « dix-sept » les plus en renom à la cour de Henri IV, fut tué en duel, à Angoulême, par le marquis de Thémines, fils du maréchal.

(2) Royaumont était une abbaye de l'Ordre de Cîteaux, près de Pontoise. Les abbés avaient leur hôtel à Paris, rue du Jour, n° 4. La maison, occupée par un marchand de faïence, n'a pas changé; on la reconnaît à sa haute porte, sa cour d'entrée, ses toits élevés. Elle fut construite, en 1612, par l'un des abbés, Philippe Hurault de Cheverny, évêque de Chartres; Bouteville n'était que locataire. C'est là que lui naquit, le 7 janvier 1628, un fils posthume, François-Henri, qui devait être le vainqueur de Fleurus, de Steinkerke, de Nerwinde, le maréchal de Luxembourg. Quant à Bouteville, il ne payait pas ses termes, et l'abbé de Royaumont, François de Sourdis, archevêque de Bordeaux, pour s'en débarrasser, lui avait donné quittance de deux années qu'il devait. On s'étonnait que deux hommes si mal endurants, ayant quelques intérêts à démêler ensemble, ne se fussent pas égorgés.

(3) Celse-Bénigne de Rabutin, baron de Chantal, époux de Marie de Coulanges, demeurait, en 1626, place Royale, dans un pavillon dont l'entrée est maintenant rue de Birague. De leur mariage naquit, au mois de février 1626, Marie, qui épousa, le 4 août 1644, Henri, marquis de Sévigné. Le baron de Chantal, duelliste endurci, digne fils d'un père duelliste, était chez lui, le jour de Pâques 1624, quand Bouteville y entra pour lui demander d'être son second. Il n'y avait qu'un pas à faire pour se rendre à la place Royale. Chantal y alla et se battit comme il était, en mules de velours noir (Bouteville contre Pontgibault, Chantal contre le comte de Salles). Conséquence : condamnation à être pendu, et exécution en effigie. Il put pourtant reparaître à la Cour, mais lorsque Bouteville revint de Bruxelles, et, dans cette même place Royale, se battit contre Beuvron, — toujours sous les fenêtres du baron de Chantal, — celui-ci eut la généreuse imprudence de prêter des chevaux aux fugitifs. Craignant le rappel des délits passés et la vengeance de Richelieu, Chantal se retira dans l'île de Ré, auprès du gouverneur, Jean de Toiras, et c'est là qu'à l'âge de trente et un ans, il périt percé de trente-sept coups de piques, en combattant contre les Anglais, le 22 juillet 1627. La petite Marie n'avait pas deux ans; elle perdit sa mère six ans plus tard.

(4) « Ce galant homme étoit filou avec cela; il eut la tête coupée. » (Tallemant.)

surer avec lui. Le jour de Pâques 1624, il se bat à la Place Royale avec Pontgibault; des amis les séparent, ils n'ont que le temps de s'enfuir dans un carrosse à six chevaux escorté de deux cents hommes armés qui protègent leur retraite (1). En 1626, il tue le comte de Thorigny derrière l'enclos des Chartreux, et, peu après, blesse le marquis de la Frette; il est obligé de s'enfuir à Bruxelles avec François de Rosmadec, comte des Chapelles, qui lui avait servi de second. L'infante archiduchesse, gouvernante des Pays-Bas, sollicita vainement de Louis XIII des lettres d'abolition en leur faveur. « Puisque le Roi nous les refuse, s'écrièrent-ils, nous irons nous battre à Paris, en pleine place Royale et en plein jour. » Comme ils l'avaient dit, ils le firent. Le marquis de Beuvron (2) avait juré de venger la mort de Thorigny, son cousin. Bouteville lui donna rendez-vous à la place Royale, sous les fenêtres de son ami le baron de Chantal, le mercredi 12 mai 1627, veille de l'Ascension.

Il avait pour seconds des Chapelles et La Berthe; Beuvron avait son écuyer, Buquet, et Bussy d'Amboise. Un combat terrible, au poignard et à l'épée, s'engagea, dans lequel Bussy fut tué par des Chapelles; La Berthe, dangereusement blessé par Buquet. Bouteville et Beuvron, au moment où ils levaient leurs poignards l'un sur l'autre, se demandèrent mutuellement la vie. Bouteville et des Chapelles s'élancèrent sur deux chevaux que leur prêta le baron de Chantal, et, en toute hâte, gagnèrent Meaux, puis Vitry, où le grand prévôt, M. de La Trousse les atteignit.

Ils ne furent ramenés à Paris que le 30 mai, avec beaucoup de précautions, pour déjouer un projet d'enlèvement formé par Gaston; ils furent conduits à la Bastille, puis à la Conciergerie (3), le 21 juin, et condamnés par le Parlement à être décapités. Des cinq coupables survivant (4), eux deux seulement avaient pu être pris. L'exécution eut

---

(1) Le Parlement rendit, le 24 avril, un arrêt qui les déclare : « convaincus du crime de lèse-majesté divine et humaine, déchus des privilèges de noblesse, roturiers et infâmes; les condamne à être pendus et étranglés à une potence croisée, en place de Grève, et leurs corps portés à Montfaucon; ordonne que leurs maisons seront démolies, rasées et abattues. » Le tableau des effigies des condamnés, attaché à une potence en Grève fut arraché pendant la nuit par les laquais. Nouvel arrêt du Parlement qui défend les attroupements et autorise le duc de Montbazon, gouverneur de Paris, les colonels et capitaines de la ville, « à faire lever les chaînes en cas de force et de violence, et à tirer sur les contrevenants; enjoint aux habitants d'avoir armes en leurs boutiques, etc. »

(2) Le marquis de Beuvron n'est autre que Henri de Lorraine, comte d'Harcourt, surnommé *Cadet la Perle*, né le 20 mars 1601, mort le 25 juillet 1666. Comme Bouteville, il s'était signalé aux sièges de Saint-Jean-d'Angély et de Montauban. Il se distingua plus tard à l'Ile de Ré, à la Rochelle, au Pas de la Suze, et fut l'un des meilleurs capitaines de son temps. On voyait aux Feuillants, vis-à-vis la chaire, son tombeau sculpté par Renard. Nous retrouverons le comte d'Harcourt à l'époque de la Fronde, chapitre XVI.

(3) Conduits de la Bastille à la Conciergerie par le chevalier du guet Louis Testu, fils de Laurent Testu, chevalier du guet et très piteux gouverneur de la Bastille au temps de la Ligue (1583-1588). Voir chapitre XIII, page 516, note 2.

(4) Bussy fut tué dans le combat; Bouteville et des Chapelles, décapités; Beuvron,

lieu à la Grève, le 22 juin, vers six heures du soir. Bouteville fut frappé le premier et ne voulut pas que le bourreau, Jéhan Guillaume II, lui bandât les yeux. Des Chapelles baisa la main encore chaude de son ami décapité et dit ces derniers mots : « Prions pour lui (1)! » Comme c'était la veille de la Saint-Jean, le peuple dansa le lendemain à l'endroit où leurs têtes venaient de tomber.

*
* *

Saint-Simon a dit de Richelieu : « Génie puissant et transcendant en tout, il ne fut pas exempt de la passion de se maintenir, et fit voler bien des têtes, à la vérité presque toutes justement. » Le grand seigneur parle au commencement du dix-huitième siècle comme le fera le démagogue Marat à la fin; tous deux admettent la peine de mort comme l'unique châtiment de la plupart des crimes et même des délits. Pour le malheureux Bouteville, au moins, le flagrant délit était éclatant et le terrible jugement qui le frappa fut rendu par le Parlement; mais bientôt Richelieu, emporté par « la passion de se maintenir », eut recours à la détestable ressource des tribunaux exceptionnels. Sous prétexte de réprimer les faux monnayeurs, il créa la Chambre de justice de l'Arsenal (2) qui devint bien vite l'instrument de ses vengeances personnelles, et il alla jusqu'à entretenir près de lui, dans son château de Rueil, une Chambre souveraine. Il y fit comparaître le maréchal de Marillac, accusé de malversations, et surtout coupable d'avoir conspiré

La Berthe, Buquet, « décolés, en effigie le mardi 22° juin ». (*Registre* de Christophe Petit, prêtre habitué de Saint-Paul.)

(1) Les puissantes familles des condamnés cherchèrent en vain à les sauver. La jeune femme de Bouteville, Élisabeth-Angélique de Vienne, grosse alors de l'enfant qui devait être le maréchal de Luxembourg, se rendit au Louvre, accompagnée de la princesse de Condé, et des duchesses de Montmorency, d'Angoulême, de Pompadour. Tout fut inutile. Le Roi se borna à dire : « Leur perte m'est aussi sensible qu'à vous; mais ma conscience me défend de leur pardonner. » Bouteville n'avait pas vingt-sept ans. Sa veuve lui survécut soixante-neuf ans.

(2) Ainsi composée : procureur général, d'Argenson, maître des requêtes; greffier, Dujardin. Membres : Favier et Fouquet, conseillers d'État; Deschamps, de Criqueville, de Nesmond, Barillon, Isaac Laffemas et Dupré, maîtres des requêtes; de la Bistrate, de Bouqueval, Charpentier, Le Tonnellier, de Montmagny et Lasnier, conseillers au Grand Conseil.

Le Parlement s'éleva de tout son pouvoir contre ces juges extraordinaires; il leur reprochait surtout des exécutions nocturnes et décida d'en faire des « remontrances » au Roi qui les reçut fort mal : *Vous faites toujours les difficiles; il semble que vous vouliez me tenir en tutelle... C'est une erreur grossière de s'imaginer que je n'ai pas le droit de faire juger qui bon me semble et où il me plaît!... Vous n'êtes établis que pour rendre la justice entre Pierre et Jean. Si vous continuez vos entreprises, je vous rognerai les ongles de si près qu'il vous en cuira.*

Les magistrats qui se montrèrent les plus courageux dans leur résistance furent l'avocat du Roi Bignon, les présidents de Novion et de Bellièvre; le procureur général Mathieu Molé. Le Parlement fit mander le lieutenant civil Laffemas et lui défendit d'exercer aucune poursuite en vertu de commission sous peine d'être pris à partie en son propre et privé nom, poursuivi en dépens, dommages et intérêts, etc.

avec la Reine-mère la perte du Cardinal. Marillac fut décapité au pied des degrés de l'Hôtel-de-Ville, le lundi 10 mai 1632, à cinq heures du soir. Comme le chevalier du guet s'excusait de lui avoir fait serrer trop rudement les mains derrière le dos, le maréchal répondit seulement : « Regrettez-le pour le Roi et non pour moi (1). » La foule qui assista à son supplice fut considérable et les fenêtres se louèrent jusqu'à huit pistoles. Ce singulier concussionnaire laissait à peine de quoi se faire enterrer.

*
* *

Nous devons, — ou plutôt nous devions, — à Richelieu, outre l'Artois et le Roussillon, l'Alsace et la Lorraine. Il se plaisait à répéter : « Jusqu'où allait la Gaule, jusque-là doit aller la France. » Dans les alternatives de succès et de revers de nos guerres aux Pays-Bas, en Allemagne, en Suisse, en Italie, en Espagne, en Franche-Comté, Paris fut un instant menacé et frappé d'une terreur panique, bien vite rachetée par un admirable élan de patriotisme.

Au milieu de l'année 1636, les Impériaux, conduits par Piccolomini et Jean de Werth, envahirent la Picardie, prirent La Capelle, Le Catelet, Vervins, Roye, et passèrent la Somme à Cerisy. Bientôt toute la contrée jusqu'à l'Aisne et même la Marne, fut inondée de cavaliers allemands, croates, polonais, hongrois, bandits cruels, enrôlés sans solde, ne vivant que de leurs pilleries, terrifiant les douces populations de la

---

(1) Louis de Marillac, né en 1572, se distingua dans diverses ambassades et aux Ponts-de-Cé, aux sièges de Montauban, de la Rochelle et de Privas, où il obtint le bâton de maréchal en 1629. Il avait épousé Madeleine de Médicis, cousine de la Reine Mère, se compromit dans toutes les cabales contre le cardinal, et, après la *Journée des Dupes*, fut arrêté le 20 novembre 1630, au milieu de ses troupes. Son procès dura près de deux ans.

On voyait à l'église des Feuillants de la rue Saint-Honoré, dans la cinquième chapelle du nord, le mausolée où il reposait avec sa femme Madeleine de Médicis, morte un peu avant lui.

Le maréchal avait un frère, Michel, garde des sceaux en 1626. Celui-ci rédigea un remarquable édit, plein de sages réformes, que le Parlement refusa d'enregistrer, et que ses jaloux ridiculisèrent du nom de *Code Michaud*. On lui reprit les sceaux après la Journée des Dupes et on le retint prisonnier au château de Caen, à Lisieux, à Châteaudun, où il mourut le 7 août 1632, trois mois après son frère.

Cette famille a compté plusieurs hommes remarquables dont quelques-uns me paraissent avoir eu de grandes sympathies pour la Réforme : Gabriel, avocat au Parlement de Paris, mort en 1551; — son frère, François, avocat également, qui plaida pour Anne du Bourg et le prince de Condé; — un troisième frère, Charles, mort en 1560, ambassadeur à Constantinople, en Angleterre, auprès de Charles-Quint; ami de Buchanan, de Henri Estienne, du chancelier de l'Hôpital; — un intendant du Poitou qui abjura après la Révocation de l'Édit de Nantes, et, comme tout bon converti, persécuta les Huguenots; il fut le dernier de son nom. Tous, je le répète, sont des protestants honteux.

Je connais trois hôtels de Marillac : l'un, rue d'Enfer, — touchant la rue des Francs-Bourgeois-Saint-Michel, où fut transféré le collège du Mans, en 1683; — l'autre, rue Sainte-Avoie, en face la rue Geoffroy-Langevin; — le troisième, rue du Renard-Saint-Merri, côté gauche. Enfin, Michel de Marillac demeurait, en 1620, rue Quincampoix.

Thiérache, du Soissonnais, du Valois et de l'Ile-de-France, par leur aspect sauvage, leurs bonnets et leurs vêtements de poils de bêtes. Jean de Werth avait avec lui dix-huit mille hommes de cavalerie, quinze mille d'infanterie et trente pièces d'artillerie; le 5 août, il s'empara de Corbie (1), place forte à trente lieues de la capitale.

Il sembla un instant aux Parisiens que l'ennemi campait déjà sur la butte Montmartre. Le nom de « Jean de Vert (2) » servait d'épouvantail aux enfants, comme plus tard, il leur servit de risée. La route de Saint-Denis était encombrée de paysans qui venaient se réfugier dans nos murs, et, la terreur gagnant de proche en proche, les religieux et les religieuses désertaient leurs monastères; les bourgeois déménageaient vers Orléans ou Chartres. On n'entendait dans les rues qu'imprécations contre le Cardinal : « C'est pour bâtir son palais qu'il a mis la ville hors de défense... Nous portons la peine de son ingratitude envers sa bienfaitrice et de ses alliances avec les hérétiques! » Il fut question dans le Conseil de transporter le gouvernement au delà de la Loire; mais Louis XIII fit encore preuve, cette fois, du courage qui le surexcitait et le transformait dans les grandes occasions. Il s'opposa à tout projet de retraite, et, sans permettre une seule réplique, annonça qu'il partirait le lendemain pour Corbie avec les troupes disponibles; le reste le rejoindrait au plus vite (3).

Richelieu, par sa ferme contenance, rendit courage aux plus poltrons; il monta en carrosse et s'en alla, le 4 août, à l'Hôtel-de-Ville,

(1) Corbie, chef-lieu de canton sur la Somme, à seize kilomètres d'Amiens. Cette petite ville compte à peine aujourd'hui cinq mille habitants; elle en a eu plus de vingt mille avant le règne de Louis XIV, qui la fit démanteler en 1673.

(2) Jean de Werth, général allemand, né en 1594, mort en 1652. En 1635, il s'était joint avec le duc de Lorraine Charles II, et avait remporté quelques avantages sur le maréchal de la Force. En 1636, il envahit la Picardie, laissa le temps à l'armée française de se reformer, et en septembre se retira à Arras avec un immense butin. En 1638, il fut battu par le duc Bernard de Saxe-Weimar, fait prisonnier et envoyé à Vincennes, à l'immense joie des Parisiens qui se vengèrent de leurs anciennes frayeurs en le chansonnant, comme ils firent plus tard de Malbrough.

Sa captivité fut douce; les dames les plus qualifiées de Paris se faisaient une fête de l'aller voir manger dans le donjon. On l'invita à Paris. Il assista, dans l'hiver de 1641, à la représentation de *Mirame*, au Palais Cardinal. Interrogé sur la beauté du spectacle, il répondit qu'il trouvait tout admirable, mais que ce qui l'étonnait le plus, c'était de voir dans le royaume très chrétien *les Évêques à la Comédie et les Saints en prison*. C'est qu'il avait pour voisin au donjon l'abbé de Saint-Cyran, enfermé comme janséniste.

Il fut échangé en 1642 contre le général suédois de Horn, reprit du service, gagna contre nous la bataille de Dettlingen, décida la défaite de Turenne à Marienthal, et fut battu à son tour à Nordlingen. Il se retira dans ses terres après le traité de Westphalie et mourut à Bedauneck, en Bohème, sans laisser de postérité.

On a dit longtemps à Paris : « Je m'en soucie comme de Jean de Vert. »

(3) Saint-Simon dit que le Cardinal « opina à des partis faibles, et surtout de retraite pour le Roi au delà de la Loire; que le Roi réfuta cet avis, donna l'ordre d'entrer en campagne le lendemain et, se levant, laissa le Cardinal et tous les autres dans le dernier étonnement... Le Cardinal, tout grand homme qu'il était, en trembla jusqu'à ce que les premières apparences de fortune l'enhardirent à joindre le Roi. » Saint-Simon ne perd jamais une occasion d'exalter Louis XIII, bienfaiteur de son père, et il déprécie peut-être trop ici le rôle du ministre.

au pas, sans gardes, à travers la foule irritée, mais silencieuse. Il demanda au Prévôt des marchands et au Conseil de Ville toutes les mesures de salut public que les circonstances exigeaient et les fit exécuter immédiatement avec une rare énergie. Les portes furent gardées par les Quartiniers, et dès lors personne n'entra ou ne sortit qu'à bon escient (1). Il fallait des soldats : tous ceux qui avaient voiture furent obligés de fournir un laquais et un cheval; les propriétaires de chaque maison, un homme avec un baudrier et une épée; les maîtres de poste, un postillon et un cheval; les officiers qui n'étaient pas de quartier durent se rendre à l'armée, montés et armés; les enrôlements étaient reçus par le maréchal de La Force, soit à son hôtel (2), soit sur les degrés de l'Hôtel-de-Ville : « Monsieur le maréchal, lui disaient les crocheteux en lui tendant la main, nous voulons aller à la guerre avec vous! » Les artisans ne conservèrent qu'un apprenti; les travaux des ateliers et des bâtiments furent interrompus.

Il fallait de l'argent : les bourgeois, les chapitres, les collèges, les communautés, les métiers contribuèrent; les savetiers donnèrent, dit-on, cinq mille livres, les notaires un peu plus. Les mendiants, les vieillards, les invalides travaillèrent aux fortifications. Les approvisionnements de blé et d'autres vivres furent entassés dans les greniers des couvents et même dans les galeries du Louvre. Richelieu et Louis XIII, à la tête de quarante mille hommes, reprirent Corbie, le 14 novembre (3); un *Te Deum* fut chanté le 17, et, le 21, le Roi triomphant se rendit à Notre-Dame pour s'acquitter du vœu qu'il avait fait avant la campagne d'une image d'argent ciselé, pesant trois cent vingt marcs (4).

(1) Le 16 août, Timoléon d'Épinay-Saint-Luc fut nommé lieutenant général de Paris, et, le 1er septembre, la reine Anne fut nommée gouvernante de Paris, en l'absence du Roi.

Timoléon de Saint-Luc est le fils du « brave Saint-Luc, François d'Épinay, très gentil et accompli cavalier en tout », fidèle serviteur de Henri III et de Henri IV; il fut tué en 1597, au siège d'Amiens.

Timoléon succéda à son père dans le gouvernement de Brouage; il fut nommé vice-amiral en 1622; maréchal de France en 1627; il mourut le 12 septembre 1644. Il avait épousé Henriette, sœur du maréchal de Bassompierre. — Henri de Lenclos, père de Ninon, était « escuyer de Monseigneur de Saint-Luc, le 10 novembre 1620, jour du baptême d'*Anne* ou *Ninon*, et Timoléon de Saint-Luc demeurait rue des Petits-Champs.

(2) Jacques Nompar de Caumont; c'est lui qui échappa au massacre de la Saint-Barthélemy. (Voir chap. xii, page 437, note 1). En 1636, il fut appelé au Conseil par Richelieu et se distingua à la prise de Corbie. Il fut créé duc et pair en juillet de l'année suivante. Il mourut en son château de La Force, près Bergerac, le 10 mai 1652, à l'âge de quatre-vingt-quatorze ans. Sous Louis XIII, il demeurait rue d'Autriche, en face le Louvre.

(3) Le même jour, les Espagnols furent obligés de lever le siège de la vaillante petite ville de Saint-Jean-de-Losne en Bourgogne, dont les habitants, sans garnison, réduits à leurs propres forces, opposèrent à l'ennemi une invincible résistance qui permit au duc Bernard de Saxe-Weimar de venir les délivrer.

(4) Voyez sur la prise de Corbie et la politique de Richelieu une admirable lettre de Voiture, en date de Paris, 24 novembre 1636. Après cette lecture, on se sent devenir meilleur homme et meilleur Français.

* *

Ce ne sont pas les Espagnols que Richelieu avait eu le plus à redouter devant Corbie. Pendant qu'il s'exposait aux coups de l'ennemi, Gaston d'Orléans et le comte de Soissons (1) avaient résolu de le faire assassiner par leurs favoris Montrésor (2) et Henri d'Escars. Au dernier moment, les deux princes n'osèrent donner le signal, prirent peur et se retirèrent, Gaston au château de Blois, Soissons chez le duc de Bouillon à Sedan; mais le péril pour le cardinal renaissait sans cesse, et tandis que, de 1640 à 1642, il obtenait aux frontières d'éclatants succès, — conquête de l'Artois, prise de Perpignan, — ses adversaires de l'intérieur, ne désarmaient pas. Le comte de Soissons entraînait le duc de Bouillon dans une révolte ouverte, et remportait à la Marfée une victoire où il trouva la mort. Montrésor, qui paraissait s'être retiré dans ses terres, continuait de conspirer, voyait en secret Gaston, s'abouchait avec Cinq-Mars (3), presque un enfant, le nouveau et dernier mignon de Louis XIII. Richelieu, fort malade à Narbonne en revenant de la conquête du Roussillon, fut informé du traité que les conjurés avaient conclu avec l'Espagne. Il fit arrêter ceux qu'il avait sous la main, Cinq-

(1) Louis de Bourbon, comte de Soissons, né à Paris le 11 mai 1604; tué le 6 juillet 1641 à la Marfée, était le petit-fils du premier prince de Condé, tué à la bataille de Jarnac. Après avoir pris part à toutes les conspirations contre le pouvoir du Roi ou du Cardinal; après avoir manqué son mariage avec Henriette de France, puis avec la nièce du Cardinal, Mme de Combalet, il périt à la bataille de la Marfée, le front percé d'une balle, partie de si près que la bourre était encore dans la plaie, ce qui fit croire qu'il avait été assassiné ou qu'il s'était tué involontairement, en relevant, selon son habitude, la visière de son casque avec le canon de son pistolet.

L'hôtel de la Reine (voir chapitre XII, page 456) devint la propriété des comtes de Soissons. Après la mort de Catherine de Médicis, Mayenne y fit sa principale résidence pendant qu'il eut la lieutenance générale du royaume. Christine de Lorraine, duchesse de Toscane, le vendit à la sœur de Henri IV, Catherine, duchesse de Bar, celle-ci le vendit 90.300 livres à Charles de Bourbon, comte de Soissons. Il prit dès lors le nom du nouveau propriétaire et le conserva jusqu'à sa démolition en 1750.

(2) Claude de Bourdeille, comte de Montrésor, petit-neveu de Brantôme et auteur de Mémoires, né 1608, mort en juillet 1663, s'attacha à Gaston d'Orléans, au point de risquer plusieurs fois pour lui sa liberté, sa fortune et sa vie. A la suite de la conspiration de Cinq-Mars, il se réfugia en Angleterre, et, quand il put revenir, Gaston, pour toute récompense, le fit exiler de nouveau. Sa vie est une succession d'aventures; il fut emprisonné à la Bastille et conspira contre Mazarin, comme il avait conspiré contre Richelieu. — Montrésor est aujourd'hui un chef-lieu de canton, sur l'Indroye, à quatre lieues de Loches.

(3) Henri Coiffier d'Effiat, marquis de Cinq-Mars, né en 1620, décapité le 12 septembre 1642. Il était fils d'Antoine d'Effiat, maréchal de France, surintendant des finances, mort en 1632. Nous avons tous connu, rue Vieille-du-Temple, l'hôtel d'Effiat, sa grande cour, ses beaux jardins, détruits en 1882 pour le percement de la rue du Trésor, restée à l'état d'impasse; celle-ci ainsi nommée à cause du trésor considérable de monnaies anciennes, trouvées sur son emplacement (7.822 pièces d'or des rois Jean et Charles V). (Ancien fief d'Autonne.) — L'ancien marquisat de Cinq-Mars est aujourd'hui un bourg d'Indre-et-Loire, à sept lieues de Chinon, aux maisons taillées dans le roc. On y voit encore deux tours du château de la famille d'Effiat.

Mars et de Thou (1), puis les traîna à sa suite, de Tarascon à Lyon, le bateau dans lequel il gisait à demi-mort remorquant celui de ses prisonniers. La place des Terreaux vit l'exécution, confiée, en l'absence du bourreau, à un vieux gagne-deniers qui n'avait jamais fait cette affreuse besogne, et qui ne parvint à trancher la tête de de Thou qu'après sept coups de couperet.

Richelieu remonta lentement la Saône, escorté par deux compagnies de cavalerie, l'une deçà, l'autre delà la rivière. Arrivé à Paris, vingt-quatre de ses gardes le portèrent en se relayant, « dans une chambre de bois, » jusqu'en son palais Cardinal, rue Saint-Honoré. « Pour ne pas l'incommoder, on fit une rampe dès la cour et il entra par une fenêtre dont on avait ôté la croisée. » Il mourut après de longues et vives souffrances, dans sa cinquante-huitième année, le jeudi 4 décembre 1642, recommandant Mazarin au Roi (2) et jurant au curé de Saint-Eustache « qu'il n'avait jamais eu d'autres ennemis que ceux de l'État ».

« On a beaucoup perdu à sa mort, dit Tallemant, car il choyait toujours Paris. » N'était-ce pas la ville où il était né rue du Bouloi? N'avait-il pas eu pour parrains, à Saint-Eustache, les maréchaux de Biron et d'Aumont? Il avait fait ses études aux collèges de Navarre, de Lisieux, et à l'Académie de Pluvinel; il avait passé son doctorat en Sorbonne; il n'avait que bien peu résidé à Luçon, et aussitôt qu'il l'avait pu, il était revenu demeurer au Petit-Luxembourg, à la place Royale, puis au magnifique palais qu'il s'était plu à élever rue Saint-Honoré, et où il devait mourir, sur cette même paroisse Saint-Eustache où il avait été baptisé.

Six mois après, Louis XIII, valétudinaire, expira à Saint-Germain, ressemblant en ceci à son père, qu'il mourut un quatorze mai.

III. — Travaux de Paris.
Galerie du Louvre. — Tuileries.

Lorsqu'après le traité de Vervins, les ambassadeurs d'Espagne vinrent à Paris, l'un d'eux, frappé d'étonnement, dit au Roi : « Sire, voici une ville qui a bien changé de face depuis que nous l'avons vue. — Quand le maître n'est point en sa maison, répondit Henri IV, tout y est en désordre; quand il est revenu, sa présence y sert d'ornement et toutes choses y profitent. » Il s'appliqua, aussitôt que la paix lui eut laissé quelques loisirs, à réparer les ruines que la Ligue avait faites; à achever les édifices interrompus par les guerres civiles, à en commencer

---

(1) François-Auguste de Thou, né à Paris, dans l'hôtel de sa famille, rue des Poitevins, en 1607, décapité le 12 septembre 1642, était le fils du grand historien Jacques-Auguste de Thou.

(2) En 1634, Mazarin avait été nommé nonce extraordinaire, et avait fait son entrée solennelle à Paris le 26 novembre 1634. En 1639, il quitta le service du Pape, vint à Paris pour la seconde fois, se fit naturaliser et s'attacha au service de la France et de Richelieu.

de nouveaux. On ne vit plus que maçons en besogne, et l'impulsion qu'il sut donner aux travaux publics et privés se continua pendant tout le règne de Louis XIII.

Instruit par l'exemple de Henri III, et craignant d'être un jour bloqué comme lui dans le Louvre, Henri IV voulut avoir une issue pour sortir au besoin de Paris sans être vu. C'est dans ce but qu'avant 1600, il fit élever l'étage de la Petite Galerie par Isaïe Fournier et Jean Coin; l'étage intermédiaire et l'étage supérieur de la Grande Galerie, par Louis Métezeau, jusqu'au pavillon appelé maintenant *de Lesdiguières* (1). La seconde moitié de la Grande Galerie, d'ordre colossal, fut construite, de 1600 à 1608, par Jacques II du Cerceau, ainsi que le Pavillon de Flore, et le bâtiment en retour d'équerre qui effectua *la réunion au Louvre* du château des Tuileries de Catherine de Médicis.

Pont-Neuf. — Samaritaine. — Place et rue Dauphine.

Le plan qui accompagne l'*Histoire du Siège de Paris en* 1591, par l'Italien Pigafetta, que j'ai souvent cité, nous montre quel était alors l'état du *Pont-Neuf*, à peu près terminé entre les Augustins et la Cité, tandis que, du côté de la rive droite, les piles sortaient à peine de l'eau. Montaigne l'avait trouvé ainsi lors de son dernier voyage dans la capitale, en 1588 : « Les moyens ne suffisoient pas à l'affection de nostre royne Catherine pour les bastiments sumptueux; la Fortune m'a faict grand desplaisir d'interrompre la belle structure du Pont-Neuf de nostre grande ville, et m'oster l'espoir, avant mourir, d'en veoir en train l'usage » (2). Ce ne fut qu'en 1598 que Henri IV put en entreprendre le « parachèvement », qui dura encore cinq ans : « Le 20 juin 1603, dit L'Estoile, le Roy passa du quai des Augustins au Louvre par-dessus le *Pont-Neuf* qui n'estoit pas encore trop assuré, et où il y avoit peu de personnes qui s'y hasardassent, quelques-uns, pour en faire l'essai, s'estant rompu le col; ce que l'on remontra à Sa Majesté, laquelle fist response qu'il n'y avoit pas un seul de ceux-là qui fût roy comme luy. »

Les besoins du Louvre et des Tuileries absorbaient la moitié des eaux fournies par les aqueducs de la Ville. Afin de ne plus diminuer la quantité d'eau nécessaire aux Parisiens, Henri IV fit construire à la deuxième arche du pont, du côté du quai de l'École, un « moulin hydraulique »

---

(1) On l'appelait au dix-septième siècle *la Lanterne des Galeries;* son nom actuel lui vient, sans doute, du voisinage d'un hôtel de Lesdiguières, situé, en 1740, rue Saint-Thomas-du-Louvre.

Étienne Du Pérac, mort en 1601, est désigné par plusieurs auteurs comme ayant pris part aux travaux de la Grande Galerie et des Tuileries.

La gracieuse frise de la Grande Galerie, depuis le Pavillon des Antiques, jusqu'au guichet Saint-Thomas, est due aux deux frères Pierre et François Lheureux. A eux deux appartiennent aussi les figures de fleuves qui ornaient la fontaine de Marie, rue Salle-au-Comte, derrière Saint-Leu, et François est l'auteur du lion qui surmontait le portail de l'hôtel d'O, rue Vieille-du-Temple.

(2) Montaigne, livre III, chapitre VI.

qu'avait imaginé un ingénieur flamand, Jean Lintlaër, pour élever l'eau de la Seine et la conduire dans un réservoir, situé au cloître Saint-Germain-l'Auxerrois ; de là, elle se rendait au Louvre et « au grand vivier du Jardin neuf des Thuilleries, cy-devant appelé le Jardin des Cyprès ». Le bâtiment, fondé sur pilotis, dominait le pont d'un étage très lourd, en forme de pignon, orné d'un groupe sculpté représentant *Jésus* à qui *la Samaritaine* offre l'eau qu'elle vient de puiser. Une « industrieuse horloge » marquait, sur son large cadran, les heures, les jours, les mois, et mettait en branle un carillon dont les airs joyeux eurent longtemps le don de charmer la foule. Jean Lintlaër fut le premier *gouverneur* de ce petit monument, aux gages de douze cents livres par an (1).

Le Pont-Neuf ne tarda pas à devenir la promenade favorite des Parisiens, qui, pour la première fois, purent contempler du haut d'un pont sans maisons (2) l'admirable panorama de la Seine entre le Louvre et la tour de Nesle, jusqu'aux hauteurs de Meudon, de Saint-Cloud et du Mont-Valérien. La circulation y était telle qu'il fallut songer à en régulariser les abords. Au centre, l'emplacement des îlots soudés à l'ancien jardin du Palais (3) fut donné gracieusement par le Roi au pre-

---

(1) Cette première *Samaritaine* était si endommagée un siècle après, qu'il fallut la refaire complètement de 1712 à 1715, sur les dessins de Robert de Cotte qui en fit un petit édifice de deux étages très élégant, avec statues, bassin, cadran, ornements et campanile dorés.

Le tout, reconstruit encore une fois en 1772 et devenu à peu près inutile et de trop coûteux entretien, fut démoli en 1813.

En 1622, une autre pompe à eau, mue celle-là par un moulin à vent, fut construite dans l'île Notre-Dame par un Italien, nommé Rovanolo di Bosco. Elle était placée au dernier étage d'une maison et devait fournir à chaque habitant un muid d'eau par jour ; malheureusement cette pompe fonctionnait mal et ébranlait la maison qui la supportait. On peut voir ce moulin, d'une durée éphémère, sur le plan de Melchior Tavernier, daté de 1630.

(2) Le Pont-Neuf se compose en réalité de deux ponts : l'un de cinq arches, sur le petit bras de la Seine, construit par Baptiste du Cerceau, sous Henri III ; l'autre de sept arches, sur le grand bras, construit par Guillaume Marchant et Thibaut Métezeau, sous Henri IV, et séparés l'un de l'autre par le terre-plein où l'on voit maintenant la statue de Henri IV. Cette dualité s'accusait davantage quand chacun de ces ponts formait un dos d'âne accentué. Les ingénieurs modernes ont raboté tout cela. « Le sol, dit Du Breul, est party en trois. Au milieu passent les carrosses et chevaux ; des deux côtés sont des allées eslevées de deux pieds plus que le milieu, au bout desquelles sont de fortes barrières tellement que par icelles ne passent que les gens de pied. Plus règne le long d'icelles un hault accoudoir d'un pied de large pour voir la rivière et sur chacune pile des culs-de-lampe sortent comme en l'air fort avant sur l'eau... Au-dessous règne une corniche d'un pied et demy de large soutenue de testes de Sylvains, Satyres et Dryades, ornées de fleurs et festons à l'antique. » Quelques-uns de ces masques sortaient de l'atelier de Germain Pilon et sont conservés au Musée de Cluny.

(3) Au commencement du règne de Henri III, on voyait encore là, du côté du grand bras, l'île *aux Bureaux*, où fut brûlé Jacques Molay, et, du côté du petit bras, l'île de Buci. A la pointe de la Cité, la *Maison des Étuves*, où habitait Germain Pilon et l'antique jardin des premiers rois capétiens, compris dans l'enceinte du Palais. Germain Pilon fut, en 1574, parrain du fils du jardinier Jean Lappe, peut-être *Girard de Lappe*, maraîcher et floriste qui, dans la première moitié du dix-septième siècle, alla établir son industrie dans la rue du faubourg saint-Antoine qui porte encore son nom.

mier président Achille de Harlay, à la charge d'y construire en briques,
avec bossages de pierre et hauts combles d'ardoise, un triple rang de
maisons uniformes autour d'une place triangulaire, appelée *Dauphine*
en l'honneur du petit prince qui trop tôt allait être Louis XIII. La rue
de *Harlay* la sépara du Palais qui eut désormais de ce côté une importante entrée (1). Deux quais furent tracés, l'un jusqu'au Pont Saint-Michel, l'autre jusqu'au Pont-aux-Meuniers; celui du Sud fut envahi par
les orfèvres et leurs brillants étalages; celui du Nord par les marchands
de lunettes. On peut deviner encore aujourd'hui combien était belle
cette pointe de la Cité, ainsi parée avant les enlaidissements systémati-
ques qu'elle a subis, les excroissances biscornues des toits, les étages
surhaussés, les horribles cheminées qui altèrent maintenant l'harmo-
nieuse correction des constructions du dix-septième siècle.

La place elle-même fut occupée par de florissantes auberges où descendaient les riches plaideurs des provinces du ressort du Parlement de
Paris, pour être plus près de leurs juges. De leurs fenêtres, ils pouvaient voir les théâtres en plein vent, et entre autres celui de Mondor et
Tabarin (2), puis tout le long des hauts trottoirs du pont l'interminable
file des boutiques volantes, protégées par de gigantesques parapluies :
Le bon Roi les avait autorisées à la condition que les marchandes paie-
raient un droit à ses valets de pied. Là grouillaient les limonadières,
les orangères, les bouquetières, les marchands d'images, les bouqui-
nistes (3), les mendiants, les aveugles, les racoleurs, les arracheurs de
dents, les décrotteurs, les chanteurs, les marchandes d'oiseaux et de
chiens, les ravaudeuses, les fripières, les tireuses de cartes, toute une
horde de mégères qui s'intitulaient fièrement *les Dames de Henri-
Quatre*, et qui de mères en filles trônèrent en cet endroit jusqu'à la
veille de la Révolution.

Au nord, le pont Neuf débouchait en face de la rue de la *Monnaie* (4); mais au sud, le Couvent des Augustins et l'Hôtel des Abbés

(1) Cette porte du Palais ne fut ouverte qu'en 1673. Elle donnait entrée dans la
cour de *Harlay* et communiquait avec le quai de *l'Horloge* par la petite rue de
Bârille et le passage *Lamoignon*. Cette partie du Palais existait encore en 1854.

(2) C'est au milieu même de la place Dauphine que Mondor et Tabarin dressaient
leurs tréteaux.

« Avant la construction du pont Neuf, pour passer des fauxbourgs Sainct-Germain vers le Louvre, il falloit remonter le long de l'eau jusques au pont Sainct-
Michel, et l'ayant passé avec le pont au Change, il falloit de rechef faire encore
autant de chemin et descendre le long de la rivière jusques au Louvre. D'abon-
dant les caroces et charettes faisoient encores plus long chemin; car ils remon-
toient jusques au pont Nostre-Dame pour se retourner par après. Là où à présent
tous les caroces et chevaux passent sur ledit pont commodément. »

Le P. Du Breul, livre II, p. 774.

(3) Ils étaient douze, et, en 1628, un arrêt du Parlement ordonna à « ces pauvres
libraires, chargez de femmes et enfans » de se transporter rue Saint-Jacques auprès de la chapelle Saint-Yves.

(4) Cette rue commençait, comme aujourd'hui, en face le pont Neuf, entre les
quais de l'École et de la Mégisserie, à la place des Trois-Maries; elle aboutissait
aux rues Béthisy et des Fossés-Saint-Germain-l'Auxerrois, à l'endroit même où
passe maintenant la rue de Rivoli. En 1689, le percement de la nouvelle rue du

de Saint-Denis barraient toute communication avec le bourg Saint-Germain. Le Roi autorisa un entrepreneur, nommé Nicolas Carrel, à former une compagnie pour percer une rue à travers ces deux établissements religieux et la vieille muraille de Philippe-Auguste jusqu'à la rue de Buci. Carrel acheta trente mille livres le jardin des Augustins et soixante-seize mille cinq cents livres les masures du Collège de Saint-Denis. La nouvelle voie, large de trente-six pieds, fut la rue *Dauphine*; elle reçut à l'ouest la rue d'*Anjou*, à l'est la rue *Christine*, « et le long d'icelles furent basties nombre de maisons belles et spatieuses, d'une telle structure et ordonnance que la veüe extérieure seulement en est fort agréable (1) ».

* * *

Le Mail et l'Arsenal.

A l'autre extrémité de la ville, Sully menait grand train à l'Arsenal, qu'il avait singulièrement embelli le long de la rivière par une magnifique promenade publique plantée d'arbres, nommée *le Mail*, à cause d'un jeu de *Pail-Mail* (2), concédé en 1607, pour quatre-vingt-dix-neuf ans, à un sieur Boutard. Le quai des *Célestins* avait été exhaussé en 1604 et de grands personnages y avaient établi leurs demeures : le surintendant Charles de la Vieuville, au coin de la rue Saint-Paul (3); Balthazar Phélipeaux, sieur d'Herbault, au coin de la rue du Petit-Musc (4); Bouhier de Beaumarchais, trésorier de l'Épargne; le premier président Mathieu Molé; le président Jeannin, des Nicolaï, etc.

LA PLACE ROYALE.

J'ai raconté qu'après la mort de Henri II, Catherine de Médicis avait quitté les Tournelles comme un lieu maudit; que Charles IX en avait

Roule la mit en communication avec la rue Saint-Honoré, la rue des Prouvaires, Saint-Eustache, les Halles, etc.

(1) Le P. Du Breul, p. 774. La rue d'*Anjou* fut ainsi nommée à cause de la naissance, en 1608, du second fils du Roi, Gaston, d'abord duc d'Anjou et plus tard duc d'Orléans; la rue *Christine*, à cause de la naissance, en 1606, de la seconde fille du Roi, Christine.

(2) Au propre, le *mail*, c'est la raquette de bois dur avec laquelle on lance la boule ou *balle* de buis; de là, le second sens, allée, promenade, où l'on joue au *mail*; la rue du *Mail*. L'une des rues les plus fréquentées de Londres porte le nom de *Pall-Mall*, de l'italien *palla*, balle et *maglio*, marteau, parce qu'on s'y livrait à ce jeu au temps des rois Jacques Ier et Charles Ier.

(3) Ancien hôtel de Galliot de Genouillac (voir chapitre XI, page 307), toujours existant.

(4) Gaspard de Fieubet acheta cet hôtel, en 1676, à l'abbé Phélipeaux, frère de Balthazar, moyennant la somme de 80,000 livres. C'est aujourd'hui l'*École Massillon*. Les sculptures dont il est écrasé sont modernes et gâtent la sobre correction de l'édifice du dix-septième siècle.

Le bras de la Seine le long duquel régnait le *Mail* a été comblé en 1843, et l'île Louviers a été ainsi réunie à la rive droite.

ordonné la démolition par des édits de 1565 et 1569; qu'au milieu des ruines, des fossés comblés, des murailles renversées, la partie la plus misérable de la population avait cherché un refuge; que les mignons de Henri III et du duc de Guise s'y étaient livré un combat meurtrier, le dimanche 27 avril 1578; et qu'enfin la grande cour carrée de l'ancien palais était devenue un *marché aux chevaux* (1), affermé à la Ville par le Domaine en 1570. Henri IV trouva ce voisinage gênant pour les beaux hôtels du quartier Saint-Antoine et le transféra entre les portes Saint-Honoré et Gaillon (2). Dans ce qui restait des Tournelles, il établit une manufacture d'étoffes de draps de soie, d'or et d'argent, où travaillèrent jusqu'à deux cents artisans italiens. Les entrepreneurs Moisset, Sainctyon, Parfaict, Camus, Lumagne et Oudart Colbert, firent élever, en 1605, au sud de l'emplacement du Marché, un logis dont l'aspect charma tellement le Roi qu'il résolut « d'en faire une place publique bastye des quatre costés, nommée la *place Royalle*, laquelle pût estre propre à loger les ouvriers qu'il vouloit attirer en son royaume, et par le mesme moyen à servir de proumenoir aux habitans fort pressés en leurs maisons, comme aussy aux jours de resjouissances lorsqu'il se faict de grandes assemblées (3) ».

Il vendit à des particuliers le côté sud et donna chaque place des trois autres côtés pour un écu d'or de cens annuel, à charge aux preneurs d'y construire des pavillons de quatre fenêtres de façade, conformes au plan, et de toujours les conserver *indivis*, « afin qu'ils ne pussent estre gastés par les partages et séparations des cohéritiers ». Au Sud, le *Pavillon du Roi*, plus élevé et plus orné que les autres, s'ouvrit par trois arches sur la rue Saint-Antoine; au Nord, le *Pavillon de la Reine*, sur l'église des Minimes (4). Tout cela n'a guère changé et

(1) Sur les plans de *Braun* (1530); de *Tapisserie* (1540); de *Bâle* (1552); de *du Cerceau* (1555), on distingue très nettement la grande cour du Palais des Tournelles, de même forme et au même endroit que la place Royale actuelle. Au milieu, un cavalier lancé au galop semble se livrer à quelque jeu d'adresse.

(2) Henri IV transporta le Marché aux chevaux entre le rempart de Charles V et la Butte des Moulins; c'est là qu'il figure sur le plan de *Quesnel* (1608.) — Sur le plan de *Mérian* (1615) il est de l'autre côté de la butte, un peu au delà de la porte Gaillon. — Après 1642, il fut transféré au bout de la rue de Poliveau, et il y figure dans le plan de *Gomboust* (1647).

(3) *Lettres patentes* de juillet 1605. Oudart Colbert, bourgeois de Reims, est le père de Nicolas Colbert de Vandières et le grand-père du ministre Jean-Baptiste Colbert.

(4) La place Royale communiquait avec le reste du quartier par quatre voies : 1° au sud, la rue *Royale*, aujourd'hui rue de *Birague*; — 2° au nord, la *chaussée des Minimes*, qui s'arrêtait à la façade de l'église des Minimes; c'est aujourd'hui la rue de *Béarn*, qui se termine à la rue Saint-Gilles; — 3° à l'ouest, la rue de *l'Écharpe*, qui aboutissait à la rue Saint-Louis; — 4° à l'est, la rue du *Pas-de-la-Mule*, qui, en 1673, fut prolongée de la rue des Tournelles au boulevard.

La place n'est pas tout à fait carrée, elle mesure 140 mètres sur 127.

Elle compte trente-six pavillons, au lieu de trente-sept qu'elle comptait primitivement. Le trente-septième, qui s'ouvrait par une arcade sur la rue du Pas-de-la-Mule, a été supprimé sous le premier Empire.

Le plan semble dû à Jean du Cerceau, l'architecte du pont au Change, des hôtels de Bellegarde, de Bretonvilliers et de Sully, ou à Claude Chastillon.

Voir chapitre XIII, page 542.

rien n'est plus original, et mieux ordonné que l'ensemble : au centre, l'immense jardin carré, entouré de quatre chaussées pour les carrosses et les cavaliers; puis, pour les piétons, quatre galeries couvertes éclairées par cent quarante-quatre arcades qui supportent les façades symétriques, égayées des trois couleurs de la pierre, de la brique et de l'ardoise.

Parmi les habitants de la place dans cette première moitié du dix-septième siècle, je puis citer, au n° 1, le baron de Chantal; au 5, la comtesse de Maure; au 9, Honoré d'Albert, duc de Chaulnes; au 13, Villequier, puis le président des Hameaux, puis les Rohan-Chabot; au 6, le maréchal de Lavardin, puis Marion de l'Orme, puis les Rohan-Guéménée; au 14, l'intendant général des Postes, M. de Nouveau; du côté de la rue des Vosges : au 8, le maréchal de Saint-Géran; au 10, le duc de Tresmes; au 14, le conseiller de Lescalopier, et au 18, le cardinal de Richelieu. Une petite porte, n° 7, servait d'issue à l'hôtel de Sully, et c'est par là que l'ancien ministre sortait pour se promener sous les arcades : « Ce bonhomme, plus de vingt-cinq ans après que tout le monde avoit cessé de porter des chaînes et des enseignes de diamants, en mettoit tous les jours pour se parer, et les passants s'amusaient à le regarder (1). »

LA PLACE DE FRANCE.

Le coup de poignard de Ravaillac mit à néant l'exécution d'un « grand dessein » de Henri IV. Dans le désir « de faire travailler et gaigner le menu peuple », il avait imaginé de créer à l'intersection des rues

---

(1) « On peut dire qu'en tout le reste du monde, il n'y a point tant de maisons ensemble de mesme symétrie, aussi riches au dehors et par le dedans que celles qui composent la place Royale, n'y ayant que des financiers ou des grands seigneurs qui l'habitent, dont les belles tapisseries, les ameublements de velours, brocatels et autres précieuses étoffes de soye, d'or et de broderie, les grands miroirs, peintures et dorures des chambres, alcôves et cabinets, surpassent toute la magnificence des maisons royales. » (Texte du plan de Gomboust, 1652.)

A l'hôtel de *Chaulnes*, « une chambre de parade, attachée à un grand salon d'où il sort un jet d'eau d'une hauteur considérable, toute éclatante de miroirs qui l'environnent; une antichambre embellie de colonnes cannelées et étincelantes de cristaux; un ameublement à fond de soie, d'or et d'argent, dont le travail est plus admirable que l'étoffe; des aigrettes de lit d'une beauté et d'un prix extraordinaires... A l'hôtel d'*Aumont*, un salon à l'italienne, dessiné par Le Vau, peint par Vouet, éclairé de deux ordonnances de croisées l'une sur l'autre, couronné d'une voûte encore plus riche et embelli d'une alcôve où Buiret a épuisé tout son savoir. Des miroirs, disposés habilement, permettent de voir, quand on est couché, carrosses, gens de pied ou à cheval, et tout ce qui se passe dans la place. » (Sauval.)

Quelques-uns des propriétaires, comme le duc de Chaulnes, prirent deux pavillons, ce qui leur donna huit fenêtres de façade et de vastes cours avec jardins au fond, jusqu'aux rues voisines. Si les façades sont restées intactes, après trois siècles d'existence, il n'en est pas de même des jardins; ils sont maintenant remplacés par des ateliers, des magasins ou des bâtiments de location. Quelques escaliers sont très remarquables, au 9, au 14, et rue des Vosges, au 12, au 13.

Vieille-du-Temple et Saint-Louis « la place la plus magnifique qu'il y
eût eu jusqu'alors ». Elle aurait été nommée *la Place de France*, et
chacune des rues y aboutissant aurait porté le nom d'une province du
royaume. Lui-même s'y transporta et en fit tracer sous ses yeux le
plan et l'élévation par les ingénieurs Claude Chastillon et Jacques
Aleaume (1). Elle devait former un demi-cercle dont le rempart voisin,
percé d'une porte monumentale, eût été le diamètre. Huit rues en rayon-
naient : *Picardie, Dauphiné, Provence, Languedoc, Guyenne, Poitou,
Bretagne, Bourgogne*. A quarante toises plus loin, un demi-cercle de
sept rues concentriques : *Brie, Beauce, Bourbonnais, Auvergne,
Lyonnais, Limousin, Périgord*. Ce beau projet fut abandonné à la
mort du Roi, mais on en trouve quelque trace dans les noms des rues
de *Bretagne*, de *Normandie*, d'*Orléans*, de *Berry*, de *Poitou*, de
Touraine, de la *Marche*, de *Limoges*, de *Picardie*, de *Saintonge*,
d'*Angoumois*, de *Beaujolais* et de *Beauce*, ouvertes vers 1626 sous le
ministère de Richelieu. C'était affermir l'unité de la France que de
donner aux nouvelles rues de sa capitale les noms de ses provinces.

HOTEL DE VILLE.

Dès 1580, la pénurie du Trésor royal avait obligé Henri III à interrompre complètement les travaux de l'Hôtel de Ville et le monument de
Dominique de Cortone présentait toujours le bizarre aspect qu'indique
le fidèle dessin de Jacques Cellier (2) : le pavillon du Saint-Esprit et le
corps de logis central ne dépassant pas le rez-de-chaussée à peine
ébauché, que le pavillon de l'arcade Saint-Jean dominait de ses deux
étages et de son toit aigu couronné de croissants, de fleurs de lis et de
deux hommes d'armes dorés portant bannières.

Henri IV avait rendu à la ville, si longtemps rebelle, ses prérogatives
et y avait même ajouté quelques faveurs (3). Aussitôt la paix rétablie, il

---

(1) Claude Chastillon, né à Châlons-sur-Marne en 1547, mort en 1616, a laissé un
grand nombre de vues de batailles, de villes, de châteaux, publiées seulement
en 1648.
La vue de la Place de France a été gravée par Jacques Poinsart, chez Jean du
Bray, rue Saint-Jacques, aux *Espis meurs*.
Jacques Aleaume mourut vers 1627. On a de lui *La Perspective spéculative et
pratique et la manière universelle de la pratiquer*, un volume in-4° publié seulement en 1643.
(2) Voir chapitre XIII, page 540.
(3) Dispense à la ville et à la banlieue jusqu'à sept lieues à la ronde de loger les
gens de guerre; — Abandon à la Ville de la moitié des amendes dues au Roi depuis la mort de Henri III; — Exemption aux quarteniers d'aides, subsides, impositions sur les marchandises de leur cru qu'ils débitaient en gros ou en détail;
— Exemption aux prévôt des marchands, échevins, colonels, capitaines, lieutenants et enseignes de la Ville, de loger aucuns princes, prélats, gentilshommes,
ambassadeurs, à la suite de la Cour, même les gardes de S. M., et à cette fin,
permission aux impétrants de mettre sur les portes de leurs fermes et maisons,
tant de la ville que de la campagne, les armes et panonceaux royaux pour marque de cette exemption.

eut hâte de donner à la prévôté des marchands de nouvelles preuves de
sa sollicitude : des lettres patentes du 27 octobre 1600 établirent un
impôt d'octroi destiné exclusivement à la construction de l'Hôtel de
Ville. L'Assemblée du Clergé de 1606 offrit une somme de neuf mille
livres tournois ; enfin un magistrat qui passe pour homme de bien,
François Miron, dont on retrouve le nom dans tous les actes de l'époque,
soit comme lieutenant civil (1596 à 1600), soit comme prévôt des marchands (1604 à 1606), contribua pour plus de vingt-deux mille livres,
non seulement de ses propres deniers, mais encore « des profficts de la
prévosté que les autres embourssoient (1) ».

Les entrepreneurs, — plutôt qu'architectes, car on continuait les
plans primitifs, — furent Pierre et Augustin Guillain, maîtres des œuvres, et, sous leur direction, Marin de la Vallée, maître maçon, adju-
dicataire, et Jehan Foucart, maître maçon. La principale décoration de
la façade fut un monument à la gloire du Roi. Pierre Biard (2) fut chargé
de sculpter en bas-relief une statue équestre de Henri Quatre, en pierre
blanche se détachant sur un fond de marbre noir dans le tympan cintré

---

(1) Mézeray, *Abrégé chronologique.*
Une pièce du temps mérite d'être citée en partie, malgré son langage hyper-
bolique : *Regrets sur le trépas de Monsieur François Miron, lieutenant civil en
la prévosté de Paris,* dédiée à son frère Robert Miron et publiée chez Jean Millo
sur les degrés de la grand salle du Palais, 1609.
« De combien d'honneur a-t-il relevé le lustre de la ville lorsqu'il fit faire de
nouveaux habits aux sergents qui lorsqu'ils alloient devant luy estoient si laide-
ment habillés que leurs robes n'avoient plus de couleur, tant la vieillesse en avoit
esvanouy la teincture !... Il fit réparer tous les ponts, les quais, les ports, les
abreuvoirs du *Louvre,* de l'*Arche-Popin* et de l'*Arche-Marion*... nettoyer les es-
gouts et édifier quatre ponts de pierre aux *Porcherons,* à *Chaillot,* à la porte
Saint-Martin et à celle du *Temple.* Il fit paver la rue de *Gaillon* et celle du
Ponceau de six toises de large, les accommodant ainsi afin d'en escouler et vui-
der entièrement les eaux qui vouloient y croupir. Il fit rétablir le puits *Certain*
au mont *Saint-Hilaire,* et fit faire à ses dépens le retranchement de la *maison
de Collelel,* en la rue de la *Mortellerie,* afin que la ville en fust d'autant mieux
décorée. Mais pour joindre à la décoration la plus agréable utilité , il fit remettre
en leur entier les fontaines de *Saint-Lazare,* du *Ponceau,* des *Halles,* de la
Royne, de la *Croix du Tiroir,* des *Filles-Dieu,* des *Filles-Pénitentes,* et de *Sainte-
Catherine,* lesquelles estoient entièrement stériles d'eau, Il fit bastir aussi au devant de la grand porte du *Palais* cette belle fontaine de qui la belle architecture
et le doux murmure du cristal tesmoigneront tousjours la beauté d'esprit de celuy
qui la sceut si bien faire construire. Il fit bastir aussi de neuf la porte de la
Tournelle, par laquelle l'*Université* ne reçoit pas moins d'embellissement que
de commodité... Mais n'a-t-il pas eslargi abondamment sa libéralité aussi bien
que les rais de son jugement en cette belle et très excellente fabrique de la
Maison de Ville, qui depuis soixante et douze ans avoit été laissée comme oubliée
et ensevelie. Voyez de quelles riches façons il a eslevé, décoré et enrichy le sein
et le front de ceste Maison ; comme on voit illustrement eslevé et taillé ce perron
ce porche et ces escaliers, et ce beau frontispice dont la tympane est si pompeusement honorée de cette grande et si excellente médalle, où ce grand Roy
est si parfaictement représenté comme un héros tousjours armé et tousjours invincible pour la deffense et pour la conservation de son sceptre et de cette ville. »
(2) Pierre Ier Biard, 1559-1609. — C'est l'architecte et le sculpteur si remarquable
du *jubé* de Saint-Étienne-du-Mont ; et du Henri IV équestre de l'Hôtel de Ville. Il
mourut le 16 septembre 1609, rue de la Cerisaie, sans doute dans l'hôtel de Sébas-

de la porte du milieu, à laquelle donnait accès un perron de six degrés. Lintlaër, l'ingénieur de la Samaritaine, posa vers 1613 l'horloge du beffroi, et, dans la lanterne, la cloche qui devait désormais, à la naissance de chaque Dauphin, sonner sans repos trois jours et trois nuits.

Vers 1606, la grand salle du premier étage, éclairée sur la place par cinq fenêtres n'attendait plus que sa décoration intérieure : aux deux extrémités, de gigantesques cheminées dues à Biart et à Thomas Boudin, avec des termes à têtes de faunes ou de femmes; à l'une, les statues accoudées de *Minerve* et de *Junon;* à l'autre, celles de la *Seine* et de la *Marne.* Dans le cadre ovale de l'une, François Porbus (1) avait peint Louis XIII et sa mère recevant le serment du prévôt et des échevins; aux murailles des portraits de prévôts et les dressoirs chargés de l'antique vaisselle de la Ville (2).

Une inscription latine, placée dans la cour au plafond du portique de gauche, donnait à Marin de la Vallée le titre d'architecte et fixait à « l'an du salut 1628 l'heureux achèvement de ce grand édifice (3) ».

LE PALAIS DE LA REINE MARGUERITE.

En quittant l'hôtel de Sens, la reine Marguerite alla habiter le faubourg Saint-Germain, et s'y fit construire, à l'angle de la rue de Seine

tien Zamet, qui fut parrain d'un de ses enfants. Biard fut inhumé le 17, dans le cimetière Saint-Paul.

Pierre II Biard, 1592-1661. — Sculpteur du Louis XIII équestre, placé au milieu de la place Royale, le mardi 27 septembre 1639, trente-neuvième anniversaire de la naissance du Roi. Pierre II mourut le vendredi 27 mai 1661, rue *Neuve-Saint-Pierre,* aujourd'hui *Villehardouin.* Il fut inhumé le lendemain dans l'église Saint-Paul.

(1) Franz Porbus, *le jeune,* peintre, né à Anvers en 1570, mort à Paris le 18 février 1622 et inhumé le 19 aux Petits-Augustins. En 1618, le Roi lui faisait une pension de six cents livres. Le musée du Louvre possède de lui quatre œuvres qui intéressent l'histoire de Paris : deux portraits en pied de Henri IV, dont l'un est daté de 1610; un portrait de Marie de Médicis et le portrait de Guillaume Du Vair, chancelier de Louis XIII.

(2) C'est dans cette salle, détruite par l'incendie allumé le 24 mai 1871, que siégèrent les prévôts des marchands, les échevins et leur Conseil de Ville; puis la Commune de 1789; la Commune du 10 août 1792; le Conseil municipal sous Louis-Philippe; la Commission municipale sous Napoléon III; la Commune, élue le dimanche 26 mars 1871. C'est là que dans la nuit du 9 au 10 thermidor, Robespierre fut frappé par le gendarme Merda; que son frère Augustin se jeta par la fenêtre, et que Le Bas se tua d'un coup de pistolet pour ne pas tomber vivant aux mains des assassins.

(3) *Hanc Ædificiorum Molem, Multis Jam Annis Inchoatam Et Affectam, Marinus De La Vallée, Architectus Parisinus suscepit Anno 1606, Et Ad Ultimam Usque Periodum Fœliciter Perduxit, Anno Salutis 1628.*

Pierre Marin de la Vallée, 1576-1655, fut l'un des grands entrepreneurs de travaux pendant la première moitié du dix-septième siècle. On le voit soumissionner les entreprises de la Fontaine du Trahoir; de l'Hôtel de Ville, en 1606 et années suivantes; de la troisième porte Saint-Honoré, en 1611. Il prend alors la simple qualité de « Juré du Roy, en l'office de maçonnerie; » il demeure rue Beau-

et de la rivière, un magnifique hôtel qui n'exista guère qu'une vingtaine
d'années, et dont le plan de *Mérian* nous montre, à la date de 1615,
le principal corps de logis, surmonté d'un lanternon ; le double perron
descendant au jardin et le dôme de la chapelle, desservie par des religieux
Augustins. Au delà de la rue des Saints-Pères, s'étend, jusqu'à la rue
de Belle-Chasse, un immense jardin, aux allées coupées à angle droit,
où la bonne Reine permettait au peuple d'aller s'ébaudir. Elle y mourut
en 1615, couverte de dettes. En vain, Henri IV lui avait-il recommandé
« de ne plus faire la nuict du jour, le jour de la nuict ; de restreindre
ses libéralités et devenir un peu mesnagère. — Au regard du second
poinct, lui répondit-elle, il m'est du tout impossible, tenant ceste libéralité de ma race. » Ses créanciers, au bout de cinq années, obtinrent
la mise en vente du palais et du parc qui furent adjugés à divers entrepreneurs (1) le 13 avril 1622, au prix de un million trois-cent-quinze
mille livres tournois (2).

LE LUXEMBOURG.

La prodigalité et l'imprévoyance de ces princesses besogneuses éton-
nent toujours. Nous avons vu Catherine de Médicis abandonner subitement les Tuileries, à peine commencées, pour entreprendre, rue des
Deux-Écus, un hôtel qu'elle n'acheva pas davantage. Sa fille Marguerite

bourg, « au cul de sacq, à l'enseigne de *Notre-Dame*; il possède une autre maison, à l'enseigne de la *Souche*, rue de la Baudoyrie et il donne pour caution Jehan Foucard (ou Ponçart) maître-maçon, rue des Juifs.

MM. Edouard Fournier et Marius Vachon se sont montrés étonnés que Marin de
la Vallée ait osé se dire *architecte* dans l'inscription de 1628. Mais où finit l'entrepreneur ? où commence l'architecte ? Sauval lui attribue le dessin de l'escalier
gauche du Luxembourg « dont les traits sont fort hardis, et où il y a dans les fenêtres des rencontres de traits fort belles. »

En 1646, il se qualifie « architecte des bâtiments de la feue Reine mère ». Il
mourut rue de Mézière le 15 mai 1655, et fut inhumé à Saint-Sulpice.

(1) Jacques de Vassan, trésorier des parties casuelles ; Jacques Potier, secrétaire
des finances ; Joachim Sandras, commissaire de l'artillerie ; Louis le Barbier, contrôleur général des bois de l'Ile-de-France.

(2) Quelques constructions du temps de Louis XIII, sur la rue de Seine, existent
encore, entre autres le fond du n° 6, acquis par Mme de Vassan, qui, en 1640, le
louait au président Séguier.

Pour communiquer facilement avec ses religieux, la reine Marguerite, sans plus
de façons, avait enclavé dans son hôtel le bout de la rue des Augustins (Bonaparte), touchant au quai. Cette partie de la rue ne fut rendue à la circulation
qu'après sa mort. Elle n'osa en faire autant pour la rue des Saints-Pères, qu'elle
était obligée de traverser pour se rendre à son parc, dont la grille d'entrée est
bien visible sur le plan de Mérian.

Les acquéreurs de 1622 virent, dans les longues allées du parc, des rues toutes
tracées, les unes parallèles, les autres perpendiculaires à la rivière. C'est là l'origine des rues de cette région : la rue de *Bourbon* (Lille) ; la rue de *Verneuil* ; une
partie de la rue de l'*Université* ; la rue de *Poitiers* ; la rue de *Bellechasse* ; le
commencement de la rue du *Bac*, toutes ouvertes en 1640, ou depuis. La rue de
Beaune fut une des premières tracées ; elle conduisait du *Pont-Rouge* ou *Pont-
Barbier*, aux *Halles Barbier*, situées rue de Beaune et rue du Bac. Cet habile

laissait pour gage à ses créanciers une demeure dont la moitié des bâtiments n'avait pas de toitures. Marie de Médicis, elle aussi, voulut avoir, dans son veuvage, une habitation indépendante du Louvre. Si elle réussit à la faire édifier et terminer avec une rapidité inusitée alors. les intrigues de Cour, l'exil, l'empêchèrent d'y goûter jamais le repos qu'elle avait rêvé, et quand elle quitta définitivement la France, en 1631, elle eut la douleur d'apprendre que ses statues, ses meubles avaient été vendus.

De 1612 à 1615, elle acheta toutes les propriétés qu'elle trouva à sa convenance, de la rue de Vaugirard aux Chartreux : les jardins des hoirs Arnaut; la maison de M. de Tournemine de Campsillon; l'hôtel de Champrenard, en face de la rue de Tournon; et enfin l'hôtel de Luxembourg, en face la rue Garancière, qu'elle paya 90.000 livres au duc François de Piney-Luxembourg, le 2 avril 1612 (1). Vers 1615, Salomon de Brosse, dont le talent faisait oublier le huguenotisme, commença les travaux et les mena à bonne fin en cinq années, puisqu'en 1621, Rubens exécutait les vingt-quatre tableaux de l'histoire allégorique de la Reine destinés à la grande galerie de l'Ouest (2).

Ce devait être le *Palais Médicis*, puis le *Palais d'Orléans*. L'habitude populaire fut plus forte que la volonté des maîtres, et le nom seul de *Palais du Luxembourg* est resté. Il a si peu changé depuis sa fon-

---

spéculateur mettait ainsi ses terrains en valeur par un pont. une rue. un marché.

La population de Paris vit avec la plus grande peine la disparition du parc. Un curieux pamphlet en témoigne : *La Harangue des Étudiants, des bourgeois, des nobles de Paris, des pâtissiers. boulangers, etc.. aux États généraux de la Grenouillère, tenus en juin* 1623 : « Messieurs, il nous suffira de vous représenter que l'honneste promenade des allées de la Reyne-Marguerite estoit un lieu tellement nécessaire pour le divertissement d'un chacun, qu'à présent les villages d'alentour la ville servent de réceptacle aux débauches effrénées, comme adultères. assassinats et voleries... et de fait, Messieurs, vous sçavez trop mieux que les jours de festes et les dimanches, la populace de Paris se rangeoit par bande en ce parc regretté, en divers endroicts et cantons, les uns discourant d'affaires sérieuses et les autres de leurs honnestes affections; puis l'on s'égayait selon sa fantaisie et selon son humeur. Là, les filous, traisne-épées, Rougets, Grizons, et autres gens de pareille estoffe n'avoient que faire; mais Pasticiers, Fruictiers, Taverniers, Vendeurs de bière et boulangers, pour lesquels j'ay à vous représenter le deuil et la perte que nous souffrons en la dégradation de ce parc. Premièrement. nous y envoyions (ce sont les Boulangers qui parlent) nos apprentifs vendre les pains molets que nous n'aurions osé vendre en nos boutiques pour être trop légers de plus de quatre onces et demye... Secondement. le lieu estant proche de nos maisons, ce nous estoit un second profit, en ce que nos dits apprentifs n'usoient pas tant de souliers comme ils peuvent faire à courir tantost aux Bons-Hommes de Chaillot, tantost à Gentilly, et tantost à Vaugirard... etc., etc. »

Ajoutez aux rues du faubourg Saint-Germain que j'ai déjà indiquées : les rues *Guisarde* et *Princesse*. percées de 1620 à 1630 sur l'emplacement de l'hôtel de Roussillon; la rue *Neuve-Richelieu*, percée en 1639 pour dégager la nouvelle église de la Sorbonne; les rues *Mézière, Cassette, Férou, du Gindre, Honoré-Chevalier*, etc., anciens chemins qui se couvrent de maisons et prennent leurs noms actuels à la fin du seizième siècle.

(1) L'ancien hôtel de Piney-Luxembourg est clairement représenté sur le plan de Vassalieu. en 1600, vis-à-vis la rue Garancière.

(2) Le palais du Luxembourg apparaît pour la première fois en 1630, sur le plan de Melchior Tavernier.

dation ; sa façade, du côté du jardin, ajoutée du temps de Louis-Philippe, est tellement l'exacte reproduction de la façade primitive que je me dispense de toute description. Selon le cavalier Bernin, « il n'y a nulle part de palais ni mieux bâti ni plus régulier ». Au fond de la cour actuelle, il existait une seconde cour d'honneur, comme celle que l'on remarque à Versailles ; une terrasse élevée d'un mètre à laquelle on accédait par un perron demi-circulaire. Elle était séparée de la première cour par une balustrade en marbre blanc ornée de statues (1). On arrivait à l'escalier principal, qui n'existe plus, par trois portes, — qui existent encore, — surmontées des bustes de Henri IV, de Marie de Médicis et de Louis XIII. Les magnificences de l'intérieur ont disparu : les tableaux de Rubens sont au Louvre ; les panneaux de bois sculpté, les médaillons, les peintures de la chambre à coucher, de la bibliothèque et de l'oratoire de la Reine sont réunis aujourd'hui dans une salle désignée sous le nom du *Livre d'or*, parce qu'on devait y placer les titres de la pairie.

Le Petit-Luxembourg, construit en 1629 en face de la rue Garancière, semble avoir été donné par la Reine au cardinal de Richelieu, à titre de cession temporaire (2). La nièce du cardinal, la duchesse d'Aiguillon, y habitait en 1640.

Les jardins, arrêtés dans leur développement au sud par le clos des Chartreux, s'étendirent à l'ouest, le long de la rue de Vaugirard, jusqu'au chemin devenu en 1806 la rue d'Assas. Dans la partie orientale du parc, du côté de la rue d'Enfer, Salomon de Brosse plaça au fond d'une avenue, *la Grotte*, aux quatres colonnes rustiques chargées de congélations, et couronnées dans l'attique de l'écusson aux armes de France et de Médicis (3).

Toutes ces splendeurs, Marie de Médicis en jouit à peine. En 1617, elle se réfugiait à Blois ; elle ne revint à Paris qu'en 1621 pour le quitter à jamais en 1630. Son fils Gaston, sa petite-fille, Mademoiselle, séjournèrent après elle au Luxembourg.

LE PALAIS.

Le 6 mars 1618, à deux heures du matin, une sentinelle du Louvre aperçut une grande lueur au-dessus du Palais de Justice et donna l'alarme. Il était trop tard ; la grand'salle de Philippe le Bel (4) était déjà

---

(1) Ce sont ces statues qui furent vendues en 1631 avec divers meubles de Marie de Médicis.

(2) Le Petit-Luxembourg apparaît pour la première fois sur le plan de Gomboust, en 1647, vis-à-vis la rue Garancière.

(3) Ce petit monument a été déplacé de nos jours, mais en somme conservé, et c'est l'un des motifs les plus heureux du jardin moderne.

(4) Voir chapitre VII, page 211. Je lis dans une relation en vers de Marc-Claude de Butet, Savoisien, Paris 1561 :

> Un peu plus bas de front superbement se dressent
> Quatre hautains buffets, que grandes richesses pressent.
> Là, degrés sur degrés, en leurs luisantes places

dévorée par le feu. Les poutres des combles, d'un bois sec et vernies,
s'étaient effondrées sur les boutiques des libraires, des lingères et des
merciers; l'antique table, « d'un pur marbre noir », fut réduite en
miettes; les statues des rois se brisèrent; les sept piliers peints d'azur
et d'or furent détruits. Tout l'édifice était menacé et les flammèches
poussées par le vent du sud volaient sur Saint-Merry, sur Saint-Jacques-
la-Boucherie et jusqu'à Saint-Eustache. Les prisonniers de la Conciergerie faillirent être étouffés dans leurs cachots par la fumée, et il fallut
les conduire en hâte dans d'autres prisons. Le greffier Voysin, avec
l'aide de quelques hommes dévoués, parvint à sauver les registres du
Parlement.(1). Au milieu de la confusion générale, le prévôt des marchands, Antoine Bouchet; le premier président, Nicolas de Verdun; le
procureur général, Mathieu Molé; le lieutenant civil, Nicolas de Bailleul, conjurèrent de leur mieux le danger rendu terrible par l'étroitesse
et la vétusté des rues de la Cité.

Ainsi périt misérablement l'une des merveilles du treizième siècle (2).
Salomon de Brosse, chargé de réparer ce désastre, n'en comprit sans
doute pas toute la tristesse. Au lieu de se borner à relever la *Salle des
pas perdus* de ses ruines et de la reproduire pieusement, il s'efforça de
faire un chef-d'œuvre à lui, et éleva cette salle si froide dans sa correcte
majesté, que nous avons tous connue avant l'incendie de mai 1871.

Le nom du premier président Nicolas de Verdun se rattache à l'histoire du Palais par un autre souvenir. C'est lui qui fit reconstruire, au
fond de la rue de Jérusalem (3), à la place de l'hôtel du *Bailliage*,

> Sont les beaux vases d'or, les hanaps et les tasses,
> Les larges plats, flacons, les aiguières et nefs,
> Et les barils d'argent nettement burinés ;
> Il semble tout partout que la grand'salle rie
> Par les riches éclairs de tant d'orfaverie.

(1) Les greffes des requêtes de l'Hôtel, du Trésor, des Enquêtes furent brûlés.

(2) J'ai déjà relaté (chap. IX, p. 112) qu'une trace de la domination anglaise était
restée dans la grand salle du Palais : « La statue qu'après la mort de Henri V, Bedford lui avait élevée et qu'il avait fait placer parmi celles des rois de France, à la
suite de Charles VI, y était encore lors de l'incendie de 1618, mais personne ne
savait plus qui elle représentait. Le savant Peiresc expliqua que Charles VII s'é-
tait contenté d'en faire mutiler le visage, sans la faire abattre, parce qu'il desti-
nait à la sienne une autre place que celle de l'usurpateur. » (Régnier, *Vie de Peiresc*, Paris, 1770, in-12.)

Ajoutez à l'aspect archaïque de la salle, à ses vitraux, à son pavé de marbre
blanc et noir, à son comble d'or et d'azur, à ses deux nefs où, « en longue ordonnance, sur les hauts piliers sont les sacrés Roys de France » ; aux trois degrés qui
menaient à la table de marbre, ajoutez le crocodile appendu aux murs, le cerf
doré, les gigantesques cheminées, et vous comprendrez que la réalité était digne
d'être exposée par le génie de Victor Hugo.

(3) Nom d'origine obscure. On trouve dans cette région du Palais *l'ilot de Galilée*, la rue de *Jérusalem* et la rue de *Nazareth*. En 1623, la rue *Neuve-Saint-Louis*
fut percée de la rue de la *Barillerie* au Quai des *Orfèvres*, et à la rue de *Jérusalem*; les maisons du côté de la rivière ont été démolies en 1807. En 1631, la rue
Sainte-Anne (en l'honneur d'Anne d'Autriche) fut percée, de la Cour de la Sainte-
Chapelle à la rue Neuve-Saint-Louis. Elle a porté le nom de rue *Boileau* et elle
porte maintenant le nom de rue *Mathieu-Molé*.

l'hôtel des premiers présidents dont la cour rectangulaire offrait une ornementation à peu près unique à Paris. Sur ses façades de pierre et de brique. on voyait, entre les croisées du premier étage, les médaillons peints de magistrats en robe rouge, de connétables et de maréchaux ; des tablettes de marbre indiquaient les noms des connétables Du Guesclin et Jacques de Bourbon : du maréchal Blaise de Montluc, de Henri de Condé ; des chanceliers Du Prat, De l'Hospital et de Chiverny. L'intérieur comprenait plusieurs vastes galeries pour les galas annuels de la Saint-Martin, pour les fêtes et pour la bibliothèque.

Le Palais fut affligé d'un nouveau sinistre, le 26 juillet 1630. Par l'imprudence de quelques plombiers qui quittèrent leur travail le soir sans éteindre soigneusement leur fourneau, le feu prit à la flèche de la Sainte-Chapelle, que le charpentier Robert Richier avait élevée en 1383. Le duc de Montbazon, gouverneur de Paris ; le prévôt des marchands, Christophe Sanguin ; le sieur Chevalier, colonel du quartier, accoururent et arrêtèrent les progrès de l'incendie. La voûte de pierre résista, mais il fallut refaire la toiture et édifier un autre clocher (1).

LE LOUVRE.

Pierre Lescot, nommé architecte du Louvre, le 2 août 1546, avait soumis à François Ier le plan d'un palais d'harmonieuses proportions, coïncidant exactement avec le quadrangle de Philippe-Auguste, assis sur les mêmes fondations et défendu par les mêmes fossés ; flanqué aux angles de pavillons à combles d'ardoise, au lieu des anciennes tours : d'aspect robuste et sévère à l'extérieur, présentant des garanties de défense, mais laissant apercevoir par le léger portique de l'entrée orientale, une cour carrée, entourée sur trois de ses côtés de façades pour lesquelles il avait réservé toutes les splendeurs de l'ornementation antique, renouvelée par son propre génie.

L'une de ces façades, admirablement conservée, est celle de l'escalier Henri II et de la salle des Caryatides ; elle occupe un huitième de la cour actuelle, et s'étend du Pavillon de l'Horloge à l'angle sud-ouest. Elle appartient entièrement au règne de Henri II.

Le Pavillon du Roi (celui des Sept-Cheminées) était achevé en 1556. L'aile méridionale, commencée en 1558, à la fin du règne de Henri II. rejoignait en 1589, à la fin du règne de Henri III, la tour d'angle sud-est de Philippe-Auguste.

Pierre Lescot étant mort, le 10 septembre 1578, dans sa maison du cloître Notre-Dame, Baptiste Androuet du Cerceau lui avait succédé dans la direction des travaux.

« Ce château, écrivait l'ambassadeur vénitien Lippomano, ferait un des plus beaux monuments du monde, si jamais il était terminé, mais il

_____

(1) Ce troisième clocher avait quatre-vingt-dix pieds de haut, mais ses cloches l'ébranlaient ; en 1791, on crut prudent de l'abattre.

n'y en a qu'un quart de construit. » De 1560 à 1624, et plus tard encore, le Louvre offrit le singulier aspect de constructions de tous les âges. On y entrait du côté de la rue d'Autriche par un pont-levis, et une voûte obscure entre deux grosses tours; la cour carrée était encombrée de matériaux de toutes sortes; on voyait devant soi la splendide façade de Lescot; à gauche, celle élevée sous Charles IX et Henri III; à droite, toujours debout, celle de Charles V, avec son fameux escalier à vis.

Henri IV, dans son règne trop court, ne put s'occuper beaucoup du Louvre; il ne put qu'en restaurer l'intérieur dévasté pendant la Ligue, et consacra toutes ses ressources à l'achèvement de la petite Galerie et à la jonction de la grande Galerie avec les Tuileries (1).

En 1611, Marie de Médicis fit enlever de la basse-cour méridionale les marbres, les débris, les échoppes qui l'encombraient, et créa le jardin que nous appelons aujourd'hui de l'*Infante*. Elle s'y rendait par un pont jeté sur le fossé et y rencontrait Concini. Une longue galerie « bastie de belles pierres de taille, donnant sur le quay, contenoit une volière, la plus belle qui se voye, » et servait à resserrer les orangers. Sur la terrasse qu'elle supportait, on les exposait à l'air pendant la belle saison.

Enfin Richelieu vint, et ce n'est pas un de ses moindres titres de gloire que d'avoir réalisé au Louvre le « grand projet » de Henri IV. Il était entré au ministère, le 26 avril 1624, et deux mois après, le vendredi 28 juin, il amenait Louis XIII de Compiègne à Paris, tout exprès pour poser la première pierre des nouveaux bâtiments, en présence du prévôt des marchands, Nicolas de Bailleul, et de ses échevins. La nécessité de joindre le Louvre à la galerie projetée du côté de la rue Saint-Honoré, comme il l'était déjà à celle du bord de l'eau, obligea à doubler la longueur de la façade de Pierre Lescot, et par suite à quadrupler la cour, sans détruire la grâce et l'harmonie des mesures primitives. L'architecte, choisi pour accomplir cette tâche délicate, était un jeune homme encore peu connu, Jacques Le Mercier (2). Il eut la

(1) Un fragment de peinture murale, découvert en 1862 à Fontainebleau dans la Galerie des Cerfs et remontant au règne de Henri IV, montre bien que ce prince ne considérait le corps de logis de Pierre Lescot que comme la *moitié* de l'aile occidentale. De même qu'il avait terminé la grande Galerie du bord de l'eau, commencée sous Charles IX, il voulait en faire une semblable le long de la rue Saint-Honoré. Voici ce que dit à cet égard Palma Cayet, en 1604, dans sa *Chronologie septenaire* : « Les superbes galleries pour aller du Louvre aux Tuilleries sont si avancées que les estrangers les voient avec admiration... Les Parisiens en désirent l'achèvement, affin que le Louvre soit la plus belle maison du monde; ils voudroient aussy que l'autre gallerie pour joindre le Louvre avec les Tuilleries, du costé de la Porte Saint-Honoré, fust aussy advancée que celle du costé de la Porte-Neufve. »

(2) Jacques Le Mercier naquit à Pontoise vers 1580, et mourut à Paris à la fin de 1654. Il passa sa jeunesse à Rome, mais il en était revenu dès 1620, car, à cette époque, il touche à Paris 1,200 livres de pension, comme architecte du Roi. En 1621, il donne le plan et construit le chœur de l'*Oratoire*; en 1623, l'hôtel de *Liancourt* rue de Seine; en 1624, le *Pavillon de l'Horloge*, au Louvre; en 1629, le *Palais Cardinal* et la *Sorbonne*; en 1631, les plans du *grand canal* « devant estre fait

sagesse de s'astreindre à reproduire fidèlement le chef-d'œuvre de son devancier; mais entre les deux moitiés semblables, l'ancienne et la nouvelle, il fallait un pavillon central, dont le vestibule largement ouvert établît la communication de la cour du Louvre avec celle des Tuileries. C'est là que Le Mercier put faire preuve de goût en raccordant très ingénieusement le premier étage aux deux ailes, et qu'il montra une véritable originalité dans son troisième étage où il était entièrement libre, en en faisant supporter le fronton et le dôme par huit caryatides gigantesques, groupées deux à deux et se donnant la main.

Il restait, en 1643, pour parfaire l'œuvre, à édifier l'aile du nord, celle de l'est, la moitié de celle du sud, et six pavillons (1). Le Mercier, empêché par la mort de Louis XIII, ne put terminer que le côté de l'ouest, nous verrons quelles modifications furent encore apportées à ses plans dans les siècles suivants.

ENCEINTES ET PORTES.

L'enceinte de la rive gauche avait trop bien montré, pendant les deux sièges entrepris par Henri IV, quelle était encore sa valeur défensive, pour que l'on songeât à la démolir sous les règnes de ce prince et de son fils. Elle s'ouvrit seulement en 1607, pour laisser passer la nouvelle rue Dauphine jusqu'au carrefour Bussy (2). A son extrémité orientale, la porte de la *Tournelle*, ou de *Saint-Bernard*, fut reconstruite magnifiquement, en 1605, sous la prévôté de François Miron (3).

Sur la rive droite, l'extension que la ville commençait à prendre vers le nord-ouest excitait l'imagination des faiseurs de projets. En voici un très remarquable, à la date de 1611 :

« S'il plaist au Roy, le sieur Cosnier et aultres gens solvables ses associés entreprendront de rendre les fossés navigables aux plus grands

---

autour de la bonne ville de Paris, pour la seurté, commodité et embellissement d'icelle; » en 1634, l'*Escalier* de la cour du Cheval blanc à Fontainebleau; vers la même époque les façades des églises de *Rueil* et de *Bagnolet*; en 1639, la porte *Dauphine*; de 1646 à 1651, le *Val-de-Grâce*; en 1653, *Saint-Roch*.

(1) Rigoureusement, trois pavillons d'angle à toits aigus comme le *Pavillon du Roi*, et trois pavillons à dômes, comme le *Pavillon de l'Horloge*. Des trente-deux caryatides, Jacques Sarrazin n'en sculpta que huit.

Les travaux de Le Mercier exigèrent la démolition de l'aile du nord et de l'escalier à vis construit par Raymond du Temple sous Charles V.

(2) Il n'y eut là d'abord qu'une simple barrière, mais en 1649, on jugea utile de faire une porte dont le plan fut demandé à Le Mercier. Ce devait être un pavillon très simple, rectangulaire, surmonté d'un toit aigu, et percé d'une baie à plein cintre, avec un petit logement au-dessus pour le portier. Elle fut démolie en 1673.

(3) C'était la Ville qui nommait les portiers. A peine la porte Saint-Bernard était-elle achevée que Henri IV, par une lettre du 20 juin 1606, au prévôt des marchands, recommanda un candidat, Anthoine Fériez.

Il y avait là une vieille tour qui défendait le passage de la rivière par une chaîne tendant vers l'île Saint-Louis. Elle était sans usage quand Vincent de Paul fut nommé, en 1619, aumônier général des galères. Il y réunit les galériens, les secourut, et il y allait les exhorter avant leur départ pour les bagnes.

bateaux, mesme aux plus grandes sécheresses, depuis le fossé de l'Arsenal jusqu'au bout du jardin des Thuilleries (1);

« Ils feront les écluses nécessaires, les ponts dormans aux portes Saint-Antoine, du Temple, Saint-Martin et Saint-Denis;

« Deux arcades au-dessoubx et au travers desdits fossez, par le moyen desquelles on chassera loing de la ville toutes les immondices et ordures de leurs cloacques;

« Six ports pour descharger les marchandises aux dictes portes et aux portes Montmartre et Saint-Honoré (2);

« Le long de ces ports, un quai pavé en grais de cinq thoises de large;

« A chacun desdicts ports, un abreuvoir pour les chevaux;

« De la porte Saint-Denis jusqu'au bout du jardin des Thuilleries, ils feront de nouvelles murailles de vingt pieds de hault; cinq d'espoisseur à la base, trois par le hault; ensemble des tours espacées de soixante en soixante thoises, avec leurs canonnières requises, tant aux dicts murs que tours;

Feront les trois portes neufves de Montmartre, de Saint-Honoré et de la Conférence (3);

Combleront l'ancien fossé depuis la galerie du Louvre jusques à la porte Saint-Honoré;

Tous lesquelz ouvrages, ils rendront bien et deuement faicts dans quatre ans, à commencer du 1er janvier M.DC.XII, et entretiendront à perpétuité la navigation desdicts fossez, eux, leurs hoirs et ayans cause, etc. »

Les édiles du temps repoussèrent ce projet dans la crainte que « l'ouverture des terres, imbibées de toutes les immondices de la ville, ne causast dans l'air une corruption pernicieuse ».

Après plusieurs années d'études diverses et d'hésitations, on se décida enfin à adopter un plan plus modeste. Par un contrat du 23 novembre 1633, passé au Conseil d'Etat, Charles Froger, secrétaire de la Cham-

---

(1) C'est-à-dire vers le pont de la *Concorde* d'aujourd'hui.

(2) La *troisième* porte *Montmartre* s'éleva, en 1634, à l'endroit où aboutissent aujourd'hui les rues *Feydeau, Saint-Marc* et des *Jeûneurs*..

La *troisième* porte *Saint-Honoré*, très monumentale, s'éleva, en 1634, à l'endroit où aujourd'hui la rue Saint-Honoré, que l'on appelait le *faubourg*, aboutit à la rue *Royale*. Plus exactement, à 62 mètres de la rue Saint-Florentin. La place en est encore marquée par un retrait, sur le côté gauche de la rue Saint-Honoré, n° 281, ce qui provient de ce que la porte était un peu plus large que la rue.

(3) La porte de la *Conférence*, très monumentale, s'éleva, en 1633, sur le quai des Tuileries, vers l'angle actuel de ce quai et de la place de la Concorde. Ce nom lui fut sans doute donné en souvenir des conférences qui eurent lieu à Suresnes, en 1593, entre les députés de Henri IV et ceux de la Ligue. C'est par là que les députés de Paris sortaient et rentraient; c'est là que la foule les attendait anxieusement pour savoir des nouvelles.

Rien n'égalait la grâce de ces deux petits monuments: la porte de la *Conférence* et la porte *Saint-Honoré*. De beaux dessins d'Israël Sylvestre nous en ont conservé le souvenir.

Le mur d'enceinte du jardin des Tuileries, sur la place de la Concorde, n'est autre que l'ancien rempart de Louis XIII, conservé en grande partie par Gabriel dans l'agencement de la place, en 1763. Le fossé n'a été supprimé qu'en 1855.

bre du Roi, assisté des entrepreneurs Barbier et Pidou, se chargea de faire, en deux années, une enceinte depuis la porte Saint-Denis jusqu'à la porte de la Conférence, en suivant le tracé des *Fossés jaunes*, creusés sous Charles IX :

De bâtir les portes *Montmartre*, de *Richelieu* (1) et de la *Conférence;*

De combler les fossés, d'abattre les portes et les murailles de l'enceinte d'Étienne Marcel, depuis la galerie du Louvre jusqu'à la porte Saint-Denis (2);

De transporter ailleurs les moulins de la butte Saint-Roch, en cas qu'on l'aplanît (3);

D'ériger des halles, des boucheries; des poissonneries, aux endroits les plus commodes.

À l'abri de cette nouvelle enceinte, s'ouvrirent immédiatement ou peu après, les rues Neuve-Saint-Eustache, des Fossés-Montmartre, de Cléry, du Mail, Poissonnière, Neuve-Saint-Augustin, Neuve-des-Petits-Champs, Sainte-Anne, Gaillon, de Richelieu, Vivienne, bientôt remplies d'hôtels et de superbes maisons.

LE PALAIS CARDINAL.

Richelieu se trouvant fort à l'étroit, soit chez lui, place Royale, soit chez la Reine-mère, au Petit-Luxembourg, désirait se créer une résidence digne de sa haute fortune. La destruction de l'enceinte de Charles V lui fit jeter les yeux sur les deux hôtels limitrophes d'*An-*

---

(1) Cette troisième porte Montmartre fut élevée au carrefour formé aujourd'hui par les rues Montmartre, Notre-Dame-des-Victoires, Feydeau, Saint-Marc et des Jeûneurs. Elle fut démolie vers 1700.

La *première* porte Richelieu s'ouvrait à l'endroit où aboutissent aujourd'hui les rues Feydeau et de Ménars, dont l'obliquité indique bien la direction de l'enceinte; cette porte fut également démolie vers 1700.

Il y eut une poterne ouverte, la poterne *Sainte-Anne*, rue Poissonnière, à l'endroit où aboutit la rue de la Lune; autre poterne, rue de *Gaillon*, à l'endroit où passe la rue Saint-Augustin. Avec ces points de repère, rien n'est plus facile que de suivre sur un bon plan le tracé de l'enceinte bastionnée, de la porte Saint-Denis à la porte de la Conférence.

(2) La *deuxième* porte *Saint-Honoré*, sise où est aujourd'hui la place du Théâtre-Français; la deuxième porte *Montmartre*, sise rue Montmartre, à l'angle de la rue d'Aboukir; une poterne, sise rue des *Petits-Carreaux*, à l'angle de la rue d'Aboukir, disparurent ainsi en 1634.

Le *Mercure de France*, t. XX, p. 717, raconte que les manœuvres, en creusant les fondements de la nouvelle clôture, trouvèrent une épée à poignée d'or, enrichie de pierres précieuses, dont la Ville fit présent au Roi.

(3) Les moulins de la butte Saint-Roch disparurent dans les premières années du règne de Louis XIV; mais comme ils avaient de la valeur, les matériaux en furent transportés, et ils furent reconstruits plus loin, les uns à Montmartre, les autres à la montagne Sainte-Geneviève. L'un d'eux existe encore au delà de Meaux, à *Crouy-sur-Ourcq;* on voit toujours au-dessus de sa porte l'image du patron sous l'invocation duquel il avait été baptisé à la butte des Moulins.

Deux boucheries furent établies sur l'emplacement des anciennes portes Saint-Honoré et Montmartre.

gennes et d'*Armagnac* (1) dont l'entrée principale était rue Saint-Honoré, et qui, par derrière, touchaient aux murs de la ville. Ces murs abattus, il n'y avait plus d'obstacle pour s'étendre vers le nord.

Il acheta donc, en 1624, l'hôtel d'Angennes; puis, les années suivantes, l'hôtel d'Armagnac au marquis d'Estrées, et, rue des Bons-Enfants, l'*Académie* de Benjamin, où il éleva l'hôtel de Mélusine (2) ; de l'autre côté, c'est-à-dire à l'ouest, rue Saint-Honoré, les maisons de l'*Hermyne*, de l'*Image Notre-Dame*, de l'*Ours*, de la *Chaîne*, du *Cygne blanc;* au nord, les murs, les fossés, les terrains attenants. Maître ainsi d'un espace immense, il en céda le pourtour sur trois faces, en 1636, à l'entrepreneur Barbier, qui y construisit trente-cinq pavillons, destinés à être loués ou vendus à des particuliers, sur les trois nouvelles rues de *Richelieu, Neuve-des-Petits-Champs* et *Neuve-des-Bons-Enfants*. Jacques Le Mercier construisit le palais dont l'entrée était rue Saint-Honoré, en face la rue Saint-Thomas-du-Louvre. Il ne put lui donner l'ampleur et la symétrie qu'il avait voulues, gêné par les caprices du Cardinal, qui s'ingéra dans ses plans et qui s'entêta à conserver une partie de l'hôtel d'Angennes, pour entrer en possession plus tôt. Le théâtre, où fut représentée la tragi-comédie de *Mirame,* était au coin de la rue Saint-Honoré et de l'impasse Orry (3). La seconde cour était ornée de ces proues sculptées dont quelques-unes existent encore et rappellent la dignité de *surintendant général de la navigation* dont le cardinal était revêtu (4); elle s'ouvrait sur le jardin par une suite de légers arceaux surmontés d'un balcon dont l'heureuse disposition fut très goûtée. On remarquait aussi à l'intérieur le grand cabinet du cardinal, « la merveille de Paris, » dit Sauval, et la *Galerie des Portraits*, où Philippe de Champagne avait peint *Henri IV* d'après Porbus; *Marie de Médicis*, d'après Van-Dyck; *Gaston de Foix*, d'après Raphaël, et Simon Vouet, les portraits de *Gaucher de Châtillon* et de *Georges d'Amboise*.

(1) Voir chapitre IX, pages 82 et 90. Après l'expulsion des Anglais, la famille d'Angennes recouvra son hôtel vers 1460. L'hôtel d'Armagnac passa des ducs de Bourgogne aux ducs de Brabant, à la duchesse de Mercœur, à la marquise d'Estrées, puis à Richelieu.

(2) Ainsi nommé parce que dans la principale galerie étaient représentées les aventures de la fée *Mélusine*. Richelieu y logea quelques-uns de ses serviteurs, entre autres l'abbé de Boisrobert. C'est aujourd'hui la maison bien connue dite *du Bœuf à la Mode*, remarquable par son balcon à consoles amorties en mufles de lion.

(3) L'impasse Orry a été prolongée en 1782 par la rue de Valois. Une inscription placée à l'angle du Palais, rappelle le théâtre où devait mourir Molière le 17 février 1673.

(4) Richelieu trouvant dangereux le pouvoir d'un *grand-amiral*, racheta cette charge au duc Henri de Montmorency en 1626, et en exerça lui-même les fonctions sous le nom de surintendant général de la navigation. En 1669, Louis XIV rétablit la dignité de grand-amiral en faveur de Louis de Bourbon, comte de Vermandois, mais avec des prérogatives moindres.

LA VILLE-NEUVE.

Pendant le siège de 1593, la *Ville-Neuve* et sa petite chapelle de *Saint-Louis* et *Sainte-Barbe* (1) furent abattues par les Ligueurs pour faciliter la défense des remparts de Charles V contre les attaques des troupes royales. Mais lorsque, sous Louis XIII, ces remparts furent démolis et remplacés un peu plus au nord par l'enceinte bastionnée de Barbier, les anciens habitants vinrent repeupler les ruines. *Notre-Dame-de-Bonne-Nouvelle* (2) s'éleva au point culminant de la butte, à l'endroit où avait été un moulin, puis *Sainte-Barbe*, et tout autour de l'église surgit un second quartier de la *Ville-Neuve-sur-Gravois*, les rues de Cléry, Beauregard, de la Ville-Neuve, de la Lune, Notre-Dame-de-Recouvrance, et Poissonnière, prolongée depuis l'ancienne poterne des Petits-Carreaux jusqu'à l'angle de la rue de la Lune (3).

ILE SAINT-LOUIS.

Les îles Notre-Dame et aux Vaches, propriétés du Chapitre, étaient restées à peu près telles que je les ai décrites aux temps de Philippe le Bel, de Charles V et de Charles VII, offrant l'aspect qu'ont aujourd'hui les îlots du Bas-Meudon (4). On y étendait du linge; on y bottelait du foin; on allait en bateau s'y divertir, sous la Ligue, au cabaret de Jacques Guchery.

Henri IV, l'année même de sa mort, songeait à y faire bâtir (5), et avait à ce sujet donné des ordres à son grand voyer Sully. Ce projet fut exécuté sous le règne de son fils. Par un acte du 19 avril 1614, un entrepreneur, Christophe Marie, associé à Le Regrattier, trésorier des Cent-Suisses, s'obligea à abattre la tour Loriaux, à combler le petit bras qui séparait les deux îles, à les envelopper de quais de pierre de taille, à ouvrir des rues larges de quatre toises, à construire un pont

(1) Voir chapitre XII, page 458.
(2) Cette église a été reconstruite de 1823 à 1830 par l'architecte Godde. De celle de 1624, il ne reste que le clocher situé à l'angle des rues Beauregard et Bonne-Nouvelle. On conserve des deux côtés de l'abside deux tableaux attribués à Philippe de Champaigne : *Henriette d'Angleterre présentant ses trois enfants à saint François de Salles*, et *Anne d'Autriche et Henriette d'Angleterre*.
(3) La rue Beauregard doit son nom à la vue dont on y jouissait alors sur tout le nord de Paris. La rue de la Lune ne fut d'abord construite que du côté sud, dont les maisons avaient une vue superbe sur la campagne au delà de l'enceinte de Barbier. L'angle qu'elle forme encore aujourd'hui près de l'église indique la direction du bastion. La poterne à l'angle des rues Poissonnière et de la Lune datait de 1645 et s'appelait *porte Sainte-Anne* en l'honneur de la Reine-Mère. Sous Louis XIV, elle fut abattue, en 1685, et reportée à l'angle actuel du boulevard, où on lit au-dessus de la boutique d'un bonnetier : *Anciennes limites de la Ville de Paris en 1726*.
(4) Voir chapitres VII, page 307, page 434; — IX, page 445.
(5) A la fin du règne de François Iᵉʳ, le Chapitre avait demandé au Roi de transformer en quartier l'île Notre-Dame.

vis-à-vis de la Tournelle (1), et un autre, bordé de maisons, vis-à-vis la rue des Nonnains-d'Hyères. Celui-ci reçut le nom de *Marie*, et la première pierre en fut posée solennellement, le samedi 11 octobre 1614, par le jeune Roi et sa mère, en présence du prévôt des marchands, Robert Miron, et des échevins (2).

Ce fut bientôt à qui parmi les financiers, les magistrats, même les grands seigneurs, MM. de Bretonvilliers, d'Astry, Charron, Hesselin, Lambert de Thorigny, Jean de la Grange, Salomon de Caux (3), Sainctot, Meillant, l'abbé de Coulanges, Lauzun, de Jassaud, viendrait habiter les quais d'Anjou, Dauphin, d'Orléans, Bourbon ; les rues Saint-Louis, des Deux-Ponts, Bretonvilliers, Guillaume, Poulletier, Le Regrattier. Un maître couvreur, Nicolas Lejeune, bâtit, pour eux, dès 1616, une petite chapelle où l'on disait la messe les dimanches et fêtes. L'archevêque Jean-François de Gondy, malgré l'opposition du curé de Saint-Paul, l'érigea en paroisse, le 14 juillet 1623, sous le vocable de *Saint-Louis*, dont le nom devint celui de « l'île enchantée (4) ».

PONTS ET QUAIS.

Christophe-Marie avait mis l'île Saint-Louis en communication avec les quartiers Saint-Paul et de la place Maubert par le pont Marie en pierre et le pont de la Tournelle en bois. Il établit également un passage vers la Cité par le *pont de bois*, ou *Pont-Rouge*, qui partait de l'extrémité des quais Bourbon et d'Orléans et aboutissait au port Saint-Landry (5).

(1) Il ne fut construit qu'en bois, en 1614 ; emporté par les eaux et reconstruit en bois, en 1637 ; emporté par les eaux en 1651, et reconstruit en pierre en 1654.

(2) *Échevins* : Desvieux, Clapisson, Huot, Pasquier, sieur de Bucy ; *procureur du Roi et de la Ville*, Perrot ; *greffier*, Clément.

Les travaux furent continués en 1628 par Charles Contesse, ainsi qu'en témoigne une inscription sous la première arche de la rive droite. Les maisons qui le couvraient furent démolies en 1789.

(3) Salomon de Caux est un Français, né dans la seconde moitié du seizième siècle aux environs de Dieppe ; mort vers 1635. Après un séjour en Angleterre et en Allemagne, il revint en France avant 1624, époque à laquelle parut chez Charles Sevestre, libraire, rue Dauphine, la seconde édition de son principal ouvrage : *Les Raisons des forces mouvantes*. Le premier livre en est dédié « au Roy très chrétien par son très obéissant subject Salomon de Caus. » Ailleurs il se dit « ingénieur et architecte du Roy. » Son nom figure parmi les habitants de l'île Saint-Louis dans les actes d'un syndicat formé vers 1630. Rien d'authentique dans la tradition de Salomon de Caus enfermé comme fou à Bicêtre par ordre de Richelieu.

(4) Une opération aussi importante que la construction de tout un quartier ne marcha pas sans diverses complications. Il fallut transiger avec le Chapitre à qui l'on promit, en 1618, une rente de 1.200 livres et à qui l'on donna, en 1642, une somme de 50.000 livres, levée sur les propriétaires à raison de 50 sous par toise. En 1623, Marie et ses associés Poulletier et le Regrattier, cèdent leur traité à Jean de la Grange, secrétaire du Roi ; après plusieurs procès, ils le reprennent en 1627 ; mais en 1643, ils se retirent devant un syndicat des principaux habitants qui achèvent les travaux en 1647.

(5) Les chanoines se refusant obstinément à ce que le pont aboutît directement

Tous ces ponts dont les arches étaient encombrées de moulins; dont le tablier était surchargé de maisons, périssaient successivement par la fureur des eaux ou par les incendies.

Le dimanche 22 décembre 1596, à six heures du soir, le *pont aux Meuniers* s'écroula (1). « Huit-vingts personnes y trouvèrent la mort, dit L'Estoile, qui estoient tous gens aisés, mais enrichis d'usures et pillages de la Saint-Barthélemy et de la Ligue (2). » Marchand, capitaine des arquebusiers, fut autorisé à le rétablir et lui donna son nom (3) : mais le peuple l'appela le *pont aux Oiseaux*, parce que ses maisons uniformes se distinguaient chacune par l'enseigne d'un oiseau différent. Il fut incendié dans la nuit du 22 au 23 octobre 1621 et ne fut pas rétabli.

Le 30 janvier 1616, le *pont au Change* fut en grande partie détruit par la débâcle des glaces (4); en 1621, il fut atteint par l'incendie qui dévorait le pont aux Meuniers (5). Pendant dix-huit ans une passerelle « provisoire » servit au passage des piétons. Ce ne fut qu'en 1639 que Jean du Cerceau le reconstruisit en pierre, fort large, mais toujours couvert de maisons. Elles étaient très étroites, hautes de cinq étages,

---

aux jardins de leurs maisons, Marie fut obligée de le faire tourner à angle droit jusqu'au port Saint-Landry. — Pendant le jubilé de 1634, trois processions voulant passer à la fois se bousculèrent et rompirent les barrières. Plusieurs personnes furent écrasées, d'autres précipitées dans la rivière, en tout vingt tués et quarante blessés. Le lieutenant civil, Isaac Laffémas, envoya ses archers pour rétablir l'ordre.

(1) Le pont aux Meuniers faisait double emploi avec le pont au Change, dont il n'était distant que de quelques pieds. « Les piétons seuls y passaient, dit en 1577 l'ambassadeur vénitien Jérôme Lippomano, et il était tout chargé de petites boutiques comme le *Rialto*. »

(2) « La veufve de Deslogos, linger et porteur de sel, un des insignes massacreurs de la Saint-Barthélemy, et qui, le jour de la Toussaint 1589, avoit jetté de dessus ces ponts un pauvre Anglois dans l'eau, y mourut submergée, avec tout son bien, son train et ses enfans. » (Pierre de l'Estoile.)

(3) Il avait placé aux deux extrémités une table de marbre où on lisait ce distique :

Pons olim submersus aquis, nunc mole resurgo.
Mercator fecit, nomen et ipse dedit... 1609.

(4) Les épaves de ce pont et du pont Saint-Michel furent entraînées par les eaux jusqu'à Saint-Denis. Les riverains prétendirent s'en emparer, en vertu de l'antique et odieux droit d'*épaves, bris et naufrage*. Le procureur général Mathieu Molé intervint, et la Cour ordonna que les meubles tombés en la rivière par le ravage des eaux seraient incontinent rendus à leurs propriétaires.

(5) « Le feu commença la nuit au logis d'un nommé Goslard, écrivain, dans un cellier de bois où une servante avoit laissé tomber une chandelle. Ce qui fit naitre un tel trouble à Paris que chacun y accourut. La cloche de l'horloge du Palais sonnoit et le gouverneur duc de Montbazon, le premier président Nicolas de Verdun, le prévôt des marchands Henri de Mesmes avec archers et commissaires se rendirent sur les lieux. On fit poser des gardes aux avenues; les chaines furent tendues aux rues prochaines. Un toupillon de feu volant en l'air s'attacha au chapiteau de la tour de l'horloge et brûla toute la charpenterie. Avec l'assistance de leurs voisins et amis, les habitans des deux ponts jetoient par les fenêtres lits, coffres, cassettes. L'église de Saint-Barthélemy en étoit pleine, mais la violence des flammes fut cause que l'on sauva peu de chose. » (Malingre.)

disposées du côté de l'eau alternativement en retraite et en saillie. A l'intérieur, l'aspect était celui d'une rue en terre ferme, bordée de maisons uniformes à arcades cintrées pour les boutiques.

La débâcle de la nuit du 30 janvier 1616 fut également fatale au *pont Saint-Michel*. L'année suivante, une compagnie le reconstruisit, à la condition de jouir pendant soixante ans du revenu des trente-deux maisons (1).

L'Hôtel-Dieu ne suffisant plus au nombre toujours croissant de ses malades, on avait élevé de l'autre côté de la Seine un bâtiment annexe le long de la rue de la Bûcherie. Deux ponts servaient de communication entre les deux rives : le pont *Saint-Charles*, construit en 1606 et entièrement affecté au service de l'hôpital; le pont *au Double*, construit en 1634. Une moitié de la largeur de celui-ci était occupée par des salles de malades; l'autre moitié servait aux piétons qui payaient un double-tournois pour passer. La recette de ce petit droit, équivalant à deux centimes, produisait en moyenne douze mille livres par an. Ces deux ponts ont été démolis de nos jours, et le pont au Double seul a été reconstruit en 1881.

Barbier, ce gros partisan que nous avons vu s'intéresser à tous les grands travaux du règne de Louis XIII, construisit, en 1632, un pont de bois qui conduisait du quai du Louvre à la rue de Beaune et aux *Halles* qu'il y avait établies. On l'appela le *pont Barbier* ou le *pont Rouge*, à cause de la couleur dont il était peint. Les arches étaient au nombre de dix ou onze; les gravures du temps montrent vers le milieu du pont, côté d'aval, une machine hydraulique bâtie par l'ingénieur Joly (2).

Ce nouveau moyen de communication contribua à l'embellissement de toute la partie de la rive gauche en face du Louvre. Déjà en 1619, le Roi avait permis à un sieur Marsilly d'y bâtir des maisons symétriques en payant dix livres de cens annuel au Domaine, mais cette convention n'eut pas de suite. Après la destruction du palais de la reine Marguerite, l'ancienne chaussée en dos d'âne, formée à la longue de gravats pour protéger contre les inondations le Pré-aux-Clercs et ce qui avait été la *Grenouillère*, l'*Écorcherie*, devint le *quai Malaquais*, qui se couvrit, dans les dernières années de Louis XIII et sous la Fronde, des beaux hôtels de *Vassan*, de *Brienne*, de la *Basinière*, de *Falconi*, de *Tessé*, du président *Perrault*. Ce quai ne fut complètement pavé qu'en 1670.

Entre le pont aux Changeurs, si magnifiquement reconstruit par Jean du Cerceau, et le pont Notre-Dame, s'étendait, sur la rive droite, une

(1) Il n'y eut qu'une personne de noyée dans le désastre de 1616. Les maisons qui couvraient le pont de 1617, au nombre de seize de chaque côté, furent démolies par ordre de Napoléon Ier, en 1809. Le pont de quatre arches fut démoli, et remplacé par le pont actuel de trois arches en 1857.

(2) Le pont Barbier fut brûlé en 1656, emporté par les eaux en 1684 et remplacé un peu plus en aval, en 1685, par le pont Royal.

berge immonde où les garçons de la Grande-Boucherie (1) abattaient les bestiaux et fondaient les graisses. C'est là que descendaient les ruelles du Pied-de-Bœuf, Merderet, de la Tuerie, de la Vieille-Lanterne, de la Vieille-Place-aux-Viaux. Cette écorcherie infecte faisait tache si près des deux ponts, de leurs belles maisons, de leurs magasins, les plus luxueux de Paris. Le marquis de Gesvres, capitaine des gardes du Roi, demanda et obtint en 1641 l'autorisation de construire en cet endroit « un *quai* de neuf pieds de large, *porté sur des arcades*, pour ne pas rétrécir la rivière ; bordé de maisons au nord, et, au sud, d'un parapet pour conserver la vue sur la rivière. » Sur ce parapet, des piliers de pierre espacés supportaient une toiture qui protégeait les marchandises et faisait du petit quai une élégante galerie sur l'eau, comme la *loggia* d'un palais vénitien. La foule se porta au *quai de Gesvres;* elle y trouva des libraires et des marchands de lingerie, de bijoux, de fleurs, de tableaux (2); ce fut bientôt un des endroits les plus fréquentés de Paris.

En l'année 1643, le quai des Orfèvres fut revêtu de pierres de taille.

LES PORTS.

Les Parisiens ne voyaient donc la Seine que par échappées : au pont Neuf, au Pont de la Tournelle, au pont de la Cité, au Pont au Double et au pont Barbier ; — sur les quais de l'île Saint-Louis, sur ceux de l'Horloge et des Orfèvres ; — du côté de la rive gauche, aux quais Saint-Bernard, de la Tournelle, des Augustins et Malaquais ; — du côté de la rive droite, au Mail, aux quais des Célestins, Saint-Paul, des Ormes, à la place de Grève ; aux quais de Gêvres, de la Mégisserie, de l'École, du Louvre et des Tuileries. Encore quelques-uns de ces quais n'étaient-ils, à proprement parler, que des ports en pente douce,

---

(1) Voir chapitre VII, page 246, note 3, et chapitre IX, page 59, note 4.
(2) M. Cousin, dans le *Paris à travers les Ages*, a donné du *quai de Gêvres* la plus amusante et la plus spirituelle histoire :

« Il est à présumer que les *ayants droits* du noble concessionnaire chargèrent de la construction du quai Jehan Ducerceau, l'habile architecte du pont au Change, et que les deux entreprises se poursuivirent simultanément. La *grande voûte qui portait le quai*, chef-d'œuvre de taille de pierre, offrait la plus grande analogie avec l'appareil du pont que l'on a eu tant de peine à démolir en 1858. Elle faisait le plus grand honneur à celui qui l'avait exécutée. En pénétrant sous cet immense berceau, où le mugissement du fleuve comprimé et coulant en torrent rappelait en se répercutant la grande voix de l'Océan, on se sentait saisi d'une émotion presque craintive ; le bruit des voitures qui roulaient sur la voûte avec des échos de tonnerre lointain ajoutait encore à l'impression, et l'on se prenait à rêver aux drames sinistres qui avaient dû se passer dans cette caverne grandiose, faite, semblait-il, pour servir d'asile aux malfaiteurs de la grande cité.

« Ce décor de mélodrame a disparu, masqué par le nouveau mur du quai de 1860. La caverne est devenue cave ; mais elle existe encore et forme une sorte de gare centrale à l'usage du grand collecteur. Deux larges soupiraux, gaiement enguirlandés de fleurs pendant la belle saison, révèlent seuls aux passagers de la *mouche* qu'ils intriguent un peu, l'existence de l'ancienne voûte de *Gêvres* sous la chaussée actuelle. »

comme il en subsiste encore à la Râpée, à Ivry, à Grenelle, et où s'amarraient les bateaux qui approvisionnaient la ville.

« La Seine, dit l'Estoile, estoit la clef des vivres de Paris, » et rien n'égalait l'animation de ses berges. On trouvait d'abord *sur la rive droite :* le *port au Plâtre*, à l'endroit nommé aujourd'hui la *Râpée :* l'île *Louviers* était un grand chantier de bois à brûler ; au port *Saint-Paul* arrivaient les *coches* de Sens, Auxerre, Montereau, Melun ; on y déchargeait les vins de la Bourgogne et de la Champagne, ainsi que le charbon de bois. Les marchandes des rues s'approvisionnaient de poisson d'eau douce au bas du *pont Marie :* au bas du quai des *Ormes*, abordaient les bateaux de foin. Le port de la *Grève* recevait les bateaux chargés de chaux, de charbon, de sel, de bois de charpente, et de toute la *grenaille*, blé, orge, avoine, farine. En face, dans la Cité, le port *Saint-Landry*, longtemps florissant, avait perdu son importance. Au delà du pont Neuf, au port de l'*École*, cotrets, fagots ; au bas du Louvre, le port *Saint-Nicolas* avait été élargi en 1621 ; les marchandises de Rouen, du Havre, de Dieppe, de l'Angleterre, de la Hollande, même de la Provence et du Languedoc y arrivaient : huîtres, harengs, morues, pommes, cidres, vins du Midi, oranges, cafés, poivre, oranges, huiles, savons, liqueurs, bières, etc.

Sur la *rive gauche :* au port *Saint-Bernard*, les bois flottés et les vins, vendus sur le *carreau* ou dans les deux *halles* situées au coin de la rue des Fossés-Saint-Bernard. A la barrière de la *Tournelle* arrivaient les *coches* de Corbeil et de Villeneuve-Saint-Georges. Enfin au bas de l'hôtel de Nesmond, sur la berge, très large en cet endroit, grands arrivages de bois, charbon, foin, ardoises, tuiles, briques, fruits, pommes et châtaignes.

PROMENADES.

Les promenades tout à fait publiques étaient rares. La place Royale était destinée aux propriétaires des hôtels environnants ; les habitants des rues de Richelieu, Neuve-des-Petits-Champs, des Bons-Enfants, n'obtinrent accès dans le jardin du Palais-Cardinal que bien après la mort de Richelieu. Des suisses défendaient les portes des jardins des Tuileries et du Luxembourg. Il fallait payer de bonne mine pour être admis ; l'entrée était interdite « aux laquais et à la canaille ». Les bourgeois du Marais se rencontraient au Mail de l'Arsenal, en face de l'île Louviers. Chaque jour de beau temps, entre quatre et six heures, les équipages de la famille royale et des grands seigneurs se montraient au *Cours-la-Reine*, dont les trois allées, l'une pour les voitures, deux pour les piétons, avaient été plantées de quatre rangées d'ormes en 1616, par ordre de Marie de Médicis. Le *Cours* s'étendait le long de la Seine, au-dessous de la porte de la Conférence. Il était fermé à ses extrémités par des grilles et bordé des deux côtés par des fossés. L'avenue du milieu était assez large pour que cinq ou six carrosses pussent y rouler de front (1).

Un ancien valet de chambre de M. de Souvré, nommé Regnard, avait obtenu de Louis XIII la concession de la partie du jardin des Tuileries, située auprès du bastion et de la rivière. Il l'avait remplie « de toutes sortes de plantes, de fleurs rares et exquises », et il en avait fait un lieu de rendez-vous qu'affectionnaient les gentilshommes et les riches bourgeois curieux d'y goûter les plaisirs du bal, de la collation, des concerts (2).

Les amateurs de simples allaient visiter au faubourg Saint-Victor le *Jardin Royal des herbes médicinales*, dont Jean Héroard, premier médecin de Louis XIII, avait eu le privilège dès 1626. En réalité, il ne fut fondé qu'en 1634 par deux autres médecins du Roi, Charles Bouvard et Guy de la Brosse (3). Vespasien Robin, sous-démonstrateur, y planta le premier acacia qui y ait été cultivé (4).

Déjà en 1616, le premier marronnier d'Inde, importé de Constan-

---

(1) C'est par erreur que le Cours-la-Reine, créé en 1616, figure à la fin du second volume dans un plan qui s'arrête à 1589.

Bassompierre, dont la prodigalité était extrême, fit creuser à ses frais les deux fossés latéraux du Cours et les fit revêtir de pierre. Cette belle promenade était dans le voisinage immédiat de sa maison de campagne de Chaillot.

(2) Dans le jardin des Tuileries se trouvaient, du même côté, d'autres attractions : le *Labyrinthe* ou *Dédalus*, l'*étang*, la *volière*, la *ménagerie* des bêtes féroces, et, dit l'Anglais Thomas Coryate dans la relation de son voyage en 1608, « une allée de sept cents pas de long, artistement recouverte d'un berceau de treillage, et un *écho* si remarquable qu'il renvoie le son d'un chanteur, en faisant entendre trois voix en même temps ».

(3) Charles Bouvard est ce docteur qui, selon Amelot de la Houssaye, fit prendre au Roi, en un an, 215 médecines, 212 lavements, et le fit saigner 47 fois. Il mit au tombeau son royal client, dès l'an 1643, et ne mourut, lui, qu'en 1658.

Guy de La Brosse, également médecin de Louis XIII, a été le premier intendant du Jardin, et l'un des quatre premiers professeur choisis pour y faire des leçons de botanique aux jeunes étudiants. On a de lui : *Description du Jardin établi par le roi Louis le Juste à Paris, contenant le catalogue des plantes qui y sont cultivées, ensemble le plan du jardin;* Paris 1636, in-4°. Il mourut le 31 août 1641, et son cercueil, déposé *provisoirement* dans une salle basse sur des tréteaux, y est resté deux siècles et demi. Ce n'est que le 29 novembre 1893, qu'il a été transporté avec quelque solennité sous le grand hall des nouvelles galeries de zoologie, au pied de l'escalier, dans un petit caveau, aménagé tout exprès, dont la porte est surmontée de cette inscription en lettres rouges sur marbre blanc :

GUY DE LA BROSSE
1586-1641
Fondateur et premier intendant
du Jardin des Plantes.

Jean Robin, né en 1550, à Paris, où il mourut le 25 avril 1629, apothicaire et « arboriste et simpliciste du Roy », cultivait vers 1586, entre le Louvre et la rivière, un jardin où les dames de la Cour trouvaient des modèles de fleurs pour leurs broderies. En 1597, le doyen de la Faculté de médecine le chargea de diriger le jardin botanique de l'École, situé au coin la rue de la Bûcherie et de la rue des Rats. Il y planta un arbre dont il avait tiré les graines de la Virginie, l'*acacia*.

(4) Vespasien Robin (1579-1662), associé d'abord aux travaux de son père, après plusieurs voyages en Italie, en Espagne, en Afrique, entra au Jardin des Plantes

tinople, avait été planté dans le jardin de l'hôtel de Guise Quelques grands seigneurs, à l'imitation du Roi et des princes, commencèrent à ouvrir leurs jardins aux familles du voisinage et aux voyageurs de passage à Paris. D'ailleurs, à défaut de jardins, les hommes fréquentaient les jeux de paume au nombre de plus de deux cents; les femmes de la petite bourgeoisie « tenoient leurs assises à la place Maubert, à cause que la licence du peuple y est assez grande. Sur le midy arrive une caravane de demoiselles, à fleur de corde, accompagnées de leurs mères, suivies de leurs muguets et galans (1). » La foule assiège encore les galeries du Palais (2), court aux foires Saint-Germain et Saint-Laurent;

en 1635. L'acacia qu'il y planta, s'y voit toujours, du côté de la rue de Buffon, dans la grande allée, près les galeries de botanique.

Autre accacia au cimetière Saint-Benoît. — Rue Saint-Jacques, dans la cour des Sourds-Muets, ancien séminaire de Saint-Magloire, un orme majestueux s'aperçoit de tous les points de Paris. Il peut avoir été planté du temps de Henri IV, et il était certainement en cet endroit au milieu du dix-septième siècle. — On trouve encore des vignes dans quelques cours du Marais.

(1) Furetière, *le Roman bourgeois.*

(2) Les libraires avaient leur étalage à chaque pilier de la salle des Pas-Perdus; les lingères, les mercières, encombraient tous les coins et recoins disponibles des galeries Dauphine, Mercière, des Prisonniers, et y vendaient gants, éventails, bijoux, dentelles, rubans, pantoufles et mille babioles. La *Bourse* ou le *Change,* comme on disait alors, se tenait dans une sombre galerie voûtée, près de la Conciergerie, et dans une partie de la cour du Mai. « Ce n'est pas à comparer, dit l'Anglais Thomas Coryate, au lieu de réunion de nos marchands de Londres, car c'est une simple cour pavée *sub dio,* c'est-à-dire en plein air. »

En 1622, les Carmes déchaussés de la rue de Vaugirard tirèrent un feu d'artifice pour célébrer la canonisation de sainte Thérèse : « J'y fus entièrement bruslée, dit une damoiselle d'auprès la porte de Saint-Victor; c'est la raison pourquoy je ne deffais pas mon masque. — Comment, ma cousine, répond une jeune mariée, estiez-vous à ce feu? Je ne vis jamais un tel désordre. — De mon jeune temps, dit une vieille édentée, je n'ouïs jamais parler de canoniser les sainctes de ceste façon; c'est plutost les canonner. On y a plus offensé Dieu mille fois que lui faire honneur, etc.

(*Les Caquets de l'accouchée.*)

Le plus beau divertissement dont jouirent les Parisiens fut le Carrousel donné par la Reine, le 16 mars 1612, pour fêter le mariage du Roi avec l'infante d'Espagne. La place Royale, à peine achevée, en fut le théâtre. Un immense échafaud, adossé aux quatre façades, avait été dressé depuis le pavé jusqu'au premier étage. Il pouvait contenir dix mille spectateurs; d'autres se pressaient aux fenêtres et jusque sur les toits. Au milieu de la place, s'élevait le *Temple de la Félicité,* où des musiciens invisibles faisaient entendre un concert d'instruments, dès que le canon de la Bastille cessait de tonner. Marie de Médicis considérait ce spectacle à la fenêtre du pavillon du Roi. Le connétable Henri de Montmorency et quatre maréchaux de France, juges du camp, entrèrent par la rue Royale, tandis que les tenants, — les ducs de Guise, de Nevers, de Chevreuse; le marquis de la Chastaigneraie et Bassompierre, — précédés de leurs massiers, suivis de cinq cents gentilshommes à cheval, habillés de velours et de drap d'or et d'argent, pénétraient par la grande porte du pavillon de la Reine. Les passes d'armes inoffensives qui émerveillaient la foule durèrent jusqu'à la nuit entre le prince de Conti, Vendôme, à la tête des *Chevaliers du Lys;* Retz, à la tête des *Chevaliers de la Félicité;* le baron d'Uxelles, costumé en *Amadis;* Montmorency, en *Persée;* Arnauld du Fort, en *Zalcandre;* d'autres en *Léontide, Argant, Alcindor, Alphée, Lysandre.* « Le soir, raconte Bassompierre, il y eut, sur le *château de la Félicité,* le plus beau feu d'artifice qui se soit encore fait en France. »

suit les processions, danse au feu de la Saint-Jean, se fait écraser aux pendaisons, aux mariages, aux entrées, aux naissances des princes, aux feux d'artifice, et se régale à la Saint-Martin, « une fête de gueule ».

STATUES.

Les quelques statues qui avaient décoré les places publiques de Lutèce, étaient depuis longtemps enfouies dans le sous-sol parisien (1). Les contemporains de Henri IV n'en connaissaient guère d'autres que celles placées dans les niches des églises ou sur des tombeaux. Ce n'est que dans la première moitié du dix-septième siècle que l'on commença à en orner les places publiques.

Le 2 juin 1614, le jeune roi Louis XIII posa sur le terre-plein du pont Neuf, vis-à-vis la place Dauphine, la première pierre d'un piédestal de marbre, destiné à recevoir la statue équestre de son père. Le cheval de bronze qui devait supporter le cavalier, fut mis en place le 23 août suivant, et le Henri IV lui-même, dû au sculpteur Dupré, ne fut posé, par les soins du cardinal de Richelieu, que vingt et un ans plus tard, en 1635, ainsi que les bas-reliefs et les esclaves des quatre angles, exécutés par Franqueville et son gendre Bordoni (2).

Le mardi 27 septembre 1639, jour anniversaire de la naissance de Louis XIII, Richelieu fit inaugurer avec la plus grande pompe, au milieu de la place Royale, une statue équestre du Roi, en bronze. Le ca-

----

(1) Voir les chapitres III, *Lutèce Gallo-Romaine*, et IV, *Paris chrétien*; — p. 42, statue, dite *Nymphe de la Seine*, trouvée à l'Hôtel-Dieu; — p. 55, statue de *Julien*, au Musée du Louvre; — p. 56, statue consulaire du quai de la Tournelle. Fragments aux arènes.

(2) Jean de Bologne, sculpteur français, mort en Italie, l'an 1608, avait commencé une statue équestre en bronze de Ferdinand Ier, duc de Toscane, mort aussi en 1608. Cosme II, successeur de Ferdinand, fit achever le cheval par Tacca et l'offrit à Marie de Médicis pour servir à une statue de Henri IV. Le navire qui transportait le colosse, sous la conduite de l'ingénieur Antonio Guido et du chevalier Pescolini, ne fit le voyage de Livourne au Havre par le détroit de Gibraltar, qu'avec mille difficultés et après un naufrage, les uns disent sur les côtes de Sardaigne, les autres sur les côtes de Normandie. Il resta une année entière au fond de la mer. Enfin au commencement de mai 1614, Pescolini annonce à la Cour son arrivée au Havre. Le 2 juin 1614, le Roi pose en grande cérémonie la première pierre du *piédestal* sur le terre-plein du Pont-Neuf, puis quitte Paris avec sa mère, le 5 juillet, pour son voyage de Bretagne et de Poitou. C'est donc en leur absence que le 23 août, le gouverneur de Paris, le prévôt des marchands (voir page 99, note 6) font hisser, en grande cérémonie, le *cheval* sur son piédestal.

Les choses restèrent ainsi plusieurs années, et le peuple, accoutumé à voir le cheval seul, désigna le monument entier, même lorsqu'il eut reçu la statue du Roi, sous le nom de *Cheval de bronze*.

La statue de Henri IV est attribuée à Dupré; les quatre esclaves des angles ne peuvent être entièrement de Franqueville puisqu'il mourut le 26 août 1615, aux galeries du Louvre. Son gendre Bordoni les acheva; il fit trois des cinq bas-reliefs, les deux autres sont de Michel Bourdin et Barthélemy du Tremblay. Ils représentent les batailles d'Arques, d'Ivry, l'entrée à Paris; la prise d'Amiens et la prise de Montmélian. Ils sont maintenant au Louvre, au Musée de la Renaissance.

valier était de Biard fils; le cheval, de Daniel de Volterre, « les jambes si sèches, la croupe si ronde, l'encolure si fine, les crins si hardiment tournés, la tête si belle et si fière, l'œil si ardent, que la nature n'a jamais rien produit de plus parfait (1). »

On voyait aussi, mais seulement en bas-relief, la représentation de Henri IV, par Pierre Ier Biard, au-dessus de la porte centrale de l'Hôtel de Ville, et celle de Louis XIII, par Simon Guillain, au-dessus de la porte de l'Hôtel des Juges-Consuls, rue de la Verrerie.

AQUEDUC D'ARCUEIL. — FONTAINES.

Henri IV avait pourvu d'eau le Louvre, les Tuileries et leurs jardins, par la construction de la Samaritaine. Au Luxembourg, plus éloigné de la Seine, Marie de Médicis eut recours aux sources de Rungis, déjà utilisées par les Romains, dès le troisième siècle, pour l'alimentation du palais des Thermes. La ville, dans le même temps, projetait de les capter pour arroser les quartiers de la rive gauche qui n'usaient que de l'eau des puits. Louis XIII invita, en 1612, le Prévôt des marchands à faire dresser des plans, et l'entreprise fut adjugée, après plusieurs enchères, à Jehan Coing, maître-maçon, moyennant la somme de 460.000 livres, payable en six années. Salomon de Brosse construisit à côté de l'endroit où avait été l'aqueduc romain, un nouvel aqueduc, long de douze cents pieds, haut de soixante, qui franchit la vallée de la Bièvre à Arcueil sur neuf arcades (2). Le Roi, accompagné de sa mère, du gouverneur de Paris, M. de Liancourt, du duc de Montbazon, du duc de Guise (3), du prince de Joinville, de l'archevêque de Reims, du

---

(1) Piganiol de La Force.

« La cérémonie de l'inauguration fut faite par le duc de Montbazon, gouverneur de Paris, et par les échevins, le prévôt des marchands Oudart le Féron, étant malade. L'évêque de Chartres représentait le cardinal de Richelieu. Le chevalier du guet et sa compagnie, en très bel ordre, ainsi que plus de trois cents archers à cheval, caracolèrent autour de la place, en faisant des décharges de mousqueterie, puis ils se rendirent à l'Hôtel de ville où l'on tira le canon, à quoi le comte de Montmartin, à l'Arsenal, et Charles le Clerc du Tremblay, gouverneur de la Bastille, répondirent par leurs canonnades.

Saint-Sorlin, dans un sonnet gravé sur l'une des faces du piédestal faisait dire à Louis XIII :

> « J'ai sauvé par mon bras l'Europe d'esclavage,
> Et si tant de travaux n'eussent hâté mon sort,
> J'eusse attaqué l'Asie, et d'un pieux effort,
> J'eusse du Saint Tombeau vengé le long servage. »

On voit qu'en 1639 toute idée de croisade n'était pas abandonnée.

(2) Les eaux de Rungis furent amenées par des conduites souterraines dont on peut évaluer la longueur à 11.600 mètres.

(3) Charles, quatrième duc de Guise, fils du Balafré; en lutte avec Richelieu, il se retira à Florence avec sa famille, en 1631, et mourut à Cuna, dans le Siennois, le 30 septembre 1640.

Le prince de Joinville, mentionné ici, est l'un de ses dix enfants, François, né le 3 avril 1612, mort le 7 novembre 1639, sans alliance.

Prévôt des marchands, Gaston de Grieu, et de ses échevins, en posa la première pierre, le mercredi 17 juillet 1613 (1). Les travaux durèrent dix ans. Les eaux arrivèrent, le 19 mai 1623, dans le réservoir de la rue d'Enfer, mais il fallut encore le temps de les répartir entre le Luxembourg et quatorze nouvelles fontaines publiques. Aussi ne furent-elles réellement distribuées à la population que dans le cours de l'année 1628 (2).

COLLÈGES.

La journée des Barricades et les longues années de troubles qui la suivirent firent déserter les collèges de Paris. Les élèves se retirèrent dans leurs familles, et les maîtres, la plupart ligueurs, laissèrent de côté Homère et Virgile pour tonner contre le Valois et le Béarnais. Les *Lecteurs* du Collège Royal, restés fidèles à Henri III, le suivirent dans sa fuite. Un auteur du temps nous a laissé le tableau de ce que devinrent, de 1588 à 1594, toutes ces maisons célèbres, qui pendant tant de siècles avaient contribué à la prospérité de la capitale : « Des soldats espagnols, belges et napolitains, mêlés aux paysans des campagnes voisines, remplissent les Asiles des Muses d'un attirail de guerre, au milieu duquel errent des troupeaux. Dans ces salles où retentissait autrefois la parole élégante des instructeurs de la jeunesse, on n'entend plus que la voix discordante de soldats étrangers, les bêlements des brebis, les mugis-

_____

(1) « Au devant de laquelle dame Royne mesdits sieurs de la Ville furent, et la remercièrent de tant de peine qu'elle prenoit. Et aussitost trompettes et tambours commencèrent à sonner, mesme fut défoncé trois muids de vin qui furent dispersés à plus de six cents manœuvres et ouvriers, en réjouissance d'un si bel œuvre pour le public. Et à l'instant mondit sieur le Prévost des marchands présenta au Roy une truelle d'argent, et Sa Majesté a assis et posé la première pierre, sur laquelle a été mis par S. M. cinq médailles, l'une d'or et quatre d'argent... Ce fait, mesdits sieurs de la Ville ont présenté une collation d'exquises et excellentes confitures, sous une tente, crainte du soleil, meublée et garnie de chaises de velours bordées d'or et d'argent. » (Extrait de Félibien, *preuves*.)

(2) Furent construites sous Henri IV et Louis XIII, les fontaines :

En 1606, place du Palais; — 1610, cour du Louvre. — 1623, Saint-Benoit; Maubert; Puits Sainte-Geneviève; Apport-Paris. — 1624, porte Saint-Michel; Saint-Cosme; de la Grève; du Parvis; de la Grande-Écurie du Roy; des Marais du Temple, à l'angle de la rue de Poitou et de la rue Vieille-du-Temple; — 1625, des Carmélites du faubourg Saint-Jacques. — 1626, Saint-Victor; Cour de la Sainte-Chapelle; — 1628, de Paradis au coin de la rue du Chaume. — 1636, des Haudriettes.

Furent restaurées, les fontaines devenues stériles :

En 1602, Barre-du-Bec; — 1604, des Filles-Dieu, rue Saint-Denis; Saint-Lazare; de la Reine, rue Greneta; — 1605, des Halles ou du Pilori; du Ponceau; — 1606, Salle-au-Comte; — 1627, de l'Apport-Baudet; de Birague; — 1633, du Vertbois; — 1636, de la Croix-du-Trahoir.

Pour avoir, aussi exactement que possible, la nomenclature des fontaines existantes en 1643, ajoutez celles-ci, déjà citées dans les chapitres précédents, et remontant au treizième, au quatorzième, au quinzième siècles :

Des Innocents, — Maubuée, — Sainte-Avoie, — Saint-Julien-des-Ménétriers, rue Saint-Martin, — de la Trinité, rue Greneta, — des Cinq-Diamants, — de Sainte-Périne

sements des bœufs. Les collèges ne sont plus que des casernes ou des étables infectes comme les écuries d'Augias. L'Université est devenue plus silencieuse qu'Amyclée » (1).

Après l'entrée de Henri IV, le 22 mars 1594, ce ne fut que le 2 avril que le nouveau recteur, Jacques d'Amboise (2), les quatre procureurs des Nations et les moins compromis des docteurs, se décidèrent à l'aller saluer dans son Louvre. Le 22 avril, le gouverneur de Paris, François d'O, réintégré dans ses fonctions, et le lieutenant civil Antoine Séguier, leur enjoignirent de se rendre tous à l'église des Mathurins, où ils durent prêter serment de fidélité au Roi entre les mains de l'archevêque de Bourges, Renaud de Beaune de Semblançay (3).

L'année suivante, une commission dont firent partie Renaud de Beaune, le premier président Achille de Harlay, le président Jacques Auguste de Thou, les conseillers Lazare Cocquelay et Édouard Molé, le procureur général Jacques de la Guesle, l'avocat général Louis Servin, le lieutenant civil Antoine Séguier et le premier président au Parlement de Bretagne, Faucon de Ris, fut chargée de travailler, — sans l'adjonction d'aucun légat du pape, cette fois, — à une réformation générale de l'Université (4). Le règlement en 310 articles qu'ils adoptèrent fut rendu public dans une assemblée générale tenue aux Mathurins le 18 septembre 1600. Augmenté d'un *statut*, en date du 13 novembre 1626, il a été la charte de l'ancienne Université jusqu'à sa suppression, le 20 mars 1794.

Le *recteur*, élu pour trois ans dans un conclave des quatre Nations, restait le chef de l'Université, mais il ne décidait rien sans l'assenti-

près le gibet de Montfaucon, — du Temple, près du Prieuré, — de Saint-Laurent, faubourg Saint-Martin.

Le puits Certain (que l'on retrouve dans des fouilles d'égout, au moment où j'écris cette note, 24 avril 1894), était situé au carrefour formé par les rues Saint-Jean-de-Latran, Saint-Hilaire, Saint-Jean-de-Beauvais, Charretière et Fromentel. Il fut creusé vers 1559 par Robert Certain, curé de Saint-Hilaire et principal de Sainte-Barbe. François Miron le fit restaurer entre 1600 et 1609.

(1) Raoul Boutrays, auteur d'un poème latin, *Lutetia*, publié en 1611; d'une *Relation de l'incendie du Palais* en 1618, réimprimée en 1879 par les soins de M. Hippolyte Bonnardot. — Raoul Boutrays, né à Châteaudun vers 1552, mourut en 1630.

(2) Il remplaça Antoine de Vincy, compris dans la liste des six-vingts bannis de Paris à la rentrée du Roi.

(3) C'est le fils du surintendant des finances qui « rendit l'âme à Montfaucon ». Renaud obtint des lettres de réhabilitation, devint archevêque de Bourges et présida, en 1588, la Conférence de Suresnes. Le pape Clément VIII, irrité de ce que Renaud avait donné l'absolution à Henri IV, lui fit attendre six ans les bulles de l'archevêché de Sens. Ce prélat, qui défendit toujours avec fermeté les libertés de l'Église gallicane, mourut en 1606.

(4) « Les commissaires commencèrent par la visite des collèges, où ils ne purent voir sans horreur les tristes restes de la désolation que les dernières guerres civiles y avaient laissée : les classes et les salles destinées aux exercices publics, converties en estables et en escuries qui regorgeoient encore de l'ordure des chevaux et des bestiaux qu'on y avoit retirez; la pluspart des bastimens, ou tout à fait destruits, ou à demi ruinez, et ce qui avoit eschapé au feu ou à la fureur du soldat, occupé par des estrangers qui y entretenoient leurs femmes et leurs mesnages. » (Félibien.)

ment des doyens des quatre Facultés. Sa juridiction s'étendait sur la plus grande partie de la rive gauche : les appels de ses sentences étaient portés au Parlement. Il devait visiter chaque collège dans le premier mois de sa magistrature, et ces inspections étaient pour le menu peuple des écoliers qui l'accueillaient de leurs *virats*, l'occasion de véritables fêtes (1).

Les *principaux* étaient les chefs des collèges, des professeurs comme des élèves ; la plupart étaient des ecclésiastiques (2) ; dans beaucoup d'établissements, le principal était élu par les grands boursiers qui souvent partageaient avec lui l'administration. Nous voyons, en 1616, Jehan Grangier accepter le principalat du collège de Presles, à la charge de « loger, gaiger et stipendier deux régens en philosophie et ung en grammaire ; gaiger le portier ; catéchiser et endoctriner soigneusement les boursiers, et tenir la main à ce que chascun vive selon les statuz et règlemens. »

La langue latine continue de tenir la première place dans l'enseignement : on y adjoint la langue grecque, mais on ne songe pas encore à un enseignement particulier de la langue française (3). On ne recommande que les auteurs originaux, et l'on proscrit ceux en latin moderne ; on étudie des extraits de *Térence*, *Cicéron*, *Virgile*, *Salluste*, *César*, *Horace*, *Quintilien*, et d'*Homère*, *Hésiode*, *Platon*, *Démosthène*. Le cours de philosophie est de deux années ; on continue de jurer par Aristote et le professeur de mathématiques explique quelques livres d'Euclide.

La discipline restait fort dure ; les congés étaient ceux des fêtes chômées par l'Église ; les vacances fort courtes, les récréations rares ; le fouet comme principale punition ; les professeurs, logés dans le collège, y étaient peu nourris et mal payés (4).

---

(1) Le recteur jouait un grand rôle dans les processions : revêtu d'un manteau d'écarlate, il marchait par la ville, précédé de ses massiers et suivi de l'interminable cortège des quatre Facultés, professeurs, écoliers, suppôts. Quand il mourait dans l'exercice de sa charge, on lui rendait les honneurs dus aux princes du sang ; il restait exposé huit jours sur un lit de parade et les Cours souveraines venaient lui jeter l'eau bénite. L'enterrement de l'un d'eux coûta vingt-huit mille livres.

(2) Au grand scandale de ses contemporains, Vincent Raffar, professeur de philosophie au collège de Justice et doyen de la tribu de Bourges, se maria en 1588, alors qu'il enseignait la rhétorique au collège de Beauvais. Il perdit son décanat, sa chaire de philosophie au Collège de France, se réfugia à Poitiers, et ne revint à Paris qu'en 1594, avec Henri IV. Jean Grangier, deux fois recteur, principal du collège de Beauvais, professeur d'éloquence latine au Collège de France, se maria en 1635, avec ou sans dispense du pape Urbain VIII, *adhuc sub judice lis est?* — Ce fut longtemps une question de savoir si les régents mariés pouvaient exercer des fonctions honorifiques dans l'Université.

Pendant la peste de 1623, Grangier garde au collège de Beauvais ceux des petits boursiers qui ne peuvent pas se retirer à la campagne chez leurs parents. Il dépense trois livres deux sous pour leur acheter des quilles et des boules de buis, « afin de les récréer ». En outre cinquante-trois livres « pour les aider à se bien nourrir pendant ledit temps ».

(3) Patru, à qui l'on demandait où il avait si bien étudié la langue française, répondit : « Dans Cicéron, Horace et Virgile. »

(4) « On prit toutes les mesures possibles pour commencer cette Réformation

De tous les collèges de Paris, celui que les écoliers avaient dû abandonner le premier, après la journée des Barricades, était le collège de Clermont. Les Jésuites qui le dirigeaient, déjà accusés « d'espagnoliser la jeunesse »; oublieux des bienfaits dont Henri III les avait comblés, s'étaient jetés à corps perdu dans la Ligue. Soldats du Pape et de Philippe II, les Pères Mathieu, Varade, Guignard, Pigenat, Guéret, Hayus, Tyrius, Georges, Léonard Perrin, Jacques Lavius, Claude Burlot, Commolet, avaient alors bien d'autres soucis que les devoirs étroits de l'enseignement; les prédications furibondes, la composition des pamphlets régicides, les processions, les conciliabules des Seize, la garde des remparts, suffisaient à occuper leurs jours et leurs veilles (1).

Lorsque Henri IV rentra dans Paris, l'Université qui, elle aussi, avait bien des griefs à lui faire oublier, crut le moment favorable pour faire montre de son zèle royaliste et reprendre son vieux procès, toujours pendant, contre les Jésuites. Le recteur, Jacques d'Amboise, osa demander leur expulsion de Paris et de toute la France. La cause fut appelée *à huis clos* devant la Grand'Chambre, le mardi 12 juillet 1594. Antoine Arnauld plaida pour l'Université; Louis Dolé, pour quelques curés, joints à l'Université, et Claude Duret pour les Jésuites.

Arnauld affirma que toutes les menées des Pères, depuis dix ans, avaient tendu à livrer la France au roi d'Espagne, à l'exclusion de la maison de Bourbon : « O Henri III, mon grand prince, qui as ce contentement dans le Ciel de voir ton légitime et généreux successeur régner aujourd'hui paisible en ta maison du Louvre, assiste-moi en cette cause; représente-moi continuellement ta chemise toute sanglante, pour que j'aie la force de faire sentir à tous tes sujets la haine et l'indignation qu'ils doivent porter à ces Jésuites! Quelle langue, quelle voix pourrait exprimer les conjurations plus horribles que celle des Bacchanales, plus

avec le siècle. Le Parlement fit choix de quatre *censeurs* d'une probité et d'une capacité reconnues pour pouvoir corriger les autres : Edmond Richer, *de la Faculté de Théologie;* Claude Minault, *professeur en droit canon;* Nicolas Eclain, *docteur en médecine,* et Jean Gallard, *principal du collège de Boncourt.* Des régens vicieux et ignorans, quelques principaux peu réglez, n'osant s'en prendre au Parlement de la publication des statuts, déchargèrent leur mauvaise humeur sur les censeurs, et principalement sur Richer. Celui-ci fit priver les plus mutins de leurs emplois et en fit emprisonner quelques-uns. Lui et ses collègues visitèrent les collèges, et de concert avec les principaux, rétablirent quelque discipline; ils modérèrent la pension des étudiants et supprimèrent les fêtes semestrielles du *Lendit* qui n'étaient plus qu'une occasion de désordre; ils remplacèrent les honoraires que les écoliers payaient aux régents deux fois l'an, à ces fêtes du *Lendit,* par un modique salaire mensuel.

Quelques régents dont l'avarice était atteinte refusèrent de signer les statuts, animèrent les écoliers et armèrent les valets des collèges contre les Censeurs qui furent insultés et maltraités dans les rues. Ces tumultes et ces violences scandalisèrent un grand nombre de personnes de qualité, qui retirèrent leurs enfants des collèges pour les mettre en pension dans la ville sous des maistres particuliers, ou leur donnèrent des précepteurs chez eux, usage rare jadis et qui depuis est devenu fort commun. » (Félibien, p. 1256, 1257.)

(1) Ils n'en ont pas moins prétendu que leur collège était toujours resté ouvert pendant les troubles, mais à combien d'élèves?

dangereuses que celle de Catilina, qui ont été tenues dans leur collège, rue Saint-Jacques, et dans leur église rue Saint-Antoine? boutiques de Satan, où se sont forgés tous les assassinats exécutés ou attentés en Europe depuis quarante ans; ô vrais successeurs des Arsacides ou Assassins!... Et ils vivent, et ils hument l'air de la France!... Mais, dira-t-on, ils enseignent la jeunesse!... A quoi faire? à désirer, à souhaiter la mort des rois!... Ou bien cette séance délivrera la France de ces monstres engendrés pour la démembrer, ou bien, si leurs ruses et leurs artifices les maintiennent, ils nous feront plus de mal qu'ils ne nous en ont encore fait!... Ils ont trouvé moyen de faire fermer les portes de cette enceinte, mais ma voix pénétrera aux quatre coins du royaume, et j'en appelle à la postérité qui nous jugera sans crainte ni passion (1). »

Les Jésuites semblaient perdus, mais, à l'étonnement général, aucun arrêt ne fut rendu. Le Roi avait encore besoin de Rome; son absolution n'était pas prononcée.

Le triomphe des Pères ne fut pas long. L'année n'était pas terminée qu'un de leurs anciens élèves (2), Jean Châtel. attenta à la vie du Roi. J'ai raconté (3) quelles furent pour eux les terribles conséquences de ce crime insensé, la pendaison de leur Père Guignard et leur expulsion de la maison Professe et du collège de Clermont (4).

(1) Les Jésuites se disculpèrent de leur mieux et répondirent : « qu'ils avaient été approuvés par six papes et quatre de nos rois; par le Parlement et par la Sorbonne; que s'étant offerts et s'offrant encore à faire toutes les soumissions au roi Henri IV, ils ne devaient pas plus être exclus de l'amnistie générale que les autres communautés; qu'ils n'avaient jamais qualifié d'abus les libertés de l'Église gallicane; qu'il n'y avait parmi eux aucun Espagnol, qu'ils étaient tous Français et aussi zélés pour la gloire de leur patrie que les autres sujets du Roi; qu'Ignace de Loyola, leur fondateur, n'était pas Espagnol, mais Navarrais, et que d'ailleurs cela ne devait pas les rendre plus suspects que les Jacobins, qui ont pour fondateur saint Dominique, Espagnol de naissance, et que les Franciscains, qui ont pour fondateur François d'Assise, Italien; que leur ordre était né en France, à Paris même, où Ignace avait fait ses premiers vœux dans la chapelle souterraine de Montmartre; qu'ils n'avaient pas figuré à cette belle montre de ligueurs ecclésiastiques déguisés en soldats; que quelques-uns d'eux n'étaient entrés dans les Conseils des Seize que pour en modérer les violences; qu'ils détestaient comme abominable la pernicieuse doctrine du tyrannicide, etc. »

J'avais donné l'attaque, j'ai voulu donner la défense.

(2) En réalité, Châtel n'avait pas été exclusivement l'élève des Jésuites; il avait commencé ses études dans l'Université; puis il avait fait sa philosophie sous le P. Guéret, et, au moment du crime, il suivait le cours de droit de Marcile.

(3) Chapitre xv, page 72.

(4) Leur maison de campagne d'Issy fut vendue, et le prix servit à payer en partie les frais de la pyramide, élevée sur l'emplacement de la maison de Jean Châtel. Leurs provisions de blé, de vin et d'huile, furent distribuées à l'Hôtel-Dieu et à la Conciergerie. Leur bibliothèque, riche de vingt mille volumes provenant du médecin Hiérosme Varade, du président François de Saint-André et de Guillaume Budé, fut mise aux enchères, mais pillée, dit L'Estoile « par les plus piestres frippiers de l'Université. » Henri IV fit transporter chez eux la bibliothèque royale, qui, depuis François Ier, était restée à Fontainebleau; elle y demeura jusqu'en 1618 et fut alors placée aux Cordeliers. Dans les vastes logements s'installèrent un grand nombre d'intrus, parmi lesquels Jean Passerat, l'un des auteurs de la *Ménippée*, qui y mou-

Ils étaient de ceux qui renaissent de leurs cendres. Henri IV, les trouvant plus dangereux, bannis, que près de sa personne, les rappela dès 1603, sans les autoriser encore à enseigner à Paris (1). En 1609, il leur permit de faire des lectures publiques de théologie. Aux États de 1614, le clergé et la noblesse réclamèrent la réouverture des classes du collège de Clermont. Louis XIII l'accorda enfin par un arrêt de son Conseil du 15 février 1618, que les Pères firent afficher dans tous les carrefours de Paris. En peu de temps, leur collège redevint le plus florissant de Paris (2), comptant jusqu'à 300 internes et 1.700 externes!

Il leur fallut bientôt s'agrandir, et ils eurent l'adresse d'intéresser la Ville à leur prospérité. Sur les instances du P. Ignace Armand, recteur, le prévôt des marchands, Nicolas de Bailleul, consentit à venir, le mardi 8 août 1628, poser la première pierre des bâtiments nouveaux que l'architecte Augustin Guillain était chargé de construire. Cette cérémonie fut suivie d'une collation et d'une représentation dans laquelle « les escholiers vestus en mariniers, très gentils, tenans chacun un aviron peint en la main, firent de très belles déclamations à la louange de la Ville,

---

rut le 14 septembre 1602, et fut inhumé dans la maison d'en face, *id est* chez les Dominicains de la rue Saint-Jacques. On raconte qu'un sieur Baugrand ne se gêna pas d'établir sa cuisine dans la chapelle.

(1) L'édit du 2 janvier 1604, enregistré au Parlement, autorise leur rétablissement à Toulouse, Auch, Agen, Rhodez, Bordeaux, Périgueux, Limoges, Tournon, Le Puy, Aubenas et Béziers; en outre, « par considération et singulière affection pour le Saint-Siège, » à Lyon, Dijon et La Flèche. Il n'est pas question de Paris: ils ne revinrent donc au collège de Clermont que par une tolérance tacite de Henri IV, qui prit pour confesseur leur P. Cotton, croyant ainsi avoir un otage. — 21 août 1606, lettres patentes, enregistrées, qui leur permettent de rentrer dans la Maison professe de la rue Saint-Antoine. — 12 octobre 1609, autorisation de faire des leçons publiques de théologie au collège de Clermont. — 20 août 1610, autorisation de lire *en toutes sortes de sciences;* opposition du recteur, Pierre Hardivillier; le premier président. M. de Verdun, ordonne aux parties de plaider : Montholon défend les Jésuites; la Martilière, l'Université. La Cour défend aux Jésuites de faire « en cette ville de Paris aucun acte de scholarité, à peine de déchéance du rétablissement qui leur a été accordé. »

(2) MM. Amelot et Fouquet, maîtres des requêtes de l'hôtel, se transportèrent au collège de Clermont le 20 février 1618, où, après lecture faite de l'arrêt du Conseil d'État, les classes furent ouvertes par un Jésuite, qui prononça un discours à la louange du Roi, en action de grâce du rétablissement du collège.

L'année 1626 vint apporter un nouveau sujet de trouble à la prospérité des Pères. Le libraire Cramoisy mit en vente quelques exemplaires d'un ouvrage du P. Santarel : *De hæresi, schismate, apostasia, et de potestate Summi Pontificis in his delictis puniendis,* dans lequel l'auteur enseignait que le Pape a le droit de priver de leur trône les princes hérétiques, et de relever leurs sujets du serment de fidélité. La Sorbonne censura le livre et le Parlement le fit brûler dans la cour du Palais par la main du bourreau. L'indignation contre les Jésuites fut si grande que beaucoup voulaient faire exécuter l'arrêt dans la basse cour de la Maison Professe et demandaient un nouvel arrêt de bannissement. Le P. Cotton, provincial, le P. Petau, professeur, et d'autres notables détournèrent l'orage en signant un désaveu de « la détestable doctrine de Santarelli. » Il était temps; les crieurs hurlaient dans les rues l'arrêt du Parlement; la foule excitée insultait les Pères qui se hasardaient à sortir, et, sur la place de Birague, l'acheteur de la Maison Professe faillit être assommé à coups de bâton. A Saint-Étienne-du-Mont, Desbarreaux et quelques autres « libertins » bousculèrent le P. Garasse à l'issue de son sermon,

tant en vers latins que français, dont la compagnie fut fort satisfaite (1). »

Chez les Jésuites, dans les Collèges de l'Université et aux Petites Écoles de Port-Royal, grandissait alors la génération qui arrivera à l'âge
viril sous Louis XIII, sous la Fronde et sous Louis XIV : A *Louis-le-
Grand*, Henri et Adrien de Valois; Retz, Saint-Evremont, Bussy,
Hesnault, Molière, Chapelle, Bernier, Armand de Conti; — à *Lisieux*,
Antoine Arnauld; — à *Harcourt*, Nicole, Boileau, Racine, Jean Ollier;
— à *Calvi*, Vincent Voiture; — à *Sainte-Barbe*, Santeuil; — à *Na-
varre*, André d'Ormesson, Jean Thévenot, Richelieu, Bossuet; — Aux
Grassins, Le Tourneux, Denis de Sallo, Mairet; — A *Montaigu*, Regnier-
Desmarais; — A *La Marche*, Lancelot, Malebranche; — à *Boncourt*,
Gui Patin, Claude de Mesmes; — à *Beauvais*, Patru, Antoine Le Mais-
tre; Claude et Charles Perrault; Cyrano de Bergerac, Isaac de Sacy;
— aux petites écoles de *Port-Royal*, Vitard, Bernières, Saint-Ange,
Racine, Bignonduc de Chevreuse, du Fossé, Tillemont, etc.

Le *Collège Royal*, depuis sa fondation par François Ier, était resté
sans local fixe, et les cours des Lecteurs royaux se faisaient à Cambrai
ou à Tréguier « par manière de prest d'une salle ». A peine entré dans
Paris, Henri IV invita Passerat et les autres Lecteurs à remonter dans
leur chaire, en leur assurant le paiement de leurs gages qu'ils n'avaient
plus touché depuis la journée des Barricades (2). Il projetait pour eux
une installation grandiose que la mort l'empêcha de réaliser (3). Ces

(1) La chapelle (que l'on vient de démolir au moment où j'écris cette note,
2 mai 1894) datait du temps de Henri III, qui en avait posé la première pierre le
20 avril 1582. Elle était à droite de la cour d'entrée, et avait une porte sur la rue
Saint-Jacques. Le long de cette rue, les Jésuites avaient acheté huit maisons :
quatre, au sud de leur porte principale, en montant : *S. Pierre-de-Luxembourg*,
S.-Jacques, *S.-Jean* et le *Fer-à-Cheval*; quatre, au nord, en descendant : *S. Martin*, *L'Ecu-de-Bourgogne*, la *Mal-Assise* et l'*Annonciation*. Au milieu était l'entrée
de l'ancienne cour de Langres, et cette porte, reconstruite au dix-septième siècle,
abattue récemment à notre grand regret. En 1628, Augustin Guillain construisit le
fond de la cour d'honneur, et les deux ailes de droite et de gauche, avec leurs
campaniles. C'est dans l'un de ces trois bâtiments que Nicolas de Bailleul posa la
pierre de fondation, qu'il ne faut pas confondre avec celle de la chapelle, placée
par Henri III. Comme succès oblige, les Jésuites achetèrent à Gentilly une grande
maison de campagne pour les promenades du jeudi. Enfin, après de longues
négociations, ils parvinrent à acquérir le 26 août 1641, au prix de 90.000 livres, le
collège limitrophe de Marmoutiers, abandonné par les Bénédictins de Saint-
Maur. Ils y établirent une imprimerie pour leurs livres classiques, que les libraires de Paris refusaient de leur vendre, par ordre de l'Université.

Augustin Guillain, — sans doute parent du sculpteur Simon Guillain, dont je
parlerai plus loin, — architecte de la ville, né le 4 janvier 1581, et nommé *Augustin* par son parrain Augustin de Thou; il est qualifié « maistre des œuvres de maçonnerie et garde des fontaines de Paris ». Il mourut « en la Coulture Saincte-
Catherine, le sixième jour de juin 1636 et fut inhumé à Saint-Paul ».

(2) Henri IV porta les appointements de ses lecteurs, de 600 livres à 900 livres, et
fonda des chaires d'anatomie et de botanique.

(3) « Le mercredy 23° décembre, quatre commissaires, nommés par Sa Majesté,
sçavoir : le cardinal du Perron, le duc de Sully, le président de Thou et un conseiller de la cour, le sieur Gillot, sont allés visiter les collèges de Tréguier et de
Cambray; et dit-on qu'à la place d'iceux collèges, Sa Majesté veut faire édifier

projets furent repris immédiatement par sa veuve, qui acheta le collège de Tréguier et en partie celui de Cambrai. Le 18 août 1610, Louis XIII posa la première pierre du nouvel édifice, qui devait contenir quatre salles spacieuses pour les leçons publiques, des logements pour les professeurs, une galerie au premier étage pour la Bibliothèque du Roi (1). Ces constructions restèrent imparfaites et ne furent reprises qu'en 1774. Sous Henri IV et sous Louis XIII, Passerat, Frédéric Morel, Marcile, Grangier, y enseignèrent l'*éloquence latine:* Vincent Raphar, Nicolas Bourbon, Casaubon, Nicolas Goulu, Jacques Marius d'Amboise, François Parent, la *littérature grecque:* Riolan, Pierre Séguin, Claude Charles, la *médecine;* Roberval, David Sanclair, Monantheuil, Bulenger, les *mathématiques;* Pierre Vignal, Palma Cayet, Génebrard, l'*hébreu:* Hubert, l'*arabe.*

Le collège de *Sorbonne,* construit depuis près de quatre siècles, tombait en ruine (2), quand Richelieu en fut élu grand maître en 1622. Pour montrer sa reconnaissance, il entreprit de le reconstruire et de l'agrandir (3). L'archevêque de Rouen, François de Harlay, posa la première pierre de la maison, le 4 juin 1629, et le cardinal lui-même.

un autre plus magnifique qui sera appelé : *Collège Royal,* dans lequel sera mise la Bibliothèque du Roy. » (P. de l'Estoile.)

(1) « Des trois côtés, dit le P. Du Breul, à la date de 1612. il y en a déjà un bien advancé et disposé pour couvrir, à la place du vieil collège de Tréguier, abattu pour cet effet. »

Grangier, dans un discours de 1619, se plaint « que les travaux sont interrompus et que les parties en voie de construction restent exposées au vent et à la pluie, spectacle que les amis du bien public ne peuvent contempler d'un œil sec. » Dans un autre discours de 1634, il nous apprend qu'à cette époque, il n'y avait d'élevé qu'un seul corps de bâtiment qui renfermait deux salles pour les cours, avec une galerie pour la bibliothèque à l'étage supérieur.

En raison de ces témoignages contemporains très explicites, il ne faut considérer que comme un *projet* la gravure de Claude Chastillon, en date de 1612, qui représente un magnifique édifice, achevé du sol aux combles, avec cour, portiques, trois corps de bâtiments, pavillons d'angles, lucarnes ornées, pilastres, etc.

En 1423, Bedford fit passer en Angleterre la bibliothèque de Charles V conservée au Louvre. Louis XI, *qui callebat litteras, et supra quam regibus mos est, erat eruditus,* reconstitua la bibliothèque du Louvre et y joignit celle de Charles le Téméraire. Louis XII la transporta à Blois; François Ier à Fontainebleau, et y joignit celle du connétable de Bourbon. Charles IX la fit revenir à Paris, mais elle fut en danger sous la Ligue; le garde d'alors, Gosselin, avait quatre-vingt-dix ans et ne pouvait guère la défendre; pendant le siège, il se retira auprès de Henri IV. Le président de Nully put à son aise « rompre la muraille, garder les livres six mois », les mutiler et les vendre. En 1595, nous la retrouvons au collège de Clermont, augmentée de celle de Catherine de Médicis; en 1604, elle est aux Cordeliers, et enfin en 1622, rue de la Harpe, « au-dessus de Solesme ». Les bibliothécaires furent : sous Charles VI, Garnier de Saint-Yon; — sous Louis XI, Robert Gaguin; — sous Louis XII, Adam Laigre; — sous François Ier, G. Petit, G. Budé, P. Duchatel; — sous Henri II, P. de Mondoré; — sous Henri III et Henri IV, Jean Gosselin, Casaubon; — sous Louis XIII, N. Rigault et Abel de Sainte-Marthe.

(2) Le bâtiment de la bibliothèque s'était écroulé à la fin du quinzième siècle.

(3) L'ancienne Sorbonne était bornée au nord, par Saint-Benoît et son cloître; à l'est, par les maisons de la rue Saint-Jacques; au sud, par la rue des Poirées, le collège des Dix-Huit, le collège de Calvi, à l'ouest, par la rue de la Sorbonne.

La Sorbonne reconstruite par Richelieu s'annexa un hôtel de l'abbé du Bec; les

celle de la chapelle, le 16 mai 1635. Les bâtiments, d'un style très sévère dans sa simplicité, bien appropriés à leur destination, reliaient quatre pavillons de pierre, à toits aigus, et entouraient, sur trois côtés, la vaste cour rectangulaire que nous avons le vif regret de voir démolir en ce moment. Ils contenaient une galerie pour la bibliothèque; la grande salle des actes; des salles de cours, et trente-six appartements pour les plus anciens docteurs. Sur le quatrième côté de la cour, Le Mercier plaça la chapelle, dont la façade s'éleva à l'occident sur une petite place ménagée en vue de la rue des Maçons, et il donna à la coupole, dont la mode venue d'Italie était alors nouvelle (1), une importance prépondérante. La coupole avait apparu à l'église de la Maison Professe des Jésuites de la rue Saint-Antoine, mais timidement, gauchement, à peine visible de l'extérieur. Le Mercier produit la sienne, la surmonte d'une légère lanterne; elle domine la façade, et mérite notre admiration par son élégance et ses justes proportions.

ÉGLISES.

L'architecture religieuse du commencement du dix-septième siècle abandonna l'ogive du moyen âge, le plein cintre et les arcs surbaissés de la Renaissance, la fantaisie, la grâce, la variété ingénieuse de ces deux époques, déclarées désormais barbares, pour revenir à l'imitation inintelligente des monuments de la Grèce et de Rome, conçus pour des climats si différents du nôtre. Elle rompit avec tout notre passé glorieux et notre génie national. On ne rencontra plus qu'un monotone ensemble de colonnes, de lignes horizontales, d'angles droits, de frontons écrasés. Pour comble, les Jésuites mirent à la mode le style auquel on a donné leur nom : les ordres superposés, trop souvent surchargés d'ornements déplorables, chérubins bouffis, guirlandes, gloires, nuées, niches, statues contournées, pyramides, volutes, consoles gauches et lourdes, dont Saint-Louis, Saint-Roch, les Petits-Pères, Saint-Thomas d'Aquin, sont à des degrés différents les chefs-d'œuvre! Nous verrons pourtant Le Mercier, les deux Mansart et quelques autres, lutter contre l'invasion de la décadence italienne et produire encore des œuvres ori-

---

collèges de Calvi et des Dix-huit. La chapelle actuelle est sur l'emplacement même du collège de Calvi. En face de la Sorbonne, dans la rue de ce nom, étaient les *Écoles extérieures* de la Sorbonne, bâties aussi par Richelieu, sur l'emplacement du collège du Trésorier.

(1) Philibert de l'Orme, aux Tuileries; Salomon de Brosse, au Luxembourg; Le Mercier, au Louvre, avaient élevé des dômes. Ceux des monuments religieux apparurent à peu près dans cet ordre, au commencement du dix-septième siècle :

Couvent des Petits-Augustins (chapelle de l'École des Beaux-Arts), vers 1618.

Chapelle des Carmes déchaussés, rue de Vaugirard, vers 1625.

Chapelle des Dames de la Visitation (Temple Sainte-Marie) par Mansard, rue Saint-Antoine, en 1634.

Chapelle de la Maison Professe par le P. François Derrand, rue Saint-Antoine, en 1641.

Chapelle de la Sorbonne par Le Mercier, vers 1650.

ginales à la Sorbonne, à la Visitation, au Val-de-Grâce, aux Invalides.

Saint-Eustache. — Commencé en 1532 par un architecte de l'école du Boccador; interrompu pendant les guerres de religion; repris et terminé, de 1624 à 1633 ou 1642, par Charles David (1). La triste façade qui déshonore ce beau monument a été élevée entre 1754 et 1772.

Saint-Étienne-du-Mont. — Primitivement *aide* de Sainte-Geneviève: on n'y entrait que par le portail de l'Abbaye. Reconstruction commencée en 1517 : chœur achevé en 1537, par l'abbé Philippe Lebel; chapelle de la Communion et charniers construits en 1605. Le 2 août 1610, Marguerite de Valois pose la première pierre de la coquette façade qui nous a été si heureusement conservée, et contribue aux frais pour une somme de trois mille livres. Une inscription encastrée dans un mur du collatéral de la nef constate que l'église fut consacrée le 25 février 1621 par le premier archevêque de Paris Jean-François de Gondi. Le *jubé*, le seul que Paris possède encore, a été élevé par Biard de 1600 à 1609.

Saint-Gervais. — De 1616 à 1621, Salomon de Brosse appliqua à l'ancienne église ogivale une façade, moins appréciée aujourd'hui que jadis, décor non sans mérite, mais qui a le grave défaut de n'annoncer en rien les dispositions de l'intérieur. Louis XIII en posa la première pierre le 14 juillet 1616, MM. de Fourcy et Donon, surintendants des bâtiments, étant marguilliers de la paroisse.

Saint-Roch. — J'ai parlé (page 81) des deux petites chapelles de *Sainte-Suzanne* et des *Cinq-Plaies*, situées rue Saint-Honoré au lieu dit *Hôtel et Jardins du Grand Gaillon*. Elles furent remplacées en 1578 par une chapelle de *Saint-Roch*, succursale de Saint-Germain l'Auxerrois, qui fut érigée en paroisse en 1633. Les travaux de l'église actuelle ne commencèrent qu'en 1653, sous la direction de Le Mercier, et marchèrent si lentement que la façade, due à Robert de Cotte et à son fils, Jules-Robert, ne fut commencée qu'en 1736.

Petits-Pères. — Église paroissiale depuis 1791; primitivement chapelle des Augustins déchaussés, dits les *Petits-Pères*. Élevée en 1629 sur les dessins de Galopin; Louis XIII, cette année-là, en posa la première pierre.

Notre-Dame-de-Bonne-Nouvelle. — La chapelle *Saint-Louis* et *Sainte-Barbe*, détruite avec le village de la Ville-Neuve pendant le siège de Paris, fut reconstruite sous le vocable actuel après l'entrée de Henri IV, et enfermée dans la nouvelle enceinte de Paris. Il n'en reste plus que le clocher, élevé en 1624.

Sainte-Élisabeth, rue du Temple. — Aujourd'hui *succursale* de Saint-Nicolas-des-Champs; primitivement chapelle du monastère des Dames de Sainte-Élisabeth, religieuses du Tiers-Ordre de Saint-François. Marie de Médicis posa la première pierre, le 14 avril 1628.

---

(1) L'église Saint-Eustache semble avoir été construite par trois générations d'une même famille d'architectes. Les travaux furent commencés en 1532 par Pierre Le Mercier, de Pontoise; continués par son fils Nicolas et terminés, vers 1642, par le gendre de Nicolas, Charles David, qui y fut inhumé. Le grand architecte Jacques Le Mercier était aussi de Pontoise, ainsi que Anne Le Mercier, sa femme.

Saint-Jean-Saint-François, rue du Perche. — Aujourd'hui succursale; primitivement chapelle du couvent des Capucins fondé en 1622 par le P. Athanase Molé, frère du président Mathieu Molé. Il ne reste presque rien du premier édifice, mais on y voit encore deux statues remarquables : un *Saint-François* de Germain Pilon, et un *Saint-Denis* de Jacques Sarrazin.

Saint-Louis-en-l'Ile. — Ce n'était alors qu'une petite chapelle, bâtie en 1616, pour les besoins des nouveaux habitants, par Nicolas Lejeune, couvreur, et érigée en paroisse le 14 juillet 1623.

Saint-Paul-Saint-Louis. — Aujourd'hui succursale; primitivement chapelle de la Maison Professe des Jésuites de la rue Saint-Antoine; élevée, aux frais de Louis XIII et du cardinal de Richelieu, par le P. François Derrand, de 1627 à 1641. Le Roi en posa la première pierre le 7 mars 1627.

Saint-Jacques-du-Haut-Pas. — Ancienne paroisse du seizième siècle, reconstruite au dix-septième. Gaston d'Orléans posa la première pierre le 4 septembre 1630.

Saint-Nicolas-du-Chardonnet. — Cette église ne date que de 1656; mais la tour est du temps de Louis XIII. On y lit cette inscription :

Charles Contesse, Juré du Roy ès œuvres de maçonnerie, a faict ce cloché en 1625.

Saint-Germain-des-Prés. — Le portail latéral du sud, en vue actuellement du boulevard Saint-Germain, a été élevé, de 1626 à 1643, par l'architecte Christophe Gamare. De ce côté, les religieux firent ouvrir la rue Sainte-Marguerite vers 1636, et prolonger la rue Saint-Benoît.

Saint-Laurent. — Ce très ancien édifice, qui avait beaucoup souffert pendant le siège, fut complètement restauré après l'entrée de Henri IV. En 1595, il fut orné d'un *jubé* et le 21 juin 1621, Charlotte de Montmorency, princesse de Condé, posa la première pierre de la façade occidentale, démolie en 1864, pour le raccordement des boulevards de Strasbourg et de Magenta (1).

Sainte-Marguerite. — Primitivement chapelle construite vers 1628, par Antoine Fayet, curé de Saint-Paul, pour servir de sépulture à lui et à sa famille. Elle a été érigée en paroisse en 1712.

Oratoire du Louvre. — Aujourd'hui temple protestant. C'est l'ancienne chapelle de la Congrégation de l'Oratoire construite, rue Saint-Honoré, sur l'emplacement de l'hôtel du Bouchage, d'après les plans de Clément Métezeau continués par Jacques Le Mercier. Le duc de Montbazon, gouverneur de Paris, posa la première pierre, le 22 septembre 1621 (2).

Visitation Sainte-Marie. — Aujourd'hui temple protestant. C'est l'ancienne chapelle des Filles de la Visitation, construite par François Mansard, à l'imitation de Notre-Dame de la Rotonde, à Rome. Le commandeur de Sillery posa la première pierre, le 31 octobre 1632.

---

(1) La nouvelle façade a été construite de 1865 à 1867, par M. Constant-Dufeux.
(2) La façade ne date que de 1745 à 1774.

Saint-Joseph, rue Montmartre. — La première pierre de cette petite chapelle fut posée, le 14 juillet 1640, par le chancelier Seguier, qui la donna en échange du cimetière de la rue du Bouloi dont il avait eu besoin pour l'agrandissement de son hôtel. Saint-Joseph était entouré d'un cimetière, où fut inhumé Molière, le mardi 21 février 1673, à neuf heures du soir (1).

COMMUNAUTÉS RELIGIEUSES.

A l'aurore du dix-septième siècle, une recrudescence d'un beau zèle de piété s'empara des esprits, et il n'y eut bientôt plus une famille de la noblesse riche, ou de la haute bourgeoisie, qui ne voulût se distinguer par la création de quelque nouvel Ordre religieux (2). Les femmes sur-

---

(1) Chapelle et cimetière ont été supprimés en 1790. Sur leur emplacement, il y a eu un marché, et aujourd'hui la maison portant les n°s 142 et 144, occupée par l'*Intransigeant*, et plusieurs autres journaux.

(2) Je ne puis qu'énumérer rapidement les ordres nombreux fondés sous le règne de Henri IV et sous celui de Louis XIII. Quelques-uns sont si peu connus que c'est à peine si l'on sait où ils s'établirent dans leur existence éphémère. D'autres très importants ont été déjà mentionnés, ou le seront dans la suite. à propos des événements dont ils ont été le théâtre. Plusieurs n'ont pas d'histoire : enfin quelques-uns, manquant de ressources, accablés de dettes, furent supprimés dans les premières années du règne de Louis XIV.

COMMUNAUTÉS D'HOMMES.

Les JÉSUITES, à leur collège de *Clermont*, rue Saint-Jacques, et à leur *Maison Professe*. rue Saint-Antoine, en face la Culture-Sainte-Catherine, et à leur *Noviciat*. rue de Mézières. — Les PÉNITENTS RÉFORMÉS DU TIERS ORDRE DE SAINT-FRANÇOIS, dits de *Picpus*, établis vers 1601 au village de Picpus, près Paris. — Les RÉCOLLETS, vers 1603, faubourg Saint-Martin. — Les PETITS-AUGUSTINS, établis en 1607, par la reine Marguerite dans une partie de son hôtel. Leur chapelle existe encore enclavée dans l'École des Beaux-Arts. — Les FRÈRES DE LA CHARITÉ, adonnés aux soins des malades, établis vers 1610, rue des Saints-Pères, dans l'ancien hôtel de Sansac. près la chapelle *Saint-Pierre* ou *Saint-Père*. Emplacement de l'Hôpital actuel de la Charité. — CARMES DÉCHAUX, en 1611, rue de Vaugirard. Leur chapelle existe encore. — MINIMES DE LA PLACE-ROYALE. Le cardinal Henri de Gondi posa la première pierre de leur église le 18 septembre 1611. Elle était dans l'axe du pavillon de la Reine. Le cloître est très bien conservé et sert de caserne. On voyait dans l'église le tombeau de Diane d'Angoulême, duchesse de Montmorency, bâtarde de Henri II. le tombeau de Marie Touchet, maîtresse de Charles IX et celui de leur fils bâtard : Charles, comte d'Auvergne, puis duc d'Angoulême en 1619, mort en 1650. — JACO-BINS, rue Saint-Honoré, vers 1611. C'est dans la salle de leur bibliothèque que se tint le fameux club de ce nom. — JACOBINS DU FAUBOURG SAINT-GERMAIN, rue Saint-Dominique. Leur chapelle est devenue l'église *Saint-Thomas-d'Aquin*. — BÉNÉDIC-TINS ANGLAIS. Après avoir changé plusieurs fois de domicile, ils s'établirent en 1640, rue Saint-Jacques, entre le Val-de-Grâce et les Feuillantine. Dans leur chapelle, aujourd'hui très reconnaissable, était le tombeau de Jacques II, roi d'Angle-terre, mort à Saint-Germain, le 16 septembre 1701. — ORATOIRE, rue Saint-Honoré. C'était la maison des prêtres, et j'en ai parlé plus haut. — SAINT-MAGLOIRE, rue Saint-Jacques, séminaire dirigé par les *prêtres* de l'Oratoire. C'est aujourd'hui l'Institu-tion des *Sourds-Muets*. — CAPUCINS DU FAUBOURG SAINT-JACQUES, vers 1613. C'est aujour-d'hui l'hôpital du Midi. — CAPUCINS DU MARAIS, mentionnés au paragraphe précédent. — PRÊTRES DE LA DOCTRINE CHRÉTIENNE ; leur chef, Antoine Vigier, acheta en 1627,

tout aspiraient au titre de fondatrice. Quelques prêtres voulurent, eux
aussi, tout en continuant de combattre le Protestantisme, réformer l'É-
glise à leur manière. M. de Bérulle désirait instituer une Congrégation
de prêtres savants et vertueux, capables d'édifier par leurs actes et leur

l'*hôtel de Verberie*, rue des Fossés-Saint-Victor (aujourd'hui Cardinal-Lemoine),
qui devint le chef-lieu de leur congrégation. — PRÊTRES DE LA MISSION, fondés vers
1617. En 1632, ils s'établirent à la maison de *Saint-Lazare*, faubourg Saint-Denis
C'est aujourd'hui une prison. Vincent de Paul fut leur premier supérieur. — Les
Augustins Déchaussés, dits PETITS-PÈRES, mentionnés au paragraphe précédent. —
Les BARNABITES, s'établirent en 1631 dans l'ancien prieuré de *Saint-Éloi*, en face
le Palais de Justice. — SÉMINAIRE DE SAINT-NICOLAS-DU-CHARDONNET, fondé en 1632, par
Adrien Bourdoise, rue Saint-Victor, à côté de l'église, dans le local qu'il occupe
encore aujourd'hui. — SÉMINAIRE DES TRENTE-TROIS, rue de la Montagne-Sainte-Geneviève, sur l'emplacement de l'hôtel d'*Albiac*, où on le voit encore, comme propriété particulière, au n° 34. Claude Bernard, dit le *Pauvre prêtre*, — pauvre vo-
lontaire, car il avait une grande fortune, — en fut le fondateur. La reine Anne
assura aux écoliers trente-trois livres de pain par jour. — Les FEUILLANTS, rue
d'Enfer, *Noviciat* du grand couvent de la rue Saint-Honoré. Le chancelier Séguier
posa la première pierre de ce Noviciat, en 1633. — Les PÈRES DE NAZARETH, du
Tiers Ordre de Saint-François, rue du Temple, à l'angle nord de la rue Neuve-
Saint-Laurent, en face la Commanderie. La maison fut élevée aux frais du chancelier Séguier, vers 1630. — Les NOUVEAUX CONVERTIS, rue de Seine-Saint-Victor
(aujourd'hui rue Cuvier), maison fondée de 1632 à 1636, par le P. Hyacinthe, capucin, pour la conversion des protestants. — HOSPITALIERS DE LA CHARITÉ-NOTRE-DAME,
rue des Billettes. Leurs mœurs dissolues, leurs discordes, les obligèrent à vendre
leur couvent aux Carmes réformés de Rennes, le 24 juillet 1631.

COMMUNAUTÉS DE FEMMES.

Les CARMÉLITES, installées le 24 août 1603, rue d'Enfer, dans l'ancien prieuré de
Notre-Dame-des-Champs. Elles furent amenées à Paris par le cardinal de Bérulle
et protégées par Mme de Longueville; leur monastère devint l'un des plus importants. Quelques dames Carmélites se sont retirées aujourd'hui, rue d'Enfer, dans
ce qui reste de leur ancien couvent. — Les CAPUCINES. La duchesse de Mercœur,
Françoise de Lorraine, ayant acheté l'hôtel d'Antoine de Gondy, sieur du Péron,
rue Saint-Honoré, en face des Feuillants, le convertit en un couvent de Capucines
dont elle posa la première pierre, le 29 juin 1604; l'église fut dédiée en 1606.
Nous verrons ce couvent transporté par Louis XIV, un peu plus au nord, près des
boulevards, en 1688, pour la création de la place Vendôme. — Les URSULINES, rue
du faubourg Saint-Jacques, côté gauche, en face de Saint-Jacques-du-Haut-Pas.
Fondées par Mme de Sainte-Beuve, elles s'adonnaient à l'éducation des jeunes
filles. Anne d'Autriche posa la première pierre de leur chapelle, le 22 juin 1620.
— URSULINES, rue Sainte-Avoie, à l'angle nord de la rue Geoffroy-Langevin. Quelques-
unes de ces religieuses s'établirent, en 1622, dans l'ancienne maison des *Pauvres
femmes veuves*, située en ce lieu, et s'y adonnèrent à l'éducation gratuite des enfants pauvres. — La VISITATION-SAINTE-MARIE, rue Saint-Antoine. Leur jolie chapelle
est mentionnée plus haut. *Jeanne-Françoise Frémiot de Chantal*, amena trois
religieuses Visitandines à Paris, en 1619. Elles quittèrent la rue de la Cerisaie en
1628, pour s'installer rue Saint-Antoine; elles soignaient les malades et s'occupaient
d'éducation. — La VISITATION DE SAINTE-MARIE, rue du Faubourg Saint-Jacques, où
sont aujourd'hui les religieuses de Saint-Michel. — FILLES DE LA MADELEINE ou
MADELONNETTES, rue des Fontaines près le Temple; c'était une maison de Pénitentes, fondée, vers 1620, par un marchand, Robert de Montry et par la marquise de
Maignelay, sœur du cardinal de Gondy. Les bâtiments ont servi de prison de femmes de 1793 à 1866. — BÉNÉDICTINES DE NOTRE-DAME-DE-GRACE, rue de la Ville-l'Évêque, au coin de la rue de Suresnes, fondées en 1613, par Catherine d'Orléans-
Longueville et sa sœur Marguerite d'Orléans-Estouteville. Leurs premières
directrices furent des religieuses de l'abbaye de Montmartre. — BÉNÉDICTINES ANGLAI-

enseignement; M. Bourdoise prétendait rétablir la discipline dans la cléricature, et faire vivre en commun les prêtres des Paroisses; M. Vincent songeait surtout à former une Compagnie de prêtres de mission pour rapprendre le christianisme aux peuples. De là, l'*Oratoire*, le *Sémi-*

ses, rue du Champ-de-l'Alouette, fondées vers 1615, dans le but de prier pour le rétablissement de la religion catholique en Angleterre. — Bénédictines du Calvaire rue de Vaugirard, à côté du Petit-Luxembourg, fondées en 1620, par le P. Joseph, la reine Marie de Médicis et Mme de Lauzon, veuve d'un conseiller au Parlement. Il en reste aujourd'hui le cloître et la très gracieuse façade de la chapelle édifiée en 1625 aux frais de Marie de Médicis. — Bénédictines du Calvaire, rue des Filles-du-Calvaire, au Marais, fondées en 1634 pour douze religieuses tirées du Calvaire de la rue de Vaugirard. Les rues Froissart et Commines passent aujourd'hui sur l'emplacement de ce couvent. — Annonciades Célestes, fondées en 1621, par la trop fameuse marquise de Verneuil. Le 9 avril 1626, elles achetèrent pour la somme de 96.000 livres, rue de la Couture-Sainte-Catherine, un hôtel de Montmorency qui appartenait alors à Montmorency-Bouteville, à sa femme Élisabeth de Vienne, au marquis de Saveuse et à sa femme Marie de Vienne. Ce sont ces *Annonciades* que Mme de Sévigné, leur voisine, appelle un peu plus tard « *ses bonnes petites filles bleues* ». — Annonciades de Notre-Dame, en 1628, rue Cassette. — Annonciades des Dix-Vertus, en 1636, rue des Saints-Pères; en 1640, rue de Sèvres. — Annonciades du Saint-Sacrement, en 1636, rue du Colombier, puis rue du Bac : elles n'eurent qu'une existence éphémère et disparurent bientôt, poursuivies par leurs créanciers. — Assomption de Notre-Dame, rue Saint-Honoré, dans l'ancien hôtel de Sublet des Noyers. Les *Bonnes femmes Haudriettes* de la rue de la Mortellerie y furent transportées en 1623, plutôt de force que de bon gré, par le cardinal de la Rochefoucauld. L'église actuelle ne fut achevée qu'en 1676. — Carmélites de la Sainte-Mère de Dieu, rue Chapon; colonie de celles de la rue d'Enfer, établie en 1619, par Catherine d'Orléans-Longueville, dans l'hôtel des évêques de Châlons, en face du cimetière. — Bénédictines du Val-de-Grace. Du Val-Profond, entre Bièvres et Jouy, ces religieuses vinrent s'établir en 1621, rue Saint-Jacques, dans l'ancien hôtel de *Valois* ou du *Petit-Bourbon*. Anne d'Autriche les combla de bienfaits et posa la première pierre du cloître le 3 juillet 1624. L'église actuelle ne fut commencée qu'en 1645. — Feuillantines. Appelées de Toulouse par la reine Anne, elles arrivèrent à Paris le 28 novembre 1622, au nombre de six religieuses et descendirent d'abord chez les Carmélites. Anne Gobelin, dame d'Estourmel, les logea au faubourg Saint-Jacques au fond d'une impasse, devenue une rue qui porte aujourd'hui leur nom. Leur première supérieure fut Marguerite de Clausse de Marchaumont, deux fois veuve à l'âge de vingt-deux ans. — Port-Royal. L'abbaye de Port-Royal-des-Champs, près *Chevreuse*, se trouvant trop à l'étroit pour le nombre de quatre-vingts religieuses, voulut se transporter à Paris : l'abbesse Angélique Arnauld, acheta la maison, dite de *Clagny*, rue de la Bourbe, entre les rues du faubourg Saint-Jacques et d'Enfer, et vint y établir sa communauté, le 28 mai 1625. Les bâtiments existent encore à peu près intacts et sont consacrés à l'hôpital de la Maternité, ou *Maison d'accouchement*. La chapelle, due à Lepautre, date de 1646 à 1648. — Religieuses du Saint-Sacrement, rue Coquillière. Sébastien Zamet, évêque de Langres, imagina de créer un nouvel Ordre dont l'unique occupation serait l'adoration, de nuit et de jour, du Saint-Sacrement de l'autel. Il voulut qu'il fût placé dans le plus beau quartier de la ville, à proximité du Louvre, et que les filles qu'on y admettrait apportassent une dot de dix mille livres : qu'elles fussent de *bon esprit, bien civiles, capables d'entretenir des princesses*. Il voulait que leur habit « fût beau et auguste, de serge blanche avec un scapulaire écarlate et un grand manteau traînant; que l'église fût magnifique ; qu'on y dît matines le soir à huit heures, et que tout fût doux et agréable dans cette maison, pour ne point faire peur aux dames de la cour; qu'il y eût peu d'austérités du corps, que les sœurs du chœur ne fissent aucun travail bas et pénible, et *qu'on leur façonnât l'esprit par les nouvelles du siècle.* » La mère Angélique Arnauld fut la première supérieure de cet étrange couvent qui cessa d'exister au bout de peu d'années. — Filles de Sainte-Élisabeth, rue du Temple, mentionnées

naire de Saint-Nicolas-du-Chardonnet et les *Lazaristes*. Les *Jésuites* parvinrent à ressaisir l'éducation des fils de famille; les *Dames de la Visitation*, de *Port-Royal*, de *Sainte-Élisabeth*, les *Ursulines*, l'éducation des demoiselles; d'autres, comme les *Filles de la Charité*, de

plus haut. — CHANOINESSES ANGLAISES DE NOTRE-DAME-DE-SION, rue des Fossés-Saint-Victor; elles vinrent s'y établir en 1639, dans la maison où Baïf, au temps de Charles IX et Henri III, réunissait quelques beaux esprits. Ronsard, Dorat, Thibaut Corneille, Amadis Jamyn, Desportes, Jodelle, etc. — FILLES DE LA CONCEPTION, rue Saint-Honoré, vis-à-vis l'Assomption. Leur fondatrice, Anne Petau, les établit au nombre de treize, en 1635, dans la maison du président François-Théodore de Nesmond, dont la fille entra dans l'Ordre. — RÉCOLLETTES, elles vinrent de Tulle, en 1634, s'établir dans une maison de la rue du Bac, à l'angle de la rue de la Planche. En 1663, elles prirent le nom de *Filles de l'Immaculée-Conception*. — CHANOINESSES DU SAINT-SÉPULCRE, rue de Belle-Chasse. Elles venaient de Charleville, au nombre de cinq, et occupèrent leur maison en 1635. Le terrain leur fut donné par Barbier, l'entrepreneur de travaux. — LES FILLES DU PRÉCIEUX-SANG, connues d'abord sous le nom de *Sainte-Cécile*, en 1635, dans une maison de la rue du Pot-de-Fer, au coin de la rue de Mézières. Accablées de dettes, malgré les bienfaits de la duchesse d'Aiguillon, elles abandonnèrent leur première maison et se retirèrent, rue du Bac, puis en 1658, rue de Vaugirard, entre les rues Cassette et du Pot-de-Fer. — FILLES SAINT-THOMAS, religieuses dominicaines, arrivées, en 1626, de Toulouse à Paris, rue Neuve-Sainte-Geneviève; transférées, en 1632, rue Vieille-du-Temple, puis en 1642, rue des *Filles-Saint-Thomas*, au bout de la rue *Vivienne*, où elles sont restées jusqu'en 1790. C'est l'emplacement de la *Bourse*. — FILLES DE LA CROIX, dominicaines. Après avoir passé, depuis 1627, par divers domiciles, rue Plâtrière, rue de Matignon, Mlle d'Effiat et la princesse de Condé les établirent *rue de Charonne*, le 16 janvier 1641. Lingendes, évêque de Sarlat, prêcha pour la cérémonie de leur installation. — FILLES DE LA CROIX, établies, en 1643, par la dame Luillier, veuve de Claude Marcel, *impasse Guéménée*, à l'angle de la rue Saint-Antoine. Elles prenaient des pensionnaires à 350 livres. — FILLES DE LA CROIX, prenant également des pensionnaires, en 1636, rue d'Orléans-Saint-Marcel. — RELIGIEUSES DU CHASSE-MIDI, dans la rue de ce nom, en 1634, sur un terrain acheté aux sieur et dame Barbier. — HOSPITALIÈRES DE LA CHARITÉ-NOTRE-DAME, rue de la Chaussée-des-Minimes et rue des Tournelles, fondées, en 1629, pour le soin des malades pauvres. Il y avait pourtant des pensionnaires à trente livres par mois. C'est aujourd'hui l'*Hôpital Andral*. — HOSPITALIÈRES DE LA RUE DE LA ROQUETTE, colonie des précédentes, fondée dans le même but, en 1639. Elles occupaient l'ancienne maison de plaisance de *Bel-Ébat*, qui avait appartenu à Robert Hurault, gendre du chancelier de l'Hôpital. — FILLES DE SAINT-JOSEPH, ou de la PROVIDENCE, venues de Bordeaux avec leur supérieure, Marie Delpech, en 1639, et établies, en 1640, rue Saint-Dominique (*Ministère de la guerre*); elles élevaient des orphelines pauvres. — SŒURS DE LA CHARITÉ, dites *Sœurs Grises*, ou *Servantes des pauvres malades*, instituées, en 1632, par saint Vincent de Paul et Louise de Marillac, veuve de M. Le Gras, d'abord près Saint-Nicolas-du-Chardonnet, puis à la Villette, et enfin, en 1640, rue du Faubourg-Saint-Denis, en face de Saint-Lazare. Soigner les malades, élever les enfants pauvres fut leur but, d'après les statuts rédigés par saint Vincent de Paul. Elles existent toujours, ne sont pas cloîtrées et suivent la règle de Saint-François. — CHANOINESSES DE LA VICTOIRE DE NOTRE-DAME DE LÉPANTE. Le surintendant Tubeuf les fit venir de Reims à Paris, au nombre de six, et les logea rue de *Picpus*, dans une vaste maison entourée d'un enclos de sept arpents. Sa sœur, Suzanne Tubeuf, fut la première prieure triennale élue. — NOUVELLES CATHOLIQUES, fondées en 1632 par le P. Hyacinthe, Capucin, qui s'était mis à la tête d'une *Congrégation de la propagation de la Foi*. Le but était la conversion des protestants. Le nouvel établissement fut d'abord placé dans une petite maison de la rue des Fossoyeurs (Servandoni), près de Saint-Sulpice. En 1647, ces religieuses étaient rue Pavée-au-Marais, puis rue Sainte-Avoie; en 1651, rue Neuve-Saint-Eustache. Ce n'est qu'en 1672, qu'elles eurent une demeure stable, rue Sainte-Anne, où nous les retrouverons quand nous serons arrivés à cette époque.

la *Providence*, de *Sainte-Geneviève*, s'occupaient des enfants pauvres, des orphelins, des malades. Saint Vincent de Paul, dont l'activité était infatigable, secourait les enfants trouvés, les prisonniers et les forçats ; mais la plupart de ces nouveaux Ordres s'abîmèrent dans les pratiques stériles de la vie contemplative, et, sans rendre le moindre service à la société, immobilisèrent des richesses immenses. Un religieux bénédictin, le Père Félibien, le reconnaît lui-même : « Les monastères ne cessaient de se multiplier dans Paris, malgré les remontrances du Parlement, faites au Roi dès 1615. Louis XIII défendit qu'aucune congrégation se formât sans avoir obtenu des lettres patentes. » Il est vrai qu'on n'avait qu'à les lui demander pour les obtenir. Les biens terrestres s'accumulaient ainsi entre les mains de l'Église, et, comme elle acquérait toujours, on put craindre qu'elle ne finît par posséder tous les immeubles. En outre, ses biens inaliénables, ou mainmortables, n'étaient pas soumis, comme ceux des laïques, à payer les droits de succession. A Paris, des îlots entiers étaient couverts par les édifices et les jardins des Congrégations (1); les noms de nos rues, de nos boulevards, témoignent encore de cette invasion. Sur vingt mille maisons de location, près de trois mille appartenaient à ces communautés, la plupart d'origine étrangère : les Carmes déchaux, les frères de la Charité, les Pères de la Merci, les Carmélites, venaient d'Espagne; les Barnabites, les Théatins, les Annonciades, les Minimes, les Ursulines, les Picpus, les Célestins, les Capucins, les Camaldules, d'Italie; nous avions encore des Bénédictins anglais, des Bénédictines anglaises, des prêtres écossais, irlandais, etc., etc.

HOPITAUX.

Leur administration, comme celle des Collèges, avait considérablement souffert pendant les guerres civiles. Henri IV ordonna, en 1606, que le grand aumônier procédât à l'examen de leur comptabilité, et que toutes les économies réalisables fussent appliquées à l'entretien des pauvres gentilshommes et des soldats estropiés (2). En 1612, le cardinal

(1) Comme exemple de l'un des plus vastes, je puis citer l'îlot qui s'étendait le long du côté gauche du faubourg Saint-Jacques, de la rue des Fossés à la rue de la Bourbe; et qui était ensuite borné au sud, par le champ des Capucins et la rue des Bourguignons; à l'est par les rues des Charbonniers et de l'Arbalète; au nord-est, par les rues des Postes et des Fossés-Saint-Jacques. Tout cet immense espace, aujourd'hui coupé par les rues *Gay-Lussac, des Ursulines, des Feuillantines, Claude-Bernard, Berthollet, Vauquelin, Rataud, d'Ulm*, était entièrement couvert de communautés : le *Val-de-Grâce*; les *Bénédictins anglais*; les *Feuillantines*; les *Ursulines*; les *Filles de la Visitation*; les *Eudistes*; le *Séminaire anglais*; les *Filles de la Présentation* et les *Filles de la Providence!*

(2) « On appelle *Oblat*, dit Pasquier, un soldat ou gendarme pauvre, demeuré perclus et estropié au service du Roy, en reconnaissance de quoy, le Roy luy peut assigner ses aliments sur quelque abbaye ou monastère. » Henri III en plaça un certain nombre à la *Charité chrétienne*, au faubourg Saint-Marceau. Ils portaient sur leur manteau une croix de satin blanc, bordée de bleu avec cette devise : *Pour avoir bien servi*. Ils parurent avec cette marque distinctive aux

du Perron établit une Chambre de Réformation et obligea les administrateurs des hôpitaux à rendre leurs comptes tous les trois ans devant ses délégués. De nobles femmes, poussées par l'élan de charité qui animait alors tous les cœurs, n'hésitèrent pas à sacrifier leur fortune et leur vie au soulagement des pauvres, à l'éducation des enfants, aux soins des malades. Ce sont des œuvres réellement bienfaisantes que celles dont j'ai à parler ici (1), et je me plais à citer les noms des Parisiennes qui

obsèques de Henri IV. Richelieu voulait faire de Bicêtre, sous le nom de *Commanderie de Saint-Louis*, un véritable hôtel des Invalides. Sa mort et celle du Roi arrêtèrent les travaux commencés pour l'exécution de ce beau projet.

(1) HÔPITAL SAINT-LOUIS : « Le vendredy, treizième du mois de juillet 1607, dit l'Esto le, le Roy fonda l'Hospital de Saint-Louis, et fut poser la première pierre à la chapelle dudit, pour lequel grand nombre d'ouvriers travaillent journellement sous la conduite de Claude Vellefaux, bon architecte. » Les travaux durèrent un peu plus de quatre ans. Saint-Louis est intact avec sa chapelle, ses cours, ses jardins ou *esquaires*, ses galeries, ses promenoirs, son enceinte, ses pavillons brique et pierre, à combles élevés, et il reste pour nous, à la fin du dix-neuvième siècle, l'un des plus curieux et des plus beaux modèles de l'architecture civile au commencement du dix-septième siècle.

SAINTE-ANNE, chemin de la Santé, à Gentilly. — C'était primitivement une ferme de Bicêtre, appropriée en 1601, pour recevoir des malades. Elle a été complètement reconstruite de 1863 à 1866. C'est aujourd'hui une clinique d'aliénés, rue Cabanis, annexée à Paris, XIVᵉ arrondissement.

LES CONVALESCENTS, rue du Bac, dans une maison achetée vers 1630, à Camus, évêque de Bellay, par Mᵐᵉ de Bullion, qui, voulant rester ignorée, fit cette fondation sous le nom d'André Gervaise, chanoine de Reims. Cet hôpital était destiné à huit convalescents qui, sortant des grands hôpitaux encombrés de malades, avaient encore besoin de quelques soins.

NOTRE-DAME DE LA MISÉRICORDE, OU LES CENT-FILLES, rue Censier, à l'angle de la rue du Pont-aux-Biches, fondé, en 1622, par Antoine Séguier, dans le *Petit-Séjour* d'Orléans, pour cent petites orphelines de père et de mère, âgées de six à sept ans. Les compagnons d'arts et métiers qui épousaient l'une de ces filles, étaient exemptés de faire leur chef-d'œuvre et de payer les droits de maîtrise.

INCURABLES, rue de Sèvres, nᵒ 42, fondé, de 1634 à 1640, par les libéralités du cardinal de La Rochefoucauld et de Mᵐᵉ Lebret, pour trente-six malades. C'est aujourd'hui l'hôpital *Laennec* : les bâtiments ont été construits vers 1636 par Dubois; la chapelle, due à Christophe Gamare, fut consacrée le 11 mars 1640. Le plan de Gomboust nous montre huit de ses cours, chacune munie de son puits au milieu.

LA PITIÉ, rue *Copeau*, aujourd'hui rue *Lacépède*. — Sur l'emplacement de cet hôpital, entre les rues du Battoir et la rue du Faubourg-Saint-Victor, existait encore, en 1612, le jeu de paume de la *Trinité*. La ville l'acheta avec quelques maisons voisines pour y emprisonner « quantité de gueux fainéans qui demandoient effrontément l'aumosne, l'espée au costé ». Cet excès de sévérité dura peu « par la difficulté de veiller incessamment sur ces gens retenus de force », et la Pitié ne fut guère depuis qu'un hôpital de vieilles femmes infirmes et de pauvres petits enfants. La chapelle et les bâtiments les plus anciens paraissent être de 1612 à 1620.

SCIPION. — J'ai parlé au chapitre XII, page 457, du magnifique hôtel de Scipion Sardini et des beaux restes qu'on en retrouve encore rue Fer-à-Moulin. Après la mort de Scipion, survenue entre 1600 et 1609, cette maison devint, dès 1614, un asile de pauvres et, en 1636, l'hôpital général y avait installé sa boulangerie, destination qui dure encore aujourd'hui, étendue à tous les hôpitaux.

PETITES-MAISONS, rue de Sèvres, à l'angle de la rue de la Chaise, hospice aujourd'hui démoli. (Emplacement du *Bon-Marché*.) — Très ancienne *maladrerie*, reconstruite entièrement ainsi que la chapelle en 1615. Son nom lui venait des quatre

s'y associèrent. sans vouloir me rappeler si, dans le nombre, quelques-unes avaient beaucoup à faire oublier : les princesses de Longueville, de Mantoue, les duchesses de Nevers, de Mercœur; Mme de Gondy; les marquises de Belle-Isle, de Maignelay; la comtesse de la Guiche; les présidentes Goussault, de Lamoignon; Mesdames Luillier, Lebret, de Bullion, Legras, Sainctot, Fouquet, de Villesavine. En 1624, Simonne Gaugain forma une association d'*Hospitalières* qui ouvrirent des hôpitaux de femmes. Vincent de Paul réunissait les plus grandes dames à ses conférencs, et les conduisait à l'Hôtel-Dieu porter des provisions aux malades. C'est dans ces assemblées qu'il créa avec l'aide de la nièce du chancelier de Marillac, Mme Legras, l'œuvre des *sœurs grises*. Il les mena visiter un jour, au *port Saint-Landry*. la maison de la *Couche*, où l'on recueillait jusque-là les enfants ramassés sur les divers points de la ville, pour les vendre ensuite à des mendiants, ou à des bateleurs qui leur tordaient les membres. « Or sus, mesdames, leur dit-il, la compassion vous a fait adopter ces petites créatures pour vos enfants... Ils vivront, si vous continuez d'en prendre soin ; ils périront infailliblement, si vous les abandonnez. Il est temps de prononcer leur arrêt, et de savoir si vous ne voulez plus avoir de miséricorde pour eux ». L'assistance fondit en larmes; l'hospice des Enfants-Trouvés fut fondé peu après, et Louis XIII leur donna la somme de 4,000 livres à prendre tous les ans sur le domaine de Gonesse.

CIMETIÈRES, CHARNIERS, TOMBEAUX.

Les deux grands cimetières étaient toujours ceux des *Innocents* et de *Saint-Paul*, entourés de leurs charniers, galeries voûtées surmontées de *galetas*, où s'empilaient depuis des siècles les crânes retirés de la fosse commune, « maistres des requestes, maistres de la Chambre aux Deniers, porte-paniers, ensemble en ung tas pesle-mesle ». Sous les galeries des Innocents, à côté des tombes, au pied des tableaux de la

cents petites chambres, où furent placés d'abord des fous, puis des ménages d'époux, le mari âgé de soixante-dix ans, la femme de soixante.

LES FRÈRES DE LA CHARITÉ, mentionnés plus haut comme *Communauté*. — Marie de Médicis les avait établis en 1602, rue de Seine, sur un terrain acheté un peu plus tard par Marguerite de Valois. Les Frères furent alors obligés de se déplacer. et occupèrent, rue Jacob, et rue des Saints-Pères, l'emplacement de l'Hôpital actuel. La chapelle, très ancienne, fut reconstruite de 1732 à 1734 par Robert de Cotte, père et fils. Elle sert actuellement aux séances de l'Académie de Médecine.

BICÊTRE. — Cet antique château fut relevé de ses ruines vers 1632 par Richelieu, qui voulait y loger et entretenir les soldats invalides. L'aile immense dite le *vieux château*, qui domine Gentilly et tout le sud de Paris, est de cette époque. Du manoir du duc de Berry, restent de vastes cryptes supportées par un double rang de piliers. Bicêtre comprend aujourd'hui deux divisions absolument séparées : l'*hospice des vieillards* et l'*Asile des aliénés*.

L'HÔTEL-DIEU. — De grands travaux y furent exécutés sous la direction de l'architecte Vellefaux : la *terrasse* du bord de l'eau, reconstruite en 1605; la salle *Saint-Thomas*, en 1606; la salle *Saint-Denis*, en 1617; la salle *Saint-Louis*, en 1619; le *Pont au Double*, en 1626.

Danse macabre, les libraires, les fripiers, les lingères, étalaient « leurs cinq cents badineries », et les écrivains publics offraient pour dix sous aux servantes l'office de leur haut style; mais toute Communauté avait son cimetière particulier; toute église avait le sien, même minuscule, attaché à son chevet, à son flanc, ou placé dans son voisinage le plus proche. Des noms de rues ont longtemps témoigné de l'importance relative de quelques-uns : Rues du Cimetière *Saint-Benoît* (1), du C. *Saint-Nicolas-des-Champs*, du C. *Saint-Sulpice* (2), du C. *Saint-André-des-Arts* (3), du C. *Saint-Jacques-du-Haut-Pas*. Ajoutez ceux du *Marché Saint-Jean* (4), de *Saint-Médard*, de la *Trinité* (5), de *Saint-Honoré*, de *Saint-Séverin*, de la *Sainte-Chapelle*, de *Saint-Hilaire*, de *Saint-Étienne-du-Mont*, de *Saint-Nicolas-du-Chardonnet*, du *Saint-Sépulcre* (6), de *Saint-Étienne-des-Grès*.

En 1640, le chancelier Séguier, pour agrandir son hôtel de la rue de Grenelle, fit supprimer le petit cimetière de la rue du *Bouloi* et créa, en échange, celui de *Saint-Joseph*, rue Montmartre.

« Quant à ceux de la Religion prétendue réformée, la condition des « temps avait obligé de souffrir qu'ils disposassent du cimetière *Saint-* « *Père* » (7), à gauche de la rue des Saints-Pères (7), de 1598 à 1604, année où il fut rendu au culte catholique. Ils passèrent alors de l'autre côté de la rue sur un terrain où ils enterrèrent leurs morts, en face de la Charité (8), jusqu'à la révocation de l'Édit de Nantes, en 1685.

J'ai dit précédemment que les Romains et les Gallo-Romains, scrupuleux observateurs des lois de l'hygiène, plaçaient leurs cimetières hors des villes (9). Les chrétiens firent des exceptions pour les dignitaires ecclésiastiques dont les corps reçurent la sépulture dans les églises. Bientôt les rois, les seigneurs laïques, et même de riches bourgeois, moyennant finance, obtinrent la même faveur. Cet usage insalubre eut au moins pour résultat de faire de l'intérieur des églises de vrais musées accessibles à la foule, où se déployèrent toutes les ressources décora-

---

(1) La seule qui ait conservé son nom. Le *petit* cimetière Saint-Benoît était à droite de la rue Saint-Jacques, au sud de l'église. Le *grand* cimetière ou cimetière de l'*Acacia*, était à gauche de la rue Saint-Jacques, en face du chevet de l'église; en 1614, pour faciliter l'installation du Collège royal, il fut transporté un peu plus au Sud-Ouest, derrière le collège sur les rues du Cimetière et Fromentel.

(2) Aujourd'hui rue *Palatine*.

(3) rue *Suger*.

(4) rue de la *Verrerie*, entre les rues *Bourtibourg* et de *Moussy*.

(5) rue Greneta.

(6) rue Saint-Denis.

(7) C'est le petit jardin de l'Académie de Médecine, à l'angle du Boulevard Saint-Germain.

(8) Emplacement de l'École des Ponts-et-Chaussées.

(9) Les Innocents étaient loin de la *Cité*; ils ne furent renfermés dans l'enceinte de la *Ville* par Philippe Auguste qu'entre 1190 et 1208. — Saint-Paul était primitivement une petite chapelle, *dans les champs*, qui desservait le cimetière des religieuses de Sainte-Aure dans la cité (Voir chap. v, page 117). L'église et le cimetière ne furent renfermés dans l'enceinte de Paris que par Étienne Marcel en 1356.

tives de la statuaire et de la sculpture : *pierres plates* dans le pavage même, puis *pierres levées* sur quelques colonnettes; représentations des défunts gravées en creux dans la dalle; statues en *ronde-bosse* au douzième siècle; enfin, la place manquant, on renonça généralement aux tombeaux isolés, on les appliqua aux renfoncements des murs latéraux: ils envahirent les chapelles où ils ne gênaient en rien la circulation. Au quinzième siècle, le mort est représenté priant à genoux, au lieu de couché; on emploie le marbre noir pour les massifs, le marbre blanc ou l'albâtre pour les statues; quelquefois les effigies sont peintes. A l'avènement des Valois, les tombes des rois et des princes deviennent de véritables édifices dont on voit encore à Saint-Denis les plus beaux modèles. A Paris, les Célestins, les Cordeliers, les Jacobins, les Grands-Augustins, Saint-André-des-Arts, Notre-Dame, étaient les plus riches en monuments funéraires; toutes les églises en étaient encombrées, et en les parcourant, nous y retrouverions le souvenir de tous les personnages de notre histoire, disparus de 1589 à 1643, grands seigneurs, magistrats, officiers de la ville, prélats, bourgeois, artistes, écrivains :

A Notre-Dame : le maréchal de Guébriant; les deux derniers évêques du diocèse, Pierre et Henri de Gondy, morts en 1616 et 1622.

A Saint-Germain-l'Auxerrois : Séraphin Thielement, greffier du Grand Conseil; Philippe le Gagneur, échevin; les chanceliers de Bellièvre et d'Aligre; l'historien Claude Fauchet; Malherbe.

A Sainte-Opportune : Pierre Perrot, procureur du Roi et de la Ville; Michel Raguenet, receveur-général du grand bureau des pauvres.

Aux Saints-Innocents : Nicolas Potier de Blancmesnil, président au Parlement; René Vivien, seigneur de la Grange-Batelière; Gilles de Sainctyon, Conseiller du Roi, maître de la Grande-Boucherie; Nicolas Duret, avocat; Denis Néret, échevin; Nicolas de Paris, échevin; Guillaume Lescalopier, Conseiller du Roi; le peintre Toussaint du Breul.

A Saint-Thomas-du-Louvre : Jean Khailly, capitaine des Cent-Suisses.

A Saint-Honoré : Henri de Mauroy, Conseiller du Roi; Antoine Pessebœuf, chanoine; Denis Fourgonneau, curé de Charonne.

A la Chapelle Saint-Clair, rue des Bons-Enfants : Jean Le Vau, principal du collège des Bons-Enfants.

A Saint-Jacques de l'Hôpital : Hugues de la Fontaine, greffier en chef de la Chambre des Comptes; François Frénebus, curé de Saint-Hilaire.

A Saint-Sauveur : Quentin Guénéhault, curé; Jean Hollandre de Montdidier, recteur de l'Université; Henri Legrand, dit *Turlupin*, comédien; Hugues Guéru, dit *Gaultier-Garguille*, comédien; Hardouin de Saint-Jacques, dit *Guillot-Gorju*, comédien;

A Saint-Roch : Antoine de Pluvinel, commandant de la Grande-Écurie du Roi; Pierre Ranquet, apothicaire; Antoine de Ville, ingénieur du Roi.

Aux Feuillants : le marquis de Rostaing, capitaine de cent hommes d'armes; Guillaume de Montholon, ambassadeur; Jean Goulu, général des Feuillants; François Joullet, aumônier du Roi; le maréchal de Marillac.

Aux Capucines de la rue Saint-Honoré : la reine Louise de Lorraine, veuve de Henri III; le duc et la duchesse de Mercœur.

Aux Capucins de la rue Saint-Honoré : le Père Joseph; le Père Ange de Joyeuse. (Celui qui prit, quitta, reprit la cuirasse et la haire.)

Aux Jacobins de la rue Saint-Honoré : Nicolas de Verdun, premier président; la maréchale d'Effiat; François Joulet, aumônier du Roi.

Aux Jacobins de la rue Saint-Jacques : Jean Passerat.

A Saint-Jean-en-Grève : Huault de Montmagny, Conseiller privé; Charles le Tonnelier de Breteuil; Arnoul de Nouveaux, surintendant des Postes; le chevalier d'Aumale, tué à Saint-Denis en 1591.

A Saint-Gervais : Jean le Barbier, courrier du Roi; Pierre d'Amours, Conseiller privé; Restitut Girault, chirurgien du Roi; Noël Boussingault, marchand de vin; Simon Piètre, médecin du Roi; Oudard le Féron, prévôt des marchands; Étienne du Moustier, « rare et excellent en son art », peintre du Roi; Laurent de Santeuil, marchand et bourgeois de Paris.

A Sainte-Croix-de-la-Bretonnerie : Édouard Molé, Conseiller du Roi; Christophe de Sève, maître des requêtes; Jean de Vienne, Geoffroy Luillier de la Malmaison, Nicolas Luillier de Boullancourt, Jean de Moussy, conseillers; Barnabé Brisson, pendu en 1591.

Aux Blancs-Manteaux : Charles Malon, seigneur de Bercy; François d'O, gouverneur de Paris; le premier président Jérôme de Hacqueville; l'avocat-général Tiraqueau; Maximin Rapin, — fils de Nicolas, — tué devant Paris, en 1592.

A Saint-Paul : Le maréchal de Biron; Jean Nicot; Pierre Biard; Laurent Bouchard, sieur de Fontenelle, pendu en 1640 au coin de la rue Saint-Paul et inhumé dans l'église.

Aux Célestins : Henri de Longueville; François d'Épinay Saint-Luc; Sébastien Zamet et ses deux fils, Jean et Sébastien; Antonio Perez, ministre disgracié de Philippe II.

A l'Ave-Maria : Dom Antonio, prétendant au trône de Portugal (1); Charlotte de la Trémoille, princesse de Condé; Philippe Hotman, Conseiller du Roi; Robert Thiercelin, chevalier, lieutenant de M. le Grand-Maître de l'artillerie, décédé à l'Arsenal en 1616.

Aux Billettes : Papirius Masson, historien; Juvénal Le Clerc, procureur en Parlement.

Aux Minimes de la Place Royale : Diane de France, duchesse d'Angoulème, fille légitimée de Henri II; Marie Touchet, maîtresse de Charles IX; Abel de Sainte-Marthe.

Aux Minimes ou Bons-Hommes de Chaillot : Olivier Le Fèvre d'Ormesson, premier président de la Chambre des Comptes;

A la Visitation, rue Saint-Antoine : André Frémiot, archevêque de

---

(1) Son cœur était à l'Ave-Maria; son corps, aux Cordeliers.

Bourges; François Fouquet, Conseiller au Parlement. C'est le père du surintendant Fouquet.

Aux Pénitents de Picpus : le maréchal d'Aumont.

A Sainte-Marguerite : Antoine Fayet, curé de Saint-Paul.

Aux Bernardins : le chancelier Guillaume du Vair.

Aux Grands-Augustins : Anne d'Este, veuve de François de Guise et du duc de Nemours.

A la Maison Professe des jésuites. rue Saint-Antoine : Le P. Armand, supérieur; le P. Cotton, confesseur du Roi; François Gascoin, gentilhomme de la chambre.

A Saint-André-des-Arts : François de Montholon; Ambroise Paré; l'historien Jacques-Auguste de Thou; Pierre de l'Estoile.

A Saint-Benoit : Nicolas Goulu, lecteur royal de grec; Henri Monantheuil, lecteur royal de mathématiques; Sébastien Nivelle, « la perle des libraires de France »; Frédéric Morel, le jeune, imprimeur; René Chopin, jurisconsulte;

Aux Carmélites de la rue d'Enfer : le chancelier Michel de Marillac.

Aux Carmélites de la rue Chapon : Catherine de Gonzague de Clèves, duchesse de Longueville; Pierre Hinselin, correcteur en la Chambre des Comptes;

A la Sainte-Chapelle : Jacques Gillot. l'un des auteurs de la *Ménippée*; Bernard de Fortia, Conseiller d'État; Antoine Pilon, fils de Germain Pilon.

A la chapelle du jardin des plantes : Gui de la Brosse, mort en 1641.

A Saint-Nicolas-des-Champs : le poète Théophile de Viau;

A Saint-Jean-de-Latran : Jacques de Béthune, archevêque de Glascow, ancien ambassadeur de Marie Stuart, mort en 1603, âgé de 89 ans.

A la rue des Saints-Pères, côté gauche :

> *Cimetière protestant* jusqu'en 1604 :
>> Claude Arnauld, trésorier général, mort le 21 mai 1603, à l'âge de 29 ans, dans sa maison près de l'Arsenal, et porté au cimetière à 10 heures du soir par quatre crocheteux (1).
>
> *Cimetière catholique* depuis 1604 :
>> Claude Bernard, dit le *Pauvre Prêtre*, inhumé dans la chapelle, en 1641.
>
> Côté droit :
>
> *Cimetière protestant* de 1604 à 1685 :
>> Barthélemy Prieur, sculpteur, 20 octobre 1611.
>> Jacques-André du Cerceau, architecte, 17 septembre 1614.

---

(1) « La tombe du trésorier Arnauld, dit l'Estoile, estoit d'ung fort beau marbre noir, tout d'une pièce, estimée à deux cens escus, chose nouvelle et inusitée entre ceux de la religion, principalement en ce pays-ci... Quinze jours après, on couvrist de plastre ce beau tombeau, de peur que la populasse, envieuse de tels monumens, n'achevast de le gaster, comme elle avoit déjà commencé, et qu'enfin elle ne le rompist du tout, comme on fust adverti qu'on avoit délibéré de le faire en une nuict ».

Jacob Bunel, peintre,   15 octobre 1614.
Salomon de Brosse, architecte,   9 décembre 1626.

A SAINT-CÔME : Théodore de Bèze, mort en 1605 ; François Trouillac, *l'homme cornu,* que l'on promenait dans les foires.

A SAINT-LEU : Jean Louchart, ligueur, pendu en 1591 ; Guillaume Deslandes, doyen de la Grand-Chambre du Parlement.

A la SORBONNE : le cardinal de Richelieu.

A SAINT-MERRI : l'avocat Simon Marion ; Jean de Nicolaï, premier président de la Chambre des Comptes.

A l'ORATOIRE DU LOUVRE : Nicolas Harlay de Sancy ; le cardinal de Bérulle.

Aux PETITS-AUGUSTINS : le peintre Jean Porbus, le jeune.

A SAINT-BARTHÉLEMY : l'avocat-général Louis Servin, frappé d'apoplexie le 19 mars 1626, en faisant des remontrances au Roi.

A SAINT-JACQUES DU HAUT-PAS : l'abbé de Saint-Cyran.

A SAINT-GERMAIN-DES-PRÉS : le P. Jacques Dubreul, historien de Paris ; Guillaume Douglas, gentilhomme écossais au service de Henri IV ; Catherine de Bourbon ; François de Bourbon, prince de Conti ; Marie de Bourbon-Conti ; François Thévin, comte de Sorges.

A SAINTE-MARINE : le prévôt des marchands François Miron.

Aux CORDELIERS : Dom Antonio et son fils Don Christophe, prétendants au trône de Portugal ; Claude de Bullion, surintendant des finances.

A SAINT-SÉVERIN : Jean Prévôt, curé ; Cyprien Perrot, conseiller au Parlement ; J. B. Altin, conseiller au Châtelet ; Robert Basledens, curé ; Pierre Drouin de Salles, médecin du Roi ; Jean de Chanlinon, ambassadeur ; Hector de Rebault, lieutenant-colonel tué au siège de Dôle en 1636 ; Jacques Ligier, secrétaire du Roi, seigneur de Montmartre et Clignancourt ; Étienne Pasquier ; Scévole de Sainte-Marthe, lieutenant-général de la connétablie et maréchaussée de France.

A SAINTE-GENEVIÈVE : le tombeau de l'abbé cardinal de La Rochefoucauld, sculpté en marbre par Philippe Buister et conservé aujourd'hui aux Incurables ;

Aux CHARTREUX : Jean Versoris de Bussy ; Louis Habert de Montmort ;

A SAINT-ANTOINE-DES-CHAMPS : l'abbesse Anne de Thou, morte en 1593 ; Jeanne Camus, abbesse, morte en 1596 ; Renée de la Salle, abbesse, morte en 1636.

Au PETIT-SAINT-ANTOINE : Louis de Langhac, abbé, mort en 1598 ; Philippe de Beauvais, écuyer, mort en 1636 ; Pierre le Cordelier de la Brosse, mort en 1640.

A SAINT-VICTOR : Jacques d'Alesso, chanoine, mort en 1603.

Aux CARMES de la place Maubert : Étienne Lévesque, conseiller du Roi ; Pierre Crochet, lieutenant de la Varenne du Louvre ;

A SAINT-NICOLAS-DU-CHARDONNET : Pierre de Voyer d'Argenson, secrétaire du Roi, mort en 1616 ;

A la TRINITÉ : Fortin de Masparaute, conseiller d'État, mort en 1602 ;

et sa femme, Marie de Violaine, morte en 1619; Jean de Gaule, avocat
au Parlement.

A SAINT-EUSTACHE : René Benoît, curé depuis 40 ans, mort en 1608
âgé de 83 ans; l'historien Girard du Haillan; Michel Le Tellier, seigneur de Chaville; Claude et Charles Ménardeau, maîtres des requêtes;
Scipion de Fiesque; Antoine du Bouchet, doyen du Parlement; Barthélemy du Tremblay, sculpteur du Roi; Jean Le Bossu, seigneur de Charenton; Jeanne Goujon, morte en 1616 et son frère Antoine, mort en
1627; Jean-Baptiste de Machault; Pierre Bruslart de Sillery, conseiller
d'État; Jacques Le Bret, président au Parlement; Jean du Marestz,
fripier, archer et l'un des cent arbalestriers et pistoliers de la Ville,
mort en 1608; Claude Goudier, fripier, l'un des seize porteurs de la
châsse de madame Sainte Geneviève, l'un des quatre dizeniers, du nombre des archers et des cent arbalestriers et pistoliers de la Ville; Denis
de Palluau, conseiller au Parlement; François Juif, chirurgien; Duncan
de Mars, lieutenant de la garde écossaise de Louis XIII; Charles David, l'architecte qui termina Saint-Eustache.

HÔTELS.

Revenons aux demeures des vivants, à ces hôtels des Grands, trop
souvent, comme l'hôtel d'Angoulême (1), la terreur de tout un quartier, le refuge des vauréants, bretteurs et faux-monnayeurs, asiles dont
les huissiers et les officiers de police n'osaient franchir le seuil armorié,
défendu par le suisse légendaire, armé de sa hallebarde, et par la
cohue des pages, des valets et des spadassins aux gages du maître de
céans, un gentilhomme naturellement (2). Saint-Simon se moque de
cette présidente qui osa, « la première de son état », faire écrire sur
sa porte : *Hostel de Nesmond* (3); mais les financiers, les bourgeois,
les parlementaires eurent bientôt de si luxueuses maisons que la confusion fut inévitable, et qu'on appela *hôtel* toute habitation qu'occupait
en entier un personnage important par son mérite, ses charges ou sa
fortune.

Beaucoup avaient d'ailleurs perdu leur ancien aspect de forteresses

(1) Connu aujourd'hui sous le nom d'hôtel *Lamoignon*, à l'angle des rues Pavée
et des Francs-Bourgeois. Là demeurait Charles de Valois, comte d'Auvergne, plus
tard duc d'Angoulême, fils naturel de Charles IX et de Marie Touchet. Le lieutenant-criminel Lugoly se déclarait impuissant, en 1598, à réprimer les *excès et ravages* que ce prince et ses gens commettaient dans le quartier Saint-Paul. « S'il
eût pu se défaire de l'humeur d'escroc que Dieu lui avoit donnée, dit Tallemant,
c'eût été un des plus grands hommes de son siècle ».

(2) Très souvent, un bâtiment contigu à l'hôtel servait de logement aux officiers, aux serviteurs, aux écuries; on l'appelait le *petit* hôtel : petit hôtel Lesdiguières; petit hôtel Sully, petit hôtel de Luynes, de Mesmes, etc.

(3) « On en rit, on s'en scandalisa, mais l'écriteau demeura et est devenu
l'exemple et le père de ceux qui, de toute espèce, ont peu à peu inondé Paris ».
Sur cet hôtel, devenu la Distillerie Joanne, quai de la Tournelle, on lit toujours
l'écriteau ainsi modifié : *Hostel cy-devant du Président de Nesmond.*

pour devenir l'aimable rendez-vous des savants, des poètes, des artistes, des beaux-esprits, que les plus grandes dames de la société, — des précieuses qui n'étaient pas encore ridicules, — se plaisaient à réunir dans leurs salons, où tour à tour chacun s'essayait « à tenir le dé de la conversation », et à prendre la politesse des manières et de l'esprit : *société, précieuses, salons, conversation, politesse, bel-esprit*, mots presque nouveaux pour des choses toute nouvelles (1).

Cette transformation des mœurs se traduisit dans l'architecture privée par une recherche de la majesté des lignes, sévères jusqu'à la monotonie. On sacrifia l'ornementation des façades pour augmenter l'impression de leur grandeur. Le plan fut partout à peu près le même : sur la rue la porte *cochère*, quelquefois accompagnée d'arcades; une cour d'honneur avec ses ailes; le corps de logis principal entre la cour et le jardin. Beaucoup d'historiens ont répété, avec quelque exagération, qu'on avait appris de la marquise de Rambouillet « à mettre les escaliers à côté (2) pour avoir un vaste vestibule s'ouvrant sur une longue suite de salons; à faire des portes et des fenêtres hautes et larges, vis-à-vis les unes des autres. A son hôtel de la rue Saint-Thomas-du-Louvre, dit Sauval, la cour, les ailes, les pavillons, le bâtiment du fond, ne sont que d'une médiocre grandeur; mais ils sont proportionnés avec tant d'art, qu'ils imposent à la vue et paraissent beaucoup plus grands qu'ils ne sont en effet ».

Les appartements étaient dignes des dehors. Julie d'Angennes eut une chambre tapissée de bleu, et non plus de tanné, avec un ameublement de velours bleu rehaussé d'or et d'argent. La marquise de Rambouillet, divinité de ce « temple des Muses, de l'Honneur et de la Vertu », recevait ses adorateurs, pompeusement vêtue et couchée sur un lit de parade, dans une alcôve séparée de la salle par une balustrade en bois doré (3). A la Place Royale, chez la duchesse *de Chaulnes*, on montrait

(1) Les Parisiens reçurent des premières Précieuses un certain nombre d'expressions qui sont passées dans la langue :

« Craindre de s'encanailler. — Avoir l'humeur communicative. — Cheveux d'un blond hardi. — Compréhension dure. — Revêtir ses pensées d'expressions vigoureuses. — Le mot me manque. — N'avoir que le masque de la générosité. — Être pénétré des sentiments d'une personne. — Avoir le front chargé de sombres nuages. — Laisser mourir la conversation, etc. »

Mme de Rambouillet, blessée par le langage et les mœurs de la Cour, s'en était retirée de bonne heure et recevait chez elle de nombreux amis des deux sexes, auxquels elle imposait dans la conversation, sa modestie et sa retenue.

(2) Les escaliers *à vis* furent abandonnés. On en trouve encore à la tour de Jean sans Peur et, dans des tourelles en saillie, à l'hôtel des Prévôts; à l'hôtel de Sens; à l'hôtel de Cluny, et rue des Gobelins, sans compter ceux des clochers. La Renaissance nous a laissé au Louvre l'escalier de *Henri II*, type reproduit exactement à l'hôtel *Sully* et à l'hôtel *Raoul*, rue Beautreillis. Un peu plus tard, le mur, qui s'opposait à la vue d'un étage à l'autre, disparut et fit place à de belles rampes de pierre ou de bois sculpté, ou de fer forgé.

(3) Voir au Louvre, au premier étage de la colonnade, une chambre à alcôve de la fin du seizième siècle, qui faisait partie des appartements royaux et a été transportée de la salle des Sept-Cheminées. (Ancien pavillon du Roi, tout à fait transformé.) Le lit doré, très lourd, qu'on y a exposé, est d'origine vénitienne.

A une réception d'apparat, chez Mme de Rambouillet, chez la vicomtesse d'Au-

une antichambre « embellie de colonnes cannelées et étincelante de cristaux; un jet d'eau d'une hauteur considérable, au milieu d'un vestibule: des aigrettes de lit d'une beauté et d'un prix extraordinaires » (1). Tout à côté, à l'*hôtel d'Aumont*, un salon à l'italienne dessiné par Le Vau, peint par Vouet. Des miroirs, disposés habilement, permettaient de voir, même quand on était couché, carrosses, gens de pied ou à cheval, et tout ce qui se passait dans la place.

Les voyageurs de nos provinces et de l'étranger qui, comme Isaac de Bourges; Étienne Cholet, de Lyon; Pierre Davity, François Ranchin; l'Anglais John Evelyn; les deux gentilshommes hollandais, MM. de Villiers, commencèrent alors à publier leurs *impressions*, visitèrent les hôtels de *Bellegarde*, rue de Grenelle Saint-Honoré; de *Sully*, rue Saint-Antoine; de *Bretonvilliers*, construits par Jean du Cerceau; — de Le *Fèvre de la Boderie*, rue Geoffroy-l'Asnier; de *Claude Aymier*, rue du Jour; — de *Liancourt*, rue de Seine, par Le Mercier; — des *premiers présidents*, dans l'enceinte du Palais; — de *Rambouillet*, rue Saint-Thomas-du-Louvre; — de la *Vrillière*, par François Mansard; — de *Bullion*, de *Lambert*, par Louis Le Vau; — de *Bouillon*, rue de Seine, par Salomon de Brosse; — de *Nesmond*, quai de la *Tournelle*; — d'*O* ou de *Luynes*, quai des Grands Augustins; — de M. de *Bordeaux*, rue des Francs-Bourgeois; — de *Vic*, rue Saint-Martin; — de *Vibraye*, d'*Effiat*, d'*Epernon*, de *Hollande*, rue Vieille-du-Temple; — de *Tubeuf*, rue Neuve-des-Petits-Champs, par Pierre Le Muet; — de *Luynes*, rue Saint-Dominique, par Le Muet; — de *Rieux*, rue Garancière; — de *Royaumont*, rue du Jour; — de *L'Hospital*, rue Vide-Gousset; — de *Brienne*, quai Malaquais; — de *Sillery*, rue Saint-Honoré; — de *caumartin*, rue Saint-Louis, etc., etc. (2)

chy, chez Mme des Loges, chez Mme de Brégy, chez Mlle de Scudéry, selon que le décorum était plus ou moins observé, le chevalier servant de la maîtresse de la maison, l'*alcôviste*, introduisait les plus familiers dans la *ruelle*; les autres ne franchissaient pas la balustrade et prenaient place sur les fauteuils ou les tabourets. Les jeunes gens étendaient leurs manteaux sur le plancher pour causer, assis aux pieds des dames.

(1) Sauval.

(2) On s'étonne en voyant l'immensité de quelques-uns de ces hôtels. Il faut se rappeler qu'outre les serviteurs proprement dits, les grands seigneurs donnaient une large hospitalité à ce qu'on appelait alors les *domestiques*, parmi lesquels il y avait des gentilshommes : aumôniers, architectes, poètes, médecins, peintres et autres commensaux. Deux capitaines du régiment de Valois étaient *domestiques* du cardinal de Retz; un Montigny, gouverneur du Pont-de-l'Arche, domestique de M. de Longueville; un La Roche-Corbon, domestique de M. de La Rochefoucauld; Malherbe, Racan, étaient au duc de Bellegarde; l'abbé de Cerizy, au chancelier Séguier; Claude de Malleville, à Bassompierre; Bois-Robert, au cardinal de Richelieu; Théophile, au duc de Montmorency; Cyrano de Bergerac au marquis d'Arpajon; Silvain Régis, au duc de Rohan, etc., etc.

Je n'ai pu citer qu'une bien faible partie des hôtels construits du temps de Louis XIII. Il y a des rues du Marais où l'on en compte presque autant que de portes cochères.

MANUFACTURES, COMMERCE, INDUSTRIE, IMPRIMERIE.

Henri IV et Louis XIII, en même temps qu'ils transformaient l'aspect architectural de Paris, ne reculaient devant aucun effort pour encourager les progrès de l'industrie ruinée par la guerre civile. Malgré l'opposition de Sully, qui croyait avoir assez fait en favorisant l'agriculture, Henri établit des manufactures de *glaces*, de *cristaux*, de *faïence*, de *cuir doré*, d'*étoffes de soie*, de *drap*, de *toile* façon Hollande, de *tapisseries* (1), et Richelieu dont le génie embrassait toutes les branches de l'activité humaine, se montra son digne continuateur.

Le plus ancien atelier de tapisserie fonctionnait dans l'enclos de la Trinité, véritable école d'arts et métiers, sous la direction de Maurice Dubourg, qui, tout enfant, y avait fait son apprentissage. En 1608, nous le retrouvons, logé dans la galerie du Louvre, au milieu des nombreux artisans auxquels le Roi accordait l'hospitalité. Un autre tapissier « excellent, » Laurent, trouva asile, en 1597, à la Maison professe des Jésuites de la rue Saint-Antoine, expulsés après l'attentat de Châtel (2). Pierre Dupont fonda, en 1627, à Chaillot, la manufacture de tapis du Levant, dite la *Savonnerie* (3). Enfin deux Flamands, François de la Planche et Marc Comans, appelés par le Roi, vinrent s'établir, vers 1607, au bourg Saint-Marcel, sur les bords de la Bièvre, dans l'ancienne *Folie* des teinturiers Gobelin (4). A la mort de François de la Planche, en 1627, son fils Raphaël se sépara de Marc Comans, et fonda, rue de la Chaise (5), une manufacture de tapis, façon de Flandre, qui employa

(1) « Nul prince peut-être n'a eu autant que le premier des rois Bourbons le sentiment des besoins de la France; nul ne s'est plus préoccupé de son développement industriel. Si le temps lui a manqué pour réaliser toutes ses grandes idées, il a jeté les bases de quantité d'institutions, qui assurèrent pendant plus d'un siècle la suprématie de la France dans toutes les branches de l'art appliqué à la décoration ». Guiffrey. *Les manufactures parisiennes de tapisseries au dix-septième siècle.*

(2) Laurent, comme directeur, avait un écu par jour et cent francs de gages, et ses quatre apprentifs dix sols tous les jours pour chacun. Quant aux compagnons qui travailloient sous lui, les uns gagnoient vingt-cinq sols, les autres trente, les autres quarante.

(3) Quai de Billy, emplacement de la Manutention militaire.

(4) Famille de teinturiers célèbres, originaires de Reims. Le premier que nous connaissions, Jean, vint s'établir sur les bords de la Bièvre vers 1450 et mourut en 1476. Il fit fortune et le peuple appelait sa belle maison *La Folie Gobelin*. Il eut treize enfants, dont une fille, Mathurine, épousa un autre teinturier, Séverin Canaye. Philibert Gobelin continua avec son frère Jean l'industrie paternelle; mais au seizième siècle, les Gobelins laissèrent la teinture pour la magistrature et, comme les Canaye, se firent nobles. (Voir *Introduction* du 2e volume page VIII.) *Jacques* devint correcteur en la Chambre des comptes, le 7 février 1544; son fils, *Balthazar*, président de la même Chambre en 1602 et seigneur de Brie-Comte-Robert. Le 20 décembre 1651, messire Antoine Gobelin, chevalier, marquis de Brinvilliers, épousa Marie-Madeleine d'Aubray, fille du lieutenant civil Dreux d'Aubray.

(5) L'établissement s'étendait de la rue de la Chaise, où était la principale entrée, à la rue du Bac, et de la rue de Varennes à l'Hospice des Ménages. Dans cette partie, la rue de Varennes prit le nom de rue de la Planche. Sur l'emplacement de la manufacture, une rue de *la Planche* a été percée en 1882.

jusqu'à trois cents ouvriers, et d'où sortirent nombre de « belles verdures à oiseaux et magnifiques paysages, et la *Fable de Psyché*, l'*Histoire de Constantin*, etc.

Eustache Grammont et Jean Antoine d'Anthoneuil obtinrent en 1634 un privilège de dix ans pour la fabrication des glaces et miroirs. Un Milanais, Turato, fabriquait les fils d'or, rue de la Tixeranderie, à la maison de la *Macque*. On travaillait l'acier fin au faubourg Saint-Victor. Un tanneur, Roze, déroba les secrets des Hongrois pour la préparation des cuirs dorés et repoussés; il en établit le commerce pour ameublement dans le faubourg Saint-Jacques (1). Parfaict, Sainctot, Camus, firent une fortune si considérable dans la fabrication des étoffes de soie aux Tournelles, qu'ils purent bâtir une partie de la Place Royale.

Ce fut vers 1640 que, sur les conseils de Richelieu, Louis XIII transféra l'*Imprimerie Royale*, des Tuileries au Louvre (2), où il lui donna une large installation dans la Grande Galerie, auprès des salles consacrées à la fabrication des monnaies. Sublet de Noyers en eut la surintendance; Sébastien Cramoisy fut le directeur, et, dans les deux premières années, soixante et quelques volumes, remarquables par la beauté des caractères et du papier, sortirent de ses presses, entre autres une *Imitation de Jésus-Christ*, in-f°, et le *Recueil des Conciles*. En 1642, la dépense s'éleva à 120, 185 livres.

Les imprimeries particulières ne restaient pas d'ailleurs inactives, et, parmi les *Nouveautés de ce temps*, les Parisiens purent lire : en 1595, chez Langelier, *Montaigne*, édité par Mlle de Gournay, et la *Jérusalem délivrée* : — en 1600, chez Claude Morel, le *Plutarque* d'Amyot; — en 1602, les *Grands chemins de l'Europe*, de Berger; — en 1604, la première partie de l'*Histoire* de Jacques-Auguste de Thou; — en 1608, les *Œuvres de Regnier*, chez Toussaint de Bray; — en 1610, la *Marianne* de Hardy; — en 1613, les *Auteurs latins*, *ad usum Delphini*, chez Sébastien Huré; — en 1618, la *Bibliothèque des Pères de l'Église*, à la Compagnie de la Grand navire; — en 1621 les *Poésies diverses de Racan*; les *Poésies de Malherbe*; les *Poésies de Théophile de Viaud*, chez Quesnel; — en 1619, *Philandre*, poème par Maynard; — en 1624, un *Choix de Tragi-Comédies* par Hardy; — Un premier *Recueil des lettres* de Balzac; — en 1625, *Apologie pour les Grands Hommes accusés de Magie*, par Naudé, chez François Targa; — en 1627,

(1) L'Hôtel de Des Yveteaux, rue des Marais-Saint-Germain, était tapissé dans toutes les pièces de cuir doré et repoussé; on appelait ainsi, dit le *Dictionnaire de Trévoux*, des peaux de mouton basanées, sur lesquelles étaient représentés en relief des ornements d'or, d'argent, d'azur, de vert ou de vermillon.

(2) Le 2 février 1620, Louis XIII avait jeté les fondements d'une Imprimerie Royale, en accordant aux sieurs Nutel et Mestayer le privilège d'imprimer aux Tuileries les édits, ordonnances, lettres-patentes, déclarations et autres publications officielles. Le 4 janvier 1642, il visita, avec Richelieu, l'Imprimerie du Louvre.

Depuis François Ier, il y avait eu des *imprimeurs royaux*, mais il n'y avait pas réellement d'Imprimerie du Roi, chaque imprimeur royal, comme Néobar, Robert Estienne, Vascosan, Olivier Maillard, imprimant dans son établissement pour le Roi, mais avec des caractères qui restaient sa propriété.

Sylvie, pastorale de Mairet ; — en 1631, chez Claude Sonnius, l'*Histoire de France* de Dupleix ; — en 1632, les *Œuvres choisies* de Georges de Scudéry ; les *Ménechmes* de Rotrou ; — en 1633, 1634, *Mélite*, la *Veuve*, de Pierre Corneille ; — en 1635, *Sophonisbe*, tragédie de Mairet ; — en 1636, chez Sébastien Cramoisy, les douze volumes de *Saint Jean Chrysostome*, annotés par le P. Fronton Du Duc ; *Historia Francorum scriptorum* d'André Duchesne ; la *Marianne* de Tristan, chez Auguste Courbé ; les douze volumes de *saint Jean Chrysostome*, édités par le P. Fronton du Duc ; — en 1637, le *Cid*, de Corneille ; — en 1638, les *Deux Sosie* et l'*Antigone* de Rotrou ; — en 1639, chez Jean Germont, les œuvres de Cujas ; la *Médée* de Pierre Corneille ; — en 1640, l'*Iphigénie en Aulide*, de Rotrou ; le *Traité de Dessin*, de Jean Cousin, chez Guillaume Le Bé ; — en 1641, *Cinna*, de Corneille, et l'*Illustre-Bassa* de Mlle de Scudéry ; — en 1643, les *Horaces*, *Polyeucte* ; chez Ménard, les *Recherches de la France*, par Étienne Pasquier ; l'*Histoire de France*, de Mézeray, chez Pierre Guillemot.

Enfin, à dater de 1605, les Parisiens eurent leur *journal*, le *Mercure Français*, publié jusqu'en 1635 par les libraires Jean et Étienne Richer et continué de 1635 à 1644 par Théophraste Renaudot. C'était un recueil de pièces rares « sur les affaires de l'État et sur celles des particuliers » ; mais il ne paraissait que tous les ans.

Au mois de mai 1631, Th. Renaudot, médecin du Roi, qui, dans *la maison du Grand-Coq, ouvrant rue de la Calandre et sortant au Marché-Neuf*, donnait des consultations gratuites et des remèdes nouveaux (1), prêtait sur gages ; tenait un *Bureau d'adresses*, où se rencontraient acheteurs, vendeurs, maîtres et domestiques ; et réunissait les nouvellistes, commença à faire paraître, *chaque semaine* (2), la GAZETTE DE FRANCE, qui existe encore aujourd'hui.

Comme la *Gazette* était soumise à la censure préalable, des écrivains hardis, et frondeurs avant l'âge, risquaient la Bastille et s'associaient pour faire circuler des *Nouvelles à la main*, qu'ils envoyaient sous enveloppe. Mais si la *Gazette* avait des attaches officielles indéniables, elle était très sûrement renseignée ; elle profitait de l'immense correspondance que le généalogiste d'Hozier recevait de tous les points de l'Europe ; Richelieu y faisait insérer les traités, les dépêches, les relations de sièges et de batailles. La *Gazette* avait encore un autre collaborateur : « Chacun sait, écrit Renaudot, sous la Régence, que le roi défunt ne lisoit pas seulement mes gazettes et n'y souffroit aucun défaut, mais qu'il m'envoyoit presque ordinairement des mémoires pour y employer ».

---

(1) L'*émétique*, longtemps proscrit par la Faculté qui, en 1643 et en 1644, fit condamner Renaudot devant le Châtelet, puis devant le Parlement « à cesser ses *conférences et consultations charitables ; ses prêts sur gages et vilains négoces, et même la chimie* ».

(2) Le numéro était de huit pages petit in-4°. En 1672, la *Gazette* parut deux fois par semaine, le mardi et le vendredi, au prix de quinze livres par an. En 1792, elle prit le format in-fol°, et devint quotidienne au prix de trente-six livres par an.

« Sire, dit-il au Roi, en lui offrant le recueil de la première année, c'est bien une remarque digne de l'histoire, que, dessous soixante-trois rois, la France, si curieuse de nouveautés, ne se soit point avisée de publier, pour chaque semaine, un récit des nouvelles tant domestiques qu'étrangères : mais la mémoire des hommes est trop labile pour lui fier toutes les merveilles dont Votre Majesté va remplir le septentrion et tout le continent. Il la faut désormais soulager par des écrits qui volent, comme en un instant, du Nord au Midi, voire par tous les coins de la terre ». Je trouve plus loin ce passage qui vaut d'être cité : « Seulement ferai-je aux princes et aux États étrangers la prière de ne perdre point inutilement le temps à vouloir fermer le passage à mes *nouvelles*, vu que c'est une marchandise dont le commerce ne s'est jamais pu défendre, et qui tient de la nature des torrents, qu'il se grossit par la résistance (1) ».

PLAN DE PARIS ARRÊTÉ. — DÉFENSE DE GRANDIR.

Après tous les travaux, les embellissements et les transformations que je viens de décrire, le prévôt des marchands, Oudart le Féron, et ses échevins s'imaginèrent naïvement que Paris était *fini*, et, le 15 janvier 1638, ils obtinrent un arrêté du Conseil d'État déclarant que, selon la volonté du Roi, « la ville et les faubourgs auraient désormais une étendue certaine et limitée; *qu'il en seroit fait un plan:* que par les soins des Trésoriers de France, des *bornes* seroient plantées au delà desquelles il ne seroit plus permis à personne d'élever aucuns bastimens jusqu'aux bourgs et villages voisins, *sans lettres patentes expresses scellées du grand sceau et registrées en présence du prévost de Paris, du prévost des marchands et de ses eschevins appelés.* » J'ai à peine besoin de dire que cette dernière clause détruisait toutes les dispositions qui la précédaient, et que chacun continua de bâtir à peu près où, quand et comme il lui plut (2).

Corneille a exprimé, dans quelques vers du *Menteur*, son admiration pour les prodiges accomplis en si peu de temps :

> « Que l'ordre est rare et beau de ces grands bâtiments !
> Paris semble à mes yeux un pays de romans.

(1) Une estampe de l'époque représente la *Gazette* assise sur un tribunal élevé : sa robe est parsemée de langues et d'oreilles. Le *Mensonge*, démasqué, lui lance des regards pleins de haine; la *Vérité* se tient auprès d'elle. Au pied du tribunal, *Renaudot* remplit les fonctions de greffier; il détourne la tête pour ne point entendre les *cadets de la faveur* qui se pressent autour de lui et lui offrent de l'argent. Sept personnages, parmi lesquels on distingue un *Cavalier*; un *Castillan*, à la longue rapière, à la moustache retroussée; un *Indien* coiffé de plumes, remettent des lettres à la *Gazette*. A gauche, au premier plan, le *crieur* du journal, avec un panier plein d'exemplaires.

(2) Aux seize quartiers qui existaient sous Charles VI (voir chapitre IX, page 50), ajoutez-en un dix-septième, formé en 1642, le quartier du *Faubourg Saint-Germain*.

J'y croyais ce matin voir une *île enchantée* :
Je la laissai déserte et la trouve habitée;
Quelque Amphion nouveau, sans l'aide des maçons,
En superbes *palais* a changé ses buissons...
... Paris voit tous les jours de ces métamorphoses :
Dans tout le *Pré aux Clercs* tu verras mêmes choses.
Et l'univers entier ne peut rien voir d'égal
Aux superbes dehors du *palais Cardinal*.
Toute une *ville entière* avec pompe bâtie,
Semble d'un *vieux fossé* par miracle sortie,
Et nous fait présumer, à ces superbes toits,
Que tous ses habitans sont des dieux ou des rois! »

L'île enchantée, c'est l'île *Saint-Louis* avec ses rues régulières, ses deux ponts, ses quais, ses hôtels; le *Pré aux Clercs*. c'est le bourg et le faubourg *Saint-Germain*. c'est le *Luxembourg*. les hôtels des rues de *Seine*. de *Tournon*; le *vieux fossé*, c'est le fossé de Charles V, dont la démolition permit de percer les rues *Neuve-des-Petits-Champs*, *Richelieu*. *Vivienne*, la *Place des Victoires*, etc.

IV. — FAITS DIVERS.

Vous connaissez maintenant les événements historiques des deux règnes et les lieux où ils se sont passés; mais, dans ce cadre immense, combien de traits de mœurs, combien de menus faits mériteraient encore d'être mis en lumière. Que de personnages à faire revivre dans ces rues, ces places, ces palais, ces hôtels superbes et ces masures; ces églises, ces prisons, ces monastères, ces hôpitaux, ces collèges, ces académies, ces ruelles et ces théâtres !

Au moment de la mort de Richelieu, je trouve, sur la liste des prisonniers de la Bastille, — et souvent avec d'étranges mentions, — les maréchaux de Bassompierre et de Vitry (1); — le chevalier de Lorraine (2); — le marquis d'Assigny, « condamné à mort et changé en prison perpétuelle »; — un capucin, Boyrenault; — deux faux-monnayeurs, Fonteine et l'orphèvre Bellenger; — quatre ermites, les frères Pierre Antoine, Louis Alais, Antoine Blaise et Guillaume; — Reveillon. « laquais de Marillac, qui a voulu tuer M. le Cardinal »; — le sieur de La Pierre,

(1) Bassompierre était tombé dans la disgrâce de Richelieu, et fut mis à la Bastille le 25 février 1631. parce qu'il avait favorisé le mariage de Gaston avec Marguerite, sœur du duc de Lorraine; Mazarin le mit en liberté et le réintégra dans la charge de colonel-général des Suisses.

Vitry, l'assassin de Concini, fut enfermé à la Bastille le 27 octobre 1637, pour avoir frappé à coups de bâton M. de Sourdis, archevêque de Bordeaux (déjà bâtonné par d'Épernon). Il sortit de la Bastille le 19 janvier 1643, fut fait duc et pair et mourut dans sa maison de Nandy, près Melun, le 28 septembre 1644.

(2) Sans doute, Roger, chevalier de Malte, — fils de Charles, quatrième duc de Guise, — né le 21 mars 1624, mort le 6 septembre 1653. Il dut être mis en liberté à la mort de Richelieu, car il était présent au siège de Gravelines, en 1644. Nous le retrouverons parmi les Frondeurs.

soldat, « accusé d'avoir quelques mauvais desseins contre M. le Cardinal » ; — le sieur de Pleinville, « espion double » ; — les sieurs de Chatillon, et Gendron, croquans ; — le sieur de Lezinasque, capitaine de vaisseau, « qui a piraté » ; — le sieur de La Terrade, « prestre extravagant » ; — les sieurs Lamori et de Moissan, fous ; — M. le comte de Vigneul, accusé d'avoir tué sa femme ; — le sieur de La Brière, seigneur de Pont-chasteau, voleur ; — le sieur de la Roche-Bernard, « meschant diable », etc. (1).

*
* *

On prenait alors le coche d'*Angoulême*, rue de la Harpe ; — celui d'*Auvergne*, rue Galande, *à la Fleur-de-Lys* ; — celui d'*Autun*, rue de la Mortellerie, au *Petit-Jardinet* ; — celui d'*Amiens*, rue de la Tixeranderie, maison de la *Macque* (2) ; — celui de *Bourges*, rue Saint-Jacques, au *Cerf-Royal* ; — celui de *Bruxelles*, rue Saint-Martin ; — celui de la *Basse-Bretagne*, rue Zacharie, à la *Galère* ; — celui de *Chartres*, rue de la Harpe, à la *Croix-de-Fer* ; — celui de *Sedan*, rue Saint-Martin, au *Petit Saint-Martin* ; — celui de *Dreux*, rue Bethizy, à l'*Image Saint-Pierre* ; — celui de *Caen*, rue Montorgueil, au *Compas-d'or* (3) ; — Celui de *Provins*, rue Saint-Antoine, à la *Bannière de France : il vient quand il peut* ; — celui de *Saint-Quentin*, rue Saint-Denis, à la *Queue-de-Renard, part quand il peut* ; — et celui de *Sens*, rue de la Mortellerie, au *Dauphin, part et arrive quand il peut*.

Auprès des gens qui n'avaient pas de carrosses, les chaises à porteurs étaient en grande faveur. En 1617, on eut l'idée d'en louer, « sans ôter la liberté à ceux qui en possédaient pour leur usage, leur famille et leurs amis ». Le privilège en fut d'abord donné, pour dix ans, à Petit, capitaine des gardes, et à MM. Desenville et Douet ; en 1631, il passa, pour quarante ans, à l'étrange marquis de Montbrun-Souscarrière (4) et à M. de Cavoye, capitaine des mousquetaires du Cardinal. Les chaises de Petit étaient de simples sièges découverts, qui mettaient à peu près à l'abri de la boue, mais non de la pluie. Souscarrière les couvrit, à l'imitation de celles qu'il avait vues dans son voyage en Angleterre ; aussi Molière, par la bouche de Madelon, les appelle-t-il un peu plus tard : « un retranchement merveilleux contre les insultes de la boue et du mauvais temps (5) ».

(1) Fernand Bournon, *Histoire de la Bastille*, p. 265.
(2) J'ai mentionné un peu plus haut dans cette maison de la *Macque*, les ateliers de fils d'or du Milanais Turato.
(3) L'auberge du *Compas d'Or* existe toujours avec sa double entrée, rue Montorgueil, et a conservé intact son ancien aspect.
(4) Voir *Tallemant* et, dans le XVIᵉ volume des *Mémoires* de la *Société de l'Histoire de Paris*, une curieuse notice par M. R. de Crèvecœur.
(5) Les porteurs des chaises de louage stationnaient aux abords des promenades.

*
* *

Les généraux des postes furent Fouquet de la Varenne de 1595 à 1615; les deux frères Pierre et René d'Alméras, de 1615 à 1630; Nicolas de Mey, surintendant général de 1630 à 1632; Arnould de Nouveau de 1632 à 1654. La *Grande Poste*, ou *Poste aux chevaux*, était rue Saint-Jacques, au *Chapeau-Rouge*, en face de la rue du Plâtre; la *Poste aux lettres*, de l'autre côté de la rue Saint-Jacques. Des courriers furent établis pour le transport des lettres du public, partant et arrivant à des heures fixes, marchant jour et nuit avec une rapidité qui étonna d'abord les contemporains. Le prix était de deux sous, entre Paris et Lyon, en 1627. Les messagers de l'Université se virent contester par ceux de la poste le droit de porter d'autres correspondances que celles des écoliers et des régents.

*
* *

Plus avisé que le roi d'Angleterre Jacques Ier qui faisait pendre les fumeurs, et que le Pape Urbain VIII qui les excommuniait, Richelieu se contenta de frapper d'un impôt de trente sous par livre les tabacs ou *tobacs* étrangers. En 1626, deux capitaines de vaisseau, Descambuc et du Rossey en apportèrent de grandes quantités à Paris et contribuèrent à en répandre l'usage quoiqu'il se vendît encore douze francs la livre chez les apothicaires (1). On le prenait dans des *tabaquières* de fer-blanc, de noix de coco, d'ivoire, d'argent, d'écaille incrustée d'or ou de pierreries dont quelques-unes valaient cinq cents, douze cents, trois mille livres. Le peuple usait de la pipe; on défendit de râper le tabac dans les églises.

*
* *

C'est que l'intérieur des édifices religieux était loin d'offrir alors l'aspect du recueillement. On y donnait des rendez-vous; les grands affectaient d'y garder le chapeau sur la tête; les laquais, aux portes, insultaient les femmes : « Sa Majesté est informée qu'il s'y rencontre des personnes des deux sexes, dépravées et désordonnées de telle façon que, sous apparence de piété, elles y entrent et y demeurent sans respect et sans révérence, faisant de la Maison de Dieu un lieu de profanation et d'abomination, où elles s'assemblent pour caqueter, rire et folâtrer au pied des Autels, jusqu'à donner distraction aux Prêtres. Les coupables de ces attentats trouvent l'impunité par l'avantage de leur naissance... (2) ».

du Louvre, du Palais, des églises. En 1788, le Bureau central était rue Montorgueil, vis-à-vis la rue Marie-Stuart. Le prix était de 30 sous par course, ou pour la première heure, et de 24 sous pour les heures suivantes.
(1) Deux « vendeurs de thabac », en 1627, dans le faubourg Saint-Germain : Emmanuel Piolle et Robert Michault; tous les deux furent inhumés dans l'ancienne église Saint-Sulpice.
(2) Ordonnance royale du 13 mai 1650.

Le Père Garasse se plaint de ces désordres dans plusieurs endroits de ses *Mémoires* : « Pendant le carême de 1626, nos ennemis nous affligèrent, nous calomnièrent, syndiquèrent nos prédications, nous envoyant des épigrammes impudiques après l'*Ave-Maria*, nous coudoyant et nous heurtant dans l'estomac...... A la mort du Père Cotton, je puis dire, sans exagérer, que les deux tiers de Paris visitèrent le corps de ce saint homme, exposé dans la chapelle Saint-Ignace de notre Maison professe de la rue Saint-Antoine... mais plusieurs s'étant glissés à force dans la sacristie, insultaient à notre malheur par des gestes et des grimaces pleines de cruauté, et voyant que le peuple chargeoit le corps du défunt de chapelets, ou tàchoit de le baiser au visage, ils prononçaient des blasphèmes horribles et soulevaient des risées insupportables ».

La troupe joyeuse de ceux qu'on appelait « les athéistes ou libertins », Théophile, Sigogne, Des Barreaux, Du Moustier, Motin, Patrix, Luillier, Saint-Pavin, se faisait un malin plaisir de s'entasser auprès de la chaire, avant le sermon, et de faire passer au prédicateur des billets simulant une déclaration enflammée de quelque dame. Si le saint homme avait la simplicité de l'ouvrir, ils épiaient curieusement le trouble que révélait son visage. Les femmes elles-mêmes n'avaient pas une tenue plus décente. « Vous paraissez ici, leur disait le Père Le Boux, sous un extérieur qui annonce une chasteté mourante ». Et le Père de Lingendes : « Pourquoi venez-vous dans ce saint lieu, parées, ajustées de manière à tourner sur vous tous les regards : seins nus, épaules nues, bras nus; le visage coloré de fard, les cheveux frisés et poudrés? » Quant au curé de Saint-Etienne-du-Mont, il ne craignit pas d'aborder franchement les difficultés de sa situation : « Pourquoi ne pas vous couvrir en notre présence, Mesdames? Sachez bien que nous sommes de chair et d'os, tout comme les autres hommes! »

Le clergé séculier et le clergé régulier se jalousaient. Les curés de Saint-Paul voyaient avec tristesse leur vieille église, basse, obscure, humide, — « gothique », pour tout dire en un mot, — désertée par leurs paroissiens, qui couraient à la belle chapelle neuve, claire, richement ornée, que les Jésuites de la Maison Professe venaient d'élever, en pleine rue Saint-Antoine, aux frais de Louis XIII et du Cardinal. A maintes reprises, MM. de Saint-Paul se rendirent à Saint-Louis les jours de grande fête, arrachèrent les nappes mises pour la communion, et rappelèrent les fidèles à l'obligation de ne pas se confesser ni communier ailleurs qu'à leur paroisse (1).

---

(1) « Le jour de Toussaint, 1er novembre 1604, Faber, curé de Saint-Paul, alla aux Jésuites, près le Petit-Saint-Antoine, dès le matin, où, aiant trouvé dans l'église les nappes mises sur la table pour communier, en grande colère osta lesdites nappes, et avec une aspre et sévère remonstrance exhorta le peuple de venir communier chacun dans sa paroisse, et menassa d'excommunier ceux de ses paroissiens qui s'y trouveroient. Le curé de Saint-Eustache fist le mesme en sa paroisse ».

Pierre de L'Estoile.

*
* *

La crédulité était déjà presque aussi grande qu'aujourd'hui. François de La Rochefoucauld, évêque de Clermont, produisit aux Parisiens, à la fin de mars 1599, la fille d'un pauvre tisserand de Romorantin, Marthe Brossier, qui, non sans succès, prétendit avoir le diable au corps. « Chacun l'alla voir, dit l'Estoile, et estoit hérétique qui doutoit qu'elle fust vraiement possédée. Mais pour ce que, en son fait, il se découvroit de la pipperie, cinq médecins, Marescot, Haultin, de Hélin, Duret et Riolant, furent députés par le Parlement pour la visiter ». Devant les capucins, elle avait fait des tours de force, hurlé, cabriolé, parlé grec et latin ; devant les cinq docteurs, son diable fut piteux et resta muet. La cour, par un arrêt du 23 juin, ordonna à Nicolas Rapin, lieutenant de robe courte, « de reconduire ladite Marthe Brossier, Sylvine et Marie, ses sœurs, Jacques Brossier leur père à Romorantin, avec défense de la laisser sortir dudit lieu sans la permission du Juge (1) ».

*
* *

En ces temps éloignés, les badauds « croissoient encore dans Paris, autant et plus qu'ailleurs ». En 1594, au risque de démentir un peu leurs adorations de la veille, ils brûlèrent, — en effigie, — le jour de la Saint-Jean, au milieu de la cour du Palais, « le légat Philippe de Séga, les Seize et leurs principaux fauteurs, qu'on avoit peints expressément pour la solennité de cette fête ». En 1613, ils admiraient, dans l'église des Capucins, le baptême de trois Topinambous, « vestuz de plumes, à leur mode » ; en 1647, le baptême de sept Turcs, à Notre-Dame, et, en 1642, de trois autres Turcs aux Carmes de la place Maubert.

Les distractions de la foule n'étaient pas toujours aussi innocentes. L'entrée faite au cardinal Barberini, légat du Pape, le 21 mai 1625, fut scandaleuse. Le prévôt des marchands, Nicolas de Bailleul, les Échevins, les Conseillers de Ville, les Quartiniers, les Gardes des six corps marchands, le Parlement ; vingt-sept prélats à cheval ; *Monsieur*, frère du Roi ; des princes, des ducs, des chevaliers de l'Ordre ; les Quatre-Mendiants, les Confréries, l'attendaient à Saint-Jacques-du-Haut-Pas pour l'escorter de là jusqu'à Notre-Dame. A la porte Saint-Jacques, il entra avec *Monsieur* sous un dais de satin blanc enrichi de crépines d'or et brodé aux armes du Légat et de la Ville. Tout alla bien jusqu'au Marché-Neuf ; mais en cet endroit, au moment où les orfèvres quittaient le dais pour le donner à porter aux bonnetiers, les valets de pied de *Monsieur*, avec une multitude de soldats et d'écoliers, jetèrent le Légat à bas de

(1) L'affaire ne se termina pas ainsi. Le frère de l'évêque de Clermont, Alexandre de la Rochefoucauld, abbé de Saint-Martin de Randan enleva Marthe Brossier, la retira chez lui à Clermont, la conduisit à Rome, où, sur les instances de notre ambassadeur, M. de Sillery, et du cardinal d'Ossat, il fut mal reçu par le pape, et obligé d'écrire des lettres d'excuses à Henri IV.

sa mule blanche, enlevèrent la mule, dépecèrent le dais et l'emportèrent par morceaux. Au bruit, le cheval de *Monsieur* se cabra, et le prince courait un grand danger, quand quelqu'un le prit à bras-le-corps et le porta dans une boutique. Le Légat, saisi de frayeur, courut à pied jusqu'à Notre-Dame et ne se crut en sûreté que lorsqu'il fut auprès du maître-autel, où *Monsieur* vint le rejoindre.

Cette agression étrange des laquais du premier prince du sang contre leur maître et contre un ambassadeur du Pape n'étonna point une population qu'aucun étonnement ne pouvait plus toucher. Ne volait-on pas partout impunément? Le seigneur de Laffin n'avait-il pas été assassiné en plein midi, dans l'endroit le plus fréquenté de Paris, le pont Notre-Dame, par une troupe de gens à cheval qu'on n'avait osé poursuivre (1)? Les brigands, eux, ne craignaient pas de s'attaquer aux plus hauts magistrats : « M. le Lieutenant-Civil François Miron, revenant de souper, fust un soir de Décembre 1598, encore qu'il fust éclairé de deux flambeaux, renvoié chez lui en pourpoint, et contraint de quitter à ces coquins non seulement son manteau, mais aussi sa grande casaque de damas (2) ». Ce même François Miron subit en 1602 un bien autre outrage dans sa propre maison : il avait invité à un bal chez lui le prince de Condé « et grande compagnie de dames et damoiselles des plus galantes ». Le comte d'Auvergne, le duc de Nevers, le comte de Sommerive et quelques autres princes et seigneurs vinrent y danser le ballet des *sept fols* et des *sept sages*. « Or il advint un grand scandale par MM. de Vitri, Créqui et autres gentilshommes, qui mirent le feu à la porte et entrèrent l'épée nue au poing en la salle du bal, de quoi la feste fust fort troublée (3). »

(1) « Le jeudi 20 avril 1606, le seigneur de Laffin, comme il passoit au bout du pont Notre-Dame, fut en plein jour chargé, renversé de cheval, couvert de feu et de sang par douze ou quinze hommes incogneus, lesquels luy ayant tiré dix ou douze coups de pistolet, sans empeschement quelconque, sortirent de la ville qu'ils traversèrent au grand galop, l'espée nue. Ce crime est demouré impunis, et les aucteurs et complice incognus, sinon par conjectures ».   Pierre de l'Estoile.

(2) Pierre de l'Estoile.

(3) « S. M. en estant advertie, pour réparation de l'insolence qu'ils avoient commise envers monseigneur le prince de Condé, son cousin, premier prince et pair de France, leur commanda à tous d'en aller demander pardon à genoux à M. le Prince, en sa maison; autrement, qu'ils sortissent de sa cour et qu'il ne les vid plus; ce qu'ils furent contraints d'effectuer ». P. de L'Estoile.

Les termes dont L'Estoile se sert en racontant cette anecdote sont peu à l'avantage de François Miron. Le Roi n'accorde aucune satisfaction au lieutenant-civil, si grièvement insulté chez lui. Le chroniqueur ajoute : « Pour le regard du lieutenant-civil, les dames *qui tenoient en main la police en tels jours, et sur lesquelles il s'en remettoit souvent,* firent la paix de ces seigneurs ». Et un peu plus haut : « ces dames et damoiselles qu'on appeloit *galantes* pour couvrir la honte du nom commun qu'on leur donne ».

En le choisissant pour lieutenant-civil, le Roi avait fait de lui ce maigre éloge : « Il dérobera moins que les autres ». Malgré tout, François Miron se montra, comme lieutenant-civil et comme prévôt des marchands, magistrat et administrateur actif et habile. Il mourut en 1609, âgé de quarante-sept ans et très malheureux. Sa femme, fille du président Brisson, tenta de l'empoisonner, fut découverte et emprisonnée.

L'avocat du Roi, Louis Servin, ayant refusé de donner à l'audience le titre de prince au duc de Mercœur, celui-ci, accompagné d'une trentaine d'hommes armés d'épées se rendit le soir même chez ce magistrat, le traita de maraud, de « petit galand, le menaça de lui couper le cou et de lui faire donner les estrivières (1) ».

Les magistrats eux-mêmes manquaient de dignité entre eux, et l'on avait vu ceux du Parlement et ceux de la Cour des Comptes se gourmer devant la foule, à la porte de Notre-Dame, le 10 février 1638, lors de la procession solennelle en l'honneur de la Vierge, déclarée protectrice de la France.

Le baron de Beauveau, accusé, comme tant d'autres : de fabriquer de la fausse monnaie *pour vivre*, fut enfermé au Châtelet. Ses amis, le marquis de Vitry et l'exempt Malleville, complotent de le sauver; ils rassemblent une bande d'hommes déterminés, forcent les portes de la prison dans la nuit du lundi 13 juin 1616, dispersent les archers, enlèvent le prisonnier et le portent en triomphe... chez qui? chez le lieutenant de robe courte, Antoine Ferrand, en son hôtel de le rue Serpente; ils bafouent ce magistrat et le menacent de mort s'il bouge... et le Parlement fut invité par le garde des sceaux à ne pas continuer la procédure !

Quelle autorité pouvaient avoir des officiers de police ainsi entravés dans leurs fonctions par ceux qui auraient dû les respecter le plus! Appelés devant la Cour pour se justifier du manque de sécurité des rues, le Lieutenant-civil et le Lieutenant-criminel démontrèrent l'impuissance où ils étaient de sauvegarder la tranquillité publique, les archers du Chevalier du guet et les sergents du Châtelet n'étant ni assez nombreux ni assez payés; ils ne pouvaient vivre de leurs gages, « ne touchant que trois sous et demi par jour, comme au temps du roi Jean ».

Le Lieutenant-criminel Bénigne Blondeau, sentait si bien sa faiblesse, qu'en 1633 il fit pendre un page pendant la nuit, dans la crainte que les camarades du condamné n'empêchassent l'exécution, s'ils en étaient prévenus à temps.

V. — LES ACADÉMIES.

Voilà de bien vilaines mœurs (2), restes des temps troublés de la Ligue. Elles régnaient dans certains hôtels, repaires repoussants, où, dès l'antichambre, on ne voyait que laquais vautrés sur les bancs; les visiteurs y déposaient leurs houseaux crottés, et avant d'entrer dans les salles, montraient leur qualité et leur haute naissance, en *crachant haut*, c'est-à-dire sur les murs, diaprés d'innombrables crachats. Le

(1) L'Estoile, 1er juillet 1599.
(2) Encore ai-je reculé à raconter, après Tallemant, l'étrange facétie que se permit Candale envers Mme de Rohan et d'autres dames, attirées par lui à l'une des fenêtres de la Place Royale.

maître de céans avait les amis et les serviteurs qu'il méritait, des hommes prêts à tous les coups de main. Les choses se passaient ainsi chez le duc d'Angoulême. Quand ses gens lui demandaient leurs gages, il répondait : « C'est à vous d'y pourvoir ; quatre rues aboutissent ici, vous êtes en beau lieu ; profitez-en, si vous voulez! »

Mais, à cette époque, tout est contraste. Réfugions-nous dans ces aimables salons, écoles de politesse fondées au commencement du siècle par quelques femmes d'élite qui surent réunir chacune un petit cercle d'amis, « un rond dont elle était l'âme », et où l'on goûtait le charme d'une conversation délicate, avec « je ne sais quoi de retenu », chacun y apprenant à bien écouter et à bien répondre ; les plus grands seigneurs s'y habituant à traiter les gens de lettres sur le pied d'une parfaite égalité ; la naissance y cédant souvent le pas à l'esprit.

Chez Catherine de Vivonne, marquise de Rambouillet, nous trouvons dans son hôtel de la rue Saint-Thomas-du-Louvre, Condé, Vaugelas, Racan, Voiture, Mlle Paulet, Gombauld, Malherbe, Balzac, Sarrasin, Conrart, Saint-Evremont, Rotrou, Patru, Benserade. Richelieu y vint en 1616, soutenir une *thèse d'amour*; Corneille y lut ses premières tragédies, Descartes y disserta, et Bossuet, petit écolier de Navarre, âgé de seize ans, y vint « prêchotter », à minuit, en 1643. Le duc de Montausier y offrit à sa fiancée, Julie d'Angennes, la *Guirlande*, dont les fleurs furent peintes par Robert, et les madrigaux calligraphiés par Jarry.

Mlle de Gournay, la *fille d'alliance* de Montaigne, une vaillante et bonne personne, un peu trop entichée des mots les plus vieillis de la langue, tout en rompant des lances pour mainte locution que voulaient supprimer les *regratteurs* de mots, recevait dans son modeste logement de la rue Saint-Honoré, vis-à-vis de l'Oratoire, Ménage, Saint-Evremont, Guy-Patin, Colletet, La Mothe Le Vayer, Claude de l'Estoile, Malleville, l'abbé de Marolles, etc.

La Vicomtesse d'Auchy, que Malherbe a chantée sous le nom de *Caliste*, qu'il a beaucoup aimée, — et bien battue, assure Tallemant, — « s'avisa de faire dans son hôtel de la rue de Jouy, une certaine académie, où tour à tour chacun lirait quelque ouvrage (1) », et elle réunit ainsi l'abbé de Cerisy, Lingendes, Gombault, Campanella (2), l'ingénieur

---

(1) Tallemant. — Tous les historiens se contentent de cette mention banale : « La vicomtesse d'Auchy fit *chez elle* une académie ». C'est vraiment être peu curieux que de se contenter de si peu! Où cela, chez elle? Je l'ai cherché, et j'ai eu le plaisir de trouver, aidé, il est vrai, par M. Camille Platon.

Dans cette maison dont je vous ai déjà parlé tant de fois : l'*Hôtel des prévôts de Paris*, de Hugues Aubriot, de Jean de Montaigu, de l'amiral de Graville, hôtel bien mutilé, mais toujours existant, rue Charlemagne.

Voir chap. VIII, p. 431; — chap. IX, p. 121; — chap. XIII, p. 548.

(2) Thomas Campanella, né en Calabre en 1568, entré à l'âge de quinze ans chez les Dominicains qu'il effraya par la hardiesse de ses écrits et de ses discours. Accusé d'avoir conspiré contre la domination des Espagnols à Naples, il fut livré à la torture et resta vingt-sept ans prisonnier. Le pape Urbain VIII le délivra. Campanella se réfugia en France, où il fut bien accueilli par Richelieu qui le pensionna; il se retira chez les Jacobins de la rue Saint-Jacques où il mourut paisi-

Pagan, l'abbé d'Aubignac, qui devait plus tard se moquer impitoyablement des précieuses, et Maugars, « le joueur de viole le plus excellent, mais le plus fou qui ait jamais été ».

« Marie Bruneau, dame des Loges, femme d'un gentilhomme de la Chambre, fist sa demeure à Paris et à la Cour durant vingt-quatre ans, pendant lesquels elle fut honorée, visitée et régalée de toutes les personnes les plus considérables, sans en excepter les princes et les princesses les plus illustres. Toutes les muses semblaient résider sous sa protection, et sa maison estoit d'ordinaire une *académie*. Il n'y a aucun des auteurs les plus polis de ce temps, avec qui elle n'ait eu un particulier commerce. et de qui elle n'ait reçeu mille belles lettres (1) », Balzac, Malherbe, Beautru, Gaston d'Orléans, Voiture, Gombauld.

Mlle de Scudéry fut dans sa jeunesse l'une des commensales assidues de l'hôtel de Rambouillet. Après les troubles de la Fronde, elle ouvrit « bureau d'esprit », rue de Beauce (2) et y recueillit les anciens habitués du *salon bleu* de la marquise. Ses *samedis* sont restés célèbres; on y rencontrait « ses mourants » : Pellisson, Conrart, Sarrasin, Chapelain, Furetière, Cyrano de Bergerac, Ménage; Godeau l'ancien *Nain de Julie*, devenu *le Mage du Tendre;* le prince de Guéménée, le duc de Saint-Aignan; MM. de Guénégaud, de Guilleragues, de Fiesque; quelques grandes dames, ses voisines de la Place Royale, Mmes de Sablé, de Rohan, de Maure, de Vandy, de Sévigné, d'Arpajon, de Lyonne, d'Aligre, de La Suze, du Plessis-Bellière, et de spirituelles bourgeoises du Marais, Mmes Cornuel, Pilou, Aragonais; Mlles Robineau, Boquet, Catherine Descartes. Entre un madrigal et un sonnet, elles ne dédaignaient pas de travailler aux ajustements de deux poupées, *la grande* et *la petite Pandore*, qui servaient de modèles aux modes du jour.

L'*Académie de Poésie et de Musique*, fondée à la fin du règne de Charles IX par Baïf (3), dans sa maison de la rue des Fossés-Saint-Victor, avait jeté quelque éclat à ses débuts; mais la Saint-Barthélemy, les fureurs des guerres civiles, la fuite et la mort de Henri III, les sièges de Paris, avaient effrayé les Muses et dispersé leurs nourrissons. J'ai dit déjà dans quel avilissement l'Université était tombée pendant la Ligue. Le retour de Henri IV dans sa capitale ne fut pas seulement la restauration du pouvoir royal, mais aussi celle des lettres, des sciences et des arts.

La reine Marguerite, quand elle revint en 1605 de son long exil, se montra la digne héritière des Valois, et, « délicieux et aimable écrivain

---

blement en 1639. Dans son ouvrage intitulé *Atheismus triumphatus*, il défend si faiblement les preuves de l'existence de Dieu, que les plaisants appelaient l'ouvrage *Atheismus triumphans*.

(1) Conrart.

(2) Rue de Beauce, au coin de la rue des Oiseaux. Après la mort de Richelieu, beaucoup de personnes de qualité quittèrent les environs du Louvre et vinrent demeurer à la Place Royale ou dans les rues voisines. C'est le moment de la plus grande faveur du Marais, que nous verrons un peu plus tard abandonné à son tour pour le faubourg Saint-Germain.

(3) Voir chapitre XII, page 421.

elle-même », elle se plut à protéger quelques écrivains et à créer dans son palais de la rue de Seine une académie à l'image de celles d'Italie. Un huguenot fraîchement converti, l'érudit Antoine Le Clerc de La Forest, fut le président des conférences qui se tenaient en présence de la reine, et auxquelles prenaient part les historiens Scipion Dupleix et Palma Cayet; le jurisconsulte Savaron; le P. Coëffeteau; les poètes Daniel Périer, Michel Bouterou, Desportes, Regnier, Maynard.

Après la mort de Marguerite, en 1615, ces réunions de lettrés se multiplièrent. Guillaume Colletet attirait joyeuse compagnie dans sa maison de la rue du Mûrier (1), où on lisait des vers, tout en buvant les vins fins que chaque hôte apportait avec son pain et son plat. L'archevêque de Rouen, François de Harlay, rassemblait, vers 1631, à l'abbaye Saint-Victor, de doctes personnages qui traitaient des questions d'histoire ou de théologie. Richelieu assista à l'une de leurs réunions, à Conflans, sous la présidence de Campanella. Renaudot tenait chaque semaine des conférences publiques dans son *Bureau d'adresses* de la rue de la Calendre. Un président ou *modérateur* surveillait la discussion et en écartait soigneusement les sujets politiques ou religieux. L'entrée de la salle était libre; seules, étaient de rigueur « une mise décente et une manière d'être polie ».

« Environ l'année 1629, M.M. Godeau, Gombauld, Chapelain, Conrart, Géry, Habert, de Serizay, Malleville et l'abbé de Cerisy, tous gens de lettres et d'un mérite fort au-dessus du commun, ne trouvant rien de plus incommode que d'aller fort souvent se chercher les uns les autres sans se rencontrer, résolurent de se voir un jour de la semaine chez M. Conrart, qui étoit le plus commodément logé pour les recevoir, au cœur de la ville, rue Saint-Martin (2). Là, ils s'entretenoient familièrement d'affaires, de nouvelles, de belles-lettres (3) ». Leurs conversations étaient suivies d'une promenade ou d'une collation, et ils goûtaient en-

---

(1) Elle avait appartenu à Ronsard qui y avait reçu Le Tasse et Charles IX. Très fier de l'origine de son petit domaine, Colletet l'avait chanté dans un sonnet pompeux qui parut un peu exagéré à ses contemporains :

Je ne vois rien ici qui ne flatte mes yeux;
Cette cour de balustres est gaie et magnifique;
Ces superbes lions qui gardent ce portique...
L'aimable promenoir de ces doubles allées...

Les visiteurs n'apercevaient point ces merveilles, et ne contemplaient qu'une cour étroite, une petite mare décorée du nom de bassin et, sous une pauvre tonnelle, une table de pierre brisée, autour de laquelle, toujours au dire de Colletet, Ronsard rassemblait Baïf, Jodelle, Jamin, toute la Pléiade.

(2) Conrart s'étant marié le 22 février 1634, — à l'hôtel de l'ambassade de Hollande, comme protestant, — les Académiciens, encore nomades, s'assemblèrent chez Desmarets, à l'hôtel Pellevé, rue Cloche-Percée; chez Chapelain, rue des Cinq-Diamants; chez Habert de Montmort, rue Sainte-Avoie, dont le bel hôtel existe encore, en face de la rue de Braque; chez l'abbé de Bois-Robert, à l'hôtel Mélusine, rue des Bons-Enfants; et, en 1643, rue de Grenelle-Saint-Honoré, chez le chancelier Séguier, « une après-disnée de chaque semaine, en hiver dans la salle haute, et en été dans la salle basse ».

(3) Pellisson, *Histoire de l'Académie.*

semble ce que la société et la vie raisonnable ont de plus charmant; ils s'étaient engagés à garder le secret sur l'objet de leurs réunions, précaution nécessaire contre un gouvernement soupçonneux.

Déjà l'inévitable Bois-Robert, complaisant et bouffon de Richelieu, avait demandé à la marquise de Rambouillet de lui donner avis, « comme amie », de ce qu'on disait du Cardinal dans les assemblées qui se tenaient chez elle. Mme de Rambouillet répondit qu'elle n'aurait jamais d'avis de ce genre à lui communiquer, par l'excellente raison que ses habitués, sachant le respect qu'elle portait à Son Éminence, n'avaient jamais la hardiesse d'en parler devant elle.

Cet accueil ironique ne guérit point l'intrigant abbé de la manie de s'entremettre. Il parvint à se faufiler, en 1633, dans la discrète société qui allait devenir l'*Académie Française*, et son intrusion en changea aussitôt les allures indépendantes. Sans vergogne, il proposa à ses nouveaux collègues de prendre Richelieu pour *protecteur*. Combattu par Serizay, soutenu par Chapelain (1), il finit par l'emporter et fut chargé « de remercier très humblement M. le Cardinal de l'honneur qu'il leur faisoit et de l'assurer qu'ils estoient très résolus de suivre ses volontés ».

La compagnie qui ne comptait en 1634 qu'une douzaine de personnes, s'occupa de se recruter et s'adjoignit de nouveaux venus plutôt influents en Cour que vraiment lettrés : Habert de Montmort, maître des requêtes; Bautru et Hay du Châtelet, conseillers d'État; Servien, secrétaire d'État; le chancelier Séguier. Elle prit, après bien des débats, le nom d'ACADÉMIE FRANÇAISE, et décida qu'elle se composerait de quarante membres (2), dont un *Directeur*, un *chancelier* et un *secrétaire per-*

---

(1) Chapelain fit de Balzac un académicien par persuasion. Il lui écrivit que son nom glorieux devait être le premier de la liste. « On m'a parlé, répondit Balzac, de l'Académie des beaux-esprits, comme d'une comète fatale, d'une chose terrible et plus redoutable que la sainte Inquisition; une tyrannie qui se va établir sur les esprits, et à laquelle il faudra que nous autres, faiseurs de livres, rendions une obéissance aveugle. Si cela est, je suis rebelle, je suis hérétique, je vais me jeter dans le parti des barbares... Vous en avez choisi quelques-uns qui devroient se contenter de donner des sièges, de fermer et ouvrir la porte. Ils peuvent être de l'Académie, mais en qualité de bedeaux ou de frères lais. Il faut qu'ils fassent partie de votre société comme les huissiers font partie du Parlement. »
Ne croirait-on pas ces lignes écrites par Voltaire?

(2) Voici la liste des quarante premiers membres de l'*Académie*, avec les numéros correspondant à ce qu'on appelle « les fauteuils. »

1	Pierre Bardin.	14	Vaugelas.
2	P. Hay du Chastelet.	15	B. Baro.
3	Philippe Habert.	16	J. Baudouin.
4	Bachet de Méziriac.	17	Claude de l'Étoile.
5	Auger de Mauléon.	18	de Sérizay.
6	J. d'Arbaud de Porchères	19	Balzac.
7	Pierre Séguier.	20	Laugier de Porchères.
8	Faret.	21	Germain Habert.
9	Maynard.	22	Servien.
10	Malleville.	23	Guillaume Colletet.
11	Chauvigny de Colomby.	24	Saint-Amant.
12	Voiture.	25	Boissat.
13	J. Sirmond.	26	Bois-Robert.

pétuel (1). Les statuts furent approuvés par le Cardinal, et les lettres-patentes de la fondation, signées par le Roi en janvier 1635. Elles ne furent enregistrées qu'en 1637, « à la charge que ceux de ladite Académie ne connoîtroient que de l'ornement, embellissement et augmentation de la langue françoise et des livres *qui seront par eux faits* et par autres personnes qui le désireront et voudront (2) ».

Les craintes qu'avait exprimées Balzac ne furent que trop tôt réalisées. La première représentation du *Cid* eut lieu au Théâtre du Marais en décembre 1636. Le succès fut prodigieux. « On ne pouvoit se lasser, dit Pellisson, de voir cette pièce; on n'entendoit autre chose dans les compagnies; on la faisoit apprendre aux enfans ». Elle fut représentée trois fois au Louvre et deux fois au Palais-Cardinal. Le Roi, sur les instances de la Reine, accorda des lettres de noblesse au père de l'auteur. Mondory, qui avait créé le rôle de Rodrigue, écrivait à Balzac : « Je vous souhaiterais ici pour y goûter le plaisir d'un *Cid* qu'on y représente, et qui a charmé tout Paris. On a vu seoir aux bancs de nos loges ceux qu'on ne voit d'ordinaire que dans la chambre dorée siéger sur les fleurs de lys. La foule a été si grande à nos portes, et notre lieu s'est trouvé si petit, que les recoins qui servoient les autres fois de niches aux pages, ont été des places de faveur pour les cordons bleus ».

L'enthousiasme s'accrut encore quand l'œuvre fut imprimée, et les rivaux de Corneille ne pouvant contenir leur dépit, firent de l'Académie l'instrument de leur jalousie. Elle abandonna les sérieuses occupations qu'elle avait annoncées, son *Dictionnaire,* sa *Grammaire,* sa *Poétique,* sa *Rhétorique,* pour servir les rancunes, ou simplement le manque de goût du Cardinal, qui se joignait trop visiblement aux ennemis du poète. Sur l'invitation de Scudéry, rédacteur furibond d'*Observa-*

27 Bautru.	34 Godeau.
28 Louis Giry.	35 De Bourzeix.
29 Gombauld.	36 Gomberville.
30 de Silhon.	37 Chapelain.
31 Cureau de la Chambre.	38 Conrart.
32 Racan.	39 Desmarets.
33 D. Hay du Chastelet.	40 Habert de Montmort.

(1) Le premier *Directeur* fut Habert de Sérizay; *Chancelier*, Desmarets; *Secrétaire*, Conrart.

Il y eut aussi un *libraire* de l'Académie, Camusat, qui servait en même temps d'huissier. Il passait pour ne publier que des ouvrages de mérite, « et, dit Pellisson, c'estoit presque une marque infaillible des bons livres que d'estre de son impression ». Il fut reçu maître-imprimeur en 1621, et libraire de l'Académie en 1634. Ce prédécesseur des Didot mourut en 1639, et l'Académie, qui avait tenu chez lui quelques-unes de ses conférences, assista en corps à ses obsèques. Elle lui donna pour successeur sa veuve, représentée par son parent, le médecin Duchesne, qui prêta serment pour elle.

(2) Le Parlement avait montré deux années durant une vive opposition. Quelques-uns de ces membres craignaient que la nouvelle Académie ne se mêlât de censurer le style du Palais. Le peuple était persuadé que Richelieu donnait à chaque académicien une pension de deux mille livres prises sur les fonds destinés à l'enlèvement des boues. Les procureurs au Parlement et au Châtelet prétendaient que les Académiciens contrôleraient leurs actes et leur infligeraient des amendes pour chaque expression vicieuse.

tions contre le Cid, elle accepta le rôle de juge et fut obligée, d'après son règlement, d'arracher à Corneille un consentement qu'il donna avec un joli dédain : « Messieurs de l'Académie peuvent faire ce qu'il leur plaira. Puisque Monseigneur seroit bien aise de voir leur jugement et que cela doit le divertir, je n'ai plus rien à dire. »

Trois commissaires, Chapelain, Desmarets, l'abbé de Bourzeis, furent nommés pour examiner la pièce et la critique. Au bout de cinq mois, ils rendirent l'arrêt : *Les Sentiments de l'Académie sur le Cid*, plus modéré certainement que ce qu'attendaient le Cardinal et Scudéry. Ils ne pouvaient changer les sentiments du public, et après comme avant le procès,

« Tout Paris pour Chimène eut les yeux de Rodrigue ».

VI. — LE THÉÂTRE (1).

La fuite de Henri III, après la journée des Barricades, amena la fermeture du théâtre de l'Hôtel de Bourgogne. La farce et la tragédie étaient descendues de la salle de spectacle dans la rue : les processions de moines énergumènes ; les déclamations furibondes des prédicateurs ; les drames de Blois et de Saint-Cloud ; les angoisses du siège, les boulets effondrant les maisons, les assauts de jour et de nuit ; les assassinats, les pendaisons, la famine, la misère qui suivit de telles commotions, suffirent, pendant huit mortelles années, à occuper les loisirs des bourgeois de Paris. Ce n'est qu'en 1596 que l'Hôtel rouvrit ses portes et que le public commença à en retrouver le chemin. On payait cinq sous au parterre ; dix sous dans les loges. Les représentations devaient finir à quatre heures et demie en hiver ; elles étaient annoncées par la *montre*, ou promenade, que les acteurs à cheval, musique en tête, faisaient dans les rues voisines, et par une *parade* à la porte du parterre, rue Mauconseil, ou à la grande porte de la rue Saint-François.

Cette salle où allaient bientôt se produire des chefs-d'œuvre que nous admirons encore aujourd'hui, était bien loin de répondre aux exigences du luxe naissant ; aussi la Reine l'honorait-elle rarement de sa présence, et quand elle s'y risquait, elle y faisait porter des sièges. Rien n'y avait été changé depuis 1548. L'espace ne manquait pas, puisque deux mille personnes pouvaient s'y entasser : mais le plafond était bas, l'éclairage insuffisant : devant la scène, une rangée de chandelles fumeuses qu'il fallait moucher souvent ; au-dessus, un cerceau à quatre rayons, suspendu en l'air et portant quatre grosses bougies de cire ; les loges, grossièrement garnies de bancs de bois, dans une demi-obscurité ; les corridors, les degrés dans les ténèbres.

Les anciens Confrères de la Passion étaient toujours « les légitimes propriétaires et acquéreurs de la maison, dite vulgairement l'Hôtel de

---

(1) Voir chap. VII, p. 327. — Chap. IX, p. 177. — Chap. X, p. 263. — Chap. XI, p. 305, 309. — Chap. XIII, p. 548.

Bourgogne ». Ils jouissaient du privilège d'y faire représenter, à l'exclusion de tout autre endroit, « des jeux profanes, honnestes et licites ». Comme ils n'exerçaient plus directement ce privilège, ils se réservaient pour eux et leurs amis deux loges, dont l'une, — la plus haut perchée, — s'appelait le *Paradis* (1), et ils louaient l'hôtel le plus cher possible à des comédiens, 2,500 livres parfois (2). Si les affaires ne marchaient pas, ils faisaient saisir les costumes et les décors (3). Ils intentaient des procès aux quelques *bandes* de forains, qui, à diverses reprises, s'établirent à la Foire Saint-Germain, rue Michel-le-Comte, rue Grenier-Saint-Lazare : mais le lieutenant-civil tolérait généralement ces forains à la condition qu'ils payassent aux Confrères une redevance d'un écu tournois par représentation (4).

Quoique plusieurs lettres patentes, — toutes conçues à peu près dans les mêmes termes, — fissent « très expresse deffense aux comédiens de représenter aucunes actions malhonnestes, ny user d'aucunes paroles lascives ou à double entente, qui pussent blesser l'honnesteté publique, à peine d'estre déclarés infâmes », les pièces étaient pleines d'indécences, et les parades, prologues ou intermèdes, débités par Bruscambille, Gros-Guillaume ou Gauthier-Garguille, plus grossiers encore. Les assistants ne s'effarouchent de rien et l'acteur favori est sûr de les charmer en les traitant de « Rossignols d'Arcadie... Escornifleurs d'honneur... Balourdes, bons à enfermer un an au Petit ou au Grand-Châtelet ». Il recueille des applaudissements frénétiques avec ce fin compliment : « Messieurs et Mesdames, je souhaiterois, désirerois, voudrois, demanderois et requérerois, souhaitativement, désidérativement, volontativement, de-

(1) C'est dans cette loge que Molière, enfant, serait venu souvent, accompagné de son grand-père Louis de Cressé, ou de Pierre Dubout, tapissier du Roi, comme son père, et qu'il aurait entendu Gautier-Garguille, Turlupin, Gros-Guillaume, Montfleury, etc. Le voisinage des rues Mauconseil et Saint-Honoré, ainsi que la profession paternelle, rendent cette tradition très vraisemblable.

(2) *Bail de l'Hôtel de Bourgogne, en date du 18 janvier* 1639 : « Honorables hommes Philippe Brisse et André de Vauconsains, maîtres et gouverneurs de la Confrérie, reconnoissent et confessent avoir baillé et délaissé à titre de loyer, du premier jour de janvier dernier jusques à trois années finies et accomplies, et promettent ledit temps garantir et faire jouir à : Pierre le Messier dit *Bellerose*, Bertrand Hardouin de Saint-Jacques, Julien et François Bedeaux frères, Adrien Desbarres dit *d'Orgemont*, Zacharie Jacob dit *Montfleury* et autres leurs associés, comédiens entretenus de Sa Majesté, la grande salle, loges, théâtre et galeries dudit hôtel, avec la première chambre au-dessus de la grande porte pour eux s'y habiller et y enfermer leurs hardes, ensemble leur passage par la grande montée sur la rue Saint-François, pour y représenter leurs comédies ainsi qu'ils ont accoutumé, — à la réservation par lesdits bailleurs de la loge des anciens maîtres et du lieu au-dessus appelé le *Paradis*, tant pour eux que pour leurs parents et amis, et aussi à la réservation des magasins dont ils disposeront ainsi que bon leur semblera, — moyennant la somme de deux mille livres tournois de loyer pour et par chacune desdites trois années, etc. »

(3) Comme il arriva à de pauvres comédiens anglais, dirigés par Jean Sehais, qui avaient loué le 25 mai 1598 et qui furent expulsés, saisis et vendus, à la requête des Confrères, par sentence du châtelet, en date du 4 juin, même année.

(4) Une partie des recettes des comédiens était dès cette époque retenue pour les pauvres : « à cause que le peuple sera distrait du service divin par ces représentations et que cela diminuera les aumônes ».

mandativement et requestivement, avec mes souhaitatoires, désidéra-
toires, demandatoires, et requestoires, vous remercier de votre bonne
assistance et audience. en une petite farce réjonie et gaillarde, grande
et petite, large et étroite, qui vous fera bien rire ». Bruscambille les
accable de reproches : « Vous êtes à peine entrés dans ce lieu de divertissement, que, dès la porte, vous criez à gorge déployée : *Commencez! Commencez!* Et que savez-vous, *spectatores impatientissimi*,
si j'ai bien étudié mon rôle avant de paraître devant l'excellence de vos
seigneuries, et si votre précipitation ne me fera point dire quelque im-
pertinence qui pourrait déplaire à la seigneurie de vos excellences?

« Ce sera encore bien pis quand j'aurai commencé! L'un toussera,
l'autre crachera, un autre éternuera, un autre rira, un autre tournera
le dos au théâtre (1); il n'est pas jusqu'aux laquais qui n'y veulent mettre le nez, tantôt en faisant intervenir des gourmades réciproquées,
tantôt en lançant avec des sarbacanes des pois au nez de ceux qui ne
peuvent mais de leurs folies. Je réserve ces drôles à leurs maîtres, qui
peuvent avec une fomentation d'étrivières appliquées sur les parties
postérieures, éteindre l'ardeur de leurs insolences.

« Il y a ici des fanfarons de Gonesse qui se promènent pendant qu'on
représente; n'est-ce pas aussi ridicule que de chanter au lit ou de siffler
à table? Apprenez que vous êtes à l'Hôtel de Bourgogne pour voir des
spectacles divertissants, assis ou debout, mais sans bouger non plus
qu'une nouvelle épousée... Si vous me répondez que notre jeu ne vous
plaît pas, je vous prouverai que vous estes d'autant plus fous d'y venir,
et de nous apporter votre bel et bon argent!... Et cependant je me re-
croquebille à l'impatience de vos seigneuries ».

C'était là le ton qui régnait à l'Hôtel de Bourgogne avant 1600. Les
Confrères, maîtres du logis, riches bourgeois, très indifférents aux progrès
de l'art dramatique, se montraient surtout désireux de tirer un gros
revenu de leur privilège, et préféraient aux pièces nouvelles et coûteuses
à monter les vieilles farces qui avaient toujours le don d'attirer la foule.
En avril 1599, ils louèrent la salle à deux troupes : à des comédiens
français qui jouaient le dimanche, le lundi, le mercredi et le vendredi,
et à des comédiens italiens, qui jouaient les autres jours. Les directeurs
de la troupe française étaient Valleran Lecomte (2) et Mathieu Le Fèvre, dit la Porte.

Celui-ci ne tarda pas à se séparer de son associé; il obtint, en 1600,
un privilège pour la création d'un nouveau théâtre, indépendant de
l'Hôtel de Bourgogne (3), et il l'établit à l'*Hôtel d'Argent*, rue de la

(1) Je suis forcé d'atténuer la crudité du texte.
(2) « Un grand homme de bonne mine; il ne savoit que donner à ses acteurs,
et il recevoit l'argent lui-même à la porte... Il y avoit alors deux troupes; c'étoient
presque tous filous, et leurs femmes vivoient dans la plus grande licence du
monde; communes, même aux comédiens de l'autre troupe dont elles n'étoient
pas ». *Tallemant.*
(3) Il n'en fut pas moins contraint peu après de payer à ceux de l'Hôtel la redevance d'un écu par représentation.

Poterie-des-Arcis, près la Grève, sous le nom de *Théâtre du Marais* (1).

La Porte renonça à peu près à la farce et chercha le succès dans la représentation de grands ouvrages en vers, comédies, tragédies, pastorales, montées à grands frais de costume, de décors, de machines et de musique. Sa femme, Marie Vernier, fut, dit-on, la première comédienne qui parut sur la scène (2). Ce fut toute une révolution, et elle fut suivie d'un autre progrès : les acteurs commencèrent à jouer sans masque et à ne plus porter toujours le même costume (3). Le « poète » Alexandre Hardy était aux gages de la troupe, et quand il fallait une pièce, il l'exécutait sur commande dans la huitaine. On lui attribue plus de six cents pièces en vers, dont quarante et quelques seulement ont été imprimées. Cet immense labeur était à peine payé. « Il avait un puissant génie et une veine prodigieusement abondante, — a dit de lui Scudéry, qui s'y connaissait, — et s'il eût pu travailler par divertissement et non par nécessité, il auroit été sans doute inimitable; mais il eut trop de part à la pauvreté de ceux de sa profession, et c'est ce que produit l'ignorance de notre siècle et le mépris de la vertu (4) ».

Sans perdre son nom, le théâtre du *Marais* se transporta en 1620 à la rue *Vieille-du-Temple*, dans un ancien jeu de paume, près la rue de la Perle (5). Le 8 mars 1634, les *Comédiens des Marais du Temple* y passèrent bail par devant maître Montrenault et son collègue, notaires. Le fameux Mondory était alors « l'orateur » de la troupe. L'année suivante, le 10 septembre 1635, les *Grands Comédiens du Roi*, Pierre le Messier, dit *Bellerose*; Charles le Noir; Bertrand Hardouin de Saint-Jacques, dit *Guillot-Gorju;* Henri Legrand, dit *Belleville* ou *Turlu-*

---

(1) La rue de la *Poterie* est aujourd'hui la rue du *Renard* et commence rue de Rivoli, au lieu de commencer rue de la Tixeranderie. Le Théâtre était à gauche, vers l'angle de la rue de la Verrerie. Il y avait eu là un hôtel des ducs d'*Anjou*. Ce nom, singulièrement altéré, devint d'*Argent*. L'endroit ne pouvait être plus mal choisi; la rue à peine carrossable.

(2) Avant elle, des hommes masqués jouaient les rôles de femme, en se donnant la peine de prendre une voix de fausset. Dans *Mélite* et dans la *Veuve* de Corneille, c'est-à-dire en 1629 et en 1633, l'acteur Alison jouait encore les rôles de nourrice.

(3) Mondory, le plus remarquable des comédiens de ce temps, ne voulut jamais s'affubler des énormes perruques d'alors et cherchait à rapprocher ses costumes de l'histoire. Une gravure de 1641 représente *Polyeucte* en pourpoint espagnol, haut-de-chausses à crevés, coiffé d'une toque à plumes et brisant les idoles à coups de marteau. Voltaire se souvenait d'avoir vu un acteur jouer Polyeucte en gants blancs.

Mondory fut frappé d'une attaque d'apoplexie, en 1636, pendant qu'il jouait le rôle d'Hérode dans la *Mariamne* de Tristan l'Ermite. Celui-ci a fait le plus grand éloge de « cet illustre acteur tout plein de la grandeur des passions qu'il représente. Les changements de son visage semblent venir des mouvements de son cœur, et les justes nuances de sa parole, la bienséance de ses actions forment un concert admirable qui ravit tous ses spectateurs ».

(4) Hardy disait de *Mélite :* « C'est une assez jolie farce ». Mais comme il mourut en 1631, il ne put donner son jugement sur *Clitandre, la Galerie du Palais, Médée* et le *Cid*.

(5) Ce jeu de paume était situé rue Vieille-du-Temple, après la rue de la Perle, et touchait au jardin de l'hôtel Sallé.

pin. et autres leurs associés, renouvelèrent pour trois ans le bail de l'Hôtel de Bourgogne. Ils jouissaient d'une pension de douze mille livres et prenaient le titre d'*Élite de la troupe royale* pour bien se distinguer de leurs confrères, qu'ils appelaient dédaigneusement *les petits comédiens du Marais* (1).

Je voudrais pouvoir dire très exactement sur lequel de ces deux théâtres furent jouées les principales pièces de cette période. et je suis forcé d'avouer souvent mon incertitude, tant les renseignements sont encore confus. ou même contradictoires. On ne sait pas toujours quels acteurs ont créé tel ou tel rôle. et l'on ignore jusqu'à la date précise de la première représentation du *Cid*! Je suis donc obligé de terminer par quelques notes sommaires jusqu'en 1643.

A L'HÔTEL DE BOURGOGNE. de 1596 à 1610, *Sophonisbe*. d'Antoine de Monchrestien; *Pyrrhus*. de Heudon; *Cléophon*. de Jean de Fonteny; *Ulysse*. de Jacques de Champ-Repus; *Alcméon*. d'Étienne Bellonne. et *Sidère*. gracieuse pastorale de Boichet d'Ambillon.

AU MARAIS, de 1601 à 1615, les élucubrations de Hardy; je n'en cite que quelques-unes : *Les chastes et loyales amours de Théagène et de Chariclée*; *Méléagre*. *Coriolan*. *Cornélie*. *Mariamne*. *la Gigantomachie*. Puis, *Jeanne Darc*. par un anonyme; *Gaston de Foix*. par Claude Billard; *Sainte Agnès*, par Pierre Trotterel.

En 1616. un très grand seigneur, Adrien de Montluc. comte de Cramail, prince de Chabanais (2), brave les préjugés. et écrit la *Comédie des Proverbes*, encore très amusante à lire aujourd'hui.

A partir de 1617. apparaissent, de plus en plus nombreux, les noms connus et les noms glorieux :

Pyrame et Thisbé. tragédie en vers du malheureux Théophile.

A L'HÔTEL DE BOURGOGNE, les *Bergeries* de Racan; la *Sylvie* de Mairet; l'*Amarante* de Gombault.

Voici venir ROTROU. Il débute. en 1628, âgé de dix-neuf ans, par le *Mort Amoureux:* puis il donne successivement à l'Hôtel de Bourgogne : *Diane* (1630); les *Ménechmes* (1632); *la Pèlerine Amoureuse* (1634); *Sosie* (1636); *Iphigénie* (1640). et *Bélisaire* (1643).

Passons vite sur l'*Esprit fort* de Claveret; la *Sophonisbe* de Mairet; *Argénis*. *Lucrèce*. *Alcyonée* de Pierre du Ryer; *Lygdamon*, *La Comédie des Comédiens*. l'*Illustre Bassa*, *Arminius*. de Georges de Scudéry; la *Mariamne* de Tristan l'ermite; les *Visionnaires* de Desmarets; le *Véritable Capitan matamore* de Maréchal, et la *Mort de Pompée* de Chaulmer.

En 1629. Mondory apportait à Paris le manuscrit d'une comédie que

(1) On jouait toujours la tragédie dans les collèges. Louis Léger, principal de Montaigu, s'avisa en 1594 de faire jouer un *Chilpéric* II dont il était l'auteur; mais le Parlement interdit la représentation et envoya le Principal passer quelques jours à la Conciergerie.

(2) Petit-fils du maréchal de Montluc; brave soldat sous Henri IV et Louis XIII; l'un des dix-sept galants qu'on appelait les Intrépides. Compromis dans la *Journée des Dupes*, il fut enfermé à la Bastille de 1630 à 1642. Il mourut en 1646.

lui avait confiée un jeune avocat rouennais..... La comédie. représentée aussitôt sur le théâtre du Marais et accueillie par un concours prodigieux de spectateurs, c'était MÉLITE; l'auteur. c'était CORNEILLE. Il vint dans la capitale assister à un succès qui l'étonnait. et y apprit. « de ceux du métier, que sa pièce n'était pas dans les vingt-quatre heures ».

Il avoua naïvement sa faute. se repentit et fit mieux : plus sévère pour lui-même que ne l'était le public. il se corrigea et chercha toujours à se surpasser (1). Il créa le *Menteur*, seize ans avant l'*Étourdi*; le *Cid* trente ans avant *Andromaque*. Il représenta les hommes tels qu'ils devraient être, et ravit ses contemporains comme la postérité. en leur montrant l'idéal du devoir dans Rodrigue, Pauline et Chimène; de l'honneur. dans Don Diègue; d'une perverse énergie. dans Médée; de la fidélité conjugale, dans Cornélie; de la clémence, dans Auguste. et du patriotisme dans les Horaces, « admirable galerie de héros et d'héroïnes. toujours uniformes avec eux-mêmes, et qui ne se ressemblent que par leur air de grandeur (2) ».

Le Cardinal, qui, à ses moments perdus. était : lui aussi, auteur dramatique, avait dans son palais une salle de théâtre magnifique et une brigade de poètes à ses gages : Bois-Robert. Guillaume Colletet, Claude de l'Estoile, Corneille et Rotrou, autant que d'actes à une tragédie. Le maître esquissait le plan d'une pièce et ses commis fabriquaient chacun un acte. Cette belle association produisit *L'Aveugle de Smyrne; les Tuileries; la Grande Pastorale*. La plus brillante de ces représentations fut celle de *Mirame*, commandée à Desmarets et jouée le 14 janvier 1641. devant le Roi, la Reine, les évêques, l'abbé Arnauld. l'abbé de Marolles. le fameux Jean de Wert, qu'on avait tiré tout exprès du château de Vincennes où il était prisonnier, « avec les machines qui faisoient lever le soleil et la lune et paroître tantôt la mer chargée de vaisseaux, tantôt les campagnes d'Arras, ou les Alpes couvertes de neiges; les Enfers et le Ciel d'où Jupiter descendit sur la terre ». Cela coûta, dit-on, plus de trois cent mille écus.

Tallemant (3) dit que dans ce temps l'une des meilleures actrices était Madeleine Béjart, et il ajoute : « Un garçon, nommé MOLIÈRE. quitta les bancs de la Sorbonne pour la suivre; il en fut longtemps amoureux. donna des avis à la troupe, et enfin s'en mit ».

C'est, en effet, vers 1642 que J.-B. Poquelin connut la nombreuse tribu

(1) Nous avons quatorze pièces de Corneille, de 1632 à 1643 : *Clitandre* (1632): — *La Veuve, la Galerie du Palais* (1633); — *La Suivante, la Place Royale* (1634; — *Médée* (1635); — *Le Cid, l'Illusion comique* (1636); — *Horace, Cinna. Polyeucte* (1640); — *Pompée* (1641): — *Le Menteur* (1642); — *La Suite du Menteur* (1643). *Mondory* joua le rôle de Rodrigue; la *Villiers*, Chimène; la *Beauchâteau*, Doña Urraque; *Bellerose*, Cinna. — Dans Pompée, d'*Orgemont* joua César, et *Floridor*. Ptolémée. — Dans le Menteur *Jodelet*, Cliton.
(2) *Racine*, Éloge de Corneille.
(3) *Historiette de Mondory*. — J'ai interrompu la citation très curieuse de Tallemant à l'endroit où il dit que Molière épousa Madeleine. Quoique contemporain des faits qu'il raconte, Tallemant s'est trompé ici. C'est Armande Béjart, et non Madeleine, que Molière épousa, et seulement le 20 février 1662.

des Béjart, composée du père, huissier des eaux et forêts ; de sa femme, Marie Hervé, et de cinq enfants. Énamouré de l'aînée des filles, Madeleine, et peut-être en même temps de la seconde, Geneviève, — en attendant que vingt ans après, il épousât Armande, — le jeune Poquelin jeta brusquement aux orties sa robe d'avocat à peine étrennée, prit le nom de MOLIÈRE et fonda avec les Béjart et des « enfants de famille », brûlant comme lui du feu sacré, l'*Illustre Théâtre*, inauguré le jeudi 31 décembre 1643, au *Jeu de paume des Métayers*, « aux fossés de Nesle », actuellement rue Mazarine, 12 et 14.

Malgré la protection très platonique de Gaston d'Orléans, et les titres pompeux des trois principales pièces d'un des leurs, Nicolas Desfontaines : *Perside, ou la Suite de l'illustre Bassa; — Saint-Alexis, ou l'Illustre Olympie; — L'Illustre Comédien ou le Martyre de Saint-Genest*, l'entreprise périclita, et les associés, dont Molière était devenu tout de suite le directeur, furent obligés de déménager à la fin de l'année. Ils changèrent de quartier et vinrent chercher fortune près des riches hôtels du Marais, de la Place Royale et de l'Ile Saint-Louis. Au commencement de janvier 1645, ils tentèrent de nouveau la chance au *Jeu de paume de la Croix-Noire*, dont la grande entrée était au port Saint-Paul, sur le quai des Ormes, avec une issue rue des Barrés, en face du couvent de l'Ave-Maria.

Ils y représentèrent une tragédie de Jean Magnon (1), *Artaxercès;* mais le succès ne répondit pas plus à leur attente que la première fois. La troupe s'était couverte de dettes dont le pauvre Molière fut déclaré responsable. Au mois d'août, il fut enfermé au Châtelet, à la requête de Jeanne Levé, sa marchande lingère, et d'Antoine Fausser, son moucheur de chandelles !

L'illustre Théâtre ne fit plus que végéter (2). Paris, sous la Fronde, ne pouvait guère être plus favorable à l'art dramatique qu'il ne l'avait été sous la Ligue (3). Les camarades de Molière, pleins de confiance en

(1) Poète d'une fécondité déplorable, qui fut assassiné en 1662, auprès de la Samaritaine, au moment où il achevait une Encyclopédie, « dont il n'avoit plus, disait-il lui-même, que cent mille vers à faire ».

(2) Que de souvenirs il a laissés près de nous ! Dans la rue de l'Ave-Maria, regardez à gauche, au coin de la rue des Jardins-Saint-Paul, cette toute petite porte bâtarde, toujours fermée, surmontée d'une imposte en fer, curieusement travaillée. C'est « l'entrée des artistes ». Elle n'a pas changé. C'est là que Molière a maintes fois passé. Il n'avait qu'à traverser le pavé, puisqu'il demeurait en face, dans l'une des deux maisons d'angle de la rue des Jardins, vénérables masures à pignon. Qui sait ? peut-être celle où était mort son ancêtre Rabelais, un siècle auparavant.

(3) Racine nous a dit dans quel état Corneille avait trouvé la scène française : « Des auteurs aussi ignorans que les spectateurs ; des sujets extravagans, dont les pointes et de misérables jeux de mots faisoient le principal ornement ; des acteurs qui n'étoient que des bouffons ; leur diction encore plus vicieuse que leur action ; les règles de l'art et celles mêmes de l'honnêteté et de la bienséance partout violées. »

Et, en 1636, sept ans après *Mélite*, Corneille pouvait à bon droit parler ainsi :

. . . . . A présent le théâtre
Est en un point si haut que chacun l'idolâtre.

lui, l'accompagnèrent dans la tournée qu'il se décida à faire dans nos provinces en 1646.

Nous le retrouverons à son retour, en 1658 (1).

(1) La lumière, grâce aux recherches incessantes de M. G. Monval et à la découverte de documents dans différentes villes de province, commence à se faire sur l'emploi de ces douze années, et l'itinéraire de Molière et de sa troupe semble ainsi fixé au moment où j'écris : 1648, avril, à Nantes; — 1648-49, Bordeaux; — 1649, Toulouse; — 1650, 10 janvier, Narbonne; — 1652, Vienne; — 1653, Lyon, où il donne l'*Étourdi;* — 1654, Pézenas; — 1655, Avignon, Narbonne; — 1655, 29 août, Lyon; — 1655, 4 novembre au 22 février 1656, Pézenas; — 1656, 3 mai, Narbonne; 15 août, Bordeaux; 17 novembre, Béziers, où il donne le *Dépit amoureux;* — 1657, Lyon; — 1658, Grenoble; avril, Rouen; octobre, retour à Paris.

ADRESSES

DES PRINCIPAUX PERSONNAGES RÉSIDANT A PARIS, SOUS HENRI IV ET SOUS LOUIS XIII (1594 — 1643).

Henri IV, Marie de Médicis et leurs enfants.	au *Louvre.*
Louis XIII, Anne d'Autriche et leurs enfants.	au *Louvre.*
Marie de Médicis, reine-mère,	au *Luxembourg*, de 1620 à 1630, à de rares intervalles.
Gaston d'Orléans, sa femme Marie de Montpensier; Sa fille, Anne-Marie-Louise (*Mademoiselle*).	au *Luxembourg*, depuis 1626.
Marguerite de Valois, de 1605 à sa mort en 1615,	Hôtel de *Sens*, château de *Madrid*, château d'*Issy*, et en son hôtel, situé rue de Seine et quai Malaquais.
Le prince Henri de Condé,	ancien hôtel de *Gondy*, entre les fossés et la rue de Vaugirard, depuis 1612.
La princesse de Conti, veuve de François de Bourbon-Conti,	rue d'*Autriche*, côté droit, depuis 1617.
Les comtes de Soissons : Charles, mort en 1612; Louis, mort en 1641,	à l'Hôtel de *Soissons*, rue des Deux-Écus.
Les ducs de Longueville,	rue des Poulies, côté gauche.
La duchesse d'Angoulême, Diane, fille de Henri II,	en son hôtel, rue Pavée au Marais, jusqu'à sa mort en 1619.
Charles, comte d'Auvergne, duc d'Angoulême, fils de Charles IX, demeure avec sa mère, Marie Touchet,	à l'hôtel d'*Angoulême*, rue Pavée.
Gabrielle d'Estrées,	en 1594, à l'hôtel du *Bouchage*, rue Saint-Honoré; de 1596 à 1599, hôtel de *Schomberg*, rue Fromenteau; morte, le 10 avril 1599, chez sa tante, Mme de Sourdis, rue de l'Arbre-Sec.
La duchesse de Mercœur et son gendre, le duc de Vendôme,	rue Saint-Honoré, en face les Feuillants, à l'ancien *hôtel de Retz*.
Le duc de Lorraine, Charles III, et sa femme Nicole,	Rue Pavée, à l'ancien hôtel de *Savoisy*, en 1636.
Henri de Bourbon, duc de Montpensier,	à l'ancien hôtel de *Ferrières*, rue de Grenelle-Saint-Honoré, en 1605.
Le duc de Bellegarde,	au même hôtel, restauré en 1612 par Jean du Cerceau.
Le chancelier Séguier,	au même hôtel, en 1632.

Le duc Henri de Guise, fils du Balafré,	Hôtel de *Guise*, rue du Chaume et rue de Paradis.
Catherine de Clèves, veuve du Balafré,	à l'hôtel de *Clèves*, rue d'Autriche, côté gauche, où demeura Mazarin en 1636.
Le duc de Mayenne,	à l'hôtel de *Nevers*, à l'hôtel de *Soissons* et à l'hôtel de *Mayenne*, rue Saint-Antoine, construit par Jacques du Cerceau.
Anne d'Est, veuve de François de Guise et de Jacques de Nemours, morte en 1607,	à l'hôtel de *Savoie*, rue Pavée-Saint-André-des-Arts.
Charles-Emmanuel, Henri, de Nemours, ses enfants,	au même hôtel.
Charles de Gonzague, duc de Nevers,	à l'hôtel de *Nevers*, près la tour et la porte de Nesle. Et, au même hôtel, ses deux filles, Anne de Gonzague, princesse palatine, et Marie, qui devint reine de Pologne en 1645, et vendit l'hôtel de Nevers à Henri de Guénégaud.
Henri Loménie de Brienne, secrétaire d'État,	Quai Malaquais. — Son père, Antoine, rue Cassette, côté droit, en 1622.
Maximilien de Béthune, duc de Sully,	à l'*Arsenal*, puis à l'hôtel de *Sully*, rue Saint-Antoine, construit par Jean du Cerceau.
Le cardinal de Richelieu,	Place *Royale*, n° 18; au *Petit-Luxembourg*; au *Palais-Cardinal*, rue Saint-Honoré.
Le cardinal Mazarin	Rue des Bourdonnais, n° 35, au coin de l'impasse; à l'hôtel de Chavigny, rue du Roi-de-Sicile; à l'hôtel de *Clèves*, rue d'Autriche, en 1636.
Le connétable Charles d'Albert de Luynes,	Rue de Tournon, ancien hôtel du maréchal d'*Ancre*, de 1617 à 1620; et, en 1620, rue Saint-Thomas-du-Louvre, côté gauche.
Nicolas de Neufville de Villeroy, puis son fils Charles,	rue des Bourdonnais, en face l'hôtel de la Trémouille.
Nicolas de Bellièvre, procureur général, puis chancelier,	à l'hôtel de *La Trémouille*, rue des Bourdonnais.
Nicolas Bruslart de Sillery, chancelier en 1607,	à l'hôtel de *Sillery*, rue Saint-Honoré, en face le Palais-Cardinal.
Pierre Bruslart de Puisieux, secrétaire d'État,	à l'ancien hôtel de *Roquencourt*, rue Saint-Honoré et rue d'Orléans.
Paul Phélipeaux de Pontchartrain, secrétaire d'État,	Rue Fromenteau, côté gauche.
Raymond Phélipeaux de la Vrillière, secrétaire d'État,	Rue Neuve-des-Petits-champs, à l'hôtel de *la Vrillière*.
Claude de Bullion, surintendant des Finances, en 1632,	Rue Plâtrière, à l'angle gauche de la rue Coquillière, hôtel élevé par Louis Ier Le Vau.
Charles de l'Aubespine de Châteauneuf, garde des sceaux, en 1630,	Rue Coquillière, à l'angle droit de la rue Plâtrière.
Louis Lefèvre de Caumartin, garde des sceaux, en 1622,	Rue Saint-Louis, à l'angle de la rue Neuve-Sainte-Catherine.
Merry de Vic, garde des sceaux,	Rue Saint-Martin, à l'hôtel de *Vic*, en face de la rue de Montmorency.
Le maréchal de Rohan,	chez son beau-père, le duc de Sully, rue Saint-Antoine.
Le maréchal de Schomberg,	Rue Saint-Honoré et rue Bailleul (aujourd'hui *Cour d'Aligre*).

Le maréchal de Cossé-Brissac,	à l'ancien hôtel de *Boissy*, rue Saint-Antoine, devenu en 1628, le couvent des *Filles de Sainte-Marie*.
Le maréchal Albert de Gondy, duc de Retz,	mort le 12 avril 1602, à l'hôtel *de Retz*, rue Saint-Honoré, en face les *Feuillants*.
Le maréchal de la Force,	rue d'Autriche, côté droit.
Le maréchal Timoléon d'Espinay - Saint-Luc,	rue des Petits-Champs.
Le maréchal d'Aumont,	rue des Poulies, côté gauche.
Le maréchal Honoré d'Albert de Chaulnes,	Place Royale, n° 9.
Le maréchal Charles de Créquy,	Rue d'Autriche, côté droit, en 1622.
Le maréchal de Bassompierre,	Château de Chaillot.
Le maréchal de la Guiche de Saint-Géran,	Place Royale, angle Nord-Est.
Le maréchal de l'Hospital du Hallier,	Rue des Bons-Enfants, puis rue des Fossés-Montmartre.
Le maréchal d'Estrées, frère de Gabrielle,	rue Barbette, n° 4.
Le maréchal de la Meilleraie,	à l'*Arsenal*.
Le maréchal de Thémines,	rue des Grands-Augustins, côté droit.
Le maréchal de Vitry,	Rue Saint-Louis, angle nord de la rue des Minimes.
Le maréchal Henri de la Tour de Bouillon,	mort en 1623, rue de Seine, côté droit, en son hôtel, construit par Salomon de Brosse.
René du Plessis-Châtillon, gentilhomme de la Chambre,	Hôtel du *Plessis-Châtillon*, rue des Bons-Enfants.
Le maréchal Antoine de Roquelaure,	Hôtel de *Birague*, rue du Roi-de-Sicile.
François d'Orléans-Longueville, comte de Saint-Paul,	même hôtel, jusqu'à sa mort en 1631.
Léon le Bouthillier de Chavigny, secrétaire d'État,	même hôtel, jusqu'à sa mort en 1652.
Le maréchal de Lavardin,	Place Royale, n° 6, jusqu'à sa mort en 1614.
Marion de l'Orme,	même hôtel en ? Elle était née rue des Trois-Pavillons, le 3 octobre 1613, et elle mourut chez sa mère, rue de Thorigny, le 1er juillet 1650.
Le prince Louis de Guéménée, et la princesse,	même hôtel, vers 1630.
M. des Hameaux,	Place Royale, n° 13, acquéreur de Villequier en 1658, et après lui les Rohan-Chabot.
M. Lescalopier, maître des requêtes,	Place Royale, n° 14 (rue des Vosges).
La comtesse de Maure,	Place Royale, n° 5.
Le baron de Chantal, père de Mme de Sévigné,	Place Royale, n° 1.
Le duc Henri de Montmorency, décapité, 1632,	rue Sainte-Avoie, à droite, en face l'hôtel de Mesmes.
Le comte de Montmorency-Bouteville, décapité, 1627,	rue du Jour, hôtel de *Royaumont*.
Françoise de la Baume, veuve de F. de Carnavalet,	Hôtel *Carnavalet*, rue Culture-Sainte-Catherine, de 1578 à 1602.
Florent d'Argouges, trésorier de Marie de Médicis,	même hôtel, ainsi que son fils jusqu'en 1654.
M. de Vienne, Contrôleur des finances,	même rue, n° 27, jusqu'en 1622.
Les Annonciades ou Filles-Bleues,	même hôtel de *Vienne* en 1622.
Le marquis Henri de Sévigné, et la marquise de Sévigné,	rue des Lions-Saint-Paul, le 28 octobre 1646, jour du baptême de leur fille Françoise-Marguerite.
Le comte de Souvré, gouverneur de Louis XIII,	rue Fromenteau, côté droit.

Le duc d'Épernon,	rue Plâtrière, Hôtel d'*Épernon*.
Antoine de Ruzé d'Effiat, et son fils Cinq-Mars,	rue Vieille-du-Temple. Hôtel d'*Effiat*, démoli en 1882.
Le duc de Chevreuse,	rue Saint-Thomas-du-Louvre, ancien hôtel du connétable de Luynes.
Henri de Talleyrand, prince de Chalais, décapité, 1626,	rue Tiquetonne.
Léon d'Albert, duc de Luxembourg,	au Louvre.
François de Luxembourg, duc de Piney,	Hôtel de *Luxembourg*, rue de Vaugirard, avant 1612.
Charles du Plessis-Liancourt de Guercheville, gouverneur de Paris,	rue de Tournon, en 1613.
Concini, maréchal d'Ancre,	même hôtel, de 1613 jusqu'à sa mort en 1617.
	autre hôtel, rue d'Autriche, attenant au jardin du Louvre.
Roger du Plessis-Liancourt,	Hôtel de *Liancourt*, rue de Seine, construit par Lemercier.
Hercule de Rohan-Montbazon, gouverneur de Paris,	Hôtel *Montbazon*, rue Bethisy, à l'angle gauche de la rue Tirechape, et plus tard rue Barbette.
Les grands prévôts de l'Hôtel,	sur le quai, près la galerie du Louvre et la Porte-Neuve.
François de Modène, grand prévôt, mort en 1632,	sur le quai, près la galerie du Louvre et la Porte-Neuve.
Sébastien le Hardy de la Trousse, grand prévôt,	rue Vieille-du-Temple.
D'Hocquincourt, grand prévôt,	en 1639, à l'hôtel des grands prévôts, « fort commode pour estre proche du Louvre ».
Charles d'Angennes, marquis de Rambouillet, et la marquise,	rue Saint-Thomas-du-Louvre, côté gauche, à l'hôtel de *Rambouillet*, reconstruit en 1618.
Lefèvre de la Boderie,	Hôtel de *Châlon-Luxembourg*, rue Geoffroy-l'Asnier, n° 26.
Honoré II, prince de Monaco,	rue Beautreillis, n° 10.
René Potier de Tresmes,	rue Saint-Louis, à l'angle de la rue du Foin.
Nicolas Potier de Blancmesnil,	rue Neuve-Saint-Merry, n° 9.
Nicolas Potier de Novion, Conseiller au Parlement,	rue Piquet (Impasse Pecquay).
Le marquis de Beuvron,	Hôtel d'Harcourt, rue des Maçons-Sorbonne.
Le marquis de Nantouillet,	Hôtel d'Hercule, quai des Augustins, à l'angle de la rue des Augustins.
Charles-Henri de Clermont-Tonnerre,	rue des Deux-Ponts, n° 14.
Pierre de Béringhen, premier valet de chambre de Henri IV,	rue de Tournon, côté droit, jusqu'en 1607.
Anne de Lévis, duc de Ventadour,	rue de Tournon, acquéreur de la maison de Béringhen, en 1607.
Les Ambassadeurs extraordinaires,	rue de Tournon, à l'ancien hôtel du maréchal d'Ancre, jusqu'en 1748.
Les Nonces du pape,	Hôtel de Cluny.
Don Bernardin de Mendoza, ambassadeur d'Espagne,	rue Mauconseil, près le théâtre de l'hôtel de Bourgogne.
Jérôme de Gondy, introducteur des ambassadeurs,	entre les fossés et la rue de Vaugirard à l'hôtel qui devint de *Condé*, en 1612.
Les Ambassadeurs de Venise,	Hôtel de Venise, rue Saint-Gilles, n° 12.
Achille de Harlay, premier président, et son fils,	rue Pavée-au-Marais, ancien hôtel de Savoisy.

Nicolas de Verdun, premier président, — à l'hôtel des premiers présidents qu'il fit reconstruire au Palais.

Mathieu Molé, — Quai des Célestins, en 1641, dans la maison de feu M. Bouhier de Beaumarchais.

La famille de Thou, — Hôtel de *Thou*, rue des Poitevins n° 6 et rue Suger n° 11.

François Miron, prévôt des marchands, 1604 à 1606, — rue des Mauvaises-Paroles.

Jacques Sanguin, prévôt des marchands, 1606 à 1612, — rue Barre-du-Bec.

Robert Miron, chevalier du guet et prévôt des marchands, 1614-1616, — rue du Chevalier du Guet.

Germain Piètre, procureur du Roi et de la Ville, — rue de la Verrerie, à l'angle de la rue des Billettes.

La famille de Mesmes, — rue Sainte-Avoye, Hôtel de *Mesmes*, plus tard *Saint-Aignan*, en face de l'Hôtel de *Montmorency*.

Clément, — concierge de l'Hôtel de Ville en 1604.

Nicolas Boucot, receveur de la Ville en 1633, — Rue de la Coutellerie.

Isaac Laffemas, lieutenant-civil, 1627-1637, — rue Saint-Julien-le-Pauvre, une maison encore existante dont la porte est sursurmontée d'une statue de la *Justice* tenant ses balances.

Dreux d'Aubray, lieutenant-civil, 1637-1643, — rue du Bouloi, à droite.

Pierre Lugoly, lieutenant-criminel, 1597-1600, — Faubourg Saint-Honoré, attenant les Capucins.

Jacques Tardieu, lieutenant-criminel, 1635-1665, — Quai des Orfèvres.

Jacques de la Guesle, procureur-général, 1588-1612, — rue Saint-André-des-Arts, près la rue de l'Éperon.

Blaise Méliand, procureur-général, 1641-1650, — rue Saint-Louis-en-l'Ile, à l'angle Est de la rue Poulletier.

Omer Talon, avocat général, — rue des Déchargeurs, n° 4.

Jérôme Bignon, avocat général, 1626-1640, — rue Saint-Jacques, puis rue des Bernardins.

Louis Séguier — 1611-1653, — Quai des Augustins, à l'hôtel de Luynes.

François Fouquet, conseiller du Roi, père du surintendant, — rue du Temple, à l'angle de la rue Courtauvilain.

Le président Jeannin, — Quai Saint Paul, entre les rues Saint-Paul et du Petit-Musc, ou en sa maison de campagne à Chaillot.

Le Président de Nesmond, — à l'ancien hôtel de *Bar*, quai de la Tournelle, n° 59.

Jacques Martin de Laubardemont, conseiller d'État, — rue des Filles-Saint-Thomas; inhumé cimetière Saint-Joseph, le 23 mai 1653.

Le président Amelot de Biseuil, — Hôtel de *Hollande*, rue Vieille-du-Temple, n° 47, reconstruit par Cottard.

Balthazar Phélipeaux, — quai des Célestins, n° 2, hôtel acquis par Gaspard de Fieubet en 1676.

Jacques Le Coigneux, président au Parlement, — en son hôtel, rue des Vieilles-Haudriettes.

M. de Longueil, — rue Bethisy, à droite.

M. Haber de Montmor, — rue Sainte-Avoye, à gauche.

M. de Nicolay, — rue Bourtibourg, n° 33.

Pierre d'Hozier, généalogiste, — rue Vieille-du-Temple, n° 126, et, en 1638, rue de l'Arbre-sec, vis-à-vis la *Botte royale*.

André Du Chesne, historien, — rue Saint-André-des-Arts.

Gilles André de la Roque, généalogiste,	rue Jean de Beauvais.
Chrétien de Lamoignon, président à mortier en 1633, mort en 1636,	rue Aubry-le-Boucher.
M. Charron,	Quai Bourbon, n° 15.
M. Sainctot, maître des cérémonies,	quai Dauphin, aujourd'hui de Béthune.
Le cardinal de Pellevé, archevêque de Sens,	mort à l'hôtel de *Sens*, le 26 mars 1594.
Renaud de Beaune de Semblançay,	archevêque de Sens, 1596 à 1606, à l'hôtel de *Sens*.
Jacques Davy du Perron, cardinal,	archevêque de Sens, 1606 à 1618, à l'hôtel de *Sens*, et à son château de *Bagnolet*.
Jean Davy du Perron,	archevêque de Sens, 1618 à 1621, à l'hôtel de *Sens*.
Pierre de Gondy, évêque de Paris,	à l'évêché près Notre-Dame, jusqu'à sa mort en 1616.
Henri de Gondy, évêque de Paris,	à l'évêché jusqu'en 1622.
Jean François de Gondy, archevêque de Paris,	à l'archevêché jusqu'en 1654.
Sébastien Zamet, évêque de Langres,	rue de Grenelle-Saint-Germain, à gauche, en 1628.
Famille Aymier (dont un échevin, condamné en 1499),	rue du Jour, 25, hôtel des plus curieux, toujours debout.
Antoine Arnauld, avocat,	rue de la Verrerie, n° 60, où il mourut le 29 décembre 1619.
Pierre Séguier, marquis d'O,	Hôtel d'O, quai des Augustins, à l'angle de la rue Git-le-Cœur.
Philibert-Emmanuel de Gondy, général des galères,	rue Pavée-Saint-Sauveur, ancien hôtel des ducs de *Bourgogne*.
Vincent de Paul, aumônier de la maison d'Emmanuel de Gondy,	même hôtel.
Le P. Guignard, jésuite, pendu le 7 janvier 1595,	au collège de *Clermont*, rue Saint-Jacques.
Le P. Cotton, confesseur de Henri IV,	à la *Maison professe* des Jésuites de la rue Saint-Antoine.
Le P. Garasse, jésuite,	à la Maison professe.
Le P. François Derrand, jésuite, architecte de l'église Saint-Louis,	à la Maison professe.
Le cardinal de Bérulle,	à l'*Oratoire*, rue Saint-Honoré.
Sébastien Zamet, financier,	rue de la Cerisaie, où il mourut dans son hôtel le 14 juillet 1614.
Jean Zamet, fils du précédent, mestre de camp, mort en 1620,	au même hôtel.
François de Bonne, connétable de Lesdiguières,	au même hôtel, acheté aux enfants de Zamet.
Antonio Pérez, ministre banni par Philippe II, mort en 1611,	rue de la Cerisaie, sans doute à l'hôtel de Zamet.
Scipion Sardini, banquier,	Boulangerie des Hôpitaux, rue Scipion, *hôtel Scipion*.
Dominique Baudius, érudit,	logé chez Scipion Sardini.
Du Mortier, secrétaire du Roi,	rue Saint-Antoine, près la Couture-Sainte-Catherine.
Montauron, receveur général de Guyenne,	à l'hôtel de *Mayenne*, rue Saint-Antoine.
Jacques Tubeuf, président des comptes,	rue Neuve-des-Petits-Champs, à l'angle Ouest de la rue Vivienne, aujourd'hui Bibliothèque nationale.
Guillaume Bautru, comte de Serrant,	rue Neuve-des-Petits-Champs, à l'angle Est de la rue Vivienne.
Le Ragois de Bretonvilliers, président à la Chambre des Comptes,	Quai de Béthune, hôtel construit par Jean du Cerceau.

Lambert de Thorigny, président à la Chambre des Comptes,	Hôtel *Lambert*, rue Saint-Louis-en-l'Ile, nº 2, construit par le Vau.
La Bazinière, Trésorier de l'Épargne,	rue Croix-des-Petits-Champs, 21, hôtel du journal l'*Éclair*.
Bouhier de Beaumarchais, Trésorier de l'Épargne,	Quai des Célestins, hôtel de la *Vieuville*.
Charles de la Vieuville, surintendant des finances,	rue Saint-Paul, 2, hôtel de la *Vieuville*, ancien hôtel de Galliot de Genouillac.
Gabriel de Guénégaud, trésorier de l'Épargne,	rue des Francs-Bourgeois, nº 5.
Nicolas Baudot du Buisson d'Aubenay, historien,	rue des Francs-Bourgeois, chez M. de Guénégaud.
Particelli d'Émery, Contrôleur des finances,	sur l'emplacement de la place des Victoires.
Pierre Sublet de Noyers, trésorier des guerres,	rue des Lions-Saint-Paul.
François Sublet de Noyers, secrétaire d'État,	Rue Neuve Saint-Honoré, près la Porte-Neuve (emplacement de l'Assomption).
Claude le Bouthilier, surintendant des finances,	en 1637, à l'ancien hôtel de *Clèves*, rue d'Autriche, côté gauche.
Pierre de l'Estoile, chroniqueur,	rue des Grands-Augustins.
Le P. du Breul, bénédictin, historien de Paris,	à l'abbaye Saint-Germain-des-Prés.
Théophile de Viau, poète,	à l'hôtel de *Montmorency*, rue Sainte-Avoye, où il mourut en 1626.
Malherbe,	rue des Fossés-Saint-Germain-l'Auxerrois.
Étienne Pasquier,	rue des Maçons, près la Sorbonne.
Mézeray,	au Collège Sainte-Barbe, puis rue Montorgueil, en face la rue Beaurepaire.
Vaugelas,	rue des Prouvaires, à droite.
Voiture,	rue Saint-Thomas-du-Louvre, à l'hôtel de *Rambouillet*.
Passerat,	rue Saint-Jacques, collège de *Clermont*, où il mourut le 14 septembre 1602.
Racan,	rue Basse-des-Ursins et chez M. de Bellegarde, rue de Grenelle-Saint-Honoré.
Guillaume Colletet,	aux Fossés Saint-Victor, ancienne maison de Ronsard.
Mlle de Gournay,	rue Saint-Honoré, en face l'Oratoire.
Des Yveteaux,	rue des Marais-Saint-Germain.
Conrart,	rue Saint-Martin et rue des Ménétriers.
Chapelain,	rue Salle-au-Comte et rue des Cinq-Diamants.
Mlle de Scudéry,	rue de Beauce au Marais, au coin de la rue des Oiseaux.
Henri de Valois, historien,	rue des Bourdonnais, au coin sud de l'impasse.
Desmarets de Saint-Sorlin,	rue Cloche-Perce.
Descartes,	rue Neuve-Saint-Étienne, 36.
Gombaud,	rue des vieilles-Étuves-Saint-Honoré.
Jean Sarasin, poète,	rue Saint-Antoine, « tout près de la Place Royale, » en 1643.
Boisrobert,	à l'hôtel *Mélusine*, rue des Bons-Enfants.
Saint-Amant,	rue de Seine, chez le traiteur Sercy.
Ménage,	au cloître Notre-Dame.
Scarron	rue des Douze-Portes.
Étienne Pascal, père de Blaise Pascal,	rue de Touraine.

Clément Métezeau, architecte,	logé aux galeries du Louvre, où il mourut le 28 novembre 1652.
Louis Métezeau, architecte,	en 1612, concierge du Palais des Tuileries.
Salomon de Brosse, architecte,	en 1613, rue des Grands-Augustins; en 1617, rue de Vaugirard, près l'hôtel de *Luxembourg*.
Marin de la Vallée, maître maçon, l'un des entrepreneurs de l'Hôtel-de-ville,	rue Beaubourg.
Simon Vouet, peintre,	aux galeries du Louvre, où il mourut le 30 juin 1649.
Nicolas Poussin, peintre,	au *pavillon de la Cloche*, dans le jardin des Tuileries, en 1641.
Rubens, peintre,	au *Luxembourg*, entre 1621 et 1625.
Eustache Le Sueur, peintre,	rue Saint-Louis-en l'Ile.
Pierre Dumoustier, peintre,	rue des Tournelles, où il mourut le 26 avril 1656.
Daniel Dumonstier, peintre,	en 1604, rue des Petits-Champs, et aux Galeries du Louvre, où il mourut le 22 juin 1646.
Jacques Sarasin, sculpteur,	aux Galeries du Louvre, où il mourut le 3 décembre 1660.
Jacques Le Mercier, architecte du Louvre, de la Sorbonne, du Palais-Royal,	aux Galeries du Louvre.
François Mansart, architecte,	mort rue Payenne, le 23 septembre 1666.
Pierre Ier Biard, sculpteur,	rue de la Cerisaie, où il mourut le 17 septembre 1609.
Pierre II Biard, sculpteur,	rue Neuve-Saint-Pierre, derrière les Minimes, où il mourut en 1661.
Baptiste du Cerceau, architecte,	rue du Colombier et rue des Marais.
Jacques du Cerceau, architecte,	même demeure.
Claude Vellefaux, architecte,	rue de Seine et rue Mazarine, près la rue de Buci.
Philippe de Champagne, peintre,	marié en 1628, rue des Écouffes; il y meurt le 13 août 1674.
Gabriel Pérelle, dessinateur,	en 1628, rue des Cinq-Diamants.
Barthelémy Prieur, sculpteur,	en 1595, rue des Boucheries, à droite.
Raphaël de la Planche, tapissier,	en 1633, manufacture rue de la Chaise, à l'angle de la rue de la Planche.
Laurent, « tapissier excellent »,	établi par Henri IV en 1597, à la Maison Professe, rue Saint-Antoine.
Le peintre Toussaint du Breul;	à la Maison Professe, rue Saint-Antoine, où il mourut en novembre 1602.
Théophraste Renaudot, médecin et journaliste,	à la maison du *Grand-Coq*, rue de la Calandre et quai du Marché-Neuf.
Guy-Patin, médecin,	rue du Chevalier-du-Guet, puis rue Sainte-Opportune.
Charles Bouvard, premier médecin de Louis XIII,	au jardin des Plantes.
François Turpin, chirurgien de Gaston d'Orléans,	rue du Temple, maison de la *Tourelle*.
Courtinay de Pércuse, médecin et secrétaire du Roi,	rue des Lombards, à l'image de *Notre-Dame-des-Victoires*.
Marc Miron, médecin,	rue Saint-Louis, à l'angle de la rue Neuve-Sainte-Catherine.
Guy de la Brosse, médecin botaniste,	surintendant du *Jardin du Roi*, où son corps fut déposé, le 31 août 1641.
Jean Nicot,	mort en 1604 chez son fils, rue Culture-Sainte-Catherine.

François Quesnel, peintre, auteur du Plan de Paris en 1608,	rue Saint Germain-l'Auxerrois.
Vassalieu, topographe, auteur du Plan de 1609,	chez Jean le Clerc, rue Saint-Jean-de-Latran, à la *Salamandre Royale*.
Jacques Gomboust, auteur du Plan de 1647.	rue Neuve-Saint-Honoré, à l'hôtel du *Saint-Esprit*, près Saint-Roch.
Robert Ballard libraire,	rue Saint Jean-de-Beauvais, au *Mont-Parnasse*.
Pierre Chevalier, libraire, éditeur de du Breul,	Cour d'Albret, au mont Saint-Hilaire.
Sébastien Cramoisy, Directeur de l'Imprimerie du Louvre,	en 1640, au Louvre.
Jean Akakia, médecin de Louis XIII,	rue Fromenteau et rue Saint-Thomas-du-Louvre.
Robert III Estienne, imprimeur-libraire,	rue Saint Jean-de-Beauvais, à l'*Olivier*, où il mourut en 1630.
Jacques Dugast, maître imprimeur,	même rue et même maison, en 1632.
Bureau des libraires,	rue des Mathurins et rue du Foin, près l'hôtel de Cluny.
Michel Soly, libraire,	rue Saint Jacques, au *Phénix*.
Charles Sevestre, libraire, éditeur de Salomon de Caux,	rue Dauphine en 1624.
Marc Orry, libraire,	rue Saint Jacques, au *Lion grimpant*.
Toussaint Quinet, libraire,	rue Saint-Jacques.
Guillaume de Luyne, libraire,	au Palais, sous la montée de la Cour des Aydes.
Bibliothèque du Roi,	Rue de la Harpe, entre Saint-Côme et le collège de Justice.
Hiérosme de Marnef et André Sillart, libraires, éditeurs de S. de Brosse,	au Mont-Saint-Hilaire, à l'enseigne du *Pélican*.
Melchior Tavernier, auteur du plan de 1630,	sur le quai qui regarde la Mégisserie, à l'*Épi-d'Or*.
Cardin Besongne, éditeur de *la Guide de Paris*, du sieur Schayes,	en 1644, au Palais, en la galerie des Prisonniers, *aux Roses vermeilles*.
Jean du Bray, éditeur de Claude de Châtillon et du graveur Poinsart,	rue Saint-Jacques, aux *Espis-Meurs*.
Académie militaire de M. de Pluvinel, premier écuyer du Roi,	rue Saint-Honoré, en face Saint-Roch, jusqu'à sa mort, en 1620.
Académie militaire de M. de Pluvinel, premier écuyer du Roi,	transportée par Richelieu, rue Vieille-du-Temple, à l'ancien hôtel d'O, en 1636.
Académie militaire de Benjamin,	rue des Bons-Enfants.
— du sieur Longpré,	rue des Égouts-Saint-Germain (Cour du *Dragon*.)
— du sieur Mesmont,	à l'angle des rues des Canettes et du Vieux-Colombier.
— du sieur Arnaulfiny,	à l'angle des rues des Fossés-Monsieur-le-Prince et de Condé.
— du sieur Forestier,	rue de l'Université, à gauche.
— du sieur Del Campo,	à l'angle de la rue du Four et du Vieux-Colombier, près la Croix-Rouge.
Théâtre de l'Hôtel de Bourgogne,	rue Mauconseil, à l'angle de la rue Françoise.
Premier théâtre du Marais,	rue de la Poterie-des-Arcis, à l'angle de la rue de la Verrerie, à l'hôtel d'*Argent*, de 1600 à 1620.
Second théâtre du Marais,	rue Vieille-du-Temple, près de la rue de la Perle, de 1620 à 1673.
Jeu de Paume des *Métayers*,	rue Mazarine, n° 12, où Molière ouvrit l'*Illustre Théâtre*, le 31 décembre 1643.

Jeu de Paume de la *Croix-Noire*,	Quai Saint-Paul et rue des Barres, où Molière transféra l'*Illustre Théâtre*, en 1645.
Jeu de Paume de la *Liberté*,	Rue Saint-Honoré (emplacement de l'Hôtel de Noailles).
Jeu de Paume de la *Bouteille*,	rue Mazarine, en face la rue Guénégaud.
Jeu de Paume de la *Croix-Blanche*,	rue de Buci, 17, où, peut-être, joua Molière.
L'Hôtel des Juges-Consuls,	rue de la Verrerie, à l'angle de la rue Brisemiche.
Le Bureau des Drapiers,	rue des Déchargeurs, angle de la rue de la Limace.
La Poste aux chevaux,	rue Saint-Jacques, en face la rue du Plâtre, au *Chapeau-Rouge*.
La Poste aux lettres,	rue Saint-Jacques, la Poste aux chevaux.
Le Grenier à sel,	rue Saint-Germain-l'Auxerrois, près le Grand-Châtelet.
Le cabaret de la *Pomme-de-Pin*,	rue de la Juiverie, en face la Madeleine.
— du *Cormier*,	rue des Fossés-Saint-Germain-l'Auxerrois.
— de la *Fosse-aux-Lions*,	rue du Pas-de-la-Mule, chez la Coiffier.
— de l'*Épée-royale*,	rue Barre-du-Bec, au coin de la rue Saint-Merry.
L'Auberge du *Mouton-Blanc*,	marché Saint-Jean.
Le cabaret de Regnard,	au bout du jardin des Tuileries.
Jean Châtel et sa famille,	rue de la Barillerie au coin de la Vieille-Draperie, en face le Palais.
Ravaillac,	rue Saint-Honoré, auberge des *Trois-Pigeons*, en face Saint-Roch.
Poutrain, notaire,	rue de la Ferronnerie, au *Cœur couronné percé d'une flèche*.
Jean Poquelin, tapissier du Roi (père de Molière),	rue Saint-Honoré, au coin des Vieilles-Étuves, jusqu'en 1633, puis sous les Piliers des Halles, en face le Pilori.
Jean-Baptiste Poquelin, dit Molière,	en 1645, dans l'une des deux maisons d'angle de la rue des Jardins et de la rue des Barres?
Henri de Lenclos, écuyer,	rue des Petits-Champs, où naquit sa fille Ninon, le 9 novembre 1620.
Jean de Lou, Sr de l'Orme, baron de Baye,	rue des Trois-Pavillons, où naquit sa fille Marion, le 3 octobre 1613.
M. Villedo, maître-maçon,	rue Saint-Louis-au-Marais, près de Caumartin et de Marc Miron.
Gérard Baudinot, maître des postes,	en 1641, à la Poste aux chevaux, rue Saint-Jacques.
Maître Jehan Guillaume, bourreau de la prévôté de Paris,	sous les piliers des Halles, où il mourut le 26 octobre 1620.
Maître Denis Cornillet, bourreau de la prévôté de l'Hôtel,	rue de la Jussienne, en 1609.
Claude Santeul, échevin,	rue Saint-Denis, près la rue Aubry-le-Boucher.
Jean Hélissant, échevin,	rue Saint-Denis, à l'angle de l'impasse des Peintres.
Jean Thévenot, échevin, de 1608 à 1610,	rue des Petits-Carreaux, 14, et rue Thévenot.
Bossuet, fermier des gabelles,	rue de la Verrerie, en face l'hôtel des Juges-Consuls.
Josias de Soulas, dit *Floridor*, comédien,	rue des Quatre-Fils, lors de son mariage en 1638.

Zacharie Jacob, dit *Montfleury*, comédien, — rue Saint-Sauveur, en 1664.

Bertrand Hardouin, dit *Guillot-Gorju*, comédien, — rue Montorgueil, où il mourut le 4 juillet 1648.

Gabriel Naudé, médecin et bibliographe, — à l'Abbaye Sainte-Geneviève, puis rue Geoffroy-l'Asnier.

Le président Tamboneau, — rue de l'Université, à gauche, avec jardins jusqu'à la rue Saint-Guillaume.

La Quintinie, précepteur du fils de Tamboneau, — même adresse.

Jacques Tartarin, apothicaire et quartenier, — rue Saint-Antoine.

Jean Bouteville, concierge, — au théâtre de l'hôtel de Bourgogne, en 1640, à 40 livres tournois pour ses gages.

Antoine Ferrand, lieutenant particulier au Châtelet, — en son hôtel, rue Serpente, en 1643.

Louis Vivien, Sr de Saint Marc et de la Grange-Batelière, échevin en 1599, — rue Vivienne, nº 14.

Claude Mollet, jardinier de Henri IV, — en 1606, à l'ancien hôtel de *Matignon*, rue des Orties.

Marin de la Vallée, architecte de l'Hôtel de ville, du Luxembourg, etc. — rue de Mézière, où il mourut le 15 mai 1655.

Louis d'Aloigny, Marquis de Rochefort, — en 1634, rue Beaubourg.

Marin Cureau de la Chambre, médecin du roi, — en 1640, chez le chancelier Séguier, rue de Grenelle-Saint-Honoré.

Vespasien Robin, arboriste et simpliciste du Roi, — en 1635, au Jardin des plantes médicinales, faubourg Saint-Victor.

Le président Séguier, — en 1640, rue de Seine, 6, ancien hôtel de Marguerite de Valois.

Jean Le Nain de Tillemont, Conseiller au Parlement, — rue Saint-André-des-Arts.

Jean Varin, garde général des monnaies, — en 1640, à la Grande Galerie du Louvre.

Simon Lerambert, sculpteur, garde du *Magasin des Antiques*, — au Louvre, de 1602 à 1637.

Famille de la Roche-Guyon-Silly, — rue des Bons-Enfants, 21.

Charlotte de Balzac d'Entragues, *soi-disant* maréchale de Bassompierre, — Place Royale, nº 16, vers 1639 (rue des Vosges).

Isaac Casaubon, — près la porte Saint-Germain, en ville.

Nicolas de Bailleul, lieutenant-civil, puis prévôt des marchands, — rue de Braque, nº 2, à l'angle de la rue du Chaume, hôtel encore existant.

Michel Moreau, lieutenant-civil, en 1629, — rue des Bernardins.

Maurice, parfumeur, — rue Saint-Honoré, en face de l'Hôtel Schomberg (Cour d'Aligre).

La Vicomtesse d'Auchy, tenant chez elle *Académie*, — Maison de la *Grimace*, rue de Jouy (Démembrement de l'Hôtel des Prévôts).

Rotrou, avocat au Parlement, auteur dramatique, — en 1636, rue Neuve-Saint-François, aux Marais du Temple (aujourd'hui rue Debelleyme).

Les deux dames Capis et leur petite nièce, Louisa, *modèles* de Rubens, — rue du Vertbois.

L'abbé de Maroles (1). — rue Saint-Honoré, en face de l'Oratoire.

(1) Je dois plusieurs de ces adresses aux recherches obligeantes de M. Camille Platon.

CHAPITRE SEIZIÈME

LA FRONDE.

(De la mort de Louis XIII, le 14 mai 1643, à la mort de Mazarin, le 9 mars 1661).

I. — LA PRÉCAUTION INUTILE.

Le simple chansonnier, « qui chantait, quand il le voulait, comme Tacite écrivait », a dit :

« De l'œil des rois on a compté les larmes ».

Je ne sache pas que Louis XIII ait jamais pleuré personne, et que personne l'ait jamais pleuré, surtout la malheureuse reine, qu'il avait toujours tenue à l'écart, au point de faire peser sur elle les soupçons les plus outrageants (1). Je le vois dans l'intérieur qu'il avait fait si

(1) Il faut reconnaître qu'avec une imprudente légèreté elle s'exposa souvent à ces soupçons. Cachée derrière quelques-unes de ses femmes, elle assistait à la

triste, abandonné des siens, tué à petit feu par des médecins imbéciles; montrant aux mercenaires qui le soignent « les bras amaigris d'un roi de France ». Anne n'ose plus l'approcher, et le fait assurer qu'elle n'a jamais pris part aux intrigues ourdies contre lui. « En l'état où je suis, répond-il, je dois lui pardonner, mais je ne puis la croire (1) ».

A la veille de sa mort, le 20 avril, se sentant perdu, il chercha à diminuer le plus possible la part d'autorité que la Reine allait exercer, et lui donna un Conseil de régence, composé du duc d'Orléans, du prince de Condé, du cardinal Mazarin, du chancelier Séguier, du surintendant des finances Claude Le Bouthilier, et du fils de celui-ci, Léon de Chavigny, alors secrétaire d'État. Tout devait y être décidé à la majorité des voix. La déclaration royale « irrévocable, aussi ferme que la loi salique », qui instituait ce Conseil, fut signée par le Roi, la Reine, le duc d'Orléans, et remise au premier président Mathieu Molé, pour qu'il la fît enregistrer le lendemain, ce qui fut exécuté.

Louis XIII meurt le 14 mai : dès le 15, la reine quitta Saint-Germain pour le Louvre, amenant avec elle le jeune Roi qui n'avait pas encore accompli sa cinquième année; et, le lundi 18, elle alla tenir son lit de justice au Parlement. « Messieurs », très heureux de ressaisir une de leurs plus chères prérogatives et de se montrer une fois encore les tuteurs des rois, rendirent un arrêt qui confirmait le testament de Louis XIII, en maintenant la reine comme régente; mais qui l'infirmait en la débarrassant de son Conseil. Gaston reçut pourtant le titre vague de lieutenant-général du royaume.

Les dix-huit années de la régence, — en la considérant comme ayant duré jusqu'à la mort de Mazarin, — se divisent très naturellement en trois périodes : De 1643 à 1648, le calme, d'apparence bonasse, qui précède l'orage; — de 1648 à 1653, la Fronde; — de 1653 à 1661, Louis XIV, sous les yeux de Mazarin, se prépare, sans mot dire, au pouvoir absolu.

comédie pendant l'année même de son deuil, et cela, malgré les remontrances du curé de Saint-Germain-l'Auxerrois.

(1) L'usage de ne marier les rois qu'à des princesses étrangères a été l'un des plus funestes de l'ancienne monarchie. Devenues reines, elles conservaient au fond du cœur un attachement bien naturel pour leur pays natal et leur première famille. Anne d'Autriche entretenait une correspondance secrète avec son frère, le Cardinal-Infant, gouverneur des Pays-Bas. Retirée, en 1637, au Val-de-Grâce, elle s'y croyait en pleine sécurité : une religieuse lui remettait ses lettres et un agent, nommé La Porte, se chargeait de transmettre les réponses à Bruxelles. Le cardinal de Richelieu, dont la police était fort bien faite, découvrit tout par l'intermédiaire d'un capucin. Le chancelier Séguier reçut l'ordre d'aller au monastère fouiller les meubles, les cassettes, l'oratoire de la reine de France. Il n'y trouva que des disciplines, et Anne répondit qu'elle avait toujours su concilier l'amitié due à son frère avec les intérêts de l'État. *Si non è vero...*

II. — L'AGE D'OR — (1643 à 1648).

Jamais règne ne commença sous des auspices plus favorables. Anne
d'Autriche, très belle encore sous ses habits de veuve (1), conduisant
dans Paris le petit Roi en robe et en bavette, avait gagné tout de suite
les cœurs; on s'attendrissait sur ses disgrâces passées; les Grands comptaient obtenir d'elle toutes les pensions qu'ils demanderaient; le peuple
espérait que les impôts seraient moins lourds; le Parlement, qu'il allait
enfin jouer un rôle politique. Il n'y avait plus que ces cinq petits mots
dans toutes les bouches : *La Reine est si bonne!* Au dehors, la France
triomphait; le duc d'Enghien saluait le premier jour de la régence par
l'éclatante victoire de Rocroy, remportée sur les Espagnols.

Et la Régente fêtait son joyeux avènement, semant l'argent, les privilèges (2), les monopoles, les offices, les gouvernements, les fermes,
aux *Petits-Maîtres* ou *Importants*, qui l'obsédaient de leur mendicité (3).
C'étaient César de Vendôme et ses deux fils Beaufort et Mercœur; Guise,
d'Épernon, Bassompierre, Vitry, Retz, Marsillac, Nemours, Fiesque,
Fontrailles, Montrésor; Potier, évêque de Beauvais, un « âne mitré »,
dont on avait fait un premier ministre; le surintendant des finances,
Claude Le Bouthilier et son fils Léon de Chavigny; le chancelier de
Châteauneuf; les duchesses de Chevreuse et de Montbazon.

Mazarin se tenait à l'écart, doux et bénin envers tous, paraissant ne
s'occuper que des affaires étrangères, traversant les rues avec deux
petits laquais derrière son carrosse. Il ne se démasqua que le jour où
les *Importants* eurent lassé la patience de la Reine, et où Beaufort se

---

(1) « Ses cheveux avoient bruni et elle en avoit une grande quantité; elle avoit
le nez gros et elle mettoit trop de rouge, à la mode d'Espagne; mais elle étoit
blanche, et jamais il n'y eut aussi belle peau que la sienne. Ses yeux étoient
parfaitement beaux; la douceur et la majesté s'y rencontroient ensemble; leur
couleur, mêlée de vert, rendoit leurs regards plus vifs et remplis de tous les
agrémens que la nature peut donner. Sa bouche étoit petite, vermeille; les sou-
rires en étoient admirables. Elle avoit le tour du visage beau et le front bien
fait. Ses mains et ses bras avoient une beauté surprenante, et toute l'Europe en
a ouï publier les louanges; leur blancheur, sans exagération, avait celle de la
neige. Elle avoit la gorge belle, sans être parfaite. Elle était grande et avoit la
mine haute, sans être fière ». — *Mémoires de Mme de Motteville.*

(2) Jusqu'à une dame de la Cour qui obtint un droit sur toutes les messes célé-
brées à Paris. — La marquise de Rambouillet obtint, en 1644, le privilège d'ex-
ploiter pendant vingt ans une loterie royale.

(3)　　　J'ai vu le temps de la bonne Régence,
　　　Temps où régnait une heureuse abondance,
　　　Temps où la ville aussi bien que la cour
　　　Ne respiroient que les jeux et l'amour.
　　　　　Une politique indulgente
　　　　　De notre nature innocente
　　　　　Favorisait tous les désirs :
　　　　　Tout goût paraissait légitime;
　　　La douce erreur ne s'appelait point crime;
　　　Les vices délicats se nommoient des plaisirs.

　　　　　　　　　　　　Saint-Evremont.

fut montré insolent envers elle, dangereux même, par la suite de cinq
cents gentilshommes qu'il traînait partout derrière lui (1).

Le 2 septembre, Mazarin le fit arrêter au Louvre et conduire au donjon de Vincennes; Vendôme et Mercœur furent exilés à Anet; Potier,
dans son diocèse de Beauvais; Châteauneuf, dans sa maison de Montrouge; la duchesse de Chevreuse, à Dampierre; Mmes de Hautefort
et de Montbazon s'éloignèrent: Bouthilier quitta le ministère, et son
fils, Léon de Chavigny, le suivit dans sa retraite. Le reste de la
cabale s'évanouit.

C'est à ce moment que commence le rôle prépondérant de Mazarin,
et qu'il assume de terribles responsabilités avec une persévérance que
les plus grands revers ne purent jamais décourager; c'est de ce jour que
devient de plus en plus évidente son influence sur l'esprit et le cœur de
la Reine (2). Elle est telle, que les colporteurs et colporteuses de libelles

(1) Beaufort fut accusé d'avoir voulu faire assassiner Mazarin lorsqu'il se rendait le soir, du Louvre à l'hôtel de Clèves, rue d'Autriche, où il demeurait alors.

(2) Il avait fait sa première entrée à Paris, comme nonce extraordinaire du
pape Urbain VIII, le 26 novembre 1634. — En avril 1639, il est naturalisé « pour
recommandables et importants services rendus en diverses négociations ». — Le
4 janvier 1640, il est reçu à la cour. — En 1641, il est compris dans la promotion
de cardinaux du 16 décembre. — Le 26 février 1642, il reçoit le bonnet rouge, de la
main du camérier du pape, dans l'église de Saint-Apollinaire, à Valence. — Le
cardinal de Richelieu meurt le 4 décembre 1642, et le lendemain même, 5 décembre, Louis XIII annonce aux parlements et aux gouverneurs de provinces
qu'*il continuera la politique du dernier ministère au dehors et à l'intérieur, et
qu'il a choisi le cardinal Mazarin, dont il a éprouvé la capacité et l'affection, et
dont il n'est pas moins assuré que s'il fût né parmi ses sujets.*
La lettre suivante fait juger de la haute estime que Mazarin avait su inspirer
au cardinal de Richelieu :

Monsieur,

« La providence de Dieu qui prescrit des limites à la vie de tous les hommes,
« m'ayant fait sentir en cette dernière maladie que mes jours étoient comptés,
« je ne quitte ce monde qu'avec regret de n'avoir pas achevé les grandes choses
« que j'avois entreprises pour la gloire de mon roi et de ma patrie. Comme le zèle
« que j'ai toujours eu pour l'avantage de la France a fait mes plus solides con-
« tentemens, j'ai un extrême déplaisir de la laisser sans l'avoir affermie par une
« paix générale. Mais, puisque les grands services que vous avez déjà rendus à
« l'État me font assez connoître que vous serez capable d'exécuter ce que j'avois
« commencé, je vous remets mon ouvrage entre les mains, sous l'aveu de notre
« bon maître, pour le conduire à sa perfection, et je suis ravi qu'il recouvre en
« votre personne plus qu'il ne sauroit perdre en la mienne. Ne pouvant, sans
« faire tort à votre vertu, vous recommander autre chose, je vous supplierai
« d'employer les prières de l'Église pour celui qui meurt,

« *Monsieur,*
« *Votre très humble serviteur.*

« ARMAND, *cardinal duc de Richelieu.* »

Rien d'extraordinaire que l'homme qui avait mérité de recevoir une telle lettre
s'imposât à l'*esprit* de la Reine... Toucha-t-il son cœur? Il n'avait qu'un an de
plus qu'elle; — quarante-et-un ans à la mort de Louis XIII. — « Taille élégante,
teint vif et beau, front large, yeux noirs, cheveux châtains un peu crépus, barbe
noire relevée au fer; esprit insinuant, fin, société charmante ». Pour se rendre
compte du degré d'intimité qui s'établit entre la Reine, jeune veuve, jeune mère

crient dans les rues de Paris : *Le mariage secret du cardinal avec la Reine* (1).

Le 7 octobre, Anne, qui se déplaisait au Louvre toujours inachevé, vint occuper avec ses enfants les magnifiques appartements du Palais-Cardinal, si agréable par son vaste jardin; Mazarin s'établit en même temps rue Neuve-des-Petits-Champs, à l'hôtel Tubeuf (2), qu'il avait acheté en 1640. Il n'avait de là qu'à traverser le jardin pour se rendre en chaise chez la Reine. On perça même à cet effet une porte de communication dans le mur de clôture du palais; mais bientôt, comme « la bonne Reine » avait voulu rendre le jardin accessible à ses sujets, Mazarin, gêné dans ses allées et venues par les promeneurs, s'installa au Palais même, entre l'appartement du petit roi et celui de la Reine, à proximité de la galerie où se tenait le Conseil (3).

La Reine, enfin libre, s'enivrait des charmes d'une seconde jeunesse. Dans les belles soirées d'été, quand le parc était désert, elle descendait au petit bois qui bordait l'étang, accompagnée de quelques intimes, le chevalier de Chandenier (4); Comminges, son capitaine des gardes, et Mme de Motteville, qui nous raconte que les entretiens se continuaient « jusqu'au moment où l'aurore commençait à enrichir l'Orient de ses perles (5) ».

Les fêtes religieuses et profanes se succédaient dans la chapelle et dans la salle de théâtre du palais : baptême du petit duc d'Anjou; mariage de la princesse Marie de Gonzague avec le roi de Pologne Ladislas, et grand bal à cette occasion (6); représentation aux frais du Car-

et son ministre, — qui n'était peut-être pas prêtre, — il faut se rappeler qu'il n'y avait pas alors de mariage civil; que rien n'était plus facile et plus secret qu'un mariage religieux, et il faut surtout lire ce qui reste de la correspondance très passionnée d'Anne et de Mazarin, correspondance remplie de signes convenus à la place des noms, et surtout cette lettre d'Anne en date du 26 janvier 1653 : « Si X savait ce que je souffre de son absence, je suis sûre qu'il en seroit touché; je n'ai pas la force d'écrire longtemps ni ne sais pas trop bien ce que je dis. J'ai reçu vos lettres tous les jours, et sans cela je ne sais ce qui arriveroit. Continuez à m'en écrire aussi souvent, puisque vous me donnez du soulagement jusques au dernier soupir. Adieu, je n'en puis plus, et X, lui, sait bien de quoi ».

(1) En octobre 1651, les crieurs Gentil et Sassier, la femme Quinette sont arrêtés par le lieutenant civil pour avoir débité et imprimé de ces libelles.

(2) Entre les rues Vivienne et de Richelieu.

(3) « Le 19 octobre 1643, dit dans ses *Mémoires*, le président Olivier d'Ormesson, je passai derrière le Palais-Royal, où je vis que l'on faisait une porte, pour passer en chaise le cardinal Mazarin qui estoit logé dans la maison de M. Tubeuf, et sous prétexte de garder cette porte, le corps de garde estoit devant la sienne pour sa sûreté; il pouvoit tout ». L'installation du cardinal au Palais-Royal fut complète. Il amena ses officiers et ses serviteurs et les logea dans l'attique et les combles. Au rez-de-chaussée, il eut ses gardes et ses écuries.

(4) Le chevalier de Jars, plus tard marquis de Chandenier, appartenait à la maison de Rochechouart. Voir sur cet homme d'honneur, mort en 1696, les bien curieux détails que donne Saint-Simon.

(5) Si elle se fût couchée plus tôt ou moins tard, peut-être aurait-elle pu surveiller davantage le jeune Roi qui, livré à lui-même, tomba un jour dans l'étang du jardin et faillit s'y noyer.

(6) Les ambassadeurs polonais firent leur entrée le 26 octobre 1645, par la porte Saint-Antoine et allèrent loger à l'hôtel de Vendôme, rue Saint-Honoré. « Ils étoient

dinal, le 5 mars 1647, d'un grand opéra italien, *Orfeo*. Déjà il avait
fait jouer, deux ans auparavant, par des chanteurs venus tout exprès
d'Italie, les *Feste teatrali* et la *Finta Pazza*, dans la salle du Petit-
Bourbon. Le 23 juin 1648, le petit Roi, âgé de dix ans et relevant d'une
longue maladie, voulut allumer lui-même le feu de la Saint-Jean, comme
l'avaient fait son père et son aïeul. Il fut reçu, devant l'Hôtel de Ville,
par le gouverneur de Paris, M. de Montbazon; le prévôt des marchands, Jérôme Le Féron, et ses échevins; la duchesse de Montbazon,
la présidente Le Féron, et les trois compagnies d'archers de la Ville,
chacune de cent hommes, « fort lestes et en bon ordre ». Quand, pour
voir l'affluence du peuple, il se montra à la fenêtre de la grand salle,
tout le canon de la ville retentit; le prévôt lui offrit une écharpe blanche
toute de fleurs d'orange, une petite couronne, un bouquet; lui fit faire
trois fois le tour du bûcher et lui présenta la torche blanche allumée
avec laquelle il mit le feu. Une collation fut ensuite servie sur deux tables, l'une de trois couverts pour le Roi, la Reine-mère et le duc d'Anjou; l'autre de quarante couverts pour les princesses et dames de leur
suite; la solennité fut terminée par un feu d'artifice « qui dura plus
d'une heure et ne le céda en rien à la magnificence du reste (1) ».

Mais le peuple n'était pas toujours aussi gai que la Cour, et l'on pouvait déjà voir poindre quelques signes précurseurs de l'orage prochain.

Le poste ingrat de contrôleur des finances était occupé par un étranger, un Italien, Michel Particelli, sieur d'Émery (2), condamné, disait-
on, vingt ans auparavant, pour banqueroute frauduleuse. On lui attribuait des mots malheureux : « Les financiers ne sont faits que pour
être maudits. — La bonne foi est une vertu de marchands ». La vérité
est que, comme ses pareils, il était sans scrupules et qu'il se procurait
de l'argent par les moyens les plus étranges et les plus onéreux : em-

au nombre de quatre cents cavaliers magnifiquement vêtus à la mode de leur
pays : il ne leur manquoit qu'un air de propreté, car leurs étoffes estoient bro-
chées d'or et d'argent et les pierreries brilloient de toutes part dans leur parure,
tandis que la noblesse françoise qui alla à leur rencontre, n'estaloit que des plumes et des rubans ». Le mariage eut lieu le 5 novembre à la chapelle du Palais-
Royal. La nouvelle reine de Pologne, la belle Marie de Gonzague, l'ancienne fiancée
de Gaston et de Cinq-Mars, eut un grand crèvecœur, parce que Anne, sous prétexte que le mariage se faisait sans cérémonie, s'opposa à ce qu'elle mit au-dessus son habit de noces le manteau royal à la polonaise, en velours blanc semé
de flammes d'or, ce qui fit paraître ridiculement courte la jupe de dessous en
toile d'argent.

(1) Autres assistants du feu de la Saint-Jean : *le procureur du Roi et de la Ville*,
Germain Piètre; *le receveur de la Ville*, Nicolas Boucot; *le maître des cérémonies*,
J. B. Sainctot; *le grand prévôt de l'île*, marquis de Sourches; le cardinal Mazarin;
le gouverneur du Roi, maréchal de Villeroy; *le grand chambellan*, duc de Joyeuse;
le grand écuyer, comte d'Harcourt; *le capitaine des gardes*, comte de Charost, etc.

(2) Michel Particelli, sieur d'Émery, fils de Dominique Particelli qui fit banqueroute à Lyon, mais n'en devint pas moins trésorier général de cette ville. —
Michel fut contrôleur général des finances en 1643; — surintendant en 1647; —
démissionnaire le 7 avril 1648 et remplacé quelque temps par le maréchal de la
Meilleraye; — exilé à la Chevrette, 9 juillet 1648; — réintégré dans son poste de
surintendant en 1649; — mort le lundi 23 mai 1650; — porté, le 25, de son hôtel

prunts à 25 pour 100; création et vente au plus offrant de charges ridicules, *contrôleurs des fagots* ou *jurés vendeurs de foin*: suppression des gages des fonctionnaires, ou des quartiers dus aux rentiers; vente de lettres de noblesse. Le 15 mars 1644, il s'avisa de faire revivre une ordonnance de Henri II qui défendait de bâtir au delà de l'enceinte, sous peine de démolition et d'amende. Les officiers du Châtelet *toisaient* les maisons des faubourgs et obligeaient les propriétaires à démolir ou à payer une amende. Cet *édit du toisé* amena de nombreuses émeutes; le Parlement intervint auprès de la Reine en faveur de ces bourgeois et de ces pauvres qui suppliaient qu'on ne les jetât pas à la rue. Les taxes furent réduites.

Le 5 novembre, les Parisiens contemplèrent la douleur indicible d'une mère, d'une femme, d'une reine, cette même Henriette de France qui les avait quittés dix-neuf ans auparavant (1), « lorsqu'allant prendre possession du sceptre de la Grande-Bretagne, elle voyoit pour ainsi dire les ondes se courber sous elle, et soumettre toutes leurs vagues à la dominatrice des mers! Maintenant chassée, poursuivie par des ennemis implacables, tantôt sauvée, tantôt presque prise, changeant de fortune à chaque quart-d'heure, elle n'avait ni assez de vents ni assez de voiles pour favoriser sa fuite précipitée ».

Après tant de maux, elle était arrivée à Brest où il lui fut permis de respirer un peu, puis elle se dirigea vers Paris.

Gaston d'Orléans, son frère; le prévôt des marchands, Jean Scarron de Mandiné et ses échevins; le duc de Montbazon, gouverneur de la ville, allèrent au-devant d'elle jusqu'à Bourg-la-Reine. Au village de Montrouge, elle rencontra Anne d'Autriche et le jeune roi qui la firent monter dans leur carrosse, accompagné d'une suite de plus de quatre cents seigneurs. A travers la rue Saint-Jacques, le pont Notre-Dame, les rues Saint-Denis et Saint-Honoré, ils la conduisirent au Louvre où elle logea au rez-de-chaussée, dans les appartements du Sud et de l'Est, sur le jardin du côté de la rivière.

La reine Henriette fut accueillie avec la sympathie que méritaient son courage et ses malheurs; mais la révolution, commencée alors en Angleterre, montra ce que pèsent l'autorité et bientôt même la vie d'un roi, à ces marchands parisiens, fils de ligueurs, « infectés de l'amour du bien public, et qui, dans leurs boutiques, se mêlaient de raisonner des affaires de l'État (2) ».

Quelques magistrats ne craignaient pas de montrer leur opposition à la Reine et à son ministre. Dans la nuit du 27 au 28 mars 1645, trois membres des Enquêtes, le président Gayant, les conseillers Lecomte et Queslin reçurent un ordre d'exil; le président Barillon fut saisi par

---

(situé sur l'emplacement de la Place des Victoires) à Saint-Eustache. Sa veuve brûla plusieurs tableaux « de nudités », et une tapisserie « qui portoit dérision de la messe et des cérémonies de l'Église catholique ». D'Émery était l'un des amis intimes de Marion de l'Orme.

(1) Voir chapitre XV, page 107.

(2) Ce sont les propres termes de Mᵐᵉ de Motteville.

quatre archers et envoyé à Pignerol, sous la neige et le vent des Alpes. Le Parlement prit fait et cause pour eux et s'abstint pendant trois mois de rendre la justice. Barillon mourut dans sa prison et le peuple resta persuadé qu'il avait été empoisonné.

Comme l'argent manquait plus que jamais, que l'*édit du toisé* avait fort peu produit, d'Émery eut recours en 1646, à l'*édit du tarif*, qui remaniait les droits sur toutes les denrées entrant dans Paris par eau ou par terre, impôt un peu plus équitable cette fois, parce qu'il frappait tout le monde, sans distinguer entre les privilégiés et les non privilégiés ; « mais, dit Omer Talon, aucuns de messieurs du Parlement le ressentirent en leur particulier, ayant été obligés de payer pour les fruits du cru de leurs maisons ». Aussi la levée de ce droit ne fut-elle autorisée que pour deux ans, et après force remontrances.

L'année suivante vit naître une foule de pamphlets et de chansons contre les collecteurs d'impôts ; on se passait de mains en mains *L'Avis salutaire donné à Mazarin pour sagement vivre à l'avenir*. Le Cardinal, si bénin d'ordinaire, eut peut-être le tort de ne pas écouter le donneur d'avis ; il se fâcha et fit mettre à la Bastille Sarasin, soupçonné d'avoir fait des vers méchants contre le Roi, à l'occasion des machines des comédiens italiens. « On lui faisoit tort, dit Tallemant, il ne les eût pas faits si mauvais. Il jura, au sortir de là, de n'en faire plus ; mais il recommença dès le blocus de Paris, ou peut-être plus tôt. »

III. — LA FRONDE (1648 à 1653).

Des membres du Parlement s'étant plaints du mépris de Louis XIII pour leurs remontrances, le prince de Rohan-Guéménée leur avait répondu : « Messieurs, vous prendrez votre revanche pendant la prochaine minorité ».

Ils se gardèrent bien d'y manquer. Enorgueillis d'avoir été appelés à décerner la régence deux fois dans la première moitié du siècle, ils se crurent plus que jamais les tuteurs des rois, et ils osèrent se dire supérieurs aux États généraux, « étant juges de ce que l'on y décide, par leur droit de vérification (1) ». Quoiqu'ils ne fussent en réalité qu'une cour supérieure de justice, appelée à juger, dans son ressort, des procès entre Pierre et Jean, « à force de vent et de jouer sur le mot de *parlement* (2), ils ne se crurent pas moins que le Parlement d'Angleterre, qui est l'*assemblée législative et représentante de toute la nation* (3). »

(1) Ce sont les propres paroles du président de Mesmes, répondant à une lettre du parlement de Rouen.

(2) Véritable abus de mot ; comment assimiler sérieusement deux corps si différents, qu'une rencontre, purement fortuite, a pu seule les faire désigner par le même terme ? Il suffit de recourir à un dictionnaire : « *Parlement*, nom donné jadis aux assemblées qui représentent la nation, et qui, dans ce sens, n'est resté qu'en Angleterre ; en France, ces assemblées prirent le nom d'États généraux, et le mot *Parlement* ne s'appliqua plus qu'aux quatorze cours judiciaires jugeant en dernier ressort ».

(3) Saint-Simon.

Le prétendu droit d'enregistrement et de remontrances est encore un curieux exemple des abus qui peuvent se glisser peu à peu à la faveur d'un usage. Corps judiciaire, sans autre autorité que celle à lui déléguée par la royauté, le Parlement avait le *devoir*, bien plus que le *droit*, de transcrire sur ses registres les actes royaux qui devaient servir de règle à ses jugements. L'enregistrement n'est autre chose que cette formalité nécessaire, dont la coutume remonte à la fin du treizième siècle ou au commencement du quatorzième (1).

A la suite des règnes malheureux de Charles VI et de Charles VII; à la suite des guerres de religion et des régences, le Parlement s'arrogea le droit de contrôler les édits et les ordonnances, et de les annuler en refusant de les enregistrer, et en adressant au Roi des *remontrances* que celui-ci repoussait dans ses lits de justice quand il était fort, ou qu'il subissait quand il était faible.

Pendant quatre cents ans, le Parlement n'a cessé de nourrir la chimère de devenir ainsi un corps politique et de se substituer à la seule et vraie représentation nationale de l'ancien régime, les Etats généraux.

En somme, qu'importait au peuple, — qui chante, mais qui toujours paie, — que les remontrances du Parlement fussent plus ou moins fondées en droit, si elles l'étaient en toute équité, ce qui arrivait trop souvent dans les questions d'impôts? Le Parlement aurait donc joui d'une popularité durable, s'il avait voulu et pu combattre sincèrement les privilèges. Comment l'eût-il fait, lui qui en vivait et ne pouvait avoir qu'une politique ambiguë, livrant, selon le temps, le peuple au Roi ou le Roi à la colère populaire? Son péché originel, c'est sa vénalité : il prétend représenter la nation, et il n'est qu'une aristocratie héréditaire, qui détient à prix d'argent le droit de rendre la justice; ce droit, il l'a payé et, par un odieux trafic, il le revend en détail « comme un boucher, après avoir acheté un bœuf, le dépèce et en vend les morceaux (2). » Cela, c'est l'indignité de la corporation; le vulgaire, aussi bien que Molière, Racine et Boileau, la connaît et sait « que l'on vit au Palais des sottises d'autrui »; ce qu'il sait aussi, mais ce que tous n'osent dévoiler, c'est l'indignité personnelle de ces sénateurs d'apparence si hautaine (3). Les Parisiens, tout en les lançant contre une reine

---

(1) Voir chapitres vii, pages 257, 320; — ix, 166; — xiii, 529; — xv, 193. Les plus anciens registres du Parlement connus sous le nom d'*Olim* commencent à l'année 1256. Ils forment quatre volumes conservés aux *Archives nationales* et ont été publiés par M. Beugnot.

(2) « Sicuti lanii bovem opimum pretio emptum in macello per partes venditant. » François Hotman, chap. xxi de la *Franco-Gallia*.

(3) On lit dans les *Mémoires de Gourville*, à l'année 1655 : « M. Fouquet me parlant un jour de la peine qu'il y avoit à faire vérifier des édits au Parlement, je lui dis que certains Conseillers entraînoient les autres : qu'on pouvoit leur faire parler, leur donner à chacun 500 écus de gratification et leur en faire espérer autant aux étrennes. J'en fis une liste particulière... Quelque temps après, il se présenta une occasion où M. Fouquet jugea bien que ce qu'il avoit fait avoit utilement réussi ».

On lit dans des notes adressées à Colbert en 1663 :

« M. de *Longueil*, intéressé et de peu de conscience. — *Potier de Nouvion*,

et un ministre momentanément détestés, estimaient à leur juste valeur
« ces bonnets carrés », qui s'opposaient à la réunion des États généraux,
qui se montraient plus impitoyables contre les blasphémateurs (1) que
ne l'était Richelieu, et qui firent retentir l'air de leurs cris de révolte, le
jour même où des mesures fiscales les atteignirent au cœur, c'est-à-dire
dans leur fortune et leur monopole (2).

Ce n'est donc pas pour le bien public, mais pour leurs intérêts particuliers qu'ils soulevèrent sans hésiter une nouvelle guerre civile. A l'é-
poque où la Fronde éclata, l'arme dont on lui donna le nom n'était plus
depuis longtemps qu'un jouet d'enfant :

> « Frondeurs, vous n'êtes que des fous !
> C'est mauvais présage pour vous
> Qu'une fronde n'est qu'une corde.
> Il faut désormais filer doux .
> Il faut crier miséricorde ! »

homme de grande présomption et de peu de sûreté. — M. de *Saveuse*, faict profession de probité et est néanmoins attaché au sacq; il se laisse gouverner par
Mme de Montmartre. — M. *Potier de Blancmesnil*, mélancolique, extravagant, bizarre, difficile. — M. *Musnier*, homme de rien, de nul crédit, de nulle lumière;
n'a aucun commerce avec les gens d'honneur, joue à la double, souvent avec son
cordonnier et des procureurs qui le peuvent gouverner. — *Le Tonnelier de Breteuil*, jeune homme qui va viste, capable de servir; mais gouverné par les dames
et particulièrement par la Gaillone; faible et prenant d'ordinaire les choses de
travers. — M. *Faure*, stupide, ignorant, brutal. — *Le Comte*, pied plat, beste. —
Perrot-Fercourt, homme de tous plaisirs et de tous divertissemens, de chasse, de
danse, de jeu, sans application à sa profession. — *Olier*, aimant le jeu, la chasse
s'appliquant très peu à sa charge. — *Courtin*, intrigant, aimant la desbauche
et le plaisir. — *Ferrand*, pour une demi-pistole, rend des arrêts *à la Ferran-
dine*. — *Ménardeau*, entretient une demoiselle dans la rue Saint-Martin. — *Sevin*,
fréquente Mlle Girault. — Le conseiller *Saint-André* ne quitte pas le cabaret. —
Courtin passe la soirée chez la chevalière de Bragelonne, rue des Ecouffes.
Ce sont de vraies notes d'*indicateurs* de police, et il est prudent de ne les
accepter qu'avec des réserves.

(1) En décembre 1647, le Parlement remit en vigueur les peines rigoureuses du
moyen âge contre ceux « qui blasphémoient Dieu, la Vierge et les saints ». Mais
ce qui prouve la vanité de l'atrocité des peines, c'est qu'au lendemain de cet arrêt, deux voleurs, restés inconnus, pénétrèrent dans l'église Saint-Sulpice, par
une fenêtre, la nuit du 27 au 28 juillet 1648, forcèrent le tabernacle, enlevèrent
le saint ciboire et éparpillèrent les hosties sur le sol. Messes, prédications, processions, fermeture des boutiques, pour réparation du scandale. — Autre profanation à Saint-Jean-en-Grève, le 13 août. Cette fois le coupable fut découvert; il
eut le poing coupé devant le portail de l'église et fut ensuite étranglé et brûlé en
Grève.

(2) Victor Cousin l'a très bien vu : « Qu'avaient donc de bien touchant les remontrances des parlements? Toutes les mutations de propriété étaient frappées
d'un droit et ils auraient voulu que la justice leur fût une propriété dont ils pussent disposer sans aucune redevance et sans la permission du Roi! Voilà pourtant le principal motif de tant de plaintes; ils se disaient opprimés, parce qu'on
les forçait de contribuer eux aussi aux charges accablantes qui pesaient sur la
nation; ils voyaient de mauvais œil que la Couronne, usant de son incontestable
droit, créât de nouvelles charges et les donnât, moyennant finances, à de nouveaux venus... En vérité, ils auraient bien dû indiquer un autre moyen de subvenir aux énormes dépenses de la guerre. Auraient-ils préféré qu'on augmentât
les impôts? » — Cousin, Mme *de Longueville pendant la Fronde*, p. 208, etc.

et c'est, en effet, ainsi qu'ils finirent leur campagne burlesque, se sur-
passant à qui mieux mieux dans les bassesses les plus humiliantes; épui-
sant les formules les plus abjectes de l'adulation pour recouvrer la
faveur royale, eux et leurs nobles alliés : Condé, sans foi ni loi; Conti,
abbé contrefait et défroqué; Beaufort, roi des halles et marguillier de
Saint-Nicolas-des-Champs; Gaston, roi des poltrons; le duc de Bouillon,
un Mars qui avait la goutte; La Rochefoucauld, l'amant intéressé dans
les affaires de Mme de Longueville; Retz et son bréviaire; Henri Chabot,
duc de Rohan par la grâce de sa femme Marguerite; M. d'Elbeuf et ses
enfants, chamarrés comme des petits dieux Mars; puis l'escadron des
belles : Mlle de Montpensier, « la Jeanne Darc frondeuse », enragée de
quatre mariages manqués; la princesse de Condé; la duchesse de Bouillon; la princesse de Guéménée; la comtesse de Fiesque; les duchesses
de Chevreuse, de Montbazon et la princesse palatine, « capables à elles
trois de bouleverser trois royaumes » et enfin la duchesse de Longueville, qui tint à grand honneur de s'en aller accoucher en plein Hôtel de
Ville, devant tout l'échevinage convoqué à la cérémonie (1).

La *paulette*, qui, moyennant le paiement annuel d'un droit équivalant au soixantième de la valeur d'un office, assurait aux magistrats la
jouissance de leurs charges comme d'une propriété héréditaire, expirait
le 1er janvier 1648. Michel d'Émery, nommé depuis l'année précédente
surintendant de finances qu'il devenait de plus en plus difficile de réunir;
forcé de faire face aux frais de la guerre contre l'Espagne; impuissant
à payer la maison du Roi, les pensions et les rentes, imagina de créer
douze nouvelles places de maîtres des requêtes, et d'exiger pour renouveler le bail de la paulette que les magistrats du Grand Conseil, de la
Chambre des Comptes et de la Cour des aides abandonnassent quatre
années de leurs gages. Ceux-ci protestèrent et le Parlement, quoiqu'il
ne fût pas atteint par cette mesure, n'hésita pas à rendre, le 13 mai,
un *arrêt d'union*, par lequel il se déclarait solidaire des trois autres
cours souveraines (2).

C'était une tentative de révolution. Réunis au Palais dans la chambre de saint Louis, les magistrats des quatre Cours décidèrent de « servir le public et le particulier et de réformer les abus de l'État ». Sortant

---

(1) Dans la chambre du greffier, sur la rue du Martroi, du côté de Saint-Jean,
où l'on apporta des lits et quelques serges de l'hôtel de Longueville. « Elle y a
fait un gros fils, sans grand travail, dès les onze heures du soir du jeudi 28 janvier 1649 », disent les *Mémoires* de Dubuisson-Aubenay. Le nouveau-né eut pour
parrain le prévôt des marchands, Oudart le Féron, et pour marraine la duchesse
de Bouillon; il fut baptisé, à Saint-Jean-en-Grève, par le coadjuteur de Retz, sous
le nom de *Charles-Paris*. Ce dernier rejeton de la maison de Longueville fut tué
au passage du Rhin, le 12 juin 1672.
(2) D'Émery avait été obligé de donner sa démission, le 7 avril 1648; il fut remplacé par le maréchal de la Meilleraye; nous le verrons reparaître à la fin de 1649.

audacieusement de leurs attributions, ils proposèrent, le 30 juin, à la sanction royale, vingt-sept articles dont ils prétendaient faire la loi fondamentale de la monarchie. Quelques-unes des mesures proposées auraient mérité d'entrer dès lors dans notre droit politique (1), si elles n'avaient pas eu pour premier résultat de rendre à peu près omnipotente une aristocratie de deux cents magistrats, n'ayant la plupart d'autre vertu que d'avoir hérité de leurs fonctions ou d'avoir eu « la ceinture assez garnie d'or » pour les acheter (2).

Mazarin était d'avis de paraître céder, au moins momentanément; il reprochait à la Reine « d'être brave comme un soldat qui ne connaît pas le danger »; et, en effet, elle le trouvait « trop bon », et se montrait disposée à user de rigueur. Condé venait de remporter la brillante victoire de Lens et d'envoyer à Paris soixante-treize drapeaux pris sur l'ennemi. *Le Parlement sera bien fâché*, dit le jeune Roi; la Reine crut le moment favorable pour en finir.

LES BARRICADES.

Le mercredi 26 août, Paris se réveilla au bruit des salves d'artillerie de l'Arsenal, annonçant le *Te Deum* d'actions de grâces pour la victoire de Lens. Toute la matinée, la foule se répandit sur les quais, sur les ponts, dans les rues étroites de la Cité, avide de voir passer Leurs Majestés qui se rendaient du Palais-Royal à Notre-Dame, entre la double

(1) « Aucunes impositions et taxes ne seront valables qu'après avoir été bien et dûment vérifiées ès-cours souveraines. — Peine de mort contre toute personne employée à l'assiette ou au recouvrement d'impôts non vérifiés. — Aucun des sujets du Roy, de quelque qualité et de quelque condition qu'il soit, ne pourra être détenu prisonnier, passé vingt-quatre heures, sans être interrogé suivant les ordonnances, et rendu à son juge naturel. — Il ne pourra à l'avenir être fait aucune création d'office, tant de judicature que de finances, que par édits vérifiez ès-cours souveraines ».

Mais ils ne négligeaient rien pour défendre leurs propres intérêts : « L'établissement ancien des parlements et autres compagnies souveraines ne pourra être changé ni altéré, soit par augmentation d'offices et de chambres, ou par démembrement du ressort desdites compagnies pour en établir de nouvelles ». C'était se condamner à un éternel et ridicule *statu quo*.

Ils s'opposèrent à la réunion des États généraux pour ne pas perdre l'importance qu'ils avaient usurpée en s'emparant de l'autorité législative. Ils s'attaquèrent aux intendants et parvinrent à les faire supprimer presque tous jusqu'en 1654. C'était méconnaître l'une des plus grandes pensées de Richelieu, qui, en les créant, « avait frappé la noblesse et la magistrature à la prunelle de l'œil ». Les intendants ruinaient dans les provinces le pouvoir exorbitant des gouverneurs, qui, vrais satrapes, ne visaient qu'à se rendre indépendants.

(2) S'ils n'avaient pas d'héritiers, ils revendaient leur charge. Ils en avaient vécu jusqu'à l'extrême vieillesse par les énormes profits qu'ils en tiraient; gages; intérêts du prix de la charge; épices; privilèges divers. Les justiciables étaient obligés de payer leurs juges pour obtenir un acte de justice.

Au dix-septième siècle, une charge de Conseiller au Parlement de Paris valait plus de 300,000 francs; de président à mortier 1,775,000; d'avocat général, 1,242,000; de lieutenant civil du Châtelet, 1,420,000; de lieutenant criminel, 710,000; de procureur du Roi au même siège, 1,065,000. Ces prix insensés ne se soutinrent pas au dix-huitième siècle.

haie des gardes suisses; les soldats portant les trophées de l'Espagne;
le Parlement et la Cour des aides en robes rouges; la Chambre des
Comptes en robes de velours et de satin noir. On remarqua l'air de gravité de la Reine et le grand nombre des troupes massées sur divers
points.

Il était midi, et chacun, au sortir de la messe, se retirait tranquillement chez soi pour le dîner, quand éclata tout à coup cette alarmante
nouvelle : « La Reine et le Mazarin font arrêter les plus fermes défenseurs du peuple, les présidents Charton, Lotin et de Blancmesnil, les
conseillers Lenet, Loisel, Benoît, de la Nauve et Broussel (1) ». Cette
violence, en un jour consacré à la joie du succès de nos armes, parut à
tous « une difformité étrange, pour ne pas dire une impiété sacrilège ».

Charton s'esquiva de sa maison de la rue des Bernardins; Blancmesnil fut pris dans son grand hôtel, à l'angle des rues du Renard et Saint-
Merry (2); Broussel, dans sa modeste maison de la rue Saint-Landry.
Comminges, lieutenant des gardes, s'était chargé lui-même de cette
capture difficile. La vieille servante du Conseiller ameuta les voisins :
les clercs d'un notaire de la rue des Marmousets barrèrent inutilement
la voie avec les bancs et les tables de leur étude. Le carrosse renversa
ces vains obstacles, et suivit sans trop de peine les rues de la Vieille-
Draperie, de la Barillerie, et Neuve-Saint-Louis; mais, au quai des Orfèvres, un essieu cassa. Comminges, sentant que le succès dépendait d'une
minute gagnée, s'empare du carrosse de Mᵐᵉ d'Affis, la fait descendre,
fait monter à sa place le prisonnier, brûle le pavé, franchit le Pont-
Neuf, le quai de l'École, la porte de la Conférence, le Cours, le bois de
Boulogne, Madrid, et ne s'arrête qu'à Saint-Germain.

En quelques instants, la rumeur grandit et se propage de la Cité à
l'Université, aux Halles, à la rue Saint-Honoré; les boutiques se fer-
ment, les chaînes sont tendues; les mariniers, les portefaix, les artisans,
les écoliers, les bourgeois se montrent si menaçants que les troupes
forcées d'abandonner les ponts et les quais, ont à peine le temps de se
replier sur le Louvre et le Palais-Royal. De toutes les fenêtres, on les
accable de projectiles; un peuple immense armé de pieux, d'épées, de
pistolets, les poursuit jusqu'à la croix du Trahoir, en criant : *Vive le
Roi! Liberté à Broussel!*

Au plus fort du tumulte, apparaît le coadjuteur, à pied, en rochet et

(1) CHARTON passait pour un homme très borné. On ne l'appelait que le président
Je dis ça, parce qu'il ouvrait et concluait toujours ses avis par ces mots. — LENET
avait « de l'esprit comme douze, » dit Mᵐᵉ de Sévigné. Il a laissé des *Mémoires* sur
les guerres civiles de son temps et sur l'histoire du grand Condé jusqu'en 1659.
— BROUSSEL était populaire par une opposition opiniâtre au pouvoir, mais ses confrères l'estimaient peu. « Vous imaginez-vous, dit un contemporain, que Broussel
eût fait si fort son tribun s'il eût pu obtenir pour son fils la compagnie aux gardes qu'il poursuivoit? » — « Le bonhomme Broussel, dit Retz, avoit vieilli entre
les sacs, dans la poudre de la grand chambre, avec plus de réputation d'intégrité
que de capacité ».

(2) J'ai retrouvé quelques-uns des bâtiments de l'hôtel, d'ailleurs sans intérêt
architectural; tout a été remanié pour les besoins des industries qui y sont établies.

camail, soutenu des siens par dessous les bras; il apaise un peu la multitude en lui assurant qu'il se rend au Palais pour demander la liberté des prisonniers à la Reine-mère. Elle le reçut fort mal : « Il y a de la révolte, lui dit-elle, à imaginer qu'on peut se révolter »; et comme il insistait, elle ajouta avec un geste terrible : « J'étranglerais plutôt Broussel de mes deux mains que de vous le rendre vivant! » Mazarin se montra plus conciliant et promit que les conseillers seraient délivrés si le peuple se retirait. Le maréchal de La Meilleraye, à la tête des chevau-légers, sortit du palais pour porter à la foule ces paroles de paix; mais comme il ne pouvait se faire entendre, et que de loin on lui voyait l'épée à la main, les clameurs redoublèrent, des coups de feu retentirent; Fontrailles eut le bras cassé; le maréchal blessa à mort un crocheteur qui le menaçait de son sabre, et une pierre atteignit et renversa le coadjuteur pendant qu'il confessait l'agonisant dans le ruisseau. Cet incident calma un instant la fureur des esprits, et le maréchal en profita pour faire retirer ses troupes et rentrer au palais avec Retz. Celui-ci rappela à la Reine la promesse faite par son ministre; elle lui répondit durement : « Allez vous reposer, Monsieur; vous pouvez vous vanter d'avoir bien travaillé ».

La nuit était venue et avait séparé les combattants. La Reine soupa gaîment, croyant « le feu de paille éteint », et tout fini.

*
* *

Nous connaissons déjà l'homme que l'altière Espagnole venait une fois de plus de blesser mortellement.

Retz avait alors trente-quatre ans. Destiné par ses goûts à la vie militaire, par sa famille à l'épiscopat, il se résigna, — « avec l'âme la moins ecclésiastique qui fût dans l'univers », — à succéder à son oncle dans l'archevêché de Paris, mais sans renoncer à jouer le rôle des prélats guerriers, politiques et galants, tels que Sourdis, Valençay, La Valette, Richelieu et Mazarin. On parlait à la fois de ses duels et de ses succès en Sorbonne, ainsi qu'auprès de Mesdemoiselles de Vendôme, de Scépeaux; de Mesdames de la Meilleraye, de Pommereux et de Guéménée; il se rendait populaire en prêchant dans les églises et les Communautés les plus fréquentées, en répandant de nombreuses aumônes, et il gagnait les dévots et les chanoines de Notre-Dame, « en prenant habitude avec tout ce qu'il y avoit de gens de science et de piété dans la capitale ». Il se dépitait d'avoir six fois moins de dettes que César à son âge, et, ne pouvant encore supplanter Mazarin, il espérait bien succéder, comme gouverneur de Paris, à l'octogénaire duc de Montbazon. Au moment où il croyait toucher le but de tant d'efforts dissimulés, les mordantes railleries de la Reine le rejettent dans le néant; il s'enfonce alors dans la révolte et va chercher dans la Fronde naissante la place que la Cour lui refuse. Il n'avait été jusque-là que « dans le parterre, ou tout au plus dans l'orchestre, à jouer et à badiner avec les violons, il va monter sur le théâtre ». Il se laisse chatouiller

« par ce titre de chef de parti qu'il avait toujours honoré dans les *Vies de Plutarque* », et il s'écrie : « Demain, avant midi, je serai maître du pavé de Paris! » Il est tout prêt à mettre le feu aux quatre coins du royaume, et, s'il ne peut fléchir les dieux du ciel, il appellera à son secours les divinités de l'Enfer (1).

* *

De retour au petit Archevêché (2), Retz tint conciliabule toute la nuit avec ses âmes damnées, Guy Joly, Laigues, Argenteuil, Montrésor, et mit en mouvement les partisans qu'il s'était faits, de longue date, dans le petit peuple. La dangereuse armée des mendiants, des bateliers, des crocheteurs répondit à son appel, ainsi que les dames des halles, les rentiers ruinés et les bourgeois qui rêvaient de Cromwell et de Masaniello, et ne parlaient que d'imiter l'exemple des Anglais et des Napolitains.

Quand le soleil se leva, le jeudi matin, Miron, maître des comptes et colonel du quartier Saint-Germain-l'Auxerrois; la sœur de Martineau, colonel du quartier Saint-Jacques, faisaient battre le tambour. Les Parisiens, avec leur promptitude et leur ingéniosité ordinaires, avaient élevé un millier de barricades, surmontées de drapeaux et formées de tout ce qui leur était tombé sous la main : tonneaux, gabions, poutres, charrettes pleines de terre, de fumier, de moëllons, de sable. Derrière chacune d'elles, se tenait un poste d'une vingtaine d'hommes armés. Carméline, célèbre arracheur de dents, commandait celle placée au Pont-Neuf, devant le cheval de bronze. Toutes les fenêtres étaient garnies de pierres et de pavés. « Tout le monde, sans exception, avait pris les armes. L'on voyoit des enfans de cinq et de six ans, avec des poignards à la main; on voyoit les mères qui les leur apportoient elles-mêmes. Toutes les armes que la Ligue avoient laissées entières étoient sorties de leurs cachettes. Dans la rue Neuve-Nostre-Dame, un petit garçon de huit ou dix ans traisnoit plutost qu'il ne portoit une lance qui estoit assurément de l'ancienne guerre des Anglois (3) ».

Selon ses habitudes matinales, le Parlement s'était réuni dès l'aube pour délibérer sur les événements de la veille. Au même moment, la

(1) « *Flectere si nequeo superos, Acheronta movebo* ».
La plupart des écrivains qui ont jugé Retz l'ont représenté comme « ambitieux sans l'être véritablement... suscitant les plus grands désordres sans aucun dessein formé de s'en prévaloir... ne voulant le mouvement que pour le mouvement même... attiré par l'attrait du danger bien plus que par le profit à en tirer... » Tout cela est fort subtil. La vérité me semble beaucoup plus simple. Retz a voulu être gouverneur de Paris, il n'a pas pu; premier ministre, il n'a pas pu; cardinal, il y a réussi; archevêque, il n'en a eu que le titre sans la fonction. Sa plus grande faute a été de s'évader. Quand Mazarin mourut, Retz était perdu dans l'esprit du Roi, il n'était plus ministrable; et d'ailleurs il n'y avait plus place pour un premier ministre.
(2) Dépendance de l'Archevêché, située vers Saint-Denis-du-Pas. L'archevêque J. F. de Gondi occupait le grand Archevêché et cédait le petit au coadjuteur, son neveu.
(3) *Mémoires* de Retz.

Reine qui ignorait les préparatifs de résistance faits pendant la nuit, envoyait le chancelier ordonner au Parlement de se séparer. Séguier était détesté de tous : on l'appelait « le chien au grand collier »; on prétendait qu'il ne saluait personne « dans la crainte de montrer ses cornes ». Reconnu dans le trajet, obligé de mettre pied à terre, poursuivi par les huées, il eut bien de la peine à gagner l'Hôtel d'O (1), sur le quai des Grands-Augustins, au coin de la rue Gît-le-Cœur. Les Frondeurs rompirent à coups de grès les portes et les fenêtres, et fouillèrent du haut en bas, sans découvrir le fugitif caché derrière les ais de sapin d'un cabinet secret. « Il faut le mettre par quartiers, criaient les assaillants, et en disperser les morceaux sur les places publiques ». D'autres, mieux avisés, voulaient seulement qu'on le gardât comme otage de la liberté de Broussel. Enfin il fut dégagé par l'arrivée du maréchal de la Meilleraye, qui accourut, accompagné de quelques gens de pied et de cheval, et parvint à le ramener au Palais Royal, dans le carrosse du lieutenant civil d'Aubray; mais, au milieu du Pont-Neuf, la voiture fut criblée de coups de mousquet tirés des deux maisons situées à l'entrée de la place Dauphine. La duchesse de Sully, sa belle-fille, fut blessée à l'épaule; l'exempt Picot et le jeune géographe Sanson (2), qui l'escortaient l'épée à la main, furent tués.

Le Parlement se décida alors à aller trouver la Reine et à lui demander la liberté de ses membres, prisonniers ou en exil. Cent soixante magistrats, en robes noires et bonnets carrés, le premier président Mathieu Molé en tête, se rendirent à pied au Palais Royal vers dix heures. La marche fut longue et pénible. La population les acclamait aux cris de : *Point de Mazarin! Vive le Roi! vive le Parlement! Broussel! Broussel!* Mais, à chaque barricade, ils ne pouvaient passer qu'un à un par l'étroite ouverture réservée au milieu. Ils furent reçus dans le grand cabinet par la Reine, assise à la droite du petit Roi; les ducs d'Orléans et de Longueville, le cardinal Mazarin, le Chancelier et les secrétaires d'État. Le premier Président parla à la Reine « avec toute la liberté que la circonstance lui donnait. Il lui représenta au naturel le jeu que l'on avoit fait en toutes occasions de la parole royale; il exagéra avec force le péril où le public se trouvoit par cette prise tumultuaire des armes. Elle qui ne craignoit rien, parce qu'elle connaissoit peu, s'emporta et lui dit : Je sais bien qu'il y a du bruit dans la ville; mais vous m'en répondrez, Messieurs du Parlement, vous, vos femmes et vos

(1) Ancien hôtel des évêques de Chartres, puis de Sancerre, puis de Besançon. — Habité ensuite par Jean Dauvet, premier président, et par la duchesse d'Étampes, Anne de Pisseleu. Voir chapitre x, 216; — xi, 322. — Puis par un Séguier, marquis d'O, dont la fille, Louise-Marie, épousa Louis-Charles d'Albert de Luynes, de qui l'hôtel prit le nom. — Ne pas confondre cet hôtel d'O et de Luynes avec l'hôtel d'O, rue Vieille-du-Temple; avec l'hôtel de Luynes, rue Saint-Dominique, et avec l'hôtel de Luynes, rue Saint-Thomas-du-Louvre.

(2) Nicolas II Sanson, fils de Nicolas Ier. Il était à peine âgé de vingt-deux ans. Transporté chez Mme Pyot, rue des Prouvaires, il y fut amputé de la jambe, mourut des suites de l'opération, et fut inhumé le lundi 31 août 1648.

enfants. En prononçant ces derniers mots, elle rentra dans sa petite chambre grise, et en ferma la porte violemment (1) ».

Elle y tenait conseil avec les trois maréchaux de l'Hôpital, de La Meilleraye et de Villeroy, quand le duc d'Orléans ramena le premier Président et une vingtaine de conseillers, qui insistèrent de nouveau et lui firent voir « toute l'horreur de Paris armé et enragé ». Mazarin proposa de rendre les prisonniers, si le Parlement s'engageait à ne plus s'assembler avant les vacances, et cela parut à tous un terrain de réconciliation.

Le Parlement revint donc, tête basse, et ne disant rien de la liberté de Broussel. Un morne silence l'accueillit d'abord. A la barrière des sergents (2), où était la première barricade, il apaisa les murmures en assurant que la Reine lui avait promis satisfaction. Il éluda les menaces de la seconde, de la même manière; mais à la Croix du Trahoir, où était la troisième, le peuple ne voulut plus se payer de cette monnaie, et refusa le passage. Un marchand de fer, Raguenot, prend le premier Président par la barbe et le pousse contre un cabaret. Un garçon rôtisseur lui met sa hallebarde au ventre et lui dit : « Tourne, traître, et si tu ne veux être massacré toi-même, ramène-nous Broussel ou le Mazarin et le Chancelier en otages ». Une trentaine de présidents et conseillers, terrifiés, prennent la fuite (3). Mathieu Molé cède à la force, rallie tant bien que mal ce qui reste de sa compagnie, et retourne au Palais Royal, sous le feu des injures, des menaces, des exécrations et des blasphèmes (4).

On les fit attendre dans la grande galerie, et comme midi était depuis longtemps sonné, ces graves magistrats « frémissaient de n'avoir pas dîné ». Enfin, Mazarin, bon prince, daigna se souvenir qu'ils étaient là et leur envoya « des sièges et les restes de son repas, des viandes, du fruit et du vin ». Puis les délibérations recommencèrent. La reine Henriette, effrayée d'une révolte qui lui paraissait plus redoutable que les commencements de celle d'Angleterre, supplia Anne d'Autriche de se montrer plus prudente. Monsieur se jeta à ses pieds et, de part et d'autre, on transigea. Il fut convenu que le Parlement ne

---

(1) *Mémoires* du cardinal de Retz.

(2) Rue Saint-Honoré, au carrefour formé par les rues Croix-des-Petits-Champs, du Coq (*Marengo*) et de Grenelle (*J.-J. Rousseau*).

(3) Messieurs les présidents de Bailleul, de Bellièvre, de Nesmond et de Novion s'en allèrent fort tranquillement dîner à deux pas de là, chez le président de Maisons, rue des Prouvaires.

(4) Retz dit dans ses *Mémoires* : — et beaucoup l'ont dit d'après lui — « L'unique premier Président, le plus intrépide homme, à mon sens, qui ait paru dans son siècle, demeura ferme et inébranlable ». Certes, la situation de Mathieu Molé était fort difficile, mais, en cette journée, il ne fit que se plier aux événements. Rabroué par la Reine, il sort du Palais Royal et cherche à tromper le peuple en lui faisant croire qu'il a obtenu les concessions demandées. Bousculé à la *Croix du Trahoir*, il demeure si peu « ferme et inébranlable », que, sur les injonctions du rôtisseur, il rebrousse chemin, rentre au Palais Royal, et, contraint et forcé par le danger qu'il vient de courir, il obtient l'après-midi ce qu'il n'avait pas eu l'habileté d'obtenir le matin. Seul, le peuple sut ce qu'il voulait, ne faiblit pas un instant, et, à force d'énergie, se fit obéir.

se réunirait plus avant la Saint-Martin (1). et que la Reine ferait ex-
pédier des lettres de cachet pour rappeler Broussel, Blancmesnil et les
exilés. Deux carrosses du Roi partirent aussitôt pour les aller chercher,
Broussel sur la route de Sédan; Blancmesnil à Vincennes. Les magistrats
s'en retournèrent dans leurs logis, se frayant passage en montrant à
tous les copies des lettres de rappel. Le peuple, qui conservait encore des soupçons, n'en voulut pas moins passer toute la nuit sur ses
barricades.

Le lendemain, vendredi 28, le Parlement s'assembla sur les huit
heures du matin dans la Grand'chambre. Pendant qu'on délibérait,
Broussel, vêtu de court, un manteau doublé de panne noire sur les
épaules, fit une entrée triomphale, conduit par le greffier Guyet qui
avait été le chercher à Notre-Dame où il le trouva agenouillé devant
l'autel, escorté de tout un peuple idolâtre. les tambours battant et les
cloches sonnant à grande volée (2). Le premier Président lui fit compliment sur son heureux retour, ainsi qu'au président de Blancmesnil.
Après quoi. le Parlement rendit un arrêt portant que les barricades seraient renversées, les chaînes détendues et les mousquets remis au râ-

(1) Sauf pour régler le tarif des impositions et les rentes sur l'Hôtel de Ville.

(2) « Jamais, dit Mme de Motteville, triomphe de roi ou d'empereur romain
n'avoit été plus grand que celuy de ce pauvre petit homme, qui n'avoit rien de
recommandable que d'estre entêté du bien public et de la haine des impôts ».
Rien que cela ! C'est parler en grande dame, aussi dédaigneuse de « la canaille »
que l'était la Reine. Ce que le pauvre bonhomme Broussel pensait, mais était incapable de dire, Omer Talon l'avait noblement exprimé devant leurs Majestés, au
lit de justice tenu le 15 janvier 1648 :

« Vous êtes, Sire, notre souverain seigneur; votre puissance vient d'en haut:
vous ne devez compte de vos actions, après Dieu, qu'à votre conscience, mais il
importe à votre gloire que nous soyons des hommes libres, et non pas des esclaves; la grandeur de votre État se mesure par la qualité de ceux qui vous obéis-
sent... Les victoires ne diminuent rien de la misère des peuples; il y a des provinces entières où l'on ne se nourrit que d'un peu de pain, d'avoine et de son.
Ces palmes et ces lauriers pour lesquels on travaille tant les peuples, ne sont
point comptés parmi les bonnes plantes, parce qu'elles ne portent aucun fruit
qui soit bon pour la vie... Il y a dix ans que la campagne est ruinée, les paysans
réduits à coucher sur la paille, leurs meubles vendus pour le paiement des impositions. Il ne reste plus à vos sujets que leurs âmes, lesquelles, si elles eussent
été vénales, il y a longtemps qu'on les auroit mises à l'encan... Faites, Sire, que
les noms d'amitié, de bienveillance, d'humanité, de tendresse, se puissent accorder avec la grandeur et la pourpre de l'empire. Donnez à ces vertus des lettres
de naturalité dans le Louvre, et, méprisant toutes sortes de dépenses superflues,
triomphez plutôt du luxe de votre siècle que de la patience, de la misère et des
larmes de vos sujets ».
    Puis à la Reine :
« Faites, Madame, s'il vous plaît, quelque sorte de réflexion sur cette misère
publique dans la retraite de votre cœur. Ce soir, dans la solitude de votre oratoire, considérez la calamité des provinces, dans lesquelles l'espérance de la
paix, l'honneur des batailles gagnées, la gloire des provinces conquises, ne peut
nourrir ceux qui n'ont point de pain ».
La Reine, retirée le soir dans son cabinet, dit à Mme de Motteville : « J'approuve
fort la fermeté de son discours et la chaleur avec laquelle il a défendu le pauvre
peuple. Je l'estime, car on ne nous flatte toujours que trop; mais néanmoins il
en a un peu trop dit, ce me semble ».

telier. Le prévôt des marchands et les échevins le firent si promptement publier et exécuter que les carrosses roulèrent l'après-dînée comme à l'ordinaire; les boutiques furent ouvertes et les marchés remplis de pain et de provisions. « En moins de deux heures, dit Retz, Paris parut plus tranquille qu'on ne l'avait jamais vu, le vendredi-saint. »

MAZARINADES.

« Un vent de fronde
A soufflé ce matin.
Je crois qu'il gronde
Contre le Mazarin ».

La Reine, ayant jugé à propos de conduire son fils à Rueil, au milieu du mois de septembre, le Parlement s'empressa de saisir cette occasion d'enfreindre l'engagement qu'il avait pris de s'abstenir de toute discussion politique jusqu'à la fin des vacances. Dans la séance du 22 septembre, le président de Blancmesnil prétendit que tout le mal venait d'un seul homme et qu'il fallait remettre en vigueur un arrêt de 1617. rendu après l'assassinat du maréchal d'Ancre, qui interdisait de confier à un « étranger » l'administration du royaume (1).

C'était s'attaquer ouvertement à Mazarin, « un particulier qui s'élevait sur les épaules des rois », et les pamphlets contre lui ou *Mazarinades*, commencèrent à pleuvoir (2). Le cardinal plia encore une fois, et, le 24 octobre, le jour même où ses plénipotentiaires signaient le glorieux traité de Munster, qui nous donnait la paix avec l'Empire en nous conservant les trois évêchés et l'Alsace, la Reine, par une ordonnance datée de Saint-Germain sanctionna, les larmes aux yeux, toutes les réclamations du Parlement; diminua les tailles d'un cinquième et remit Chavigny en liberté (3).

(1) Le Parlement et les pamphlétaires feignaient d'ignorer que le cardinal de Mazarin avait été naturalisé dix ans auparavant en 1639.

(2) Les Mazarinades sortaient des presses du Mont-Saint-Hilaire, tirées sur papier sale avec des caractères usés et de l'encre boueuse. Les colporteurs les criaient dans les rues, portant d'un pied léger le panier d'osier qui contenait leur marchandise. « Les feuilles étaient criées le matin, dit Naudé, ainsi que les petits pâtés sortant du four ». Les écrivains de la Samaritaine et des Saints-Innocents en débitaient un grand nombre. Les murailles étaient couvertes de placards injurieux pour la Reine et son ministre. L'imprimeur Morlot, de la rue de la Bûcherie à l'enseigne des *Vieilles-Étuves*, surpris pendant qu'il composait *La Custode du lit de la Reine*, fut condamné par le Châtelet à être étranglé et pendu; il fut délivré par le peuple qui rossa les archers et le lieutenant criminel. « Un pauvre petit libraire, nommé Vivenet, demeurant à l'hôtel de Condé, a été surpris distribuant des pièces Mazarinesques. Il a été mis au Châtelet et condamné aux galères pour cinq ans ». Guy-Patin, lettre à Spon, 1649.

(3) Léon le Bouthilier, comte de Chavigny, né en 1608, mort le 11 octobre 1652; fils de Claude le Bouthilier, surintendant des finances, qui ne mourut que le 13 mars 1655, à Pont-sur-Seine. Ministre d'État sous Louis XIII, Léon de Chavigny était gouverneur de Vincennes en 1648; il y fut brusquement arrêté le 18 septembre 1648 et enfermé dans le donjon; transféré de là au Havre, puis remis en

Le 31 octobre, elle rentra à Paris; mais toutes ses concessions étaient inutiles: les Frondeurs se montraient d'autant plus insolents qu'ils obtenaient davantage. Anne d'Autriche comprit qu'elle n'était plus en sûreté au Palais Royal, et, le 6 janvier 1649, à quatre heures du matin, elle prit la fuite, emmenant dans son carrosse le petit Roi et son frère. Au Cours la Reine, les princes, les ministres, les grands officiers la rejoignirent, et tous gagnèrent le château de Saint-Germain, où rien n'était préparé, où la Cour coucha sur la paille, mais où l'on se sentait à l'abri des rébellions de la capitale (1).

La Reine était soutenue par Condé, alors dans toute sa gloire, alors sans peur autant que sans reproche. Le jeune héros, instrument de victoires dans les mains de Mazarin, se voyant libre du côté de l'Empire après le traité de Munster, se proposait de continuer la guerre contre l'Espagne et de conquérir la Belgique... La Fronde l'en empêcha. Il accourut à Saint-Germain, outré de la conduite du Parlement et prêt à châtier ces « robins » qu'il détestait (2). Le 7 janvier, le Roi écrivit au Prévôt des marchands « qu'il s'était vu obligé de partir cette nuit même pour échapper aux pernicieux desseins d'aucuns officiers du Parlement qui conspiroient de se saisir de sa personne ». Le Parlement reçut l'ordre de se rendre à Montargis; la Chambre des comptes à Orléans, le Grand Conseil à Mantes. Le Coadjuteur fut appelé à Saint-Germain.

Les trois cours souveraines, tout en protestant de leur respect pour le Roi, se gardèrent bien d'obéir (3). Le 8 janvier, le Parlement, à l'unanimité moins une voix, déclara le Cardinal « perturbateur du repos public, ennemi de l'État », et lui enjoignit de quitter le royaume; le 13, il ordonna la vente de ses biens meubles et immeubles. Quant à Retz, il fit semblant de partir pour Saint-Germain, mais il eut soin de

liberté le 27 octobre. Léon de Chavigny demeurait rue du Roi de Sicile, dans l'hôtel de ce nom qu'il avait acheté à François de Longueville, comte de Saint-Paul. — Voir chapitre XIII, page 473, et ajoutez à la suite du cardinal de Birague les propriétaires suivants : Antoine de Roquelaure, Longueville, Chavigny.

(1) Ce fut bien une fuite et elle se fit avec ruse. Le 5 janvier, veille de l'Épiphanie, au moment où dans la soirée les bourgeois ne songeaient qu'à la fête *des Rois*, le cardinal et les princes allèrent souper et goûter le plaisir de la comédie chez le maréchal de Gramont, rue des Poulies. Anne d'Autriche resta au Palais Royal, s'entretint gaîment avec ses femmes et donna à ses deux fils leur part du gâteau de la fève. A minuit, elle fit mine d'aller se coucher; mais, à quatre heures du matin, elle réveillait ses enfants, et s'échappait par une porte de derrière avec Mademoiselle d'Orléans, le Cardinal et ses nièces.

Mademoiselle d'Orléans, ou de Montpensier, n'accompagnait la Cour qu'à contre-cœur. Elle attribuait au cardinal de Mazarin la rupture de son mariage avec l'empereur Ferdinand III; ses vœux étaient déjà pour la Fronde : « J'étais toute troublée de joie, écrit-elle dans ses *Mémoires*, de voir qu'ils alloient faire une faute et d'être spectatrice des misères qu'elle leur causeroit; cela me vengeroit un peu des persécutions que j'avois souffertes ».

(2) Il avait d'ailleurs de puissants motifs de servir la Reine, qui savait récompenser et qui venait de lui donner Dun, Stenay, Varenne, Clermont-en-Argonne, etc.

(3) Très peu de conseillers s'y rendirent. Le premier président Molé resta à Paris, méconnaissant l'ordre du Roi, feignant de l'ignorer ou l'attribuant à Mazarin.

faire arrêter son carrosse par des gens apostés au bout de la rue Neuve-
Notre-Dame ; les femmes du Marché-Neuf le prirent dans leurs bras et
le ramenèrent à l'archevêché.

La duchesse de Longueville n'avait pas suivi la Reine à Saint-Germain et s'était bien gardée de quitter la chambre où elle trônait à
l'Hôtel de Ville. Elle y fut rejointe les jours suivants par son mari ; par
son frère, le prince de Conti ; par le prince de Marsillac ; le duc d'Elbeuf (1), le duc de Bouillon, le maréchal de La Mothe-Houdancourt (2),
le duc de Beaufort (3). Tous accouraient offrir leur épée à la Fronde ;
tous briguaient le commandement suprême de l'armée que Paris allait
lever. Comme ils étaient beaucoup, il n'était pas facile de les accom-
moder ; on prit enfin ce singulier arrangement : le prince de Conti serait
généralissime (4) ; le duc de Longueville l'assisterait de ses conseils
sans aucun titre ; les ducs d'Elbeuf et de Bouillon, le maréchal de La
Mothe seraient lieutenants-généraux, chacun de trois jours l'un.

A tant de grands capitaines il fallait des troupes. Chaque porte cochère fut taxée à un cavalier monté et équipé, ou 150 livres ; chaque

---

(1) Le duc d'Elbeuf, Charles II, né en 1596, mort en 1657. Pauvreté étant pis que
vice, il fut vite avili. Son ami le duc de Brissac disait que n'ayant pas trouvé à
dîner à Saint-Germain, il était venu à Paris voir s'il y trouverait à souper. Le duc
d'Elbeuf traînait avec lui trois grands garçons qu'il fallait pourvoir, le prince
d'Harcourt, le comte de Rieux, le comte de Lillebonne. Le chansonnier Marigny
eut vite fait de discréditer toute la tribu :

> « Monsieur d'Elbeuf et ses enfants
> Font rage à la Place Royale ;
> Ils sont tous quatre piaffans,
> Mais sitôt qu'il faut battre aux champs,
> Ils quittent l'humeur martiale.
> Le prince monseigneur d'Elbeuf,
> Qui n'avait aucune ressource,
> Et qui ne mangeoit que du bœuf,
> A maintenant un habit neuf ;
> Et quelques justes dans sa bourse ».

Charles II d'Elbeuf, marié à Catherine-Henriette, fille de Henri IV et de Gabrielle
d'Estrées, était le frère aîné de Henri d'Harcourt, comte de Beuvron, dit *Cadet la
Perle*. Voir chap. XV, page 109, note 2.
(2) Le maréchal de La Mothe-Houdancourt (1605-1657) « bon soldat, mais de très
petit sens », dit Retz ; enragé contre Mazarin, parce qu'il avait été emprisonné quatre ans pour s'être laissé battre devant Lérida.
(3) Il s'était échappé de Vincennes le 31 mai 1648 et vint s'offrir à l'admiration
des dames de la halle le 14 janvier. Il se logea dans la rue Quincampoix, quartier
populeux et se fit marguillier de Saint-Nicolas-des-Champs. Retz, qui avait besoin
d'un « fantôme qu'il pût mettre devant lui », se servit de Beaufort comme d'un
jouet.
(4) En janvier 1649, Condé servait la Reine. Sa sœur, la duchesse de Longueville ;
le prince de Conti et son beau-frère, le duc de Longueville, servaient la Fronde.
Dans l'état-major des princes frondeurs, il faut citer : Marsillac, duc de la Rochefoucauld ; Louis de la Trémouille, duc de Noirmoutiers ; Fontrailles ; Saint-
Ibar ; Montrésor ; Henri et Renaud de Sévigné ; Tancrède de Rohan ; le comte de
Fiesque ; le duc de Brissac ; Clanleu ; le comte de Maure ; de Laigues ; Matha ; de
la Boulaye, etc.

porte bâtarde, à un fantassin ou 30 livres. Vingt conseillers de nouvelle création se firent tolérer par leurs collègues en offrant chacun un don de quinze mille livres. Le coadjuteur, archevêque *in partibus* de Corinthe en attendant qu'il le fût de Paris, leva un régiment à ses frais. Comme la gaîté parisienne ne perd jamais ses droits, on chansonna sur tous les airs le *régiment des portes cochères*, le *régiment de Corinthe*(1) et les *Quinze-vingts*. Chaque cavalier reçut 40 sous par jour; chaque fantassin 10 sous. Cette haute paie n'empêcha pas ces soldats improvisés de se faire battre régulièrement à chaque sortie qu'ils tentèrent. Leurs hauts faits coûtaient cent fois plus que les impôts à propos desquels on essayait une révolution.

Leur premier exploit fut de prendre la Bastille. Le gouverneur était alors Charles Le Clerc du Tremblay, frère du P. Joseph, le confident de Richelieu. Quelques volées de canon, tirées de la terrasse de l'Arsenal dans l'après-midi du mardi 12 et dans la matinée du mercredi 13, suffirent à lui faire rendre la place avec les vingt-deux soldats qu'il commandait. Le conseiller Broussel le remplaça et prit pour lieutenant La Louvière, son fils, ancien lieutenant aux gardes (2).

Mazarin écrivit le 23 aux prévôt des marchands, échevins et bourgeois, une fort belle lettre dans laquelle il reprochait aux révoltés de faire le jeu de l'Espagne, et proposait la réunion des États généraux, à Orléans, pour le 15 mars. Ce n'était pas le compte du Parlement qui refusa, et, par la bouche du président de Mesmes, se déclara supérieur aux États (3).

Ce fut le signal d'une étrange guerre civile : « la guerre des pots de chambre » qui, selon Condé, n'aurait jamais dû être écrite autrement qu'en vers burlesques. Le vainqueur de Rocroy entreprit avec quelques milliers d'hommes le blocus de la capitale, au grand désespoir des Parisiens menacés chaque matin de ne pas voir arriver exactement le pain de Gonesse. Il occupa sans coup férir Poissy, Pontoise, Corbeil, dans les premiers jours de février; mais Charenton, qui fut emporté le 8, se défendit. Clanleu, qui y commandait pour la Fronde, s'y fit tuer, et Condé y perdit l'un des officiers qu'il aimait le plus, le duc de Châtillon. Déjà, le 31 janvier, le jeune Tancrède de Rohan avait été blessé mortellement dans une rencontre au bois de Vincennes (4).

---

(1) Et quand, le 28 janvier 1649, ce régiment, commandé ce jour-là par le chevalier Renaud de Sévigné, eut été battu au pont d'Antony, ce fut *la première aux Corinthiens*.

(2) Quand moins de trois mois après, la paix de Saint-Germain fut signée le 30 mars, le bonhomme Broussel conserva le gouvernement de la Bastille : « C'est, nous explique Nicolas Goulas, dans ses *Mémoires*, que le farouche tribun de jadis s'étoit beaucoup ralenti, s'accommodant sans scrupule du vin, des provisions et des hardes de son prédécesseur ».

(3) « Attendu que ledit Parlement étant composé desdits trois États, conseillers clercs, nobles et tiers-État, c'est lui qui homologue les ordonnances faites par les Rois, du résultat des articles accordés auxdits trois États généraux ».

(4) Après la mort du grand duc de Rohan, dans le canton de Berne le 13 avril 1638, sa veuve, Marguerite de Béthune, fille de Sully, fit venir à Paris le 16 juillet 1645, un garçon nommé Tancrède, qu'elle prétendit être son fils légitime, né le 18 décembre 1630, et dont elle avait été forcée de cacher l'existence jusque-là.

Le 12 février, les bourgeois qui étaient de garde à la porte Saint-Honoré virent arriver un héraut en costume de cérémonie (1) accompagné de deux trompettes et demandant au nom du Roi à être conduit auprès du Parlement. Le capitaine du poste, nommé Michel, courut au Palais porter cette nouvelle qui mit les princes et les conseillers dans le plus grand embarras. Après une longue délibération, ils résolurent de refuser l'audience et firent dire « que la Ville n'étant point ennemie du Roi et ne pouvant être en guerre avec lui, il n'y avait pas apparence qu'elle pût recevoir un héraut ». Celui-ci, sans se lever de son siège ni se découvrir, répondit « que c'étoit à des sujets à obéir sans rien examiner ». Ayant ensuite commandé aux trompettes de sonner la chamade, il déclara injurieux le refus que le Parlement faisait de l'entendre, ajouta que le Roi y pourvoirait, mit ses paquets de lettres sur la barrière et se retira. Ces lettres demeurèrent entre les mains de M. de Longueil, fils du président de Maisons et colonel du quartier.

Le Parlement ne se montra pas aussi scrupuleux sept jours après, quand il s'agit de recevoir dans la Grand Chambre un prétendu ambassadeur de l'archiduc Léopold, *el señor don Jose d'Illescas* (2) qui venait traiter de la paix entre l'Espagne et la France, « son maître ne croyant pas pouvoir le faire sûrement et honorablement avec un ministre proscrit par le Parlement; aussi ne vouloit-il conclure qu'avec la participation d'une si auguste compagnie. puisque c'estoit à elle d'homologuer les traités, et il lui offroit ses bonnes volontés *et ses forces*, qui estoient de dix-huit mille hommes tout prêts sur la frontière, *à marcher au secours de Paris* ». Quelques-uns des vieux magistrats furent indignés : « Eh quoi! s'écria le président de Mesmes, en se tournant vers Conti. est-il possible qu'un prince du sang propose de donner séance sur les fleurs de lis à un député des plus cruels ennemis des fleurs de lis! » (3)

L'arrivée de ce Tancrède fit sensation et la duchesse douairière demanda au Parlement de le reconnaître comme héritier du duc.

L'affaire fut jugée par défaut, et, sur les conclusions de l'avocat général Omer Talon, défense fut faite à Tancrède de prendre le nom et les armes de Rohan. La fille de la duchesse douairière, Marguerite, épouse de Henri de Chabot, auquel elle avait fait donner le nom de Rohan, repoussait énergiquement toute parenté avec son prétendu frère. Celui-ci n'en était pas moins accueilli dans beaucoup d'hôtels où l'on condamnait la conduite de sa sœur. La mort mit fin au différend dans le moment où Tancrède, en se déclarant pour la Fronde, allait peut-être obtenir la revision de son procès et un jugement en sa faveur.

(1) Il se nommait Loyaque et était héraut du titre de Navarre; il portait une mandille sans manches, de velours bleu, couverte de fleurs de lis d'or; une toque de velours noir, et à la main un bâton, couvert pareillement de velours et semé de fleurs de lis.

(2) Il descendit chez le duc d'Elbeuf, à l'hôtel de Mayenne, rue Saint-Antoine: mais la plupart le tinrent en médiocre considération, « comme un ambassadeur d'auberge ». On croit que c'était un moine bernardin, nommé Arnolfini, et que ses lettres de créance avaient été fabriquées à Paris avec la complicité de Mme de Chevreuse (alors à Bruxelles), du duc de Bouillon, du coadjuteur et des présidents de Longueil et de Bellièvre.

(3) La Grand Chambre était entièrement tendue de tapisserie fleurdelisée, ainsi que les sièges, les bancs, les bureaux. Voir la description la plus minutieuse de la salle et du cérémonial : *Saint-Simon*, chap. xviii, édition Chéruel.

Broussel soutint qu'il fallait admettre l'envoyé « pour ne pas demeurer responsable envers les peuples d'avoir rejeté des ouvertures de paix ». On pérora, on délibéra, on vota; l'indigne avis de Broussel l'emporta, et le pseudo-plénipotentiaire fut introduit (1). Il demanda une prompte réponse, mais l'auguste assemblée, prise d'une honte tardive, se ressaisit et vota à l'unanimité « qu'elle ne pouvait délibérer avant que Sa Majesté eût fait connaître sa volonté, et que les lettres de créance de l'archiduc lui aient été portées ».

Cette volonté de Sa Majesté, le premier président Mathieu Molé alla la demander à Saint-Germain, au commencement du mois de mars, et il en profita pour entamer des négociations de paix. Paris était déjà las de sa révolte : le peuple crevait de faim; les commerçants ne pouvaient plus faire face à leurs engagements; les propriétaires ne recevaient plus de loyers (2); les « pâles rentiers » touchaient moins que jamais leurs quartiers; les troupes royales pillaient la banlieue et interceptaient les convois de vivres; l'hiver était rigoureux, et la Seine débordée ravageait les rues les plus populeuses de la rive droite; la moitié de la place de Grève était inondée (3); la foire Saint-Germain n'avait pu ouvrir; les coches et les messagers de la poste avaient cessé de marcher. Des taxes exorbitantes pesaient sur chaque bourgeois réputé riche, même sur les communautés, même sur les fabriques des églises, et comme elles ne suffisaient pas au paiement des troupes, le Parlement faisait fouiller les maisons et jusqu'aux tombeaux où l'on pouvait espérer trouver des écus, des bijoux et de la vaisselle d'argent (4).

(1) Que le lecteur veuille se reporter à la conduite si différente, tenue par le Parlement et par le prévôt des marchands, dans une circonstance analogue, sous la minorité de Charles VIII, quand Maximilien d'Autriche, en 1486, osa envoyer à Paris un héraut au Parlement, à l'Université et aux échevins. Chapitre X, pages 240, 241.

(2) Sentence de nos seigneurs des requêtes du Palais pour la décharge entière des termes de Pâques.

(3) « L'inondation reflue dans les fossés et dans les égouts; on ne passe qu'à planches et bateaux rue du Parc-Royal, Vieille rue du Temple; rue Saint-Antoine, au carrefour Saint-Paul; — la vieille et la neuve rue Saint-Paul, celles des Lions, de Beautreillis, des Célestins sont couvertes d'eau, leurs maisons assiégées et isolées dans l'eau de toutes parts. — En la place Maubert, l'eau jusqu'au premier étage; le vieux pont de bois de la Tournelle, les jardins de l'Archevêché, le cloître et le port Saint-Landry, sous l'eau; — le pont des Tuileries démembré de plusieurs piles de bois et arches emportées; — les chantiers de bois au-dessus de la ville, à la porte Saint-Bernard; au-dessous, à la Grenouillère, emportés; — la rue de Seine envahie; il a fallu que de l'Académie du sieur du Plessis du Verne on ait sauvé les chevaux et les académistes; » — jusqu'à la Bièvre qui fait parler d'elle et inonde le Jardin-Royal! — *Journal de Dubuisson-Aubenay*, janvier 1649.

(4) Le *Journal de Dubuisson-Aubenay* contient sur ces deux points de précieux renseignements (année 1649, janvier, février) : « samedi 23 janvier, taxe faite sur tout le monde. — Receveurs des taxes : Sébastien Cramoisy, libraire, rue Saint-Jacques, et Faverolles, marchand, rue Saint-Denis.

Le président Viole s'est taxé lui-même à six mille livres comptant.

La dame de Guénégaud, rue des Francs-Bourgeois, 1000 écus comptant et 500 livres par mois, « tant que la rumeur durera ».

La dame veuve de Fieubet, 1000 écus comptant et 500 livres par mois, « tant que la rumeur durera ».

Les membres les plus sages du Parlement commencèrent à s'effrayer des conséquences de leur audace. « Il ne faut rien faire qui ressemble au Conseil des Seize », dit le président de Mesmes (1). S'allier plus longtemps avec tous ces seigneurs, recourir à leurs épées, c'était enlever aux

La dame veuve de la Bazinière, 1000 écus comptant et 500 livres par mois, « tant que la rumeur durera ».
Mme de Bretonvilliers, Ile Saint-Louis, un peu plus.
M. de Bautru, 10.000 écus comptant et 1000 livres par mois.

	par mois	par mois dont le premier d'avance
M. Bordier, greffier du Conseil, rue du Parc-Royal..	4000 livres comptant et 1000 livres	
Le Sieur de Guénégaud, trésorier de l'Épargue, rue Saint-Louis......................	3000 —	500 —
M. Hinselin, Ile Saint-Louis, quai de Béthune.	1000 —	300 —
M. Des Hameaux, Place Royale.............	3000 —	500 —
M. de Bragelonne........................	2000 —	200 —
M. de Ratabon, intendant des bâtiments ...	3000 —	500 —
Mme veuve de Miramion......................	3000 —	500 —
M. du Tremblay, cy-devant gouverneur de la Bastille...................................	1000 —	150 —
M. de Laubardemont......................	1000 —	150 —
M. des Yvetaux, rue des Marais-Saint-Germain....................................	1000 —	150 —
Mlle de l'Orme...........................	0 —	0 —
M. Mansart, architecte, rue Payenne........	1500 —	200 —
M. Le Mercier, architecte, au Louvre........	500 —	50 —
M. Guy Patin, médecin...................	»	50 —
M. Pascal (le père), rue de Touraine........	300 —	30 —
M. Des Maretz de Saint-Sorlin, intendant de feu M. le cardinal de Richelieu, rue Garancière...............................	200 —	20 —
M. Nicolas Goulas, secrétaire du duc d'Orléans, rue Garancière......................	1000 —	150 —
Les Religieuses de Port-Royal, rue de la Bourbe...................................	230 —	»
Les chanoines de Saint-Honoré (de leur consentement)...............................	600 —	»
Les religieuses de Sainte-Marie, rue Saint-Antoine..................................	300 —	30 —
La fabrique de Saint-Eustache.............	2000 —	300 —
Mlle du Péché, veuve......................	400 —	40 —

Le 29 janvier, on trouva chez Gallois, secrétaire du Conseil, en levant le plancher, 25.000 livres et de la vaisselle d'argent.

Le 26 janvier, chez la duchesse d'Aiguillon, au Luxembourg, on lève le plancher, et l'on ne trouve rien.

Le 3 février, on trouva chez Rolland, rue Neuve-Saint-Merry, la vaisselle déposée chez lui par d'Émery, estimée 55.000 écus.

Le 5 février, chez Mansart, architecte, rue Payenne ; il prête serment qu'il ne cache rien.

Le 14 février, on trouve chez le chevalier de La Valette, hôtel de Languedoc, rue Croix-des-Petits-Champs, 800 marcs de vaisselle d'argent.

Le 22 février, on trouve chez M. de Chavigny, en son hôtel, rue du Roi-de-Sicile, 800.000 livres.

Fin février, fouilles dans les tombeaux des *Minimes*, des *Blancs-Manteaux*, etc.

(1) « Si nous ordonnons une levée de troupes, il faut dire que c'est contre le ministre et non contre le Roi, afin de ne pas tomber dans la rébellion ».

revendications primitives des magistrats la gravité de leur caractère et
les confondre avec une simple mutinerie de courtisans mécontents du
pouvoir. Une députation composée du premier président Molé ; des présidents de Mesmes, Le Coigneux et de Nesmond ; de quelques Conseillers ; des présidents de la Cour des comptes et de la Cour des aides ; du
premier échevin Fournier et de deux Conseillers de Ville, se rendit à
Rueil, le jeudi 4 mars, et y tint des conférences avec le duc d'Orléans,
le prince de Condé, le cardinal Mazarin, le chancelier Séguier, le maréchal de la Meilleraie, MM. Le Tellier, de Brienne, l'abbé de La Rivière, et un accommodement fut conclu, le jeudi 11 mars à 9 heures du
soir. Le Parlement capitula et consentit à se rendre à un lit de justice
tenu à Saint-Germain, où seraient publiés les vingt-et-un articles accordés par le Roi : Aucune réunion du Parlement pendant le reste de l'année 1649 ; — Annulation des arrêts rendus depuis le 6 janvier dernier ;
— Licenciement des troupes levées dans Paris ; — La Bastille et l'Arsenal rendus au Roi ; — Faculté au Roi d'emprunter au denier douze
pendant le reste de cette année et l'année suivante ; — Éloignement des
troupes royales réunies dans la banlieue ; — conservation à Conti et aux
autres seigneurs qui avaient pris les armes pendant les troubles, de leurs
biens, offices, dignités et gouvernements ; — Amnistie générale (1).

Cette paix, dite de *Saint-Germain*, fut signée le 30 mars et fêtée à
Paris, le 5 avril, par un *Te Deum :* « Il est difficile d'exprimer avec
quel empressement le peuple se porta à cette cérémonie, toutes les
rues et les fenestres par où le Parlement et les autres compagnies passèrent, comme aussi la nef de Nostre-Dame, estant si fourmillantes,
que le Parlement qui estoit là au nombre de cent quatre-vingts personnes, et les autres compagnies, furent plus d'une heure à passer depuis
la porte de la nef jusqu'au chœur (2) ».

Et pourtant la réconciliation était plus apparente que réelle. « J'aimerois mieux mourir que de rentrer dans Paris, » avait dit Anne d'Autriche ; et, sous l'excellent prétexte que les Espagnols menaçaient toujours
la Flandre, qu'ils assiégeaient la ville d'Ypres, elle partit de Saint-Germain le 25 avril pour Compiègne avec le jeune Roi, qui écrivit au Parlement : « de tenir la main en son absence à maintenir la tranquillité,

(1) Ce traité fut d'abord fort mal reçu à Paris, quand on sut que le cardinal
Mazarin avait été admis à le signer. Un avocat nommé du Boile, à la tête d'une
troupe de séditieux, pénétra le poignard à la main jusqu'à la porte de la Grand
Chambre, menaçant les députés revenus de Rueil de les assommer. L'un des plus
hardis s'approcha de Mathieu Molé : « Mon ami, lui dit le premier président,
quand je serai mort, il ne me faudra que six pieds de terre ». Les princes songeaient à s'allier avec les Espagnols qui étaient entrés en Champagne ; ils parlaient de « purger le Parlement, de s'emparer de l'Hôtel de Ville, d'ouvrir les
portes à l'armée espagnole ». Retz se ménageait et gardait une neutralité prudente. Enfin quand Conti, Elbeuf, Longueville, virent qu'il était impossible de
faire expulser « le Mazarin », ils se résignèrent à trouver le traité moins mauvais,
pourvu qu'on leur accordât de nouveaux avantages. Les Parlementaires firent
comprendre à la Reine qu'une résistance plus longue serait dangereuse et obtinrent quelques modifications aux articles les plus durs du traité.

(2) *Gazette de France.*

ajoutant que le seul intérêt de l'État lui faisait préférer les fatigues de ce voyage au doux repos dont il se promettoit de jouir dans Paris ». La Cour se rapprocha de la frontière et séjourna à Amiens. Mazarin passa la revue de l'armée, le 9 mai à la Fère, le 28 juillet à Saint-Quentin. Alors les esprits lui paraissant un peu apaisés, la Reine annonça qu'elle ramènerait le Roi à Paris le 18 août, mais elle dispensa le corps de Ville de toute cérémonie.

La réception n'en fut pas moins très coûteuse et très chaleureuse. Au Bourget, la Cour trouva les bateliers des ports Saint-Bernard, Saint-Paul et Saint-Nicolas, qui l'attendaient au nombre de trois cents, portant des hauts-de-chausses d'écarlate chamarrés d'argent, des pourpoints blancs, des baudriers brodés, des chapeaux ornés de plumes et de rubans; l'épée au côté, tenant en main des lances ou des avirons couverts de fleurs de lis d'or; conduits par leurs capitaines, lieutenants, enseignes et sergents, tous gens de bonne mine, précédés de douze tambours. A la *Croix penchée*, le gouverneur de Paris, duc de Montbazon, à la tête des trois cents archers de la Ville, présenta au Roi et à la Reine le prévôt des marchands Jérôme le Féron et ses échevins. Tout ce cortège reprit ensuite le chemin de Paris, précédé de huit cents gentilshommes et d'un plus grand nombre de bourgeois à cheval. Puis marchait la maison du Roi; le carrosse de la Reine où elle était avec le Roi, le duc d'Anjou, le cardinal; aux deux portières, le duc de Montbazon et le prévôt des marchands; plus de trois mille carrosses de princes, princesses, ducs, maréchaux et grand seigneurs, sans compter plus de huit mille hommes à cheval sortis de Paris ou des environs, tout exprès pour prendre part à la joie que causait le retour du Roi.

Les rues sur son passage étaient ornées de tapisseries; les fenêtres garnies de flambeaux allumés. A la porte Saint-Denis, le Roi fut salué de plusieurs volées de canon et de boîtes. A ce bruit se joignaient les acclamations qui l'accompagnèrent jusqu'au Palais Royal. Il y eut le soir un feu d'artifice à la Grève et des feux de joie devant toutes les portes. Paris paraissait en feu. Les bourgeois avaient dressé devant leurs maisons des tables couvertes de rafraîchissements et la fête dura presque toute la nuit. « Mais, dit Retz, cela ne signifiait rien que pour ceux qui prennent plaisir à se flatter; c'est se leurrer que de considérer cette rentrée comme un véritable prodige, comme une grande victoire. Jamais le peuple de Paris n'a résisté aux charmes d'une fête. Qu'importent les applaudissements de ceux qui vantent la bonté de Mazarin, lui tendent la main et lui crient qu'ils vont aller boire à sa santé »... moyennant force pistoles? La Reine, enivrée des caresses des badauds, put raconter dans la soirée à ses filles d'honneur toutes les douceurs que les lavandières, les ravaudeuses et les dames de la halle avaient dites à son ministre.

L'année 1649 se termina par une double tragi-comédie. Mazarin avait réintégré d'Émery dans son poste de surintendant, mais le financier, d'ordinaire si fertile en expédients, ne sut ou ne put contenter les rentiers, « trois mille bons bourgeois, tous vêtus de noir », et leurs

femmes, — plus terribles encore — que Retz eut l'habileté de déchaî-
ner. Ils nommèrent douze syndics, tous frondeurs enragés, parmi lesquels le trop fameux président Charton, et un conseiller au Châtelet,
Guy Joly (1). Le Parlement cassa ce syndicat, et cette mesure amena des
rassemblements menaçants contre l'Hôtel de Ville et le Palais. Dans la
matinée du samedi 11 décembre, un cavalier inconnu blessa au bras,
d'un coup de pistolet, Guy Joly, au moment où il se rendait dans son
carrosse chez Charton, rue des Bernardins. Aussitôt, le marquis de la
Boullaye, suivi d'une douzaine de cavaliers le pistolet au poing, par-
court les rues et ordonne aux marchands de fermer leurs boutiques, en
criant : *Aux Armes! trahison de Mazarin!* mais personne ne s'émeut. A
quatre heures du soir, des assassins, ou prétendus tels, postés à l'extrémité du Pont-Neuf, vis-à-vis la Samaritaine, tirent sur des carrosses aux livrées de Condé et ne blessent qu'un laquais. Le prince, prévenu du complot tramé contre lui, n'était pas dans la voiture. Ces deux
tentatives parurent fort énigmatiques et ne furent guère prises au sérieux (2); le Parlement n'en fut pas moins saisi d'une plainte de Joly

(1) Famille de la bourgeoisie parisienne du dix-septième siècle, qui compte
Guillaume Joly, lieutenant-général de la connétablie, mort en 1613, auteur d'un
traité de la *Justice militaire de France* et d'une *Vie de Guy Coquille*, jurisconsulte. — Claude, fils de Guillaume, d'abord avocat puis chanoine de Notre-Dame
en 1631. Il accompagna, comme secrétaire, le duc de Longueville à Munster, et,
pendant les troubles de la Fronde, se retira à Rome. Il mourut le 15 janvier 1700,
des suites d'une chute dans la cathédrale et laissa au Chapitre sa bibliothèque.
L'un de ses ouvrages fut condamné au feu par le Châtelet : *Recueil de maximes
contre la pernicieuse politique du cardinal Mazarin, surintendant de l'éducation
de Sa Majesté*, Paris, 1652. — Guy, conseiller du Roi au Châtelet, attaché au cardinal de Retz. On a de lui des *Mémoires*, qui s'étendent de 1648 à 1665 et complè-
tent ou corrigent ceux du Cardinal.
(2) Retz passe pour l'instigateur du prétendu attentat contre Joly. Il espérait
faire attribuer à Mazarin cette tentative de meurtre.
On ajusta, pendant la nuit le pourpoint et le manteau de Guy Joly sur un man-
nequin. D'Estainville, écuyer du marquis de Noirmoutiers, perça une manche de
chacun de ces vêtements d'un coup de pistolet. Guy Joly se fit une légère éraflure
au bras; le samedi matin, portant les vêtements préparés, il se rendit en carrosse
chez Charton. D'Estainville, posté devant la maison, perce le carrosse d'une balle
et prend la fuite. Guy Joly, qui était prévenu et qui s'était courbé, ne pouvait être
atteint. Il ne s'en évanouit pas moins; on le porte chez un chirurgien voisin qui
attribue à la même balle le trou de la voiture, le trou des vêtements, la légère
blessure du bras. Il la panse. L'alarme se répand dans le quartier. Charton tremblant, comme s'il avait été atteint lui-même, court au Parlement supplier qu'on
lui donne des gardes. Le bonhomme Broussel fait fermer les portes de la ville
afin que le *meurtrier* ne puisse s'échapper. On nomme deux rapporteurs pour
visiter « l'infortuné » Guy Joly; on commence à instruire sur sa plainte.
Mazarin passe pour l'instigateur de l'attentat contre Condé. Il aurait espéré faire
attribuer aux Frondeurs cette tentative de meurtre et éloigner d'eux par ce strata-
gème le prince qui commençait à leur montrer quelque sympathie.
Ce qui est certain, c'est que Condé, furieux, accusa Retz, Beaufort, Charton et
Broussel d'avoir voulu l'assassiner et enlever le Roi, d'accord avec les Espagnols
qui s'avançaient sur la frontière. Ils comparurent devant le Parlement. Retz se
défendit avec beaucoup de dédain : « Est-il possible, Messieurs, qu'un petit-fils de
Henri le Grand, qu'un sénateur de l'âge et de la probité de M. Broussel, qu'un
coadjuteur de Paris, soient seulement soupçonnés d'une sédition où l'on n'a vu
qu'un écervelé, à la tête de quinze misérables de la lie du peuple! Je suis per-

contre les *Mazarins*, et d'une plainte de Condé contre Retz, Beaufort, Broussel et Charton.

CONDÉ SE JETTE DANS LE PARTI DE LA FRONDE.

Les années 1650, 1651 et 1652 sont occupées par les révoltes de Condé dont le caractère altier avait fait vite oublier à la Reine les premiers services par lui rendus, lors de la paix de Saint-Germain. Le vainqueur de Rocroy et de Lens, qui « ne croyait pas que le ciel fût au-dessus de sa tête », faisait payer si cher son appui, qu'il était devenu plus insupportable encore que les Frondeurs. « Il savoit mieux gagner des batailles que des cœurs. Il était si impraticable, qu'on n'y pouvoit tenir; il avoit des airs si moqueurs et disoit des choses si offensantes, que personne ne le pouvoit souffrir (1) ». Mazarin, quotidiennement en butte à ses impertinences, résolut de profiter du moment où le prince s'était aliéné Retz, Beaufort et Broussel par son accusation d'assassinat. Il le fit arrêter le mardi 18 janvier 1650, à cinq heures du soir, dans la galerie du Palais Royal, par Guitaut, capitaine des gardes de la Reine (2), avec le prince de Conti et le duc de Longueville. Les trois prisonniers furent immédiatement conduits au donjon de Vincennes.

Les Parisiens qui ne pouvaient pardonner à Condé leurs souffrances pendant le siège de l'année précédente, et qui d'ailleurs en ce mo-

---

suadé qu'il me seroit honteux de m'étendre sur un pareil sujet. Voilà, Messieurs, ce que je sais de la moderne conjuration d'Amboise ». Les accusés cherchèrent à faire récuser le premier président Mathieu Molé, comme leur ennemi personnel; mais leur demande fut repoussée par quatre-vingt-huit voix contre soixante-deux. Retz, pendant son procès, affectait une grande tranquillité d'esprit et lisait *Cinna* dans l'une des salles du Palais; mais il n'y venait plus qu'accompagné d'une foule de gentilshommes. Il mit un jour dans sa poche un poignard si mal caché que Beaufort dit gaiment en en voyant passer la poignée : *Voilà le bréviaire de M. le roadjuteur !*

Le procès traîna en longueur. On verra plus loin que Condé, l'accusateur, fut arrêté le 18 janvier 1650. « Le samedi 22, au matin, le Parlement, tout d'une voix, déclara les accusés innocens et absous, et les ayant envoyé quérir, les fit asseoir en leurs places ordinaires ». *Journal de Dubuisson-Aubenay.*

(1) *Mémoires* de la duchesse de Nemours, Marie de Longueville, née le 5 mars 1625 et morte à l'âge de quatre-vingt-six ans. Elle était fille du premier mariage du duc de Longueville et, malgré son immense fortune, elle épousa, en 1657, un prince pauvre, maladif de corps et d'esprit, Henri II de Savoie, dernier duc de Nemours, qui mourut deux ans après. Sous l'influence de sa belle-mère, la fameuse duchesse de Longueville, Marie suivit quelque temps le parti de la Fronde, mais elle s'en retira bientôt. « par amour de son repos, de ses livres et d'une innocente paresse ». Elle fut un rare exemple de sagesse dans une cour si dissolue. Ses *Mémoires* méritent d'être lus, ainsi que les piquants passages que lui a consacrés Saint-Simon.

(2) François de Peichpeirou, sieur de Guitaut, fut gouverneur de Saumur en 1650 et mourut en 1663, à l'âge de quatre-vingts ans, sans avoir été marié. C'est lui qui arrêta les princes; ils furent conduits à Vincennes par Gaston-Jean-Baptiste de Comminges, lieutenant aux gardes de la Reine, et par Gabriel-Phœbus d'Albret, comte de Miossens, connu à partir de 1653, sous le nom de maréchal d'Albret. Le carrosse ayant versé en route, Miossens se refusa à laisser échapper Condé.

ment obéissaient aveuglément à Retz et à Beaufort, firent des feux de joie lorsqu'ils apprirent les arrestations. Gaston d'Orléans, la veille encore ami des trois princes, se montra, comme toujours, de l'avis du plus fort et s'écria : « Voilà un beau coup de filet : on a pris un lion, un singe et un renard ! »

Le 28 août, comme on craignait l'approche des Espagnols (1), dont les coureurs s'étaient montrés effrontément à Dammartin et même près de Gonesse, les princes furent transférés de Vincennes à Marcoussis (2), et, le 15 novembre, de Marcoussis au Hâvre de Grâce (3).

Mazarin croyait avoir triomphé de tous les obstacles semés sur ses pas. Jamais peut-être il n'avait montré une énergie plus infatigable ; partout il faisait face au danger : dans le cours de cette année, il avait chassé Mme de Longueville de Normandie ; combattu victorieusement les Espagnols en Champagne, et pacifié la Guyenne ; il avait ménagé au jeune Louis XIV une solennelle entrée dans Bordeaux, le 5 octobre. À peine de retour à Paris, où il ramena le Roi, le 15 novembre, il repartit pour la Champagne et contribua par sa présence à la victoire de Rethel, remportée, le 15 décembre, sur les Espagnols et Turenne, par le maréchal du Plessis-Praslin.

Mais ses ennemis se multipliaient et se coalisaient contre lui. L'union des deux Frondes, c'est-à-dire du Parlement et des seigneurs, — Mme et Mlle de Longueville ; la princesse de Condé ; Retz, furieux de ne pas être encore cardinal ; Beaufort, Gaston d'Orléans, — se cimenta de nouveau pour réclamer la liberté des princes. Dans une scène violente, entre le duc d'Orléans et Mazarin, le 31 décembre, celui-ci laissa éclater son indignation jusqu'à comparer les brouillons de France aux Cromwell et aux Fairfax.

Le Parlement, outré de ce que le ministre osait mettre en doute les

(1) Commandés par l'archiduc Léopold et par Turenne. « Englué » par la trop séduisante Mme de Longueville, il s'était laissé aller à signer, le 20 avril 1650, un traité d'alliance avec l'archiduc en vue de délivrer les princes. Quand il apprit que ceux-ci n'étaient plus à Vincennes, il repassa l'Aisne, se fit battre à Rethel le 15 décembre par l'armée royale et se rapprocha de la Cour l'année suivante.

(2) Voir sur *Marcoussis*, chapitre IX, pages 36, notes 1, 2, 3.

(3) Où ils arrivèrent le 26, en passant par Versailles, Garancières, Dammartin, Notre-Dame-de-Grâce, Heudebouville, le Pont-de-l'Arche, Saint-Jean du Cardonnel, Yvetot, Saint-Jean-lès-Bolbec ; et Courmoulins. — Devant eux marchait un chariot « chargé de portes, fenêtres, barres et verrouils pour la sûreté de leur logis ». L'escorte composée des gendarmes et chevaux-légers du Roi et de cinq cents autres chevaux, était commandée par le comte d'Harcourt (Beuvron, dit *Cadet-la-Perle*) frère du duc d'Elbeuf. Condé passe pour l'auteur de la chanson qui fut alors chantée dans tout Paris :

> « Cet homme gros et court,
> Si fameux dans l'histoire,
> Ce grand comte d'Harcourt,
> Tout rayonnant de gloire,
> Qui secourut Casal et qui reprit Turin,
> Est devenu recors de Jules Mazarin ».

Voir chapitre XV, page 109, *note* 2, et chapitre XVI, page 226, *note* 1.

sentiments de fidélité dont il faisait si bruyamment parade envers la personne du Roi, — tout en minant son autorité, — rendit, le 4 février 1651, un arrêt par lequel il suppliait la Régente de rendre la liberté aux trois princes, et d'éloigner le Mazarin. Le duc d'Orléans déclara qu'il ne reparaîtrait pas au Conseil tant que le cardinal y assisterait; la Noblesse et le Clergé, dont les assemblées se tenaient alors aux Cordeliers et aux Augustins, assurèrent le duc de leur adhésion.

Pour la première fois, Mazarin crut opportun de fuir momentanément l'orage qui fondait sur lui. Le lundi, 6 février, à onze heures du soir, il sortit de Paris, par la porte Richelieu (1), où ses plus intimes l'attendaient avec une escorte de trois cents chevaux, et alla coucher à Saint-Germain. De là, il se rendit au Hâvre, se donnant la satisfaction de paraître ouvrir volontairement aux princes les portes de leur prison; puis il gagna lentement la frontière, reçu partout avec de grands honneurs : à Clermont-en-Argonne, par le maréchal de La Ferté Senneterre; à Sedan, par Fabert; à Bouillon, par l'évêque de Liége, et enfin au château de Bruhl, par son ami l'Électeur de Cologne. Ce fut son premier exil. En route, il avait été rejoint, à Péronne, par ses nièces et par son neveu, Paul Mancini (2).

Que la Régente ait tenté d'enlever le Roi pour aller rejoindre son ministre favori et échapper à la tyrannie du Parlement, comme l'en accusait Gaston d'Orléans, cela paraît très vraisemblable; mais elle était à peu près prisonnière au Palais Royal, et, dans la nuit du 9 au 10 février, le bruit s'étant répandu qu'elle était sur le point de partir, un peuple immense, excité par Retz, se souleva, entoura le Palais et voulut voir le jeune prince. On a prétendu que ces soupçons étaient fondés, qu'Anne d'Autriche n'avait eu que le temps de débotter l'enfant, de le remettre au lit, de lui recommander de dormir ou faire semblant, et

---

(1) Rue de Richelieu, à l'angle des rues de Ménars et Feydeau. — Voir chapitre xv, page 133.

(2) Mazarin avait deux sœurs : Mme Mancini, qui eut cinq filles et quatre garçons; — Mme Martinozzi, qui eut deux filles.

Cela fait sept nièces, les sept *Mazarinettes*, que leur oncle maria ainsi :

Laure Mancini, en 1651, au duc de *Mercœur*, fils du duc de Vendôme; elle mourut en 1657.

Olympe Mancini, en 1657, à Eugène-Maurice de Savoie, comte de *Soissons*, père du prince Eugène.

Elle fut surintendante de la Maison de la Reine, et mourut en 1708.

Marie Mancini, en 1661, au prince *Colonna*; elle mourut en 1715.

Marie-Anne Mancini, en 1662, à Godefroy de la Tour, duc de *Bouillon*; elle mourut en 1714.

Hortense Mancini, en 1661, à Armand de la *Meilleraye*, qui prit le titre de duc de *Mazarin*; elle mourut en 1699, à Chelsea près de Londres.

Anne-Marie Martinozzi, en 1654, au prince de Conti; elle mourut en 1672.

Laure Martinozzi, en 1655, à Alphonse IV, duc de Modène; elle mourut en 1688, à Rome.

Et trois neveux :

Paul Mancini, blessé mortellement au combat du faubourg Saint-Antoine, le 2 juillet 1652.

Philippe-Julien Mancini, duc de Nevers, mort en 1707.

Alphonse Mancini, mort au collège de Clermont, le 6 janvier 1658.

d'ordonner d'ouvrir toutes les portes à la foule. « Il y eut des officiers des milices bourgeoises qui entrèrent dans la chambre : ils se mirent tout auprès du lit du Roi, dont on avait ouvert les rideaux, et reprenant alors un esprit d'amour, ils lui donnèrent mille bénédictions, et le regardèrent longtemps dormir sans pouvoir assez l'admirer. Leur emportement cessa, et, au lieu qu'ils étoient entrés comme des gens remplis de furie, ils sortirent comme des sujets remplis de douceur (1) ».

Cependant les princes approchaient de Paris; ils y entrèrent le jeudi soir 16 février, et les badauds se montrèrent aussi ravis de leur retour qu'ils l'avaient été de leur départ, treize mois auparavant. En voyant les feux de joie que le peuple allumait sur leur passage, le duc de Longueville ne put s'empêcher de dire : « Ce sont les restes des fagots qu'ils brûlaient, il y a un an pour fêter notre arrestation (2) ».

Bossuet, qui reçut les confidences de Condé, a répété ces paroles recueillies de la bouche du héros vieilli : « J'entrai dans cette fatale prison le plus innocent de tous les hommes, et j'en sortis le plus coupable (3) ». On peut ajouter foi, au moins, à la seconde moitié de cette

---

(1) Mme de Motteville, *Mémoires*. — Françoise Bertaut, née vers 1621; nièce de l'évêque et poète Bertaut; fille d'un gentilhomme ordinaire de la Chambre. A l'âge de dix-huit ans, elle épousa, en 1639, un riche vieillard de quatre-vingts ans, M. Langlois de Motteville, président de la Chambre des comptes de Normandie. Elle devint veuve deux ans après et mourut le 29 décembre 1689. Attachée à la reine Anne, dès l'âge de sept ans, elle revint auprès d'elle en 1643, ne la quitta plus et l'assista dans les derniers moments. « J'ai dressé, écrit-elle, ces *Mémoires* dans l'espérance qu'ils serviroient un jour à me rappeler mille particularités qui me feroient plaisir, et qui me donneroient pour ainsi dire une seconde vie... J'ai donné à cette occupation les heures que les dames ont accoutumé d'employer aux jeux et aux promenades ».

(2) « Les princes sont arrivés à cinq heures du soir et plus au Palais Royal, dans le carrosse de M. d'Orléans, qui est allé au-devant d'eux jusque vers Saint-Denis... Tout Paris étoit à voir cette arrivée et le Palais Royal regorgeoit de monde... La Reine les a reçus étant sur son lit dans son alcôve; le Roi leur a fait caresse... Il y a eu des feux de joie quasi par toutes les rues et des tonneaux de vin défoncés exposés aux passants. On y a compté deux cents carrosses au-devant, sans ceux qui étoient dans les cours... Madame d'Orléans se rendit près la Reine, mais n'y tarda point à cause de la foule, où il y a toujours quelque botte de Russie dont l'odeur la fait pâmer... M. d'Orléans les emmena souper chez lui, et Mademoiselle y fut avec quatre siens violons et dansa en particulier dans le cabinet de Madame, M. de Beaufort et autres la servant. Les princes ne bougèrent d'avec M. d'Orléans à l'entretenir et jouer. Ils en sortirent à deux heures après minuit pour aller coucher en l'hôtel de Condé... Le samedi 18 février, les princes sont visités de toute la terre en leur hôtel de Condé ». *Mémoires* de Dubuisson-Aubenay. J'ai dit déjà que l'hôtel de Condé occupait l'emplacement de l'Odéon et des rues voisines, de la rue de Condé à la rue Monsieur-le-Prince; de la rue de Vaugirard au carrefour de l'Odéon.

En même temps que le peuple montrait ainsi sa joie du retour des princes, le Parlement continuait de rendre des arrêts « contre le Mazarin » qui n'avait pas encore obéi à l'ordre de sortir du royaume. Les magistrats enveloppèrent dans leur haine les cardinaux français, et les déclarèrent *inhabiles au ministère*, tout comme les étrangers, « *parce qu'ils étaient liés par serment à un autre souverain que le Roi* ». Cet arrêt remarquable fut rendu il y a deux siècles et demi, le 18 avril 1651.

(3) *Oraison funèbre* de Louis de Bourbon, prince de Condé.

affirmation. Admettons que jusque-là, « il n'ait pas seulement songé qu'on pût rien entreprendre contre l'Etat », nous n'en serons pas moins obligé de reconnaître qu'il sut vite et cruellement se dédommager, non sans cette désinvolture de félonie de tout temps habituelle aux princes des branches cadettes.

Et de quoi donc s'avouait-il coupable? Selon mille indices et l'accusation formelle de son confident Jean de Coligny, d'avoir voulu détrôner Louis XIV. dont il affectait de suspecter la légitimité. oubliant lui-même à combien de médisances avait donné lieu la naissance posthume de son père (1); plus certainement encore, de ne pas avoir reculé. « dans ces guerres infortunées où il se laissa entraîner (2) », devant de criminelles alliances avec l'étranger; on vit alors le vainqueur de Rocroy, à la tête de troupes espagnoles, reprendre cette ville à la France: on le vit mendier l'assistance de Cromwel, en lui promettant de se faire huguenot (3), et lui écrire en 1653. une lettre, chef-d'œuvre de bassesse, que l'Histoire voudrait pouvoir oublier (4).

Mazarin, qui le connaissait bien, écrit à la Reine, pendant son exil à Bruhl : « Vous savez que le plus capital ennemi que j'ai au monde est le coadjuteur; eh bien! faites-le cardinal, donnez-lui ma place, donnez-lui tout plutôt que de traiter avec le prince de Condé aux conditions qu'il veut; s'il les obtenoit, il n'y auroit plus qu'à le mener à

---

(1) Henri Ier de Bourbon, prince de Condé, mourut le 5 mars 1588. Sa veuve, Charlotte-Catherine de La Trémouille, mit au monde six mois après, le 1er septembre, Henri II de Bourbon, prince de Condé, père du grand Condé.
On crut généralement que le prince Henri Ier avait été empoisonné et sa veuve fut accusée du crime. Un page, Belcastel, fut pendu en effigie; un domestique, Brillant, écartelé sur la place publique de Saint-Jean d'Angély. La princesse resta emprisonnée sept ans. Henri IV, après son entrée à Paris, la fit mettre en liberté; supprima la procédure, et fit déclarer légitime le jeune prince Henri II. Charlotte de Condé ne mourut que le 28 août 1629 et fut inhumée dans la chapelle du couvent de l'Ave-Maria.
(2) Oraison funèbre de Louis de Bourbon, prince de Condé. — Comme en termes pompeux ces choses-là sont voilées!
(3) Sans la moindre excuse de bonne foi. Tout en donnant les signes extérieurs d'une dévotion outrée. Condé était « libertin » dans l'intimité: il s'essayait avec un petit groupe d'amis à brûler un morceau de la « Vraie Croix ». Il était un de ces nombreux athées que dénonce Nicole dans ses lettres. « Ah! le bon prince, qu'il est dévot! » disaient les bonnes âmes, en le voyant en pleine rue, dans les processions, baiser les châsses des saints, et y frotter son chapelet. Lui, en particulier, il disait : « Le Père Éternel vieillit bien ».
(4) Il complimente Cromwell, qui vient d'être proclamé protecteur : « Je me réjouis infiniment de la justice qui a été rendue au mérite et à la vertu de Votre Altesse. C'est en cela seul que l'Angleterre pouvoit trouver son salut et son repos. et je tiens les peuples des trois royaumes dans le comble de leur bonheur de voir maintenant leurs biens et leurs vies confiés à la conduite d'un si grand homme. Pour moi, je supplie Votre Altesse de croire que je me tiendrois fort heureux si je pouvois la servir en quelque occasion, et lui faire connoître que personne ne sera jamais au point que je le suis,

de Votre Altesse,
le très affectionné serviteur... »

Et cela est signé :

Louis de BOURBON.

Reims ». Et la Reine le redoutait tellement, qu'après lui avoir échappé
à Gien, elle dit à Turenne : « Vous venez de replacer la couronne sur
la tête de mon fils ».

Condé était rentré à Paris le 16 février. Prétendant qu'il ne s'y sentait
pas en sûreté, il en sortit volontairement à deux heures du matin, le
jeudi 6 juillet, et se retira dans son magnifique château de Saint-Maur-
des-Fossés (1), où il fut rejoint aussitôt par sa sœur, la duchesse de Longueville; par Conti, son frère; La Rochefaucauld; les ducs de Nemours,
de Bouillon et de Richelieu; le maréchal de la Motte, Coligny et d'autres gentilshommes. L'antagonisme entre lui et Retz, auquel la Reine
promettait enfin le chapeau (2), était arrivé à la période aiguë, et faillit
causer un massacre au Palais dans la journée célèbre du 21 août. Les
deux rivaux s'y présentèrent accompagnés chacun de quelques centaines
de partisans criant *Saint-Louis* pour Condé, *Notre-Dame* pour le coadjuteur. Celui-ci manqua d'y être étouffé entre les battants d'une porte
que La Rochefoucauld fit refermer sur lui et fut tiré du danger par le
conseiller Champlâtreux, fils du président Molé.

Gaston d'Orléans, effrayé des suites que de pareilles violences ne
pouvaient manquer d'amener, chercha à apaiser la lutte entre les deux
Frondes. Il fit supplier Retz de ne pas venir le lendemain au Parlement.
Le Coadjuteur y consentit d'autant plus facilement qu'il devait assister
ce jour-là avec tous les curés de Paris à la procession de la Grande
Confrérie aux Bourgeois (3). Un singulier hasard voulut que l'interminable défilé, sortant des Cordeliers, rencontrât au milieu de l'étroite
petite rue du Paon, le prince de Condé revenant du Palais à son hôtel.
Déjà ses pages insultaient le pieux cortège de Retz, en criant *au Mazarin*, mais Condé n'osa braver ouvertement devant la foule le coadjuteur de l'archevêque de Paris; il descendit de son carrosse et se jeta à
genoux sur le pavé pour recevoir la bénédiction du prélat. Retz, triom-

(1) Rien ne pouvoit satisfaire le caractère altier de Condé : il accusait les ministres Lyonne, Servien, Le Tellier, de servir les intérêts de Mazarin exilé, et il avait
obtenu leur renvoi sans montrer à la Reine aucun gré de cette correspondance.
J'ai dit au chapitre XI, page 337, note 1, que Jean du Bellay, cardinal-arche-
vêque de Paris, protecteur de Rabelais, s'était fait construire par Philibert de
l'Orme un palais dans son abbaye de Saint-Maur. Eustache du Bellay le vendit à
Catherine de Médicis; il passa, en 1598, à Charlotte-Catherine de la Trémouille,
veuve de Henri Ier de Condé et grand-mère du grand Condé. Celui-ci en confia
l'entretien à Gourville, qui l'embellit encore de 1678 à 1682. Mme de la Fayette y
demeura avec La Rochefoucauld. L'abbaye et le palais ont été démolis à la Révolution, et le duc d'Aumale, héritier des Condés, a vendu après 1830 ce qui restait
du domaine.
(2) Après avoir reçu de Mazarin la lettre dont j'ai parlé un peu plus haut, Anne
d'Autriche fit venir Retz à minuit dans son oratoire et lui offrit la place de cardinal dont elle disposait en ce moment : « Que ferez-vous pour moi, lui dit-elle? »
— « Madame, répondit Retz, j'obligerai M. le Prince à partir avant qu'il soit huit
jours ». — « Touchez là, et vous êtes après-demain cardinal ».
La désignation de Retz au cardinalat est du 21 septembre; sa promotion, du
19 février 1652.
(3) Voir chapitre VII, page 312, note 4; chapitre VIII, page 385, note 4, et chapitre IX, page 183, 185.

phant, la lui donna, le bonnet sur la tête, puis se découvrit et lui fit gracieusement un salut que le prince fut obligé de lui rendre (1).

Cependant le petit Roi atteignit sa majorité le 5 septembre, et il l'annonça le jeudi 7, dans le lit de justice qu'il tint au Palais (2). Le prince de Condé se refusa à y assister, accentuant ainsi sa rébellion. Il partit le lendemain pour Bordeaux, déclarant à tous ceux qui voulaient l'en-

(1) L'anecdote est jolie et attrayante à raconter. Dubuisson-Aubenay, dans son *Journal*, dit seulement : « Comme M. le Prince s'en retournoit du Palais, il a rencontré la procession où étoit le Coadjuteur, auquel ses pages et estafiers ont crié *au Mazarin!* Lui a mis la tête hors du carrosse pour les faire taire ».

(2) Ce fut une des plus belles cérémonies que virent les Parisiens. La cavalcade commença sur les huit heures du matin, depuis le Palais-Royal jusqu'à la Sainte-Chapelle. Deux trompettes; sept à huit cents hommes; les chevau-légers de la Reine, les chevau-légers du Roi; la compagnie du grand prévôt de France, marquis de Sourches; les cent-Suisses; les aides des cérémonies; le grand-maître de l'artillerie, duc de la Meilleraye; les maréchaux de France; le comte d'Harcourt, grand-écuyer, portant l'épée du Roi, suivi des pages et des valets de pied; le Roi, seul, vêtu d'un habit en broderie d'or, monté sur un cheval isabelle couvert d'une housse semée de fleurs de lis d'or, tenant à la main droite une canne d'Inde, noueuse et menue; un peu en arrière, à droite, son grand chambellan, le duc de Joyeuse, et, à gauche, son gouverneur, le maréchal de Villeroy; les gardes du corps à pied; les écuyers de la grande écurie; un gros de ducs et pairs « tout à fait braves »; le carrosse de la Reine, dans lequel elle était avec le duc d'Anjou, le duc d'Orléans, les princesses de Carignan, la duchesse d'Aiguillon; les marquises de Sénecey et de Souvré; autres carrosses de princes et de princesses. Le comte de Miossens, capitaine des gendarmes du Roi, fermait la marche.

La Reine d'Angleterre et Mademoiselle d'Orléans étaient rue Saint-Honoré à une fenêtre de l'hôtel Schomberg (aujourd'hui d'Aligre), d'où elles virent passer le Roi; elles en sortirent par la porte de derrière rue Bailleul, pour aller prendre leur place au Palais, en une lanterne de la Grand Chambre.

Le cortège royal suivit les rues Saint-Honoré, de la Ferronnerie, Saint-Denis, le Grand-Châtelet, le pont Notre-Dame; les rues de la Lanterne, de la Juiverie et du Marché-Palu; le Marché-Neuf, la rue Saint-Louis et entra par la rue Sainte-Anne dans la cour de la Sainte-Chapelle, où il entendit la messe.

Quatre présidents et six conseillers vinrent l'y prendre et le conduisirent à la Grand Chambre. Assis sur son lit de justice, il dit : *Messieurs, je suis venu en mon Parlement pour vous dire que suivant la loy de mon Estat, j'en veux prendre moi-mesme le gouvernement, et j'espère de la bonté de Dieu que ce sera avec piété et justice. M. le chancelier vous dira plus particulièrement mes intentions.* Après le discours de Séguier, la Reine dit à son fils : *Monsieur, voici la neuvième année que par la volonté dernière du roy défunt, mon très honoré seigneur, j'ai pris soin de vostre éducation et du gouvernement de vostre Estat. Dieu ayant, par sa bonté, donné sa bénédiction à mon travail et conservé vostre personne qui m'est si chère et précieuse à tous vos sujets; à présent que la loy du royaume vous appelle au gouvernement de cette monarchie, je vous remets la puissance et j'espère que Dieu vous fera la grâce de vous assister de son esprit de force et de prudence, pour rendre votre règne heureux.*

Le petit Roi la remercia en quelques mots, et, comme elle s'abaissait vers lui, il descendit du lit de justice, la releva et embrassa tendrement sa « maman », le bon mot familier dont il aimait à l'appeler.

Le Roi retourna au Palais Royal, au bruit des acclamations de tout le peuple, et à son retour fut salué *de toute l'artillerie du petit fort qu'il avait fait construire dans le jardin du palais.* Les canons de l'Arsenal, de la Bastille et de la Grève y répondirent immédiatement.

Les réjouissances redoublèrent le soir dans tous les quartiers de la ville avec accompagnement d'illuminations, de feux de joie et de feux d'artifice.

tendre « qu'il seroit le dernier à remettre l'épée dans le fourreau (1) ».

L'année 1651 s'acheva au milieu des efforts que fit Condé pour rallumer la guerre civile dans le Midi, et, faute de mieux, s'y tailler quelque satrapie. Quoiqu'il parût maître de Bordeaux, les secours qu'il reçut de l'Espagne et de l'Angleterre lui servirent peu : il échoua à Cognac, à Miradoux, à Auvillars. Louis XIV avait quitté sa capitale le 27 septembre et Bourges lui avait ouvert ses portes le 8 octobre : le duc de Bouillon et son frère Turenne étaient ralliés; le Parlement déclarait les fauteurs de troubles, criminels de lèse-majesté; le Prince risquait fort de rencontrer, comme son oncle Henri de Montmorency, un second Castelnaudary.

Sur ces entrefaites, Paris bondit en apprenant la nouvelle que le Mazarin rentrait très dignement en scène, mais peut-être trop tôt. A la tête d'une belle et bonne armée de six mille hommes, levée à ses frais ; portant sa couleur, l'écharpe verte; commandée par Broglie, Navailles, les maréchaux d'Hocquincourt, de La Ferté Senneterre, et de Turenne, il passait la Meuse le 31 décembre 1651, et, le 30 janvier 1652, il embrassait son roi à Poitiers.

Mazarin agissait, le Parlement de Paris pérorait. Dans leur indignation, les magistrats ne surent que faire publier dans les carrefours, par le juré-crieur Canto, l'infâme arrêt qui mettait à prix la tête du Cardinal, et promettait cent cinquante mille livres à qui le livrerait mort ou vif. Comme on n'avait pas le premier sou de cette énorme somme, on mit en vente l'inappréciable bibliothèque qu'il s'était formée (2).

En province, la guerre continuait avec des succès divers entre le Roi

---

(1) Le prince était parti de Paris très perplexe. La Cour pouvait le ressaisir encore par d'autres moyens que ceux de la rigueur, et lui-même y comptait peut-être. Avant de se lancer jusqu'à son gouvernement de Guyenne, il fit halte au manoir d'*Augerville*-la-Rivière (canton de Puiseaux, arrondissement de Pithiviers, Loiret), chez le président Perrault, son secrétaire des commandements, et il y attendit, mais pas longtemps : il n'avait accordé que vingt-quatre heures à sa patience. Si, ce temps écoulé, un courrier n'arrivait pas avec de bonnes paroles, il partait et c'était la guerre. Or, le courrier n'arriva pas, ou du moins arriva trop tard. Il avait mal lu le nom d'*Augerville*, et il s'en était allé à vingt lieues de là, à *Augerville*, en *Beauce* (canton de Méréville, arrondissement d'Étampes, Seine-et-Oise). Pour réparer sa méprise, il courut tout un jour à franc étrier : quand il entra au galop dans la cour d'*Augerville*, Condé et les siens étaient déjà en selle et le prince trouva qu'il était trop tard pour revenir en arrière.

(2) J'ai dit que Mazarin possédait les hôtels Tubeuf et de Chivry, qui s'étendaient, comme de nos jours, sur la rue Neuve-des-Petits-Champs, de la rue Vivienne à la rue de Richelieu. Il s'attacha pour bibliothécaire Gabriel Naudé, ancien bibliothécaire de Richelieu, qui forma le premier noyau de la bibliothèque Mazarine, en achetant 22,000 livres celle du chanoine Descordes. Il y admit le public en septembre 1643, et l'on y vit travailler Grotius, Gassendi, G. Colletet, d'Ablancourt, le médecin Moreau, l'astronome Boulliau, etc. A la fin de 1647, les aménagements étaient terminés et Naudé appelait sa bibliothèque « la huitiesme merveille de l'univers ». La grande galerie voûtée, ornée de boiseries, éclairée par huit fenêtres était longue de douze toises sur quatre et demie de large. C'est là que se tenait le public. Cinquante colonnes cannelées, d'ordre corinthien, supportaient un balcon auquel donnaient accès quatre escaliers pratiqués aux quatre angles. La valeur de cette collection de quarante-cinq mille volumes était encore augmentée par la beauté des exemplaires et la richesse de leurs reliures... Quand

de France et un prince du sang révolté. L'armée royale, commandée par d'Hocquincourt, prit Angers, menaça Orléans et se fit battre à Bléneau le 7 avril. Turenne répara cet échec à Gien, où, sans lui, la Reine et ses enfants allaient être enlevés par les rebelles.

Condé, travesti en palefrenier, était accouru du midi avec Gourville, La Rochefoucauld. Lévis, pour rejoindre les siens. C'était lui qui avait battu d'Hocquincourt à Bléneau, mais il n'avait pu forcer Turenne dans Gien.

Il osa se présenter dans la capitale, où le duc d'Orléans le reçut à bras ouverts au Luxembourg, le 11 avril; le soir, il alla souper chez Chavigny, rue du Roi-de-Sicile; le lendemain, il se montra au Parlement, où le président de Bailleul lui reprocha « de venir siéger sur les fleurs-de-lis, les mains encore teintes du sang des sujets du Roi ». Il ne fut pas moins mal reçu à la Cour des Aides : le président Amelot lui dit en face qu'il faisait la guerre au Roi avec l'argent de l'Espagne. Turenne mettait en déroute les troupes des Princes, le 4 mai, auprès d'Étampes, et les poursuivait jusqu'à Villejuif. Condé, pour retrouver un peu de son ancien prestige aux yeux des Parisiens, s'empara de Saint-Denis, le 11 mai; mais il ne put le conserver, et Turenne y rentra le lendemain.

A Paris, aucun pouvoir n'était plus respecté. Condé disait à des membres du Parlement : « Je suis las de rendre compte de mes actions à de

le Parlement se décida à faire vendre les meubles, il excepta d'abord la bibliothèque, « qui demeure pour hypothèque à tous les sçavans de Paris », et il la laissa provisoirement sous la garde de Naudé... Mais en janvier 1652, la vente des livres, vingt fois différée, fut décidée au grand désespoir de Naudé... La dispersion commença; ce fut une invasion de barbares et de pillards. Les ordres répétés du Roi absent furent méprisés... Lorsqu'enfin Mazarin put revenir à Paris en 1653, Naudé, mort à la peine, fut remplacé par la Poterie, qui reconstitua la bibliothèque, aidé par la courtisanerie des ex-frondeurs qui s'empressèrent de restituer les objets tombés entre leurs mains : meubles, statues, tableaux, tapisseries.

L'exactitude de cette note très abrégée est due au savant auteur des *Anciennes bibliothèques de Paris*, M. Alfred Franklin.

Les deux pamphlétaires les plus connus du temps, Blot et Marigny, sentirent bien que l'arrêt du 13 décembre 1651 était aussi ridicule qu'odieux, et il fut pour eux matière à d'inépuisables railleries. Ils firent placarder dans toutes les rues la répartition des 150.000 livres : « *Tarif du prix fixé dans une assemblée de notables, pour récompenser ceux qui délivreront la France du Mazarin :*

A celuy qui coupera le nez au cardinal....... tant.
A celuy qui lui coupera une oreille........... tant.
A celuy qui lui crèvera un œil..... .... tant.
A celuy qui l'arquebusera dans une église..... six mille écus et des indulgences.
A celuy qui lui tirera par la fenêtre de son logis un coup de fusil
    chargé de balles empoisonnées........... six mille écus.

Pour se rendre digne d'une si belle entreprise, il fallait entendre une messe chaque jour et réciter un *Pater* et un *Ave* à cette intention. Malgré les violences des Frondeurs, et la terreur qu'ils inspiraient alors, il y eut quelques courageuses protestations contre l'arrêt du Parlement. Le clergé fut scandalisé de voir mettre à prix la tête d'un cardinal; Omer Talon dit que « les pirates eux-mêmes ne rendaient point de telles sentences ».

Le Parlement croyait s'excuser en rappelant que, sous Charles IX, on avait promis également cinquante mille écus à qui livrerait Coligny.

petits messieurs comme vous; de petits coquins à qui j'apprendrai à vivre et à me rendre le respect qui m'est dû! » La « canaille », ameutée sur le Pont-Neuf, arrêtait les carrosses, en faisait descendre les maîtres et les menaçait de les jeter à la rivière, s'ils ne criaient : « Vivent le Roi et les Princes! F...tre du Mazarin! », ce à quoi ils obligèrent le comte de Brancas, la maréchale d'Ornano et la duchesse d'Elbeuf! Le bailli du Palais fit pendre un de ces « bandits », le 5 avril, au milieu du pont, et l'un de ses camarades fut assez hardi pour couper la corde, ce qui ne servit qu'à le faire pendre lui-même.

Au reste, les salles du Palais étaient le théâtre des plus graves désordres. Le peuple les envahissait; deux échevins y furent assaillis, le 10 mai; leurs archers furent désarmés; on jeta leurs hallebardes, par les barreaux de la galerie, dans le préau de la Conciergerie, et les prisonniers, au nombre de cent trente-huit, s'en servirent pour s'évader à la vue de tout le monde.

Le prévôt des marchands, Antoine Le Fèvre, ayant eu l'imprudence d'aller visiter Gaston, au Luxembourg, fut à moitié assommé, dans la rue de Tournon, par les « goujats vêtus de gris », laquais, apprentis, filous, à la solde du prince, qui le lapidèrent; il fut assiégé plusieurs heures dans l'officine d'un apothicaire et ne put s'en échapper qu'à la nuit, sous un déguisement.

La misère était si grande, les boutiques restant forcément fermées la meilleure partie du temps, qu'il fallut décharger les habitants de leurs loyers de Pâques; dans la plupart des paroisses, on établit des « marmites pour distribuer des manières de potage » aux malheureux qui mouraient de faim. Le pain coûtait jusqu'à dix et douze sous la livre.

Le duc de Lorraine, Charles IV, beau-frère du duc d'Orléans, — dont les bandes se composaient de 5 à 6.000 combattants au plus, traînant derrière eux 20,000 gouges, goujats et vivandiers, — avait établi auprès de Montgeron son camp, véritable foire où l'on vendait les provisions, les habits et les meubles dérobés aux malheureux paysans de la banlieue, et où, le 12 juin, Gaston, Condé, Beaufort, vinrent faire la débauche (1). Il se retira le 16, dans les Pays-Bas, ayant reçu de Mazarin des subsides supérieurs à ce qu'il pouvait attendre des princes.

LA BATAILLE DU FAUBOURG SAINT-ANTOINE.
(Mardi, 2 juillet 1652).

Condé, privé du secours qu'il attendait du duc de Lorraine, logea ses troupes, pendant le reste du mois de juin, dans les villages de la

---

(1) « Ils dînèrent ensemble et burent d'autant; puis coururent à pied, par défi, à travers des eaux et des fanges et à cheval; aucuns d'eux qu'il fallut secourir promptement, tombés dans des fossés ou demeurés dans la boue ».
Journal de Dubuisson-Aubenay.

Le 4 juin, le duc Charles n'avait pas craint de venir à Paris et il avait été rendre visite à sa femme répudiée, la duchesse Nicole, qui habitait, rue Pavée, l'hôtel de Lorraine, où elle mourut en 1657.

rive gauche de la Seine, Suresnes, Saint-Cloud, Sèvres, Meudon. Turenne se tenait sur la rive droite, à Saint-Denis, où il fut rejoint, le 28 juin, par le maréchal de La Ferté Senneterre, « avec quatre mille des plus lestes soldats que l'on ait jamais vus ». Cela portait la petite armée royale à une douzaine de mille hommes; Condé en avait à peine la moitié.

Prévenu, dans la journée du lundi 1er juillet, que La Ferté construisait un pont de bateaux près d'Épinay, pour venir l'attaquer à Suresnes, Condé ne voulut pas l'attendre, et, opérant à son tour la manœuvre inverse, il passa sur la rive droite par le pont de Saint-Cloud, avec l'espoir de pénétrer dans Paris par la porte de la Conférence et de s'y mettre en sûreté.

A son grand déplaisir, l'entrée lui fut refusée. Le Roi avait donné des ordres sévères au gouverneur de Paris, maréchal de L'Hospital, ainsi qu'au prévôt des marchands, Antoine Le Fèvre, et cette fois il fut obéi.

Condé n'avait plus qu'une ressource : gagner la forte position de Charenton, où il s'adosserait au confluent de la Seine et de la Marne, et où, sans risque d'être tourné, il pourrait faire face à un ennemi supérieur en nombre.

Il l'essaya sans y réussir.

C'était, en effet, une manœuvre longue et dangereuse à opérer sous les yeux d'un général aussi vigilant que Turenne, qui ne manquerait pas d'accourir de Saint-Denis, de le harceler sur ses flancs et de chercher à le couper.

Toute la nuit du 1er au 2 juillet, Condé fit défiler hâtivement ses troupes, en contournant l'enceinte septentrionale de Paris par la *Ville-l'Évêque*, la *Ferme-des-Mathurins*, la *Grange-Batelière*, les faubourgs *Saint-Denis*, *Saint-Martin* et du *Temple*, poursuivi de si près par Turenne qu'au petit jour il lui fut impossible d'aller plus loin, et que, renonçant à occuper Charenton, il se vit obligé d'accepter la bataille dans le faubourg *Saint-Antoine*. De Lenques, qui commandait son avant-garde, ne put dépasser Picpus; l'arrière-garde avait été fort maltraitée par Navailles dans le faubourg Saint-Denis.

La plupart des grandes voies qui sillonnent aujourd'hui le faubourg Saint-Antoine existaient déjà et aboutissaient « à cette espèce de patte d'oie qui est devant la Bastille » : le chemin de la *Contrescarpe*, le long du fossé de l'*Arsenal*; la rue de *Bercy*; la *grand rue du Faubourg-Saint-Antoine*; les rues de *Montreuil*; de *Charonne*, et de la *Roquette*, bordées de maisons d'un seul étage (1), espacées par des jardins, des marais, des moulins, des chantiers, les grands enclos des couvents et des « Folies » : l'abbaye de *Saint-Antoine-des-Champs*; la *Grande-Boucherie*; la chapelle *Saint-Hubert*; la *Folie-Rambouillet*,

_____

(1) Beaucoup de ces maisons primitives du faubourg, d'un étage écrasé par un énorme toit, existent encore, ainsi que la *Boucherie* et le *Marché*, établis en mars 1643, au profit de l'abbaye Saint-Antoine, à l'angle du faubourg et de la rue de Montreuil.

de la rue de Charenton à la rue de Bercy ; les maisons de *Reuilly* et de la *Rapée* : le village de *Picpus* : la *Grange-aux-Merciers* : la *Vigne de Chaulnes*, le *port au Plâtre* ; et plus au nord : l'église *Sainte-Marguerite* : le jardin des *Arbalétriers*, au bas de la rue de la Roquette ; l'hôtel d'*Arpajon*, rue de Charonne, et, sur la hauteur la *Folie-Regnault* (1), où la Reine, le Roi, le cardinal Mazarin, attendaient l'issue du combat qui allait se livrer devant eux.

Toute cette région était hérissée de barricades que les habitants avaient élevées récemment pour se défendre contre les pillards lorrains. Condé s'y retrancha ; y abrita ses soldats dans les maisons percées de meurtrières, se couvrit de sa cavalerie et attendit l'ennemi qu'il ne pouvait plus éviter.

Turenne ne disposait pas encore de toutes ses forces ; il aurait voulu ne pas engager l'action avant l'arrivée de La Ferté qui s'était attardé à Épinay ; mais la Cour craignait de paraître ménager Condé ; à huit heures du matin, le signal de l'attaque fut donné, et une batterie de dix-huit pièces de canon, placée sur la colline de Charonne, foudroya les derniers Frondeurs.

Lutte inégale, lutte épique, qui se prolongea plus de six heures, et dans laquelle Condé se surpassa lui-même. A la tête d'un escadron d'élite, il se transportait dans les endroits les plus périlleux, courant des fossés de la Bastille à Picpus ; de la Seine à la Chaussée Saint-Antoine : « Je n'ai pas vu un Condé, disait Turenne, j'en ai vu vingt ! » Les deux rivaux, tout couverts de sang et de poussière, s'exposaient également l'un et l'autre. Condé, apercevant Nemours et La Rochefoucauld blessés et se soutenant à peine, poussa une charge audacieuse au moment où ils allaient être pris, les délivra, et fit tant que l'on put les emmener dans la ville. Les orages des jours précédents n'avaient pas rafraîchi l'air : la chaleur de midi était accablante, et, dans une sorte de trêve causée par la fatigue générale, le Prince entra dans un pré, jeta casque et cuirasse, et se coucha nu sur le gazon, s'y vautrant et s'y roulant comme un jeune cheval, pour essuyer la sueur dont il était baigné. Un instant après, il se précipitait au plus fort de la mêlée avec une nouvelle furie.

Monté au clocher de l'Abbaye Saint-Antoine, Condé vit avec désespoir quel désastre imminent le menaçait. Le maréchal de La Ferté venait d'arriver, et les troupes royales, ainsi renforcées, descendaient par la rue de Charonne. Les Frondeurs commençaient à reculer en désordre, et Turenne, partageant sa cavalerie, manœuvrait pour les enve-

(1) C'était une antique maison de plaisance d'un bourgeois parisien, ornée de beaux jardins d'où l'on jouissait d'une des plus belles vues de Paris. Les Jésuites de la rue Saint-Antoine l'achetèrent en 1626, à la famille Franquelin ; elle prit alors le nom de Mont-Louis, puis celui du Père de la Chaize qui l'habita. Lors de la suppression des Jésuites elle fut abandonnée à leurs créanciers et vendue 63,100 livres, le 31 août 1763. En 1788, elle appartenait à M. Doazan, fermier-général. La propriété, comprenant 17 hectares, fut achetée à M. Jacques Baron, en 1803, au prix de 180,000 fr., par le Préfet de la Seine Frochot, au nom de la Ville de Paris, et ouverte aux inhumations le 21 mai 1804, comme *Cimetière de l'Est*.

lopper aussi bien du côté de Picpus que du côté de la ville. Paris semblait sourd. Que se passait-il donc derrière l'énigmatique Bastille et derrière ces remparts où se promenaient quelques bourgeois, montrant jusqu'à cette heure plus de curiosité que de sympathies?

*
* *

Monseigneur le duc d'Orléans s'était renfermé dès le matin au Luxembourg, en proie à l'un de ces trop célèbres « troubles d'entrailles », qui le surprenaient infailliblement chaque fois qu'il avait quelque danger à courir; obsédé d'ailleurs par Retz, qui se réjouissait intérieurement de voir Condé périr.

A mesure que le bruit de la bataille grandissait, Paris s'éveillait et une foule de plus en plus nombreuse s'entassait sur la place Royale et aux abords de la Bastille. Quelques-uns criaient contre le Mazarin et obligèrent les gardes, malgré leur consigne, à entr'ouvrir la porte Saint-Antoine aux Frondeurs blessés, dont la vue excitait leur compassion (1).

C'est alors que Mlle de Montpensier se lança dans la belle aventure qui s'offrait à elle: indignée de l'inertie de son père, elle parcourut les principales rues à cheval, un bouquet de paille à la main et criant : « Que ceux qui ne sont pas Mazarins prennent la paille, sinon ils seront saccagés ». Arrivée à l'Hôtel de Ville, elle menaça le maréchal de L'Hospital, lui jurant qu'elle lui arracherait la barbe, qu'il ne mourrait que de sa main, et elle finit par lui « extorquer » (2) l'autorisation d'ouvrir la porte aux vaincus et de les laisser passer à travers la ville. Elle fit plus, elle entra à la Bastille, dont Louvières, fils de Broussel, était toujours gouverneur, et lui montra l'ordre écrit qu'elle avait obtenu de Gaston, de tirer sur les troupes du Roi (3). Elle monte sur les tours, fait retourner du côté de la campagne les pièces qui étaient braquées sur la ville, et, à la minute même où Turenne se croit sûr de la victoire, où les Frondeurs, acculés entre l'ennemi et le fossé, vont être massacrés, deux ou trois volées de canon emportent tout

---

(1) « Le duc de la Rochefoucauld, blessé d'une mousquetade prenant au-dessous de l'un des yeux et passant à travers du nez pour ressortir au-dessous de l'autre œil, a été porté tout à travers la ville, sur un cheval, accompagné d'une douzaine de ses gens, jusqu'à l'hôtel de *Liancourt*, rue de *Seine*, où il est pansé, et ce, devant midi ».

Journal de Dubuisson-Aubenay.

(2) Le mot est de Dubuisson-Aubenay.

(3) Voici le texte du billet de Gaston, conservé à la *Bibl. nat.* et publié par M. Gaillardin, dès 1871, dans son *Histoire* du règne de Louis XIV :

« *De par Monseigneur, fils de France, oncle du Roy*, DUC D'ORLÉANS,

Il est ordonné au sieur de Louvières, gouverneur du chasteau de la Bastille, de favoriser, en tout ce qui luy sera possible, les troupes de son Altesse royale, et de faire tirer sur celles des ennemis qui parroistront à la veue dudit chasteau.
Faict à Paris, le deuxiesme juillet mil six cens cinquante-deux.

GASTON.

Et plus bas, GOULAS, *secrétaire des commandemens*.

un rang de sa cavalerie, y jettent le désarroi et l'obligent à se retirer (1).

En même temps le pont-levis de la porte Saint-Antoine s'abaissait et les débris de l'armée des Princes s'y précipitaient dans un affreux désordre. « Condé rentra dans Paris comme un dieu Mars, monté sur un cheval plein d'écume, la tête haute et élevée, tout fier encore de l'action qu'il venoit de faire; il tenoit son épée à la main, tout ensanglantée du sang des ennemis, traversant les rues au milieu des acclamations et des louanges qu'on ne pouvoit se dispenser de donner à sa valeur et à sa belle conduite » (2).

De quatre heures à six heures du soir, sa « chétive infanterie (3) » et sa cavalerie défilèrent sur le Pont-Neuf, au nombre d'environ trois mille, tambours, timbales et trompettes sonnant; les cavaliers, l'épée nue en une main, le pistolet en l'autre. Leurs écharpes étaient bleues, mais l'on comptait parmi eux trop de drapeaux rouges d'Espagne, et l'on voyait avec tristesse leurs nombreux bagages, dépouilles de notre banlieue dévastée. On se défiait tellement de ces soldats « pillards et paillards » qu'on les conduisit coucher le plus loin possible, au delà de la Bièvre, à Saint-Marcel et jusqu'à Ivry.

Au faubourg Saint-Antoine, la misère était si grande qu'une bande d'affamés se jeta après le combat sur les chevaux tués et les dévora (4).

(1) Plusieurs historiens disent que Mademoiselle tira le premier coup de canon « elle-même »: d'autres nomment le Conseiller au parlement Portail.
Quant à la situation des canons, la plupart des historiens parlent de ceux des tours. Dubuisson-Aubenay semble différer et dit d'une manière plus précise : « Mademoiselle, montant la Bastille, fit tirer *du ravelin qui est devant*, sept ou huit coups de canon sur les gens du Roi... » *Ravelin* est synonyme de *demi-lune*: il s'agirait donc du bastion construit au seizième siècle, *en avant* des tours du Coin, de la *Chapelle*, du *Trésor* et de la *Comté*, dont la pointe était dirigée vers le faubourg, et qui devint au dix-huitième siècle le jardin potager du gouverneur.
(2) « A chaque pas dans la rue Saint-Antoine, c'étoient des blessés, les uns à la tête, les autres aux bras, sur des chevaux, à pied, sur des échelles, des planches, des civières. Près de la Bastille, rue Saint-Antoine, dans la maison d'un maître des comptes où Mademoiselle s'était retirée, Condé vint la saluer. Il étoit au désespoir, le col et la chemise pleins de sang, deux doigts de poussière au visage, ses cheveux tout mêlés, la cuirasse faussée de coups nombreux; il cria : « J'ai perdu tous mes amis : MM. de Nemours, La Rochefoucauld, Clinchamp, sont morts! » Elle le rassura, lui dit qu'elle venait de les voir encore vivants. Il se jeta sur un siège et pleura, en disant : « Pardonnez à la douleur où je suis ». *Mémoires de M*^{lle} *de Montpensier.*
(3) Expression de Dubuisson-Aubenay.
(4) On estima à trois mille hommes le nombre des tués et des blessés, de part et d'autre, dans cette journée.
Du côté du Roi : Saint-Mégrin, tué et inhumé à Saint-Denis; Nantouillet; de Fouilloux, et Paul Mancini, neveu de Mazarin, mort quelques jours après des suites de sa blessure.
Du côté des Frondeurs : Flamarens, chambellan de Gaston; de Castres; de Jonzac; La Rochefoucauld; La Rochegiffard; Nemours; Clinchamp; le comte de Bossu, mort des suites de ses blessures, chez le chirurgien d'Alencé, en la Couture-Sainte-Catherine; comte de Kinsqui, Desfournaux, etc.
Voici quelques extraits de diverses correspondances adressées en juillet 1652, soit à Denis Amelot, mort conseiller d'État en 1655; soit à son fils, Jacques Amelot de Chaillou, mort doyen des maîtres des requêtes en 1699. Je ne transcris que

LES MASSACRES DE L'HOTEL-DE-VILLE.

(Jeudi, 4 juillet 1652.)

Pourquoi Monsieur le Prince, « le héros, le dieu Mars », ne sut-il pas se résigner à cette défaite qui l'avait fait si grand! Toujours implacable dans ses sentiments, il « mitonna » une terrible vengeance contre ces bourgeois qui avaient montré tant de répugnance à lui ouvrir les portes

les passages qui corroborent mon récit, ou qui précisent quelques points de la topographie parisienne :

« Dans la nuit du 1er au 2 juillet, le Prince a fait marcher son armée par les environs des faubourgs Saint-Martin, Saint-Denis et Saint-Antoine, *pour aller gagner Charenton*. Quelques trouppes du Roy l'ont attaqué au fauxbourg Saint-Martin, *où il y a eu quelque escarmouche*, ce qui n'a pas empesché qu'il n'ait gagné le fauxbourg Saint-Antoine, où il a repoussé jusqu'à cinq fois le mareschal de Turenne... Le plus grand carnage s'est fait *devant l'abbaye Saint-Antoine*. M. de Nemours y a esté blessé d'un coup de pistolet au bras, M. de la Rochefoucauld au visage, Clinchamp, qui commandait les troupes de l'archiduc, blessé à mort... Comme il estoit avancé *jusques à la Folie-Rambouillet*, il y a eu quelques chevaux de pris par les cavaliers de M. de Turenne... Le régiment de Valois (à M. le Prince) a beaucoup souffert. S'estant voulu retirer dans la ville, la garde lui a fait résistance. M. le Prince, outré de ce refus, est venu à la porte, *où il a tué lui-mesme le commandant de la garde... Depuis*, son armée a eu l'entrée libre, et aussitôt, *à la sollicitation de Mlle d'Orléans*, la Ville a envoyé ordre aux portes de laisser entrer et sortir. Ensuite 2,000 volontaires bourgeois sont allés au secours du Prince, *pour lequel le Bourgeois ne s'est guères mis en peine, quoique M. de Beaufort soit venu demander du secours...* »

« Les boutiques et le Palais sont fermés; les Conseillers commencent à craindre le peuple et ne marchent plus qu'en habit court par les rues. Les plus sages se tiennent chez eux ».

« Ce matin (mardi 2 juillet). Leurs Majestés sont venues faire leurs dévotions à *Nostre-Dame-des-Vertus*, au village d'Aubervilliers, et ensuite *elles sont allées sur une montagne* voir le campement des deux armées ».

« Il est arrivé aujourd'huy (mardi 2 juillet) jusques à 400 blessés de l'armée des Princes à l'Hostel-Dieu ».

« Les trouppes des Princes qui estoient à *Poissy, Suresne* et *Saint-Cloud*, s'estant aperçues que l'armée du Roy vouloit venir les attaquer par le moyen d'un pont de bateaux à *Argenteuil* (d'autres relations disent *Saint-Ouen* ou *Épinay*), elles s'assemblèrent toutes à Saint-Cloud (dans l'après-midi du lundi 1er juillet), *à dessein de gagner Charenton*, pour se mettre en sûreté à la faveur du pont de la Marne; elles commencèrent d'arriver *sur les huit heures du soir* du côté de la *porte Saint-Honoré* croyant traverser la ville jusques hors la *porte Saint-Antoine*. Mais *on ne leur voulut permettre*, ains seulement de *filer le long des murs par le chemin qui borde les fossés;* à quoi ils ont employé *toute la nuit* (du 1er au 2), jusques à 4 heures de ce matin (mardi), qu'ayant voulu gagner Charenton, ils ont trouvé en teste une partie de l'armée du Roy *qui les a contraincts de se réfugier et retrancher dans le village de Picquepuce...* Toute la journée du mardi 2 juillet s'est passée en escarmouches furieuses pendant lesquelles *on n'a cessé de charrier* dans Paris des morts et des blessés du parti des Princes... »

« ... Mardi 2 juillet, à cinq heures du matin, le maréchal de Turenne commença à passer au-dessus de Montfaucon, et destacha un parti de 400 chevaux, qui furent au-dessus de Montmartre, où il y avoit un corps de cavalerie des Princes qui combattirent l'espace de demie-heure, *puis se retirèrent dans le faubourg* appelé la *Nouvelle-France*. En même temps, M. de Beaufort fut contraint de plier *après avoir laissé aux Récolets des mousquetaires qui se défendirent longtemps...*

de leur cité. Dans les conseils qu'il tint immédiatement avec Gaston et qu'il dirigeait à sa guise, il fit prévaloir l'alliance plus étroite avec l'Espagne et le dessein de ranimer l'audace des Frondeurs en terrorisant la majorité de la population de Paris qui n'aspirait plus qu'à la paix. L'occasion ne se fit pas attendre.

Le prévôt des marchands, Antoine Le Fèvre, et ses échevins Michel Guillois (1), Nicolas Philippe, André Le Vieulx, Pierre Denison, avaient convoqué à l'Hôtel de Ville pour le jeudi 4 juillet, trois heures, une assemblée générale composée du Conseil de Ville, des notables bourgeois, de seize quartiniers, de représentants des six corps de métiers, des membres des cours souveraines, des curés de paroisses, et de délégués du Chapitre de Notre-Dame et des Congrégations religieuses, en tout quatre à cinq cents personnes. La majorité devait y voter la rentrée du Roi, sans conditions. Les Frondeurs, eux, comptaient réclamer *l'union avec les Princes*, exiger impérieusement le renvoi de Mazarin et faire déclarer le duc d'Orléans lieutenant général du Royaume (2) et Condé, généralissime des armées.

L'aspect des environs de la Grève était sinistre depuis le matin; des placards distribués ou affichés partout commandaient de faire main-basse sur « les Mazarins ». Les compagnies de milice, réunies sous prétexte de garder l'Assemblée, menaçaient de mort les députés, à mesure qu'ils arrivaient, s'ils ne portaient pas « la paille (3) ». Personne ne marchait plus en sûreté s'il n'arborait la paille à son chapeau ou à sa ceinture; les soldats au mousquet, les moines au capuchon ou au co-

M. le Prince estoit dans le haut du fauxbourg Saint-Antoine; il fit pointer son canon *auprès de deux moulins* et mit une partie de son infanterie *aux barriquades des avenues des ruës qui vont vers Charronne...* »

« Auprès d'un grand fossé, rue du fauxbourg Saint-Antoine, les compagnies des Gardes et la Marine n'avançant pas assez, Saint-Mégrin voulut les devancer avec sa cavalerie. Les soldats du Prince, qui estoient retranchés dans les maisons des coins de cette ruë, *depuis le premier estage jusques aux greniers, où ils avoient deffait la couverture pour passer la teste et leurs armes*, firent une rude descharge en laquelle Saint-Mégrin fut d'abord tué avec Nantouillet, et leurs corps laissés sur la place ».

J'ai rectifié d'assez nombreuses erreurs recueillies dans les récits antérieurs au mien : 1° La reine Anne n'était pas et ne pouvait pas être prosternée, en larmes, pendant le combat dans une chapelle des Carmélites; elle était à côté du Roi, à Charonne; — 2° la bataille ne commença pas à midi, mais de très grand matin; — 3° l'armée des Frondeurs ne venait pas de Saint-Denis, mais de Saint-Cloud; — 4° Condé ne suivit pas le chemin de la *Révolte* qui n'a jamais mené de Saint-Cloud à Charenton; — 5° Il n'essaya pas d'entrer à Paris par la porte Saint-Marcel qui était sur la rive gauche et j'en passe bien d'autres, aussi fortes, etc., etc.

(1) Michel Guillois, conseiller au Châtelet, refusa très courageusement de pactiser avec l'émeute; nous le verrons quelques jours plus tard suivre le prévôt des marchands dans sa retraite forcée. Sa famille, revêtue à plusieurs reprises de charges municipales, alliée aux Le Bret, aux Bragelonne, aux Pinon de Quincy, seigneurs de La Grange Batelière, est dignement représentée aujourd'hui par M. Antoine Guillois, auteur de remarquables études sur *Le Salon de Madame Helvétius*, et sur *Madame de Condorcet*.

(2) Titre que Gaston ne pouvait plus porter depuis la majorité du jeune roi.

(3) Compagnies commandées par un marchand, nommé Frottier, capitaine, et son lieutenant, Péjart, tous deux frondeurs déterminés.

queluchon, les femmes à l'éventail ou à la coiffure, les chevaux et les ânes à la tête. Sur la place, on reconnaissait des soldats et des officiers condéens travestis, au milieu de la foule affamée des bateliers et des gagne-deniers (1). Un avocat au Conseil vit arriver par la rivière « un bateau plein de soldats des Princes, qui se meslèrent avec la canaille, et, entre eux, des officiers et un major du régiment de Languedoc ». Des affidés distribuaient de l'argent à la populace.

Condé, le duc d'Orléans, Beaufort et leur suite, Guéménée, Béthune, Marigny, se firent attendre et n'arrivèrent à l'Hôtel de Ville que vers six heures. Au moment où ils entraient, la *paille* au chapeau ou à la main, le Procureur du Roi et de la Ville, Germain Piètre, terminait un discours et concluait qu'il fallait supplier le Roi de revenir. Le gouverneur de Paris, maréchal de l'Hospital, fit observer aux Princes qu'ils venaient dans la maison du Roi avec les insignes de la sédition : ceux-ci ne voulurent pas en entendre davantage, ils sortirent immédiatement, et, arrivés sur le perron, ils répondirent à la canaille qui les interrogeait : « On ne fait que mazariner là-haut... faites de ces gens-là ce que vous voudrez ! » puis ils se retirèrent par la rue de la Mortellerie.

Leur départ fut le signal du massacre médité depuis la veille. Tous ceux qui dans la foule sont armés de mousquets, tirent de bas en haut contre les fenêtres de l'Hôtel de Ville. Les soldats déguisés dirigent un feu plus précis par les meurtrières percées dans les maisons d'en face : leurs balles, dirigées de front, traversent de part en part la grande salle du premier étage ; les députés effarés se couchent à plat ventre ou se retirent dans les coins les plus reculés. Le colonel des archers de la Ville et les gens du maréchal de l'Hospital essayèrent d'abord de résister, et leurs premières décharges furent meurtrières pour les assaillants (2) ; mais ils furent bientôt réduits à l'impuissance par le manque de munitions. « Aucuns des plus forts et robustes parmi les émeutiers prirent sur leurs épaules des solives qui sont d'ordinaire posées à terre près le pied de la croix de la Grève, vers la rue de la Tannerie, et s'efforcèrent de rompre avec lesdites solives la grande porte de l'Hostel ; mais la

---

(1) Un capitaine au régiment de Bourgogne, Blanchard, fut tué dans la mêlée, porté à l'hôtel de Condé et inhumé le lendemain à Saint-Sulpice ; un officier de cuisine du prince fut pendu pour la part qu'il avait prise aux massacres. Un fripier déclara qu'on lui avait loué la veille deux cents vêtements d'ouvriers pour déguiser des soldats, Conrart rapporte dans ses *Mémoires* qu'on distribua dans la foule plus de quatre mille livres.

Le cardinal de Retz, coadjuteur de l'archevêque de Paris, s'imaginant, et peut-être à juste titre, qu'il avait tout à craindre des dispositions hostiles de Condé, résolut de ne pas sortir et s'enferma dans l'Archevêché, où il se fit garder quelques jours par trois ou quatre cents hommes, grâce à une somme de mille pistoles que Caumartin lui avait prêtée. D'ailleurs il était assuré des sympathies des bourgeois des ponts Saint-Michel et Notre-Dame. En cas d'alarme, les curés des paroisses de Paris avaient l'ordre de faire sonner le tocsin. Il fit enlever les vitres d'une croisée qui communiquait de la cathédrale au petit archevêché, afin de pouvoir au besoin se réfugier dans l'une des tours, où le chanoine Carré avait fait provision de bombes, de grenades et de vivres.

(2) Parmi ces assaillants fut tué ce capitaine au régiment de Bourgogne, Blanchard, dont j'ai parlé plus haut.

trouvant trop forte, ils eurent recours à la paille et aux fagots (1) ».
Ils apportent de la poix, de l'huile, y mettent le feu; une fumée puante,
que l'on aperçoit de tous les quartiers de Paris, monte et se répand
dans les appartements où étouffent six cents malheureux entassés.
Les religieux se confessent entre eux, et remplissent le même office
pour tous ceux qui veulent se mettre en état de bien mourir. D'autres,
moins résignés, cherchent une issue et commencent à descendre par les
fenêtres du côté de l'Hôpital du Saint-Esprit: mais ils sont bientôt découverts et refoulés. D'autres agitent des mouchoirs blancs aux fenêtres sur la place, en signe de paix, ou bien jettent des billets, dans
lesquels ils promettent l'*Union;* tout est inutile: ce peuple ne respecte
plus rien et ne respire plus que pour le pillage; il chasse et poursuit à
coups de pierres le curé de Saint-Jean-en-Grève, qui était venu avec
son clergé, le Saint-Sacrement en main, dans l'espoir de ramener le
calme. Le feu a fait son œuvre, les portes tombent en charbons, et,
vers neuf heures du soir, la foule se répand dans l'intérieur: le carnage
commence.

« Cette canaille tua d'abord à coups d'espées, pistollets, bayonnettes
et bastons, le conseiller Janvry; M. Miron, maître des comptes; l'épicier Yon, ancien eschevin, et Fressand, marchand de fer de la place
Maubert. M. Legras, maître des requestes, ayant composé de sa liberté
avec un qu'il rencontra en se sauvant, moyennant douze pistoles, il
fut conduit jusques au bas de l'escalier, où ce coquin, après avoir reçu
son argent, lui bailla quatre coups de poignard, et un autre qui sur-
vint, deux coups d'espée sur la teste et ensuite le dépouillèrent (2) ».
La populace déchaînée ne reconnaissait même plus les siens: Miron
était un bon frondeur; ainsi que l'ancien échevin Fournier, qui reçut tant
de coups de crosse de mousquet sur la tête qu'il resta longtemps sans
pouvoir bouger; le président Charton avait beau répéter: « Je dis ça,
c'est moi qui suis Charton, votre ami!» il n'en fut pas moins meur-
tri à coups de hallebardes. Goulas, secrétaire des commandements du
duc d'Orléans, parvint à envoyer à son maître un billet pour le supplier
de secourir tant de braves gens en danger (3). Heureux, ceux qui en

(1) *Journal* de Dubuisson-Aubenay.
(2) *Principaux morts :* M. Miron, maître des comptes, colonel du quartier du
Chevalier-du-Guet; — Janvry, conseiller au Parlement, marguillier de Saint-Étienne-
du-Mont; — Yon, ancien échevin; — Fressant, marchand; — Le Gras, maître des
requêtes, mort le lendemain chez un chirurgien; — Boucot, receveur de la Ville,
mort d'émotion quelques jours après; — Le Grand, avocat en Parlement, bailli
de Saint-Victor, tué en se sauvant, rue de la Tixeranderie; — Le Boulanger, auditeur des comptes, percé de coups de poignards et de baïonnettes, mort chez
un chirurgien; — Hardier et Fayet, conseillers et capitaines de leurs quartiers;
— Le Fèvre, conseiller, etc., etc.
Blessés, malmenés, rançonnés : Le Maire, greffier de la Ville, criblé de coups;
— le président Charton, assommé; — l'échevin Fournier, grand frondeur, très
maltraité; — le conseiller Doujat, le président de Guénégaud, le maréchal de
l'Hospital; de Bourges, secrétaire du Roi; Poncet, magistrat, rançonnés etc., etc.
(3) « Pour apprécier l'horreur de la situation, dit M. Alphonse Feillet. (*La Misère au temps de la Fronde*), il faudrait que le lecteur vît, comme nous, de ses

étaient quittes en se laissant dépouiller de leurs chapeaux, de leurs manteaux, de leurs bijoux, et en payant une rançon de quelques pistoles pour être reconduits chez eux. Un perruquier, nommé Didier Lamour, se conduisit très courageusement, et, au risque de sa vie, sauva quelques-uns des magistrats (1).

Quand toute résistance fut devenue impossible, ces forcenés pillèrent à leur aise; ils envahirent les caves pleines de vin, délivrèrent les prisonniers (2), rompirent les armoires et s'emparèrent de l'antique vaisselle d'argent, des habits, du linge; ils en voulaient surtout à la caisse des rentes, et ils l'auraient découverte sans la ferme attitude du receveur Boucot, qui mourut quelques jours après de saisissement.

propres yeux ce billet si concis; il comprendrait par cette écriture tremblée, illisible, sur un petit papier chiffonné, sans aucun souci des règles de l'étiquette, il devinerait la terreur qui s'était emparée de tous ces malheureux renfermés dans l'Hôtel de Ville :

                    « A Son Altesse Royale.

            « Monseigneur,

« L'Hostel de Ville est assiégé, on brusle la porte, et toutes les compagnies qui
« estoient à la garde ont faict leurs deschargcs dans les fenestres de la grande
« salle. Tout est perdu sans vostre secours que tous les honnestes gens de la
« ville réclament et je vous assure qu'il n'y a pas un moment de temps à perdre.
« Je suis avec tout le respect que je vous doibs,
                    Monseigneur,
            Vostre très humble et très obéissant serviteur,
                                    GOULAS,

De l'Hostel de Ville, ce 4 juillet 1652.

Le porteur du billet trouva le duc d'Orléans bien tranquille, en chemise, se rafraîchissant de la grande chaleur : « Allez-y, mon cousin, dit le duc à Condé. — Monseigneur, répondit celui-ci, je ne suis pas homme de sédition; je ne m'y entends pas, et j'y suis fort poltron; envoyez-y M. de Beaufort, il est connu et aimé parmi le peuple ».

(1) Les lecteurs ont reconnu certainement « le nom, le fameux nom, du perruquier superbe, effroi de son quartier, nouvel Adonis à la blonde crinière et unique soutien d'Anne sa perruquière », immortalisé vingt ans plus tard par Boileau. Sa boutique était située sous l'escalier de la Sainte-Chapelle. « Il exerçait une sorte de police dans l'enclos du Palais, et, armé d'un long fouet, il en chassait impitoyablement les enfants et les chiens. »... Il avait la main un peu vive, et il le fit sentir plus d'une fois à sa première femme, Anne Géronard, qu'il épousa à la Sainte-Chapelle-Basse, le dimanche 7 octobre 1638, et à la seconde, Anne Dubuisson, épousée le 20 octobre 1658. Aussi Molière, parfaitement renseigné par ce bavard de Boileau, a-t-il peint fidèlement les tendresses trop démonstratives de Didier, dans la 1re scène du *Médecin malgré lui*, écrit avant 1666.

Didier de Lamour (sic), bourgeois de Paris, mourut le 1er mai 1697, âgé de plus de quatre-vingts ans, en sa maison, cour du Palais, et fut inhumé le lendemain au cimetière de la Sainte-Chapelle.

(2) J'ai parlé (chapitre vii, page 254) de la prison, sise rue de la Tannerie, « en laquelle les prévosts des marchands et eschevins souloient mettre leurs prisonniers ». Quand François Ier fit reconstruire la Maison aux Piliers, il fut frappé de l'inconvénient d'un Hôtel de Ville sans prisons, « vu que les détenus menés decelluy hostel de Ville à nostre Conciergerie s'échappent en grande irrévérence et contemnement; ordonnons donc et statuons que y aura désormais en l'hostel de Ville prisons pour la garde des transgresseurs et délinquans, aux charges d'y nourrir et entretenir ceux qui y seront emprisonnés ». Le nouvel Hôtel de Ville eut donc des prisons pour hommes et pour femmes. Elles étoient situées dans les sous-sols, vers l'arcade Saint-Jean. L'une d'elles s'appelait *La Charbonnière*.

Enfin le duc de Beaufort qui s'était tenu toute la soirée, impassible, dans une boutique de la rue de la Vannerie, se décida vers dix heures à se rendre à l'Hôtel de Ville pour y ramener le calme. Il se débarrassa de la canaille qui l'encombrait en faisant rouler quelques pièces de vin à l'autre bout de la place de Grève et cela suffit pour faire déguerpir les envahisseurs (1). Une heure après, il fut rejoint par Mademoiselle, moins « poltronne » que Condé. Elle fit sauver de sa cachette le prévôt des marchands, à la condition qu'il donnerait aussitôt sa démission; elle aida le maréchal de l'Hospital à fuir par un petit escalier du côté du Saint-Esprit; il cacha son cordon bleu, changea de vêtements avec un huissier, et put, sans trop de peine, regagner son hôtel, accompagné par le conseiller de Barentin (2). Mademoiselle contribua également à arracher nombre de bourgeois des mains de leurs assassins.

L'incendie, dont personne ne s'occupait plus, continua ses ravages dans les sous-sols jusqu'à trois heures du matin. Un commis du greffe, Louis de Méré, en avertit Beaufort, qui fit appeler les crocheteurs et les bateliers et leur ordonna d'éteindre le feu « qu'ils avoient allumé la veille » (3).

Le lendemain et les jours suivants, le maréchal de l'Hôpital; le prévôt des marchands, Antoine Le Fèvre, et deux de ses échevins, Michel

(1) « Il y avoit de ces canailles assez hardies pour porter ceux qu'ils avoient blessés dans leurs maisons, et qui alloient recevoir le prix dont ils avoient convenu pour les délivrer de la mort. Le lendemain mesme, il y en eut qui furent quérir le reste du paiement que l'on leur avoit promis en quelques endroits ». *Extraits de la correspondance* de Amelot de Chaillou.

(2) « Le président de Guénégaud promit dix pistoles à ceux qui le tirèrent de là; mais, au premier corps de garde du carrefour des rues de la Coutellerie, Jean-Pain-Mollet et Jean-de-l'Espine, ils le perdirent et furent contraints de l'abandonner ès mains d'autres plus forts, qui le menèrent par la Place-aux-Veaux, et du Chevalier-du-Guet vers la Monnaie, où, ce voyant, il leur persuada de le mettre en maison bourgeoise (chez M. de Sève, conseiller d'État, rue de la Monnaie) plutôt que dans un cabaret, où ils le pensoient mener; mais il lui fallut encore composer et doubler la dose, et ainsi ils eurent deux cents livres et bien à boire; et les premiers avant eux lui avoient pris son chapeau et un manteau et pourpoint de taffetas rayé, lui baillant haillons, au lieu de cela, pour le déguiser et le faire passer pêle-mêle avec ceux qui estoient par tous les corps de garde ». *Journal* de Dubuisson-Aubenay.

(3) « La préservation du monument fut un miracle évident, le feu y ayant esté mis par sept ou huict endroits, toutes les portes des avenues bruslées et consumées, celles des salles toutes rompues; la figure de Henri IV à cheval, au-dessus de la grande porte, toute gastée, tant par le feu que par les coups de mousquetades; les fenestres, vitres, volets, du costé de la Grève, principalement, rompus, fracassés et percés; les tableaux de la grand salle et de la chambre de la Reine troués en divers endroits de coups d'arquebuse; la porte de derrière la montée et le hangar du côté de Saint-Jean brûlés ». *Registres de la Ville.*
La figure de Henri IV à cheval était de Pierre Ier Biard (voir chapitre xv, page 123). Après les dommages causés par l'incendie, elle fut réparée par Pierre II Biard. Sauval se montre assez dur pour le restaurateur de l'œuvre paternelle : « Que si les figures de la *France* et de la *Victoire*, qu'on voit derrière le cheval du Roi, semblent mal faites et si les jambes de devant du cheval déplaisent, il faut s'en prendre aux incendiaires de 1652, qui ont été cause que Biard, le fils, ayant voulu restaurer l'ouvrage de son père, l'a gâté ».

Guillois et Nicolas Philippe (1); le président de Novion et sa famille; la duchesse de Chevreuse; M. de Châteauneuf; le procureur général Nicolas Fouquet; le lieutenant civil Antoine d'Aubray; le sieur et la dame de la Bazinière; la comtesse de Miossens; Mme de Nouveau, et bien d'autres, s'évadèrent de Paris et se rendirent la plupart à Saint-Denis, auprès du Roi. Ce fut une véritable émigration.

Les places des absents furent bientôt prises. Beaufort se donna lui-même le titre de gouverneur de la ville; une poignée de quartiniers. cinquanteniers et diseniers firent de Broussel un prévôt des marchands; le lieutenant criminel Ferrand fut chargé de remplir les fonctions d'Antoine d'Aubray.

Quant à Gaston, qui se disait toujours lieutenant général du royaume, « pour le Roi, prisonnier de Mazarin », il jugea à propos de se montrer sévère et livra à la justice du Parlement deux misérables sur lesquels on fit peser tous les crimes d'incendie et d'assassinat (2); mais personne ne s'y trompa et chacun fit remonter jusqu'à Condé la responsabilité de « l'action la plus farouche, la plus brutale et la plus sauvage qui ait été commise depuis la monarchie (3) ». On le considéra dès lors comme « un prince très malintentionné, qui n'avoit ni crainte de Dieu, ni amour pour sa patrie, et en particulier pour les habitans de la ville de Paris (4) ». Les femmes de la halle elles-mêmes, qu'il avait un jour traitées de Mazarines, lui crièrent en face qu'elles n'étaient pas à vendre *pour dix-sept sous* comme les assassins de l'Hôtel de Ville.

L'AGONIE DE LA FRONDE.

(Du 5 juillet 1652 au 3 février 1653.)

Le duc d'Orléans, le duc de Beaufort et Broussel, se prirent au sérieux et s'essayèrent à gouverner et administrer. Gaston réunissait son

(1) Les deux autres échevins, Le Vieulx et Denison, restèrent à Paris et me semblent avoir été de ces « sages qui d'écharpes changeans, disent selon les temps : Vive le Roi! vive la Ligue! » Ils furent pourtant maintenus au retour du Roi.

(2) Ils se nommaient Guelphe, « de race de perruquiers », et Jean Michel, aide de cuisine chez le prince de Condé. Ils étaient accusés d'outrages envers le sieur Gervaise, quincailler. rue de la Ferronnerie, quartenier, qu'ils avaient osé menacer pour ne pas leur avoir payé l'argent promis par lui à eux lorsqu'ils l'avaient sauvé « du boute-feu » de l'Hôtel de Ville. » Le 18 juillet, ils furent condamnés à être pendus et étranglés en Grève; mais les compagnies bourgeoises, commandées pour prêter main-forte à l'exécution, refusèrent leur concours, alléguant « qu'on vouloit pendre des innocens pour leurrer le Peuple, mais que l'on se gardoit bien de s'attaquer aux vrais auteurs de ces violences ». Les conseillers rapporteurs du procès, Laisne et Gilbert de Voisins, trouvèrent sur leurs portes un placard ainsi conçu : *Si vous faites mourir ces deux prisonniers, vous ne vivrez pas six heures après.* Le 23, comme on n'osait pas les exécuter en Grève, on les pendit « sur les trois heures de relevée, en une potence double, en la cour du Palais, bien fermée et gardée ».

(3) Omer Talon, *Mémoires.*

(4) Le Roux de Lincy et Douët d'Arcq, *Registre de l'Hôtel de Ville pendant la Fronde.*

Conseil au Luxembourg : le chancelier Séguier; les présidents de Nesmond et de Longueil, pour le Parlement; — Aubry et Larcher, pour la Chambre des comptes; — Dorieux et Le Noir, pour la Cour des aides; mais dans quelle estime les honnêtes bourgeois pouvaient-ils tenir Condé et le comte de Rieux se gourmant comme des goujats en pleine séance? Que pensaient-ils du duel fratricide dans lequel, au Marché-aux-chevaux (1), le duc de Nemours fut blessé mortellement par Beaufort?

(1) Derrière l'hôtel de Vendôme, vers la rue Gaillon, entre la rue Neuve-des-Petits-Champs et le boulevard.

ÉPHÉMÉRIDES DE JUILLET 1652 A FÉVRIER 1653.

6 juillet 1652. Antoine Le Fèvre, prévôt des marchands, se retire de Paris jusqu'au rétablissement de l'autorité royale.

11 — Pillage de Vitry par l'armée des princes campée hors la porte Saint-Bernard.

17 — Le Roi se rend à Pontoise.

23 — Arrêt du Conseil d'en haut, rendu à Pontoise, qui casse les nominations du duc d'Orléans et de Beaufort.

24 — Le Parlement met de nouveau à prix la tête de Mazarin, et ordonne la vente de ses tableaux et statues.

27 — Le duc d'Orléans réunit au Luxembourg son conseil : Séguier, Nesmond, Longueil, Aubry, Larcher, Dorieux, Le Noir, etc.

30 — Le duc de Nemours tué en duel par Beaufort — Rixe du prince de Condé et du comte de Rieux.

31 — Ordre au Parlement de se transférer à Pontoise.

1er août Nouvelle taxe des *portes cochères* (75 livres, 30 livres, 15 livres).

7 — Au parlement de Pontoise se trouvent : MM. Molé, de Novion, Le Coigneux, Ménardeau, Tamboneau, Fraguier, de Mesmes, Fouquet.

9 — Défense de la part du Roi de procéder aux élections municipales.

16 — Élection irrégulière de deux échevins : Gervais et Orry.

19 — Élection de ces deux échevins cassée par le Conseil d'en haut, séant à Pontoise.

— — Mazarin quitte la Cour et se dirige vers Bouillon.

— — Les dizeniers ne peuvent toucher l'impôt des *portes cochères*.

21 — Le Roi se rend à Compiègne.

23 — Amnistie. C'est à qui des Frondeurs en profitera le premier : Séguier, Nesmond, Longueil, Charton, etc.

— — Les princes, malgré l'éloignement de Mazarin, refusent de mettre bas les armes.

29 — Assemblée des Drapiers dans leur nouvelle maison de la rue des Déchargeurs.

2 septembre Les Princes jettent un pont de bateaux sur la Seine du Jardin des Plantes royales au faubourg Saint-Antoine.

5 — Feux de joie dans Paris pour l'anniversaire de la naissance du Roi.

6 — Le duc de Lorraine dîne au Luxembourg chez le duc d'Orléans.

— — Le Conseiller Portail fait tirer le canon de la Bastille sur les troupes royales qui escarmouchent dans le faubourg.

9 — L'armée des Princes va rejoindre à Charenton les troupes allemandes de Wirtenberg.

10 — Belle lettre du prévôt des marchands, Antoine Le Fèvre, au sieur Patin, garde de l'Orfèvrerie.

11 — Retz reçoit le chapeau de cardinal à Compiègne.

12 — La Chambre des Comptes résout de se rendre à Pontoise.

Le Roi s'était établi à Pontoise; il y fit casser par son Conseil tous les actes des prétendus lieutenant-général, gouverneur de Paris, prévôt des marchands et échevins (1); il défendit aux bourgeois de payer les nouveaux impôts, puis il jeta la division parmi ses adversaires en ordonnant « à son Parlement » de se transférer à Pontoise. Une quinzaine de magistrats obéirent (2), et l'on eut le spectacle de deux parlements qui se foudroyaient par des arrêts réciproques. Celui de Paris mit de nouveau à prix la tête de Mazarin, mais le ministre eut l'esprit de paraître céder. Il s'éloigna, le 19 août, et se donna le beau rôle en s'en allant à la frontière de l'Est organiser la résistance contre les Espagnols.

Son départ eut pour résultat de rendre plus évidente encore la mauvaise foi des Princes, qui, au lieu de mettre bas les armes comme ils l'avaient cent fois promis, cherchèrent à effrayer les Parisiens (3) et ap-

14 septembre 1652.	Retour triomphal à Paris du Cardinal de Retz.
15 —	Au Pont-Neuf, le peuple menace de jeter le duc Charles de Lorraine à la rivière.
24 —	Quinze cents bourgeois manifestent au Palais Royal contre les Frondeurs et prennent le papier blanc pour insigne.
30 —	Les six corps marchands se rendent à Pontoise et le Roi les fait régaler.
5 octobre	Les anciens officiers de ville et le gouverneur de Paris, maréchal de l'Hôpital, sont rétablis dans leurs fonctions.
11 —	Le duc de Lorraine, poursuivi par le peuple, se réfugie dans l'église Saint-Nicolas.
12 —	Le duc de Lorraine quitte Paris.
14 —	Le prince de Condé quitte Paris.
17 —	Le Roi vient à Saint-Germain.
18 —	Il y donne audience aux colonels et officiers de la milice parisienne, au nombre de 250.
19 —	Le maréchal de l'Hôpital, le prévôt des marchands et les échevins reprennent l'exercice de leurs fonctions.
21 —	Le Roi rentre à Paris et va coucher au Louvre.
22 —	Lit de justice au Louvre. — Amnistie et bannissement.
13 novembre	Lit de justice au Palais. Condé déclaré coupable de lèse-majesté.
1er décembre	Condé quitte la France.
— —	Retz prêche à Notre-Dame.
19 —	Arrestation du cardinal de Retz. — Prières des quarante heures.
23 janvier 1653.	Lettre de M. de Gondi, archevêque de Paris, aux curés du Diocèse.
28 —	Mazarin chasse les Espagnols de Vervins.
3 février	Retour de Mazarin à Paris. Le Roi va au-devant de lui jusqu'au Bourget.
29 mars	Réception de Mazarin à l'Hôtel de Ville.

(1) Malgré la défense du Roi, les officiers de Ville élurent, le 16 août, jour de la Saint-Roch, deux échevins. Gervais, marchand en gros de la rue de la Ferronnerie, et Orry, marchand de la place Maubert, en remplacement de Michel Guillois et de Nicolas Philippe, qui s'étaient retirés auprès du Roi. Broussel continua d'exercer les pouvoirs de prévôt qu'il s'était fait donner le 8 juillet, après la fuite d'Antoine Le Fèvre.

(2) Le premier président Molé, les présidents de Novion et le Coigneux; une douzaine, peut-être un peu plus, de conseillers, parmi lesquels Ménardeau, Tamboneau, Fraguier, de Mesmes, de Besnard-Rézé, Godard, François de Guénégaud. Fouquet, procureur général, etc.

(3) Beaufort traita les délégués des six corps marchands de « factieux » et les

pelèrent à leur aide le duc de Lorraine, dont les troupes achevèrent la ruine de la banlieue. Le revirement du peuple en faveur du pouvoir royal s'accrut chaque jour ; les dizeniers, bafoués dans toutes les maisons où ils se présentaient, ne purent toucher l'impôt (1) : on ne demandait partout que la paix et l'amnistie, et quand le Roi l'eut accordée, ce fut, parmi les plus zélés frondeurs, à qui en profiterait le premier (2).

Le 5 septembre, la grande majorité de la population fêta par des feux de joie et des feux d'artifice (3) l'anniversaire du Roi, qui entrait dans sa quinzième année : enfin le coadjuteur de Retz, révolté de voir tant d'écharpes « rouge d'Espagne et jaune de Lorraine » voltiger sur le Pont-Neuf (4) se décida, le 9 septembre, à se rendre en grande pompe à Compiègne, pour y recevoir du Roi le bonnet de cardinal et implorer la paix au nom de l'Église (5). Son retour fut salué par les acclama-

menaça s'ils ne soutenaient pas le Parlement et M. Broussel de faire arborer sur les murs la devise *Ville perdue*, ce qui serait le signal du pillage par les troupes. « Mais, répondirent-ils, nous ne nous détachons pas du Parlement, parce que nous n'avons jamais été unis avec lui ; ni de l'Hôtel de Ville et des anciens échevins, parce que nous n'avons jamais eu rien à démêler avec les nouveaux et M. Broussel ».

(1) Les marchands des ponts éconduisirent les collecteurs en se moquant d'eux : « Monsieur, disait chacun au dizenier, veuillez d'abord faire payer ceux de l'autre côté du pont, qui sont tous mazarins ». Même réponse de ceux d'en face.

(2) Séguier, qui s'était bien compromis en entrant dans le conseil du duc d'Orléans, se hâta de faire sa soumission, ainsi que Nesmond et Longueil. Celui-ci promit d'amener avec lui à Pontoise une douzaine de Conseillers. Charton, que sa femme ne voulait plus laisser sortir depuis qu'il avait été roué de coups, le 4 juillet, offrit au Roi la soumission de cinq colonels et d'une quinzaine de capitaines de la garde bourgeoise. La Rochefoucauld profita de sa blessure et des soins qu'exigeait sa convalescence pour se retirer d'abord à Damvillers, près Montmédy, puis dans ses terres de l'Angoumois.

(3) Particulièrement au carrefour de la Croix-du-Trahoir.

(4) Le 11 juillet, l'armée des Princes avait tout pillé dans Vitry ; le 29 et le 30 août, mêmes excès dans le faubourg Saint-Victor et le quartier « des salpêtrières » ; les soldats jettent un pont de bateaux sur la Seine, vers l'endroit où est aujourd'hui le pont d'Austerlitz, et vont piller le faubourg Saint-Antoine. — Le conseiller Portail fait tirer le canon du boulevard de l'Arsenal sur des soldats du Roi qui poursuivent les troupes des Princes, vers la porte Saint-Bernard. — « Le lundi, 9 septembre, sur les trois heures, la milice des Princes passa du faubourg Saint-Victor, où elle avoit couché dans les fossés de la ville, par la porte Saint-Bernard, et, à travers l'île Notre-Dame, gagna la rue Saint-Paul, puis, passant par la porte Saint-Antoine et le faubourg, s'en alla vers Charenton et Saint-Maur se joindre au corps de Wirtemberg. Le régiment *allemand* du comte de Hélay, qui les menait à cheval, en buffle brodé d'or et les troupes de Tavannes, quelques femmes allemandes, valets et goujats faisoient environ mille personnes, d'autres disent six cents ». *Journal de Dubuisson-Aubenay.*

(5) « Ce matin, lundi 9 septembre à sept heures, est sorti le cardinal de Retz pour aller en Cour vers le Roy à Compiègne, bien escorté de gens, même à cheval. Il y avoit vingt-huit carrosses à six chevaux pour la députation du chapitre de Notre-Dame de dix-sept chanoines et dignitaires, de dix-neuf curés et de maisons religieuses comme Saint-Victor, Sainte-Geneviève, Saint-Germain-des-Prés, Saint-Martin-des-Champs ». *Dubuisson-Aubenay.* — Le Roi lui donna, le 11 septembre, dans la chapelle du château, le bonnet rouge qu'un camérier du Pape avait apporté de Rome. Pendant son séjour à Compiègne, le nouveau cardinal déploya tout le luxe dans lequel il se complaisait et tint jusqu'à sept tables servies en

tions d'une foule immense, manifestement hostile aux Princes. Plus de
deux mille bourgeois se réunirent au Palais Royal, et, sans se laisser
intimider par les reproches de Gaston et de Mademoiselle, prirent pour
signe de ralliement, opposé à la paille des Frondeurs, le ruban ou le
papier blanc, symbole de leur attachement au Roi (1). Broussel, effrayé,
donna sa démission. Le duc Charles de Lorraine faillit être jeté du haut
du Pont-Neuf dans la rivière, et, quelques jours après, n'eut que le
temps de se réfugier dans l'église Saint-Nicolas. Beaufort disparut et
Condé se retira menaçant. Enfin les syndics des six corps marchands,
qui ne semblaient pas être compromis dans la révolte, allèrent à Pontoise se jeter aux genoux du Roi et le supplièrent de revenir dans sa
capitale, en lui représentant la misère de trois mille pauvres de l'Hôtel-
Dieu, exposés à mourir de faim, si l'on ne faisait cesser les dégâts des
gens de guerre (2). Une autre députation, celle des colonels et officiers
de la milice, fut reçue à Saint-Germain, et s'engagea à rétablir l'ordre
dans Paris et à tout y préparer pour le retour du Roi. Le maréchal de
l'Hospital, le prévôt des marchands Antoine Le Fèvre, ses deux échevins, Michel Guillois et Nicolas Philippe, reprirent leurs fonctions.

même temps, dépensant huit cents écus par jour. A son retour, cent gardes du
corps l'escortèrent jusqu'à Senlis. Il rentra dans Paris le 14 au soir et fut reçu à
la porte Saint-Denis par le corps de garde, sous les armes, et reconduit tambour
battant jusqu'à l'archevêché, aux acclamations de tout le peuple.

(1) Ils avaient annoncé leur réunion par un placard affiché partout; ils y dénon-
çaient « Monsieur le Prince comme la cause de tous leurs maux; comme un im-
pie, qui attirait sur la France tous les fléaux du ciel; comme un sujet félon, qui
s'alliait à l'Espagne et à l'Angleterre pour devenir roi de Navarre et de Guyenne ».

Par contre, les Frondeurs répondaient de plus en plus violemment à mesure que
leur faiblesse était plus manifeste, et, dans leurs pamphlets, engageaient le jeune
Roi « à traiter sa mère comme Néron avoit traité Agrippine ».

(2) Le roi ordonna au contrôleur général de sa maison de bien les régaler. Le
maître des cérémonies les conduisit au réfectoire des Cordeliers, où ils furent
servis sur une table de soixante-dix-huit couverts. La lettre par laquelle le prévôt
des marchands, Antoine Le Fèvre, les avait engagés à venir, mérite d'être citée :

« Au sieur Patin, grand garde de l'orfèvrerie :

Monsieur, je crois estre obligé de vous faire sçavoir mes sentiments. Je n'ai
point connu, estant à la Cour, qu'il y eust aucune disposition d'entendre ceux
qui seroient députez vers Sa Majesté pour les résolutions prises à l'Hostel de
Ville, parce qu'elles sont tenues toutes pour illégitimes et convoquées par personnes sans pouvoirs. Ainsi les remèdes que l'on croit appliquer à nos maux seroient
inutiles, si on ne les prend de telle qualité qu'ils puissent estre appliquez. Les
six Corps ne sont en rien entachez. La veuë de leurs députez sera agréable, ce
me semble, à Sa Majesté. Je m'estois persuadé qu'ils prendroient l'occasion de
M. le cardinal de Retz; mais l'ayant veuë manquer, ma qualité m'oblige de leur
donner cet advis par votre bouche, et leur dire que s'ils ont de l'amour pour leur
patrie, ils doivent faire cet effort d'envoier ici des députez qui me viendront trouver, et, à leur teste, nous pourrons faire des propositions agréables au Roy et ad-
vantageuses au public. Je vous conjure, et eux aussi de n'y point perdre de tems;
vous me trouverez disposé à y faire tous les efforts que l'on doit attendre d'un
homme de courage et d'un vrai François. Pensez, Messieurs, que vous ne devez
négliger les advis de celui qui est votre très affectionné serviteur.

                                        LE FEBVRE,
                                   prévost des marchands ».

Les voies étant ainsi aplanies, Louis XIV quitta Saint-Germain le lundi 21 octobre et se dirigea vers Paris, en passant par le bois de Boulogne. Il suffit de quelques ordres, envoyés du château de Madrid et confiés à de simples exempts, pour que Louvières rendît la Bastille; la veuve de Chavigny, le château de Vincennes, et pour que Gaston quittât le Luxembourg, où il ne revint jamais (1). Retardé dans sa marche par l'affluence du peuple qui l'attendait à la porte de la Conférence, le jeune Roi n'entra dans sa capitale qu'à la lueur des flambeaux et s'en alla coucher au Louvre, plus isolé et plus facile à défendre que le Palais Royal (2). « Le Roy est dans son Louvre, le soldat à la barrière et le bruit des tambours, les fanfares des trompettes, qui, ces jours passés, ne servaient que de triste avertissement au bourgeois de se tenir prêt pour la défense de ses biens ou de sa personne, ne servent plus qu'à exciter les transports de sa joie (3) ».

Le lendemain, le Roi tint son lit de justice au Louvre, où le Parlement en robes rouges dut se rendre à sept heures du matin et écouter des déclarations auxquelles il ne lui restait plus qu'à obéir : l'amnistie du passé (4); — l'annulation de tout ce qui avait été fait contre l'autorité royale; — le rétablissement du Parlement à Paris; — l'interdiction de s'occuper désormais des affaires de l'État (5). Ces déclarations furent publiées à son de trompe dans les carrefours et les faubourgs; la compagnie des archers du guet fut portée de deux cents à trois cents hommes pour mieux assurer la police des rues, et, en considération de la grande misère, les plus pauvres locataires furent exemptés des loyers de Pâques, de la Saint-Jean et de la Saint-Remy.

Il ne restait plus qu'un grand frondeur à Paris : Retz, encore plus gênant que vraiment dangereux, mais obstacle possible au retour de Mazarin. Celui-ci, toujours disposé aux accommodements, lui fit offrir

(1) Il se retira à Blois avec sa seconde femme, Marguerite de Lorraine, et y mourut le 2 février 1660. Sa fille, Mlle de Montpensier, dans l'impossibilité de lutter davantage, s'en fut à Saint-Fargeau et ne reparut à la Cour qu'en 1657. Beaufort se retira à Chenonceau; la duchesse de Montbazon à Conzières, sur l'Indre.

(2) La reine d'Angleterre quitta le Louvre et alla habiter au Palais Royal.

(3) *Gazette de France.*

(4) Il y eut d'assez nombreuses exceptions : une douzaine des parlementaires les plus compromis, parmi lesquels Broussel, Viole, de Thou, Martinault, Perrault, Fleuri, Croissy; — les ducs de Beaufort, de Rohan, de la Rochefoucauld, la duchesse de Longueville, La Boulaye, Fontrailles.

Condé avait quitté Paris le 14 octobre; il fut bientôt réduit à une véritable existence de condottiére et, avec les quelques troupes qui restaient à sa solde, il gagna la frontière et se mit au service de l'Espagne. Nous ne le verrons reparaître qu'en 1660.

(5) C'est-à-dire de fréquenter les princes; de recevoir d'eux des pensions; de rendre aucun arrêt contre les personnes appelées par le Roi dans ses conseils : « considérant que la plus grande partie des désordres a procédé de la liberté que nos officiers se sont donnée de s'intéresser dans les affaires des princes et des grands de notre royaume, soit en prenant la conduite d'icelles, soit en recevant des pensions et des gratifications, soit en leur faisant une cour ordinaire au préjudice du devoir et honneur de leurs charges, soit en assistant à leurs conseils ce qui les a engagés ensuite à avoir une aveugle complaisance pour eux et pour tous leurs desseins, jusques à révéler les secrets des délibérations... etc.

la direction des affaires de France à Rome pendant trois ans, avec un
revenu considérable et la promesse du paiement de ses dettes. Retz ne
comprit pas que les temps étaient changés et, comptant sur son ancienne
influence, il refusa, prétendit « tenir le haut du pavé; » et affecta de
ne pas aller au Parlement, lorsque Condé y fut déclaré coupable du
crime de lèse-majesté. Louis XIV, irrité, ordonna à Villequier, son capitaine des gardes, de le prendre « mort ou vif ». Le 19 décembre, à
trois heures de l'après-midi, il fut arrêté au Louvre, où, dans son inconscience du danger, il n'avait pas craint de se montrer, et, « de
même que Gaston était fils de France à Blois, il fut coadjuteur au bois
de Vincennes », où une nombreuse escorte de cavaliers le conduisit.
sans que le peuple montrât la moindre émotion (1).

Pendant que Retz voyait sa fortune crouler, Mazarin se préparait à
jouir en paix du fruit de sa sagesse et de sa longue persévérance. Il
sauvait la Champagne des atteintes des ennemis, et faisait avec Turenne
cette belle campagne en plein hiver de 1652-1653, signalée par la prise
de Bar-le-Duc, Ligny, Porcien, Vervins, qui obligea Condé. le duc de
Lorraine et les Espagnols à battre en retraite vers les Pays-Bas. D'aussi
glorieux succès lui permirent enfin de revenir à Paris, après une absence de deux années. Son retour fut un triomphe. Le Roi se porta au
devant de lui jusqu'au Bourget, le 3 février 1653 (2), le fit monter dans
son carrosse, le ramena au Louvre et « le régala le soir à souper dans
l'appartement du maréchal de Villeroy ». A l'heure même où il entrait
par la porte Saint-Denis, ses nièces, accompagnées par la princesse de
Carignan, la maréchale de Guébriant et les plus grandes dames de la
Cour, entraient par la porte Saint-Antoine.

Aussitôt que l'arrivée du Cardinal fut connue, le corps de Ville, le
Parlement lui-même, conduit par ses deux chefs, le procureur général
Nicolas Fouquet et le premier président Mathieu Molé, accoururent lui
témoigner « leur joie de son heureux retour ». — « J'étais, dit le valet
de chambre Laporte, dans le cabinet de la Reine, quand son Éminence
y entra : ceux-mêmes qui avoient été ses plus grands ennemis furent les
plus empressés à se produire et à lui faire leur révérence; ils se livraient
à des bassesses si honteuses que je n'aurais pas voulu être ce qu'ils estoient à la condition d'en faire autant. Je vis parmy tant de gens de
qualité qui s'étouffoient à qui se jetteroit le premier à ses pieds, un Re-

_____

(1) L'archevêque de Gondy fit auprès du Roi une démarche inutile en faveur de
son neveu. Les chanoines de Notre-Dame obtinrent seulement que l'un d'eux.
Bragelonne, fût autorisé à s'enfermer avec le cardinal pour l'aider à supporter les
ennuis de la prison. Les curés de Paris, presque tous jansénistes, ordonnèrent
des prières pour que « Dieu fît revenir leur cher pasteur dans sa bergerie ». On
récita dans toutes les églises les prières des quarante heures; on exposa le Saint-
Sacrement; on récita chaque jour « un psaume en chant lugubre et une oraison
particulière ». Tout cela sans le moindre succès.

(2) ·   « Encor qu'il fît un temps étrange,
                              « Temps de vent, de pluye et de fange ».

                                                    Gazette de Loret.

ligieux qui se prosterna avec tant d'humilité que je crus qu'il ne s'en re-
lèveroit point ».

Des réjouissances publiques et des feux d'artifices égayèrent tous les
quartiers pendant le cours de la nuit.

Comme d'habitude, Mazarin fut beau joueur et se garda bien d'exercer des représailles trop faciles. Tout au contraire, il accabla ses ennemis de ses bienfaits. et nous allons voir tour à tour les anciens frondeurs
rentrer très facilement en grâce auprès de lui : le duc d'Elbeuf; le maréchal de La Mothe-Houdancourt; le duc de la Force; César de Vendôme et son fils, le duc de Mercœur, qui épousa Laure Mancini; Conti,
qui épousa Anne Martinozzi; Marie de Rohan, duchesse de Chevreuse;
la princesse palatine, Anne de Gonzague. Aux pauvres hères, il distri-
bue force aumônes; aux bourgeois, il annonce que désormais les rentes
leur seront payées régulièrement; aux gens de lettres, — qui la plupart
avaient indignement pillé sa bibliothèque, — il fait savoir, sans rancune,
qu'ils peuvent présenter les quittances de leurs pensions. Aussi ces
mêmes Parisiens, qui voulaient le faire écarteler et vendre ses membres
dispersés, se font écraser pour le saluer à son passage, et l'Hôtel de
Ville lui donne, le 29 mars 1653, une fête splendide. Autour d'une
table de quarante couverts, « où est servi le poisson le plus exquis de la
saison », il rencontre le maréchal de l'Hospital, ressuscité gouverneur de Paris; le toujours fidèle prévôt des marchands, Antoine Le
Fèvre et ses courageux échevins Michel Guillois et Nicolas Philippe; le
procureur de la Ville, Germain Piètre; le greffier, Martin Le Maire; le
receveur, Nicolas Boucot. qui, tous. ayant été à la peine, pouvaient bien
être à l'honneur; puis les ducs de Guise, d'Arpajon; les maréchaux de
Villeroy, d'Estrées, de Senneterre, d'Aumont, de Grammont. de
Grancey, d'Houdancourt, d'Hocquincourt; le secrétaire d'État Le Tellier; les surintendants Servien et Fouquet; des quartiniers, des conseillers, etc. A l'issue du repas, les convives passèrent dans le « Petit Bureau », excellemment orné de tapisseries, où ils furent divertis « par
un très merveilleux concert de toutes sortes d'instrumens touchés par
les meilleurs maîtres (1) ».

IV. — LES DERNIÈRES ANNÉES DU MINISTÈRE DE MAZARIN.
(1653 à 1661.)

Jamais ministre n'exerça un pouvoir plus absolu que Mazarin pendant les huit dernières années de son existence; il n'eut même pas be-

(1) « Son Éminence ayant jeté par les fenêtres diverses pièces d'argent au
peuple, qui les ramassa avec force cris de *Vive le Roi!* fut reconduite comme
elle avoit été reçue. Lesquels honneurs ainsi rendus par ce corps de Ville à ce
premier ministre font non-seulement voir que nos factions n'ont été l'ouvrage
que de quelques particuliers, auquel ce corps de Ville n'a point eu de part; mais
qu'aujourd'hui plus que jamais cette ville est entièrement dans le respect et
l'obéissance dus à son souverain ».

Gazette de France.

soin de « faucher » ceux qui avaient voulu l'assassiner, et jamais il ne couvrit aucune violence « de sa soutane rouge ». La Reine. qui avait dépassé la cinquantaine. sentant qu'il la négligeait de plus en plus, lui laissa le souci des affaires et se consola de son abandon dans les pratiques de la dévotion. Le jeune Roi, à l'école de Turenne. faisait ses premières campagnes contre Condé ; au retour, il recherchait passionnément la société des filles d'honneur de sa mère, mais il n'en assistait pas moins au Conseil et faisait silencieusement son profit des leçons de gouvernement personnel que lui donnait le Cardinal (1).

Le Parlement essaya en vain, à quelques reprises de relever la tête : il ne fit que rendre plus pesant le joug qui pesait sur lui. et chacun se rappelle qu'un jour où il s'avisait de protester contre des édits fiscaux et d'en délibérer, Louis XIV. qui chassait à Vincennes, accourut, « en habit gris, tenir son lit de justice, avec une houssine à la main, dont il sembla menacer les magistrats, leur parlant en termes répondant à ce geste ». La scène ainsi racontée par Saint-Simon est très proche de la vérité et est restée gravée dans toutes les mémoires (2).

Retz, toujours captif à Vincennes, devint le plus grand embarras de Mazarin, quand la mort de son oncle Gondi, survenue le 21 mars 1654 à quatre heures du matin, l'eut fait de coadjuteur, archevêque de Paris. Gondi avait à peine rendu le dernier soupir que, devant le Chapitre assemblé, le sieur de Labeur prit possession du siège archiépiscopal. comme fondé de pouvoir du cardinal de Retz, dont il produisit une procuration antidatée. Lorsque quelques minutes après, Michel Le Tellier (3) vint, au nom du Roi, pour s'y opposer, il se heurta au fait accompli, et ne put qu'entendre fulminer au jubé les bulles du nouvel

---

(1) « Mazarin, dit Mme de Motteville, s'efforçait de lui enseigner son métier de roi ». Dans ses lettres, il multipliait les exhortations et au besoin les reproches. Il lui conseillait surtout d'apprendre à diriger lui-même les affaires de l'État, de manière à se passer de premier ministre et de favori.

(2) Les récits de plusieurs contemporains ne diffèrent que par les détails. Voici d'abord une lettre de Gui Patin du 21 avril 1655 : « De peur de ne pas être obéi. le Roi a pris lui-même la peine d'aller au Palais, bien accompagné, où de sa propre bouche, sans autre cérémonie, il leur a défendu de s'assembler davantage contre ses édits ». Écoutons maintenant les *Mémoires* de Montglat : « La mémoire des événements funestes causés par les assemblées des magistrats obligea le Roi de partir du château de Vincennes le 10 d'avril, et de venir le matin au Palais en *justaucorps rouge et chapeau gris*. accompagné de toute sa cour en même équipage, ce qui était inusité jusqu'à ce jour. Quand il fut dans son lit de justice, il défendit au Parlement de s'assembler, et après avoir dit quatre mots, il se leva et sortit, sans ouïr aucune harangue ». Un *journal anonyme* donne le texte des paroles du Roi : « Chacun sait combien vos assemblées ont causé de troubles dans mon État. J'ai appris que vous prétendiez les continuer sous prétexte de délibérer sur les édits lus et publiés naguère en ma présence. Je suis venu ici tout exprès pour en défendre la continuation, ainsi que je le fais absolument, et à vous, Monsieur le premier président (c'était alors Pomponne de Bellièvre) de les souffrir ni de les accorder, quelque instance qu'en puissent faire les Enquêtes ». Les dates diffèrent, mais toujours dans le cours d'avril 1655.

Le Roi, en se présentant au Parlement en costume de chasse, avec ou sans « houssine », montrait le peu de cas qu'il faisait de son sénat.

(3) Il n'était encore que secrétaire d'État.

archevêque. La puissance royale était venue se briser devant l'investiture sacerdotale; Retz fut immédiatement proclamé archevêque dans toutes les paroisses de la capitale, dont les curés étaient presque tous jansénistes (1). On ne sait à quelle extrémité le peuple se serait porté, si, du donjon de Vincennes, Retz, comme on le lui conseillait, avait osé jeter l'interdit sur son diocèse pendant la semaine sainte. Le Chapitre, les curés, n'attendaient qu'un signe de lui pour fermer leurs églises et suspendre les sacrements. Il n'osa pas (2).

Mazarin, furieux et effrayé, le fit aussitôt transférer au château de Nantes.

Il y entra au commencement d'avril et s'en évada au moyen d'une échelle de corde, le 8 août. Quarante relais avaient été préparés pour qu'il pût courir jusqu'à Paris et y reprendre possession de son siège; mais un accident vulgaire déjoua ce beau projet : il tomba de cheval à Mauves, se démit l'épaule, et fut obligé de rebrousser chemin jusqu'à Belle-Ile. Il s'embarqua pour Saint-Sébastien, traversa l'Espagne et arriva enfin au mois de novembre à Rome, où il fut très honorablement reçu par les papes Innocent X et Alexandre VII. Celui-ci même lui conféra le pallium (3). Retz reprit publiquement son titre d'archevêque de Paris, fit respecter sa dignité par un train de maison magnifique, et mit en échec pendant plusieurs années les ambassadeurs de France, Lyonne et Brienne.

A la nouvelle de l'évasion de leur pasteur, les curés des paroisses avaient fait chanter des *Te Deum* et allumer des feux de joie dans les carrefours; de pieux personnages, Messieurs de Luynes, de Liancourt, de Caumartin, de Bagnols, la présidente de Herse se cotisèrent pour lui envoyer près de trois cent mille livres. Le Pape, l'Assemblée du Clergé, Port-Royal prirent parti pour lui; ses grands vicaires Lavocat et Chevalier administrèrent le diocèse en son nom. Mazarin les exila; ils furent remplacés par l'archiprêtre de la Madeleine, Chassebras, et par l'archiprêtre de Saint-Séverin, de Hodencq (4). Ceux-ci

<hr />

(1) Mazure; curé de *Saint-Paul;* — Quintaine, de *Chaillot;* — Lenoir, de *Saint-Hilaire;* — Marlin, de *Saint-Eustache;* — Fortin, principal d'*Harcourt* et curé de *Saint-Christophe;* — Bourguignon, de *Gentilly;* — Chassebras, de la *Madeleine;* — de Hodencq, de *Saint-Séverin;* — Amyot, de *Saint-Méry;* — Joly, de *Saint-Nicolas-des-Champs;* — Blondel, de *Saint-Hippolyte;* — Bréda de *Saint-André-des-Arts;* — Chapelas, de *Saint-Jacques-de-la-Boucherie;* — Colombel, de *Saint-Germain-l'Auxerrois;* — Dupuys, des *Saints-Innocents;* — Grenet, de *Saint-Benoit,* etc.

(2) Peut-être craignit-il, s'il montrait tant d'audace, de mourir subitement dans sa cellule...

(3) Le *pallium* est le manteau tissu de laine que le nouvel archevêque doit aller chercher à Rome dans les trois mois de son élection, à moins que le Pape n'ait daigné le lui envoyer par un légat. Alexandre VII confirmait ainsi Retz dans ses droits d'archevêque de Paris. Le Pape dut aussi profiter de la présence de Retz à Rome pour lui donner le *chapeau* de cardinal; c'était seulement le *bonnet* qu'un camérier lui avait remis à Compiègne, le 11 septembre 1652.

(4) Alexandre de Hodencq, né au diocèse d'Amiens, docteur en Sorbonne, conseiller du Roi, vicaire général de l'archevêque de Paris en 1654; curé-archiprêtre

lancèrent un mandement qu'ils refusèrent longtemps de révoquer, malgré les menaces de la Cour. Une lettre du cardinal de Retz, adressée de Rome au Clergé de France fut brûlée dans la cour du Palais par la main du bourreau. Le calme ne se fit un peu dans les esprits que lorsque Retz quitta Rome et voyagea *incognito* en Suisse, en Allemagne, en Hollande, « caché, disaient MM. de Port-Royal, dans les déserts et les cavernes, à l'exemple des saints évêques au temps de la persécution (1) ».

Cette petite guerre, si troublante qu'elle fût, ne détourna pas Mazarin de la grande. Les Espagnols avaient profité de nos dissensions pour ressaisir Barcelone, Casal, Dunkerque, et, — comble de honte, — Condé servait dans leurs rangs ; c'est à leur tête qu'il nous reprenait Rocroy, et qu'il nous faisait lever les sièges de Valenciennes et de Cambrai. Mais la fortune seconda Turenne, définitivement rentré dans le devoir ; il s'empara du Quesnoy, de Landrecies, de Condé, de La Capelle et remporta la victoire des Dunes qui amena la signature de préliminaires de paix, le 4 juin 1659. Le roi d'Espagne, Philippe IV, écrivit à sa sœur, la reine Anne, une lettre, dans laquelle il offrait la main de sa fille, Marie-Thérèse, à Louis XIV : c'était, semblait-il, la cessation de toute guerre pendant de longues années. Le traité des Pyrénées, conclu le 7 novembre, consacra celui de Westphalie, nous assura, outre l'occupation de la Lorraine, la possession du Roussillon, de la Cerdagne, de l'Artois et des villes de Gravelines, Avesnes, Montmédy, Longwy et autres. La France prenait sous sa protection la Ligue du Rhin, ainsi que les princes et les républiques d'Italie et d'Allemagne ; elle substituait sa suprématie à celle que, depuis un siècle, les deux branches de la Maison d'Autriche exerçaient en Europe.

Les prétentions de Condé retardèrent beaucoup les négociations. Il

de Saint-Séverin. Il mourut le 10 novembre 1665, rue des Prêtres-Saint-Séverin, et fut inhumé à Saint-Séverin le 12.

Voici comment parle de lui un agent secret de Colbert : « L'archiprêtre de Bodencq fait profession d'aimer la reconnaissance ; il est fier et altier dans ce qu'il s'est mis en tête ; point trop intéressé et n'aimant pas assez la fortune, pour en acquérir par ses actes... fort attaché au parti des jansénistes ; fort attaché à M. le cardinal de Retz, haïssant tout ce qui peut choquer sa liberté. Fixé, si il ne change, à vivre et mourir en Sorbonne ».

Après deux siècles et demi écoulés, le nom de l'archiprêtre de Saint-Séverin est honorablement porté aujourd'hui par son arrière-petit-neveu, M. Alfred de Bodencq, secrétaire de la rédaction du journal l'*Éclair*.

(1) On s'est assez égayé de nos jours, d'après les piquants *Mémoires* de Guy Joly, sur le genre de « déserts et de cavernes » que fréquentait le cardinal dans cette période peu connue de sa vie. Selon quelques-uns, il aurait osé revenir à Paris, en 1656, et s'y serait tenu caché dans une des tours de Notre-Dame ; puis chez son boucher, Le Houx ; puis chez le sieur Crochet, chanoine de Saint-Germain-l'Auxerrois. Selon le P. Rapin, il aurait, à cette époque, demandé un asile à Port-Royal-des-Champs « pour y vivre secrètement parmi les bons amis et y faire pénitence ». Ces Messieurs lui firent répondre « qu'étant dans la nécessité de se cacher eux-mêmes, ils trouveroient difficilement dans leur solitude un lieu assez obscur pour y cacher un homme aussi important que lui, mais qu'ils ne laisseroient pas de lui donner de leurs nouvelles, du moins pour le remercier de l'honneur qu'il leur faisoit de penser à se retirer avec eux ».

commença par tout exiger et Mazarin par refuser tout. Le Prince voulait
que l'Espagne lui fit rendre ses biens, ses honneurs, ses dignités, ses
gouvernements; si non, qu'elle lui accordât tout au moins la souveraineté de la Franche-Comté (1). C'était trop. Le ministre de Philippe IV,
Louis de Haro, fit mine de lui constituer une principauté sur la frontière : soit Charlemont, soit Cambrai (2). C'était ce que Mazarin redoutait le plus; aussi promit-il de pardonner, si Condé se reconnaissait
coupable et se confiait à la générosité du Roi. On sut alors ce que valait la résistance du héros farouche : il plia, — bien avant le cardinal
de Retz, — perdit Stenay, Clermont, Rocroy, Montrond, Bellegarde;
neuf années de ses revenus séquestrés, et n'obtint, au lieu de la Guyenne,
que le gouvernement de la Bourgogne, « où il n'y a pas de places
fortes ». On le vit quitter les Pays-Bas et traverser toute la France
pour aller en Provence supplier Mazarin. Il lui écrivit, de la même
main qui avait signé le billet à Cromwell : « J'espère que, lorsque je
vous aurai entretenu une heure, vous serez bien persuadé que je veux
être votre serviteur. *Je pense que vous voudrez bien aussi m'aimer*, et
que vous me ferez la grâce de croire que je vous suis très affectionné ».
Tant de soumission eut une récompense méritée. Mazarin présenta le
pénitent au Roi, qui se contenta de lui dire : « Mon cousin, je n'ai
garde de me souvenir d'un mal qui n'a apporté de dommage qu'à vous-
même (3) ».

Le traité des Pyrénées fut publié à Paris, le 14 février 1660 et accueilli
par les marques de la joie générale : « Les boutiques furent fermées,
par ordre du prévost des marchands et des eschevins, et le soir, il y
eut à la place de Grève un feu d'artifice, des plus beaux qu'on eust encore veu. Les personnes les plus distinguées qui se trouvèrent à l'Hostel de Ville y furent régalées d'une magnifique collation, et dèz les
deux heures après midi, le vin coulait en faveur du peuple par les trois
ouvertures de la fontaine qui estoit pour lors à la place de Grève. Outre les feux et les illuminations dans toutes les rues et à toutes les fenestres, on trouvoit jusques dans les moindres quartiers des tables ouvertes aux passans, avec toutes sortes de rafraîchissemens... On remarqua
la magnificence déployée à l'hostel du cardinal Mazarin. Dèz la pointe
du jour, un grand nombre de pétards et de boestes firent, avec les
tambours et les trompettes, un meslange agréable de divertissements.

---

(1) Où il se promettait de donner retraite « à tous les mécontens de France ».

(2) En réalité, l'Espagne se souciait peu de distraire une partie des Pays-Bas au
profit du Prince; aussi lui fit-elle comprendre par une froideur croissante qu'il
n'avait plus qu'à accepter la pitié dédaigneuse de Mazarin.

(3) La lettre de soumission à Mazarin est du 24 décembre 1659. — La présentation du Prince au Roi, dans la ville d'Aix, est du 27 janvier 1660. — Condé dont
l'amnistie avait été vérifiée au Parlement le 13, revint à Paris le 25 février, descendit chez le plus fidèle serviteur de sa famille, le président Perrault, dont la
maison existe toujours quai Voltaire, n° 9; il y reçut les civilités de toutes les
personnes de marque, puis il alla coucher dans son château de Saint-Maur.

Il ne faut lire qu'avec de nombreuses réserves les Oraisons funèbres du prince
de Condé, et surtout celle qu'a prononcée Bossuet.

Deux fontaines de vin accompagnèrent les feux qui furent allumés le soir, l'un à la porte de l'hostel; l'autre sur le faiste de la maison, avec beaucoup d'art et d'industrie; ce qui, joint à un nombre infini de flambeaux, faisoit en ce genre l'une des plus belles perspectives qui se pussent imaginer. Le chancelier de France, Pierre Séguier, le duc de Beaufort, le maréchal de l'Hospital se distinguèrent également (1) ».

Louis XIV, ayant épousé, le 9 juillet 1660, dans la cathédrale de Bayonne, sa cousine, l'infante Marie-Thérèse, fille du roi d'Espagne Philippe IV et d'Élisabeth de France, s'achemina lentement de la frontière vers sa capitale. En attendant l'arrivée des jeunes époux, le Parlement, oubliant enfin les vieilles haines, voulut remercier le ministre qui avait cru assurer une longue paix en préparant cette union. Le 10 août, une députation alla le trouver à Vincennes sur son lit de douleur, car il était déjà dangereusement malade, et lui rendit un hommage qui, jusque-là, n'avait été fait qu'aux rois.

La « magnifique et triomphante entrée du Roy et de la Reine » éblouit enfin les yeux des Parisiens, le jeudi 26 août, lendemain de la Saint-Louis. L'interminable défilé, commencé le matin à la barrière de Vincennes (2), était encore en marche le soir. Mme Scarron y assista, et elle vit passer devant elle le prince qu'elle devait épouser vingt-cinq ans plus tard. « J'ai été pendant dix heures, écrit-elle dans une de ses *lettres*, tout yeux et tout oreilles; la reine doit être contente du mari qu'elle a choisi (3) ».

A l'extrémité du faubourg Saint-Antoine, vis-à-vis la rue de Picpus, sur un trône élevé de trente degrés, soutenu de colonnes et surmonté d'un dais, Leurs Majestés, entourées de Monsieur, frère du Roi; des princes de Conti et de Condé; du duc d'Enghien; du chancelier Séguier; de Mesdames de Condé, de Longueville, d'Alençon, de Valois, de Navailles, de Béthune, commencèrent dès huit heures du matin, à recevoir les hommages de leurs sujets, et parmi les premiers qui se présentèrent : les Ordres religieux en procession; le Clergé de chaque paroisse; l'Université; le Corps de ville; le Châtelet; les Chambres des Monnaies, des Comptes, des Aides et le Parlement conduit par le premier président Guillaume de Lamoignon et les présidents de Nesmond, Potier, Bailleul et Molé, vêtus de longs manteaux d'écarlate fourrés d'hermine, le mortier de velours noir sur la tête.

Après avoir écouté les discours (4), Leurs Majestés allèrent dîner

---

(1) *Félibien*, p. 1469.

(2) Cette place qui devint circulaire prit le nom de *place du Trône*, à cause du trône élevé en cet endroit pour l'entrée de Louis XIV et de Marie-Thérèse. Un arrêté préfectoral du 2 juillet 1880 lui a donné le nom de *Place de la Nation*.

(3) La Fontaine y était aussi : « L'entrée ne se passa point sans moi, écrit-il à Fouquet, j'y eus ma place aussi bien que beaucoup d'autres provinciaux », et il continue par la plus charmante relation, en vers, le récit des magnificences dont il fut témoin, non sans une pointe d'ironie.

(4) J'extrais ce passage de la harangue du premier président de Lamoignon à la Reine :

« MADAME, c'est Paris, cet incomparable Paris, et miracle du monde, cet œil de

dans une maison voisine, et, à deux heures de l'après-midi, le cortège entra dans Paris, en cet ordre :

La compagnie du prévôt de l'Isle, sieur de Bonnevant;

La Maison de son Éminence le cardinal de Mazarin; ses soixante-douze mulets caparaçonnés de velours rouge à ses armes; ses écuyers, ses vingt-quatre pages; ses douze genets, tenus en main; ses carrosses à six chevaux; ses quarante valets de pied, ses trente gentilhommes et sa compagnie des gardes;

La Maison de Monsieur, duc d'Orléans, frère du Roi;

La Maison de la Reine; la Maison du Roi;

La grande et la petite Écurie du Roi;

La Chancellerie;

La haquenée blanche portant les sceaux de France dans une cassette de vermeil;

Les maîtres des requêtes, à cheval, suivis chacun de quatre laquais vêtus à leurs livrées;

La compagnie des petits mousquetaires du Roi, en casaques de drap bleu brodé d'argent, commandés par leur capitaine M. de Marsac et leur lieutenant M. de Montgaillard;

La compagnie des grands mousquetaires, en casaques de velours bleu aux croix d'argent, divisés en quatre brigades (1) et commandés par M. d'Artagnan, leur capitaine;

Les chevau-légers de la garde du Roi, en justaucorps d'écarlate chamarrés d'or et d'argent, commandés par le duc de Navailles, leur lieutenant;

Les pages, les gentilshommes servants, le lieutenant et le procureur du Roi;

Le marquis de Sourches, grand prévôt de l'Hôtel, « monté à l'avantage », et sa compagnie d'archers marchant la pertuisane en main;

Puis superbement vêtus et montés, MM. de Duras, de Guiche, de La Feuillade, d'Estrées, de Richelieu, de Paloiseau, de Coislin, de Rosny, d'Hocquincourt, d'Effiat, de Clérambault, de Rochefort, de Nogent, de Soyecourt, de Guitry, de Saint-Aignan, du Lude, etc.;

Cette noblesse était suivie de la compagnie des Cent-Suisses, marchant tambour battant, la hallebarde à l'épaule, la toque noire sur la tête, précédés du marquis de Vardes, leur capitaine;

Dix-neuf hérauts d'armes annonçaient le marquis de la Meilleraye, grand-maître de l'artillerie, entouré des maréchaux de France;

Le comte d'Harcourt, grand écuyer de France, portant l'épée royale, couverte d'un fourreau de velours violet semé de fleurs de lys d'or;

---

l'Europe, cette France de la France, ce centre de la royauté, ce siège éternel de l'empire des François; enfin c'est Paris tout entier, qui est aujourd'huy le tesmoing des protestations que la première compagnie du premier Royaume qui soit sur la terre fait à Votre Majesté de luy rendre tousjours tous les respects et toutes les obéissances possibles jusques au dernier soupir de la vie.

(1) La première brigade portait des plumes blanches; la deuxième, des plumes blanches et jaunes; la troisième, blanches et bleues; et la quatrième blanches et vertes.

LE ROI, monté sur un cheval d'Espagne bai brun, entouré des sieurs de Saint-André, de Bournonville, de la Chapelle, de Bossu, de Sermenton et de sa garde écossaise (1); il marchait sous un poêle tenu alternativement par les échevins ou par les gardes des six corps marchands, et il était immédiatement suivi du duc de Bouillon, grand chambellan de France, du duc de Créquy, premier gentilhomme de la Chambre; du comte de Tresmes, capitaine des gardes et de M. de Béringhen, premier écuyer;

Le duc d'Orléans, avec les grands officiers de sa maison;

Les princes du sang; le comte de Soissons; Messieurs de Noirmoutiers, de la Vieuxville, d'Arpajon, de Roquelaure, de Charrost, de Villequier;

Les deux cents gentilshommes au bec de corbin, commandés par leurs capitaines, le marquis d'Humières et le chevalier de Puyguilhem;

LA REINE, seule dans une calèche tirée par six chevaux danois grisperle (2); escortée de quatre écuyers et de douze gardes; commandés par le sieur de Carnavalet: à sa droite, chevauchaient le comte de Fuensaldaigne, ambassadeur d'Espagne et quatre grands seigneurs espagnols; à sa gauche, le duc de Bournonville, son chevalier d'honneur, et les princes de la Maison de Lorraine: le duc de Guise, le duc d'Elbeuf et les comtes de Lillebonne et d'Armagnac;

Le carrosse du corps de la Reine, où étaient Mademoiselle de Montpensier, ses sœurs d'Orléans et de Valois; la duchesse de Longueville et la princesse de Bade;

Autres carrosses à six chevaux pour les dames et les filles d'honneur de la Reine.

Les gendarmes du Roi, commandés par le maréchal d'Albret, et les officiers de la Fauconnerie fermaient le cortège, qui arriva au Louvre sur les cinq heures du soir, après avoir traversé, aux acclamations d'une foule accourue de toutes les provinces du royaume et même de l'étranger, la chaussée du faubourg Saint-Antoine, la rue Saint-Antoine (3).

---

(1) L'habit du Roi était en broderie d'argent tiré à la filière, mêlé de perles et garni de rubans incarnat; son chapeau était relevé d'un superbe bouquet de plumes incarnates et blanches, attachées par une rose de diamants.

(2) « Ce char superbe, exposé aux rayons de soleil, jetoit au loin un éclat extraordinaire. Le fer ne s'y montroit nulle part. Les roues et le train étoient couverts d'or et l'argent estoit le moindre métal qui y parust. Cette nouvelle machine estoit couverte dedans et dehors d'une broderie d'or tiré à la filière sur un fond d'argent ». *Félibien*, page 1471.

(3) La Reine-Mère s'était placée rue Saint-Antoine au grand balcon de l'*Hôtel de Beauvais* pour y voir commodément passer le cortège. Ce balcon existe toujours au premier étage, au-dessus de la porte cochère. « Il avoit esté couvert d'un dais à longue queue de velours rouge cramoisy sous lequel la reyne-mère fit mettre à sa droite la reyne d'Angleterre et entre elles la princesse sa fille. Le milord Germain, le comte de Nogent père, la princesse Palatine, la duchesse de Chevreuse... Les autres balcons, aussi bien que celuy-ci, avoient sur leurs appuis de très fins tapis de Perse. Les dames de la cour des Reynes remplirent celuy du côté des Jésuites. M. le cardinal de Mazarin, trop souffrant pour paroistre à la cavalcade et prendre part à un triomphe auquel il avoit tant contribué, se mist

le cimetière Saint-Jean, la rue de la Tixeranderie, la Grève, le pont Notre-Dame, la rue de la Juiverie, le Marché-Neuf, le quai des Orfèfèvres, le Pont-Neuf, le quai de l'École, tendus de tapisseries et bordés sur tout le trajet d'une double haie de compagnies bourgeoises richement vêtues et armées (1).

*
* *

Édifiant spectacle que cette journée! Turenne, le fléau de la Fronde, le vainqueur du grand Condé, accoudé au balcon de l'Hôtel de Beauvais, songeur, et regardant passer le premier prince du sang, traîné en laisse dans le cortège royal, comme à un mouvant pilori, à travers le faubourg et le quartier Saint-Antoine, témoins de son désastre! « Quel coup d'œil durent échanger ces deux hommes, quand la marche triomphale fut un instant suspendue, et quel étrange sourire dut éclairer la pâle figure du cardinal, déjà presque mourant au milieu de sa gloire (2)! »

La vie le quittait au moment où son rôle étant joué, — et admirablement, — il n'avait plus de place à tenir sur la scène : Condé humilié, Retz chassé, Anne d'Autriche délaissée, le Roi émancipé, quel personnage Mazarin eût-il fait désormais ?... Brisé par la souffrance, appuyé sur le bras de Brienne, il erra une dernière fois dans les superbes galeries de son palais, jetant un regard désespéré sur les merveilles qu'il y avait réunies, et répétant avec douleur : « Il faut quitter tout cela! Ah! mon pauvre ami, ce tableau du Corrège, cette *Vénus* du Titien, ce *Déluge,* d'Antoine Carrache, ces livres, ces statues que j'aime tant et qui m'ont tant coûté, je ne les verrai plus, *là où je vais!...* Il faut quitter tout cela (3)! »

Luttant contre le mal et cherchant encore à le cacher à tous, il était venu loger quelques jours au Louvre (4), afin de hâter les préparatifs

sur l'autre et eut presque toujours auprès de luy M. de Thurenne en habit noir ».
Le cortège s'arrêta un instant devant l'hôtel, pour que le Roi et la Reine pussent saluer Anne d'Autriche et le cardinal.
J'ai déjà mentionné les logis qui précédèrent l'Hôtel de Beauvais, chap. VII, page 230, note 3, et chap. XII, page 421, note 4.

(1) « On avait élevé avec beaucoup d'art et de dépense plusieurs arcs de triomphe ornez de devises et d'emblèmes. Le premier, vis-à-vis de l'abbaye Saint-Antoine, était un portique d'une largeur et d'une hauteur extraordinaires. — La porte Saint-Antoine, au pied de la Bastille, était fermée selon l'usage; le prévôt des marchands, M. de Sève et les échevins en offrirent les clés au Roi. — A l'entrée du cimetière Saint-Jean et de la rue de la Tixeranderie, un arc triomphal représentait le *Parnasse et les Muses.* — Au pont Notre-Dame, un grand portique avec figures représentant l'*Amour* et la *Fécondité.* — Au marché-Neuf, l'*Arc de la Paix* avec figures représentant le *Roi* sous la figure d'*Hercule* dépouillé de sa peau de lion par quantité de petits *Cupidons;* la Reine-Mère en *Pallas;* les *Villes* et *Provinces* restées à la France par le traité de paix.
(2) JULES COUSIN, *L'Hôtel de Beauvais,* Paris 1864.
(3) J'avoue qu'au rebours de beaucoup d'historiens, je n'ai jamais trouvé que ces regrets fussent plaisants!
(4) Au troisième étage du Pavillon du Roi, et dans quelques chambres de l'attique sur la cour.

du ballet de l'*Impatient* qu'on devait représenter dans la Petite-Galerie. Un incendie, qui éclata dans la matinée du 6 février (1), atteignit bientôt son appartement; on n'eut que le temps de l'enlever de son lit et de l'emmener à Vincennes.

La Cour l'y rejoignit le 13, mais son état s'était aggravé; tous les médecins. Guénean, Vallot, l'avaient condamné, et deux coïncidences l'avaient frappé : comme Richelieu, il avait atteint sa cinquante-neuvième année, et comme lui, il avait été ministre dix-huit ans. Il résolut de faire bonne mine à la mort.

Le 28, il trouva la force de faire signer un traité au duc Charles de Lorraine. Trois de ses nièces restaient encore à établir; il donna Marie au prince Colonna, connétable du royaume de Naples; Hortense à Charles de la Meilleraye, qui dut prendre le titre de duc de Mazarin; il dota la plus jeune, Marie-Anne (2), et de son neveu, Philippe Mancini, il fit un duc de Nivernais (3).

Cependant il affectait de ne rien changer à ses habitudes, et sa furieuse passion pour le jeu persista jusqu'à son dernier soupir. Le théatin Dom Ange, qui l'administra; le Nonce du Pape, qui lui apporta la bénédiction apostolique; le curé de Saint-Nicolas-des-Champs, M. Joly, qui interrompit son prône paroissial pour venir l'exhorter, le trouvèrent entouré de joueurs sur un lit couvert de cartes. Sa liberté d'esprit resta telle qu'il se plut à faire défiler dans sa ruelle la reine-mère, le Roi, ses amis et ses serviteurs. Aussi les contemporains, étonnés de voir un prince de l'Église si peu prêtre, n'ont-ils parlé de sa mort qu'avec quelque embarras : « Mazarin crut devoir à l'honneur de son nom et à la gloire de son heureux ministère, dit le P. Rapin, de terminer sa vie sans laisser paraître aucune crainte de la mort; ce qu'il fit si bien qu'on peut dire qu'il eut soin de mourir plus en grand homme qu'en vrai chrétien ». — « Dans le fond, c'était un politique, dit un autre; il parut

---

(1) La flamme dévora vite cette galerie fraîchement peinte et détruisit la décoration du plafond ainsi que les portraits des rois et des reines placés dans les trumeaux. Le curé de Saint-Germain-l'Auxerrois, Antoine Colombet, apporta le Saint-Sacrement pour conjurer l'incendie. Le feu était si violent qu'on fit sortir en hâte le cardinal; il monta dans sa chaise sur le haut du grand degré et on le descendit ainsi à l'aide de quatre porteurs et de ses gardes, tandis que les Suisses, rangés sur les marches à droite et à gauche, se passaient de main en main les seaux d'eau, ou couraient les jeter sur les flammes qui attaquaient déjà l'appartement dont il venait de s'enfuir.

(2) Elle épousa, l'année suivante (1662), un neveu de Turenne, Godefroy de la Tour, duc de Bouillon. C'est la fameuse duchesse de Bouillon, protectrice de la Fontaine et ennemie de Racine.

(3) Mazarin, si soucieux de l'accroissement de sa famille, ne fit guère que des ingrats. Ce Philippe, duc de Nevers, s'écria en apprenant la mort de son oncle : *Dieu merci! il est crevé.* C'est par la sœur même de Philippe, — la duchesse de Mazarin, — que cet odieux propos est rapporté. Elle semble le trouver tout naturel, et croit sauver la situation en ajoutant : « Si vous saviez avec quelle rigueur notre oncle nous traitait en toutes choses; vous en seriez moins surpris ». De tels neveux et nièces méritaient peut-être quelque rigueur de celui qui les avait fait venir nus d'Italie et n'avait jamais cessé, même au milieu des plus cruelles traverses, de chercher à leur procurer un établissement.

dans sa mort plus de philosophie que de christianisme : il mourut un peu en philosophe, comme il avoit vécu (1) ».

Il expira le 9 mars, à deux heures après minuit (2).

On lui a reproché de ne pas avoir distingué entre les finances de l'État et les siennes : c'est le crime du siècle, le crime de Richelieu, de Fouquet, de Colbert lui-même. On le lui eût pardonné, s'il n'eût été que prodigue ; mais, selon de nombreux témoignages, il se montra d'une avarice sordide ; son lit de mort était un comptoir où il trafiquait encore des places et des dignités, au point qu'Anne d'Autriche ne put retenir ce cri de dégoût : « Il ne sera donc jamais saoul d'or et d'argent ! »

Possesseur des revenus de vingt et quelques des plus riches abbayes de France ; puisant à son gré dans le Trésor ; cachant des millions à Sedan, au Louvre, à La Fère, à Vincennes, à Brissac, à la Bastille, il se trouva embarrassé, à sa dernière heure, de l'énormité d'une fortune dont il n'osait plus avouer le chiffre, et l'offrit au Roi qui la refusa. Il en disposa alors magnifiquement, et, après les dons particuliers (3), en consacra une notable partie à la fondation du collège portant son nom, où il voulait recevoir les enfants des « quatre nations » (Artois, Alsace, Roussillon, Piémont) réunies à la France par les traités de Westphalie et des Pyrénées. Il pouvait dire, en effet, avec fierté, que « si son langage était étranger, son cœur étoit bien français », et je ne saurais oublier qu'à sa gloire éternelle, il nous donna l'Alsace, dans le moment même où le Parlement le chassait de la capitale, vendait ses livres et mettait sa tête à prix (4).

Paris paya de son humiliation et de la perte de ses franchises les bouffées d'ambition du Parlement, les crimes de Condé et les folies des duchesses amoureuses. La majorité de la bourgeoisie, les corps des mé-

(1) « Il mourut véritablement en grand homme, disposant tranquillement de ses affaires ; écrivant en France, en Italie ; ne témoignant aucune crainte basse, n'affectant aucune grandeur de courage, et, comme s'il n'eût pas daigné se préparer pour cette dernière action, après avoir chrétiennement rempli ses devoirs envers Dieu, il la fit de même qu'une autre action de sa vie, c'est-à-dire comme un vrai sage, à qui la mort est indifférente et qui se regarde mourir comme spectateur ».

COSNAC, *Mémoires*.

(2) Le 8 avril, Georges d'Aubusson de la Feuillade, archevêque d'Embrun, prononça l'oraison funèbre à Notre-Dame. Le cœur fut placé, le 23 mars aux Théatins ; le corps ne fut porté dans la chapelle du collège Mazarin que le 7 septembre 1684.

(3) Legs aux deux reines, au Roi, à Turenne, à Condé, aux diplomates espagnols mêlés au traité des Pyrénées ; ses diamants (les dix-huit Mazarins), au Roi, aux deux reines ; trente émeraudes au duc d'Orléans ; deux millions pour la construction du collège Mazarin et quatre-vingt mille livres de rente pour l'entretien de soixante élèves. Sa bibliothèque devait être placée au Collège et ouverte au public deux jours par semaine.

(4) On a reproché, non sans raison, à Mazarin, d'avoir été aussi pauvre administrateur que bon diplomate et d'avoir négligé le commerce, l'industrie, la marine, l'agriculture, la police. Il semble qu'après avoir montré tant d'énergie (... de 1648 à 1653, il ait éprouvé une grande lassitude et qu'il n'ait plus songé...) dans les huit dernières années de sa vie, qu'à augmenter sa fortune et à jouir en repos des agréments d'un pouvoir dont son état de santé lui faisait sentir la brièveté.

tiers, les rentiers, victimes des massacres du 4 juillet, furent rendus responsables des fureurs de leurs assassins. Mazarin et Louis XIV oublièrent la fidélité et les dangers du prévôt des marchands Antoine Le Fèvre, des échevins Michel Guillois et Nicolas Philippe, ainsi que du garde de l'orfèvrerie Patin, et, dans la cour d'honneur de l'Hôtel de Ville, ils firent élever insolemment une statue de marbre blanc qui représentait le jeune Roi, le front ceint de lauriers, la foudre en main, écrasant sous ses pieds la figure de la *Rébellion* et les armes mêmes de Paris outragées : un *Navire renversé* (1).

V. — TRAVAUX.

EXTENSION DE L'ENCEINTE. — FAUBOURGS. — QUARTIERS NOUVEAUX.

La minorité de Louis XIV, prolongée en réalité jusqu'à la mort de son ministre, avait donc duré dix-huit ans, et les troubles de la Fronde (1648-53), précédés et suivis de périodes relativement prospères, ralentirent à peine le mouvement d'extension de Paris (2). Un arrêté du

---

(1) Cette statue était de Gilles Guérin, sculpteur, né à Paris en 1606, mort rue de Bourbon, le 26 février 1678, et inhumé à Saint-Laurent. Il a travaillé aux *cariatides* du Louvre ; à l'hôtel *Hesselin*, quai de Béthune ; au mausolée de Charles de la Vieuville, dans l'église des *Minimes* ; au médaillon de Descartes à Saint-Étienne-du-Mont, etc.

Je parlerai plus loin de ce que devint cette statue de Louis XIV, inaugurée le 4 juillet 1653, à l'Hôtel de Ville, le jour même d'une fête où fut représenté *le Cid*.

(2)   ADRESSES

DES PRINCIPAUX PERSONNAGES RÉSIDANT A PARIS SOUS LE MINISTÈRE DE MAZARIN.
(1643-1661)

Gaston, duc d'Orléans,	au Luxembourg.
Mlle de Montpensier, fille de Gaston,	au Luxembourg et aux Tuileries.
Le prince de Condé,	rue Neuve-Saint-Lambert près le Luxembourg, en son hôtel de Condé.
La reine d'Angleterre, Henriette,	au Louvre, au Palais-Royal, à l'hôtel de la Bazinière et à Chaillot, dans l'ancienne maison du maréchal de Bassompierre.
Le duc et la duchesse de Longueville,	rue des Poulies, en face Saint-Germain-l'Auxerrois, jusqu'au 13 août 1662.
La duchesse de Lorraine, Nicole, femme du duc Charles III,	rue Pavée-au-Marais.
Le duc d'Elbeuf,	Hôtel de Mayenne, rue Saint-Antoine.
Le comte de Rieux, fils du duc d'Elbeuf,	rue Payenne.
Don Joseph d'Illescas, ambassadeur de l'archiduc,	chez le duc d'Elbeuf, rue Saint-Antoine.
François de Vendôme, duc de Beaufort,	rue Quincampoix, cul-de-sac Beaufort.
Charles-Amédée de Savoie, duc de Nemours,	à l'Hôtel de Nemours, rue Pavée-Saint-André-des-Arts.
La duchesse douairière de Guise, Henriette-Catherine de Joyeuse ; sa fille, Mlle Marie de Guise ; son fils Henri II de Guise,	à l'Hôtel de Guise, rue du Chaume.

Conseil, en date du 28 janvier 1645, ordonna que les terrains encore vides, outre les portes Saint-Honoré et Saint-Denis, seraient vendus et

César, duc de Vendôme (fils de Henri IV et de Gabrielle d'Estrées),	à l'Hôtel de Vendôme, rue Neuve-Saint-Honoré.
Charles, duc d'Angoulême (fils de Charles IX et de Marie Touchet).	à l'Hôtel d'Angoulême, rue Pavée-au-Marais.
Le duc de Bouillon, Frédéric-Maurice et son frère Turenne.	rue Saint-Louis-au-Marais, angle de la rue Saint-Claude.
Pierre, duc de Retz (frère du coadjuteur),	rue d'Orléans, aujourd'hui Charlot, N° 9.
Le cardinal Mazarin,	rue Neuve-des-Petits-Champs, entre les rues Vivienne et de Richelieu.
La duchesse d'Aiguillon, nièce de Richelieu; le comte de Brion, neveu de Richelieu.	rue de Richelieu au Palais Brion, attenant au Palais-Cardinal.
Pierre Séguier, marquis d'O, prévôt de Paris,	à l'Hôtel d'O, rue Git-le-Cœur, à l'angle de la rue de Hurepoix.
Hercule de Rohan, duc de Montbazon, gouverneur de Paris,	à l'Hôtel de Montbazon, rue Béthisy; — puis rue Barbette.
Le maréchal de l'Hospital, gouverneur de Paris,	rue des Bons-Enfants; — puis rue des Fossés-Montmartre, à l'angle de la rue du Petit-Reposoir.
Le duc de Bournonville, gouverneur de Paris,	en son hôtel, rue du Mail.
Pierre Séguier, garde des sceaux,	rue de Grenelle Saint-Honoré.
Charles de Châteauneuf de l'Aubespine, garde des sceaux,	rue Coquillière, au coin de la rue Plâtrière.
Mathieu Molé, premier président, garde des sceaux,	Hôtel des premiers présidents au Palais.
Antoine d'Aubray, lieutenant-civil du prévôt de Paris,	rue du Rouloi.
Jacques Tardieu, lieutenant-criminel du prévôt de Paris,	quai des Orfèvres.
Antoine Ferrand, lieutenant criminel de robe courte.	rue Serpente.
Francini de Grandmaison, lieutenant criminel de robe courte,	rue des Prouvaires.
Marquis de Sourches, grand prévôt de l'Hôtel.	rue de l'Université.
Nicolas de Bailleul, surintendant des Finances,	rue de Braque, au coin de la rue du Chaume (hôtel en partie existant).
Michel Particelli d'Émery, surintendant des Finances,	rue Croix-des-Petits-Champs. (Emplacement de la place des Victoires).
René de Longueil de Maisons, surintendant des Finances,	rue des Prouvaires.
Charles de La Vieuville, surintendant des Finances,	rue Saint-Paul, Hôtel de la Vieuville.
Abel Servien, surintendant des Finances,	rue des Bons-Enfants, à gauche.
Nicolas Fouquet, surintendant des Finances,	rue du Temple, nos 101 et 103.
Hiérosme Le Féron, prévôt des marchands, 1646-1650.	rue Barre-du-Bec.
Alexandre de Sève, prévôt des marchands, 1654-1662,	rue de la Monnaie.
Sébastien Cramoisy, échevin, imprimeur,	au Louvre, à l'imprimerie royale, et rue Saint-Jacques, *aux Cigognes.*
Michel Guillois, échevin, conseiller au Châtelet,	rue Bourg-l'Abbé, sur la paroisse *Saint-Leu-Saint-Gilles.*

bâtis, ce qui obligea à rouvrir les portes *Gaillon* et *Sainte-Anne*. fermées depuis quelques années. Les rues de *Richelieu*. *Neuve-des-Petits-Champs*, des *Fossés-Montmartre*. du *Mail*, de *Cléry*. *Neuve-Saint-Honoré*, *Neuve-Saint-Augustin*, *Vivienne*, *Sainte-Anne*. *Villedo*, se

Gervaise. échevin, marchand quincailler.	rue de la Ferronnerie.
Nicolas Boucot, receveur de la ville,	rue de la Coutellerie.
Henri de Guénégaud, secrétaire d'État,	rue des Francs-Bourgeois jusqu'en 1651. et sur le quai de Nesle jusqu'à sa mort. le 16 mars 1676.
Dubuisson-Aubenay. historiographe du Roi,	chez M. de Guénégaud, rue des Francs-Bourgeois et quai de Nesle. jusqu'à sa mort. le 1er octobre 1652.
Claude de Guénégaud, trésorier de l'Épargne,	rue Saint-Louis-au-Marais, après la rue Saint-Claude.
Antoine III, maréchal, duc de Gramont,	rue d'Autriche, ancien hôtel de Clèves.
Louis de la Trémouille. marquis de Noirmoutiers,	rue Saint-Méry.
François de Rochechouart. chevalier de Jars,	rue de Richelieu. No 65.
Le maréchal Annibal d'Estrées,	rue Barbette, 4.
Antoine de Villequier. maréchal d'Aumont.	rue de Jouy, à l'Hôtel d'Aumont.
Jean d'Estampes-Valençay. ambassadeur,	rue de la Verrerie.
L'abbé de La Rivière, évêque de Langres,	Place Royale.
Le maréchal de La Ferté Senectaire,	rue Croix-des-Petits-Champs. sur une partie de l'emplacement de la place des Victoires.
De Rieux, marquis de Sourdéac,	rue Garancière.
Louis Phélipaux de la Vrillière, secrétaire d'État,	rue de la Vrillière (Banque de France)
Honoré de Barentin, maître de la Chambre aux deniers,	rue des Deux-Portes, et cul-de-sac Saint-Faron.
Philippe de Palluau, maréchal de Clérembaut,	rue du Bouloi, no 11.
François VI, duc de La Rochefoucaud, prince de Marsillac,	en son hôtel, rue de Seine.
Noël de Bullion (fils de Claude),	à l'hôtel de Bullion, rue Plâtrière (J.-J. Rousseau).
Marquis de Fontenay-Mareuil, ambassadeur,	rue Coq-Héron.
Bernard de Nogaret, duc d'Épernon,	à l'hôtel d'Épernon, rue Plâtrière.
Barthélemy Hervart, contrôleur général des Finances,	achète l'hôtel d'Épernon, en 1657, pour 180,000 livres.
Goret de Saint-Martin, maître des comptes,	rue des Rats, près la place Maubert, dans une maison décorée de bas-reliefs par Thibaud Poissant; maison, dite plus tard : Hôtel Colbert.
Guillaume de Bautru, comte de Serrant, académicien,	rue Neuve-des-Petits-Champs, à l'angle oriental de la rue Vivienne.
Léon le Bouthilier de Chavigny, secrétaire d'État,	à l'hôtel de Sicile, rue du Roi-de-Sicile.
Aubert de Fontenay, fermier des gabelles,	au magnifique hôtel appelé par le peuple *l'hôtel salé*, toujours existant, à l'angle des rues de Thorigny et des Coutures-Saint-Gervais.
Jean-Baptiste Lambert, secrétaire du Roi, et son fils,	

couvrirent rapidement de riches maisons et de grands hôtels qui comblèrent les espaces laissés libres autour de ceux déjà élevés sous Louis XIII.

Il en fut de même dans l'*île Saint-Louis*, dont on peut considérer

Nicolas Lambert de Thorigny, président en la Chambre des comptes,	à l'Hôtel Lambert, quai d'Anjou et rue Saint-Louis-en-l'Ile.
Claude de Mesmes, comte d'Avaux, ambassadeur,	rue Sainte-Avoie, à gauche (l'hôtel existe encore rue du Temple).
Nicolas de Neuville, premier maréchal de Villeroy,	rue des Bourdonnais, n° 30 (hôtel encore existant).
Nicolas de Bellièvre, doyen des conseillers d'État,	à l'hôtel de la Trémoille, rue des Bourdonnais et rue Bethisy.
Jacques Bordier, secrétaire du Conseil, seigneur du Raincy,	rue du Parc-Royal, vis-à-vis la rue Culture Sainte-Catherine (hôtel existant).
Jean Perrault, président au Parlement, secrétaire des commandements de la maison de Condé,	Quai Voltaire, 9 (hôtel existant).
Le commandeur de Souvré, et sa sœur, la marquise de Sablé,	rue des Petits-Champs.
Louis Charton, président aux Enquêtes,	rue des Bernardins.
Le président Le Coigneux et son fils, Bachaumont,	rue des Vieilles-Haudriettes.
Vauquelin, sieur des Yveteaux,	rue des Marais-Saint-Germain.
Elisabeth de Creil, veuve de Florent d'Argouges,	à l'hôtel Carnavalet, de 1632 à 1654.
Claude Boislève, traitant,	à l'hôtel Carnavalet, de 1654 à 1662.
Mme de Sévigné,	rue des Lions-Saint-Paul, en 1646; puis rue Sainte-Avoie.
Mme de La Trousse,	rue Michel-le-Comte.
Mme Marie des Landes, veuve de Chrétien de Lamoignon,	rue Aubry-le-Boucher.
Mme Pilou,	rue Saint-Antoine.
Mlle Marion de l'Orme,	rue de Thorigny, où elle mourut le 2 juillet 1650.
Mlle Ninon de Lenclos,	vers 1643, rue des Trois-Pavillons, et vers 1660, rue des Tournelles, 36.
Mlle Paulet,	chez Mme de Clermont-d'Entragues, au Marais.
Bodeau, linger (poursuivant grotesque de Mlle Paulet),	rue Aubry-le-Boucher.
Bossuet,	à Saint-Thomas-du-Louvre, dans ses voyages à Paris, 1658, 1659.
Jean-François Sarasin, poète,	rue Saint-Antoine, en 1645.
Paul Scarron, « malade de la Reine »,	rue des Douze-Portes, au Marais, à sa mort, 1660.
D'Alencé, chirurgien,	en la Couture-Sainte-Catherine.
Gui-Patin, médecin,	rue des Lavandières-Sainte-Opportune, puis place du Chevalier-du-Guet.
Charles Bouvard, médecin du Roi,	au jardin des Plantes.
Loret, gazetier,	à l'hôtel Schomberg, rues Saint-Honoré et Bailleul.
Gassendi, philosophe et mathématicien,	à la fin de sa vie, chez Haber de Montmor, rue Sainte-Avoie, vis-à-vis la rue de Braque.
M. Colbert, le père,	rue de la Marche, en 1649.
Colbert, le fils,	en 1648, rue du Mail; — en 1651, rue coq-Héron.
Pierre d'Hozier, généalogiste, juge d'armes de France,	rue de l'Arbre-Sec, vis-à-vis la *Botte Royale*.

les bâtiments comme achevés entre 1650 et 1660, sauf l'église, dont la reconstruction par Le Vau ne fut commencée qu'en 1664.

Michel Lambert musicien, (bon convive très recherché),	en 1641, au cabaret de *Bel-Air*, près le Luxembourg, chez son beau-père le cabaretier Dupuy.
Lulli, musicien (gendre de Lambert),	rue Traversine-Saint-Honoré.
Boileau,	Cour de la Sainte-Chapelle, chez M. Dongois, receveur des amendes du Parlement.
M. Pascal, père,	rue de Touraine en 1649.
Mézeray, historien,	rue Montorgueil, vis-à-vis la rue Beaurepaire.
Gilles Ménage, érudit,	au cloître Notre-Dame.
Saint-Amant, poète, académicien,	chez le cabaretier Sercy, rue de Seine.
Olivier Patru, académicien.	rue du Puits de l'Ermite.
Benserade, poète, académicien,	en 1651, chez Mme de la Roche-Guyon, rue des Bons-Enfants.
François de La Mothe-le-Vayer, académicien,	en 1655, rue des Bons-Enfants.
Jacques Rohaut, professeur de mathématiques,	rue Quincampoix.
Henri Sauval, historien de Paris,	rue Dauphine.
Jacques Vallée, sieur des Barreaux,	(avec Marion de l'Orme) au faubourg Saint-Victor.
Jean Poquelin, tapissier (père de Molière),	rue Comtesse-d'Artois, puis sous les Piliers des Halles, avant sa mort en 1669.
Molière,	en 1658, quai de l'École, à l'image *Saint-Germain*; — puis en 1661, rue Saint-Thomas-du-Louvre.
Pierre Du Ryer, académicien,	en 1650, à Picpus, vis-à-vis la *Gerbe d'Or*; — en 1655, rue des Tournelles.
Jean Chapelain, académicien,	rue Salle-au-Comte, depuis 1643 jusqu'à sa mort en 1674.
Valentin Conrart, académicien,	rue Saint-Martin.
Jacques Bruant, architecte,	rue Neuve-Saint-Pierre (ruelle qui va de la rue Saint-Gilles à la rue Saint-Louis).
François Mansart, architecte,	rue Payenne, en 1649.
Louis le Vau, architecte,	en 1651, rue du Roi-de-Sicile.
François Blondel, architecte,	rue Jacob, au coin de celle Saint-Benoît (maison existante).
Le Nôtre, architecte, dessinateur de jardins.	aux Tuileries.
Antoine Le Pautre, architecte,	rue du Foin, au Marais.
Claude Perrault, architecte,	rue Neuve-Saint-François au Marais.
Les Villedo, contrôleurs généraux des bâtiments du Roi,	rue Saint-Louis, au Marais, à l'angle de la rue Neuve-Sainte-Catherine.
Philippe de Champagne, peintre,	rue des Écouffes, où il demeura quarante-six ans, de son mariage en 1628 à sa mort en 1674.
Eustache Le Sueur, peintre,	Ile Saint-Louis.
Gilles Guérin, sculpteur,	rue d'Argenteuil, en 1645.
Jacques Sarazin, sculpteur,	aux galeries du Louvre.
Guillain Cambray, sculpteur,	rue Neuve-Saint-Louis, proche le couvent des dames du Calvaire.
Gérard Van-Opstal, sculpteur,	rue des Tuileries, en 1653, et aux galeries du Louvre, en 1658.
François Anguier, sculpteur,	rue Neuve-Saint-Honoré, près la porte Saint-Honoré.

Pour dégager l'entrée du *Palais-Cardinal*, sur la rue Saint-Honoré, la reine Anne d'Autriche fit démolir, en 1643, l'hôtel de Sillery, et créa ainsi, entre les rues Fromenteau et Saint-Thomas-du-Louvre, une grande place, défendue par un corps de garde de Suisses. Sage précaution, qui empêcha le peuple d'attaquer le palais de ce côté dans la journée des Barricades.

Louis Lerambert. sculpteur,	au Louvre. au magasin des Antiques.
Prudhomme, baigneur,	rue d'Orléans au Marais, puis rue Neuve-Montmartre.
Plessix, baigneur,	rue des Quatre-Fils-Aymon, près le carrefour de la Perle.
Perdrigeon, mercier, rubans,	aux *Quatre-Vents*, près Saint-Denis-de-la-Chartre, en la Cité.
Guille, traiteur « janséniste »,	paroisse Saint-Merry, traite MM. de Port-Royal.
Claude Julienne, épicier confiturier,	rue Saint-Honoré, près la rue de l'Arbre-Sec, à l'enseigne du *Franc-Cœur*.
Maillard, apothicaire, vend l'hypocras,	rue Saint-Honoré, près le cloître.
Mᵐᵉ Touzé, fait les perruques « du bel air »,	rue Saint-Honoré, id.
Gilles Légaré, orfèvre du Roi,	au *Barillet*, rue de la Vieille-Draperie, devant le Palais.
Cadeau, marchand de drap,	au *Marteau d'Or*, rue Saint-Denis.
Le Quin, orfèvre (ancêtre de Le Kain),	rue de la Fromagerie.
Didier Lamour, perruquier,	au Palais, cour de la Sainte-Chapelle.
Carméline, arracheur de dents,	au Pont-Neuf, en face le cheval de bronze.
Brioché, montreur de marionnettes,	au Château-Gaillard, quai de Nesle.
Vincent Franquin de Saint-Ange, chevalier de Saint-Michel, maître d'armes du Roi,	rue Férou, près Saint-Sulpice.
Académie de peinture	rue des Deux-Boules, en 1648, à l'hôtel de Clisson.
Chardin, joaillier,	Place Dauphine (c'est le père du voyageur Jean Chardin).
Doublet de Troyes, partisan, receveur de Mazarin,	rue de l'Homme-Armé.
De Mascarany, financier, banquier de Mazarin,	rue des Gobelins, 3.
Cyprien Ragueneau, traiteur et pâtissier de M. le cardinal de Richelieu, puis comédien dans la troupe de Molière, pendant le voyage en Languedoc.	rue Saint-Honoré (*).

(*) Je me suis servi pour toutes ces adresses des noms de rues usités au dix-septième siècle; mais beaucoup ont été changés — très malheureusement pour la plupart — de nos jours, et c'est ainsi que la rue *Neuve-Saint-Lambert* est devenue la rue *de Condé*; — la rue des *Poulies* = rue du *Louvre*; — la rue *Pavée-Saint-André-des-Arts* = rue *Séguier*; — la rue du *Chaume* = rue *des Archives*; — la rue *Saint-Louis-au-Marais* = rue de *Turenne*; — la rue des *Fossés-Montmartre* = rue *d'Aboukir*; — la rue *Plâtrière* = rue *J.-J. Rousseau*; — la rue de *Grenelle-Saint-Honoré* = rue *J.-J. Rousseau*; — la rue *Barre-du-Bec* = rue du *Temple*; — la rue *Sainte-Avoie* = rue du *Temple*; — le quai de *Nesle* = quai *Conti*; — la rue des *Rats* = rue de l'*Hôtel-Colbert*; — la rue des *Marais-Saint-Germain* = rue *Visconti*; — la rue de la *Couture-Sainte-Catherine* = rue de *Sévigné*; — la rue de la *Marche* = rue de *Saintonge*; — la rue *Traversine* = rue de la *Fontaine-Molière*; — la rue *Beaurepaire* = rue *Greneta*; — la rue *Comtesse d'Artois* = rue *Montorgueil*; — les rues des *Douze-Portes* et *Neuve-Saint-Pierre* = rue

A l'extrémité septentrionale du *Pont-au-Change*, reconstruit en pierre sous le règne précédent; au sommet du triangle formé par les rues de la Joaillerie et de Saint-Leufroy, s'adossait un monument triomphal, inauguré le 20 octobre 1647, où le sculpteur, Antoine Guillain, avait représenté en bronze le petit Louis XIV, âgé de neuf ans, entre Louis XIII et Anne d'Autriche. Ces statues sont aujourd'hui au Louvre dans la salle des *Anguier*.

Le pont de la *Tournelle*, que Christophe Marie n'avait construit qu'en bois, fut emporté par les glaces en 1637 et réédifié en pierre dans le cours de 1654. Un péage de deux deniers pour les piétons, de six pour les cavaliers et de douze pour les voitures, subvint à une partie des frais.

Dans la nuit du 28 février au 1er mars 1658, les grosses eaux causèrent la chute de deux arches du *Pont Marie* et des maisons qui les surmontaient du côté de l'île; les habitants périrent pour la plupart. Ces deux arches furent reconstruites vers 1660, mais sans maisons, comme en témoigne le plan de Turgot.

A défaut de ponts, l'on se servait de bacs. Il y en avait un aux Tuileries. Le médecin du Roi, Charles Bouvart, obtint l'autorisation d'en établir un autre à ses frais un peu au-dessus de l'Arsenal (1), pour « passer les gens de pied et les charrettes chargées de bois, de pierres, de plâtre, de moëllons, moyennant une taxe fixée par le prévôt des marchands et ses échevins ».

J'ai conté (2) qu'en 1571, Charles IX, pressé d'argent pour payer ses soldats suisses, avait vendu le domaine de Nesle, — moins la tour, la porte, les murs et les fossés, réservés à la Ville comme partie intégrante de l'enceinte de Philippe Auguste, — au duc de *Nevers*, Louis de Gonzague, qui y construisit un palais si fastueux que ni lui, ni son fils Charles, ne purent l'achever. Ce fut le quartier général de Mayenne pendant la Ligue. Les deux filles de Charles de Nevers, Anne, princesse palatine, et Marie y habitèrent sous la régence d'Anne d'Autriche. Lorsque Marie épousa, en 1645, dans la chapelle du Palais-Cardinal, le roi de Pologne Ladislas, représenté par ses ambassadeurs (3), elle vendit son hôtel au secrétaire d'Etat, Henri de *Guénégaud*. Celui-ci fit démolir l'hôtel de Nevers et le remplaça par une demeure un peu moins étendue, qui reçut son nom (4).

Villehardouin; — la rue *Neuve-Sainte-Catherine* = rue des *Francs-Bourgeois;* la rue d'*Orléans au Marais* = rue *Charlot;* — la rue de la *Vieille-Draperie* = rue de *Lutèce;* — enfin la rue *Bethisy* s'est confondue avec la rue de *Rivoli;* — la rue du *Petit-Reposoir* avec la *Place des Victoires;* — la rue d'*Autriche* avec la *cour du Louvre;* — la rue *Salle-au-Comte* avec le boulevard de *Sébastopol*, et la rue de la *Fromagerie* avec les rues du *Pont-Neuf* et des *Halles*.

(1) C'est à peu près l'emplacement du pont d'Austerlitz.
(2) Chapitre XII, page 457.
(3) Voir chapitre XVI, page 210, note 6.
(4) L'Hôtel de Nevers se terminait à la ruelle de ce nom, toujours existante. L'Hôtel de Guénégaud n'alla pas plus loin que la rue Guénégaud, ouverte par lettres patentes du 14 avril 1641. Cet hôtel, ainsi que celui de Conti qui lui succéda, occupait exactement l'emplacement actuel de l'Hôtel des Monnaies. Il s'étendait

Le conseil du Roi prenait les mesures les plus contradictoires. Presque dans le même temps, il défendait de bâtir hors de l'ancienne enceinte, et, par des lettres patentes du 7 juillet 1646, il permettait au prévôt des marchands, Jérôme Le Féron, d'abattre les anciennes fortifications et d'en combler les fossés. Ceux de Nesle furent vendus en 1659, et, « des deniers » qui en provinrent, on construisit un port, un abreuvoir, et le quai *Malaquais* sur lequel s'alignèrent de beaux hôtels, en face de la galerie du Louvre. Tout autour de Paris, les terres jusque-là cultivées, disparurent sous des habitations ou de grands édifices : au faubourg Saint-Jacques, le *Val-de-Grâce* et l'église du couvent de *Port-Royal;* au faubourg Saint-Victor, l'*Hôpital Général* ou *Salpêtrière;* au faubourg Poissonnière, la chapelle *Sainte-Anne* (1); au faubourg Montmartre, la chapelle des *Porcherons* ou de *Notre-Dame de Lorette* (2). A la *Ville-l'Évêque*, Mlle de Montpensier posa, le 8 juillet 1659, la première pierre de la nouvelle église de la *Madeleine* (3). Le village de *Chaillot*, — favorisé par la présence de la reine d'Angleterre Henriette, qui y avait fondé en 1651, un couvent de filles de la *Visitation*, dans l'ancienne maison de Bassompierre, — fut érigé en faubourg par un arrêt du Conseil de juillet 1659 (4).

LE LOUVRE.

Après la mort de Louis XIII, la reine Anne, revenue de Saint-Germain à Paris, abandonna facilement le Louvre, bizarre assemblage de bâtiments somptueux et de ruines sordides, pour le Palais-Cardinal dont le magnifique jardin convenait à ses promenades et aux ébattements du petit roi. L'année suivante, le Louvre donna asile à la reine d'Angleterre détrônée.

Chassés de Paris par les troubles de la Fronde, la Régente et son fils ne purent rentrer dans leur capitale que le lundi soir 21 octobre

donc à l'ouest jusqu'à l'impasse de Conti, où existe encore n°s 2 et 4 le *petit hôtel de Guénégaud,* loué, tout meublé à Gourville en 1659; occupé, en 1684, par le marquis de Sillery; intact aujourd'hui et siège de la librairie Pigoreau, successeur de la librairie Maire-Nyon.

(1) Du côté gauche, dans le quartier de la *Nouvelle-France*, entre la rue Bleue et la rue Montholon.

(2) Au carrefour formé par les rues du Faubourg-Montmartre, des Martyrs, Saint-Lazare et Coquenard.

(3) Chapitre vii, pages 234 et 301; chapitre x, page 242. La petite église de la Madeleine était à l'angle de la rue de l'Arcade et de la rue de la Ville-l'Évêque.

(4) Chaillot fut érigé en faubourg, sous le nom de la Conférence, dans le bu[t] d'augmenter ses revenus par le changement des tailles en droits d'entrée. Les ouvriers et marchands de Chaillot furent déclarés exempts des lettres de maîtrise, malgré les poursuites qu'avaient voulu exercer contre eux les gardes-jurés des communautés d'arts et métiers de Paris. L'église date du douzième siècle, mais elle a été complètement reconstruite au dix-septième siècle puis au dix-huitième. Sur le maître-autel, on voyait un *Saint-Pierre délivré de ses liens par un Ange.*

1652 (1), et, cette fois, instruits par l'expérience, ils descendirent au Louvre, isolé, entouré de fossés, garanti par la Seine, en communication avec la campagne, où ils se crurent en plus grande sécurité qu'au Palais-Cardinal.

On recommença aussitôt à y travailler. Louis Le Vau remplaça Le Mercier, mort en 1654, et, avec le concours de son gendre, François d'Orbay, continua l'aile du Nord (2) et éleva celle du Sud, le long du petit jardin, en face de la tour de Nesle et de l'Hôtel de Guénégaud (3).

A l'intérieur, Anne d'Autriche, devenue reine-mère, n'attendit pas le mariage de son fils pour installer magnifiquement ses appartements d'hiver au rez-de-chaussée de l'aile méridionale, et ses appartements d'été au rez-de-chaussée de la Petite-Galerie, dont elle fit déloger le graveur Waldor (4), dès 1653. Romanelli (5) et Le Sueur peignirent les plafonds; Michel Anguier fit les sculptures. Sauval et d'autres contemporains nous ont décrit « les lambris ornés de paniers de fruits de relief, rehaussés d'or, d'émail et de peinture, avec tant d'art qu'ils imposent aux yeux et aux mains de ceux qui les considèrent;... le parquet, d'un bois si odoriférant qu'on est tout parfumé lorsque l'on entre, et le lit de repos du plus riche brocart ainsi que les sièges, dont on avait incrusté le bois d'émail bleu à fleurs de toutes nuances (6) ».

La chapelle, placée au premier étage du pavillon de Le Mercier (7), fut bénite, le 18 février 1659, par le précepteur du Roi, Hardouin de Péréfixe, évèque de Rodez. Elle reçut le nom de *Notre-Dame-de-la-Paix*, par allusion au traité des Pyrénées, dont on préparait alors les préliminaires.

---

(1) Chapitre xvi, page 259.

(2) Elle s'étend aujourd'hui rue de Rivoli, en face l'hôtel du Louvre, la rue du *Coq*, devenue *Marengo*, et l'Oratoire.

(3) Cette façade, reproduite par M. Hoffbauer, dans le *Paris à travers les Ages*, très mouvementée, bien proportionnée, en parfait rapport avec le reste du Louvre, fut masquée et surélevée en 1670 par Claude Perrault, qui avait fait sa colonnade trop longue de 72 pieds, sans s'inquiéter comment il la raccorderait avec les ailes nord et sud de Levau.

(4) Jean Waldor, né à Liége, vers 1590, mort vers 1670, peut-être à Paris, après avoir longtemps demeuré aux galeries du Louvre, où il avait encore son logement en janvier 1668. On a de lui un recueil de planches : *Les Triomphes de Louis le Juste, treizième du nom, Roy de France*, etc.

(5) Romanelli, peintre italien, né à Viterbe en 1617, mort dans la même ville en 1663. Il vint en France à la suite du cardinal Barberini et décora le palais de Mazarin de fresques dont les sujets étaient tirés des *Métamorphoses d'Ovide*: au Louvre : la *Paix* et l'*Abondance*; entre *Minerve*, la *Renommée* et la *Victoire*; *Apollon* distribuant des couronnes aux *Muses*; l'histoire de *Marsyas*; à l'Hôtel Lambert, l'histoire d'*Énée*.

(6) La salle du *Tibre* et les salles adjacentes; puis, dans la Petite galerie, les salles de *Mécène*, des *Saisons*, de la *Paix*, de *Sévère*, des *Antonins*, occupent aujourd'hui l'emplacement des appartements d'Anne d'Autriche.

(7) C'est aujourd'hui la salle des Bronzes Antiques; on y monte par l'escalier Henri II et l'on y entre par une remarquable porte en fer ouvragé, provenant du château de Maisons, semblable à celle qui est à l'entrée de la galerie d'Apollon.

FONTAINES.

Une inscription, placée au *Regard-du-Pré-Saint-Gervais*, rappelle encore aujourd'hui que ce petit édifice fut reconstruit sous la prévôté de Hiérosme Le Féron, c'est-à-dire entre 1646 et 1650.

Deux fontaines nouvelles furent érigées en 1657, l'une sur le quai devant le couvent des *Grands-Augustins;* l'autre, rue des Cordeliers, près la porte Saint-Germain et la rue du Paon.

Des concessions d'eau furent accordées :

7 août 1642, à M. Jacques Tubeuf, Conseiller du Roi,	rue Neuve-des-Petits-Champs.
7 août 1642, à M. Henri de Bullion, Conseiller du Roi,	devant le portail des Cordeliers.
17 juin 1643, à l'Hospice des Incurables,	rue de Sèvres.
11 août 1648, à M. Petitbon, chirurgien,	aux Prés-Saint-Gervais.
14 août 1641, à M. Augustin Le Maistre, Conseiller du Roi,	rue Saint-Martin, près Saint-Julien-des-Ménétriers.
4 juin 1655, M. Nicolas Fouquet, Surintendant des Finances,	rue du Temple.
4 août 1656, au collège du Plessis,	rue Saint-Jacques.
3 décembre 1660, de Barentin, maître de la Chambre aux deniers,	rue des Deux-Portes.
20 décembre 1660, de Mesgrigny, maître des comptes,	rue des Poitevins.
1er juin 1656, Paget, maître des requêtes,	rue de Richelieu.
8 novembre 1662, J.-B. Colbert, Surintendant des Finances,	rue Neuve-des-Petits-Champs.
8 novembre 1662, Michel Le Tellier, Marquis de Louvois,	rue des Francs-Bourgeois.

ÉGLISES, CHAPELLES.

De 1644 à 1656, grands travaux à *Saint-Germain-des-Prés*. Le lambris de bois qui couvrait la nef fut remplacé par une voûte; le maître-autel, fut transporté à l'entrée du chœur; les anciennes sépultures mérovingiennes occupèrent les deux côtés du sanctuaire et les tombeaux du roi Childebert et de la reine Ultrogothe furent transférés sous le rond-point de l'abside. Le portail latéral du Sud a été élevé par Christophe Gamare de 1626 à 1643.

Le 1er avril 1645, Anne d'Autriche fit poser la première pierre de l'église du *Val-de-Grâce* par le jeune Louis XIV. Dix ans plus tard, le 27 avril 1655, le duc d'Anjou posa la première pierre du cloître. François Mansart commença les travaux, qui furent continués en 1654 par Pierre Le Muet et terminés, de 1658 à 1665 par Gabriel Le Duc.

1646. — Le Pautre commence l'église du couvent de *Port-Royal*, devenu aujourd'hui l'hôpital de la Maternité.

1646. — Le jeune duc d'Anjou pose la première pierre de l'église *Saint-Sulpice*, que devait reconstruire l'architecte Gamare à la place de celle du moyen âge devenue insuffisante pour la population qui se portait dans le faubourg Saint-Germain. Bientôt les plans de Gamare ne furent pas jugés assez vastes et Le Vau donna les dessins d'un édifice plus considérable encore, dont la reine Anne, accompagnée de la princesse de Condé et de la duchesse d'Aiguillon, posa la première pierre, le 20 février 1655.

Jacques Olier, curé de Saint-Sulpice, en même temps qu'il faisait reconstruire son église, élevait en face un *Séminaire* dont la chapelle fut bénite par le prieur grand-vicaire de l'abbaye Saint-Germain-des-Prés, le 18 novembre 1650.

Au mois de mars 1653, la reine-mère et le jeune roi posent la première pierre de l'église actuelle de *Saint-Roch*, dont les travaux sont confiés à Le Mercier et continués par Robert de Cotte.

En 1656, Libéral Bruand commence la chapelle de la *Salpétrière*; il continue avec Pierre Le Muet l'église des *Petits-Pères*, et Charles Le Brun donne les dessins de Saint-Nicolas-du-Chardonnet (1).

En 1661, la chapelle du collège du *Plessis*, rue Saint-Jacques, est reconstruite, sous le principalat de Charles Gobinet.

En mars 1661, les marguilliers de l'église *Saint-Paul*, rue Saint-Paul, font exhausser « l'aire de la nef, parce qu'elle estoit inégale par l'affaissement des terres arrivé par les grandes inondations ». Ils firent faire aussi des bancs neufs « de pareille symétrie, ce qui causa quelques contestations entre eux et les particuliers qui n'en vouloient pas rembourser la despense. Le Parlement authorisa lesdits marguilliers à achever les ouvrages ainsy qu'ils aviseroient pour la commodité publique, après quoy seroit fait droit sur les demandes des parties ».

COMMUNAUTÉS D'HOMMES.

Les *Théatins*, clercs réguliers italiens, furent appelés par Mazarin, en 1642, et établis par lui sur un terrain qui s'étendait du quai Malaquais à la rue de Bourbon (2), et qu'il acheta 54,000 livres. La bénédiction de leur première chapelle, sous le vocable de Sainte-Anne-la-Royale, eut lieu en présence du Roi et du duc d'Anjou, le 7 août 1648.

Ces religieux scandalisèrent les Parisiens en montrant en chaire de petites figures de saints qu'ils faisaient mouvoir et dont le peuple s'amusait comme des marionnettes de la foire.

Les *Oratoriens* de la rue d'Enfer, furent fondés en 1650 par Nicolas Pinette, trésorier de Gaston d'Orléans. Leur maison, — aujourd'hui hospice des Enfants-Assistés, — servit de Noviciat à la Congrégation de l'Oratoire. La première pierre fut posée le 11 novembre 1655, et, en 1661, on y plaça une statue en marbre blanc du cardinal de Bérulle, due au ciseau de Jacques Sarazin (3).

(1) J'ai dit, chapitre xv, page 155, que la tour de Saint-Nicolas a été élevée par Charles Contesse en 1625.

(2) Aujourd'hui rue de Lille. L'entrée du couvent sur cette rue, décorée d'un ange sculpté, est devenue celle d'un hôtel garni.

(3) Peut-être y a-t-il confusion avec une statue du même cardinal, aussi en

Les *Cordeliers de la Terre-Sainte* furent établis en 1656, au bourg de la Ville-l'Évêque par un chanoine de Notre-Dame, Nicolas Parfait, abbé de Bazonville, qui leur acheta un terrain, le 2 mars de cette année.

Les *Pères de la Merci* avaient quitté la rue des Sept-Voies pour venir occuper, rue du Chaume, l'ancienne chapelle de la famille de Braque.

Abbaye de Notre-Dame de Panthemont, rue de Grenelle-Saint-Germain, à l'angle de la rue de Bellechasse, fondée pour l'instruction des jeunes filles, sur un terrain, acheté, en 1643, par la dame Matel.

Religieuses de Notre-Dame-de-Bon-Secours, rue de Charonne. Prieuré de l'ordre de Saint-Benoît, fondé sur un terrain acheté, en 1648, par la dame Claude de Bouchavanne. La première prieure fut sa sœur Madeleine-Emmanuelle.

Religieuses de Notre-Dame-de-Miséricorde, rue du Vieux-Colombier. Anne d'Autriche les fit venir d'Aix en Provence, et elles s'établirent à Paris en 1651.

Filles de la Providence, rue de l'Arbalète. Mme de Pollalion, puis la reine Anne, leur donnèrent cette maison en 1652. Elles s'y occupaient de l'éducation des filles. Vincent de Paul avait rédigé leurs statuts.

Hospitalières de la Miséricorde de Jésus, rue Mouffetard. Établies d'abord à Gentilly par les soins de Jacques le Prévost d'Herbelay, maître des requêtes, elles rentrèrent dans Paris en 1655, et s'adonnèrent aux soins des femmes et filles malades.

Notre-Dame-aux-Bois, connue aujourd'hui sous le nom d'*Abbaye-aux-Bois,* rue de Sèvres. En 1654, ces Religieuses achetèrent en cet endroit un monastère abandonné, et cette acquisition fut confirmée par des lettres patentes d'avril 1658. Elles s'occupaient de l'éducation des jeunes filles, et elles avaient quitté leur premier établissement auprès de Noyon, chassées par les guerres civiles.

Religieuses de la Madeleine de Traisnel, rue de Charonne. En 1630, la guerre les obligea à quitter Traisnel, en Champagne, et à se réfugier à Melun. En 1654, elles achetèrent une propriété rue de Charonne, et Anne d'Autriche posa la première pierre de leur chapelle.

Les *Filles de la Crèche,* rue du Puits de l'Ermite, s'établirent vers 1656, dans une maison située sur la place, en face du puits, et appartenant à Mme Viole et à Mme de Périgny.

Les *Filles de l'Instruction Chrétienne,* rue du Gindre, dans une maison donnée, en 1657, par Marie de Gournay et David Rousseau, marchand de vin du Roi. Elles s'occupaient d'enseignement et étaient gouvernées par une maîtresse qu'on appelait la *sœur aînée.*

Les *Filles du Saint-Sacrement,* chassées de la Lorraine par les guerres, se réfugièrent à l'abbaye de Montmartre en 1641; à Saint-Maur, en 1643;

marbre blanc, également du même Sarazin, et que d'autres *Guides* attribuent aux Carmélites de la rue Saint-Jacques?

en 1650, rue du Bac. Enfin elles parvinrent à s'établir rue Férou en
1653, et en 1659 rue Cassette. Anne d'Autriche vint expier solennellement, rue Férou, un cierge à la main, les outrages faits au Saint-Sacrement pendant la Fronde.

Abbaye de Sainte-Geneviève, rue de Chaillot. Les chanoinesses de
Sainte-Geneviève, établies à Nanterre, furent transférées à Chaillot en
1659. Elles appartenaient à l'ordre de Saint-Augustin (1).

HOPITAUX.

Vincent de Paul, avec une somme d'argent que lui avait confiée un
bourgeois de Paris, acheta, vers 1653, une maison située dans le faubourg Saint-Laurent (2), en face des Récollets, et y créa l'*Hospice du
Nom de Jésus,* destiné à quarante artisans, — vingt femmes et vingt
hommes — réduits par l'âge ou la maladie à la mendicité. Chacun d'eux,
muni de quelques outils, s'occupait à de petits ouvrages appropriés
à ses forces et à son ancien état. Le *Nom de Jésus,* dirigé par un prêtre
de Saint-Lazare et par des filles de la Charité, fut bientôt cité comme
un modèle de Communauté.

L'exemple porta ses fruits. Des dames bienfaisantes eurent l'idée de
se réunir pour donner assistance à tous les pauvres. Dès leur première
réunion, l'une d'elles s'engagea pour un don de cinquante mille livres;
une autre pour une rente de trois mille. L'argent afflua de toutes parts
et la reine Anne prit l'œuvre sous sa protection.

Le développement de l'enceinte, les nombreuses constructions élevées
sur les terrains annexés avaient fort augmenté la population; les troubles de la Fronde avaient augmenté le nombre des mendiants et surtout
des malandrins qui trouvaient un refuge à peu près inexpugnable dans
les onze cours des miracles que comptait la capitale. On en estimait le
chiffre à quarante mille, un cinquième des habitants.

Pomponne de Bellièvre, premier président du Parlement, détermina
le Roi à rendre l'édit d'avril 1656, qui ordonnait « le renfermement
des pauvres de la ville et des fauxbourgs », dans un *Hôpital général,*
composé des cinq maisons de la *Salpêtrière* (3), de *Scipion,* rue du Fer-

(1) Cette abbaye de la rue de Chaillot est très connue sous le nom de *Sainte-
Périne* qu'elle doit à des religieuses de la Villette qui y vinrent en 1746. Supprimée en 1792 elle devint, en 1806, une maison de santé payante pour les deux
sexes. Atteinte par les percements de voies nouvelles, elle a été transférée en
1865, rue Mirabeau à Auteuil.

(2) Aujourd'hui faubourg Saint-Martin. Le faubourg Saint-Laurent en était le
prolongement et commençait au Grand Égout, un peu avant la rue des Marais.
Les constructions de la gare de Strasbourg ont fait disparaître les derniers bâtiments de l'hospice du *Nom de Jésus,* qui était devenu une maison de santé, puis
l'Institut des Frères des Écoles chrétiennes.

(3) Louis XIII, trouvant insuffisant son arsenal près de la Bastille, avait voulu en
avoir un plus grand de l'autre côté de la Seine. On y prépara le salpêtre et de là
le nom de *Salpêtrière* donné par le peuple à l'hôpital élevé en cet endroit. Libéral
Bruant commença les bâtiments en 1660.

à-Moulin; de *Bicêtre*, à Gentilly; de la *Pitié*, rue Copeau, et de *Saint-Nicolas*, ou la *Savonnerie*, chaussée de Chaillot (1).

La direction de l'Hôpital général fut confiée à douze administrateurs, nommés à vie par un Bureau de vingt-six membres, dont firent partie, au début, le premier président. le prévôt des marchands. le procureur général, et dans la suite, l'archevêque, les présidents des cours souveraines, et le lieutenant de police. Au commencement de mai, on fit publier au prône que l'Hôpital général serait ouvert le 7 mai 1657, et les crieurs publics firent défense de demander désormais l'aumône dans les rues. Le 13, on chanta une messe du Saint-Esprit dans la chapelle de la Pitié, et le lendemain, les pauvres y furent enfermés, « sans bruit ni émotion ».

Il est vrai, ajoute naïvement Félibien, « qu'on entretint ce calme par le soin qu'on prit de faire marcher par la ville une compagnie d'archers, pour prendre les mendiants *ou les obliger à sortir de Paris* ».

Cette manœuvre simplifia beaucoup la difficulté, et ce ne fut plus quarante mille pauvres que l'on eut à entretenir, mais quatre à cinq mille. Le reste des vagabonds, réfractaire à l'internement. se dispersa ou se dissimula en attendant des temps meilleurs.

HOTELS.

La blancheur de la pierre, le ton rouge de la brique, le bleu foncé de l'ardoise. formaient un assemblage de couleurs si agréable aux yeux des contemporains de Henri IV et de Louis XIII, que les architectes, aux applaudissements de tous, employèrent ces matériaux à la place Dauphine, à la place Royale, à l'hôpital Saint-Louis. aux châteaux de Versailles, de Montceaux, de Verneuil; aux hôtels de Rambouillet, de Le Fèvre de la Boderie, rue Geoffroy-l'Asnier, de Tubeuf (2), du premier Président au Palais; d'Épernon, rue Vieille-du-Temple, etc.; genre de décoration économique qui ne comportait que quelques moulures et écartait à peu près la sculpture. « On ne s'avisa, dit Sauval, que cette variété de nuances rendait les édifices semblables à des châteaux de cartes que depuis que les maisons bourgeoises commencèrent à être bâties de cette manière ».

Alors, et c'est l'époque de transition à laquelle nous sommes arrivés, la mode ayant changé, la brique cessa d'être agréée. Les hôtels particuliers, tout en pierre, prirent un caractère de simplicité majestueuse, un peu triste, les sculptures restant toujours rares, réduites à quelques

---

(1) Il y avait au bas de Chaillot, au lieu dit la Savonnerie, un petit hospice d'enfants construit peu auparavant par Marie de Médicis; la chapelle était sous le vocable de Saint-Nicolas. Le nom de la *Savonnerie* est resté célèbre par la manufacture de tapis de Perse que Henri IV établit en cet endroit. Elle fut réunie aux Gobelins en 1828. La *Manutention militaire* occupe aujourd'hui l'emplacement de la *Savonnerie*.

(2) J'ai parlé plus haut, page 170, de l'Hôtel Tubeuf, construit par Le Muet, très bien restauré et conservé aujourd'hui dans la Bibliothèque nationale, à l'angle des rues des Petits-Champs et Vivienne.

consoles, quelques volutes, quelques clés de voûte. La beauté des bâtiments résulta de leurs seules proportions; on peut s'en rendre compte
dans beaucoup d'hôtels du faubourg Saint-Germain, rue de Sèvres, de
Vaugirard, de Grenelle, Saint-Dominique, du Cherche-midi, du Regard, et, au Marais, rues du Temple, Vieille-du-Temple, des Francs-
Bourgeois, Turenne, Barbette, de Braque, des Archives, Charlot, de
Saintonge, etc.

L'ordonnance varie peu : une porte cochère monumentale, à van-
taux de chêne, donne entrée dans la cour d'honneur; le logis principal, situé entre cette cour et le jardin, comporte généralement un rez-
de-chaussée et un premier étage; les toits, brisés par Mansard, sont
moins élevés que les énormes combles de la place Royale; les fenêtres
sont moins étroites que dans la période précédente, et elles sont séparées
par de larges trumeaux; les appartements sont de plain-pied; les escaliers sont vastes, droits, avec un palier à chaque étage (1).

Distinguons au milieu de bien d'autres (2), car je ne puis tout énumérer.

Sur la rive gauche :

Hôtel du Maître des comptes Goret de Saint-Martin, rue de l'Hôtel-
Colbert, autrefois rue des Rats. Le sculpteur Thibault Poissant, mort
en 1660, l'avait orné de bas-reliefs fort lourds, représentant *Apollon et
les Muses*. Je ne sais pourquoi cet hôtel, démoli il y a quelques années,
portait le nom de Colbert.

Grand hôtel de Guénégaud, et *Petit hôtel Guénégaud*. (Voir page 278.)

Hôtel de Conti, quai Malaquais, donné par Mazarin à sa nièce Anne
Martinozzi, mariée au prince de Conti. Cette princesse l'échangea contre
l'hôtel de Guénégaud, le 30 avril 1670. En 1670, il était au duc de Créqui; en 1687, au duc de Lauzun. Il précédait l'hôtel de Bouillon et a été
démoli de nos jours pour l'agrandissement de l'École des Beaux-Arts.

Hôtel de Bouillon, quai Malaquais, 15. Il fut bâti par François Mansard, pour le trésorier de l'Epargne Macé de la Bazinière, accusé de
concussion et ruiné par son procès, enfermé à la Bastille le 8 avril 1663.
C'est donc vers 1660 que Godefroy de la Tour, duc de Bouillon (celui

(1) Quelques-uns de ces escaliers sont admirables. Voyez ceux de l'Hôtel de
Beauvais, rue Saint-Antoine; — Hôtel *d'Estrées*, rue Barbette; — Hôtel de *Vibraie*,
rue Vieille-du-Temple, 15; — Hôtel *Aubert*, rue de Thorigny; — *Carnavalet*, rue
Sévigné; — Le *Pelletier de Saint-Fargeau*, rue de Sévigné; — *d'Aumont*, rue de
Jouy; — *d'Aubray*, rue Charles-Cinq; — de *Villeroy*, rue des Bourdonnais; — du
Pavillon de la Reine, place Royale. — Hôtel *Méliand*, rue Poulletier. — Celui de
M. de Châteauneuf, rue Coquillière, était « un diminutif des Tuileries ». — « L'escalier du maréchal de l'Hospital, rue des Fossés-Montmartre, faisait grand bruit
chez les géomètres. » — « Rue des Vieux-Augustins, au coin de la rue Coquillière,
dans un des angles de la maison, l'escalier, moitié dedans, moitié hors-d'œuvre,
conduit jusqu'au quatrième étage et porte à chacun un grand palier. C'est un
prodige de charpenterie que cette vis ovale, rampante, claire, large, gaie,
galante, ornée de balustres et couronnée d'une lanterne ». *Sauval*.

(2) Je parle ici des hôtels construits entre 1643 et 1661, et je ne puis, pour la
plupart, que donner des dates approximatives, comprises à peu près dans cette
période.

qui épousa Marie-Anne Mancini, acheta cet hôtel, l'un des plus beaux de Paris par sa situation sur la rivière, en face du Louvre. Il existe toujours et fait partie de l'École des Beaux-Arts. Sur l'un des plafonds, Le Sueur avait peint en dix-huit tableaux l'histoire de *Médée et de Jason*.

Hôtel du président Perrault, quai Voltaire, n° 9. Jean Perrault, président à la Chambre des Comptes, avait été d'abord secrétaire des commandements du père du grand Condé, et avait élevé à ce prince et aux siens un monument dans l'église des Jésuites de la rue Saint-Antoine. Sa maison, très reconnaissable, existe toujours. En voici une description vers 1681 : « Elle contient cinq balcons sur la Seine, et, outre sa situation, sa régularité, sa propreté, elle est estimée belle pour ses antiques et ses tableaux faits par des Apelle. Ils sont exposés dans la salle des peintures, éclairée des deux côtés..... La chapelle était également décorée de tableaux de prix..... Dans le jardin, on fit, en présence de M. le Prince, l'essai d'un grand miroir ardent qui brûle une grosse bûche à l'opposite du soleil et grossit merveilleusement les objets..... Le maistre de cette maison, considérant que le bien doit estre communicatif, a rendu depuis quelques années son jardin commun au public pour la promenade (1) ».

Hôtel du président Tamboneau, rue de l'Université, 9, après la rue des Saints-Pères, construit par Le Vau. On le distingue parfaitement sur le plan de Gomboust (1652) avec sa vaste cour d'entrée, son corps de logis, double en profondeur, ses jardins bien dessinés, qui passent derrière le cimetière des *Prétendus Réformés* et s'étendent presque jusqu'à la rue Saint-Guillaume. La Quintinie, précepteur du fils de M. Tamboneau, développa dans ce jardin son goût pour l'horticulture, si bien qu'il renonça à devenir avocat et se fit jardinier.

Hôtel du président Le Coigneux, rue de Grenelle, 116. Bien conservé avec son jardin, c'est aujourd'hui la mairie du VIIe arrondissement. Jacques II Le Coigneux, marquis de Belabre, reçu président à mortier le 21 août 1651, a son historiette dans Tallemant qui nous raconte ses ridicules querelles de ménage.

DANS L'ÎLE SAINT-LOUIS :

Hôtel d'Astry, quai de Béthune, jadis *Dauphin*, au coin de la rue Bretonvilliers. On y voyait des bas-reliefs de Van Obstal. Les appartements du premier étage ont conservé des traces de leur ancienne splendeur. L'escalier à rampe de chêne se continue dans le sous-sol, et conduit à la rivière où un bateau de plaisance, richement orné, se tenait toujours prêt pour les promenades en Seine du fondateur, le financier Comans d'Astry. Il eut pour successeur dans l'hôtel, au dix-huitième siècle, le maréchal de Richelieu.

Hôtel Hesselin, quai de Béthune, 24, au coin de la rue Poulletier, construit vers 1650 par Le Vau, pour M. Hesselin, maître de la chambre aux deniers. On y voit encore la porte en menuiserie de Le Hongre et deux têtes de bélier. Le vestibule de l'escalier était orné de huit

(1) Bulletin de la *Société de l'Histoire de Paris*, seizième année, page 85.

Termes et d'un *Atlas* portant le globe céleste, *où le zodiaque marquait les heures par le mouvement d'une machine.*

Hôtel de Lauzun, quai d'Anjou, 17. fondé vers 1650 par le financier Grouïn des Bordes. auquel succéda, en 1657, — je crois même un peu plus tard, — Antoine Nompar de Caumont, comte, puis duc de Lauzun, celui qui faillit épouser Mademoiselle de Montpensier, en 1670. L'hôtel est respectueusement conservé dans son état ancien par le propriétaire actuel. M. le baron Pichon.

Hôtel Méliand, quai d'Anjou, 19, au coin de la rue Poulletier. Il fut construit pour M. Blaise Méliand, procureur général de 1641 à 1650. Il est très bien conservé dans son périmètre ancien, avec son jardin, et il est affecté à une école communale.

Hôtel Charron, quai Bourbon, 15. Il existe toujours, entre cour et jardin. et il a été fondé par Claude Le Charron, intendant des finances en 1652. Jean Charron avait été prévôt des marchands de 1572 à 1576.

Hôtel Jassaud, quai Bourbon, 19, construit, vers 1650, pour Nicolas de Jassaud, maître des requêtes. Belle façade, bien conservée, à trois frontons. Balcon remarquable au premier étage. Le jardin s'étendait jusqu'à la rue Saint-Louis-en-l'Ile, et n'a été diminué que récemment.

SUR LA RIVE DROITE :

Maison de la Corporation des Drapiers, jadis rue des Déchargeurs. Construite par Jacques Bruand, vers 1650. Le 29 août 1652, les Drapiers y délibèrent de supplier le Roi de revenir dans sa bonne ville. La façade a été transportée et habilement rétablie au fond du jardin de l'Hôtel Carnavalet. C'est un curieux témoignage de la richesse et de l'importance de cette corporation au dix-septième siècle.

Hôtel Brion, rue de Richelieu, sur l'emplacement du Théâtre Français. Il n'en reste pas trace. C'était un pavillon, élevé, en 1650, dans le parc du Palais-Royal, pour François-Christophe de Levis, comte de Brion, duc de Damville, favori du jeune roi.

Hôtel de Jars, rue de Richelieu, 65. Il fut édifié par François Mansard pour François de Rochechouart, chevalier de Jars, commandeur de Malte (1). On vantait la beauté de l'escalier, la majesté du portail, et surtout la vue qui, selon Sauval, s'étendait « sur des plaines, des marais, des vallons, des collines ». On pouvait, en effet, découvrir alors toute la région du faubourg Montmartre et de la Chaussée d'Antin, qui n'était pas encore bâtie. Le n° 65 est aujourd'hui occupé par un hôtel garni, l'*hôtel de Malte;* peut-être est-ce un souvenir du séjour du commandeur.

Hôtel de Thévenin, puis du président *Ménars*, impasse *Ménars*. près la rue de Richelieu, sur les fossés de l'enceinte de 1633. Cette impasse, devint une rue, en 1727, par son percement jusqu'à la rue de

----

(1) Le chevalier de Jars fut un des amis les plus dévoués d'Anne d'Autriche. Persécuté par Richelieu, enfermé à la Bastille, conduit à Troyes, il allait y être décapité quand sa grâce arriva, au pied même de l'échafaud.

Le jardin de l'hôtel de Jars s'étendait jusqu'à la rue Sainte-Anne, sur laquelle il avait une porte.

Grammont. « Le jardin de M. Thévenin, en terrasse sur les fossés, dit Sauval, a une perspective sans pareille sur la butte Montmartre, coiffée d'un gros groupe de moulins à vent et de ses deux églises ».

Hôtel de Beauvais, rue Saint-Antoine, construit entre 1654 et 1660, par Antoine Le Pautre, pour Catherine-Henriette Bellier — baronne de Beauvais, par grâce spéciale, — en réalité « Catau la borgnesse », femme de chambre d'Anne d'Autriche. L'hôtel de Beauvais est resté l'un des plus intéressants du vieux Paris, quoique sa façade ait perdu son ancien caractère (1).

Hôtel d'Aumont, rue de Jouy, 7, construit par Mansard, vers 1660, pour Louis-Marie-Victor, duc d'Aumont, qui, dans son temps, fut un tel amateur de curiosités qu'à sa mort, en 1704, la vente des meubles précieux et des objets rares contenus dans l'hôtel dura plusieurs mois. Anguier avait sculpté pour le jardin une statue de *Vénus;* Le Brun avait peint au plafond l'*Apothéose* de Romulus. L'hôtel, bien conservé, est affecté aujourd'hui à la Pharmacie centrale; le jardin a presque en entier disparu sous les constructions.

Hôtel d'Avaux, rue du Temple, construit, vers 1648, par Le Muet, pour Claude de Mesmes, comte d'Avaux, l'un des négociateurs de la paix de Westphalie. Cet hôtel est plus connu sous le nom du duc de *Beauvilliers,* qui l'acheta après la mort du comte d'Avaux. Le Muet l'a décoré de pilastres qui s'élèvent du rez-de-chaussée au comble, et rappellent ceux de l'hôtel d'Angoulême. Toutes les dispositions extérieures sont bien conservées, l'escalier est intact, mais le jardin est couvert de constructions. Cette partie de la rue du Temple portait le nom de rue Sainte-Avoie.

Hôtel de Montmor, rue Sainte-Avoie, en face la rue de Braque; magnifique résidence d'un des premiers académiciens, Henri-Louis Haber de Montmor, maître des requêtes, qui y donna asile à Gassendi, mort chez lui le dimanche 9 novembre 1655. L'Académie avait tenu là quelques-unes de ses séances; Chapelle, Molière, Bernier y venaient écouter Gassendi. L'aspect n'a pas changé; haute porte cochère entre deux pavillons, sculptures.

Hôtel de Retz, rue d'Orléans au Marais, aujourd'hui rue Charlot 9, occupé en 1660 par Pierre, duc de Retz, frère du Coadjuteur.

Hôtel d'Aubert de Fontenay, rue de Thorigny, construit en 1656 pour ce financier, fermier-général des gabelles, ce qui valut à sa demeure le nom d'*Hôtel salé.* C'est un des plus beaux édifices privés de Paris et le voilà menacé de destruction depuis que l'École centrale l'a abandonné.

Hôtel d'Aubray, rue Charles-Cinq, 12. Bel hôtel d'aspect sévère, où rien ne paraît avoir changé; il appartenait au lieutenant civil Antoine d'Aubray et il a été habité par sa fille, la trop fameuse marquise de Brinvilliers.

---

(1) Voir chap. VII, p. 230, note 3; — chap. XII, p. 421, note 4; — chap. XVI, p. 268 et l'intéressante monographie consacrée à l'hôtel de Beauvais par M. J. Cousin, conservateur honoraire de la Bibliothèque Carnavalet.

Hôtel d'Aubray, rue du Bouloi 8, habité en 1652 par le lieutenant-civil Antoine Dreux d'Aubray, et, en 1667, par le lieutenant de police Nicolas de la Reynie.

Hôtel du Lude, rue du Bouloi 10, habité en 1652 par Henri de Daillon, comte du Lude; duc et pair en 1675, l'un des adorateurs de Mme de Sévigné.

Hôtel de la Basinière, rue Croix-des-Petits-Champs, 21. Il a appartenu au financier dont j'ai parlé plus haut, mais par son escalier à balustres et quelques détails d'architecture, il semble remonter au seizième siècle. Il est entièrement occupé aujourd'hui par une imprimerie.

Hôtel de Bailleul, rue de Braque, 2, à l'angle de la rue des Archives, sur laquelle on distingue bien les anciens bâtiments. La famille de ce nom a donné un prévôt des marchands, de 1622 à 1626, et le président de Bailleul, qui habitait l'hôtel en 1650.

Hôtel Bordier, rue du Parc-Royal, 2, en face la rue Sévigné, où il existe toujours. Habité en 1650 par Jacques Bordier, seigneur du Raincy, secrétaire du Conseil.

Hôtel d'Estrées, rue Barbette 2 et 4, l'un des plus beaux hôtels du Marais, bien conservé quant à ses bâtiments, à son superbe escalier, mais il a perdu ses jardins. François-Annibal II d'Estrées y demeurait lors de son mariage, le 27 février 1647, avec Catherine de Lauzières-Thémines. Le maréchal François-Annibal Ier, frère de Gabrielle d'Estrées, y est mort, en mai 1670, âgé de quatre-vingt-dix-huit ans ou de cent deux ans. C'était, en 1810, la Maison mère des Demoiselles de la Légion d'honneur.

Hôtel de Frontenac, rue d'Autriche, à gauche, entre le jeu de paume du Louvre et l'Hôtel de Clèves.

Hôtel de Nicolas Rambouillet de la Sablière, rue Vide-Gousset, 2. De la place des Victoires, on distingue très bien la plus grande partie de l'hôtel, à l'angle de la rue des Fossés-Montmartre, aujourd'hui d'Aboukir.

La rue *Saint-Louis au Marais*, aujourd'hui rue de *Turenne*, très large, longue, bien alignée, lumineuse, est encore une des plus vraiment belles, quoiqu'elle ait perdu bonne partie de ses hôtels.

Ont disparu :

Les *Hôtels de Caumartin*, n° 41 sur l'emplacement de la fontaine de Joyeuse; *de Villedo*, nos 33 et 35; *Vitry*, n° 16 à l'angle de la rue des Minimes; du maréchal de *Turenne*, à l'angle de la rue Saint-Claude, sur l'emplacement actuel de l'église Saint-Denis-du-Saint-Sacrement.

Subsistent encore :

Hôtel Boucherat, à l'angle de la rue des Douze-Portes, construit pour Louis Boucherat, maître des requêtes, chancelier de France en 1685; « *décédé en son hôtel*, le mercredi 2 septembre 1699, à cinq heures du soir, âgé de quatre-vingt-trois ans et 14 jours, inhumé en la cave de sa chapelle à l'église Saint-Gervais ». Cet hôtel, intact quant à ses bâtiments et ses jardins, est occupé aujourd'hui par le couvent des *Dames de Sainte-Élisabeth*.

Hôtel *Guénégaud*, à l'angle nord de la rue Saint-Claude. Il a été construit pour Claude de Guénégaud, trésorier de l'Épargne, et a été occupé ensuite par Daniel-François Voysin, chancelier de France, le 2 juillet 1714.

Rue Saint-Denis, *Hôtel de Saint-Chaumont*, en face des Filles-Dieu, construit, vers 1631, pour Melchior Mitte, marquis de Saint-Chaumont; acheté, au prix de quatre-vingt-douze mille livres, en 1683, par les filles de l'Union-Chrétienne. La rue de Tracy a été ouverte sur une partie de l'emplacement de ce couvent, dont la chapelle reconstruite en 1781, existe encore à l'angle de la rue Saint-Denis. Par une cour du boulevard de Sébastopol, on aperçoit la superbe façade qui régnait sur le jardin.

Hôtel Jabach, rue Saint-Merri, 46, fondé par Éverard Jabach, banquier de Cologne, grâce à des acquisitions successives qui commencent le 10 octobre 1659. « Tous les plus habiles architectes donnèrent des dessins pour l'embellissement de l'hôtel; Bullet y contribua plus que personne ». Quoique cette maison soit bien dégradée, que toutes sortes d'industries l'aient envahie, que le jardin ait disparu, on peut encore se rendre compte de son ancienne splendeur, en traversant le *passage Jabach*, qui s'étend de la rue Saint-Merry à la rue Saint-Martin. Éverard Jabach avait fait de sa maison un musée rempli de tableaux rares, gravures, tapisseries, marbres, bronzes, meubles, etc. (1).

Hôtel de Villeroi, rue des Bourdonnais, 30, fondé par la famille de Nicolas de Neuville de Villeroi, prévôt des marchands de 1566 à 1570. Cet hôtel très vaste s'étendait jusqu'à la rue des Déchargeurs et à la rue de la Limace, et montre encore d'immenses appartements, une grande cour, un large escalier. Il fut vendu, en 1680, à Pajot d'Ons-en-Bray, qui y établit le service des Postes dont il était contrôleur-général. En 1700, la Poste fut transférée rue des Poulies.

Hôtel Bautru, rue des Petits-Champs, 4 et 6, et rue Vivienne, 2, 4, 6, vaste édifice, qui, avec ses jardins, occupait tout l'emplacement actuel des galeries Colbert et Vivienne, où l'on en retrouve quelques vestiges. « On l'a surnommé *le gentil*, dit Sauval, comme étant *galant* ». Guillaume Bautru, comte de Serrant, l'un des premiers membres de l'Académie Française, — sans avoir jamais rien écrit, mais il suffisait alors d'avoir un peu d'esprit, — y mourut le 7 mars 1665, et fut inhumé le lendemain dans le chœur de Saint-Eustache. Cet hôtel fut jugé assez magnifique par Colbert pour qu'il l'achetât, et nous l'y verrons finir ses jours le 6 septembre 1683.

Hôtel du cardinal Mazarin, rues Neuve-des-Petits-Champs, Richelieu et Vivienne; pour mieux dire PALAIS MAZARIN.

Le cardinal avait acheté, en 1640, l'hôtel du président Tubeuf (2), et il se décida à l'habiter vers la fin de 1643. L'emplacement en était merveilleux : le terrain, du côté du Sud, dominait le parc de Richelieu, et,

(1) Société de l'Histoire de Paris, *Mémoires XXI*; *Éverard Jabach, collectionneur parisien*, par M. le vicomte de Grouchy.
(2) J'ai parlé de l'Hôtel Tubeuf, pages 170 et 285.

du côté du Nord, la vue s'étendait jusqu'à Montmartre sur des terrains d'un aspect champêtre, égayés çà et là par de jolies maisons de campagne très espacées. François Mansard fut chargé des constructions nouvelles et Romanelli et Grimaldi furent appelés de Rome pour les décorer. La bibliothèque que Mazarin songeait dès lors à fonder, exigeait un emplacement d'autant plus considérable qu'il voulait qu'elle fût ouverte au public (1).

La porte principale, le vestibule, le grand escalier s'ouvrirent sur la rue de Richelieu. Le long de cette rue et de la plus vaste cour de Paris (2). s'étendirent, au premier étage, la chapelle ornée par Michel Anguier et la galerie, garnie, du plancher au plafond, de boiseries et de livres. Au-dessous, par une disposition peu heureuse et qui fournit matière aux railleries des Frondeurs, régnaient les écuries où cent chevaux rangés de front pouvaient tenir à l'aise.

Hôtel de La Ferté Senneterre, sur l'emplacement occidental de la place des Victoires. Un morisque d'Espagne ou de Portugal, Alphonse Lopez, homme à tout faire du cardinal de Richelieu, s'était fait bâtir, avant 1640, un logis « tel qu'il pouvait passer pour un hôtel », situé entre l'hôtel de la Vrillière (Banque de France) et la rue Vide-Gousset. Lopez mourut au mois de mars 1659, et son logis fut acheté par le maréchal Henri II de La Ferté Senneterre qui le fit reconstruire par l'architecte Le Fèvre et décorer par le sculpteur Thibaud Poissant. « C'est le seul de Paris, dit Sauval, qui forme une île, entourée de quatre rues (3). On l'appelle *Senneterre la Grande*, à cause de ses appartements, de sa galerie, où Perrier, Mignaud, Hyacinthe et Errard ont représenté l'histoire d'*Aminte*; de sa chapelle, stuquée par Lerambert; de sa basse-cour; de sa serre d'orangers; de son écurie voûtée sur deux rangs de piliers pour contenir quatre-vingts chevaux; de sa terrasse, de son jardin, orné au milieu d'un bassin d'où sort un jet d'eau qui part de la bouche d'un Triton, dû au sculpteur Sarazin ». Le maréchal de La Ferté, étant mort le 27 septembre 1681, ses héritiers vendirent l'hôtel 222,000 livres

---

(1) M. Alfred Franklin, dans son bel ouvrage sur les *Anciennes Bibliothèques de Paris*, t. III, p. 42, 43, établit la date de l'ouverture à la fin de 1643.

(2) Cette cour rivalisait de beauté avec celle de la Sorbonne qui ne la précéda que de peu d'années. Elle avait cent mètres de long sur 30 mètres de large. Les nécessités impérieuses de la création d'une salle de travail ont obligé malheureusement l'architecte du second empire à la diminuer de moitié.

(3) Ce que les Latins appelaient *insula*, maison isolée. Ces quatre rues étaient: la rue des *Petits-Pères*, déjà indiquée, en 1515, sur le plan de *Mérian*; — la rue *Vide-Gousset*, indiquée sur le plan de *Gomboust*, en 1652, — la rue des *Fossés-Montmartre* (Aboukir), qui, depuis la démolition du rempart, se continuait jusqu'au portail de l'hôtel de la Vrillière, comme actuellement la rue Catinat; enfin la rue de la *Vrillière*, trait-d'union tiré, vers 1635, à travers le rempart, son chemin de ronde et ses fossés, pour établir une communication entre les deux rues *Neuve* et *Croix-des-Petits-Champs*.

Entrons dans cette rue de la Vrillière par la rue Croix-des-Petits-Champs, et nous aurons, *à gauche*, l'hôtel de la Vrillière; *à droite*, l'hôtel d'Émery, la rue des Fossés-Montmartre, l'hôtel de la Ferté Senneterre.

Entrons dans la rue des Fossés-Montmartre par la rue de la Vrillière, et nous aurons, *à gauche,* l'hôtel de la Ferté; *à droite,* l'hôtel d'Émery.

au maréchal de la Feuillade, qui le fit démolir pour ouvrir la place des Victoires. L'hôtel de La Ferté avait à peine duré vingt-cinq ans.

Hôtel d'Émery, sur l'emplacement oriental de la place des Victoires. En 1634, Michel d'Émery, — plus tard contrôleur-général, puis surintendant des Finances, — acheta un terrain, situé sur les remparts au bout de la rue Croix-des-Petits-Champs, et y fit construire par Jean Thirio, maître maçon du cardinal de Richelieu, un hôtel qui lui coûta 77,000 livres et qui fut achevé en 1639. Pierre Pontherou et Pierre Bouvier, peintres ordinaires du Roi, le décorèrent. Cet hôtel barrait l'extrémité nord de la rue Croix-des-Petits-Champs et s'étendait sur la rue de la Vrillière et la rue des Fossés-Montmartre, prolongée et confondue avec la rue que nous appelons *Catinat*. « Il était, dit Sauval, *commode*, et contenait des bains, quantité d'appartements, petits, mais dégagés, très logeables et bien distribués ». Michel d'Émery y mourut le lundi 23 mai 1650, et « le mercredi, à onze heures du matin, son corps fut tiré de sa maison, gardé ès portes par huit suisses du Roy, et porté à Saint-Eustache, M. d'Avaux, nouveau surintendant, menant le deuil avec le sieur de Thoré-Particelli, fils du défunt, et M. de la Vrillière, gendre dudit défunt (1) ». Les héritiers de Michel d'Émery furent expropriés par la Ville en 1685 pour l'ouverture de la place des Victoires. L'hôtel d'Émery fut démoli; il avait duré une cinquantaine d'années.

Hôtel de Fontenay-Mareuil, rue Coq-Héron, 3 et 5, au coin de la rue Coquillière, fondé par François du Val, marquis de Fontenay-Mareuil, ambassadeur à Rome en 1641 et 1647, maréchal des camps et armées de S. M., auteur de *Mémoires;* il mourut en son hôtel le 25 octobre 1665, et fut inhumé à Saint-Eustache. Les jardins s'étendaient jusqu'à la rue des Vieux-Augustins.

Hôtel du Grand-Prieur, construit dans l'enceinte du Temple, pour le grand-prieur Jacques de Souvré, par l'architecte Pasquier de l'Isle; vaste construction précédée d'une cour entourée d'un portique ovale et suivie de beaux jardins, où se voyait un énorme marronnier, trois fois séculaire, « le père, dit Sauval, de tous ceux que nous avons en France ».

Hôtel de Châteauneuf, rue Coquillière, entre les rues du Jour et Jean-Jacques-Rousseau. François Mansard le construisit pour Charles de l'Aubespine, marquis de Châteauneuf, qui, deux fois garde des sceaux en 1630 et en 1650, mourut, « chargé d'années et d'intrigues », le 26 septembre 1653. L'escalier passait pour un diminutif de celui des Tuileries.

Il ne me reste plus qu'à signaler quelques changements de propriétaires ou de destination, dans les hôtels mentionnés avant l'année 1643.

L'Hôtel d'O, rue Vieille-du-Temple, si renommé pour la magnificence de ses meubles, de ses tableaux, de ses statues, fut mis en vente en 1655, par les créanciers de son dernier propriétaire, François d'O, gou-

_____

(1) *Journal* de Dubuisson-Aubenay, publié par la *Société de l'Histoire de Paris*.

verneur de Paris, mort criblé de dettes en 1594. Les Religieuses de
Sainte-Anastase, ou de Saint-Gervais, quittèrent alors la rue de la
Tixeranderie et achetèrent l'hôtel d'O, dont les Parisiens accoururent
en foule voir les dernières splendeurs pour la modique somme d'un
sou (1).

Bernard d'*Épernon*, vendit, en 1657, son hôtel de la rue Plâtrière (2),
pour la somme de cent quatre-vingt mille livres, à l'intendant des Finances *Herwart*, et alla demeurer rue Saint-Thomas-du-Louvre, à l'ancien
hôtel de Chevreuse qui devint *hôtel d'Épernon*.

Le 12 mai 1648, M. de *Villequier* vend sa jolie maison de la Place
Royale, 13, au président *des Hameaux*, pour la somme de cinquante-
huit mille écus.

Le 13 mai 1648, Henri de *Guénégaud* quitte la rue des Francs-Bourgeois, et achète à Marie de Gonzague, au prix de six cent mille livres,
l'hôtel de Nevers, quai de Nesle, qu'il fait reconstruire. Il est remplacé
rue des Francs-Bourgeois par son beau-frère, César-Phœbus d'*Albret*,
comte de Miossens (3).

Le 26 décembre 1654, l'*hôtel Carnavalet* est vendu cent mille livres
par les héritiers d'Argouges à Claude Boislève, intendant des Finances,
riche, dit-on, de dix-huit millions. Il fit restaurer l'hôtel par François
Mansard, de 1655 à 1661, date gravée sur le stylobate de la Minerve
érigée au faîte de la nouvelle façade (4).

Philippe-Emmanuel de Gondi, général des galères, père du duc Pierre
de Retz et du cardinal de Retz, protecteur de saint Vincent de Paul,
habitait, rue *Pavée-Saint-Sauveur*, dans ce qui restait de l'*hôtel de
Bourgogne*, y compris la *tour* de Jean-sans-Peur.

L'*hôtel de Scipion Sardini* semble avoir partagé l'oubli et la défaveur
qui ont frappé son maître, dont la *Biographie Didot* ne mentionne pas
même le nom. Dès 1614, c'était une maison de force; en 1636, on y
transférait les pestiférés de la Conciergerie; l'édit d'avril 1656 l'affecta
à l'Hôpital général (5).

Le vieux duc de Montbazon, dans les dernières années de sa vie, quitta
la rue Bethiszy pour aller demeurer au Marais, rue Barbette. L'*Hôtel*

---

(1) Voir chapitre xi, pages 312, 313, *note* 1 ; — chap. xiii. p. 503, et chap. xv, p. 71.
(2) Voir chapitre vii, p. 227; — chap. viii, p. 454; — chap. x, p. 274; — chap. xi,
p. 310; — chap. xiii, p. 544, *note* 1; — chap. xv, p. 83.
(3) L'hôtel Guénégaud, rue des Francs-Bourgeois, avait été habité, et sans doute
fondé, en 1600, par le président Charron, ancien prévôt des marchands.
(4) Mansard suréleva d'un étage le bâtiment sur la rue et les deux ailes, créant
ainsi au premier étage une longue suite de chambres de parade. Il remplaça la
vis de la Renaissance par l'escalier à rampe de fer d'aujourd'hui. L'hôtel, ainsi
remanié, comprit trois grands appartements; trois petits; quatre remises; écuries
pour quatorze chevaux. Mansard conserva respectueusement les sculptures de
Jean Goujon et les fit compléter par Van-Obstal et un artiste resté inconnu. Consulter l'exacte notice due à M. J. Cousin dans *La France artistique et monumentale*.
Voir chapitre xi, page 328, *notes* 2, 3, 4, 5.
(5) Voir chapitre xii, page 457, et une remarquable étude de M. Édouard Dru-
mont, dans *Mon vieux Paris*.

Montbazon, — où Coligny avait été assassiné — situé au coin des rues Tirechape et Bethizy, devint une auberge et n'en conserva pas moins jusqu'à sa destruction, vers 1852, son nom gravé au-dessus de la porte sur la plaque de marbre dont parle Sauval (1).

L'hôtel des abbés de Saint-Maur, rue des Barres-Saint-Gervais, où avait habité en 1417. Louis de Bosredon, maître d'hôtel de la reine Isabeau, noyé en Seine par les ordres de Charles VI, était devenu l'*hôtel de Charny*, et les tribunaux du Châtelet s'y transportèrent en 1659, pendant les réparations faites au Grand-Châtelet. Le bureau général de la Chambre des Aides y était installé en 1670.

Les mêmes transformations, ou dégradations, avaient atteint bien d'autres nobles demeures, peu à peu abandonnées par les grands seigneurs, leurs premiers maîtres :

L'*hôtel des ducs de Bourgogne*, rue Mauconseil; celui des ducs d'*Anjou*, rue de la Poterie-des-Arcis, étaient devenus des théâtres;

L'*hôtel des Ursins*, près le port Saint-Landry, ancien logis du prévôt Juvénal, avec ses terrasses et ses pittoresques tourelles en encorbellement sur la Seine, était divisé en nombreux appartements et occupé par des magistrats, des greffiers, des avocats, qui recherchaient le voisinage du Palais;

L'*hôtel de Cluny* eut des destinées bien diverses : il logea des comédiens nomades, des nonces du pape; les religieuses de Port-Royal, momentanément; des ambassadeurs, des imprimeurs et des relieurs.

L'*hôtel de la Trémouille*, rue des Bourdonnais, avait eu semblable sort. Une grande famille de magistrats, les Bellièvre, en occupait une partie (2); le reste avait été, en 1517, le bureau de la corporation des Drapiers jusqu'au moment où ils firent construire leur hôtel de la rue des Déchargeurs. Des marchands, des industriels s'y logèrent après eux.

L'*hôtel des archevêques de Rouen*, au fond d'une impasse près la rue du Jardinet, avait été livré à de nombreux locataires (3).

(1) Voir chapitre XII, page 426, *note* 2.

(2) Voir chap. VII, pages 227; — chap. VIII, pages 456 et 458; — chap. IX, pages 83, 86, 91 et 144; — chap. X, page 279. Mme de Sévigné, dans une lettre du 10 juillet 1675, se moque « des Bellièvre qui refusent 400,000 francs de cette charmante maison, que vingt marchands voulaient acheter, parce qu'elle donne dans quatre rues et qu'on y aurait fait vingt maisons; mais ils n'ont jamais voulu la vendre, parce que c'est la maison paternelle, et que les souliers du vieux chancelier en ont touché le pavé... C'est dommage que Molière soit mort; il en ferait une très bonne farce ».

(3) Voir chap. VII, page 228; — chap. X, page 275, note 4. — Chap. XI, page 308. Cet hôtel comme l'hôtel de Tours faisait partie sans doute des « places vagues, maisons, masures, échopes, ouvroirs, inutiles, inhabités et délaissés en ruine ou décadence, que François Ier considéra comme « estans de son vray et ancien domaine », et dont il ordonna la vente par un édit du 20 septembre 1543, avec les hôtels « de Bourgongne, Arthois, Flandres, Estampes, le Petit-Bourbon, Tancarville, hostel de la Royne près Saint-Paul, etc. » Il est nommé, dans un règlement du prévôt des marchands, Jean Morin, en date du 16 mars 1525, parmi ceux « esquelz il n'y a aucuns demourans, et où plusieurs mauvais garçons se pourroient retirer et eux fortifier, etc. »

L'*hôtel des archevêques de Tours*, rue du Paon, n'était plus qu'un hôtel garni (1);

O vanités! vanités! vanités! à l'Hôtel de Sens, rue du Figuier, dans la maison délaissée par les archevêques de Sens et par Marguerite de Valois, descendaient les carrosses de Lyon, de Dijon, Nevers et Moulins (2);

A l'*hôtel des archevêques de Lyon*, rue Contrescarpe-Dauphine, ceux d'Orléans, de Blois et de Bordeaux (3).

A l'*hôtel de Pomponne*, rue de la Verrerie, 60, ceux de Strasbourg (4).

L'ancien *hôtel des abbés de Barbeaux*, rue de l'Ave-Maria et quai Saint-Paul, était morcelé et loué aux employés du port, mesureurs, déchargeurs, mouleurs de bois, etc. (5).

(1) Voir chap. vii, page 228 et chap. xi, page 308.

(2) Voir chap. vii, page 232; — Chap. viii, page 428; un. — Chap. x, page 276, et chap. xv, page 80 *note* 3.

(3) C'est l'auberge du *Cheval Blanc*, qui, aujourd'hui encore, « tenu par Sarret », a conservé son enseigne, sa vaste cour et l'aspect d'une maison de roulage des derniers siècles. Les poules y picorent jusque dans la rue.

(4) Les Pomponne quittèrent ce vilain quartier pour aller habiter l'ancien hôtel du maréchal de l'Hôpital, à l'angle des rues Vide-Gousset et des Fossés-Montmartre, qui avait tout à fait bon air depuis qu'il donnait sur la place des Victoires, nouvellement créée. On vient de le démolir, pour *raccorder* d'une manière si fâcheuse la place avec la rue Étienne-Marcel.

(5) Voir chap. vii, page 230, *note* 2 et chap. xv, page 193.

NÉCROLOGE DE 1643 A 1661.

J'ai le regret de faire part à mes lecteurs de la mort douloureuse de :

S. M. le Roi Louis XIII, survenue au château de Saint-Germain, le jeudi de l'Ascension, 14 mai 1643, à quatre heures de l'après-midi;

et de Messieurs :

1644 Maurice de Coligny, le 21 mai, des suites de blessures reçues dans son duel, à la place Royale, avec Henri de Guise.

1645 Le cardinal de la Rochefoucauld, abbé de Sainte-Geneviève.

François Sublet des Noyers, intendant des Finances, inhumé, rue du Pot-de-Fer, au Noviciat des Jésuites qu'il avait fait construire.

1646 Le prince de Condé, père du grand Condé.

Gaspard de Coligny, maréchal de Châtillon.

Le maréchal de Bassompierre, d'une attaque d'apoplexie, le 12 octobre, chez le duc de Vitry, en Brie.

1648 Vincent Voiture, écrivain, académicien, habitant l'hôtel de Rambouillet, inhumé à Saint-Eustache.

du Fresne et Champy écartelés et roués; la femme Champy pendue et étranglée, le 27 mars, rue de Tournon, pour assassinat et vol dans l'hôtel de l'abbé de la Rivière, place Royale.

X., crocheteur, tué d'un coup de pistolet, rue Saint-Honoré, par le maréchal de la Meilleraye.

1649 Tancrède de Rohan, tué dans une escarmouche au bois de Vincennes.

Vaugelas, grammairien, académicien, demeurant à la fin de ses jours à l'Hôtel de Soissons; inhumé à Saint-Eustache.

Simon Vouet, peintre, décorateur du Louvre, du Luxembourg, de la Muette, du Palais-Cardinal, des hôtels Séguier, Bullion; inhumé à Saint-Jean-en-Grève.

Nicolas Vauquelin des Yveteaux, poète, précepteur de Louis XIII.

L'hôtel de Charny, rue des Barres, était devenu le *Bureau des Aides*.

Il subsiste encore une aile de la maison de Fouquet, rue du Temple, au coin de la rue Court-au-Vilain, aujourd'hui de Montmorency.

VI. — FAITS DIVERS.

Un *Rôle* du 10 octobre 1649 nous montre que les *milices* parisiennes étaient alors formées de seize *compagnies*, ou *colonelles* de la garde bour-

1650 Michel Particelli d'Émery, surintendant des Finances, inhumé à Saint-Eustache.
   Charles David, architecte de Saint-Eustache, inhumé dans cette église, le 4 décembre.
   René Descartes, mort à Stockholm, chez la reine Christine; inhumé à Saint-Germain-des-Prés.
   Le maréchal de Rantzau, le 13 septembre, inhumé dans l'église du couvent des Bonshommes à Chaillot.
   Charles, duc d'Angoulême, bâtard de Charles IX et de Marie Touchet, demeurant rue Pavée à l'hôtel d'Angoulême; inhumé aux Minimes.
   Claude de Mesmes, comte d'Avaux, diplomate, l'un des négociateurs de la paix de Munster.
   Rotrou, auteur dramatique, mort en soignant les pestiférés de la ville de Dreux dont il était maire.
1651 Laubardemont, fils du Conseiller d'État, tué le 9 décembre, à la tête d'une bande de voleurs qui attaquaient un carrosse.
   Étienne Pascal, père de Blaise et de Jacqueline Pascal, sur la paroisse de Saint-Jean-en-Grève.
   Henri de Sévigné (époux de Marie de Rabutin-Chantal), le 5 février, des suites de son duel avec le chevalier d'Albret.
1652 Le duc de Nemours, tué en duel par le duc de Beaufort, le 30 juillet.
   Claude de l'Estoile, fils du chroniqueur Pierre, membre de l'Académie Française, l'un des cinq collaborateurs de Richelieu.
   Léon le Bouthilier de Chavigny, secrétaire d'État, gouverneur du château de Vincennes, en son hôtel, rue du Roi-de-Sicile.
   Dubuisson-Aubenay, auteur de *Mémoires* sur la Fronde, demeurant chez M. de Guénégaud, rue des Francs-Bourgeois, puis quai de Nesle.
   Clément Métezeau, architecte, inhumé à Saint-Paul.
   Omer Talon, avocat-général, auteur de *Mémoires*, inhumé à Saint-Cosme.
   Frédéric-Maurice de la Tour d'Auvergne, duc de Bouillon, frère aîné de Turenne.
   Paul Mancini, Saint-Mégrin, Nantouillet, de Fouilloux, *Royalistes*, tués le 2 juillet au faubourg Saint-Antoine.
   Flamarens, de Bossu, Desfourneaux, de Holac, de Kinsqui, *Frondeurs*, tués le 2 juillet au faubourg Saint-Antoine.
   Le conseiller Janvry; Miron, maître des requêtes; Yon, ancien échevin; Fressant, marchand; Le Grand, avocat; les conseillers Le Gras, Le Boulanger, Le Fèvre, Hardier, Fayet, *massacrés* le 4 juillet à l'Hôtel de Ville.
   Guelphe, perruquier; Jean Michel, aide de cuisine, pendus le 23 août dans la cour du Palais, comme complices des massacres de l'Hôtel de Ville.
1653 Jean Martin, de Laubardemont, conseiller d'État, l'un des juges d'Urbain Grandier, inhumé à Saint-Eustache (ou au cimetière Saint-Joseph).
   Charles de la Vieuville, grand fauconnier, surintendant, demeurant rue Saint-Paul, 2, inhumé aux Minimes.
   Charles de l'Aubespine, marquis de Châteauneuf, garde des sceaux, de 1630 à 1633 et de 1650 à 1651.

geoise, — autant que de quartiers, — commandées chacune par un *colonel*, un lieutenant, un enseigne, et un nombre variable de capitaines, selon l'importance du quartier. Ces colonels étaient des hommes considérables du Tiers-État; on remarque parmi eux, MM. de Lamoignon : de Champlatreux, maîtres des requêtes; de Guénégaud, d'Estampes de

1654 Jean-François de Gondy, archevêque de Paris, oncle du cardinal de Retz.
Guez de Balzac, en février.
Broussel, conseiller au Parlement, inhumé le 4 septembre à Saint-Landry.
Hercule de Rohan-Montbazon, à l'âge de quatre-vingt-six ans; gouverneur de Paris, de 1620 à 1649.
Jacques Le Mercier, architecte du Louvre.
Jean-François Sarasin, écrivain et poète, familier du prince de Conti, mort à Pezenas ou à Perpignan.
1655 Gassendi, décédé rue Sainte-Avoie, chez Haber de Montmor et inhumé à Saint-Nicolas-des-Champs.
Le Sueur, décédé rue Saint-Louis-en-l'Ile, inhumé à Saint-Étienne-du-Mont.
Cyrano de Bergerac, décédé probablement hors Paris chez un de ses parents et inhumé à Paris, aux Filles-de-la-Croix, rue de Charonne.
Blot, baron de Chauvigny, auteur des *Mazarinades*.
1656 Mathieu Molé, décédé garde des sceaux, le 3 janvier, inhumé à l'Ave-Maria.
Jérôme Bignon, avocat-général, bibliothécaire du Roi, inhumé à Saint-Nicolas-du-Chardonnet.
Charles de Schomberg, maréchal de France, décédé le 5 juin, en son hôtel, rue de Seine, inhumé à Nanteuil.
1657 Pomponne II de Bellièvre, premier président.
Charles de Lorraine, duc d'Elbeuf, gouverneur de Picardie, puis l'un des chefs de la Fronde.
Philippe de la Mothe-Houdancourt, maréchal de France. « Bon soldat, mais de très petit sens », dit Retz.
1658 Jacques Ollier, inhumé dans la chapelle de son séminaire de Saint-Sulpice.
Alphonse Mancini, écolier du collège de Clermont, tué au jeu de la berne.
Olivier Cromwell, décédé au palais de White-Hall, le 3 septembre, inhumé à Westminster, exhumé en 1660. (Seule à la cour de France, Mademoiselle se refusa à porter le deuil du meurtrier de Charles Ier.)
Guillain de Cambray, sculpteur, décédé rue Saint-Louis près les Filles-du-Calvaire, et inhumé à Saint-Gervais.
Charles de Mouchy d'Hocquincourt, maréchal de France, battu à Bléneau; passé au service de l'Espagne et tué près de Dunkerque, le 13 juin.
Charles Bouvard, médecin de Louis XIII et surintendant du Jardin des Plantes.
Jacques de Castelnau, mort à Calais de ses blessures; maréchal de France deux jours avant sa mort
Pierre du Ryer, auteur dramatique, décédé en sa maison de la Rapée; inhumé à Saint-Gervais.
1659 Abel Servien, surintendant des Finances, décédé le 17 février, en son château de Meudon.
Guillaume Colletet, académicien, inhumé à Saint-Sauveur.
Marquis de Bonneson, huguenot, conspirateur normand, chef des sabotiers, décapité le 13 décembre, à la Croix-du-Trahoir.
1660 Gaston d'Orléans, décédé à Blois, le 2 février.
Paul Scarron, malade d'Anne d'Autriche, premier mari de Françoise d'Aubigné, décédé, le 14 octobre, rue Saint-Louis, inhumé à Saint-Gervais.
François de l'Hospital, maréchal de France, gouverneur de Paris, décédé âgé de soixante-dix-sept ans, rue des Fossés-Montmartre; inhumé à Saint-Eustache.
Pierre d'Hozier, juge d'armes de France, décédé le 1er décembre, inhumé à Saint-André-des-Arts.
Jacques Sarazin, sculpteur, auteur des *cariatides* du pavillon du Louvre; du

Valençay, secrétaires d'État; Le Féron, prévôt des marchands; Tubeuf, président à la Chambre des comptes; Ménardeau, conseiller au Parlement. Ils obéissaient au gouverneur de Paris et au prévôt des marchands, qui, pour récompenser leur zèle, leur adressait de fréquentes invitations (1).

Quant aux quartiniers, ils avaient vu leur ancienne importance militaire diminuer au profit des colonels, et le Prévôt des marchands ne leur laissait plus guère que la police de leurs quartiers : l'ouverture et la fermeture des portes; l'approvisionnement du pain, l'ordre de tendre

    tombeau de Bérulle, aux Carmélites; du *tombeau de Jacques de Souvré*,
    à Saint-Jean-de-Latran.
1661 Brébeuf, traducteur de la *Pharsale*, mort près de Caen.
    Marc-Antoine Gérard de Saint-Amant, poète, auteur du *Moïse sauvé*.
    Le cardinal de Mazarin, décédé au château de Vincennes le 9 mars; inhumé
    au collège Mazarin, le 6 septembre 1684.
        Et de Mesdames :

1644 Anne de Montafié, comtesse de Soissons.
1645 Mlle de Gournay, l'amie, la fille adoptive, l'éditeur de Montaigne; inhumée
    à Saint-Eustache.
1648 Péronne du Moustier, rue Saint-Honoré, proche le Palais-Cardinal, sage-
    femme d'Anne d'Autriche, inhumée aux Innocents.
1650 Marion de l'Orme, décédée le 30 juin chez sa mère, rue de Thorigny, et in-
    humée à Saint-Paul.
    Charlotte-Marguerite de Montmorency, princesse de Condé, mère du grand
    Condé, inhumée aux Carmélites de la rue Saint-Jacques.
1651 Marie Deslandes de Lamoignon, veuve de Chrétien de Lamoignon, décédée
    le 31 décembre et inhumée à Saint-Leu.
    Charlotte des Essarts, mariée en 1630 au maréchal de l'Hospital.
    Mlle Paulet, amie de Mme de Rambouillet, décédée au Marais, chez la mar-
    quise de Balzac-d'Entragues de Clermont.
1656 Henriette-Catherine de Joyeuse, duchesse de Montpensier par son premier
    mariage, et veuve en secondes noces, le 30 septembre, de Charles duc de
    Guise. Cette duchesse de Guise décéda le 25 février, à six heures du soir,
    âgée de soixante-et-onze ans, et fut inhumée au couvent des Capucines
    de la rue Saint-Honoré.
1657 Laure Mancini, duchesse de Mercœur, décédée le 8 février, à l'âge de vingt-
    et-un ans. On a dit que ce fut la plus sage des nièces de Mazarin, mais
    elle vécut si peu !
    Léonore-Catherine Fébronie de Berg, duchesse de Bouillon, épouse de Fré-
    déric-Maurice, frère de Turenne. C'était l'une des plus intrépides frondeu-
    ses, et en 1650 elle était enfermée à la Bastille.
    Nicole de Lorraine, répudiée par le duc Charles III, en 1637. Elle vint alors
    à Paris habiter l'hôtel de Lorraine, rue Pavée, et y mourut le 23 février.
    Anne Géronard, épouse du perruquier Didier Lamour, l'un des héros du
    Lutrin. Elle dut être inhumée au cimetière de la Sainte-Chapelle, son
    mari s'étant établi, vers 1638, dans l'enclos du Palais. Elle passe pour
    avoir fourni à Molière le type de Martine, femme de Sganarelle.

(1) A M. de Lamoignon, maistre des requestes, colonel du quartier Saint-Denys
et des faubourgs Saint-Denys et Saint-Lazare :

      « Monsieur,

  « Messieurs les prévost des marchands et eschevins de la ville de Paris vous
« baisent très humblement les mains, et vous prient de leur faire l'honneur de
« venir disner jeudy prochain, en l'hostel de ladite ville.
                  JÉROSME LE FÉRON. »

ou détendre les chaînes placées au coin des rues, et autres attributions locales.

*
* *

La police était alors exercée, au nom des prévôts de Paris, Louis Séguier et Pierre Séguier (1), par le lieutenant civil, François Dreux d'Aubray, de 1643 à 1646; par le lieutenant criminel de robe longue, Jacques Tardieu, de 1635 à 1665; et par le lieutenant criminel de robe courte, Antoine Ferrand, de 1638 à 1667 (2). Mais comment ces magistrats auraient-ils pu maintenir la paix publique dans la rue, quand ils n'étaient même pas en sûreté dans leurs propres logis. Un agitateur, nommé Lagneau, pénétra, le 2 septembre 1651, dans la maison du lieutenant-criminel Tardieu, le menaça de mettre le feu chez lui et de le tuer. Déjà des jeunes gens « de la noblesse du marais » n'avaient pas craint de brûler l'échelle de justice placée au coin des rues du Temple et des Vieilles-Haudriettes. En plein jour, des voleurs dévalisaient une maison entière rue Phélipeaux et obligeaient un charretier à mener les meubles volés, place Maubert, pour les vendre; des mousquetaires du Roi arrêtaient au Cours-la-Reine les carrosses des comtes de Montrevert et de Rochefort, et leur arrachaient leurs chausses et leurs bourses. Le substitut du procureur général se plaignait au Parlement des vols commis ouvertement par les soldats aux gardes, protégés par les exempts de cavalerie leurs complices.

Un huissier remet un exploit à l'abbé de Sourches, frère du grand prévôt de l'Ile; il est livré aux valets et aux pages qui le rasent et le fouettent jusqu'au sang. C'est que les hôtels des Grands étaient toujours des lieux d'asile : le substitut du procureur du Roi, ayant voulu faire une perquisition à l'hôtel de Soissons, eut ses vêtements déchirés et fut jeté violemment à la porte. La reine Anne fit arracher de prison, par

---

(1) Louis Séguier de 1611 à 1653 et Pierre Séguier de 1653 à 1670.

(2) Le *Prévôt de Paris* et ses trois lieutenants faisaient exécuter par leurs archers les arrêts du Parlement. Le *lieutenant civil* dirigeait la police et jugeait en première instance les affaires civiles, les *référés*, toutes les affaires sommaires au-dessous de mille livres; les affaires de famille, — à l'exception de celles des princes du sang, — séparations de corps, interdictions, ouvertures des testaments, scellés, inventaires, héritages, dots.

Le *lieutenant criminel* de robe longue, assisté de sept juges, instruisait les crimes commis par les vagabonds, les gens de guerre, les déserteurs, vols sur les routes, violences, assassinats, séditions, sacrilèges, fausse monnaie. Il portait la *robe rouge*, comme le lieutenant civil.

Le *lieutenant criminel* de robe courte, plutôt homme d'épée que magistrat, ne portait pas la robe rouge et pourtant ses attributions, si je les énumérais, se confondraient avec celle du lieutenant de robe longue. Il en était ainsi à cette époque où les pouvoirs étaient mal limités et où l'autorité judiciaire se distinguait difficilement de l'autorité administrative.

La juridiction de la *prévôté* et *vicomté* de Paris avait, comme je l'ai dit déjà, son siège au Châtelet, « le propre siège des Rois, le premier tribunal de la ville capitale du royaume, Paris, commune patrie de la France, comme dans l'Empire romain, Rome était la commune patrie ».

un exempt, deux de ses laquais condamnés aux galères pour assassinat d'un marchand. Un abbé de Fiesque, de l'illustre famille des comtes de ce nom, prétend se substituer par la force au curé de Saint-Sulpice et l'attaque à la tête d'une troupe d'hommes armés. En 1658, les Grands Augustins soutiennent dans leur couvent, sur le quai près le Pont-Neuf, un véritable siège contre les archers du Parlement. Onze religieux sont faits prisonniers et conduits à la Conciergerie, mais Mazarin les fait remettre en liberté et reconduire à leur couvent dans les carrosses du Roi. Le marquis de Sourches, grand prévôt de l'Isle, fait conduire au Châtelet un recéleur nommé Picard, logeant rue Geoffroy-l'Asnier. Cette arrestation soulève tous les bateliers du port qui, au nombre de plus de trois cents, accourent et délivrent Picard (1).

*
* *

Chaque fois que le Parlement se plaignait de ces désordres aux trois lieutenants du Châtelet, ceux-ci répondaient « qu'il leur était impossible de les empêcher parce que leurs archers n'étaient gagés qu'à trois sous et demi par jour, *comme au temps du roi Jean*, et encore n'étaient pas régulièrement payés ! On prévoit aisément ce qui devait arriver dans de telles conditions : « Les archers tiraient lucre de leur connivence avec les gens sans aveu comme aussi avec les femmes de mauvaise vie... A la descente des messagers et coches, ils suivent les pauvres gens qui viennent pour espérance de servir à Paris de leur métier, ils se saisissent d'eux, les accusant d'être vagabonds, déserteurs ou de mauvaise vie; les mènent en un cabaret, leur font payer leur dîner, et disent : *Donnez-nous de l'argent et nous vous laisserons aller*. Si ceux qu'ils prennent n'ont point d'argent, ils les mènent en prison, où, sans autre forme, ils sont mis dans les cachots (2) ».

En 1660, le procureur général Nicolas Fouquet fit fermer provisoirement, par le lieutenant de robe courte Antoine Ferrand, la prison de la rue de la Heaumerie, vulgairement appelée le Fort-aux-Dames, qui appartenait à l'abbaye des Bénédictines de Montmartre, « petite maison obscure, malsaine, si incommode que la chapelle est à un troisième estage dans l'espaisseur du mur en forme d'armoire, où tout joignant passe un tuyau d'un aisement, qui infecte le prestre qui célèbre la sainte messe, lorsqu'il y a changement de temps, ce qui est indécent. Joint que ladite maison se trouvant située dans un des passages des plus fréquentées, il y a toujours grand nombre de prisonniers qui y souffrent beaucoup, tant à cause de l'incommodité du lieu, *que de l'exaction que font continuellement les geolliers et guicheliers*; à quoi il est bon de remédier ».

---

(1) Je sais que quelques-uns de ces faits peuvent être contestés dans leurs détails, mais dans leurs détails seulement; je ne les ai pas moins cités parce que l'ensemble n'en est que trop vrai.

(2) *Mémoire* sur les prisons de Paris en 1644. *Société de l'Histoire de Paris, Bulletin* de 1892.

La Conciergerie, vrai foyer pestilentiel, était plus grande, mais pas mieux tenue. « Dans la nuit du dimanche 15 au lundi, 16 mars 1648, raconte Dubuisson-Aubenay dans son *Journal*, le chevalier de Roquelaure, accusé d'impiété, se sauva par le moyen d'une fausse clef. Le geôlier et sa femme furent arrêtés et remplacés; ce que sachant, les autres prisonniers firent efforts contre le nouveau geôlier, mirent le feu et voulurent fracturer les portes. Les marchands du Palais s'émurent, fermèrent les boutiques et portes des galeries, salles et cours et réprimèrent les prisonniers qui ont été mis dans les cachots, excepté un ou deux qui cependant se sont sauvés ». Aventure à peu près semblable, le 10 mai 1652 : « Le corps de Ville, sans le Prévôt des Marchands, Antoine le Fèvre, qu'on dit être malade, s'étant présenté à la porte de la Grand Chambre, la canaille s'est jetée dessus les archers qui étoient une douzaine ou environ, et leur a ôté leurs hallebardes... La canaille a rompu les prisons et s'en sont sauvés quarante prisonniers du préau et chambres libres (1). »

Les crimes les plus graves restaient impunis, s'ils étaient commis par « des personnes de qualité ». Le jeudi soir 10 août 1651, une fille ou femme est jetée par une des fenêtres de l'hôtel Saint-Chaumont, rue Saint-Denis, près la porte. Le peuple qui a entendu « cette créature criant : *On me tue*, accourt, veut entrer, met le feu à la porte. La marquise de Vervins, femme du premier maître d'hôtel du Roi, qui a fait mourir cette servante, après lui avoir fait donner les étrivières, — selon son habitude depuis trente ans, — ordonne de tirer sur cette populace, dont il y a des tués ». Le maréchal de l'Hôpital, gouverneur, avec ses gardes; M. de Lamoignon, avec sa compagnie colonelle, interviennent pour réprimer le désordre, mais... « la marquise s'étoit sauvée; on ne sait par où ni comment (2) ».

(1) Peu après la mort de Mazarin, je trouve un rôle de quarante-trois prisonniers de la Bastille, envoyé à Colbert par le gouverneur Besmaux, le 2 septembre 1661, toujours avec d'étranges mentions :

« Le comte de Pagan, s'est vanté qu'il feroit mourir le Roy par magie. — M. de La Baumerie, prestre, pour avoir escrit contre la Vierge et contre la religion. — M. de Gondonvilliers, capitaine dans Picardie; fou; vouloit tuer feu Son Éminence. — M. de Besnier, meschant à sa mère et à ses frères et veut tout tuer. — M. le vicaire de Clichy est fol et extravagant, et crioit dans les rues pour exciter sédition. — M. Charpentier, prestre anglais, intrigue; il a grand esprit et meschant ». — M. de Rémuzat, pour mille friponneries. — Le sieur de Saint-Martin, fou; dit que feu M. Servien vouloit lui faire tuer le duc d'Orléans. — M. de Cluzelles a espousé trois femmes. — Gazetiers qui ne trouvent personne qui veuille respondre d'eux : Thévenart, Nervize, Fleury, Bousquet, etc., en tout, douze. — M. Petit, je ne sçay pourquoi. — M. Bardon a fait mille friponneries aux finances... en tout, quarante-trois. »

Fernand Bournon, *Histoire de la Bastille*.

(2) *Journal* de Dubuisson-Aubenay.

Ce n'est pas que les JUSTICES manquassent dans Paris. Il y en avait huit *royales* : le Parlement, la Chambre des comptes, la Cour des aides, la Cour des monnaies, la Trésorerie de France, l'Élection, la Connétablie et le Châtelet.

Cinq *civiles* : le Bailliage du Palais, dans l'enclos du Palais et huit rues; — les Juges-Consuls; — le grand-maître de l'Artillerie à l'Arsenal; — le Grand-prévôt de l'hôtel, au Louvre; — le Prévôt des marchands, en 50 rues.

Vingt-quatre *ecclésiastiques* : L'archevêque, au For-l'Évêque, en 105 rues; —

*
* *

A la misère causée par les troubles de la Fronde et supportée vaillamment, même gaîment, vinrent se joindre les souffrances de plusieurs
hivers rigoureux et d'inondations suivies de terribles catastrophes. En
janvier 1649, la Seine couvre la place de Grève; on n'entre à l'Hôtel
de Ville que sur des ponts improvisés de planches et de bateaux; le
pont des Tuileries est emporté, ainsi que les chantiers de bois; le pont
Saint-Michel s'écroule en partie avec seize de ses maisons. Les fossés
du Nord-Est débordent dans les rues du Parc-Royal, Vieille-du-Temple, Saint-Antoine, Saint-Paul, où l'on ne passe plus qu'en bateau. Ces
accidents se renouvellent pendant l'hiver de 1651-52 : le 18 janvier, les
arches du Pont-au-Change attenantes au quai de Gesvre « s'éboulent :
c'est pitié grande de voir les marchands sauvant leurs meubles; il y eut
des personnes noyées; sept maisons de la rue de la Bucherie « par leur
chute sur un grand bateau, là attaché, tuèrent plusieurs lavandières ».
J'ai déjà parlé de la chute de deux arches du pont Marie en 1658. « La
Seine, dit Gui Patin, est vingt fois plus rapide qu'en 1651. On ne voit
passer sur la rivière que bois, paille, paillasses et lits. Il n'est pas *jusqu'à la petite rivière de Bièvre qui n'ait fait rage dans le faubourg
Saint-Marceau*, où elle a noyé bien du monde et abattu bien des maisons ».

Chassés par les pillages des soldats, les habitants de la banlieue venaient avec leurs bestiaux chercher dans la capitale des aliments dont
les Parisiens manquaient eux-mêmes, car le pain de Gonesse n'arrivait pas toujours, et, en 1652, le plus noir coûtait dix sous la livre.
Les hôpitaux étaient si encombrés qu'à l'Hôtel-Dieu, on refusa de recevoir deux bateaux pleins de soldats blessés. Les malades couchaient
sept dans le même lit. A plusieurs reprises, en 1648 et en 1652, les
propriétaires furent obligés par des arrêts du Parlement de faire remise
des loyers échus aux quartiers de Pâques, Saint-Jean et Saint-Rémy
« attendu la misère des temps qui a tué plus de cinquante mille personnes en quatre années, par la guerre, la famine et les maladies

l'officialité, à l'archevêché; — le Chapitre de Notre-Dame, en 38 rues; — l'Abbaye
Sainte-Geneviève, en 54 rues; — l'Abbaye de Saint-Germain-des-Prés, en 30 rues;
— l'Abbaye de Saint-Victor, en 23 rues; — l'Abbaye de Saint-Magloire, en 70 rues;
— l'Abbaye de Saint-Antoine-des-Champs, en 50 rues; — le Prieuré de Saint-Martin-des-Champs, en 54 rues; — le Grand Prieur du Temple, en 32 rues; — le
Prieuré de Saint-Denis de la Chartre; — le Prieuré de Saint-Éloi, en 59 rues; — le
Prieuré de Saint-Lazare, en 18 rues; — le Chapitre de Saint-Marcel; — le Chapitre
de Saint-Benoît, en 15 rues; — le Chapitre de Saint-Merry, en 33 rues; — l'Abbaye
de Tiron, en 31 rues; — l'Abbaye de Montmartre; — le Prieur de Notre-Dame-des-
Champs, en 4 rues; — le commandeur de Saint-Jean de Latran, en 9 rues; — les
chanoines de Saint-Germain-l'Auxerrois, en 18 rues. — Les chanoines de Saint-Maur,
en 11 rues; — les chanoines de Sainte-Opportune, en 16 rues; — les chanoines de
Saint-Honoré, en 5 rues.
Nous verrons bientôt Louis XIV s'attaquer à ces justices particulières et en
réunir le plus grand nombre au Châtelet.

dangereuses... chose cruelle et digne de compassion, telle que, si à présent les pauvres locataires étoient forcés de payer un seul terme, la plupart ne pourroient le faire, en vendant jusqu'à la paille de leur lit! » Cette requête fut signée d'abord par soixante-seize marchands, bourgeois et artisans, demeurant sur les ponts Notre-Dame, Saint-Michel, rue de la Barillerie, bientôt suivis d'une multitude d'autres.

La mère Angélique Arnauld, réfugiée à Paris avec ses religieuses de Port-Royal-des-Champs, écrit, en 1652, à Marie de Gonzague, reine de Pologne : « Les malheureux soldats ont commis tant de crimes, que toutes les filles et femmes de la campagne qui l'ont pu, se sont sauvées en cette ville... M. du Hamel, curé de Saint-Merry, a fait louer, par le moyen des dames de sa paroisse, une grande maison pour loger et nourrir ces pauvres créatures, en sorte qu'il y en a plus de cent à qui l'on donne à filer, afin qu'elles ne soient pas oiseuses et qu'elles gagnent quelque chose qu'elles pourront emporter quand elles s'en retourneront (1) ».

La mortalité était considérable. L'hiver de 1649-1650 ne fut pas seulement funeste par les inondations, mais par une terrible épidémie qui sévit sur tous les points de la France, dans le Languedoc, la Provence, la Bourgogne, la Sologne, l'Ile-de-France, la Normandie. Le grand poète Rotrou, maire de Dreux, succomba, le 27 juin 1650, à peine âgé de quarante ans, en soignant ses concitoyens. A Paris, sur cent et quelques médecins une vingtaine avaient été victimes du fléau. Ceux qui survécurent, s'étaient résignés à mettre fin aux mesquines rivalités de corps. Ils imitèrent le généreux exemple de Théophraste Renaudot et donnèrent gratuitement aux malades leurs soins et des remèdes, les mercredis et samedis de chaque semaine. Gui Patin, doyen de la Faculté, supprima momentanément les repas qui avaient lieu à l'issue des examens entre docteurs récipiendaires, pour en consacrer les fonds aux besoins impérieux de la charité.

D'autres plus hardis, plus aventureux, cherchaient déjà dans l'émigration un remède à leurs maux. Dubuisson-Aubenay, dans son *Journal*, nous raconte que « le samedi 18 mai jusqu'à six heures, il y eut au-dessous du Pont-Neuf et au port de l'École, grande fréquence et bien du bruit et happement des bateliers et officiers, s'exhortant à donner ordre à l'embarquement de trois cents personnes destinées pour le Cap Breton, au golfe Saint-Laurent, dont le vice-roi, désigné, étoit le sieur Le Roux de Royville, gentilhomme du pays de Caux, et l'évêque-patriarche, désigné, l'abbé de Marivaux de l'Isle (2) ».

_____

(1) Les curés des autres paroisses imitèrent M. du Hamel. Un mandement de l'archevêque les avait engagés à multiplier leurs efforts, et beaucoup de bonnes âmes avaient entendu l'appel de leurs pasteurs. Il n'y a rien de nouveau sous le soleil. *Les soupes populaires* existaient déjà. On distribuait dans tous les quartiers « des manières de potage » ainsi que des vêtements et des médicaments.

(2) « Cet abbé, savant en géographie et en astronomie, même en astrologie judiciaire, et qui emportait avec lui en Amérique ses livres et instruments pour faire les belles opérations qu'il nous avoit promises, voulant le lendemain à trois heures du matin passer du bateau où il étoit en un autre voisin, soit le pied, soit la vue

*
* *

Les nombreux arrêts par lesquels le Parlement ordonnait aux marchands terrifiés de tenir leurs boutiques ouvertes malgré les émeutes quotidiennes, ne rendaient pas le commerce plus florissant. Les seuls industriels qui trouvassent profit à la fréquence des troubles, étaient les armuriers, les faiseurs de malles, de valises, de baudriers, de fourreaux, de pistolets; les vendeurs de poudre et de balles; les imprimeurs de pamphlets et les maquignons.

Un édit de février 1657 rétablit les ouvriers du faubourg Saint-Antoine dans l'antique jouissance des franchises que Louis XIII, à la fin de son règne, avait voulu leur enlever. « Considérant, disait le Roi, que beaucoup d'ouvriers et artisans, ruinés par le malheur des guerres, au lieu de mendier leur vie ont pris retraite au faubourg Saint-Antoine, *comme exempt de tout temps des maîtrises*, pour y travailler de leur métier, et qu'au lieu de leur donner moyen de continuer en paix leur travail, on voudroit les priver de cette faculté, les réduire à la misère, augmenter le nombre des pauvres, etc., etc., etc... Considérant toutes ces choses, révoquons l'ordonnance de 1642 ».

Par quelques faveurs analogues, exemption de taille et droit de travailler sans maîtrise, des ouvriers en meubles du faubourg Saint-Antoine étaient venus s'établir dans le quartier de la Ville-Neuve-sur-Gravois, aujourd'hui butte *Bonne-Nouvelle*, rue de *Cléry*, rue d'*Aboukir*, où le commerce des ébénistes s'est toujours exercé depuis.

On accorda en même temps la maîtrise, sans chef-d'œuvre, ni paiement d'aucun droit, à tout ouvrier, apprenti de Paris, qui épouserait une orpheline de l'*Hôpital de la Miséricorde*, au faubourg Saint-Marcel.

Les sieurs Jean Hindret et Léonard Blaise obtinrent le privilège d'établir une manufacture de bas et autres ouvrages faits au métier, dans le château de Madrid, au bois de Boulogne.

*
* *

S'il était vrai que les dépenses des grands fussent la seule condition du bien-être des artisans, ceux de Paris n'auraient eu rien à désirer, car il est difficile de pousser plus loin qu'alors le luxe des bâtiments, des ameublements, des fêtes et des costumes. J'ai déjà décrit les magnificences de bien des intérieurs d'hôtels. Pour se rendre commodément à Meudon, le surintendant Servien avait fait construire un yacht

qu'il avoit basse, qui lui manqua, tomba à l'eau et ne put jamais être garanti d'être noyé. Cela arriva vis-à-vis de la porte-neuve de la Conférence » (c'est-à-dire un peu en amont du pont de la Concorde).

L'abbé de Marivaux était le neveu du brave soldat de l'armée royale qui fut tué en combat singulier, sous les murs de Paris, le 2 août 1589, par le ligueur Claude de Marolles

Voir chapitre xiv, pages 3 et 4.

dont l'intérieur était divisé en plusieurs chambres peintes, sculptées et
dorées. Le principal appartement de l'hôtel de Bretonvilliers se composait d'une antichambre tendue de tapisseries; de chambres à miroirs,
de meubles de la manufacture de la Savonnerie en velours cramoisi
brodé d'or; de cabinets et de galeries peints par Le Sueur. L'évêque de
Langres, Barbier de la Rivière, favori de Gaston d'Orléans, avait un
salon éclairé par quatre fenêtres sur la place Royale, et le cabinet attenant était, dit Sauval, le plus orné, le plus doré qui pût se voir
dans le royaume *et forte in orbe*. Chez le cardinal Mazarin, « toutes
les portes se respondoient en droite ligne; il n'y avoit pas une pièce qui
ne fût rehaussée d'or et ornée de reliefs, de statues, de bustes, de peintures. » Chez la reine Anne d'Autriche, on voyait un des ces meubles
appelés *cabinets*, de cornaline et d'agathe;... « un aigle assis sur un
tronc d'arbre, représenté si au naturel qu'un peintre ne les scauroit
mieux faire... un lit de repos et des sièges de brocart;... une table et
des guéridons en très bel émail bleu;... un plancher de marqueterie,
d'un bois si odoriférant, que quand on y entre on est tout parfumé ».
En avril 1650, Mademoiselle d'Orléans, ayant près d'elle Mademoiselle
de Chevreuse, « se montra au Cours-la-Reine, en son carrosse, couvert partout, sur le cuir, de velours rouge cramoisi, cloué à clous
dorés. Le sieur de Brancas, y étoit aussi en carrosse doré avec franges
d'or et d'argent; et le marquis de Vardes, le jeune, un pareillement
doré, avec franges de soie mêlée d'or. La jeune marquise de la Vieuville, en un carrosse, tout garni d'armoiries, les portières ballant à
terre à grandes crépines brodées de soie, blanches et jaunes, ce qui
paraissait comme broderie d'or et d'argent ». Cela scandalisa beaucoup
de gens, ajoute Dubuisson-Aubenay, et le vendredi suivant : « Par ordonnance du lieutenant civil Dreux d'Aubray, furent faites grosses défenses d'avoir carrosses à or et argent, tels que l'on en vit dimanche
dernier au Cours de la Reine ».

*
* *

Les « beaucoup de gens », qui se scandalisaient si facilement, auraient bien voulu, eux aussi, aller en carrosse. Un homme ingénieux,
nommé Sauvage, eut l'idée de leur louer des voitures à six places, à
raison de cinq sous par heure. On les trouvait, dès 1645, à l'hôtel *Saint-
Fiacre*, rue Saint-Martin, et le nom du saint est resté encore à présent celui des voitures de louage.

En mars 1657, l'un des écuyers du Roi, M. de Givry, obtint le privilège « de faire stationner, dans les carrefours et autres lieux commodes, tel nombre de carrosses attelés à deux chevaux qu'il jugeroit
à propos, de sept heures du matin à sept du soir, pour être loués à
l'heure ou à la journée, tant dans la ville et les faubourgs qu'à quatre
ou cinq lieues d'icelle ». Givry céda son privilège à l'un des Francini,
de cette famille d'ingénieurs italiens qui étaient venus s'établir en France
à la suite de Marie de Médicis.

* *

En 1644, le prix du port des lettres simples adressées de Paris pour le Mans, Angers, et Tours était de trois sous; pour Lyon, Mâcon, Clermont-Ferrand, Dijon, Limoges, Poitiers, de quatre sous; pour Grenoble, Avignon, Marseille, Toulouse, Bordeaux, de cinq sous.

Les quatre bureaux de départ étaient situés :

Rue aux Ours, pour la *Flandre* et l'*Angleterre*;

Rue Saint-Jacques, en face la rue du Plâtre. pour *Barcelone*, *Rome*, *Genève*, *Bourges*, *Lyon*, *Metz*, *Bordeaux*, *Nantes*, *Marseille*, *Dijon*, *Toulouse*;

Devant le grand portail de Saint-Eustache, pour *Bernay*, *Séez*, *Rennes*, *Rouen*;

Au Marché-Neuf, pour *Calais*, *Reims*.

Mais Paris ne communiquait pas encore *avec lui-même*. Chacun faisait porter ses lettres par de *petits laquais*, ou des commissionnaires. En 1654, un maître des requêtes, M. de Villayer et Bautru, comte de Nogent, obtinrent le privilège d'établir ce que nous appelons aujourd'hui la *petite poste*. Moyennant *un sou*, prix d'un *billet de port payé* (1), qu'on attachait à la lettre, les missives, mises dans des « boëttes placées en chaque quartier », étaient *levées* trois fois chaque jour par des commis et portées à domicile. Malheureusement, cette idée si simple et si utile fut sans doute mal appliquée; elle fut abandonnée, et ce n'est qu'en 1758 qu'elle fut reprise et menée à bonne fin par M. de Chamousset (2).

Le cabinet noir fonctionnait déjà, car une lettre, adressée à Mazarin par Colbert, le 1er octobre 1659, fut interceptée par le surintendant des postes, Jérôme de Nouveau, et remise à Fouquet qui découvrit ainsi les premières accusations portées contre lui par Colbert. Fouquet ne

(1) Le *billet de port payé* n'est autre que l'invention du *timbre-poste* actuel.

(2) On a prétendu que des malveillants mettaient dans les boîtes des souris qui rongeaient les lettres. L'idée est plaisante, mais ne suffit pas à expliquer l'échec. Loret, dans sa *lettre* du 16 août 1653, avait annoncé la *petite poste* en ces termes :

> « On va bientôt mettre en pratique,
> Pour la commodité publique,
> Un certain établissement.
> Des boettes nombreuses et drues,
> Aux petites et grandes rues,
> Où par soi-même ou son laquais,
> On pourra porter des paquets,
> En dedans, à toute heure mettre,
> Avis, billet, missive ou lettre,
> Que des gens commis pour cela,
> Feront chercher et prendre là,
> Pour, d'une diligence habile,
> Les porter par toute la ville,
> A des neveux, à des cousins,
> Qui ne seront pas trop voisins,
> A des gendres, à des beaux-pères, etc. »

craignit pas de s'en plaindre à Mazarin : c'était avouer que la lettre le concernant lui avait été communiquée.

*
* *

On ne s'amusa peut-être jamais autant dans Paris que sous la minorité de Louis XIV. La Fronde, qui n'avait pas empêché de chanter, ne put empêcher de danser. Le jeune roi donnait l'exemple; il se prodiguait dans les ballets de la cour, sautait avant et après le souper, et, le 11 mai 1651, il s'échauffa tellement au ballet des *Fêtes de Bacchus*, que le premier médecin Vautier lui fit défendre par la Reine de continuer (1).

Les dames de la haute bourgeoisie et de la noblesse donnaient à danser chez elles chaque hiver : Mme Sanguin, au palais d'Orléans; Mme d'Étampes et Mme de Nouveau à la place Royale; Mme de la Trousse, à la rue Michel-le-Comte; Mme d'Ecquevilly, à l'île Notre-Dame.

La lanterne magique « où des oisons bridés, guenuches, éléphants, chiens, chats, lièvres, renards et mainte étrange bête, courent l'une après l'autre (2) », était encore l'amusement des grands enfants, car, au mois de mai 1656, on en donna la représentation à l'hôtel de Liancourt, rue de Seine, « avec deux vielles pour orchestre ».

Le 7 mars 1652, Mlle de Montpensier « donna le plaisir d'un ballet, dansé chez elle aux Tuileries par Séguier, fils du feu président; par Henri de Rancé et autres jeunes gens, en l'honneur des officiers lorrains qui étaient venus saluer son père au palais d'Orléans.

Le 5 janvier 1651, Mazarin donna à souper au Roi et à son frère, qui y menèrent le duc d'Orléans « et y ont bien bu, ainsi que le marquis de Roquelaure, agréable en son vin. Le duc de Damville fut roi de la fève, dont le Roi rit, quoique fort sérieux de son naturel (3) ».

La même année, au mois d'août, le sieur de Monbrun-Souscarrière fit voir au Roi et à son frère « en la rivière de Seine, au-dessous de

---

(1) Un sieur Cabou, que Dubuisson-Aubenay qualifie « avocat au Conseil et baladin », — singulière addition ! — voulant faire entrer sa femme au ballet, poussa et menaça Bragelonne, enseigne des Gardes du corps. Les archers blessèrent et « gouspillèrent » Cabou, puis le menèrent prisonnier à la grande Prévôté, par ordre de la Reine. Sur la prière du Roi et de Bragelonne, le baladin revint et dansa son rôle, le bras dans une écharpe de gaze. — Louis de Mollier, compositeur, était l'âme de ces fêtes « par la politesse et la justesse de sa danse, rassemblant en sa seule personne un poète galant, un savant musicien, un excellent danseur de théorbe. »

On sait que jusqu'à l'âge de trente-deux ans le Roi dansa en public. Il cessa en 1670, frappé, dit-on, par les vers de Racine dans *Britannicus :*

> « Pour toute ambition, pour vertu singulière,
> Il excelle à conduire un char dans la carrière;...
> A se donner lui-même en spectacle aux Romains. »

(2) Regnier, *Satire* XI.
(3) *Journal* de Dubuisson-Aubenay.

Nigeon et Chaillot, une espèce de ballet de tritons et sirènes par des hommes ayant tout le bas du corps dans des figures de queues de poisson soutenues par des vessies, en sorte que ces personnages ne montrent que leur haut qui est de figure humaine ».

Un spectacle plus curieux avait intéressé « force gens de la cour », le lundi 15 mai : une course entre le prince d'Harcourt et le duc de Joyeuse, « sur chevaux nourris depuis trois semaines au village de Boulogne, ainsi que l'on nourrit les chevaux de course en Angleterre, de pain fait avec anis et faverolles et, les deux derniers jours, de deux ou trois cents œufs frais. Ils menèrent leur course de la barrière de la *Meute* ou *Muette* sur le chemin de Saint-Cloud, en revenant par le château de Madrid. Le prince d'Harcourt, vêtu d'un habit fait exprès et très étroit, un bonnet en tête juste et ses cheveux dedans, ayant trois livres de plomb en sa poche pour peser autant que le maître d'Académie, le Plessis du Vernet, qui couroit en la place du duc de Joyeuse. Au tournant de Madrid, le Plessis prit le devant et arrivant cent pas devant l'autre à la barrière de la Meute, gagna le prix ».

Enfin, pour en finir avec l'année 1651, notons que le 18 juin, la reine Anne alla faire collation chez la duchesse de Chaulnes, à la Place Royale, et que, le 7 août, elle assista avec le jeune roi à la représentation de la tragédie de *Saül*, chez les Jésuites du collège de Clermont, rue Saint-Jacques (1).

La « Comédie du *Cid* » fut représentée par les comédiens de l'Hôtel de Bourgogne au Palais-Cardinal, devant Mazarin, le 13 février 1648. Elle le fut également à l'Hôtel de Ville, le 4 juillet 1653; le Prévôt des marchands et les échevins donnèrent ce jour-là une grande fête « pour rendre à Dieu des actions de grâce d'avoir délivré les principaux habitants du péril où ils s'étaient trouvés l'année précédente à cette même date »; grand'messe le matin à l'hôpital du Saint-Esprit avant la comédie, et, après la comédie, ballet, feu d'artifice et magnifique collation offerte au Roi, à la reine-mère, au duc d'Anjou, à Mazarin et aux principaux de la Cour.

MM. de Villers, les deux gentilshommes hollandais qui visitèrent Paris en 1658, racontent que, le 8 février, le maréchal de l'Hospital donna dans son hôtel de la rue des Fossés-Montmartre un bal suivi d'un souper qui coûtèrent dix ou douze mille écus. Le Roi, Monsieur et Mademoiselle y vinrent en masques. « Quantité de personnes se retirè-

---

(1) « Cette tragédie étoit dédiée au Roi, et, dans les affiches, il y avoit dans un ovale en taille douce l'image du Roi, qui a semblé à beaucoup de gens une grande faute de jugements aux Jésuites d'avoir mis l'image du Roi avec le nom de Saül, roi réprouvé de Dieu et qui a péri malheureusement; dédicace funeste et de mauvais odeur et présage ». *Journal* de Dubuisson-Aubenay.

« Le 6 août 1653, les Jésuites du collège de Clermont invitèrent le Roy et sa mère à la représentation d'une tragédie, *La Suzanne chrétienne*, avec des décorations singulières. Vis-à-vis d'eux estoient le Roy de la Grande Bretagne, le duc d'York et divers seigneurs anglois. Après la tragédie, on distribua les prix fondez par le Roy, et le tout fut terminé par une collation composée des plus beaux fruits de la saison ». *Félibien.*

rent, la salle n'estant pas assez grande pour tant de monde, d'où résultoit beaucoup d'incommodité sans aucun plaisir ». Le duc de Guise, quoiqu'il ne fût pas bien dans ses affaires, donna, pour plaire au Roi, un ballet qui lui revint à plus de dix mille écus. Le duc de Lesdiguières, en l'honneur de six belles dames, parmi lesquelles se trouve la marquise de Sévigné, donne en son hôtel de la rue de la Cerisaie, un « grand régal, grand bal et belle comédie; la salle était éclairée par trente-six lustres de cristal portant chacun douze bougies. Le Roi y vint avec son frère et quelques gentilshommes, masqués à la portugaise ». Après son départ, les invités « jouèrent des mains et pillèrent tout ».

Pendant les hivers de 1656, 57, 58, des concerts avec théorbes, luths, violes, voix, furent donnés dans la petite salle de théâtre du Palais-Cardinal. Des affiches, collées à la porte, indiquaient le programme du jour et prévenaient le public que le prix d'entrée était de trente sous. Les livrets des ballets se vendaient dix sous pièce.

Le voyage de la reine de Suède, Christine, en France, fut une source de grandes distractions pour les Parisiens. Elle arriva dans la capitale, par le faubourg Saint-Antoine, le 8 septembre 1656, montée sur un cheval blanc, les pistolets à l'arçon; en juste-au-corps écarlate, coiffée d'un chapeau chargé de plumes noires, une canne à la main, et précédée d'une escorte de plus de mille cavaliers. Le duc de Guise alla la recevoir, ainsi que cent trente-deux compagnies de la milice bourgeoise, formant plus de quinze mille hommes, commandés par leurs colonels, MM. de Sève, de Lamoignon, d'Étampes, de Longueil, de Guénégaud, Scarron de Vaujour, Servien, etc. (1). Le gouverneur de Paris, maréchal de l'Hospital; le prévôt des marchands Alexandre de Sève et ses échevins; les trois cents archers de la Ville, les six corps marchands, les quarteniers, l'attendaient à la porte Saint-Antoine, au pied de la Bastille, et la conduisirent à Notre-Dame, et de là en calèche découverte au Louvre, où l'on avait préparé son logement, dans l'appartement même du Roi, orné des plus beaux meubles de la couronne.

Elle y reçut, le jour même et les jours suivants, les hommages de la maréchale de l'Hospital, du recteur de l'Université; de l'évêque de Vence, Antoine Godeau, au nom du clergé; du premier président Pomponne de Bellièvre, à la tête des Conseillers en robes rouges, de la reine d'Angleterre, Henriette. La semaine suivante, elle communia à Notre-Dame, puis elle visita la Sorbonne, les Feuillants, les Jésuites de la rue Saint-Antoine et le chancelier Séguier.

Malheureusement la liberté de ses allures et de son langage (2) choqua bien vite la cour de France : « A une représentation dans la salle de spectacle du Palais-Royal, elle se tint dans une posture si indécente,

---

(1) Complétez les noms des 16 colonels de 1656 par ceux-ci : MM. de Vaurouy, Tibeuf-Bouvile, Boucher, de Bragelonne, Veydeau, Coullon, Prévost-Saint-Germain, Ladvocat, Lallemand.

(2) On raconte qu'après avoir été visiter Ninon, elle écrivit au cardinal « qu'il ne manquait au jeune Roi que la conversation de cette rare fille pour le rendre parfait ». Le mot est drôle et mérite d'être vrai.

les jambes croisées l'une sur l'autre, qu'elle avoit les pieds plus hauts que la tête... La Reine-mère dit à plusieurs de ses dames qu'elle avoit été tentée trois ou quatre fois de lui donner un soufflet, et qu'elle l'auroit fait si ce n'eût pas été en lieu public (1) ».

Qu'était-ce que cette inconvenance auprès du crime qu'elle osa commettre, le 10 novembre 1657, en faisant égorger son écuyer Monaldeschi dans la galerie des cerfs du Palais de Fontainebleau ! Le Roi ne put cacher son mécontentement. Quand elle osa se remontrer au Louvre, le 24 février 1658, on la logea dans l'appartement de Mazarin, pour lui faire comprendre qu'elle ne pourrait y rester longtemps. « On lui donna quelque argent pour s'en retourner à Rome, dit Félibien, et, si elle quitta la France avec regret, on l'en vit partir avec indifférence (2) ».

*
* *

On ne comptait plus le nombre des « libertins », rebelles aux antiques croyances et aux pratiques de la religion. Quand il s'agissait de très petites gens, « tous ces jeux que l'athéisme élevait, conduisaient tristement le plaisant à la Grève », ce qui arriva à Claude Le Petit (3), brûlé

(1) Jacques Le Mercier avait disposé dans cette salle vingt-sept degrés de cinq pouces de haut s'étageant mollement et insensiblement jusqu'à trois arcades formant portique au fond de la salle, d'où partaient deux étages de balcons dont les balustrades richement dorées venaient aboutir près de la scène. Ces degrés étaient assez larges pour qu'on pût y placer des tabourets et des fauteuils. Leur existence explique l'étrange attitude de la reine Christine et l'indignation d'Anne d'Autriche.

(2) Le 11 mai 1658, dans la matinée, l'abbé de Boisrobert fit savoir au chancelier Séguier que la reine de Suède ferait l'honneur à l'Académie française de se trouver à l'assemblée qui devait se tenir chez lui (rue de Grenelle), l'après-dîner. « Le directeur, Cureau de la Chambre, fit avertir ce qu'il put des membres pour s'y trouver... La reine se mit dans une chaise à bras, au bout d'une longue table couverte d'un tapis de velours vert à franges d'or : monseigneur le chancelier, à sa gauche, sur une chaise à dos et sans bras, laissant quelque espace vide entre Sa Majesté et lui; M. le directeur debout, et tous les académiciens aussi. Il s'excusa de ce que l'Académie n'avoit pas eu le temps de se préparer à témoigner sa joie et sa reconnaissance d'une si glorieuse faveur... Ensuite on proposa si les académiciens seroient assis ou debout, et il fut résolu qu'ils seroient assis sur des chaises à dos, mais tous découverts... On excusa les absents, M. Conrart, secrétaire; MM. Gombaud, Chapelain et autres. Ensuite de cela, le directeur lut un passage de son Traité de la Douleur; l'abbé Cotin, quelques vers traduits de Lucrèce; l'abbé de Boisrobert un madrigal sur la fièvre de Mme d'Olonne; l'abbé de Tallemant, un sonnet sur la mort d'une dame; M. Pellisson une petite ode d'amour imitée de Catulle; puis des vers sur un saphir perdu. Comme on vouloit lui donner une idée des travaux du dictionnaire, le secrétaire tira, au hasard, d'un portefeuille le mot Jeu, suivi de cet exemple : Jeux de prince, qui ne plaisent qu'à ceux qui les font, c'est-à-dire qui vont à fâcher ou à blesser quelqu'un. La reine rougit et parut émue, mais voyant qu'on avoit les yeux sur elle, elle s'efforça de rire, mais plus de dépit que de joie ». Mémoires de Conrart.

(3) On sait peu de chose sur ce malheureux auteur qui ne figure pas dans les Biographies. Il est l'auteur de La Chronique scandaleuse ou Paris ridicule et burlesque, ouvrage imprimé par les Élzevir, Cologne, 1668, in-12. Si hardi que soit ce livre, ce n'est pas lui qui le fit brûler, mais sans doute des vers libres sur

en 1664. On paraissait ignorer l'existence des autres. Molière les fréquentait dans sa jeunesse : il vécut en assez mauvaise intelligence avec Racine devenu dévot ; il mérita l'estime de Boileau, mais ses premiers amis, ses intimes, ce sont, — à l'école de Gassendi, — Chapelle. Cyrano, Hesnault, Bernier, et, à quelque distance, Saint-Évremont. Saint-Pavin, Saint-Réal, Méré, des Barreaux. Pendant la semaine-sainte de 1659, Vivonne, Bussy, Manicamp, de Guiche, Mancini, se réunissent au château de Roissy (1) pour se préparer, à leur façon, à la fête de Pâques, et, au milieu de l'orgie, se trouve tout justement présent à point pour baptiser un cochon de lait, l'abbé Le Camus, aumônier du Roi, et futur évêque de Grenoble. futur cardinal (2). On raconte, — assez haut pour que peu à peu tout le monde le sache, — que le prince de Condé. la princesse Palatine et le médecin Michon Bourdelot (3 , ont essayé à eux trois « de brûler un morceau de la Vraie-Croix ».

Les magistrats n'en montraient que plus de zèle à protéger toutes les manifestations extérieures du culte, et à exercer d'impitoyables rigueurs contre ceux qui s'en moquaient trop ouvertement. Celui qui blasphème le saint nom de Dieu, dit Loret dans sa prose rimée,

> « Par un arrêt très équitable,
> En doit faire amende honorable,
> Ayant auparavant été
> En plusieurs carrefours fouetté,
> Puis ses deux épaules marquées
> De fleurs de lis bien appliquées (4).

Le peuple continue d'avoir la foi du charbonnier. Pour obtenir la paix, il écoute les prières des quarante heures ; il suit à travers les rues

la Vierge et les saints, que le hasard fit tomber entre les mains de la police, et auxquels Boileau a fait allusion à la fin du chant II de l'*Art poétique*.

(1) Roissy, commune de Seine-et-Oise à une lieue de Gonesse, dont le château appartenait alors au comte d'Avaux.

(2) Étienne Le Camus, né à Paris en 1632. docteur en Sorbonne, aumônier du Roi, évêque de Grenoble en 1671, cardinal en 1686. Il se convertit plus tard, vécut en pénitent dans son évêché et mourut laissant tous ses biens aux pauvres de son diocèse. Sa liaison imprudente avec les jeunes débauchés de Roissy est certaine. mais Bussy affirme que l'abbé Le Camus s'était éloigné de grand matin le jour du Vendredi-Saint, ayant eu vent la veille de la folie qui se préparait. Un mot bien chrétien qu'il prononça dans sa vieillesse, lui ferait beaucoup pardonner. A l'un de ses curés qui se plaignait de ne pouvoir empêcher ses paroissiens de danser les dimanches et fêtes, il répondit : « Laissez donc à ces pauvres gens la liberté de secouer leur misère ».

(3) Pierre Michon, né à Sens le 2 février 1610, mort à Paris le 9 février 1685. connu sous le nom de l'abbé Bourdelot, qui lui venait de ses deux oncles maternels, Jean, maître des requêtes et Edme, médecin de Louis XIII. Pierre Bourdelot fut médecin du prince de Condé. En 1645, il tenait à l'hôtel de Condé une *académie* composée de savants et de lettrés. En 1651, il était à la cour de Suède auprès de la reine Christine. Il mourut à l'âge de soixante-quinze ans, empoisonné par l'imprudence d'un domestique.

(4) Loret cite un peu plus loin un « jureur » convaincu d'athéisme, brûlé à Senlis.

> « Et quand sa charogne fut arse,
> La cendre au vent en fut éparse ».

les longues processions qui portent les châsses de sainte Geneviève, de saint Marcel, de saint Germain; il y est guidé par le Parlement en robes rouges et par le Prévôt des marchands; il admire le petit roi, qui, demeurant au Palais-Cardinal, s'en va faire sa première communion en 1649, à Saint-Eustache, sa paroisse, « comme les autres enfants des Halles ». Après son sacre, l'enfant-roi put toucher les écrouelles et il les toucha aux grandes fêtes, chaque année, particulièrement à Pâques et à la Toussaint. Son maître d'écriture, Estienne Lubin, lui faisait copier et recopier ce précepte suggestif : *L'hommage est deub aux royes; ils font ce qu'il leur plaist.*

L'un des curés les plus remarquables parmi ceux de Paris, sous le ministère de Mazarin, est certainement Nicolas Mazure, qui, en 1633, succéda à son oncle, Guillaume, dans la cure de Saint-Paul et l'occupa pendant trente-et un-ans, sans un seul jour de repos, toujours en procès avec ses marguilliers. Ceux-ci appelaient des jésuites pour prêcher dans l'église, et le curé ne voulait pas les y souffrir, ce qui amena, en avril 1654, une scène violente que Christophe Petit, prêtre, raconte ainsi dans son registre : « Le jour de Pâques closes, le père Lingendes, jésuite, perturbateur du repos et unité des ouailles avec leur pasteur, prêcha longuement avec une arrogance jésuitale, et, quoyque prié par Monsieur de Saint-Pol de ne point apporter de schisme dans son église, demeura orgueilleusement opiniâtre. Quoy voyant, mondit sieur de Saint-Pol, las de l'entendre jargonner, fit sonner les cloches et entonner les vespres ». Le Père Lingendes fut donc obligé de se taire; mais, continue Christophe Petit : « Les jésuites et jésuitesses firent dans l'église une sédition non jamais ouïe, disant qu'il falloit assommer et le curé et ses prêtres ». Les amis des jésuites en vinrent à leurs fins. Ils firent autoriser le P. Lingendes à prêcher à Saint-Paul le dimanche suivant, et ils obtinrent une lettre de cachet qui exila le curé Mazure en sa maison pendant quinze jours (1).

---

(1) Complétons la physionomie du monde ecclésiastique sous la Fronde par la liste des principaux curés de Paris, presque tous jansénistes, et de quelques dignitaires de l'Église, de 1650 à 1661.

Saint-Nicolas-des-Champs	Joly.
Saint-Paul	Nicolas Mazure.
Saint-Merry	Henri Duhamel.
—	Edme Amyot.
—	Étienne Barré.
—	Charles Hillerin.
Saint-Gervais	Charles-François Talon.
Saint-Jean-en-Grève	Pierre Loisel.
Saint-Germain-l'Auxerrois	Pierre Colombat.
Saint-Nicolas du Chardonnet	Hippolyte Féret.
Saint-Eustache	Etienne Tonnelier.
—	Pierre Marlin.
Saint-Benoît	Claude Grenet.
Saint-André-des-Arts	Antoine de Bréda.
Saint-Séverin	Al. de Hodencq, archiprêtre.
La Madeleine	J.-B. Chassebras, archiprêtre.

Le cardinal de Richelieu et Louis XIII étaient à peine morts, qu'un duel fameux montra combien peu avait servi le châtiment terrible infligé en 1627 à Bouteville et au comte Des Chapelles. Le 12 décembre 1643, le comte d'Estrades alla le matin « appeler » le duc Henri de Guise, petit-fils du Balafré, de la part de Maurice de Coligny, arrière-petit-fils de l'amiral (1). La rencontre eut lieu le jour même à trois heures, à la Place Royale, sous les fenêtres de l'hôtel de Rohan. Coligny, à la seconde reprise, eut le bras percé d'un coup d'épée et succomba quelques mois après aux suites de cette blessure (2).

La Reine se montra fort irritée. En 1646, un édit du 13 mars, aussi inutile que les précédents, ordonna que les duellistes seraient emprisonnés et jugés par les Parlements à la requête des procureurs généraux. Le duc d'Orléans, le prince de Condé, le cardinal Mazarin, s'engagèrent à ne jamais intervenir en faveur des prévenus.

Cela n'empêcha point les ducs de Richelieu et de la Meilleraye de se battre au Cours-la-Reine, le 4 mars 1651, et le comte de Flamarens d'appeler M. de Canillac à un duel de huit contre huit, au bois de Vincennes (3), le 6 mai suivant. Quelques jours après les Princes, ducs et

Gentilly......................	Bourguignon de Souchaut.
Saint-Pierre de Chaillot..............	Nicolas Quintaine.
Saint-Jacques de la Boucherie..........	Pierre Chapelas.
La Madeleine...................	Victor de Massac, archiprêtre.
Saint-Médard..................	Pierre Gargan.
Saint-Sulpice...................	Raguier de Poussé.
Saint-Roch....................	Jean Rousse.
Saint-Jacques du Haut-Pas...........	Pierre de Pons de la Grange.
Saint-Hippolyte..................	Jean Blondel.
Saint-Sulpice...................	Le Ragois de Bretonvilliers.
—	J.-J. Olier.
Saint-Hilaire...................	Lenoir.
Saint-Christophe.................	Fortin, principal d'Harcourt.
Saints-Innocents.................	Antoine Dupuys.
Saint-Etienne-du-Mont.............	Paul Bourrier.
Saint-Landry...................	Louis Messier.

Antoine Sconin, abbé de Sainte-Geneviève. — F. Bourgoing, général de l'Oratoire. — J.-B. de Contes, Chevalier, Lavocat, Du Saussay, grands-vicaires du cardinal de Retz, archevêque de Paris, le 21 mars 1654.

(1) Les motifs apparents du duel furent les propos qu'aurait tenus Guise sur la prétendue liaison de Coligny et de Mme de Longueville. D'autres y ont vu le dénouement fatal de la rivalité séculaire des Guise et des Châtillon.

En effet, selon La Rochefoucauld, Guise, en mettant l'épée à la main, aurait dit « Nous allons décider les anciennes querelles de nos deux maisons, et l'on verra quelle différence il faut mettre entre le sang de Guise et celui de Coligny ».

(2) Les deux témoins, d'Estrades et Brieux, se blessèrent grièvement. Le duc d'Enghien recueillit Coligny chez lui à l'hôtel Saint-Denys (encore existant), rue des Vieilles-Haudriettes. M. le Prince, pour plaire à la reine, fort irritée du duel, ainsi qu'au duc d'Orléans, beau-frère de Guise, alla reprocher à son fils de donner asile à Coligny. Le duc d'Enghien emmena alors le malheureux blessé au château de Saint-Maur.

(3) Les sept témoins de Flamarens étaient : le duc de Brissac; le duc et le che-

pairs, maréchaux de France, et une soixantaine de la plus haute noblesse signèrent une déclaration par laquelle « ils tenoient pour méchans et indignes chrétiens, lâches et malheureux serviteurs du Roi et de l'État, les plus bas et vils d'entre les hommes, ceux qui, pour pointille ou intérêt particulier, se battront désormais en duel ».

Vaines menaces! Le duc de Nemours, qui détestait son beau-frère le duc de Beaufort, le provoqua à un combat de trois contre trois, au Marché-aux-Chevaux, le 30 juillet 1652, et, comme dit Dubuisson-Aubenay, « ils eurent tous du pire jusqu'à ce que le duc de Beaufort, que Nemours, après l'avoir failli de son pistolet, pressoit de l'épée et avoit blessé à la main, l'asséna de son pistolet réservé dans la gorge et à l'épaule, dont tombant, il fut remporté dans son carrosse et expira près des Petits-Pères. Sa femme, inconsolable, s'en alla, le mercredi matin 31, retirer chez les Filles de Sainte-Marie (1) ».

L'issue de ces démêlés n'était pas toujours aussi tragique, et les meilleurs gentilshommes ne dédaignaient pas quelquefois d'en venir aux mains comme des crocheteurs. Le lendemain même de ce duel si fatal à Nemours, le Conseil se tenant au palais du Luxembourg chez Gaston, le comte de Rieux, fils du duc d'Elbeuf, disputa de son rang avec le prince de Tarente. La dispute s'envenima, et Condé souffleta Rieux qui riposta par un coup de poing et voulut tirer son épée. Il fut violemment désarmé et frappé par les assistants et fut envoyé pour quelques jours à la Bastille (2).

Vendôme et d'Épernon se battirent à coups de poing à la porte de la chambre de la reine-mère. Roquelaure souffleta Bragelonne et celui-ci le terrassa et l'assomma des pieds et des mains à la fois.

*
* *

Le privilège était partout, et l'Enclos du Temple en offrait un des plus curieux exemples, bienfaisant en somme. Il y avait là une petite ville de quatre mille habitants, séparée de la grande par une muraille flanquée de tours à moitié ruinées. La porte franchie, on était dans une oasis de tolérance et de liberté : point d'impôts, pas de jurandes ni de maîtrises! Pour toute police, un bailli, qui, au nom du Grand Prieur,

---

valier de La Rochefoucauld; les marquis de Roquelaure et de Jarzé; les comtes de Miossens et d'Aubijoux.

(1) Rue Saint-Antoine. C'est aujourd'hui un temple protestant. — Le corps de Charles-Amédée de Savoie, duc de Nemours, fut porté à l'hôtel de la duchesse de Savoie, sa mère, rue Pavée-Saint-André-des-Arts, pour de là être inhumé à Annecy. Sa femme, Élisabeth de Vendôme, sœur du duc de Beaufort, mourut en 1664.

Le marché aux chevaux des samedis, se tenait au delà de Saint-Roch et de la Butte des Moulins, sur l'emplacement actuel des rues Gaillon, d'Antin, Louis-le-Grand, et de l'extrémité de l'avenue de l'Opéra.

(2) Un passage trop édifiant de Mme de Sévigné, à ce sujet : « Le prince d'Harcourt et la Feuillade eurent querelle avant-hier chez Jeannin : le prince jeta à la Feuillade une assiette à la tête, l'autre lui jeta un couteau; ni l'un ni l'autre ne porta. On se met entre eux deux, on les fait embrasser, etc. »
Lettre à Bussy, 25 novembre 1655.

exerçait les droits de justice, haute, moyenne et basse; mais la population ne commettait aucun délit.

Elle comprenait trois catégories très distinctes : d'abord des personnes riches, même des dames veuves, qui y vivaient à peu de frais dans de petits hôtels que leur louait le Grand Prieur; — puis des artisans qui y exerçaient une foule de petits métiers, en pleine franchise, sans aucune taxe; — enfin les débiteurs insolvables. Comme, de toute antiquité, le Temple était réputé lieu d'asile, les huissiers et les procureurs ne pouvaient y pénétrer, sans un ordre formel du Roi, ce qui n'arrivait presque jamais (1). Là florissaient, en grande sécurité, de bizarres industries, défendues ou très imposées dans la ville. On y vendait, à bas prix, des perruques, des bijoux et des diamants faux, des remèdes secrets, de la friperie; tous ces petits objets qui constituent ce qu'on appelle : *l'article de Paris*, et qui, aujourd'hui encore, se fabriquent dans ce quartier. Le marché du vendredi était une véritable foire à laquelle les acheteurs accouraient des points les plus éloignés de Paris (2).

(1) En 1645, on trouve dans une lettre écrite au nom de Louis XIV à M. de Bussy-Rabutin, grand-prieur : « J'ai ci-devant commandé d'arrester prisonniers quelques « personnes qui s'étoient retirées dans l'enceinte du Temple, et pour ce que vous « pourriez croire que j'aurois eu quelque intention de faire préjudice à vos li-« bertés, j'ai bien voulu vous en éclaircir et vous dire, que l'avis de la reine ré-« gente madame ma mère, que, si cette affaire n'eût regardé mon intérêt propre, « *contre lequel il n'y a point de privilèges*, je n'eusse rien fait au préjudice des » affaires de l'Ordre... etc. »

Six ans plus tard, au mois de septembre 1651, le jeune Roi confirme par lettres patentes les privilèges du Temple : « désirant plutôt les augmenter que les di-« minuer... continuons les immunités, honneurs, droits, exemptions, franchises, « octroyées par nos prédécesseurs, etc. »

Naturellement les créanciers et les gens de loi ne cessaient d'attaquer les privilèges du Temple. En 1701, le Grand Prieur Philippe de Vendôme, écrit dans un mémoire au contrôleur général Michel Chamillart : « Rien n'est plus contraire à « la vérité que ce qui est annoncé par les exempts, huissiers et archers de Paris, « lorsqu'ils osent dire qu'il y a toujours des cent et six-vingts personnes retirées « dans l'Enclos du Temple, puisqu'il ne s'y en est jamais trouvé dans les temps « les plus fâcheux plus de vingt-cinq ou trente. Une telle exagération ne tend à « autre fin qu'à s'ouvrir des moyens de pouvoir entrer librement dans ledit En-« clos pour y faire des captures à leur gré... C'est une égale supposition de leur « part que de dire que nous souffrons toutes sortes de gens, et que nous laissons « travailler à des ouvrages défendus par le Roi, puisque des officiers, préposés ex-« près pour ce soin, ont une attention continuelle à réprimer les abus et tiennent « même un registre de toutes les personnes que le malheur de leurs affaires y fait « retirer, lesquelles ne le peuvent sans la permission expresse de S. A., etc., etc. »

Communication de M. de Boislile à la Société de l'Histoire de Paris.

(2) On lit dans le *Journal de voyage* de MM. de Villers, en 1650: « Le 10 janvier « nous fûmes voir le Temple, qui est une espèce de ville enceinte de murailles. « Il est renommé pour ce merveilleux artisan, le sieur Georges d'Arc, qui a trouvé « l'invention de contrefaire les diamants, émeraudes, topases et rubis, dans la-« quelle il a si bien réussi qu'il tient carrosse, et a fait bâtir deux corps de logis « dans ledit enclos; en l'un il demeure, et l'autre, il le loue. »

Il y avait encore d'autres lieux privilégiés, où les artisans pouvaient s'établir, tout comme de nos jours, à leurs risques et périls, sans avoir à faire de chef-d'œuvre, à justifier de l'apprentissage et de la maîtrise :

Les cloîtres Notre-Dame, Saint-Benoît, Saint-Merry, Saint-Germain-l'Auxerrois

* *

Dans ce Paris que les financiers éblouissaient de leur luxe insolent, le Roi, — seul à sa Cour, — était pauvre. Je ne parle pas des temps durs de l'exil pendant la Fronde, mais dans les années, relativement si belles, qui s'écoulent de 1653 à 1661, il n'avait que ce qu'il plaisait à ses ministres de lui laisser. Au siège de Dunkerque, il était obligé de s'inviter à dîner chez Mazarin ou chez Turenne. En décembre 1648, les « commensaux de sa maison » n'eurent point à manger pendant deux jours, parce que le trésorier de l'Épargne, Gabriel de Guénégaud, n'avait pas payé le pourvoyeur Jean Prou, ce qui valut audit pourvoyeur un beau soufflet, administré par le maréchal de la Meilleraye, surintendant des Finances.

Quel contraste avec les richesses rapidement amassées par les financiers malgré les mesures de rigueur dont on les frappait de loin en loin. A peine sortis de prison, ils recommençaient l'édifice écroulé de leur fortune : La Bazinière, qui donna son nom à la tour de la Bastille où il logea quatre ans; — Gabriel de Guénégaud, obligé de demander pardon de ses pilleries, à genoux devant le Parlement; — Jeannin, qu'on força de restituer huit millions; — Bretonvilliers, propriétaire du plus bel hôtel de Paris; — Picard, acquéreur du marquisat de Dampierre; — Gourville, qui put donner onze cent mille livres d'une place de secrétaire du Conseil; — et jusqu'à un grand seigneur, fourvoyé dans cette engeance venue de laquais et de palefreniers. Saint-Evremond, qui « eut la précaution » de gagner cinquante mille livres sur les fournitures des troupes, ce qui, disait-il plus tard, « lui fut d'un grand secours dans le reste de sa vie ».

*
* *

Malheureusement le premier ministre, sûr de l'impunité, donnait l'exemple d'une avidité sans scrupule, et tout comme Fouquet, tout comme Colbert lui-même un peu plus tard, ne reculait devant aucun moyen pour accumuler dans ses coffres des millions dont la plus grande partie enrichit les siens; mais il sut se faire pardonner ses exactions par ses goûts de grandeur, par des fondations utiles, des encouragements aux lettres et aux arts, des sommes énormes consacrées à amener à Paris les merveilles du monde. Mademoiselle de Montpensier nous

Saint-Germain-des-Prés; — le faubourg Saint-Antoine; — les Enclos de Saint-Martin-des-Champs, des Quinze-Vingts, de Saint-Denis-de-la-Chartre, de la Trinité, de Saint-Jean-de-Latran; — de l'hôtel Zône, rue de Lourcine; — les galeries du Louvre. — Quelques corporations religieuses et la manufacture des Gobelins donnaient elles-mêmes la maîtrise à leurs apprentis. Une ordonnance de 1657 accorde la maîtrise à tout ouvrier qui épousera une orpheline de l'*Hôpital de la Miséricorde*.

Les Grands Prieurs du Temple, à cette époque, sont Amador de la Porte, mort en 1640; — Hugues de Bussy-Rabutin, mort en 1656; — Jacques de Souvré (connu longtemps sous le nom de « commandeur »), mort en 1670; — Henri d'Étampes de Valençay, mort en 1678; — Philippe de Vendôme, de 1678 à 1719, etc.

raconte de lui un trait de prodigalité charmante : « M'ayant invitée à souper, un soir de 1658, avec le Roi, la reine-mère et la reine d'Angleterre.
le Cardinal nous mena dans sa galerie, où il étala à nos yeux la valeur de
quatre à cinq cent mille livres en hardes et nippes, pierreries et meubles. On y voyait tout ce qui vient de joli de la Chine, des miroirs,
des tables, des « cabinets », des senteurs, gants, rubans, et éventails.
C'était un don qu'il voulait nous faire et qu'on tira en loterie; mais il n'y
avait pas de billets blancs (1), et chacun de nous eut son fait. Je gagnai
un diamant de quatre mille livres. Le gros lot, un diamant de quatre
mille écus, échut à un sous-lieutenant des gendarmes du Roi. Je pense
qu'on n'avait jamais vu en France une telle magnificence (2) ».

Il s'agissait là d'un amusement particulier, d'une générosité; mais
depuis longtemps, on avait songé aux *blanques* ou *loteries*, comme à
une ressource dans les calamités publiques. Au temps des guerres ruineuses de François Ier, après le désastre de Pavie, des particuliers proposèrent au Roi d'autoriser une loterie à l'imitation « des Blanques
permises ès villes de Venise, Florence, Gênes. et autres citez bien poli-
cées, fameuses et de grande renommée, sur le fond de laquelle il prendroit un certain droit pour les besoins de l'État ». Ce projet fut écouté:
des lettres patentes qui l'autorisaient, furent expédiées au mois de mai
1539, mais on croit qu'il ne réussit pas.

Un siècle après, on voit, — non sans quelque étonnement, quand
on ne connaît pas bien les besoins incessants d'argent de la noblesse, —
la marquise de Rambouillet s'associer, en 1644, avec je ne sais quel
sieur Charles Peschard, pour ouvrir une loterie de trois millions de
livres, dont les principaux lots consistaient en vingt-trois maisons
dans Paris. On prenait les billets, rue Bethizy, à l'hôtel d'Anjou; mais
les gardes des six corps marchands firent opposition en décembre 1657.
et le Parlement défendit cette loterie par arrêt du 16 janvier 1658 (3).

Quand le pont de bois, construit par Barbier pour relier les Tuileries
au faubourg Saint-Germain et aux halles de la rue de Beaune, fut
brûlé en 1656, avec la pompe hydraulique de l'ingénieur Joly, le na-
politain Lorenzo Tonti imagina de le reconstruire au moyen d'une
loterie de cinquante mille billets à deux louis d'or chacun, soit une
somme de onze cent mille livres, dont soixante mille pour lui; cinq cent
quarante mille pour les travaux du pont et cinq cent mille, pour douze
cent quinze lots, variant de trente mille livres à trois cents livres. Toutes

(1) Les billets *blancs*, dans les loteries de ce temps, étaient les plus nombreux
et par conséquent *ceux qui perdaient*. Les *noirs*, moins nombreux, gagnaient. Les
loteries furent, dès le temps de François Ier, appelées *blanques*, de l'italien
carta bianca, billet blanc.

(2) *Mémoires*.

(3) Les lots, au nombre de quatre mille, comprenaient outre les vingt-trois
maisons, des tableaux, des colliers de perles, diamants, pierreries, montres,
bijoux, vaisselle d'argent; treize lots en argent, dont un de mille louis, etc. Un
enfant aurait remué les billets avec une longue cuiller, dans laquelle un enfant
aveugle aurait pris un billet.

ces belles combinaisons échouèrent et le pont ne fut rétabli qu'en bois...
provisoirement (1).

En 1660, les réjouissances de la paix et de l'entrée triomphale du
Roi à Paris, quand il y ramena avec lui la jeune Marie-Thérèse, l'enthousiasme du moment, rendirent le Parlement un peu moins sévère
que d'habitude envers les jeux de hasard; tant de fois condamnés, et
un sieur Popin, obtint le privilège d'une loterie, « ouverte rue *Berlin-
Poirée*, au coin de la rue des *Trois-Visages*, en face la rue *Jean-Lantier* et près de la chapelle des *Orfèvres* (2) ». Elle fut remplie en peu
de temps, tirée en présence du lieutenant-civil François Dreux d'Aubray avec beaucoup d'exactitude, et c'est la première qui, en France,
ait été menée à bonne fin.

Néanmoins le Parlement, par arrêt du 11 mai 1661, interdit l'usage
des jeux de hasard et fit fermer toutes les blanques, sous peine de confiscation au profit de l'Hôpital général.

Lorenzo Tonti (3), que nous avons vu tout à l'heure s'efforcer vainement de relever le pont Barbier a laissé un nom connu par l'institution
de cette sorte d'assurance mutuelle, la *tontine*, qui consiste à réunir
plusieurs personnes, dont chacune convient de toucher en viager l'intérêt
de son capital et de l'abandonner à sa mort aux survivants: ceux-ci, de
plus en plus réduits, se partageant les revenus de plus en plus augmentés
par chaque décès.

Non content de défendre les blanques, le Parlement poursuivait de
toutes ses rigueurs les jeux de hasard, et particulièrement le plus pernicieux de tous, *le hocca*, récemment importé par quatre Italiens, Prom-
pti, Maure, Rabbosi et la signora Anna. « La perte y est encore plus
certaine que le gain, par les artifices et filouteries des banquiers qui
tiennent le jeu; plusieurs personnes s'y ruinèrent et les banqueroutes
fréquentes que cela causa, les cris et la désolation des familles affligées,
excitèrent les magistrats d'y pourvoir (4) ».

(1) Provisoire qui dura trente ans. Ce n'est qu'en 1685 que furent posées les
premières fondations du Pont-Royal.

(2) La rue *Berlin-Poirée*, la rue *Jean-Lantier*, la chapelle des *Orfèvres* existent
toujours. La rue des *Trois-Visages*, fermée du côté de la rue Berlin-Poirée, n'est
plus qu'une impasse que l'on voit à gauche, en entrant dans la rue *Thibaut-aux-
Dés* par la rue de Rivoli... Mais que dis-je! La rue Thibaut-aux-Dés s'appelle maintenant rue des *Bourdonnais* !

(3) Le nom de ce remarquable « donneur d'avis » ne figure pas dans la plupart
des Biographies. Mazarin, son compatriote, l'accueillit bien et lui fit une pension
de 6.000 livres, mal payée, puis suspendue après 1661. Après la mort de Mazarin,
Tonti accable vainement Colbert de ses réclamations et demande un secours pour
sa famille, composée « de dix-neuf personnes ». Il supplie la reine et Mᵐᵉ Colbert
de s'intéresser à ses filles « grandes et bien faites ». Il ne demande autre chose
pour elles que l'admission dans un couvent... Une lettre de lui, datée du 4 mars
1675, nous apprend que, depuis sept ans, il est à la Bastille avec ses deux fils, et
que le reste de sa famille est dans la plus profonde misère.

Mazarin avait compris l'intérêt qu'offraient les *Tontines* pour l'État qui, ne
mourant jamais, se trouve un jour être l'héritier des fonds versés et n'a plus à
en servir l'intérêt.

(4) *Traité de la Police*, I, 493.

Le grand nombre des ordonnances de police, des arrêts et des règlements « contre les personnes qui, pendant les mouvements derniers, se sont licenciées de tenir des Académies publiques en leurs maisons et d'y donner à jouer aux cartes, déz et autres jeux prohibés », prouve combien peu ils étaient efficaces, malgré leur sévérité : « Défense à toutes personnes de *quelque qualité et condition qu'elles fussent,* de tenir aucun jeu de *Hocca*, à peine de prison et de deux mille livres d'amende, applicable à l'Hôpital général... Ordre de faire fermer les cabarets à six heures, ainsi que tous les Tabacs, Académies et autres lieux infâmes... Ceux qui les tiennent, condamnés s'ils récidivent, au fouet et au carcan... d'autant que le Procureur du Roy a avis que dans lesdits lieux, il s'y profère plusieurs juremens et blasphèmes exécrables, et qu'il n'est presque point de quartier à Paris où il ne se trouve plusieurs maisons dans lesquelles, *nonobstant les défenses*, et avec le dernier scandale, on donne publiquement à jouer (1) ».

Les officiers de police, les huissiers, les commissaires et leurs archers, avaient d'autant plus de peine à faire exécuter les sentences du Lieutenant civil, « lues et publiées à son de trompe et affichées dans les carrefours et faubourgs, » que les plus grands seigneurs n'avaient pas honte de louer aux brelandiers les salles basses de leurs hôtels. Il en était ainsi chez le duc de Nemours, rue Pavée; chez le duc de la Trémouille, rue de Vaugirard (2), et même chez le duc d'Orléans, au Palais du Luxembourg. Les joueurs qui s'y rassemblaient, « jeunesse, capitaines, gens de guerre, pages, laquais, » résistaient quelquefois, et, en mars 1665, les commissaires, maîtres Jean Menyer et Estienne Despinay, saisirent à l'hôtel de la Trémouille, après un commencement de rébellion, un mousqueton, deux pistolets chargés à balle, des épées; 238 livres 15 sols, en deniers et jetons d'argent. Le nommé Villars, valet de chambre du comte de Vallay fut condamné « en 400 livres parisis d'amende, pour laquelle il tiendra prison, et *en payant icelle*, il sera élargi; l'amende applicable, un tiers au Roy, l'autre aux prisonniers du Grand-Châtelet et l'autre à l'Hôpital Général (3) ».

---

(1) « Aujourd'huy, vendredy, vingtième jour de novembre, 1643, la Police tenant au Châtelet, Guillaume Ballichard, dit Maréchal, et François Panouze, son serviteur, duëment convaincus d'avoir baillé à jouer... pour réparation de quoy, les avons condamnés, ledit Maréchal à être battu et fustigé, nud, de verges, au carrefour du Châtelet, et devant la porte de la Foire Saint-Germain, et en outre à 400 livres parisis d'amende, le tiers au Roy, l'autre tiers au pain des prisonniers du Grand Châtelet, et l'autre, par moitié à l'Hôtel-Dieu et aux Filles de l'Ave-Maria; et ledit Panouze, serviteur, *à assister à l'exécution de son maître* ».

(2) Rue de Vaugirard, 50, au coin de la rue Férou.

(3) Les 238 livres 15 sols et les armes sont confisquées, moitié au dénonciateur, l'autre moitié aux exempts, archers et officiers qui ont assisté les commissaires.

On défendait le *Hocca* aux petites gens, mais on y jouait avec fureur à la Cour. La reine perdit la messe l'autre jour, et vingt mille écus au hoca, avant midi; le Roi lui dit : « Madame, supputons un peu combien c'est par an ».

VII. — SCIENCES, LETTRES, THÉATRE.

L'enseignement n'appartenait plus exclusivement à l'Université ; elle avait laissé croître des établissements rivaux, plus jeunes et devinant mieux qu'elle l'esprit de leur temps : les collèges des Jésuites, des Oratoriens (Juilly, ouvert en 1638), et les Petites Écoles de Port-Royal.

A la veille de la majorité de Louis XIV, elle se refusait à enseigner ce « ramage de Paris » qui, tout à l'heure, serait souverain en Europe (1) ; elle en était encore à obéir servilement aux Statuts de 1600, à peine modifiés ; elle restait confinée dans la pratique exclusive des langues anciennes et parlait grec et latin à des jeunes gens déjà curieux de lire Montaigne, Malherbe, Balzac, Voiture, Corneille, et qui sait... même le *Roman Comique !* Elle s'opiniâtrait à faire épeler les petits enfants, pendant trois ou quatre ans, *sur des textes latins !* C'était s'enfermer dans le cloître, alors que les plus religieux en sortaient.

Dans le même temps, les Jésuites du collège de Clermont accaparaient les héritiers de la noblesse et de la haute bourgeoisie, et avaient l'art d'attirer la Cour et la Prévôté des marchands à leurs représentations théâtrales (2). Ces religieux avaient l'esprit de ne pas proscrire la danse et l'escrime !

A l'Oratoire, — hardiesse invraisemblable ! — on enseignait un peu d'histoire de France, de géographie et de mathématiques, et cette timide innovation suffisait à séduire les familles qui voulaient faire de leurs rejetons ce qu'on appelait alors « d'honnêtes gens ».

Aux Petites Écoles de Port-Royal, rue Saint-Dominique d'Enfer (3),

(1) C'est à la fin de la guerre de Trente ans que les Français acquièrent une suprématie incontestée en Europe. Notre langue commence alors à être étudiée chez tous les peuples, et les cours étrangères adoptent le français comme la langue politique qui désormais remplacera le latin. Les traités de Riswick, de Rastadt, de Vienne, d'Aix-la-Chapelle, dans lesquels la France était partie contractante, ont été rédigés en français, et depuis il en a été de même pour des traités où la France n'était pas en cause, comme ceux de Tischen, de Hube rtsburg, etc.

(2) 7 août 1651, le Roi assiste, au collège de Clermont, à la représentation de *Saül ;* 6 août 1653, représentation de *Suzanne,* etc.

(3) La rue et l'impasse Saint-Dominique d'Enfer sont devenues rue et Impasse *Royer-Collard* par ordonnance royale du 18 juin 1846. Une École préparatoire au baccalauréat occupe, au fond de l'impasse, l'emplacement de l'École de Port-Royal.

Les Petites Écoles y ont fleuri de 1646 à 1650, peut-être 1653, sous le principalat de M. Walon de Beaupuis, aidé de quatre maîtres, MM. Lancelot (grec et mathématiques), Nicole (philosophie et humanités), Guyot et Coustel, chargés chacun de six écoliers ; mais, en 1648, « la maison se remplissait si fort qu'il n'y auroit bientôt plus aucune place ». Le prix de la pension était de 400 livres, puis de 500, en 1648, à cause de la cherté des vivres pendant la guerre civile. Après 1650, les Petites Écoles persécutées à Paris, se transportèrent aux *Granges,* aux *Trous,* au *Chesnay,* entre Versailles et Chevreuse. Les coups et les verges, en usage partout ailleurs, étaient inconnus aux Petites Écoles. « La menace du renvoi était la plus sensible punition dont on pouvoit effrayer ces enfants ».

Pour ces heureux écoliers ont été faits des livres classiques restés justement

on ne demandait pas mieux que de faire des saints et quelques savants,
si possible, mais on y enseignait à lire... en français, tout bonnement;
on s'y attachait surtout à intéresser les enfants de qualité à la science.
Là, de remarquables éducateurs s'attaquaient au pédantisme et s'ingé-
niaient à rendre aux écoliers « l'étude plus agréable que le jeu et les
divertissements ». C'est ce que recommanderont, à la fin du siècle, Fénelon et Mme de Maintenon.

En attendant, l'Université se montrait plus jalouse de la conservation
de ses privilèges que de la bonne tenue de ses classes. Après la fuite de
la famille royale à Saint-Germain, en 1649, le recteur Pierre Deschâ-
teaux entraîne ses suppôts dans la rébellion et court offrir au Parlement
ses services et une bourse de mille pistoles pour soutenir la guerre civile.
Le premier président Mathieu Molé prend l'argent et promet en échange
sa protection. Cinq ans étaient à peine écoulés que la même Université
cherchait à surpasser en bassesse les autres corps de l'Etat qui accueil-
lirent le jeune roi Louis XIV, à son retour du sacre : « Sire, dit le recteur d'alors, nous sommes tellement éblouis du nouvel éclat qui environne Votre Majesté que nous n'avons point de honte de paraître interdits
à l'aspect d'une lumière si brillante et si extraordinaire ! »

*
* *

Les savants se rencontraient alors chez quelques magistrats qui se
faisaient leurs protecteurs, comme le président de Lamoignon, dans
son hôtel de la rue Pavée; le chancelier Séguier, rue de Grenelle Saint-
Honoré; M. Hesselin, sur le quai des Balcons; le trésorier de France,
Claude Mydorge; M. le Vasseur, rue Saint-Louis; le maître des comptes
François Lhuillier; Haber de Montmor, chez qui mourut Gassendi,
rue du Temple; ou encore à l'École de médecine de la rue de la Bûcherie; ou chez le père Mersenne, aux Minimes de la Place royale; chez le
médecin-abbé Pierre Bourdelot, rue Sainte-Croix-de-la-Bretonnerie;
chez le doyen de la Faculté, Guy Patin, rue du Chevalier-du-Guet;
chez Charles Bouvard, surintendant du jardin des plantes médicinales.

Dans ces maisons hospitalières fréquentaient Pascal, Descartes, Roberval, professeur de mathématiques au Collège royal; Bernard de
Frénicle, « curieux en mathématiques »; Desargues, qui vulgarisa les
lois de la perspective linéaire et aérienne; les médecins Bourdelin, Antoine Vallot; Guénault, qui, non content d'éclabousser les gens, les
empoisonnait par l'antimoine; Riolan, professeur au Collège royal (1);

célèbres : Les *Méthodes grecque* et *latine* (en français et non plus en latin!) —
La Logique ou l'Art de penser, par Arnauld et Nicole, 1662. — *Grammaire géné-
rale*, par Arnauld et Lancelot, 1660. — *Nouveaux Éléments de Géométrie*, par
Arnauld, 1667. — *Nouvelles Méthodes italienne et espagnole*, par Lancelot, 1660.
— *Phèdre*, *Plaute*, *Térence*, *Billets de Cicéron*, etc., traduits en français avec le
latin à côté « rendus très honnêtes, en y changeant fort peu de chose ».

Je n'ai pas cité la déplorable erreur du bon Lancelot : *Le Jardin des Racines
grecques*.

(1) Bon anatomiste. On commença alors à donner des différentes parties du

et Charles Bouvard, qui, en une seule année, administrait à Louis XIII deux cents lavements et cinquante saignées!

Descartes, pour expliquer les mouvements des planètes, imaginait l'ingénieuse hypothèse des tourbillons : Mazarin le gratifiait d'une pension de trois mille livres : Jacques Rohault, son disciple enthousiaste, vulgarisait ses découvertes dans les conférences qu'il faisait rue Quincampoix (1);

Gassendi découvrait les satellites de Jupiter;

Claude Mydorge, dépensait cent mille écus à la fabrication de lunettes, de miroirs ardents et autres instruments de recherches;

Roberval inventait des courbes auxquelles son nom est resté;

Pascal rendait visible aux yeux la pesanteur de l'air;

La Faculté de médecine, *Facultas saluberrima medicinæ Parisiensis*, se montrait *Veteris disciplinæ retinentissima*, et, comme le jeune Thomas Diafoirus, « jamais elle ne voulut comprendre ni écouter les raisons et les expériences des prétendues découvertes du siècle, touchant la circulation du sang et autres opinions *ejusdem farinæ* (2)! »

*
* *

« Le siècle que j'appelle de Louis XIV, dit Voltaire, *commence à peu près à l'établissement* de l'Académie française, en 1635 ».

Cette simple petite phrase met les choses au point. Louis XIV n'était même pas né; il ne vit le jour qu'en 1638, et, à la mort de Mazarin, — époque où finit ce chapitre, — en 1661, il n'avait que vingt-trois ans. Quelle influence ses « qualités personnelles (3) » pouvaient-elles exer-

corps des descriptions plus exactes, mais on n'osait encore que rarement porter la main sur des cadavres. Descartes allait tous les jours chez un boucher voir tuer des animaux et faisait porter chez lui les parties des corps qu'il voulait disséquer à loisir. On sait que Claude Perrault périt en 1688 pour avoir assisté à la dissection d'un chameau putréfié.

(1) Son *Traité de Physique*, longtemps classique, ne parut en un volume in-4° qu'en 1671.
L'*Introduction à la Chymie ou à la vraye Physique*, par R. Arnaud, est de 1650.

(2) La corporation n'était pas très nombreuse, cent et quelques gradués, sans compter, il est vrai, les chirurgiens et les empiriques, si maltraités dans l'*Histoire de la Médecine* de Jean Bernier : « banqueroutiers, fugitifs, téméraires, sans étude, sans caractère, sans principes, moines ignorants qui ne savent où donner de la tête ».
La Faculté siégeait, je l'ai dit, rue de la Bûcherie. Les médecins, leur doyen en tête, revêtus de leur robe et de leur bonnet pointu, assistaient à l'enterrement de leurs confrères et à la messe de la Saint-Luc, leur patron.

(3) Sur lesquelles l'adulation des contemporains s'est épuisée jusqu'au grotesque : « Un visage qui remplissait la curiosité des peuples », *Mémoires de Choisy*. — « Un roi, tel que les poètes nous représentent ces hommes qu'ils ont divinisés. » *Mémoires de Motteville*. — « On recueillait ses paroles comme les maximes de la sagesse », dit Massillon. « Quand on est loin de Votre Majesté, lui dit de Vardes, on n'est pas seulement malheureux, on devient encore ridicule ». — « Si le Roi ne possède pas toutes les perfections infinies qui ne conviennent qu'à Dieu seul, il a pourtant reçu toutes celles qui en approchent le plus, et qui le rendent sur la terre l'image la plus sensible de la Divinité ». *Sermon du P. Chesnon, jésuite.*

cer sur l'esprit français, sur les lettres et sur les hommes de génie qui les portaient alors à la perfection?

Il n'est pas vrai qu'un Auguste puisse « aisément » faire des Virgiles; mais Auguste aurait pu ne pas exiler Ovide; encore cet exil n'a-t-il pas empêché le poëte de chanter ses malheurs; et nous a-t-il valu ses œuvres les plus touchantes. Il n'est pas vrai davantage que « les bons gouvernements » aient le don merveilleux « de susciter en foule les grands écrivains (1) ». Laissons donc de côté ces théories de rhétoricien s, démenties par des faits qu'il est plus instructif et autrement intéressant d'étudier dans leur réalité et leur enchaînement.

En 1661, Rotrou, Balzac, Voiture, étaient morts, ainsi que Descartes qui laissait après lui son *Discours sur la Méthode;* Pascal était mourant, mais il avait produit les *Provinciales;* Corneille avait gravi les hauts sommets avec le *Cid*, *Horace*, *Cinna*, *Polyeucte*, et *Pompé e;* Chapelle et Bachaumont, dans leur *Voyage,* avaient commencé à se moquer des précieuses que Molière allait achever (2); Scarron, plein de verve et de franche gaîté dans son divertissant *Roman Comique,* avait tué le genre ennuyeux de Mlle de Scudéry; Boileau, dans sa *Première Satire,* s'indignait en vers vigoureux contre tel financier,

> « Qu'un million comptant, par ses fourbes acquis,
> De clerc, jadis laquais, a fait comte et marquis, »

et s'écriait :

> « Qui, moi, vivre à Paris! Eh! qu'y voudrais-je faire?
> Je ne sais ni tromper, ni feindre, ni mentir;
> Et quand je le pourrais, je n'y puis consentir. »

Pour écouter, goûter et lire ces premiers maîtres dont le grand mérite était de ne plus parler latin en français, se pressait une admirable

(1) La sentence est de Nisard, et il ajoute : « Un grand génie peut naître au sein d'une époque orageuse: mais il y naît tout seul, et ses œuvres, *pleines de cette grandeur déréglée qui ne plait qu'à certains esprits,* manquent de l'ordre et du goût qui rendent les écrits populaires ». Cette *grandeur déréglée* fait frémir l'académicien-sénateur, qui trouve que « la grandeur dans l'ordre est le caractère commun de tous les gouvernements bien réglés ». Une fois ce dada enfourché, il continue : « Louis XIV ne créa pas les talents, il leur ouvrit la carrière et il les régla ».

C'est bien entendu, et cette fois nous sommes fixés : l'idéal, c'est de *régler le talent !*

Malgré tout, l'embarras du rhéteur patenté l'oblige à un aveu et à une singulière affirmation : « Il est très vrai que la plupart des écrivains contemporains de Louis XIV étaient ses aînés de plusieurs années. Le génie avait parlé en eux *bien avant que Louis XIV fût roi* et que la nation eût connu son goût. Mais jusqu'au moment où se révéla l'autorité de ce prince, *il n'était sorti d'aucun de ces écrivains un ouvrage durable* ».

Risum teneatis, amici! Quoi! pas même le *Cid*, joué en 1636, deux ans avant la naissance de Louis XIV! Pas même le *discours de la méthode,* qui était achevé en 1637!

(2) « Ma commune, disait une Bélise quelconque, allez quérir mon zéphir dans mon prétieux ». Ce qui signifiait : « Ma suivante, allez quérir mon éventail dans mon cabinet ».

société de gens du monde, La Rochefoucauld, Retz, Bussy, Saint-Evremont, Mme de Sévigné, Charleval, Condé, Lamoignon, Dangeau, Pomponne, Mme de La Fayette, Vivonne, Mme Scarron, Chaulieu, Pellisson, et autres profanes, dont quelques-uns, sans être tout à fait du métier, n'en étaient pas moins prêts, eux aussi, à prendre la plume et à s'en bien servir au besoin.

Ce sont la plupart des émancipés, quelques-uns tant soit peu gâtés par la Fronde (1), sur lesquels le nouveau roi ne pourra guère mordre.

Comptons maintenant combien d'écrivains, — j'entends écrivains de génie, — vont se révéler, après 1661, grâce, dit-on, au « rayonnement » royal. J'en vois jusqu'à cinq : Racine, Bossuet, Molière, La Fontaine et La Bruyère?

(1)   LETTRES, SCIENCES, THÉATRE DE 1643 A 1661.

1643 Le 20 octobre, *Polyeucte*, *achevé d'imprimer pour la première fois et dédié à la Reine régente.*

1644 *Méthode latine* de Lancelot. — *Rodogune*, tragédie de Corneille.

1646 Molière quitte Paris. — Fondation à Paris des *Petites Écoles* de Port-Royal.

1647 *Venceslas*, tragédie de Rotrou. — *Héraclius*, tragédie de Corneille. — *Orfeo*, opéra italien, représenté sur le théâtre du Palais-Royal, aux frais de Mazarin. — *Zénobie*, tragédie en prose de l'abbé d'Aubignac.

1648 13 février, représentation du *Cid* au Palais-Royal.

1650 *Gazette* de Loret. — 26 février, *Andromède*, de Corneille, représentée devant leurs Majestés, à la salle du Petit-Bourbon. — *Don Sanche*, comédie héroïque de Corneille. — *Nicomède*, tragédie de Corneille. — Première édition des *Lettres* de Voiture. — *Petites Écoles* dispersées.

1651 *Histoire de France* de Mézeray. — Représentation de *Saül*, devant le Roi, au collège de Clermont.

1652 *Histoire de l'Académie*, par Pellisson.

1653 Le *Moïse sauvé*, poème de Saint-Amant. — Le *Saint-Louis*, poème du Père Lemoine. — *Pertharite*, tragédie de Corneille. — *Agrippine*, tragédie de Cyrano de Bergerac. — *Don Japhet d'Arménie*, comédie de Scarron.

1654 Privilège de l'*Histoire de Paris* accordé à Sauval. (Elle ne fut publiée qu'en 1724). — *Alaric*, poème de Scudéry. — Le *Pédant joué*, comédie par **Cyrano** de Bergerac.

1655 La *Pharsale*, traduite en vers français par Brébeuf. — Le *Roman comique* de Scarron.

1656 La *Pucelle*, poème de Chapelain. — Les *Provinciales* de Pascal. — *Clélie*, roman de Mlle de Scudéry. — Le *Voyage en Languedoc* par Chapelle et Bachaumont. — *Lettres familières* de Balzac à Chapelain.

1657 *Clovis*, poème de Desmarets de Saint-Sorlin.

1658 Mazarin fait représenter à ses frais la *Rosaura*, opéra italien, dans la salle du Petit-Bourbon. — Retour de Molière à Paris. — Le 24 octobre, il joue *Nicomède* au Louvre; le 3 novembre, le *Dépit Amoureux* et l'*Étourdi* au Petit-Bourbon.

1659 1er avril, La Fontaine reçoit une pension de Fouquet. — Bossuet prêche le Carême aux Minimes. — *Œdipe*, tragédie de Corneille. — La *Conquête de la Toison d'or*, tragédie de Corneille. — *Ode pour la Paix*, par La Fontaine. — 18 novembre, première représentation des *Précieuses Ridicules*, au Petit-Bourbon.

1660 *Ode sur le mariage du Roi* par Racine. — Boileau, *Satires* I et VI. — Une troupe de comédiens aux gages de Mademoiselle, rue des Quatre-Vents. — Le *Cocu imaginaire*, 28 mai, par Molière. — La Fontaine, *Ode à M. Fouquet* pour l'entrée de la Reine.

1661 Molière obtient pour sa troupe le théâtre du Palais-Royal et y donne *Don Garcie de Navarre*, le 4 février.

J'accorde, — de mauvaise grâce, — Racine et Bossuet; mais La Bruyère, attaché à la maison de Condé et tout imprégné de la sourde opposition de Chantilly contre la Cour de Versailles (1); mais La Fontaine, qui attendait la fortune dans son lit et que l'Académie eut tant de peine à recevoir! La faveur du maître ne les a même pas effleurés. Quant à Molière, il atteignait la quarantaine; il était dans toute la vigoureuse floraison de son talent; il avait donné déjà l'*Étourdi*, le *Dépit*, les *Précieuses*, *Sganarelle*: il achevait l'*École des Maris* et méditait certainement le *Tartufe* et le *Misanthrope*; que pouvait lui apprendre un prince de vingt-trois ans, fût-il doué d'un « visage solaire, » et « Dieu l'eût-il gratifié de toute l'élévation d'esprit nécessaire à un grand roi (2)! »

Bornons-nous donc à constater que Louis XIV s'honora singulièrement en se plaisant dans la conversation de Racine et de Boileau; en se montrant bienveillant pour Molière, au point de tenir un de ses enfants sur les fonts de baptême, et qu'il fut plus libéral que ne l'aurait été Napoléon (3), le jour où bravant la colère des dévots, il se décida à autoriser la représentation de *Tartufe*.

Au moment où a commencé ce chapitre, l'Hôtel de Rambouillet était encore dans son plus vif éclat, et déjà pourtant à la veille de son agonie : 1643! C'est l'année où Corneille fait imprimer *Cinna* et *Polyeucte*, et où le duc d'Enghien gagne la bataille de Rocroy; mais la marquise a dépassé la cinquantaine; en 1645, sa fille, la *princesse Julie*, *Ménalide*, son idole, l'abandonne pour épouser le duc de Montausier; son fils est tué à la bataille de Nordlingen; trois ans plus tard, meurt Voiture, « le génie du lieu, » et Mme de Rambouillet, voyant le vide se faire autour d'elle; effrayée d'ailleurs par les mousquetades de la Fronde, quitte Paris et se retire pour quelque temps dans ses terres.

Des cercles rivaux ne tardèrent pas à remplacer celui de la rue Saint-Thomas-du-Louvre, et à recueillir ses habitués dispersés. On se réunissait à la place Royale chez la comtesse de Maure (4) et chez la marquise de Sablé; tous les samedis chez Madeleine de Scudéry — *Sapho*, — rue de Beauce, près les Enfants-Rouges; les mercredis chez Ménage. Mme du Plessis-Guénégaud, rassemblait dans son hôtel de Nevers, sur le quai de Nesle, les sommités du parti janséniste; c'est chez elle que l'on ménagea le succès des *Provinciales*. Quand Mlle de Montpensier revint d'exil en 1657, elle reçut, au Luxembourg, La Rochefoucauld; Huet, qui devint plus tard évêque d'Avranches; Ségrais, le chevalier de Béthune; Mesdames de Sévigné, de La Fayette, de Hautefort, de Montbazon, de Motteville. Bossuet prêcha le carême de 1659 aux Mi-

---

(1) Ce n'est pas sans malice que La Bruyère a écrit : « Tout ce qui s'éloigne trop de Lulli, de Racine et de Le Brun, est condamné ».

(2) « Le dix-septième siècle ne relève pas de Louis XIV, qui le couronne, mais de Richelieu, qui l'a inspiré ». Cousin, *La jeunesse de Mme de Longueville*.

(3) Napoléon déclara plusieurs fois hautement que si le *Tartufe* avait été fait de son temps, il n'aurait pas permis de le jouer.

(4) Dont l'appartement est encore presque intact au premier étage de la maison, place Royale, 5.

nimes de la place Royale, et celui de 1661 chez les Carmélites de la
rue d'Enfer. Il y attira un concours considérable; la Reine-mère et la
jeune reine Marie-Thérèse vinrent l'y entendre (1).

* *

J'ai indiqué déjà l'existence de trois théâtres à Paris, en 1643 : celui
de l'*Hôtel de Bourgogne*, rue Mauconseil; celui du *Marais*, rue Vieille-
du-Temple, près la rue de la Perle, et celui inauguré par Molière et sa
troupe, le jeudi 31 décembre 1643, au *Jeu de Paume des Métayers*,
près les Fossés de Nesle, sous le nom de l'*Illustre théâtre* : transféré,
en 1645, au Port Saint-Paul, où il ne réussit pas davantage. Molière
alla chercher fortune en province, de 1646 à 1658, jouant à Nantes,
Bordeaux, Toulouse, Narbonne, Lyon, Avignon, Pézenas; encore Narbonne, puis Béziers, Grenoble et Rouen, autant qu'on puisse actuellement fixer ce long itinéraire, dont de minutieuses recherches précisent
de plus en plus les nombreuses étapes.

C'est donc une période de douze années, remplie à Paris par quelques auteurs qui se partagent les deux scènes rivales de l'*Hôtel de
Bourgogne* et du *Marais*.

Corneille donne la *Suite du Menteur*, *Théodore*, *Rodogune*, *Héraclius*, *Andromède* (2), *Don Sanche*, *Nicomède* et *Pertharite*. La chute

_____

(1) Citons parmi les principales bibliothèques de l'époque : *Celle du Roi*, non
encore publique, pauvrement installée dans une maison de la rue de la Harpe,
entre Saint-Cosme et le collège d'Harcourt. Rigault, les frères Dupuy, Jérôme
Bignon, en eurent la garde, jusqu'au 1er octobre 1657, où elle fut confiée à Nicolas
Colbert, frère du futur ministre. — *Mazarin*, « la plus belle qui soit au monde ».
40.000 volumes en 1647; dispersée en 1652; rétablie après la Fronde et rendue publique. — Le chancelier *Séguier*. — *Saint-Germain-des-Prés*, *Saint-Victor*, *Saint-
Sulpice*, facilement accessibles. — *Sorbonne*. — *Jésuites* de la rue Saint-Antoine.
— L'abbé-médecin *Pierre Bourdelot*, rue Sainte-Croix-de-la-Bretonnerie. — Les
Minimes de la Place royale. — *Gui Patin*, rue du Chevalier-du-Guet, plus de
15.000 volumes, à sa mort en 1672. — MM. de *Mesmes*, rue Sainte-Avoye. — Le poète
François Maynard, membre de l'Académie. C'est dans sa bibliothèque qu'il
attendait la mort « sans la désirer ni la craindre ». — Celle de *Patru*, si noble-
ment achetée par Boileau.

Et parmi les « Cabinets de curieux » :

Georges de Scudéry, qui avait formé une très belle collection de dessins, gravures et de portraits depuis Jean Marot jusqu'à Guillaume Colletet. — Le président *Tambonneau*, rue de l'Université, objets d'art, tableaux, livres de botanique.
— Mme *Lescot*, veuve de l'orfèvre de Mazarin, médailles et pierres précieuses. —
Séguin, doyen de Saint-Germain-l'Auxerrois, grand choix de chartes du moyen
âge et de médailles romaines; il se plaisait à recevoir chez lui, dans le cloître,
chaque mercredi, les érudits qui, de tous les pays, venaient le visiter. — *Lecointe*,
surintendant du cabinet du Roi, collection d'émaux de Faenza et de Limoges. —
Everard Jabach, rue Neuve-Saint-Merry, marbres, bronzes, tableaux; plusieurs
Corrège qu'il vendit à Mazarin, etc., etc.

(2) Cette tragédie d'*Andromède* se signalait par de curieuses innovations. Il y
avait « un concert de musique, destiné à satisfaire les oreilles des spectateurs,
tandis que leurs yeux sont arrêtés à voir descendre ou remonter les machines,
ou à regarder Persée combattre contre le monstre... J'ai été assez heureux à in-
venter ces machines, mais aussi faut-il que j'avoue que le sieur Torelli s'est sur-

de cette pièce en 1653. le découragea et lui persuada qu'il était trop
âgé pour le théâtre, quoiqu'il n'eut encore que quarante-sept ans.
Nous le verrons néanmoins, six ans plus tard, céder aux instances de
Fouquet, et lui répondre en fort beaux vers :

> « Je sens le même feu, je sens la même audace,
> Qui fit plaindre le Cid, qui fit combattre Horace ;
> Et je me trouve encore la main qui crayonna
> L'âme du grand Pompée et l'esprit de Cinna ».

Il reparaît, en 1659, à l'hôtel de Bourgogne, avec la tragédie d'*OEdipe*, et au théâtre du Marais, avec *la Conquête de la Toison d'or* (1).
Le théâtre de l'Hôtel de Bourgogne, dans un état de délabrement
complet, se soutenait quand même par quelques pièces qui attiraient le
public : en 1647, le *Venceslas*, de Rotrou ; en 1652, le *Don Japhet d'Arménie*, de Scarron ; en 1654, le *Pédant joué*, de Cyrano de Bergerac et
les *Amants indiscrets*, de Quinault ; en 1660, le *Mariage de rien*, de
Montfleury ; le *Stilicon*, de Thomas Corneille et le *Xerxès*, comédie en
musique, *del signor Francesco Cavalhi*.
En cette même année, eut lieu, à l'occasion de la paix des Pyrénées
et du mariage du roi, la première représentation gratuite. On joua *Stilicon*; Loret parle de cette fête dans sa *Muse historique* du 21 janvier :

> « Floridor et ses compagnons
> Jeudi récitèrent gratis
> Une de leurs pièces nouvelles
> Des plus graves et des plus belles,
> Qu'ils firent suivre d'un ballet
> Gai, divertissant et follet ».

Les acteurs continuaient de porter les costumes les plus riches et les
plus extravagants, sans aucune préoccupation de la vérité historique.
Leur coiffure les grandissait d'un pied ou deux, et ils luttaient entre
eux à qui se distinguerait le plus par ses gestes outrés et ses éclats de
voix (2).

monté lui-même à en exécuter les dessins, et qu'il a eu des inventions admirables
pour les faire agir à propos ». Corneille, *Argument*.
(1) Encore une pièce à machines et musique. Le marquis de Sourdéac la commanda à l'occasion du mariage du Roi et la fit représenter en son château du
Neubourg, près Louviers, par les Comédiens du Marais, en présence de la noblesse
des environs, « logée et régalée pendant plus de huit jours, avec toute la propreté et l'abondance imaginables ». M. de Sourdéac fit présent aux comédiens
des machines et des décorations, « ce qui attira tout Paris, chacun y ayant couru
longtemps en foule ».
(2) De la même époque : 1643, *Arminius*, de Scudéry, au théâtre du Marais ;
1647, *Zénobie*, tragédie *en prose* de l'abbé d'Aubignac ; 1653, *La mort d'Agrippine*,
tragédie de Cyrano de Bergerac.
Mazarin avait à cœur d'introduire en France le genre de l'opéra, si goûté en
Italie. Le 5 mars 1647, il donna à ses frais dans la grande salle du Palais-Royal,
un opéra italien, *Orfeo*, qui, malgré les merveilleux changements à vue, ennuya
les spectateurs français. En 1658, il renouvela l'expérience avec la *Rosaura*, jouée
par la troupe italienne au Petit-Bourbon. Sous ses auspices, l'abbé Perrin fit jouer

Enfin Molière revint!... Ce fut sans doute, à Fontainebleau, que, dans le cours de septembre 1658, son nouveau protecteur, Monsieur, duc d'Anjou, le présenta au Roi et à la Reine-mère. Aussitôt que Louis XIV fut de retour à Paris, Molière fut admis à représenter au Louvre, dans la salle des Caryatides, le 24 octobre, une pièce de Corneille, *Nicomède*, et une farce de son invention, *Le Docteur amoureux*. Le jeune prince, charmé de ce début, autorisa aussitôt Molière à partager avec les comédiens italiens la salle du Petit-Bourbon (1), sous le titre de « *Troupe de Monsieur, frère unique du Roi* ».

Le 3 novembre, Molière inaugura cette salle par l'*Étourdi*, où il remplit le rôle de Mascarille et alterna avec le *Dépit Amoureux*. Ces deux pièces, déjà bien accueillies en province, réussirent également à Paris, et la troupe fit des bénéfices (2).

L'année 1659 fut signalée par un grand événement littéraire. Molière, voyant que les auteurs en vogue des deux théâtres de l'Hôtel de Bourgogne et du Marais le tenaient à l'écart et ne lui apportaient aucune pièce, se décida à en donner une de son cru. Le 18 novembre, les Parisiens applaudirent pour la première fois les *Précieuses ridicules*; un spectateur cria : « Courage, Molière, voilà la bonne comédie! » et Ménage, en s'en retournant dit à Chapelain : « Monsieur, nous approuvions, vous et moi, toutes les sottises qui viennent d'être critiquées si finement et avec tant de bon sens... Il nous faudra brûler ce que nous avons adoré! » Ce fut la fin du galimatias et du style forcé. Dès la deuxième représentation, le prix des places fut doublé, « sauf pour le parterre, qui ne monta pas au-dessus de quinze sols (3) ».

l'année suivante *Pomone*, opéra français, à Issy, dans la maison de campagne de M. de la Haye. Mais la Cour ne s'intéressait plus qu'aux ballets donnés devant le jeune roi, où il dansait quelquefois, et dont Benserade faisait les vers. L'un des plus curieux fut celui de la *Nuit* représentant la *Cour des miracles*, et dansé en 1653 au Petit-Bourbon.

En février 1648, les Petits Comédiens du Marais jouaient *Orphée*, « qui est une belle chose », et ne prenaient plus que vingt sous au parterre et quelque écu aux loges, au lieu d'une demi-pistole.

Pendant les deux hivers de 1655 et 1656, il y eut au Palais Royal des concerts publics de luths, violes, théorbes et voix. Une affiche, collée à la porte, donnait le *programme* et prévenait que pour entrer, il fallait donner trente sous. Le prix des livrets, publiés chez Balard, était de dix sous.

(1) Sur l'*Hôtel de Bourbon*, voir chap. vii, p. 226. — Chap. ix, p. 87. — Chap. x, p. 274. — Chap. xi, p. 303 et 307. — Chap. xiii, p. 549 et chap. xv, p. 89, 90. J'ai déjà expliqué que l'hôtel du connétable de Bourbon n'avait pas été démoli, comme on le croit généralement; la chapelle existait toujours et la grand salle avait servi à la réunion des États généraux de 1614.

Les comédiens italiens jouaient le dimanche, le mardi et le vendredi; Molière le lundi, le mercredi, le jeudi et le samedi.

(2) Soixante-dix pistoles à répartir entre : Molière, les deux frères Joseph et Louis Béjard, — René Berthelot, dit Du Parc et sa femme Thérèse de Gorle, dite Mlle Du Parc (la *marquise* qui fit tourner la tête à Corneille, déjà vieux). — Charles Du Fresne; — Edme Villequin, dit de Brie et sa femme, Catherine Le Clerc du Rozet, dite Mlle de Brie; — le gagiste Croisac; — Mlle Madeleine Béjard, en tout dix sociétaires.

(3) En cette année 1659, le comédien Joseph Béjard mourut sur le quai de l'École et fut inhumé à Saint-Paul, le 26 mai. A la date du 13 mai, Molière demeu-

Sganarelle parut sur la scène le 28 mai 1660, et quoique l'on fût en été et que la cour fût absente pour le mariage du Roi, cette petite pièce, comique et bien écrite, fut jouée une quarantaine de fois; c'était beaucoup alors.

Mais un danger sérieux menaçait la « Troupe de Monsieur ». Ce qui restait encore de l'antique hôtel du connétable de Bourbon allait être démoli pour faire place à la colonnade du Louvre. M. de Ratabon (1), surintendant des bâtiments, donna brusquement congé à Molière : « Le lundy 11 octobre. lit-on dans le *Registre* tenu par Lagrange, l'un des comédiens, la troupe se trouva fort surprise d'être sans théâtre ». Les démolisseurs étaient déjà dans la salle.

Par bonheur. la salle du Palais-Cardinal, que Richelieu avait jadis fait élever pour y représenter *Mirame*. était libre... en ruine, il est vrai, « la moitié découverte, les poutres de la voûte pourries et étayées ». Malgré tout, Molière n'eut pas de cesse qu'il ne l'eût obtenue; le Roi la lui accorda et lui octroya même une somme de mille écus, en guise d'indemnité d'expropriation. Bien plus, il enjoignit à M. de Ratabon d'expier sa précipitation en faisant dans le plus court délai les grosses réparations de la nouvelle salle.

Elles durèrent environ trois mois, pendant lesquels cette pauvre troupe errante de *Monsieur*, que les bons camarades de l'Hôtel de Bourgogne et du Marais avaient espéré désagréger, tint tête à l'orage et même gagna quelque argent en allant *en visite* jouer son répertoire chez les grands seigneurs et les financiers.

La réouverture eut lieu dans la salle du Palais-Cardinal, le 20 janvier 1661, avec le *Dépit amoureux* et le *Cocu imaginaire*, suivis le 4 février de la première représentation de *Don Garcie de Navarre*. Ce fut une chute, mais rachetée immédiatement par une revanche de succès ininterrompus pendant douze années, depuis l'*École des Maris*, le 24 juin 1661, jusqu'au *Malade imaginaire*, le 10 février 1673.

---

rait sur ce quai, à l'*Image Saint-Germain*, et s'acquitta de sa vieille dette de 291 livres tournois envers la lingère Jeanne Levé, qui l'avait fait emprisonner au Châtelet, en 1645.

Le 12 février, Monsieur, frère du roi, portant alors le titre de duc d'Anjou, assiste à une représentation de sa troupe au Petit-Bourbon.

(1) Antoine de Ratabon avait épousé Marie Sanguin. En 1643, il était déjà intendant des bâtiments et en même temps secrétaire de M. de Noyers. Il demeurait dans la maison dudit sieur de Noyers, en la rue Neuve-Saint-Roch. En 1653. il demeurait rue des Fossés-Montmartre. Il mourut le 12 mars 1670, rue de Richelieu, et fut inhumé le lendemain aux Jacobins de la rue Saint-Honoré.

Antoine de Ratabon fut taxé à 3,000 livres par la Fronde, le 23 janvier 1649.

Un de ses parents, Ratabon, évêque d'Ypres, ne bougeait guère de Paris, et donnait cette singulière raison : « qu'il y avoit dans sa cathédrale une vapeur qui le faisoit évanouir toutes les fois qu'il y entroit ». *Saint-Simon*.

CHAPITRE DIX-SEPTIÈME

LE RÈGNE DE LOUIS XIV

(De la mort de Mazarin, le 9 mars 1661, à la mort de Louis XIV, le 1er septembre 1715)

de Louis XIV. — Le rendez-vous de Mme de Maintenon. — VI. — **Travaux.** — L'œuvre d'embellissement de Paris continue. — Principaux monuments construits de 1660 à 1715. — Le faubourg Saint-Germain. — Architectes florissant de 1660 à 1715. — Style colossal. — Vandalisme. — *Voirie.* — Boulevards et portes, promenades. — Champs-Élysées. — Derniers remparts détruits. — Les boulevards de la rive droite. — Adresses parisiennes. — Vieilles portes abattues. — Porte *Saint-Denis* relevée. — Porte *Saint-Martin.* — Porte *Saint-Antoine.* — *Arc de triomphe* de la place du Trône. — *Porte Saint-Bernard.* — Projet de boulevards au Midi. — Rues aplanies ou élargies. — Butte *Bonne-Nouvelle* et Butte *Saint-Roch.* — Rues nouvelles. — Place des *Victoires:* ses habitants. — Place des *Conquêtes;* ses habitants. — Nouveau couvent des Capucines. — *Ponts, Quais, Ports,* et *Fontaines.* — Pont-Royal. — Pont-Marie. — Pont-Rouge. — Quais Malaquais, des Quatre-Nations, des Augustins, de Gesvres, Pelletier, de la Grenouillère, de l'Horloge, des Orfèvres. — Ile Louviers. — Les ports et les Coches. — L'approvisionnement par eau. — Galiotes. — La Samaritaine. — La Pompe Notre-Dame. — Quinze fontaines nouvelles. — Concessions d'eau. — *Foires, Halles et Marchés.* — Foire Saint-Germain. — Foire Saint-Laurent. — Marchés aux veaux, au poisson, à la volaille, des Enfants-Rouges, halle au vin. — *Églises.* — Notre-Dame. — Val-de-Grâce. — Saint-Germain-l'Auxerrois, Saint-Jacques du Haut-Pas, Saint-Louis-en-l'Ile, Saint-Nicolas-du-Chardonnet, Saint-Roch, Saint-Séverin, Saint-Sulpice. — *Communautés d'hommes:* — Bernardins, Célestins, Saint-Martin-des-Champs, Sainte-Croix-de-la-Bretonnerie, Feuillants, Sainte-Geneviève, Blancs-Manteaux, Saint-Germain-des-Prés, noviciat des Jacobins, Cordeliers, Prémontrés réformés, Missions, Séminaire anglais, Séminaire de Saint-Louis, Séminaire des Écossais. — *Communautés de Filles.* — Miramionnes, Sainte-Pélagie, Bénédictines du Saint-Sacrement, Filles de Sainte-Anne, rue Saint-Roch, — Orphelines de Saint-Sulpice, Filles de Sainte-Valère, Nouvelles-Catholiques, Dames de l'Assomption, Bénédictines de Notre-Dame des Prés, Bénédictines de Saint-Victor, le Bon-Pasteur, les Filles de l'Union chrétienne, les Capucines, Dames de Saint-Thomas de Villeneuve. — Édit sur les congrégations. — *Édifices hospitaliers.* — La Salpétrière. — Enfants-Trouvés. — Les Invalides. — Hôpitaux protestants supprimés. — *Édifices civils.* — Les Tuileries. — Le Louvre: Le Vau, le cavalier Bernin et Claude Perrault. — La Colonnade. — L'Observatoire. — Le Petit-Luxembourg. — Le Palais-Royal. — Le Palais de Justice. — La Comédie-Française. — Le Théâtre des Tuileries. — Le Collège Mazarin. — Les Casernes. — Amphithéâtre d'anatomie. — Grenier à sel. — *Les Hôtels,* sur la rive gauche : *Chateauvieux,* de *Verrue,* de *Cossé,* de *Gamaches,* de *Matignon,* de *Villars,* de *Portsmouth,* d'*Elbeuf;* de *Montmorency,* de *Maisons,* d'*Auvergne.* Sur la rive droite : de *Bouillon,* de *Lionne* ou *Pontchartrain,* de *Saint-Pouange,* de *Luxembourg,* d'*Antin,* de *Lorges,* de *Crussol,* de *Louvois,* de Pierre *Crozat,* de *Regnard,* de *Torcy,* du contrôleur *Desmarets,* de *Charost,* de *Samuel Bernard, Le Tellier, Brissac, Coislin, Amelot, Tallart, Le Rebours, Fieubet, Fourcy, Ninon de Lenclos,* de *Chasteauneuf,* de *Lignerac, Le Pelletier de Souzy, Le Pelletier de Saint-Fargeau;* Changements de propriétaires ; Plans de Paris, Statistique. — VII. — **Echevinage, Police, Mœurs, Faits divers.** — Les premières *Histoires* de Paris. — Suppression de la *Compagnie Française.* — Louis XIV à l'Hôtel de Ville en 1687. — Création d'un lieutenant de Police. — Réforme du Guet — Expédition contre la *Cour des Miracles.* — Éclairage des rues. — Disettes. — Pompes à incendie. — Prisons. — La *Bastille.* — Ce qu'on sait du Masque de fer. — Les premiers *cafés.* — Les carrosses à cinq sous. — Justices féodales supprimées. — Paris divisé en *vingt quartiers.* — Les Commissaires. — Milice parisienne. — VIII. — **Enseigne-**

— L'*Opéra* au *Palais-Royal* en 1673. — Œuvres de Quinault et de Lulli. — Direction de Francini et de Guyenet. — L'Opéra-Comique à la Foire Saint-Germain et à la Foire Saint-Laurent. — La troupe de Molière à l'Hôtel Guénégaud. — Fermeture du *Théâtre du Marais*. — L'*Iphigénie* de Racine à l'Hôtel de Bourgogne et l'*Iphigénie* de Coras à l'Hôtel Guénégaud. — La *Phèdre* de Racine à l'Hôtel de Bourgogne, et la *Phèdre* de Pradon à l'Hôtel Guénégaud. — Les deux sonnets. — *Réunion de la Troupe de Bourgogne à celle de Guénégaud*, *21 octobre 1680*. — La troupe *italienne* reste à l'Hôtel de Bourgogne sous la direction d'Évariste Ghérardi. — La *Fausse Prude*. — Fermeture du Théâtre italien, le 4 mai 1697. — L'Hôtel Guénégaud paraît trop petit pour les deux troupes réunies. — Recherche d'une nouvelle salle. — La **Comédie Française**, rue des Fossés-Saint-Germain. — Succès et revers, pommes cuites et bravos. — L'*Aspar* du sieur de Fontenelle. — La *Judith* de Boyer. — Ceux qui s'en vont. — Place aux jeunes! — Regnard, Crébillon, Destouches, Dancourt, Dufresny et le chef-d'œuvre de Le Sage, *Turcaret,* arrivant la veille de la banqueroute de Law.

I. — POUVOIR PERSONNEL.

> « Rien n'embellit comme une couronne ».
>   VOLTAIRE.

Le jeune Roi porta, et fit porter à toute sa cour, le deuil de l'habile homme qui le laissait maître de l'État le plus florissant de l'Europe. Les seuls noms « de rois fainéants et de maires du palais » lui faisaient peine à entendre, et il conservait, gravées dans sa mémoire, ces sages paroles de Mazarin : « Si une fois vous prenez le gouvernail, vous ferez plus en un jour que je ne fais en six mois, car c'est d'un autre poids ce qu'un roi fait de droit fil que ce que fait un ministre, quelque autorisé qu'il puisse être ». Aussi quand les secrétaires d'État vinrent lui demander à qui désormais ils devaient s'adresser, leur répondit-il : « A moi ». La reine-mère éclata de rire à cette étonnante nouvelle, et dit à Le Tellier : « En bonne foi, qu'en croyez-vous? » La résolution du prince était pourtant sérieuse. De ce moment, il commença son métier de roi, y consacrant chaque jour deux ou trois heures dans la matinée et autant dans l'après-midi. Dès la première réunion du Conseil, il fit connaître ses intentions dans un langage que les faits ne démentirent jamais pendant cinquante-quatre ans : « J'ai résolu d'être à l'avenir mon premier ministre. Vous, messieurs, vous m'aiderez de vos avis, quand je vous les demanderai; vous, monsieur le chancelier, je vous prie et vous ordonne de ne rien sceller que par mes ordres; vous, mes secrétaires d'État, et vous, monsieur le surintendant des Finances, vous ne signerez rien sans mon **commandement** (1) ».

(1) « Environ à dix heures, le Roi entroit au Conseil et y demeuroit jusqu'à midi. Ensuite il alloit à la messe. Après le dîner, il demeuroit souvent et assez longtemps avec la famille royale, puis il retournoit travailler avec quelques-uns de ses ministres. Il donnoit des audiences à qui lui en demandoit, écoutant patiemment ceux qui se présentoient pour lui parler. Il étoit aimable de sa per-

La découverte du Nouveau-Monde, l'invention de l'imprimerie, la renaissance des lettres et des arts de l'antiquité grecque et latine, avaient mis fin à la soumission aveugle des intelligences; l'esprit d'examen, sans aller encore jusqu'à ses dernières conséquences, avait ébranlé les vieilles croyances du catholicisme, et les papes avaient vu, en moins d'un demi-siècle, la moitié de la Suisse et de l'Allemagne, la Suède, la Norwège, le Danemark, l'Angleterre, l'Écosse et la Hollande, échapper à leur autorité. En France, la Ligue n'avait guère retardé l'émancipation des idées. Si formidable qu'elle se fût montrée au début, elle fut bientôt assiégée dans Paris, réduite à recourir aux plus criminels moyens, et obligée de transiger avec Henri IV. Mais, dans toutes les classes, les têtes n'avaient pas cessé de fermenter et la rébellion n'attendait qu'une occasion pour éclater de nouveau. Elle crut l'avoir trouvée pendant la régence d'Anne d'Autriche. La Fronde fut moins violente pourtant que ne l'avait été la Ligue, parce qu'elle ne fut pas exaspérée par les passions religieuses.

Au milieu des guerres civiles, les citoyens s'aguerrissent à tous les dangers, conçoivent les plus hardis desseins, fortifient leurs âmes, aspirent à se distinguer dans tous les genres, et une génération de savants, de poëtes, de philosophes, d'artistes, de capitaines, apparaît. Louis XIV arriva juste à cet heureux moment. Il ne fut pas la cause, il fut le contemporain de ces gloires qui rejaillirent sur lui : Descartes, Pascal, Corneille, Racine, Boileau, La Fontaine, Molière, Colbert, Lamoignon, Turenne, Condé, Vauban, Luxembourg, Mansard, Perrault, Poussin, Claude Lorrain, Le Sueur, Le Brun, Coisevox, Puget, Girardon. Il eut le rare mérite de s'intéresser à leurs œuvres et de les encourager de tout son pouvoir. La postérité lui saura toujours gré d'avoir protégé Molière envers et contre tous.

La longueur exceptionnelle de son règne en augmenta le prestige. Son pouvoir personnel dura cinquante-quatre ans que l'on peut partager en quatre périodes : 1° L'influence de Colbert, de 1661 à 1683; — 2° L'influence de Louvois, de 1683 à 1691; — 3° Les premiers revers, de 1691 à 1700; — 4° L'adversité, de 1700 à 1715.

II. — L'INFLUENCE DE COLBERT (1661 à 1683).

En l'an de grâce 1661, après la mort de Mazarin, le cardinal de Retz, proscrit, errant en Allemagne, n'en était pas moins archevêque de Paris et faisait administrer son diocèse par ses deux grands vicaires, MM. de Hodencq et de Contes, au grand déplaisir du jeune roi qui déjà entendait faire plier devant sa volonté le Clergé aussi bien que la Noblesse et le Tiers; — le duc de Bournonville était gouverneur de Paris;

sonne, honnête et de facile accès, mais d'un air grand et sérieux qui inspiroit le respect et la crainte et, empêchoit ceux qu'il considéroit le plus de s'émanciper, même dans le particulier, quoiqu'il fût familier et enjoué avec les dames ».

Mémoires de Mme de Motteville.

— Pierre Séguier, prévôt de Paris; — Alexandre de Sève, prévôt des marchands; — Guillaume de Lamoignon, premier président; — Pierre Séguier, chancelier de France; — Nicolas Fouquet, surintendant et procureur général; — Jérôme Bignon, avocat général; — François Dreux d'Aubrai, lieutenant civil; — Jacques Tardieu, lieutenant criminel; — Antoine Ferrand, lieutenant criminel de robe courte; — Francine de Grandmaison, prévôt de l'Ile; — le marquis de Sourches, grand prévôt de l'Hôtel; — le marquis de Foursilles, intendant de la Généralité de Paris; — Colbert, contrôleur des Finances; — la comtesse de Soissons, surintendante de la Maison de la Reine; — la princesse de Monaco, surintendante de la maison de la duchesse d'Orléans; — les secrétaires d'Etat étaient — avec Colbert, — Hugues de Lionne, pour les Affaires étrangères et la Marine; Michel Le Tellier, pour la Guerre; Henri du Plessis-Guénégaud, pour la Maison du Roi; — Monsieur, frère du Roi épousait Henriette d'Angleterre, le 1er avril; — la veuve de Scarron cachait sa pauvreté chez les Ursulines; — Louise de la Baume Le Blanc et Athénaïs de Mortemart étaient filles d'honneur de Madame; — un Dauphin naissait à Fontainebleau, le 1er novembre, et, dans un vieux château du Rouergue, une fille qui devait être, en 1680, la duchesse de Fontanges.

On assure que Mazarin, sur le point d'expirer, aurait encore trouvé la force de donner un dernier conseil au Roi et lui aurait dit : « Je vous dois tout, sire, mais je crois m'acquitter en quelque manière, en vous donnant Colbert », et il l'aurait en même temps engagé à se défaire de Fouquet, « homme assujetti à ses passions, dissipateur, hautain, qui voudrait prendre ascendant sur lui ». Colbert se hâta d'ailleurs de mériter la recommandation du mourant, en remettant aussitôt au Roi, de la main à la main, une somme de quatre millions en espèces, que le cardinal gardait près de lui à Vincennes. Chaque soir, en travaillant avec son jeune maître, il lui montrait les erreurs voulues du surintendant, qui, pour suffire à ses insolentes prodigalités, ne cessait d'enfler les états de dépenses et de diminuer les états de recettes (1).

Colbert, quoique bien apparenté (2), avait connu la pauvreté dans sa jeunesse et avait pris de bonne heure des habitudes laborieuses : « Mon

(1) Nous avons déjà vu (page 307) qu'en 1659, Colbert envoyait à Mazarin des lettres de délation contre Fouquet et qu'une de ces lettres, interceptée par Jérôme de Nouveau, surintendant des postes, fut remise à Fouquet.

(2) Son père Nicolas, sieur de Vandières; son grand-père, sieur de Terron, son bisaïeul Oudard, son trisaïeul Gérard, étaient établis à Reims, marchands de drap, serge, étamine, depuis le commencement du seizième siècle à l'enseigne du *Long-Vestu*. Son oncle Oudart Colbert, négociant en blés, vins, étoffes, à Troyes, était seigneur de Villacerf et de Saint-Pouange, et avait épousé la sœur de Michel Le Tellier; sa tante Marie Colbert avait épousé Nicolas Le Camus, conseiller du Roi, demeurant rue Salle-au-Comte. La mère de Colbert, Marie Pussort, était sœur de Henri Pussort, conseiller d'État. Il semble que le père de Colbert, Nicolas de Vandières, ait fait de mauvaises affaires à Reims, car il quitta le *Long-Vestu* et nous le voyons à Paris, payeur de rentes, demeurant, en 1638, rue Grenier-Saint-Lazare, en 1649, rue de la Marche. Il était marguillier de Saint-Nicolas-des-Champs; mais, Olivier d'Ormesson, dans son *Journal*, assure qu'il avait fait deux fois banqueroute.

inclination naturelle au labeur, disait-il plus tard, est telle qu'il est impossible que mon esprit puisse soutenir un instant l'oisiveté, ou même un travail modéré ». Presque enfant, il entra chez un banquier de Lyon, puis comme clerc dans l'étude de Jean de Mas, notaire rue Saint-Martin (1), et enfin, vers 1639, par la protection de son oncle de Saint-Pouange, dans les bureaux de Michel Le Tellier, secrétaire d'État de la Guerre. Ce fut le commencement de sa fortune. En 1649, à peine âgé de trente ans, il est nommé conseiller d'État; en 1651, Le Tellier le donne à Mazarin, dont il devient le serviteur fidèle, le confident, l'agent le plus sûr au milieu des fureurs de la Fronde. Pendant dix ans, il veille aux intérêts du Cardinal et aux siens. Demander et prendre, voilà sa maxime favorite (2). En 1648, il est déjà assez riche pour épouser Marie Le Charron, fille d'un conseiller du Roi en ses conseils, qui lui apporte quarante mille écus, plus de six cent mille francs de nos jours. Le petit saute-ruisseau de maître de Mas était en bon chemin.

Colbert pouvait maintenant accabler de sa jalousie et de sa haine celui dont Voltaire a dit avec un grand bonheur d'expression : « Jamais dissipateur des finances royales ne fut plus noble et plus généreux que Fouquet; jamais homme en place n'eut plus d'amis personnels, et jamais homme persécuté ne fut mieux servi dans son désastre ». Mais le surintendant était procureur général du Parlement; cette charge lui donnait le privilège d'être jugé par les Chambres assemblées, et le Roi préférait de beaucoup le traîner devant des commissaires, sur la complaisance desquels il pensait pouvoir compter. Il fallait donc l'amener à se défaire volontairement de son office. Colbert s'en chargea, lui représenta que l'Épargne était vide et qu'il ne pourrait faire au prince un cadeau plus agréable qu'en lui offrant le prix d'une place qu'il ne pouvait guère remplir. Fouquet, plein de grandeur d'âme, donna dans le piège que lui tendait son indigne rival, vendit sa charge quatorze cent mille livres à M. de Harlay, et, « tout enyvré de la belle action qu'il croïoit avoir faite, alla sur le champ porter l'argent au Roy qui accepta sans balancer, en lui cachant le véritable sujet de sa joie (3) ».

Continuant ce système de dissimulation, Louis XIV, qui n'osait encore donner l'ordre d'arrêter Fouquet, lui fit l'honneur insigne d'accepter une invitation au château de Vaux (4), un « Versailles anticipé »,

(1) Jean de Mas était le successeur de Sébastien Chapelain, père du poète. Sébastien Chapelain étant mort en 1614, Colbert, né en 1619, n'a pu copier des rôles que chez J. de Mas.

(2) Il demande la place de contrôleur des finances de Gaston d'Orléans; pour un de ses frères, une prébende; pour un autre frère, l'abbaye de Notre-Dame-la-Grande, à Poitiers; il vend 500,000 livres sa charge de secrétaire des commandements de la Reine; il achète, en 1657, la baronnie de Seignelay en Bourgogne; il fait confisquer, à son profit, les biens d'un de ses oncles maternels qui servait la Fronde, etc., etc.

(3) *Mémoires* de Choisy.

(4) Fouquet avait acheté la vicomté de Melun et remplaça le vieux château du village de Maincy par l'édifice actuel, entouré de fossés remplis d'eau, précédé par une cour d'honneur et une avant-cour, bordée des deux côtés par les *communs*. L'avenue aboutit à une grille soutenue par des Termes de pierre. Le parc, planté

qui. selon Voltaire. coûta dix-huit millions; une féerie dont les bâtiments avaient été élevés par Le Vau: les jardins. dessinés par Le Nôtre:
les eaux. lancées dans les airs par Torelli; les plafonds, peints par Le
Brun; toutes les merveilles. chantées par La Fontaine (1). D'innombrables invitations (2) furent envoyées en France et en Europe. et, le
17 août 1661, des milliers de carrosses encombraient la route de Paris
à Melun. Le Roi, la Reine-mère, Monsieur et Madame, toute la Cour (3).
furent moins éblouis que scandalisés par cette fête fabuleuse qui dépassa
cent fois ce que le souverain aurait pu faire alors : la comédie des
Fâcheux, improvisée par Molière sur un signe du châtelain et représentée dans le parc, au bas de l'allée des sapins; les jardins. les eaux.
le ballet. le feu d'artifice, les statues, les bronzes, les meubles, les tableaux; le service du souper, tout en or massif. La Reine-mère (4) eut
peine à empêcher son fils de faire arrêter le surintendant cette nuit
même. dans le lieu qui était une preuve parlante de ses dilapidations (5..

Dix-huit jours étaient à peine écoulés, que Le Roi s'étant rendu à
Nantes pour y surveiller les États de Bretagne. Fouquet fut arrêté, le
5 septembre. au sortir du Conseil, par d'Artagnan, capitaine des mousquetaires; emmené au château d'Angers, puis à Amboise (6), à Vin-

---

en 1653, contient huit cents arpents. Le domaine, après avoir appartenu au fils
aîné de Fouquet, fut acquis en 1705 par le maréchal de Villars; ensuite par la
famille de Choiseul-Praslin, et de nos jours par M. Sommier.

(1) Lire en entier l'intéressante *lettre à Maucroix*, écrite cinq jours après la
fête : « Le Roi, la Reine-mère, Monsieur. Madame, quantité de princes et de seigneurs se trouvèrent ici le 17 de ce mois : il y eut un souper magnifique, une excellente comédie dont le sujet est un homme arrêté par toutes sortes de *fâcheux*.
C'est un ouvrage de Molière :

> « Cet écrivain par sa manière
> Charme à présent toute la cour.
> De la façon que son nom court,
> Il doit être par delà Rome :
> J'en suis ravi, car c'est mon homme... » etc.

(2) On dit six mille.

(3) Sauf la Reine, retenue à Fontainebleau par ses couches prochaines. Elle
donna naissance au Grand Dauphin le 1er novembre.

(4) Fouquet avait cherché à se concilier les bonnes grâces d'Anne d'Autriche et.
en échange, il l'assurait « de la joie qu'il auroit à lui rendre quelques services
importants ». On a parlé d'une pension de cinq cent mille livres qu'il lui fit quelque temps.

(5) Il est certain que Le Tellier et Colbert ne cessaient d'exciter le Roi contre la
mauvaise gestion et les pilleries du surintendant; mais un curieux passage des
Mémoires de Choisy montre que le jeune roi pouvait avoir contre Fouquet des
griefs d'un tout autre ordre : « M. Fouquet avait le défaut d'être, si je l'ose dire,
insatiable sur le chapitre des dames. Il attaquoit hardiment tout ce qui lui paroissoit aimable, persuadé que le mérite soutenu de l'argent vient à bout de tout.
Il osa lever les yeux jusqu'à Mlle de La Vallière, mais il s'aperçut que la place
étoit prise... la demoiselle, fière du secret de son cœur, coupa court, et dès le
soir s'en plaignit au prince, qui n'en fit pas semblant et ne l'oublia pas ».

(6) « A Amboise, on avoit bouché toutes les fenêtres de sa chambre, et on n'y
avoit laissé qu'un trou par le haut. Je demandai de la voir : triste plaisir, je vous
le confesse, mais enfin je le demandai et me fis conter la manière dont le prisonnier étoit gardé... Sans la nuit, on n'eût jamais pu m'arracher de cet endroit. »
La Fontaine, *Voyage en Limousin*.

cennes, à Moret et enfin à la Bastille, où il échoua le 18 juin 1663.
Malgré ses protestations, il fut jugé, non par le Parlement de Paris,
mais par une *Chambre de Justice*, instituée par un édit de décembre
1661, réunie à l'Arsenal et composée du chancelier Séguier, du premier
président de Lamoignon et de vingt-deux membres, choisis dans tous les
parlements du royaume. Neuf votèrent la mort; treize, le bannissement
et la confiscation des biens, peine que le Roi irrité aggrava en la com-
muant en prison perpétuelle. L'arrêt avait été rendu le 20 décembre
1664, et, trois jours après, le malheureux Fouquet, expiant des dépré-
dations « qui n'avaient guère été que des magnificences et des libéralités » (1), partit pour la forteresse de Pignerol, où il arriva le 10 janvier
1665, et où il devait mourir vers le 23 mars 1680, après quinze années
d'une rigoureuse captivité (2).

On s'imagine difficilement aujourd'hui l'émotion que causa dans Paris
l'étrange arrestation du surintendant. Elle ressemblait à un coup d'État,
parce qu'elle fut faite contre les attributions du Lieutenant civil et
l'autorité du Parlement, et que Louis XIV, pour assouvir sa vengeance,
avait préparé et attendu l'occasion du voyage de Nantes. L'étonnement
fut grand lorsqu'on apprit la catastrophe soudaine qui atteignait un tel
personnage, appelé dans l'opinion de tous à remplacer bientôt Mazarin;
elle attrista ses nombreux amis, elle inquiéta ceux, et aussi celles, qui
craignaient, — plusieurs à juste titre, — d'être compromis dans sa chute.
Les bruits qui couraient sur la découverte d'importants papiers cachés
derrière une glace de sa maison de Saint-Mandé (3), et d'une cassette,
pleine de tendres billets qu'il aurait dû brûler, augmentaient la curiosité
des uns, l'anxiété des autres. On citait comme acharnés contre lui dans
la Chambre de l'Arsenal : le chancelier Séguier, Denis Talon, Chamillart, le père; le greffier Foucaud; le rapporteur Sainte-Hélène; les juges
Berryer, Petit, Puis, Noguez, Gisaucourt, Fériol, Héraut, qui con-
cluaient à la mort, Denis Talon demandant qu'il fût étranglé et pendu
au pied des degrés du Palais, et Pussort se contentant de la décapita-
tion! Tout au contraire, Lamoignon; le second rapporteur, Olivier
Lefèvre d'Ormesson; les juges Massenau, Pontchartrain, Roquesante,
Boucherat, La Toison, Verdier, Renard, La Baume, Catinat, ne songeaient qu'à lui sauver la vie.

Dans le monde, Mme de Sévigné, Turenne, Pellisson, Saint-Évremont,
le maréchal de Créqui, Mlle de Scudéry, Gourville, le gazetier Loret,

(1) Voltaire.
(2) Rien de plus incertain que ses derniers moments. Gourville et la comtesse
de Vaux, belle-fille de Fouquet, croyaient qu'il était sorti de Pignerol quelque
temps avant sa mort. Louvois écrivit au gouverneur Saint-Mars de remettre le
corps à Mme Fouquet, et elle l'aurait fait inhumer à Paris, le 28 mars 1681, en
l'église du couvent de la Visitation-Sainte-Marie, rue Saint-Antoine, dans le tombeau de son père, François Fouquet? Les fouilles de 1840 n'ont pas fait retrouver
son cercueil.
(3) J'ai déjà dit qu'à Paris le surintendant demeurait rue du Temple dans une
grande maison, à onze fenêtres de façade portant aujourd'hui les n°s 101 et 103.

le poète Hesnault (1). Pomponne, l'abbé d'Effiat, Mᵐᵉ de Guénégaud, Brébeuf, le médecin Pecquet. La Fontaine, le conseiller Jannart; M. Joly, curé de Saint-Nicolas-des-Champs, et jusqu'aux religieuses de Sainte-Marie de Saint-Antoine, prenaient courageusement la défense « du pauvre Monsieur Fouquet ».

« Jamais il ne s'est fait tant de prières que pour cette affaire, écrit dans son *Journal*, l'intègre Olivier d'Ormesson; il n'y a personne qui ne souhaite le salut de M. Fouquet, autant par haine pour ses ennemis que par amitié pour lui. »

Mais c'est encore Mᵐᵉ de Sévigné qui, dans sa correspondance passionnée avec M. de Pomponne, nous donne le mieux, jour par jour et presque heure par heure, l'image vivante des phases de ce procès dont Paris haletant suivait toutes les péripéties et attendit impatiemment l'issue pendant trente-six jours : « Tout le monde s'intéresse dans cette grande affaire. On ne parle d'autre chose; on raisonne, on tire des conséquences, on compte sur ses doigts; on s'attendrit, on espère, on craint, on peste. on souhaite, on hait, on admire, on est triste, on est accablé; c'est une chose extraordinaire que l'état où l'on est présentement... En vérité, ce n'est pas vivre que l'état où nous sommes. »

Elle nous montre le Chancelier gourmandant les juges qui saluent l'accusé: Pussort, « qui scandalise les gens de bien par ses mines d'improbation et de dénégation ». Elle saute aux nues quand elle pense à ces infamies.

« Imaginez-vous, raconte-t-elle, que des dames m'ont proposé d'aller dans une maison qui regarde droit dans l'Arsenal (2), pour voir revenir notre pauvre ami. J'étais masquée, je l'ai vu venir d'assez loin. M. d'Artagnan étoit auprès de lui; cinquante mousquetaires derrière. à trente ou quarante pas. Il paroissoit assez rêveur. Pour moi, quand je l'ai aperçu, les jambes m'ont tremblé, et le cœur m'a battu si fort. que je n'en pouvois plus. En s'approchant de nous pour rentrer dans son trou, M. d'Artagnan l'a poussé, et lui a fait remarquer que nous étions là. Il nous a donc saluées, et a pris cette mine riante que vous lui connaissez. Je ne crois pas qu'il m'ait reconnue, mais je vous avoue

---

(1) Il ne craignit pas de manifester son indignation contre Colbert, dans un sonnet que tout le monde voulut lire :

« Ministre avare et lâche, esclave malheureux,
Qui gémis sous le poids des affaires publiques...
... Vois combien des grandeurs le comble est dangereux,
Contemple de Fouquet les funestes reliques...
... Sa chute quelque jour te peut être commune;
Crains ton poste, ton rang, la Cour et la Fortune :
Nul ne tombe innocent d'où l'on te voit monté.
Cesse donc d'animer ton prince à son supplice,
Et près d'avoir besoin de toute sa bonté,
Ne le fais pas user de toute sa justice ».

(2) Sans doute une des maisons de la rue de la *Cerisaie*, qui toutes (et quelques-unes encore aujourd'hui) avaient, du côté impair, des jardins particuliers donnant sur les jardins des Célestins et de l'Arsenal.

que j'ai été étrangement saisie, quand je l'ai vu rentrer dans cette petite porte. »

Fouquet se défendait avec une rare présence d'esprit et le chancelier avait affaire à forte partie. Comme il reprochait à l'accusé d'être coupable de crime d'État, Fouquet, saisissant au bond l'occasion de rappeler à Séguier sa conduite équivoque pendant la Fronde, riposta, en se retournant vers ses juges : « Un crime d'État, c'est quand on est dans une charge principale, qu'on a le secret du prince, et que tout d'un coup on se met à la tête du conseil de ses ennemis; qu'on engage toute sa famille dans la révolte; qu'on fait ouvrir les portes des villes dont on est gouverneur à l'armée des ennemis, et qu'on les ferme à son véritable maître : voilà, Messieurs ce, qui s'appelle un crime d'État (1). »

« Tout Paris a su et admiré cette réponse », ajoute Mme de Sévigné.

Le dénouement approche : « Si nous avons de bonnes nouvelles, je vous les manderai par un homme exprès à toute bride. Je ne saurais dire ce que je ferai si cela n'est pas »... « M. Colbert est tellement enragé, qu'on attend quelque chose d'atroce qui nous remettra au désespoir ! » Et enfin ce dernier billet, où son cœur éclate :

samedi 20ᵉ décembre.

« Louez Dieu, Monsieur, et le remerciez : notre pauvre ami est sauvé. Il a passé de treize à l'avis de M. d'Ormesson, et neuf à celui de Sainte-Hélène. Je suis si aise que je suis hors de moi ! »

Cette nouvelle, promptement répandue dans Paris, y causa une joie extrême, chez les grands comme chez les plus petits, et chacun donna mille bénédictions aux juges qui avaient sauvé Fouquet, tandis que le peuple accablait les autres de ses malédictions, de toutes les marques de sa haine et de son mépris, et que les chansons commençaient à pleuvoir contre eux. « On donnait tout l'honneur de ce jugement, écrit Gui Patin, à celui qui a parlé le premier, M. d'Ormesson, l'un des deux rapporteurs, homme d'une intégrité parfaite. »

Ces bruyantes démonstrations ne pouvaient qu'irriter davantage Colbert, déçu dans sa vengeance et dans l'espoir qu'il avait fondé sur la soumission complète de juges si bien triés; aussi fut-il impitoyable non seulement pour la famille de Fouquet, mais pour tous ceux qui lui avaient donné quelque marque d'intérêt.

Sa mère, sa femme et son fils furent exilés à Montluçon; son gendre et sa fille, marquis et marquise de Charost, à Ancenis; Mme du Plessis-Bellière, à Montluçon (2); M. Jannart, à Limoges; Roquesante, conseil-

(1) « M. le Chancelier ne savait où se mettre, et tous les juges avoient fort envie de rire. » Chacun se rappelait qu'en 1652, le duc de Sully, gendre de Séguier, avait livré le pont de Mantes à l'armée espagnole.

(2) Suzanne de Bruc, née vers 1605, mariée à François-Henri de Rougé, marquis du Plessis-Bellière, dont elle était veuve avant 1656. Elle mourut centenaire, le 25 mars 1705, rue Saint-Nicaise, et Saint-Simon lui a consacré ces quelques lignes :

ler du parlement de Provence, à Quimper-Corentin ; Pomponne à l'abbaye de Saint-Nicolas de Verdun.

Mesdemoiselles de Menneville et de Montalais, filles d'honneur de la duchesse d'Orléans furent enfermées dans un couvent.

M. Bailly, avocat général au Grand Conseil, fut banni pour avoir dit à l'un des juges, Gisaucourt, qu'il se déshonorerait s'il suivait l'exemple de Chamillart et de Pussort.

La Fontaine accompagna à Limoges son oncle Jannart (1).

Olivier d'Ormesson, déjà privé de son intendance de Soissons, fut privé de sa charge de conseiller d'État.

Le gazetier Loret perdit sa pension (2).

Pontchartrain, l'un des juges, fut disgracié pour le reste de ses jours.

Pellisson, arrêté à Nantes en même temps que Fouquet, fut enfermé à la Bastille, où il écrivit d'éloquents *Mémoires* en faveur de son maître ; il ne recouvra la liberté qu'en 1666.

Gourville, condamné à être pendu, prit la fuite à temps et se retira momentanément en Hollande, où il attendit la fin de l'orage (3).

Saint-Évremont, dont les papiers avaient été saisis chez Mme du Plessis-Bellière, passa en Angleterre où il s'était créé de solides amitiés pendant l'ambassade du comte de Soissons l'année précédente, et où il était sûr de recevoir un favorable accueil (4).

« Mme du Plessis-Bellière, la meilleure et la plus fidèle amie de M. Fouquet, qui souffrit la prison pour lui et beaucoup de traitements fâcheux, conserva sa tête, sa santé, de la réputation, des amis jusqu'à la dernière vieillesse, et mourut chez la maréchale de Créquy, sa fille, avec laquelle elle demeuroit à Paris. »

(1) Ce qui nous valut *Le Voyage en Limousin*, sous la forme de six lettres, adressées à Mlle de la Fontaine par le plus charmant des conteurs.

(2) Fouquet le sut et lui fit tenir secrètement quinze cents livres par les soins de Mlle de Scudéry.

(3) Jean Hérault de Gourville, né en 1625 à la Rochefoucauld, mort à Paris, en l'hôtel de Condé, le 14 juin 1703, âgé de 78 ans, l'un des exemples les plus curieux de ce qu'un garçon de basse condition, mais d'esprit délié, pouvait devenir au dix-septième siècle. Il fut, dans sa toute jeunesse, valet de chambre de La Rochefoucauld. *Saltavit et placuit;* il monta au rang de secrétaire du prince de Marsillac, tenta de délivrer Condé, prisonnier à Vincennes, entra à son service, puis s'attacha à Mazarin. En 1655, après avoir été intendant des vivres à l'armée de Catalogne, il tâte un peu de la Bastille, mais ne fait qu'y passer et s'installe luxueusement à Paris ; il a hôtel, chevaux, voiture. Le voilà financier, et grâce à la protection de Fouquet, receveur général des tailles de la Guyenne. Fouquet tombe, Gourville a le rare mérite de lui rester fidèle et porte à Mme Fouquet cent mille livres, « pour gagner quelques juges »…. De la Hollande, il va en Angleterre, fréquente Saint-Évremont, Buckingham, Hamilton, revient à Bruxelles et s'entremêle de négociations au compte de Louis XIV. C'était le moyen de rentrer en grâce : il obtint son rappel ; mais, comme en ce temps tout se payait, il dut, pour être innocent, payer 600,000 livres à Colbert. Il vécut heureux depuis lors, intendant du prince de Condé, lié avec Mmes de Sévigné, de Grignan, de Coulanges, et tendrement aimé de Ninon. Dans ses dernières années, il écrivit ses Mémoires.

(4) Charles de Saint-Denis de Saint-Évremont, né en 1613, mort à Londres le 29 septembre 1703 et inhumé à Westminster. Poursuivi par Colbert, las d'errer de lieu en lieu, il trouva en Angleterre un asile sûr, puis voyagea en Hollande, puis

* *

C'est l'époque enchantée, où rien ne résiste à Louis, ni les peuples, ni les hommes, ni les femmes. A peine a-t-il brisé Fouquet, que Retz, si fier jadis, vient faire sa soumission (1). Le pape est humilié jusque dans Rome (2). Paris est abandonné; le Louvre ne peut plus suffire au culte d'une telle Majesté; Versailles sera l'Olympe où trônera le nouveau Jupiter, entouré des divinités qu'il entretient effrontément à côté de la Reine, muette et désolée : La Vallière, Montespan, Fontanges, et les météores : Ludre, Monaco, Soubise, les petites de Thianges, Louvigny, Nevers, Vivonne, d'Oré, Théobon, et j'en passe! De ces unions, chantées dans le concert unanime des poètes contemporains, naissent, entre les années 1661 et 1679, vingt et quelques petits dieux et déesses, appelés à faire le bonheur des humains leurs humbles sujets (3).

Les arts et les lettres invoquent toutes les ressources des allégories mythologiques pour célébrer l'apothéose du monarque. Au plafond de la Galerie des Glaces, Le Brun peint les dieux de la Fable encourageant le Roi à gouverner par lui-même, et Nocret, dans la salle de l'OEil-de-Bœuf, représente Louis XIV travesti en *Apollon*; Marie-Thérèse, en *mère des amours*; Henriette d'Angleterre, en *Flore*; Henriette de France, tenant un *trident*; Monsieur en *étoile du matin* qui va saluer le soleil; Mlle de Montpensier, en *Diane*, et Anne d'Autriche en *Cybèle* (4).

L'auteur d'un *État de la France* écrit : « Sire, quand je vous considère au milieu de tous les grands Officiers de votre couronne, je m'ima-

---

revint auprès de Charles II. Longtemps il employa tous ses amis de France pour obtenir la permission de rentrer dans sa patrie et ne l'obtint que tard, alors qu'il s'était tout à fait naturalisé à Londres et que son amour pour Mme Mazarin l'y retenait à jamais; qu'il s'était lié avec les plus illustres écrivains Hobbes, Vossius, Spinosa, Dryden, Temple, Swift, entretenant d'ailleurs une correspondance assidue avec ses amis de France : le maréchal de Créquy, Mme du Plessis-Bellière, Grammont, Lionne, d'Olonne, et surtout Ninon.

(1) Complètement découragé par six années d'exil, voyant que la mort de Mazarin n'avait point amélioré ses affaires, Retz écrivit au Roi et à la Reine-mère des lettres pleines de respect et se démit de son archevêché de Paris sans condition. Louis XIV touché de cette preuve de confiance lui permit de résider dans sa magnifique terre de Commercy, et lui donna l'abbaye de Saint-Denis et autres bénéfices.

(2) Le duc de Créqui, ambassadeur de France à Rome, insulté par la garde corse, n'avait pu obtenir de réparation du pape Alexandre VII. Louis XIV fit saisir Avignon, obtint qu'une pyramide élevée dans Rome même rappellerait l'injure et la satisfaction, et que le cardinal Chigi, neveu du pape, viendrait en France présenter des excuses. — En Portugal, Schomberg, par la victoire de Villavicosa sur les Espagnols, affermissait la maison de Bragance. Aussi Boileau dit-il du Roi, dans son premier discours : « Il foule aux pieds l'orgueil et du Tage et du Tibre ».

(3) La Fontaine, en 1679, appelle le duc du Maine, *fils de Jupiter*.

(4) Dans le *Salon de la Guerre* de ce même palais de Versailles, Le Brun avait représenté *La France armée de la foudre*, et *l'Allemagne, la Hollande, l'Espagne épouvantées des victoires* de Louis XIV; dans la *Galerie des Glaces*, l'abaissement de l'orgueil de la Hollande était indiqué par une *figure renversée, les ailes à moitié coupées, laissant échapper une couronne*. « Ces tableaux, dit Saint-Simon, n'ont pas eu peu de part à irriter et à liguer toute l'Europe contre le roi ».

gine voir l'Assemblée des Dieux de l'Antiquité sur ce Mont-Olympe, que
le poète Homère nous décrit si souvent ».

Pellisson, dans le prologue des *Fâcheux* fait dire à la Naïade (1) :

> Pour voir en ces beaux lieux le plus grand roi du monde,
> Mortels. je viens à vous de ma grotte profonde.
> Qu'il parle ou qu'il souhaite, il n'est rien d'impossible ;
> Lui-même n'est-il pas un miracle visible ?
> . . . . Il n'a qu'à tout oser,
> Et le Ciel à ses vœux ne peut rien refuser.
> Ces termes marcheront, et, si Louis l'ordonne,
> Ces arbres parleront mieux que ceux de Dodone.

La Fontaine le compare à Apollon :

> Oh ! qui pourrait décrire en langue du Parnasse
> La majesté du dieu, son port si plein de grâce,
> Cet air que l'on n'a point chez nous autres mortels,
> Et pour qui l'âge d'or inventa les autels.

Racine, dans une ode, un de ses premiers essais, datée de 1663, fait
parler la Renommée :

> Aussi bien voyez-vous que plusieurs des dieux même
>   De sa gloire éblouis,
> Prisent moins le nectar que le plaisir extrême
>   D'être auprès de Louis.

Enfin Boileau, dans des vers bien connus, lui donne « de Jupiter la
taille et le visage », et n'hésite pas à déclarer que Louis « d'un regard
sait fixer la Fortune », et que : « Le Destin à ses yeux n'oserait balancer ».

« O rois. conclut Bossuet, vous êtes des dieux ! »

Et Louis XIV, qui n'avait encore été que Jupiter et Apollon, voulut
naturellement être Mars. La mort du roi d'Espagne Philippe IV, en 1665.
fournit « à son courage affamé de périls et de gloire » le prétexte impatiemment attendu de courir « d'exploits en exploits, de victoire en
victoire ». Malgré ses renonciations si récentes, il revendique la Flandre
française, — continuation de notre territoire et de notre idiome. —
Cette première période de la guerre n'est autre chose qu'une promenade
triomphale : Turenne commande les troupes; Louvois organise les approvisionnements; Colbert fournit aux dépenses. En quelques semaines,
l'armée prend Tournai, Charleroi, Douai, Lille, « et le Belge effrayé
s'enfuit dans ses remparts », laissant le Roi vaincre presque sans combattre. Il se hâte alors de revenir à Paris jouir des acclamations du peuple
et des adorations de ses courtisans et de ses maîtresses, puis brusquement, le 2 février 1668, il part de Saint-Germain, à grandes journées,
pour surprendre la Franche-Comté.

---

(1) C'était Armande Béjart, alors dans tout l'éclat de sa jeunesse et de sa
beauté.

« Et camper devant Dôle au milieu des hivers. »

Salins et Besançon capitulent. Louis se montra généreux : il signa le traité d'Aix-la-Chapelle, qui mit fin à la guerre de dévolution; il rendit la Franche-Comté et conserva la Flandre (1).

Il s'était laissé arrêter dans ses succès contre l'Espagne par la triple alliance de la Suède, de l'Angleterre et de la Hollande; c'est contre cette dernière puissance, si forte sur mer, si faible sur terre, qu'éclata bientôt son courroux. Colbert redoutait la concurrence commerciale des Hollandais; il avait frappé de droits élevés les marchandises qu'ils importaient chez nous et avait établi des compagnies de navigation rivales des leurs. Le Roi méprisait ces marchands enrichis, détestait ces républicains rigides et leurs insolents gazetiers, qui osaient s'ériger en censeurs de ses actes; il éloigna d'eux par des subsides la Suède et l'Angleterre, et envahit les Pays-Bas à la tête de cent mille hommes commandés par Turenne, Vauban, Louvois, Luxembourg et Condé,

« ... dont le nom seul fait tomber les murailles,
Force les escadrons et gagne les batailles. »

Le 1er juin 1672, l'armée, près de Tolhuys, fendit les flots peu écumeux du Rhin, et cette opération aisée, exécutée dans un endroit guéable, devant une poignée d'ennemis, n'en eut pas moins le prestige de la plus grande victoire. Bossuet voulut bien la considérer comme « le prodige du siècle. »

La Hollande semblait écrasée; l'énergie de ses citoyens la sauva; ils rompirent les digues, et l'on vit :

« ... le Batave éperdu dans l'orage,
Soi-même se noyant pour sortir du naufrage. »

Louis, pour la première fois forcé de reculer, abandonna la partie de ce côté et courut en personne faire la seconde et définitive conquête de la Franche-Comté. Pour célébrer « la gloire nouvelle de ce rapide vainqueur, » Boileau trouva ses deux plus beaux vers :

« Déjà Dôle et Salins sous le joug ont ployé;
Besançon fume encor sur son roc foudroyé. »

Le traité de Nimègue, signé avec la Hollande et l'Espagne en 1678; avec les autres coalisés en 1679, nous donna en outre : Saint-Omer, Valenciennes, Condé, le Bouchain, Maubeuge, Cambrai, Cassel, et confirma nos droits sur l'Alsace, à laquelle Louis XIV ne craignit pas d'annexer, en pleine paix, Montbéliard, Sarrebruck, le duché de Deux-Ponts et Strasbourg. La nouvelle de la paix, proclamée sur la place du Carrousel par la cavalcade du corps de Ville, fut accueillie dans Paris avec un véritable délire.

(1) 2 mai 1668.

*
* *

Les quelques années qui précèdent et qui suivent le traité de Nimègue marquent l'apogée du règne, le comble de sa gloire et de sa prospérité. « Tout alors, dit Saint-Simon, étoit florissant dans l'État, tout y étoit riche. Colbert avoit mis les finances, la marine, le commerce, les manufactures, les lettres même, au plus haut point; et ce siècle, semblable à celui d'Auguste, produisoit à l'envi des hommes illustres en tout genre, jusqu'à ceux même qui ne sont bons que pour les plaisirs. »

Colbert, qui assuma sans jamais faiblir les quatre charges de la surintendance des bâtiments, des secrétariats de la Marine, de la Maison du Roi, et du Contrôle des Finances, aurait eu besoin, pour accomplir tous ses projets de réformes, de longues années de paix. Nous avons vu qu'il ne put les obtenir et qu'il lutta vainement contre la politique belliqueuse de Louvois.

Il ne se découragea pas et usa sa vie à la tâche multiple qu'il s'était imposée. Pour restaurer les finances, il commença par faire rendre gorge aux traitants, en établissant une Chambre de Justice, qui en pendit quelques-uns et les obligea par surcroît à restituer près de quatre-vingt millions dans les seules années 1662 et 1663. Il se rendit un compte exact des ressources de la France en établissant un état de prévoyance des recettes et des dépenses; il modifia l'assiette de l'impôt, augmenta les revenus, et, grâce à sa bonne gestion, parvint à trouver les quatre-vingt millions que coûta Versailles, et à faire face aux nécessités de l'armée, de la marine et de travaux publics aussi considérables que le canal des Deux-Mers.

Le commerce et l'industrie appelèrent également son attention. Il supprima les douanes de douze provinces à l'intérieur; déclara Dunkerque, Bayonne et Marseille ports francs; diminua les tarifs d'exportation et protégea nos produits nationaux contre l'importation des produits similaires de l'étranger, système alors indispensable à notre industrie naissante (1). Nous recevions de la *Perse* et de la *Turquie* les tapis; de *Gênes*, le velours; de la *Flandre*, les dentelles et les tapisseries; de *Venise*, les glaces; de l'*Allemagne* et de la *Bohême*, les faïences et les cristaux; de l'*Angleterre*, les étoffes de laine et les aciers; de la *Hollande*, les draps et les toiles; Colbert établit sur tous les points de la France des manufactures royales, qui bientôt égalèrent les produits de l'étranger et servirent de modèles aux ateliers privés : draps fins à *Louviers*, *Elbeuf*, *Abbeville*, *Sedan*; soieries, étoffes d'or et d'argent à *Lyon* et à *Tours*; glaces à *Cherbourg*; sans compter les fabriques fondées dans la capitale dont j'aurai à parler plus loin.

(1) « Vingt volumes reprochent à Colbert de n'avoir pas rendu le commerce des grains absolument libre; mais les censeurs se souviennent-ils que Sully fit la même défense vers 1598? Il craignait le transport des blés hors du royaume; il avait fait l'expérience de l'impétuosité française, dans qui l'avidité du gain l'emportait souvent sur la prévoyance ». Voltaire, *Défense de Louis XIV.*

En même temps, il proposait au Roi de refondre toute notre législation; d'abolir la vénalité des offices; de rendre la justice gratuite; de diminuer le nombre des couvents, d'établir partout dans la jurisprudence l'uniformité et l'égalité (1). Une commission, dans laquelle entrèrent Pussort, Chamillard, Daniel Voysin, Étienne d'Aligre, Boucherat, Pontchartrain, étudia toutes ces questions et l'on dut à ses délibérations le Code d'*instruction criminelle* (2); le Code *Louis*, qui modifia la procédure civile (3); le Code des *Eaux et Forêts*; le Code du *Commerce*; le Code de la *Marine et des Colonies*, et le Code *noir* (4).

Boileau, que je me plais à citer parce qu'il fut le témoin et l'admirateur de ces utiles réformes, les a énumérées en quelques vers très précis de sa première épître, « *Au Roi* », datée de 1669 :

> « On verra les abus par ta main réformés :
> Du débris des traitants ton épargne grossie ;
> Des subsides affreux la rigueur adoucie (5);
> Le soldat, dans la paix, sage et laborieux (6);
> Nos artisans grossiers rendus industrieux,
> Et nos voisins frustrés de ces tributs serviles
> Que payoit à leur art le luxe de nos villes.
> Tantôt je tracerai tes pompeux bâtiments,
> Du loisir d'un héros nobles amusements.
> J'entends déjà frémir les deux mers étonnées
> De voir leurs flots unis au pied des Pyrénées.
> Déjà de tous côtés la Chicane aux abois
> S'enfuit au seul aspect de tes nouvelles lois. »

En 1680, M. Robert de Pomereu, conseiller d'État, étant prévôt des marchands (7), l'Hôtel de Ville décerna solennellement au Roi le sur-

(1) « Ce serait assurément, écrivait-il au Roi, un dessein, digne de la grandeur de l'âme et de l'esprit de V. M., et qui lui attirerait un abime de bénédictions et de gloire. »

(2) Il restreignit les applications de la torture, mais conserva les supplices atroces, l'écartèlement, la roue, le bûcher.

(3) Il prescrivit la tenue régulière des registres de l'état civil et leur dépôt au greffe de chaque tribunal.

(4) Le progrès ne s'arrache que par bribes. Le *Code noir* n'est qu'un léger adoucissement à un état antérieur encore plus barbare que celui qu'il conserva. A l'esclave qui s'enfuyait, on continua de couper les oreilles, *pour la première fois;* le jarret, pour la *seconde; on se contentait de la mort, pour la *troisième*.

(5) Les tailles diminuées de quatre millions.

(6) Les soldats employés aux travaux publics, entre autres à l'aqueduc de Maintenon; mais Saint-Simon parle tout autrement que Boileau : « Qui pourra dire l'or et les hommes que la tentative obstinée en coûta pendant plusieurs années, jusque-là qu'il fût défendu de parler des malades, surtout des morts, que le rude travail et plus encore l'exhalaison de tant de terres remuées tuaient. »

(7) Saint-Simon en fait un grand éloge : « Celui des conseillers d'État qui avoit le plus d'esprit et de capacité, bon homme et honnête homme... C'est le premier intendant qu'on ait hasardé d'envoyer en Bretagne et qui trouva moyen d'y apprivoiser la province... un aigle qui brillait d'esprit et de capacité, ferme, transcendant; un feu qui animoit tout ce qu'il faisoit, mais il alloit quelquefois trop loin, si brusque, fantasque et capricieux, qu'il y avoit des temps où sa famille ne le laissoit pas voir, même à ses amis les plus intimes; il en avoit et savoit les mériter; il l'étoit fort de mon père et fut toujours des miens ».

M. de Pomereu demeurait rue Vieille-du-Temple, n° 64.

nom de GRAND (1) et décida que désormais il serait seul inscrit sur les monuments publics (2). La force de l'usage, plus encore que la postérité, a confirmé ce titre et a confondu dans la même auréole le prince et le grand siècle qui a reçu son nom (3).

*
* *

Le soleil a des taches; le tableau dont je n'ai encore tracé que les cimes lumineuses, a des ombres, des points noirs, des souillures et des abîmes de hontes et de crimes que l'Histoire est tenue de dévoiler.

En 1662, Versailles commença à devenir le séjour favori du Roi, qui certes voulait dès lors être logé à la campagne dans un palais digne de lui, mais qui ne pouvait prévoir encore dans quel gouffre de dépenses il allait peu à peu être entraîné, au grand désespoir de Colbert.

Le 19 juillet, Madame Henriette et Mlle de Montpensier l'y accompagnent à cheval, « dans un équipage des plus lestes »; en mai 1664, Molière y représente la *Princesse d'Élide*, les *Fâcheux*, et « une comédie, nommée *Tartuffe*, qu'il avoit faite contre les hypocrites »; en 1668, *Georges Dandin*; en 1672, les *Femmes savantes*. Le Père Bourdaloue y prêche, en 1674, pendant le Carême, et à ses sermons succède le *Malade imaginaire*. Enfin, en 1682, tout est à peu près terminé : l'aile des *Princes*, l'aile des *Ministres*, la grande et la petite *Écurie*: Louis XIV établit définitivement sa demeure dans le château de son père, complètement transformé par vingt ans de travaux.

(1) Voici le revers de la médaille, des vers qui circulaient en 1686 :

> « Et qu'a-t-il fait, ce monsieur le héros,
> Qu'écraser ses sujets sans épargner personne,
> Se laisser gouverner par l'antique Scarronne,
> Aux gens de bien préférer les cagots,
> A des fripons, des sots, confier ses affaires,
> Par de honteuses paix finir d'injustes guerres,
> Nous bailler pour Bourbons de petits Montespans
> Et vous voulez le couronner de gloire ! »

(2) Il y avait déjà des précédents. Dès 1673, on lisait sur la porte Saint-Denis l'inscription *Ludovico Magno*, et les Jésuites du collège de Clermont, après une visite du roi en 1674, placèrent dans la nuit même, sur une table de marbre noir, la nouvelle inscription *Collegium Ludovici magni*.

(3) « Qu'on lui accorde ou qu'on lui refuse le nom de *Grand* qui lui fut décerné par une admiration mêlée de flatterie, il est impossible de ne pas ressentir l'impression que produit dans l'histoire cette figure de roi, calme et fière, sérieuse et douce, attentive et réfléchie, à laquelle l'idée de majesté répond si bien. Il est même impossible de ne pas regretter par moments le blâme sévère que la justice oblige d'associer aux éloges qui lui sont dus. Ces moments ne sont pas ceux où son règne brille de toute sa splendeur, mais ceux où le monarque, autrefois comblé de gloire, n'en a plus à espérer que de sa lutte avec le malheur. C'est lorsque, vaincu par l'Europe coalisée, il prolonge ce combat suprême, immolant sa fierté et prêt à donner sa vie pour épargner au pays les douleurs de l'invasion ».

Augustin Thierry, *Essai sur l'histoire du Tiers-État.*

Des mobiles d'ordres très divers contribuèrent à attirer pour un siècle la cour hors de Paris. Le Roi ne put jamais pardonner à sa capitale de l'avoir obligé de fuir avec sa mère dans la nuit de l'Épiphanie de 1649. Il voulut être en sûreté, dans une bonne position stratégique, à l'abri d'une insurrection toujours possible de cette canaille effrayante, dont, tout enfant, il avait entendu gronder les cris sous les fenêtres du Palais Royal, et dont les clameurs troublaient encore quelquefois ses rêves. Saint-Simon a très bien démêlé tout cela : « A Paris, il étoit importuné de la foule du peuple à chaque fois qu'il sortoit, qu'il rentroit, qu'il paroissoit dans les rues; joignez le goût de la promenade et de la chasse, et l'idée de se rendre plus vénérable en se dérobant aux yeux de la multitude et à l'habitude d'en être vu tous les jours ». Mais le vrai, le plus puissant des motifs, ce fut « l'embarras des maîtresses, et le danger de pousser de grands scandales au milieu d'une capitale si peuplée, et si remplie de tant de différents esprits ». A ce nouveau sultan, il fallait un sérail éloigné des regards curieux des Parisiens, et où il pût mettre des femmes, comme on met des oiseaux rares dans une volière.

Toutes ces femmes, — qu'il adorait à la fois, — les meilleures comme les pires, les simples comme les artificieuses, — le perdirent, l'accaparèrent, lui firent commettre des folies, des fautes, des actions scélérates. On ne peut s'empêcher d'admirer qu'il ait pu, au milieu des intrigues du palais, dans l'enfer que devint vite son intérieur, conserver la liberté d'esprit nécessaire pour s'occuper des affaires de l'État, commander ses armées, porter son attention sur les moindres détails de l'administration, tenir en laisse ses ministres, en un mot mener de front les plaisirs extravagants et le travail. Il a pu jurer que jamais ses maîtresses n'eurent la moindre part dans ses décisions; mais Voltaire a eu tort d'affirmer « que l'amour qui troublait la cour ne troubla jamais le gouvernement ». Ce fut le contraire et nous allons le voir trop tôt.

A peine marié, pendant que sa femme, grosse du Dauphin, ne peut guère quitter Fontainebleau, il séduit la Vallière et porte le trouble dans le ménage de sa belle-sœur Henriette. La reine-mère, heureuse d'être choisie comme arbitre, entend, sans y pouvoir porter remède, les gémissements de Monsieur qui se plaint amèrement des infidélités de Madame, et les doléances de la jeune reine qui se plaint de l'abandon du Roi. Quand Anne d'Autriche mourut, Louis XIV, très épris de la dignité des manières, regretta les cercles de sa mère, dont la splendeur finit avec elle. Il essaya de les continuer chez sa femme « dont la bêtise et l'étrange langage les éteignirent bientôt (1) ». Les jeunes folles de la Cour se moquaient impitoyablement de la pauvre petite Marie-Thérèse, absorbée dans le triple souci de servir son Dieu, de plaire à son Roi et de manger son chocolat. Elles allèrent plus loin : la comtesse de Soissons (2), la duchesse d'Orléans, la Montalais, une de ses filles d'honneur,

_____

(1) Saint-Simon.
(2) Olympe Mancini, l'une des sept nièces de Mazarin, mariée au comte de Soissons, Eugène-Maurice de Savoie, le 20 février 1657. Nommée surintendante de la Maison de la jeune Reine, logée aux Tuileries, elle fut la maîtresse de la Cour,

osèrent, par l'entremise de leurs amants, le marquis de Vardes (1). le comte de Guiche (2), fabriquer une prétendue lettre du roi d'Espagne. par laquelle il avertissait sa fille du commerce du Roi avec La Vallière. Marie-Thérèse se contenta de mettre cette fausse lettre sous les yeux de son mari qui découvrit l'intrigue et envoya en exil Mme de Soissons, Guiche et Vardes.

Madame Henriette. par sa grâce, son esprit. sa gaîté, son humeur enjouée, exerçait une véritable fascination sur tous ceux qui l'approchaient; elle avait l'étrange attrait des personnes qui doivent mourir jeunes. On sait comment elle fut subitement enlevée au moment même où honorée par Louis XIV d'une mission toute de confiance auprès de Charles II (3), elle revenait à Saint-Germain triomphante et heureuse d'avoir pleinement réussi dans ses négociations. Malheureusement Monsieur, qui était « la quintessence de la jalousie (4) », avait vu ce voyage en Angleterre avec dépit, et il lui fit au retour un accueil si courroucé qu'elle en versa des larmes. D'autorité, il l'obligea à retourner aussitôt à Saint-Cloud. C'était en 1670.

Le dimanche 29 juin, elle prit dans la journée un verre d'eau de chicorée. ressentit aussitôt d'atroces douleurs d'entrailles et s'écria : « Je suis empoisonnée ! » Le Roi. la Reine, Mademoiselle; Vallot, premier médecin, accoururent. Ils la trouvèrent déjà méconnaissable, couchée sur un petit lit, pâle, échevelée, en proie aux convulsions, poussant des cris affreux, demandant de l'émétique qui la soulagerait. « Partout. dit Bossuet, dans l'oraison funèbre, on voit la douleur et le désespoir. et l'image de la mort. Le Roi, la Reine, Monsieur, toute la cour, tout le peuple est abattu, tout est désespéré ! » Combien est différente la relation, hélas! trop réaliste, de Mademoiselle : « On causoit, on alloit et

des fêtes et des grâces. jusqu'à ce que la crainte d'en partager l'empire avec les favorites du Roi la jeta dans une folie qui la fit chasser avec Vardes et le comte de Guiche. Elle n'avait pas craint de faire tomber les soupçons de la lettre anonyme sur le duc et la duchesse de Navailles. Elle ne revint en grâce qu'en donnant sa démission de surintendante. mais ce ne fut que pour quelques années. puisque nous la trouverons plus tard gravement compromise dans le procès de la Voisin.

(1) François-René du Bec-Crespin, marquis de Vardes, né en 1688. Il fut jeté à la Bastille, puis envoyé en exil dans son gouvernement d'Aigues-Mortes, dont il ne put revenir qu'en 1683.

(2) Armand de Gramont. comte de Guiche, né en 1638, mort en 1674, fut banni de 1665 à 1671 et reprit du service lors de la campagne de Hollande. Il se distingua au passage du Rhin, et c'est lui dont Boileau a dit :

« Par son ordre, Gramont, le premier dans les flots,
S'avance soutenu des regards du héros ».

C'est aussi en 1665, que Bussy-Rabutin fut mis quelque temps à la Bastille pour avoir chansonné La Vallière et « ce bec amoureux qui d'une oreille à l'autre va ». Il n'eut la permission de revenir de ses terres qu'en 1680.

(3) « Sous un visage riant, sous cet air de jeunesse qui sembloit ne promettre que des jeux, Madame cachoit un sens et un sérieux dont ceux qui traitoient avec elle étoient surpris ».

Bossuet, *Oraison funèbre.*

(4) Sévigné.

venoit dans cette chambre; on y rioit: nous ne trouvâmes quasi personne qui parût affligé. Les médecins s'entreregardoient et se taisoient; — Mais, dit le Roi, on n'a jamais laissé une femme mourir ainsi sans secours! — Vallot répondit: Ce n'est rien, c'est une sorte de colique qui dure vingt-quatre heures au plus. — Je m'approchai de Monsieur dont la tranquillité m'étonnoit, et je lui fis observer que Madame étant en danger de mort, il falloit songer à lui parler de Dieu. — Vous avez raison, me dit-il; son confesseur est un capucin obscur... Quel autre pourroit-on trouver dont le nom figureroit bien dans la *Gazette?* »

Le Roi et la Reine, ne pouvant supporter ce spectacle indécent, retournèrent à Versailles, et les médecins avouant leur impuissance, les religieux s'emparèrent de la princesse. Le capucin, « peu capable », la confessa; le curé de la paroisse lui donna la communion et l'extrême-onction; le terrible abbé Feuillet (1), chanoine de la Collégiale de Saint-Cloud, se chargea de « la savonner à sa mode », et quelle mode! « Votre vie n'a été que péchés, Madame, il faut employer le peu de temps qui vous reste à vous repentir mille fois... vous n'êtes qu'une misérable pécheresse, un vaisseau de terre qui va tomber et se casser en pièces... Il y a juste vingt-six ans que vous offensez Dieu, et il n'y a environ que six heures que vous faites pénitence... Que tous vos membres souffrent de sensibles douleurs! que le pus et l'ordure coulent dans la moelle de vos os; que les vers grouillent dans votre sein; pourvu que vous aimiez Dieu, c'est assez! » Ce monstre imbécile aurait continué de torturer ainsi sa victime, sans l'arrivée de Bossuet qui la réconforta de son mieux par de douces paroles d'espoir. On avait été l'éveiller, il arriva assez à temps pour rester encore une heure auprès d'elle; il lui vit rendre les derniers soupirs « en baisant le crucifix, qu'elle tint attaché à sa bouche, tant qu'elle en eut la force. Elle ne fut qu'un moment sans connaissance (2) ». Elle expira à trois heures du matin, « emportant avec elle, écrit Mᵐᵉ de Sévigné, toute la joie, tout l'agrément et tous les plaisirs de la Cour ».

On ne croit plus guère aujourd'hui que Madame ait été empoisonnée. Dès le 26 septembre 1664, Gui Patin écrivait: « Elle est fluette, délicate et du nombre de ceux qu'Hippocrate dit avoir du penchant à la phthisie ». Mais ce qui caractérise l'abominable état moral de cette Cour

---

(1) Nicolas Feuillet, prédicateur en vogue, s'était fait une réputation de son rigorisme. Boileau, dans sa IXᵉ satire, dit à son Esprit:

> « La satire est un métier funeste...
> A de plus doux emplois occupez votre muse,
> Et laissez à Feuillet réformer l'univers ».

M. l'abbé Hurel, dans ses *Études sur les Orateurs sacrés à la Cour de Louis XIV*, apprécie ainsi la « manière » du chanoine de Saint-Cloud: « Il nous faut son propre récit pour croire à la possibilité d'un ministère de consolation accompli de la sorte. La candeur avec laquelle il narre lui-même ses faits et gestes à ce moment et dans ce lieu, toucherait au cynisme si elle n'était d'une sincérité capable de l'excuser jusqu'à un certain point. »

(2) Bossuet, *lettre* de juillet 1670.

dont elle semblait l'idole. c'est que dans son entourage, tout le monde, à tort ou à raison, fut persuadé du crime (1). et que personne n'osa s'en indigner. Le Roi eut des soupçons, questionna, et ne poussa pas plus loin ses investigations. aussitôt qu'il fut sûr que son frère n'était pas directement compromis (2).

* *

Soucieux de l'opinion publique dans sa première jeunesse, Louis XIV cacha d'abord autant qu'il le put sa liaison avec La Vallière, et celle-ci, n'oubliant jamais qu'elle faisait mal, aimant le Roi et non la royauté. « douce, désintéressée, bonne au dernier point, » renfermée dans une passion qui fut la seule de sa vie, ne craignait rien tant que la divulgation « de son péché. » Elle n'en fut pas moins bientôt l'objet trop connu de tous les divertissements de la Cour, du tournoi de la place du Carrousel, en 1662, comme des fêtes magnifiques données à Versailles en mai 1664. Louis goûtait avec elle le bonheur rare d'être aimé pour lui-même. Mais il croyait trop

> « Qu'en quelque obscurité que le sort l'eût fait naître
> Le monde, en le voyant, eût reconnu son maître. »

et il en vint vite au point de se persuader que sa gloire rendait légitime chez lui ce qu'il eût considéré comme coupable chez l'un de ses sujets. Ne ménageant plus rien désormais, le Roi très chrétien proclama sans vergogne son adultère à la face de Dieu et des hommes, reconnut les deux enfants de Mlle de La Vallière (3) et lui conféra le titre de duchesse.

---

(1) « L'on parla aussitôt de poison, par toutes les circonstances de la maladie et par le mauvais ménage qui étoit entre Monsieur et elle, dont Monsieur étoit fort offensé et avoit raison. »

Journal d'Olivier d'Ormesson

Les soupçons pesèrent sur le chevalier de Lorraine qui, furieux de son exil qu'il attribuait à Madame. aurait confié le soin de sa vengeance au marquis d'Effiat et à Beuvron. Quoi qu'il en soit, nous verrons plus tard, lors de l'affaire des poisons, Mme de Grancey, Mme de Clérembaut, Beuvron, inquiétés au sujet de la mort de la duchesse d'Orléans.

(2) Un passage de l'Oraison funèbre de la duchesse d'Orléans mérite d'être expliqué : « Rappelez à votre pensée ce qu'elle a dit à Monsieur; quelle force, quelle tendresse! O paroles qu'on voyoit sortir de l'abondance d'un cœur qui se sent au-dessus de tout; paroles que la mort présente; sincères productions d'une âme qui, tenant au ciel, ne doit plus rien à la terre que la vérité, vous vivrez éternellement dans la mémoire des hommes, mais surtout vous vivrez éternellement dans le cœur de ce grand prince! »

De quelles paroles de vérité, de quelles affirmations suprêmes, s'agit-il donc?

Simplement de ceci, en langage clair et net : « A son lit de mort, Madame assura Monsieur qu'elle ne lui avoit jamais manqué. »

Avouez que le prince eut là un bon billet, et qu'il eût été stupéfiant que sa femme, pour dernier adieu, l'assurât du contraire!

(3) Marie-Anne de Bourbon, dite Mlle de Blois, née le 17 octobre 1666, légitimée en 1667, mariée le 16 janvier 1680 à Louis-Armand de Bourbon, prince de Conti. — Louis de Bourbon, dit le comte de Vermandois, né le 2 octobre 1667, légitimé en

à la grande confusion de cette petite violette, désolée de voir ainsi éternisée la mémoire de sa faute, « honteuse d'être maîtresse, d'être duchesse (1), d'être mère ».

Elle eut un plus cruel sujet de honte et de regrets quand elle se vit abandonnée pour Mme de Montespan, autrement belle, autrement spirituelle et irrésistible; quand elle se vit humiliée par le Roi et forcée de partager avec une orgueilleuse rivale. C'est alors qu'elle se réfugia « une première fois, aux Bénédictines de Saint-Cloud, où Louis XIV alla en personne se la faire rendre, prêt à commander de brûler le couvent; une seconde fois, aux Filles de Sainte-Marie de Chaillot, où il envoya M. de Lauzun, son capitaine des gardes, avec main-forte pour enfoncer le couvent et la ramener (2) ».

Abreuvée de nouveaux dégoûts, ne respirant plus que la pénitence, elle crut « que Dieu seul pouvoit succéder à son amant », et, au mois d'avril 1674, elle se retira aux Carmélites du faubourg Saint-Jacques (3) où elle fit profession, le 3 juin 1675, sous le nom de *sœur Louise de la Miséricorde*. La Reine lui donna le voile noir, et Bossuet fit entendre les plus hautes leçons de la morale chrétienne aux courtisans réunis en foule au pied de la chaire pour cette solennité (4).

1669; amiral de France la même année; mort âgé de seize ans, le 18 novembre 1683, au siège de Courtrai « d'avoir bu trop d'eau-de-vie », dit Mlle de Montpensier. — Ces deux bâtards du Roi avaient été élevés par les soins de Mme Colbert.

Quoi qu'en puisse dire Mme de Sévigné, La Vallière n'était pas trop honteuse de sa maternité le jour où elle laissa Mignard la représenter entre ses deux enfants, tenant d'une main un chalumeau d'où pendait une bulle de savon autour de laquelle on lisait : *Sic transit gloria mundi*.

(1) Duchesse! Voici comment Louis XIV annonça qu'elle l'était à ses amés et féaux sujets : « Nous avons cru ne pouvoir mieux exprimer dans le public l'estime toute particulière que nous faisons de notre très chère Louise-Françoise de La Vallière, qu'en lui conférant les plus hauts titres d'honneur qu'une affection très singulière excitée dans notre cœur par une infinité de rares perfections nous a inspirée depuis quelques années en sa faveur... L'affection que nous avons pour elle et la justice ne nous permettant plus de différer davantage les témoignages de notre reconnaissance, ni de refuser plus longtemps à la nature les effets de notre tendresse pour Marie-Anne, notre fille naturelle, en la personne de sa mère, nous lui avons fait acquérir de nos deniers la terre de Vaujour en Touraine, et la baronnie de Saint-Christophe en Anjou... A ces causes... érigeons lesdites terres en duché-pairie pour en jouir par la demoiselle Louise-Françoise de la Vallière et après son décès par notre amée fille, ses hoirs et descendants, tant mâles que femelles, nés en légitime mariage ».

(2) Saint-Simon. — Mme de Sévigné, dans une lettre du 12 février 1671, dit : « Le Roi pleura fort, et envoya M. Colbert à Chaillot la prier instamment de revenir à Versailles ».

(3) Voir chapitre xv, page 157. — Rue Nicole 17 *bis*, on montre encore, dans la cour d'un entrepreneur de menuiserie, un Oratoire très bien conservé, qui était situé au milieu des jardins et auquel la tradition a conservé le nom de La Vallière.

(4) « Elle fit cette action, cette belle et courageuse personne, comme toutes les autres de sa vie, d'une manière noble et charmante. Elle est d'une beauté qui surprit tout le monde; mais ce qui vous surprendra, c'est que le sermon de Monsieur de Condom ne fut point aussi divin qu'on l'espéroit ». Ainsi s'exprime Mme de Sévigné dans sa lettre du 5 juin à Mme de Grignan, mais elle parle *par ouï dire*. Un malentendu l'empêcha d'assister à la cérémonie.

Pour posséder Mme de Montespan, Louis XIV, méprisant désormais toute contrainte, n'avait pas hésité à l'enlever à son mari, « avec cet épouvantable fracas qui retentit avec horreur chez toutes les nations et qui donna au monde le spectacle nouveau de deux maîtresses à la fois », installées sous le même toit que la femme légitime.

L'adultère devenait double ou triple. Il fallait se débarrasser de ce gêneur, M. de Montespan. Le Roi ne recula pas devant quelques scandales de plus : il le fit enfermer à la Bastille ou au For-l'Évêque, lui imposa une séparation de corps et de biens, et le relégua en Guyenne, où l'infortuné prit publiquement le deuil de la marquise et lui fit faire des funérailles (1).

Huit princes et princesses naquirent à Mme de Montespan entre les années 1669 et 1678. La veuve de Scarron (2), alors dans la position la

(1) Henri-Louis de Pardaillan de Gondrin, marquis de Montespan. Il épousa, en 1663, Françoise-Athénaïs de Mortemart de Rochechouart, qui fut connue d'abord sous le nom de Mlle de Tonnay-Charente, quand elle était, avec La Vallière, fille d'honneur de Madame. — On a prétendu qu'au début, Mme de Montespan voulut fuir le Roi et prévint son mari du danger qui la menaçait. Il refusa de l'écouter, mais ensuite il éclata en menaces, la frappa, écrivit une lettre anonyme à la Reine et fit une scène violente à Mme de Montausier qu'il accusait de favoriser la mauvaise conduite de sa femme. De son mariage naquit le duc d'Antin, qui fut nommé menin du Dauphin en 1685, et qui épousa Mlle d'Uzès en 1686.

(2) Scarron mourut à la fin de 1660, dans une détresse telle que le jour où Ségrais vint rendre visite à la jeune veuve (elle avait alors vingt-cinq ans), rue des Douze-Portes, il rencontra les huissiers vendant les meubles du logis. Mme Scarron se retira alors chez les Ursulines du faubourg Saint-Jacques, où elle avait été élevée. Elle y était comme pensionnaire libre, puisqu'elle continuait alors de fréquenter les hôtels d'Albret, rue des Francs-Bourgeois et de Richelieu, place Royale. L'intendant Basville la ramenait le soir à la Communauté. En 1666, elle s'était rapprochée de ces sociétés qu'elle aimait et qui lui furent si utiles, car je la trouve, avec sa fidèle servante Nanon Balbien, occupant aux Hospitalières de la rue des Tournelles une chambre meublée que lui prête Mme d'Albret. Elle voyait en ce temps assez familièrement mesdames de Montespan, de Coulanges, de la Fayette, de Sévigné, et même Ninon; mais ces belles relations ne lui servaient guère, puisqu'elle eut un instant l'intention d'aller en Portugal, comme dame d'honneur de la reine Marie de Nemours. Sa bonne étoile l'empêcha d'accepter, et peu après, vers 1670, Mme d'Heudicourt lui proposa d'élever dans le plus grand mystère les enfants que Mme de Montespan avait du Roi. Mme Scarron eut l'esprit de n'accepter que sur un ordre formel de Louis XIV. Elle s'établit alors rue de Vaugirard, « bien au delà de l'hôtel de Mme de la Fayette », dit Mme de Sévigné, c'est-à-dire bien plus loin que l'angle de la rue Férou, vraisemblablement près du boulevard Montparnasse. Le Roi y venait voir ses enfants et leur gouvernante qui commençait à lui plaire. « Je montois à l'échelle, dit-elle, pour faire l'ouvrage des tapissiers, parce qu'il ne falloit pas qu'ils entrassent; les nourrices ne mettoient la main à rien, de peur que leur lait ne fût moins bon. J'allois souvent de l'une à l'autre, à pied, déguisée, portant sous mon bras du linge, de la viande; je passois quelquefois les nuits chez l'un de ces enfants malades, dans une petite maison hors de Paris; ou bien quand Mme de Montespan ressentoit les premières douleurs d'un enfantement, j'allois à Versailles prendre le nouveau-né, je le cachois sous mon écharpe, je me cachois moi-même sous un masque, et prenant un fiacre, je revenois ainsi à Paris et rentrois chez moi par une porte de derrière. Après m'être habillée, je montois en carrosse par celle de devant, pour aller à l'hôtel d'Albret ou de Richelieu, afin que ma société ordinaire ne sût pas seulement que j'avois un secret à garder ».

Lorsqu'elle fut ouvertement installée à Versailles, le Roi acheta, en 1674, Mainte-

plus précaire, accepta d'élever les premiers secrètement; mais en 1674, le Roi ne craignit pas de faire venir à la Cour la gouvernante et ses élèves et de les présenter à la Reine, qui, résignée à tout, dévora ce nouvel affront, sans vouloir même demander.

> « D'où lui venaient de tous côtés
> Ces enfants que son sein n'avait jamais portés. » (1)

« C'est ainsi que le Roi eut l'horrible satisfaction de porter au comble un mélange inouï dans tous les siècles, après avoir été le premier de tous les hommes, de toutes les nations, qui ait tiré du néant les fruits du double adultère, et qui leur ait donné l'être, ce dont le monde entier, policé et barbare, a frémi d'abord, puis s'est accoutumé. »

Pour bien comprendre ce passage indigné de Saint-Simon, il faut se représenter, dans un des salons de Versailles, « le mélange inouï » de la Reine, de Mlle de La Vallière, de Mme de Montespan, chacune avec ses tendres rejetons, et, au second plan, Mme de Maintenon qui aspire pieusement à leur succession. Mlle de Fontanges complètera bientôt ce gracieux tableau.

Le Roi se plaisait à les promener, dans le même carrosse, aux revues, aux frontières, aux sièges de villes, et les paysans gouailleurs, accourant de toutes parts, criaient : « Vivent les trois reines! »

Marie-Thérèse, — si étrange que cela puisse nous paraître, — s'accommodait quand même de la présence de la Vallière, humble sensitive, toujours prête à demander grâce et à rentrer sous terre; mais elle ne put jamais supporter Montespan, l'altière Vasthi, et, dans ses heures de désespérance, il lui échappait souvent de dire : « Cette... me fera mourir! » Imaginer ce que devait être ce royal ménage à cinq ou six, dominé par cette Junon « tonnante et triomphante, » méchante et capricieuse, qui mettait toute sa joie à outrager ses rivales, — la Reine toute la première; — et à terroriser les ministres, les généraux, les courtisans, tremblants à l'idée de passer sous ses fenêtres, surtout quand le Roi y était avec elle, ce qu'ils appelaient « passer par les armes, » et ce mot resta en proverbe à la cour!

Elle devait avoir, elle aussi, son tour d'être traitée en vieille maîtresse. Bourdaloue, Bossuet, Mme de Maintenon, profitèrent du jubilé de 1676 pour rappeler au Roi ses devoirs religieux, et Mme de Montespan fut obligée, pendant que le Roi faisait ses pâques à Versailles, d'aller passer la semaine sainte à Paris. Elle en revint pourtant, et reprit momentanément un empire désormais disputé. Aux fêtes d'automne 1679, elle fut omise sur les listes d'invitation, cria, pleura, tem-

non au marquis de Villeray, et le donna à Mme Scarron, en lui ordonnant d'en prendre le nom. La terre ne fut érigée qu'en 1688.

(1) On avait toujours trompé la Reine sur la faveur croissante de la Montespan, et elle ne fut désabusée — brutalement — que lorsqu'on lui amena et présenta les deux enfants. Elle se contenta de dire en les caressant : « Mme de Richelieu me répondait toujours de tout ce qui se passoit. Voilà les fruits de ce beau cautionnement. — On trouva cela fort plaisant », dit Mlle de Montpensier.

pêta, s'en prit à Mme de Ludres qu'elle traita de *haillon*, le tout sans succès. Les pensées les plus folles lui traversaient la tête; elle tenta de marier Mme de Maintenon, pour l'écarter; elle songea à offrir au Roi « sa petite morveuse de nièce », la duchesse de Nevers; enfin, pour se faire tolérer encore quelque temps, elle s'abaissa jusqu'à parer de ses propres mains pour un bal l'étoile naissante, Mlle de Fontanges.

Louis XIV dit, un jour, à MM. Colbert, de Lionne, Le Tellier, de Villeroy, de Gramont, de Créqui : « Vous êtes ceux de mon royaume en qui j'ai le plus de confiance. Je vous ordonne à tous, que si vous remarquez qu'une femme prenne empire sur moi et me gouverne le moins du monde, vous ayez à m'en avertir. Je ne veux que vingt-quatre heures pour m'en débarrasser et vous donner contentement là-dessus ».

Belle résolution, vaine promesse, que le premier vent emporta et que personne n'osa rappeler! Lorsque Boileau disait :

« Que si quelquefois, las de forcer les murailles
Le soin de tes sujets te rappelle à Versailles,
Te voyant de plus près, je t'admire encore plus ».

Chaque courtisan riait sous cape, sachant bien quel avait été le vrai motif du retour précipité du roi en 1673 : « Tout conquis, tout pris, et Amsterdam prête à lui envoyer ses clefs, il cède à son impatience de revoir Mme de Montespan, quitte l'armée, vole à Versailles et détruit en un instant tout le succès de ses armes. Il répara cette flétrissure par une seconde conquête de la Franche-Comté (1) ».

Vingt ans plus tard, en 1693, seconde fugue de Louis, cette fois pour revoir Mme de Maintenon. Écoutons encore Saint-Simon : « Le prince d'Orange se croyoit perdu; il étoit bloqué dans son camp; il n'en pouvoit sortir sans avoir deux armées sur les bras; un miracle seul pouvoit le sauver. Dans une position si parfaitement à souhait pour exécuter de grandes choses, le Roi déclara le 8 juin à M. de Luxembourg qu'il s'en retournoit à Versailles. La surprise du maréchal fut sans pareille; désespéré, indigné de se voir échapper une si facile campagne, il se mit à deux genoux devant Le Roi et ne put rien obtenir. Mme de Maintenon avoit inutilement tâché d'empêcher ce voyage; une si heureuse ouverture de campagne y auroit retenu le Roi longtemps pour y recueillir par lui-même les lauriers; ses larmes à leur sépara-

_____

(1) *Mémoires* de Saint-Simon.

Voltaire a certainement connu la vérité, mais il l'a couverte d'un voile : « Louis quitta son armée; il voulait une gloire sûre, mais en ne voulant pas l'acheter par un travail infatigable, il la perdit. Satisfait d'avoir pris tant de villes en deux mois, il revint à Saint-Germain et laissant Turenne et Luxembourg achever la guerre, il jouit du triomphe. On éleva des monuments de sa conquête, tandis que les puissances de l'Europe travaillaient à la lui ravir... Louis avoua sa faute plus tard; il manqua le moment d'entrer dans la capitale de la Hollande, etc. »

tion, ses lettres après le départ l'emportèrent sur les plus pressantes raisons d'État, de guerre et de gloire ».

Si Louis XIV avait écouté les conseils de Colbert, il aurait d'autant plus ménagé les Hollandais, nos anciens alliés, qu'ils faisaient avec nous un commerce considérable, et que leurs États généraux s'efforcèrent de l'apaiser, lui demandant, par une lettre solennelle les motifs de son courroux, lui offrant toutes les satisfactions et lui promettant même de désarmer. Rien ne put l'empêcher d'attaquer ces bourgeois enrichis qu'il détestait; ces protestants, ennemis de sa religion; ces républicains ennemis de toute royauté. Il provoqua ainsi par une haine aveugle la résistance désespérée de ce petit peuple, la coalition de toute l'Europe contre la France et les désastres qui désolèrent la fin de son règne.

Il perdit Turenne, tué d'un coup de canon à Salzbach, le 27 juillet 1675, et, la même année, Condé vieilli se retirait à Chantilly. La mort de Turenne causa une consternation générale et fit rompre le voyage de la Cour à Fontainebleau. « Jamais, écrit Mme de Sévigné, un homme n'a été regretté si sincèrement; tout ce quartier où il a logé (1), et tout Paris, et tout le peuple, étoit dans le trouble et dans l'émotion; chacun parloit et s'attroupoit pour regretter ce héros (2) ». Le lendemain, on fit huit maréchaux de France (3). « C'est la monnoie de M. de Turenne », dit Mme Cornuel.

*
* *

Depuis la défaite de la Fronde jusqu'à la mort de Louis XIV, c'est-à-dire pendant plus de soixante ans, la soumission de Paris à la toute-puissance de la royauté parut complète, ou, tout au moins, le vieil esprit d'opposition de la bourgeoisie et du parlement ne se manifesta

1) Turenne demeurait à l'hôtel de Bouillon, rue Saint-Louis-au-Marais, à l'angle de la rue Saint-Claude; cet hôtel fut occupé, en 1684, par les Filles du Saint-Sacrement. Sur son emplacement s'élève aujourd'hui l'église Saint-Denis-du-Saint-Sacrement. La rue Saint-Louis a porté le nom de Turenne de 1806 à 1814, et il lui a été rendu par un décret du 2 octobre 1865.

(2) Louis XIV, considérant Turenne comme « le plus grand capitaine et le plus honnête homme du monde », voulut qu'il fut enterré à Saint-Denis, ainsi que l'avait été Du Guesclin. Les restes de Turenne furent respectés en 1793, et Bonaparte les fit transporter aux Invalides le 23 septembre 1800. Le tombeau, dessiné par Le Brun, exécuté par Tuby, avec figures de la Sagesse et de la Valeur par Marsy, est placé à l'ouest du dôme, en face du tombeau de Vauban.

(3) MM. de Rochefort, de Luxembourg, de Duras, de La Feuillade, d'Estrades, de Navailles, de Schomberg et de Vivonne.

« En 1668, écrit Bussy à Mme de Sévigné, on fit trois maréchaux, et ce nombre étonna tout le monde; en voici huit aujourd'hui; je ne doute pas que la surprise publique ne soit extrême. Pour peu qu'on augmente la première promotion, ce seront véritablement des maréchaux à la douzaine. Ce grand nombre rend cette dignité bien moins considérable qu'elle n'étoit. Si le Roi m'a fait tort en me privant des honneurs que méritoient mes services, il m'a en quelque façon consolé en ne me donnant pas le bâton de maréchal de France, par le rabais où il l'a mis ».

Lettre du 6 août 1675.

plus par aucune tentative de révolte à main armée. Des lieutenants de police, comme La Reynie et d'Argenson, que nous verrons bientôt à l'œuvre, répondaient de l'ordre, grâce à des forces militaires imposantes casernées dans la ville même. Ils n'eurent à réprimer, de loin en loin, que quelques émeutes causées par la disette, quelques pillages de boulangeries aux halles, à la place Maubert, au faubourg Saint-Antoine, dont on faisait facile justice par de bonnes pendaisons. L'apaisement pourtant était loin d'être fait dans les cœurs, à en juger par les innombrables libelles « les plus séditieux du monde »; les chansons, « les plus infâmes », qui pullulaient, sans que leurs auteurs incorrigibles, — sûrs de trouver des lecteurs, — fussent effrayés par les galères, les gibets et les bûchers.

C'est dans les provinces que le vent de fronde souffla le plus longtemps. En vain un arrêt du Conseil, du 23 juin 1658, défendit aux gentilshommes, sous peine de la vie, de s'assembler sans l'autorisation du Roi, les nobles du Poitou, de l'Anjou, de la Normandie, du Languedoc, de la Guyenne, du Dauphiné, de la Provence, s'agitaient et se réunissaient pour obtenir la convocation des États généraux, toujours promise, jamais obtenue. Colbert était au courant de ces menées. Il parvint à surprendre MM. de Lézanville, de Laubarderie, de Bonnesson et bien d'autres, dont les châteaux et les bois furent rasés. Plusieurs passèrent à l'étranger. On prononça tout bas les noms de seigneurs plus importants, Matignon, d'Harcourt, Louvigny, Saint-Aignan. Le marquis de Bonnesson paya pour tous, et eut la tête tranchée à la Croix-du-Trahoir, le 13 décembre 1659.

Quinze ans plus tard, au mois de novembre 1674, Mme de Sévigné écrivait au comte de Guitaut : « Vous trouverez le procès de M. de Rohan bien avancé : mon Dieu, la triste aventure! quelle scène et quel spectacle! »

Il s'agissait d'une extravagante conspiration dont la nouvelle stupéfiait toute la cour.

Louis, chevalier de Rohan, fils cadet du prince de Guéménée, compagnon d'enfance du Roi; « la plus belle jambe de Versailles »; l'amant heureux de mesdames de Thianges et de Mazarin; grand veneur, colonel des gardes; criblé de dettes, forcé de vendre toutes ses charges une à une, avait été fait prisonnier pour crime de haute trahison, en sortant de la chapelle du château, accusé de s'être engagé à livrer aux Hollandais Quillebeuf et plusieurs autres places de Normandie. L'un de ses complices, La Tréaumont, officier réformé, se fit tuer à Rouen en se défendant contre les soldats qui voulaient le prendre. Un vieux médecin, Affinius Van den Enden (1), qui servait d'émissaire à Rohan auprès de Monterey, gouverneur des Pays-Bas espagnols, fut arrêté à la barrière, au moment où il rentrait dans Paris; le chevalier de Préaux,

_____

(1) Van den Enden avait tenu une école à Amsterdam et avait compté Spinoza parmi ses élèves. Chassé de son pays, — pour athéisme, dit-on, — il s'était réfugié à Paris et y avait ouvert une école dans le quartier de Picpus.

neveu de La Tréaumont, et Mlle Renée-Maurice d'O de Villers, eurent bientôt le même sort. Tous les quatre furent envoyés à la Bastille.

On pensa que le complot devait avoir de grandes ramifications; on arrêta plus de soixante « murmurateurs », soit à Paris, soit dans la noblesse de Normandie. Des soupçons planèrent sur de hauts personnages, le cardinal de Retz, le comte de Louvigny, le comte de Flers, le duc de Bouillon, et même Monsieur le Duc, fils du grand Condé! Van den Enden, tremblant, accusait tout le monde. Louis XIV donna ordre de réunir à l'Arsenal une commission extraordinaire de dix-neuf membres (1). Les prévenus comparurent, s'accusèrent mutuellement, et finirent par tout avouer. Rohan, Mlle de Villers, le chevalier de Préaux, furent condamnés à avoir la tête tranchée; Van den Enden à être pendu; ces deux derniers appliqués à la torture ordinaire et extraordinaire.

L'exécution eut lieu devant la Bastille et la rue des Tournelles (2), le 27 novembre, toutes les précautions étant prises, les troupes commandées, « les chaînes tendues dans les principales rues de la grande rue Saint-Antoine ». Ce fut le P. Bourdaloue qui soutint le chevalier de Rohan jusqu'au dernier moment et qui lui donna la communion, faveur rarement accordée aux condamnés à mort. La Reynie, dans une lettre écrite, le jour même, au marquis de Seignelay (3), se félicite de ce que « tout s'est passé sans tumulte, quoiqu'il y eût grand concours de monde. Les soins des officiers des mousquetaires et des gardes du corps ont produit un si bon ordre qu'on a remarqué dans ce grand spectacle même silence que dans un lieu particulier ».

* *

Le procès du chevalier de Rohan avait ému la Cour; mais le peuple s'en était peu préoccupé. Ce fut un cri d'horreur qui s'éleva dans toute la population de Paris, quand on apprit, au commencement d'août 1672, que la marquise de Brinvilliers, issue d'une antique famille de magistrats parisiens, fille et sœur des trois derniers lieutenants civils (4),

(1) La Reynie en fut le procureur général; le chancelier d'Aligre, président; MM. de Pomereu et de Bezons, chargés de l'instruction; — juges, les conseillers d'État : Poncet, Boucherat, de la Marguerie, Pussort, Voisin, Hotmann, de Rézé, Fieubet, Caumartin, et les maîtres des requêtes de l'hôtel : Fortia, Ladvocat, Courtin, de Thuizy, de Richebourg.

(2) Les quatre condamnés arrivèrent, de plain-pied, à l'échafaud, par une galerie en charpente, dressée à la hauteur de la fenêtre de la salle d'armes de l'Arsenal.

Le bourreau, maître Jehan Guillaume, tout fier d'avoir coupé la tête d'un prince, d'un chevalier et d'une marquise, dit à ses valets, en leur montrant le maître d'école Van den Enden : Vous autres, pendez celui-là. Je ne garantis pas l'anecdote, mais elle vaut d'être citée.

(3) C'est le fils de Colbert, qui, dès cette époque, se formait aux affaires sous la direction de son père. Il obtint en 1676 la survivance des ministères de la marine et de la maison du Roi et mourut le 3 novembre 1690.

(4) J. d'Aubray, conseiller de ville et colonel de la milice sous Henri IV; — Dreux d'Aubray, lieutenant civil, de 1637 à 1643; — François d'Aubray, lieutenant-civil de 1643 à 1666; — Antoine Dreux d'Aubray, lieutenant-civil de 1666 à 1670.

femme renommée pour sa piété et ses largesses aux hôpitaux, venait de s'enfuir de son bel hôtel de la rue Neuve-Saint-Paul (1) et de gagner l'Angleterre, accusée d'avoir fait mourir par le poison son père, ses deux frères, de nombreux malades de l'Hôtel-Dieu, et tenté à plusieurs reprises d'empoisonner son mari, sa sœur et ses enfants.

Elle avait alors quarante-deux ans, étant née vers 1630: elle avait épousé, à Saint-Eustache, le 20 décembre 1651, messire Antoine Gobelin, marquis de Brinvilliers (2), mestre de camp au régiment de Normandie. Cette union fut heureuse pendant les huit premières années, que la marquise passa dans son hôtel de Paris, dans sa maison de campagne de Picpus, dans les terres de son père, à Offémont, près de Compiègne, ou dans les terres de son frère, à Villequoy en Beauce.

Vers 1660, le marquis de Brinvilliers commença à négliger sa femme et eut l'imprudence d'introduire chez lui un tout jeune officier du régiment de Tracy, Gaudin de Sainte-Croix, bâtard de quelque grand seigneur, bien fait, prodigue quoique sans ressources connues, « d'une dépense effroyable, l'âme prostituée à tous les crimes (3) ». Celui-ci ne tarda pas à séduire la marquise, qui, sans crainte du scandale, se montra partout avec lui.

Il semble que le marquis soit resté d'abord fort indifférent à la conduite de sa femme; mais son beau-père et ses beaux-frères se montrèrent plus soucieux de l'honneur de leur famille. Un beau jour de l'année 1665, le lieutenant civil, ayant obtenu une lettre de cachet contre Sainte-Croix, le fit arrêter au moment où il passait sur le Pont-Neuf, dans le carrosse même de la marquise, et conduire à la Bastille où il demeura un an, partageant la même chambre qu'un Italien, nommé Exili, « artiste en poisons ». Sainte-Croix sortit de prison, initié à des secrets terribles, qu'il enseigna à sa maîtresse avec l'aide de l'apothicaire Glazer (4).

Elle s'essaya d'abord sur sa femme de chambre, Françoise Roussel, qu'elle n'empoisonna qu'un peu; puis elle s'attaqua plus sérieusement à son père; elle mit huit mois à le tuer « et à recevoir toutes ses caresses, à quoi elle ne répondoit qu'en doublant toujours la dose ». Il finit

(1) Il existe toujours au numéro 10 de la rue Charles-Cinq. Magnifique porte cochère; cour et jardin; bel escalier, vastes appartements. Étrange contraste entre cette noble demeure, de sévère aspect et la misérable créature qui y habita et y trama tant de crimes!

(2) Voir chapitre XII, page 407, note 1 et chapitre XV, page 171 note 4. p. — Le mariage à Saint-Eustache, la famille Dreux d'Aubray demeurant rue du Bouloi.

(3) « Cet homme pernicieux a été comme le démon qui a excité l'orage et troublé la sécurité de cette famille, l'unique auteur et le seul coupable des crimes que l'on impute à la dame de Brinvilliers ». Ainsi parle maître Nivelle, avocat, défenseur de la marquise et disposé naturellement à rejeter toutes les responsabilités sur Sainte-Croix.

(4) Christophe Glazer est encore connu de nos jours par sa découverte du sulfate de potasse et par son *Traité de la chimie, enseignant ses plus nécessaires préparations par une briefve et facile méthode.* Il était né en Suisse, et fut pharmacien du Roi, du duc d'Orléans et démonstrateur au Jardin des Plantes. Il fut enfermé quelque temps à la Bastille et mourut en 1678.

par en mourir, le 10 janvier 1666. Quatre ans après, ce fut le tour de son frère Antoine (1), le 15 juin 1670; puis de son autre frère, le Conseiller, et enfin de sa sœur Thérèse, la carmélite, qui ne fut qu'indisposée. « Dans les intervalles, elle empoisonnait des tourtes de pigeonneaux, dont plusieurs mouroient qu'elle n'avoit point dessein de tuer. Le chevalier du guet avoit été de ces jolis repas, et s'en meurt depuis deux ou trois ans ». Le moment arriva où personne ne la gênant davantage que son mari, elle se mit à l'empoisonner « fort souvent », afin de pouvoir ensuite épouser son amant; « mais Sainte-Croix, qui ne vouloit point d'une femme aussi méchante que lui, donnoit du contrepoison à ce pauvre mari, de sorte qu'ayant été ainsi ballotté cinq ou six fois, tantôt empoisonné, tantôt désempoisonné, il demeura en vie (2) ».

La marquise, qu'aucun remords n'avait jamais tourmentée, se croyait à l'abri de tout danger, quand la foudre tomba sur sa tête. Le 31 juillet 1672, elle apprit que Sainte-Croix venait de mourir dans sa maison de la rue des Bernardins (3), et que le commissaire Picard avait mis les scellés sur ses meubles. Saisie d'effroi à cette nouvelle, et se souvenant qu'elle avait chez lui une cassette pleine de lettres, elle courut la réclamer dans la nuit, ne l'obtint pas, et, se sentant perdue, elle se réfugia en Angleterre, puis repassa la mer et alla se cacher dans une communauté de Liége (4).

Mme de Brinvilliers, en s'échappant avec tant de hâte, avouait ses crimes; d'ailleurs les preuves les plus accablantes s'accumulèrent bientôt contre elle. On leva les scellés, on ouvrit la cassette, on y trouva non seulement les lettres, mais des paquets de poison (5). Un nommé Asselin, dit Lachaussée, domestique chez le conseiller d'Aubray, avoua que c'était lui qui, sur l'ordre de Sainte-Croix et de la marquise, avait mêlé du poison aux aliments de son maître; il fut roué vif en Grève, le 24 mars 1673.

(1) La mort presque simultanée des deux frères excita des soupçons. L'autopsie des deux corps fut faite par MM. Bachot, médecin; Dupré et Durand, chirurgiens, Gavard, apothicaires; mais ils n'osèrent affirmer que la mort fût due au poison et l'enquête commencée fut abandonnée.
Antoine d'Aubray fut inhumé à l'Oratoire de la rue Saint-Honoré.
(2) Sévigné, lettre du 1er mai 1676.
(3) Son laboratoire secret était situé au cul-de-sac d'Amboise, ou des Marchands de chevaux, place Maubert, chez une dame Brunet. — Une légende émouvante veut qu'il y soit mort brusquement, asphyxié par les vapeurs qui firent éclater le masque de verre dont il se garantissait le visage. La vérité est qu'il fut malade pendant quatre à cinq mois, ainsi qu'en témoigne la déposition de sa veuve.
(4) Colbert avait découvert la première retraite de la marquise et avait chargé son frère de Croissy, alors ambassadeur en Angleterre, de demander l'extradition. Sans doute prévenue des pourparlers dont elle était l'objet, la marquise se retira à Liége.
(5) Rien de plus curieux que le rapport élucubré par l'apothicaire Gui Simon : « Ce poison artificieux se dérobe aux recherches; il est si déguisé qu'on ne peut le reconnaître; si subtil qu'il trompe l'art; si pénétrant qu'il échappe à la capacité des médecins. Il se joue de toutes les expériences; il nage sur l'eau, il est supérieur et c'est lui qui fait obéir cet élément; il se sauve de l'expérience du feu; dans les animaux, il se cache avec tant d'art et d'adresse, qu'on ne peut le reconnaître. »

Trois années s'écoulèrent, et la coupable, bravant la justice, ne songeait plus au châtiment qui n'avait pourtant jamais cessé de la menacer. La Reynie envoya à Liége un des exempts les plus habiles de la maréchaussée, Desgrez, homme jeune et aimable, qui, costumé en abbé, pénétra près d'elle et lui donna un rendez-vous qu'elle eut la folie d'accepter. Entourée aussitôt d'agents, elle fut ramenée en France et, le 26 avril 1676, elle occupait au Palais, dans la tour Montgomery, la chambre qui avait été celle de Théophile.

Desgrez, avant de quitter Liége, avait eu soin de visiter l'appartement de sa victime et il avait mis la main sur une cassette renfermant la *confession générale* de la marquise, écrite de sa propre main : « On ne parle à Paris que des discours et des faits et gestes de la Brinvilliers. Elle a reconnu que sa confession étoit de son écriture; c'est une grande sottise. Les peccadilles qu'elle craint d'oublier sont admirables; elle nous apprend qu'à sept ans...; qu'elle avoit continué sur le même ton ; qu'elle avoit empoisonné son père, ses frères et un de ses enfants. A-t-on jamais vu craindre d'oublier dans sa confession d'avoir tué son père (1)! »

Médée n'avait pas fait plus !

Le jour de l'expiation arriva enfin le jeudi 16 juillet 1676. Dès sept heures du matin, en quittant son confesseur, le docteur Edme Pirot, elle descendit au greffe, répondit à un dernier interrogatoire de cinq heures, écouta la lecture de son arrêt et subit pendant cinq autres heures les affres de la torture ordinaire et extraordinaire (2). Quand elle entra ensuite dans la chapelle, chancelante, le corps brisé, elle éprouva une affreuse confusion en voyant une cinquantaine de personnes du plus grand monde qui s'y étaient ruées pour la considérer de plus près, jouir de son désastre, la dévorer des yeux, et, dans le nombre, ses bien bonnes amies, mesdames de Soissons, du Refuge, de Scudéry : « Oh ! monsieur, dit-elle au docteur, ne voilà-t-il pas une étrange et barbare curiosité ! »

Il était près de six heures du soir lorsqu'elle franchit le seuil, nu-pieds, affublée d'une chemise blanche et d'une cornette, portant péniblement dans ses mains garrottées une torche allumée, lourde de deux livres. La foule qui se pressait aux fenêtres, sur les toits, dans la place et les rues étroites, était si compacte que le cortège dût s'arrêter longtemps avant que les archers à cheval eussent réussi à fendre la presse (3). La condamnée monta alors dans un tombereau des plus petits, encore tout souillé de boue, sans siège, garni d'un peu de paille, traîné par un

---

(1) Sévigné, *lettres* d'avril à juillet 1676, *passim*.

(2) Pour la question ordinaire, elle fut placée sur un chevalet de deux pieds et demi de haut, le corps décrivant une demi-courbe, comme s'il eût été placé sur une roue, la tête aussi basse que les pieds, fixés aux plancher par des anneaux. — Pour la question extraordinaire, on fit passer sous ses reins un chevalet haut de trois pieds et demi qui imposa au corps une cambrure plus grande...

(3) C'est pendant ce temps d'arrêt que le peintre Le Brun dessina rapidement le portrait au crayon qui nous est resté.

misérable vieux cheval. C'est dans cet équipage d'ignominie qu'elle se blottit, tournée à reculons, le docteur trouvant à peine assez de place pour se tenir debout près d'elle; le bourreau assis sur la traverse de derrière; le valet qui conduisait, assis sur la traverse de devant, dos à dos avec la marquise et le docteur, les pieds écartés et posés sur les deux brancards.

La triste procession s'avança lentement à travers la Cité par la rue de la Barillerie et le Marché-Neuf, passa devant Saint-Germain-le-Vieux, Sainte-Geneviève-des-Ardents, l'Hôtel-Dieu et s'arrêta au parvis Notre-Dame. Là, les archers firent reculer le peuple, le bourreau prit dans ses bras la marquise qui ne pouvait plus se soutenir et la porta au pied de l'église. On la fit agenouiller, et, tenant la torche allumée, elle répéta les termes de l'amende honorable que lui lisait le greffier : « Je reconnais que, méchamment et par vengeance, j'ai empoisonné mon père, mes frères et ma sœur, pour avoir leurs biens, dont je demande pardon à Dieu, au Roi et à la Justice ». Cette cérémonie terminée, le tombereau s'achemina vers la Grève par les rues de la Juiverie, de la Lanterne, le Pont-Notre-Dame et le quai Pelletier (1), et ne s'arrêta plus qu'en face de l'Hôtel de Ville, au bas de l'échafaud (2), où Mme de Brinvilliers devait, d'après les termes de l'arrêt, « avoir la tête tranchée, puis son corps brûlé et les cendres jetées au vent (3) ».

Terminons par quelques mots de Mme de Sévigné, qui fut témoin oculaire d'une partie du drame, et qui, bien informée, selon son ordinaire, sut faire le récit de ce qu'elle ne put voir : « C'en est fait, la Brinvilliers est en l'air : son pauvre corps a été jeté, après l'exécution, dans un grand feu et les cendres au vent; de sorte que nous la respirerons, et, par la communication des petits esprits, il nous prendra quelque humeur empoisonnante, dont nous serons tout étonnés... A six heures du soir, on l'a menée nue, en chemise et la corde au cou, à Notre-Dame faire l'amende honorable. Pour moi, j'étois sur le pont Notre-Dame, avec la bonne d'Escars, et je l'ai vue, jetée à reculons sur de la paille, avec une cornette basse et sa chemise, un docteur auprès d'elle, le bourreau de l'autre côté : en vérité, cela m'a fait frémir. Elle dit à son confesseur, par le chemin de faire mettre le bourreau devant elle, « afin de ne pas

(1) Ce quai était alors tout neuf et venait d'être élevé sous la prévôté de Claude Le Pelletier, président aux enquêtes, par l'architecte Pierre Bullet. Le tablier reposait sur une voussure de pierre remarquable par sa hardiesse et sa solidité.

(2) Pour compléter l'aspect de cette scène, voyez M. Drouet, greffier, qui s'avance à cheval : « Madame, dit-il, n'avez-vous rien de plus à révéler. Si vous avez quelque déclaration à faire, MM. les douze commissaires sont là en l'Hôtel de Ville, tout prêts à vous entendre ». Elle répondit qu'elle ne savait rien que de plus ce qu'elle avait déjà avoué.

(3) Penautier, receveur du clergé, fort lié avec Sainte-Croix et avec la marquise, fut accusé d'avoir empoisonné son prédécesseur Saint-Laurent de Hanivel. Il fut arrêté, enfermé au Palais dans le cachot de Ravaillac; mais il était prodigieusement riche, protégé par les gens les plus considérables, par tout le clergé, le cardinal Bonzi à la tête; on le tira d'affaire; « il conserva ses emplois et ses amis, dit Saint-Simon, et quoique sa réputation eût fort souffert, il demeura dans le monde comme s'il n'avait jamais été soupçonné ».

voir, ce coquin de Desgrez ». Ceux qui ont vu l'exécution disent qu'elle a monté sur l'échafaud avec bien du courage, seule, nu-pieds, et fut un quart d'heure mirodée, rasée, dressée et redressée, par le bourreau. Ce fut un grand murmure et une grande cruauté. Jamais il ne s'est vu tant de monde, ni Paris si ému ni si attentif. Le lendemain, on cherchoit ses os, parce que le peuple disoit qu'elle étoit sainte (1) ».

*
* *

Il y avait un peu plus d'un an que la marquise de Brinvilliers, dûment confessée et repentante, avait été rejoindre les siens dans un monde meilleur, quand, le 21 septembre 1677, le sacristain de l'église de la Maison professe, rue Saint-Antoine, trouva dans un confessionnal, un billet anonyme révélant un projet d'empoisonnement du Roi et du Dauphin. Il n'en fallut pas davantage pour exciter l'inquiétude ou le zèle de La Reynie, qui se mit aussitôt en campagne et finit par découvrir deux « artistes en poisons », Vanens et Bachimont, en relations avec tout un groupe de coquins, d'accoucheuses, d'entremetteuses et de leurs rufiens, les femmes Labosse, Vigoureux, Lagrange, un nommé Nail, etc. Ces deux derniers inaugurèrent une longue série de supplices, et furent brûlés à la Grève, par arrêt du Parlement, le 6 février 1679.

Dans une région de Paris qui n'a guère changé depuis deux siècles, — le triangle montueux formé par la rue Poissonnière, le boulevard et la rue de Cléry, — grimpe, puis descend, une rue étroite, tortueuse et silencieuse, la rue Beauregard, dominée par le clocher de l'église Bonne-Nouvelle. Là s'élevait, en 1679, au fond d'un jardin, une petite maison, repaire de la plus abominable créature, la sage-femme Catherine Deshayes, veuve Monvoisin, dite *la Voisin*, maîtresse du bourreau Nicolas Levasseur (2); là, depuis plusieurs années, se rencontraient en grand secret, chaque nuit, les dames les plus renommées de la Cour avec d'infâmes prêtres de la paroisse voisine, les abbés Guibourg, Mariette, Lesage, Davot. Dans le jardin de la devineresse, au dire de la servante Margot, étaient enfouis les corps des petits enfants, victimes d'horribles pratiques.

La Vigoureux, aussitôt qu'elle fut dans les mains de La Reynie, parla, et ses aveux amenèrent l'arrestation importante de la Voisin, le 12 mars 1679, au moment même où la digne matrone venait d'entendre la messe. Dès les premiers noms qu'elle prononça devant le lieutenant de police, le gouvernement comprit le danger de laisser au Parlement l'instruction d'une affaire aussi scandaleuse, et institua à l'Arsenal une Chambre royale, à laquelle le peuple donna le nom qui lui est resté de *Chambre des poisons*, ou *Chambre ardente*. Bézons (3) et la Reynie

(1) Sévigné, *lettres* du 17 et du 22 juillet 1676.
(2) Nicolas Levasseur, dit Larivière, fut destitué par arrêt du Parlement et eut pour successeur le 11 août 1688, Charles Sanson, dit Louval, le premier d'une dynastie qui s'est perpétuée au pouvoir jusqu'à nos jours.
(3) Louis Bazin, seigneur de Bezons; nous l'avons déjà vu figurer parmi les ju-

en furent les conseillers rapporteurs et la Reynie en eut bientôt la présidence. Louis XIV lui-même se fit rendre jour par jour un compte
exact de ce procès monstrueux où furent mis en cause deux cent quarante-six accusés, dont trente-six furent punis de mort par le fer, la
corde ou le feu et le reste envoyé aux galères, en exil, ou banni. On
sait qu'alors le bannissement, c'était presque toujours la prison perpétuelle.

Le 23 janvier 1680, Paris, en se réveillant (1), apprit que la comtesse
de Soissons, le duc de Luxembourg; le comte de Clermont, prince du
sang; la duchesse de Bouillon (2), la princesse de Tingry, la comtesse
du Roure, la marquise d'Alluye, la comtesse de Polignac, la maréchale
de la Ferté, M. de Cessac, étaient décrétés. Le maréchal de Luxembourg se rendit à la Bastille, sans attendre qu'un exempt l'y conduisît.
Madame de Soissons, informée à temps par un avis charitable du Roi,
lui fit mander « qu'elle étoit fort innocente, mais qu'elle ne pouvoit
souffrir la prison (3) », et elle partit à quatre heures du matin, le 24
janvier, pour Bruxelles, accompagnée de Mme d'Alluye. Quant à la Voisin, elle se faisait un malin plaisir de dire « des noirceurs », et d'entraîner dans sa perte les personnes les plus estimables ou les plus illustres; dans ses interrogatoires, elle déclarait que Racine avait empoisonné
Mlle Du Parc (4); que les prêtres Mariette et Lesage avaient fait des

ses du chevalier de Rohan. Il était frère de Claude Bazin, intendant du Languedoc, membre de l'Académie française, et oncle d'Armand, archevêque de Rouen,
et de Jacques, mort maréchal de France.

On voit à Bezons, près d'Argenteuil, un beau pavillon et la ferme de la seigneurie des Bazin.

(1) « Quand il y a de grandes nouvelles, il faut les écrire... On est dans une
agitation, on envoie aux nouvelles, on va dans les maisons pour en apprendre,
on est curieux ! »

Sévigné, *lettres* des 24 et 26 janvier 1680.

(2) Marie-Anne Mancini, l'une des sept nièces de Mazarin. Mme de Sévigné a
raconté avec quelle désinvolture elle comparut devant ses juges et se moqua
d'eux : « Eh bien, messieurs, est-ce là tout ce que vous avez à me dire? Vraiment,
je n'eusse jamais cru que des hommes sages pussent demander tant de sottises ».
Selon Voltaire, à la Reynie assez malavisé pour lui demander si elle avait vu le
diable, elle aurait répondu : « Je le vois dans ce moment, il est fort laid et déguisé en conseiller d'État ». Rentrée triomphante dans son hôtel, elle eut l'imprudence de se vanter d'avoir bafoué ses juges, et le Roi l'exila à Nérac. Après
quelques voyages, elle ne reparut à la Cour qu'en 1690.

(3) Nous connaissons déjà trop cette autre nièce (voir chap. XVII, p. 349). Poursuivie à Bruxelles par la populace, ou peut-être par les agents de Louvois, elle
parvint malgré ses quarante ans sonnés à séduire le duc de Parme, gouverneur
des Pays-Bas. Celui-ci ayant donné sa démission en 1682, la comtesse alla en Espagne voir sa sœur Marie, la connétable Colonna. Elle avait gagné l'amitié de la
reine Marie-Louise d'Orléans, qui mourut presque subitement le 12 février 1689.
Il n'en faut pas plus à Saint-Simon pour accueillir les bruits qui coururent à
Madrid sur l'empoisonnement de la reine par Mme de Soissons. Toujours errante,
elle séjourna dans plusieurs villes d'Allemagne, puis se retira à Bruxelles, où elle
mourut le 9 octobre 1708.

(4) Marquise Thérèse de Gorle, née vers 1633, épousa l'acteur René Berthelot, dit
Gros-René, dit *Du Parc*, mort rue Saint-Thomas-du-Louvre, le 28 octobre 1664. Elle
faisait partie de la troupe de Molière en province et revint avec lui en 1658 à
Paris, où elle se fit applaudir sur les théâtres du Petit-Bourbon et du Palais-Royal.

aspersions d'eau bénite et des prières, en 1668, à Saint-Germain, dans l'appartement de Mme de Thianges, pour obtenir la mort de la Vallière; que la comtesse de Soissons avait empoisonné son mari ; la princesse de Tingry, ses enfants; la marquise d'Alluye, son beau père; Mme de Polignac, son valet de chambre ». Pour mettre court à ce flot de divulgations de plus en plus embarrassantes, La Reynie se hâta de faire exécuter la Voisin, le 22 février 1680 : « Nous la vîmes passer à l'hôtel de Sully (1), rue Saint-Antoine, venant de Vincennes, dans un tombereau, liée, une torche à la main, habillée de blanc, fort rouge, repoussant le confesseur et le crucifix avec violence. A Notre-Dame, elle ne voulut jamais prononcer l'amende honorable, et, à la Grève, elle se défendit, autant qu'elle put, de sortir du tombereau : on l'en tira de force, on la mit sur le bûcher, assise et liée avec du fer; on la couvrit de paille; elle jura beaucoup, repoussa la paille cinq ou six fois; mais enfin le feu s'augmenta et on la perdit de vue... Elle donna gentiment son âme au diable tout au beau milieu du feu... et les cendres de la pauvre diablesse sont en l'air présentement (2) ».

Bien des coupables respirèrent plus librement en apprenant le supplice de la Voisin, et crurent que les poursuites allaient cesser avec les dénonciations de ce témoin redoutable. Il n'en fut rien. Cinq criminels des plus dangereux restaient encore dans les prisons : la fille de la Voisin, la femme Filastre, les abbés Lesage et Guibourg. On leur promit la vie s'ils confessaient tout ce qu'ils savaient et chacun d'eux conta d'épouvantables histoires, dont le fond, malheureusement trop vrai, peut se résumer ainsi : Plusieurs dames autour du Roi avaient cherché à se procurer des philtres propres à exciter ou à conserver son attachement; quelques-unes avaient proféré des paroles menaçantes contre lui et avaient attenté à la vie de leurs rivales.

Marguerite Voisin affirma que la Desœillets, femme de chambre de Mme de Montespan, venait, depuis plusieurs années, rue Beauregard, demander, de la part de sa maîtresse, des *poudres pour l'amour;* qu'un étranger, — un seigneur anglais, croyait-elle, — avait promis cent mille livres à qui ferait périr le Roi; que la femme Filastre faisait commerce de poisons mêlés d'arsenic, de sublimé, de tabac, et de ve-

---

Elle était veuve, lorsque, en 1663, Racine la séduisit, l'enleva et lui fit jouer, au théâtre du Marais, le rôle d'*Ariane* dans l'*Alexandre,* puis celui d'*Andromaque;* elle mourut, à peine âgée de vingt-cinq ans, rue de Richelieu, le 11 décembre 1668. C'est à elle que Corneille, qui la vit à Rouen, dans la troupe de Molière, en 1658, adressa les vers :

> « Marquise, si mon visage a quelques traits un peu vieux,
> Souvenez-vous qu'à mon âge,
> Vous ne vaudrez guère mieux... »

(1) Il existe toujours, mais un malencontreux étage, ajouté de nos jours, relie les deux pavillons de la façade et couvre la terrasse qui, de la rue, laissait voir la cour et les bâtiments du fond. C'est sur cette terrasse, ou à l'une des six fenêtres des pavillons que Mme de Sévigné était placée avec mesdames de Chaulnes, de Sully et bien d'autres.

(2) Sévigné, *lettre* du 23 février.

nins de vipères, chenilles, couleuvres, araignées et crapauds; que les
duchesses d'Angoulême, de Vivonne et Mme de Vitry avaient fait un
pacte avec le diable pour la mort de Mme de Montespan; enfin que
celle-ci avait chargé deux individus, déguisés en colporteurs, Bertrand
et Romani, de pénétrer chez Mlle de Fontanges et de lui vendre des
gants de Grenoble empoisonnés.

Me voici arrivé aux *faits pénibles à entendre, qu'il est fâcheux de
rappeler, plus difficile encore de rapporter* (1): aux choses *trop exécrables pour être mises sur le papier* (2), dépassant toutes les prévi-
sions, et mettant en danger les jours du Roi et du Dauphin. Je veux
parler des *messes noires* et de leur atroce rituel, réglé par le plus étrange
dévergondage d'imagination.

A la fin de janvier 1678, vers minuit, Mme de Montespan se serait
rendue chez la Voisin, rue Beauregard, et aurait trouvé, dans le pavillon au fond du jardin, une petite chapelle tendue de noir, un autel
couvert d'un drap mortuaire, d'un tabernacle noir et de cierges noirs.
La messe fut célébrée par l'abbé Guibourg sur le corps nu de Mme de
Montespan; l'office de clerc étant rempli par Marguerite Voisin. Au
moment de la consécration, un tout petit enfant fut égorgé et son
sang... puis le prêtre plaça sous le calice un billet ainsi conçu : *Je,
Françoise-Athénaïs de Mortemart, marquise de Montespan, demande que l'amitié du Roi et de monseigneur le Dauphin me soit
continuée; que la Reine soit stérile; que le Roi quitte son lit et sa table
pour moi; que respectée des grands seigneurs, je puisse être appelée
aux conseils du Roi et savoir ce qui s'y passe; qu'il ne regarde plus
la Fontanges, et que, la Reine étant répudiée, je puisse épouser le
Roi* »... Je m'arrête ici, et, puisque le lecteur français veut être respecté, je le renvoie au latin qui, dans les mots, brave les nudités et
les crudités (3)...

La Reynie concluait aux poursuites immédiates contre les deux bel-
les-sœurs, Mmes de Montespan et de Vivonne. Colbert, qui venait de
marier sa fille au duc de Mortemart, fils de la duchesse de Vivonne,
trembla à l'idée du déshonneur qui menaçait sa famille.

Le Roi n'aurait voulu pour rien au monde faire comparaître devant
la Chambre de l'Arsenal la mère des princes légitimés. Il eut tellement
peur de connaître toute la vérité, qu'à la mort de la pauvre Fontanges,
il écrivit de sa main au duc de Noailles : « Sur ce que l'on désire de
faire ouvrir le corps, si on le peut éviter, *je crois que c'est le meilleur
parti* ».

D'ailleurs quels fonds devait-on faire sur les accusations intéressées
d'une fille Voisin! d'une femme Filastre, qui, au moment suprême, avait

(1) *Mémoire* de la Reynie.
(2) *Lettre* de Colbert.
(3) « Quotiescunque altare osculandum erat, Presbyter osculabatur corpus mu-
lieris, hostiamque consecrabat super pudenda, quibus hostiæ portiunculam inse-
rebat. Missa tandem peracta, Presbyter mulierem inibat, et, manibus suis in
calice mersis pudenda sua et muliebria lavabat... »

rétracté ce que la torture lui avait arraché. L'avocat Duplessis (1), — employé par Colbert, il est vrai, — ne voyait dans toutes ces dépositions qu'un tissu d'exécrables calomnies : « N'y aurait-il pas eu, disait-il, des personnes qui auraient usurpé le nom de Mme de Montespan pour mieux couvrir leur jeu et pour faire faire à leur profit l'œuvre magique ? »

La Reynie, en poursuivant si âprement tous ceux qu'on lui dénonçait, s'était attiré la haine des plus puissants personnages. « La réputation de cet homme est abominable », dit Mme de Sévigné, fidèle écho de la Cour et de la ville. Le marquis de Feuquières, brave et habile officier, un instant compromis, écrivait : « Quelques empoisonneurs et empoisonneuses de profession ont trouvé le moyen d'allonger leur vie en dénonçant de temps en temps nombre de gens de considération dont il faut instruire les procès, ce qui leur donne du temps... La Reynie est un fol enragé qui a calomnié trop d'honnêtes gens pour qu'un jour on ne lui en sache pas fort mauvais gré ».

Le lieutenant de police sentit le terrain manquer sous ses pas. « Je reconnois, écrit-il le 11 octobre 1680, que je ne puis percer l'épaisseur des ténèbres dont je suis environné. Je demande du temps pour y penser davantage, et *peut-être après y avoir bien pensé, y verrai-je moins clair que je ne vois à cette heure!...* J'attends du secours de la Providence... J'espère avec beaucoup de confiance que Dieu achèvera de découvrir cet abîme de crimes et qu'il inspirera au Roi tout ce qu'il doit faire dans une occasion si importante ».

Colbert, en présence de cette abdication de La Reynie, comprit qu'il y avait pour tous intérêt à en finir et il émit l'avis énergique de juger les accusés les plus coupables, la fille Voisin, les prêtres Lesage, Guibourg, Davot, et « pour le reste, de transporter toutes ces canailles, *sans jugement*, aux îles d'Amérique, à Saint-Domingue, à Cayenne, et au Canada (2) ».

---

(1) Claude Duplessis, avocat au Parlement, né dans le Perche et mort en 1683 : jurisconsulte distingué, pensionné par le Roi et souvent consulté par Colbert. On trouve dans ses *Œuvres*, publiées en 1754, ses *Consultations* et son *Traité de la Coutume de Paris*.

(2) Quelques renseignements encore sur les accusés et les condamnés : le comte de Clermont prit la fuite un des premiers, et ne revint en France purger sa contumace que douze ans après. — Mme de Soissons ne revint pas. — Le duc de Luxembourg, le marquis de Feuquières, la princesse de Tingry, mesdames de Bouillon, d'Alluye, du Roure, de Polignac en furent quittes pour quelque temps d'exil. — Mesdames de Dreux, de Lescalopier, Le Féron furent bannies. — La Voisin, Mme de Carada, la Vigoureux, la Filastre, l'auditeur des comptes Jean Maillard, le nommé Nail, la femme Lagrange, les abbés Davot, Guibourg, un berger de Vincennes, Étienne de Bray, furent brûlés à la Grève. — Un très grand nombre, à qui l'on avait promis la vie pour prix de leurs révélations, disparurent, envoyés aux îles ou enfermés dans des forteresses; tel, un gendarme nommé La Frace, prisonnier à Vincennes, à la Bastille, et qu'on retrouve, vers 1692, oublié au fort de Salces, en Roussillon; tel, un intendant du maréchal de Luxembourg, le sieur de Montemajor, enfermé à la même époque au fort de Salces, etc.

Plusieurs bergers de la Brie furent condamnés à mort pour sortilèges en 1688 et 1691; « ils s'étoient rendus formidables à la province, faisoient mourir les bes-

Comme conséquence, la Chambre de l'Arsenal fut dissoute à la fin de juillet 1682.

*
* *

L'année 1683 commença bien pour la triste Marie-Thérèse. Elle voulut accompagner le Roi en Bourgogne et en Alsace, et visita avec lui toutes les places fortes de ces deux provinces, faisant un effort énorme sur elle-même pour ne paraître souffrir, ni des fatigues de la route, ni des écrasantes chaleurs. De son côté, le Roi lui montra pendant tout le voyage des égards auxquels elle n'était plus habituée depuis longtemps. Elle attribua cet heureux changement à Mᵐᵉ de Maintenon, à qui déjà elle avait fait présent de son portrait dans un voyage à Chambord, et elle s'écria, pleine d'une joie naïve : « Dieu vous a suscitée pour me rendre le cœur de mon mari! » Mais à peine était-elle de retour à Versailles, qu'elle « succomba de lassitude, emportée aussitôt que frappée par la maladie, et se trouva toute vive et tout entière entre les bras de la mort sans presque l'avoir envisagée (1) ». Mal soignée par son premier médecin, Antoine d'Aquin, elle mourut au bout de quatre jours, le vendredi 30 juillet. « Voilà le premier chagrin que la Reine me donne », dit Louis XIV, et, dans ces quelques mots, il y en avait un qui sonnait faux. Chagrin bien vite évanoui, en tous cas! Le Roi s'en alla distraire les premiers jours de sa douleur chez Monsieur, à Saint-Cloud, et de là à Fontainebleau, où il retrouva Mᵐᵉ de Maintenon en grand deuil, et ne put s'empêcher de la railler de son air affligé.

*
* *

Colbert, miné par des soucis de toutes sortes, par la certitude d'avoir déplu au maître et par la peur d'être sacrifié à ses ennemis, ne survécut qu'un mois à Marie-Thérèse (2). Le ministre, « avare et lâche », qui

---

tiaux, attentoient à la vie des hommes, à la pudicité des femmes et des filles... Bras-de-Fer et ses complices Jardin, Petit-Pierre, Biaule, et Lavaux, furent condamnés à être pendus et brûlés; les deux frères Hacques et leur sœur, au bannissement pour neuf ans.

Ce qu'il y a de plus remarquable, c'est qu'un magistrat aussi distingué que le commissaire Delamare, en faisant l'extravagant récit de ce procès grotesque semble intimement persuadé du pouvoir qu'auraient eu « ces scélérats de jeter et de lever des sorts ».

Delamare, *Traité de la Police*, t. I, livre III, p. 564.

(1) Bossuet.

(2) Cinq jours avant la mort de Colbert, c'est-à-dire le 1ᵉʳ septembre, Bossuet prononça, à Saint-Denis, l'oraison funèbre de la Reine, et, dans cette assemblée, qui savait le fond des choses, devant le Dauphin, il osa parler de l'amour du Roi, « toujours également vif après vingt-trois ans écoulés... de cette reine honorée au-dessus de toutes les femmes de son siècle, pour avoir été chérie, estimée, et trop tôt, hélas! regrettée par le plus grand de tous les hommes! » *Risum teneatis*, ô Montespan, ô Maintenon, ô Soubise!

s'était montré impitoyable pour Fouquet, voyait la prédiction d'Hesnault sur le point de s'accomplir : il pouvait craindre « son poste, son rang, la Cour et la Fortune »; il était « près d'avoir besoin de toute la bonté du prince ». Comme il avait ruiné son prédécesseur, il se sentait à son tour menacé par la jalousie et la haine de Louvois, et il en était réduit à redouter qu'on lui enlevât « plus que le pouvoir ». Lui qui, avait tant reproché à Fouquet ses alliances, « dangereuses pour la couronne », il avait marié ses trois filles aux ducs de Chevreuse, de Mortemart, et de Beauvilliers (1); son fils aîné à Mlle d'Aligre, l'une des plus riches héritières du royaume; le second était coadjuteur de l'archevêque de Rouen; un de ses frères était évêque; un autre, ambassadeur; un autre, lieutenant général. Il s'était indigné des immenses richesses de Fouquet, et il habitait l'un des plus merveilleux hôtels de Paris (2); il était propriétaire de magnifiques domaines en Bourgogne, en Berry, en Touraine, en Anjou, en Normandie. Tout le sud de la banlieue de Paris lui appartenait : Sceaux (3), Châtenay, le Plessis-Piquet, Aulnay, Châtillon, Bourg-la-Reine, Bagneux, Fontenay-aux-Roses. Certes il s'était attelé à son labeur comme le bœuf à la charrue, dur pour lui comme pour les autres (4), passionné pour la chose publique, mais sans grandeur, en vrai commis, mal emmarquisé, fils et petit-fils de boutiquiers, ne laissant échapper aucune occasion d'arrondir « son bien », de trafiquer, en bon courtier qu'il était resté, des charges et des offices; tout en faisant, il faut le reconnaître, « les affaires » de ces deux maîtres qu'il avait servis de son mieux, Mazarin et Louis XIV (5).

La puissance des mots est si grande que l'on va toujours répétant que Louis XIV n'eut ni surintendant ni premier ministre. Il est seulement vrai que Colbert eut ces fonctions sans les titres, mais il fut à la fois secrétaire d'État de la Marine, secrétaire d'État de la Maison du Roi, contrôleur général des finances, surintendant des bâtiments (6); il

---

(1) Paul de Beauvilliers n'était encore que le comte de Saint-Aignan et ne fut duc que plus tard.

(2) Rue Neuve-des-Petis-Champs, à l'angle de la rue Vivienne. La galerie Vivienne et le passage Colbert ont été percés en 1823 et en 1828 sur son emplacement.

(3) Il semblait qu'après Fouquet, aucun ministre n'oserait renouveler les fastueuses splendeurs du château et des fêtes de Vaux... Neuf ans après la représentation des *Fâcheux*, Colbert achetait à la famille de Tresmes la seigneurie de Sceaux et faisait démolir l'ancien château. Claude Perrault le remplaça par un palais dont Le Nôtre dessina le parc; Le Brun le décora; Tuby, Girardon et Puget le peuplèrent de statues; les bassins et les cascades furent alimentés par les eaux du Plessis-Piquet et du Val-Robert. Louis XIV daigna par deux fois l'honorer de sa présence, et s'assura que Versailles n'était pas tout à fait égalé.

(4) A Seignelay, qui lui demandait s'il valait mieux travailler le soir ou le matin il répondit : « Mon fils, il faut travailler et le soir et le matin ».

(5) Les Colbert de Troyes et de Reims descendaient à Paris chez Girard Colbert, marchand, rue des Arcis, à l'enseigne de *la Clef d'argent*. Quant à J.-B. Colbert, il avait été dans sa jeunesse petit-clerc chez un notaire, puis chez le procureur au Châtelet, Biterne; ensuite commis chez Sabatier, trésorier des parties casuelles, et enfin chez Mascrani et Cenami, banquiers du cardinal Mazarin.

(6) Il avait été secrétaire des commandements de la Reine; il se défit de cette charge et la vendit cinq cent mille livres.

avait donc tout entre les mains, sauf la Justice, la Guerre et les Affaires étrangères; sa fortune peut être évaluée à plus de soixante millions de nos jours. Arrivé à ce degré inouï de prospérité, sa chute n'en était que plus certaine s'il avait vécu davantage. Déjà ses envieux l'accusaient de « coupables projets, de desseins pernicieux (1) ».

Jusqu'en 1670, il fut un conseiller souvent écouté et toujours estimé, malgré les remontrances qu'il osait adresser au Roi sur ses prodigalités et ses fantaisies ruineuses (2); mais, à partir de cette époque, son crédit baisse, et, s'il reste encore ministre, c'est dans des conditions de plus en plus difficiles. En 1671, le Roi lui adresse une lettre cruelle, où il lui met le marché à la main : trouver de l'argent quand même ou se démettre (3). Un autre jour, il faut soixante millions pour l'extraordinaire des guerres, et, comme Colbert ne paraît pas savoir où les prendre : « Songez-y, dit le Roi, il se présente quelqu'un qui entreprendroit d'y suffire, si vous ne voulez pas vous y engager ».

C'est alors, d'après Charles Perrault, que « M. Colbert devint si difficile et si chagrin qu'il n'y avoit plus moyen d'y résister. Lui, qui auparavant se mettoit au travail en se frottant les mains de joie, n'entroit plus dans son cabinet qu'en soupirant ». De tels tourments, plus encore que la maladie, eurent vite raison de cette constitution robuste; il s'alita, se renfrogna dans un silence encore plus farouche que d'habitude, et, selon tous ses contemporains, mourut « en désespéré ». Madame Colbert lui demandant de répondre à un billet du Roi : « Je ne veux plus entendre parler du Roi, dit-il; qu'au moins à présent il me laisse mourir tranquille! c'est au Roi des rois qu'il faut maintenant que je songe à répondre ». Il expira le lundi, 6 septembre 1683, en murmurant : « Si j'avais fait pour Dieu le quart de ce que j'ai fait pour cet homme-là, je serais sauvé dix fois, et je ne sais ce que je vais devenir! »

De sa chambre, il avait pu entendre les imprécations des marchands des halles, qui, rassemblés sous ses fenêtres, lui reprochaient d'avoir tiré de l'argent des misérables échoppes dont jusqu'à lui ils avaient joui gratuitement! La fureur de cette multitude était si menaçante que la famille du ministre fut obligée de le faire inhumer à la nuit, et que les archers du guet eurent peine à protéger le convoi dans le court trajet de la rue Neuve-des-Petits-Champs à l'église Saint-Eustache (4).

---

(1) Mme de Maintenon, *lettres*.

(2) Dans ces occasions, il s'exprima souvent avec une belle franchise : « Je déclare à votre Majesté qu'un repas inutile de mille écus me fait une peine incroyable, et lorsqu'il est question de millions d'or pour la Pologne, je vendrois tout mon bien, j'engagerois ma femme et mes enfans, et j'irois à pied toute ma vie pour y fournir si c'étoit nécessaire. » — « La guerre qui oblige votre Majesté à de si grandes dépenses, l'oblige aussi à ne laisser pas accabler le peuple, par qui seul elle les peut soutenir ».

(3) « A Chantilly, ce 24 avril 1671. — J'ai eu beaucoup d'amitié pour vous, j'en ay encore présentement; profitez-en, n'asardez plus de me fascher encore... Voicz si la Marine ne vous convient pas, si vous aimeriez mieux autre chose; parlez librement; mais après la décision que je donnerai, je ne veux pas une seule réplique ».

(4) Dès 1656, il avait mécontenté de pâles rentiers auxquels il avait retranché

III. — L'Influence de Louvois (1683 à 1691).

Colbert, trois ans avant de mourir, avait tressailli d'aise en apprenant, vers avril 1680, que Fouquet s'était éteint dans cette forteresse de Pignerol dont il ne reste plus aujourd'hui que des vestiges. Louvois eut également la joie de voir disparaître en Colbert un rival détesté, dont il avait peu à peu préparé la perte, en le mettant dans l'impossibilité de parer aux dépenses de guerres sans cesse renaissantes.

Dès l'âge de quinze ans, il était entré dans les bureaux de la guerre (1), sous les auspices de son père, Michel Le Tellier, et il lui avait succédé, en 1666, comme Secrétaire d'État. « Altier, grossier, terrible et absolu, avec une férocité naturelle peinte sur son visage, qui effrayoit ceux qui avoient affaire à lui; traitant toute la terre sous la main, et même les princes (2) »; au demeurant l'homme le plus brutal du monde. Mais, de l'aveu de tous, prodigieusement appliqué aux affaires, prévoyant, aussi attentif à récompenser qu'à punir; formant, dans un secret impénétrable, des entreprises qui tenaient du prodige par leur exécution subite. C'est ainsi que sans avoir jamais le titre de premier ministre, « il abattit tous ses collègues, devint le maître, et conduisit le Roi où et comme il voulut (3) ».

Je ne puis énumérer toutes les utiles réformes qu'il avait accomplies dans l'armée, à l'époque où nous sommes arrivés : les régiments, distingués les uns des autres par leur uniforme; — les soldats, habitués à marcher au pas; — les baïonnettes au bout du fusil, substituées aux piques; — la création de casernes, au grand soulagement des paysans et des bourgeois; de magasins de vivres; d'hôpitaux militaires; de haras; d'écoles pour le génie et l'artillerie; d'écoles de cadets, où les jeunes gentishommes apprendraient à obéir avant de commander; — la formation de compagnies d'élite dans chaque régiment; d'escadrons de hussards, de dragons, de cuirassiers, de grenadiers à cheval; — les soldats obligés à une discipline sévère (4); — les déserteurs punis de mort; — les officiers astreints à s'occuper de leurs troupes; — des inspecteurs

---

plus d'un quartier. Plusieurs d'entre eux vinrent le trouver; il les écouta avec sa froideur ordinaire, puis parut s'intéresser à leurs griefs et demanda leurs noms qu'ils eurent l'imprudente confiance de lui livrer. Le soir même, il les fit arrêter... C'est un trait de caractère.

(1) François-Michel Le Tellier, marquis de Louvois, baptisé sur la paroisse Saint-Benoit, le 18 janvier 1641, fils de Michel Le Tellier, seigneur de Chaville, conseiller du Roi et d'Élisabeth Turpin. Louvois épousa, le dimanche 19 mars 1662, à Saint-Eustache, damoiselle Anne de Souvray de Courtenvaux.

(2) *Mémoires* de Saint-Hilaire.

(3) Saint-Simon.

(4) M. de Marillac, maréchal de camp, frappe une sentinelle qui avait heurté son cheval; M. de Marillac est condamné aux arrêts; la sentinelle passe en conseil de guerre et est condamnée au supplice de l'estrapade *pour n'avoir pas tué M. de Marillac* qui l'avait frappée. Le Roi fait grâce à ce soldat, mais son colonel, M. de Goas, le dégrade et le chasse du régiment.

Mémoires de Puységur.

généraux, chargés de s'en assurer. Il opéra enfin une véritable révolution, par *l'ordre du tableau*, qui donna l'avancement dans les grades
à l'ancienneté des services et non plus à la naissance, louable mesure
maudite par Saint-Simon, qui ne vit là « qu'une adresse pour ruiner
les seigneurs, les accoutumer à l'égalité, et à rouler pêle-mêle avec
tout le monde... il fut établi, dit-il, que *quel qu'on pût être*, tout ce
qui servoit demeuroit, quant au service et aux grades, dans une égalité
entière (1) ».

*
* *

Très lié avec Mᵐᵉ de Montespan et avec l'ami de celle-ci, Marsillac,
Louvois ne s'était pas fait faute de combattre l'influence naissante de
Mᵐᵉ de Maintenon; mais après la mort de Marie-Thérèse, il lui fallut
subir l'ascendant et le triomphe discret de la nouvelle favorite, celle
qui inspirait à Louis XIV sur le retour, « tant de tendresse et de scrupule », qu'il se décida, sans perdre une heure (2), à mettre d'accord sa
conscience et sa passion par un mariage qui, pour une partie de la cour,
resta toujours problématique. « Ce qui est très certain, dit Saint-Simon,
c'est qu'au milieu de l'hiver qui suivit la mort de la reine, chose que
la postérité aura peine à croire, quoique parfaitement avérée, le P. de
La Chaise, confesseur du Roi, dit la messe en pleine nuit à Versailles.
Bontemps, premier valet de chambre, le plus confident des quatre, servit cette messe où ce monarque et la Maintenon furent mariés, en présence d'Harlay, comme diocésain, de Louvois, — qui tous deux avoient
tiré parole du Roi qu'il ne déclareroit jamais ce mariage (3), — et de
Montchevreuil, parent et ami de la mariée (4) ».

---

(1) « Sous prétexte que tout service militaire est honorable, et qu'il est raison
nable d'apprendre à obéir avant que de commander, le Roi assujettit tout, —
sans autre exception que celle des princes du sang, — à débuter par être cadets
dans ses gardes du corps, et à faire tout le même service, dans les salles et dehors,
hiver et été, et à l'armée; on s'y ployoit par force à y être confondu avec toutes
sortes de gens et de toutes les espèces, et c'étoit là tout ce que le Roi prétendoit
en effet de ce noviciat ». *Mémoires* de Saint-Simon.
(2) Le veuvage du Roi ne fut pas long, si, comme je le suppose, le mariage fut
décidé dès le 20 septembre 1683, et accompli à la fin de janvier 1684, moins de
six mois après la mort de la reine.
(3) Lire, dans Saint-Simon, le récit de la vive opposition que Louvois fit à ce
que le Roi déclarât Mᵐᵉ de Maintenon reine de France : « Louvois se jette à ses
genoux, tire son épée, en présente la garde au Roi, le prie de le tuer sur le
champ s'il persiste à se couvrir aux yeux de toute l'Europe d'une infamie que lui
ne veut pas voir. Le Roi trépigne, pétille, dit à Louvois de le laisser. Louvois le
serre de plus en plus par les jambes, de peur qu'il ne lui échappe; lui représente
l'horrible contraste de la gloire de sa couronne avec la honte de ce qu'il veut
faire, en un mot, fait tant qu'il tire une seconde fois parole du Roi qu'il ne dé-
clarera jamais ce mariage ».
(4) Ajoutez au témoignage de Saint-Simon et de Voltaire, celui de l'archevêque
de Sens, Languet de Gergy, qui, dans ses *Mémoires*, nomme les mêmes assistants
au mariage.

*
* *

Le grand siècle décline, en avançant vers sa fin; ses généraux, ses magistrats, ses écrivains, ses artistes, Turenne, Condé, Duquesne, Michel Le Tellier, Guillaume de Lamoignon, Corneille, Bossuet, Boileau, La Fontaine, Claude Perrault, Le Brun, Le Paultre, Claude Lorrain, meurent ou ont déjà achevé leur œuvre. La Bruyère pourtant donnera ses *Caractères*, en 1688; Racine donnera encore *Esther*, en 1689, et *Athalie*, en 1691; (1), l'évêque de Meaux enfin, « averti par ses cheveux blancs », et résolu à consacrer désormais à son troupeau « les restes d'une voix qui tombe et d'une ardeur qui s'éteint », montera une dernière fois dans la chaire de Notre-Dame, le 10 mars 1687, pour y prononcer l'oraison funèbre du grand Condé.

Le prince avait succombé après une courte maladie, trois mois auparavant, dans un voyage qu'il avait fait à Fontainebleau, pour voir sa petite-fille, Mlle de Bourbon, malade de la petite vérole. Vieux à cinquante-quatre ans, couvert de blessures, Condé s'était vu obligé, dès 1676, de prendre sa retraite dans l'ancien domaine des Montmorency, Chantilly, qui lui venait de sa mère, et il s'y consolait « dans la conversation des hommes de génie, dont la France étoit alors remplie. Il étoit digne de les entendre, et n'était étranger dans aucune des sciences ni des arts où ils brillaient ». Qu'il embellît cette magnifique et délicieuse maison, ou qu'il munît un camp au milieu du pays ennemi; qu'il marchât avec une armée parmi les périls, ou que dans ces superbes allées, au bruit de jets d'eau qui ne se taisaient ni jour ni nuit, il conduisît ses hôtes, Santeuil, Bourdaloue, Molière, la Bruyère, Boileau, Racine, La Fontaine, « c'étoit toujours le même homme et sa gloire le suivoit partout (2) »... Bossuet couvrait ainsi de son indulgente éloquence la conversion un peu tardive, mais si bienséante, de l'incrédule qui s'amusait jadis avec la Palatine à brûler, en petit comité, un morceau de la vraie croix, et dont Gui Patin avait dit : « Belle âme devant Dieu, s'il y croyait (3)! »

(1) Racine avait gardé le silence treize ans, entre *Phèdre* (1676) et *Esther*: les dernières *Fables* de La Fontaine parurent en 1693, mais furent écrites la plupart bien auparavant. Le *Discours sur l'Histoire Universelle* est de 1681.

(2) Bossuet, *Oraison funèbre* du grand Condé, prononcée à Notre-Dame, le deuxième jour de mars 1687, devant Monsieur le Prince, fils du défunt.

(3) Condé mourut le mercredi 11 décembre 1686, à sept heures et un quart du soir. Le surlendemain, Mme de Sévigné écrit au président de Moulceau : « J'ai vu Briolle, qui m'a fait pleurer les chaudes larmes par un récit naturel et sincère de cette mort. Cela est au-dessus de tout ce qu'on peut dire ».

Le 10 mars 1687, à Bussy : « Le moyen, mon cher cousin, de ne vous pas parler de la plus belle, de la plus magnifique et de la plus triomphante pompe funèbre qui ait jamais été faite depuis qu'il y a des mortels! c'est celle de feu Monsieur le Prince, qu'on a faite aujourd'hui à Notre-Dame. Ses pères sont représentés par des médailles jusqu'à saint Louis; toutes ses victoires par des bas-reliefs, couverts comme sous des tentes dont les coins sont ouverts, et portés par des squelettes dont les attitudes sont admirables. Le mausolée, jusque près de la voûte, est couvert d'un dais en manière de pavillon encore plus haut, dont les quatre coins retombent en guise de tentes. Toute la place du chœur est ornée de devises qui

Quelques infirmités annonçaient au Roi qu'il approchait de la cinquantaine ; Mme de Maintenon arrivait donc au moment propice pour lui faire goûter le charme et la nécessité d'une vie plus retirée. Il semble certain que sans elle, Louis XIV eût donné à l'Europe le ridicule spectacle d'une vieillesse avilie par des faiblesses que les courtisans n'eussent pas manqué de diviniser ; le règne de quelque Pompadour, de quelque Du Barry, avant la Régence !

Malheureusement, lorsqu'elle entreprit, — pour le bon motif, — dans une pieuse complicité avec Bossuet et Bourdaloue, la séduction, et par surcroît, le salut du « pécheur obstiné » qu'était le Roi, elle dépassa le but et montra un rigorisme qu'on n'eût pas attendu de son bon sens habituel. Sous son personnat, la Cour devint morne et morose, sévère et guindée ; les divertissements, les fêtes galantes, les spectacles furent proscrits. Cet ennui glacial, dont elle devait se plaindre plus tard avec tant d'amertume, elle ne s'aperçut pas que c'était elle qui l'avait semé sur ses pas ! Elle traitait la conscience du Roi, en concurrence avec le P. de La Chaise, et se montrait plus scrupuleuse que le célèbre jésuite. Était-elle dupe des apparences et de l'hypocrisie qu'elle imposait autour d'elle, quand elle écrivait : « La conversion du Roi est admirable, et les dames qui en paroissoient le plus éloignées, la princesse d'Harcourt, mesdames de Chevreuse, de Gramont, de Thianges, du Lude, de Beauvilliers, de Soubise, de Montchevreuil, ne sortent plus

parlent de tous les temps de sa vie. Celui de sa liaison avec les Espagnols est exprimé par une nuit obscure, où trois mots latins disent : « *Ce qui s'est fait loin du soleil doit être caché...* Tout le monde a été voir cette pompeuse décoration. Elle coûte cent mille francs à Monsieur le Prince d'aujourd'hui, mais cette dépense lui cause bien de l'honneur. »

Le 31 mars, Bussy répond : « Comme j'ai ouï parler de l'oraison funèbre qu'a faite Monsieur de Meaux, elle n'a fait honneur ni au mort ni à l'orateur. On m'a mandé que le comte de Gramont, revenant de Notre-Dame, dit au Roi qu'il venoit de l'oraison funèbre de M. de Turenne. En effet, on dit que Monsieur de Meaux, comparant ces deux grands capitaines sans nécessité, donna à Monsieur le Prince la vivacité et la fortune, et à M. de Turenne la prudence et la bonne conduite ».

Bussy fait allusion au *parallèle* qui commence ainsi : « Ç'a été dans notre siècle un grand spectacle de voir dans le même temps et dans les mêmes campagnes ces deux hommes que la voix commune de toute l'Europe égaloit aux plus grands capitaines, etc. », passage qui ne fut pas également goûté par tous les contemporains. Mme de Sévigné revient sur ce sujet, quelques jours après : « Le parallèle de Monsieur le Prince et de M. de Turenne est *un peu* violent ; mais Monsieur de Meaux s'en excuse en niant que ce soit un parallèle, et tire de là une occasion fort naturelle de louer Sa Majesté, qui sait se passer de ces deux capitaines, tant est fort son génie ».

Le P. Bourdaloue prononça, lui aussi, une oraison funèbre de Condé, le 26 avril, dans la chapelle des Jésuites de la Maison professe, rue Saint-Antoine, où le cœur du Prince avait été porté. « Bourdaloue se jeta sans balancer tout au travers des égarements de Monsieur le Prince, et de la guerre qu'il a faite contre le Roi. Cet endroit qui fait trembler, que tout le monde évite, qui fait qu'on tire les rideaux, qu'on passe des éponges, il s'y jeta lui à corps perdu et fit voir, etc. ». — Sévigné, *lettre* du 25 avril 1687.

des églises; les simples dimanches sont comme autrefois les jours de
Pâques? » Mme de Montespan ne se laissait pas prendre à ces dehors
trompeurs; voyant un jour l'appartement de Mme de Maintenon envahi
par le clergé de la paroisse, par des sœurs grises, des religieuses de
plusieurs ordres, et toutes les grosses madames de charité : « Savez-
vous, lui dit-elle, que votre antichambre est merveilleusement parée
pour votre oraison funèbre? » Le Roi se laissait toucher par ces pratiques de bon exemple; il était loin du temps où il défendait Molière
contre ses ennemis; il revenait avec plaisir aux sentiments religieux de
son enfance; mais, gâté, comme il l'était, par l'habitude de se croire
supérieur au reste des humains, et de ne jamais rencontrer la moindre
résistance, il pensait expier ses fautes passées en se montrant impitoyable pour celles des autres. De là cette dévotion orgueilleuse, persécu-
trice, provocante, qui le jeta dans une guerre à outrance contre une
partie de ses sujets, contre l'Europe et même contre le pape.

Louvois fut l'âme de cette détestable politique, qui trop souvent
s'exerça contre les faibles et qui avait l'avantage de le rendre indispensable, au moins le croyait-il. Colbert avait protégé de son mieux les
protestants, qu'il considérait comme des sujets utiles, soumis, probes
et industrieux; Louvois les traita comme des rebelles, organisa contre
eux les dragonnades, puis fut le principal instigateur et le plus cruel
exécuteur de la révocation de l'édit de Nantes. Non content de ruiner
par cette odieuse mesure nos finances, notre commerce, nos manufactures, il rompit la trêve de Ratisbonne, traita Rome en ville conquise,
fit bombarder Gênes, amena contre nous la ligue d'Augsbourg, et ré-
volta l'Europe entière par l'incendie du Palatinat.

On peut regarder comme une réponse à la révocation de l'édit de
Nantes la révolution qui éclata en Angleterre au cours de l'année 1688,
et qui eut pour résultat final, malgré les efforts de Louis XIV, de faire
monter sur le trône du catholique Jacques II le calviniste Guillaume
d'Orange. A partir de ce moment, nous rencontrâmes sur tous les
champs de bataille, parmi les meilleurs soldats des armées ennemies, les
huguenots que le Roi et Louvois, avec l'assentiment au moins tacite de
Mme de Maintenon, avaient eu l'imprudence de chasser de France. Au
commencement de janvier 1689, nous vîmes arriver à Saint-Germain le
roi et la reine d'Angleterre, auxquelles Louis XIV accorda la plus large
hospitalité (1). Vainement il usa les dernières ressources de la France à

_____

(1) « Le Roi fait pour ces Majestés angloises des choses toutes divines; car n'est
ce point être l'image du Tout-Puissant que de soutenir un roi chassé, trahi, abandonné comme il est? La belle âme du Roi se plaît à jouer ce grand rôle. Il fut
au-devant de la reine d'Angleterre avec toute sa Maison et cent carrosses à six
chevaux. Quand il aperçut le carrosse du prince de Galles, il descendit et ne
voulut pas que ce petit enfant, beau comme un ange à ce qu'on dit, descendit;
il l'embrassa tendrement; puis il courut au-devant de la reine, qui étoit descendue; il la salua, lui parla quelque temps, la mit à sa droite dans son carrosse,
lui présenta Monseigneur et Monsieur, et la mena à Saint-Germain, où elle se
trouva toute servie de toutes sortes de hardes, et une cassette très riche avec six
mille louis d'or. Le lendemain, le roi d'Angleterre arriva tard, parce qu'il avoit

soutenir la malheureuse dynastie des Stuarts, pour la seconde fois condamnée. Le fantôme de Charles Ier obsédait et humiliait jusque dans Versailles le puissant chef de la Maison de Bourbon. Il comprenait que, de l'autre côté de la Manche, un droit nouveau venait de naître, qui allait substituer la royauté consentie par la nation à la royauté de droit divin, et il répétait tristement cette maxime dont Louis XVI devait un siècle après se faire à lui-même la dure application : « L'assujettissement qui met le souverain dans la nécessité de prendre la loi de ses peuples, est la dernière calamité où puisse tomber un homme de notre rang ».

« Sans la crainte du Diable, a dit Saint-Simon, Louis XIV se serait fait adorer et aurait trouvé des adorateurs ». De ceux-ci la liste serait longue : M. de Pomereu, prévôt des marchands, fait décider « que le *panégyrique* du Roi sera récité tous les ans à l'Hôtel de Ville par le recteur de l'Université »; un historien de Paris, dom Félibien, déclare que l'année 1687 sera une époque « d'éternelle mémoire » pour la ville, parce que le Roi daigna y venir dîner en l'hôtel commun, le 30 janvier; le maréchal de La Feuillade élève au Roi, sur la place des Victoires, une statue, jour et nuit éclairée, au pied de laquelle les nations de l'Europe sont représentées vaincues et enchaînées (1); les princesses du sang et les dames de la Cour font une révérence quand elles passent devant le lit de Sa Majesté, et l'Académie Française propose pour sujet d'un de ses prix : « De toutes les vertus du Roi quelle est la plus divine (2)? »

passé par Versailles. Le Roi qui l'attendoit à Saint-Germain alla au bout de la salle des gardes, au-devant de lui; le roi d'Angleterre se baissa fort, comme s'il eût voulu embrasser ses genoux; le Roi l'en empêcha, et l'embrassa à trois ou quatre reprises fort cordialement; il le mena ensuite dans la chambre de la reine, qui eut peine à retenir ses larmes, puis dit au roi : « Voici votre maison; quand j'y viendrai, vous m'en ferez les honneurs, et je vous les ferai quand vous viendrez à Versailles ».

Sévigné, *lettre* du lundi 10 janvier 1689.

Jacques II, dès son arrivée en France, parut aussi petit que Louis XIV parut grand, et, « ceux qui, à la Cour et à la ville, décident de la réputation des hommes, conçurent pour lui peu d'estime ». Il vint à Paris et descendit rue Saint-Antoine chez les jésuites de la Maison professe, habitée alors par les Pères de La Chaise, Bourdaloue, Gaillard, de la Rue, l'historien Daniel, le P. Ménestrier, célèbre héraldiste, etc. Ils lui firent visiter la longue galerie de leur Bibliothèque, au plafond légèrement ceintré, décoré d'une immense fresque de Ghérardini; leur chapelle remplie des tableaux de Vouet, le Brun, Carrache etc.; — la chaire en fer doré, ciselée par François Le Lorrain; — les monuments élevés en l'honneur de Louis XIII et du prince Henri de Condé, etc.

Jacques leur répondit gracieusement qu'il était un des leurs; qu'il était jésuite, s'étant fait affilier à leur ordre, en Angleterre, quand il n'était encore que duc d'York. Les courtisans se moquaient de sa tournure, de son bégaiement; les gazetiers le chansonnaient et l'archevêque de Reims disait de lui : « Voilà un bonhomme qui a quitté trois royaumes pour une messe ».

(1) Au milieu de l'engouement général, il y avait bien quelques protestations; et l'on connaît le joli distique du Gascon :

    « La Feuillade, sandis! Je crois qué tu mé bernes
    Dé placer le soleil entré quatré lanternes! »

(2) Il faut rendre cette justice au Roi que cette fois il sentit l'excès de cette flatterie et défendit que le sujet fût traité.

Grands et petits s'agenouillent devant l'idole; la misère devient générale; le Roi envoie son argenterie à la Monnaie; la Manufacture des Gobelins ne peut plus payer ses ouvriers; le peuple manque de pain, mais il n'en reste pas moins soumis. Pendant un demi-siècle, les Parisiens ne se donnent pas la distraction d'une légère émeute! Tout au contraire, en dignes petits-fils des Ligueurs, ils applaudissent à la révocation de l'Édit de Nantes et à la nouvelle, — d'ailleurs fausse, — de la mort de Guillaume III, à la bataille de la Boyne (1).

*
* *

Mme de Sévigné avait vu mourir trois ministres de Louis XIV, Fouquet, Colbert, Louvois, et, en vérité, disait-elle, « il faut y faire des réflexions dans son cabinet! Rien n'est plus différent que leur mort, mais rien n'est plus égal que leur fortune, et leurs attachements, et les cent millions de chaînes dont ils étoient attachés à la terre ».

Colbert avait causé la perte de Fouquet et mourut disgracié, au grand contentement de Louvois, dont la fin fut aussi tragique que celle de ses deux devanciers.

Nul homme ne fut plus dépourvu de sens moral que Louvois; nul ne pratiqua avec plus de cynisme le dangereux sophisme que la fin justifie les moyens; nul, de son temps, ne fut plus redoutable. Il ne recula jamais ni devant le vol, ni devant le faux, ni devant l'assassinat, pour soutenir son maître : au congrès de Cologne, il cherche à faire enlever, ou tuer au besoin, un envoyé de l'empereur; à un général, il écrit : « Ne vous lassez pas d'être méchant »; il invite un de ses agents à glisser des lettres fausses dans les papiers du cardinal de Bade et à les publier ensuite; il projette d'envoyer aux galères des soldats, prisonniers de guerre; par deux fois, il excite l'horreur de l'Europe en faisant ravager le Palatinat; il chercha même à surprendre au Roi l'ordre de brûler Trèves, et Saint-Simon nous a raconté la terrible scène causée par l'audace du ministre : « Le Roi fut si transporté de colère qu'il se

(1) Une flotte française avait transporté Jacques II en Irlande et, le 24 mars 1689, il entra dans Dublin, convoqua le Parlement d'Irlande, et régna sur la plus grande partie de l'île pendant quinze mois. Attaqué par Guillaume III, il fut battu sur les bords de la Boyne, le 1er juillet 1690, et obligé de se réfugier de nouveau en France.

Le bruit courut d'abord dans Paris que c'étaient les Anglais qui avaient été battus et que Guillaume avait été tué. A cette nouvelle, on illumina, on sonna les cloches, on alluma des feux de joie, on tira le canon de la Bastille, on brûla dans les carrefours des mannequins d'osier représentant le prince d'Orange; mais La Reynie ne voulait de bruit d'aucune sorte et réprima durement les manifestants. Quelques réflexions de Voltaire à cette occasion méritent d'être citées : « Guillaume ne paraissait pas encore aux yeux des Français un ennemi digne de Louis XIV. Paris, idolâtre de son roi, le croyait réellement invincible. Les réjouissances ne furent donc point le fruit de la crainte, mais de la haine. La plupart des Parisiens, façonnés au joug despotique, regardaient alors un roi comme une divinité, et un usurpateur comme un sacrilège. Le petit peuple qui avait vu Jacque aller tous les jours à la messe, détestait Guillaume hérétique ».

jeta sur les pincettes, et en alloit charger Louvois sans Mme de Maintenon, qui se précipita entre les deux. Louvois cependant gagnoit la porte.
Le Roi le rappela et lui dit. les yeux étincelants : *Dépêchez un courrier avec contre ordre; votre tête en répond, si on brûle une seule
maison*. Louvois, plus mort que vif, s'en alla sur-le-champ ».

L'échec de nos troupes devant Coni, le 29 juin 1691, fut connu à Versailles dès les premiers jours de juillet (1), et plongea Louvois dans un
grand découragement: il commença à tout appréhender et sentit que
sa chute était imminente... Le 15 juillet, chez Mme de Maintenon, le
Roi se montra fort dur pour lui; Louvois revint encore le lendemain,
dans l'après-midi, se trouva mal, fort oppressé, retourna à pied chez
lui, à l'hôtel de la Surintendance, où il logeait, appuyé sur le bras d'un
gentilhomme, se fit saigner, et mourut « comme étouffé dans des râle-
ments », en moins d'une demi-heure (2).

Cette mort si brusque causa plus de stupeur et de soupçons étranges (3), que de vrais regrets. « Louvois étoit tellement perdu, dit Saint-
Simon, qu'il devoit être arrêté le lendemain et conduit à la Bastille.
Quelles en eussent été les suites? C'est ce que sa mort a scellé dans les
ténèbres ». — « Voilà donc M. de Louvois mort, écrit Mme de Sévigné
à Coulanges, ce grand ministre, cet homme si considérable, qui tenoit
une si grande place; dont le *Moi*, comme dit M. Nicole, étoit si étendu
et étoit le centre de tant de choses (4)! » Quant à Mme de Maintenon,
elle ne paraît pas fort émue et se contente d'écrire à l'abbesse de Fon-

(1) Coni, ville des États Sardes, au sud de Turin : Bulonde en leva le siège à la
nouvelle de l'approche du prince Eugène; cette mesure jugée trop hâtive, irrita
Louis XIV, et désola Louvois qui fit écrouer Bulonde à Pignerol.
Selon MM. Émile Burgaud et le commandant Bazeries, qui ont déchiffré la correspondance secrète de Louis XIV, Vivien LAMÉ, seigneur de BULONDE, lieutenant
général, enfermé successivement à *Pignerol*, aux *Iles Sainte-Marguerite* et à la
Bastille, ne serait autre que le prisonnier au *masque de fer*... ou de velours.
Voir LE MASQUE DE FER, Paris, Didot 1893.
(2) La veuve de Louvois avait demandé pour lui la sépulture aux Invalides, et
le Roi l'accorda. Les restes du ministre y furent portés, le 20 juillet; mais, je ne
sais pour quelle cause, ils n'y restèrent que huit ans, et c'est aux Capucines, où
il fut transporté nuitamment le 22 janvier 1699, que lui fut élevé définitivement
un magnifique mausolée dont je parle plus loin.
(3) Mme de Coulanges écrit le 17 juillet à Lamoignon : « Mon Dieu, peut-on désirer
des places que l'on garde si peu, et qui sont bien terribles, quand on croit ce
que nous croyons?... Quelle mort, mon Dieu! quel sujet de réflexions! mais
elles se font dans l'imagination seulement... » — Saint-Simon, qui écrivait beaucoup plus tard, ne prend pas tant de circonlocutions : « La soudaineté du mal
fit tenir bien des discours; bien plus encore, quand on sut par l'ouverture de
son corps qu'il avoit été empoisonné... Ce qui est certain, c'est que le Roi en étoit
entièrement incapable, et qu'il n'est entré dans l'esprit de qui que ce soit de l'en
soupçonner ».
(4) Sévigné, *Lettre* du 26 juillet 1691.
La première représentation d'*Esther*, à Saint-Cyr, eut lieu le 26 janvier 1689.
Les contemporains se plurent à reconnaître Mme de Maintenon dans Esther; Madame de Montespan dans l'altière *Vasthi*; Louvois « peint au naturel, sous le
nom d'*Aman* le cruel »; mais je doute fort que le très prudent Racine ait eu
de pareilles intentions, à une date où Mme de Montespan n'avait pas encore quitté
la Cour, et où Louvois était tout-puissant.

tevrault (1) : « j'aurais quelque curiosité de savoir ce que Mme de Montespan a pensé sur l'horrible mort de cet homme qui seul lui paraissoit quelque chose et qui remplissoit ses idées. *Il ne fit que passer et n'étoit déjà plus*. Il passa la galerie en santé et il alloit mourir (2) ! »

IV. — LES PREMIERS REVERS. — (1691 à 1700).

Louis XIV fit aussi, à sa manière, l'oraison funèbre de Louvois. Un officier de Jacques II étant venu immédiatement lui porter des compliments de condoléance sur une si grande perte : « Monsieur, répondit le Roi, de l'air le plus dégagé, faites mes compliments au roi et à la reine d'Angleterre, et dites-leur de ma part que mes affaires et les leurs n'en iront pas moins bien ! »

Les événements ne tardèrent pas malheureusement à montrer combien cet homme, grand administrateur malgré de terribles défauts, manqua dans la suite des guerres; son fils, Barbezieux, jeune homme incapable et léger, n'était pas de taille à soutenir le fardeau des affaires militaires. Le temps des grands ministres était passé : après Louvois, Barbezieux, « menteur, se levant tard, passant le jour à la chasse, la nuit en débauche (3) »; après Barbezieux, Chamillard, surtout célèbre par son adresse au jeu de billard !

Louis XIV parut encore aux sièges de Mons et de Namur, en 1691 et en 1692, mais ce furent ses dernières campagnes. Le 8 juin, au moment où il semblait qu'il n'y avait plus qu'un dernier effort à faire pour forcer le prince d'Orange dans ses retranchements et en finir avec lui (4), le Roi déclara au maréchal de Luxembourg qu'il s'en retournait, et, malgré toutes les supplications, il partit le lendemain pour aller rejoindre au Quesnoy Mme de Maintenon et l'emmener avec lui à Versailles. « Les larmes de la nouvelle maîtresse, ses lettres désolées l'avoient emporté sur les plus pressantes raisons d'État, de guerre et de gloire (5) ».

Luxembourg, laissé seul, n'en remporta pas moins la victoire de Nerwinde; Catinat, celle de la Marsaille; le maréchal de Lorges, brûla Heidelberg, son château, — une merveille, — ses églises; ne respecta pas même les tombes des anciens Électeurs, fit traîner leurs cadavres momifiés dans les rues de la ville; mais notre marine fut en partie détruite par le désastre de la Hogue; la Provence fut envahie et ravagée par le prince Eugène; la flotte anglaise mit Dieppe en cendres et bom-

---

(1) Marie-Madeleine de Rochechouart-Mortemart, sœur de Mme de Montespan, qui avait enfin quitté la Cour et s'était retirée au couvent des filles de Saint-Joseph, rue Saint-Dominique-Saint-Germain.
(2) Lettre en date de Fontainebleau, 27 septembre 1691.
(3) Ce sont les termes mêmes de Louis XIV.
(4) Il écrivit au prince de Vaudemont, son ami intime, qu'il était perdu, et qu'il n'en pourrait échapper que par un miracle.
(5) Saint-Simon.

barda le Havre, Saint-Malo, Dunkerque et Calais (1). Villeroy, gêné par la poltronnerie du duc du Maine, ne put empêcher le prince d'Orange de nous reprendre Namur, et le maréchal de Luxembourg mourut à Versailles, le 4 août 1695 (2).

Cette guerre que Louis XIV soutenait contre l'Europe presque entière, eut pu se prolonger encore, avec ses alternatives de nombreux succès et de quelques revers, mais la détresse de la France était inimaginable, et c'était au milieu des cris de souffrance d'un peuple affamé, que l'on chantait des *Te Deum* et que l'on tirait des feux d'artifice. Le Roi avait fait de nouveau porter à la Monnaie les meubles d'argent de Versailles (3); il économisa pendant quelques semaines, ne donna pas d'étrennes, supprima deux cents chevaux de ses écuries, et ferma les Gobelins, ne pouvant plus payer les ouvriers. On avait ouvert des emprunts pour sept à huit millions de rente; vendu des offices fantastiques (4) et frappé toutes les familles d'un impôt de capitation (5). La disette des blés amena les maladies et les émeutes, le pillage des boulangeries à la place Maubert, et la pendaison de ceux qu'on put saisir. Le remède le plus efficace que l'on trouva contre tant de maux, fut encore d'envoyer les mendiants aux galères et de faire fouetter et raser les mendiantes.

De tous les princes alors coalisés contre la France, le duc de Savoie, Victor-Amédée II, était le plus prompt « à rompre ses engagements pour ses intérêts ». Ce fut lui que le Roi détacha le premier de la *ligue*, en lui rendant toutes ses villes Nice, Villefranche, Suse, Saluce et même Pignerol; en lui donnant quatre millions, et en lui demandant sa fille Marie-Adélaïde, âgée de onze ans, pour le duc de Bourgogne qui en avait treize. La défection du duc de Savoie fut le signal de la dissolution de la *ligue d'Augsbourg*; elle engagea les autres puissances à traiter à leur tour, et la paix fut enfin signée à Ryswick, en octobre 1697. La France rendit à l'Empire Brisach, Philipsbourg, Kehl, Fribourg,

(1) Le maréchal de Villeroi demanda aux ennemis de ne plus insulter nos places maritimes, et, sur leur refus, bombarda Bruxelles le 13, le 14 et le 15 juillet 1695.

(2) Le maréchal de Luxembourg était né le 7 janvier 1628, à l'hôtel de Royaumont, rue du Jour (voir chapitre xv, page 108). Il était le fils posthume du fameux Bouteville et d'Élisabeth-Angélique de Vienne. Le maréchal mourut d'une fluxion de poitrine au château de Versailles, âgé de soixante-sept ans, « s'en croyant vingt-cinq, dit Saint-Simon, et vivant comme un homme qui n'en a pas davantage ». Il fut soigné par Fagon, et assisté à ses derniers moments par le P. Bourdaloue, « ce fameux jésuite que ses admirables sermons doivent immortaliser ».

(3) Les objets ainsi vendus, à plusieurs reprises étaient tous plus précieux par l'art et le travail que par la matière et formaient, le mobilier le plus somptueux qui ait jamais existé, cabinets, tables, sièges, garnitures de cheminées, torchères, girandoles, bassins, salières, figurines, bas-reliefs de vermeil, jusqu'à une statuette de Louis XIII à cheval.

(4) Briseurs de sel; crieurs héréditaires d'enterrement; mesureurs et visiteurs de bois; contrôleurs des suifs; vendeurs d'huîtres, contrôleurs des perruques, etc.

(5) Paris accepta cet impôt avec un grand élan patriotique, et l'on vit les plus grandes dames s'empresser de porter elles-mêmes leur dîme à l'Hôtel-de-Ville. L'affluence fut telle qu'il fallut transformer momentanément la grande salle en bureau de recettes. Mais sur tous les points de la France, cette belle ardeur dura peu. Le clergé se racheta par un don gratuit, ainsi que les pays d'État; la noblesse et les parlements obtinrent des receveurs spéciaux.

mais nous conservâmes Sarrelouis, Landau, Longwy et Strasbourg; —à
l'Espagne, ce que nous lui avions pris au delà des Pyrénées : Palamos,
Girone, Carthagène, Barcelone, et en Flandre : Courtrai, Luxembourg
et Mons ; — au duc de Lorraine, ses États ; enfin, — et c'est ce qui dut
coûter le plus à l'orgueil de Louis XIV, — il s'abaissa jusqu'à reconnaître le prince d'Orange pour roi d'Angleterre, d'Écosse et d'Irlande,
sous le nom de Guillaume III.

La publication de la paix de Ryswick fut célébrée à Paris par un feu
d'artifice dressé à la Grève, par des feux de joie dans tous les quartiers et
par la délivrance de quelques prisonniers. Les gravures des almanachs de
1698 représentent l'*Entrée de l'Ambassade de Savoie par la porte Saint-
Antoine*, et *Le Bransle de la Paix dansé par toutes les nations de
l'Europe*. Les fêtes redoublèrent pour l'arrivée de la duchesse de Bourgogne (1) : « Le Roi et Mme de Maintenon firent leur poupée de la princesse, dont l'esprit flatteur, insinuant, attentif, leur plut infiniment, et
qui peu à peu usurpa avec eux une liberté que n'avoit jamais osé tenter
pas un des enfants du Roi. Rien n'est pareil aux cajoleries dont elle
sut bientôt ensorceler Mme de Maintenon, qu'elle n'appela jamais que
ma tante, usant envers elle de plus de dépendance et de respect qu'elle
n'eût pu faire pour une mère et pour une reine, et avec cela une familiarité et une liberté apparentes qui la ravissoient et le Roi avec
elle (2) ».

L'espiègle enfant eut le don d'apporter un peu de gaîté dans cette
Cour, dont le franc rire semblait exclu, comme un gros péché, depuis
si longtemps; presque depuis la mort prématurée de Molière!... Déjà
dans cet automne appauvri du grand règne, — de 1691 à 1700, — avaient
disparu Louvois, Bussy, Pellisson, le docte Ménage, La Feuillade, Benserade, le grand Arnauld et son aimable et timide aide-de-camp Nicole;
Pujet, le victorieux Luxembourg, La Fontaine, La Bruyère, et Armande
Béjart, et mesdames de Montpensier, de la Sablière, des Houlières, et
Racine, et la Champmeslé, et Mme de La Fayette, et Mme de Sévigné. L'implacable hiver, avec des rigueurs à nulle autres pareilles, s'annonçait.

V. — L'ADVERSITÉ. — (1700 à 1715).

La paix de Ryswick ne fut guère qu'une trêve, le temps de reprendre
haleine. Louis XIV, contre son habitude, ne s'était montré si débonnaire envers les coalisés que pour mieux préparer l'annexion déguisée
de l'Espagne à la France. Il ne voulait pas que l'Europe pût trop deviner ses aspirations à la monarchie universelle; il faisait momentanément parade de désintéressement et de générosité, et, sachant le roi d'Espagne mourant, il cédait un peu en apparence, pour obtenir beaucoup
en réalité. Son attente ne fut pas longue.

(1) A son mariage, un homme de la première qualité fut surpris lui coupant un
morceau de sa robe pour en enlever une agrafe de diamants.
(2) Saint-Simon.

Le triste Charles II, — un vieillard de trente-neuf ans, marié deux fois sans avoir eu d'enfants, — aussi faible d'esprit que de corps, harcelé par les émissaires de toutes les puissances, tourmenté par ses confesseurs, halluciné par d'étranges visions, fit ouvrir les tombeaux de son père, de sa mère, de sa première femme (1), baisa les restes de ces cadavres, — sans doute pour s'inspirer de leur volonté, — fit son testament en faveur du duc d'Anjou (2), le 2 octobre 1700, et s'éteignit, sans avoir ni vécu ni régné, le 1er novembre suivant (3).

Le succès répondait à l'espoir secret de Louis; il hésita pourtant à accepter pour son petit-fils ce présent gros de dangers, et appela dans un conseil, tenu chez Mme de Maintenon, le Dauphin, le chancelier de Pontchartrain, Torcy (4), son ministre des affaires étrangères, et le duc de Beauvilliers. Celui-ci parla en chrétien, chercha à exciter les scrupules du Roi sur l'horreur de recommencer la guerre: mais Torcy montra que refuser, c'était livrer cette magnifique succession à la Maison d'Autriche; « et d'ailleurs, dit-il, nous n'avons pas à choisir entre la paix et la guerre, mais *entre la guerre et la guerre:* mieux vaut donc la faire pour le tout que pour une partie ».

Le Roi ne demandait qu'à être persuadé de cette extrémité : il fit partir son petit-fils pour Madrid, et tous les souverains, sauf l'empereur, reconnurent le jeune Philippe V.

C'est alors que Louis XIV commit deux imprudences, non sans grandeur : au lit de mort du malheureux Jacques II, il reconnut le prince de Galles pour roi d'Angleterre, d'Écosse et d'Irlande, malgré une clause formelle du traité de Ryswick, et il proclama les droits éventuels de Philippe V à la couronne de France, malgré une clause formelle du testament de Charles II. La Hollande, l'Angleterre (5), l'Empire, le Portugal répondirent à ce double défi en formant une troisième coalition, la *Grande Ligue de La Haye*, à laquelle accéda bientôt le duc de Savoie, quoiqu'il fût le père de la future reine de France et de la nouvelle reine d'Espagne (6).

(1) Son père, Philippe IV; sa mère, Marianne d'Autriche; sa première femme, Louise d'Orléans, fille de Monsieur, frère de Louis XIV. Il était le mi-frère de la reine Marie-Thérèse, et il avait épousé, en secondes noces, Anne, veuve de l'électeur palatin et sœur de l'empereur Léopold.

(2) Alors âgé de dix-sept ans, petit-fils de Louis XIV; fils du Grand-Dauphin; frère du duc de Bourgogne et du duc de Berry.

(3) A Paris, le 2 février 1700, jour de la *Chandeleur*, ouragan « si furieux que personne ne se souvint de rien qui eût approché d'une telle violence. Le haut de l'église Saint-Louis-en-l'Ile tomba; beaucoup de gens qui entendaient la messe furent tués ou blessés, et entre autres Verderonne de l'Aubespine, officier de gendarmerie ».

(4) J.-B. Colbert, marquis de Torcy, neveu du grand Colbert. Ambassadeur auprès de diverses puissances, ensuite secrétaire d'État aux affaires étrangères. Il ne mourut qu'en 1746 et laissa des *Mémoires* qui s'étendent du traité de Ryswick au traité d'Utrecht. Voltaire estimait l'homme et l'œuvre.

(5) Guillaume III était mort le 19 mars 1702; sa belle-sœur, Anne, lui avait succédé; mais cet événement n'avait rien changé à l'animosité de l'Angleterre protestante contre la France catholique.

(6) La duchesse de Bourgogne semblait alors appelée au trône de France; sa

Nous n'avions pas un seul allié ; non seulement l'Espagne ne comptait pas, mais il fallait la défendre ; l'orgueilleuse devise, *seule contre tous*, était devenue une désolante vérité. Le roi, sexagénaire, très affaibli, ne quittait plus Versailles, prétendait diriger du fond de son cabinet toutes les opérations de la guerre et se faisait l'illusion de « former » ainsi des ministres (1) et des généraux. A des exterminateurs comme Marlborough et le prince Eugène (2), il opposait de bonnes gens comme Tallard, Marsan, La Feuillade, et Villeroy. Catinat (3) perdit son commandement, parce qu'au dire de Mme de Maintenon, « il n'aimait pas Dieu », et les désastres s'accumulèrent : Villeroy se laissa prendre bêtement dans Crémone ; Tallard fut fait prisonnier à Bleinheim avec vingt-sept bataillons et quatre régiments de dragons ! Nous fûmes encore vaincus à Turin, à Ramillies, à Oudenarde ; le prince Eugène nous reprit Lille ; la route de Paris lui fut ouverte, et les Anglais s'emparèrent de Gibraltar. L'archiduc Charles (4), qui revendiquait pour lui la couronne d'Espagne, débarqua en Portugal et parvint à pénétrer pour quelques jours dans Madrid (5).

En 1709, la Fortune sembla se lasser de nous maltraiter. Si Villars est forcé de reculer à Malplaquet, il ne perd que le champ de bataille et tue vingt mille hommes aux alliés ; Vendôme vole au secours de

sœur, Marie-Louise-Gabrielle, âgée de onze ans, venait d'épouser, le 11 septembre 1701, Philippe V. Ainsi les deux sœurs avaient épousé les deux frères.

(1) Tel, ce « très borné, très entêté Chamillard, incapable d'entendre les opinions opposées aux siennes », qui plut à Louis XIV par l'excès même de son humilité et qui plia sous l'écrasant fardeau de l'héritage de Colbert aux finances et de Louvois à la guerre. — En 1708, il remit le contrôle des finances à Desmarets, et en 1709 le ministère de la guerre à Daniel Voysin.

(2) John Churchill, duc de Marlborough, né le 24 juin 1650, dans le Devonshire ; mort à Windsor-Lodge, le 16 juin 1722 ; inhumé à Westminster. Il trahit Jacques II, servit Guillaume III et la Hollande, gagna d'emblée la bataille de Blenheim ; péniblement celle de Malplaquet. Il succomba ensuite sous les coups des tories, fut rappelé en 1711, et destitué de tous ses emplois en 1712. Il se retira alors en Allemagne et ne revint en Angleterre qu'à l'avènement de Georges Ier en 1714.

François-Eugène de Savoie-Carignan, dit le prince Eugène, né à Paris le 18 octobre 1663 ; mort à Vienne, le 27 avril 1736, il était fils d'Eugène-Maurice de Savoie, (comte de Soissons par sa mère Marie de Bourbon) et de la trop célèbre Olympe Mancini. — Rebuté par Louis XIV, qui lui refusa un régiment, il entra au service de l'empereur Léopold et devint le fléau de son pays natal.

(3) Nicolas de Catinat de la Fauconnerie, seigneur de Saint-Gratien, onzième fils d'un président au Parlement, naquit à Paris, rue de la Sorbonne, le 1er septembre 1637, et mourut, le 22 février 1712, à Saint-Gratien, où il est inhumé dans l'église et où l'on montre encore son château. « Il mourut tranquille, dit Mme de Maintenon, ne craignant rien, n'espérant rien, et *peut-être* ne croyant rien ».

(4) C'était le second fils de l'empereur Léopold et le frère de l'empereur Joseph. Il naquit en 1685 et mourut en 1740. Il n'avait donc dix-huit ans quand il fut proclamé roi d'Espagne à Vienne, en 1703. Il se rendit en Catalogne, s'empara de Barcelone, entra deux fois dans Madrid, en fut chassé deux fois. Il fut forcé d'abandonner ses prétentions sur l'Espagne quand la mort de son frère, en 1711, le rappela en Allemagne et fut couronné empereur à Francfort, au mois de décembre, sous le nom de Charles VI.

(5) Comme l'archiduc comptait dans son armée des troupes protestantes commandées par Schomberg, les Français firent frapper, en signe de dérision, une médaille avec ces mots : *Charles III, Roi Catholique par la grâce des hérétiques.*

Philippe V et lui rend son trône par la victoire de Villavicosa; Marlborough devient tout à coup un objet de haine pour la reine Anne, il est rappelé et destitué de tous ses emplois. En même temps, l'empereur d'Allemagne, Joseph Ier, meurt et l'archiduc Charles, son frère, est appelé à lui succéder. L'Angleterre craignit de voir ce prince maître à la fois dans Vienne et dans Madrid, et signa aussitôt une suspension d'armes avec la France; mais Eugène n'en occupait pas moins le Bouchain et le Quesnoy, et de nouveau menaçait Paris. Louis XIV, à qui l'on conseillait de se retirer derrière la Loire, écrivit à Villars : « Si je ne puis obtenir une paix équitable, je monterai à cheval, malgré mes soixante-quatorze ans; je passerai par Paris; je connais les Français; je vous mènerai deux cent mille hommes, et je m'ensevelirai avec vous, mon peuple et ma brave noblesse, sous les ruines de la monarchie ». Villars remporta sur Eugène l'éclatante victoire de Denain, qui sauva la France et amena, en 1713, la paix d'Utrecht avec les Provinces-Unies et l'Angleterre; paix suivie, en 1714, des traités de Rastadt et de Bade avec l'empereur et l'Empire. Ils nous assurèrent nos conquêtes précédentes et mirent fin à la guerre de la *succession d'Espagne*. Philippe V renonçait à ses droits éventuels sur la couronne de France; l'électeur de Brandebourg (1), était reconnu comme roi de Prusse, et le duc de Savoie, récompensé de toutes ses trahisons (2), devenait roi de Sicile, titre qu'il échangea, en 1720, pour celui de roi de Sardaigne.

Tant de calamités n'avaient pas suffi à arrêter les persécutions religieuses. Poussés au désespoir par les rigueurs de l'intendant Bâville (3), les protestants des Cévennes s'étaient révoltés, et c'est une véritable expédition militaire qu'il fallut diriger contre leurs bandes. Villars, dont la présence eût été si nécessaire sur le Rhin, ou en Italie, fut chargé de réduire ces *camisards* ou *enfants de Dieu*. Il usa à la fois des plus cruels supplices et d'une politique habile, promit à ces malheureux tout ce qu'ils lui demandèrent, la délivrance des prisonniers, la liberté de conscience; divisa les chefs, corrompit l'un d'eux, Jean Cavalier (4),

(1) Frédéric-Guillaume, dit le *Grand Électeur*, accrut la population de ses États en donnant asile aux réfugiés français après la révocation de l'édit de Nantes. Son fils, Frédéric Ier, lui succéda en 1688 et reçut de l'empereur Léopold le titre de *roi*, en 1700. Ce titre lui fut reconnu par l'Espagne et la France, en 1713, dans le traité d'Utrecht.

(2) Louis XIV lui écrivit, en 1702, ce billet autographe : « Monsieur, puisque la religion, l'honneur et votre propre signature ne servent de rien entre nous, j'envoie mon cousin le duc de Vendôme pour vous expliquer mes volontés. Il vous donnera vingt-quatre heures pous vous décider ». Vendôme, les vingt-quatre heures écoulées, fit désarmer les troupes piémontaises, au nombre de six mille hommes.

(3) Nicolas de Bâville, né en 1648, mort en 1724, frère de l'avocat général Chrétien-François de Lamoignon. En sa qualité d'intendant de Montpellier, pendant trente-trois années, de 1685 à 1718, il eut à appliquer dans le Languedoc les mesures nécessitées par la révocation de l'édit de Nantes, et, malgré son langage souvent contraire à ses actes, il y exerça des cruautés effroyables.

(4) Il faut dire que Jean Cavalier (né vers 1680, mort à Chelsea, près Londres, en mai 1740), qui s'était battu avec un courage héroïque de 1702 à 1704, ne fut pas longtemps dupe des belles promesses de Villars. Il vint à Versailles, refusa d'abjurer, s'échappa, gagna la Suisse. Il servit depuis contre nous, en Hollande, en

par l'appât d'une pension et le grade de colonel, et put ainsi revenir à Versailles après une pacification trompeuse, car longtemps encore la roue, la potence, les bûchers firent d'innombrables victimes.

L'hiver de 1709 mit le comble à la misère générale. Le froid sévit pendant tout le mois de janvier avec une intensité telle qu'à Paris la vie publique fut partout suspendue : les magistrats n'allèrent plus au Palais: les réunions, les bals, les plaisirs cessèrent; les théâtres fermèrent, la comédie de *Turcaret* fut arrêtée à la neuvième représentation. (1) Les rivières qui avaient tout ravagé par leurs débordements en décembre, gelèrent ensuite; l'Océan lui-même fut pris sur nos côtes; les oiseaux tombaient à terre, les chevaux mouraient, les soldats désertaient, les laquais mendiaient; les arbres, les vignes périrent, les semences furent détruites; la famine, rien qu'à Paris, enleva plus de trente mille personnes. Mme de Maintenon écrivait : « Je mange du pain d'avoine : ce ménagement n'est pas considérable, mais cela épargne du froment ». Un jour, on lui jeta un enfant à demi-mort dans son carrosse.

Le 30 avril, le Dauphin, la duchesse de Bourgogne et le Prétendant Jacques III, ayant eu l'inconscience d'aller le soir à l'Opéra, rue Saint-Honoré (2), la foule indignée s'amassa sur leur chemin, entoura leur équipage, les femmes demandant du pain et montrant celui qu'elles étaient réduites à manger. On employa les gens les plus misérables à niveler des buttes entre les portes Saint-Denis et Saint-Martin; mais comme on ne les payait qu'avec un morceau de pain, et qu'on ne le leur donnait même pas régulièrement, des attroupements menaçants se formèrent; les boulangeries furent pillées ; une émeute formidable éclata et s'étendit des Halles jusqu'aux faubourgs Saint-Antoine et Saint-Marceau; le lieutenant de police d'Argenson faillit être tué devant l'église Saint-Roch. On dut doubler la garnison et, sans l'intervention opportune des maréchaux de Boufflers et de Gramont qui surent apaiser le peuple avec de bonnes paroles, le sang aurait coulé. Déjà les gardes-françaises, les Suisses, les mousquetaires étaient en marche. Ce qui piqua le plus le Roi, « ce fut l'inondation des placards les plus hardis et les plus sans mesure contre sa personne, sa conduite et son gouvernement, qui, longtemps durant, furent trouvés affichés aux portes de Paris, aux églises, aux places publiques, surtout à ses statues, qui furent insultées de nuit en diverses façons, dont les marques se trouvoient les matins... Il y eut aussi une multitude de vers et de chansons où rien ne fut épargné (3) ».

Espagne, en Italie, et devint gouverneur de l'île de Jersey, Chelsea, où il mourut, était un bourg, englobé aujourd'hui dans Londres.

(1) Les traitants offrirent à l'auteur cent mille livres, s'il retirait sa pièce. Le Dauphin fut obligé d'intervenir : « Monseigneur, informé que les Comédiens du Roy font difficulté pour jouer une pièce, intitulée *Turcaret*, ou le *Financier*, ordonne auxdits Comédiens de l'apprendre et de la jouer incessamment. »

(2) L'Opéra, depuis la mort de Molière, en 1673, occupait dans le *Palais Cardinal*, devenu *Royal*, l'ancienne salle de théâtre, construite par Richelieu, et réparée pour Molière. Il y resta jusqu'à l'incendie de 1763.

(3) Louis XIV, outré qu'on ne respectât pas même Mme de Maintenon, fit poursuivre impitoyablement les gazettes périodiques en vers, mais il ne put empêcher les

La peste succéda à la famine. « Entre autres amusettes », on eut recours, dit Saint-Simon, au remède infaillible en de tels accidents pour obtenir la guérison commune : « On fit, le 16 mai, la procession de Sainte-Geneviève, qui ne se fait que dans les plus pressantes nécessités, en vertu des ordres du Roi, des arrêts du Parlement et des mandements de l'archevêque de Paris et de l'abbé de Sainte-Geneviève ».

Les traitants ne pouvaient, ou ne voulaient plus rien prêter; la dette publique s'élevait à près de trois milliards.

La descendance mâle et légitime de Louis XIV se composait, à la fin de 1710, de :

Son fils, le Grand Dauphin, veuf, âgé de quarante-neuf ans;

Ses trois petits-fils : le duc de Bourgogne, âgé de vingt-huit ans; — Philippe V, roi d'Espagne, âgé de vingt-sept ans; — le duc de Berry, âgé de vingt-huit ans;

Ses deux arrière-petits-fils (fils du duc de Bourgogne) : le duc de Bretagne, âgé de trois ans, et Louis (qui sera Louis XV), âgé de dix mois.

Il avait, en outre, un neveu, Philippe, duc d'Orléans (fils de Monsieur), âgé de trente-six ans.

Et de Mme de Montespan, deux bâtards légitimés :

Louis-Auguste, duc du Maine, âgé de quarante ans, et Louis-Alexandre, comte de Toulouse, âgé de trente-deux ans.

La mort s'abattit brusquement sur la postérité du Roi et de Marie-Thérèse :

Le Grand Dauphin mourut le 14 avril 1711;

Le duc de Bourgogne, la duchesse de Bourgogne et leur fils, le petit duc de Bretagne, en février et mars 1712;

Le duc de Berry, sans enfants, en mai 1714.

Ici, encore une fois, écoutons Saint-Simon : « Peu après la mort de Monseigneur, le Roi fut attaqué par des coups bien plus sensibles; son cœur, que lui-même avoit comme ignoré jusqu'alors, par la perte de cette charmante Dauphine; son repos, par celle de l'incomparable Dauphin; sa tranquillité sur la succession à la couronne, par la mort de l'héritier huit jours après, et par l'âge et le dangereux état de l'unique rejeton de cette précieuse race, qui n'avoit que cinq ans (1); tous ces

publications clandestines, parmi lesquelles on trouve des quatrains comme ceux-ci, contre lui :

« Ce roi si grand, si fortuné,
Plus sage que César, plus vaillant qu'Alexandre.
On dit que Dieu nous l'a donné :
Hélas! s'il vouloit le reprendre! »

et contre elle :

« A voir cette prude catin
Gouverner si mal notre empire
On pourroit en crever de rire
Si l'on n'en crevoit pas de faim! »

Dans toutes ces pièces, le Roi est « le pape, le mufti, le grand pontife »; Mme de Maintenon, « la vieille fée, la vieille sultane ».

(1) Le petit prince qui bientôt va être Louis XV, maladif, « dans son berceau aux portes de la mort ».

coups frappés rapidement, tous avant la paix, presque tous durant les plus terribles périls du royaume.

« Mais qui pourroit expliquer les horreurs qui furent l'accompagnement des trois derniers?... La plume se refuse à retracer ce mystère d'abomination (1)... Pleurons-en le succès funeste, et que toute bouche française en crie sans cesse vengeance à Dieu!

« Telles furent les longues et cruelles circonstances des plus douloureux malheurs qui éprouvèrent la constance du Roi, et qui rendirent toutefois un plus solide service à sa renommée que n'avoit pu faire tout l'éclat de ses conquêtes, ni la longue suite de ses prospérités; telle fut la grandeur d'âme que montra constamment, dans de tels et si longs revers, ce roi si accoutumé au plus grand et au plus satisfaisant empire domestique, et qui se vit enfin abandonné par la fortune. Accablé au dehors par des ennemis irrités qui se jouoient de son impuissance et insultoient à sa gloire passée, il se trouvoit sans secours, sans généraux (2), sans ministres, par le fatal orgueil de les avoir voulu et cru former lui-même; déchiré au dedans par les catastrophes les plus intimes et les plus poignantes, ce monarque si altier gémissoit dans ses

(1) Allusion aux mêmes soupçons d'empoisonnement qu'on avait eus lors de la mort de Madame: de la reine d'Espagne Marie-Louise; de Louvois, et même de Fouquet. Voltaire les réfute énergiquement : « La maladie qui emporta le duc de Bourgogne, sa femme et son fils, était une rougeole pourprée épidémique. Elle fit périr à Paris plus de cinq cents personnes. Le marquis de Gondrin, fils du duc d'Antin, en mourut en deux jours; sa femme fut à l'agonie. A la cour, les duc de Bourbon et de la Trémouille, mesdames de la Vrillière et de Listenai, en furent attaqués. Philippe, duc d'Orléans, neveu de Louis XIV, devenait l'héritier de la couronne, si le petit dauphin mourait. Il avait un laboratoire, il étudiait la chimie; ce fut assez pour que tout le monde l'accusât. Le cri public était affreux : il faut en avoir été témoin pour le croire ».

(2) Parmi les plus honnêtes, et les plus dignes de regret, le maréchal de Vauban, qui mourut à Paris le 30 mars 1707, dans son hôtel, rue Saint-Vincent, en face de l'église Saint-Roch; — parmi les favoris de la victoire, l'arrière-petit-fils de Henri IV, le duc de Vendôme, qui creva d'indigestion, en Espagne, à Vinaroz. — Catinat, objet de la haine de Mme de Maintenon, ne reparut plus aux armées après 1702, et mourut en 1712.

Autres personnages morts dans cette période de 1700 à 1715 :

1700 Leibniz, Le Nôtre, Rancé, Charles II d'Espagne, Innocent XII, Phélippeaux de Chasteauneuf.
1701 Charles Champmeslé, Jacques II, Barbezieux, Tourville, Boursault, Segrais; Monsieur, duc d'Orléans.
1702 Guillaume III, le P. Bouhours, Bachaumont.
1703 Mascaron, Gourville, Saint-Évremont, Charles Perrault.
1704 Bossuet, Bourdaloue.
1705 Léopold Ier, Mme de Grignan, le P. Ménestrier.
1706 Ninon de l'Enclos, Bayle, Marsin.
1707 Mme de Montespan, Mabillon.
1708 Comtesse de Soissons, maréchal de Noailles.
1709 Chrétien-François de Lamoignon, Regnard, La Reynie, Th. Corneille, J. H. Mansard; le P. de La Chaise.
1710 La Vallière, Fléchier.
1711 Joseph Ier, le Grand Dauphin, Boileau, lé maréchal de Boufflers.
1712 La Fare.
1713 Regnier-Desmarais.
1714 Anne Stuart, Pontchartrain.
1715 Desmarets, Chauvelin, Fénelon, Malebranche, Girardon.

fers, lui qui y avoit tenu toute l'Europe, ses sujets, sa famille, qui avoit proscrit toute liberté jusqu'à la ravir aux consciences les plus saintes et les plus orthodoxes. Et au milieu de tant de maux, sa constance, sa fermeté d'âme, cette égalité extérieure, ce soin toujours le même de tenir tant qu'il pouvoit le timon, cette espérance contre toute espérance, c'est ce dont peu d'hommes auroient été capables, c'est ce qui auroit pu lui mériter le nom de *Grand* qui lui avoit été si prématuré. Ce fut aussi ce qui lui acquit la véritable admiration de toute l'Europe, celle de ceux de ses sujets qui en furent témoins, et ce qui lui ramena tant de cœurs qu'un règne si long et si dur lui avoit aliénés ».

Affaibli par l'âge et par des infirmités qu'il ne parvenait plus à dissimuler, Louis XIV n'en roulait pas moins encore dans son esprit les plus dangereux projets. La bulle *Unigenitus* allait lui fournir une belle occasion de faire proscrire la moitié de son clergé par l'autre, et, dans l'état de détresse où était son royaume, il méditait une nouvelle guerre contre l'Angleterre en faveur du fils de Jacques II, le Prétendant, qu'on appelait alors le chevalier de Saint-George. Enfin, le 2 août 1714, il faisait enregistrer au Parlement un édit qui appelait ses deux bâtards, le duc du Maine et le comte de Toulouse, à succéder à la couronne, à défaut de princes du sang, comme ayant l'honneur d'être ses fils légitimés. Il montrait une fois de plus sa faiblesse pour les enfants de Mme de Montespan, au détriment de ceux qu'il avait eus de Marie-Thérèse.

« Ce fut, dit Saint-Simon, un malheur dans la vie du Roi et une plaie à la France que la grandeur de ses bâtards qu'il a enfin portée au comble inouï en les rendant puissants et redoutables. Leur rang, égalé à celui des princes du sang; le mélange du plus pur sang de nos rois et de tout l'univers avec la boue infecte du double adultère, ont coûté le renversement des lois du royaume les plus anciennes, les plus fondamentales, les plus intactes ». Voltaire, dont l'état d'esprit ne pouvait être celui de l'orgueilleux duc et pair, envisage la chose avec une tranquillité plus philosophique : « Louis XIV tempéra ainsi, par la loi naturelle, la sévérité des lois de convention qui privent les enfants nés hors du mariage de tous droits à la succession paternelle. Les rois dispensent de cette loi. Il crut pouvoir faire pour son sang ce qu'il avait fait en faveur de plusieurs de ses sujets ».

Trois semaines après, le dimanche 27 août, le premier président de Mesmes (1) et le procureur général d'Aguesseau (2), se rendirent à Ver-

---

(1) Jean-Antoine de Mesmes, comte d'Avaux, né en 1661, mort en 1723; président à mortier, puis membre de l'Académie Française en 1710, et premier président en 1712. Nous le verrons, dans le chapitre suivant, s'attacher au parti du duc du Maine et faire opposition au Régent. Quand il fut premier président, il alla demeurer au Palais et quitta son hôtel de la rue Sainte-Avoie, situé en face l'hôtel Saint-Aignan.

(2) Henri-François d'Aguesseau, né à Limoges le 27 novembre 1668, mort à Paris, le 9 février 1751; avocat général à l'âge de vingt-trois ans en 1691, puis procureur général en 1700, à la place de La Briffe. Il fit les efforts les plus énergiques pour obvier aux maux de l'hiver de 1709. Contrairement à de Mesmes, il prit parti pour le Régent contre le duc du Maine et fut nommé chancelier en 1717. Nous le re-

sailles, appelés par le Roi, qui, à l'issue de son lever, les reçut dans son cabinet et leur présenta un gros paquet cacheté de sept cachets, en leur disant : « Messieurs, c'est mon testament; il n'y a qui que ce soit que moi qui sache ce qu'il contient. Je vous le remets pour le garder au Parlement, à qui je ne puis donner un plus grand témoignage de mon estime et de ma confiance. L'exemple du testament du roi mon père ne me laisse pas ignorer ce que celui-ci pourra devenir; mais *on* l'a voulu, *on* ne m'a point laissé de repos, quoi que j'aie pu dire! J'ai donc acheté mon repos. Le voilà, emportez-le, il deviendra ce qu'il pourra et je n'en entendrai plus parler ». A ce dernier mot, qu'il finit avec un coup de tête fort sec, il leur tourna le dos et les laissa tous deux presque changés en statues. C'était le même prince, qui, après avoir tenu le Parlement muet et prosterné à ses pieds pendant plus de soixante ans, le reconnaissait comme tuteur de la royauté.

Les deux magistrats retournèrent à Paris, mandèrent l'architecte Boffrand (1) au Palais, et le chargèrent de faire creuser, dans l'épaisse muraille de la tour Montgomery, une cachette où ils déposèrent le testament, protégé par deux portes de fer à trois serrures et un blocage de maçonnerie. Ils gardèrent chacun une clé et confièrent la troisième à « l'illustre » M. Dongois (2), greffier en chef du Parlement (3).

On comprend quelle émotion ces précautions, qui ne pouvaient rester secrètes, causèrent dans la capitale. La Cour, comme le « tout Paris » d'alors, se perdit en conjectures; chacun voulait deviner quel était le légataire; le nom du duc du Maine était dans toutes les bouches, mais le cri public le maudissait.

Les indiscrétions du chancelier Voysin, du maréchal de Villeroy, de Mᵐᵉ de Ventadour, de l'entourage des bâtards et de Mᵐᵉ de Maintenon, firent qu'on sut bientôt à peu de chose près ce que le testament laissait au duc d'Orléans, et ce qu'il donnait au duc du Maine : celui-ci avait

trouverons donc jouant un grand et honorable rôle sous le règne de Louis XV. D'Aguesseau demeuroit, ainsi que son père, rue Pavée-Saint-André-des-Arts, dans un bel hôtel, toujours existant, occupé au seizième siècle par le chancelier Poyet. (Aujourd'hui, rue Séguier, 18.)

(1) Germain Boffrand est né à Nantes, en 1667; il a été élève, en sculpture, de Girardon; en architecture, de J. H. Mansard, et il a travaillé de bonne heure à Paris, où nous verrons de lui, les hôtels de Duras, de Tingry, de Guerchy, la décoration intérieure de l'hôtel de Soubise, la porte de l'hôtel de Villars, le puits de Bicêtre, etc. Il mourut le 18 mars 1754, à Paris.

(2) C'est le fils d'une sœur de Boileau, Anne, mariée à Jean Dongois, aussi greffier. L'oncle Nicolas Boileau a immortalisé son neveu, Nicolas Dongois, par une note de la sixième épître, où il informe le lecteur que ce neveu était seigneur d'*Hautile*, «... petit village, ou plutôt un hameau,

Bâti sur le penchant d'un long rang de collines,
D'où l'œil s'égare au loin dans les plaines voisines. »

M. Dongois demeurait, dans la cour du Palais, auprès de la famille Arouet.

(3) Saint-Simon nous a raconté l'étrange projet du président de Maisons, qui voulait s'emparer du testament par la force. Il ne fallait, disait-il : « qu'avoir à l'instant de la mort du roi des troupes sûres et des officiers avisés tout prêts, avec eux des maçons et des serruriers; marcher au Palais, enfoncer les portes et la niche, et enlever le testament qu'on ne reverroit jamais ».

la tutelle du jeune roi, la garde de sa personne et le commandement suprême de la maison civile et militaire qui composait un corps d'environ dix mille hommes; le duc d'Orléans n'avait que la présidence d'un conseil de régence dont faisaient partie le duc du Maine, le comte de Toulouse et leur cabale.

*

Passons rapidement sur l'inévitable fin, les lâches abandons, la consternation des uns, la joie indécente des autres, l'hypocrisie de tous; l'agitation inutile des médecins, chirurgiens, apothicaires, et même des empiriques (1). Après une longue agonie, Louis XIV s'éteignit, le dimanche 1er septembre 1715, à huit heures un quart du matin, « quatre jours avant qu'il eût soixante-dix-sept ans accomplis, la soixante-douzième année de son règne ».

Dans l'insondable naïveté de son égoïsme, il avait fait, le mercredi précédent, à Mme de Maintenon, une amitié qui ne lui plut guère : « Ce qui me console de vous quitter, lui dit-il tendrement, c'est que j'espère bien qu'à l'âge que vous avez, vous me rejoindrez bientôt dans l'éternité ». Apparemment la vieille fée, — le mot est de Saint-Simon, — se croyait immortelle, car elle ne trouva pas un mot à répondre, et se retira le soir même à Saint-Cyr, dont elle ne revint un moment que contrainte par les instances du malade et pour y retourner aussitôt, sans avoir la patience d'attendre le dénouement.

Nous verrons, dans le volume suivant, comment le peuple de Paris salua la nouvelle de la mort du grand Roi.

VI. — TRAVAUX.

Louis XIV, en émigrant à Versailles, fit plus de mal à la royauté qu'à Paris (2). La grande ville n'en resta pas moins la capitale des lettres, des sciences et des arts; le séjour des Académies; le rendez-vous des curieux, des lettrés et des aventuriers qui, de tous les points de la France et de l'Europe, venaient y chercher plaisir, instruction ou fortune; le foyer d'une opposition « libertine », de plus en plus vigoureuse, à un pouvoir qui semblait fuir la lumière. Je ne répète donc pas la phrase toute faite de la plupart des historiens sur « Paris déchu au profit de Versailles ». Les étrangers les plus illustres, Leibniz, Hobbes, Locke, Hamilton, Bolingbroke, Prior, y accouraient : c'est là « qu'il faisait bon vivre »; c'est là que se dispensaient les réputations; c'est là que Mo-

(1) Le premier médecin du roi était Fagon; le premier chirurgien, Maréchal.
(2) A partir de 1670, Louis XIV vint de plus en plus rarement à Paris : une seule fois en 1672, trois en 1673 et 1674, une en 1675, deux en 1678, une en 1681, deux en 1682. Le 30 janvier 1687, il dîna à l'Hôtel de Ville et alla ensuite visiter la nouvelle place des Victoires. Depuis l'année 1700 jusqu'à sa mort, il ne vint que quatre fois à Paris : en 1701 et en 1706, pour visiter les Invalides, Notre-Dame et le Palais Royal; en 1702 pour les stations du Jubilé.

lière, Corneille, Racine, Boileau, La Fontaine, la Bruyère conquéraient
l'immortalité. Colbert réagit toujours de son mieux contre l'antipathie
du monarque pour sa capitale. Sans jamais se décourager, il lui demandait quelques millions « pour s'appliquer tout de bon à achever le Louvre
et élever des monuments publics qui porteroient la gloire et la grandeur
de Sa Majesté plus loin que ceux que les Romains ont autrefois élevés... La capitale des États du Roi doit marquer à la postérité le bonheur de ce règne par le nombre et la beauté de ses ouvrages ».

　　Grâce aux ordres du ministre, ou par son influence, et aussi par les soins
de quelques-uns de ses successeurs, les échevins, les corporations religieuses, les particuliers, pris d'une noble émulation, continuèrent
l'œuvre d'embellissement et d'assainissement commencée par Henri IV
et Louis XIII (1). Le Nôtre traça les jardins des Tuileries et des Champs-

(1)　　PRINCIPAUX MONUMENTS CONSTRUITS DE 1660 à 1715.

Rive droite.

Le pavillon de Marsan, au château des Tuileries	par Le Vau et d'Orbay	1659-1667
La colonnade du Louvre	— Claude Perrault	1667-1689
La place des Victoires	— J. Hardouin - Mansard et Prédot	1685
La place Vendôme	— J. Hardouin-Mansard......	1699
Le couvent des Capucines	— d'Orbay	1686-1688
L'Assomption	— Ch. Errard	1670-1676
La porte Saint-Denis	— François Blondel et P. Bul- let	1671-1672
La porte Saint-Martin	— Pierre Bullet	1674
La porte Saint-Antoine	— François Blondel	1661
Arc de triomphe du faubourg Saint-An- toine	— Cl. Perrault	1670
L'hôtel de Soubise, rue de Paradis	— Delamair (Pierre-Alexis)..	1706
L'hôtel de Rohan, rue Vieille-du-Temple	— Delamair	1712
L'hôtel du Grand-Prieur, au Temple	— Pasquier de l'Isle.........	1667
L'Église des Petits-Pères	— Libéral Bruand	1697
Le portail de Sainte-Catherine, rue de la Culture-Sainte-Catherine	— Le Père de Creil, génové- fain	1708
Fontaine Boucherat, rue Charlot, angle de la rue Turenne..................	— Jean Beausire	1695-1700
Hôtel des Mousquetaires noirs, rue de Charenton	— Robert de Cotte	1699-1701

Sur le cours de la Seine.

L'église Saint-Louis-en-l'Ile	par Le Vau, G. le Duc et Jac- ques Doucet............	1664-1723
Deux arches du pont Marie............	— Thévenot	1668-1669
Le Pont Royal	— Le frère Romain, Man- sard et Gabriel.........	1685-1689
Le quai Pelletier	— Pierre Bullet	1675
La Samaritaine	— Robert de Cotte	1712-1715
La porte de la Pompe Notre-Dame......	— Pierre Bullet	1676

Sur la rive gauche.

Le collège Mazarin	par Lambert et d'Orbay	1662-1684
La porte Saint-Bernard	— F. Blondel...............	1670

Élysées; les dernières enceintes disparurent, leurs dernières portes fortifiées tombèrent et furent remplacées, sur la rive droite, par un cours, ou boulevard, planté d'arbres, et orné d'arcs de triomphe à l'issue des rues Saint-Antoine, Saint-Martin, et Saint-Denis. Au delà de ces belles promenades se formèrent rapidement d'autres quartiers.

> « Ces faubourgs, aujourd'hui si pompeux et si grands,
> Que la main de la paix tient ouverts en tout temps,
> D'une immense cité superbes avenues,
> Où nos palais dorés se perdent dans les nues,
> Étaient de longs hameaux de remparts entourés,
> Par un fossé profond de Paris séparés » (1).

La noblesse voulut, tout en conservant ses demeures à Paris, se rapprocher autant que possible du Roi; elle quitta peu à peu le Marais et la Place Royale pour les abords de la rue de Sèvres, — qui est l'ancienne route de Bretagne et de Versailles. — Le faubourg Saint-Germain, « le noble faubourg », mis en communication avec les Tuileries par le Pont-Royal, se couvrit de superbes hôtels tout le long des rues de Lille, du Bac, de l'Université, de Grenelle, Saint-Dominique, depuis le carrefour de la Croix-Rouge jusqu'aux Invalides (2).

L'hôtel des Invalides et la première église.	par Libéral Bruand............	1671-1675
Le dôme de l'église des Invalides	— J. H. Mansard	1675
Le Petit-Luxembourg	== modifié par Boffrand......	1700
L'Amphithéâtre d'anatomie (École des Arts décoratifs)........................	— Joubert	1691-1694
L'escalier et le cloître de l'abbaye Sainte-Geneviève	— Le Père de Creil.	1701
L'Observatoire	— Cl. Perrault	1667-1672
La Salpêtrière	— Libéral Bruand...........	1660
Le Val-de-Grâce	— Le Muet et Gabriel Le Duc.	1655-1665
L'Église et le Dôme du Val-de-Grâce....	— G. Le Duc et Duval	1665
Saint-Jacques du Haut-Pas, la nef.......	— Gittard	1675
Saint-Sulpice	— Le Vau, 1655 à 1670 et Gittard...............	1670-1675
Saint-Thomas d'Aquin.................	— Pierre Bullet	1682
Saint-Nicolas du Chardonnet, achevé, sans la façade	— dessins de Le Brun.......	1709

(1) Voltaire, *La Henriade*. Chant VI.

(2) ARCHITECTES FLORISSANT DE 1660 A 1715.

Leurs œuvres à Paris dans cette période.

Beausire (Jean)...........mort en 1743	Fontaine de la rue Boucherat, à l'angle de la rue Turenne.	
Boffrand .... — 1754	modifie le *Petit-Luxembourg*, en 1709.	
Blondel (François) .... — 1686	Portes *Saint-Denis, Saint-Antoine, Saint-Bernard*.	
Bruand (Libéral) .... — 1697	Églises des *Petits-Pères* et des *Invalides*. — *Salpêtrière*. — Hôtel des *Invalides*.	
Bruand (Jacques) .... — 1664	Hôtel des *Drapiers*, rue des Déchargeurs — Hôtel *Jabach*, rue Saint-Merry.	
Bullet (Pierre) .... — 1716	Portique de la *Pompe Notre-Dame*. —	

Les architectes de ce temps se distinguent par la recherche du

Bullet (Pierre)	mort en 1716		Porte *Saint-Martin*. — Quai *Pelletier*. — Fontaine *Saint-Michel*. — Noviciat des *Jacobins*. — Église *Saint-Thomas d'Aquin*. — Hôtels *Tallard*, rue du Grand-Chantier ; de *Vauvray*, au Jardin des Plantes ; de *Broglie*, rue Saint-Dominique ; de *Crozat*, rue de Richelieu. — Façade de Saint-Martin-des-Champs, du côté des jardins.
Cotte (Robert de)	—	1735	Chapelle de la Vierge à *Saint-Roch*, en 1709. — Restauration de la *Samaritaine*, 1712. — Hôtel des *Mousquetaires*, rue de Charenton, 1704.
Creil (le Père de)	—	1708	Portail de *Sainte-Catherine*. — Cloître et escalier de *Sainte-Geneviève*.
Desargues	—	1662	Le grand escalier du *Palais-Royal*, en 1660.
Delamair	—	1745	Hôtel de *Soubise*, en 1706 ; — Hôtel de *Rohan*, 1712.
d'Orbay	—	1697	Pavillon de *Marsan* aux Tuileries ; — Couvent des *Capucines* ; — Prémontrés de la Croix-Rouge ; — Collège *Mazarin*. — *Comédie-Française*, rue des Fossés-Saint-Germain. — Portail de la *Trinité*.
Doucet (Jacques)	—	17..	Église *Saint-Louis-en-l'Ile*, terminée (sauf la façade).
Dubois	—	1...	*Séminaire* de Saint-Sulpice.
Duval	—	1...	Église du *Val-de-Grâce*.
Errard (Charles)	—	1689	*L'Assomption*.
Gittard (Daniel)	—	1686	*Pont-Royal*.
Gabriel (Jacques Ier)	—	1686	termine le *Pont-Royal*.
Gabriel (Jacques II)	—	1742	Nef et façade de *Saint-Jacques-du-Haut-Pas*, en 1675. — *Saint-Sulpice*, de 1670 à 1675.
Joubert (Charles)	—	17..	*Amphithéâtre anatomique* de Saint-Côme, de 1707 à 1710 (aujourd'hui École de dessin).
Lambert	—	1...	Collège *Mazarin*, de 1664 à 1688 (avec Le Vau et Dorbay).
Lassurance	—	1757	*Maison de Crozat*, rue de Richelieu, en 1704, vis-à-vis la rue Saint-Marc.
Leblond	—	1719	Hôtel de *Vendôme*, rue d'Enfer ; aujourd'hui l'École des Mines.
Lelion	—	1...	Hôtel de *Villars*, rue de Grenelle-Saint-Germain, à droite.
Le Duc (Gabriel)	—	1704	*Saint-Louis-en-l'Ile*. — *Petits-Pères*. *Val-de-Grâce* (avec Le Muet). — Plusieurs hôtels.
Le Muet	—	1669	*Val-de-Grâce* (avec Le Duc). — Hôtel *Saint-Aignan*, rue Sainte-Avoye.
Le Nôtre	—	1700	*Le jardin des Tuileries*, les deux groupes de marronniers, les terrasses en fer à cheval.
Le Pautre (père)	—	1691	Hôtel de *Gesvres*, rue Neuve-Saint-Augustin.
Le Vau	—	1670	*Tuileries*. — *Louvre*. — *Saint-Louis-en-*

grand (1). Dans les façades de leurs palais, ils sacrifient tout au premier étage, qui repose sur un rez-de-chaussée, — presque un soubassement, — et ils augmentent l'impression de la majesté par l'étendue des lignes droites, sobres, sévères, et par la hauteur exagérée des ouvertures et des colonnes : c'est le style *colossal*, dont la colonnade du Louvre est l'exemple le plus remarquable et que l'on retrouve à la place Vendôme, à la place des Victoires, à l'hôtel Saint-Aignan, à l'hôtel Soubise, et, jusque dans le siècle suivant, à la place Louis XV et à la Monnaie. Malheureusement plusieurs de ces grands artistes ne surent pas respecter un passé qu'ils ne comprenaient plus, et mutilèrent indignement les plus belles œuvres de l'art ogival. C'est à cette époque que La Bruyère, d'ordinaire si sage, ose écrire : « On a abandonné l'ordre gothique que la barbarie de nos pères avait introduit pour les palais et pour les temples ». De 1699 à 1714, Robert de Cotte, voulant satisfaire au vœu de Louis XIII et *orner* le chœur de Notre-Dame, renversa le jubé, détruisit en partie l'admirable clôture du maître maçon Jean Ravy (2), et fit enlever les stalles, les tombes et les vitraux. A Saint-Séverin, l'excellente Mlle de Montpensier dépensa des sommes considérables pour faire transformer par Tuby et le Brun les cinq travées ogivales de

			l'Ile. — *Saint-Sulpice.* — Hôtel de *Pons*, rue de l'Université. — Collège *Mazarin*. — Hôtel de *Pontchartrain*, rue Neuve-des-Petits-Champs. — Maison de M. Nègre, lieutenant criminel, quai Dauphin (Béthune).
L'Isle (Pasquier de)	--	1 ...	Hôtel du *Grand-Prieur*, au Temple, en 1667.
L'Espine (de)	—	1 ...	Église des Enfants-Trouvés, au faubourg Saint-Antoine, en 1676.
Mansard (Jules Hardouin)	—	1709	*Place Louis-le-Grand.* — *Place des Victoires* — Le *Dôme* des Invalides. — Hôtel *Fieubet*, quai des Célestins. — Son hôtel rue des *Tournelles*.
Marot (Jean)	—	1679	*Feuillantines* du faubourg Saint-Jacques — Hôtel *Jabach*, rue Saint-Merry. — Hôtel de *Pussort*, rue Saint-Honoré. — Hôtel de *Mortemart*, rue Saint-Guillaume.
Perrault (Claude)	...	1688	*Colonnade* du Louvre. — *Observatoire* — *Arc de Triomphe* du faubourg Saint-Antoine.
Romain (le frère)	—	1735	Le pont *Royal*.
Thévenot	—	1 ...	Réfection de deux arches du pont *Marie*, en 1668 et 1669.

(1) Et aussi par des goûts artistiques héréditaires, tout au moins par le penchant à continuer le *métier* paternel, comme dans les corporations d'artisans. Rien que parmi les architectes, je compte quatre De Cotte, trois Le Vau, trois Le Pautre, trois Mansard, quatre Bruand, cinq Métezeau, neuf Gabriel ; on pourrait en citer plus.

(2) C'est au milieu de ces travaux que, le 16 mars 1711, on trouva, sous le chœur de la cathédrale, l'autel élevé par les Nautes à Jupiter, sous le règne de Tibère. — Voir chapitre III, p. 39.
Sur la clôture du chœur, construite par Jean Ravy, voir chapitre VII, p. 205.

l'abside du chœur en arcades à pleins cintres. Nous verrons bientôt le dix-huitième siècle infliger les mêmes outrages à Saint-Germain-des-Prés (1), à Saint-Germain l'Auxerrois et à Saint-Merry.

De grands travaux de voirie transformèrent l'ancien sol : la butte des Moulins et quelques autres furent aplanies; des rues nouvelles percées; des quais construits. La Charité fit élever *l'hôpital de la Salpêtrière;* le Patriotisme, *l'hôtel des Invalides;* la Science, *l'Observatoire;* l'Enseignement, le *Collège des Quatre-Nations;* les Lettres, un *théâtre;* l'Industrie, les manufactures des *Gobelins* et de *Reuilly;* le Commerce, des *halles,* des *ports* et des *marchés;* l'adulation un peu extravagante d'un zélé serviteur, la *Place des Victoires.*

Par une mesure très sage et, digne d'être imitée de nos jours, un arrêt du Conseil, du 31 décembre 1672, décida que les propriétaires voisins qui profiteraient de ces travaux d'amélioration contribueraient aux dépenses en proportion des avantages qu'ils en recevraient. Colbert fit dire au Roi, par des lettres-patentes du 5 août 1676 : « Nous estimons à propos de *lever un plan de Paris,* et d'y marquer non seulement l'état actuel de la ville, mais encore les ouvrages que nous entendons y être faits pour sa plus grande décoration et commodité, par de nouveaux quais, de nouveaux ports, des fontaines, et par l'élargissement et l'ouverture des rues servant à la communication des principaux quartiers ». Étrange contradiction de tous ces règlements où l'ivraie finit toujours par étouffer le bon grain : dans le temps même où Louis XIV, bien inspiré, rendait les sages ordonnances que je viens de citer, il détruisait son ouvrage en défendant de construire dans les nouveaux faubourgs, sous le beau prétexte « qu'il étoit à craindre que la ville de Paris, parvenue à cette excessive grandeur, n'eût le sort des plus puissantes villes de l'antiquité qui avoient trouvé en elles-mêmes le principe de leur ruine, étant très difficile que l'ordre et la police se distribuent commodément dans toutes les parties d'un si grand corps ».

Au fond, peut-être ne s'agissait-il que d'une mesure fiscale. On menaçait les propriétaires qui avaient construit au delà des bornes plantées en 1638, de démolir leurs maisons... à moins qu'ils ne payassent le dixième denier, ordonné par une déclaration du 26 avril 1672.

VOIRIE. — PROMENADES. — BOULEVARDS ET PORTES. — RUES NOUVELLES ÉLARGIES. — PLACES PUBLIQUES.

Les Parisiens ne connaissaient en 1660 d'autres promenades que le *Mail,* dans l'enclos de l'Arsenal, rendez-vous des bourgeois du Marais, et le *Cours-la-Reine.* Encore tout le monde n'était-il pas admis (2) dans

(1) En 1704, le maître autel fut refait et orné de six colonnes de marbre cipolin, provenant des ruines d'une ville romaine d'Afrique. Après 1792, elles ont voyagé une fois de plus, et l'on peut les voir aujourd'hui dans la grande galerie du Louvre.

(2) Les gens vêtus de chaperons de drap, d'habits de tiretaine, de bas de laine,

ce lieu, bien gardé aux extrémités par deux postes de soldats suisses. « Dans l'été de 1714, dit Saint-Simon, on se mit à s'aller promener au Cours à minuit, aux flambeaux, à y mener de la musique, à danser dans le rond du milieu. Cette mode emporta longtemps tout Paris et beaucoup de personnes de la cour : il en naquit force histoires qui ne corrigèrent personne de continuer à y aller. Il y avoit presque autant de carrosses qu'aux plus beaux jours de l'été. Cette folie prit fin avec les dernières nuits supportables (1) ».

En 1670, le Roi fit planter par Le Nôtre, des deux côtés de la grand' route de Neuilly, un grand espace nu qui s'arrêta au Rond-Point. Ce fut d'abord le *Grand-Cours* (2); le nom de *Champs-Élysées* n'apparaît pour la première fois officiellement que sur le plan de Jaillot de 1717, mais il était usité certainement plusieurs années auparavant, ce qui prouve quel charme les Parisiens trouvèrent dans ces quinconces, où pour la première fois ils se sentaient chez eux et pouvaient entrer, aller, venir, sans aucune autorisation (3).

---

ne pouvaient entrer, à moins qu'ils ne vinssent pour vendre des fruits, des gâteaux, des beignets.

(1) Ces veillées prolongées donnèrent à Dancourt l'idée d'une de ses dernières comédies, *Les fêtes nocturnes du Cours*.

Un peu avant de mourir, en 1690, Seignelay, fils de Colbert, ministre de la Maison du Roi, fit placer à l'entrée, près de la Seine, des colonnes en marbre cipolin, provenant des ruines de *Leptis magna*, l'une des plus anciennes villes de la Tripolitaine.

(2) Pour le distinguer du *Petit-Cours* ou *Cours-la-Reine*.

(3) ADRESSES

DES PRINCIPAUX PERSONNAGES RÉSIDANT A PARIS SOUS LE RÈGNE DE LOUIS XIV.
(1661 à 1715)

Artus Gouffier, duc de Rouannez, pair de France,	Cloître Saint-Merry.
Marquis de Crénan, grand échanson,	rue Saint-Dominique.
Blaise Pascal, écuyer,	hors et près la porte Saint-Michel.
Ch. Denis de Bullion, prévôt de Paris,	rue Plâtrière.
Henri de Fourcy, prévôt des marchands,	rue de Jouy.
Chrétien II de Lamoignon, avocat général,	rue Pavée, ancien hôtel d'Angoulême.
Michel Le Tellier, chancelier, en 1677,	rue des Francs-Bourgeois.
Louis Boucherat, chancelier, en 1685,	rue Saint-Louis.
Phélippeaux de Pontchartrain, chancelier, en 1699,	rue Vivienne, devant les Filles-Saint-Thomas.
Daniel Voisin, chancelier, en 1714,	rue Saint-Louis, ancien hôtel Guénégaud,
M. de Turenne, maréchal de France,	rue Saint-Louis, au coin de la rue Saint-Claude.
J.-B. Colbert, contrôleur général des Finances,	rue Neuve-des-Petits-Champs, au coin de la rue Vivienne.
Jean le Camus, lieutenant civil,	rue de Paradis au Marais, en face les Blancs-Manteaux.
René de Voyer d'Argenson, lieutenant de police,	rue Vieille-du-Temple.
Robert, grand-pénitencier,	au Cloître-Notre-Dame.
Pellisson, maître des requêtes,	à l'abbaye-Saint-Germain-des-Prés.
De Breteuil, intendant des finances,	rue du Grand-Chantier.
Georges de Scudéry, mort en 1667,	rue de Berry.

Persuadé que les fortifications élevées par Vauban garantissaient suffisamment nos frontières de l'Est, Louis XIV pensa que Paris était à
l'abri de toute surprise et pouvait désormais devenir une ville ouverte.
Il fit donc abattre, *sur la rive droite*, les portes *Saint-Antoine*. en

De Romanet, fermier général.	rue Sainte-Croix-de-la-Bretonnerie.
Dongois, receveur des amendes du Par-lement,	Cour de la Sainte-Chapelle, au Palais.
Arouet, receveur des amendes de la Cour des comptes.	Cour de la Sainte-Chapelle, au Palais.
Pussort, conseiller d'État,	rue Saint-Honoré.
De Pommereu, prévôt des marchands,	rue Vieille-du-Temple.
Talon, président à mortier.	rue Saint-Guillaume (N° 16 d'aujourd'hui).
H. F. d'Aguesseau, avocat-général,	rue Pavée-Saint-André-des-Arts, 18.
Desfita. lieutenant-criminel.	rue de la Verrerie.
Chopin, chevalier du guet,	rue de la Verrerie.
De Riparfond, avocat,	rue de La Harpe.
Du Tillet, greffier à la Grand Chambre du Parlement,	Place Royale.
Le Couteux, banquier,	rue de la Tixeranderie.
Rigioly, banquier,	rue Quincampoix.
De Blégny, *père*. Directeur de la Société royale de médecine.	rue de Pincourt.
De Blégny, *fils*. apothicaire.	rue Guénégaud.
De Beauchamp, Directeur de l'Académie de Danse.	rue Bailleul. hôtel d'Aligre.
Ozanam, professeur libre de mathéma-tiques.	rue de Seine.
Denis Dodart, médecin.	à l'Hôtel de Conti, quai Conti.
Helvétius, médecin hollandais, vend la poudre d'émétique contre le cours de ventre,	rue Serpente.
Tranchepain, épicier-droguiste,	rue des Lombards.
Geoffroy, apothicaire,	rue Bourtibourg.
— (Importantes conférences chez lui par M. Cassini, le P. Sébastien, etc.).	
Bourdelin, apothicaire du duc de Saint-Simon,	rue de Seine.
Lémery, chimiste apothicaire,	rue Galante, au coin de la rue Saint-Jacques.
Dupont et Mercier, baigneurs,	rue de Richelieu.
Dubois, baigneur,	rue Saint-André-des-Arts.
— (Les dames sont baignées par Mlle son épouse.)	
Lulli. compositeur,	rue Sainte-Anne. au coin de la rue Neuve-des-Petits-Champs.
Pascal Collasse, compositeur.	rue Traversine.
J.-B. Moreau, compositeur,	rue Sainte-Croix-de-la-Bretonnerie.
Claude Rachel de Montalant, organiste de Saint-André-des-Arts,	rue Saint-André-des-Arts.
Le duc d'Aumont, célèbre collectionneur,	rue de Jouy. en son hôtel.
Le duc de Richelieu, idem,	Place Royale.
Michel-Ange Fracanzani, polichinelle à la Comédie Italienne,	rue du Petit-Saint-Sauveur.
F. Roger de Gaignières célèbre collec-tionneur,	à l'Hôtel de Guise, rue du Chaume.
Duchesse du Lude, id.	rue Montmartre, au coin de la rue Tique-tonne, Hôtel de Charost.
Alvarèz, joaillier,	rue Thibaut-aux-Dés.

1660; du *Temple*, ou *Saint-Louis*, en 1684; *Saint-Martin*, en 1674;
Saint-Denis, en 1671; *Montmartre, Richelieu, Gaillon*, en 1700,
vieilles bastilles, qui, — sauf les portes Montmartre, Richelieu, Gaillon,
— avaient fait partie de l'enceinte d'Étienne Marcel;

Mme la maréchale d'Humières,	à l'Arsenal.
Mme la duchesse de Sully,	rue Saint-Antoine, en son hôtel.
Mme la duchesse de Portsmouth,	quai des Théatins.
Mme de Chavigny,	Hôtel de Chavigny, rue du Roi de Sicile.
Nicolas Boileau, grand Historiographe de France,	à Auteuil, puis, après 1697, au cloître Notre-Dame, chez l'abbé Lenoir; chez l'abbé Émery Dreux, et enfin chez l'abbé Chastelain, dans la maison duquel il mourut, le vendredi 13 mars 1711.
Jean de La Fontaine,	Place des Victoires, à l'angle de la rue des Fossés-Montmartre, chez Mme de la Sablière, jusqu'en 1687;
—	rue Saint-Honoré 205, chez Mme de la Sablière, de 1687 à 1693;
—	et rue Plâtrière, à l'Hôtel d'Hervart, de 1693 au 13 avril 1695, date de sa mort.
Van den Enden, maître d'école,	faubourg Saint-Antoine. — Pendu devant la Bastille le 27 novembre 1674, comme complice du chevalier de Rohan.
—	
De Longpré, Académie de manège,	Cour du Dragon.
Vaudeuil, Académie de manège,	rue des Canettes.
L'abbé Brice, auteur de la *Description de Paris*,	rue du Sépulcre (Dragon).
Véneroni, maître d'italien,	rue du Cœur-Volant, à l'enseigne du *Chapeau couronné*.
Pierre Richelet, enseigne la langue française aux étrangers,	rue des Boucheries-Saint-Germain.
Dalençon, beaux carrosses de louage,	rue Mazarini.
Baraillon, *père* et *fils*, costumiers des théâtres,	rue Saint-Nicaise.
Denis Carême, ingénieur des feux d'artifices de S. M.,	rue Fromenteau.
La demoiselle Guérin, marchande de petits chiens pour les dames,	rue du Petit-Bac.
Le marquis de Villacerf, surintendant des bâtiments,	rue de l'Égout, au Marais.
Le Nostre, contrôleur des jardins et bâtiments de S. M.,	aux Tuileries.
Mme la duchesse de Lesdiguières,	en son hôtel rue de la Cerisaie.
Tournefort, démonstrateur,	au Jardin du Roi.
La marquise de Sévigné,	Hôtel Carnavalet, rue Culture-Sainte-Catherine (de 1677 à 1696).
Alain René Le Sage, avocat,	rue du Vieux-Colombier, en 1694.
Les Provençaux, oranges, citrons,	cul-de-sac des Provençaux, rue de l'Arbre-Sec.
Le sieur de la Forest, concierge de la Samaritaine,	sur le Pont-Neuf. Il fabrique des pompes.
André Boulle, ébéniste,	aux Galeries du Louvre,
Molet, jardinier ordinaire de S. M.,	—
Noël et Antoine Coypel, peintres,	—
De Launay, orfèvre du Roi,	—
Girardon, sculpteur,	—

Sur la *rive gauche* : les portes *Saint-Bernard*, en 1670; *Saint-Victor*, *Saint-Marcel*, *Saint-Jacques*, *Saint-Michel*, et, en 1684 : *Saint-Germain*, de *Bussy* et *Dauphine*, en 1672.

Renaudin, sculpteur,	aux Galeries du Louvre,
Le Moyne, peintre décorateur,	—
Michel Molard, graveur de médailles,	—
Israël Silvestre, dessinateur et graveur,	—
Pierre Mignard, Directeur des Gobelins, en 1691,	aux Gobelins, rue Mouffetard.
Edelinck, graveur,	—
Tuby, sculpteur,	—
Coysevox, sculpteur,	—
Anguier, peintre d'ornements,	—
Verdier, peintre,	—
Charles Le Brun, Directeur des Gobelins,	mort aux Gobelins, le 12 février 1690; inhumé le 14 à Saint-Nicolas-du-Chardonnet.
Pierre Mignard, peintre,	domicile personnel, rue de Richelieu.
Regnard, l'auteur du *Légataire*,	rue de Richelieu, à l'angle du boulevard.
Thibert, boucher,	près l'Apport-Paris.
Guerbois, rôtisseur,	près la barrière Saint-Honoré.
Robinot, charcutier,	place Maubert, *à la Renommée des bonnes andouilles.*
M. Fagnot, écuyer de cuisine de M. le Prince,	à l'Hôtel de Condé; « fait de très excellentes andouilles *qu'il veut* bien vendre à des personnes de connaissance ».
Flechmer, pâtissier,	rue Saint-Antoine, au coin Saint-Paul, fait un grand débit de fines brioches que les dames prennent en allant au Cours de Vincennes.
Mignot, pâtissier-traiteur,	rue de la Harpe, *réputé pour toute espèce de ragoûts.*
Cresnay, marchand de vin,	rue Notre-Dame, *à la Pomme-de-Pin.*
Aubrin, marchand de vin,	rue de Bercy au Marais, *à la Croix-Blanche.*
Gautier, étoffes de soie, d'or et d'argent,	rue des Bourdonnais, à l'Hôtel de la Trémouille.
Corrozet, fabricant de bas,	au faubourg Saint-Antoine.
Santeuil, cuir de Russie,	rue Bourg-l'Abbé.
Jouvenet, peintre,	au Palais Mazarin.
François Barême, arithméticien,	au bout du Pont-Neuf, rue Dauphine.
Charles d'Hozier, reconnu le plus expert généalogiste,	Carrefour des Trois-Maries.
Jean d'Orbay, architecte,	rue Montorgueil, *à l'enseigne des Petits-Carreaux.*
Jacques Gabriel, —	rue Saint-Antoine.
Jules-Hardouin Mansard, —	rue des Tournelles.
Robert de Cotte, —	rue des Tournelles.
Germain Boffrand, —	rue Beautreillis.
Jean Beausire, maître général des bâtiments du Roi,	rue de la Doctrine chrétienne, au quartier Saint-Victor, et rue Charlot, 83, 85.
Baudelet, tailleur de la Reine,	rue de Richelieu, vis-à-vis l'Hôtel de Crussol.
Barthélemy Autran, tailleur du Roi et de ses enfants,	rue de la Monnaie, vis-à-vis la Monnaie.
Le Sansonnier, écrivain juré,	Hôtel de la Préférence, sous le cadran de l'église des Innocents. « Il a le talent de bien dresser et bien écrire des *Placets* dont il garde religieusement le secret ».

Après toutes ces démolitions, le parcours de l'ancienne enceinte offrait, depuis la Bastille jusqu'à la porte Saint-Honoré, l'aspect désolé d'une large zone, remplie par les débris des remparts, des bastions, des moulins; par des monticules et par les fondrières des fossés. Ce fut certes l'une des plus belles entreprises du règne de Louis XIV que d'avoir déblayé ce chaos et d'avoir transformé en un magnifique *cours*, ou *boulevard*, cette longue avenue qui décrit au nord de Paris un demi-cercle de plus d'une lieue d'étendue. Les travaux d'aplanissement, décidés par des arrêts du Conseil de 1670 et 1671, commencèrent du côté de la Bastille et furent poussés aussi activement que possible; en 1684, les ouvriers n'en étaient encore qu'à la porte Sainte-Anne ou Poissonnière; ils n'arrivèrent à leur but final, la porte Saint-Honoré (1), qu'en 1704. Une quadruple rangée d'arbres divisa la nouvelle promenade en trois allées : une très large, au centre, pour les cavaliers et les

Le marquis de Montespan.	rue Saint-André-des-Arts en 1.
Lélot, trace les cadrans au soleil,	sur le quai Pelletier, *à la perruque d'or*.
La dame Passavant, a le talent de bien faire les bonnets carrés,	près la Madeleine, en la Cité.
La marquise du Plessis-Bellière, et sa fille, la marquise de Créquy,	en leur hôtel, rue Saint-Nicaise.
Frédoc, maison de jeu,	Place du Palais-Royal.
Mme de La Fayette, auteur de *la Princesse de Clèves*,	rue de Vaugirard, à l'angle de la rue Férou.
Glazer, apothicaire,	près la foire Saint-Germain.
René Berthelot du Parc, comédien,	rue Saint-Thomas-du-Louvre, où il mourut le 28 octobre 1664.
Marquise-Thérèse du Parc, comédienne,	rue de Richelieu, où elle mourut le 11 décembre 1667.
Scaramouche (Tibério Fiorilli), comédien italien,	rue Tiquetonne, où il mourut le 7 décembre 1694.
Du Quesne, marin,	rue du Sépulcre (Dragon) en 1680.
Tourville, marin.	rue Neuve-Saint-Eustache.
Jacques Savary, négociant,	rue des Jeuneurs.
Le duc de Saint-Simon,	rue des Saints-Pères. (Emplacement du Boulevard Saint-Germain.)
Monsieur, duc d'Orléans.	au Palais-Royal, en 1661.
César, duc de Vendôme (fils de Henri IV et de Gabrielle),	en son hôtel de Vendôme, rue Saint-Honoré, où il mourut en 1665.
Louis, 2e duc de Vendôme, fils du précédent.	en son hôtel de Vendôme, mort en 1669, à Aix en Provence.
Louis-Joseph, 3e duc de Vendôme, célèbre général.	en son hôtel de Vendôme, qu'il vend au Roi le 4 juillet 1685. Il demeure ensuite *au Temple*, avec son frère, le grand prieur.
—	—
Mademoiselle de Montpensier,	au palais du Luxembourg, où elle mourut le 5 avril 1693.

D'illustres étrangers ont visité Paris sous le règne de Louis XIV : le chevalier Temple, en 1648; — Nicolas Heinsius, en 1645; — Antoine Heinsius, en 1678; — Leibniz, en 1672 et en 1674; — Hobbes, de 1640 à 1653; — Loke, en 1668.

(1) Elle était située rue Saint-Honoré, un peu avant l'angle de la rue Royale, et elle fut abattue en 1732.

De la porte Sainte-Anne à la porte Saint-Honoré, les portes Montmartre, Richelieu, Gaillon furent reculées un peu plus au Nord, jusqu'au parcours actuel des boulevards.

équipages, et deux autres moins spacieuses, sur les côtés, pour les piétons.

Quatre des anciennes portes furent relevées, mais à titre de monuments purement décoratifs, ou arcs de triomphe plus ou moins imités de l'antique.

En 1671, sur l'ordre du prévôt des marchands Claude Le Pelletier. l'architecte François Blondel érigea la PORTE SAINT-DENIS, en mémoire de la conquête de la Hollande et du passage du Rhin (1).

En 1674, toujours aux frais de la Ville, Pierre Bullet construisit la PORTE SAINT-MARTIN, en mémoire de la conquête de la Franche-Comté (2).

En 1671, Blondel fut chargé de restaurer la PORTE SAINT-ANTOINE. qui datait de la Renaissance. Il conserva respectueusement l'ancien édifice, orné de deux figures représentant la *Seine* et la *Marne*, attribuées à Jean Goujon (3), et se contenta d'ajouter de chaque côté deux portes un peu moins hautes et un peu moins larges qui rendaient l'entrée de la ville plus facile aux voitures.

Après les conquêtes de la Flandre et de la Franche-Comté, Colbert engagea la ville de Paris à témoigner au monarque victorieux son zèle et son admiration, en lui élevant un arc de triomphe, à l'extrémité du faubourg Saint-Antoine, à l'endroit même où, à son retour de la frontière d'Espagne, il s'était arrêté avec la reine Marie-Thérèse pour recevoir les hommages de ses sujets (4). Le projet de ce monument fut mis au concours et les plans et dessins de Claude Perrault furent préférés à ceux de Le Brun et de Le Vau. Il avait pris pour modèles les arcs célèbres de Sévère et de Constantin. La première pierre fut posée le 6 août 1670; mais l'édifice ne fut jamais achevé, quoique tous les contemporains aient fait un magnifique éloge de la maquette exécutée en plâtre. Louis XIV ne parut pas s'y intéresser; les travaux furent abandonnés, et les fondations mêmes disparurent en 1716.

(1) Du côté du boulevard, un bas-relief représente le *Passage du Rhin* et deux figures symbolisent, à droite, la *Hollande*, à gauche, le Rhin; du côté du faubourg. le bas-relief représente la *Prise de Maestricht*. Ces sculptures ont été exécutées par les frères Anguier, sur les dessins de Girardon. La Porte Saint-Denis forme un carré parfait de 23 mètres de côté. La hauteur de l'arcade est de 44 mètres.

(2) Traduction de l'inscription du côté du Boulevard : *A Louis le Grand, pour avoir pris deux fois Besançon et la Franche-Comté; vaincu les armées allemande, espagnole et hollandaise, le Prévôt des marchands et les Échevins de Paris, 1674.* Du côté du boulevard, deux bas-reliefs, par Dujardin et Marty, représentent la *Prise de Besançon* et la *Triple Alliance;* du côté du faubourg, les deux autres. par Le Hongre et Legros, père. la *Prise de Limbourg* et la *Défaite des Allemands.* La Porte Saint-Martin forme un carré à peu près parfait de 18 mètres de côté. Elle est percée de trois arcades, celle du milieu a 40 mètres de haut; les deux autres 5 mètres 30.

(3) La Porte Saint-Antoine fut démolie en 1778. Les sculptures de Jean Goujon furent transportées dans l'Hôtel que Beaumarchais se fit construire près de là. entre le boulevard et la rue de la Roquette. On peut les voir aujourd'hui dans le jardin de l'Hôtel Cluny.

(4) C'est la place du *Trône*, devenue place de la *Nation*, par arrêté préfectoral du 2 juillet 1880, à l'occasion de la Fête nationale du 14 juillet de cette année.

De 1670 à 1674, Blondel, aidé par Pierre Bullet, « rhabilla » de son mieux l'antique porte Saint-Bernard, sur le quai, près le château et le pont de la Tournelle (1). Elle était percée de deux arcades, surmontées d'une longue frise où le sculpteur, Baptiste Tuby, représenta du côté de l'Ouest, *Louis XIV répandant l'abondance sur ses sujets*, et, du côté de l'Est, *Louis XIV, en divinité de l'Olympe, tenant le gouvernail du vaisseau de la ville escorté de Naïades et de Tritons*.

La ceinture des boulevards du Nord parut si belle aux contemporains que le Roi « par arrêt du Conseil du 15 juillet 1673, ordonna qu'il en seroit fait une semblable sur la rive gauche, renfermant l'Université et les faubourgs. On commença quelques plantations sur le bord de la rivière, vis-à-vis le cours de la porte Saint-Antoine et on les poussa jusqu'à côté du jardin des Plantes; elles devoient être continuées par les extrémités des Fauxbourgs Saint-Victor, Saint-Marcel, Saint-Jacques, Saint-Michel, Saint-Germain, et finir à l'autre bord de la rivière, vis-à-vis le Cours de la Porte Saint-Honoré. Ce dessein néanmoins demeura sans exécution (2) ».

Parmi les rues élargies à cette époque, je puis citer celles des *Arcis*, de la *Huchette*, du *Petit-Pont*, *Galande*, de la *Vieille-Draperie*, des *Noyers*, de la *Verrerie*, des *Mathurins*. En 1685, M. de Fourcy, prévôt des marchands, fit aplanir la rue des *Fossés-Saint-Victor*, si pénible à gravir jusque là (3); il fit, en outre, combler, sur le côté droit,

(1) « Les ornements symboliques de cet ouvrage, dit Félibien, sont destinés à marquer que ce lieu est le plus grand abord des marchandises qui arrivent à Paris par la Seine et que cette heureuse abondance est l'effet de la prévoyance du Roy »; allusion aux impôts, récemment supprimés, qui pesaient sur la batellerie.

La Tournelle était le dernier reste des fortifications qui défendaient de ce côté le passage de la rivière, comme la tour Loriaux dans l'île Saint-Louis et la tour Barbeau sur la rive droite.

La Porte Saint Bernard fut abattue en 1787.

(2) Delamare, *Traité de la Police*, t. page 105. Dans son huitième plan, il fait figurer les boulevards du Midi, avec une double rangée d'arbres, depuis le Jardin des Plantes jusqu'aux Invalides. Ce n'est évidemment qu'un *projet* qu'il donne comme une réalité. Les lettres patentes d'ouverture des boulevards de l'Hôpital, du *Mont-Parnasse*, des *Invalides*, sont du 9 août 1760. Pourtant sur quelques points, ils durent être amorcés plus tôt, et le *Plan de Bullet et Blondel*, en date de 1710, donne le *Cours de l'Hôpital*, entre la Seine et la rue de Poliveau; le *Cours de Port-Royal*, entre le faubourg Saint-Jacques et la rue de la Santé; le *Cours du Mont-Parnasse*, entre la rue d'Enfer et le chemin de Châtillon.

Deux édits de 1704 et 1707 ordonnent que le rempart planté d'arbres, sur la rive gauche sera continué depuis la rivière jusqu'à la rue de Varenne, puis parallèlement à l'hôtel des Invalides et enfin jusqu'à la rue du Cherche-Midi;... qu'*en attendant* que le dessin dudit cours soit exécuté, il sera planté des poteaux pour marquer les endroits où il doit passer, etc... Ce dernier passage montre bien que ce grand travail resta à l'état de projet jusqu'au milieu du dix-huitième siècle.

(3) « Pour juger de la grandeur du travail, dit Piganiol, il n'y a qu'à jeter la vue sur les anciennes portes de la Maison des Pères de la *Doctrine Chrétienne*, et du *Collège des Écossais*, qui servent aujourd'hui de fenêtres par les reprises qu'on a été obligé de faire au-dessous pour répondre au nouveau niveau de la rue ».

On peut encore vérifier en ce moment cette assertion de Piganiol, — vieille

les fossés de Philippe Auguste. La petite église *Saint-Leufroy* (1) fut démolie en 1684 pour dégager un peu les abords du Châtelet. En 1669, on se décida enfin à supprimer les échoppes de la rue de la *Ferronne-rie* dont l'étranglement avait rendu si facile le crime de Ravaillac, et le chapitre de Saint-Germain-l'Auxerrois fit élever en bordure du cime-tière des Innocents l'immense maison, toujours existante, qui ne compte pas moins de cinquante-deux fenêtres de façade (2).

A peine effleurée par la création du boulevard, la *Butte Bonne-Nou-velle* a conservé intacts son relief, son clocher, ses rues étroites, pau-vres et tristes, de la fin du seizième siècle et du commencement du dix-septième : rues de la *Lune*, *Beauregard* (3), *Sainte-Barbe*, *Notre-Dame de Recouvrance*, *Neuve-Saint-Étienne*; mais au cœur même de Paris, à côté du palais de Richelieu, la *Butte des Moulins* restait un obstacle au développement de la ville vers l'Ouest. Quelques spécula-teurs, parmi lesquels les deux frères Guillaume et François Villedo, généraux des bâtiments, Gilbert Anglade, Simon de l'Espine, Flacourt, obtinrent, par un arrêt du Conseil, du 15 septembre 1667, l'autorisation d'aplanir la butte, ce qu'ils ne firent qu'imparfaitement. Ils achetèrent les terrains que l'abbé de Saint-Victor possédait dans ce quartier, et, de 1667 à 1677, ils ouvrirent une douzaine de rues, qui la plupart exis-taient déjà comme chemins, et qui se couvrirent bientôt de maisons et d'hôtels : rues des *Moulins*, d'*Argenteuil*, des *Frondeurs*, de l'*Évêque*, *Sainte-Anne*, *Villedo*, du *Hasard*, d'*Anglade*, du *clos-Georgeau*, *Ventadour*, des *Moineaux*, des *Orties*, et celle appelée *Thérèse*, en l'honneur de la Reine (4).

Un très grand nombre de *rues nouvelles* furent ouvertes dans tous les quartiers; je puis citer :

d'un siècle et demi. — en allant visiter le *Collège des Écossais*, institution libre, vis-à-vis la rue Clovis. C'est à l'entrée même de la rue Clovis que l'on voit l'un des fragments les mieux conservés de la muraille de Philippe Auguste.

(1) Voir chapitre vi, page 158 et chapitre vii, pages 188 et 265.

(2) Voir chapitre xv, page 82, note 3. — Quatre fenêtres à chacun des trois pa-villons à fronton du centre et des deux angles; vingt fenêtres à chacun des deux corps de logis. En réalité cette maison ne compte plus actuellement que quarante-six fenêtres; elle en a perdu six, lors de l'élargissement de la rue de la Lingerie, en 1880.

(3) Celle-ci ainsi nommée, lorsque, construite d'un seul côté, les regards s'éten-daient à perte de vue, par-dessus les bastions jusqu'aux collines de Ménilmontant et de Montmartre.

Au reste, sur presque toute leur longueur, les boulevards, lors de leur création, dominaient les cultures maraîchères des faubourgs. De nos jours encore, toute la rue Amelot est en contre-bas, ainsi que la rue de Bondy, la rue Basse-du-Rempart; la cour intérieure de la *Maison du-Pont-de-fer* montre le niveau de l'ancien sol. Seul, le côté gauche (en allant de la Bastille à la Madeleine) fut d'a-bord bâti et ses habitations agréables étaient recherchées pendant la fin du règne de Louis XIV et sous la Régence pour leur belle exposition. On en distingue en-core quelques-unes sur les boulevards Beaumarchais (*maison de Ninon*), du Temple, Saint-Martin, Poissonnière, et plus loin le *pavillon de Hanovre*.

(4) Par un arrêté préfectoral du 23 octobre 1880, la rue *Thérèse* a absorbé la rue du Hasard, qui s'étendait entre les rues *Traversière* (Molière) et *Sainte-Anne*.

Snr la rive gauche,

La rue de *Savoie*, percée en 1672, sur l'emplacement de l'hôtel de ce nom; de l'*Observance*, en 1672, devant le grand portail des Cordeliers (c'est aujourd'hui la rue Antoine-Dubois); — la rue des *Fossés-Saint-Bernard*, en 1673; — de *Belle-Chasse*, vers 1700; — de *Babylone*, habitée par un évêque *in partibus* de ce titre, en 1670; — de *Poitiers*, vers 1694; — de *Bourgogne*, en 1707. D'autres, qui n'étaient que des chemins encore déserts, furent vite bordées de maisons et d'hôtels : telles, les rues de *Verneuil*, de *Bourbon* (Lille), de *Varenne*, de la *Planche*, de la *Chaise*, *Barouillère*, du *Regard*, *Cassette*, *Férou*, et les rues de *Sèvres*, de *Vaugirard*, du *Cherche-Midi*, de *Grenelle*, *Saint-Dominique*, etc., du côté de l'Ouest.

Sur la rive droite :

La rue du *Roule*, percée en 1692, établit une communication directe entre le Pont-Neuf et les Halles; — la rue de *Fourcy*, percée en 1692, établit une communication directe entre le Pont-Marie et la rue Saint-Antoine; — rue *Jean-Beausire*, prolongée jusqu'au boulevard en 1672; — du *Pas-de-la-Mule*, prolongée jusqu'au boulevard en 1673; — des *Deux-Portes-Saint-Sauveur*, prolongée jusqu'à la rue Thévenot en 1686; — *Boucherat*, prolongement de la rue Saint-Louis-au-Marais, en 1699; — *Neuve-Saint-Augustin*, prolongée de la rue Gaillon jusqu'à la rue Louis-le-Grand, 1703; — *Croix-des-Petits-Champs*, prolongée de la rue de la Vrillière à la Place des Victoires en 1684; — *Thévenot*, prolongée jusqu'à la rue Saint-Denis, en 1676; — *Grange-Batelière*, percée en 1704; — de *Normandie*, en 1701; — de l'*Hôpital Saint-Louis*, en 1673; — des *Filles-du-Calvaire*, en 1698; — de la *Feuillade*, en 1684; — des *Capucines*, en 1700; — *Louis-le-Grand*, en 1703; — *Meslay*, en 1696; — de *Vendôme* (aujourd'hui Béranger), en 1696; — d'*Antin*, en 1713, etc.

Chaillot fut érigé en faubourg, en 1707.

*
* *

La *Place des Victoires* est due à l'initiative du maréchal de la Feuillade (1). Sans trop rechercher les mobiles qui purent diriger cet officieux, « passant tous les courtisans passés (2) », il faut se hâter (3) de

(1) Ge orges-François d'Aubusson, né vers 1625, mort en 1691; — comte puis duc; — maréchal de France en 1675; — colonel des gardes françaises; — vice-roi de Sicile, 1er janvier 1678; — grand seigneur que tous les mémoires du temps nous montrent à la fois chevaleresque, dissolu, extravagant, vicieux, toujours plein de bravoure.

(2) Sévigné.

(3) « Se hâter », car l'ordonnance de la place masquée et déshonorée depuis longtemps par des enseignes, va tout à fait disparaître si l'on n'y prend garde. Les Vandales s'y donnent carrière, exhaussent le dernier étage, suppriment les arcades, mutilent les mascarons.

reconnaître que, bien secondé par le goût de Mansard (1), il dota Paris d'une œuvre exquise par son élégance et ses proportions.

Dès 1684, le maréchal faisait travailler le sculpteur Desjardins (2) à un groupe de bronze représentant le Roi, en costume du sacre, foulant aux pieds un Cerbère à trois têtes, symbole de la triple alliance vaincue. Derrière le Roi, une Victoire élevait de la main droite une couronne de lauriers destinée au héros, tandis que sa main gauche s'abaissait chargée de palmes. Aux angles du piédestal de marbre blanc veiné, quatre captifs chargés de chaînes dorées étaient couchés sur un amas d'armes antiques. Ils représentaient l'Espagnol, le Hollandais, l'Allemand et le Turc, tour à tour abattus.

Pour ériger ce groupe au milieu d'une place monumentale, la Feuillade choisit l'emplacement de l'hôtel de la Ferté-Sénectaire (3), situé en face des hôtels d'Émery et de la Vrillière, à l'extrémité des rues Neuve et Croix-des-Petits-Champs. Il en fit l'acquisition, le 3 décembre 1683, au prix de deux-cent-vingt mille livres; la Ville lui vint en aide pour l'achat et l'expropriation d'autres maisons nécessaires à la formation d'une place circulaire « de nouvelle invention et architecture ». On calcula que l'ouverture de deux voies nouvelles (4) permettrait de voir la statue depuis le Louvre, et par cinq voies différentes (5).

(1) Au lieu de galeries couvertes, comme à la place Royale, arcades pleines à refends de 4 mètres de largeur, formant un soubassement sur lequel s'élèvent jusqu'à une hauteur de 16 mètres environ deux étages encadrés de grands pilastres, d'ordre ionique. Nul n'atteint la perfection et n'échappe à la discussion. Je sais que l'on critiqua les niches mesquines de la toiture et les consoles répétées à toutes les ouvertures, sans qu'elles eussent rien à porter.

(2) De son vrai nom, *Martin Van den Boomgaerten*, dont Desjardins n'est que la traduction; né à Bréda, en 1640, venu jeune à Paris où il fut élève de Buirette et où il mourut le dimanche 2 mai 1694 « à une heure après midi, en son appartement dans la cour du vieux Louvre », inhumé à Saint-Germain-l'Auxerrois; son cœur à Saint-Laurent. Desjardins, mort dans la force de l'âge, produisit, outre le monument de la place des Victoires, les *Évangélistes* et les *Pères de l'Église* au collège Mazarin; un *Hercule*; une *Diane* et la *statue équestre de Louis XIV* sur la place Bellecour à Lyon. La plupart de ses œuvres ont péri. — Le groupe de la place des Victoires avait été fondu à l'hôtel de Saint-Chamond, rue Saint-Denis, où la Feuillade habitait en 1681.

(3) Voir chapitre XVI, page 292.

(4) 1° La rue d'*Aubusson*, très courte, prolongation de la rue *Croix-des-Petits-Champs*, — à travers l'hôtel d'Émery renversé, — depuis l'angle actuel de la rue de *la Vrillière* (maison à trompe) jusqu'à la place. Elle ne garda pas longtemps son nom d'Aubusson et fut vite confondue avec la rue *Croix-des-Petits-Champs*.

2° La rue de *la Feuillade*, prolongation de la rue *Neuve-des-Petits-Champs*.

À la grande désolation de la famille de la Vrillière, le plan de la Feuillade supprimait la petite rue percée en face de la porte de l'hôtel de la Vrillière (*Banque de France*), qui lui donnait une perspective jusqu'à la rue des Fossés-Montmartre. Grâce à un accord, — et même à un mariage conclu en 1692 entre le jeune duc de la Feuillade et Mlle de la Vrillière de Châteauneuf — survenu entre les deux familles, cette petite rue fut rouverte. C'est aujourd'hui la rue *Catinat*.

(5) Énumérons-les : *Aubusson; Petit-Reposoir; Vide-Gousset; Fossés-Montmartre; La Feuillade*.

La rue *du Petit-Reposoir* n'existe plus, mais la rue Catinat a été rouverte en 1692, et, de nos jours, la rue Étienne-Marcel a été ouverte

L'entrepreneur Prédot (1) fut chargé des démolitions et des constructions. Quatre fanaux énormes, véritables œuvres d'art, éclairèrent la place pendant la nuit (2). Elle fut inaugurée le 28 mars 1686, par « une païenne dédicace », avec le concours du régiment des gardes, précédé du maréchal-duc, à cheval, que Monseigneur, Monsieur, Madame, les Condés le duc de Créquy, gouverneur de Paris, le prévôt des marchands, Henri de Fourcy (3), les Académies, attendaient sur une magnifique estrade. Monseigneur fit découvrir le groupe au bruit des fanfares, appuyées des décharges de l'artillerie de la Ville, de la Bastille et de l'Arsenal (4).

Le grand Roi voulut assister, lui aussi, à son apothéose, et, le 30 janvier 1687, après avoir été rendre grâce de sa guérison à Notre-Dame; après avoir dîné à l'Hôtel de Ville, il se transporta de la Grève à la nouvelle place des Victoires, au milieu d'une affluence énorme. Les cinq avenues qui y aboutissent étaient gardées par quatre cents soldats rangés en haie, afin que, n'étant point remplie de peuple, Sa Majesté pût tout regarder plus aisément. Elle mit pied à terre et fit le tour du piédestal pour considérer la statue de tous côtés, voir les esclaves, qu'elle trouva très beaux et examiner de près les bas-reliefs. Elle sortit ensuite de l'enceinte de fer qui environne le piédestal et alla voir les groupes des colonnes et l'effet de la lumière des fanaux. Elle vit aussi les bâtiments que la Ville avait déjà fait construire à l'un des côtés de la place sur les dessins de Mansard; le reste était tapissé de grandes toiles peintes qui faisaient comprendre comment le tout serait achevé (5).

(1) Jean-Baptiste Prédot, riche entrepreneur de maçonnerie plutôt qu'architecte. On trouve son nom mêlé à toutes les constructions importantes de l'époque, la maison de Lully, à l'angle des rues Sainte-Anne et Neuve-des-Petits-Champs; très probablement le N° 1 de la rue du Mail. En 1685, il demeurait rue Pagevin, et, en 1705, place des Victoires.

(2) C'est à leur propos que circula le distique célèbre :

La Feuillade, sandis! je crois que tu me bernes, ·
D'avoir mis le soleil entre quatre lanternes.

(3) Le prévôt de Paris, M. de Bullion, ne fit pas partie du cortège pour une question de préséance.

(4) « L'apothéose que la Feuillade fit du roi, de son vivant, par le scandale de la place des Victoires, et l'impiété de la pompeuse cérémonie de sa dédicace, où Monseigneur fut présent, est une chose tellement connue et immortelle, qu'il serait superflu de s'y étendre, non plus que sur les folles substitutions de tout son bien pour l'entretenir ». Saint-Simon.

(5) Trois mois plus tard, à une seconde visite. Louis XIV trouva sa statue entièrement dorée. « Ce brillant me semble gâter les traits et y mettre de la confusion, dit le voyageur anglais Martin Lister; j'aurais préféré de l'or mat qui eût permis à l'œil de juger des ombres et des lumières. Mais ce qui me déplaît surtout, c'est cette grande femme toujours sur les épaules du roi, qui, au lieu de lui apporter la victoire, semble le persécuter de sa compagnie... Cette grande femme-ci est capable de donner une indigestion ».

Chacune des statues avait treize pieds de haut. Le groupe entier, avec son piédestal, les esclaves, la grille, les colonnes, les fanaux, était beaucoup trop important pour la place.

On critiqua aussi les inscriptions, et surtout celle : *Viro immortali*.

Le maréchal de la Feuillade mourut subitement dans la nuit du 18 au 19 septembre 1691, sans avoir eu le temps de se confesser ; il fut inhumé à Saint-Eustache, sa paroisse. Comme il ne laissait que deux enfants mineurs et une succession très obérée, des arrangements furent pris avec la Ville, qui devint propriétaire de toute la superficie de la place et se chargea de l'achèvement (1).

Les premiers habitants furent des traitants enrichis sous le ministère de Pontchartrain. Nous y trouvons, en 1705, les plus célèbres des financiers d'alors : Crozat, Bauyn, Hénault, Nivet, Raquin ; l'architecte Prédot ; les *agents de change* Le Gras, Rolland, Cornet ; les *fermiers* ou *receveurs généraux*, Le Gendre, de Blair, Demonchy, Samuel, Bernard, Bouton, Sandrier, Verton, etc (2).

De là, le dicton parisien bien connu : *Henri IV sur le Pont-Neuf au milieu de son peuple ; Louis XIII à la place Royale au milieu de sa noblesse ; et Louis XIV à la place des Victoires avec les maltôtiers.*

* *

La *Place des Conquêtes*, ou *Louis le Grand*, — que les Parisiens s'obstinèrent toujours appeler *Place Vendôme*, — fut commencée au moment où s'achevait la Place des Victoires.

Louvois venait de succéder à Colbert et de s'emparer de la surintendance des bâtiments, poste qui lui permit d'amasser rapidement une fortune considérable et de flatter les goûts dispendieux du maître. Jules-Hardouin Mansart, l'architecte favori, le spéculateur éhonté, mêlé à toutes les opérations sur les terrains (3), se joignit au ministre

(1) Les prescriptions du maréchal, fort coûteuses, ne furent pas longtemps observées. Après sa mort, les grilles furent enlevées, les sentinelles retirées. « Je ne doute pas, dit le continuateur de Sauval, qu'au premier jour les fanaux ne décampent à leur tour, ce qui fait voir que le Seigneur se joue des desseins et volonté des hommes ».

Les fanaux ne décampèrent pas si tôt, mais, en 1699, on cessa de les éclairer, soit que Louis XIV eût enfin trouvé que « ces sortes de lampes-là ne doivent être placées que dans les églises » ; soit que le jeune duc de la Feuillade en ait trouvé l'entretien trop cher.

Nous verrons, lors du récit de la Révolution, ce qu'est devenu ce monument — ainsi que bien d'autres analogues : — les quatre esclaves, allégés de leurs chaînes, sont aujourd'hui aux Invalides, où ils ornent les pavillons extrêmes de la façade.

(2) Seuls, les deux hôtels, au coin de la rue des Fossés-Montmartre, restèrent, celui de droite à la famille de Pomponne ; celui de gauche, au généalogiste Clairembault. En 1713, le receveur des États de Languedoc, Michel Bonnier, ancien porteballe devenu riche à quinze millions, remplaça les Pomponne dans l'hôtel qui avait appartenu avant eux au maréchal de l'Hospital, et que la trouée de la rue Étienne-Marcel vient de faire disparaître.

Toutes ces notices sont dues à la belle étude sur la *Place des Victoires et la Place Vendôme*, publiée, dans le XX⁰ volume des *Mémoires de la Société de l'Histoire de Paris*, par M. de Boislisle.

(3) Une épître au Roi, à la date de 1706, s'exprime ainsi sur le compte de « l'architecte-maçon, le gros Mansart, crotté comme un barbet :

« Reprenez-lui ses terres, ses domaines,
Reprenez-lui ses comtés, ses châteaux ;

pour persuader au Roi qu'il ne pouvait pas faire moins que La Feuillade ; que le faubourg Saint-Honoré (1), — sur la route de Saint-Germain et de Versailles, par où passaient les ambassadeurs étrangers pour aller prendre audience, — réclamait une place publique, au moins égale à celle qu'ils rencontraient en entrant dans Paris par la porte Saint-Antoine (2).

On imagina des plans d'apparence grandiose, ce qui est toujours assez facile ; on voulut d'abord aller au delà de ce que Henri IV avait su si bien commencer à la Place Royale, et de ce que Richelieu avait projeté pour la place Ducale (3). On jeta les yeux sur le vaste hôtel de Vendôme (4), qui, avec le couvent des Capucines, s'étendait de la rue Saint-Honoré au Marché-aux-Chevaux (5), à peu de distance du nouveau boulevard en voie de formation. Dans cet immense emplacement, on aurait construit une place publique d'environ cent-soixante mètres sur chacun de ses trois côtés, le quatrième restant ouvert dans toute sa largeur vers la rue Saint-Honoré, et, au milieu de la face opposée, un arc monumental eût laissé voir en perspective le portail de la nouvelle église des Capucines. Au centre, devait s'élever la statue équestre du Roi, et Louvois se proposait de loger tout autour la Bibliothèque, les Académies, les Ambassadeurs extraordinaires, la Monnaie, peut-être le Grand Conseil et la Chancellerie, si mal installés jusque-là (6).

> Vous en paierez deux mille capitaines.
> Ou tout au moins vingt de nos généraux.
> C'est votre bien, vous le pouvez reprendre ;
> S'il ne le veut, sire, faites-le pendre ».

(1) Le faubourg Saint-Honoré de cette époque commençait à l'entrée de la rue de Richelieu et finissait à la rue Royale.

(2) C'est-à-dire la place Royale. Vers 1687, les propriétaires des trente-cinq pavillons fournirent chacun mille livres pour enclore la place d'une balustrade de fer « admirablement travaillée », ornée de médaillons dorés aux armes de France et à l'effigie de Louis XIV. Chacun d'eux devait avoir une clé du jardin destiné à la jouissance exclusive des habitants de la place. Ce chef-d'œuvre de serrurerie a été remplacé sous le règne de Louis-Philippe, par la plus banale des grilles, malgré les plaintes éloquentes de Victor Hugo.

(3) Sauval rapporte que Richelieu voulait déjà faire en cet endroit une place carrée de 58 toises ou 116 mètres de côté, où logeraient l'Académie française et les Académiciens, et à laquelle on serait arrivé par les rues Saint-Honoré et Neuve-des-Petits-Champs.

(4) Voir chapitre XV, pages 83 et 157, les notes ; chapitre XVI, page 315. — J'ai dit déjà qu'Antoine de Gondy du Perron l'avait fait construire sous Charles IX. Leur fils, le premier duc de Retz y mourut le 21 avril 1602. Il passa en 1603 à la duchesse de Mercœur, qui le fit reconstruire et installa dans une partie le couvent des Capucines, en 1606. Son beau-fils, César de Vendôme, en hérite et y meurt en 1665. Le troisième duc de Vendôme, Louis-Joseph, le fit restaurer par Mansart et Libéral Bruand, puis s'en dégoûta, alla demeurer au Temple comme grand-prieur de France, et le vendit en 1685 pour la création de la place.

(5) Voir chapitre XV, page 120 et chapitre XVI, page 315.

(6) La Bibliothèque du Roi avait quitté la rue de la Harpe et occupait en location deux maisons, rue Vivienne, où elle resta jusqu'en 1722. L'Académie française quitta l'hôtel Séguier, après la mort du chancelier en 1672, et tint désormais ses séances au Louvre. L'Académie des sciences, se tint d'abord chez Montmor, rue Sainte-Avoie, puis chez Thévenet ; dans une des salles de la Bibliothèque,

Le contrat d'acquisition de l'hôtel de Vendôme fut passé, le 4 juillet 1685, entre Louvois, traitant pour le Roi, et l'abbé de Chaulieu pour MM. de Vendôme, au prix de six cent-soixante-six mille livres (1). Les Capucines, dont le couvent était contigu à l'hôtel rue Saint-Honoré, furent expropriées d'urgence; mais le roi chargea François d'Orbay de leur élever dans le plus bref délai un autre monastère sur les terrains qui restaient disponibles entre la future place et le rempart, c'est-à-dire sur l'ancien Marché-aux-Chevaux. L'architecte fit une diligence telle que la première pierre ayant été posée par l'évêque de Bethléem, le mardi 9 juillet 1686, les religieuses purent prendre possession de leur nouvelle demeure au printemps de 1688 (2).

En même temps, Germain Boffrand dessinait les plans et profils de la place; Claude Mongeot et Louis Caron les gravaient; Maurice Gabriel démolissait l'hôtel; Mansard dirigeait tout, et MM. de Turménie et de la Touanne, trésoriers généraux, étaient chargés de faire face aux dépenses; les terrains à construire étaient mis en vente.

Cette place, — à trois côtés seulement, — devait être le cadre splendide de la statue que Girardon exécutait (3). Il s'efforça de dépasser en proportions toutes celles connues auparavant. Le cheval du Pont-Neuf avait onze pieds de haut; celui de la place Vendôme en eut quinze, et le groupe entier dix-neuf, du piédestal au sommet de la tête du roi.

En 1685, une fonderie fut établie et Jean-Balthazar Keller (4), juste-

rue Vivienne, et en 1699 au Louvre. L'*Académie de peinture et de sculpture* se réunit d'abord au palais Brion et en 1692 au Louvre. Les *Ambassadeurs extraordinaires* logeaient rue de Tournon à l'ancien hôtel du maréchal d'Ancre. — La *Monnaie*, occupait de très anciens bâtiments, rue de ce nom et rue Tirechape, près le Pont-Neuf. — Chaque *chancelier* occupait son hôtel particulier. — Le *Grand Conseil* siégeait en location au cloître Saint-Germain-l'Auxerrois et se transporta en 1686, à l'ancien hôtel d'Aligre, en location également, rue Saint-Honoré et rue Bailleul.

(1) « Cours, bâtiments, jardins, manège, pavillons, et 954 toises de terrain *en culture de blé* ».

(2) Selon le continuateur de Sauval, elles eurent la satisfaction de retrouver leurs cloîtres, vitrés; leurs cellules, boisées, ornées, disposées comme celles qu'elles venaient de quitter. — La rue Neuve-des-Petits-Champs fut continuée devant leur couvent, sous le nom de rue *Saint-Ovide*, qu'elle perdit bientôt pour prendre celui de *Neuve-des-Capucines*. — Les rues *Daunou*, sous le nom de *Neuve Saint-Augustin*, et de la *Paix*, sous le nom de *Napoléon*, ont été ouvertes en 1806 sur l'emplacement du couvent des Capucines.

(3) François Girardon, né à Troyes le vendredi 17 mars 1628, mort au Louvre, âgé de quatre-vingt-sept ans, à 5 heures du matin, le dimanche 1er septembre 1715, trois heures avant Louis XIV, inhumé le lendemain à Saint-Landry. Il était fils d'un fondeur qui voulut, mais vainement en faire un procureur. On cite parmi les principales œuvres de Girardon : les *Bains d'Apollon*, l'*Enlèvement de Proserpine*, le *bassin de Neptune*, la *Fontaine des Pyramides*, à Versailles; — les *Mausolées* de Richelieu, de la princesse de Conti, de la présidente de Lamoignon, à Paris, sans oublier son propre *tombeau* et celui de sa femme dans la petite église Saint-Landry.

(4) Jean-Balthazar Keller, né à Zurich en 1638, mort à Paris en 1702, fut appelé dans la capitale par son frère Jean-Jacques, commissaire de l'artillerie qui l'initia à tous les secrets de son art. Il a dirigé la fonte de la plupart des statues de Versailles et de la statue équestre de Louis XIV, sur la place Bellecour, à Lyon.

ment célèbre dans son industrie, fut chargé de « l'opération extraordinaire qu'exigeaient les dimensions du modèle de Girardon ». La coulée à cire perdue se fit le 31 décembre 1692, sous la surveillance de
Robert de Cotte; elle réussit merveilleusement, et cette fonte est restée
dans l'histoire de l'art comme une des plus belles qui aient jamais été
faites (1).

Nous savons déjà que le Roi était à Paris le 30 janvier 1687, qu'il
avait dîné à l'Hôtel de Ville et qu'il s'était rendu ensuite à la Place des
Victoires. Quoique la journée fût assez avancée, il trouva encore le
temps de visiter la place Vendôme. Il y rencontra la même multitude
de peuple et y entendit les mêmes acclamations. Les religieux des couvents voisins étaient sortis « pour voir le monarque et mêler leur joie à
l'allégresse publique... Sa Majesté fit le tour de la place dont elle se fit
apporter le plan, et en parla avec beaucoup de justesse d'une manière
fort avantageuse pour MM. Mansard et Girardon. Elle parut très contente de ce qu'elle put voir des figures, dont il étoit malaisé de juger
parce qu'il falloit monter pour les voir de près, et qu'il étoit trop
tard (2) ».

La mort de Louvois, survenue inopinément le 16 juillet 1691, fit
suspendre les travaux et les ramena à des conceptions plus modestes.
Un instant même, Louis XIV, découragé en voyant que les seules dépenses de la translation des Capucines s'étaient élevées à près d'un million, fut sur le point de tout abandonner. Ce n'est que sept ans après
qu'on se décida à en finir. Des lettres patentes d'avril 1698 mirent en
vente les terrains du pourtour à la condition pour les acquéreurs de
n'y élever que des façades symétriques; il n'était plus question d'y
loger la Bibliothèque et les Académies; on parla même de tout jeter
bas et de se contenter de percer trois nouvelles rues... C'est alors que
la Ville intervint et supplia le Roi « de ne pas priver sa capitale d'un
de ses plus beaux ornements, et de lui céder la place, telle qu'elle
étoit, pour la conserver à sa plus grande gloire ». De nouvelles lettres
furent signées le 7 avril 1699 : « Le Roy, toujours prêt à faire du bien à
ses sujets, daignoit délaisser l'œuvre à sa bonne ville de Paris à condition de construire la façade *octogonale* d'après le nouveau plan (3) » :
Cent-cinquante-huit arcades en plein cintre au rez-de-chaussée, supportant deux étages avec pilastres corinthiens régnant du premier étage

---

(1) « Le moule absorba 83,650 livres de métal; cheval et cavalier furent obtenus
d'un seul jet, grâce à un fourneau inventé tout exprès... Tout avait coulé si juste,
même dans les parties les plus saillantes et les plus éloignées, que l'on n'eut
autre chose à faire qu'à décroûter et à réparer légèrement ».
  Girardon avait travaillé huit ans entiers au modèle, et il avait fallu deux années
pour le moulage, les fourneaux, la coulée, etc.
(2) *Mercure galant* de 1687.
(3) Une société de spéculateurs réunit les fonds nécessaires à l'entreprise : Jean
de Sauvion, *trésorier de l'extraordinaire des guerres;* — Alexandre Luillier,
fermier général; — Fontanieu, *receveur général;* — Pierre Bullet, *architecte du
Roi;* — Mathurin Besnier, *avocat;* — Jérôme Herlaut, *bourgeois,* et Jean Masneuf,
aussi *bourgeois* de Paris, prête-nom des précédents.

à la corniche du toit; au milieu des deux grands côtés et, aux quatre angles, des avant-corps en attique ornés de quatre colonnes à chapiteaux corinthiens, portant des frontons avec tympans chargés de l'écusson de France, d'anges et de trophées (1). Deux issues mettaient la place en communication, au Sud, avec la rue Saint-Honoré et le couvent des Feuillants; au Nord, avec les rues Neuve-des-Petits-Champs, Saint-Ovide et le couvent des Capucines (2).

Les travaux furent dès lors menés avec une rare activité; sans relâche, même les dimanches et les fêtes, même la nuit quand la lune le permit. La statue fut posée le 8 août et l'inauguration de la place fut célébrée, le 13, par un feu d'artifice et des joutes sur la Seine devant la galerie du Louvre (3); par des feux de joie et des illuminations dans tous les quartiers. Les collèges fermèrent leurs classes; les Jésuites de Louis le Grand jouèrent une tragédie. Le prévôt des marchands, Claude Bosc, les échevins, le Conseil de Ville, les quartiniers, les notables, tous « à cheval et en housse », allèrent prendre le duc de Gesvres, gouverneur de Paris, en son hôtel de la rue Coq-Héron, le conduisirent en grande pompe à la nouvelle place, « au son des timbales, trompettes et hautbois (4) », et le ramenèrent ensuite à l'Hôtel de Ville où fut servi un dîner de soixante-dix couverts.

La vente des terrains aux particuliers ne se fit pas d'abord sans difficulté : « Les raisons en sont connues : le temps, les guerres, le peu de commodité où chacun se trouve de pouvoir loger dans une maison à soi, moins encore de la faire bâtir pour un autre et d'en retirer de l'avantage ». Peu à peu pourtant, les hôtels accolés à la façade monumentale de Mansart furent bâtis par des gens à qui la fortune, dans ces dernières années de confusion, procura les facultés de se loger en grands seigneurs et en gens d'importance, c'est-à-dire des hommes de finance pour la plupart.

(1) Interdiction aux acquéreurs, et « à leur hoirs ou ayants cause, de rien changer dans l'ordre, l'ornementation et la forme extérieure des façades; obligation de faire réparer le dommage que les travaux de construction causeraient au pavé, etc.

(2) La rue de *Castiglione* a été ouverte, en 1802, sur l'emplacement du couvent des Feuillants, et la rue *Napoléon* (plus tard rue de la *Paix*), en 1806, sur l'emplacement du couvent des Capucines.

(3) Le sujet du feu d'artifice, de l'invention du P. Ménestrier, représentait *la statue du Roi dans le temple de la Gloire*. Aux balcons du Louvre, se tenaient Monsieur, Madame, les ambassadeurs et les invités de la Ville.
Le feu avait été dressé par l'artificier Carême et les charpentiers Cauchy et Hébert.

(4) Les Capucines s'associèrent de leur mieux à la fête en exposant à la vénération des fidèles la châsse de saint Ovide, un martyr dont le duc de Créquy leur avait donné le corps en 1665, au retour de son ambassade à Rome. Les curieux et les dévots vinrent en foule et leur empressement donna lieu à la création de la foire Saint-Ovide, qui durait trois semaines chaque année, à l'époque de la fête du saint, le 31 août, avec un grand concours de comédiens, de bateleurs, d'opérateurs, de cafés établis sous des petites tentes. La place en était si encombrée que les propriétaires obtinrent en 1774 que cette foire fût transférée sur les terrains encore vagues de la future place Louis XV, où ces amusements ne pouvaient gêner personne.

Voici, — aussi exactement que possible, — comment les premiers occupants, de 1700 à 1715, se présentent *en entrant par la rue Saint-Honoré* :

Côté droit, numéros *pairs*, approximativement :

4, 6 et 8 (aujourd'hui hôtel du *Rhin*), Pierre Delpech, fermier général :

10 et 12. Urbain Aubert, receveur général de Caen, condamné à restitution par la Chambre ardente de 1716 ;

Claude Paparel, trésorier des guerres, condamné à mort en 1716, peine commuée en celle de la détention perpétuelle ;

Herlaut, trésorier, mort en 1716 ;

M⁽ᵐᵉ⁾ de la Vieuville ;

22. Germain Boffrand, architecte :

24. Thomas Quesnet, premier commis au contrôle général des finances ;

26 et 28, René Boutin, receveur général d'Amiens, mort le 28 mai 1724.

Côté gauche, numéros *impairs* :

1, et 3 (aujourd'hui hôtels de *Vendôme* et de *Bristol*), Heusé de Vologer, trésorier d'Alençon ;

5. Jean de la Lande, valet de garde-robe du roi.

7. l'architecte Mansart, en 1707 ; son gendre Claude Le Bas de Montargis, trésorier de l'extraordinaire des guerres, condamné à restitution de deux millions, en 1716. Cet hôtel est aujourd'hui celui de l'*État-major de la place.*

9. Le Lay de Villemaré, fermier-général, condamné à restitution de quatre cent mille livres, en 1716. Son hôtel est aujourd'hui celui du *Gouverneur de Paris.*

11 et 13. Joseph-Guillaume de la Vieuville, secrétaire des commandements de la duchesse de Bourgogne, mort subitement le 21 août 1700 ;

Luillier, beau-père du précédent, propriétaire de 1700 à 1706 :

Guylion de Bruslon, greffier des archives du Parlement ;

Paul Poisson, dit Bourvallais, « le plus infâme des traitants (1) », condamné à restitution en 1716. Cet hôtel est aujourd'hui le *Ministère de la Justice.*

15 et 17. Antoine Bitault, conseiller au Grand Conseil ; acquéreur de six arcades en 1705 ;

La duchesse de Gramont, « vieille gueuse et borgnesse ». Cet hôtel est aujourd'hui celui du *Crédit mobilier.*

17 et 19, Reich de Penautier, ce trésorier des États de Languedoc que nous avons vu si gravement compromis dans le procès de la Brinvilliers ; acquéreur de quatre arcades qu'il céda, vers 1701, à Antoine Crozat, surnommé *le Riche*, mort en 1738. Son hôtel, célèbre pour les œuvres d'art qui y furent amassées, est aujourd'hui celui du *Crédit foncier.*

Le comte d'Évreux, qui épousa, en 1707, la fille d'Antoine Crozat.

23 et 25, Pierre Bullet, architecte du roi.

*
* *

La place du *Carrousel* doit son nom et son origine au dernier de nos tournois, à la fête mémorable que, peu après son mariage, Louis XIV donna les 5 et 6 juin 1662 (2). Entre le palais des Tuileries et le rem-

(1) Il fut taxé à quatre millions et demi, et chassé de sa maison de la place Louis-le-Grand. Ses meubles, ses chevaux, son argenterie furent vendus. Pour obtenir sa mise en liberté, il abandonna à l'État sa maison de la place Louis-le-Grand, ses quinze seigneuries de la Brie, et mourut six mois après dans sa maison de la place des Victoires.

(2) Voir dans le *Paris à travers les Ages* deux représentations de ce magnifique

part de Charles Cinq, Mlle de Montpensier avait un parterre fort bien
entretenu, dont le plan de Gomboust nous donne le tracé exact en 1652.
A cette date, Mademoiselle s'enfuit de Paris avec les Frondeurs les
plus compromis et n'y revint qu'en 1657. Pendant ces cinq années, le
jardin avait été détruit, le rempart abattu, le fossé comblé, et l'on avait
co mmencé à déblayer et à niveler le vaste emplacement qui s'étendait
du pavillon de Flore au pavillon de Marsan, du palais aux rues de l'É-
chelle et Saint-Nicaise. Vers 1665, la nouvelle place du Carrousel et les
îlots voisins avaient acquis la configuration qu'ils ont à peu près gardée
jusqu'au percement de la rue *Impériale* (1), en 1808, et même jusqu'aux
travaux effectués par Napoléon III, à partir de 1852, pour la réunion
du Louvre et des Tuileries et le prolongement de la rue de Rivoli,

PONTS. — QUAIS. — PORTS. — ABREUVOIRS. — POMPES. — FONTAINES.

Pont-Royal. — Dans la nuit du 28 au 29 février 1684, le pont de bois,
— construit par Barbier en 1632, — qui mettait en communication les
Tuileries et le faubourg Saint-Germain, en face de la rue de Beaune,
fut emporté par les eaux pour la troisième ou la quatrième fois. Le Roi
résolut de le faire reconstruire en pierre, un peu plus en aval, entre le
pavillon de Flore et la rue du Bac. Les fondations furent jetées le 25
octobre 1685 ; les dessins furent donnés par J. H. Mansart ; les travaux,
conduits par Jacques Gabriel, aidé du frère François Romain, jacobin (2), et l'œuvre entière, encore intacte après deux cents ans écoulés,
était achevée en juin 1689. Les dépenses s'élevèrent à 742,171 livres,
11 sous. « Les deux extrémités sont en trompes fort larges, d'une coupe
très ingénieuse qui en facilite l'entrée aux voitures ; de chaque côté, il
y a des trottoirs, comme au Pont-Neuf, pour la commodité des gens
de pied (3) ».

carrousel, pages 36 et 41. — Les jeux, les marches, les costumes avaient été réglés
par l'ingénieur Vigarani. Le Roi commandait la première des cinq brigades ;
Monsieur, la deuxième ; le prince de Condé, la troisième ; le duc d'Enghien, la
quatrième, et le duc de Guise, la cinquième. Le duc de Gramont était à la tête
de la brillante cavalcade qui se réunit au Marché-aux-Chevaux, derrière l'hôtel
de Vendôme, et de là, par la rue de Richelieu, se rendit à l'ancien jardin de
Mademoiselle. Le premier jour, le marquis de Bellefonds remporta le prix de la
course des têtes, et le second jour, le comte de Saulx, fils du duc de Lesdiguières,
remporta la bague.

(1) En 1813, elle reçut le nom de rue du Carrousel. Elle se dirigeait de l'Est à
l'Ouest dans la direction *approchée* du pavillon de l'horloge du Louvre, au pavillon de l'horloge des Tuileries. Elle était bordée par les échoppes des marchands
d'estampes, d'armures, de tableaux, de curiosités, d'oiseaux, et elle disparut vers
1852. Les rues Fromenteau et Saint-Thomas-du-Louvre y aboutissaient.

(2) Le frère Romain était né à Gand en 1646 et mourut à Paris, dans la maison
du Noviciat des Dominicains, rue Saint-Dominique, en face l'hôtel de Luynes, le
7 janvier 1735, âgé de quatre-vingt-neuf ans. Il avait le titre d'inspecteur des
ponts et chaussées, et celui d'architecte des bâtiments du Roi dans la Généralité
de Paris.

(3) Germain Brice, *Description de Paris.*
Voir sur le Pont-Royal une étude définitive, donnée par Mme G. Despierres dans
le XXIIe volume des *Mémoires* de la Société de l'Histoire de Paris.

Pont-Marie. — En 1668 et 1669, Thévenot releva les deux arches du Pont-Marie, qui, du côté de l'île, s'étaient écroulées en 1658. Cette fois, on fut assez prudent pour ne pas les surcharger de maisons (1).

Pont-Rouge. — En 1710, le pont de bois qui joignait la pointe de l'île Saint-Louis à celle de la Cité, vers le port Saint-Landry, fut emporté par les eaux (2) et, en 1717, rétabli en bois peint en rouge, ce qui lui valut son dernier nom. On n'y passait qu'à pied, et on y payait un liard par personne.

LES QUAIS. — Le grand travail d'endiguement de la Seine continua sur les deux rives et facilita la vue de la rivière, en faisant disparaître les maisons sordides qui y baignaient leurs fondations, dans la partie centrale de la ville. En 1669, *le quai Malaquais* fut revêtu de pierres de taille, et, en 1670, le mur d'appui du *quai des Quatre-Nations* fut décoré de sculptures aux emblèmes et aux armes du cardinal de Mazarin. La démolition de l'hôtel de Luynes (3), à l'angle de la rue Gît-le-Cœur, en 1671, supprima l'extrémité de la rue de Hurepoix et élargit un peu le *quai des Augustins*, aux abords étranglés du pont Saint-Michel. Le quai de *Gesvres* fut continué et le quai *Pelletier*, remarquable par la hardiesse de sa voûte, a conservé, jusqu'en 1868, le nom du prévôt des marchands qui le fit élever (4). Enfin Louis XIV ordonna, en 1704, que le quai de la *Grenouillère* (5) fut prolongé en ligne droite, de la rue du Bac au nouveau rempart, avec trottoirs de neuf pieds de large, et rampes en glacis conduisant aux abreuvoirs et aux ponts. Ceux des autres quais, qui n'avaient ni trottoirs ni parapets en furent pourvus; les quais de l'*Horloge* et des *Orfèvres* furent construits vers 1669.

PORTS, ABREUVOIRS. — En août 1663, les sieurs de Bellefonds et de Perthuis obtinrent de construire à leurs frais deux ports : l'un, entre le pont de la Tournelle et la maison des Galériens; l'autre, plus en amont, entre la porte Saint-Bernard et le ponceau de la rivière des

(1) En 1679, l'élargissement du Quai Conti et la démolition de ce qui restait du Château-Gaillard, obligea Brioché à déguerpir et il installa son théâtre de marionnettes sur le Pont-Marie.

(2) Les inondations de cette époque dont on a gardé le souvenir, sont celles de 1665, 67,90, 93 et 1711. Le Pont-Rouge fut encore une fois emporté en 1795. La communication des deux îles est assurée aujourd'hui par un pont métallique d'une seule arche, le *pont Saint-Louis*, construit en 1862 par les ingénieurs Féline Romany et Savarin. Pendant l'inondation de 1667, l'eau entra avec tant d'impétuosité dans les égouts, que, le 18 août, la fille du nommé Dumont, marchand de vin à l'encoignure des rues Vieille-du-Temple et des Quatre-Fils, fut surprise en remontant de la cave, et entraînée par le torrent qui la noya, sans qu'il fût possible de la secourir.

(3) Voir ancien hôtel des évêques de Chartres, de Besançon, du Connétable de Saucerre, du maître des requêtes Dauvet; de la duchesse d'Étampes ou de la *Salamandre.* — Chap. IX, p. 79. — Chapitre XV, page 170, et Chap. XVI, p. 221, note 1.

(4) Claude Le Pelletier, seigneur d'Ablon, de Montmélian et de Morfontaine, président aux enquêtes, puis président à mortier, prévôt des marchands de 1668 à 1676. Le mérite de la construction des voussures du quai revient à l'architecte Pierre Bullet.

(5) Lieu marécageux. — Peut-être aussi à cause des nombreux cabarets où le peuple allait *grenouiller*. Le dictionnaire de Trévoux définit ce verbe : « buvoter dans de méchants cabarets à la manière des gens de néant ».

Gobelins (1). Tous les deux devaient servir à la vente des grains et du bois de menuiserie.

L'île Louviers, qui appartenait au sieur d'Entraigues, fut achetée par la Ville en 1671, au prix de soixante et une mille livres, et servit de chantier de bois à brûler.

Ces quais, ces ports, ces berges, étaient alors bien autrement animés qu'aujourd'hui, les approvisionnements se faisant presque exclusivement par eau. « La Seine, dit l'Estoile, est la clé des vivres de Paris ».

Au *port Saint-Paul* arrivaient les coches de Melun, Montargis, Montereau, Sens, Auxerre. En cet endroit, l'on déchargeait toutes les marchandises venant des provinces du Midi, ainsi que les vins de la Champagne, de Bourgogne et du Maconnais. Au Pont-Marie, les *regrattières* venaient chercher le poisson d'eau douce qu'elles revendaient ensuite par les rues. Le *port au blé* et le *port au charbon* étaient au bas de la place de Grève, qui n'avait pas encore de quai. Au pied du Louvre, le *port Saint-Nicolas* recevait les produits de Rouen, du Havre, de Dieppe, de Dunkerque et de la Hollande.

Les *galiotes* de Sèvres et de Saint-Cloud partaient du Pont-Royal: le prix de la traversée était de cinq sous.

Le *port Saint-Landry*, si célèbre au moyen âge dans l'histoire de la Cité, avait à peu près disparu (2).

*
* *

La *Samaritaine* (3), ébranlée par la débâcle de 1709, menaçait ruine. Robert de Cotte fut chargé, en 1712, de la reconstruire de fond en comble. Le nouveau bâtiment eut trois étages, dont le second était au niveau du pont. C'est là que se trouvait l'entrée, à droite d'un avant-corps où figurait le groupe du *Christ et de la Samaritaine* (4) auprès du *puits de Jacob*. Au dessus, le cadran et le campanile couvert d'éclatantes dorures, qui abritait le carillon. « Les décorations de ce petit édifice, dit Germain Brice, sont agréables et assez bien imaginées ».

Suivant un plan de 1694, la conduite de la Samaritaine suivait le Pont-Neuf les quais et alimentait les deux grands bassins du jardin des Tuileries.

*
* *

La *Pompe Notre-Dame* n'a disparu qu'en 1861. Beaucoup de Parisiens peuvent se rappeler encore l'énorme amas de pilotis dont elle

(1) La Bièvre se jetait alors dans la Seine près du débouché actuel du Boulevard de l'Hôpital.

(2) Dr Lamouroux, conseiller municipal : *Rapport sur les Marchés*.

(3) Voir Chapitre xv, page 417.

(4) Ces deux statues étaient de plomb bronzé. Le *Christ assis*, par Bertrand ; — la *Samaritaine*, par Frémin.

encombrait en aval la deuxième et la troisième arche du pont; ses galetas écrasés et la bizarre silhouette de sa tour carrée qui surgissait d'une forêt de pieux et découpait ses sept étages sur le ciel.

Les grandes sécheresses de 1667 à 1669 ayant réduit à presque rien le volume d'eau dont disposait le Bureau de la Ville, l'ingénieur Jolly proposa d'élever les eaux de la rivière, au pont Notre-Dame, par le moyen d'une pompe analogue à celle de la Samaritaine. Ce projet passa aux mains d'un sieur Jacques de Mance, demeurant rue Sainte-Avoie, conseiller du Roi en ses conseils et neveu du célèbre Riquet. Les machines commencèrent à fonctionner tant bien que mal vers 1672. Gervais Rennequin en prit l'entretien à bail et les perfectionna en 1699; mais, à cette époque, la surveillance administrative était nulle; on ne savait pas conserver les rouages en bon état, à peu de frais et au jour le jour; on ne constatait le mal que lorsqu'il était à peu près irréparable. Tous les rapports de 1760, 1788, 1792, signalent un grand désordre, Néanmoins, en 1858, les pompes montaient en moyenne de 1000 à 1500 mètres cubes d'eau par 24 heures (1).

En juin 1673, elles alimentaient : l'Hôtel-Dieu; — le Palais; — le Cloître Notre-Dame; *sur la rive gauche :* le Petit-Châtelet; — l'hôtel de Nesmond; — le faubourg Saint-Germain; — l'hôtel de Chevreuse; — la maison de M. Tambonneau; — le collège des Quatre-Nations; *sur la rive droite :* le Grand-Châtelet; — la maison de M. Chrétien de Lamoignon, rue Aubry-le-Boucher; — l'hôpital de la Trinité; — la rue Saint-Denis, les Halles; — l'hôtel de la Trémoille, à M. de Bellièvre, rue des Bourdonnais; — l'hôtel Séguier, rue de Gre-

---

(1) Il ne faut pas oublier que le pont Notre-Dame était couvert à droite et à gauche de fort curieuses maisons que Louis XVI fit démolir en 1786. L'une de ces maisons, à l'Ouest, avait déjà disparu pour donner accès à la Pompe. C'est l'architecte Pierre Bullet qui avait érigé de ce côté la porte de la pompe, élégant portique d'ordre ionique, surmonté d'un médaillon de Louis XIV; au dix-huitième siècle, on y ajouta deux *Tritons*, attribués à Jean Goujon et provenant de la démolition de la *Poissonnerie* du Marché-Neuf. Au dessus de cette porte, on lisait une belle inscription latine de Santeuil, assez heureusement traduite par Charpentier :

Sequana quum primum Reginæ allabitur Urbi,
    Tardat præcipites ambitiosus aquas.
Captus amore loci, cursum obliviscitur, anceps
    Quo fluat, et dulces nectit in Urbe moras.
Hinc varios implens fluctu subeunte canales
    Fons fieri gaudet, qui modo flumen erat.

***

Aussitôt que la Seine en sa course tranquille,
Joint les superbes murs de la royale ville,
Pour ces lieux fortunés elle brûle d'amour;
Elle arrête ses flots, elle avance avec peine,
Et par mille canaux se transforme en fontaine
Pour ne sortir jamais d'un si charmant séjour.

Voir dans le *Paris à travers les Ages*, l'une des plus curieuses livraisons, *la Cité*, due à l'éminent créateur de la Bibliothèque Carnavalet, M. Jules Cousin.

nelle; — les hôtels de Soissons, de Bullion, de M. Hervart, de M. de Coislin; — l'Hôtel de Ville; — la rue Saint-Antoine; — les Jésuites; — les hôtels de Sully, d'Aumont, de Lorraine, de Carnavalet, de Fourcy, de la Vieuville; — la place Royale; les hôtels de Chaulnes, des Hameaux, de Guéménée; — les communautés du Petit-Saint-Antoine, de l'Ave-Maria, des Minimes, des Célestins, de Sainte-Marie, des Filles de la Croix, de la Charité des femmes; — l'hôtel de Lesdiguières.

*
* *

FONTAINES. — Un arrêt du Conseil d'État, en date du 22 avril 1671, approuva la création par la Ville de quinze nouvelles fontaines publiques qui furent immédiatement construites :

1. rue du Faubourg Saint-Marceau, au coin de la rue du Pot-de-Fer; — 2, rue du Faubourg Saint-Victor, à l'angle de la rue de Seine; — 3, place du Palais-Royal; — 4, rue Saint-Honoré, aux Capucins, en face de la place Louis-le-Grand; — 5, rue de Richelieu, en face de la maison de Molière (1); — 6, rue des Petits-Carreaux; — 7, aux Petits-Pères, à l'angle de la rue Notre-Dame-des-Victoires; — 8, rue Dauphine, vers l'angle de la rue Contrescarpe; — 9, au petit Marché du faubourg Saint-Germain; — 10, à la Charité, côté de la rue Taranne; — 11, à la Croix-Rouge; — 12, place du Collège des Quatre-Nations; — 13, place Dauphine; — 14, place de la Bastille, à l'angle de la rue des Tournelles; — 15, rue Saint-Martin, à l'angle de la rue Greneta.

Quelques-unes de ces fontaines (rue Dauphine, rue Saint-Martin, à la Croix-Rouge) ne semblent pas avoir été exécutées; parmi les anciennes, plusieurs furent ou supprimées ou réparées :

La fontaine des *Cordeliers* (2) dut être construite entre 1656 et 1673; — la fontaine du *parvis* Notre-Dame fut supprimée en 1665, comme gênant les processions, « où étoient obligés d'aller les vénérables doyens et chanoines de la cathédrale, dans les jours de fêtes solennelles; — la fontaine *Sainte-Avoie* fut reconstruite en 1682 par messire René de Marillac, qui l'adossa à son hôtel (3); — un *château d'eau* fut établi en 1684, dans l'impasse de Fourcy, rue de Jouy; — la fontaine de la porte *Saint-Michel* fut réédifiée de 1680 à 1683, après la démolition de la porte de ce nom (4); — la fontaine, élevée rue de la Barillerie sur l'emplacement de la maison de Jean Châtel, fut supprimée en 1686; — la fontaine *Boucherat* fut cons-

(1) Par une coïncidence singulière, cette fontaine occupait exactement l'emplacement de la fontaine *Molière*, à l'angle des rues Traversière et de Richelieu. Le bâtiment du château d'eau existe toujours et sert de logement et de bureau à un employé du service des eaux.

(2) Elle avait assez grand air, rue des Cordeliers, — ou de l'École-de-Médecine, — entre la rue du Paon et la Cour du Commerce, où nous l'avons vue jusqu'en 1876.

(3) Détruite en 1840, pour le percement de la rue de Rambuteau, elle a été rétablie à quelque distance, rue du Temple, en face la rue Geoffroy-Langevin.

(4) La fontaine Saint-Michel a été démolie en 1860, pour le percement du boulevard de ce nom. M. l'ingénieur Belgrand a fait construire une galerie souterraine qui conduit aux curieuses substructions de l'ancienne porte d'Enfer ou Saint-Michel.

truite. entre 1695 et 1700, par Jean Beausire. à l'angle des rues Boucherat et Charlot; elle existe toujours; — la fontaine de *Soubise*, fut reconstruite en 1701, par le prince de Rohan. à l'angle de son hôtel, rue du Chaume et rue de Paradis; elle ne fonctionne plus. mais elle est toujours visible avec son fronton, ses sculptures et son inscription. au pan coupé formé par les rues des Archives et des Francs-Bourgeois; — la fontaine de *Biragne*, l'une des plus importantes de Paris, déjà reconstruite en 1627. fut complètement réédifiée en 1707. sous la forme d'une élégante tour pentagonale. qu'on a eu le tort de faire disparaître en 1856, lors de l'achèvement de la rue de Rivoli; elle était isolée. sur la très grande place formée au débouché de la rue Culture Sainte-Catherine. dans la rue Saint-Antoine. en face de l'église des Jésuites (1). — Regard *Lesdiguières*, adossé à l'hôtel de ce nom, en 1707. à l'angle de la rue Saint-Antoine et du passage Lesdiguières; — Fontaine de *Louis-le-Grand*. construite aux frais du roi. rue Saint-Augustin. vis-à-vis la rue Gaillon (2). M. de Chamillard, contrôleur général des finances, en posa la première pierre, le 20 mai 1707; — Regard du *Grand Châtelet*, construit en 1708 « pour l'usage du Châtelet et des prisonniers qui y étoient détenus » (3); — Fontaine *Colbert*, rue Colbert. édifiée en 1708 « pour l'utilité du quartier des rues des Petits-Champs, de Richelieu et de Vivienne »; elle existe toujours; — Regard des *Annonciades*, rue de la Culture Sainte-Catherine (aujourd'hui Sévigné). ouvert. en 1710. à la requête de la prieure du couvent des Annonciades pour desservir leur couvent, l'hôtel Le Pelletier et le public; il était situé entre les hôtels Carnavalet et Le Pelletier : le regard a disparu, mais les deux hôtels existent toujours; — Fontaine *Desmaretz* ou de *Montmorency* (4), rue Montmartre, en face les rues Saint-Marc et Feydeau. La première pierre fut posée le 2 mai 1715. « au bruit des tambours. trompettes et autres acclamations des peuples du quartier qui. depuis longtemps, désiraient cette eau ». Elle n'a disparu qu'en 1859:

Voici la liste des concessions d'eau les plus remarquables faites dans cette période (1661-1715) à des établissements ou à des particuliers :

Les Gobelins; — Port-Royal; — le jardin des Apothicaires, rue de l'Arbalète; — le jardin royal des simples; — l'Abbaye Saint-Victor; — les hôpitaux de la Salpêtrière. de la Pitié, des Incurables. des Petites-Maisons, l'Hôtel-Dieu; — les collèges des Jésuites, de Beauvais, du Plessis, des Grassins. de Navarre. de la Marche. de Laon; — les communautés des Feuillantines. des Ursulines. des Visitandines. de l'Ave Maria, des religieuses du Calvaire. des Filles-Dieu, des Filles-bleues; des Feuillants, des Capucines. des Jacobins. des Cordeliers, des Bénédictins, des Chartreux. des Carmes. des Mathurins, des Lazaristes, des Récollets. des Augustins; — les hôtels ou maisons de MM. Cramoisy, Bignon; de Mesgrigny, rue des Poitevins; Ferrand. lieutenant particulier. rue Serpente; Boucherat. rue Turenne; Le Tellier, rue des Francs-Bourgeois; d'Effiat, rue Vieille-du-Temple; de Lamoignon. rue Pavée; Jean Beausire, rue Charlot (nos 83 et 85), entre la rue de Vendôme et le boulevard); de Clairembault. rue Vide-Gousset; François-Procope Couteaux, rue des Fossés-Saint-Germain. en face la Comédie; Nicolas Desmaretz, directeur

(1) La rue Culture Sainte-Catherine est devenue la rue *Sévigné*; la *Maison professe* des Jésuites est le *lycée Charlemagne*; la *chapelle* des Jésuites est l'église *Saint-Paul-Saint-Louis*. On démolit en ce moment la maison d'angle des rues de Sévigné et Saint-Antoine, où se trouvait dans une niche la statue de *Sainte-Catherine*.

(2) Elle a été reconstruite en 1823, par Visconti, au carrefour formé par les rues Gaillon, Saint-Augustin, Port-Mahon et de la Michodière.

(3) La fontaine du *Grand-Châtelet* est remplacée actuellement par la fontaine du *Palmier*.

(4) Rue Saint-Marc, sur l'emplacement des galeries des Panoramas. s'étendait jusqu'au boulevard un hôtel considérable, qui appartint, en 1704, à Thomas de Rivié, secrétaire du Roi; en 1714, à Desmaretz, contrôleur des finances; en 1728, au duc de Montmorency-Luxembourg. De là, les noms de cette fontaine.

des finances, rue Vivienne ; duc de Mazarin, hôtel de Nevers, rue de Richelieu ; Vincent de Beausergent, trésorier général des gardes françaises et suisses, rue Sainte-Croix-de-la Bretonnerie ; le duc de Gramont, place Louis-le-Grand (1).

FOIRES, HALLES ET MARCHÉS.

Le droit d'établir des Foires, des Halles et des Marchés appartenait au Roi qui percevait directement des taxes sur les marchandises, ou concédait les emplacements, à titre onéreux ou gracieux, soit à des particuliers, soit à la Ville, soit à des Communautés religieuses.

C'est ainsi que les prêtres de la Mission, successeurs des Lazaristes, dans le faubourg Saint-Denis, obtinrent, en 1661, la confirmation de l'antique privilège de la foire franche de *Saint-Laurent*, et entourèrent de murs un espace de cinq arpents (2), percé d'avenues bien plantées, bordé de boutiques, de bals, de cabarets, de cafés, de théâtres, agréable lieu de rendez-vous pour les promeneurs et les filous. Cette foire durait trois mois, dans la plus belle saison de l'année, du 1er juillet au 1er octobre.

La foire *Saint-Germain*, belle source de revenus pour les Bénédictins de l'abbaye, ouvrait le 3 février et se continuait pendant le carême et le carnaval jusqu'au dimanche des Rameaux. Elle occupait l'espace compris entre Saint-Sulpice et la rue du Four, c'est-à-dire l'emplacement actuel du marché (3). Une gravure de la Bibliothèque nationale, (à rebours malheureusement), reproduite dans l'un des volumes de la *Topographie historique du Vieux Paris*, nous représente la foire en pleine activité, avec ses portes sur la rue Guisarde, la rue de Tournon, la rue du Brave ; ses six galeries ou rues de *Normandie*, de *Paris*, de *Picardie*, *Chaudronnière*, *Mercière*, de la *Lingerie* ; ses innombrables boutiques d'oyseliers, perruquiers, marchands de la Chine, ébénistes, gantiers, miroitiers, potiers d'étain, chandeliers, chaussetiers, brodeurs, marchands de chiens de Bologne, armuriers, fourbisseurs, chirurgiens, lanterniers, changeurs, joailliers, peintres de tableaux à l'huile, de tableaux à la détrempe, sculpteurs, marchands d'orviétan, montreurs de marionnettes, voltigeurs, épiciers, vendeurs de rossoli, d'oranges et de saucisses, de dentelles d'or et d'argent, et les négociants de Flandre, d'Angleterre, d'Allemagne, de Moscovie, du Levant ; l'affluence des carrosses, des chaises à porteur, des mendiants, des opérateurs, des personnages de tous les rangs, moines, bourgeois, seigneurs, grandes dames et vieilles en guenille, joueurs de boule, bretteurs, badauds, etc.

(1) Santeuil avait orné d'ingénieux distiques latins la plupart de ces fontaines.
(2) Une inscription ainsi conçue a été placée par les soins de la Ville sur le pavillon de la gare de l'Est, à l'angle de la rue d'Alsace : *La Foire Saint-Laurent établie au douzième siècle se tint sur cette place de 1662 à la fin du dix-huitième siècle.*
(3) Une inscription ainsi conçue a été placée par les soins de la Ville au Marché Saint-Germain, rue Clément : *La Foire Saint-Germain occupa jusqu'à la fin du dix-huitième siècle l'emplacement de ce marché.*

La foire conserva son ancienne vogue jusqu'à l'incendie de 1763, qui la ruina complètement.

L'encombrement causé par les marchés qui, malgré les ordonnances, débordaient dans les rues voisines, nécessitait une réglementation sévère : « Défense aux écosseuses de pois de jeter sur le pavé aucun pied d'artichaut ou écosses de fèves; ordre aux regrattières de ne pas étaler leurs œufs, fruits et fromages sur la voie des passants; aux boulangers et aux vendeuses de harengs de ne pas placer leurs charrettes, harnois et marchandises devant les portes des bourgeois; défense aux gagne-deniers de fumer ou d'allumer des feux dans la halle au blé, sous peine de trois cents livres d'amende, de prison et d'interdiction de leur travail pour un an ».

L'office de *portier-placier-balayeur* des halles donnait lieu à la perception de droits considérables. D'importants personnages ne dédaignaient pas de solliciter ce titre lucratif, quitte à en faire exercer les fonctions par des sous-ordres. En 1690, les titulaires par indivis, étaient le sieur Menjot, conseiller à la chambre des comptes et Messire Armand de Riantz, marquis de la Galaizière. Ni l'un ni l'autre, je crois, n'avaient jamais mis les pieds au carreau des halles.

Le *Marché aux veaux* se tint au quai des Ormes, de 1646 à 1774.

Les *Halles Barbier*, rue du Bac et rue de Beaune, furent détruites en 1671, pour faire place à la caserne des mousquetaires.

Une *Halle au poisson* fut établie, en 1661, dans une maison de la rue de la Cossonnerie.

En 1679, les *Marchés à la volaille et au pain* furent transférés de la Vallée de Misère au quai des Grands-Augustins (1), suivant le plan levé par maître Libéral Bruant.

La *Foire au lard*, que nous appelons maintenant la *Foire aux jambons*, se tint jusqu'en 1813 sur le parvis Notre-Dame.

Le *Marché des Patriarches* fut créé en 1684 dans l'enclos, reconnaissable encore aujourd'hui, de l'ancienne maison des Canaye (2), rue Mouffetard.

Depuis 1642, un second *Marché aux chevaux, ânes et mulets*, se tenait les mercredis, entre le jardin des plantes et le cimetière de Clamart, au lieu dit « la Folie-Eschalart ». On peut voir encore, rue Geoffroy-Saint-Hilaire, le petit pavillon bâti, en 1670, par le lieutenant de police de Sartine, à l'extrémité du marché.

La *Halle aux Vins* fut établie, entre 1656 et 1662, sur l'emplacement actuel. Elle ne consista d'abord qu'en deux pavillons à l'angle du quai et de la rue des Fossés-Saint-Bernard, et en une petite chapelle, dédiée à Saint-Ambroise. Les sieurs Isaac de Baas, maréchal des camps et armées du Roy, et Clair Gilbert Domaison de Chamarande, premier valet de chambre du Roy, eurent le privilège de cette halle, à la condition d'en partager les bénéfices avec l'Hôpital général.

(1) Le nom même de quai de la *Vallée* fut depuis souvent donné au quai des Grands-Augustins.
(2) Voir chapitre xii, page 407.

Dans presque tous les carrefours existaient de petits marchés installés en plein vent, ou à peine abrités sous de misérables échoppes :

Le marché des *Enfants-Rouges*, rue de Bretagne; il existe toujours et date de 1628; — le marché du *Cimetière Saint-Jean*, près la première porte Baudoyer; — le *Marché-Neuf*, dans la Cité, sur le quai, entre le pont Saint-Michel et le Petit-Pont; — les marchés du *Grand* et du *Petit-Châtelet*; — de la place *Maubert*; — de la rue *Sainte-Marguerite*, près de l'Abbaye; — de *Saint-Antoine*, en face la rue Saint-Paul et les Grands Jésuites; — de la porte *Saint-Jacques*; — de *Saint-Martin*, devant le prieuré; — du *faubourg* Saint-Antoine, au carrefour de la rue de Montreuil, devant l'Abbaye.

Le roi réservait aux halles quelques places, quittes de tout droit, « pour les pauvres femmes veuves et les pauvres filles orphelines à marier, nées en légitime mariage, et information préalablement faite de leur vie et bonnes mœurs ».

ÉGLISES.

Notre-Dame. — De 1699 à 1714, non sans quelques interruptions, Louis XIV, pour acquitter le vœu de son père qui, en mourant, avait mis la France sous la protection de la Vierge, fit reconstruire le maître autel de la cathédrale, ce qui amena la déplorable destruction du jubé et d'une partie de la clôture exécutée au treizième et au quatorzième siècles par Jean Ravy et Jean le Bouteiller. Robert de Cotte donna les dessins de la nouvelle ornementation; Coysevox et les deux frères Nicolas et Guillaume Coustou sculptèrent la descente de croix ainsi que les statues agenouillées de Louis XIII et de Louis XIV; les huit grands tableaux furent peints par Jouvenet, la Fosse, Boulongne, Coypel et Hallé (1).

Val-de-Grâce. — Les travaux furent achevés par Gabriel Le Duc, de 1658 à 1665. Pierre Mignard peignit à fresque la coupole dans le cours de l'année 1664 (2).

(1) Je parlerai plus tard de la destruction de la plus grande partie de cette décoration en 1793. — Sur les cent quatorze stalles, sculptées par Louis Marteau et Jean Nel, d'après les dessins de Jean du Goulon, il en reste aujourd'hui cent quatre fort bien conservées, aux dossiers hardiment fouillés de reliefs représentant des scènes de l'Écriture. Le *bourdon* de la tour du midi, donné, en 1400, par Jean de Montaigu, fut refondu en 1689, et reçut les noms d'*Emmanuel-Louise-Thérèse*, en l'honneur du Roi et de la Reine.

(2) Molière, qui était un ami et un admirateur de Mignard, a fait un grand éloge de :

> « Cette belle peinture inconnue en ces lieux,
> La fresque, dont la grâce, à l'autre préférée,
> Se conserve un éclat d'éternelle durée,
> Mais dont la promptitude et les brusques fiertés
> Veulent un grand génie à toucher ses beautés ».

Mignard fut aidé dans son œuvre par Dufresnoy, à la fois poète et peintre, auteur d'un *De Arte graphica*, publié en 1673, avec une traduction en prose par de Piles. Dufresnoy qui, après un voyage en Italie, avait décoré le château du Raincy

Saint-Germain-l'Auxerrois fut abîmé en 1660 par François d'Orbay, qui commença par supprimer le pilier-trumeau du grand portail, avec la statue du Christ et le jugement dernier du tympan; on enleva les vitraux peints, on gratta les peintures murales; le maître menuisier, François Mercier, encombra les bas-côtés du Nord d'un énorme banc d'œuvre, exécuté en 1684, sur les dessins de Lebrun et de Perrault, ridicule entassement d'un dais, d'un baldaquin et d'une couronne, supportés par des anges, des colonnes et des pilastres d'ordre ionique. cela peut-être un beau travail de menuiserie, mais il a le défaut de détruire de ce côté toute la perspective voulue par l'architecte.

Saint-Jacques du Haut-Pas. — La nef et la façade furent construites par Daniel Gittard, en 1675.

Saint-Louis en l'Ile. — François le Vau (fils de Louis) commença l'église actuelle en 1664; Gabriel Le Duc la continua; elle ne fut achevée qu'en 1726 par Jacques Doucet; encore faut-il remarquer que la façade n'a jamais été construite.

Saint-Nicolas du Chardonnet n'a été achevé qu'en 1709, sauf la façade, restée en suspens.

Saint-Roch resta inachevé pendant le grand règne, mais Robert de Cotte construisit en 1709 les deux chapelles de la *Vierge* et de la *Communion*.

Saint-Séverin. — La chapelle de la *Communion* ou de la *Vierge*, n'est que de 1173. En 1684, l'église fut mutilée par Le Brun et Tuby, aux frais de Mlle de Montpensier : le jubé disparut, ainsi que les ogives du chœur, soigneusement recouvertes de beaux placages de marbre et le maître autel fut orné d'un riche baldaquin supporté par huit colonnes de marbre, ornées de bronze doré.

Saint-Sulpice. — De 1655 à 1670, Le Vau reprit sur de nouveaux plans les constructions commencées par Christophe Gamare en 1646; puis Daniel Gittard éleva le chœur, les bas-côtés, le bras gauche de la croisée, entre 1670 et 1675. A cette époque, les travaux furent interrompus, faute d'argent, pendant près d'un demi-siècle, 1675 à 1719.....
Ce n'est donc qu'en arrivant au règne de Louis XV que je pourrai compléter l'histoire de ce monument remarquable (1).

COMMUNAUTÉS D'HOMMES.

Bernardins. — Leur église, dont Philippe de Valois avait posé la première pierre en 1338, eût été l'une des plus belles de Paris, si elle avait été achevée. A la suite du débordement de la Seine, en 1709, on fut obligé d'en relever le pavé d'au moins cinq pieds. La destruction de Port-Royal-des-Champs, en 1710, contribua à l'embellissement de cette église qui reçut le maître autel et les stalles du chœur, excellents

---

et l'hôtel d'Hervard, rue Plâtrière, mourut d'une attaque d'apoplexie, à Villiers-le-Bel, en 1665.

(1) Voir Chapitre XVI, page 281.

ouvrages de menuiserie, exécutés aux frais de Henri II, dont ils portaient la divise : *Donec totus impleat orbem* (1).

Les *Célestins* reconstruisirent, en 1672, la plupart des bâtiments de leur monastère qui menaçaient ruine, et un escalier très remarquable (2), dont le plafond, représentant Pierre Morron, fondateur de l'Ordre, enlevé par les anges, avait été peint par Bon Boullongne.

Saint-Martin-des-Champs. — Les religieux de ce prieuré firent reconstruire, en 1672, sur les dessins de Le Tellier et Bullet, leur maison claustrale, grand bâtiment brique et pierre, à combles élevés, du côté du jardin. Leur église fut décorée, en 1706, de quatre grands tableaux de Jouvenet : *Jésus chassant les marchands du Temple :* — la *Résurrection de Lazare :* — la *Pêche miraculeuse* et la *Madeleine chez Simon le Pharisien* (3).

Sainte-Croix-de-la-Bretonnerie. — La principale porte de ce couvent, rue des Billettes, fut reconstruite en 1689 et n'a disparu que de nos jours.

Feuillants. — Le premier des Mansard, François, à peine âgé de vingt-six ans, avait élevé la façade de l'église en 1624; le second, Jules-Hardouin, éleva en 1677, sur la rue Saint-Honoré, la porte principale du couvent, ornée de quatre colonnes corinthiennes, avec entablement, fronton, et, au-dessus de la baie, un bas-relief représentant la réception de l'abbé de la Barrière par Henri III. C'est dans l'axe de cette porte décorative que s'ouvrit un peu plus tard l'entrée méridionale de la place Vendôme sur la rue Saint-Honoré.

Abbaye Sainte-Geneviève. — Les Génovéfains chargèrent un des leurs, architecte habile, le Père Claude de Creil, de reconstruire, en 1701, le *cloître* qui sert aujourd'hui de cour d'entrée au lycée Henri IV. et le grand escalier de leur bibliothèque. Elle occupait, dans l'étage supérieur, quatre galeries disposées en forme de croix et surmontées à leur point de rencontre d'une coupole que Jean Restout décora, en 1730, d'une *Apothéose de saint Augustin*. Ces superbes galeries sont maintenant affectées aux dortoirs; l'une d'elles atteint cent mètres de long.

Blancs-Manteaux, — En 1618, des Bénédictins de la Congrégation de Saint-Maur remplacèrent les Guillemites (4), firent reconstruire le monastère dont la première pierre fut posée en 1685 par le chancelier Le Tellier (5), et y réunirent une bibliothèque considérable. Elle occu-

---

(1) Voir Chapitre vii, page 289. — Entre la salle capitulaire et l'église, on voyait un double escalier à vis, tour de force architectural, disposé de manière que deux personnes pouvaient monter ou descendre sans se rencontrer. On y entrait par deux portes et chacun des deux escaliers s'emboîtait en spirale autour du noyau central.

(2) Cet escalier existe pour quelque temps encore dans la partie de la caserne située entre le boulevard Henri IV et la rue du Petit-Musc.

(3) Dans le tableau de la *Madeleine*, Jouvenet s'est peint avec ses deux filles. La *Pêche miraculeuse* et la *Résurrection de Lazare* sont aujourd'hui au Louvre.

(4) Voir Chapitre vii, page 192.

(5) Le chancelier Le Tellier était le voisin des Blancs-Manteaux. Son hôtel existe toujours, rue des Francs-Bourgeois, en face la rue Elzévir.

pait le troisième étage du bâtiment sur la rue de Paradis (1). Leur église est devenue une paroisse, succursale de Saint-Merry, en 1807, et on lui a accolé au Sud, en 1862, la façade de l'église des Barnabites qu'on venait de démolir dans la Cité.

Saint-Germain-des-Prés. — Les abbés de Saint-Germain sont au nombre de quatre, dans cette période : 1° Gaston-Henri de Bourbon, fils de Henri IV et de la marquise de Verneuil, qui jeta le froc aux orties, en 1668, pour épouser Charlotte Séguier, fille du chancelier; il a laissé son nom à une rue voisine du Pré-aux-Clercs (2); — 2° Jean-Casimir, ex-roi de Pologne, abbé en 1668, mort en 1672, et inhumé dans l'église, où l'on peut encore lire son épitaphe; — de 1672 à 1688, le bénéfice resta vacant, et Paul Pellisson, protestant fraîchement converti et ordonné sous-diacre, comblé des faveurs de Louis XIV, devint administrateur des biens et des revenus de l'abbaye; — 3° le cardinal de Furstenberg, abbé de 1688 à 1704; — 4° le cardinal César d'Estrées, mort doyen de l'Académie française, le 18 décembre 1714.

C'est le cardinal d'Estrées qui, le 28 août 1704, posa la première pierre du maître autel, exécuté par Slodtz sur les dessins d'Oppenord, et orné de six colonnes d'ordre composite, d'un marbre vert antique très rare, supportant un baldaquin surmonté d'une couronne ovale, le tout de la plus grande richesse.

Lui et son prédécesseur, le cardinal de Furstenberg (3), avaient singulièrement embelli le palais abbatial, et, pour subvenir aux dépenses, ils comblèrent les fossés, aliénèrent des parties de l'enclos et élevèrent des maisons qu'ils louèrent ou vendirent à des particuliers. C'est ainsi que furent ouvertes les rues *Saint-Benoît, Cardinale, Sainte-Marthe, Childebert.* On pénétrait dans l'abbaye par les portes de Bourbon-le-Château, de Sainte-Marguerite, de Saint-Benoît, et par la porte Furstenberg qui s'ouvrait sur la rue du Colombier (*Jacob*), en face de la principale entrée du palais abbatial (4).

Noviciat des Jacobins, rue Saint-Dominique, en face de l'hôtel de

(1) La rue de *Paradis* qui s'étendait de la rue Vieille-du-Temple à la rue des Archives, a été confondue avec la rue des *Francs-Bourgeois* par un arrêté préfectoral du 2 avril 1868.

(2) Plusieurs lettres de Louis XIV à ce bâtard de Henri IV sont ainsi libellées : « A mon oncle naturel, le duc de Verneuil, pair de France, abbé commendataire de Saint-Germain-des-Prés, en son hôtel abbatial, lèz Paris ».

(3) Guillaume Egon de Furstenberg, prince allemand, né en 1629, mort à Paris le 10 avril 1704, d'abord conseiller de l'électeur de Cologne Maximilien-Henri, mais partisan de la France. Évêque de Metz, 1663; de Strasbourg, 1682; cardinal, 1686; abbé de Saint-Germain-des-Prés en 1688. « Grosset, dit Saint-Simon, mais bien pris, avec le plus beau visage du monde; à le voir, à l'entendre, un butor; mais approfondi et mis sur la politique et les affaires, il passait la mesure ordinaire de la capacité, de la finesse et de l'industrie ».

(4) La rue *Furstenberg* a été ouverte, par une décision ministérielle du 21 août 1817, à travers la cour des écuries et les dépendances du palais. — La rue de l'*Abbaye*, en 1800; elle passe devant le palais et traverse l'emplacement du chapitre, du cloître, du jardin des religieux, de la salle des hôtes et de la grande cour. — La rue *Bonaparte*, en 1800, de la rue Jacob à la place, à travers le grand jardin et la grande cour.

Chevreuse (1). — A leur petite chappelle de 1632 succéda une grande
église, construite par Pierre Bullet, dont la première pierre fut posée,
le 5 mars 1682, par l'archevêque d'Albi, Hyacinthe Serroni, et par la
duchesse de Luynes, Anne de Rohan-Montbazon. C'est, depuis le Concordat, une église paroissiale, sous le vocable de Saint-Thomas d'A-
quin (2).

Les bâtiments claustraux ont servi longtemps au Musée d'artillerie,
transféré aujourd'hui aux Invalides.

Cordeliers. — Le P. Frassen, aidé des libéralités de Louis XIV, décora, en 1703, le maître-autel de colonnes et d'un tabernacle de marbre, avec chapiteaux de bronze doré, dans ce goût italien qui heurtait
d'un contraste choquant l'intérieur des églises d'architecture ogivale.
Les Cordeliers profitèrent de la destruction de l'enceinte de Philippe
Auguste pour agrandir leur cloître au Sud-Ouest, et en faire un des
plus beaux de Paris, entouré de bâtiments réguliers encadrant un
agréable parterre. Les travaux durèrent de 1674 à 1683. Dans le même
temps, ils élevèrent, sur la nouvelle rue de l'Observance, la porte principale de leur maison, surmontée de cette inscription :

LE GRAND COUVENT

DE L'OBSERVANCE SAINT-FRANÇOIS

1673

Prémontrés réformés. — Originaires de Prémontré, en Picardie,
dans la forêt de Coucy, à six lieues de Laon, ils vinrent s'établir à Paris,
en 1661, au carrefour de la Croix-Rouge, à l'angle des rues de Sèvres
et du Cherche-Midi. Avec le consentement du duc de Verneuil, abbé de
Saint-Germain-des-Prés, ils achetèrent en cet endroit une maison et une
tuilerie appartenant à Marie Le Noir, veuve de René Chartier, médecin
du Roi. François d'Orbai construisit leur première église dont Anne
d'Autriche posa la première pierre, le 13 octobre 1663 (3).

Séminaire des Missions Étrangères. — Bernard de Sainte-Thérèse,
évêque de Babylone, donna en 1663, avec le consentement du duc de
Verneuil, abbé de Saint-Germain-des-Prés, à Antoine de Barillon et
à Jean de Garibal, des immeubles situés rue du Bac, à l'angle de la rue
de Babylone, dite alors de la Fresnaye. Ce don emportait l'obligation
d'y établir un séminaire où seraient instruits les jeunes ecclésiastiques
destinés aux Missions. Le 24 avril 1683, François de Harlay, archevêque de Paris, posa la première pierre de l'église qui s'élève au dessus
d'un perron à double révolution, au fond de la cour.

Séminaire anglais. — Fondé en février 1684 par quelques prêtres

---

(1) Voir Chapitre xv, page 156.
(2) La façade ne fut construite par le dominicain frère Claude qu'en 1770.
(3) Cette première église fut démolie en 1719 et remplacée par une plus grande
dont l'évêque de Bayeux, François-Armand de Lorraine, posa la première pierre
le 20 juin. Nicolas Simonet fut l'architecte de cet édifice peu remarquable, détruit
peu après 1790. On retrouve une partie des bâtiments claustraux au n° 11 de la
rue de Sèvres.

anglais : Édouard Lutton, Jean Perret, Thomas Godent, Jean Béraut, Bonaventure Giffart, chassés de leur pays comme catholiques. Leur maison sise rue des Postes, près la place de l'Estrapade n'avait rien de remarquable ; elle est englobée aujourd'hui dans les bâtiments de l'École Sainte-Geneviève.

Séminaire Saint-Louis. — Fondé en 1683 par un prêtre, François de Chancierge, pour cent-vingt enfants pauvres se destinant à l'état ecclésiastique. De la rue du Pot-de-Fer, il fut transféré, en 1687, rue d'Enfer, près la rue des Francs-Bourgeois Saint-Michel, et il eut pour principaux bienfaiteurs : l'archevêque de Paris, Louis-Antoine de Noailles ; le curé de Saint-Jacques-la-Boucherie, Louis de Marillac et M. de Farinvilliers, conseiller au Parlement. La première pierre de la chapelle fut posée en 1703.

Séminaire ou *Collège des Écossais.* — En 1662, le principal, Robert Barclay, le transféra de la rue des Amandiers à la rue des Fossés-Saint-Victor, où il existe toujours en face de la rue Clovis. On montre encore dans la chapelle, le monument en marbre sculpté par Garnier et élevé par le duc de Perth à la mémoire de Jacques II, mort à Saint-Germain-en-Laye, le 16 septembre 1701. La cervelle du dernier roi Stuart est conservée dans une urne de bronze doré (1).

COMMUNAUTÉS DE FILLES.

Les *Miramionnes.* — Mme de Beauharnais de Miramion, veuve à l'âge de seize ans, consacra sa longue existence à des œuvres de charité. En 1670, elle acheta sur le quai de la Tournelle, — à côté de l'hôtel de sa fille, Mme de Nesmond. — la maison d'un riche partisan nommé Martin et y établit la Communauté des filles de Sainte-Geneviève, destinée à donner l'enseignement gratuit à des enfants pauvres, à former des maîtresses d'école pour la campagne, à soigner les malades et à leur fournir gratuitement des remèdes. Plus de trois cents petites filles, externes, venaient chaque jour à leurs classes.

Le peuple ne sut jamais ce que c'était que « les Filles de Sainte-Geneviève » ; il les appela familièrement les *Miramionnes*, du nom de leur admirable fondatrice (2).

Sainte-Pélagie. — C'est la seconde œuvre de Mme de Miramion. Aidée par mesdames d'Aiguillon, de Farinvilliers et de Traversé, elle acheta, en 1665, un terrain voisin de la Pitié, rue de la Clé et rue du Puits-de-l'Ermite, et y fit élever une maison pour recevoir dans le lieu appelé le *Refuge*, les femmes de mauvaise vie enfermées de force, et, dans le lieu

(1) Le Collège des Écossais existe toujours, affecté aujourd'hui à une grande et florissante École préparatoire. La rue des *Fossés-Saint-Victor* est devenue la rue du Cardinal-Lemoine. La pente de la montagne Sainte-Geneviève a été adoucie en 1685, par le prévôt des marchands Henry de Fourcy, et l'ancien rez-de-chaussée du collège des Écossais forme maintenant le premier étage.

(2) Les bâtiments sont conservés et servent aujourd'hui à la *Pharmacie centrale des Hôpitaux.*

appelé plus spécialement *Sainte-Pélagie,* celles qui s'y rendaient de bonne volonté.

On voyait dans la chapelle le tombeau de Madame d'Aligre, femme du second chancelier de ce nom et l'une des bienfaitrices de la maison (1).

Filles de la Croix. — En 1671, l'archevêque Hardouin de Péréfixe autorisa quelques religieuses de cet ordre à s'établir, rue des Barres, en face le chevet de Saint-Gervais, dans la maison qui porte le n° 14. Elles y tenaient une école de Charité et prenaient des pensionnaires au prix de 3 à 400 livres.

Bénédictines du Saint-Sacrement. — Obligées par les guerres qui désolaient la Lorraine de quitter la ville de Toul, dans le cours de la malheureuse année 1674, elles cherchèrent asile à Paris. Après avoir passé quelque temps rue Cassette, puis rue des Jeuneurs et dans une maison à loyer près la porte Richelieu, elles obtinrent, en 1684, grâce à la générosité de la duchesse d'Aiguillon, l'acquisition (2) du grand et bel hôtel de Turenne, situé rue Saint-Louis, à l'angle de la rue Saint-Claude.

« Elles établirent, dit Félibien, l'adoration perpétuelle du Saint-Sacrement dans une maison où les hérétiques avaient autrefois tenu leurs assemblées ».

Elles prenaient de jeunes pensionnaires aux prix de six cents livres. Le maître autel de leur chapelle était orné d'un tableau d'Hallé, représentant les *Disciples d'Emmaüs.*

Filles de Sainte-Anne, rue Saint-Roch. — Elles furent établies, vers 1643, par les soins du curé de Saint-Roch, Denis Coignet, et du grand audiencier de France, Nicolas de Fromont, pour recevoir gratuitement les pauvres filles de la paroisse et leur enseigner à lire, à écrire, à coudre, à racommoder la dentelle, faire de la tapisserie pour gagner leur vie. Ces sœurs étaient toujours vêtues de noir.

Orphelins et orphelines de Saint-Sulpice, rue du Vieux-Colombier. — Cette maison, placée sous la direction de huit sœurs, fut établie par le curé de Saint Sulpice, M. de Poussé, et autorisée par arrêt du Parlement du 24 mars 1669. On y recevait une centaine des pauvres enfants abandonnés de la paroisse, même au berceau, et ils y étaient instruits jusqu'à ce qu'ils fussent en âge d'être mis en apprentissage (3).

Filles de Sainte-Valère, rue de Grenelle, à l'angle de l'esplanade des Invalides. — Le père Daure, dominicain, prit l'initiative de la fon-

(1) Sainte-Pélagie est aujourd'hui une prison, destinée à disparaître prochainement. Elle peut contenir six cents détenus et reçoit : 1° des condamnés politiques dans un pavillon spécial ; — 2° des dettiers de l'État ; — 3° des condamnés à des peines de moins d'un an.

(2) L'acte de vente du cardinal de Bouillon à la duchesse d'Aiguillon est du 30 avril 1684. — Le couvent a été supprimé en 1790 ; la chapelle a été démolie et remplacée par l'église paroissiale de *Saint-Denis-du-Saint-Sacrement,* construite de 1826 à 1835, par l'architecte Godde.

(3) L'emplacement de l'Orphelinat de Saint-Sulpice est occupé aujourd'hui par une caserne de sapeurs-pompiers.

dation de cette maison, achetée le 30 avril 1704. On y plaça, en 1706, des filles pénitentes, sous la direction des Dames hospitalières de Saint-Thomas de Villeneuve (1).

Nouvelles Catholiques. — Nous les avons laissées en 1651, rue Neuve-Saint-Eustache (2). En 1672, elles s'installèrent définitivement rue Sainte-Anne, dans une maison que leur donna le maréchal de Turenne après sa conversion. Elles y élevèrent une chapelle sous le vocable de sainte Clotilde. On voyait au-dessus du maître autel un Christ très estimé, par Le Brun.

Les personnes peu fortunées qui voulaient abjurer l'hérésie pouvaient trouver dans cette maison un asile gratuit et une instruction religieuse.

Les *Dames de l'Assomption.* — Ces anciennes Haudriettes, transférées, en 1622, de leur incommode logis de la rue de la Mortellerie, au faubourg Saint-Honoré, firent construire, de 1670 à 1676, l'église actuelle sur les dessins envoyés de Rome par Charles Errard, directeur de notre Académie en cette ville.

Bénédictines de Notre-Dame-des-Prés, rue de Vaugirard. — Christine le Net, prieure de Mouzon, près Sedan, craignant l'arrivée d'une armée d'Allemands, en 1674, se réfugia à Paris avec sa communauté et y mourut en 1678. Mme de Coucy de Mailly, qui lui succéda, établit les religieuses dans une grande maison située rue de Vaugirard, à l'angle de la rue de Bagneux, qu'elle acquit par contrat du 28 mai 1689. Cette communauté fut supprimée en 1741.

Bénédictines mitigées de Saint-Victor, rue des Postes. — La dame Marie Courtin de Carrouge les établit, en 1649, rue d'Orléans Saint-Marcel, en faveur de sa nièce. Catherine Bachelier, qui fut la première prieure. En 1671, elles se transportèrent rue des Postes, à l'endroit où a été depuis le collège Rollin. On les connaît aussi sous le nom de Bénédictines de la *Présentation Notre-Dame.* Elles avaient construit leur église au moyen d'une loterie que Louis XIV autorisa. Les pensions d'éducation s'élevaient de 6 à 700 livres.

Le *Bon-Pasteur,* rue du Cherche-Midi, en face la rue du Regard. — La fondation de cet établissement offre de curieux détails. La dame Madeleine de Cyz de Combe, protestante convertie, obtint de Louis XIV une maison confisquée sur un protestant et quelque argent pour la réparer. Elle y établit aussitôt un refuge de filles repenties, autorisé par lettres-patentes de juin 1699, et placé sous la direction des Dames de Saint-Thomas de Villeneuve (3).

Les filles de l'*Union chrétienne* ou de *Saint-Chaumont.* — La sœur Anne de Croze, fondatrice et première supérieure, les établit d'abord au village de Charonne. Par contrat du 30 août 1683, elles achetèrent au prix de 92.000 livres à M. et Mme de Ménardeau, l'hôtel de Saint-Chaumont, rue Saint-Denis, que venait de quitter le maréchal de la

(1) Le couvent fut vendu en 1793; l'église a servi de succursale à Saint-Thomas d'Aquin et a été démolie en 1837.
(2) Chapitre xv, page 159.
(3) C'est l'emplacement de la Prison militaire.

Feuillade, et elles y construisirent une chapelle sous le vocable de Saint-Joseph.

Elles se proposaient d'élever les jeunes filles nouvellement converties au catholicisme (1).

Le *Petit-Saint-Chaumont*, annexe de l'établissement précédent, occupait rue de la Lune, presque en face de l'église, une maison bâtie par les sieur et dame Berthelot pour recevoir cinquante soldats estropiés. avant la fondation de l'hôtel des Invalides.

Les *Capucines*. — J'ai indiqué un peu plus haut comment elles furent transférées, en 1688, de la rue Saint-Honoré sur l'emplacement de l'ancien Marché aux Chevaux, entre la Place des Conquêtes et le nouveau Boulevard.

Dames hospitalières de Saint-Thomas-de-Villeneuve, rue de Sèvres 25 et 27. — Respectées de toute la population de Paris; considérées à juste titre comme les bienfaitrices des pauvres, elles furent seules tolérées pendant la Révolution et restèrent dans leur maison de la rue de Sèvres, alors que tous les autres couvents de la capitale étaient supprimés.

Cette maison leur avait été donnée, pour servir de chef à leur institution, par la dame Jeanne Sauvaget de Villeneuve, le 9 février 1712, C'est là que résidaient la Directrice et la procuratrice générale de l'œuvre qui s'étendait sur toute la Bretagne; c'est là que, depuis deux siècles, elles pansent, soignent, nourrissent tous les malades qui se présentent.

Le P. Ange Proust, augustin. fut leur fondateur à Lamballe, en 1660. et elles arrivèrent à Paris en 1700.

⁎
⁎ ⁎

J'ai déjà montré (2) que le Parlement et les rois s'étaient émus à plusieurs reprises de la multiplication prodigieuse de ces congrégations fondées trop souvent à l'aventure, sans ressources sérieuses, exploitant la crédulité des simples et finissant par de scandaleuses banqueroutes. D'un long édit de Louis XIV, rendu à Saint-Germain-en-Laye, dans le cours du mois de décembre 1666, j'extrais ces quelques lignes qui indiquent toute l'étendue du mal : « Il est arrivé que pendant la longueur des dernières guerres et durant notre minorité, plusieurs Maisons Régulières et Communautez se sont formées sans Lettres Patentes, par la connivence ou négligence de nos Officiers, ce qui a fait que le nombre s'en est augmenté, de manière qu'en beaucoup de lieux *les Communautez tiennent et possèdent la meilleure partie des terres et des revenus*, qu'en d'autres elles subsistent avec peine, pour n'avoir été suffi-

_____

(1) Le très remarquable hôtel de Saint-Chaumont existe toujours dans un passage qui fait communiquer le n° 131 du boulevard de Sébastopol avec la rue Saint-Denis. Le jeudi, 4 octobre 1695, un incendie considérable détruisit une partie des bâtiments.

(2) Chapitre xv, page 160.

samment dotées, qu'aucunes se sont vues réduites à la nécessité d'abandonner leurs Maisons sous le poids de leurs dettes, au grand scandale de l'Église et au préjudice des personnes qui y étoient entrées et de leurs familles qui s'en sont trouvées surchargées : Sçavoir faisons que pour ces causes et autres à ce Nous mouvans. de l'avis de notre Conseil et de notre certaine science. pleine puissance et autorité Royale, voulons et nous plaît qu'à l'avenir il ne pourra être fait aucun établissement de Collèges, Monastères, Communautez Religieuses ou Séculières, même sous prétexte d'hospice. sans permission expresse de Nous. par Lettres Patentes bien et duëment enregistrées en nos Cours de Parlement ».

Les faits ne prouvent que trop la sagesse de ces prescriptions, d'ailleurs tardives et mal exécutées. La fin du dix-septième siècle et le commencement du dix-huitième virent un grand nombre de couvents terminer leur misérable existence et succomber, — malgré des essais de loteries, — poursuivis par la meute sacrilège des créanciers : en 1670. les maisons de la Dame Cossard, de la Mère Maillard, de l'Annonciation, de l'hospice de Charonne, de la Mère Ursule ; en 1681, les Bernardines de Charonne. dont les dettes montaient à plus de cent mille livres ; en 1702, les Filles de la Crèche : en 1733, les Filles du Silence. rue de l'Arbalète ; en 1741, les Bénédictines de Notre-Dame-des-Prés : vers 1775, les Nouveaux convertis, etc. Le reste ne vaut pas l'honneur d'être nommé.

ÉDIFICES HOSPITALIERS.

La Salpêtrière. — Bruant avait commencé les premières constructions vers 1657. L'immense édifice, — situé à cette époque hors Paris, — ne fut achevé que lentement avec le concours des architectes Duval, Le Muet, Le Vau. Quand on franchit le seuil de la belle grille du boulevard de l'Hôpital, on entre dans la cour Saint-Louis, encadrée de belles avenues de tilleuls, et l'on aperçoit au fond la majestueuse façade, longue de plus de deux cents mètres, dont les pavillons portent les noms de leurs fondateurs : Mazarin, Bellièvre, Fouquet, Lassay (1).

Au milieu, s'élèvent le portique et le dôme octogonal de l'église, dédiée à saint Louis. A l'intérieur, le maître autel, entièrement isolé, occupe le centre sous la coupole, et de là, l'œil embrasse à la fois l'ensemble des huit branches de la croix, quatre nefs et quatre chapelles qui y aboutissent en rayonnant. Cette disposition ingénieuse avait pour but de séparer pendant l'office divin les différentes catégories d'internés,

(1) Le pavillon de Lassay, qui fait pendant au pavillon Mazarin, ne fut construit qu'en 1756, aux frais de la marquise de ce nom.

Il reste un vestige du petit Arsenal, transformé en hôpital sous Louis XIII, c'est le bâtiment de la *Vierge*, parallèle au bâtiment *Sainte-Claire*. Pinel, dès 1795, fit disparaître les chaines, les carcans, les fers et combler les loges souterraines où les pauvres folles à demi-nues avaient souvent les pieds rongés par les rats ou gelés par le froid.

hommes, femmes, filles et garçons. Les gens du dehors se plaçaient dans la nef principale.

« Cet hôpital étoit primitivement destiné aux enfants âgés de moins de quatre ans; aux femmes de tout âge, insensées, paralytiques, aveugles, escrouellées, etc. Dans deux grandes salles, huit cents petites filles étoient occupées à différens ouvrages selon leur force et capacité. Outre cela, trois grands dortoirs, composez de deux cent cinquante cellules recevoient les vieilles gens mariez qui ne pouvoient plus subsister de leur travail. On appeloit ce lieu *Les Ménages*. Dans une autre cour, rigoureusement séparée, étoit la *Maison de Force*, construite en 1684, pour les filles et femmes débauchées, enfermées par correction ».

Saint Vincent de Paul exerça son ministère dans les plus anciennes salles de l'hôpital; Bossuet y prononça le 29 juin 16... son *Panégyrique* de Saint-Paul; l'église a conservé ses orgues, quelques statues et quelques tableaux du dix-septième siècle.

Une supérieure était à la tête de la maison et des trente-deux sœurs chargées des dortoirs. Un sergent et vingt fusiliers formaient la garnison de cette petite ville.

Enfants-Trouvés, rue du Faubourg Saint-Antoine. — En 1552, les pauvres petits enfants abandonnés dans les berceaux placés dans les églises, étaient portés rue Saint-Denis, à l'Hôpital de la Trinité. En 1570, le chapitre de Notre-Dame leur fit don d'une maison, appelée depuis la *Maison de la Couche*, située près le port Saint-Landry. On les mit ensuite à Bicêtre, dont l'air parut trop vif, puis chez les filles de la Charité dans le faubourg Saint-Denis. En 1667, le Parlement, voyant combien les secours étaient insuffisants, jugea nécessaire de convertir en une rente fixe et annuelle de quinze mille livres l'entretien et subsistance que les Seigneurs hauts-justiciers de Paris étaient tenus de faire aux enfants trouvés dans l'étendue de leur justice (1).

Le Roi ajouta à cette ressource une rente de huit mille livres. Le chancelier Étienne d'Aligre; sa femme, Élisabeth Luillier; le président de Bercy, contribuèrent pour des sommes considérables, ce qui permit d'acheter un vaste terrain situé entre les rues du faubourg Saint-Antoine et de Charenton (2). Les constructions s'élevèrent immédiatement:

(1) La répartition de cette taxe fut ainsi faite : Les Justices dépendantes de l'Archevêché, 3,000 livres; — Justice du chapitre, 2,000 livres; — Justice de l'Abbaye Saint-Germain-des-Prés. 2.000 livres; — de l'Abbaye Saint-Victor, 1.200 livres; — de l'Abbaye Sainte-Geneviève, 1,500 livres; — du Grand-Prieuré de France, 1.500 livres; — du prieuré Saint-Martin-des-Champs, 2,500 livres; — du Prieuré de Saint-Denis-de-la-Chartre, 600 livres; — de l'Abbaye de Tiron, 100 livres; — de l'Abbaye de Montmartre, 50 livres; — du Prieuré de Saint-Marcel, 100 livres; — du Chapitre de Saint-Merry, 150 livres; — du Chapitre de Saint-Benoît, 100 livres; — de l'Abbaye de Saint-Denis, 100 livres.

Toutes ces sommes devaient être payées par quartier, ès mains du Receveur des Enfants-Trouvés, sans qu'elles puissent être augmentées à l'avenir, sous quelque prétexte que ce fût.

(2) Terrain borné à l'Ouest par la rue Traversière et à l'Est par l'Abbaye Saint-Antoine. Entre ces deux établissements, on a percé successivement, depuis un

les enfants vinrent y habiter en 1672 ; la reine Marie-Thérèse posa, en 1676, la première pierre de l'église qui fut construite sur les dessins de l'architecte de l'Espine et bénite en 1677.

Sur le maître autel, on voyait un tableau de Charles de Lafosse (1). *Jésus laissant venir à lui les petits enfants.* Mᵐᵉ d'Aligre s'était retirée dans cette maison après la mort du chancelier en 1677 ; elle y mourut et fut inhumée dans un caveau de l'église.

La maison était dirigée par les sœurs de la Charité de Saint Vincent de Paul. Les petites filles apprenaient à broder et à coudre ; les garçons à tricoter, « faute d'autres occasions d'occuper leurs loisirs ».

En 1785, les deux Suisses qui gardaient l'entrée de la Maison de la Couche dans la Cité et de la maison du faubourg Saint-Antoine, obtinrent l'autorisation de porter la livrée du Roi.

Les Invalides. — Louis XII, François Iᵉʳ et Henri II songèrent à recueillir les soldats estropiés dans les guerres ; mais au milieu des embarras de leurs expéditions en Italie, ils ne purent ou ne surent réaliser cette généreuse pensée. Les malheureux invalides restèrent, comme par le passé, obligés de recevoir dans leur vieillesse un morceau de pain, en qualité de *moines lais* ou d'*oblats* dans les monastères.

Henri III, le premier, leur donna un asile fixe dans la *Maison de la Charité chrétienne* de la rue de Lourcine (2). Il fut mal obéi et ses ordres tombèrent dans un complet oubli pendant la dernière année de son règne et pendant le long siège de Paris. Henri IV chercha à réparer le mal et, dans de fréquents édits, ou lettres patentes, il commanda que « ses bien-amez pauvres gentilshommes, capitaines et soldats, invalides, blessez, estropiez, mutilez, vieulz et caducqs, fussent nourris, pansez et médicamentez dans l'Hospice royal et apotiquairerie de la rue de Lourcine, au faubourg Saint-Marcel, pour qu'ils ne soient point réduicts à mandier et vaguer par les ruës, au mespris de leur qualité et grand scandale du public ».

Le nombre de ces lois et ordonnances montre trop que « par la malice du temps, elles se révoquoient d'elles-mêmes, malgré leur louable intention ».

siècle, les rues de Cotte, d'Aligre, Beccaria, de Cîteaux, Crozatier, le marché Beauveau.

(1) Parisien, fils d'un joaillier, né en 1640, mort en 1716, élève de Le Brun. Ses principaux travaux à Paris sont : le dôme de l'Assomption ; — le dôme des Invalides ; — le plafond de la galerie du financier Crozat, chez lequel il mourut, rue de Richelieu ; — la *Résurrection de la fille de Jaïre*, chez les Chartreux ; — une *Nativité*, à Saint-Sulpice ; — une *Conception de la Vierge*, chez les Récollettes de la rue du Bac ; etc. — Le Louvre possède de lui un *Enlèvement de Proserpine ; — Moïse sauvé des eaux ; — le Mariage de la Vierge*.

Marie d'Orléans, fille du duc de Longueville, duchesse de Nemours, morte en 1717, laissa aux Enfants-Trouvés une somme de 3,000 livres dans des termes qui méritent d'être rapportés : « Je déffends surtout que l'on ne fasse doraison funèbre en nul lieu, estant prophane à la chaire de vérité dy *faire dire des menteries* comme l'on fait dordinaire, et le lieu qui nest que pour parler de Dieu et des saints, l'on ne doit point parler d'une pécheresse comme je suis ».

(2) Voir chapitre xiii, page 545 et chapitre xv, page 160.

Richelieu, qui portait au besoin la cuirasse et le harnais, eut pitié des infortunés guerriers qu'il avait vus combattre auprès de lui, et il résolut de faire du château de Bicêtre un véritable hospice des Invalides, sous le titre de *Commanderie de Saint-Louis*. La mort vint arrêter cette belle œuvre à peine commencée. Il semblait réservé à Louis XIV d'exécuter enfin ce grand projet tant de fois ajourné, « le plus beau monument de bienfaisance qu'on ait jamais élevé (1) ».

En avril 1674, parut l'*Édit d'établissement de l'Hôtel des* Invalides, si beau dans la majesté de sa langue et dans la noblesse des sentiments qu'il exprime que je voudrais pouvoir le citer en entier :

« Nous avons estimé qu'il n'estoit pas moins digne de notre piété que de notre justice, de tirer hors de la misère et de la mendicité les pauvres officiers et soldats de nos troupes, qui ayant vieilli dans le service, ou ayant été estropiés dans les guerres passées, estoient non seulement hors d'estat de continuer à servir, mais aussi de rien faire pour pouvoir vivre et subsister; et qu'il estoit bien raisonnable que ceux qui ont exposé librement leur vie et prodigué leur sang pour la deffense et le soustien de cette monarchie jouissent du repos qu'ils ont asseuré à nos autres sujets et passent le reste de leurs jours en tranquillité. Considérans aussi que rien n'est plus capable de détourner ceux qui auroient la volonté de porter les armes, d'embrasser cette profession que de voir la méchante condition où se trouveroient réduits la plupart de ceux qui n'ayant point de bien, y auroient vieilli ou esté estropiez, si on n'avoit soin de leur subsistance et entretènement, nous avons pris résolution d'y pourvoir... Et après avoir examiné plusieurs moyens de remédier à ce mal, nous n'en avons pas trouvé de meilleur que celui de faire bastir et construire en quelque endroit commode et proche de nostre bonne ville de Paris, un hostel royal d'une grandeur et espace capables d'y recevoir et loger tous les officiers et soldats, tant estropiez que vieux et caducs, de nos troupes, et d'y affecter un fonds suffisant pour leur subsistance et entretènement... Pour suivre un si pieux et si louable dessein, SÇAVOIR FAISONS que de notre grâce spéciale, pleine puissance et autorité royale, avons par ce présent édit perpétuel et irrévocable fondé, establi et affecté ledit hôtel, que nous avons qualifié du titre des *Invalides*, lequel nous faisons construire au bout du faubourg Saint-Germain et dont nous voulons estre le protecteur et conservateur immédiat, sans qu'il dépende d'aucuns de nos officiers et soit sujet à la visite et juridiction de nostre grand aumosnier ni autres... Voulons et entendons que chaque mois le secrétaire d'État de la guerre, Directeur et administrateur général de cet hôtel, tienne une assemblée en laquelle pourront assister le colonel du régiment de nos gardes Françoises, le lieutenant-colonel et le sergent major d'iceluy, et les colonels des six vieux corps de notre infanterie, comme aussi le colonel général de nostre cavalerie légère, le mestre de camp général et le commissaire général d'icelle et le colonel général des dragons, pour tenir un conseil, et en iceluy voir et aviser aux statuts, règlemens et ordonnances qu'il sera à propos de faire, tant pour la juridiction, police, discipline, correction et chastiment de ceux qui tomberont en faute, que pour la bonne administration et gouvernement... Voulons qu'au moyen des fonds dont nous avons doté ledit hôtel, tous les officiers et soldats estropiez, vieux et caducs, soient logez, nourris et vestus leur vie durant dans iceluy; que le Directeur général nomme et nous présente ceux qu'il trouvera les plus capables comme gouverneur, aumônier, chapelain, receveur, médecin, apothicaire, chirurgien, ainsi que les serviteurs, valets et autres domestiques qu'il conviendra et les destituer à sa volonté... Et parce qu'il est bien raisonnable d'accorder quelque affranchissement audit hôtel, vû la destination d'iceluy, vous voulons qu'il jouisse du droit de franc-salé pour le sel nécessaire à sa provision, jusqu'à concurrence de trente minots par cha-

(1) Voltaire. *Dictionnaire philosophique*, au mot *Charité*.

cun an, à prendre au grenier de nostre bonne ville de Paris, comme aussi de l'exemption de tous droits d'entrée pour la quantité de trois cents muids de vin... Et afin que ce soit chose ferme et stable, nous avons fait mettre notre scel à cesdites présentes. Donné à Versailles au mois d'avril, l'an de grâce M. DC. LXXIV. et de nostre règne le XXXIe. *Signé*, LOUIS, *et plus bas :* Par le roy, LE TELLIER. *Visa*, DALIGRE.

Le Roi avait déjà installé un certain nombre d'officiers et de soldats invalides dans une vaste maison, prise en location, rue du Cherche-Midi, près la Croix-Rouge. Ils y furent nourris et entretenus jusqu'au moment où on put les transférer dans leur nouvelle demeure.

Par une belle journée du mois d'octobre 1674, le Roi vint de Versailles à Paris et se rendit immédiatement à l'hôtel dans un carrosse attelé de huit chevaux blancs, suivi de nombreux équipages : les voitures s'arrêtèrent dans la cour d'honneur. Les Invalides l'y attendaient et lui présentèrent deux centenaires qu'ils assuraient avoir figuré aux batailles d'Arques et d'Ivry. Ils empêchèrent les gardes du corps d'aller plus loin, prétendant que, dans l'intérieur de l'hôtel, eux seuls devaient avoir la garde de la personne du Roi. La mort de Louis XIV fut un très grand événement pour eux. Les quatre portiers de l'hôtel furent habillés de deuil, et l'on paya à chacun d'eux « cinq livres pour avoir des crêpes, des gants noirs et un ruban bleu à mettre sur l'épaule ».

Les bâtiments inaugurés à la fin de 1674 avaient été construits par Libéral Bruant; rien, pour ainsi dire, n'a été changé à leur disposition, grandiose dans sa simplicité. De larges fossés, revêtus en pierre de taille et simulant des bastions; une cour plantée où sont rangées les batteries d'artillerie; une façade principale, longue de deux cents mètres, percée au milieu d'une arcade dont le tympan représente Louis XIV à cheval, entre la Justice et la Prudence (1); cette arcade donne accès à la cour Royale entourée de deux étages de galeries ouvertes, sorte de cloître militaire dont l'aspect sévère produit une grande impression; — au fond, s'élève le portail de l'église Saint-Louis, qui ne comportait primitivement qu'une nef et des tribunes au-dessus des deux bas-côtés.

Le Roi, dès cette première visite de 1674, trouva que la chapelle de Libéral Bruant, écrasée au milieu de bâtiments dont elle ne se distinguait au loin ni par sa hauteur, ni par des tours ou un clocher, ne produisait aucun effet. Jules Hardouin Mansard, sans rien changer à cette chapelle, remédia au mal en élevant dans les airs sur quarante colonnes corinthiennes un dôme pyramidal de plus de trois cents pieds, dont la

(1) Ces figures en relief, ainsi que le *Mars*, la *Minerve*, la tête d'*Hercule* à la clé de voûte, sont dues à Guillaume Coustou (le *jeune*, à cause de son frère Nicolas), né à Lyon en 1678, mort à Paris, le 20 février 1746, à trois heures du matin, en sa maison place du Vieux-Louvre. Il est surtout célèbre par les deux groupes des *chevaux de Marly*, placés aujourd'hui aux deux côtés de l'entrée de la grande allée des Champs-Élysées.

Nicolas Coustou, l'aîné, baptisé à Lyon le 9 janvier 1658, mort le 1er mai 1733, au Louvre; membre de l'Académie de sculpture en 1693, auteur du groupe *La Seine et La Marne*, placé aujourd'hui au jardin des Tuileries.

flèche dorée domine hardiment tout Paris (1); œuvre admirable par son
élégance et le goût qui l'a raccordée si harmonieusement aux constructions antérieures. Une façade indépendante du reste de l'hôtel s'ouvre
au Midi sur la place Vauban, où viennent converger trois boulevards
qui rappellent l'ampleur majestueuse des avenues de Versailles.

L'intérieur de la partie de l'église due à Mansard répondait aux proportions de l'extérieur et éblouissait les yeux par la beauté des lignes,
les peintures des coupoles, la décoration somptueuse des six chapelles,
la richesse des mosaïques du pavé. Les étrangers ne manquaient pas
de visiter le maître autel décoré de six colonnes torses, à double face,
et placé de manière qu'il pût être vu des deux églises; la coupole ou
Charles de la Fosse avait représenté la *gloire des bienheureux;* l'apo-
thicairerie; les cuisines aux marmites colossales; les quatre réfectoires où
Martin (2) avait représenté les places fortes d'Alsace, de Flandre et de
Hollande conquises par Louis XIV; la collection en relief des villes fortifiées, placée dans les combles, et enfin les drapeaux envoyés au dix-
huitième siècle par le maréchal de Saxe, après les batailles de Raucoux
et de Lawfeld.

*
* *

En 1665, le Parlement, par un arrêt, en date du 3 décembre, fit défense « à ceulx de la R. P. R, — lisez : de la religion prétendue réformée, — d'avoir aucuns hospices dans la ville et les faubourgs de
Paris ». En conséquence, furent fermés les « espèces d'hospitaux particuliers » placés dans les maisons des nommés :

Valée, au faubourg Saint-Marcel ;

Suzanne Quintin, veuve de Noël Chamon, rue des Poulies ;

Jacques de la Salle, marchand de bois, au faubourg Saint-Antoine,
et quelques autres au faubourg Saint-Germain, au faubourg Montmartre,
rue des Fossés-Monsieur-le-Prince, au quartier de l'Estrapade, et rue
Bethisy, rue du Sabot, dans lesquels hospices, les anciens de la Religion fournissaient douze sous par jour pour l'entretien de chaque
malade.

Les lits, meubles et ustensiles, trouvés dans la maison de « la Quin-

(1) « Guillaume Dezauziers, peintre et doreur du roy, demeurant rue Saint-Denis, maison de la fleur de lys d'or, paroisse Saint-Sauveur, fit marché pour la do-
rure du dosme, par ordre de Monseigneur de Louvois, le 12 décembre 1690 ».

« Alexandre Thierry, facteur d'orgues du Roy, nostre sire, demeurant rue de la
Tixeranderie, paroisse Saint-Jean-en-Grève, fait marché avec le marquis de Louvois, promet, accepte de faire, parfaire bien et deument le jeu d'orgues des Invalides, jouant en perfection, dans le plus bref temps que faire se pourra, moyennant la somme de 6,800 livres. — Fait et passé à Paris, en l'hostel dudit seigneur,
marquis de Louvois et Courtenvaux, rue Richelieu, paroisse Saint-Roch, le douzième jour de mai, 1679 ».

(2) Jean-Baptiste Martin, dit Martin *des Batailles,* né à Paris, en 1659; élève de
La Hire ; remarqué par Vauban qui l'introduisit auprès de Van der Meulen. Il
assista aux sièges de Mons et de Namur; remplaça Van der Meulen comme directeur des Gobelins et y mourut le 8 octobre 1735.

tin », furent confisqués au profit de l'Hôtel-Dieu, où les Protestants purent envoyer leurs malades, « si bon leur semblait ». Mais le père Félibien avoue lui-même que les protestants craignaient « qu'à l'Hôtel-Dieu, on mît à profit les remèdes corporels pour insinuer les spirituels et guérir les esprits en travaillant au restablissement des forces du corps ».

ÉDIFICES CIVILS, PALAIS, THÉATRES, CASERNES, COLLÈGES.

Les Tuileries. — C'est au moment du grand Carrousel de 1662 que le déplorable état dans lequel était tombé le palais des Tuileries depuis la mort de Henri IV, apparut à tous les yeux. Louis XIV chargea Le Vau (1) de le terminer. Malheureusement l'architecte, gêné par les ordres d'agrandissement qui lui furent donnés, ne put respecter les élégantes constructions de Philibert de l'Orme. Il démolit le grand escalier, un chef-d'œuvre d'audace et de légèreté (2), un miracle de l'art; suréleva le pavillon central et le coiffa d'un dôme tronqué, à base quadrangulaire, massif et disgracieux (3). Quant au pavillon d'angle septentrional, auquel fut donné, dans le cours du dix-huitième siècle, le nom de *Marsan* (4), Le Vau fut obligé par la symétrie de le faire semblable à celui du Sud (pavillon de Flore), élevé, de 1594 à 1610, par Du Pérac et Du Cerceau.

Le Nôtre, en 1665, remania complètement le grand jardin; il l'exhaussa de deux longues terrasses : au Sud, celle du bord de l'eau, et, au Nord, celle des Feuillants. Elles se rapprochent à l'extrémité occidentale et s'abaissent par une courbe en pente douce jusqu'au niveau du sol, laissant entre elles une ouverture qui, un peu plus tard, donna une magnifique perspective sur le *Grand cours* (avenue des Champs-Élysées), quand il fut planté en 1670.

Le Louvre. — Se rappelle-t-on qu'en octobre 1660, Molière fut brusquement obligé de quitter la salle du Petit-Bourbon, où il venait de faire représenter *Sganarelle* (5)? M. de Ratabon, surintendant des bâtiments, lui donnait congé pour permettre à Le Vau de démolir tout ce qui restait encore de l'hôtel du traître connétable et de construire à la place la façade principale du Louvre, celle de l'Est, où devait se trouver la grande entrée du palais, en face de Saint-Germain l'Auxerrois. Déjà les tranchées étaient ouvertes, les premières assises sortaient de terre, lorsqu'en 1664, l'ordre vint de tout interrompre. Colbert avait acheté la charge de M. de Ratabon, et, trouvant les plans de Le Vau mesquins, il eut l'idée, originale alors, de mettre au concours le

(1) Aidé par François d'Orbay, son gendre.
(2) Voir chapitre XII, page 455.
(3) Jacques-François Blondel, le neveu, a apprécié sévèrement tous ces remaniements : « On aurait dû se déterminer, dit-il, ou à laisser ce château en l'état où il était, ou à n'en rien conserver ».
(4) A cause de Marie-Louise de Rohan, veuve de Charles de Lorraine, comte de Marsan, brigadier des armées du roi qui y habitait en 1736.
(5) Voir chapitre XVI, page 330.

projet de la nouvelle façade. A l'étonnement général, ce fut celui d'un médecin, traducteur de Vitruve et architecte amateur, Claude Perrault (1), qui parut le plus remarquable (2).

On ne l'admit pourtant pas tout de suite. On eut recours aux talents trop vantés d'un Italien, le cavalier Bernin (3), qui consentit à venir à Paris où il reçut des honneurs presque royaux (4). Le 17 octobre 1665, Louis XIV posa la première pierre du fastueux édifice conçu par Bernin (5). Une grande déception fit bientôt place à l'engouement avec lequel on avait d'abord accueilli l'artiste étranger. Il s'en aperçut sans doute, reçut mal quelques observations, se plaignit du climat et enfin demanda à s'en retourner (6). Les dessins de Perrault furent alors définitivement adoptés et la colonnade s'éleva de 1666 à 1672.

Au dessus d'un soubassement d'une sobriété voulue, règne, sur une longueur de cent quarante mètres, une galerie à jour, fermée de cinquante-deux colonnes corinthiennes, accouplées deux à deux; magnifique ordonnance, interrompue au centre par le pavillon d'entrée, surmonté d'un fronton, qui, en rompant la ligne de faîte, forme avec les deux avant-corps des extrémités l'ensemble le plus imposant et le plus harmonieux qu'on puisse imaginer (7).

(1) Ils étaient quatre frères, fils d'un avocat au Parlement : Pierre, l'aîné, receveur des finances de la Généralité de Paris : Nicolas, docteur en théologie; Charles, l'auteur des *Contes* et du *Parallèle des Anciens et des Modernes*, et Claude né en 1613, mort en 1688, dans sa maison de la place de Fourcy-Sainte-Geneviève empoisonné par l'infection d'un chameau putréfié qu'on disséqua devant lui. La première édition de sa traduction de Vitruve est de 1673, mais il l'avait commencée longtemps auparavant et les études qu'elle nécessita l'inspirèrent certainement dans l'exécution de son œuvre capitale.

(2) Colbert en fut charmé tout d'abord et « ne pouvoit concevoir qu'un homme qui n'étoit pas architecte de profession eût pu faire rien de si beau ».

(3) Giovanni Lorenzo Bernini, peintre, statuaire et architecte, né à Naples en 1598, mort à Rome en 1680. Quand il vint à Paris, sa réputation était établie par l'embellissement de l'église Saint-Pierre, le baldaquin, la chaire qui la décorent à l'intérieur; la magnifique colonnade circulaire qui précède la basilique; le palais Barberini, la fontaine de la place Navone. Nous avons de lui au bout de la pièce d'eau des Suisses à Versailles une statue équestre de Louis XIV dont on a fait un *Curtius* en en changeant la tête.

(4) « Dans toutes les villes où il passa, les officiers eurent ordre de le complimenter et de lui porter des présents... Quand il approcha de Paris, M. Fréart de Chantelou, maître d'hôtel de Sa Majesté, alla au-devant de lui pour lui tenir compagnie... On le logea à l'hôtel de Frontenac, rue d'Autriche, du côté gauche, après le Jeu de paume et avant l'hôtel de Clèves.

(5) Il détruisait tout l'ancien Louvre et demandait qu'on démolît tout le quartier jusqu'au Pont-Neuf, afin de créer une vaste place, ornée au centre d'un rocher de cent pieds de haut, surmonté de la statue du Roi. De ce rocher devaient s'élancer des torrents d'eau, etc., etc., etc.

(6) On le combla de présents : 3,000 louis d'or; une pension de 12,000 livres pour lui, de 1.200 pour son fils, et l'on paya les frais de son retour. Le cavalier Bernin avait alors soixante-sept ans.

(7) M. Ferdinand de Lasteyrie appréciait ainsi, en 1867, l'achèvement du Louvre, sous Louis XIV : « La grande colonnade n'est certainement pas sans défauts. « Elle a d'abord celui de ne pas s'accorder avec les autres parties du palais. Une « telle disparate, à l'intérieur de la cour n'eût pas été un instant admissible; « mais, il faut le reconnaître, l'inconvénient devient beaucoup moindre pour une « façade extérieure qui, par sa position même, doit se voir tout fait isolément...

L'Observatoire. — Ce fut aussi Perrault qui fut chargé par Colbert de construire l'Observatoire astronomique que réclamait l'Académie des Sciences, nouvellement fondée. On choisit à l'extrémité du faubourg Saint-Jacques, au delà de Port-Royal, un emplacement dont l'altitude et l'isolement favorisaient la destination projetée. Les travaux durèrent de 1665 à 1672. L'édifice fut rigoureusement orienté. Le 20 et le 21 juin 1667, les membres de l'Académie se rendirent sur le terrain et déterminèrent : 1° la méridienne qui coupe les bâtiments en deux parties égales du Nord au Sud. de Dunkerque à Collioure ; — 2° la latitude de Paris (1). qui se confond avec la façade méridionale, et s'étend à

« La voix publique, en dépit des envieux et des professionnels. a classé, depuis « deux siècles, la colonnade du Louvre parmi les plus beaux monuments de « Paris ».

Il reste un reproche, celui-là trop fondé. c'est que Perrault avait eu le tort de ne pas raccorder exactement sa *colonnade* aux portions du palais qu'elle devait clore. Le vieux Louvre mesurait, du Nord au Sud, 476 pieds de long: la colonnade en a 548. Elle débordait donc de 36 pieds à chaque extrémité. Pour dissimuler cette saillie, il fallut masquer la très intéressante façade du Sud, que Le Vau venait à peine d'achever en regard de la Seine et la recouvrir par la façade actuelle, très ordinaire.

Ne nous plaignons pas trop! Ce *revêtement* a donné à toute cette aile du Louvre une largeur exceptionnelle et les *doubles* galeries qui, au rez-de-chaussée et au premier étage, ont pu loger tant de chefs-d'œuvre.

La colonnade n'était pas seulement trop longue: elle était trop haute, ce qui a obligé à surélever trois ailes de la cour carrée et à remplacer, au Nord, au Sud et à l'Est, l'attique si gracieux de Pierre Lescot par une répétition servile de l'ordre du premier étage.

L'influence de la colonnade sur le style architectural de la fin du dix-septième siècle et sur tout le dix-huitième siècle est indéniable: elle nous a valu des édifices charmants comme les deux bâtiments de la place Louis XV; d'autres, plus discutables, comme la place Vendôme. la place des Victoires. la Monnaie, les Écoles de droit et de médecine, et enfin à une époque plus rapprochée de nous, la Madeleine. la Bourse, le palais du Corps législatif, etc.

Si le Louvre ne fut pas achevé, si Louis XIV le délaissa peu à peu pour Versailles, « le favori sans mérite », on ne peut en adresser le reproche à Colbert, et je me plais à reproduire ici en partie les termes de sa lettre du 28 septembre 1665 :

« Vostre Majesté veut-elle faire réflexion que, pendant le temps qu'elle a dé- « pensé de si grandes sommes à Versailles, elle a négligé le Louvre, qui est assu- « rément le plus superbe palais qu'il y ayt au monde... V. M. sçait qu'au défaut « des actions éclatantes de la guerre. rien ne marque davantage la grandeur et « l'esprit des princes que les bastiments. et la postérité les mesure à l'aune de « ces superbes maisons qu'ils ont élevées pendant leur vie. O quelle pitié que le « plus grand roy et le plus vertueux fust mesuré à l'œuvre de Versailles! Et tou- « tefois il y a lieu de craindre ce malheur... Si la paix dure encore longtemps. « il faudroit s'appliquer tout de bon *à achever le Louvre* et élever des monu- « ments publics qui portent la gloire et la grandeur de V. M. plus loin que « ceux que les Romains ont autrefois élevés ».

(1) Paris est situé à 0 degré de longitude et 48 degrés, 50 minutes, 14 secondes de latitude Nord.

L'escalier, les salles de l'Observatoire sont magnifiques; la terrasse est à 27 mètres du sol; les fondations ont une profondeur égale; les murailles, 2 et 3 mètres d'épaisseur.

Le méridien de Paris est tracé sur le pavé de la grande salle du second étage ; — sur le pavé de l'église Saint-Sulpice, au milieu de la croisée. Il est encore indiqué par une borne de 4 mètres de haut, dans le parc Montsouris, et par un petit monument, situé *rue la Mire*, dans le XVIII° arrondissement.

peu près de Granville à Thiaucourt. Les quatre faces du monument correspondent donc aux quatre points cardinaux.

L'aspect de l'Observatoire satisfait les yeux par un caractère de sévérité qui semble d'abord convenir à son but; mais l'on a accusé avec raison Claude Perrault d'avoir trop sacrifié à l'apparence architecturale et de ne pas avoir assez consulté les savants de son temps, Cassini. Auzout, Picard. Roberval, Frénicle et Huygens.

Petit-Luxembourg — Il devint, en 1709, la propriété de la princesse de Condé, Anne de Bavière, veuve du prince Henri-Jules, et, en 1710. Boffrand y apporta de grands changements. On lui doit le portail décoré de quatre colonnes ioniques engagées, et le grand escalier, d'ordre corinthien.

Palais-Royal. — Le grand escalier fut construit en 1660 par Girard Desargues. En 1692, Louis XIV donna à son frère l'entière possession du palais. Le duc d'Orléans fit alors construire par J. H. Mansard, sur l'emplacement de l'*hôtel Brion* (1), une grande galerie, qui, à son tour, fut détruite. quand on éleva le Théâtre Français, en 1786.

Palais de Justice. — Le 23 février 1671, le Roi donna le jardin du bailliage du Palais au premier président de Lamoignon, à la charge par celui-ci d'ouvrir un grand portail dans la rue de Harlay, en face de la place Dauphine; d'ouvrir sur le jardin une place entourée « de bâtiments et boutiques d'une forme d'architecture la plus agréable qu'il sera possible. pour être occupés par toutes sortes de marchands (2); en un mot, de décorer le Palais d'escaliers, de galeries et d'une nouvelle rue de son nom ».

Comédie française. — Par ses lettres patentes du 21 octobre 1680, Louis XIV, réunit les comédiens de l'Hôtel de Bourgogne, rue Mauconseil, à ceux de l'Hôtel de Guénégaud, rue des Fossés de Nesle ou Mazarine. La troupe. devenue ainsi plus nombreuse, s'établit, après de

(1) On s'amusait beaucoup à ce palais Brion. où le petit roi, à peine âgé de quatorze ans, jouissait d'une plus grande liberté que sous les yeux de sa mère. Accoudé à l'une des fenêtres, sur la rue de Richelieu, il coquetait déjà avec une jeune fille logée en face. que son père, prévenu du manège, fit vite rentrer. C'est encore au palais Brion qu'il logea Mlle de la Vallière, dans les premiers temps de sa liaison avec elle. C'est là qu'elle mit au monde, en 1662 et 1663, les deux premiers enfants qu'elle eut du roi, deux garçons qui ne vécurent pas. Colbert — qu'on ne se serait peut-être pas attendu à trouver en cette affaire, — cachait de son mieux tous ces mystères, et avec une Mlle du Plessis. le médecin Boucher. et un valet de chambre, il se chargeait de faire passer de nuit les nouveaux-nés à travers le jardin du Palais. les attendait à l'issue de la rue Neuve-des-Petits-Champs et les confiait à un nommé Bernard et à sa femme.

(2) Cette grande entrée du palais, la cour de Harlay, la cour Lamoignon. avec le dédale d'issues sur les deux quais, de galeries, de couloirs obscurs, de montées et de descentes, de vestiges de tous les âges, existaient encore au commencement du second Empire. — Le 18 décembre 1707, un accident grave arriva au Palais dans le vieil Hôtel du premier Président. « Ce magistrat, — c'était alors Louis le Pelletier, — étant à table, avec sa famille et quelques conseillers, le plancher fondit tout à coup et tous tombèrent dans une cave, sans trop se blesser. La présidente se trouva placée de manière qu'elle fut la seule qui ne tomba point, mais l'effroi fut grand, et tel, dans le premier président, que, depuis cette commotion, ses facultés restèrent fort affaiblies.

longues recherches dont je parlerai plus loin, rue des Fossés-Saint-Germain, au jeu de paume de l'Étoile, par un arrêt du Conseil du 1er mars 1688. L'architecte Français d'Orbay y éleva « une grande maison et un théâtre, qui est le seul dans Paris. dit Félibien, où il soit permis de représenter des pièces françoises » (1). Le plafond de la salle, peint par Boullogne l'aîné, représente le crépuscule accompagné de la Nuit qui étend son manteau parsemé d'étoiles. Il s'avance et suit la lumière que répand Apollon, entouré des neuf muses, en allant se plonger dans le sein de Thétis ».

Théâtre des Tuileries. — Dans l'intérieur du palais, transformé par Le Vau et d'Orbay, entre le dôme central et le pavillon de Marsan, l'ingénieur Vigarani (2) avait, dès 1662, ménagé, pour « les délassements du jeune roi et le divertissement de ses peuples », une salle de théâtre assez vaste dans toutes ses dimensions pour permettre le machinisme le plus compliqué : *ciel* pour les *gloires*, les *vols*, les dieux assis sur des nuages ; *dessous* profonds pour les *enfers*, les apparitions de démons, etc., tout un système de *fermes* pouvant supporter les poids les plus lourds. La salle était ornée de deux ordres superposés, un corinthien et un composite : le plafond était de Noël Coypel, sur les dessins de Le Brun. A partir de la rampe, l'orchestre ; puis le parterre où se tenaient les gardes du corps ; la loge royale au centre, et derrière, des gradins étagés pour les officiers et la cour ; enfin, sur le pourtour, trois rangs de loges en forme de balcon, le tout resplendissant de marbres, de peintures, de dorures, sous les feux de trente lustres qui se haussaient au moment où la toile se levait, pour laisser libre la vue de la scène.

C'est là que. le 17 janvier 1671 et les jours suivants, « en présence de Leurs Majestés, du Dauphin, de Monsieur, de Mademoiselle, du Nonce et de l'ambassadeur de Venise, fut représentée la tragédie-ballet de *Psyché*, œuvre de Corneille, Lulli, Quinault, Molière, jouée par celui-ci et sa troupe : Baron, La Thorillière, Du Croisy, La Grange,

(1) La maison existe toujours. rue de l'ancienne Comédie 14, en face du café Procope. Une rangée de mansardes remplace l'ancien entablement: les lignes de bossage, les balcons, l'écusson aux armes de France, le fronton ont disparu, mais l'on voit toujours la *Minerve* en bas-relief. L'inauguration de la salle eut lieu le 18 avril 1689 par *Phèdre* et le *Médecin malgré lui*. Les « Comédiens ordinaires du Roy » y restèrent jusqu'en 1770, époque où ils occupèrent pendant une douzaine d'années la salle de Vigarani aux Tuileries, en attendant qu'on pût leur livrer l'Odéon. en 1782.

(2) Vigarani. malgré sa valeur et sa grande notoriété dans l'histoire du théâtre ne figure pas dans la *Nouvelle biographie générale* (Didot). Une fois de plus, j'ai recours à mon inséparable, le Dictionnaire de Jal, et j'y trouve ... ce que j'y cherche :

« *Carlo de Vigarani*, né à Modène, en... vint en France, se fit naturaliser par lettres patentes du Roi, et eut la charge d'*Intendant des machines et menus plaisirs du Roy*... il épousa à Saint-Germain-l'Auxerrois, le 17 novembre 1676, Marie-Marguerite du Bois de Montmoreau. Dès 1671. il avait mérité d'être logé au Louvre, dans la galerie ouverte sur la rue des Orties, et y occupait l'ancien logement de Métezeau. — Il était mort bien avant 1716, et, à cette époque, sa veuve touchait encore sa pension annuelle de 1,500 livres ».

De Brie, Châteauneuf, Hubert; Mmes Molière, Marotte, de Brie, Boval, La Thorillière et « les petites du Croisy ».

Collège Mazarin. — Par une dernière disposition de son testament, dictée le 6 mars 1661, trois jours avant sa mort, aux deux notaires Nicolas Le Vasseur et François Le Foin, le cardinal Mazarin avait affecté une somme de deux millions à la fondation d'un *collège*, où seraient entretenus gratuitement soixante enfants de gentilshommes des provinces récemment conquises, Pignerol, Alsace, Flandre et Roussillon. Les exécuteurs testamentaires, Guillaume de Lamoignon, premier président; Nicolas Fouquet, procureur général et surintendant des finances; Michel Le Tellier, secrétaire d'État; Zongo Ondedéi, évêque de Fréjus; J. B. Colbert, conseiller du Roi, intendant des affaires du cardinal, s'adjoignirent le duc de Mazarin, neveu et héritier du défunt, et le chancelier Boucherat.

Bien des emplacements furent passés en revue : le Jardin des Plantes; le collège du Cardinal Lemoine; un terrain, rue des Maçons-Sorbonne; un autre près le collège de Lisieux; le Luxembourg, qui était en vente depuis la mort de Gaston. On s'arrêta enfin à la proposition de Le Vau : l'Hôtel de Nesle, où les constructions du collège à élever s'harmoniseraient avec celles du nouveau Louvre, de l'autre côté de la Seine.

Le Vau se hâta de dresser un plan qui séduisit tous les yeux : au milieu d'une vaste place demi-circulaire, le portail de la chapelle du collège dans l'axe de l'entrée méridionale du Louvre; deux pavillons en avant-corps se dressaient aux extrémités des arcs du cercle et complétaient un ensemble original; les bâtiments scolaires et les cours, fort vastes, étaient rejetés au fond sur la rue Mazarin. Louis XIV approuva ce projet; Le Vau, aidé par Lambert et d'Orbay se mit à l'œuvre (1), et les travaux, commencés en 1662, furent achevés en 1684.

Casernes. — On sentait depuis longtemps la nécessité de ne plus loger en temps de paix les soldats dans les demeures des particuliers où la surveillance était si difficile. A Paris, les maisons des faubourgs étaient obligées de subir le logement des gardes-françaises, ou de payer une taxe de rachat; c'était une charge si déplaisante qu'on ne connaissait pas de meilleur moyen pour faire construire un nouveau quartier que d'en accorder l'exemption.

---

(1) La ville vendit le petit Nesle 120,000 livres; le marquis de Coislin, un terrain, 16,000 livres; M. de Guénégaud, 400 toises dans les fossés, pour une rente de 1500 livres; Jean Rupallay, bourgeois, reçut 22,000 livres « pour des places vaines et vagues du fossé et de la contrescarpe. — Le garde-clef de la porte, Étienne Leguay, reçut 800 livres pour l'indemniser de la perte de son logement et de sa place de portier. — Une autre indemnité de 12,000 livres fut accordée à Magdeleine Gruin, veuve d'un ancien valet de chambre de la reine Marguerite, qui souslouait des échoppes au pied de la tour à de petits artisans, des pêcheurs, des blanchisseuses.

La tour de Nesle qui tient une place si importante dans toutes les anciennes vues de Paris dessinées par Truchet, Du Cerceau, Boisseau, Mérian, Gomboust, Israël, Callot, La Belle, tomba sous la pioche des démolisseurs en 1662.

De chaque côté de la porte qui sert aujourd'hui d'entrée à l'Institut, les baies

En 1671, la mesure attendue fut enfin prise. On construisit, sur l'emplacement des Halles Barbier, entre la rue du Bac et la rue de Beaune, une caserne pour les Mousquetaires gris, première compagnie (1).

Des lettres patentes du 7 avril 1699, chargèrent le prévôt des marchands, Claude Bosc, de construire, rue de Charenton, un hôtel pour les Mousquetaires noirs, 2ᵉ compagnie. La première pierre fut posée en grande cérémonie le 4 août 1699 et les travaux, confiés à Robert de Cotte, furent achevés en 1704 (2).

Amphithéâtre d'anatomie, ou *Amphithéâtre Saint-Côme*, rue des Cordeliers (aujourd'hui rue de l'École de Médecine), construit par Charles Joubert, de 1691 à 1694 (3). C'est, dans de modestes proportions, un dôme octogonal très élégant, œuvre remarquable de l'architecture de la fin du dix-septième siècle.

La *Saunerie* ou *Grenier à sel*, rue Saint-Germain l'Auxerrois, entre la rue des Orfèvres et la rue des Lavandières. C'était primitivement un hôtel des abbés de Joyenval. Il existe toujours, en retrait sur la rue, masqué en partie par un bâtiment parasite. On remarque encore le grand fronton aux armes du roi, avec deux cornes d'abondance. Depuis 1698, on y distribuait tout le sel qui se vendait dans Paris, et un tribunal composé de deux présidents et huit conseillers y jugeait tous les différents relatifs à cette denrée.

HÔTELS.

Il resterait à mentionner *tous* les hôtels construits de 1661 à 1715. Une si longue nomenclature excéderait les bornes d'une histoire générale, et mérite d'ailleurs d'être développée dans des ouvrages spéciaux (4).

formaient des boutiques au nombre de vingt-quatre : un tailleur, un vitrier, un limonadier, un horlogeur, un chandelier, un libraire, etc.

Pour de plus grands détails, voir dans le *Paris à travers les Âges*, la savante étude de M. Franklin, qui a puisé aux sources et donne les renseignements les plus curieux et les plus précis.

(1) Le marquis de Boulainvilliers acheta l'hôtel des Mousquetaires en 1780 et, par des lettres patentes, enregistrées le 16 janvier 1781, obtint d'établir sur l'emplacement un marché qui a porté son nom et qui a été remplacé par des constructions particulières au commencement du second Empire.

(2) Les Mousquetaires de la garde ayant été supprimés en 1775, le cardinal de Rohan, grand aumônier de France et administrateur des Quinze-Vingts, obtint, par des lettres patentes du 31 décembre 1779, que cet hospice fût transféré dans l'hôtel des Mousquetaires, dont il se rendit acquéreur au prix de 450,000 livres. Les aveugles l'occupent encore aujourd'hui.

L'ancienne chapelle des Mousquetaires noirs, située au fond de la cour du nᵒ 26 de la rue de Charenton, sert de succursale à la paroisse Sainte-Marguerite.

(3) Autorisé par des lettres-patentes de Louis XV, en date de 1768, le peintre J.-J. Bachelier, y ouvrit une école gratuite de dessin qui n'a cessé de prospérer et qui est devenue aujourd'hui l'*École des Arts décoratifs*.

Un distique de Santeul rappelle la première destination de ce petit édifice :

« Ad cœdes hominum prisca amphitheatra patebant;
Ut discant longum vivere nostra patent ».

(4) Voir la dernière édition des *Anciens Hôtels de Paris*, par M. le comte d'Aucourt, chez Champion, libraire, 9, quai Voltaire.

Je me contenterai donc d'énumérer les plus intéressantes de ces somptueuses demeures, construites par les Bruant, les de Cotte, les Mansard, Boffrand, Le Muet, Bullet, Delamair, Lassurance, Le Lion, Le Duc, Le Pautre, Le Vau, Marot, etc.; décorées de bas-reliefs, de statues, de plafonds, de dessus de portes, de tableaux de toutes les écoles, d'objets d'art, de meubles précieux qui en faisaient de véritables musées (1).

SUR LA RIVE GAUCHE :

Rue *Saint-André-des-Arts :* — Hôtels de *Châteauvieux?* de Villayer.

Rue du *Regard :* — L'hôtel de la comtesse de *Verrue,* « cette *dame de volupté,* qui, pour plus de sûreté, fit son paradis en ce monde », et, lassée d'être à peu près prisonnière du duc de Savoie, son amant, s'échappa, revint à Paris en 1700, offrit bonne chère dans sa maison, et, « à force d'esprit, de ménagements et de politesse, se fit une cour de ses plus proches et de ses amis » (2), d'hommes de lettres, de savants et de philosophes épicuriens.

Rue des *Saints-Pères :* — Hôtels de *Cossé,* de *Gamaches,* et l'hôtel de *Selvois,* habité par Saint-Simon. Le passage du Faubourg Saint-Germain l'a fait disparaître.

Rue *Saint-Dominique :* — Hôtels de *Matignon,* de *Comminges* et de *Neufchâtel.*

Rue de *Grenelle :* — Hôtels de *Bonneval,* de *Pompadour,* de *Rothelin* et de *Villard;* celui-ci bâti sur les dessins de Le Lion et de Boffrand. On y voyait la statue, en marbre blanc, du maréchal vêtu à la romaine, due au ciseau de Coustou l'aîné.

Rue de *Varenne :* — Hôtels d'*Étampes,* de *Nogent,* de *Châtillon.*

Quai *Voltaire,* n° 9 : — Au président Perrault avait succédé la duchesse de Portsmouth, Anne de Penancoët de Kérouazle, qui s'y retira, vers 1690, quelques années après la mort du roi d'Angleterre Charles II, et y dissipa l'immense fortune qu'elle avait amassée pendant sa faveur. Elle ne mourut qu'en 1734, âgée de quatre-vingt-cinq ans.

Rue de *Vaugirard,* l'hôtel d'*Elbeuf;* — rue du *Cherche-Midi,* l'hôtel de *Montmorency.*

Rue de l'*Université :* — Hôtels de *Maisons,* de *Palloiseau,* de *Richelieu,* et l'hôtel d'*Auvergne,* construit par Lassurance, où l'on remarque un bel escalier dû à Servandoni.

SUR LA RIVE DROITE :

C'est dans les nouvelles rues, percées à la suite de la création du Palais-Cardinal, du Palais-Mazarin, de la destruction de l'enceinte et de l'aplanissement de la Butte des Moulins, qu'il faut surtout chercher les plus belles habitations construites dans cette période : faubourg Saint-

---

(1) Voir la liste des hôtels construits dans la période précédente, page 285.
(2) Fille du duc Charles-Louis de Luynes, l'ami de Port-Royal et d'Anne de Rohan. Elle fut mariée à treize ans au comte de Verrue, Piémontais, tué au service de la France, en 1704, à la bataille d'Hochstaedt, et devint plus tard la maîtresse de Victor-Amédée II. Elle avait réuni dans sa maison une nombreuse bibliothèque, des tableaux et des objets d'art.

Honoré, rue Vivienne. rue de Richelieu, rue Neuve-des-Petits-Champs, rue Saint-Augustin. J'ai parlé déjà des hôtels de la Place des Victoires et de la Place Vendôme :

Rue *Neuve-des-Petits-Champs*, à droite : — Hôtel de *Bouillon*, entre les *Petits-Pères* et l'hôtel *Colbert*: — l'hôtel de *Lionne*. puis de *Pontchartrain*, en face la rue Ventadour, construit par Le Vau, décoré par Brunetti et Colonna (1); — hôtel de *Langlée*. près la rue Gaillon : — hôtel *Colbert de Saint-Pouange* (emplacement de la rue Chabanais).

Rue *Saint-Honoré* : — Hôtel du maréchal de *Luxembourg*. entre la place Vendôme et les Filles de la Conception (2) : — hôtel détruit en 1830, pour le percement de la rue d'Alger : *Comtesse de Foix*, en 1672 ; le conseiller *Pussort*. en 1687 ; *Bertin d'Armenonville*, en 1697 ; le maréchal de Noailles, en 1711.

Rue *Neuve-Saint-Augustin* : — Hôtel d'*Antin*. à l'angle de la rue Louis-le-Grand, bâti par Levé ; l'escalier, peint par Brunetti et Soldini. Cet hôtel devint, en 1757, la propriété du duc de Richelieu ; le jardin se prolongeait jusqu'au boulevard, à l'endroit où l'on voit encore aujourd'hui le *pavillon de Hanovre* : — hôtel de Léon Potier, duc de *Gesvres*, et de Charles Potier, duc de *Tresmes*, gouverneurs de Paris en 1687 et en 1704 (entre les rues Sainte-Anne et Gaillon), construit par Le Pautre ; — hôtel de *Lorges*, puis *Chamillart*, en 1713. sur l'emplacement de la rue de la Michodière et des Bains-Chinois. Tous ces hôtels du côté droit de la rue Neuve-Saint-Augustin s'étendaient jusqu'au boulevard.

Rue de *Richelieu* (côté gauche) : — *Foucault*. intendant de Caen ; — de *Crussol*, à l'angle nord de la rue Villedo : — hôtel de *Louvois* (sur l'emplacement du square et jusqu'à la rue Sainte-Anne), bâti par Chamois ; — hôtel de *Pierre Crozat de Rumond*. trésorier de France (3) (en face de la rue Saint-Marc), construit par Cartaud (4) ; — à l'angle du boulevard, la maison et les jardins de *Regnard*. sur l'emplacement du café Cardinal (5).

(1) L'un des plus somptueux de Paris : deux chapelles, appartements d'hiver e d'été, écuries pour 50 chevaux ; salons dignes de Versailles, et dans l'un d'eux, *Louis XIV à cheval, couronné par la Victoire;* — affecté aux ambassadeurs sous Louis XV, puis au contrôle des finances, au ministère de l'Intérieur (Roland y demeura) ; enfin au ministère des Finances. Il occupait l'emplacement de la salle Ventadour.

(2) Emplacement de la rue de *Luxembourg*, devenue rue *Cambon* par un arrêté préfectoral du 16 août 1879.

(3) Pierre Crozat, surnommé *le Pauvre*, pour le distinguer de son frère Antoine, surnommé *le Riche*. Ce dernier demeurait place Vendôme.

(4) Cet hôtel devint *Choiseul*, en 1758. La rue d'Amboise, l'Opéra-Comique ont été construits sur son emplacement.

(5) Regnard a pris la peine de nous décrire lui-même sa maison :

> « Demande à mes voisins où loge en ce marais
> Un magistrat qu'on voit rarement au palais ;
> Qui, revenant chez lui lorsque chacun sommeille,
> Du bruit de ses chevaux bien souvent les réveille
> Chez qui l'on voit entrer pour orner ses celliers,

Rue *Vivienne* (côté droit) : — Hôtel de *Bercy*, en face la rue Colbert, occupé en 1709 par Charles-Henri Malon, seigneur de Bercy, Charenton, Conflans, etc., intendant des Finances; — hôtel de *Torcy*, neveu de Colbert, en 1713; — Hôtel de *Desmaretz*, contrôleur général des Finances; — hôtel de *Bignon de Blanzy*, intendant de Paris, de 1709 à 1724, à l'angle de la rue des Filles-Saint-Thomas.

Rue *Montmartre* : Hôtel de *Charost*, sur l'emplacement du passage du Saumon; — hôtel du marquis de l'Hospital, sur l'emplacement de la rue d'Uzès (1).

Rue *Notre-Dame des Victoires* : — Hôtel de *Samuel Bernard*, entre les rues Saint-Pierre et Joquelet, avec issue sur la rue Montmartre, affecté, en 1783, au service des *Messageries Royales*.

Rue des *Francs-Bourgeois*, au Marais, Hôtel du chancelier *Le Tellier*, père de Louvois (2).

Rue des *Deux-Écus*, Hôtel de *Brissac*, au coin de la rue d'Orléans (3).

Rue des *Deux-Portes-Saint-Sauveur* (aujourd'hui *Dussoubs*), à l'angle de la rue du Renard, Hôtel de *Coislin* (4).

Rue des *Enfants-Rouges* (aujourd'hui *des Archives*) : — Hôtel d'*Amelot de Chaillou*, maître des requêtes, et ensuite du maréchal de *Tallart* (5).

Rue *Saint-Méry* : — Hôtel du président *Le Rebours*, entre le cul-de-sac du Bœuf et la rue Pierre-au-Lard (6).

Quai des *Célestins* : — Hôtel *Fieubet*, construit en 1676, pour Gaspard de Fieubet, par Jules-Hardouin Mansard. C'est aujourd'hui l'*École Massillon* (7).

Rue *Turenne*, n° 23, dans la partie appelée jadis rue de l'Égout, à cause d'un large ruisseau qui coulait au beau milieu à ciel ouvert. Hôtel *Colbert de Villacerf*, surintendant des bâtiments du Roi en 1692 (8).

Rue de *Jouy* : — Hôtel du prévôt des marchands, Henri *de Fourcy*, construit en 1684. C'est aujourd'hui l'*École Sophie-Germain* (9).

Rue des *Tournelles* : — Hôtel de *Jules-Hardouin Mansard*, loué en 1706 à *Ninon de Lenclos* (10).

Rue *Coq-Héron* : — Hôtel de *Phélippeaux de Châteauneuf*, en 1713, au coin de la rue Pagevin.

Rue *Saint-Paul*, n°s 7 et 9 : — Hôtel de *Lignerac*. C'était vers 1700 l'hôtel de la famille *Bazin*, en possession de la seigneurie de *Bezons*. Un maréchal de France, de ce nom, prit Landau en 1713; son frère était alors archevêque de Rouen.

Rue *Culture-Sainte-Catherine* (aujourd'hui *Sévigné*) : Hôtel de

Force quartauts de vin, et point de créanciers :
Si tu veux, cher ami, leur parler de la sorte,
Aucun ne manquera de te montrer ma porte ».

(1) L'Hôtel de l'*Hôpital* devint d'*Uzès* en 1728; il a appartenu de nos jours à la famille Delessert et a été démoli en 1870.

(2, 3, 4, 5, 6, 7, 8, 9 et 10). Ces hôtels existent toujours.

Le *Pelletier de Souzy*, conseiller d'État, intendant des Finances, élevé vers 1687 par l'architecte Pierre Bullet, en remplacement d'un hôtel d'*Orgeval,* qui tombait de vétusté. Cet hôtel, remarquable par la simplicité des lignes et ses belles proportions, vient d'être acheté par la Ville pour l'agrandissement du Musée Carnavalet et de la Bibliothèque municipale (1).

Rue d'*Autriche*, à gauche, après le second jeu de paume, Hôtel *de Frontenac.* Le 6 janvier 1610, Henri IV avait fait don du terrain à *Antoine de Frontenac,* baron de *Palluau,* son premier maître d'hôtel. C'est à l'*Hôtel de Frontenac,* restauré et richement meublé à neuf, que descendit le cavalier Bernin, le 2 juin 1665. Un an ou deux ans après, cet hôtel dont l'existence n'avait pas duré soixante ans, fut démoli pour l'achèvement du Louvre.

CHANGEMENTS DE PROPRIÉTAIRES OU DE DESTINATION DANS LES HOTELS
DÉJA SIGNALÉS AVANT L'ANNÉE 1667.

Hôtel d'*Aligre,* rue Saint-Honoré et rue Bailleul, entre les rues de l'Arbre-Sec et des Poulies, ancien hôtel *Schomberg.* Le grand Conseil s'y réunit à partir de 1686 (2), et, en 1692, le sieur de Beauchamp y tenait une *Académie de danse.*

L'Hôtel d'*Aubray,* rue du Bouloi était toujours la demeure du premier magistrat de la police. Gabriel de La Reynie y avait succédé à François Dreux d'Aubray.

L'Hôtel *de Lorraine,* rue Pavée-au-Marais, avait été acheté en 1713 par Dauvet des Marais, grand fauconnier (3), mort en 1718.

L'hôtel d'*Angoulême,* rue Pavée-au-Marais, passa au duc d'Angoulême Charles de Valois, à la mort de la duchesse Diane en 1619. Charles mourut en 1650; il avait vécu dans l'hôtel avec sa mère Marie Touchet. L'Hôtel fut acquis un peu plus tard par le président de Lamoignon dont il prit le nom. Tous les lettrés du dix-septième siècle, Racine, Boileau, Corbinelli, Bourdaloue, en savaient le chemin.

L'Hôtel d'*Effiat,* rue Vieille-du-Temple, était passé entre les mains de Claude *Le Pelletier,* prévôt des marchands, de 1668 à 1676, puis de son fils Louis Le Pelletier, premier président du Parlement, de 1707 à 1712 (4).

L'hôtel *de Chavigny,* rue du Roi-de-Sicile, était entré dans la Maison *de La Force,* par le mariage d'une petite-fille du comte de Chavi-

---

(1) Voir la Notice de M. Charles Sellier, sur l'*Hôtel* Saint-Fargeau; c'est un modèle de concision et d'exactitude.

(2) Il ne reste rien des bâtiments, mais le pourpris de l'Hôtel est intact, porte toujours le nom de *Cour d'Aligre,* et a toujours ses deux entrées sur la rue Saint-Honoré et la rue Bailleul.

(3) Il est divisé en deux propriétés très reconnaissables encore, aux numéros 11 et 13.

(4) Le percement de la rue du *Trésor* a fait disparaître les bâtiments et les jardins de l'hôtel d'Effiat.

gny, le 18 juin 1698, avec Henri-Jacques de Caumont, duc *de La Force*. Ce fut ce dernier nom que conserva désormais l'ancien hôtel des rois de Sicile, même après qu'il eût été divisé entre plusieurs propriétaires et transformé en prison, jusqu'à sa destruction, en 1847 (1)

L'hôtel *de Galliot de Genouillac* (voir chapitre XI, page 307) devint au dix-septième siècle la propriété de Charles, duc de la Vieuville, deux fois surintendant des Finances, en 1623 et en 1651. La Vieuville mourut en 1653 et fut inhumé le 2 janvier aux Minimes. La plus grande partie de l'Hôtel, brique et pierre, élevé sous François Ier, existe toujours rue Saint-Paul, nos 4 et 6. Les hautes croisées à meneaux, les énormes cheminées de l'intérieur, les plafonds à poutres apparentes accusent bien la construction du seizième siècle.

L'Hôtel *d'Avaux*, ou *de Mesmes*, rue du Temple, devint la propriété du duc de *Beauvilliers*, en 1714, et fut transformé par Le Muet. Il existe toujours avec sa cour immense, son grand escalier, et ses colonnes gigantesques, qui du sol vont rejoindre le faîte (2).

L'Hôtel *Carnavalet*. — J'ai dit précédemment (3) que l'intendant des Finances, Claude Boislève, avait fait modifier tout l'édifice par François Mansard, de 1655 à 1661. Les travaux étaient à peine achevés, quand Boislève fut condamné et dépouillé par la Chambre de justice, en 1662. L'hôtel fut saisi et adjugé au Roi, moyennant cent mille livres, le 19 novembre 1666; puis il passa à M. d'Agaury, qui le loua à Mme de Lislebonne; puis en 1677 à Mme de Sévigné. Celle-ci mourut à Grignan, le 17 avril 1696; mais, dès le 10 août 1694, le receveur général des Finances, Brunet de Rancy, avait acheté l'hôtel à la criée, moyennant 68,000 livres et une rente de 1500 livres (4).

Hôtel de *Villeroy*, rue des Bourdonnais, 30. — En 1680, il fut vendu par un de Neuville de Villeroy à Pajot d'Onzembray, qui y établit le service des Postes dont il était contrôleur général (5).

L'Hôtel *Zamet*, rue de la Cerisaie, fut vendu par les enfants de Sébastien Zamet au connétable de Lesdiguières; il passa, sous ce dernier nom, dans la maison de Créquy, et, pendant toute la période que nous parcourons, il appartint à la duchesse Paule-Françoise-Marguerite de Gondy de Retz, veuve du duc de Lesdiguières, morte le 21 janvier 1716. C'est dans cette maison que mourut, en 1679, le cardinal de Retz (6).

(1) L'entrée principale de la prison de la Force était sur la rue des Ballets que la rue de Rivoli a fait disparaître. La rue *Malher* a été percée en 1848, sur l'emplacement de la Force.

(2) On l'appelle aussi hôtel *Saint-Aignan*, le premier nom du duc de Beauvilliers. Quand les de Mesmes eurent vendu à Saint-Aignan leur hôtel, situé sur le côté gauche de la rue Saint-Avoie, ils achetèrent, de l'autre côté de la rue, l'Hôtel de Montmorency, où étaient morts le connétable, le 12 novembre 1567, et le malheureux Théophile, le 25 septembre 1626. — Voir chap. XII, p. 418, et chap. XI, p. 312.

(3) Page 294.

(4) Voir pour les derniers détails sur ces transmissions de la propriété : *L'Hôtel Carnavalet*, par M. Jules Cousin, dans *La France Artistique et Monumentale*.

(5) Hôtel très reconnaissable encore aujourd'hui.

(6) Le maréchal de Villeroy en hérita en 1716, et le czar Pierre le Grand y sé-

L'Hôtel de *Soissons*, rue des Deux-Écus, appartenait alors à Emma-nuel-Philibert de Savoie, prince de Carignan, qui l'avait si bien aban-donné que Colbert songea un moment à le faire démolir et à y établir l'*Opéra*. Le prince Eugène y était né, le 18 octobre 1663.

L'Hôtel de *Jars*, rue de Richelieu, en face du palais Mazarin, était devenu, en 1713, l'hôtel du Cardinal *de Coislin*. Il fut rebâti par Mansard et orné d'une porte de quatre pilastres ioniques.

L'Hôtel de la *Trémouille*, rue des Bourdonnais, venait d'être aban-donné par la famille de Bellièvre et partagé entre plusieurs commer-çants, parmi lesquels le célèbre Gautier, marchand de soieries, à l'en-seigne de la *Couronne d'Or* (1).

L'Hôtel de *Cluny* était occupé par des libraires, des relieurs, des im-primeurs. Mazarin y avait demeuré, comme nonce du pape, en 1635.

L'Hôtel du maréchal *de l'Hôpital*, rue Vide-Gousset, était devenu l'Hôtel de *Pomponne*, en 1672 (2).

L'Hôtel *Séguier*, rue du Bouloi et rue de Grenelle, devint l'hôtel des *Fermiers Généraux*, après la mort du chancelier, en 1672. Ce fut la perte de cette belle demeure, élevée par Jean du Cerceau et dont la chapelle avait été peinte par Vouet. La cour d'honneur fut encombrée par les commis de la Douane, et des bureaux s'installèrent dans le salon où l'Académie Française avait reçu la reine Christine. « L'asile des Muses, dit un contemporain, ne fut plus que le repaire des Finan-ciers (3) ».

J'ai dit plus haut que l'Hôtel de *Bautru-Serrant*, rue Neuve-des-Petits-Champs, était devenu, peu après 1661, l'hôtel du ministre *Col-bert*, qui y mourut le 6 septembre 1683, après l'avoir fait restaurer et agrandir par Le Vau.

A la mort de *Mazarin*, en 1661, son palais fut divisé entre ses héri-tiers. Ce qui avait été l'hôtel *Tubeuf*, sur la rue Neuve-des-Petits-Champs, échut au duc *de la Meilleraye*: — l'autre partie, sur la rue de Richelieu, échut au duc *de Nivernais*, et prit le nom d'*Hôtel de Ne-vers*. Louis XIV acheta l'Hôtel *Tubeuf* et y établit la *Compagnie des Indes*.

L'Hôtel de *Saint-Denis*, rue des Vieilles-Haudriettes, 4, fut vendu par le cardinal de Retz à Olivier d'Ormesson, l'auteur des *Mémoires*, mort en 1686, le 4 novembre.

L'Hôtel de *Mayenne*, rue Saint-Antoine, à l'angle de la rue du Petit-Musc, fut aménagé, en 1709, et brillamment décoré par Germain Bof-

journa en 1717. Les dernières parties de l'hôtel ont disparu lors du percement du boulevard Henri IV, en 1867.

(1) Mme de Sévigné et sa fille étaient les clientes de Gautier et le payaient mal. Il gagnait beaucoup, quand il y avait de grands mariages comme ceux du roi d'Espagne et du prince de Conti, en 1679 et 1680. « Gautier ne peut plus se plain-dre, écrit la marquise à Mme de Grignan, il aura touché en noces, cette année, plus d'un million ».

(2) Au coin de la rue d'Aboukir; la rue Étienne-Marcel vient de le faire dispa-raître.

(3) La Cour des Fermes a disparu par le prolongement de la rue du Louvre.

frand pour loger Charles-Henri de Lorraine, prince de Vaudemont (1).

La famille de Guise s'étant éteinte, le 3 mars 1788, dans la personne de Marie de Lorraine, dite Mlle de Guise, l'hôtel qui avait été fondé par le connétable de Clisson, rue du Chaume, à la fin du quatorzième siècle; acheté par Anne d'Este, duchesse de Guise, le 14 juin 1553; agrandi par les annexions successives des hôtels de Laval, rue de Paradis et de la Roche-Guyon, rue Vieille-du-Temple, fut vendu le 29 janvier 1704 au prince de *Rohan-Soubise* pour la somme de 326,000 livres. Le prince de Soubise fit transformer le vieil hôtel par son architecte Delamair, à qui sont dues la façade principale et la cour d'honneur en fer à cheval, entourée de portiques, qui l'encadrent si majestueusement.

Au grand désespoir de Delamair, Boffrand le remplaça bientôt, et fut chargé, en 1710, de la décoration des appartements intérieurs. On sait que rien à Paris n'égale la magnificence de cette suite de salons, de cabinets, de galeries, qui occupent le rez-de-chaussée et le premier étage.

Un jardin, souvent ouvert au public, séparait les appartements du prince de Soubise de ceux de l'Hôtel de Strasbourg, rue Vieille-du-Temple occupé, de 1704 à 1790, par quatre personnages de la maison de Rohan, tous les quatre cardinaux et évêques de Strasbourg.

L'Hôtel de *Soubise* est devenu le *Musée des Archives* et l'hôtel de *Strasbourg*, l'*Imprimerie Nationale* (2), depuis le 6 mars 1808.

* * *

L'étude de quelques-uns des anciens plans cavaliers de Paris vaut en-

(1) « Maison précieuse aux Lorrains pour avoir appartenu au fameux chef de la Ligue, dont ils lui ont chèrement conservé le nom, les armes et l'inscription au-dessus de la porte, et où est une chambre dans laquelle furent enfantées les dernières horreurs, l'assassinat de Henri III et le projet de mariage de l'infante d'Espagne avec Mayenne, en excluant à jamais Henri IV et toute la maison de Bourbon. Cette chambre s'appelle encore aujourd'hui la *Chambre de la Ligue*, dont rien n'a été changé par le respect et l'amour qu'on lui porte ». *Saint-Simon*. — L'Hôtel de Mayenne est intact; il est occupé par une *École commerciale* dirigée par les Frères de la Doctrine chrétienne.

(2) Les Guises avaient l'hospitalité large. Corneille, vers 1664, avait une chambre et la table dans leur hôtel. Les Soubise continuèrent sans doute cette tradition qui était celle de tous les grands seigneurs. Sur un plan manuscrit de 1697, figurent les logements de Gaignières, le fameux collectionneur; de MM. de Lessart, Gourdon, Champenois, Mercier, etc. Quinault y avait demeuré en 1656, et Tristan l'Hermite y était mort en 1655.

L'*Hôtel de Strasbourg*, dont l'entrée est rue Vieille-du-Temple, a été construit par le frère du prince de Soubise, Armand-Gaston, cardinal et évêque de Strasbourg. La façade sur la cour est très simple, toute l'ornementation ayant été réservée pour celle qui donne sur le jardin. Dans la cour des écuries, Robert Le Lorrain a sculpté au-dessus de la porte un splendide bas-relief, trop peu connu: *Des Tritons donnant à boire aux Chevaux du Soleil.*

Le déplacement de l'*Imprimerie Nationale* semble décidé. Il serait à désirer que l'Hôtel de Strasbourg fût conservé et annexé aux Archives trop à l'étroit. L'escalier, les appartements intérieurs, l'ancien *salon de musique* décoré par Boucher, le *Cabinet des singes*, offrent le plus grand intérêt.

core mieux peut-être que les plus longues descriptions. On y trouve des croquis, quelquefois exacts. des monuments, des grands hôtels. de leurs jardins, et l'aspect animé de la rivière, des quais, des rues et des places.

Le plan de *l'assalieu* (1609) est vigoureusement gravé, et l'auteur s'est efforcé, non sans succès, de lui donner un air gai et vivant. Au *marché aux chevaux*. à tous les jeux de *palmail* dans les faubourgs. dans les champs, autour des moulins à vent, figurent de petits personnages qui galopent, jouent, courent, labourent. conduisent des animaux ou des voitures. A la *place Maubert*, deux gibets montrent leurs pendus. Sur la *place de l'Estrapade*, une exécution est représentée et trente-cinq bonshommes y figurent.

Le plan de *Jouvin de Rochefort*, trésorier de France, dédié à SIMON ARNAULD DE POMPONNE. en vente *sur le Quai de l'Horloge chez* LA POINTE, *aux trois Estoiles de Fer, et à la Sphère Royale*. eut de nombreuses éditions de 1690 à 1714. et les mérita par la finesse de la gravure et les scènes variées qui y divertissent l'œil. Des chariots, des carrosses, des cavaliers, des marchands, circulent sur toutes les routes. Des bergers gardent leurs moutons, et des laboureurs conduisent leurs charrues attelées de deux chevaux. au bas de la *Butte Montmartre* et de la *Butte Chaumont*. coiffées de leurs moulins à vent. Une chasse à courre égaie la plaine *Monceaux*. Des duels, à pied et à cheval. se livrent près de *Belleville* et du *Montparnasse*. Trois bataillons armés de piques manœuvrent dans la *plaine de Grenelle*. De distance en distance, dans la plaine de *Vaugirard*. autour de l'*Observatoire*. près de *Reuilly*, on aperçoit les grandes roues qui servent à l'exploitation des carrières de pierre. Enfin des *coches*, remorqués par six ou huit chevaux. remontent la Seine; chacun a son nom : *Adada* n'est encore parvenu qu'au Cours-la-Reine: *Va Bellement* longe le grand Pré aux Clercs. et *Haye au mat* est arrivé à la Rapée.

La *Nomenclature* qui accompagne le plan de Jean de la Caille (1714). nous fournit les renseignements statistiques les plus intéressants :

« 896 rues; — 50 places publiques; — 30 quais; — 30 ponts, sur la Seine. la rivière des Gobelins et les égouts; — 8 portes ou arcs de triomphe; — 12 Barrières pour les Huissiers et Sergents du Châtelet; — 22,000 maisons: — 200 hôtels considérables: — 8 jardins, servant de promenades au public (*Arsenal, Luxembourg, Tuileries. Palais-Royal, Soubise. du Roi. de l'Infante, du Temple*); — 50 fontaines publiques: — 25 abreuvoirs; — 2 bacs. l'un à la *Rapée*. l'autre aux *Invalides;* — 52 Boucheries; — 25 ports; — 12 marchés; — 4 foires franches; — 9 moulins à eau servant à moudre le blé pour le public: — 80 bateaux-lavoirs; — 11 abbayes; — 26 hôpitaux; — 5 tribunaux (*Parlement, Grand Conseil, Châtelet, Prévôt des marchands, Consuls*); — 10 bailliages seigneuriaux; — 8 prisons (*Abbaye Saint-Germain, Prieuré Saint-Martin, Conciergerie, Saint-Éloy, Grand-Châtelet, Sainte-Pélagie, la Tournelle, la Ville*); — 5 Académies royales au Louvre (*Française, Sciences, Inscriptions, Peinture et Sculpture*);

— 4 bibliothèques publiques (*du Roi, Collège des Quatre-Nations, Saint-Victor* et des *Avocats*); — 5 grandes Écoles (*Sorbonne, Droit canon et civil, Médecine, Chirurgie, jardin des Plantes*); — 44 collèges; — 35 petites écoles pour les enfants pauvres, confiées dans chaque paroisse aux soins des *Sœurs de la Charité*; — 334 maîtres ou maîtresses d'école, sous la direction du Chantre, dans la ville et la banlieue; — 5532 lanternes; — 82 tombereaux pour enlever chaque jour les boues et immondices (1) ».

Il m'est très difficile, en l'absence de documents précis, d'établir rigoureusement le chiffre de la population : 8 à 900.000, en 1698, selon Germain Brice; mais beaucoup ne croient pas à plus de 600,000 habitants. « logés, dit un voyageur sicilien, jusque sur les ponts de la rivière et sur les toits de maisons qui atteignent souvent jusqu'à sept étages (2) ».

VI. ÉCHEVINAGE. — POLICE. — MOEURS. — FAITS DIVERS.

M. de Pomereu, prévôt des marchands, de 1676 à 1684, fit rédiger l'*Inventaire* des registres, titres et papiers concernant le domaine patrimonial de la Ville; par ses soins, toutes ces pièces précieuses furent « étiquetées, enliassées, et placées dans des armoires et sur des tablettes posées à cet effet en une chambre ». Ses successeurs, ainsi que plusieurs ministres et que les membres les plus distingués du Parlement se déclarèrent les protecteurs des ingénieurs-géographes, qui, comme Jouvin de Rochefort, Pierre Bullet, Blondel, Bernard Jaillot, La Caille, multiplièrent les plans de la capitale. Le Maire, en 1685, dédia à M. de Fourcy un bon abrégé de Du Breul, sous le titre de *Paris ancien et moderne*, et le premier président de Lamoignon « qui voulait connaître son Paris comme sa poche », décida par ses instances le commissaire Delamare à entreprendre le *Traité de la Police*, en 1705. Le prévôt des marchands, Jérôme Bignon, « animé d'un louable zèle pour l'honneur de sa patrie, employa toute son autorité pour déterminer la Ville à faire choix d'un historien qui pust transmettre à la postérité la connoissance de tout ce qui s'étoit passé dans la capitale, tant par rapport à elle-mesme, que par rapport à la monarchie ». Il fit appel aux Bénédictins de la congrégation de Saint-Maur (3), qui lui désignèrent

(1) Je trouve les renseignements suivants dans un *Mémoire* du chancelier Le Tellier : « Dans les 6 corps marchands, 2,752 maîtres et 5000 garçons; — 1,254 communautés d'artisans, comptant 17,000 maîtres, 38,000 compagnons, 6,000 apprentis; — 400 tireurs de bois flotté; — 600 porteurs d'eau ; — 1,700 porteurs de chaises; — 2,400 crocheteurs; — 4,000 carrosses; — 482,400 hommes en état de porter les armes ». Toutes ces évaluations, la dernière surtout, ne peuvent être acceptées avec une entière confiance.

(2) Boileau, quoique appartenant à une famille aisée, fut relégué pendant sa prime jeunesse dans « une espèce de guérite au-dessus d'un grenier » de la maison paternelle, rue de Jérusalem. Plus tard, il obtint comme une grande faveur de loger dans le grenier même, et il disait « qu'il avait commencé sa fortune par *descendre au grenier* ».

(3) Le besoin de réforme qui purifia nombre d'abbayes au commencement du dix-septième siècle fit naître la nouvelle congrégation bénédictine de *Saint-Maur*,

l'historien de l'abbaye de Saint-Denis, Dom Michel Félibien, et celui-ci
vint aussitôt s'établir à Saint-Germain-des-Prés, sur l'assurance que la
Ville lui procurerait libéralement tous les secours dont il aurait besoin.
C'était en 1711; mais Félibien, quoiqu'à peine âgé de quarante-cinq
ans, était déjà faible et maladif; il eut beau se hâter, la mort le prévint,
et il mourut le 25 septembre 1719, n'ayant pu donner à l'impression
que quatre feuilles de l'*Histoire* et deux feuilles des *Preuves*. Dom
Lobineau lui succéda dans cette œuvre immense, et la première *Histoire* (1), digne de Paris, vit enfin le jour en 1725.

C'est dans le temps même où les magistrats municipaux déployaient
le plus grand zèle dans leurs multiples fonctions; au moment où ils se
montraient le plus soucieux de conserver les anciennes traditions; où
ils donnaient une si remarquable impulsion aux travaux historiques,
en stimulant le zèle des écrivains, que Louis XIV détruisit les antiques
franchises municipales, en remplaçant les charges électives par des offices vendus le plus cher possible aux particuliers. Paris ne fut pas
mieux traité que les autres villes du royaume. Le Roi confirma bruyamment les privilèges de notre Hôtel de Ville en 1669, mais pour les détruire un à un dans la suite de son règne (2). En 1667, le lieutenant de
police, nouvellement créé, reçut une notable partie des attributions
du prévôt des marchands; en 1676, le chevalier du guet reçut le droit
de nommer les officiers des compagnies d'archers de la ville, jusque-là
nommés par le prévôt des marchands; un édit de 1681 transforma toutes les charges électives de l'Hôtel de Ville en offices vénaux : le receveur, le procureur, le greffier, les conseillers, les quartiniers et jusqu'aux hénouars, aux jurés crieurs de corps et aux mouleurs de bois!
Il n'y eut d'exception apparente que pour le prévôt des marchands et
les échevins, auxquels on conserva un semblant d'élection, masqué par

erigée en France par lettres-patentes du mois d'août 1618, et admise quelques
jours après au couvent des *Blancs-Manteaux* de Paris. En 1631, elle fut établie à
Saint-Germain-des-Prés, malgré l'opposition violente de quelques religieux, et
Richelieu obligea toutes les maisons de Saint-Benoît à s'y rattacher. L'abbaye de
Saint-Germain devint le centre de réunion de ceux des religieux que leurs supérieurs jugeaient les plus capables de participer aux grands ouvrages entrepris
pour l'utilité de l'Église et de l'État : Dom Luc d'Achéry, dom Hugues Mesnard
dom Mabillon, dom Ruinard, dom Félibien, dom Lobineau, Montfaucon, Bouil-
lard, etc. Deux mille cinq cents prêtres de Saint-Maur, répandus dans cent quatre-
vingts abbayes ou prieurés, étaient en état, plus qu'aucun autre corps régulier du
royaume, de fournir des sujets distingués en tout genre d'érudition à leurs supérieurs généraux résidant ordinairement à Saint-Germain-des-Prés.

(1) *Composée par* D. MICHEL FÉLIBIEN, *revue, augmentée et mise au jour par*
D. GUY-ALEXIS LOBINEAU, *tous deux Prêtres Religieux* BÉNÉDICTINS DE LA CONGRÉ-
GATION DE SAINT-MAUR.

Divisée en cinq volumes in-folio.

A *Paris, chez* GUILLAUME DESPREZ, *Imprimeur et libraire du Roi et* JEAN DESESSARTZ,
rue Saint-Jacques, à Saint-Prosper et aux Trois-Vertus. — M. DCC. XXV. *Avec
Privilège et Approbation.*

(2) Louis XIV, je l'ai dit déjà, n'oublia jamais les troubles de la Fronde et l'a-
baissement de la dignité royale à cette époque. Aussi fit-il lacérer, dans le cours
de l'année 1668, les registres du Parlement et ceux de l'Hôtel de Ville, pour la
période qui s'étendait de 1647 à 1652.

un pompeux cérémonial. Il est vrai, qu'en 1705. le Roi accorda au prévôt des marchands le titre de chevalier et aux échevins, au procureur,
au receveur et au greffier les honneurs de la noblesse!

Au repas qu'il daigna accepter à l'Hôtel de Ville, le 30 janvier 1687.
Louis XIV fut servi par le prévôt des marchands, M. de Fourcy, debout, la serviette sous le bras: la Dauphine. par Mme de Fourcy; le
Dauphin. par le premier échevin. Geoffroy; *Monsieur*, par le second
échevin. Gayot; *Madame*. par le troisième échevin, Chupin; le duc
de Chartres par le quatrième échevin, Sanguinière; *Mademoiselle*.
par le procureur Titon; Mlle d'Orléans, par le greffier Mitantier, et la
grande duchesse de Toscane, par le receveur Boucot. Les Conseillers
et les Quartiniers, en robe. servirent les princes. les princesses. les
seigneurs et les Dames (1).

*
* *

De toutes les atteintes portées par Louis XIV aux anciennes institutions communales de Paris, celle qui doit peut-être attirer le plus l'attention de l'historien est contenue dans un article du long Édit rendu
à Versailles, en décembre 1672. et qui « sous prétexte de confirmer les
privilèges de l'Hôtel de Ville et de réglementer la juridiction du prévôt
et des échevins », leur enlève les plus importants de leurs droits.

Le préambule mérite d'être cité : « L'affection singulière que nous
portons à nos fidèles sujets, bourgeois et habitants de notre bonne ville
de Paris, nous ayant obligé de procurer en toute chose la décoration,
commodité et avantage de cette capitale de notre État, nous avons fait
rédiger de nouveau les ordonnances, coutumes et statuts de la prévôté
des marchands et échevinage de ladite ville, concernant la police et la
vente des marchandises qui y arrivent par les rivières et qui se distribuent sur les ports, places et étapes d'icelle ».

Or. depuis seize cents ans, les *Nautes*. — sous des noms différents.
— vivaient toujours. A chaque page de cette histoire, nous les avons
rencontrés, infatigables, jaloux de la prospérité commerciale de Paris.
bataillant avec les corporations rivales de la Normandie ou de la Bourgogne (2), affirmant leur droit immémorial au commerce exclusif de la

----

(1) Au musée de l'*Ermitage*, à Saint-Pétersbourg, on voit un tableau de Largillière représentant le prévôt des marchands et les échevins, tous en robes et en
grandes perruques assemblés à l'Hôtel de Ville pour recevoir le Roi à ce souper
du 30 janvier 1687.

(2) L'histoire du moyen âge est pleine de leurs dissensions. Avant Philippe Auguste, les privilèges de la *Compagnie Normande* comprenaient le monopole, en
faveur des citoyens de Rouen, du commerce avec l'Irlande, Dieppe, tous les ports
de l'Angleterre. Ces privilèges furent naturellement annihilés par la réunion de la
Normandie à la France. Paris, fier de sa prépondérance comme capitale, fut impitoyable pour Rouen : les Normands prétendaient qu'ils pouvaient aller en franchise jusqu'au Pecq; les Parisiens ne voulaient pas leur laisser dépasser Mantes.
La juridiction du prévôt des marchands de Paris s'étendait sur la Seine,
Marne, l'Yonne, le Loing, l'Oise et leurs affluents. Ses jugements étaient exécu-
toires par provision, nonobstant appel.

Seine, et même de ses affluents, en amont et en aval du grand pont.
Nautæ parisiaci, sous Tibère, chevaliers romains, riches commerçants
et bientôt membres de la *curie* de Lutèce; — appelés *la Hanse*, par les
Francs de Clovis; — *Scabini*, sous les Mérovingiens; — *Confrérie* ou
Compagnie française des marchands de l'eau, sous Louis le Gros,
Louis le Jeune et Philippe Auguste. Leur chef, *prévôt des marchands
de l'eau*, est en même temps le chef du pouvoir municipal; la *Maison
de la marchandise de l'eau* et *Hôtel de Ville* ne font qu'un. Les
« borjois de la marchandise » obtiennent alors le droit de nommer et
de révoquer les crieurs publics, les jaugeurs et les mesureurs; la basse
justice; la garde de l'étalon des poids et mesures; ils acquièrent, de
Louis le Jeune, la place de Grève où ils font un port plus vaste que le
port Saint-Landry; ils perçoivent une taxe de soixante sous par bateau
chargé de vin; mais leur raison d'être, le plus beau fleuron de leur
couronne à eux, c'est le droit qu'ils se sont arrogé dans la nuit des
temps et qu'ils maintiendront jusqu'au bout, envers et contre tous :
« 1° Nul ne peut amener des marchandises par eau, du pont de Mantes
aux ponts de Paris, s'il n'est Parisien, marchand de l'eau, ou s'il n'a
pour associé un Parisien, marchand de l'eau. — 2° En cas de contra-
vention, il y aura une amende dont la moitié reviendra au Roi, et l'autre moitié aux marchands de l'eau ». Ce texte est clair : pour charger
ou décharger des marchandises sur nos berges, il fallait être de la *hanse
parisienne*, ou bien s'associer avec un *bourgeois de Paris hansé*, qui
prélevait la moitié des bénéfices. Peine de *confiscation* et d'*amende*
contre le marchand *étranger* qui franchissait les limites en fraude.

Tous ces règlements étaient encore en pleine vigueur en 1672, et la
Compagnie Française jouissait de tous ses droits, quand elle fut soudai-
nement frappée de mort par l'*article* 1er du *chapitre* III de l'*Édit* de
décembre :

« Pour laisser une entière liberté au commerce, et exciter d'autant
plus les marchands trafiquant sur les rivières d'amener en cette ville
de Paris toutes les provisions nécessaires, *seront et demeureront les
droits de la Compagnie Française éteints et supprimés*, sans préjudice du droit de hanse, et sans qu'il soit fait aucune distinction désormais entre marchands forains et marchands de Paris ».

L'esprit de cette ordonnance, inspirée par Colbert, était évidemment de protéger le consommateur contre le monopole vieilli de quelques intermédiaires qui persistaient à se placer, au nom de droits
surannés, entre lui et les producteurs. De l'antique privilège de la *marchandise de l'eau*, il ne resta plus qu'un léger droit de *hanse* que le
Roi continua de percevoir jusqu'à la Révolution.

*
* *

« Lé bois le plus funeste et le moins fréquenté
Est, au prix de Paris, un lieu de sûreté »,

disait Boileau, en 1660, et, à cette date, il n'exagérait pas. « Comment voulez-vous empêcher le vol, écrivait Gui Patin, dans une ville où les soldats du régiment des gardes volent impunément! » Le 22 août 1665. des brigands poussèrent l'audace jusqu'à s'attaquer au lieutenant-criminel Tardieu, et l'égorgèrent avec sa femme, dans sa propre maison. en plein jour, au milieu du quartier le plus peuplé de Paris, à deux pas du Palais (1).

Colbert comprit qu'il était impossible au lieutenant civil du prévôt de Paris de réunir plus longtemps les fonctions administratives et judiciaires. Un édit du 15 mars 1667 dédoubla l'emploi, laissa les attributions judiciaires à Antoine d'Aubray, et créa une nouvelle magistrature, celle du *lieutenant de Police*, chargé de la sûreté de la ville, de la propreté des rues, des approvisionnements, de l'inspection des auberges et lieux mal famés; de la surveillance de l'imprimerie, de l'esprit public, des mœurs. et de la répression des flagrants délits. Ce pouvoir redoutable fut confié. dans le cours du règne, à deux hommes qui ne se montrèrent pas au-dessous de leur tâche : Nicolas de la Reynie (2), de 1667 à 1697, et Marc-René d'Argenson (3), de 1697 à 1718.

Le guet était absolument insuffisant. La Reynie le fit augmenter de cent vingt cavaliers et de cent soixante fantassins; il le divisa en vingt-quatre escouades, dont seize devaient toujours être sous les armes et huit en repos. Il obtint ainsi une garde continuellement de service. et de jour et de nuit, pour le repos des Parisiens. En 1698, une de ces escouades fut établie en permanence au Pont-Neuf, « afin que le public fût toujours certain d'y trouver secours en cas d'urgence ». La brigade, qui, en 1701, se levait à minuit et se retirait à l'aube, faisait plus d'effet que toutes les autres et il ne se passait pas de nuit sans qu'elle n'opérât quelque capture importante (4).

La Reynie fut désormais assez fort pour mettre un terme à l'insolence

(1) Tout le monde connaît l'anecdote de Turenne. attaqué, rançonné par des brigands et tenant à honneur de payer le lendemain ce qu'il avait promis. Les détails sont romanesques, mais le fond est vrai. et où la scène se passe-t-elle?... A l'entrée du faubourg Montmartre; dans un désert, — les environs de la Grange-Batelière, — à l'endroit où passe aujourd'hui la rue Drouot. et où l'on trouve le *Gaulois*, le *Figaro*, l'*Éclair*, la *Maison dorée*, et le *Café Riche*.
Le 19 décembre 1700, à l'entrée de la nuit, la malle de Tours fut pillée, les bagages des voyageurs enlevés, sur le Pont-Neuf, auprès de la Samaritaine, l'endroit le plus fréquenté de Paris.

(2) Nicolas-Gabriel de la Reynie était né à Limoges en 1625. Il n'avait donc que quarante-deux ans lorsqu'il fut nommé lieutenant de Police en 1667. Depuis six ans, il était maître des requêtes. Il quitta ses fonctions en 1697 et mourut le 14 juin 1709, âgé de quatre-vingt-quatre ans.

(3) Marc-René de Voyer d'Argenson, né à Venise en 1652, *filleul* de la République auprès de laquelle son père était ambassadeur de France. Il succéda à la Reynie en 1697 et devint président du Conseil des Finances en 1718. Il mourut en 1722, et son cœur fut placé dans une chapelle du couvent de la *Madeleine de Traisnel*, rue de *Charonne*.

(4) D'après le règlement qui les concerne, les soldats du guet semblent n'avoir mérité qu'une confiance limitée de la part de leurs chefs : *Article XII.* — « Défendons très expressément à nos sergens de payer la solde de leurs soldats les jours de leur service, *crainte que le vin ne les mette hors d'estal de faire leur garde* ».

des grands seigneurs qui prétendaient que leurs hôtels étaient un *lieu
d'asile* pour les malfaiteurs... Lieu d'asile, l'Hôtel de Soissons! Lieux
d'asile, des palais royaux comme le Louvre et les Tuileries!... Lieux
d'asile, la clôture du Temple et jusqu'au couvent des Cordeliers! Le
lieutenant de Police menaça de faire briser les portes de ces singuliers
privilégiés, et il lui suffit de montrer qu'il avait la volonté et la puissance
de le faire. En même temps il interdisait aux valets de porter l'épée,
et il faisait pendre un laquais du duc de Roquelaure et un page de la
duchesse de Chevreuse qui avaient bravé ses ordres.

Mais ce qui mit le comble à la réputation, — ou, si vous voulez à *la
popularité*, — du premier des lieutenants de police, ce fut sa vigoureuse expédition contre la *Cour des Miracles*.

Elle s'était formée par une agglomération lente de toutes les misères
physiques et morales, dans les terrains vagues, les ruelles, les culs-de-
sac, les taudis, adossés intérieurement à la muraille de Charles-Cinq,
depuis la porte Saint-Denis jusqu'à la poterne des Petits-Carreaux.
Sauval nous la dépeint ainsi : « Une place boueuse, irrégulière, point
pavée, dans l'un des quartiers les plus mal bâtis, les plus sales, les plus
reculés de la ville, entre la rue Montorgueil, — ou des Petits-Carreaux, — la rue Neuve-Saint-Sauveur et le couvent des Filles-Dieu,
comme dans un autre monde!... Pour y venir, il se faut égarer dans
de petites rues vilaines, puantes, détournées; pour y entrer, il faut
descendre une longue pente tortue, raboteuse..... On s'y nourrissait de
brigandages... Leur chef s'appelait le *Grand Coësre*.... Malheur à qui
s'aventurait dans ces coupe-gorge! (1) Leur destruction n'était pas chose
facile; les commissaires n'osaient y montrer leurs robes, de peur d'être
rossés; les archers du Chevalier du guet n'étaient pas assez nombreux,
et ils étaient trop mal payés pour qu'on pût attendre d'eux une aide efficace : trois sous et demi par jour, « comme au temps du roi Jean! »

La Reynie eut la gloire de mettre un terme à ces désordres. Après
avoir envoyé par trois fois à la Cour des Miracles des détachements,
trois fois repoussés à coups de pierres, il y alla lui-même un matin, accompagné de cent cinquante soldats du guet, d'un demi-escadron de la
maréchaussée, d'une escouade de sapeurs pour forcer les portes, et d'un
commissaire et de quelques exempts. Malgré la résistance des truands,
la sape ouvrit bientôt leurs misérables murs. (2)

---

(1) Il y avait bien d'autres *Cours des Miracles*, mais moins importantes : La *Cour
de la Jussienne*, rue de la Jussienne; — les *Cours François* et *Sainte-Catherine*,
rue Saint-Denis; — une autre, rue des *Tournelles* et rue *Jean-Beausire*, etc. En
somme, quelque chose d'analogue à certaines *Cités* de nos jours, dans les arron-
dissements excentriques.

(2) Le lieu d'asile des truands est encore reconnaissable aujourd'hui dans l'en-
chevêtrement des étranges petites voies de cette curieuse région. Elle n'a été un
peu assainie qu'au commencement de ce siècle par le percement de la rue, de
la place et des passages du *Caire*, ainsi que des rues de *Damiette* et des *Forges*;
de nos jours, par la reconstruction de la rue des *Filles-Dieu* et la trouée de la
rue *Réaumur*... Faites en hâte un pèlerinage de ce côté et vous trouverez encore
de belles traces du passé dans la petite place bizarrement déchiquetée qui s'ap-

*
* *

Le lieutenant de Police eut alors le loisir de s'occuper du pavage, du nettoyage et de l'éclairage des rues. Son nom est intimement lié à l'histoire des lanternes. Voltaire, dans son poème, *La Police sous Louis XIV*, a pu dire :

> « L'astre du jour à peine a fini sa carrière,
> De cent mille fanaux l'éclatante lumière
> Dans ce grand labyrinthe avec ordre luit ».

L'historien, parlant en vile prose, compte à peu près six mille cinq cents lanternes garnies de chandelles, placées vers la fin du dix-septième siècle, une à chaque extrémité de rue, une autre au milieu, et un peu plus dans les rues d'une grande longueur. Ce système d'un éclairage bien primitif ne fut d'abord appliqué, par économie, qu'une partie de l'année : on ne descendait les lanternes et l'on n'allumait les chandelles que depuis le dernier quartier de la lune de septembre jusqu'au premier quartier de la lune d'avril (1).

*
* *

L'imprévoyance et l'ignorance des gouvernants, la difficulté des communications, l'avidité des spéculateurs, bien plus encore que les mauvaises saisons, amenèrent les disettes de 1662, 1692, 1699, 1709. La

pelle toujours la *Cour des Miracles:* dans la cour *Lanoy*, l'impasse de *l'Étoile*, le passage *Aubert*, les rues du *Nil, Sainte-Foy, Saint-Spire* et le cul-de-sac de la *Grosse-Tête*. Seuls, les truands ont disparu, remplacés par une fourmilière de laborieux artisans qui se bornent à faire des miracles dans d'ingénieuses industries, établies là sans grands frais.

(1) *Ordonnance de décembre* 1703. — Sur le rapport à nous fait par Anne Le Maistre, commissaire du quartier Saint-Denis, qu'il a reçu plusieurs plaintes de ce que quand les commis allument les chandelles des lanternes, ils sont poursuivis par plusieurs garçons de tous âges, qui soufflent les chandelles, les font tomber sur le pavé, cassent les lanternes à coups de pierres, mesme frappent et maltraitent lesdits commis; en sorte que si cette violence étoit tolérée, il leur seroit impossible de rendre le service qu'ils doivent au public... Après avoir ouï les gens du Roy en leur conclusion, nous avons fait très-expresses défenses d'inquiéter, molester dans leur exercice, par paroles, voies de fait ou autrement, les commis préposés pour allumer les chandelles dans les lanternes; à peine de prison et de cent livres d'amende; de laquelle amende les pères, mères, maistres demeureront civilement responsables pour leurs enfans, serviteurs et apprentifs... Ce fut fait et donné par Messire MARC-RENÉ DE VOYER DE PAULMY D'ARGENSON, chevalier, conseiller du Roy en ses conseils, etc.

L'ordonnance cy-dessus a esté lue et publiée à haute et intelligible voix, à son de trompe et à cry public, par moy, Marc-Antoine Pasquier, juré crieur ordinaire du Roy en la ville, prévosté et vicomté de Paris, y demeurant rue du Milieu-de-l'Hôtel-des-Ursins, accompagné de Louis Ambezar, Nicolas Ambezar et Claude Craponné, jurez trompettes, le 6 décembre 1703, à ce que personne n'en prétende cause d'ignorance, et affichée ledit jour.

PASQUIER.

(De l'imprimerie de Denis Thierry.)

Reynie obligea les accapareurs de province à apporter leurs blés à Paris ;
il fit construire à la hâte des fours dans la cour des Tuileries et fit vendre à la foule affamée du pain à moitié prix, *le pain du Roi*. Dans les
émeutes qui ensanglantèrent à plusieurs reprises la place Maubert, les
halles, le faubourg Saint-Antoine, on trouva, comme toujours, des
soldats aux gardes parmi les meneurs les plus dangereux. L'un fut pendu,
deux furent envoyés aux galères; quelques-uns, battus de verges. En
1709, aux horreurs de la famine se joignirent les souffrances d'un hiver
exceptionnel. « Le froid prit subitement la veille des Rois, et fut près
de deux mois au delà de tout souvenir. En quatre jours, la Seine fut
prise; à Versailles, soupant chez le duc de Villeroy, je vis des glaçons
tomber dans nos verres » (1). Les hommes gelaient dans les rues. Boileau écrivait à Brossette, le 15 mars : « Nous nous sentons de la famine
aussi bien que vous, et il n'y a pas de jour de marché où la cherté du
pain n'excite quelque sédition; mais on peut dire qu'il n'y a pas moins
de philosophie que chez vous, puisqu'il n'y a point de semaine où l'on
ne joue trois fois l'opéra avec une fort grande abondance de monde, et
que jamais il n'y eut tant de plaisirs, de promenades et de divertissements ».

Ces divertissements, on le devine, exaspéraient ceux qui crevaient de
faim. Le Dauphin, revenant de l'Opéra, fut entouré par des groupes de
femmes qui lui demandaient du pain; Mᵐᵉ de Maintenon fut poursuivie
dans son carrosse. La garnison fut doublée pour la sûreté des marchés,
et l'on n'imagina rien de mieux que de *défendre la mendicité*, en menaçant les hommes de les envoyer aux galères, les femmes de les fouetter et de les raser! On fit aussi une belle procession des pauvres des
Petites-Maisons et de toutes les paroisses, marchant quatre par quatre,
le chapelet à la main, tenus en laisse par leurs gardiens *armés de verges*, et suivis du clergé et des administrateurs de l'hôpital. Mᵐᵉ de Miramion, qu'on retrouve toujours bienfaisante dans les moments les plus
difficiles, fit distribuer une énorme quantité de riz. On ouvrit des ateliers; on fit aplanir une grosse butte qui restait encore entre les portes
Saint-Denis et Saint-Martin, en distribuant pour salaire du pain à ceux
qui voulurent s'y employer. D'Argenson montra dans ces circonstances
un vrai courage : il descendait de son carrosse, se mêlait aux attroupements, écoutait les femmes, les calmait par de bonnes paroles. Assiégé
dans une maison où le peuple voulait mettre le feu, il en fit ouvrir la
porte, se présenta à la foule, parla, et apaisa tout.

*
* *

L'édit de 1667, « portant création d'un lieutenant de Police », énumère
les obligations de nouveau magistrat, et dit formellement : *Il donnera
les ordres nécessaires en cas d'incendie* ».

D'Argenson fit plus, et chaque fois que, pendant sa magistrature, un

(1) Saint-Simon, *Mémoires*.

incendie éclata, il fut toujours l'un des premiers à accourir sur le lieu du sinistre, à diriger les secours et à exposer sa vie.

Quand le feu prit aux chantiers de bois de la porte Saint-Bernard, les gens du port, les soldats aux gardes, hésitaient à traverser l'espace envahi par les flammes. Le lieutenant général donna l'exemple, se jeta au milieu du brasier, se fit suivre des plus braves et arrêta les progrès de l'incendie. Il eut une partie de ses habits brûlés et resta plus de vingt heures sur pied.

En 1705, le feu éclata tout à coup dans la maison d'un artificier, située auprès du Petit-Saint-Antoine et atteignit bientôt l'église et les bâtiments voisins. On eut recours à l'invention, alors nouvelle, des pompes de Du Mouriez du Périer, et, grâce à leur emploi, on se rendit bientôt maître de l'incendie.

Jusque là c'étaient les charpentiers, les couvreurs et de bons pères *capucins*, qui combattaient les incendies avec le matériel le plus élémentaire : des pioches, des crocs, des échelles, des seaux et... de *grosses seringues!* Du Périer, qui, dans sa vie nomade de comédien (1), avait vu des essais de pompes à Strasbourg et en Hollande, obtint du Roi, le 12 octobre 1699, le privilège, valable pour trente ans, de faire construire des pompes de son invention, propres à éteindre le feu (2).

En 1705, le produit de la loterie de Saint-Roch, en date du 12 janvier, fut affecté à l'achat et à l'entretien de vingt de ces pompes, une par quartier.

*
* *

Par un édit du 31 mai 1675, Louis XIV ne conserva que les prisons de la *Conciergerie*, du *Grand* et du *Petit-Châtelet*, du *For-l'Évêque* du prieuré de *Saint-Martin-des-Champs*, de *Saint-Éloy*, de l'abbaye *Saint-Germain-des-Prés*, de l'*Officialité*, de *Sainte-Pélagie*, de la *Tournelle* et de la *Ville*. Déjà l'ordonnance criminelle de 1670 spécifiait que les prisons seraient disposées de telle sorte que la santé des prisonniers n'en pourrait souffrir; le Roi avait exigé à plusieurs reprises que le lieutenant général de Police les inspectât; qu'il dressât des listes exactes des détenus, et qu'il lui fît des propositions de mise en liberté.

Le For-l'Évêque menaçait ruine; son préau était trop petit pour les quatre à cinq cents prisonniers qui cherchaient à s'y promener; on les couchait dans des trous obscurs, au niveau de la rivière; ce n'étaient

---

(1) Voir sur Du Périer du Mouriez, laquais et ami de Molière, comédien, inventeur, financier, la curieuse brochure de M. GEORGES MONVAL.

La Ville de Paris a fait placer rue *Mazarine*, n° 30, une *inscription* qui rappelle que, dans cette maison, est mort, le 21 juin 1722, DU MOURIEZ DU PÉRIER, introducteur en France de la pompe à incendie et créateur du Corps des Pompiers de la Ville de Paris.

(2) Le 26 mars 1704, le feu prit au Palais des Tuileries dans un lieu tout proche de la salle des ballets et fut arrêté « par le moïen des pompes de ce comédien Dupérier qui dardent l'eau partout où il veut ». Lettre de Robert, procureur au Châtelet.

pourtant pas des criminels, mais des détenus pour dettes ou des coupables de fautes légères.

Le Grand et le Petit-Châtelet, — dont j'ai déjà parlé, — étaient encore plus malsains. On en était réduit, — par comparaison, — à trouver à peu près convenable la Conciergerie, qui, elle aussi, était au niveau de la Seine et manquait d'air et de lumière.

Les commissaires du Châtelet, chargés par le lieutenant de police de visiter les prisons, ne pouvaient pénétrer dans celles qui renfermaient des individus détenus par lettres de cachet, comme *Vincennes* et la *Bastille*, ou des aliénés comme *Bicêtre*.

Plus heureux que les délégués de la Reynie et de d'Argenson, nous pouvons soulever, au moins en partie, le voile sur ce qui se passait dans l'intérieur de la Bastille pendant cette période.

Les gouverneurs furent :

François de MONTLESUN de BESMAUX, du 10 avril 1651 jusqu'à sa mort, à l'âge de quatre-vingt-huit ans, dans la nuit du 17 au 18 décembre 1697. Il fut inhumé aux *Carmes déchaussés* de la rue de Vaugirard.

Bénigne d'AUVERGNE DE SAINT-MARS, du 18 septembre 1698 jusqu'à sa mort, à l'âge de quatre-vingt-deux ans, le 26 septembre 1708. Il fut inhumé à *Saint-Paul*, tout près de l'*homme au masque de fer*, comme si son rôle de geôlier devait se continuer au delà de sa vie. Il avait été le geôlier de Fouquet à Pignerol, et du *Masque de Fer* aux îles Sainte-Marguerite.

Charles FOURNIÈRE DE BERNAVILLE, du 12 novembre 1708 jusqu'à sa mort, à l'âge de soixante-quatorze ans, le 8 décembre 1718. Il fut inhumé le même jour aux Minimes.

Six mois après son arrivée, l'un de ses prisonniers, le comte de Bucquoy (1), parvint à s'évader. Bernaville s'excusa auprès de Pontchartrain et en fut quitte pour une réprimande.

En 1690, d'après le journal d'Étienne du Junca, lieutenant de Roi, la Bastille renfermait soixante-douze prisonniers et douze valets enfermés avec leurs maîtres. On comptait parmi eux : « Quelques officiers déserteurs, des espions, des séditieux, des libraires; une femme fabriquant des livres infâmes; cinq faux monnayeurs, des impies, des jansénistes, des protestants, ceux-là traités avec une grande rigueur, de 1685 à 1700 ».

M. de Sacy y passa environ deux ans, de 1666 à 1668, et y traduisit l'*Ancien Testament*. A la même époque, Pellisson y recevait « mille gens de qualité », dont Mlle de Scudéry et Bussy-Rabutin, et « en dépit

(1) Jean-Albert d'Archambaud, comte et abbé de Bucquoy, né en Champagne vers 1650, mort le 14 novembre 1740, soldat, trappiste, maître d'école à Rouen, fondateur d'ordre à Paris, pamphlétaire, enfermé à la Bastille d'où il s'échappa. Il erra en Hollande, en Suisse, en Allemagne et a laissé le récit d'une partie de ses aventures dans le livre intitulé : *Événements des plus rares*, 1719.

du gouverneur et des sentinelles », communiquait avec ceux de ses amis qui, sur le cours, correspondaient avec lui par signes.

Il y avait aussi des hôtes de passage : Messieurs de Créquy et de Saint-Aignan, qui vinrent là pendant quelques jours de 1661, parce qu'ils avaient « manqué de respect aux appartements du Roi » en échangeant entre eux des paroles trop vives. Dangeau lui-même, si soucieux de l'étiquette, y passa deux jours, à la suite d'une querelle de jeu, vidée entre lui et Langlée, « à coups de poing et de canne ».

Aux rêveries, tant de fois débitées à propos de l'*homme au masque de fer*, je me garderai bien d'ajouter les miennes, et je me bornerai à constater qu'il n'y eut pas à cette époque qu'un seul prisonnier dont le visage fût défendu contre des regards trop curieux par un masque, *non pas de fer, mais de velours*. Sur celui qui occupe encore les imaginations, laissons la Fable et n'oublions pas que l'Histoire ne nous a laissé que *trois* documents, pas un de plus, pas un de moins. Les voici :

1° « Du jeudy 18ᵐᵉ de septembre [1698], à trois heures après midy, M. de Saint-Mars, gouverneur du château de la Bastille, est arrivé pour sa première entrée, venant de son gouvernement des iles Sainte-Marguerite, amenant avec luy dans sa litière un ancien prisonnier qu'il avait à Pignerol, lequel il fait tenir toujours masqué, dont le nom ne se dit pas et qu'il a fait mettre dans la tour de la Basinière, puis à neuf heures du soir dans la troisième chambre seul de la tour de la Bertaudière, lequel prisonnier sera servy et soigné par M. de Rosargue, major » (1).

2° « Du lundy 19ᵐᵉ de novembre 1703, le prisonnier inconnu, toujours masqué d'un masque de velours noir que M. de Saint-Mars a mené avec luy des iles Sainte-Marguerite, s'étant trouvé hier un peu mal en sortant de la messe, il est mort ce jourd'huy, sur les dix heures du soir, sans avoir eu une grande maladie. Notre aumônier, M. Giraut, l'a exhorté un moment avant que de mourir, et ce prisonnier inconnu, gardé depuis si longtemps, a esté enterré le mardy, à quatre heures de l'après-midi, 20ᵐᵉ novembre, dans le cimetière Saint-Paul, notre paroisse; sur le registre mortuel, on a donné un nom aussi inconnu, que M. de Rosarges, major, et Arreil, sirurgien, ont signé. »

Et à la marge : « J'ai appris depuis qu'on l'avait nommé sur le registre Monsieur de Marchiel, et que on a payé 40 livres d'enterrement » (2).

3° *Tableau statistique dressé par le major* CHEVALIER :

Noms et qualités : L'ancien prisonnier de Pignerol, dont on ne dit pas le nom. Obligé de porter toujours un masque de velours noir.

Date d'entrée : Amené par M. de Saint-Mars lorsqu'il est venu prendre possession du gouvernement.

Date de sortie : Mort le 19 novembre 1703.

Motifs de la détention : On ne l'a jamais su, non plus que son nom.

Observations : C'est le fameux homme au masque que personne n'a jamais connu. Il estoit traité avec grande distinction par M. de Rosarges, major, qui seul en avoit soin. Il n'a point esté malade que quelques heures; mort comme subitement, enterré à Saint-Paul, le mardi 30 novembre 1703, à 4 heures après midy, sous le nom de Marchiergues.

Nota. Il a esté ensevely dans un drap blanc neuf qu'a donné le gouverneur, et généralement ce qui fut trouvé dans sa chambre a esté bruslé, comme son lit, chaise, table et autres ustensiles, ou fondu et jeté dans les latrines ».

Et c'est tout!

(1) Extrait du *Journal* de Du Junca.
(2) Extrait du *Journal* de Du Junca.
Voir dans l'Histoire générale de Paris, LA BASTILLE, par Fernand Bournon.

Les voyageurs de retour d'Orient nous firent connaître le *café* dès la première moitié du dix-septième siècle. Il coûtait quarante écus la livre quand Thévenot, de retour à Paris en 1658, régala ses amis de l'aimable liqueur. L'ambassadeur de Turquie, Soliman-Aga-Mutefaruca. le mit à la mode, en 1669, pendant son séjour à Versailles et à Paris. Bientôt des Levantins, marchands ambulants, ceints d'une serviette blanche, portant devant eux dans un éventaire de fer blanc tous les ustensiles nécessaires, le crièrent dans nos rues, à deux sous la tasse. L'Arménien Pascal tint quelque temps une baraque à la foire Saint-Germain. puis vint s'établir dans une boutique du quai de l'École. L'Italien François Procope débuta également à la foire, passa par une boutique de la rue de Tournon, et vint enfin se fixer dans un local, admirablement choisi rue des Fossés-Saint-Germain, en face de la Comédie Française, arborant cette enseigne singulière : *Au Saint-Suaire-de-Turin* (1). De 1690 à 1714, cent cinquante limonadiers achetèrent le droit de maîtrise. Leurs établissements. décemment tenus. remplacèrent peu à peu les cabarets en renom où les gentilshommes allaient s'enivrer. Dans les nouveaux cafés, véritables salons, les gens de lettres prirent l'habitude de se réunir pour causer de tout. Les plus célèbres furent le café de Procope, rue des Fossés-Saint-Germain, en face la Comédie Française, puis ceux de la veuve Laurent, rue Dauphine ; de la veuve Fournier, rue Saint-Antoine ; de Poincelet, à l'enseigne du *Parnasse,* sur le quai de l'Ecole ; de la place du Palais-Royal, qui devint plus tard café de la *Régence* et existe toujours près du lieu de sa naissance ; un autre encore qui subsiste également, à la descente du Pont-Marie, à l'angle de la rue des Nonnains-d'Hyères et du quai des Célestins.

L'autorité prit ombrage de ces petits comités où l'on commençait à parler, non seulement des lettres, mais des affaires publiques avec une grande liberté ; le 27 décembre 1685, Seignelay écrivait à la Reynie :

« Le Roy a esté informé que dans plusieurs endroits de Paris, où l'on donne à boire du café. il se fait des assemblées de toutes sortes de gens, et particulièrement d'estrangers, sur quoy Sa Majesté m'ordonne de vous escrire de m'envoyer un mémoire de tous ceux qui en vendent et vous demander si vous ne croiriez pas qu'il fust à propos de les empescher à l'avenir ».

Cette lettre ne paraît pas avoir eu de suites et aucun café ne fut fermé.

« Pascal, dit Sainte-Beuve, a entrevu les *omnibus.* » Pascal a fait bien plus, il les a créés, et nous les lui devons, sans le savoir, pour la

---

(1) Le *café Procope* est toujours florissant, rue de l'Ancienne-Comédie ; on y montre la table devant laquelle s'asseyait Voltaire, et les portraits de Jean-Jacques, de Mirabeau, de Piron, de d'Alembert, etc.

plupart. C'est certainement lui qui était l'inventeur dans la combinai-
son des *carrosses à cinq sous*, pour lesquels le duc de Roannez, le
marquis de Sourches, grand prévôt de l'hôtel, et le marquis de Crenan
obtinrent des lettres patentes du Roi en janvier 1662.

Le 18 mars de cette année, l'inauguration de la première ligne, *Bas-
tille-Luxembourg*, eut lieu « avec une pompe et un éclat merveilleux ».
Trois carrosses partirent de la porte Saint-Antoine et quatre du Luxembourg, de demi-quart d'heure en demi-quart d'heure. Au premier départ, deux commissaires et des archers distribuèrent aux cochers des
casaques bleues, aux armes du Roi et de la Ville sur la poitrine. Les
commissaires exhortèrent les bourgeois à leur prêter main-forte au besoin, et déclarèrent « à tout le petit peuple que si l'on faisoit la moindre
insulte, la punition seroit rigoureuse ». Mais la chose fut si bien conduite, qu'il n'arriva pas le moindre désordre et que ces carrosses-là
marchèrent aussi paisiblement que les autres.

« Le premier et le second jour, raconte la sœur de Pascal, Madame
Périer, le monde était rangé sur le Pont-Neuf et dans toutes les rues
pour voir passer les voitures, et c'étoit une chose plaisante que tous
ces artisans qui cessoient leur ouvrage pour les regarder, en sorte que
l'on ne fit rien le samedy sur toute la route, comme si c'eust esté une
feste. La commodité de ces carrosses paraissoit si grande que chacun
les souhaitoit dans son quartier ».

Ce succès décida à ouvrir d'autres lignes : le 11 avril, *Saint-Roch-
Bastille*, par la rue Saint-Honoré; — le 22 mai, *Pointe-Saint-Eustache-
Luxembourg*; — le 5 juillet, *rue de Poitou-Luxembourg*.

Les voitures contenaient huit voyageurs assis (1); elles touchaient
barre au point *terminus* et retournaient sans retard à leur point de départ par le même chemin. On pouvait monter et descendre sur tous
les points du parcours. Le prix de la course était de cinq sous (2), que
l'on payait au petit laquais faisant l'office du conducteur moderne. Tout
comme de nos jours, la place manquait souvent et les voitures passaient
complètes! « J'attendis à la porte de Saint-Merry, dans la rue de la
Verrerie, dit encore Mᵐᵉ Périer, ayant grande envie de m'en retourner
en carrosse, parce que la traite est un peu longue de là chez mon
frère (3); mais j'eus le déplaisir d'en voir passer cinq devant moi, tous
pleins; et pendant ce temps-là, j'entendois les bénédictions qu'on donnoit aux auteurs d'un établissement si utile au public. Ce n'est pas sept
carrosses qu'il auroit fallu, criait chacun; il n'y en a point pour la moitié du monde; il falloit y en avoir mis pour le moins vingt! »

La haute bourgeoisie et même la noblesse ne dédaignèrent pas de

---

(1) On avait utilisé les magnifiques voitures de Mazarin, vendues après sa mort,
et l'on avait enlevé les velours et les broderies d'or et d'argent.

(2) Le prix fut porté à six sous, au bout de deux ans. Un placard annonçait que,
pour empêcher la longueur des changements de monnaie, on ne prendrait pas
l'or.

(3) Pascal demeurait alors (le 4 avril) « hors et proche la porte Saint-Michel, paroisse Saint-Cosme ». Ses souffrances redoublant, il alla mourir chez sa sœur, le
19 août, rue Neuve-Saint-Étienne-Saint-Michel (aujourd'hui rue *Rollin*).

monter dans ces voitures honorées de la protection royale. Des maîtres des comptes, des conseillers, ne craignirent pas de s'en servir pour se rendre au palais; le duc d'Enghien y monta quelquefois, ainsi que d'autres gentilshommes; et un arrêté du Parlement défendit « à tous soldats, pages, laquais et autres gens de livrée, manœuvres et gens de bras d'y entrer, pour la plus grande commodité et liberté des bourgeois ».

Les conséquences de cette défense furent déplorables : les laquais et la populace ne tardèrent pas à suivre les voitures à coups de pierres; un cocher fut blessé et couvert de sang. Le lieutenant civil d'Aubray menaça inutilement les perturbateurs de la peine du fouet « et de plus grande punition s'il y échoit. »

La vogue ne dura pas; l'élévation du prix des places fut-elle la cause de l'insuccès final? La mort prématurée de Pascal jeta peut-être le trouble parmi ses associés? « Toujours est-il, dit Sauval, que trois ou quatre ans après leur établissement, l'usage de ces carrosses fut si méprisé qu'on ne s'en servit presque plus ».

* * *

Par un édit de février 1674, le Roi supprima toutes les anciennes justices féodales qui entravaient la marche de la justice royale dans la ville et les faubourgs et les réunit au *Châtelet*, tout en écoutant les doléances des seigneurs hauts justiciers, ainsi lésés, et en accordant à quelques-uns de grands dédommagements.

Il y avait encore seize justices féodales ecclésiastiques : celle de l'*Archevêque*, au For-l'Évêque; de l'*Officialité*; du *Chapitre de Notre-Dame*; des chapitres de *Saint-Merri*, *Saint-Benoît* et *Saint-Marcel*; des Abbayes de *Saint-Germain-des-Prés*, *Sainte-Geneviève*, *Saint-Magloire*, *Saint-Victor*, *Saint-Antoine-des-Champs*, et des Prieurés du *Temple*, de *Saint-Martin-des-Champs*, de *Saint-Denis-de-la-Chartre*, de *Saint-Éloi* et de *Saint-Lazare*.

Le Roi apaisa l'archevêque par le titre de *duc et pair*, avec une rente de 6000 livres; les abbés de Saint-Martin et de Saint-Germain furent peu après rétablis dans la plupart de leurs droits.

La réunion de toutes ces justices exigea la création au Châtelet d'un nouveau siège présidial composé d'un prévôt, un lieutenant civil, un lieutenant de police, un lieutenant criminel, un conseiller honoraire, trente-quatre conseillers; deux avocats et un procureur du roi; un juge auditeur, dix-neuf commissaires, cent procureurs; onze huissiers audienciers; un médecin, un chirurgien; soixante huissiers à cheval, soixante sergents à verge, douze sergents-gardes du prévôt; un concierge, un greffier, des receveurs et payeurs de gages et d'épices et un nombre suffisant de greffiers, clercs et commis.

* * *

Aux seize anciens *quartiers* de Paris, Louis XIII en avait ajouté un, en 1642, le *Faubourg Saint-Germain*.

Ces divisions étant très inégales, plusieurs *quartiers* contenant à peine dix ou douze rues, alors que d'autres en comptaient plus de soixante. Louis XIV, par une Déclaration du 14 janvier 1702, créa trois nouveaux quartiers, le *Palais-Royal*, le *Luxembourg*, et *Montmartre*, ce qui porta à vingt le nombre total des quartiers, nombre que nous ne verrons plus varier jusqu'en 1791.

En voici les noms :

1 Cité.	8 Les Halles.	15 Saint-Antoine.
2 Saint-Jacques de la Boucherie.	9 Saint-Denis.	16 Place Maubert.
3 Sainte-Opportune.	10 Saint-Martin.	17 Saint-Benoît.
4 Le Louvre.	11 La Grève.	18 Saint-André.
5 Le Palais-Royal.	12 Saint-Paul.	19 Le Luxembourg.
6 Montmartre.	13 Sainte-Avoye.	20 Saint-Germain-des-Prés.
7 Saint-Eustache.	14 Le Temple.	

L'édit se terminait par ces mots :

« ORDONNE SA MAJESTÉ que dans chacun des vingt quartiers ci-dessus divisés, les *Commissaires du Châtelet* seront distribués par le lieutenant général de Police, pour y faire exécuter les Ordonnances et Règlemens, et y maintenir l'ordre public; — *ordonne en outre* que pareille distribution des vingt *Quartiniers* sera faite dans les mêmes quartiers par le Prévôt des marchands et les échevins » (1).

Les principaux agents du lieutenant civil et plus tard du lieutenant général de Police furent toujours les *Commissaires* du Châtelet, *Adjutores*: — les *yeux* des magistrats, *oculi magistratuum*. Il y en avait deux, trois, même quatre par quartier, selon l'importance de leur circonscription; cinquante-cinq pour tout Paris en 1674.

Louis XIV, sachant combien les commissaires avaient été maltraités pendant les troubles de la Fronde et combien il importait à la tranquillité de la ville que leurs fonctions fussent respectées, les rétablit en 1668 dans trois de leurs anciennes prérogatives : 1° Se qualifier conseillers du Roi; — 2° Parler tête couverte aux audiences; — 3° Droit de vétérance après vingt ans de service. Il leur confirma leur droit de *franc salé* (2); la continuation de leurs privilèges à leurs veuves, une pension de retraite la même pour tous de droit, et l'espoir de gratifications en rapport avec les services rendus.

Les fonctions de ces utiles auxiliaires, concernaient les *Vivres*, la *Religion*, les *Mœurs*, l'*hygiène* et la *sécurité* de la Cité.

Ils devaient visiter les marchés et assurer l'abondance des approvisionnements;

Tenir la main à ce que les dimanches et fêtes fussent scrupuleusement observés; les cabarets et jeux de paume, fermés pendant le service divin; les boucheries fermées en carême; les rues tendues des plus belles tapisseries dont disposaient les habitants pendant les processions;

---

(1) Voir le *plan*, à la fin du volume.
(2) *Franc-salé*, privilège de prendre une provision de sel déterminée sans payer d'impôt.

Saisir les libelles contre l'État, les déférer au Parlement, et, après leur suppression, les faire déchirer et mettre au pilon;

Découvrir et détruire de même les ouvrages contre les bonnes mœurs;

Interdire les réunions de ceux de la Religion prétendue réformée;

Empêcher le port des armes, cannes, bâtons, pistolets, baïonnettes; interdire la mendicité et le vagabondage; surveiller les tabagies, les auberges; défendre aux cabaretiers et limonadiers de retenir personne chez eux après huit heures du soir en hiver, et dix heures en été;

Tenir leur maison toujours ouverte, — surtout la nuit! — comme un port et un refuge assurés à tous ceux qui sont en quelque péril.

Enfin :

« Que rien ne se passe qui ne soit de leur compétence. Si un accident arrive; si une injure est proférée; si une violence, un vol, un homicide, un sacrilège sont commis; que la première pensée qui tombe dans l'esprit, soit d'avoir recours au Commissaire! »

*
* *

La milice parisienne se composait de cent trente-trois compagnies dont les colonels avaient toujours été choisis parmi les personnages les plus qualifiés de la ville. Les autres officiers avaient exercé jusque-là leurs pouvoirs en vertu de commissions délivrées par le prévôt des marchands.

Le Roi, toujours à court d'argent, révoqua en septembre 1703 toutes ces commissions et les érigea en titres d'offices héréditaires, à raison d'un lieutenant colonel et un major dans chacun des vingt quartiers, et d'un capitaine, un lieutenant et un enseigne pour chacune des 133 compagnies. Il attribua aux vingt lieutenants colonels et aux vingt majors la qualité d'écuyer pendant leur vie, à condition qu'ils ne tiendraient pas boutique ouverte. Il leur donna de plus à chacun un demi-minot de sel de franc-salé et le droit de *committimus* (1) au petit sceau, avec l'exemption du ban, de l'arrière-ban, du droit de francs-fiefs (2), du logement des gens de guerre, de tutelle, curatelle et autres charges publiques. Un échevin, sur deux, les conseillers et les quarteniers, devaient être pris parmi les lieutenants colonels, les majors ou les capitaines; les dizainiers ou cinquanteniers devaient avoir été au moins lieutenants ou enseignes.

(1) Privilège d'évoquer les affaires aux requêtes du Parlement de Paris. — Le *Committimus* du grand sceau s'étendait à tous les parlements de France.

(2) C'est le droit pour les roturiers d'acquérir un fief noble moyennant redevance. Les bourgeois de Paris regardaient comme un honneur et même une espèce d'anoblissement ce droit, même en le payant fort cher.

*
* *

VII. — ENSEIGNEMENT.

Les collèges de plein exercice, à la fin du dix-septième siècle, étaient au nombre de douze : *Louis-le-Grand* et le *Plessis*, rue Saint-Jacques; — *Navarre* et *La Marche*, rue de la Montagne-Sainte-Geneviève; — *Montaigu*, rue des Sept-Voies; — *Harcourt*, rue de la Harpe; — *Beauvais* et *Presles*, rue Saint-Jean-de-Beauvais; — *Lisieux*, rue Saint-Étienne-des-Grès; — Les *Grassins*, rue des Amandiers; — le *Cardinal Lemoine*, rue Saint-Victor, et les *Quatre-Nations*, Quai de Nesle.

Le plus florissant de tous était celui des *Jésuites*, qui avaient laissé le nom de *Clermont* pour s'emparer de celui de *Louis-le-Grand* (1), un fétiche qui devait leur porter bonheur. Ils avaient la clientèle de la haute bourgeoisie et de la noblesse; chez eux, l'on rencontrait les *Montmorency*, les *Rohan*, les *La Trémouille*, les *Luxembourg*, les *Duras*, les *Mortemart;* leur maison renfermait trois cents maîtres et professeurs, une centaine de domestiques et, en 1688, six-cent-cinquante pensionnaires dont les plus riches avaient chacun une chambre particulière, un précepteur et un laquais. Chaque soir de rentrée, après les congés, les avenues du collège étaient obstruées par les équipages de ces fils de famille, qui descendaient de voiture, l'épée au côté (2).

Pendant que les collèges de l'Université, esclaves des traditions, se refusaient à tout changement dans leur programme vieilli, et proscrivaient les arts d'agrément comme mondains, les Pères, — bien autrement habiles, — enseignaient, ou faisaient enseigner à Louis-le-Grand, le dessin, la musique, la danse, l'histoire naturelle, la chimie, la physique, l'astronomie, la déclamation, le maintien, l'escrime, l'équitation, et ils avaient la vogue, malgré le dur monopole de l'Université, qui refusait la collation des grades aux élèves étrangers à ses cours (3).

Au-dessous de ces douze grands collèges, végétaient dans une décadence complète, n'ayant plus qu'une existence nominale et ne parvenant même pas à entretenir leurs boursiers, les collèges, jadis célèbres,

(1) En 1674, ils invitèrent le Roi à une distribution de prix, agrémentée selon leur coutume d'une représentation théâtrale, d'un ballet et d'un feu d'artifice, et, comme le prince avait laissé percer une satisfaction visible en disant, ou à peu près : *C'est vraiment mon collège*, les Pères, empressés à profiter de tous leurs avantages, firent remplacer dans la nuit même la vieille inscription *Collegium Claromontanum Societatis Jesu*, par celle-ci *Collegium Ludovici Magni*. En 1682, cette appellation devint définitive et officielle.

(2) Ils devaient pourtant déposer ces épées, en entrant, sous la voûte de la grande porte, dans une chambre à droite, qui a depuis servi de vestiaire aux professeurs. En échange, on leur remettait un jeton de bois qui leur servait à reprendre l'épée à la prochaine sortie.

(3) En 1677, mandement du Recteur, rappelant que les élèves des établissements particuliers doivent suivre les classes des collèges agrégés à l'Université, ou qu'ils ne seront pas reçus aux grades. — Exception pour quelques familles notables qui ont des précepteurs. — En 1698, *ordonnance* dans le même sens.

d'*Arras*, d'*Autun*, de *Bayeux*, de *Boissy*, des *Bons-Enfants*, de *Bour-gogne*, de *Cambray*, des *Cholets*, de *Cornouailles*, de *Dainville*, des *Dix-huit*, de *Fortet*, d'*Huban*, de *Justice*, de *Laon*, du *Mans*, de *Maître-Gervais*, de *Narbonne*, de *Reims*, de *Sainte-Barbe*, de *Saint-Michel*, de *Séez*, de *Tours*, de *Tréguier*, et du *Trésorier* (1).

Çà et là, dans Paris, des maîtres particuliers couvraient les murs de placards annonçant qu'en trois mois leurs élèves connaîtraient à fond latin, grec, arts, sciences, *et cœtera*. M. du Roure, *au Palais, rue Neuve de Lamoignon*, enseignait à la fois grammaire, rhétorique, philosophie, mathématiques, théologie, jurisprudence, médecine *et autres* sciences. Les pensions de ce genre abondaient au faubourg Saint-Antoine, dans les rues de la *Roquette*, de *Charonne*, de *Montreuil*, de *Charenton*, de *Reuilly*, de *Picpus* (2). Ils cherchaient à échapper à la juridiction, de l'Université, en prétendant qu'ils ne tenaient pas école, et qu'ils ne faisaient que *répéter* des écoliers fréquentant les classes des collèges, et ils en envoyaient, en effet, quelques-uns pour voiler la vérité.

Les recteurs de cette période, en faisant leur inspection dans les collèges, y auraient trouvé comme élèves :

A *Louis-le-Grand* : les jeunes Dancourt, Arouet, Cideville, Pont de Veyle, d'Argenson, Richelieu, Crébillon, La Motte-Houdart, Hénault, J.-B. Rousseau, d'Antin, Grammont, Rohan, Villars, Montmorency, Boufflers, Brancas, Titon du Tillet, etc.

à *Beauvais* : Fréret, Louis Racine.

à la *Marche* : Evariste Ghérardi, Seignelay, Grégoire de Challes.

aux *Bons-Enfants* : Michel Félibien.

au *Plessis* : Rollin (3), de Noailles, Fénelon.

à *Harcourt* : Prévost, le futur auteur de Manon ; Louis-Élie Dupin, Melchior de Polignac.

à *Chanac* : Dubois.

(1) Tous réunis à *Louis-le-Grand*, devenu le siège de l'Université, en 1763, comme nous le verrons plus tard.

Il n'y avait guère que les Petites Écoles de Port-Royal où les châtiments corporels fussent inconnus. Dans tous les collèges, et particulièrement chez les Jésuites, un *fouetteur* était chargé d'administrer aux élèves un certain nombre de coups de fouet ou de verge, suivant la faute commise.

(2) Le maître d'école Vanden Enden, que nous avons vu pendu comme complice du chevalier de Rohan, tenait une pension du côté de la rue Picpus.

Le marquis de Dangeau et son frère l'abbé avaient ouvert rue de Charenne, vis-à-vis les Filles-de-la-Croix, une *Académie* pour vingt gentilshommes et quelques pensionnaires bourgeois, parmi lesquels on trouve, en 1713, le petit Duclos, alors âgé de neuf ans.

(3) Rollin naquit à Paris, d'un père coutelier, le 30 janvier 1661, sans doute dans le quartier des Blancs-Manteaux. Il fut élevé au collège des Dix-huit, puis au collège du Plessis. En 1683, à peine âgé de vingt-deux ans, il y remplaçait son maître Hersant dans la chaire de seconde, puis dans celle de rhétorique. En 1688, il est professeur d'éloquence au Collège de France. Vers 1690, il vit dans la retraite et se consacre à ses travaux littéraires. Il est nommé recteur en 1694; coadjuteur du collège de Beauvais en 1699. Soupçonné, ou plutôt convaincu d'attachement au jansénisme, il est disgracié en 1713, mais il est élu recteur, pour la seconde fois, en 1720. Le *Traité des Études* est de 1726. L'*Histoire ancienne* parut de 1730 à 1738. Rollin est mort le 14 septembre 1741, dans la rue *Neuve-Saint-Étienne-Saint-Marcel*, qui porte aujourd'hui son nom.

aux *Dix-huit* : Rollin.

aux *Quatre-Nations* : Destouches, Hénault, de l'Isle, Helvétius, Niceron. Evariste Ghérardi, Crébillon.

à *Sainte-Barbe* : Lebeau.

au *cardinal Lemoine*, André d'Ormesson.

Les deux millions de capital et le revenu de quatre-vingt mille livres légués par Mazarin avaient permis de fonder le collège des Quatre-Nations dans des conditions de magnificence inconnues jusque-là (1). Il devait d'abord être divisé en deux parties : un *Collège* recevant soixante écoliers nobles de Pignerol, d'Alsace, de Flandre, de Roussillon, et une *Académie* destinée à compléter l'instruction du collège par une éducation noble, équitation, escrime et danse. Le droit de choisir les élèves appartenait à l'aîné de la famille du fondateur.

Mazarin léguait à l'établissement sa bibliothèque, l'une des plus belles du monde, à la condition qu'elle serait ouverte au public deux fois par semaine.

L'Université n'agréa le nouveau collège qu'en modifiant profondément les intentions du Cardinal (2). Le Principal et les Professeurs durent être pris dans l'Université, ce qui excluait les Théatins, désignés dans le testament. On n'y enseigna ni l'équitation, ni l'escrime, ni la danse, les quatre facultés ayant repoussé avec horreur *gladiatores et saltatores*.

La pensée de Mazarin ne fut pas comprise. Il avait voulu fonder un établissement consacré à la noblesse, et où l'on enseignerait tout ce qui était alors nécessaire à des gentilshommes destinés exclusivement à l'état militaire. Les grandes familles n'envoyèrent pas leurs enfants à l'établissement ainsi altéré par l'Université.

L'ouverture des classes eut lieu à la Saint-Remy d'octobre 1688. Les candidats, âgés de dix ans au moins, de quinze ans au plus, devaient prouver quatre degrés de noblesse paternelle et professer la religion catholique. Chaque écolier avait sa chambre, meublée d'un lit, d'une table et trois chaises de paille. Les repas étaient servis dans de l'argenterie aux armes du cardinal Mazarin. Les élèves étaient tous boursiers, c'est-à-dire nourris, logés et instruits aux frais de la fondation ; ils apportaient leur trousseau, mais ils recevaient chacun cent livres par an pour l'entretien de leurs habits et de leur linge.

IX. — AFFAIRES RELIGIEUSES.

ROME. — LE ROI. — L'ÉGLISE.

De 1661 à 1715, *sept papes* :

ALEXANDRE VII, qui fut obligé, en 1662, d'envoyer son propre neveu

(1) Voir page 442 ce qui concerne l'édification des bâtiments.

(2) Elle exigea avant tout la fermeture du théâtre que la troupe de Molière venait d'ouvrir à proximité, rue Mazarine, vis-à-vis la rue Guénégaud, les règlements de la Faculté des arts interdisant un pareil voisinage.

à Paris s'excuser auprès de Louis XIV des insultes faites à notre ambassadeur. Ce n'est qu'à ce prix qu'il recouvra Avignon, que déjà le Roi avait fait saisir. — CLÉMENT IX, qui mourut au moment où il croyait avoir établi en France *la Paix de l'Église*. — CLÉMENT X, élu à plus de quatre-vingts ans. — INNOCENT XI, adversaire acharné de Louis XIV pendant les treize années de son pontificat (1), de 1676 à 1689. — ALEXANDRE VIII, qui, plus conciliant que son terrible prédécesseur, obtint la restitution d'Avignon, une seconde fois confisqué. — INNOCENT XII (1691-1700), continuateur de cette politique de ménagements; il subit les édits de Louis XIV sur la *régale*, et, cédant aux instances de Bossuet, il condamna l'ouvrage de Fénelon, les *Maximes des saints*. — CLÉMENT XI (1700-1721), auteur de la déplorable bulle *Unigenitus*, qui, en condamnant cent et une *propositions* du Père Quesnel, jeta le trouble en France pendant près d'un demi-siècle.

A Paris, dans le même temps, *trois archevêques* :

HARDOUIN DE PÉRÉFIXE (1662-1671), pauvre précepteur de Louis XIV, pauvre historien de Henri IV, ridicule persécuteur des religieuses de Port-Royal, au demeurant le meilleur homme du monde (2). — HARLAY DE CHANVALLON (1671-1695), prélat trop aimable et trop aimé des dames de la cour : *Formosi pecoris custos*, avait-il dit à une députation de dames: — *formosior ipse*, osa lui répondre une d'elles, aussi libre avec le prélat que familière avec la langue de Virgile; aussi crut-il indispensable de racheter aux yeux du monde le libertinage de ses mœurs par sa dureté envers les protestants. Deux bagatelles, selon Mme de Sévigné, rendaient son *oraison funèbre* difficile à faire : « Sa vie et sa mort (3) ». — LOUIS-ANTOINE, cardinal de NOAILLES (1695-1729),

---

(1) Ce fut un duel furieux entre ces deux orgueilleux potentats, dignes l'un de l'autre. L'éternelle querelle des *franchises* recommença. Le pape voulut en finir avec cet abus séculaire qui faisait de chaque palais, *et même du quartier* d'un ambassadeur, un lieu d'asile pour les malfaiteurs les plus dangereux. Le marquis de Lavardin, notre ministre, refusa de céder, entra dans Rome à la tête d'une petite armée de huit cents hommes et se fit excommunier; le Roi fit arrêter le nonce à Paris et saisit Avignon. — Louis XIV étendit les droits de *régale* à diverses provinces du Midi : des évêques résistèrent et le pape les soutint. L'Assemblée du Clergé de France proclama les libertés de l'Église gallicane; le pape fit brûler ignominieusement ses décisions. Le Parlement supplia le Roi d'en appeler du pape à un concile général. De part et d'autre, les querelles continuèrent; j'en passe et des meilleures.

(2) Voici un curieux exemple du tact que ce singulier archevêque montrait dans les discussions où il se commettait avec les religieuses, et où il n'avait jamais le dernier mot. S'adressant à la mère de Ligny, abbesse de Port-Royal : « Taisez-vous, lui dit-il; vous n'êtes qu'une petite opiniâtre et une superbe qui n'avez point d'esprit; vous vous mêlez de juger des choses à quoi vous n'entendez rien; vous n'êtes qu'une *petite pimbêche*, une petite sotte, une petite ignorante qui ne savez ce que vous voulez dire; il ne faut que voir votre mine pour le reconnaître : on voit tout cela sur votre visage! »
Racine connaissait certainement l'anecdote, et peut-être lui suggéra-t-elle le singulier nom qu'il donna à sa comtesse dans les *Plaideurs*? La pièce est de 1668; la petite scène de Péréfixe, de 1665.

(3) On connaît la lettre de Fénelon au Roi, en 1692 : « Vous avez un archevêque corrompu, scandaleux, incorrigible, ennemi de toute vertu et qui fait gémir tous

prêtre d'une piété exemplaire, apportant avec lui de l'évêché de Châlons à l'archevêché de Paris « son innocence baptismale ». Il ne trouva pas dans la capitale la tranquillité dont il avait joui jusqu'alors dans sa province. Les Jésuites ne lui pardonnèrent jamais qu'il eût été choisi sans l'avis du Père de la Chaise. Quelques contradictions dans les décisions théologiques qu'il fut amené à prendre; la suppression de Port-Royal. qu'il eut la faiblesse de permettre, lui attirèrent l'animosité des Jansénistes, tandis que son opposition à la bulle *Unigenitus* irritait contre lui Louis XIV, qui le tint désormais à l'écart et mourut sans avoir voulu le revoir.

Auprès du Roi, dans le même temps, *quatre confesseurs*, tous les quatre *jésuites* de la Maison professe de la rue Saint-Antoine (1) :

Le Père FRANÇOIS ANNAT (1653-1670). de son vrai nom et en bon français, *François Canard*, surnommé le *Marteau de l'hérésie janséniste*, parce qu'il fit déclarer dans l'Assemblée du Clergé de 1661 que *les cinq propositions sont dans Jansénius*. Ce saint homme eut encore la douce satisfaction de faire expulser la grand Arnauld, mais il ne put réussir à empêcher la conclusion de la *Paix de l'Église*, due à Clément IX. Il en mourut (2). — Le Père Jean FERRIER (1670-1674), estimé de ses rares ennemis et aimé de Boileau. — Le Père DE LA CHAISE (1675-1709), qui régna trente-quatre ans, « juste, droit, sensé, poli et modeste, fort ennemi de la délation. facile à revenir quand il avait été trompé : il ne voulut jamais pousser Port-Royal jusqu'à la destruction, et il ménagea toujours le bon, mais faible cardinal de Noailles ». Quand Saint-Simon parle ainsi d'un jésuite. on peut l'en croire sur parole. — Le Père MICHEL TELLIER (1709-1715), « fils d'un pauvre paysan de Basse-Normandie, sans parents, sans amis », ainsi qu'il s'en vanta luimême au Roi, dès sa première entrevue (3). Ce paysan si humble n'en était pas moins alors Provincial de son Ordre, et il ne tarda pas à se dévoiler « grossier, entêté fanatique farouche, profondément faux et trompeur ». Nommé le 21 février, dès la fin d'octobre il obtenait la suppression de Port-Royal-des-Champs, qu'il faisait saccager comme une place prise d'assaut. Louis XIV hésitant à lever de nouveaux impôts.

les gens de bien. — Vous vous en accommodez parce qu'il ne songe qu'à vous plaire par ses flatteries ».

(1) Où ils sont inhumés dans les caveaux de l'église Saint-Paul-Saint-Louis.

(2) Le Père Annat est l'auteur d'un des plus singuliers pamphlets du temps. *Le Rabat-joie des Jansénistes, ou Observations sur le miracle qu'on dit être arrivé à Port-Royal.*

(3) Fagon, premier médecin, et Bloin, premier valet de chambre du Roi, placés dans un coin de la salle, furent les témoins inaperçus de cette première entrevue. « Fagon, qui observait jusqu'à n'en rien perdre, la physionomie du personnage, ses courbettes et ses propos, se tourna en dessous à Bloin : *Monsieur*, lui dit-il en lui montrant le jésuite, quel sacré...! »

L'anecdote est de Saint-Simon, et le lecteur est libre de compléter comme il l'entendra l'exclamation de Fagon.

Les confesseurs des rois tenaient au courant la *feuille des bénéfices*, c'est-à-dire la liste des bénéfices vacants et de ceux qui y prétendaient. Ils avaient naturellement la plus grande influence sur la distribution de ces faveurs.

Tellier calma ses scrupules en lui disant, au nom des plus habiles docteurs de la Sorbonne, que « le Prince est le vrai propriétaire de tous les biens du royaume ». Il raniina les persécutions contre les protestants et arracha au pape Clément XI la bulle *Unigenitus*, instrument de nouvelles discordes. Louis XIV mourut à temps, au moment même où son confesseur voulait lui faire violenter le Parlement, suspendre d'Aguesseau et arrêter le cardinal de Noailles.

Dans la chapelle de Versailles, dans les paroisses et les communautés de Paris, des *prédicateurs* attiraient la cour et la ville aux bonnes fêtes, aux vêtures, aux obsèques des grands personnages (1) :

SÉNAULT, MASCARON, BOURDALOUE, BOSSUET, FLÉCHIER, FÉNELON, SÉRAPHIN, Jean de LA ROCHE ne survécurent pas au grand règne; MASSILLON, les Pères GAILLARD, de LA RUE prêchèrent jusque sous Louis XV. Parmi eux surgissent :

BOURDALOUE, « le premier modèle des bons prédicateurs en Europe », le moraliste qui tend toujours au vrai et au solide, plutôt qu'au brillant et au sublime; — BOSSUET, *grandis et tragicus orator*, qui donne à son style une énergie telle que notre idiome semble se transformer quand il parle; — FÉNELON, dont nous ne possédons que deux sermons, — tous les deux admirables, parce qu'il avait pour maxime de ne pas les écrire et qu'il se fiait à sa merveilleuse faculté de parler de génie et presque sans préparation; — MASSILLON, si éloquent, si charmeur, si fleuri, si visiblement préoccupé de polir et repolir sans cesse ses productions, que j'oserais presque dire qu'il est le premier de ceux avec qui la décadence s'annonce (2).

* *
*

Le clergé, premier des trois ordres de l'État, payant sa dette envers la France par ses prières, était — en théorie. — exempt de tout impôt. D'ailleurs ses biens, évalués à un revenu annuel d'une centaine de millions, appartenaient aux pauvres, — en théorie également; — mais, comme l'État se proclamait le premier pauvre, l'usage s'était établi régulièrement, depuis 1660, que l'Église contribuât à ses besoins par un *don gratuit* (3) annuel d'environ trois millions, voté dans l'*Assemblée générale du Clergé*, tenue tous les cinq ans à Paris, dans une des salles du couvent des *Grands-Augustins* (4).

(1) La réclame était déjà florissante, et des affiches posées aux alentours de telle ou telle église annonçaient que tel jour on y entendrait le prédicateur à la mode.

(2) Bourdaloue après l'avoir entendu prêcher vers 1700, à l'église de l'*Oratoire*, rue Saint-Honoré, dit avec une grande modestie : « J'ai trouvé un successeur qui me dépassera : *Illum oportet crescere, me autem minui.*

(3) Expression adoucie; c'était bel et bien un impôt, que le Roi eût pu exiger et que le Clergé *consentait à payer*.

(4) Voltaire remarque que le Clergé, tout en s'assemblant tous les cinq ans, ne voulut jamais avoir « ni une salle, ni un meuble qui lui appartînt. Il est clair qu'il eût pu se bâtir dans Paris un palais qui aurait été un ornement de plus pour la capitale ».

Depuis le *concordat*, conclu en 1616 entre Léon X et François Ier, le pape pourvoyait aux évêchés et bénéfices vacants sur la présentation du Roi, et touchait, sous le nom d'*annates*, la première année du revenu de ces diocèses. Moyennant ce sacrifice, le Roi de France disposait en réalité de la nomination de tous les archevêques, évêques et abbés de son royaume ; mais il lui était souvent fort difficile de conserver l'union avec Rome, tout en maintenant les anciens droits de l'Église gallicane, et de se faire obéir des évêques comme sujets, tout en respectant les privilèges de leur épiscopat. Au reste, la plupart de ces prélats, grands seigneurs par leur naissance ou par leur opulence, ne tournaient pas constamment leurs regards vers Rome, comme le font aujourd'hui leurs pâles successeurs, et recherchaient bien plus la faveur du Roi que celle du pape.

Les sujets de conflits entre les deux pouvoirs n'étaient que trop nombreux. Les papes tenaient en réserve tout un arsenal de prétentions surannées auxquelles ils ne manquaient pas de recourir chaque fois qu'une occasion propice se présentait : excommunier les officiers du Roi, pour les empêcher de remplir leurs fonctions ; — obliger les prélats français à venir plaider à Rome ; — autoriser les bâtards à succéder en concurrence avec les héritiers légitimes ; — envoyer en France des légats *a latere* avec le pouvoir exorbitant de juger, de dispenser, et de lever de l'argent ; — permettre à des ecclésiastiques français d'aliéner des biens d'Église ; — casser les testaments ; — frapper les mariages de nullité, etc., etc... Fort heureusement, les parlements, malgré l'abaissement où Louis XIV les tenait, se montrèrent toujours prêts à réprimer ces tentatives de la cour de Rome et à défendre les droits du prince, qui, en ces matières, se confondaient avec ceux de la nation.

Une des plus importantes affaires de ce genre fut celle de la *régale*. On appelait ainsi le droit que, peu à peu, s'étaient arrogé les rois de percevoir les revenus des diocèses et de conférer les bénéfices pendant la vacance du siège. En 1673 et en 1675, Louis XIV étendit ce droit fort contesté à des diocèses d'au delà de la Loire, qui jusque-là en avaient été exempts. Résistance assez naturelle du nouveau pape, Innocent XI, et, par surcroît, de deux prélats aussi vertueux qu'opiniâtres, Pavillon, évêque d'Aleth, et Caulet, de Pamiers (1). Pavillon mourut. Le Roi nomma aux bénéfices vacants ; le pape excommunia les intrus ; le Parlement de Toulouse rendit des arrêts ; un grand vicaire les cassa, et fut condamné, — par contumace, — à perdre la tête et à être traîné sur la claie ; il fut exécuté en effigie.

Pour terminer ces différents, le Roi convoqua à Paris, aux *Grands-Augustins*, en 1682, une assemblée générale du clergé, qui, sous l'inspiration de Bossuet (2), adopta solennellement les quatre fameuses pro-

(1) Le reste du clergé se montra très uni, très décidé à soutenir le Roi : « Nous souffrons avec peine que l'on menace le fils aîné de l'Église... Nous sommes si étroitement attachés à Votre Majesté que rien n'est capable de nous en séparer ».

(2) Bossuet faisait partie de l'Assemblée comme évêque de Meaux. Ce fut lui qui prononça le discours d'ouverture. L'archevêque de Paris, Harlay de Chanvallon,

positions qui résument les *libertés de l'Église gallicane :* 1° Dieu n'a donné à Pierre et à ses successeurs aucune puissance directe, ou indirecte, sur les choses temporelles. Les papes ne peuvent ni déposer les rois, ni délier les sujets de leur serment de fidélité. — 2° L'Église gallicane approuve le concile de Constance, qui déclare les conciles généraux supérieurs au pape. — 3° Les règles, les usages reçus dans le royaume et dans l'Église gallicane doivent demeurer inébranlables. — 4° Les décisions du pape, en matière de foi, ne sont irrévocables qu'après que l'Église les a acceptées (1).

Innocent XI, dans sa sagesse, temporisa ; il se garda bien d'approuver ou de casser ces résolutions, mais il continua de refuser les bulles d'investiture aux évêques qui avaient fait partie de l'assemblée. A sa mort, en 1689, une trentaine de diocèses n'avaient pas de titulaires (2). De guerre lasse, on transigea : Innocent XII accorda les bulles et le Roi cessa d'imposer aux facultés de théologie l'obligation d'enseigner les quatre articles de 1682.

Ces discordes n'empêchèrent jamais l'Église de maintenir toutes les rigueurs de sa domination et de frapper de peines quelquefois terribles, — par le bras séculier, — les infractions à son autorité et les sacrilèges, plus ou moins intentionnels : vingt-cinq livres d'amende à ceux qui n'observaient pas le repos dominical ; — trois cents livres d'amende aux hôteliers convaincus d'avoir servi des plats gras les jours maigres ; — la prison pour ceux qui ont vendu viande, volaille ou gibier en carême, et poursuites contre les grands seigneurs qui n'avaient pas honte d'*abriter* ce trafic dans leurs hôtels. — En 1670, un fou, nommé Sarrasin, qui, de son épée, avait frappé... une hostie, dans l'église de Notre-Dame, fut brûlé vif. — Même supplice, en 1663, pour un mystique, nommé Simon Morin, qui se disait le Messie. — En 1668, trois voleurs, qui avaient dérobé nuitamment un ciboire, dans l'église *Saint-Martin*, au cloître *Saint-Marcel*, furent brûlés vifs, au *Champ des Capucins*, près le Val-de-Grâce (3).

présida. Les petites causes concourent aux grands effets : l'archevêque était fort irrité contre le pape, qui venait de donner raison contre lui aux Bernardines de Charonne, dans l'élection d'une supérieure (A). *Inde iræ !*

(1) Cette déclaration, enregistrée au Parlement, tomba en désuétude, mais ne fut jamais abrogée. Après le *Concordat*, elle fut proclamée loi générale de l'Empire et les professeurs des séminaires durent s'engager à en enseigner la doctrine. Une ordonnance de 1828 renouvela cette prescription.

(2) La magistrature n'était pas ultramontaine. Beaucoup de membres du Parlement, l'avocat général Talon, le procureur général de Harlay, se seraient volontiers prêté à l'idée de créer un patriarche et d'établir en France une *Église catholique* et *apostolique* qui n'aurait plus été *romaine*. Le Roi n'osa pas.

(A) Le 8 novembre 1679, l'archevêque mit à la tête de cette maison, perdue de dettes, Marie-Angélique Le Maistre de Grandmaison. Les religieuses la traitèrent d'intruse, refusèrent de la recevoir, se plaignirent au pape et obtinrent un bref, en vertu duquel elles élurent sœur Catherine-Angélique Lévêque. Cette audace les perdit. Le roi, prévenu par l'archevêque, défendit d'exécuter l'élection, comme *contraire aux libertés de l'Église gallicane ;* le Parlement supprima la maison pour dettes, et fit transférer les religieuses dans d'autres monastères de leur ordre.

(3) En commémoration perpétuelle du sacrilège et de la réparation, on éleva,

Il me reste à signaler pourtant une grande mesure d'humanité et de bon sens. Une déclaration du Roi, de 1672, défendit aux tribunaux d'admettre désormais les simples accusations de sorcellerie. La sorcellerie, en elle-même, ne fut plus considérée comme un crime, et l'on ne poursuivit plus que les crimes connexes, commis par de prétendus sorciers.

Jésuites et Jansénistes.

Paris comptait trois et même cinq maisons de Jésuites : le *Noviciat*, affecté aux jeunes gens qui se destinaient à entrer dans la Compagnie; — le collège le plus florissant de Paris, *Louis-le-Grand*, avec sa maison des champs, à *Gentilly* (1); — et la *Maison professe* de la rue Saint-Antoine, avec sa maison de campagne, dite la *Folie-Regnaud*, et plus tard *Mont-Louis*, à l'extrémité de la rue de la Roquette (2).

Maîtres des rois par la confession; de la Noblesse et de la Bourgeoisie par la prédication et l'instruction de la jeunesse; meneurs secrets de toutes les intrigues politiques et religieuses, les Jésuites constituaient la plus redoutable des associations, sans lien aucun, sans comparaison possible avec les autres corporations qu'ils écrasaient par leurs richesses, leurs talents en tous genres, par leurs relations et par les exemptions de la règle commune qui permettaient aux plus distingués d'entre eux de vivre dans le monde et pour le monde *ad majorem Dei gloriam* (3).

au champ des Capucins, une pyramide de pierre surmontée d'une croix, qui figure sur les plans jusqu'à la fin du dix-huitième siècle.

(1) Propriété achetée en 1639 « ayant appartenu à feu le président Chevalier, contenant en son pourpris les deux tiers du village et enclose de murs garnis de plusieurs pavillons ».

(2) La Maison professe conservée en entier, est devenue le *Lycée Charlemagne*; la chapelle est devenue l'église *Saint-Paul-Saint-Louis*. Les Jésuites *profès* devaient être âgés d'au moins trente-trois ans, et ils faisaient, outre les trois vœux ordinaires de chasteté, de pauvreté et d'obéissance, un vœu particulier d'obéissance au pape.

(3) Le Jésuite n'en était pas moins un instrument servile, *perinde ac cadaver*, entre les mains de ses supérieurs, mais il jouissait temporairement de toutes les libertés nécessaires pour les missions qu'on lui confiait. Les Pères Gaillard, Bourdaloue, Rapin, Bouhours, Tournemine, de Villiers, de La Rue, allaient à la campagne, acceptaient des invitations, vivaient dans l'intimité de Mme de Sévigné, de Lamoignon, de Boileau, de Racine, de Corbinelli, Saint-Simon, etc. On voyait les Jésuites partout, à Versailles, à Marly, à Clagny, à Chantilly, à Fontainebleau, comme dans les antichambres des bureaux, se mêlant des affaires les plus différentes. Ignace de Loyola et son successeur Laynez n'avaient pas cru devoir assujettir les Jésuites aux pratiques minutieuses qui asservissaient les moines vulgaires. Ni chœur, ni chants nocturnes, ni mortifications indiscrètes, ni jeûnes prolongés, ne devaient les détourner de leurs études et des services que leurs supérieurs attendaient d'eux. Aucun costume particulier n'attirait sur eux l'attention et ne les distinguait des simples prêtres.

Malgré tous leurs efforts, ils ne furent jamais populaires, ce qui tint à leur péché originel, leur extraction italienne et espagnole, les souvenirs inoubliables de la Ligue et des attentats contre Henri IV. « S'il n'y a point d'hypocrisie dans leur fait, — disait d'eux l'évêque de Bazas, Arnault de Pontac, — si est-ce que leurs façons de faire sont si pleines de mines et cérémonies, qu'ils semblent, en cela seul, quasi incompatibles avec les Français ».

Ordre étrange dont les membres ne voulaient pas être appelés *moines*, dont les maisons n'étaient pas des *couvents!* On les craignait, on les détestait, on les subissait quand même, quitte à se venger par un bon mot du Jésuite orgueilleux, qui. dans son carrosse, éclabousse le pauvre frère à pied : « *Minime, Minime, semper minimus eris! — Jesuita, Jesuita, non ibat Jesu ita!* » (1).

Les Jésuites nourrirent toujours de vigoureux ressentiments contre l'Université, qui, ne pouvant leur interdire l'enseignement, obligeait leurs élèves à se soumettre à elle pour la collation des grades. Ils détestaient non moins le Parlement, qui ne se lassa jamais de donner gain de cause à l'Université contre eux.

Mais la vraie, l'immortelle, la seule haine des Jésuites, la haine qui les fit vivre et dont ils moururent, ce fut celle qu'ils vouèrent à leurs rivaux de Port-Royal et à la prétendue hérésie de Jansénius (2), une haine d'écrivains, de prêtres, une haine « théologique », la plus implacable de toutes !

J'ai dit déjà qu'en 1626, la mère Angélique Arnauld avait transféré de la *Maison des champs*, près de Chevreuse, ses quatre-vingts religieuses, à Paris, rue de la Bourbe. Une dixaine d'années après, M. de Saint-Cyran était leur directeur de conscience, leur inspirateur absolu, et quelques-uns de ses amis s'établissaient au *Désert*, c'est-à-dire à la Maison des champs : les Arnauld, le Maistre de Sacy, Pascal, Nicolle, Lancelot. Du Guet, Hamon, Sainte-Marthe. Ils appliquaient aux sciences et aux langues, — même à l'humble enseignement de la lecture, — des méthodes philosophiques et lumineuses; ils donnaient au public la *Grammaire générale*, la *Logique*, une *Géométrie*, des *Méthodes grecque et latine*. ouvrages qui ont perpétué jusqu'à nous le nom glorieux de Port-Royal; ils se faisaient maîtres d'école, d'abord aux Champs, puis à Paris, à l'impasse Saint-Dominique; ils attiraient à eux les enfants des plus grandes familles du royaume (3), tentative de concurrence, que leurs terribles voisins de la rue Saint-Jacques ne devaient pas leur pardonner !

Tous les « Messieurs » avaient connu Saint-Cyran, et Saint-Cyran avait connu Jansénius, ce pelé, ce galeux d'où vint tout le mal... Leur perte fut jurée.

Jansénius était mort en 1638, laissant pour tout bien à ses héritiers le manuscrit d'un énorme in-folio. qui parut peu après sous ce titre : *Au-*

---

(1) Minime, Minime, tu seras toujours minime! — Jésuite, Jésuite. Jésus ne marchait pas comme toi! »

(2) Jansénius naquit en 1585 et mourut évêque d'Ypres, le 6 mai 1638, âgé seulement de cinquante-trois ans. Il avait connu Saint-Cyran à l'Université de Louvain, et, pendant la convalescence d'une longue maladie, il avait été le retrouver en France. à Bayonne. Après leur séparation en 1617, ils ne se perdirent jamais de vue, ils se visitèrent ou correspondirent. Jansénius avait travaillé vingt ans à son *Augustinus*.

(3) Voir chapitre xv, page 158 et chapitre xvi, page 321.

Parmi les élèves des petites écoles, on peut citer les jeunes Bignon, de Bagnols, du Fossé, de Luynes, Tillemont, de Bernières, Saint-Ange, Villeneuve, Harlay, Vitart, Wallon, Dessaux et Racine, qui y passa environ trois ans, de 1655 à 1658.

gustinus, seu doctrina sancti Augustini de humanæ naturæ sanctitate, ægritudine: medicina adversus Pelagianos et Massilienses.

Les Jésuites voulurent à tout prix que cet ouvrage fût hérétique. D'accord avec eux, le syndic de la Sorbonne, Cornet, y *découvrit* « éparses çà et là », *cinq propositions* dont on ne put jamais indiquer ni le lieu, ni le texte exact, et dans lesquelles Jansénius aurait soutenu que « le Christ n'est pas mort pour tous; et que, depuis la faute d'Adam, l'homme est tellement déchu, qu'il ne peut obéir à certains commandements de Dieu, si Dieu ne lui accorde la *grâce efficace* de les accomplir ». Comme les Jansénistes les plus passionnés condamnaient aussi ces propositions, et soutenaient seulement *qu'elles n'étaient pas dans Jansénius*, la question matérielle eût dû être immédiatement vidée, mais il semblait que, des deux parts, on craignît la lumière et qu'on se plût à éterniser le débat par de trop ingénieux subterfuges.

Je ne puis qu'indiquer ici très sommairement les principales péripéties de cette longue lutte.

En 1656, Antoine Arnauld, ayant exprimé dans sa *Lettre à un duc et pair* le doute que les cinq propositions fussent dans Jansénius, se vit condamné par la Sorbonne et rayé de la liste des docteurs (1).

La même année, l'assemblée du clergé rédigea un *formulaire* déclarant que les propositions étaient *formellement* dans Jansénius. En 1661, le pape Alexandre VII et le Roi exigèrent des membres du clergé séculier et régulier leur signature à ce formulaire; quatre évêques, Pavillon, d'Aleth; Buzanval, de Beauvais; Caulet, de Pamiers, et Arnauld, d'Angers, — frère du grand Arnauld, — refusèrent d'y souscrire (2).

Les religieuses de Port-Royal déclarèrent qu'elles ne jureraient jamais que les propositions étaient contenues dans un livre latin qu'elles n'avaient pas pu lire. Leur abbesse, la mère Angélique, était mourante, quand l'archevêque, M. de Marca, et le lieutenant civil, Dreux d'Aubray, se rendirent à la maison de Paris, en chassèrent les jeunes pensionnaires et défendirent de recevoir désormais des novices.

La persécution recommença, beaucoup plus rigoureuse, en 1664. Au mois d'août de cette année, l'archevêque Hardouin de Péréfixe, accompagné de Dreux d'Aubray, du prévôt de l'île, Francine de Grandmaison, du chevalier du guet, de commissaires, d'exempts et de deux cents archers, le mousquet sur l'épaule, envahit le faubourg Saint-Jacques, comme s'il eût voulu prendre le Port-Royal d'assaut. Il fit venir à la grille toute la communauté, tira de sa poche la liste de douze des plus *mauvaises* religieuses, les traita de « filles rebelles, opiniâtres,

---

(1) « C'est aujourd'hui, écrivait-il à sa nièce, la mère Angélique, qu'on me doit rayer du nombre des docteurs; j'espère en la bonté de Dieu qu'il ne me rayera pas du nombre de ses serviteurs ».

(2) Les Jansénistes opposaient la distinction du *fait* et du *droit;* ils reconnaissaient l'infaillibilité du souverain pontife en matière de *droit*, ou de *dogme*, mais ils ne se croyaient pas tenus à l'accepter en matière de *fait*, comme la matérialité d'un texte.

pures comme des anges, mais orgueilleuses comme des démons », et les fit entrer dans des carrosses qui les menèrent dans des couvents où elles furent renfermées (1). Les autres furent conduites à Port-Royal-des-Champs, où elles restèrent prisonnières pendant cinq ans (1664-69), sous la garde de l'exempt Saint-Laurent et de quelques soldats, privées des sacrements et de toute communication, même écrite, avec leurs parents et leurs amis.

À Paris, l'archevêque parvint à gagner une douzaine de religieuses et leur fit élire une abbesse, sœur Marie Perdreau, que tout Paris chansonna et que les anciennes regardèrent comme une intruse. Ce fut l'origine d'une maison dissidente qui n'eut rien de commun que le nom avec les glorieuses martyres, et qui traîna son existence obscure jusqu'en 1790.

Les défenseurs des captives furent réduits à se cacher; M. de Sacy fut enfermé à la Bastille; il y acheva sa traduction de l'*Ancien Testament*, la veille même du jour où il fut mis en liberté, le 31 octobre 1668.

La France était en feu. Rome et la cour craignirent un schisme. Le pape Clément IX apaisa pour quelque temps les disscusions, en engageant les quatre évêques à signer *sincèrement*, au lieu de *purement et simplement* (2). Ce fut la *Paix de l'Église* (1668-69), qui malheureusement ne dura guère.

Elle amena cependant un moment d'accalmie. Les proscrits se montrèrent; M. de Sacy sortit de la Bastille; les prisons d'État se vidèrent; les religieuses exilées revinrent à leur maison des champs, bientôt plus florissante que jamais (3), et le grand Arnauld fut présenté au Roi, qui lui demanda de ne plus consacrer « sa plume d'or » qu'à combattre les calvinistes.

(1) L'abbesse, Madeleine de Sainte-Agnès de Ligny-Séguier, fut conduite à Meaux par l'évêque de Meaux, son frère, et mise au couvent de la Visitation de cette ville. La mère Agnès fut renfermée à la Visitation du faubourg Saint-Jacques, avec une de ses nièces qu'on voulut bien laisser auprès d'elle pour la servir. Les autres furent envoyées séparément chez les Ursulines, les Filles-Bleues et les Visitandines de Paris et de Saint-Denis. Les Carmélites ne voulurent pas se faire geôlières. Une abbesse, à qui l'on voulut donner une des prisonnières, déclara en la recevant qu'elle la traiterait comme une de ses filles; l'archevêque la lui ôta au bout de deux jours. La supérieure de Chaillot, la mère de La Fayette, combla d'égards celle qu'on lui imposa. Il n'en fut pas de même chez les Filles-Bleues de la rue Culture Sainte-Catherine, où la mère Angélique Arnauld, enfermée sous clé dans un galetas, fut soumise pendant de longs mois à tous les tourments et aux obsessions indiscrètes de la supérieure, madame de Rantzau, une protestante convertie, il est vrai.

(2) Cette distinction subtile sauvegardait tant soit peu l'amour-propre des signataires et leur permettait de soutenir qu'ils condamnaient les propositions, *si elles y étaient*, mais *qu'elles n'y étaient pas*.

D'ailleurs le pape Clément IX en était venu à déclarer que le Saint-Siège n'avait jamais prétendu obliger à croire que les cinq propositions condamnées fussent implicitement ou explicitement dans le livre de Jansénius, mais seulement à les tenir pour hérétiques en quelque livre qu'elles se pussent trouver.

(3) Un arrêt du Conseil sépara les deux maisons en deux abbayes indépendantes : la première sous le titre de *Port-Royal de Paris*, à nomination royale; la seconde, sous celui de *Port-Royal des Champs*, élective et triennale. Les biens

La mort de Mme de Longueville, en avril 1679, priva les religieuses de Port-Royal de leur plus ferme appui. Sentant que l'ère des persécutions allait se rouvrir, M. de Sacy se retira auprès de M. de Pomponne, chez qui il devait finir ses jours cinq ans après, et Arnauld quitta la France. Lui, qui eût pu être cardinal, il s'en alla errer, seul, presque dans l'indigence, et mourut dans les Pays-Bas, ignoré, au fond de quelque faubourg de Bruxelles, sans qu'on sache au juste où est sa tombe Je l'ai vainement cherchée.

Un mois s'était à peine écoulé depuis la mort de Mme de Longueville, que l'archevêque Harlay de Chanvallon arriva à Port-Royal-des-Champs, le mercredi matin 17 mai, fit appeler la supérieure, la mère Angélique de Saint-Jean, avec beaucoup de ménagements, et lui signifia, — en poussant de nombreux *hélas!* — que la volonté du Roi était de faire sortir de la maison les pensionnaires, les ecclésiastiques et les laïques qui pouvaient s'y trouver, et les postulantes au noviciat, jusqu'à ce que la communauté composée alors de soixante et treize religieuses fût, par les décès, réduite au nombre de cinquante.

Nous entrons dans les années de deuil, et il serait bien long d'énumérer tous les membres, tous les amis, tous les vieux défenseurs de Port-Royal qui tombent alors comme des fruits mûrs, entre 1684 et 1700 : Sacy, la mère Angélique de Saint-Jean, M. Hamon, Sainte-Marthe, Pontchâteau, la mère de Fargis, Mlle de Vertus, Antoine Arnauld, Nicole, Lancelot, le duc de Roannez, la mère Agnès de Sainte-Thècle-Racine, Tillemont, M. du Fossé et Racine, et M. de Pomponne...

· En 1705, le cardinal de Noailles, qui n'était pourtant pas un persécuteur, imagina de faire signer aux religieuses une bulle sans grande portée : *Vineam Domini*, et celles-ci, craignant quelque piège nouveau, ne consentirent qu'en ajoutant cette restriction : « Sans déroger à la paix de l'Église, sous Clément IX ». Le cardinal leur défendit de recevoir des novices, mais sans aller plus loin. Louis XIV demanda leur suppression au pape et l'obtint. Elles en appelèrent au pape; le père Tellier, qui, depuis quelques jours, avait remplacé le père de La Chaise, craignit un long procès et brusqua dévotement le dénouement si impatiemment attendu par ceux de son Ordre.

Le mardi 29 octobre 1709, avant huit heures du matin, le lieutenant général de police d'Argenson, porteur de vingt-deux lettres de cachet, escorté du prévôt de la maréchaussée, de trois cents archers, de deux commissaires et d'un greffier, investit la maison, s'empara des portes, consigna les domestiques, posa les scellés, puis fit assembler dans la salle du Chapitre la Communauté qui ne se composait plus alors que de la prieure, Claude-Louise de Sainte-Anastasie du Mesnil de Courtiaux (1)

furent partagés et la Maison des Champs, qui avait huit fois plus de religieuses que celle de Paris, obtint à peine un tiers de la mense.

Pour savourer le récit de tant de faits émouvants et ne pas en perdre les curieux détails, il faut lire le *Port-Royal* de Sainte-Beuve, sans négliger pour cela l'*Abrégé* que nous a laissé Racine.

(1) Elle fut exilée à Blois chez les Ursulines et y mourut le 13 mars 1716, ayant

de quatorze religieuses de chœur, et de sept sœurs converses. Il y en avait quelques-unes si vieilles et si infirmes qu'on ne put les transporter que sur des litières. M. d'Argenson leur annonça qu'elles allaient se séparer pour ne plus se revoir. « C'est votre dispersion générale, prescrite par les ordres de Sa Majesté, que je vous annonce, leur dit-il ; vous n'avez que trois heures pour vous y préparer ».

Alors ces saintes filles, « se rassemblant comme un petit troupeau sans pasteur, s'embrassèrent tendrement, se mirent à genoux pour se demander humblement pardon les unes aux autres, et se recommandèrent à des prières réciproques, persuadées que quand on est bien uni avec Dieu, on trouve Port-Royal partout ».

M. d'Argenson avait fait amener douze carrosses, dans lesquels montèrent les religieuses, ordinairement deux pour la même ville, mais toujours pour deux couvents, « afin qu'il n'en restât pas deux réunies pour se consoler ensemble ». Elles furent ainsi emmenées par les exempts à Autun, Nevers, Chartres, Compiègne, Meaux, Blois, Rouen, Montcenis, Nantes, etc. M. d'Argenson donnait le signal de chaque départ et criait très haut : « Ayez bien soin de ces dames ; conduisez-les à petites journées et qu'elles ne manquent de rien (1) ».

persévéré jusqu'à sa dernière heure dans les sentiments qui avaient servi de prétexte à la persécution. Tous les témoignages concourent à montrer avec quelle dignité la dernière prieure de Port-Royal supporta les angoisses et la responsabilité de son rang dans la journée de la séparation suprême.

(1) Tout cet appareil militaire contre des filles sans défense, vieilles, infirmes, appartenant la plupart à des familles influentes, tourna l'esprit des Parisiens contre le lieutenant général de Police et bien plus encore contre ceux qui lui avaient donné des ordres si rigoureux. On se demanda si M. de Noailles avait bien pu autoriser une telle expédition contre une poignée de pauvres filles qui lui étaient plus particulièrement confiées... Fort embarrassé, il laissa entendre qu'on avait dépassé ses instructions, qu'il avait cru seulement à l'enlèvement de trois ou quatre sœurs...

Les lendemains des coups de force sont cruels pour leurs auteurs. Qu'allait-on faire de Port-Royal ? Les Jésuites, qui n'avaient pas oublié que cette maison presque anéantie quarante ans auparavant s'était relevée triomphante, savaient bien que les morts seuls ne reviennent pas. On résolut d'en faire disparaître les dernières traces, de ne pas en laisser debout une pierre, mais ce sol nu était encore une terre sacrée...

Un arrêt du Conseil, en date du 22 janvier 1710, ordonna la démolition des bâtiments, sauf l'église. Le cimetière aussi devait être respecté. Mais quelques familles s'inquiétèrent et donnèrent le premier exemple des exhumations. L'abbesse de Malnoue fit enlever le corps de Mlle de Vertus, sa sœur. Le marquis de Pomponne réclama les corps des Arnauld. Les restes de Tillemont, ceux de la princesse de Conti, furent transportés à Saint-André-des-Arts ; ceux de Racine, de M. Le Maître, de M. de Sacy, à Saint-Étienne-du-Mont ; le cœur de Mme de Longueville, à Saint-Jacques-du-Haut-Pas. Ce ne sont-là que les morts de qualité ; mais plus de trois mille corps avaient été déposés dans la suite des générations. L'église fut démolie à son tour, le cimetière bouleversé, et par une dernière et imbécile profanation, les corps furent déterrés, empilés, entassés pêle-mêle dans des tombereaux pour être enfouis au cimetière voisin de Saint-Lambert. « Ce qui avait été la Vallée Sainte par excellence et la Cité des Tombeaux n'offrit plus, durant les mois de novembre et de décembre 1711, que la vue d'un immense charnier livré à la pioche et aux quolibets des fossoyeurs... Des chasseurs qui traver-

* *

Quant à M. de Noailles, il n'avait que trop vérifié le mot de Saint-Cyran : « Les faibles sont plus à craindre que les méchants ».

Les querelles du jansénisme auraient pu se terminer avec la catastrophe de Port-Royal, si le P. Tellier n'avait pas trouvé bon de les réveiller à propos d'un excellent ouvrage d'un des membres les plus distingués de la congrégation de l'*Oratoire*, le Père Quesnel : les *Réflexions morales sur le Nouveau Testament*, deux fois approuvées par M. de Noailles, en 1693 et en 1695, à Châlons et à Paris.

Il faut dire que le P. Quesnel avait refusé de signer le *formulaire*; qu'en 1685, il s'était réfugié à Bruxelles auprès du grand Arnauld, dont il avait recueilli le dernier soupir en 1694; que les Jésuites avaient trouvé moyen de le faire arrêter à Malines en 1703, mais qu'il s'était échappé de sa prison et avait trouvé enfin un refuge sûr à Amsterdam (1).

Les Jésuites ne lâchent pas facilement leur proie. Le P. Tellier persuada à Louis XIV de demander à Clément XI la condamnation des *Réflexions morales*. C'était frapper à la fois les Jansénistes et le cardinal de Noailles qui avait approuvé le livre.

Le 8 septembre 1713, le pape donna la Bulle *Unigenitus*, qui condamnait cent et une propositions du P. Quesnel, et qui souleva une clameur générale, la plupart de ces propositions paraissant à tous fort innocentes (2). Le clergé lui-même se divisa. Quarante évêques furent d'avis d'accepter la Bulle avec des corrections. Le cardinal de Noailles, d'autres prélats, des docteurs de Sorbonne la repoussèrent. Les prisons s'emplirent de citoyens accusés de jansénisme. Les victimes, soutenues par l'Université, par tout le clergé gallican, et par la plupart des magistrats en appelèrent au futur concile. Les Jésuites crurent leur triomphe complet, alors qu'à cinquante ans de distance, leur chute au fond de l'abîme devait venger au delà de toute prévision la ruine de Port-Royal.

Les Protestants avant et après la Révocation de l'Édit de Nantes.

C'était offenser gravement Louis XIV, et faire acte de sujet peu respectueux, que d'adorer Dieu autrement que lui. Moins tolérant que le

sèrent alors le vallon racontèrent qu'ils furent obligés d'écarter du bout de leurs fusils des chiens acharnés à des lambeaux ». *Sainte-Beuve.*
Abominable exemple! Moins d'un siècle après, les descendants de ces fossoyeurs travailleront à Saint-Denis!
(1) Il y mourut le 2 décembre 1719, âgé de quatre-vingt-cinq ans, après y avoir formé quelques églises jansénistes.
(2) « La crainte d'une excommunication injuste ne doit pas nous empêcher de faire notre devoir ». Évidemment, puisque l'excommunication est supposée « injuste ».
« Il est bon de lire des livres de piété le dimanche, surtout la sainte Écriture ».

cardinal Mazarin, il n'avait jamais pu considérer d'un œil, même indifférent, « le petit troupeau qui broutait de mauvaise herbe, mais ne s'écartait pas ». Le Roi l'avoue lui-même dans ses *Mémoires* : « Dès 1661, je crus que le meilleur moyen pour *réduire* mes sujets de la religion prétendue réformée étoit de renfermer l'exécution de ce qu'ils avoient obtenu de mes prédécesseurs dans les plus étroites bornes que la justice et la bienfaisance le pouvoient permettre. Quant aux grâces, je résolus de ne leur en faire aucune, pour les obliger par là à considérer si c'étoit avec quelque bonne raison qu'ils se privoient des avantages qui pouvoient leur être communs avec mes autres sujets ». Cette politique peu généreuse était au moins exempte de violence; il s'y maintint à peu près, tant que vécut Colbert, qui considéra toujours les Protestants comme des hommes utiles, laborieux, intelligents, les plus propres aux affaires et à l'industrie. Barthélemy Hervart, protégé par lui, fut intendant des finances, contrôleur général, et mourut honoré de tous, en 1676. A la fin de sa vie pourtant, Colbert dut céder aux exigences du chancelier Le Tellier et de Louvois, et se vit contraint d'expulser tous ceux de la « religion » qu'il employait dans les fermes, la marine, les manufactures et les arts. Quant aux artisans, on les priva de pain, en leur fermant les corporations des métiers; on leur refusa des lettres de maîtrise et le droit de prendre des apprentis.

D'ailleurs bien avant la révocation officielle de l'Édit de Nantes, les Protestants s'étaient vus privés des principales garanties qu'Henri IV avait voulu leur accorder : Interdiction du culte dans les localités où résidait un évêque; — Défense de tenir leurs synodes nationaux tous les deux ans; — Suppression en 1669 des deux Chambres de l'Édit, établies à Paris et à Rouen, où se jugeaient les causes qui les intéressaient; — Exemption en faveur des nouveaux convertis de leurs impositions pendant deux ans, du logement des gens de guerre, et de leurs dettes *envers leurs anciens coreligionnaires;* — Obligation d'enterrer leurs morts avant ou après le coucher du soleil; — Édit de juin 1681, autorisants les *enfants âgés de sept ans* à se convertir; — Interdiction aux maîtres catholiques, de prendre des apprentis protestants; — Interdiction d'exercer les carrières libérales : avocat, médecin, notaire, huissier, procureur, chirurgien, apothicaire, etc.

On obtint de nombreuses conversions par le moyen honteux qui réussit toujours. Pellisson, qui s'était fait si honorablement connaître par sa courageuse défense de Fouquet; qui depuis... avait renié sa foi première et s'était fait catholique, avait obtenu des bénéfices, et le Roi lui avait confié les immenses revenus des économats et des abbayes de Cluny et de Saint-Germain-des-Prés pour les distribuer à ceux et à celles qui voudraient se convertir (1). Les prix variaient beaucoup : six livres en moyenne pour le menu fretin. Les habiles touchaient de toutes les

(1) Madame Hervart, veuve du contrôleur général et mère du protecteur de La Fontaine, animée d'un zèle ardent pour sa religion, contrebalançait l'influence de Pellisson en envoyant autant d'argent pour empêcher les conversions que Pellisson pour en faire.

mains : de Pellisson, — qui s'en plaignait; — du P. de la Chaise, du commissaire Delamare, et d'autres (1).

La population de Paris, il faut bien le reconnaître, se montrait toujours hostile aux Protestants, le fanatisme de la Ligue vivait encore dans le cœur de beaucoup. En 1682, un garçon marchand de vin du faubourg Saint-Marcel, huguenot, blessé mortellement dans une rixe, refusa de recevoir un vicaire de Saint-Médard qui venait pour le confesser. « Aussitôt, dit un rapport à la Reynie, le menu peuple s'assembla et fit toutes les violences imaginables devant la maison, brisant les vitres à coups de pierres, s'efforçant de rompre les portes, et criant : *Ce sont des parpaillots; il faut les brûler vifs.* L'arrivée d'un commissaire et des archers mit toute cette populace en fuite ».

Les lingères ne voulaient plus souffrir dans leurs ateliers d'ouvrières calvinistes; les archers étaient forcés de garder nuit et jour le cimetière de la rue des Saints-Pères pour le mettre à l'abri de toute insulte; les *brebis galeuses* qui se rendaient chaque dimanche au prêche de Charenton, soit par les bateaux de la Seine, soit par le faubourg Saint-Antoine, étaient attaquées à l'aller ou au retour, et il avait fallu placer deux nouvelles potences à la porte Saint-Antoine, l'une au nom du lieutenant civil, l'autre au nom du chevalier du guet (2). A la fin d'août 1671, le temple faillit être brûlé dans la nuit par une bande venue de Paris.

On n'attaque que les faibles. Les Protestants se sentaient abandonnés de leurs anciens chefs; les grandes familles, qui les avaient si vaillamment commandés pendant la période héroïque du seizième siècle, se hâtaient maintenant de faire leur paix avec la monarchie absolue. Les Condés, les Bouillon (3), les Rohan, les Sully, les Soubise, les La Trémouille, les Duras, les Condorcet, les Montgomery, les La Rochefoucauld, les Lavardin, les d'Aubigné, — les Coligny eux-mêmes ! — un peu plus tôt, un peu plus tard, rentrèrent dans le giron de l'Église romaine pour obtenir les faveurs du Prince.

Chaque jour ayant amené alors des défections nouvelles, il me serait difficile de dire à quelle date précise étaient encore, ou n'étaient déjà plus « de la religion », les familles de Gouvernet, de Rambouillet de

---

(1) Voici des chiffres de pension assez élevés : « A Tallemant des Réaux, depuis peu converty, 2,000 livres ». — Lettre de Seignelay à M. Arnoul, intendant de Rochefort : « S. M. approuve que vous promettiez jusques à 1,000 ou 1,200 livres aux gentilshommes que vous pourrez convertir, pourveu qu'ils soient considérables dans le pays ». — « Aux officiers qui se sont faits catholiques : *colonels*, 600 livres : *capitaines*, 400 livres; *lieutenants*, 200 livres; *cornettes*, 100 livres ».

(2) Les aubergistes de Charenton connaissaient fort bien le nombre d'auditeurs que pouvait attirer tel ou tel prédicateur, et ils réglaient leurs approvisionnements en conséquence. Dans leur langage, un dimanche à *deux broches* était celui où l'on attendait un prédicateur célèbre, et à *trois broches*, celui où deux grands orateurs devaient se succéder.

Le seigneur de Charenton, malgré la plus-value donnée à son fief par l'affluence des Huguenots ne cessa de protester contre leur établissement.

(3) Turenne abjura sans bruit, devant l'archevêque de Paris Hardouin de Péréfixe, le 23 octobre 1668.

la Sablière, Tallemant, de Duras, de Dangeau, de Langeais, des Loges, Arnauld, Conrard, Renaudot, La Force, La Nouë, Le Maistre, du Bordage, de Richemont, Hervart, de Belzunce, etc. etc. Ce qui semble certain, c'est que le Protestantisme s'en allait mourant, quand Louis XIV lui donna une nouvelle vie en révoquant l'édit de Nantes.

*
* *

Ce crime de lèse-politique et de lèse-humanité fut commis par le Roi, à Fontainebleau, le mercredi 17 octobre 1685, sans le moindre prétexte valable et avouable.

Le Parlement enregistra l'édit de révocation, le 22 dans la matinée, et, le soir même, des fanatiques, n'attendant pas le commissaire Delamare et ses démolisseurs officiels, vinrent saccager le temple de Charenton (1). Ce fut pendant cinq jours l'amusement de tout Paris.

Si quelque chose pouvait excuser Louis XIV, ce serait la joie, — au moins apparente, — qui éclata dans l'entourage qu'il s'était fait et dont il subissait fatalement l'influence. Le vieux chancelier Le Tellier, — une fouine au museau plein de sang, — remercia le Seigneur d'avoir eu la force de contresigner le glorieux édit avant de rendre l'âme; Massillon, Fléchier, Racine, Bussy, La Bruyère, Mme Deshoulières, Mlle de Scudéry applaudissent. On regrette d'entendre la voix de Mme de Sévigné dans ce concert d'abominables flatteries. Bossuet veut que le récit « d'un pareil miracle passe aux siècles futurs ». La piété de Louis en fait « un nouveau Constantin, un nouveau Théodose, un nouveau Charlemagne! Comme eux il a affirmé la foi, il a exterminé les hérétiques! »

La « piété » de Louis?... Elle se mêle ici singulièrement avec ce besoin qu'ont tous les convertisseurs de racheter leurs propres péchés en les faisant expier aux autres!... Il se rangeait, voulait qu'on le sût, qu'on vît bien qu'il ne donnerait plus que de bons exemples. Quant à sa compagne, l'étonnante petite-fille d'Agrippa d'Aubigné, promue, — après de si bizarres aventures, — du rang de gardeuse des bâtards de France à celui de reine, de la main gauche, elle prenait fort au sérieux son rôle de bon génie, puis d'épouse, et elle écrivait avec componction : « Le Roi est fort content d'avoir mis la dernière main à la réunion des hérétiques à l'Église... Il pense sérieusement à son salut et à ses sujets. Si Dieu nous le conserve, nous n'aurons plus qu'une religion dans le royaume... Le P. de la Chaise a promis qu'il n'en coûterait pas une goutte de sang ».

Le pauvre P. de La Chaise était mauvais prophète. Louvois et lui devaient mourir bien avant que les maux qu'ils avaient déchaînés sur la France fussent apaisés. Louis XIV et Mme de Maintenon n'en devaient pas voir la fin.

_____

(1) Une petite fille de la famille Lestocq y avait encore été baptisée le matin.

Ce qu'ils virent, ce fut « le spectacle d'un si prodigieux peuple proscrit, — l'élite de la France. — nu, fugitif, errant sans crime, cherchant asile loin de sa patrie; qui mit nobles, riches, vieillards estimés
aux galères, pour cause unique de religion! les parents armés contre
les parents pour avoir leur bien ; toutes les provinces remplies de par-
jures et de sacrilèges. De la torture à l'abjuration, et de l'abjuration à
la communion, il n'y avait pas souvent vingt-quatre heures de distance.
Les évêques et les Jésuites n'en faisaient pas moins retentir les chaires
et les missions de panégyriques; ils annonçaient au Roi des conversions
par milliers; il ne doutait pas de leur sincérité; il avalait ce poison à
longs traits; il ne s'était jamais cru si grand devant les hommes, dans
le temps même où la France entière était remplie d'horreur et de confusion (1) ».

Près de cinquante mille familles, en trois ans, sortirent du royaume ;
elles allèrent porter en Hollande et en Allemagne nos arts, nos manufactures, nos richesses; elles remplirent des villes entières (2). Un
faubourg de Londres fut peuplé de nos ouvriers en soie. Le prince
d'Orange et le duc de Savoie formèrent des régiments entiers composés
de nos réfugiés. Il y en eut qui s'établirent jusque vers le Cap-de-Bonne-
Espérance. Le neveu du célèbre Duquesne fonda une petite colonie à
cette extrémité de la terre. « Les Français ont été dispersés plus loin
que les Juifs (3) ».

Trois magistrats furent chargés de la surveillance des Protestants de
Paris. Le procureur général, M. de Harlay, s'occupa de ceux de la noblesse et de l'armée; le lieutenant de police, M. de la Reynie, des bourgeois et des marchands; le procureur du Roi au Châtelet, M. Claude
Robert, des artisans et du peuple. Leur vigilance fut souvent mise à
une rude épreuve, car un rapport de police, de l'année 1690, constate
que, bravant la peine de mort, quelques ministres osaient encore célébrer le culte proscrit, dans la rue du Marais, au faubourg Saint-Germain.

Des *lettres anecdotiques* manuscrites, conservées à la Bibliothèque
nationale nous donnent quelques détails curieux : « Au mois de décembre 1685, dans une assemblée chez M. de Seignelay, soixant-huit chefs
de familles signèrent leur conversion ; — en janvier 1686, on croyait
qu'il n'y avait plus à Paris que quatre-vingt dix-sept familles de la
religion, ce qui ne faisait pas plus de sept cents à huit cents personnes; un mois plus tard, l'archevêque de Paris, M. de Chanvallon,
n'en trouve plus que quatre-vingts; — Monsieur et Madame Muis-

---

(1) Saint-Simon.
(2) A Friedrichsdorff, village voisin de Hombourg, la plupart des habitants parlent français et portent des noms français : *Rossignol, Labbé, Meunier.* — L'ancien ministre de la guerre, en Prusse, général de Verdy du Vernois, appartient à
une famille de réfugiés français. On trouve dans l'*Annuaire militaire de Prusse*
des de Villiers, des de Corvisart, des du Plessis, des Pelet-Narbonne, du Bois-
Reymond, professeur de physiologie, mort à Berlin en 1896.
(3) Aujourd'hui encore on trouve des noms français chez les Boers, voisins du
Transvaal et de la république d'Orange.

son ont voulu faire leur conversion pendant la nuit. M. Muisson reprendra sa place au Parlement, et l'on dit que S. M. a la bonté de lui donner vingt-cinq mille livres pour le dédommager de toutes les peines qu'il a voulu souffrir ; — l'on prétend qu'il y a quatre ou cinq familles que le Roy ne pressera pas de changer de religion, à cause des grands services qu'elles ont rendus, comme le maréchal de Schomberg, le vieux du Quesne, le comte de Roye, le marquis de Ruvigny ».

Du Quesne avait alors soixante-treize ans et mourut deux ans après ; quoiqu'il eut exercé plusieurs fois le commandement suprême, sa religion l'empêcha d'être amiral (1). Le comte de Roye se retira en Danemark et de là en Angleterre, où il fut fait comte de Lifford et pair d'Irlande. Schomberg passa en Angleterre et fut tué à la bataille de la Boyne. Ruvigny se retira également en Angleterre et combattit contre nous dans la guerre de la succession d'Espagne (2).

Enfin les *lettres anecdotiques* mentionnent encore : « Le nommé de Rigny, maître sculpteur en bois, qui demeuroit rue du *Sépulcre* (Dragon), et s'est retiré hors de France avec sa femme et cinq enfants. Ils n'ont laissé aucuns biens ».

Aussitôt après la révocation de l'édit, les principaux chefs des familles protestantes de Paris furent mandés par des billets personnels chez MM. de Harlay, de la Reynie et Robert, qui, sans épargner ni promesses ni menaces, leur commandèrent, au nom du Roi, de changer de religion. Les récalcitrants furent mis en très grand nombre à la Bastille, où on les traita avec une extrême rigueur et où la durée de leur détention fut subordonnée à l'obligation de recevoir un confesseur ; aussi, beaucoup moururent-ils dans la prison plutôt que d'y consentir (3). Les membres du consistoire furent exilés par lettres de cachet ; les protestants, domiciliés à Paris depuis moins d'un an, reçurent l'ordre d'en sortir ; les Ministres (4) eurent quinze jours pour quitter la France.

(1) Abraham Du Quesne demeurait, en 1658, rue de Cléry et, en 1680, rue du Sépulcre (Dragon).

(2) Les biens de Ruvigny furent donnés par le Roi au cardinal de Polignac, mais seulement en 1711. Jusqu'à la révocation de l'édit de Nantes, le *consistoire* de Paris se réunissait, plus ou moins ostensiblement, chez M. de Ruvigny.

(3) « Le nombre des Protestants que reçut la Bastille, dit M. Fernand Bournon, entre 1685 et 1700, est incroyable et même ne sera jamais exactement connu. Une fois morts, on les enterrait dans le jardin du château ou sous les casemates du bastion. Cardel, ministre, y entra le 4 août 1690, et y resta jusqu'à sa mort, le 13 juin 1715, c'est-à-dire vingt-cinq ans. Pierre Baril, chirurgien, y mourut le 29 août 1692. Ils n'avaient qu'à abjurer pour être mis en liberté ».

(4) Les articles V et VI de l'édit de réformation leur faisaient les conditions les plus douces, s'ils se décidaient à abjurer : « Voulons que ceux desdits Ministres qui se convertiront, continuent à jouir leur vie durant, ainsi que leurs veuves, des mêmes exemptions de taille et logement de gens de guerre, dont ils jouissaient déjà. En outre, nous leur ferons payer, leur vie durant, une pension d'un tiers plus forte que les appointements qu'ils touchaient comme ministres, de la moitié de laquelle pension leurs veuves jouiront, tant qu'elles demeureront en viduité. — *Article* VI : Si aucuns desdits Ministres désirent se faire avocats, ou prendre les degrés de Docteurs ès Loix, nous voulons qu'ils soient dispensés des trois années d'études préalables, et qu'après avoir subi les examens ordinaires, ils soient reçus Docteurs, en payant seulement la moitié des droits ».

Mme de la Sablière se convertit et eut une pension de 2,000 livres; sa fille, enfermée d'abord dans un couvent, se convertit et épousa Trudaine, prévôt des marchands; son fils aîné, Nicolas, enfermé quelque temps à la Bastille, simula une conversion et se réfugia ensuite à Londres.

Gédéon Tallemant, l'auteur des *Historiettes*, se convertit en 1685.

M. de Villette, cousin germain de Mme de Maintenon, en 1685.

Dès le 10 octobre 1668, le bon courtisan Dangeau avait eu l'esprit d'abjurer entre les mains de Bossuet, dans l'église des Carmélites de la rue du Bouloi.

Le duc de la Force fut longtemps récalcitrant; on l'avait séparé de sa femme et de ses enfants. Il abjura enfin au mois de mai 1681, dans l'église des pères de l'Oratoire de Saint-Magloire, entre les mains de l'archevêque de Paris.

Le géomètre Saurin abjura en 1690 et reçut une pension de 1500 livres.

Le chimiste Lémery, après être passé en Angleterre, revint en France et se décida à abjurer en 1686.

Le peintre Samuel Bernard, et son fils le financier Samuel Bernard, rentrèrent dans le giron de l'Église, entre 1685 et 1686.

Même date approchée pour le grand écuyer, M. de Beringhen, et, vers la même époque aussi, le retour au catholicisme des Montalembert, Langeais, du Bordage, etc.

L'article X de l'édit de révocation faisait « très expresses et itératives défenses à ceux de la R. P. R. de sortir, eux, leurs femmes et enfans du Royaume, sous peine pour les hommes des galères, et de confiscation de corps et de biens pour les femmes ». La police malgré de telles rigueurs constata l'émigration de mille quatre-vingt-sept personnes dans les mois de novembre et décembre 1685. On sortait de Paris les jours de marché à minuit, parce qu'à cette heure les barrières s'ouvraient plus facilement. Des guides intrépides risquaient la hart en allant et venant sans cesse de Paris aux frontières du Nord-Est, pour aider les fugitifs. Dans les mêmes mois, il y eut mille quatre-vingt-dix-huit abjurations (1).

(1) Huygens, le plus grand astronome du dix-septième siècle, après avoir vécu quinze ans, en France, pensionné par Louis XIV, se retira à la Haye et ne voulut même plus correspondre avec notre Académie des sciences. — Parmi les Français, victimes de la révocation : Denis Papin, l'inventeur de la machine à vapeur, mourut en 1714, à Marbourg, en Allemagne. — Martineau, célèbre horloger, mort à Londres. — Daniel Marot, architecte, mort en Hollande, après 1712. — Jacques Rousseau, peintre, demeurant rue Charlot, mort à Londres, le 10 décembre 1693. Basnage, ministre à Rouen, se retira à Rotterdam, puis à La Haye, où il rendit des services diplomatiques à la France en 1716. Il mourut en 1723. — David Ancillon, ministre, mort à Berlin en 1629. — Bayle, grand philosophe sceptique, admirable érudit, ne put guère vivre à Paris, où l'un de ses ouvrages fut brûlé à la Grève, en 1682. Pour ne pas avoir le même sort, il se retira à Rotterdam et y mourut en 1706. — Jean Petitot, le célèbre peintre de mignatures, alla mourir à Genève. — Le célèbre Claude, le plus grand des polémistes protestants, fut l'objet de la plus honorable exception. Alors que les autres ministres eurent quinze jours pour se retirer, lui reçut l'ordre de partir le jour même de l'enregistrement de l'édit, 22 octobre, et fut conduit à la frontière sous la garde d'un valet de pied du roi. Claude reçut une pension considérable du prince d'Orange et mourut deux ans après à La Haye.

Tout protestant surpris en flagrant délit de culte en commun, ou arrêté dans sa fuite, était envoyé aux *galères, forçat pour la foi :* conduit à l'horrible geôle du quai de la Tournelle, la tête, le visage, les sourcils rasés, rivé à la même chaîne que les pires malfaiteurs, traîné à pied jusqu'à Marseille, et obligé de revêtir la casaque rouge et de ramer sur le même banc que les scélérats ou les barbaresques (1).

Cependant l'hérésie trouva un appui dans la capitale même, chez les envoyés des puissances protestantes. La République des *Provinces-Unies* eut dès lors, dans la chapelle de la légation, deux aumôniers au lieu d'un, pour pouvoir suffire aux besoins religieux des Réformés de Paris et tenir registre exact des baptêmes, communions, mariages et sépultures. Il en fut de même à l'Ambassade d'Angleterre, à l'Ambassade de Danemark et à l'Ambassade de Suède, située rue Jacob, à l'angle de la rue Saint-Benoît. Plus d'une fois, la Reynie envoya ses agents prendre les noms de Parisiens qui ne craignaient pas de s'assembler ainsi, chaque dimanche, dans les hôtels des Ambassadeurs étrangers; ces maisons n'en servirent pas moins de refuge au culte proscrit.

X. — ARTS, SCIENCES ET LETTRES.

Au commencement du dix-septième siècle, la *Communauté de Saint-Luc*, dont les derniers statuts remontaient à 1391, considérait les peintres les plus renommés comme de simples artisans et ne leur accordait la *maîtrise* que s'ils avaient passé par l'*apprentissage* et produit le *chef-d'œuvre* (2). Ses membres, la plupart peintres en bâtiment, imagiers, enlumineurs, marbriers prétendaient empêcher les artistes, étrangers à la corporation, de se livrer à la peinture (3). C'est pour

---

(1) Un conseiller du Roi, Louis de Marolles, montra un courage surhumain et n'en mourut pas moins après six années de tortures. Il cherchait à cacher sa douleur et écrivait à sa femme : « Si tu me voyais avec mes beaux habits de forçat, tu serais ravie. J'ai une belle chemisette rouge, un beau bonnet rouge, deux hauts de chausses... Mes habits de liberté ne sont pas perdus, et s'il plaisoit au Roy de me faire grâce, je les reprendrois... Le fer que je porte au pied, quoiqu'il ne pèse pas trois livres, m'a beaucoup plus incommodé dans les commencements que celui que tu m'as vu à Paris, à la Tournelle ».

(2) La communauté des peintres-jurés de Saint-Luc obtint, en 1704, la chapelle Saint-Symphorien, dans la Cité, la fit réparer, et y établit, avec l'autorisation du lieutenant général de police, M. d'Argenson, une école de dessin avec des modèles « humains et vivans placés en différens jours et en diverses postures ». Elle faisait des ventes de tableaux, en plein air, à la place Dauphine, et elle organisa la première *Exposition*, en 1673, dans une cour du Palais-Royal. La seconde Exposition eut lieu au Louvre, en 1699.

(3) PEINTRES FLORISSANT DE 1660 à 1715.

Claude Audran	mort en 1684, aux Chartreux, *Le Miracle des cinq pains.*	
Allégrain	— 1736, chez M. Mansard, rue des Tournelles, *Paysages.*	
Sébastien Bourdon	— 1671, à Notre-Dame, *Martyre de Saint-Pierre;* — au Palais, *La Femme adultère;* — à	

échapper à cette tyrannie que le Brun fonda en 1648 l'*Académie de peinture et de sculpture*, autorisée, en 1663, par Colbert, qui lui donna six grandes salles au Louvre et plaça l'École de Rome sous sa direction.

		l'Hôtel Bretonvilliers. *La Continence de Scipion;* — chez M. Crozat, place Louis-le-Grand, *Mort de Didon;* — à l'Hôtel de Toulouse, *Salomon sacrifiant à la déesse des Sidoniens;* — à Saint-Gervais, *Décollation de saint Protais.*
Bon Boullogne	—	1717, *Plafond* de la Comédie française; — *Plafond* de l'escalier des Célestins; — chez M. Blondel de Gagny, place Louis-le-Grand, *Une Famille de Centaures.*
Philippe de Champagne..	—	1674, A Notre-Dame, *Le Vœu de Louis XIII;* — à la Madeleine, *Noces de Cana;* — à Port-Royal, *La Cène;* — au Palais-Royal, *La Galerie des Hommes illustres;* — à l'Hôtel de Toulouse, *Louis XIII et Richelieu;* — à l'Oratoire, *La Nativité;* — à la Sorbonne, la *coupole.*
Michel Corneille..........	—	1708, Aux Feuillants, *Sainte-Famille;* — aux Capucins du Marais, *Saint-François.*
Noël Coypel	—	1707, A l'Assomption, *Christ en croix;* — au Palais du Luxembourg, *Esther devant Assuérus.*
Dorigny	—	1705, A l'Hôtel de Hollande, rue Vieille-du-Temple, *Les Travaux d'Hercule;* — *Le Sommeil réveillé par Diane.*
Dufresnoy..............	—	1705, A Sainte-Marguerite, la *Sainte enchaînée;* — Aide Mignard dans les travaux de la coupole du *Val-de-Grâce.*
Claude-Guy Hallé	—	1736, A Saint-Jacques-la-Boucherie, *Sainte-Anne;* — au Séminaire de Saint-Sulpice, *Descente de Croix.*
Jouvenet	—	1717, A Notre-Dame, *Le Paralytique;* — à Sainte-Opportune, *La Présentation au Temple;* — aux Invalides, *Les Douze Apôtres;* — au Prieuré de Saint-Martin-des-Champs, *La Pêche miraculeuse;* — chez les Filles-de-la-Croix, rue de Charonne, *Le Christ crucifié.*
Le Brun................	—	1690, A Notre-Dame, *Martyre de saint Étienne;* — à l'Académie de Saint-Luc, *Saint Jean l'Évangéliste;* — au Louvre, *Plafond de la Galerie d'Apollon;* — les tableaux de la *Vie d'Alexandre;* — à l'Hôtel Lambert, la *galerie* du premier étage; — à l'église du Saint-Sépulcre. *Résurrection;* — chez M. Mansard, *Priam demandant le corps de son fils.*
Claude Lorrain..........	—	1682, Chez M. Blondel, place Louis-le-Grand, *Hélénus montrant à Enée la route d'Italie;* — au Luxembourg, *Soleil couchant;* — *Le Débarquement de Cléopâtre;* — à l'Hôtel de Bouillon, quai Malaquais, *Port de mer au clair de lune.*
Lafosse................	—	1716, A Saint-Pierre-des-Arcis, *La Cène;* — à l'As-

Mignard refusa de faire partie de l'Académie royale, tant que le Brun vécut et il se contenta de la dignité de « prince de la maîtrise de Saint-

	somption, *Saint-Pierre délivré de ses chaines par un Ange;* — chez Crozat, rue de Richelieu, *Naissance de Minerve;* — à Saint-Eustache, *La Salutation angélique;* — chez les Chartreux. *Résurrection de la fille de Jaïre;* — à Saint-Sulpice, *Nativité saluée par les Anges;* — aux Invalides. fresque du dôme, *Saint Louis offre à Dieu son épée et sa couronne.*
Nicolas Loyr..............	— 1679, A Saint-Barthélemy. *Le Mariage de sainte Catherine;* — aux Tuileries, *Décoration de la salle des gardes;* — aux Feuillants, *Un seigneur descendant de cheval et venant prendre l'habit des Feuillants.*
Largillière...............	— 1746, A l'Hôtel de Ville. *Mariage du duc de Bourgogne; — Dîner offert à Louis XIV.* en 1687; — à l'abbaye Sainte-Geneviève, *Vœu de la ville de Paris en 1694.*
Pierre Mignard	— 1695, A l'Académie de Saint-Luc, *Portrait de Mignard,* par lui-même; — au Louvre, *La Famille de Darius; — Louis XIV à cheval;* — à l'Hôtel de Longueville, rue Saint-Thomas-du-Louvre, *L'Aurore;* — chez Mansard, plusieurs plafonds, *Cérès et Bacchus; — l'Assemblée des Dieux;* — au Noviciat des Jésuites, *Apparition de la Vierge à saint Ignace;* — au Val-de-Grâce, fresque du dôme, *La Gloire des Bienheureux.*
Pierre Poussin............	— 1665, Au Noviciat des Jésuites, rue du Pot-de-Fer, *Saint François-Xavier ressuscite une morte au Japon;* — au Palais-Royal, *Les sept sacrements;* — chez Crozat, place Louis-le-Grand, *Jupiter et Danaé;* — à l'hôtel de Toulouse. *Camille fait battre de verges le maître d'école de Falères;* — à Notre-Dame, *La mort de la Vierge.*
Joseph Parrocel..........	— 1704, Au réfectoire des Invalides, six *batailles.*
Rigaud	— 1743, Au Louvre, *portrait de Louis XIV;* — Jacobins de la rue Saint-Honoré. *La princesse de Conti, la comtesse de Toulouse, le Dauphin au siège de Philipsbourg;* — à l'Hôtel de Bouillon. quai Malaquais. *Portrait du cardinal de Bouillon.*
Santerre.................	— 1707, Chez M. Blondel. *Adam et Ève; — La coupeuse de choux.*
François de Troy........	— 1730, A Sainte-Geneviève. *Vœu du prévôt des marchands, Jérôme Bignon, en 1710.*
Van der Meulén	— 1690, Chez M. Lempereur, échevin, rue Vivienne, *Rencontre de deux armées sur un pont.*
Claude-François Vignon...	— 1703, A l'abbaye de Saint-Victor, *Adoration des Mages;* — à Saint-Martin-des-Champs, *Nativité.*
Verdier	— 1730, Chez les Carmélites de la rue d'Enfer, *Vie de sainte Geneviève.*

Luc ». A la mort de Le Brun, en 1690, Mignard lui succéda, non seulement dans la direction des Gobelins, mais encore à l'Académie royale, où, le 4 mars, il fut reçu académicien, puis nommé coup sur coup, dans la même séance, recteur, chancelier et directeur.

A l'exemple de Louis XIV, les membres de la famille royale se firent les clients des architectes, des peintres, des sculpteurs, des décorateurs de tout genre. Le Roi avait à entretenir Versailles et Marly; Mme de Montespan, Clagny; le dauphin, Meudon; le prince de Condé, Chantilly; le duc d'Orléans, le Palais-Royal et Saint-Cloud; Mademoiselle, le Luxembourg. Les grands seigneurs quittèrent le Marais pour se rapprocher des grandes voies du faubourg Saint-Germain, voisines de la route de Sèvres; les financiers s'établirent surtout à la place des Victoires et à la place des Conquêtes; chacun d'eux voulut avoir son Versailles à lui, et l'expression ne paraît vraiment pas trop ambitieuse, quand on reconstitue l'aspect extérieur et les distributions intérieures de ces petits palais, remplis de richesses artistiques qui en faisaient autant de musées. Ce fut l'âge d'or pour la plupart des peintres dont on vient de lire les noms.

Les « commandes » affluaient dans leurs ateliers. Il fallait couvrir de fresques le Val-de-Grâce, la Sorbonne, les Invalides. La corporation des orfèvres offrait chaque année un tableau à Notre-Dame, le 1er mai; les Lambert, les Bretonvilliers, les Fouquet, les Crozat, les Phélippeaux, les Bouillon, les de Lionne, les Louvois, les Samuel Bernard. faisaient couvrir de peintures les panneaux, les dessus de portes, les plafonds de leurs galeries. Les Jésuites avaient demandé au Poussin le *Miracle de saint François-Xavier*; les Chartreux, à Le Sueur la *Vie de saint Bruno;* le Parlement, à Vouet le *Jugement dernier:* le prévôt des marchands, à Largillière et à François de Troy, la *Réception du Roi*, en 1687, et les *Vœux à Saint-Geneviève* en 1694 et en 1710. Les Congrégations religieuses. qui croissaient et multipliaient chaque jour, Capucins, Petits-Pères, Carmélites, Oratoriens, les chapitres, les fabriques des églises tenaient à honneur de se faire donner par les protecteurs et et protectrices des tableaux, des statues, pour leurs réfectoires, leurs bibliothèques, leurs salles d'assemblées et leurs chapelles (1).

---

(1) Voici les noms de quelques-uns des plus fameux « curieux et curieuses des ouvrages magnifiques » en 1692. chez lesquels on trouvait des galeries de tableaux, des statues, des collections d'objets rares :

Le duc de Saint-Simon, — père de l'auteur des Mémoires. — rue Taranne; — le duc de Richelieu, place Royale : il avait des *Rubens;* — le duc d'Aumont, en son hôtel, rue de Jouy; — Mme la duchesse de Sully, rue Saint-Antoine, en son hôtel; — le comte de Morstein, sur le quai des Théatins, à l'angle de la rue des Saints-Pères; — Messieurs les présidents Lambert et Bretonvilliers, à la pointe orientale de l'île Saint-Louis; — Mme la duchesse de Bouillon, quai Malaquais; — Mme la marquise de Richelieu, quai des Balcons (Béthune); — M. Jabach, rue Saint-Merry : il avait dans son hôtel, qui existe toujours, une collection hors ligne qu'il vendit peu à peu à Mazarin et au Roi; — M. Bordalou, curieux d'estampes, rue de la Sourdière; — M. le marquis de Rhodes, grand-maître des cérémonies, près la porte Saint-Honoré; — M. Lhuillier, fermier général, rue des Jeuneurs; — M. de Gagnière à l'Hôtel de Guise : sa collection, qu'il donna pour presque rien au Roi, est aujourd'hui conservée comme un des plus précieux trésors de la Bibliothèque

Les Parisiens furent, en 1698, appelés à goûter et à juger la plus intéressante des manifestations artistiques. Jules-Hardouin Mansard, ayant
été nommé, en cette année, surintendant des bâtiments, eut aussitôt la
pensée d'organiser, dans la grande galerie du Louvre, une *Exposition
des peintures, sculptures et estampes, faites et présentées au public
par les membres de l'Académie royale* (1). Elle dura du 2 au 22 sep-

nationale; — Mme de Coulange, dans l'enclos du Temple; — Mlle de Clapisson
(amie de Mlle de Scudéry), près les Enfants-Rouges; etc. etc.

Tout ce qui concernait l'ameublement de ces grands personnages était produit
par des artisans d'un rare mérite dans les industries qui relèvent de l'art le plus
raffiné. On s'inscrivait pour obtenir d'André Boulle, le merveilleux ébéniste, ses
meubles de marqueterie enrichis de bronzes. Les cabinets, les lits à colonnes,
les bureaux, les meubles de noyer, d'ébène, de cèdre, se fabriquaient déjà au
faubourg Saint-Antoine. Les marchands renommés étaient Bon l'aîné, tapissier du
Roi, rue Tiquetonne; Bon, le cadet, tapissier de Monsieur, rue aux Ours; Marseille, rue Saint-Denis, pour les tapisseries de cuir doré de Flandre. On vendait
les étoffes d'or et d'argent chez Gautier, rue des Bourdonnais, à l'hôtel de la Trémouille; les tapisseries d'Aubusson, rue de la Huchette; celles de Beauvais, rue
de Richelieu.

Aux Gobelins, fondateurs au quinzième siècle, sur les bords de la Bièvre, de la
célèbre teinturerie qui porte encore leur nom, avaient succédé les Canaye, qui
joignirent à la teinture la fabrication des tapisseries de haute-lice, c'est-à-dire
faites sur un métier vertical. Vers 1655, leurs ateliers étaient exploités par le Hollandais Gluk et le Flamand Liansen. Frappé de la beauté de leurs produits, Colbert
acheta, en 1662, l'immense enclos qui s'étendait de la rue Mouffetard au delà de la
Bièvre, le long de la rue Croulebarbe. Il en renouvela les bâtiments et y établit,
en 1667, sous la direction de Le Brun, la *Manufacture royale des meubles de la
couronne*. Comme ce titre l'indique, on ne s'y borna plus à la fabrication de ces
merveilleuses tapisseries qui reproduisent les chefs-d'œuvre de Raphaël, de Poussin, de Le Brun, de Mignard. Ce fut une véritable école des arts appliqués à l'industrie. Soixante apprentis y recevaient des leçons de dessin, et la peine de mort
menaçait tout ouvrier qui livrait les secrets de son industrie à l'étranger. On y
fabriquait des meubles, des ornements de pierre et de marbre, on y ciselait les
métaux, l'argenterie du Roi; il y eut un atelier d'horlogerie. Le Brun y mourut,
le 12 février 1690. Mignard, âgé de quatre-vingts ans, le remplaça pendant cinq
ans, mais mourut en 1695, dans sa maison de la rue de Richelieu.

On commença, vers cette époque, à placer des glaces sur les cheminées, et l'on
chercha à les faire aussi belles et plus grandes que celles qu'on tirait de Venise.
Pour échapper à ce tribut payé à l'étranger, Eustache Grandmont et J. A. d'An-
thonneuil obtinrent le privilège de fabriquer des glaces et des miroirs à Paris,
dans l'ancien château de Reuilly. Colbert, en 1666, érigea cet établissement en
manufacture royale.

(1) De Coypel : *Solon*, *Sévère*, *Trajan*, *Ptolémée*, qui sont revenus au Louvre;
— de Largillière, *Le prévôt des marchands, Claude Bosc, rendant hommage à la
duchesse de Bourgogne*, et une douzaine de *portraits*; — de Jouvenet, *La Descente
de croix* et *Le Repas chez le Pharisien*; — Santerre, *Portrait de femme*; — Girardon, réduction du *Louis XIV* équestre, inauguré le mois précédent à la place
Vendôme; — du graveur Gérard Edelinck, *La Sainte Vierge*, dite *la Couseuse*; —
enfin, Antoine Benoist obtint un vif succès de curiosité avec un médaillon en cire
coloriée, représentant le Roi de profil, avec des cheveux vrais, une cravate de
vraie dentelle, un habit de vraie soie. Tout le monde a vu cette image remarquable, conservée à Versailles dans la chambre à coucher du Roi.

Dès cette époque, le vieux Louvre contenait le noyau du Musée qui s'y est si
est si merveilleusement développé depuis : des tableaux de l'école italienne, provenant de Fontainebleau; les collections de Mazarin et du financier Jabach. Ces
trésors remplissaient la galerie d'Apollon, le grand Salon, le Salon ovale. Colbert
trouva au Louvre deux cents tableaux et en laissa plus de deux mille.

tembre, et l'art statuaire y tint dignement sa place avec les œuvres de Girardon, Coysevox, Hurtrel, Flamen, Nicolas Coustou, Vignier Regnauldin (1), et quelques autres. Il avait acquis dès lors un caractère de force, de majesté et d'unité dû, en partie, à l'impulsion de Le Brun, qui dirigeait, inspectait, inspirait tout, chacun trouvant naturel, à cette époque, de subordonner la sculpture à la peinture.

La sculpture d'ailleurs, art dispendieux, a besoin, plus encore que la peinture, de protecteurs riches, et les plus grands artistes de ce temps n'auraient pu vivre que par la faveur du prince, si l'orgueil des grands de la terre, cherchant au delà de la tombe une satisfaction suprême, — plus encore peut-être pour les vivants que pour les morts, — n'avait pas mis à contribution le ciseau des maîtres et ne leur avait pas demandé de décorer les mausolées fastueux dont la mode remplissait les églises. On ne se contenta plus des oraisons funèbres vite oubliées ; chaque famille voulut pour les siens le souvenir impérissable de la pierre ou de l'airain : ce sentiment, quel qu'en fût le mobile, exerça la plus heureuse influence sur l'art et fit des églises d'alors de véritables musées, où l'œil rêveur entrevoyait dans les profondeurs des nefs tout un peuple de personnages à genoux, à pied, couchés, équestres, faits de pierre, de marbre, d'albâtre, d'or, d'argent, de cuivre, de bronze, dont nous admirons encore, dispersés çà et là, les restes merveilleux (2).

(1) On a montré pendant longtemps, au coin de la rue de l'Arbre-Sec et de la rue Bailleul, un groupe en bois représentant *Sainte Anne montrant à lire à la Vierge*, exécuté par Regnauldin, d'après un dessin de Buyster, sur la commande de la veuve d'un rôtisseur enrichi dans ce quartier.

(2)   MAUSOLÉES ÉLEVÉS DANS LES ÉGLISES DE PARIS DE 1661 à 1715.

A	Mort en	
Étienne d'Aligre, chancelier.....	1677 S.-Germain-l'Auxerrois...	par Laurent Magnier.
Fr. d'Argouges, président du parlement de Bretagne.......	1691 S.-Paul, rue Saint-Paul...	— Coysevox.
Cardinal de Bérulle............	1629 Oratoire, rue S.-Honoré..	— François Anguier.
Jérôme Bignon, avocat général..	1656 S.-Nicolas-du-Chardonnet,	— Girardon.
La mère de Le Brun...........	16 S.-Nicolas-du-Chardonnet,	— Tuby et Collignon.
Charles Le Brun, peintre.......	1690 S.-Nicolas-du-Chardonnet,	— Coysevox.
Jean le Camus, lieutenant-civil..	1710 Blancs-Manteaux........	— Mazière.
Jean-Casimir V, roi de Pologne ..	1672 S.-Germain-des-Prés......	— Marsy.
Les Castellan	1644-1669 S.-Germain-des-Prés.	— Girardon.
Clerselier....................	1684 S.-Barthélemy, en la Cité,	— Barthélemy de Mélo.
J. B. Colbert.................	1683 S.-Eustache.............	— Coysevox, Tuby et Le Brun.
Anne-Marie Martinozzi, princesse de Conti....................	1672 S.-André-des-Arts........	— Girardon.
Fr. Louis de Bourbon, prince de Conti....................	1709 S.-André-des-Arts........	— Coustou l'aîné.
Charles, duc de Créquy........	1687 Capucines..............	— Mazeline et Hurtrelle.
M. Cureau de la Chambre, médecin...................	1675 S.-Eustache.............	— Bernin et Tuby.
J. de Souvré, grand prieur......	1670 S.-Jean de Latran........	— François Anguier.
Cardinal de Furstemberg.......	1704 S.-Germain-des-Prés	— Coysevox.
Girardon...................	1715 S.-Landry, en la Cité.....	— Nourrisson et Le Lorrain.
Henri de Lorraine, comte d'Harcourt...................	1695 Feuillants, rue S.-Honoré,	— Renard.

Les morceaux exigés des sculpteurs pour leur réception à l'Académie étaient trop visiblement inspirés par un sentiment de flatterie à la personne du Roi, ou à sa politique : Rousselet présentait : *La Muse de l'Histoire écrivant la vie de Louis XIV* : Desjardins, l'*Hérésie détruite*; Nicolas Coustou, *Apollon offrant à la France l'image du Roi*; Hardy, *la Religion terrassant l'Idolatrie*, etc.

Mieux vaut les juger par les œuvres produites plus librement. Nous devons à COYSEVOX, *La duchesse de Bourgogne en Diane chasseresse*: les bustes de *Bossuet*, de *Colbert*, *Le Brun*, *Mignard* (au Louvre); les deux *chevaux ailés*, à (l'entrée des Tuileries); la statue de *Louis XIV* placée à l'Hôtel de Ville, le 14 juillet 1689, et conservée aujourd'hui à Carnavalet; — à Gilles GUÉRIN, le *médaillon de Descartes* (Saint-Étienne-du-Mont); — à GIRARDON, réduction de la *statue équestre de Louis XIV*: buste de *Boileau* (au Louvre); — à Pierre PUGET, *Milon de Crotone*, *Persée et Andromède*, *Alexandre et Diogène* (au Louvre); — à DESJARDINS, buste de *Colbert* (au Louvre); les *Vertus cardinales* (ancienne église de Sainte-Catherine); — à LE HONGRE, l'un des bas-reliefs de la Porte *Saint-Martin*; — à THÉODON, *Phaétuse*, *Atlas* (au Louvre); — à Nicolas COUSTOU, *Adonis se reposant de la chasse*: *Jules César* (au Louvre); *La Seine et la Marne* (Jardin des Tuileries); — à TUBY, les bas-reliefs de l'ancienne Porte *Saint-Bernard*; — à VAN OBSTAL, *Les Travaux d'Hercule* (Hôtel Lambert); Buste de *Louis XIV*, *la France*, *l'Espagne* (ancienne porte Saint-Bernard); *Junon*, *Hébé*, *Diane et Flore* (aile droite de la cour de Carnavalet); — à BUYSTER, *Satyres* (ancien jardin du Palais-Royal); — à Louis LERAMBERT, *Nymphe* (ancien jardin du Palais-Royal); — à Corneille VAN CLÈVE, *Polyphème* (au Louvre); — à Pierre LEGROS, *Le Printemps*, *L'Hiver* (au Louvre); — à LESTOCART, la *Chaire* de Saint-Étienne-du-Mont; — à Michel ANGUIER, *Hercule et Atlas*, *Amphitrite* (au Louvre); à SPIN-

A	Mort en	
...arquis et Marquise de l'Hospital.	1702 Notre-Dame des Victoires,	par Poultier.
...cques II, roi d'Angleterre......	1701 Collège des Écossais.....	— Garnier.
...arie des Landes de Lamoignon.	16.. S.-Leu..............	— Girardon.
...uvois	1691 Capucines..............	— Girardon, Van Clève, Desjardins.
...lli	1687 Notre-Dame des Victoires,	— Cotton.
...aurent Magnier, sculpteur......	1700 S.-Nicolas-des-Champs....	— Laurent Magnier.
...H. Mansard..................	1709 S.-Paul..............	— Coysevox.
...icolas Ménager..............	1711 S.-Roch	— Mazière.
...bbé de Marolles,..............	1681 S.-Sulpice..............	— Mélo.
...ardinal Mazarin	1661 Collège des Quatre-Nations..............	Coysevox.
...ndré Le Nostre..............	1700 S.-Roch	— Coysevox et Cotton.
...arquis de Pomponne..............	1699 S.-Merry	— Rastrelli.
...ardinal de Richelieu..............	1643 Sorbonne..............	— Le Brun et Girardon.
...ardinal de La Rochefoucauld.	1645 Abbaye Sainte-Geneviève.	— Buyster.
...Le Tellier, chancelier........	1685 S.-Gervais..............	— Mazeline et Hurtrelle.
...olbert de Villacerf..............	1699 Minimes de la place Royale..............	— Coustou et Spingola.
...arles, duc de La Vieuville.....	1663 Minimes id..............	— Guérin et Desjardins.

GOLA, *Saint Louis et ses enfants*, bas-relief (aux Invalides); — à FRÉMIN, *Sainte-Sylvie* (aux Invalides); *la Samaritaine*, (au Pont-Neuf); — à Louis LECOMTE, la *chaire* de Saint-Eustache (1).

SCIENCES.

*
* *

Dans le bel hôtel d'Habert de Montmor, conseiller au Parlement, qui fut l'un des premiers membres de l'Académie Française, et chez qui, — rue Sainte-Avoye, vis-à-vis la rue de Braque, — mourut Gassendi, se réunissaient amicalement, avant 1666, Roberval, Fréniele, Picard, Duclos, Bourdelin, Cureau de la Chambre, Buot Pecquet, Auzout, Claude Perrault, Mariotte, Gayant, tous savants adonnés aux sciences mathématiques, physiques ou naturelles. Quand Colbert songea à former une *Académie des sciences*, Montmor lui désigna ses amis comme les hommes les plus qualifiés pour y entrer et on leur adjoignit quelques étrangers : le Hollandais Huygens; le Niçois Cassini; le Danois Rœmer; Bernoulli, de Bâle, etc.

La nouvelle Académie fut d'abord à peu près libre; autorisée, en 1666, à tenir ses séances à la Bibliothèque du Roi (2), dans une salle basse

---

(1) Adresses de quelques sculpteurs :
Coysevox, Tuby, Hulot, Baptiste, aux Gobelins; — *Desjardins*, faubourg Montmartre; — *Girardon, Regnauldin, Flamand*, aux galeries du Louvre; — *Louis Lecomte*, rue Sainte-Apoline; — *Legros*, Porte de Richelieu; — *Spingola*, Butte Saint-Roch; — *Van Clève, Mazeline*, à la Ville-Neuve; — *Jouvenet*, rue des Jeuneurs; — *Le Grand*, rue Montmartre; — *Dieu*, au palais Brion; — *Mazière*, rue des Orties-du-Louvre.
Le modeleur en cire, Antoine Benoît, tenait, rue des Saints-Pères, le *Cercle royal*, un salon où le public allait voir d'illustres personnages « aussi hauts que le naturel ». Chaque année, il exposait « ces *figures parlantes* » à la foire Saint-Germain.
Adresses de quelques peintres :
Le Brun, Mignard, Anguier, Le Comte, Martin des batailles, Verdier, Francart, aux Gobelins; — *Coypel*, père et fils; *Lemoyne, le Lorrain, Houasse*, aux galeries du Louvre; — *Jouvenet*, au collège Mazarin; — *Blanchard*, cul-de-sac Saint-Sauveur; — *Michel Corneille*, rue des Petits-Champs; — *Vernansal*, rue Saint-Honoré; — *Bon Boullogne*, rue Sainte-Anne; — *Montagne*, rue du Vieux-Colombier; — *Hallé*, rue Sainte-Marguerite; — de *Troy, Rigault, Fouché*, rue Neuve-des-Petits-Champs; — *Claude Vignon*, rue du Petit-Lion; — *Philippe Vignon*, rue Saint-André-des-Arts; — *Parrocel*, rue du Coq; — *Allégrain*, rue Montmartre; — *Petitot*, rue de l'Université, en face l'hôtel Tambonneau; — *Joseph Vivien* (qui fit un excellent portrait de Fénelon), quai de l'École; — *Largillière*, rue Geoffroy Langevin; — *Sébastien Bourbon*, rue de Reuilly.
Mignard avait un logement aux Gobelins, mais il mourut le 30 mai 1695, à son domicile personnel, rue de Richelieu.
Adresses de quelques graveurs :
Leclerc, Edelinck, aux Gobelins; — *Baudet, Sylvestre, Mellan, Chéron, Molard, Mauger*, aux galeries du Louvre; — *Audran, Simonneau*, rue Saint-Jacques.
« M. *Landry*, marchand Imager, rue Saint-Jacques, à l'image Saint-François-de-Salles, vend des Estampes de dévotion de sept pieds de haut et un squelette humain, grand comme nature ».
(2) Elle occupait alors une maison voisine de l'hôtel Colbert, rue Vivienne, à

trop étroite pour les membres qui s'y assemblaient, les mercredis et les samedis de trois heures à cinq heures. Ce fut, en 1699, que la servitude s'accentua. Le Roi leur donna au Louvre un appartement magnifique et spacieux, avec des statuts datés du 26 janvier de cette année, fixant leur nombre à dix membres honoraires et à trois *classes*, composées chacune de vingt *pensionnaires*, vingt *associés* et vingt *élèves*. Tout était minutieusement prévu. Les pensionnaires devaient habiter Paris et se spécialiser ainsi : trois géomètres, trois astronomes, trois mécaniciens, trois anatomistes, trois chimistes, trois botanistes, un secrétaire et un trésorier. Huit des associés pouvaient être étrangers. Chaque élève devait s'appliquer au genre de science que professait l'académicien auquel il était attaché. Pour savoir jusqu'où peut aller l'amour de la réglementation, il faut lire l'article XXXVI :

« Le Président sera au haut bout de la table avec les honoraires; les pensionnaires seront aux deux costés; les associez au bas bout, les élèves chacun derrière l'académicien duquel ils seront élèves.

« Le Président sera très attentif à ce que le bon ordre soit fidèlement observé, et il en rendra un compte exact à sa Majesté, ou au Secrétaire d'Estat ».

L'assiduité était encouragée par des jetons de présence. Les pensionnaires, comme leur nom l'indique, touchaient, ainsi que quelques membres étrangers, des pensions payées au début avec la plus délicate attention. « La première année, — raconte Perrault, — le commis du trésorier des bâtiments les porta chez tous les gratifiés dans des bourses de soie pleines d'or, les plus propres du monde; la seconde année, dans des bourses de cuir; les années suivantes, il fallut aller recevoir soi-même les pensions chez le trésorier, en monnaie ordinaire. Les années eurent ensuite quinze, seize mois, et enfin, pendant la guerre d'Espagne, les paiements furent suspendus ».

En dépit, — ou peut-être à cause de cette discipline, c'est à peine si nous pûmes nous tenir au niveau du mouvement scientifique de l'Europe. La France ne le domina pas, elle qui exerçait un empire indiscutable dans la République des lettres. « Les sciences, a dit Dacier, furent peu cultivées chez nous au dix-septième siècle par une société qui semblait ne trouver de charmes que dans la littérature ». C'est que la littérature et l'art n'inquiétaient guère le grand Roi, tandis que les sciences lui étaient suspectes. Dans les pays protestants, au contraire, le joug de l'autorité pesait moins; un souffle de liberté vivifiait l'esprit de recherches et facilitait tous les progrès.

Nous eûmes des mathématiciens éminents comme Pascal, Descartes, L'Hôpital, Fermat, Roberval; mais ce fut de l'Allemagne, de l'Italie, de l'Angleterre que jaillirent en éclairs les vérités foudroyantes qui allaient anéantir les antiques cosmogonies : Képler et Newton trouvent les

droite, vis-à-vis de la rue de l'Arcade Colbert. En 1681, le Roi, accompagné du duc d'Orléans, son frère, du Dauphin, du prince de Condé, assista à l'une des séances de l'Académie.

lois de la gravitation; Leitbniz crée la géologie; Galilée invente le Téles-
cope, résout les nébuleuses, découvre les satellites de Jupiter, les phases
de Vénus, et soutient intrépidement que la terre tourne autour du soleil,
centre de notre monde; Hévélius dresse la carte de la lune, catalogue
les étoiles, calcule la rotation du soleil et décrit la comète de 1652; Huygens aperçoit le premier satellite de Saturne, et affirme la pluralité des
mondes.

Chez nous, Picart et Cassini mesurent le méridien; Pascal démontre
la pesanteur de l'air; Amontons construit des baromètres, des thermo-
mètres et invente la télégraphie; Mariotte observe que le volume d'un
gaz diminue quand la pression qu'il supporte augmente; Salomon de
Caus et Denis Papin appliquent à diverses inventions la tension de la
vapeur d'eau, et ce dernier remonte le courant de la Fulda sur un bateau à vapeur (1). Lefèvre, Glaser et Lémery, professeurs au Jardin du
Roi, publient les trois premiers *traités de Chimie*. Lémery, dans son
ouvrage, dégagea la chimie des sottises de l'alchimie et de l'astrologie
et remplaça par un langage clair les signes cabalistiques de ses prédécesseurs (2). Le Jardin du Roi fut un champ fructueux d'observations et
d'expériences pour le laborieux botaniste Tournefort (3), qui nous rap-
porta de son voyage en Orient plus de douze cents plantes inconnues
en France. Malheureusement nos médecins nièrent la magistrale découverte de l'Anglais Hervey, la *circulation du sang*, et ne méritèrent
que trop les railleries que Boileau, dans un jour de belle humeur, leur
dispensa généreusement au nom de la Raison, « une inconnue qui n'est
point agréée à la Faculté et qui s'est ingérée de guérir, — et en réalité
guérit, — quantité de fièvres intermittentes sans saignées, purgations
ni évacuations précédentes, ce qui est non seulement irrégulier, mais

(1) On ne sait trop où mourut Salomon de Caus, vers 1635, mais rien ne justifie
la légende qui le représente enfermé comme fou à Bicêtre. — Denis Papin, docteur en médecine, protestant, quitta la France après la révocation de l'Édit de
Nantes, et obtint du landgrave de Hesse une chaire de mathématiques à l'Université de Marbourg. La *Fulda* est une rivière de la Hesse-Cassel, qui s'unit à la
Werra pour former le Wéser.

(2) Nicolas Lémery, appartenant à la religion protestante ne put obtenir le
grade de docteur en médecine, et travailla de bonne heure chez des apothicaires,
à Rouen, à Paris chez le célèbre Christophe Glaser, et à Montpellier. De retour à
Paris, en 1672, après avoir fait quelques cours très suivis à l'Hôtel de Condé, il
voulut avoir un laboratoire à lui, se fit recevoir maitre apothicaire et s'établit rue
Galande, où il vendit un remède qui fit sa fortune : le *magistère de Bismuth*. Ce
n'était qu'une préparation de *blanc d'Espagne*, à peine déguisée. Auzout, Bernier,
Tournefort, Rohault, Bourdelin, Perrault suivirent ses cours publics; sa maison
devint trop petite; des étrangers accouraient pour l'entendre, entraient chez lui
comme pensionnaires; le quartier était plein de ses auditeurs. La première édition de son *traité de Chimie* est de 1675. — La prospérité de Lémery ne dura pas:
persécuté pour ses opinions religieuses, il passa en Angleterre en 1683, revint en
France et se décida à abjurer le protestantisme en 1686. Il fut admis comme *associé* à l'Académie des sciences en 1699, et, à la fin de cette même année, comme
pensionnaire, à la place de Bourdelin. Lémery mourut le 19 juin 1715, à Paris.

(3) Tournefort, passant dans la rue Copeau, fut atteint violemment par une
charrette et mourut un mois après, le 28 décembre 1708, âgé de cinquante-deux
ans.

abusif, tortionnaire et d'un exemple très dangereux ». Molière, dans
les scènes où il semble pousser le burlesque jusqu'à l'invraisemblable,
exagère à peine. La cérémonie du *Malade Imaginaire* est « croquée »
d'après nature, et les quatre docteurs Tomès, Desfonandrès, Bahis et
Macroton, représentaient trait pour trait les quatre premiers médecins
du Roi : Defougerais, Esprit, Guénaut et Daquin (1), assassins jurés, qui
ne savaient que purger, saigner, ventouser, tailler, scarifier et clystéri-
ser, tout comme les Denyau, les Blondel, les Courtois et les Diafoirus
« aveuglément attachés aux opinions de leurs anciens, et qui jamais ne
voulurent comprendre les prétendues découvertes de leur temps touchant la circulation et autres opinions de même farine ». Tristes prati-
ciens que tous leurs contemporains reconnaissaient : aussi est-il à remarquer que Colbert ne fit entrer à l'Académie des Sciences que des médecins qui n'exerçaient pas : Cureau de la Chambre « l'homme du
royaume qui écrivait le mieux des sciences en français » ; — Claude Perrault, l'architecte de la colonnade : — Bourdelin, célèbre par ses ana-
lyses d'eaux minérales ; — Nicolas Marchand, botaniste, intrépide explo-
rateur de toute la banlieue de Paris ; — Jean Pecquet, anatomiste (2),
qui observa le canal thoracique et le réservoir du chyle auquel son nom
est resté ; — et enfin Louis Gayant, chirurgien de talent.

LETTRES.

Louis XIV eut le grand mérite de ne pas croire qu'il faisait assez
pour les gens de lettres en les pensionnant ; il les appela à sa cour et le
souvenir de sa familiarité avec quelques-uns d'entre eux est resté devant la postérité le plus aimable de ses titres. Il adopta comme sienne
l'Académie fondée par Richelieu, s'en déclara le Protecteur, en 1672,
et la mit au rang des grands corps de l'État en lui donnant le droit de
venir le haranguer dans les occasions solennelles, comme le faisaient
le Parlement et les autres cours supérieures (3).

(1) Un quart d'heure après la mort de Marie-Thérèse, Villacerf, rencontrant
Daquin dans les appartements, le souffleta en lui reprochant d'avoir tué la
Reine par une saignée ordonnée contre l'avis de Fagon.
(2) Les dissections n'étaient permises qu'à ceux qui avaient obtenu une autorisation de la Faculté. Enlever un cadavre, le disséquer en dehors de l'amphithéâtre des Écoles, était un cas pendable, ou qui, tout au moins pouvait mener le
coupable aux galères. Un jeune chirurgien, nommé Desnoues, fut surpris un soir,
rue de l'Université, à l'hôtel Tambonneau, dans une mansarde où il disséquait.
Effrayé, il décampa par la fenêtre, emportant avec lui le corps à moitié dépecé,
qu'un couvreur, le lendemain, retrouva dans la gouttière.
(3) Six places étaient réservées aux spectacles de la cour pour les académiciens.
— Aux premières réunions, le Directeur, le Chancelier et le Secrétaire avaient
seuls des *fauteuils;* les simples membres, des *chaises.* Cette égalité des trente-
sept chaises gênait les cardinaux d'Estrées, de Polignac, de Rohan, qui, en 1713,
hésitaient à venir voter à l'élection de La Monnoye. Le Roi l'apprit et fit porter
dans la salle quarante fauteuils exactement semblables. On a raconté que Re-

C'était une fête pour les Parisiens d'assister chaque année au Louvre (1), le jour de la Saint-Louis, à la distribution des prix d'éloquence
et de poésie fondés par Balzac et Pellisson, ou à la réception de quelque
nouvel académicien : Bossuet, Racine, Boileau, La Fontaine, Fontenelle, Fénelon, La Bruyère (2). La salle, dans ces grands jours, n'était
pas assez vaste pour contenir les princes, les seigneurs, les prélats, les
magistrats, les grandes dames qui s'en disputaient l'entrée.

gnard ayant été élu en 1703, refusa l'honneur qu'on lui faisait, et que l'Académie
décida que désormais les candidats devraient solliciter leur admission par une
visite à chaque membre. La vérité est que le règlement de 1816, — toujours en
vigueur, — invite « les prétendants aux places vacantes à se dispenser de faire
aucune visite aux académiciens pour solliciter leurs suffrages ».

(1) A partir de 1673, « pour presser le travail du Dictionnaire », l'Académie se
réunit le lundi, le jeudi et le samedi. Le Roi lui donna, au rez-de-chaussée du
Louvre, les deux salles qui portent aujourd'hui les noms de *Coustou* et de *Puget*.
La chapelle du premier étage du pavillon des Cariatides était aussi réservée
aux « Quarante », qui y faisaient dire une messe en musique le jour de la Saint-
Louis. On y prononçait ensuite le panégyrique du Saint. L'auteur du pamphlet,
le Cochon mitré, nous montre l'Académie Française sous un jour très différent :
« Quoique le Roi leur ait fait l'honneur de les loger dans le Louvre, ces beaux
Messieurs s'y battent en drilles, comme dans un cabaret. Charpentier en vint si
avant, l'autre jour, avec l'abbé Tallemant que de lui reprocher qu'il étoit fils
d'un banqueroutier de la Rochelle; à quoi Tallemant répliqua que Charpentier
était fils d'un cabaretier de Paris. De ces injures de halles, ils en vinrent aux
coups. Charpentier jeta à la tête de Tallemant un *Dictionnaire de Nicot*, et Tallemant, de son côté, jeta à la tête de Charpentier un *Dictionnaire de Monet*. Oh!
que vous eussiez bien fait rire le monde, si vous eussiez décrit cette bataille! »

(2)   LISTE DES MEMBRES DE L'ACADÉMIE FRANÇAISE EN 1703.

1656. César d'Estrées, cardinal,	à l'abbaye de Saint-Germain-des-Prés.
1665. L'abbé Testu, prieur de Saint-De- nis de la Chartre,	rue des Lions-Saint-Paul.
1666. Paul Tallemant,	rue Sainte-Anne.
1667. Philippe de Courcillon, M{is} de Dan- geau,	Place Royale.
1670. Regnier Desmarets, *secrétaire per- pétuel*,	à l'Hôtel de Créquy, quai Malaquais.
1673. Esprit Fléchier, évêque de Nîmes,	à Nîmes.
1673. Jean Gallois, abbé de Saint-Martin de Cores,	rue Fromentel, derrière le Collège Royal.
1674. Daniel Huet, ancien évêque d'A- vranches.	à la Maison professe des Jésuites, rue Saint-Antoine.
1678. Nicolas Colbert, archevêque de Rouen.	à l'Hôtel Colbert, rue Neuve des Petits- Champs.
1679. Louis Verjus, Cte de Crécy,	rue de Richelieu.
1682. L'abbé de Courcillon de Dangeau,	Place Royale.
1684. Nicolas Boileau-Despréaux,	au Cloître Notre-Dame.
1685. Thomas Corneille,	rue Saint-Hyacinthe-Saint-Honoré.
1686. Timoléon de Choisy, prieur de Saint-Lô de Rouen,	au Luxembourg.
1688. Jean Testu de Mauroy, abbé de Saint-Chéron,	au Palais-Royal.
1688. Jean de la Chapelle, Conseiller du Roi,	rue du Grand-Chantier, au Marais
1689. François de Callières, Conseiller du Roi,	rue de Cléry.

Aux ruelles galantes des dames avaient succédé, dans cette seconde moitié du siècle, des assemblées, où de graves messieurs tenaient des académies au petit-pied. L'abbé de Dangeau donnait, dans l'hôtel de son frère le marquis. Place Royale. « une conférence », presque entièrement grammaticale, que l'on appelait la *Martiale*. parce qu'elle avait lieu le mardi. Le joyeux poète Lainez faillit y mourir d'ennui « en y alignant au cordeau chaque mot ».

Il y avait un « concours de sçavans toutes les après-dînées du mercredi chez M. l'abbé Ménage, cloître Notre-Dame (1), où l'on conféroit sur toutes sortes de sujets ». Des assemblées de même nature avaient lieu chez l'orientaliste d'Herbelot. rue de Condé; chez M. de Villevant, maître des requêtes. rue Hautefeuille. « pour les sçavans de considération »; chez l'abbé de La Roque. directeur du *Journal des savants*, rue Gué-

1689. Eusèbe Renaudot. prieur de Fossey.	rue de Richelieu, au coin de la rue Neuve-Saint-Augustin.
1691. Bernard de Fontenelle. secrétaire de l'Académie des Sciences.	au Palais-Royal.
1691. Estienne Pavillon, ancien avocat général au Parlement de Metz,	rue de Cléry.
1692. Jacques de Tourreil,	rue des Douze-Portes-au-Marais.
1693. François de Salignac de Fénelon. archevêque de Cambray,	à Cambray.
1693. Paul Bignon, Conseiller d'État.	Hôtel Bignon. rue des Bernardins.
— Simon de La Loubère,	à Toulouse.
1694. Paul Lefèvre de Caumartin,	rue Neuve-Saint-Étienne, faubourg Saint-Marcel.
1695. Charles Castel de Saint-Pierre.	au Palais-Royal.
— Jules de Clérambault,	rue des Bons-Enfants.
— André Dacier, garde des livres du Cabinet du Roi.	au Louvre.
1696. Claude Fleury, sous-précepteur des Enfants de France.	rue Saint-Louis-au-Marais.
1698. Claude Genest, aumônier de la duchesse d'Orléans,	Cloître Saint-Honoré.
1699. Louis Cousin, président en la Cour des Monnaies,	rue Guénégaud.
1699. Henri du Trousset de Valincour.	Cloître Notre-Dame.
— Louis de Sacy, avocat,	rue Beaubourg.
— Nicolas de Malézieux,	à l'Arsenal.
— Jean Galbert Campistron, secrétaire général des Galères.	rue de Grenelle, faubourg Saint-Germain.
1702. François de Chamillart, évêque de Senlis,	rue de Richelieu.
1702. Pierre de Cambout, duc de Coislin,	Hôtel de Coislin, rue de Richelieu.
1704. Armand de Rohan, évêque et prince de Strasbourg,	à l'Hôtel de Rohan, rue Vieille-du-Temple.
1704. Melchior de Polignac, abbé de Bonport,	rue Saint-Dominique, faubourg Saint-Germain.
1704. Gaspart Abeille, secrétaire des commandements du maréchal de Luxembourg,	à l'Hôtel de Luxembourg, rue S. Honoré.

(1) Sa maison, l'une des trente-trois du cloître Notre-Dame, existe toujours, à peine changée, rue Massillon, n° 4. La Harpe y est mort en 1803.

négaud; Sylvain Régis faisait des conférences sur la Cartésianisme (1).

Parcourez la liste des membres de l'Académie, en 1705, et vous verrez que dix à peine sur quarante ont une valeur littéraire; les autres sont des princes de l'Église, de grands seigneurs ou des créatures de ceux-ci. Quelques-uns, comme les Coislin, y entrent par droit de naissance; le duc du Maine fut élu à quinze ans. Le système des pensions, inauguré par Richelieu, continué par Colbert, amenait forcément la servitude des lettres. Tous les « beaux esprits furent rentés », depuis les plus justement célèbres jusqu'aux grotesques : Boileau (2) et Chapelain; Racine et Campistron; Corneille et l'abbé de Pure; Fléchier et Cottin. Tous se croyaient tenus d'exprimer, à tout propos, leur reconnaissance envers le monarque, source de leur fortune; de leurs écrits, s'exhale comme un parfum d'encens qui monte jusqu'à Versailles. Mais leur Muse est en tutelle et on le leur fait voir. La Fontaine fut longtemps tenu à l'écart, et Mézeray perdit sa pension de quatre mille livres pour avoir parlé trop librement des maltôtiers et de l'origine de la taille, de la paulette et de la gabelle (3). Un artiste seul osa résister : « Monsieur, écrivait Mignard à Colbert, le Roi peut m'ordonner de quitter le royaume; mais sachez bien qu'avec mes cinq doigts il n'y a point de pays en Europe où je ne sois plus considéré et où je ne puisse faire une plus grande fortune qu'en France ».

Le pouvoir personnel de Louis XIV commence en 1661, et aussitôt, comme s'ils l'attendaient, tout un groupe d'écrivains entrent dans la carrière. Molière avec l'École des maris; Racine avec sa Thébaïde, et ses Frères ennemis, si vite dépassés par Andromaque; Boileau et ses premières Satires. La Fontaine et ses premières Fables. Bossuet, Mascaron, Bourdaloue commencent à prêcher; La Rochefoucauld publie ses Maximes; Saint-Évremond, ses Réflexions sur le peuple romain. On se passe dans les salons les lettres de Mme de Sévigné; Boileau est l'oracle de ses contemporains avant même d'avoir promulgué son Art poétique. Leur souci à tous (sauf Molière et La Fontaine), c'est la perfection de la forme, la recherche de la grandeur et de la noblesse, la majesté du style. Ils ne sont pas des « remueurs de nouvelletez », et vivent volontiers sur la psychologie, la morale et les lieux communs ressassés par l'antiquité; il leur suffit de les parer de la beauté française.

(1) Sylvain Régis mourut le 7 janvier 1707, chez le duc de Rohan, place Royale, et fut inhumé à Saint-Paul.

(2) Un curieux passage de Boursault contient, non sans quelque raison, une protestation contre les premières satires de Boileau : « Pour un homme tel que M. Despréaux, qui, par la délicatesse de sa plume pouvoit s'attirer des applaudissemens sans restriction, c'est en avoir mal usé qu'avoir réduit tout ce qu'il y a de gens raisonnables à ne pouvoir faire l'éloge de son esprit sans être obligés de faire procès à sa conduite... Attaquer les vices et faire une peinture de leur noirceur, c'est ce qu'on appelle une satire; mais déclarer ceux d'un particulier et décliner son nom pour le faire mieux connoître, c'est un libelle diffamatoire ».

(3) Mézeray habitait, rue Montorgueil, vers l'emplacement du passage du Saumon. Il avait une maison de campagne à Chaillot. Le cabaretier Le Faucheur, son ami et son héritier, fit inhumer le corps au cimetière des Innocents, et déposer le cœur dans la chapelle des Billettes, au Marais, en 1683.

Mais le grand Roi vécut si longtemps qu'il vit disparaître bien avant lui, par la mort ou la fatigue (1), la génération qui avait illuminé les beaux jours de son règne. Elle fut remplacée par des hommes très différents, moins prompts à l'admiration et qui ne sont plus autant dominés par la crainte de blesser la religion ou la politique du maître. Ils ont entendu les cris de révolte poussés au delà des frontières par les victimes de la Révocation ; en France, par une population réduite au désespoir, et ils se font l'écho de l'Humanité outragée. La Bruyère, petit-fils de ligueurs, contemple Versailles « où des hommes, placés dans le temple entre leur Dieu et leur Roi, tournent le dos à Dieu et adorent le Prince ». — « Le peuple n'a guère d'esprit, dit-il, mais les Grands n'ont point d'âme ; s'il faut opter, je ne balance pas, je veux être peuple » ; et chacun se rappelle le dessin épouvantable qu'il charbonne en quelques traits, de ces paysans d'alors « noirs, livides, attachés à la terre qu'ils fouillent, qui ont comme une voix articulée et quand ils se lèvent sur leurs pieds montrent une face humaine, *et qui en effet sont des hommes* qui épargnent aux autres hommes la peine de semer, de labourer, et qui mériteraient de ne pas manger de ce pain qu'ils ont semé ». Bayle, précurseur de Voltaire, apôtre de la tolérance, risque d'être brûlé par les Protestants comme par les Catholiques. Fénelon, exilé dans son diocèse de Cambrai, regarde avec une tristesse de prophète « ce gouvernement qui ne vit plus que par miracle, cette vieille machine délabrée qui va encore de l'ancien branle qu'on lui a donné et qui achèvera de se briser au premier choc ». Boisguilbert veut révolutionner tout le système économique, supprimer les tailles, les aides, les douanes et rendre libre le commerce des grains. Vauban propose de remplacer par des impôts sur le revenu et sur l'eau-de-vie les taxes indirectes qui affamaient le consommateur ; il attaque les emprunts « qui ruinent le peuple et enrichissent les traitants ». Le Sage, dans *Turcaret*, montre ces mêmes traitants, rois de l'époque, et les livre à la risée de la foule. Le bon abbé de Saint-Pierre publie en 1713 un *Projet de la paix perpétuelle* et veut substituer des « conseils » (*Polysynodie*) au pouvoir despotique des secrétaires d'État... Il semble que nous commencions l'histoire du dix-huitième siècle et, en effet, nous l'entamons. Les idées rédemptrices n'ont pas attendu la mort du vieux roi pour éclater.

* *

Bibliothèques. — Les savants étaient sûrs de trouver bon accueil, non seulement à la Bibliothèque du Roi (2), mais dans les bibliothèques

(1) Dès 1684, Corneille ; puis, en 1693, Mme de La Fayette ; en 1694, Mme des Houlières ; en 1695, La Fontaine ; en 1696, La Bruyère et Mme de Sévigné ; en 1699, Racine ; en 1703 Saint-Évremond ; en 1704, Bossuet et Bourdaloue. Boileau se survécut jusqu'en 1711. La satire XII, sur l'Équivoque, est de 1705.

(2) En 1692, l'abbé de Louvois résolut d'ouvrir deux fois par semaine la Bibliothèque du Roi, rue Vivienne, à tous ceux qui voudraient y venir étudier, et pour fêter le jour de l'ouverture, il régala plusieurs savants d'un magnifique repas.

des congrégations et dans celles, si nombreuses. que des particuliers avaient formées. Quelques-unes étaient même publiques à certains jours. comme celle de l'abbaye *Saint-Victor* (1), depuis 1652; celle des *Avocats*, à l'Archevêché (2), depuis 1708, et celle de Mazarin (3), transportée après sa mort au Collège des Quatre-Nations, et ouverte les lundis et les jeudis depuis 1691.

Parmi les plus remarquables, je puis citer celles :

De M. de *Lamoignon*, à l'hôtel d'Angoulême, rue Pavée-au-Marais;

de M. le chancelier *Boucherat*, rue Saint-Louis, au Marais;

de l'archevêque de Reims, Maurice *Le Tellier*, rue Saint-Thomas-du-Louvre;

de M. de *Ménars*, président à mortier, rue de Richelieu, près la Porte Richelieu; il possédait la bibliothèque du président de Thou;

du Collège *Louis-le-Grand*, augmentée des livres de Fouquet de la Varenne;

de la *Maison professe* des Jésuites de la rue Saint-Antoine, où l'évêque d'Avranches. Huet, s'était retiré et avait porté tous ses livres;

des *Célestins*, qui possédaient près de vingt mille volumes, parmi lesquels ceux provenant de Louis d'Orléans. Le bibliothécaire, en 1692. était le R. P. Aucherau;

de l'abbaye *Sainte-Geneviève*, enrichie des livres de Maurice Le Tellier. etc.

Les Guillemites, connus sous le nom de *Blancs-Manteaux*, après avoir adopté la réforme des Bénédictins de Saint-Maur, reconstruisirent. en 1685, leur monastère de la rue de Paradis au Marais, et y installèrent, au troisième étage, leur bibliothèque, composée de plus de treize mille volumes, acquis par ces savants religieux sur le produit de leurs ouvrages d'histoire. Dans cette retraite, vécurent. au dix-septième et au dix-huitième siècles. les érudits dom Durand. dom Lobineau, dom Bouquet, dom Clémencet. dom Estienne, etc.

La Bibliothèque des Bénédictins de *Saint-Germain-des-Prés* était. comme celles des Blancs-Manteaux. le sanctuaire où s'élaboraient dans

Malheureusement son intention généreuse n'eut pas de suite, et la Bibliothèque ne fut réellement ouverte au grand public qu'en 1737.

(1) Largement ouverte, celle-là, les lundis, mercredis et samedis de 7 à 11 heures du matin et de 2 à 5 heures de l'après-midi. En 1698, M. de Tralage, neveu de La Reynie, lui fit présent d'une collection dans laquelle se trouvait le précieux *plan de Paris*, attribué à Du Cerceau. En 1690, don de M. de Bournonville, conseiller au Parlement; en 1703, don du président Cousin.

(2) Étienne-Gabriel de Riparfond, avocat, mort en 1704, légua sa bibliothèque à ses confrères, avec des fonds pour l'entretien. Elle fut placée dans une galerie de l'avant-cour de l'Archevêché et inaugurée le 5 mai 1708, par le cardinal de Noailles, qui dit la messe à cette occasion. — On y donnait tous les jours des *consultations gratuites.*

(3) On commença à y donner entrée en 1691, les lundis et les jeudis. Sur tous les détails qui concernent cette importante bibliothèque et son transport de l'hôtel de Mazarin, rue de Richelieu, au collège des Quatre-Nations, où elle est encore aujourd'hui, voir dans le *Paris à travers les Ages*, la livraison *Tour de Nesle, Institut, Saint-Germain-des-Prés*, due aux savantes recherches de M. Alfred Franklin, l'homme le mieux autorisé à parler des livres de Mazarin.

de longues veilles les œuvres qui commencèrent à éclairer les origines de notre histoire nationale : la *Gallia christiana* de Denis de Sainte-Marthe ; l'*Anonyme de Ravennes*, de dom Placide Porcheron ; l'*Antiquité expliquée* et les *Monuments de la monarchie française* de Montfaucon ; la *Diplomatique* de Mabillon ; l'*Histoire littéraire de la France* et enfin l'*Histoire de Paris* de dom Lobineau. Elle occupait une galerie longue de soixante mètres, éclairée par onze fenêtres, ornée des bustes d'éminents religieux de l'Ordre, de Boileau, d'Arnauld, du comte de Caylus, de Louis XIV, et d'armoires de chêne contenant près de cinquante mille volumes, provenant en grande partie de donations de bibliophiles, dont il n'est que juste de rappeler les noms : Eusèbe Renaudot, Jean d'Estrées, le géographe Baudran, le duc de Coislin, le président de Harlay.

*
* *

> Une inquiète ardeur d'apprendre des nouvelles
> Agite mille gens, trouble mille cervelles :
>   C'est une maladie !

Maladie endémique à Paris, constatée par Corneille, qui, dans la comédie du *Menteur*, fait dire au valet Cliton : « Il y croît des badauds autant et plus qu'ailleurs ». De 1667 à 1675, les oisifs de la capitale épuisèrent, sans se satisfaire, toutes les questions imaginables : « Un bruit court que le Roi va tout réduire en poudre, et dans Valencienne est entré comme un foudre !... » — « Avez-vous vu les deux *Bérénice*, celle de Corneille et celle de Racine ? » — Pourquoi a-t-on arrêté M. de Lauzun ? — Le Roi écoutera-t-il M. Leibniz qui lui propose de conquérir l'Égypte ? — Est-il exact que Mlle de La Vallière se soit réfugiée à Chaillot et que le Roi l'en ait arrachée ? — Qui « Monsieur » va-t-il épouser ? — A-t-on passé le Rhin ? — Est-il vrai que le jeune duc de Longueville ait été tué ? — « Vous savez l'accident de Molière : il s'est évanoui pendant la représentation du *Malade imaginaire* — Évanoui ! je vous assure qu'il est mort sur le théâtre. — Pas du tout ; je vous affirme qu'il respirait encore quand on l'a mis dans sa chaise et qu'on l'a ramené chez lui, rue de Richelieu ; mais il a trépassé, avant qu'on ait eu le temps d'appeler son médecin Mauvillain et un confesseur ! » — Brioché a quitté le Château-Gaillard, qu'on démolit, et a été établir ses marionnettes sur le Pont-Marie. — On vient d'apprendre la mort affreuse de M. de Turenne ; tout ce quartier de la rue Saint-Louis au Marais, où il a logé, est dans le trouble et dans l'émotion ; chacun parle et s'attroupe pour regretter ce héros ! — « Pourquoi Mlle de La Vallière s'est-elle retirée aux Carmélites ? — Pourquoi Mme de Montespan a-t-elle quitté Versailles pendant la semaine sainte et est-elle venue se cacher à Paris ? » Tous ces *pourquoi* ne finiraient jamais.

Et les bons bourgeois se plaignaient de ne pas être suffisamment renseignés par la *Gazette de France*, trop sérieuse, trop abondante en nouvelles de l'étranger et en renseignements officiels (1) !

---

(1) Voir chapitre XV, page 173. — Théophraste Renaudot géra la *Gazette* jus-

Ils avaient pu pourtant se récréer pendant quinze ans, — de 1650 à 1665, — avec l'étonnante *Muse historique* ou *Gazette burlesque*, qui n'avait été interrompue que par la mort de son infatigable auteur, en avril 1665. Loret avait commencé son rude métier de journaliste, en pleine Fronde, le 4 mai 1650, par un premier numéro *manuscrit*, dédié à sa protectrice Mlle de Longueville (1). En 1652, il imprima son journal à douze exemplaires; enfin, en 1655, il obtint un privilège, qui lui permit de publier l'œuvre entière. Tout y passe : peinture comique des événements, épigrammes, chansons satiriques, historiettes graveleuses, bien accueillies par les plus honnêtes dames de ce temps. Quand le bon Loret mourut, il avait publié, sans jamais s'interrompre, sans le secours d'aucun collaborateur, sept cent cinquante numéros et environ quatre cent mille vers !

En cette même année 1665, où finissait la *Muse historique*, un conseiller du parlement de Paris, Denis de Sallo, commença une publication autrement importante et destinée à un long avenir, le *Journal des Savants*. Versé dans l'étude du Droit, de la littérature, des langues anciennes, et, — ce qui était plus rare alors, — des langues vivantes, M. de Sallo réunissait toutes les qualités nécessaires pour mener à bien son entreprise, à laquelle il adjoignit d'éminents collaborateurs : Chapelain, Gomberville, l'abbé Gallois, l'abbé de Bourzeix. Le premier numéro parut le 5 janvier. Le journal se proposait de donner toutes les nouvelles qui intéressaient la République des lettres, de rapporter les découvertes scientifiques et de donner l'analyse des livres nouveaux. Les premiers comptes-rendus, malgré leur modération, excitèrent la colère de l'insupportable Ménage; de Gui Patin, si facile à irriter ; de Daniel Huet, de Tannegui Le Fèvre, même de l'architecte-graveur Grégoire Huret, et des Jésuites. Ceux-ci se plaignirent à Colbert, à MM. de Lamoignon et de Mesmes, et firent sommer Denis de Sallo de soumettre désormais sa feuille à la censure ecclésiastique. Il refusa et préféra se retirer. Le journal fut repris avec un grand succès par l'abbé Gallois, et continué en 1685 par l'abbé de La Roque, en 1687, par le président Cousin, et, de 1702 à 1792, par une commission de gens de lettres choisis et rétribués par le chancelier (2).

---

qu'à sa mort en 1653. Elle resta la propriété de sa famille et fut dirigée jusqu'en 1679, par son fils Eusèbe Ier, et, jusqu'en 1720, par son petit-fils Eusèbe II. En 1672, elle porta son format, de huit à douze pages, et parut deux fois par semaine, le mardi et le vendredi, au prix de 15 livres par an, franche de port. Elle est devenue quotidienne depuis le 1er mai 1792.

(1) Marie d'Orléans, de Longueville, belle-fille de la fameuse duchesse de ce nom. Elle avait dix-sept ans lorsque son père se remaria, et l'harmonie ne dura pas longtemps entre elle et sa turbulente belle-mère. Elle s'engagea pourtant dans la Fronde, mais ne persista pas. Elle épousa en 1657, Henri de Savoie, duc de Nemours, prince maladif, avec lequel elle fut à peine mariée. Elle mourut en 1707, âgée de quatre-vingt-deux ans, et je recommande le portrait que Saint-Simon a fait d'elle.

(2) *Le Journal des Savants* se vendait chez Cusson, libraire, rue Saint-Jacques sous le numéro six. Il parut sans interruption jusqu'en 1792. Il a été rétabli par une ordonnance royale de 1816.

Le premier *Mercure Français* (1), interrompu en 1644, fut repris en 1672, sous le titre de *Mercure Galant*, par Donneau de Vizé, qui promettait habilement à ses lecteurs :

> Fable, histoire, aventure, énigme, idylle, églogue.
> Épigramme, sonnet, madrigal, dialogue,
> Noces, concerts, cadeaux, fêtes, bals, enjouements,
> Soupirs, larmes, clameurs, trépas, enterrements.
> Enfin quoi que ce soit que l'on nomme nouvelle.

C'était bien répondre à ce que demandait le goût public et le succès ne se fit pas attendre. Vizé (2) continuait Loret. Il amusa pendant trente-huit ans la cour, la ville et les provinces par la diversité de ses informations : histoires galantes, réceptions aux académies, sermons, procès scandaleux, comédies nouvelles, modes de chaque saison, etc. Si à ce métier il recueillit peu de considération, il plut au pouvoir, obtint une pension annuelle de douze mille livres et un logement aux galeries du Louvre (3). En 1690, il s'associa Thomas Corneille. A sa mort, en 1710, le *Mercure galant* passa à Dufresny (4), puis, en 1713, à Lefèvre de Fontenay. Un arrêt du Conseil interdit le Mercure en 1716, « à cause qu'il s'y glissait des choses scandaleuses ». Il reparut bientôt sous le nom de *Mercure de France*.

De 1684 à 1687, Bayle, réfugié à Rotterdam, publia chaque mois ses *Nouvelles de la République des lettres*, dans lesquelles il attaquait audacieusement tout ce que ses contemporains avaient été habitués à respecter (5). Le succès de cette feuille fut prodigieux, non seulement en France mais dans toute l'Europe.

Les Jésuites, qui avaient réussi un instant à faire supprimer le *Journal des savants* voulurent répondre aux attaques des « journaux hérétiques », en créant un organe à eux. Ils fondèrent le *Journal de Trévoux*, ou *Mémoires pour servir à l'histoire des sciences et des lettres*, imprimé dans cette petite ville, chez Molin, sous les auspices du duc du Maine, mais dont le comité de rédaction siégeait à Paris au Collège Louis-le-Grand. Le P. de Tournemine (6) en fut l'âme, aidé

(1) Le *Mercure*, publié par les libraires Jean et Étienne Richer de 1605 à 1635, fut continué par Renaudot de 1635 à 1644. J'en ai parlé, chapitre xv, page 174.

(2) Donneau de Vizé, né à Paris en 1638, mort aux galeries du Louvre, le 8 juillet 1710. Ennemi acharné de Molière, Racine, Boileau, défenseur de Cottin et de Pradon ; auteur d'un grand nombre de comédies et de tragédies « en machines ».

(3) Le *Mercure galant* parut chaque mois, à partir de 1678, au prix de 3 livres le volume, chez le sieur Guéroult, au Palais, dans la Galerie neuve.

(4) Charles Dufresny, né à Paris en 1648, mort rue du Temple en 1724. Il passait pour l'arrière-petit-fils de Henri IV et d'une jardinière d'Anet. Est-ce pour cela que Louis XIV le combla de bienfaits, que les prodigalités de Dufresny rendaient inutiles ? Il eut le privilège de la manufacture de glaces de la rue de Reuilly et le vendit aussitôt. Il vendit de même à Lefèvre de Fontenay le privilège du *Mercure galant*. Dufresny se lia avec Regnard et travailla avec lui pour le Théâtre-Italien et le Théâtre-Français.

(5) Bayle fut forcé par une maladie d'interrompre, en 1687, les *Nouvelles* que Daniel de Larroque continua quelque temps.

(6) René-Joseph de Tournemine, issu d'une des plus grandes familles de Bre-

par les Pères Daniel, Ducerceau, Catrou, Le Jay, Buffier, que Boileau.
qui batailla contre eux jusqu'à sa dernière heure, appelait les « grands
Aristarques de Trévoux (1) ».

Les nombreux *Mémoires*, composés par les courtisans ou les fonctionnaires de Louis XIV, sont pour la plupart de vrais journaux, d'autant plus sincères que leurs auteurs entendaient les tenir secrets, au
moins temporairement. S'ils ne prouvent pas toujours le courage de ceux
qui les ont écrits, ils n'en sont pas moins pour nous des témoignages
précieux de l'état d'âme des contemporains les plus distingués du
grand roi, et ils nous révèlent une multitude de faits que les historiens
ont négligés ou n'ont pas osé relater. Les *lettres* de Mᵐᵉ de Sévigné
couraient de main en main de son vivant, mais elles n'ont été publiées
qu'en 1726; les *Mémoires* de Retz, en 1717; ceux de la mère du Régent en 1723; le *Journal* de Dangeau, en 1770. Quelques-uns n'ont été
connus que de nos jours (2) : Saint-Simon en 1829 et 1857; Tallemant
des Réaux, en 1834; Fléchier, en 1844.

La surveillance des livres avait toujours été l'une des préoccupations
constantes des lieutenants-civils François et Antoine Dreux d'Aubray.
A peine nommé lieutenant de police, La Reynie adressa, le 24 juin 1667,
au chancelier Séguier, un projet d'arrêt « sur le fait de l'imprimerie et
de la librairie ». Il ne cessa jamais de se plaindre « de la licence que
l'on continue de se donner, dans les pays étrangers, de semer en France
des libelles les plus séditieux du monde, composés, selon toutes les apparences, par de mauvais Français », et il demandait contre les coupables les châtiments les plus rigoureux.

Les livres venant de l'Angleterre, de la Hollande, de l'Allemagne,
de la Suisse et de l'Italie entraient chez nous par Rouen, Dunkerque,

tagne, descendant des Plantagenets, commença son noviciat chez les Jésuites en
1680, professa en province et vint en 1701 à Louis-le-Grand, où il fut l'un des professeurs de Voltaire. Il mourut le 16 mai 1739, bibliothécaire de la Maison professe,
rue Saint-Antoine, où il est inhumé.

(1) Boileau, à la fin de sa XIIᵉ satire, apostrophe ainsi l'Équivoque maudite :

Fuis, va chercher au loin tes patrons bien-aimés,
Et, si plus sûrement tu veux gagner ta cause,
Porte-la dans Trévoux, à ce beau tribunal
Où de nouveaux Midas un sénat monacal,
Tous les mois, appuyé de ta sœur l'Ignorance,
Pour juger Apollon tient, dit-on, sa séance.

(2) Au dix-huitième siècle, les *Mémoires* de Saint-Simon furent déposés au ministère des Affaires étrangères, où Duclos, Voltaire, Marmontel purent les consulter
Le duc de Choiseul en prêta des volumes à Mᵐᵉ du Deffand, qui les lisait à ses
amis. Louis XVIII fit rendre ces manuscrits autographes au duc Henri-Jean-Victor-
de Saint-Simon, qui, en 1857, permit à M. Chéruel d'en publier une édition correcte et complète; elle remplaça définitivement celles fort défectueuses de 1788,
89, 91; 1818, 1826.

Calais, Strasbourg, Besançon, Lyon, Marseille. Les conducteurs de coches, les messagers, les voituriers par terre et par eau, ne devaient délivrer dans Paris aucun ballot de livres sans un billet du syndic des libraires.

Leur chambre syndicale était située rue des Mathurins, entre le couvent des Mathurins et l'hôtel de Cluny. On y examinait les livres « du dehors, les mardys et les vendredys de relevée ». Pierre Aubouin était syndic en 1680, quand il fut chargé avec son confrère Simon Besnard d'aller saisir et détruire à Villejuif quinze cents exemplaires du Dictionnaire de Richelet (1), envoyés clandestinement de Genève. La vengeance ne se fit pas attendre : le lendemain, Besnard fut poignardé dans la foule, en sortant de la messe de Saint-Benoît, sa paroisse.

En 1683, Bourdin et Dubois, « quidams pendards », distributeurs de factums, sont envoyés aux galères. En cette même année 1683, Gatien de Courtilz de Sandras, capitaine au régiment de Champagne, se retire en Hollande pour y écrire plus librement (2). En 1689, Chau-

---

(1) César-Pierre Richelet, né vers 1631, mourut à Paris le 23 novembre 1698, rue du Four Saint-Germain, paroisse Saint-Sulpice. Il s'était marié le 17 janvier précédent, pour légitimer une fille, Anne-Madeleine, née en 1688. Richelet fut surtout un grammairien plein de verve et de malice. Il fit paraître son Dictionnaire en 1680, quatorze ans avant celui de l'Académie, et il le donna à un imprimeur de Genève, Widerhold, dans la crainte de ne pas trouver d'éditeur à Paris. Les éditions de Genève, 1680 et 1693, sont les plus recherchées des curieux, à cause de la liberté des définitions, et des traits satiriques des exemples. L'un des premiers, il simplifia l'orthographe en retranchant beaucoup de lettres inutiles, qui n'avaient même pas toujours le mérite d'être étymologiques. Il y donne « les mots et les choses; les plus nouvelles remarques; les expressions propres, figurées et burlesques; la prononciation, le régime des verbes et les termes les plus communs des arts et des sciences ».

La Biographie Didot dit que l'imprimeur genevois Widerhold, ruiné par l'exécution de Villejuif, mourut trois jours après. Je n'ai pu encore vérifier l'exactitude du fait.

(2) Gatien de Courtilz, sieur de Sandras, publia en Hollande un pamphlet : La Conduite de la France depuis le traité de Nimègue. Il eut l'imprudence de revenir à Paris et fut incarcéré à la Bastille, une première fois de 1693 à 1697; une seconde fois en 1701.

Le 4 février 1711, il avait épousé, en troisièmes noces, la veuve du libraire Amable Auroy. Il mourut, l'année suivante, rue de Hurepoix et fut inhumé, le lendemain lundi 9 mai, au cimetière de Saint-André-des-Arts.

Courtilz de Sandras a publié les Mémoires de d'Artagnan, qui ont servi de canevas à l'inoubliable roman d'Alexandre Dumas, et d'heureux prétexte à Vingt ans après et au Vicomte de Bragelonne.

ÉDITEURS PARISIENS, DE 1661 à 1715.

NOMS ET ADRESSES.	OUVRAGES MIS EN VENTE.
Pierre Aubouin, Quai des Augustins, angle de la rue Git-le-Cœur	L'abbé Fleury, Histoire ecclésiastique. — Fénelon.
Jean Anisson, au Louvre, comme directeur de l'Imprimerie royale	
Louis Billaine, au Palais, au deuxième pilier de la grand salle	Mézeray, Histoire de France. — Mabillon, Diplomatique — Chapelain, La Pucelle. —Du Cange, Glossarium mediæ et infimæ latinitatis.
—	
—	

vigny, « aultre fripon », écrivain réfugié en Hollande, est attiré en France par un espion, et enfermé au Mont Saint-Michel dans une cage de bois, où il mourut au bout de vingt ans. En 1714, Fréret est jeté à la Bastille, comme auteur d'un Mémoire de pure érudition sur l'*Origine des Francs et leur établissement dans la Gaule*. A défaut des auteurs, on s'attaquait à leurs œuvres ; on brûlait les *Provinciales* de Pascal ; on mettait au pilon le *Télémaque* de Fénelon et la *Dîme royale* de Vauban.

Claude Barbin, au Palais, sur le second perron de la Sainte-Chapelle.........	Boileau, *Art poétique*. — Saint-Évremont, *les Académiciens*. — La Rochefoucauld, *Maximes*. — Racine, *Théâtre*. Saint-Réal. *Conjuration de Venise* (Édition *princeps*, 1674).
La veuve de Barbin, au Palais, sur le second perron de la Sainte-Chapelle....	Le Sage, *Le Diable boiteux*.
Christophe Ballard, rue Saint-Jean de Beauvais.................	
Veuve Cramoisy, rue Saint-Jacques, *aux Cigognes*................	*Opéras et livres de musique*.
Augustin Courbé, au Palais, salle Dauphine, *à la Palme*.................	Bossuet, *Discours sur l'Histoire universelle*, in-4°, 1681.
Joly (successeur de Courbé)...........	Quinault, *Comédies et opéras*.
J.-B. Coignard, rue Saint-Jacques, *à la Bible d'or*.....................	La Calprenède, *Pharamond*, roman.
	Cordemoy, *Histoire de France*.
	Dictionnaire de l'Académie, deux volumes 1694 (mots rangés par familles)
Guillaume Desprez, rue Saint-Jacques, *à l'Image Saint-Prosper*.............	Arnauld, *Logique* ; *Grammaire générale*.
	Lancelot, *Jardin des Racines grecques*. — Pascal, *Pensées* (Édition de 1670).
Guillaume Deluynes, galerie Mercière, sous la montée de la Cour des Aides..	— Nicole, *Essais de Morale*. — Sacy, *Bible*.
	Racine, *Théâtre* (Édition de 1697). — Quinault, *Comédies et opéras*.
François Didot, *imprimeur*, rue Pavée, à l'angle de la rue de Savoie, puis en 1713, quai des Augustins, *à la Bible d'or*	reçu *libraire*, en 1713.
Veuve Gontier.................	Campistron, *Tiridate* (Édition de 1691).
Thomas Guillain.................	Dancourt, *Théâtre*.
Daniel Hortemels, rue Saint-Jacques.....	Adrien Baillet, *Vie de Descartes*.
Laurent d'Houry, rue Saint-Jacques, devant la Fontaine Saint-Séverin........	*Almanach royal* (le premier, en 1699).
Claude Hérissant, rue Saint-Jacques.....	*Bréviaires, missels, livres d'heures*.
Étienne Loison, galerie des Prisonniers, *au Nom de Jésus*..................	Somaize, *le Procès des Précieuses*, comédie (1660).
Jean de la Caille, rue Saint-Jacques, *à la Prudence*.............	J. de la Caille, *Histoire de la Librairie et de l'Imprimerie* (in-4°, 1689).
Frédéric Léonard, rue Saint-Jacques, *à l'Escu de Venise*..................	
Musier.................	Collection latine, *ad usum Delphini*.
	Le P. Daniel, *Histoire de France* (trois volumes in-f°, 1713).
François Muguet, rue de la Harpe.......	Dom Ruinart, *Acta primorum martyrum*.
Étienne Michallet, rue Saint-Jacques, *à l'Image Saint-Paul*..................	La Bruyère, *Les Caractères*.
Veuve Mabre, au Louvre, à l'Imprimerie Royale, 1687.....................	Lémery, *Cours de Chimie* (in-8°, 1675).

La révocation de l'Édit de Nantes fut le signal d'une recrudescence de pamphlets dans toute l'Europe, et, par une conséquence naturelle, d'une répression plus sévère que jamais à Paris. Un relieur, Bourdin; la veuve Charmot, libraire, rue de la Vieille-Bouclerie, eurent l'imprudence, en 1684, de répandre l'*Ombre de Scarron*, plaquette ornée d'une gravure qui représentait la statue de la place des Victoires; mais, au lieu des quatre esclaves, le dessinateur avait placé aux angles quatre femmes

Veuve Denis Nion, quai de Nesle, à l'Image Sainte-Monique...............
(Anne-Marie Didot).............
Roulland, rue Saint-Jacques............

Robustel. rue Saint-Jacques............

—   —

Pierre et Jean Ribou, au Palais, sous le second perron de la Sainte-Chapelle..
—   —
—   —

Charles de Sercy, au Palais, dans la Grand salle.......................
Denis Thierry, rue Saint-Jacques, à la Ville de Paris......................
—   ....
—   ....

—   —
—   —

Pierre Trabouillet, galerie des Prisonniers, à la Fortune ....
Villette rue Saint-Jacques, à la Croix d'or..............................

Abraham du Pradel, *Le livre commode, contenant les adresses de la ville de Paris pour l'année bissextile 1692*
Bossuet, *Explication des prières de la messe.*
Mabillon, *Traité des Études monastiques.*
Le Nain de Tillemont, *Histoire des Empereurs.*

Boursault. *La Satire des satires* (1669).
Le Sage, *Turcaret* (1707).
Pradon, *Phèdre* (1677).
Regnard, *Le Joueur, le Légataire*, etc. (deux volumes, in-12).

Chalussay, *Élomire hypocondre* (1670).

Mézeray, *Histoire de France* (1685).
Moréri, *Dictionnaire historique.*
Molière. *Théâtre* (édition de 1675, et édition de 1682, huit volumes in-12, figures).
Boileau. *Œuvres diverses*, 1701, in-4°.
La Fontaine, *Fables* (les six premiers livres, in-4°, 1668).
Corneille, *Œuvres* (édition donnée par Th. Corneille, en 1692).

Mme des Houllières, *Poésies.*

Simon Besnard, assassiné en 1680, à la porte de l'église Saint-Benoît.

René Guignard, au Palais, à *l'Image du Sacrifice d'Abel*, au premier pilier de de la Grand salle : « Le pilier fameux, des plaideurs respecté, et toujours de Normands à midi fréquenté ».

Pierre Rocolet, galerie des Prisonniers, *aux Armes de Paris*, imprimeur syndic de la communauté. Le Roi lui fit remettre « une chaîne d'or avec la médaille de sa figure et portrait, afin que, la portant et la conservant, ses enfants soient conviés à l'imiter en affection et service de Sa Majesté ».

Antoine Sommerville, galerie Mercière, à *l'Écu de France*, déshonoré par deux vers de Boileau dans la Satire VII : « Faut-il peindre un fripon, fameux dans cette ville, ma main, sans que j'y rêve, écrira Raumaville ». Il mourut vers 1665.

Les livres et les feuilles de classe se vendaient chez la veuve Thiboult, place de Cambray; — les livres classiques des RR. PP. Jésuites, chez la veuve Besnard, rue Saint-Jacques.

Les *bouquins* se vendaient chez Moette, rue de la Vieille-Bouclerie; sur le quai de la Tournelle, sur le quai des Augustins et sur le Pont-Neuf.

Les relieurs en renom étaient les sieurs Éloy Le Vasseur; Barnache et Denis Nyon. Ils demeuraient près l'église Saint-Hilaire; il y a encore beaucoup de relieurs dans ce quartier.

qui tenaient le Roi enchaîné : Mesdames *de La Vallière*, *de Fontanges*, *de Montespan* et *de Maintenon*. La veuve Charmot eut le temps de prendre la fuite et ne fut exécutée qu'en effigie, à sa porte. La veuve Cailloué, imprimeur, fut enfermée à la Bastille et y mourut : un compagnon imprimeur, Rambault ; un garçon relieur, Larcher, furent pendus en Grève, après avoir subi la question ordinaire et extraordinaire, le vendredi 19 novembre 1694, à six heures du soir.

La corporation des libraires, l'une des moins nombreuses de Paris, n'en était pas moins l'une des plus remarquables par la nature de ses occupations, par ses relations avec les gens de lettres ; par la science de ses membres, la fraternité qui régnait entre eux, fraternité encore augmentée par de fréquentes alliances entre les familles ; véritable noblesse bourgeoise, dynasties où chaque aîné tenait à honneur de succéder à son père ; toutes traditions qui d'ailleurs ont perpétué jusqu'à nos jours, dans la même profession, des noms aussi illustres qu'estimés.

Nul ne pouvait être admis « à faire apprentissage pour arriver à la maistrise de libraire ou d'imprimeur s'il n'estoit congru en langue latine et s'il ne savoit lire le grec ». Un édit d'août 1686 leur rappelait, conformément à d'autres beaucoup plus anciens, qu'ils ne devaient avoir boutique que dans le quartier de l'Université, c'est-à-dire depuis la place Maubert jusqu'au collège Mazarin, et depuis la Seine jusqu'à l'Abbaye Sainte-Geneviève.

Le tableau, imprimé en 1701 par les soins du syndic Pierre Trabouillet, donne les noms de 179 maîtres libraires en exercice, et de 27 veuves établies ; de 36 maîtres imprimeurs en exercice, et de 19 veuves établies. Celui que j'ai mis sous les yeux de mes lecteurs donne les noms et adresses des principaux libraires, avec l'indication de leurs publications les plus importantes.

XI. — THÉÂTRE (1661 à 1715).

Nous avons laissé Molière, inaugurant la salle du Palais Royal, rue Saint-Honoré, au commencement de janvier 1661, par deux des pièces de son répertoire, encore bien modeste : le *Dépit amoureux et Sganarelle* (1).

(1)   OEUVRES DRAMATIQUES, DE 1661 à 1715.

1661. 20 janvier,		Réouverture du Théâtre de Molière, au Palais Royal, avec le *Dépit amoureux* et *Sganarelle*.
— 4 février,	Molière :	*Don Garcie de Navarre.* — 24 juin, *l'École des Maris.* — Les *Fâcheux*, à Vaux, le 17 août, et, à Paris, le 4 novembre.
— 15 février,	Corneille :	La *Toison d'or*, au Théâtre du Marais.
—		Une troupe de comédiens, aux gages de Mademoiselle, joue pendant quelques mois au Jeu de paume du Dauphin, rue des Quatre-Vents.
1662, 25 février,	Corneille :	*Sertorius*, au Théâtre du Marais, et, le 23 juin, au théâtre du Palais Royal.

Corneille, à la fin de 1661, se préparait à quitter définitivement sa province, à suivre à Paris la jeune et belle Thérèse Du Parc, « la mar-

1662, 26 décembre,	Molière :	L'École des Femmes.
—	Chapuzeau :	Le Colin-Maillard, à l'Hôtel de Bourgogne.
1663, 18 janvier,	Corneille :	Sophonisbe, à l'Hôtel de Bourgogne.
— 1er juin,	Molière :	La Critique de l'École des Femmes. — L'Impromptu, à Versailles le 14 octobre, et, à Paris, le 14 novembre.
	Chevalier :	L'Intrigue des Carrosses à cinq sous, au Théâtre du Marais.
	Quinault :	Atraste, roi de Tyr, à l'Hôtel de Bourgogne.
1664, 7 mai,	Molière :	La Princesse d'Elide, à Versailles. — Le Mariage forcé, au Louvre, le 24 janvier, et, au Palais-Royal, le 15 décembre.
— 20 juin,	Racine :	Les Frères ennemis, au Théâtre du Palais-Royal.
— 5 novembre,	Corneille :	Othon, à l'Hôtel de Bourgogne.
—	Quinault :	La Mère coquette, à l'Hôtel de Bourgogne.
1665, 15 février,	Molière :	Don Juan. — L'Amour médecin, à Versailles, le 15 septembre, et au Palais-Royal, le 22. — Le 14 août, Louis XIV, dans une visite que lui fait Molière, à Saint-Germain, lui permet de prendre le titre de Troupe du Roi au Palais-Royal.
— 4 décembre,	Racine :	Alexandre, au Palais-Royal, et le 18 décembre, à l'Hôtel de Bourgogne.
1666, 4 juin,	Molière :	Le Misanthrope. — Le Médecin malgré lui, 9 août. — Mélicerte, à Saint-Germain, en décembre.
—	Corneille :	Agésilas, à l'Hôtel de Bourgogne.
1667, 5 août,	Molière :	Tartufe (défendu le lendemain). — Le Sicilien, à Saint-Germain, et au Palais-Royal, le 10 juin.
— 4 mars,	Corneille :	Attila, au Théâtre du Palais-Royal. (23 représentations.)
—	Racine :	Andromaque, à l'Hôtel de Bourgogne.
1668, 18 janvier,	Molière :	Amphitryon. — Georges Dandin, à Versailles, le 15 juillet, et à Paris, le 9 novembre. — L'Avare, le 9 septembre.
—	Racine :	Les Plaideurs, à l'Hôtel de Bourgogne.
1669, 5 février,	Molière :	Reprise du Tartufe. — Pourceaugnac, à Chambord en septembre, et au Palais-Royal, le 15 novembre.
—	Racine :	Britannicus, à l'Hôtel de Bourgogne.
— 28 juin,		L'abbé Perrin obtient avec Cambert, organiste de Saint-Honoré, et le marquis de Sourdéac, le privilège de l'Académie royale de Musique.
1670, janvier,	Molière :	Les Amants magnifiques, à Saint-Germain. — Le Bourgeois gentilhomme, à Chambord, en octobre, et au Palais-Royal, le 23 novembre.
— 21 novembre,	Racine :	Bérénice, à l'Hôtel de Bourgogne.
— 28 novembre,	Corneille,	Tite et Bérénice, au Théâtre du Palais-Royal.
—	Rosimond :	Le Nouveau Festin de Pierre, ou l'Athée foudroyé, au Théâtre du Marais.
—	Molière,	avec Corneille, Quinault, Lully, Psyché, tragédie-ballet, aux Tuileries, et, en 1671, au Palais-Royal.
1671, 4 ou 19 mars,	Perrin,	avec Cambert, Pomone, opéra, rue Mazarine, au Jeu de paume de la Bouteille.
— 24 mai,	Molière :	Les Fourberies de Scapin.
1672, 11 mars,	Molière :	Les Femmes savantes. — La Comtesse d'Escarbagnas, à Saint-Germain en février, et au Palais-Royal, le 8 juillet.

quise », qu'il avait connue à Rouen, jouant « les déesses, les princesses et les amoureuses », dans la troupe foraine de Molière, et dont,
malgré « ses traits un peu vieux », il s'était follement épris. Il achevait

1672 11 mars,	Racine :	*Bajazet*, à l'Hôtel de Bourgogne.	
—	Corneille :	*Pulchérie*, au Théâtre du Marais.	
— 19 novembre,	Lulli :	Les *Fêtes de l'Amour* et *Bacchus*, à la salle de Bel-Air, rue de Vaugirard. — Lulli avait obtenu, le 30 mars, le privilège de l'Académie royale de Musique, et, le 1er avril, La Reynie avait fait fermer la salle du Jeu de paume de la Bouteille, rue Mazarine.	
1673, 10 février,	Molière :	Le *Malade imaginaire*. — 17 février, MORT DE MO-LIÈRE, à la quatrième représentation.	
—	Racine :	*Mithridate*, à l'Hôtel de Bourgogne.	
— 17 juin,		Lulli obtient pour *l'Académie Royale de Musique* la salle de théâtre du Palais-Royal.	
— 23 juin,		La Reynie fait fermer la salle de théâtre du *Marais*.	
— 9 juillet,		La veuve de Molière achète pour 30.000 livres la salle de la rue Mazarine, et fait inscrire au fronton : *Théâtre de la Troupe du Roi*.	
1674, 19 janvier,	Quinault (avec Lulli):	*Alceste*, opéra, à la salle du Palais-Royal.	
— décembre,	Corneille :	*Suréna*, à l'Hôtel de Bourgogne.	
1675,	Racine :	*Iphigénie*, à l'Hôtel de Bourgogne.	
1677, 3 janvier,	Pradon :	*Phèdre*, au Théâtre Guénégaud.	
— 1er janvier,	Racine :	*Phèdre*, à l'Hôtel de Bourgogne.	
1678,	Poisson :	Le *Baron de la Crasse*, à l'Hôtel de Bourgogne.	
1680, 21 octobre,		Le Roi réunit les Comédiens de l'Hôtel de Bourgogne à ceux de Guénégaud. — Les Italiens restent seuls à l'Hôtel de Bourgogne jusqu'en 1697.	
1682, 17 avril,	Quinault :	*Persée*, opéra, au Théâtre du Palais-Royal (Imitation de l'*Andromède* de Corneille).	
1683,	Boursault :	Le *Mercure galant*, au Théâtre Guénégaud.	
1684, 1er octobre,		MORT DE CORNEILLE. — 1687, 22 mars, mort de Lulli. — 1688, 26 novembre, mort de Quinault.	
1688, 8 mars,		Les Comédiens du Roi achètent le Jeu de paume de l'*Étoile*, rue des Fossés-Saint-Germain, et y font construire une salle par d'Orbay.	
1689, 18 avril,		Pour l'inauguration de la salle de d'Orbay, représentation de *Phèdre* et du *Médecin malgré lui*. Le théâtre prend le nom de *Comédie Française*.	
— janvier,	Racine :	*Esther* à Saint-Cyr.	
1691,	Racine :	*Athalie*, à Saint-Cyr et à Versailles.	
—	Lenoble :	*Ésope*, comédie au Théâtre italien de l'Hôtel de Bourgogne.	
1695,	Ghérardi :	Le *Retour de la Foire de Bezons*, comédie au Théâtre italien de l'Hôtel de Bourgogne.	
1696,	Regnard :	Le *Joueur*, à la Comédie Française, rue des Fossés-Saint-Germain.	
1697, 4 mai,		Les Comédiens italiens de l'Hôtel de Bourgogne bannis de France.	
—	J.-B. Rousseau	Le *Flatteur*, à la Comédie Française.	
1698,	Lafosse :	*Manlius Capitolinus*, à la Comédie Française.	
1699, 21 avril,		MORT DE RACINE.	
1704,	Regnard :	Les *Folies Amoureuses*, à la Comédie Française.	
— 10 septembre,	Danchet :	*Amaryllis*, opéra, à la salle du Palais-Royal.	
1707,	Le Sage :	*Crispin rival de son maître*, à la Comédie Française.	
1708,	Regnard :	Le *Légataire universel*, à la Comédie Française.	

sa tragédie d'*Othon*, et il venait loger. en 1662, rue du Chaume, à l'Hôtel de Guise, où le duc Henri lui offrait la table et le logement (1).

1709, 14 février.   Le Sage :   *Turcaret*, à la Comédie Française.
— 4 septembre, MORT DE REGNARD. en son château de Grillon, près Dourdan.

---

(1)	TROUPE DE MOLIÈRE, PALAIS-ROYAL.	GRANDS COMÉDIENS DU ROI, HÔTEL DE BOURGOGNE.
1661,	Molière, l'*École des Maris*.	Quinault. *Agrippa*.
—	— Les *Fâcheux*.	Boursault. Le *Mort Vivant*.
1662,	Molière, l'*École des Femmes*.	Chapuzeau. *Colin-Maillard*.
1663,	Molière, l'*Impromptu*.	Corneille. *Sophonisbe*.
		Boursault. Le *Portrait du Peintre*.
—	— la *Critique de l'École des femmes*.	Quinault, *Atraste*.
1664,	Molière, le *Mariage forcé*.	Corneille, *Othon*.
—	Racine. les *Frères ennemis*.	Quinault, la *Mère coquette*.
1665,	Molière. *Don Juan*.	Quinault, *Bellérophon*.
—	Racine, *Alexandre*.	Racine, *Alexandre*.
1666,	Molière, le *Misanthrope*.	Corneille. *Agésilas*.
—	Le *Médecin malgré lui*.	Montfleury, l'*École des Filles*.
1667,	Molière, *Tartufe*.	Racine, *Andromaque*.
—	Corneille, *Attila*.	
1668,	Molière. *Amphitryon*.	Racine, les *Plaideurs*.
—	Champmeslé, *Délie*.	De Villiers, l'*Apothicaire désabusé*.
1669,	Molière, *Pourceaugnac*.	Racine, *Britannicus*.
		Montfleury, la *Femme juge et partie*.
1670,	Molière, *Bourgeois gentilhomme*.	Racine, *Bérénice*.
	Corneille. *Tite et Bérénice*.	
—	Molière. Corneille.) *Psyché*. Quinault, Lulli.)	
1671,	Molière, *Fourberies de Scapin*.	Hauteroche, le *Souper mal apprêté*.
1672,	Molière, les *Femmes savantes*.	Racine, *Bajazet*.
1673,	Molière. le *Malade imaginaire*.	Racine, *Mithridate*.
—	RUE MAZARINE, (9 juillet).	
1674,	Pradon. *Pyrame et Thisbé*.	Corneille, *Suréna*.
1675,	Coras, *Iphigénie*.	Racine, *Iphigénie*.
1677,	Pradon. *Phèdre*.	Racine, *Phèdre*.
1678,	Th. Corneille, le *Comte d'Essex*.	Poisson, le *baron de la Crasse*.
1680,	Th. Corneille et Visé, la *Devineresse*.	Ferrier, *Adraste*.
		Mme Des Houlières, *Genséric*.
		Les Grands Comédiens du Roi sont réunis au théâtre Guénégaud.
1681,	Fontenelle, *Aspar*.	LES ITALIENS A L'HOTEL DE BOURGOGNE
1683,	Boursault, le *Mercure galant*.	Fatouville, *Arlequin procureur*.
—	Robbe. *La Rapinière*.	— *Arlequin Protée*.
1686,	Baron, l'*Homme à bonnes fortunes*.	
1689,	COMÉDIE FRANÇAISE, rue des Fossés-Saint-Germain.	Regnard, *Descente d'Arlequin aux Enfers*.
1689,	*Phèdre* et le *Médecin malgré lui*.	
1691,	Brueys et Palaprat, le *Grondeur*.	Lenoble, *Esope*.
1695,	Th. Corneille, *Bradamante*.	Ghérardi, le *Retour de la Foire de Bezons*.
1696,	Regnard, le *Joueur*.	Barante, *Arlequin misanthrope*.
1697,	J.-B. Rousseau, le *Flatteur*.	Les Italiens bannis, le 4 mai.
1698,	Lafosse, *Manlius Capitolinus*.	
1700,	Dufresny, l'*Esprit de contradiction*.	

Racine n'avait encore que vingt-deux ans : il avait fait une *Ode* pour le mariage du Roi et même quelques sonnets, ce qui inquiétait fort ses graves protecteurs de Port-Royal. Presque exilé par eux, à Uzès, dans la maison d'un digne ecclésiastique, il goûtait peu l'étude de la *Somme* de saint Thomas, rêvait d'un retour définitif à Paris, correspondait avec La Fontaine et composait en secret sa première tragédie.

Quinault, plus âgé de quatre ans, n'avait point attendu le nombre des années pour affronter le théâtre. Dès son dix-huitième printemps, il donnait sa première comédie, les *Rivales*, suivie, coup sur coup, d'autres productions hâtives, une au moins par saison : l'*Amant indiscret*, la *Mort de Cyrus*, le *Mariage de Cambyse*, *Stratonice*, *Amalasonte*, le *Fantôme amoureux*, *Agrippa*, etc., etc. Il devait bientôt montrer sa vraie valeur, sans se laisser détourner de sa voie par les épigrammes de Boileau.

Mairet depuis longtemps avait cessé d'écrire. Scarron, Du Ryer.

COMÉDIE FRANÇAISE (suite.)

1704, Regnard, les *Folies amoureuses*.
1706, Crébillon, *Idoménée*.
— Danchet, *Cyrus*.
— Brueys, *Patelin*.
1707, Le Sage, *Crispin rival de son maître*.
1708, Regnard, le *Légataire*.
1709, Le Sage, *Turcaret*.
1710, Dancourt, Les *Agioteurs*.
1711, Crébillon, *Rhadamiste et Zénobie*.
1712, Destouches, l'*Ingrat*.
1714, Dancourt, le *Vert-Galant*.

PETITS COMÉDIENS DU ROI AU MARAIS.

1661, Chapuzeau, l'*Académie des Femmes*.
1661, Corneille, la *Toison d'or*.
1662, Corneille, *Sertorius*.
1663, Chevalier, les *Carrosses à cinq sous*.

1670, Rosimond, l'*Athée foudroyé*.
— Visé, le *Gentilhomme guespin*.
1671, Rosimond, le *Dupe amoureux*.
— Visé, les *Amours de Bacchus et Ariane*.
1672, Corneille, *Pulchérie*.
(Fermeture du théâtre du Marais.)
23 juin, 1673.

ACADÉMIE ROYALE DE MUSIQUE.

Privilège de l'abbé Perrin.
28 juin.
rue Mazarine, Jeu de paume de la Bouteille.

1671, Perrin, *Pomone*.
— Privilège de Lulli.
Salle de Bel-Air, rue de Vaugirard.
1672, Quinault et Lully, *Fêtes de l'Amour et de Bacchus*.

Palais Royal (17 juin.)

1674, Quinault, Lully, *Alceste*.
1675, Quinault, Lulli, *Thésée*.
1678, Quinault, Th. Corneille, *Psyché*.
1680, Quinault, Lulli, *Proserpine*.
1681, Benserade, Quinault, *Triomphe de l'Amour*.
1683, Quinault, Lulli, *Phaéton*.
1686, Quinault, Lulli, *Armide*.
1689, Fontenelle et Colasse, *Thétis et Pélée*.
1691, La Fontaine et Colasse, *Astrée*.
1695, Pic et Lulli, les *Saisons*.
1696, Marais, *Ariane et Bacchus*.
1697, Pic et Lacoste, *Aricie*.
1698, Duché, les *Fêtes galantes*.
1701, Danchet, *Amarillys*.
1706, Lagrange-Chancel, *Cassandre*.
— Lasserre, *Polyxène et Pyrrhus*.
1707, Roy et Lacoste, *Bradamante*.
1708, Roy et Campra, *Hippodamie*.
1709, Jolly et Batistin, *Méléagre*.
1710, Lasserre, *Diomède*.
1711, Mennesson, *Manto la Fée*.
1712, Roy et Destouches, *Callirhoé*.
1714, Fuzelier, *Arion*.
— Pellegrin, *Télémaque et Calypso*.

Guillaume Colletet, venaient de mourir; Regnard avait six ans; Dancourt naissait; Le Sage, Destouches et Crébillon n'étaient pas nés.

*
* *

Nous connaissons déjà les salles où, même après *Polyeucte* et *Cinna*, Molière et Racine allaient « enfanter des miracles nouveaux ; où Corneille, rallumant son audace, chercherait en vain à retrouver les accents et du Cid et d'Horace » ; la salle antique et sordide de l'*Hôtel de Bourgogne*, rue Mauconseil; la salle du *Marais*, rue Vieille-du-Temple, et celle du *Palais-Royal*, que le Roi avait accordée à Molière pour le dédommager de son expulsion un peu brusque du *Petit-Bourbon* (1).

Rue des Quatre-Vents, à l'ancien jeu de paume du *Dauphin*, Mᴸᴸᵉ de Montpensier entretint maigrement, — de 1661 à 1665 environ, — une troupe qui prit son nom, dirigée par Dorimon, tout à la fois auteur et acteur. On y joua de lui quelques pièces qui méritent d'être mentionnées, et dans lesquelles on peut glaner quelques jolies scènes : l'*Amant de sa femme*; l'*Inconstance punie*: le *Festin de Pierre*, ou le *Fils criminel*, tragi-comédie dédiée au duc de Roquelaure, et l'*École des cocus* ou la *Précaution inutile*.

A l'Hôtel de Bourgogne, les *Grands Comédiens du Roi*, — la *Troupe d'élite*, comme ils aimaient à s'appeler eux-mêmes, — alternaient avec les *Comédiens Italiens*, auxquels ils laissaient le jeudi, le mardi et le samedi. C'étaient donc les quatre autres jours de la semaine que le public pouvait entendre ces artistes dont les noms sont restés si célèbres : Montfleury, mort en 1667, épuisé par le rôle d'*Oreste*; — Hauteroche; — De Villiers; — Floridor; — Raymond Poisson; — Beauchâteau; — Baron, père; — Charles Chevillé, sieur de Champmeslé; — La Fleur, qui joua *Burrhus* et *Acomat*: et Mᴸᴸᵉˢ Beauchâteau; — Baron; — Des Œillets, qui y entra vers 1665, joua *Sophonisbe*, et créa *Hermione* et *Agrippine*; — Thérèse Du Parc, qui y créa *Andromaque*; — la Champmeslé, qui y créa *Bérénice*, *Roxane*, *Monime*, *Iphigénie*, *Phèdre*; — Françoise Dennebault, qui y créa *Aricie*.

Le théâtre du *Marais* (2) avait été fondé pour représenter surtout les pièces à machines, les grands ouvrages en vers, tragi-comédies, pastorales, avec danses et musique, riches costumes, splendides décorations; mais toutes ces pièces mythologiques coûtaient fort cher à monter et les recettes, le plus souvent, ne couvraient pas les frais. Mondory avait été

---

(1) Voir chapitre xv, page 187, et chapitre xvi, page 327.

(2) Une note, que veut bien me transmettre M. Sellier, fixe très exactement, d'après des titres de propriété, la situation du théâtre du Marais, rue Vieille-du-Temple, à droite, *après* la rue de la Perle, touchant le jardin de l'Hôtel Salé, construit en 1656 par Aubert de Fontenay. Le vieux jeu de paume, abandonné par les comédiens en 1673, fut acheté en 1728 par le président Le Camus pour y construire les écuries de l'Hôtel Salé qu'il venait d'acquérir.

Mondory, « l'orateur des comédiens du Marais », invitait ses camarades, deux fois par mois, à l'*Auberge de l'Ours*, rue Saint-Antoine, près l'Apport-Baudoyer.

l'orateur des *Petits comédiens* du *Marais*, comme les appelaient leurs orgueilleux confrères de l'Hôtel de Bourgogne. Il fut remplacé par Dorgemont. Je trouve ensuite Hauteroche; — Guérin d'Etriché; — d'Auvilliers; — Achille Varlet de Verneuil; — Floridor; — Rozimond, en 1670; — Jean Desurlis; — Marotte Beaupré, qui provoqua en duel sa camarade Catherine Desurlis; — Mlle Des Œillets y jouait dans *Sertorius* en 1662; — René Du Parc et sa femme y passèrent à peine un an, de 1659 à 1660; — La Champmeslé et son mari y débutèrent en 1669. — La troupe obtint ses succès les plus éclatants avec la *Toison d'or* (1) et le *Sertorius* de Corneille. « Le 12 janvier 1662, le Roi et la jeune reine Marie-Thérèse y vinrent admirer le merveilleux des machines, accompagnés d'une grande partie des seigneurs de la Cour et d'un bon nombre de chevaliers du Saint-Esprit ».

Au *Palais-Royal*, Molière était l'âme des excellents comédiens qu'il avait ramenés avec lui de ses longues pérégrinations à travers les provinces. Dans l'*Impromptu de Versailles*, en 1663, il nous les nomme à peu près tous : Brécourt, qui, l'année suivante, passa à l'ennemi, c'est-à-dire à l'Hôtel de Bourgogne (2); — La Grange (3), l'*Eraste* des *Fâcheux*; — Du Croisy, créateur du *Tartufe*; — François de La Thorillière, qui joua les rois, *Créon*, *Porus*, *Attila*, le paysan *Lubin* et *Trissotin*; — Louis Béjart (4); — Mlle du Parc; — Mlle de Brice, l'*Agnès* de l'*Ecole des femmes*; — Mlle Molière (Armande Béjart); — Mlle Du Croisy; — Mlle Hervé. — Ajoutez : Edme Wilquin de Brice, qui créa le rôle de M. *Loyal*; — René du Parc, le *Gros-René* du *Dépit amoureux*; — Michel Baron qui assista Molière à ses derniers moments; — Beauval; — Marotte Beaupré, qui créa la comtesse d'*Escarbagnas*.

C'était alors *La troupe de Monsieur*, titre purement honorifique, car « Monsieur » payait rarement ou pas du tout; mais en 1666, le 14 août, à Saint-Germain, dans une *visite* que les Comédiens faisaient au Roi pour jouer devant lui, Louis XIV fut si content d'eux qu'il déclara à Molière qu'il voulait que désormais la troupe lui appartînt et portât le nom de *Troupe du Roy au Palais-Royal*. Il lui accorda en même temps une pension de six mille livres, en dehors des frais éventuels pour les représentations dans les châteaux royaux.

(1) Voir chapitre XVI, page 328, note 1.
(2) A Fontainebleau, en 1678, pendant la chasse du Roi, Brécourt plongea son épée jusqu'à la garde dans le corps d'un sanglier qui se ruait sur lui. Le Roi déclara qu'il ne l'avait jamais vu jouer son rôle avec plus de naturel. — Comme tant d'autres acteurs de cette époque, Brécourt composa plusieurs comédies en vers :

Le *Jaloux invisible*;
La *Noce du village*;
L'*Ombre de Molière*, etc.

(3) La Grange, qui était l'administrateur de la troupe de Molière, et plus tard de la Comédie Française, a laissé un précieux registre de ses comptes, que la Comédie actuelle a publié en 1876.
(4) Il quitta la scène en 1670, avec une pension de mille livres, origine des pensions de retraite de la Comédie Française.

*
* *

Molière, le plus généreux des hommes, accueillit favorablement Racine, qui, désespérant d'obtenir à Uzès « la plus petite chapelle », était revenu à Paris tenter la fortune avec une tragédie injouable, *Théagène et Chariclée*. Molière la lui paya néanmoins cent louis, et lui indiqua le sujet de la *Thébaïde*, qu'il fit représenter par sa troupe, le 20 juin 1664. L'année suivante, il accepta avec la même facilité l'*Alexandre* (1). On sait ce qui arriva, et je laisse à Louis Racine la peine de le raconter lui-même : « Mon père, mécontent des acteurs du Palais-Royal, leur retira sa pièce, et la donna aux comédiens de l'Hôtel; il fut cause ainsi que la meilleure actrice de Molière le quitta pour passer sur le théâtre de Bourgogne; ce qui mortifia Molière, et causa entre eux deux un refroidissement qui dura toujours depuis ». Le procédé était vif; l'actrice enlevée n'était autre que la Du Parc (2), auprès de laquelle le jeune Racine semble avoir été plus heureux que Corneille.

Pour celui-ci, dont les forces déclinaient trop visiblement, Molière se montra aussi bon. Malgré l'insuccès de *Sophonisbe*, d'*Othon* et la chute d'*Agésilas*, à l'Hôtel de Bourgogne, il fit jouer *Attila*, qui ne tomba pas tout à fait, comme on le croit généralement. La pièce eut vingt représentations consécutives.

La période qui s'étend de 1666 à l'année fatale 1673, ne fut d'ailleurs qu'une suite inoubliable de triomphes pour les deux grands théâtres. A l'Hôtel de Bourgogne : la *Mère coquette*, *Andromaque*, les *Plaideurs*, *Britannicus*, *Bérénice* (3), *Bajazet*, *Mithridate*; au Palais-

---

(1) En août 1661, représentation des *Fâcheux* à Vaux; — l'*Impromptu*, le 14 octobre 1663, à Versailles; — la *Princesse d'Élide*, le 7 mai 1664, à Versailles; — l'*Amour médecin*, le 15 septembre 1665, à Versailles; — le *Mariage forcé*, le 24 janvier 1664, à Versailles; — *Mélicerte*, à Saint-Germain, en décembre 1666; — *Pourceaugnac*, à Chambord, en septembre 1669, etc., etc. — Dix-sept jours à Saint-Germain, indemnité de 14,000 livres; — dix-huit jours à Chambord, indemnité de 12,000 livres.

Molière et sa troupe jouèrent souvent, *en visite*, chez Mmes Sanguin, d'Eequevilly, de Cœuvres, de l'Hôpital, du Plessis-Guénégaud, Ninon de Lenclos, de Coulanges, de Sablé, de La Sablière, de La Fayette; chez les ducs de Saint-Aignan, de La Rochefoucauld, de Mercœur, de Roquelaure, de Nevers, de Vendôme, de la Meilleraye; chez les comtes d'Harcourt, et du Lude; chez le maréchal de Gramont; chez Gourville, La Basinière, etc.

(2) Elle avait créé *Axiane* au Palais-Royal le 4 décembre; elle joua le même personnage à l'Hôtel, le 18 décembre. Elle y créa *Andromaque*, en 1667, et mourut, âgée d'environ vingt-cinq ans, le 11 décembre 1668, rue de Richelieu; son corps fut inhumé le surlendemain dans la chapelle des Carmes, rue des Billettes.

(3) La romanesque Henriette, qui se plaisait à trouver quelque analogie entre ses amours mal cachées avec Louis XIV et l'histoire de Bérénice et de Titus, avait chargé Dangeau d'engager secrètement Corneille et Racine à traiter ce même sujet. Tous les deux lui donnèrent cette preuve de leur obéissance. La *Bérénice* de Racine parut à l'Hôtel de Bourgogne le 21 novembre 1670; celle de Corneille le 28 au Palais-Royal. La duchesse d'Orléans était morte le 29 juin précédent, sans avoir eu le plaisir d'assister au duel inégal qu'elle avait provoqué et dont l'issue, on le sait, ne fut pas favorable à Corneille. C'est la Champmeslé

Royal : l'*École des Maris*, les *Fâcheux*, l'*École des femmes*, *Don Juan*, le *Misanthrope*, *Tartufe*, *Amphitryon*, l'*Avare*, *Pourceaugnac*, le *Bourgeois gentilhomme*, *Psyché*, les *Femmes savantes* et le *Malade imaginaire*.

*⁎
⁎ ⁎*

Le vendredi 17 février 1673, Armande et le jeune Baron, voyant Molière plus souffrant que jamais, le supplièrent de ne pas jouer ce jour-là, où devait avoir lieu la quatrième représentation du *Malade*. « Si je vous écoutais, leur répondit-il, comment feraient cinquante ouvriers qui m'attendent et qui n'ont que leur journée pour vivre?... mais qu'on soit prêt à quatre heures précises, car je n'aurais pas la force d'attendre plus tard ». Trois heures après, Baron, qui ne l'avait pas quitté un instant, le ramenait chez lui, rue de Richelieu, mourant, porté dans sa chaise (1). Le malheureux avait eu assez d'énergie pour remplir son rôle presque jusqu'au bout, et, en prononçant le *Juro*, il s'était affaissé, pris d'une convulsion, présage de sa fin prochaine. Il expira vers dix heures du soir, assisté de deux religieuses qui étaient venues quêter à Paris pendant le carême, et auxquelles il donnait l'hospitalité (2).

La mort de Molière amena de grands changements dans la situation des théâtres de Paris.

Depuis près de quatre ans, l'un des vœux les plus chers à Mazarin était accompli, et au delà de sa pensée : la capitale avait un théâtre

qui créa le rôle de *Bérénice* dans la pièce de Racine, et Mᵐᵉ Beauval, dans celle de Corneille.

(1) Molière, le 13 mai 1659, demeurait quai de l'École à l'*Image Saint-Germain*; — en janvier 1662, lors de son mariage avec Armande, il demeure rue Saint-Thomas-du-Louvre; — le 15 octobre 1663, il prend à bail pour trois ans, au prix de mille livres, une maison dans la même rue, consistant en « ung corps de logis, petite court, porte cochère et autres appartenances et dépendances, etc. » Molière y fit une maladie grave, qui l'obligea à fermer son théâtre, du 27 décembre 1665 au 21 février. Ce petit hôtel occupait un emplacement de la place actuelle du Carrousel, très proche du monument de Gambetta; — il demeura ensuite rue Saint-Honoré; — enfin le 26 juillet 1672, dans sa maison d'Auteuil. Molière signe, ainsi que sa femme, le bail à lui fait par « René Baudellet, tailleur et valet de chambre ordinaire de la Reine, pour six ans, au prix de treize cents livres de loyer, de la partie d'une maison, sise rue de Richelieu, savoir : trois caves, une écurie pour un cheval, *quand le preneur en aura;* une remise pour un carrosse; une cuisine; quatre entresols; le premier et le second étage; la moitié du grenier, etc.

C'est, dit M. Vitu, la maison Nᵒ 40, rue de Richelieu et 37, rue Montpensier; mais il n'en reste presque rien, elle a été presque en entier reconstruite en 1767. Molière habitait la partie la plus agréable de la maison, celle qui donnait sur l'immense jardin du Palais-Royal. La rue Montpensier n'a été créée, comme les rues de Beaujolais et de Valois, qu'en 1784.

(2) On est douloureusement étonné en voyant qu'Armande est dans la maison, mais non dans la chambre où son mari se meurt : « Molière envoya demander à sa femme un oreiller rempli d'une drogue qu'elle lui avait promis pour dormir... Un instant après, il commença à cracher le sang et dit à Baron : « Allez dire à ma femme qu'elle monte », et quand sa femme et Baron remontèrent, ils le trouvèrent mort. »

d'opéra où l'on chantait dans notre langue, malgré le préjugé, long-temps enraciné, « qu'on ne pouvait pas mettre des vers français en musique ». En 1669, l'abbé Perrin s'associa avec Cambert, organiste de Saint-Honoré, et le marquis de Sourdéac, et obtint le privilège de l'*Académie royale de Musique* (1).

Ils aménagèrent, rue Mazarine, en face de la rue Guénégaud, le jeu de paume de la Bouteille (2), et, — le 4 ou le 19 mars 1671, — ils y donnèrent le premier opéra français, *Pomone*, pastorale en cinq actes, paroles de Perrin, musique de Cambert, machines de Sourdéac. La foule afflua au nouveau théâtre qu'on lui ouvrait, et, quoique les places du parterre coûtassent un demi-louis d'or, la salle fut comble dès le premier jour; il y eût à la porte une véritable bataille entre les archers, et les gens de la Maison du Roi. qui prétendaient avoir un droit d'en-trée gratuite aux meilleures places.

Mais la division se mit bientôt entre les trois associés, et Lulli, pro-tégé par Mme de Montespan et par Colbert, en profita pour se faire adjuger le privilège et obtenir les fameuses lettres-patentes du 29 mars 1672 (3). Le lieutenant de police, M. de La Reynie, fit fermer, le 1er avril, la salle Guénégaud, par ordre exprès du Roi. et Lulli, qui avait fait construire en hâte une salle « en face *Bel-air*, près Luxem-bourg », rue de Vaugirard, l'inaugura par les *Fêtes de l'Amour et de*

(1) PIERRE PERRIN, né à Lyon, vers 1620, prit le goût de la musique dans un voyage en Italie. En 1659, il succéda à Voiture dans la très médiocre charge d'in-troducteur des ambassadeurs, près de Gaston d'Orléans. On prétend qu'il eut pour sa part 10,000 écus dans la tragédie de *Pomone*, mais il n'en resta pas moins mi-sérable pendant toute sa vie. Lulli lui donna quelque argent de son privilège. Perrin mourut insolvable en 1675, rue de la Monnaie, chez son hôtelier, Jean Lau-rent de Beauregard, auquel il devait « plus de dix mille livres pour l'avoir logé et entretenu six ans, lui, un valet et tous les musiciens qu'il avoit fait venir ». — ROBERT CAMBERT, désolé d'avoir perdu son privilège, passa en Angleterre, où il fut bien accueilli par Charles II, et mourut en 1677, maître de la musique de ce roi.

(2) Il était situé rue Mazarine 42. et rue de Seine 43, longeant le passage actuel du Pont-Neuf. L'entrée du public, des carrosses, était rue Mazarine en face la rue Guénégaud. L'architecte qui aménagea le *jeu de paume de la Bouteille* en salle de théâtre. se nommait Henri Guichard, intendant des bâtiments et jardins du duc d'Orléans.

(3) « Les sciences et les arts étant les ornements les plus considérables des États, le Roi n'a point de plus agréable divertissement depuis qu'il a donné la paix à ses peuples, que de les faire revivre en appelant auprès de lui tous ceux qui se sont acquis la réputation d'y exceller... Comme entre les arts libéraux, la musique tient un des premiers rangs, nous avions accordé au sieur Perrin une permission d'é-tablir en notre bonne ville de Paris et autres de notre royaume des *académies de musique pour chanter en public*.... mais ayant été informé que les peines et les soins du sieur Perrin n'ont pu seconder pleinement notre intention, nous avons cru qu'il était à propos d'en donner la conduite à une personne dont l'expérience et la capacité nous fussent connues... A ces causes, bien informé de l'intelligence et grande connaissance que s'est acquises notre cher et bien aimé Jean-Baptiste Lulli, au fait de la musique, nous lui avons permis et accordé d'établir une *Acadé-mie royale de Musique* dans notre bonne ville de Paris... Voulons et nous plaît que tous gentilshommes et demoiselles puissent chanter en notre dite Académie, *sans que pour ce ils soient censés déroger audit titre de noblesse, ni à leurs pri-vilèges, charges, droits et immunitez* ».

Bacchus, pastorale en trois actes, paroles de Mollier (1), Benserade et Quinault; machines de Vigarani. Cet opéra eut encore plus de succès que *Pomone*. Le Roi y vint applaudir le grand compositeur auquel il ne refusait plus rien, et de hauts personnages de la Cour, le comte d'Harcourt, grand-écuyer, les ducs de Villeroy et de Montmouth, le marquis de Rassen, tinrent à honneur de figurer un soir sur la scène avec les danseurs de profession.

La salle de Bel-Air avait le grave inconvénient d'être à l'extrémité du faubourg Saint-Germain. A peine Molière eut-il rendu le dernier soupir, que Lulli fit toutes les démarches nécessaires pour s'emparer de la salle du Palais-Royal, si désirable par sa magnificence intérieure et sa situation au cœur de Paris. Il y parvint facilement, et les représentations de *Cadmus et Hermione*, commencées en février 1673 rue de Vaugirard, se continuèrent, après une courte interruption, rue Saint-Honoré (2).

Lulli était bien l'homme qu'il fallait pour fonder l'opéra en France, alors que tout était à créer ou à trouver, chanteurs, danseurs (3) choristes, musiciens, décorateurs, costumiers. Se faisant lui-même maître de chapelle et chef d'orchestre; écrivant aux maîtrises des cathédrales de province qu'on lui envoyât les plus belles voix; recrutant dans les carrefours et les cabarets tous ceux qui semblaient promettre du talent, il forma vite les sujets qui lui étaient nécessaires. Pour comble de bonheur, il rencontra dans « l'aimable et tendre Quinault, le poète des Grâces », un écrivain dont le génie s'alliait à la souplesse, et savait plier aux besoins de la musique des vers assez beaux par eux-mêmes pour qu'on pût les goûter à la simple lecture. Tous deux, inséparables désormais, moururent à un an de distance, en 1687 et 1688, après avoir charmé, par vingt opéras en seize ans, les oreilles de leurs contemporains, et doté notre théâtre d'un nouveau genre, la tragédie lyrique.

Francine remplaça son beau-père Lulli, comme directeur de l'Opéra et s'y endetta. Un financier, Guyenet, qui lui succéda en 1704, ne fut pas plus heureux, et se retira, en 1712, avec un déficit de 300,000 livres. Les Colasse, les Duché, les Fontenelle, Bertin, Destouches, Lamotte, Danchet, Campra, Batistin, Fuzelier, remplissent la fin du grand règne de leurs œuvres fabriquées sur le modèle de Lulli. La veille de la mort de Louis XIV, on jouait le *Télémaque et Calypso* de l'abbé Pellegrin.

(1) Molière, à cette époque, venait de se brouiller avec Lulli qui lui défendait d'avoir plus de six violons dans son orchestre. Aussi n'est-ce pas de lui qu'il s'agit, mais de son presque homonyme Louis de Mollier, compositeur, danseur, instrumentiste estimé, qui travailla jusqu'à un âge avancé. Il mourut le 18 avril 1688, rue Saint-Joseph et fut inhumé à Saint-Eustache.

(2) Une inscription, placée à l'angle du Palais et de la rue de Valois, rappelle que la troupe de Molière joua dans cette salle de 1661 à 1673, et celle de l'Opéra depuis 1673 jusqu'à l'incendie du 6 avril 1763.

(3) Ce ne fut qu'en 1681, dans le *Triomphe de l'Amour* que les *danseuses* apparurent pour la première fois à l'Opéra. Jusque là les hommes remplissaient les rôles de femme et dansaient sous le masque.

Le prix d'une première loge était d'un louis: — une deuxième loge, un demi-louis; — parterre, trente sous.

Les riches habitués de l'Opéra, qui y venaient surtout pour se faire voir, ne se montraient pas trop difficiles et admiraient naïvement, comme des efforts de l'art, de simples effets d'harmonie imitative : la plainte de Syrinx changée en roseau « telle qu'on croyait entendre le sifflement du vent lorsqu'il s'engouffre dans les corridors et les cheminées d'une vaste maison »; un chœur chanté dans les coulisses; le grondement de la tempête ou le son du cor au fond des bois. D'autres, plus délicats, se déclaraient las des infortunes mythologiques, et du continuel martyre « des doucereux Renaud, des insensés Roland »; ils osaient dire que c'était toujours le même air et demandaient quel Dieu remplacerait enfin Lulli !

« Je ne sais pas, disait La Bruyère, comment l'opéra, avec une musique si parfaite et une dépense toute royale, a pu réussir à m'ennuyer ». Le peuple était du même avis et ne goûtait pas plus que La Bruyère la pompe de cette musique monotone. Il voulait quelque chose de plus gai et il courait se satisfaire aux foires Saint-Germain et Saint-Laurent, où naquit la *comédie à ariettes*, l'*opéra-comique*, dont de joyeux couplets faisaient tous les frais. Allard (1), fils d'un barbier-étuviste et Moritz von der Beck, *sauteur du Roy*, y avaient établi leurs tréteaux, et l'Académie de Musique, forcée de transiger avec eux, leur permit de représenter en plein vent des pièces avec chant, orchestre et danse. Gillier et Mouret fournissaient la musique entraînante; Le Sage, Regnard, Destouches, Dancourt, ne dédaignaient pas de fournir les paroles.

*
* *

Évincée du Palais-Royal, grâce à l'influence alors toute puissante de Lulli (2), la veuve de Molière obtint, pour 30,000 livres, la salle Guénégaud qui était libre, et, le 9 juillet 1673, elle faisait inscrire au fronton sur une table de marbre :

(1) « 4 février 1679, autorisation au nommé Allart de représenter en public, à la foire Saint-Germain, les sauts accompagnés de quelques discours qu'il a joués devant Sa Majesté ».

(2) Lulli avait besoin de la salle du Palais-Royal : il la prit, au grand détriment de la troupe de Molière, cela va de soi; mais il répara ses torts dans la mesure de ce qu'il pouvait faire, — sans trop se gêner! Il rendit à Armande les onze mille livres que Molière lui avait prêtées trois ans auparavant, et cette somme put servir à la veuve pour entrer à l'hôtel Guénégaud. — Le 26 juillet, elle transféra son bail de la rue de Richelieu au comte de la Marck, maréchal de camp, et elle alla demeurer tout près de son nouveau théâtre, rue de Seine, à l'*hôtel d'Arras*, dans un appartement loué 1,200 livres. Quatre ans plus tard, le 31 mai 1677, elle épousait en secondes noces son camarade, le comédien Isaac-François Guérin d'Étriché à la Sainte-Chapelle-Basse.

Armande mourut « le 30 novembre 1700, dans sa maison, rue de Touraine, et fut inhumée, le 2 décembre, à Saint-Sulpice ».

Lulli dut être aussi le conseiller de la mesure qui fit « casser » la troupe du *Marais*, et favorisa ainsi celle de Molière, comme on va le voir.

Quinze jours auparavant, le 23 juin, La Reynie avait rendu une ordonnance qui « cassait la troupe des Comédiens du *Marais* (1) et lui
défendait de jouer, soit dans son ancienne salle, soit dans tout autre
quartier de Paris ».

Donc, si nous laissons de côté l'Opéra, il n'y avait plus à la fin de
1673 que deux scènes où l'on jouât la comédie et la tragédie : l'HOTEL
DE BOURGOGNE et l'HOTEL GUÉNÉGAUD.

Il en fut ainsi *jusqu'en* 1680. Voyons ce qui se passa pendant ces
sept années dans les deux théâtres rivaux.

Baron, la Thorillière, Beauval et Mlle Beauval, quittèrent la troupe de
Molière après sa mort et passèrent à l'Hôtel de Bourgogne.

Par compensation, un certain nombre de comédiens du Marais vinrent
s'engager à l'Hôtel Guénégaud : La Roque, Achille Varlet de Verneuil,
Rozimont et Mlles Louise Montfleury, Marie Dumont, Dauvilliers, Du
Pin, Guérin d'Étriché, Judith Guyot, etc. (2).

A l'Hôtel de Bourgogne, les comédiens, justement respectueux du
grand nom de Corneille, donnèrent, à la fin de 1674, sa trente-troisième
et dernière pièce, *Suréna,* dont l'échec fut tel que l'auteur, à son grand
désespoir, ne trouva plus désormais d'acteurs pour le jouer (3). « Il survécut dix ans à cette tragédie, et fut le témoin attristé des triomphes
de Racine ; mais il avait la satisfaction de voir représenter encore ses
anciennes pièces avec des applaudissements toujours nouveaux (4) ».
Iphigénie, « en Aulide immolée ; *Phèdre*, malgré soi perfide, inces-
tueuse, de Corneille vieilli, consolaient tout Paris, émouvaient, éton-
naient, ravissaient les spectateurs », qui venaient en foule verser des
larmes en écoutant les vers de Racine, récités par la Champmeslé dans
l'heureux théâtre de la rue Mauconseil.

A l'Hôtel Guénégaud, les anciens camarades de Molière inaugurèrent
leur salle, en juillet 1673, par le *Comédien poète,* de Montfleury et

_____

(1) Dans les dernières années de son existence, le théâtre du Marais joua des
pièces de Rosimond, bon acteur comique ; une féerie de Visé, les *Amours de Bacchus et d'Ariane,* et la *Pulchérie* de Corneille, qui ne réussit point.
Le 23 juin 1673, une ordonnance du lieutenant général de Police parait tout à
coup :
« Défenses sont faites à la troupe des Comédiens du Marais de continuer à donner au Public des Comédies soit dans le quartier ou autour de cette ville de Paris,
et afin qu'il n'en soit prétendu cause d'ignorance, sera la présente ordonnance
affichée aux portes, tant dudit jeu de paume qu'autres endroits accoutumés de
ladite ville et faubourgs ».
(2) Champmeslé et sa femme n'y entrèrent que beaucoup plus tard, en 1679.
(3) Corneille, pressé par le besoin, — quoiqu'il fût beaucoup moins pauvre qu'on
ne l'a dit, — ne pouvait se résigner à vieillir. Dans une belle épître qu'il adressa
à Louis XIV, en 1676, pour le remercier d'avoir fait représenter à Versailles *Cinna,
Pompée, Horace,* il s'écrie : « Est-il vrai que l'heureux brillant de mes jeunes rivaux n'ôte point leur vieux lustre à mes premiers travaux ?...

> Le peuple, je l'avoue, et la cour les dégradent ;
> Je faiblis, *ou du moins ils se le persuadent* ».

(4) Voltaire.

Thomas Corneille. Ce dernier auteur les soutint presque seul, et leur valut les plus grands succès dans les sept années suivantes avec le *Comte d'Essex*, la *Devineresse* et la féerie de *Circé*, qui fut jouée quarante-deux fois de suite (1).

Une autre célébrité, — mais celle-là de mauvais aloi, — s'attache à ce théâtre. La duchesse de Bouillon ; son frère, le duc de Nevers ; Mme des Houlières, toute la cabale ennemie de Racine, s'ameutèrent et se firent un malin plaisir d'accueillir de leurs bravos les œuvres insipides des Le Clerc, des Coras, des Pradon. Les deux premiers y donnèrent cette malencontreuse *Iphigénie* dont ils désavouèrent lâchement la paternité aussitôt qu'elle eut vu le jour (2). Pradon osa y produire, le 3 janvier 1677, sa *Phèdre*, en concurrence avec celle de Racine, jouée la veille à l'Hôtel de Bourgogne. On sait à quelles manœuvres étranges se livrèrent les partisans de Pradon pour lui procurer une victoire éphémère : ils retinrent les premières loges des deux théâtres pendant les six premières représentations, firent le vide dans celles de Bourgogne et remplirent de leurs claqueurs celles de Guénégaud. L'orage éclata, les fureurs s'exaspérèrent de part et d'autre, la cour et la ville se partagèrent en deux camps ; des sonnets injurieux coururent, l'un si offensant pour le duc de Nevers qu'il voulut faire bâtonner Racine et Boileau, soupçonnés d'en être les auteurs. Le fils du grand Condé leur offrit asile dans son hôtel : « Venez-y, leur dit-il, si vous êtes innocents, venez-y encore, si vous êtes coupables (3) ».

(1) Ces anciens camarades de Molière, passés rue Guénégaud et augmentés par les comédiens du Marais cités plus haut, étaient :
MM. La Grange, De Brie, Du Croisy, Hubert, et Mlles Molière, La Grange, De Brie, Aubry.

(2) « Entre Le Clerc et son ami Coras, deux grands auteurs rimant de compagnie, n'a pas longtemps sourdirent grands débats sur le propos de leur *Iphigénie*; Coras lui dit »

« La pièce est de mon crû ».
Le Clerc répond :
« Elle est mienne, et non vôtre » :
Mais aussitôt que l'ouvrage a paru,
Point n'ont voulu l'avoir fait l'un ni l'autre ».

(3) Voici les deux sonnets composés à propos de la tragédie de Phèdre.
De Madame des Houlières :

« Dans un fauteuil doré, *Phèdre*, tremblante et *blême*,
Dit des vers où d'abord personne *n'entend rien*.
Sa nourrice lui fait un sermon fort *chrétien*
Contre l'affreux dessein d'attenter sur soi-*même*.
    Hippolyte la hait presque autant qu'elle *l'aime*.
Rien ne change son cœur ni son chaste *maintien*.
Sa nourrice l'accuse ; elle s'en punit *bien*.
Thésée a pour son fils une rigueur *extrême*.
    Une grosse *Aricie*, au teint rouge, aux crins *blonds*,
N'est là que pour montrer deux énormes *tétons*,
Que, malgré sa froideur, Hippolyte *idolâtre*.
    Il meurt enfin, traîné par ses coursiers *ingrats*,
Et Phèdre, après avoir pris de la *mort-aux-rats*,
Vient, en se confessant, mourir sur le *théâtre* ».

* *

Le Roi, qui, depuis la mort de Molière, n'appelait plus que fort rarement les comédiens à Versailles, se lassa de pensionner deux troupes à Paris, et, par une ordonnance du 21 octobre 1680, il déclara tout à coup que les comédiens de l'Hôtel de Bourgogne iraient se réunir à ceux de l'Hôtel Guénégaud (1). A partir de ce moment, il n'y eut donc plus qu'un seul théâtre où l'on jouât la tragédie et la comédie.

De Racine et Boileau :

« Dans un palais doré, *Damon* jaloux et *blême*.
Fait des vers où jamais personne *n'entend rien*.
Il n'est ni courtisan, ni guerrier, ni *chrétien*.
Et souvent pour rimer, il s'enferme lui-*même*.
     La Muse, par malheur, le hait autant qu'il *l'aime*.
Il a d'un franc poète et l'air et le *maintien*.
Il veut juger de tout et n'en juge pas *bien*.
Il a pour le phébus une tendresse *extrême*.
     Une *sœur* vagabonde, aux crins plus noirs que *blonds*.
Va partout l'univers promener deux *tétons*
Dont, malgré son pays, Damon est *idolâtre*.
     Il se tue à rimer pour des lecteurs *ingrats*.
L'Énéide, à son goût, est de la *mort-aux-rats*.
Et, selon lui, Pradon est le roi du *théâtre*.

Le rôle de *Phèdre* était rempli, à l'Hôtel de Bourgogne, par la Champmeslé et celui d'*Aricie* par Mlle Dennebault.

Damon est le duc de Nevers, Philippe Mancini, neveu du cardinal Mazarin. Sa *sœur vagabonde* est Hortense Mancini, duchesse de Mazarin ; elle avait quitté la France et elle était alors en Angleterre avec Saint-Évremont.

Le second sonnet a été attribué à des amis de Racine : MM. de Manicamp, de Nantouillet, de Fiesque, de Guilleragues et d'Effiat.

(1) « SA MAJESTÉ, ayant estimé à propos de réunir les deux Troupes de Comédiens établis à l'Hôtel de Bourgogne et dans la rue de Guénégault à Paris, pour n'en faire à l'avenir qu'une seule, afin de rendre les représentations plus parfaites, par le moyen des Acteurs et Actrices auxquels elle a donné place dans ladite Troupe, a ordonné et ordonne qu'elles ne feront plus qu'une seule et même troupe, composée des Acteurs et Actrices dont la liste sera arrêtée par Sadite Majesté ; et pour leur donner moyen de se perfectionner de plus en plus, Sa Majesté veut que ladite seule Troupe puisse représenter les Comédies dans Paris ; faisant défense à tous autres Comédiens François de s'établir dans ladite Ville et Faubourgs, sans ordre exprès de Sa Majesté. Enjoint Sa Majesté au Sieur DE LA REYNIE, Lieutenant Général de Police, de tenir la main à l'exécution de la présente ordonnance. Fait à Versailles, le 21 octobre 1680. Signé, LOUIS. *Et plus bas*, Colbert.

État de la Compagnie, comme il a plu à Sa Majesté de la régler par ses ordres exprès du 21 octobre 1680.

PART ENTIÈRE :	MM. Hauteroche
	Guérin d'Etriché
MM. de Champmeslé	Mlles de Champmeslé
Baron	Beauval
Poisson	Guérin
Dauvilliers	Bélonde
de la Grange	de Brie
Hubert	d'Ennebaut
de la Thuillerie	du Pin
Rozimont	Guyot

Les baladins italiens restèrent seuls rue Mauconseil, où ils représentaient des arlequinades et des farces : la *Descente d'Arlequin aux Enfers*, de Regnard; *Arlequin procureur*, de Fatouville; *Arlequin misanthrope*, de Barante (1); mais on leur reprochait la licence de ces pièces leurs postures, leurs gestes indécents : « ils ne respectaient ni la morale, ni les magistrats! » Enfin ils poussèrent leur imprudente audace jusqu'à jouer la *Fausse Prude*, où le comique, aimé de la foule, Angelo Costantini (2) faisait des allusions à Mme de Maintenon, « la reine secrète ». Le nouveau lieutenant de police, d'Argenson, ferma la salle, le 4 mai 1697, exila les acteurs, saisit les manuscrits et mit les scellés sur les portes (3).

* *
*

Aussitôt que la fusion de 1680 fut accomplie, la salle Guénégaud parut trop petite pour théâtre unique de comédie et de tragédie dans une ville comme Paris.

D'ailleurs son existence était menacée par les réclamations incessantes des régents du collège Mazarin, qui ne voulaient pas tolérer plus longtemps le bruyant voisinage des comédiens, ainsi que du public et des carrosses qu'ils attiraient. Il fallut donc songer à trouver un autre emplacement, recherche difficile, dont Racine, dans sa correspondance avec Boileau pendant l'année 1687, nous a révélé les péripéties :

« La nouvelle qui fait ici le plus de bruit, c'est l'embarras des comédiens, qui « sont obligés de déloger de la rue Guénégaud, à cause que messieurs de Sor-

DEMI-PART :	QUART DE PART :
MM. de Croisy	MM. Beauval
Raisin	Mlles de la Grange
de Villiers	Baron
Verneuil	
Mlles Angélique du Croisy	
Raisin	

(1) Brugière de Barante, né en 1670, mort en 1745, littérateur et magistrat, est le bisaïeul de M. de Barante, auteur de l'*Histoire des ducs de Bourgogne*, membre de l'Académie Française.

(2) Étrange existence que celle de cet Angelo Costantini, qui fut si populaire à Paris, sous le nom de *Mezetin*, rôle de valet fourbe qu'il avait créé à la Comédie Italienne. Il le jouait sans masque, parce qu'il était doué d'une figure gracieuse. Né à Vérone vers 1655, il débuta à Paris en 1681, et remplaça le fameux Dominique, à la mort de celui-ci en 1684. Lorsque le théâtre Italien fut fermé, le 4 mai 1697, il se rendit auprès de l'Électeur de Saxe, qui le combla de faveurs. Le pauvre Mezetin s'avisa de courtiser la favorite de l'Électeur, et celui-ci, courroucé, le garda *vingt ans* prisonnier dans son château de Kœnigstein. Remis enfin en liberté, Costantini reparut à Paris, vers la fin de 1728, fut accueilli comme un ancien camarade par les nouveaux comédiens italiens, réintégrés en France depuis 1716, et reparut sur la scène, avec un succès prodigieux, le 5 février 1729, dans *la Foire Saint-Germain*. Il retourna l'année suivante à Vérone et y mourut.

(3) Evariste Ghérardi était directeur au moment de la fermeture. Les Italiens ne revinrent en France qu'en 1716, et, pendant ce temps, la salle de l'Hôtel de Bourgogne ne servit plus qu'au tirage des loteries.

« bonne, en acceptant le collège des Quatre-Nations, ont demandé pour première
« condition qu'on les éloignât. Ils ont déjà marchandé des places dans cinq ou
« six endroits; mais, partout où ils vont, c'est merveille d'entendre comme les
« curés crient. Le curé de Saint-Germain-l'Auxerrois a déjà obtenu qu'ils ne se-
« roient point à l'hôtel de Sourdis, rue de l'Arbre-Sec, parce que de l'église on au-
« roit parfaitement entendu les violons. Enfin ils en sont à la rue de Savoie, dans
« la paroisse de Saint-André. Le curé a été aussi au Roi lui représenter qu'il n'y
« a tantôt plus dans sa paroisse que des auberges et des coquetiers; que si les
« comédiens y viennent, son église sera déserte. Les Grands Augustins ont aussi
« été au Roi et le P. Lembrochons, provincial, a porté la parole; mais on prétend
« que les comédiens ont dit à Sa Majesté que ces mêmes Augustins qui ne veu-
« lent point les avoir pour voisins sont fort assidus spectateurs de la comédie,
« et qu'ils ont même voulu vendre à la troupe des maisons qui leur appartien-
« nent dans la rue d'Anjou. M. de Louvois a ordonné à M. de la Chapelle de lui
« envoyer le plan du lieu où ils veulent bâtir dans la rue de Savoie. Cependant
« l'alarme est grande dans le quartier; tous les bourgeois, qui sont gens de pa-
« lais, trouvant fort étrange qu'on vienne leur embarrasser leurs rues. M. Billard,
« l'avocat, qui se trouva vis-à-vis de la porte du parterre, crie fort haut; et
« quand on lui a voulu dire qu'il en auroit plus de commodité pour s'aller di-
« vertir quelquefois, il s'est écrié fort tragiquement : *Je ne veux point me diver-
« tir!...* Si on continue à traiter les Comédiens comme on fait, — répond Boi-
« leau, — il faudra qu'ils s'aillent établir entre la Villette et la Porte Saint-Martin,
« encore ne sais-je s'ils n'auront point sur les bras le curé de Saint-Laurent... Ce
« serait un digne théâtre pour les œuvres de M. Pradon, riposte Racine ».

Après de longs pourparlers relatifs à tous ces locaux et aux Hôtels
d'Auch, rue Montorgueil; de Lussan (1), rue Croix-des-Petits-Champs,
les comédiens se décidèrent enfin à faire l'acquisition, le 8 mars 1688,
du jeu de paume de l'*Étoile*, rue des Fossés-Saint-Germain (2). L'architecte d'Orbay se mit immédiatement à l'œuvre et la nouvelle salle,
établie dans des conditions de luxe que n'avaient pas connues les précédentes, fut inaugurée le 18 avril 1689, par une représentation solennelle de *Phèdre* et du *Médecin malgré lui* (3).

De ce jour, date le titre de

COMÉDIE-FRANÇAISE,

inscrit sur la façade de la maison des *Comédiens du Roy*, *entretenus
par Sa Majesté*.

*
* *

Pendant les quatre dernières années de leur séjour rue Mazarine,
ils avaient donné l'*Aspar*, du « sieur de Fontenelle », où, selon Racine

(1) Toujours existant au n° 38. C'était l'hôtel de la famille d'Aubeterre d'Espar-
bès de Lussan, qui a compté plusieurs maréchaux de France.

(2) Voir chapitre XVII, page 441. — François Procope Couteaux, depuis longtemps limonadier, vint s'établir en 1689, dans cet endroit si bien choisi, en face
du théâtre. La rue des *Fossés-Saint-Germain* porte le nom de rue de l'*Ancienne
Comédie*, depuis 1770, époque où la Comédie alla aux Tuileries.

(3) L'édifice élevé par d'Orbay, coûta 198,433 livres, que la Comédie paya en six
ans, au moyen du prélèvement d'un vingt-troisième sur les vingt-trois parts des
sociétaires. Le prix des places était de trois livres douze sous sur les banquettes
de la scène; trente-six sous aux secondes loges; dix-huit sous au parterre. Le
sixième de la recette était affecté aux pauvres de l'hôpital général.

« sifflets prirent commencement »; l'*Homme à bonnes fortunes*, de Baron, et le *Mercure galant*, de Boursault, dont quelques scènes sont restées dans toutes les mémoires, et qui n'eut pas moins de quatre-vingts représentations de suite.

Le théâtre neuf de la rue des Fossés-Saint-Germain devait connaître, lui aussi, les succès et les revers inévitables, les pommes cuites pour la *Judith* de Boyer; les baillements pour le *Flatteur* et le *Capricieux;* les bravos pour le *Grondeur, Bradamante* et le *Joueur.*

Avec le siècle à son déclin disparaissaient chaque jour tous ceux, sublimes ou médiocres, ou grotesques; auteurs ou enfants de la balle, dont les noms viennent de passer pêle-mêle devant nos yeux : *Coras.* dont les œuvres « séchaient dans la poussière »; — le grand *Corneille.* inhumé à Saint-Roch, sans qu'une simple pierre y rappelât son glorieux souvenir : — *Lulli.* pas plus coquin que ténébreux, n'en déplaise à Boileau; — *Quinault;* — *M*ᵐᵉ *Des Houlières;* — *Boyer,* qui eut le talent de faire pleurer un financier sur la mort d'Holopherne! — *Nicolas Pradon,*

> « Qui, durant quarante ans,
> D'une ardeur sans pareille,
> Fit, à la barbe d'Apollon,
> Le même métier que Corneille ».

La belle *Champmeslé;* — Racine (1); — celle qui fut, et ne sut pas rester *Armande Molière;* — *Charles Champmeslé,* frappé d'apoploxie à la porte du café Procope, pour avoir bu trop de champagne; — l'honnête et modeste *Boursault;* — et l'opulente *Dennebault,* à la tête casquée d'une crinière d'or.

Serait-il donc vrai, comme l'a dit Voltaire, qu'il ne s'élevât plus de grands génies alors et que la nature semblât se reposer vers le temps de la mort de Louis XIV ?

Non. Rien ne finit, tout recommence. Dès l'aurore du siècle nouveau, la toile se lève à la Comédie-Française pour les jeunes et pour les

---

(1) *Corneille* demeura à l'Hôtel de Guise, de 1662 à 1665; rue de Cléry, de 1665 à 1684, et il mourut rue d'Argenteuil, le 1ᵉʳ septembre 1684; il fut inhumé à Saint-Roch. — *Lulli* est mort le 22 mars 1687, dans sa maison proche la Madeleine de la Ville-l'Évêque et a été inhumé aux Petits-Pères. — *Quinault* est mort dans l'île Saint-Louis, le 26 novembre 1688 et a été inhumé dans l'église Saint-Louis-en-l'Ile. — *M*ᵐᵉ *des Houlières* mourut âgée de cinquante-six ans, le 17 février 1694, dans sa maison de la rue de la Sourdière et fut inhumée à Saint-Roch. — *Boyer* mourut en 1697. — *Pradon*, la même année. — *Marie de Champmeslé* mourut le 15 mai 1698, à Auteuil, dans le voisinage de Boileau, et fut inhumée le 17 mai à Saint-Sulpice. — *Racine* a demeuré à l'Hôtel des Ursins, en 1663; rue Saint-André-des-Arts, au coin de la rue de l'Éperon, en 1677, lors de son mariage; en 1686, rue des Maçons; en 1693, rue des Marais, où il mourut le 21 avril 1699. Son corps fut porté à Saint-Sulpice et de là à Port-Royal-des-Champs. — *Armande Molière,* devenue M*ᵐᵉ Guérin,* mourut âgée de cinquante ans, rue de Touraine, le 30 novembre 1700, et fut inhumée à Saint-Sulpice. — *Charles Chevillet de Champmeslé* mourut subitement devant le café Procope, le 22 août 1701, et fut inhumé, peut-être, aux Cordeliers. — *Edme Boursault* mourut dans sa maison, rue de Verneuil, le 15 septembre 1701 et fut inhumé aux Théatins. — *Françoise Dennebault* mourut en 1708.

noms encore inconnus. Regnard nous apporte les *Folies amoureuses*, le *Retour imprévu*, *Démocrite*, le *Légataire:* — Crébillon, *Idoménée*, *Atrée*, *Rhadamiste;* — Brueys, l'*Avocat Patelin;* — Destouches, l'*Ingrat*, l'*Irrésolu:* — Dancourt, le *Galant jardinier*, les *Agioteurs;* — Dufresny, le *Double veuvage:* — Le Sage, enfin, *Crispin, rival de son maître*, et, au grand désespoir des traitants, *Turcaret*, un chef-d'œuvre arrivant bien à propos, la veille de la banqueroute de Law.

FIN DU TROISIÈME VOLUME

TABLE SOMMAIRE DES CHAPITRES

CHAPITRE QUATORZIÈME

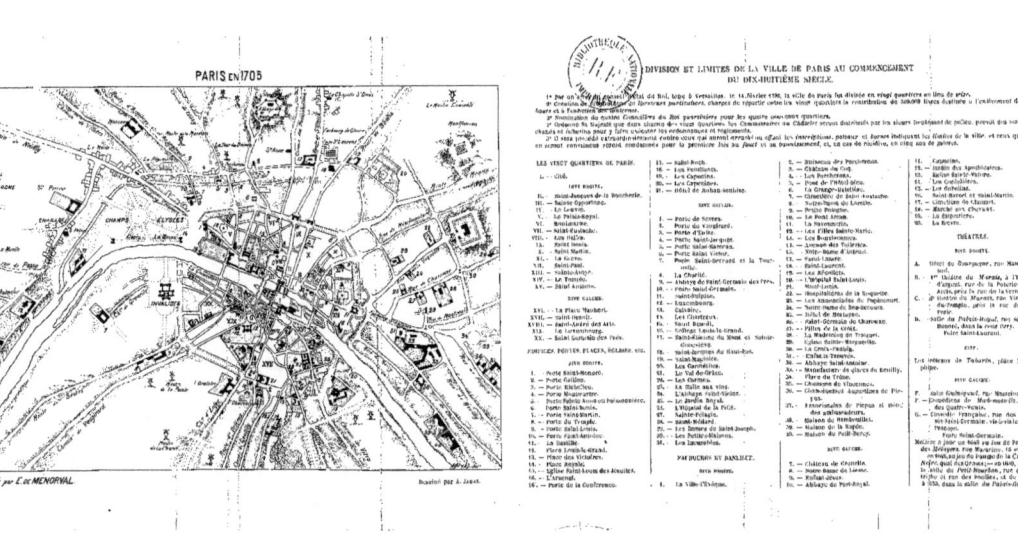

PARIS en 1705

DIVISION ET LIMITES DE LA VILLE DE PARIS AU COMMENCEMENT
DU DIX-HUITIÈME SIÈCLE.

LES VINGT QUARTIERS DE PARIS.

I. — Cité.

RIVE DROITE.

II. — Saint-Jacques-de-la-Boucherie.
III. — Sainte-Opportune.
IV. — Le Louvre.
V. — Le Palais-Royal.
VI. — Montmartre.
VII. — Saint-Eustache.
VIII. — Les Halles.
IX. — Saint-Denis.
X. — Saint-Martin.
XI. — La Grève.
XII. — Saint-Paul.
XIII. — Sainte-Avoye.
XIV. — Le Temple.
XV. — Saint-Antoine.

RIVE GAUCHE.

XVI. — La Place Maubert.
XVII. — Saint-Benoît.
XVIII. — Saint-André-des-Arts.
XIX. — Le Luxembourg.
XX. — Saint-Germain-des-Prés.

PORTES, PONTS, PLACES, ÉGLISES, etc.

RIVE DROITE.

1. — Porte Saint-Honoré.
2. — Porte Gaillon.
3. — Porte Richelieu.
4. — Porte Montmartre.
5. — Porte Sainte-Foi.
6. — Porte Saint-Denis.
7. — Porte du Temple.
8. — Porte Saint-Louis.
9. — Porte Saint-Antoine.
10. — La Bastille.
11. — Place Louis-le-Grand.
12. — Place des Victoires.
13. — Place Royale.
14. — L'Arsenal.
15. — Église Notre-Dame des Jésuites.
16. — Porte de la Conférence.

17. — Porte Bucy.
18. — Les Feuillants.
19. — Les Capucins.
20. — Les Carmélites.
21. — Hôtel de Rohan-Soubise.

RIVE GAUCHE.

1. — Porte de Sèvres.
2. — Porte du Vaugirard.
3. — Porte d'Enfer.
4. — Porte Saint-Jacques.
5. — Porte Saint-Marceau.
6. — Porte Saint-Victor.
7. — Porte Saint-Bernard et la Tournelle.
8. — La Charité.
9. — Abbaye de Saint-Germain-des-Prés.
10. — Foire Saint-Germain.
11. — Saint-Sulpice.
12. — Luxembourg.
13. — Calvaire.
14. — Les Chartreux.
15. — Val-de-Grâce.
16. — Collège Louis-le-Grand.
17. — Saint-Étienne-du-Mont et Sainte-Geneviève.
18. — Saint-Jacques-du-Haut-Pas.
19. — Saint-Nicolas.
20. — Les Cordeliers.
21. — La Halle aux vins.
22. — L'Abbaye Saint-Victor.
23. — Le Jardin Royal.
24. — L'Hôpital de la Pitié.
25. — Saint-Médard.
26. — Les Dames de Saint-Joseph.
27. — Les Petits-Augustins.
28. — Les Incurables.

FAUBOURGS ET BANLIEUE.

RIVE DROITE.

1. — La Ville-l'Évêque.

2. — Château des Porcherons.
3. — Château du Coq.
4. — Les Porcherons.
5. — Pont de l'Hôtel-Dieu.
6. — La Grange-Batelière.
7. — Cimetière de Saint-Eustache.
8. — Notre-Dame de Lorette.
9. — Petite Pologne.
10. — Le Pont-Aux.
11. — La Nouveauté.
12. — Les Filles Sainte-Marie.
13. — Les Bénédictines.
14. — Avenue des Tuileries.
15. — Notre-Dame d'Argent.
16. — Saint-Laurent.
17. — Les Récollets.
18. — L'Hôpital Saint-Louis.
19. — Saint-Louis.
20. — Hospitalières de la Roquette.
21. — Les Amandiers du Popincourt.
22. — Notre-Dame de Bonsecours.
23. — Hôtel de Bretonvilliers.
24. — Saint-Germain-de-Charonne.
25. — Filles de la Croix.
26. — La Madeleine de Tresnel.
27. — Église Sainte-Marguerite.
28. — La Croix-Faubin.
29. — Enfants-Trouvés.
30. — Abbaye Saint-Antoine.
XX. — Manufacture de glaces de Reuilly.
31. — Place du Trône.
32. — Chaussée du Vincennes.
33. — Cinq-Diamants.

37. — Établissement de Picpus et Hôtel des ambassadeurs.
38. — Maison de Rambouillet.
39. — Maison de la Rapée.
40. — Maison du Petit-Bercy.

RIVE GAUCHE.

7. — Château de Grenelle.
8. — Notre-Dame de Sèvres.
9. — Vaugirard.
10. — Abbaye de Montrouge.

11. — Capucins.
12. — Jardin des Apothicaires.
13. — Église Saint-Séverin.
14. — Les Cordeliers.
15. — Les Chartreux.
16. — Saint-Roch et Saint-Martin.
17. — Cimetière de Clamart.
18. — Marché aux Chevaux.
19. — La Salpêtrière.
20. — La Reyen.

THÉÂTRES.

RIVE DROITE.

A. — Hôtel de Bourgogne, rue Mauconseil.
B. — 1er théâtre de l'Opéra, à l'Hôtel d'Argent, rue de la Poulerie-des-Arcis, près le bac de la Verrerie.
C. — 2e théâtre du Marais, rue Vieille-du-Temple, près le cul de sac...
D. — salle du Palais-Royal, rue Saint-Honoré, dans la cour...
Foire Saint-Laurent.

RIVE DROITE.

Les théâtres de Tuileries, place Dauphine.

RIVE GAUCHE.

F. — salle Guénégaud, rue Mazarine.
F'. — Comédiens du Mail-mauvais-lit, rue des Quatre-Vents.
G. — Comédie française, rue des Fossés-Saint-Germain, vis-à-vis café...
Foire Saint-Germain.

TYPOGRAPHIE FIRMIN-DIDOT ET Cie. — MESNIL (EURE). — 6301